ESTUDOS EM MEMÓRIA
DO PROFESSOR DOUTOR
JOSÉ DIAS MARQUES

ESTUDOS EM MEMÓRIA DO PROFESSOR DOUTOR JOSÉ DIAS MARQUES

2007

ESTUDOS EM MEMÓRIA
DO PROFESSOR DOUTOR JOSÉ DIAS MARQUES

COORDENADORES
RUY DE ALBUQUERQUE, ANTÓNIO MENEZES CORDEIRO

EDITOR
EDIÇÕES ALMEDINA, SA
Rua da Estrela, n.º 6
3000-161 Coimbra
Tel.: 239 851 904
Fax: 239 851 901
www.almedina.net
editora@almedina.net

PRÉ-IMPRESSÃO • IMPRESSÃO • ACABAMENTO
G.C. – GRÁFICA DE COIMBRA, LDA.
Palheira – Assafarge
3001-453 Coimbra
producao@graficadecoimbra.pt

Janeiro, 2007

DEPÓSITO LEGAL
251434/06

Os dados e as opiniões inseridos na presente publicação
são da exclusiva responsabilidade do(s) seu(s) autor(es).

Toda a reprodução desta obra, por fotocópia ou outro qualquer processo,
sem prévia autorização escrita do Editor,
é ilícita e passível de procedimento judicial contra o infractor.

Professor Doutor José Dias Marques

Nasce a 10 de Novembro de 1926. Licencia-se pela Faculdade de Direito da Universidade de Lisboa (1948) e aí conclui o Curso Complementar de Ciências Jurídicas (1949). Doutora-se a 23 de Novembro de 1956, na mesma Universidade, defendendo uma dissertação intitulada *Prescrição extintiva*. Inicia a prestação de funções docentes no dia 16 de Março de 1953. Realiza o concurso de provas públicas para o preenchimento de uma vaga de professor extraordinário (1960), apresentando a tese *Prescrição aquisitiva*. A 13 de Janeiro de 1967, e com o maior êxito, é primeiro classificado no concurso para professor catedrático, proferindo uma lição memorável: *O princípio da maior proximidade no Direito Internacional Privado*.

Até à sua jubilação (1997), José Dias Marques lecciona as mais diversas disciplinas na Faculdade de Direito de Lisboa. Em quarenta e quatro anos de docência, ele molda sucessivas gerações de juristas, através de disciplinas sensíveis: Introdução ao Estudo do Direito e Teoria Geral do Direito Civil. Explora áreas complexas: História, Metodologia, Processo e Registos e Notariado. Tem, ainda, um papel básico no lançamento dos Cursos de Mestrado. Deixa uma obra extensa, cuidadosa e oportuna.

José Dias Marques actua igualmente como prático do Direito: jurisconsulto, advogado ilustre, membro da comissão de redacção da *Revista da Ordem dos Advogados* e patrono de muitos jovens licenciados. Deve-se-lhe também uma valiosa colaboração em *O Direito*.

Falece no dia 12 de Agosto de 2005, na plena posse das suas capacidades e quando, dele, muito se esperaria.

A Faculdade de Direito respeita e honra os seus professores: estão sempre connosco. Mais longe, porém: José Dias Marques fica como referência de segurança tranquila e de tolerância universitária, no sentido mais nobre do termo.

Orienta dezenas de mestres e doutores. Promove carreiras. Coloca, sempre com discreta eficácia, o espírito académico à frente de quaisquer contingências.

Solidária com a Família do Ilustre Homenageado, a Faculdade de Direito de Lisboa, acolhe, preserva e desenvolve o espólio científico, académico e humano que o Professor Doutor José Dias Marques, sem contrapartida, a todos vem legar.

A presente recolha de estudos, de índole variada, constitui um passo na grande jornada da Ciência do Direito portuguesa. Nela contamos sempre com uma obra imperecível e com uma presença benévola e amiga: as de José Dias Marques.

Ruy de Albuquerque
António Menezes Cordeiro

DA CADUCIDADE NO DIREITO PORTUGUÊS

António Menezes Cordeiro[*]

SUMÁRIO: *I. Ideia básica e evolução: 1. Sentidos amplo e restrito; casos de caducidade ampla; 2. Casos de caducidade estrita; 3. Origem e desenvolvimento; 4. A evolução em Portugal. II. O regime geral da caducidade: 5. A determinação da natureza do prazo; 6. Tipos de caducidade; 7. Início, suspensão; 8. Decurso do prazo e causas impeditivas; 9. O conhecimento oficioso. III. A natureza e a eficácia da caducidade: 10. Caducidade e prescrição; 11. Efeitos e natureza.*

I – IDEIA BÁSICA E EVOLUÇÃO

1. Sentidos amplo e restrito; casos de caducidade ampla

I. Caducidade deriva de caduco, latim *caducus* (de *cado*, cair): o que cai, o fraco, o transitório e o caduco. A expressão foi introduzida na linguagem jurídica portuguesa apenas no início do século XX, para designar a supressão de determinadas situações. Assumiu, todavia, nas leis e na prática dos autores, dois sentidos diferentes: lato e restrito.

Em sentido lato, a caducidade corresponde a um esquema geral de cessação de situações jurídicas, mercê da superveniência de um facto a que a lei ou outras fontes atribuam esse efeito. Ou, se se quiser: ela traduz a extinção de uma posição jurídica pela verificação de um facto *stricto sensu* dotado de eficácia extintiva.

---

[*] Professor Catedrático da Faculdade de Direito de Lisboa e da Universidade Católica Portuguea.

Em sentido estrito, a caducidade é uma forma de repercussão do tempo nas situações jurídicas que, por lei ou por contrato, devam ser exercidas dentro de certo termo. Expirado o respectivo prazo sem que se verifique o exercício, há extinção.

II. A caducidade em sentido amplo é multifacetada. Mantendo-nos no campo do Direito civil, temos a considerar[1]:

No contrato de locação (1051.º/1); este caduca:
   a) Findo o prazo estipulado ou estabelecido por lei;
   b) Verificando-se a condição a que as partes o subordinaram, ou tornando-se certo que não pode verificar-se, conforme a condição seja resolutiva ou suspensiva;
   c) Quando cesse o direito ou findem os poderes legais de administração com base nos quais o contrato foi celebrado;
   d) Por morte do locatário ou, tratando-se de pessoa colectiva, pela extinção desta, salvo convenção escrita em contrário;
   e) Pela perda da coisa locada;
   f) No caso de expropriação por utilidade pública, a não ser que a expropriação se compadeça com a subsistência do contrato.

No contrato de parceria pecuária (1123.º):
   A parceria caduca pela morte do parceiro pensador ou pela perda dos animais, e também quando cesse o direito ou findem os poderes legais de administração com base nos quais o contrato foi celebrado, ou quando se verifique a condição resolutiva a que as partes o subordinaram.

No contrato de comodato (1141.º):
   O contrato caduca pela morte do comodatário.

No contrato de mandato (1174.º):
   O mandato caduca:
   a) Por morte ou interdição do mandante ou do mandatário;

---

[1] Os artigos citados sem indicação de fonte pertencem ao Código Civil. Quanto ao emprego de *caducidade* no Direito português: JOSÉ DIAS MARQUES, *Teoria geral do Direito civil* (1959), 2, 274, FERNANDO CUNHA DE SÁ, *Caducidade do contrato de arrendamento* (1968) 1, 53 ss. e PEDRO ROMANO MARTINEZ, *Da cessação do contrato* (2005), 39 ss. e *passim*; nesta última obra pode ser confrontada a utilização da caducidade nos diversos contratos.

b) Por inabilitação do mandante, se o mandato tiver por objecto actos que não possam ser praticados sem intervenção do curador.

Tem ainda interesse considerar os casos de caducidade do contrato de trabalho. São eles (387.º do Código do Trabalho):

a) Verificando-se o seu termo;
b) Em caso de impossibilidade superveniente, absoluta e definitiva de o trabalhador prestar o seu trabalho ou de o empregador o receber;
c) Com a reforma do trabalhador, por velhice ou invalidez.

III. As flutuações são manifestas. De todo o modo, parece claro que a caducidade se reporta a situações jurídicas duradouras. Aparentemente, obrigacionais: no domínio dos direitos reais, o Código evita referir a caducidade, mesmo em casos manifestamente paralelos. Veja-se a extinção do usufruto (1476.º/1), da superfície (1536.º/1) e das servidões (1569.º/1). Não podemos, daí, inferir regras absolutas, uma vez que a caducidade surge em numerosos diplomas não-civis. Pertence a todo o ordenamento, embora com matriz clara no Direito civil.

IV. Procurando sistematizar as hipóteses de caducidade em sentido amplo, verificamos que elas se ligam:

– à verificação de um termo;
– à impossibilidade superveniente das prestações, seja por razões subjectivas (morte ou incapacitação do devedor) ou objectivas (perda da coisa ou expropriação);
– à ilegitimidade superveniente (cessação dos poderes que presidiram à celebração do contrato).

O seu enunciado implica que se esteja perante situações que se prolonguem no tempo.

2. Casos de caducidade estrita

I. Em sentido estrito, como vimos, a caducidade exprime a cessação de situações jurídicas pelo decurso de um prazo a que estejam sujeitas. O Código Civil consigna dezenas de prazos de caducidade, nas mais diversas situações. Podemos proceder a uma distribuição dos vários casos por dois grandes grupos:

– o da caducidade simples;
– o da caducidade punitiva.

Na caducidade simples, a lei limita-se a prever ou a referir a cessação de uma situação jurídica pelo decurso de certo prazo. Como exemplos:

– prevê-se um prazo de um ano para pedir a anulação dos negócios (287.º/1), numa efectiva previsão de caducidade (cf. 359.º/1);
– o direito de repetição do cumprimento de obrigação alheia julgada própria não ocorre se o credor tiver deixado prescrever ou caducar o seu direito (477.º/1);
– o direito de impugnação (pauliana) caduca ao fim de cinco anos (618.º);
– se o arresto for considerado injustificado ou caducar, o requerente é responsável pelos danos causados ao arrestado (621.º).

Digamos que, nestas hipóteses, a lei surge como predominantemente neutra.

II. Na caducidade punitiva, o Direito impõe a cessação de uma posição jurídica como reacção ao seu não-exercício, no prazo fixado. Por vezes usa mesmo a expressão "sob pena de caducidade". Como exemplos:

– não havendo um prazo fixado para a resolução, pode a outra parte "... fixar ao titular do direito de resolução um prazo razoável para que o exerça, *sob pena de caducidade*" (436.º/2);
– o fiador com benefício da excussão pode exigir, vencida a obrigação, "... que o credor proceda contra o devedor dentro de dois meses a contar do vencimento, *sob pena de a fiança caducar*" (652.º/2);
– na empreitada, "o dono da obra deve, *sob pena de caducidade* dos direitos conferidos nos artigos seguintes, denunciar ao empreiteiro os defeitos da obra dentro dos trinta dias seguintes ao do seu descobrimento" (1220.º/1).

Há preceitos manifestamente paralelos onde, todavia, não se usa a locução "sob pena de": tal o caso dos prazos fixados para a denúncia de vícios na coisa vendida (890.º).

Na caducidade punitiva, a previsão da caducidade estrita tem a ver com a instituição de um encargo na esfera do titular da posição sujeita a termo: deve exercê-lo com prontidão, se quiser beneficiar do que ela represente.

III. A contraposição entre preceitos de caducidade simples e de caducidade punitiva (ou compulsória) não é firme. Dá-nos, todavia, uma ideia integrada do universo em presença e dos valores subjacentes às previsões de caducidade estrita.

Verifica-se, ainda, que a generalidade das situações de caducidade, particularmente da punitiva, tem a ver com direitos potestativos. A ordem jurídica pretende que os direitos em causa, potencialmente desestabilizadores, sejam exercidos com prontidão ou cessem. Donde o sujeitá-los a prazos.

IV. O desenvolvimento subsequente vai ocupar-se, apenas, da caducidade estrita. Ela tem a ver, de modo directo, com a denominada repercussão do tempo nas situações jurídicas.

3. Origem e desenvolvimento

I. Um apanhado, mesmo breve, de hipóteses de caducidade revela uma grande multiplicidade de situações. Podemos adiantar que a fixação de prazos para o exercício de certas posições jurídicas veio surgindo, ao longo da História, motivada pelas mais diversas razões. Não houve qualquer plano de conjunto. Foi pois necessária toda uma evolução para se atingir uma noção sistematizada.

No Direito romano não se verificava qualquer autonomização da caducidade[2]: a própria prescrição só em época tardia veio a ser estruturada[3]. Por certo que diversos direitos tinham já horizontes temporários para serem exercidos: mas sem, daí, se poder extrapolar qualquer instituto

---

[2] MICHEL VASSEUR, *Délais préfix, délais de prescription, délais de procédure*, RTDC 1950, 439-472 (440).

[3] Cf. o nosso *Tratado de Direito civil* I/4 (2005), n.º 64 (cit. *Tratado*).

geral[4]. Posteriormente, a prescrição conheceu uma evolução aglutinante: absorveu a usucapião e, ainda, as diversas manifestações de prazos singulares.

II. A distinção entre a prescrição e outras manifestações de eficácia do tempo nas situações jurídicas ficou a dever-se aos grandes sistematizadores sensíveis ao Direito como dado pré-elaborado pela cultura e pela História e, em especial: os da primeira e os da terceira sistemática[5]. Temos em mente DONELLUS e SAVIGNY.

DONELLUS, justamente pela consideração conjunta, conquanto que periférica, das situações nas quais existe um influxo do tempo nas situações jurídicas, veio distinguir *actiones temporales* de *actiones perpetuae*[6]; as primeiras – ao contrário das segundas – estariam dotadas de termos específicos, o que não se confundiria com o instituto geral da prescrição[7]. Posteriormente, porém, o racionalismo dominante veio generalizar a prescrição a todas essas ocorrências.

SAVIGNY, retomando o contacto com o "espírito do povo" (o Direito romano), mas agora já com as potencialidades da sistemática integrada, veio distinguir, no tocante às manifestações do tempo como facto jurídico[8]: 1) A usucapião; 2) A prescrição de acções; 3) "Um conjunto de casos inteiramente singulares, que não se deixam agrupar sob uma designação comum"[9].

III. O primeiro problema que se punha era o de denominar a nova manifestação de repercussão do tempo nas situações jurídicas. Em França, uma Lei de 16 e 24-Ago.-1790 veio fixar um prazo de *déchéance* para

---

[4] A obra de referência sobre a evolução histórica da caducidade e sobre a sua autonomização é, ainda hoje, a de ISIDORO MODICA, *Teoria della decadenza nel diritto civile italiano*, vol. I, *Parte generale* (1906), vol. II, *Parte speciale* (1909) e vol. III, *Parte speciale* (1915), num total de 1293 pp.; cf., aí, quanto à origem histórica, 1, 87 ss..

[5] *Tratado* I/1, 3.ª ed. (2005), 67 ss..

[6] HUGONIS DONELLUS, *Commentariorum iuris civilis libri vingintiocto*, ed. 1612, Lib. XVI, cap. VIII, n.º 14. Cf., ainda, *Opera omnia* (ed. 1840) I, 979-980.

[7] MODICA, *Teoria della decadenza* cit., 1, 154 ss.. VASSEUR, *Délais préfix* cit., 441, fala numa "prescrição muito lata" que predominaria no séc. XVIII.

[8] SAVIGNY, *System des heutigen römischen Rechts* (1841, reimp. 1981), § 177 (4, 297 ss.).

[9] *Idem*, 299; SAVIGNY faz, depois, uma longa enumeração (ob. cit., 4, 300-308).

a interposição de recursos[10]. A *déchéance* passaria a ser usada para abranger os "prazos" irredutíveis à prescrição[11].

Seguiram-se muitas dúvidas. Enquanto, por exemplo, TROPLONG diferenciava prescrição e *déchéance*, sublinhando, designadamente, que esta não estava na disponibilidade dos interessados e operava de pleno Direito[12], Autores como BAUDRY-LACANTINERIE e TISSIER, já nos princípios do século XX, consideravam irremediavelmente obscura tal distinção, afirmando ainda que não tinha interesse prático[13].

A doutrina acabaria por reconhecer a diferença entre as duas noções. A caducidade (*déchéance*; à letra: decadência) veio a obter uma leitura punitiva. Assim, MARNIERRE defendeu a autonomia da noção[14], explicando-a como uma sanção[15] e apresentando a sua noção como a "extinção, por vontade da lei, de um direito cujo titular é *fautif* por acção ou omissão"[16]. Escaparia, assim, à autonomia privada, numa orientação retomada, pelo referido entendimento sancionatório da figura[17]. Manter-se-ia, com essa feição, até aos nossos dias[18].

IV. Em Itália, a orientação dos comentadores ao Código NAPOLEÃO foi retomada, mau grado o silêncio do Código Civil de 1865. Com um

---

[10] VASSEUR, *Délais préfix* cit., 441.

[11] SALLÉ DE LA MARNIERRE, *La déchéance comme mode d'extinction d'un droit (essai de terminologie juridique)*, RTDC 1933, 1037-1113 (1037), menciona a sua presença já em POTHIER.

[12] M. TROPLONG, *Le Droit civil expliqué suivant l'ordre des articles du Code depuis et y compris le titre de la vente/De la prescription ou commentaire du titre XX du livre III du Code Civil*, 3.ª ed. (1838), n.º 27 (28-31, especialmente 29).

[13] G. BAUDRY-LACANTINERIE/ALBERT TISSIER, *Traité théorique et pratique de Droit civil*, tomo XXVIII, *De la prescription*, 3.ª ed. (1905), 32-33.

[14] MARNIERRE, *La déchéance* cit., 1041.

[15] Ob. cit., 1043.

[16] Ob. cit., 1052; recordamos que *fautif* (o que comete uma *faute*) não tem tradução rigorosa em português; andará próximo de um misto de culpa e de ilicitude.

[17] Cf. ANDRÉ ROUAST, *Déchéances protectrices et déchéances répressives dans le droit des successions*, RTDC 1952, 1-16 (8 ss.).

[18] FRANÇOIS TERRÉ/PHILIPPE SIMLER/YVES LEQUETTE, *Droit civil/Les obligations*, 8.ª ed. (2002), n.º 1313 (1222). Em francês jurídico, *caducité* aproxima-se da nossa caducidade em sentido amplo, mas expurgada da *déchéance*. Assim, YVAINE BUFFELAN-LANDRE, *Essai sur la notion de caducité des actes juridiques en Droit civil* (1960), 161, vem afirmar que o "acto jurídico é caduco quando, antes de produzir os seus efeitos jurídicos, é privado de um elemento essencial à sua validade pela superveniência de um acontecimento posterior à sua formação e independente da vontade do seu autor".

especial apoio histórico e largas investigações dogmáticas, a *decadenza* impôs-se, distinta da prescrição: um relevo especial cabe a MODICA[19]. A partir daí, os diversos autores adoptaram a contraposição, ainda que sob explicações variáveis[20]. Todo este labor permitiria a consagração, no Código Civil de 1942, artigos 2964.º a 2969.º[21], de um regime genérico para a *decadenza*, distinta da prescrição. Ao Código sucederam-se os escritos de bom nível, explicando a contraposição[22].

V. Na Alemanha, o século XIX iniciou-se, no tocante à distinção entre prescrição e caducidade, da melhor forma, pela pena de SAVIGNY[23], tendo sido aprofundada ao longo do século XIX[24]. Foi presente na pandectística tardia, com exemplos em BEKKER[25] e em WINDSCHEID[26]. Curiosamente, a ausência de um termo claro para agrupar as manifestações de "prazos legais" prejudicou um tanto o desenvolvimento do instituto. Não foi genericamente consagrado no BGB, antes emergindo em diversas referências. De todo o modo, a doutrina subsequente não teve dificuldade em fixar a diferença entre a prescrição e a caducidade[27].

A distinção entre prescrição e caducidade é ponto adquirido, na doutrina actual[28], apesar de se manter alguma infixidez terminológica[29].

---

[19] ISIDORO MODICA, *Teoria della decadenza* cit. *supra*, nota 4.
[20] *Vide*, p. ex., ENRICO GIUSIANA, *Decadenza e prescrizione* (1943), 14-17 e 63; cf. a rec. de WALTER BIGIAVI, na RTDPC 1947, 126-127.
[21] Com indicações actuais, PIETRO RESCIGNO e outros, *Codice Civile*, 2, 5.ª ed. (2003), 3755.
[22] P. ex., SANTI ROMANO, *Frammenti di un dizionario giuridico* (1948), 46-51, VITTORIO TEDESCHI, *Lineamenti della distinzione tra prescrizione estintiva e decadenza* (1948), 18 e *passim* e *Decadenza (diritto e procedura civile)*, ED XI (1962), 770-792 e ANDREA MAGAZZÙ, *Decadenza (diritto civile)*, NssDI V (1960), 231-240.
[23] *Supra*, n. 8.
[24] Cf. MODICA, *Teoria della decadenza* cit., 1, 156 ss..
[25] ERNST IMMANUEL BEKKER, *System des heutigen Pandektenrechts* I (1886, reimp. 1979), § 38 (123) e Bl. III (125); BEKKER fala em *Legalbefristung* (colocação legal de um prazo) ou em *Rechtstemporalität* (temporariedade jurídica).
[26] BERNHARD WINDSCHEID/THEODOR KIPP, *Lehrbuch der Pandekten*, I (1906, reimp. 1984), § 102 (1, 529-531), mencionando a *gesetzliche Befristung* (colocação legal de prazo).
[27] Assim, REINHARD ROSENBERG, *Verjährung und gesetzliche Befristung nach dem bürgerlichen Recht des deutschen Reichs* (1904), 5, 117 ss. e 125 ss. e OTTMAR RUTZ, *Die Wesenverschiedenheit von Verjährung und gesetzlicher Befristung*, AcP 101 (1907), 435-457 (438, 436 e 439).
[28] KARL A. LANGER, *Gesetzliche und vereinbarte Ausschlussfristen im Arbeitsrecht* (1993), 5, OLIVER MOUFANG, *Das Verhältnis der Ausschlussfristen zur Verjährung/Eine*

VI. A evolução da caducidade nos diversos espaços continentais tem o maior interesse. Ela documenta a dupla preocupação do Direito civil dos nossos dias de preencher requisitos de normalização e de diferenciação. A normalização exige um tratamento em sistema, com generalizações, parificações e conciliações. Ela atingiu um ponto alto no Código Civil italiano, que logrou dispensar à outrora disseminada caducidade um tratamento centralizado. A diferenciação requer a liberdade do legislador de, perante situações dotadas de requisitos específicos, dispensar regimes adequados e diferenciados.

VII. O Código Civil brasileiro de 2002, um tanto à semelhança do italiano e do português, veio consagrar, em geral, a caducidade (*decadência*). Fê-lo, porém, em moldes muito simples e elegantes, que passamos a consignar:

Artigo 207.° Salvo disposição legal em contrário, não se aplicam à decadência as normas que impedem, suspendem ou interrompem a prescrição.
Artigo 208.° Aplicam-se à decadência o disposto nos artigos 195.° e 198.°, I.
Artigo 209.° É nula a renúncia à decadência fixada na lei.

O artigo 195.° permite aos representados mover acção contra os representantes que não invoquem a prescrição; o artigo 198.°/1 não permite que a prescrição corra contra os incapazes. A aplicação desta regra à caducidade é justa: em Portugal, é necessário recorrer ao abuso do direito para solucionar o problema.

Resta acrescentar que a autonomização da decadência repousa num importante esforço doutrinário brasileiro, processado após o Código de 1916.

---

augewähltes Rechtsproblem aus der Inhaltskontrolle vertraglicher Ausschlussfristen (1996), 28 ss. e *passim* e RODERICH DOHSE, *Die Verjährung*, 9.ª ed. (2002), 13-14; a nível geral: LARENZ/WOLF, *Allgemeiner Teil des deutschen bürgerlichen Rechts*, 9.ª ed. (2004), 292-293.

[29] Na Alemanha, a terminologia fixa-se em torno de *Ausschlussfristen* (prazos de exclusão); na Suíça, encontramos *Fatalfristen* (prazos fatais); cf. KARL SPIRO, *Die Begrenzung privater Rechte durch Verjährungs-, Verwirkung und Fatalfristen* 2 (1975), 1147 ss..

4. A evolução em Portugal

I. Na tradição jurídica portuguesa, "prazo" equivalia à enfiteuse. Esta podia ser perpétua (prazo fateusim perpétuo) ou temporária (prazos por uma ou mais vidas ou prazos de nomeação)[30]. O emprazamento temporário correspondia à situação mais frequente, de tal modo que "prazo" veio a identificar-se, semanticamente, com a duração limitada e, depois, com o próprio lapso de tempo a ela correspondente.

A coerência terminológica subjacente explica a utilização alargada conhecida pela prescrição: a submissão de um direito ou posição equivalente a um termo temporal, cujo decurso implicasse a sua extinção, era reconduzido à prescrição.

II. A doutrina nacional do início do século XX apercebeu-se, todavia, de que estava perante fenómenos distintos: a prescrição e a existência de prazos para o exercício de certas posições.

GUILHERME MOREIRA, pioneiro, chama a atenção para o facto de a própria lei chamar prescrição quer à "... adquisição dum direito pela posse e a desoneração duma obrigação pelo facto de se não exigir o seu cumprimento, como o facto de não se poder exercer um direito quando haja decorrido o prazo para esse effeito fixado na lei"[31]. Este Autor isola o que chama *termo prefixado para o exercício de direitos* explicando que, ao contrário da prescrição, ele não atinge os direitos subjectivos mas, apenas, os "poderes" de os constituir, isto é, os direitos potestativos. O tempo seria, aqui, um elemento essencial; as causas que interrompem ou suspendem a prescrição não são, aqui, aplicáveis; não há distinção entre a boa e a má fé e não é admitida a renúncia. Em suma: o regime do *termo prefixado* é mais enérgico do que o da prescrição[32].

CABRAL DE MONCADA, por seu turno, separa claramente, da prescrição, a *caducidade* ou *perempção*[33]. A prescrição implicaria a extinção pelo não-exercício, enquanto a perempção traduziria o "... termo natural

---

[30] Cf. J. H. CORRÊA TELLES, *Digesto Portuguez*, 3 (ed. 1909, equivalente à de 1846), 129.

[31] GUILHERME ALVES MOREIRA, *Instituições de Direito civil português*, vol. I, *Parte geral* (1907), 759.

[32] *Idem*, 760.

[33] LUÍS CABRAL DE MONCADA, *Lições de Direito civil/Parte geral*, 3.ª ed., II (1959), 429 ss. e 442 ss.. O texto remonta à edição de 1932-1933.

da eficácia dos direitos em virtude de ter chegado o seu limite máximo de duração"[34]. O Autor explica que a perempção se dirige, em primeira linha, aos direitos potestativos[35].

Esta orientação veio a ser sufragada por ALBERTO DOS REIS[36], por MANUEL DE ANDRADE[37] e por BARBOSA DE MAGALHÃES[38].

Tínhamos, deste modo, uma orientação bem amparada que reservava a prescrição para os direitos subjectivos em sentido próprio, ficando a caducidade para os direitos potestativos. Mas ela não era unívoca: DIAS MARQUES, ilustre Professor ora homenageado, profundo estudioso da matéria da prescrição e da caducidade[39], vem reservar a primeira para os direitos de crédito[40].

III. Na falta de leis claras, a jurisprudência tinha a maior das dificuldades em acompanhar a contraposição[41].

As noções de prescrição e de caducidade eram confundidas, na produção jurisdicional. Assim, em RPt 21-Mai.-1925, entendeu-se que o prazo de 6 meses, fixado pelo artigo 5.º, § 8.º, da Lei n.º 1.662, e contado desde o conhecimento, pelo senhorio, das "infracções" do inquilino, para mover a acção de despejo, era de prescrição[42]. E em STJ 19-Fev.--1926, julgou-se como sendo de prescrição o prazo de um ano dado ao então menor e a contar da sua maioridade, para exercer determinada opção[43].

---

[34] Idem, 2, 442.

[35] Idem, 2, 446-447 e nota 1, nesta última página.

[36] JOSÉ ALBERTO DOS REIS, Caducidade e caso julgado na acção de investigação de paternidade ilegítima, RLJ 76 (1943), 49-54 (50/I), defendendo a caducidade do assento de 18-Abr.-1933, perante o novo Código de Processo Civil.

[37] MANUEL DE ANDRADE, Teoria geral da relação jurídica, vol. II – Facto jurídico, em especial negócio jurídico (1960, 3.ª reimp., 1972), 463 ss.; na ed. de RICARDO DA VELHA (1953), 487 ss..

[38] JOSÉ BARBOSA DE MAGALHÃES, Prazos de caducidade, de prescrição e de propositura de acções (1950), 25 ss. e passim.

[39] Recordem-se, todas de JOSÉ DIAS MARQUES, Teoria geral da caducidade, O Direito LXXXIV (1952), 11-49 e, depois, em livro do mesmo título, 1953, A prescrição extintiva (1953) e A prescrição aquisitiva (2 volumes, 1960).

[40] Em especial: A prescrição extintiva cit., 71 ss..

[41] Cf. ANÍBAL DE CASTRO, A caducidade/na doutrina, na lei e na jurisprudência (caducidade resolutiva) (1962), especialmente 17 ss..

[42] RPt 21-Mai.-1925 (EDUARDO CARVALHO), GRLx 39 (1925), 212-213.

[43] STJ 19-Fev.-1926 (A. OSÓRIO DE CASTRO), GRLx 40 (1926) 29-30.

Em STJ 6-Jan.-1928 entendeu-se, porém, que o processo para a concessão de assistência judiciária não pode interromper nem prorrogar o prazo legal para a propositura da acção de investigação de paternidade ilegítima: não haveria, aqui, prescrição[44]. STJ 18-Jan.-1929 inverte o entendimento: considerou de prescrição o prazo de 6 meses para se intentar uma acção de preferência[45].

O importante acórdão do STJ 4-Mai.-1929, a propósito do prazo para intentar certa acção, afirma que não é de prescrição, mas antes de *déchéance* ou de *decadenza*: introduz o tema "caducidade", para o designar[46]. Mas logo em STJ 20-Mai.-1930 volta a surgir uma indiferenciação[47]. Por pouco tempo: STJ 6-Jun.-1930, vem dizer:

> É, por assim dizer-se, a extinção dum mero poder legal, por não ser exercido dentro de determinado lapso de tempo; e o decurso de tal espaço de tempo não pode ser tido como prescrição, a que se refere o Cód. Civ. no seu art. 505.° e § ún.
>
> É uma situação jurídica que entre nós se intitula *caducidade*, e que os franceses chamam *déchéance*[48].

A controvérsia acabaria por ser solucionada por assento do STJ de 18-Abr.-1933, assim tirado[49]:

> É de prescrição e não de caducidade o prazo marcado nas leis para propositura de acções.

---

[44] STJ 6-Jan.-1928 (CASTRO E SOLA), GRLx 42 (1928), 95-96 (95/II) = RLJ 61 (1928), 150-151; não se chegou a falar em caducidade.

[45] STJ 18-Jan.-1929 (CASTRO E SOLA), RLJ 62 (1929), 396-398 (398/II). Em Anot., a RLJ cit., 398/400 (400/I) explica que o prazo em causa não é de prescrição, mas antes o que os franceses chamam *déchéance* e os italianos *decadenza*.

[46] STJ 4-Mai.-1929 (J. CIPRIANO), RLJ 62 (1929), 168-169 (169/I).

[47] STJ 20-Mai.-1930 (A. CAMPOS), RLJ 63 (1930), 138-140.

[48] STJ 6-Jun.-1930 (AREZ), GRLx 44 (1930), 171-172 (172/II); cf. também GRLx cit., 316-317.

[49] STJ 18-Abr.-1933 (VIEIRA RIBEIRO), DG I, n.° 97, 706-707, de 4-Mai.-1933; houve seis votos de vencido. A justificação do Supremo foi radical:

> Quanto a ser de caducidade ou de prescrição o prazo para a propositura de acções, não se encontra nos nossos códigos o instituto da caducidade, antes em diversos artigos se menciona sempre a expressão prescrição para designar o prazo findo o qual o sujeito de um direito o perde por o não ter exercido dentro de certo prazo.

Dos votos de vencido, retemos o seguinte troço do do Conselheiro A. BRANDÃO:

> O assento é contra a generalidade dos doutrinários, professores e jurisconsultos nacionais e estrangeiros que, sem prejuízo da consciência e autonomia

A doutrina deste assento foi afastada pelo Código de Processo Civil de 1939.

IV. A Ciência Jurídica nacional estava madura para uma clarificação legislativa: tal o papel do Código Civil de 1966.

No seu estudo preparatório, VAZ SERRA faz o ponto da situação nas doutrinas nacional e estrangeira[50]. Aprova a expressão "caducidade", já corrente[51] e opta pela sua distinção da prescrição[52].

Na base da escolha de VAZ SERRA está a ideia de que, na caducidade operam "razões objectivas de segurança jurídica, sem atenção à negligência ou inércia do titular, mas apenas com o propósito de garantir que, dentro do prazo nela estabelecido, a situação se defina". Essas mesmas razões surgiriam, também, na prescrição: as temperadas pela "ideia de negligência do titular e pela de disponibilidade da outra parte quanto a valer-se da prescrição"[53]. Assim se justificaria o essencial da diferença de regime entre as duas figuras[54].

No anteprojecto proposto por VAZ SERRA, a caducidade constava de 9 artigos (28.º a 36.º) surgindo ainda, no artigo 37.º, com uma disposição transitória[55].

Nas revisões ministeriais a matéria foi condensada, sendo então patente uma certa influência do Código Civil italiano[56].

---

própria dos julgadores, bem contribuem para a formação da sua mentalidade profissional.
[50] ADRIANO VAZ SERRA, *Prescrição extintiva e caducidade* cit., n.os 101 ss. (486 ss.).
[51] *Idem*, 511.
[52] *Idem*, 514.
[53] *Idem, ibidem*.
[54] *Idem*, 516-602.
[55] *Idem*, 620-625.
[56] JACINTO RODRIGUES BASTOS, *Das relações jurídicas*, 4 (1968), 198 ss..

II – O REGIME GERAL DA CADUCIDADE

5. A determinação da natureza do prazo

I. A aplicação do regime da caducidade depende de, perante um prazo, se poder determinar a sua natureza: prazo de prescrição ou prazo de caducidade?

Antes da consagração expressa da caducidade, o problema era complexo: exigia uma ponderação, norma a norma, dos objectivos do legislador. E a ponderação em causa ficava dependente dos fins que se pretendessem imputar a uma ou à outra das duas figuras em presença. Hoje, o artigo 298.º/2 contém uma solução clara:

> Quando, por força da lei ou da vontade das partes, um direito deva ser exercido dentro de certo prazo, são aplicáveis as regras da caducidade, a menos que a lei se refira expressamente à prescrição.

Na hipótese de um "prazo" por vontade das partes, dificilmente se poderia cair na prescrição: fosse esse o caso e a inerente cláusula seria nula, dado o artigo 300.º. Perante um prazo legal: ou a disposição relevante contém a palavra "prescrição", associando-a à prescrição ou caímos na caducidade[57]. Trata-se de normas estritas e plenas: apenas admitem uma interpretação literal e são imunes, seja à analogia, seja à redução teleológica. De outro modo, perder-se-ia o objectivo último do Direito, quando fixa prazos: a segurança jurídica[58].

II. Apesar da natureza estrita e plena da norma que refira (ou que omita) a prescrição, há sempre um mínimo de controlo que o sistema deve exercer sobre cada uma das suas decisões. Assim, poderíamos admitir a hipótese de, num preceito, se referir a "prescrição" mas, em simultâneo: estabelecendo normas tais que seja evidente tratar-se de caducidade. E inversamente: poderia faltar a menção expressa à "prescrição" (ou, até: referenciar-se, de forma expressa, a caducidade), sendo todavia óbvio,

---

[57] PIRES DE LIMA/ANTUNES VARELA, *Código Civil Anotado*, 1, 4.ª ed. (1987), 272. Cf. RLx 15-Mar.-1974 (s/ind. relator), BMJ 325 (1974), 337 (o sumário).
[58] STJ 31-Jan.-1980 (JOÃO MOURA), BMJ 293 (1980), 252-255 (255): "... as disposições legais que estabelecem prazos de caducidade não podem aplicar-se a situações que nas mesmas não estejam clara e taxativamente definidas e concretizadas".

pelo conjunto do comando, que é mesmo de prescrição que se trata. Nessa altura, o legislador incorreria em *protestatio facta contraria*, prevalecendo o sentido (expresso) do conjunto do preceito. A partir daí, só é de admitir um controlo através da boa fé e da modelação das consequências da decisão imposta pela prescrição/caducidade.

Resta acrescentar que o Direito português vigente é particularmente claro e seguro, nesta contraposição[59].

III. Perante o artigo 298.°/2, poderia parecer que, no Direito português, a regra geral é a da caducidade: cair-se-ia, por defeito e perante um suplemento de normatividade, na prescrição. Não é assim.

O princípio mais básico é o da prescrição. A ela estão sujeitos todos os direitos disponíveis que a lei não declare isentos de prescrição – 298.°/1. No silêncio da lei, essa regra tem aplicação. A presença de uma norma que imponha um prazo é – ela sim – um *plus* regulativo que apela à caducidade. De outro modo, estaríamos perante um regime *ad hoc* de prescrição. Compreende-se, a essa luz, que apenas havendo uma menção expressa à prescrição, será possível reconduzir-lhe o prazo em causa.

Noutros termos: salvo a prescrição, as posições jurídicas activas não estão sujeitas, por regra, a nenhum prazo; os seus titulares exercê-las-ão quando entenderem.

IV. Determinado o estar-se perante um prazo de caducidade, cumpre ainda averiguar se tal prazo é substantivo ou judicial.

Em princípio, é substantivo, com a consequente aplicação do regime do artigo 279.°[60] e, designadamente: terminando a um Sábado, ele é transferido para o primeiro dia útil seguinte[61]. A sua natureza substantiva im-

---

[59] Designadamente: mais seguro do que o Código Civil italiano que, no artigo 2964.°, se limita a dispor:

> Quando um direito deva ser exercido dentro de determinado prazo sob pena de caducidade, não se aplicam as regras relativas à interrupção da prescrição. Igualmente não se aplicam as regras relativas à suspensão, salvo se se dispuser diferentemente.

De facto, as normas consideradas como de caducidade nada referem. Também o Código Civil brasileiro não dispõe, de modo expresso, quando se aplica a prescrição ou a decadência (189.° ss. e 207.° ss.): caberá ao intérprete aplicador fazê-lo.

[60] *Tratado* I/4 cit., n.° 59.
[61] RLx 12-Fev.-1982 (RICARDO DA VELHA), CJ VII (1982) 1, 182-184 (184/I).

põe-se pelo tipo de situação atingida[62]. Mas o direito de requerer a suspensão das deliberações sociais, ainda que beneficiando do regime dos prazos judiciais, visto o artigo 144.°/4 do CPC[63], é igualmente substantivo: atente-se nas suas projecções, que não são puramente processuais.

6. Tipos de caducidade

I. A caducidade é susceptível de algumas classificações. Porventura melhor: de ordenações em função de certas características diferenciadoras que possa assumir.

Em primeiro lugar, a caducidade pode ser legal ou convencional, consoante seja predisposta directamente pela lei ou por convenção das partes (330.°/1). A caducidade convencional tem um regime diferenciado, que encontraremos adiante: artigos 330.°/2 e 331.°/2, por exemplo e em parte.

II. De seguida, podemos distinguir a caducidade relativa a matéria disponível e a matéria indisponível. No primeiro caso, as partes podem alterar o regime legal, ao contrário do que sucede no segundo (330.°/1). De igual modo, perante direitos disponíveis, surge o reconhecimento do direito como facto impeditivo (331.°/2), enquanto a sua apreciação não é oficiosa (333.°).

Grosso modo são indisponíveis as situações jurídicas de natureza não-patrimonial, nas áreas dos direitos de personalidade e da família. São ainda indisponíveis as posições de tipo público, que tenham a ver com o funcionamento dos tribunais ou da Administração.

III. Em terceiro lugar, encontramos caducidades relativas a actos substantivos e a acções judiciais: as primeiras precludem direitos extrajudiciais, enquanto as segundas se reportam ao direito de propor certa acção em juízo. Estas últimas têm regras especiais: artigo 332.°.

---

[62] RPt 31-Out.-1991 (CESÁRIO DE MATOS), BMJ 410 (1991), 876 (o sumário), no tocante a um direito de preferência.

[63] RCb 2-Mar.-1999 (ARAÚJO FERREIRA), CJ XXIV (1999) 2, 13-14 (14); cf. RPt 14-Dez.-2000 (SOUSA LEITE), CJ XXV (2000) 5, 215-216 (216), quanto à restituição de posse.

IV. A caducidade pode, finalmente, ser classificada em função do sector jurídico-normativo em que se ponha. Teremos, como exemplos, as caducidades obrigacional, real, de Direito da família e sucessória. Os termos classificativos alargam-se, para lá do Direito civil, a todo o ordenamento. Deve notar-se que as áreas mais densas em termos de manifestações de prazos de caducidade são precisamente aquelas em que se verifica um maior intervencionismo do Estado, em termos de cercear a livre autonomia das partes: o Direito do trabalho, particularmente nas áreas disciplinares e dos acidentes e o Direito do arrendamento.

7. Início, suspensão

I. O prazo de caducidade, salvo se a lei fixar outra data, começa a correr no momento em que o direito puder legalmente ser exercido – 329.°[64]. A norma distingue-se, em dois pontos, da da equivalente, quanto à prescrição (306.°):

– prevê que a lei possa fixar outra data;
– não associa o início do decurso do prazo à exigibilidade.

---

[64] A determinação do momento em que o direito possa ser exercido exige uma cuidadosa ponderação caso a caso. Assim, o início depende, muitas vezes, do conhecimento do facto que habilite a agir – STJ 21-Mai.-2002 (PAIS DE SOUSA), CJ/Supremo X (2002) 2, 83-85 (84/II), quanto a obras como fundamento de despejo, STJ 4-Dez.-2002 (VÍTOR MESQUITA), AcD XLII (2003) 500-501, 1395-1412 (1409), quanto ao conhecimento da infracção disciplinar laboral, para efeitos de intentar o competente processo (sendo de notar que a lei falava, aqui, em prescrição), RLx 18-Dez.-2002 (GUILHERME PIRES), CJ XXVII (2002) 5, 160-161 (160/II) e RCb 3-Jun.-2003 (HELDER ROQUE), CJ XXVIII (2003) 3, 27-29 (29/II), quanto ao conhecimento da razão invocada pelo testador, para contagem do prazo para impugnar a deserdação.

O início do prazo pode estar associado à estrutura normativa do tema em jogo – p. ex.: a caducidade do processo disciplinar instaurado com fundamento em faltas injustificadas durante um ano civil só se inicia no primeiro dia do ano civil seguinte – RLx 18-Dez.-2002 cit., CJ XXVII, 5, 160/II; o prazo de caducidade de acção de acidente de trabalho só começa a correr com a efectiva entrega ao sinistrado do boletim de alta e não com o mero conhecimento dessa alta – RLx 18-Dez.-2002 (MARIA JOÃO ROMBA), CJ XXVII (2002) 5, 161-162 (162/I); o prazo para pedir a anulação de uma procuração irrevogável por coacção moral conta-se a partir da data em que prescreveu o correspondente procedimento criminal – RLx 25-Fev.-2003 (ROSA RIBEIRO COELHO), CJ XXVIII (2003) 1, 116-118 (118/I); nos acidentes de trabalho, a instância inicia-se com o recebimento em juízo da participação do sinistro, pelo que o prazo de caducidade se conta desde essa data e não da da petição inicial – RCb 11-Mar.-2003 (BORDALO LEMA), CJ XXVIII (2003) 2, 56-58 (57/I).

O primeiro ponto pareceria pouco relevante: a lei poderá sempre determinar qualquer outro ponto *a quo*, para a contagem do prazo, que não o da possibilidade do exercício[65]. Todavia, essa eventualidade, na prescrição, não faria sentido, uma vez que retiraria a dimensão social ao próprio decurso do prazo. Já na caducidade, o caso é diverso: imperam razões de normalização que bem poderiam exigir prazos "cegos": contados a partir de momentos visíveis e independentemente de poder haver qualquer exercício da posição atingida[66].

O segundo prende-se com a ligação genética da prescrição às obrigações. Como veremos, o regime geral da prescrição está talhado para as obrigações: donde o artigo 306.°/1, 2.ª parte e, ainda, os números 3 e 4 desse mesmo preceito.

II. No domínio da caducidade, não se aplicam as regras sobre suspensão e interrupção do prazo, que funcionam perante a prescrição – 328.°. Este artigo não refere aquele último aspecto: o Código Civil, todavia, só a propósito da prescrição refere essas duas eventualidades – 318.° e seguintes e 323.° e seguintes.

III. O artigo 328.° ressalva a hipótese de a lei determinar a aplicação, ao prazo de caducidade, das regras sobre a suspensão e a interrupção. Assim sucede no tocante aos casos de caducidade convencional – 330.°/2: aí, supletivamente, funciona o instituto da suspensão, tal como previsto para a prescrição.

Um exemplo mais nítido é-nos dado pelo artigo 2308.°/3, no domínio da caducidade do direito de invocar a nulidade ou a anulabilidade dos testamentos.

IV. Pergunta-se, agora, como decidir nos casos em que se tenha impedido o titular do direito de intentar a tempo a acção impeditiva da caducidade e, depois, se tenha vindo invocar esta última. Na falta de outra norma que permita manter a justiça, haverá que fazer apelo ao princípio da boa fé, de tal modo que a acção se tenha por intentada no momento em que se verificou a perturbação impeditiva[67].

---

[65] STJ 24-Mar.-1977 (DANIEL FERREIRA), BMJ 265 (1977), 191-195 (194).

[66] Assim: a anulação dos actos dos menores pode ser desencadeada no prazo de um ano – 125.°, *b*) e *c*) – a contar da sua maioridade ou emancipação ou da sua morte.

[67] Assim, VAZ SERRA, Anot. STJ 5-Dez.-1972 (EDUARDO GUEDES CORREIA), RLJ 107 (1974), 20-23, *idem*, 23-28 (25).

8. Decurso do prazo e causas impeditivas

I. A caducidade, uma vez em funcionamento, é inelutável[68]. A caducidade só é detida pela prática, dentro do prazo legal ou convencional, do acto a que a lei ou uma convenção atribuam o efeito impeditivo – 331.º/1. Infere-se, daqui, que a "causa impeditiva da caducidade" é muito diversa da da prescrição: ela terá de coincidir, na prática, com a prática do próprio acto sujeito à caducidade[69].

O decurso do prazo de caducidade não é interferido por vicissitudes ocorridas em relações paralelas ou na própria relação em que ele se insira.

Assim, a caducidade do direito de pedir a rescisão de um contrato de trabalho não é afectado pela suspensão desse mesmo contrato[70]; a caducidade da acção de restituição de posse (1282.°) não é interrompida pela instauração do procedimento cautelar de restituição provisória[71]; do mesmo modo, a caducidade da acção de impugnação de deliberação social não é interrompida pelo pedido de suspensão da mesma[72].

II. A caducidade é declarada pela entidade competente para reconhecer o direito envolvido. Como exemplos: o Instituto Nacional da Propriedade Industrial, quanto à caducidade do registo de marcas[73], os tribunais judiciais, nas questões comuns e os tribunais administrativos, quanto à acção expressamente destinada a obter a declaração de caducidade da declaração de utilidade pública da expropriação[74].

Qualquer beneficiário pode invocar extrajudicialmente a caducidade de qualquer pretensão com que se veja confrontado[75]. Uma vez demandado, invocá-la-á por via de excepção.

---

[68] Assim e como exemplo, segundo STJ 3-Jun.-2003 (REIS FIGUEIRA), CJ/Supremo XI (2003) 2, 90-93 (92), para efeitos de contagem do prazo de caducidade de um registo provisório, não há que distinguir entre registo provisório por dúvidas e provisório por natureza: em ambos os casos, ele começa a correr na data em que foi efectuado, se dele houve notificação ao interessado ou no 15.° dia posterior à apresentação, na hipótese inversa.

[69] RLx 30-Nov.-1977 (CAMPOS COSTA), BMJ 273 (1977), 316 (o sumário). Em certos casos, a lei prevê factos diversos como interrompendo a caducidade; assim, a prova do uso para evitar a caducidade do registo da marca: STJ 24-Out.-2002 (FERREIRA GIRÃO), CJ/Supremo X (2002) 3, 108-110 (110/I).

[70] STJ 8-Mai.-2002 (PEDRO SOARES), CJ/Supremo X (2002) 2, 262-266 (265/II).

[71] REv 26-Out.-2000 (ANA GERALDES), CJ XXV (2000) 4, 270-272 (271/II).

[72] STJ 11-Mai.-1999 (MARTINS DA COSTA), BMJ 487 (1999), 249-251 (250).

[73] RLx 21-Fev.-2002 (SALAZAR CASANOVA), CJ XXVII (2002) 1, 107-109 (108/I)

[74] STJ 5-Mar.-2002 (RIBEIRO COELHO), CJ/Supremo X (2002) 1, 128-132 (131/II).

[75] Cf. o artigo 303.°, aplicável *ex vi* artigo 333.°/2.

Quando a caducidade se refira ao direito de propor certa acção em juízo e esta for tempestivamente proposta, põe-se o problema da sua articulação com a absolvição da instância ou eventualidades similares. Nessa eventualidade, o artigo 332.°/1 remete para o 327.°/3: não se considera completada a caducidade antes de decorrerem dois meses sobre o trânsito em julgado da decisão; sendo o prazo fixado para a caducidade inferior a dois meses, estes são reduzidos para o prazo em causa – 332.°/1, 2.ª parte. Sendo a instância interrompida, não se conta, para efeitos de caducidade, o prazo decorrido entre a proposição da acção e a interrupção da instância – 332.°/2.

III. Tratando-se de caducidade convencional ou de caducidade relativa a direito disponível, o artigo 331.°/2 admite que ela seja detida pelo reconhecimento do direito por parte daquele contra quem deva ser exercido[76]. A jurisprudência exige que o reconhecimento tenha o mesmo efeito do que a prática do acto sujeito a caducidade[77]. Não vale como tal uma "simples admissão genérica (...) mas um reconhecimento concreto, preciso, sem ambiguidades ou de natureza, vaga ou genérica"[78]. Além disso, para ter efeitos impeditivos da caducidade, o reconhecimento deve ter lugar antes de o direito em jogo ter caducado[79].

9. O conhecimento oficioso

I. No tocante à apreciação oficiosa da caducidade, é fundamental saber-se se estamos perante matéria disponível ou indisponível.

Perante situações excluídas da disponibilidade das partes, a caducidade é apreciada oficiosamente[80]. Além disso, ela pode ser alegada em qualquer fase do processo – 333.°/1[81].

---

[76] VAZ SERRA, Anot. STJ 5-Dez.-1972 cit., 25.
[77] RLx 30-Nov.-1977 (CAMPOS COSTA), BMJ 273 (1977), 316 (o sumário).
[78] RPt 6-Out.-1987 (METELLO DE NÁPOLES), CJ XVII (1987) 4, 229-231 (230/II) e STJ 25-Nov.-1998 (MARTINS DA COSTA), BMJ 481 (1998), 430-436 (435).
[79] REv 15-Abr.-1993 (ARMANDO LUÍS), BMJ 426 (1993), 545 (o sumário).
[80] Não tem, pois, de ser invocada pelas partes: RLx 24-Nov.-1980 (PEDRO MACEDO), CJ V (1980) 5, 56-57 (57/II).
[81] E logo, também na fase dos recursos, como se infere, *a contrario*, de STJ 1-Jun.-1988 (BALTAZAR COELHO), BMJ 378 (1988), 728-733 (731).

Como exemplos jurisdicionais de situações em que se entendeu haver lugar à declaração oficiosa de caducidade temos: a caducidade do direito de requerer a falência[82]; a caducidade do registo de marcas para exportação[83]; a caducidade do direito previsto no artigo 225.º do CPP, relativo ao direito de indemnização por prisão preventiva manifestamente ilegal[84].

Como se vê, em todos estes casos dominam valores e, concretamente, posições jurídicas que transcendem a esfera do interessado na (não-)caducidade.

II. Em face de matéria não excluída da disponibilidade das partes, o artigo 331.º/2 remete para o 303.º. Segundo este preceito, o tribunal não pode suprir, de ofício, a prescrição: esta deve ser invocada, judicial ou extrajudicialmente, por aquele a quem aproveita, pelo seu representante ou, tratando-se de incapaz, pelo Ministério Público.

Ficam abrangidas pela regra da não oficiosidade[85]:

– as caducidades impostas por lei mas relativas a direitos disponíveis: normalmente, de natureza patrimonial;
– as caducidades fixadas por convenção entre as partes.

III. Na casuística encontramos, como hipótese de oficiosidade: a caducidade do direito de pedir o reconhecimento da paternidade ilegítima[86]; e como casos de não-oficiosidade, a caducidade do direito, por parte do trabalhador, de rescindir o contrato de trabalho com justa causa[87]; a caducidade do procedimento disciplinar laboral[88].

Como se vê, as hipóteses documentadas ocorrem nas áreas sensíveis do arrendamento e do trabalho subordinado.

---

[82] RPt 2-Mar.-1999 (FERREIRA DE SEABRA), BMJ 485 (1999), 485/II (o sumário).

[83] STJ 26-Out.-1999 (GARCIA MARQUES), BMJ 490 (1999), 250-255 (255/II).

[84] RLx 3-Fev.-2004 (TOMÉ GOMES), CJ XXIX (2004) 1, 98-100 (99/I, citando outra jurisprudência).

[85] REv 21-Mar.-1998 (ANTÓNIO DA SILVA GONÇALVES), BMJ 477 (1998), 588 (o sumário).

[86] RPt 2-Jul.-1971 (s/ind. relator), BMJ 209 (1971), 193.

[87] STJ 8-Mai.-2002 (MANUEL PEREIRA), AcD XLII (2003) 493, 125-136 (136); cf. o acórdão do STJ do mesmo dia 8-Mai.-2002 (EMÉRICO SOARES), AcD XLII (2003) 493, 148-175 (167), indicando outra jurisprudência.

[88] STJ 21-Mai.-2003 (AZAMBUJA DA FONSECA), AcD 506, 283 XLIII (2004) 506, 283-296 (295-296), uniformizando jurisprudência.

III – A NATUREZA E A EFICÁCIA DA CADUCIDADE

10. Caducidade e prescrição

I. Examinado o regime da caducidade, cabe definir a sua natureza e fixar o sentido da sua eficácia. Ambos esses aspectos permitirão completar e confirmar quanto ficou definido sobre as regras aplicáveis. E o perfil do instituto ficará mais preciso procedendo-se à sua contraposição com a prescrição.

Em primeira linha, a caducidade distingue-se da prescrição por exigir, ao contrário desta, específicas previsões: legais ou contratuais. A prescrição contenta-se com a previsão geral do artigo 298.°/1, embora possa comportar disposições particularizadas, mormente quando fixem regimes diferenciados. Já a caducidade exige, sempre, essas mesmas disposições. Por regra, as posições jurídicas não caducam.

II. Os campos de aplicação da caducidade e da prescrição são, tendencialmente, distintos. A caducidade, na tradição de GUILHERME MOREIRA, reporta-se, de modo predominante, a direitos potestativos. A prescrição, por seu turno, na tradição de DIAS MARQUES, assume uma feição estruturalmente dirigida às obrigações.

Não há nenhuma regra absoluta que imponha tais áreas de influência. O Direito, na sua regulação, comporta sempre áreas indefinidas ou de interpenetração. Todavia, a clivagem é muito mais operacional, no terreno, do que o perceptível à primeira vista.

III. A prescrição é imune à vontade das partes (300.°). Pelo contrário, a caducidade, conquanto que apenas nas áreas disponíveis, pode ser modelada pela autonomia privada: seja prevendo novas hipóteses, seja fixando regras distintas das legais (330.°/1). A lei teve o cuidado de ressalvar "... a fraude às regras legais de prescrição" (330.°/1, *in fine*). Cautela dispensável: nunca seria possível, em termos jurídicos, afastar ou prejudicar as regras da prescrição, por natureza imperativas. Quaisquer cláusulas contratuais a tanto destinadas cairiam, de imediato, na invalidade por contrariedade à lei (280.°/1).

IV. A caducidade tem prazos em regra curtos (são frequentes hipóteses de dez ou quinze dias), ao contrário da prescrição, cujo horizonte é constituído pelo prazo ordinário de vinte anos (309.º). Mesmo as prescrições presuntivas ficam pelos seis meses de prazo (316.º). Relacionada com o diverso espírito das duas figuras já patenteado nas diferentes durações dos prazos, temos a forma distinta por que decorrem e são interrompidos. Na prescrição, a lei prevê, com desenvolvimento, os casos de suspensão (318.º e seguintes) e de interrupção (323.º e seguintes). Já na caducidade isso, em princípio, não sucede (328.º): exige-se, para tanto, uma previsão específica, mau grado uma aplicação supletiva da suspensão às caducidades convencionais (330.º/2).

V. Por fim, a caducidade estabelecida em matéria indisponível é oficiosamente apreciada pelo tribunal (333.º/1), numa possibilidade que nunca se verifica com a prescrição (303.º).

11. Efeitos e natureza

I. A prescrição tem, como efeito final, o de converter as obrigações civis em naturais[89]: o beneficiário pode opor-se, por qualquer modo, ao exercício do direito prescrito (304.º/1); todavia, se realizar espontaneamente a correspondente prestação, mesmo na ignorância da prescrição, já não a pode repetir (304.º/2).

Não podemos aplicar estas regras à caducidade. Temos, para tanto, várias razões confluentes. Assim:

– só há obrigações naturais quando previstas especificamente pela lei; trata-se, designadamente, de uma consequência do artigo 809.º;
– a remissão tem natureza contratual: artigo 863.º;
– as regras de caducidade são de direito estrito, como emerge do próprio artigo 328.º.

II. A pessoa que "cumpra" um direito caducado pode sempre repetir o "pagamento", por via do artigo 476.º: cumprimento de uma obrigação inexistente. Se o tiver feito de modo consciente, poderá haver uma proposta de doação ou equivalente.

Na presença de direitos disponíveis, a caducidade deve ser invocada. Não o sendo, não produz efeitos.

---

[89] *Tratado* I/4 cit., n.º 82.

Resta concluir que a caducidade eficaz, seja por recair em situações indisponíveis, seja por ter sido invocada é, efectivamente, extintiva: não, como a prescrição, meramente modificativa.

III. Resta definir a sua natureza. Aí, não podemos evitar uma dicotomia consoante recaia sobre matéria indisponível ou disponível. Assim:

– a caducidade reportada a posições indisponíveis traduz uma delimitação temporal às situações envolvidas: atingido o prazo fixado, elas cessam *ipso iure*;
– a caducidade reportada a posições disponíveis confere, ao beneficiário, um direito potestativo: o de, através da declaração de vontade que consiste em invocar a própria caducidade, por termo à situação jurídica atingida.

O termo "caducidade" acaba, deste modo, por dar abrigo a duas figuras essencialmente distintas. Por isso e como vimos, os regimes aplicáveis, nos dois casos, são diversos.

IV. A caducidade, mormente nas manifestações que acima chamámos "punitivas"[90] tem ainda um importante papel: determina, na esfera das pessoas contra quem possa actuar, o surgimento de encargos materiais: impele-as a exercer determinados direitos, de tipo potestativo, de modo a que eles não subsistam, pendentes, na ordem jurídica, com as sequelas da indefinição e da incerteza.

---

[90] *Supra*, n.º 2, II.

REGISTO PREDIAL:
PRINCÍPIOS ESTRUTURANTES E EFEITOS[1]

ARMINDO SARAIVA MATIAS[2]

SUMÁRIO: *1. Breve nota histórica. 2. Princípios estruturantes: 2.1. Da instância; 2.2. Da legalidade; 2.3. Da tipicidade; 2.4. Do trato sucessivo; 2.5. Da prioridade; 2.6. Da legitimação. 3. Efeitos do Registo: 3.1. Efeito da fé pública; 3.2. Efeito da compatibilização das presunções fundadas na posse e no registo; 3.3. Efeito da eficácia "erga omnes"; 3.4. Efeito enunciativo ou declarativo; 3.5. Efeito consolidativo; 3.6. Efeito constitutivo. 4. Registo aquisitivo ou aquisição tabular: regime do art. 291.º do Código Civil e o regime registal do art. 17.º do Código do Registo Predial. 5. Registo e "usucapio". 6. Algumas notas de direito comparado. 7. Nota final sobre os conceitos de "terceiro" no registo predial.*

---

[1] Dedico este trabalho, de génese pedagógica, à memória do Senhor Professor Doutor José Dias Marques, cultor exímio do direito dos Registos e do Notariado.

O Senhor Professor Dias Marques foi meu Mestre, meu Patrono e meu Amigo.

Em tempos já longínquos, presidiu ao júri do meu exame de Introdução ao Estudo do Direito e, nesse mesmo dia, convidou-me para integrar o Seu escritório. Aceitei. Passei a fazer parte da Sua equipa, designadamente, na docência da inovadora disciplina de Direito Económico Comparado, no, então, ISE.

Foi, depois, meu Patrono de estágio.

Tive o privilégio de beneficiar do Seu conselho, invariavelmente sábio, da Sua experiência viva e palpitante, da Sua fabulosa inteligência que Lhe permitia intuir, vertiginosamente, a solução jurídica para o caso mais complexo. Sublime no poder de síntese, manejava, com iguais destreza e perspicácia, o direito substantivo e processual.

Um grande Jurista, um grande Advogado, um grande Professor.

[2] Professor Associado da Universidade Autónoma de Lisboa. Advogado.

1. Breve Nota Histórica

O problema do registo, mormente do registo predial, surge, ineluta-velmente, com a necessidade de dar publicidade a direitos, situações jurídicas ou simples factos.

Aquela publicidade pode resultar e resulta, normalmente, *espontânea*, mas, por vezes, ela tem de ser – convém que seja – *provocada*.

No primeiro caso, a publicidade espontânea nasce, naturalmente, da aparência, de factos, actos ou situações que são praticados ou ocorrem em público.

Há, no entanto, casos, em que a publicidade se torna indispensável, no mundo do direito e, não obstante, tais situações seriam sempre desconhecidas, se não fossem voluntariamente publicitadas – trata-se de publicidade *provocada*.

Sucede, mesmo, que a publicidade provocada se reporta, as mais das vezes, às situações jurídicas mais importantes. Lembre-se o estado das pessoas, recorde-se a situação jurídica dos bens imóveis.

Temos, assim, que enquanto a publicidade espontânea não carece de nenhum instrumento ou artifício (como é o caso da posse) a publicidade provocada necessita de instrumento adequado e que é o respectivo r*egisto* (registo civil no caso do estado das pessoas, registo predial em caso de prédios, registo de bens móveis, tratando-se de automóveis, aeronaves e navios).

O sistema de registo, em Portugal, de forma sistematizada, surgiu, apenas, com a Lei Hipotecária de 1836, aliás alterada poucos anos depois, em 1863.

Durante a época medieval, há referências dispersas a *forais* e *tombos* que publicitavam a atribuição de certos bens. Mas não pode falar-se de registo pelo seu carácter assistemático e eventual.

Como registo organizado, surge, apenas, na segunda metade do Século XIX, sendo o seu regime acolhido pelo Código Civil de 1867, a propósito da hipoteca.

De então para cá, houve uma sucessão de diplomas tendentes a autonomizar o registo predial do Código Civil, designadamente em 1928, 1929 e, sobretudo, em 1959, com o aparecimento de um verdadeiro Código de Registo Predial (Decreto-Lei n.º 42545 de 8 de Outubro de 1959).

A substituição do Código Civil de 1867 pelo Código Civil de 1967 não poderia deixar de operar grandes alterações no que respeita ao registo predial tendo sido, então, aprovado um novo Código de Registo Predial pelo Decreto-lei n.º 47611 de 28 de Março de 1967.

Actualmente, com alterações, entretanto introduzidas, pelos Decretos-Leis n.ºs 355/85, de 2 de Setembro, 60/90, de 14 de Fevereiro, 80/92, de 7 de Maio, 30/93, de 12 de Fevereiro, 255/93, de 15 de Julho, 227/94, de 8 de Setembro, 267/94, de 25 de Outubro, 67/96, de 31 de Maio, 375--A/99, de 20 de Setembro, 533/99 de 11 de Dezembro, 273/2001, de 13 de Outubro, 323/2001, de 17 de Dezembro, e 38/2003, de 8 de Março, vigora o Código do Registo Predial de 1984, aprovado pelo Decreto-Lei n.º 224/84 de 6 de Junho.

O registo predial português é efectuado em serviços públicos e por funcionários públicos, aplicando-se, naturalmente, no que concerne aos aspectos institucionais e de regime, o direito público, administrativo.

Já no que concerne aos actos, situações ou direitos constantes do registo não podem deixar de ser regulados pelo direito substantivo correspondente, o direito civil, direito material privado.

De outro lado, elementos essenciais do *registo predial* são os relativos às coisas, não os referentes às pessoas.

Assim, o registo inicia-se com uma *descrição* de prédios a ela se reportando todas as *inscrições* e *averbamentos* posteriores.

A *descrição* contém todos os elementos indispensáveis à identificação do prédio, enquanto a inscrição contém a indicação dos factos definidores da situação jurídica dos mesmos. Os *averbamentos*, quer à descrição quer à inscrição, destinam-se a actualizar ou corrigir aquelas.

Função essencial do registo é, como já se viu, dar publicidade à *situação jurídica dos prédios* com vista à segurança do comércio jurídico imobiliário.

Mas o registo não se esgota aqui: como adiante veremos, pode ter efeitos muito para além da publicidade, como sejam, o da constituição do próprio direito (como na hipoteca) ou o da aquisição tabular.

A doutrina tem elaborado um conjunto de princípios gerais que muito tem contribuido para a construção de uma teoria do registo e até para a elaboração de códigos sistematizados. Vejamos, muito resumidamente, quais são estes princípios.

2. Princípios Estruturantes

2.1. *Princípio da instância*

A regra geral é que só por impulso dos interessados pode operar o registo predial. De resto, apenas em caso de excepção, expressamente prevista na lei, poderá o funcionário público proceder a registo oficioso. O Estado disponibiliza os serviços, mas deixa aos particulares a iniciativa de a eles recorrer.

Terão legitimidade para requerer o registo as partes da relação jurídica subjacente, como também aqueles que nesse registo tenham interesse.

O registo, em boa verdade, ao contrário do que já aconteceu, no passado, nem sequer é obrigatório, não estando prevista qualquer sanção, quando a ele se não proceda; constitui, apenas, ónus de legitimação para quem for titular do direito.

2.2. *Princípio da legalidade*

O registo tem natureza pública e quem o efectua é funcionário público.

Destes pressupostos resulta que não é teoricamente admissível a prática de actos ilegais. Entende-se, com efeito, que ao funcionário encarregado do registo – o Conservador – está cometida a função de avaliar e se pronunciar sobre a legalidade dos actos sujeitos a registo, na dupla perspectiva, formal e substantiva.

Deste modo, o Conservador deve apreciar a legalidade dos títulos, quanto à forma que revistam, como também a validade substantiva dos actos sujeitos a registo, designadamente a capacidade e a legitimidade dos outorgantes em face de registos anteriores.

Entende-se, todavia, que o Conservador só poderá intervir, recusando o registo, quando o entenda ferido de nulidade. Se o acto for simplesmente anulável, não poderá o Conservador, salvo raras excepções, (como o não pode o próprio Juiz, sem que tal lhe seja requerido), declarar a invalidade do acto contra a vontade das partes.

Não obstante estes poderes do Conservador, a lei impõe-lhe que proceda ao registo, a não ser em casos especialmente graves, como será o da nulidade manifesta, o da não sujeição a registo, ou a manifesta insuficiência de suporte documental (art. 69.º do Código).

Nos outros casos, impõe-lhe a lei que registe provisoriamente. O *registo* poderá ser *provisório, por natureza* ou por *dúvidas,* podendo estas ser removidas pelos interessados, sob pena de caducidade do registo. Todavia, os registos provisórios, se tornados *definitivos,* têm a vantagem de retroagir os efeitos ao seu início.

As decisões do Conservador são impugnáveis, graciosamente, por via de reclamação, ou contenciosamente para os respectivos tribunais de comarca da área.

2.3. *Princípio da tipicidade*

Qual é o objecto do registo? São factos, direitos ou situações jurídicas?

Segundo a visão mais corrente, registam-se direitos. É assim, por exemplo, no registo espanhol.

No registo predial português, a partir de 1959, deixaram de registar-se direitos para se registarem factos jurídicos. Assim o refere o artigo 2.º do Código.

Note-se, todavia, que o que se visa é a publicidade de direitos; isto é, o objecto do acto do registo é o facto que comprova o direito.

E, sendo assim, haverá tipicidade?

A doutrina é unânime em reconhecer a tipicidade quanto aos direitos, não quanto aos factos. Com efeito, é manifesto existir um *"numerus clausus"* de direitos reais; mas não de factos. Todavia, quanto a estes, poderá falar-se de tipicidade indirecta, na medida em que só estão sujeitos a registo os factos constitutivos, modificativos ou extintivos daqueles direitos reais.

2.4. *Princípio do trato sucessivo*

Trata-se de estabelecer uma cadeia sucessiva e ininterrupta de inscrições de aquisição até ao titular da última alienação.

É um princípio fundamental do registo, na medida em que assegura o seu fim último que é o de dar a conhecer as vicissitudes da coisa. Consiste na impossibilidade de proceder a registo definitivo de aquisição de direitos ou de constituição de encargos sem que os bens estejam previamente inscritos em nome de quem os transmite ou onera.

Consciente das dificuldades do reatamento do trato sucessivo, em determinadas circunstâncias, o legislador veio permitir o recurso a meios extraordinários como sejam a *justificação judicial* e a *justificação notarial*. Trata-se de processos tramitados em base testemunhal.

Obsta-se, assim, à interrupção definitiva e irrecuperável da cadeia registal.

2.5. *Princípio da prioridade*

Traduz a concretização do brocardo latino *"prior tempore potior jure"*. Isto é, prevalece o direito primeiramente inscrito. Com duas notas: hipotecas da mesma data asseguram os respectivos créditos, na proporção; os registos provisórios, convertidos em definitivos, mantêm a prioridade que lhes couber pela inscrição provisória e não pela data da conversão.

2.6. *Princípio da legitimação*

Este princípio, introduzido pela revisão do Código do Registo Predial de 1984, exactamente com esta designação, constante da epígrafe do artigo 9.º *"legitimação de direitos sobre imóveis"*, constitui um reforço da imposição do trato sucessivo. Com efeito, veio dispor que não apenas o registo está vedado, enquanto não houver inscrição a favor do alienante ou onerante, mas também que é vedada a prática do próprio acto de alienação ou oneração.

Não é, assim, admitido o negócio jurídico praticado por quem não tenha registo a seu favor que o legitime.

Sendo certo que os negócios jurídicos sobre imóveis carecem de forma (escritura pública), sob pena de nulidade, logo se vê que o comando jurídico se dirige também, e principalmente, ao oficial público que preside àqueles actos, o *Notário*. E ao *Juiz*, naturalmente, quando esteja em causa a transmissão de direitos ou a constituição de encargos sobre imóveis, por exemplo, em transacção judicial, fora do âmbito das excepções previstas no número dois do mesmo artigo 9.º.

Com efeito, excepcionam-se alguns casos, como sejam o de haver transmissões sucessivas no mesmo dia, verificando-se perigo de vida de um dos outorgantes ou em casos de expropriação, venda em execução, penhora, arresto ou outra apreensão judicial de bens.

Que sucede, todavia, operando-se o negócio jurídico sem que a legitimidade tenha sido comprovada?

Crê-se que o negócio será válido se o puder ser substantivamente, isto é, se o disponente tiver legitimidade substantiva.

O vício geraria, assim, para além da eventual responsabilidade disciplinar do *funcionário interveniente* no acto, apenas a inadmissibilidade a registo, por força, agora, do princípio do trato sucessivo.

Do que resultará a ineficácia relativamente a terceiros, não mais do que isso.

3. Efeitos do Registo Predial

3.1. *Efeito da fé pública*

O primeiro e decisivo efeito do registo é, naturalmente, a *fé pública registal*.

E esta tem um duplo fundamento: de natureza psicológica e de natureza legal.

De natureza psicológica, na medida em que se gerou, na colectividade, a convicção de que o que está registado corresponde à verdade, está conforme à lei.

E isto porque, sendo o registo público e públicos os funcionários que a ele procedem, assegura-se a correcção de processos pela responsabilização destes, que pode ser de natureza disciplinar, civil ou mesmo criminal.

Diziamos que o outro fundamento é de natureza legal porque o próprio Código do Registo Predial estabelece uma dupla presunção a favor do titular inscrito: a) a presunção legal de que o direito existe tal como se encontra registado; b) e, ainda, a presunção de que o direito pertence a quem estiver inscrito no registo como seu titular.

Trata-se, no entanto, de *presunções " juris tantum"* que podem ser ilididas por prova em contrário. Esta prova admite, por seu lado, duplo fundamento: a) com base em vício do próprio registo (título falso ou impróprio, ilegitimidade do funcionário); b) com base em vício substantivo, por nulidade do negócio subjacente.

Mas, enquanto as presunções legais não forem ilididas, – e só o podem ser por via judicial – o registo assegura os direitos dele constantes.

3.2. *Efeito da compatibilização das presunções fundadas na posse e no registo*

A posse é definida pelo artigo 1251.° do Código Civil como *"o poder que se manifesta quando alguém actua por forma correspondente ao exercício do direito de propriedade ou de outro direito real"*.

E, logo de seguida, o legislador afirma que, em caso de dúvida, *"se presume a posse naquele que exerce o poder de facto"*.

Noutro preceito, o legislador dispõe que *"o possuidor goza da presunção da titularidade do direito, excepto se existir, a favor de outrem, presunção fundada em registo anterior ao início da posse; havendo concorrência de presunções legais fundadas no registo, será a prioridade entre eles fixada na legislação respectiva"*.

É, pois, manifesto que a posse cria presunção de direitos.

É, de outro lado, certo, que a posse se manifesta através de factos.

Como compatibilizar, então, *as presunções fundadas na posse e no registo*?

Antes de mais, temos que anotar que a presunção de posse também é ilidível. No direito português, não se aceita que a *"posse vale título"*; pelo contrário, o proprietário poderá, sempre, ilidir a presunção do possuidor, provando o seu direito, e haver a coisa para si.

Estamos, portanto, quer no caso da presunção possessória, quer no caso da presunção registal, face a presunções ilidíveis.

E como resolver este concurso de presunções?

O Código Civil de 1867 mandava atender às circunstâncias de cada caso, mas o Código actual não manteve esta solução.

Não pode, desde logo, definitivamente, resolver-se a questão da prevalência a favor da presunção fundada no registo. Com efeito, como adiante se verá, a usucapião destroi qualquer efeito do registo.

Aliás, em conformidade com o disposto no ar. 1268.° do C.C., deve prevalecer a presunção com fundamento mais antigo (na posse ou no registo), com respeito pelo princípio *"prior tempore, potior jure"*.

E quando haja simultaneidade da posse e do registo é a presunção fundada na posse que deve prevalecer, segundo a opinião da melhor doutrina, em rigorosa interpretação do n.° 1 do citado art. 1268.° do C.C.

3.3. Efeito da eficácia "erga omnes"

Em direito português, a constituição dos direitos reais dá-se por mero efeito do contrato (art. 408.º do Código Civil.).

O efeito constitutivo da *"traditio"* constitui, assim, excepção, ao contrário do que sucede em outros ordenamentos jurídicos, como, por exemplo, no espanhol e no alemão.

Aquele regime excepcional existe, apenas, nos negócios reais *"quoad constitutionem"*, como por exemplo, no caso do penhor, do mútuo, do depósito irregular.

Daqui se retira, por um lado, que a posse só tem efeito constitutivo em caso de usucapião; por outro lado, que a celebração do contrato, na forma legalmente exigida, é constitutiva do direito, entre as partes.

E perante terceiros?

Antes de mais, a regra que enunciámos quanto ao efeito constitutivo do contrato conhece, pelo menos, uma excepção: o caso da *hipoteca*.. Isto porque o Código do Registo Predial institui o registo de hipoteca como condição de eficácia entre as próprias partes (art. 4.º do C.R.P.).

O registo da hipoteca será, assim, o último elo do seu processo constitutivo. Sem registo, não há efeitos. Alguns autores preferem ver naquele registo uma condição de eficácia e não um elemento constitutivo, uma vez que a hipoteca se encontraria perfeitamente constituida, antes do registo. Nada temos a opôr a esta opção. Desde que a diferença terminológica, ou mesmo dogmática, não implique alteração do efeito jurídico; como, de facto, não implica.

3.4. Efeito enunciativo ou declarativo

Em sentido corrente, afirma-se, muitas vezes, que o registo apenas enuncia os direitos constantes do mesmo, uma vez que nada pode alterar as relações substantivas. Diz-se, assim, que o registo não dá nem retira direitos.

Mas não é assim.

O mero enunciado trazido pelo registo, embora não criando direitos, opera outros efeitos. Por exemplo, há actos não negociais não sujeitos a registo, mas cuja inscrição desencadeia efeitos: é o caso do registo da *mera posse*, admissível em face de decisão judicial, e que encurta os prazos de usucapião de imóveis, por cinco anos; é também o caso do registo da *acção de preferência* que, não sendo efectuado, impede que a sentença seja oponível a terceiros se o direito litigioso for transmitido na pendência da acção.

A questão da completa inocuidade do registo poderá ser colocada sobretudo em relação ao disposto no n.° 2 do art. 5.° do Código, na medida em que ali se dispõe que podem ser opostos a terceiros, antes do respectivo registo, a aquisição de direitos por usucapião, as servidões aparentes e os factos relativos a bens indeterminados, enquanto estes não forem especificados e determinados.

Pareceria, então, que o registo nada vem acrescentar.

Ainda assim, é bem evidente que o registo desses factos produz efeitos: pelo menos, os das presunções previstas no art. 7.° (de que o direito existe e pertence ao titular inscrito, nos precisos termos do registo). Sendo certo que tal registo não gera efeitos constitutivos ou mesmo oponibilidade a terceiros, a verdade é que, desse modo, se inverte o ónus da prova dos factos inscritos a favor de quem os invoca. E este efeito não é somenos.

De modo que não deve o registo ser havido como mero enunciado de factos, sem produção de quaisquer efeitos. A declaração ou enunciado constante do registo produz, sempre, efeitos.

3.5. *Efeito consolidativo*

Dispõe o Código do Registo Predial que *"os factos sujeitos a registo só produzem efeitos contra terceiros depois da data do respectivo registo"*.

Entendido à letra, o direito real, antes do registo, só teria eficácia entre as partes. Teríamos, deste modo, um direito real sem sequela.

É, então, caso para perguntar, se ainda estaremos perante um verdadeiro direito real.

AMORÓS GUARDIOLA entende que, no âmbito do direito espanhol, não chega a existir um verdadeiro direito real, em tal circunstância. Nada o distinguiria do direito de crédito.

Colocada a questão, no âmbito do direito português, e acompanhando OLIVEIRA ASCENSÃO, parece haver argumentos em sentido contrário, ou seja no de que o direito não registado, para além de ser um verdadeiro direito real entre as partes (por força do art. 408.º do Código Civil) é já oponível "*erga omnes*".

Vejamos, então.

O dono do prédio pode intentar acção de despejo contra o inquilino, invocando a titularidade na relação contratual estabelecida, sem que o registo se mostre efectuado. Ainda que seja por invocação da presunção de titularidade emergente da prova da posse. Isto é, o direito de propriedade é reconhecido, independentemente do registo.

De igual modo, segundo jurisprudência totalmente assente, é responsável por acidente de viação o proprietário substantivo, no momento do acidente, e não o proprietário registado que o tenha alienado. O direito de propriedade é reconhecido "*erga omnes*", independentemente do registo.

O titular do direito não registado poderá, sempre, opô-lo a quem, posteriormente a ele, tenha adquirido direito incompatível sobre o mesmo bem e não tenha, ainda, registado a aquisição.

Do que acabamos de referir, poderemos concluir que o direito real existe e produz efeitos, mesmo contra terceiros, antes do registo. Este registo não é, por consequência, e como regra geral, constitutivo de direitos; mas é, sem dúvida, consolidativo dos respectivos efeitos.

Diz OLIVEIRA ASCENSÃO que o direito real, uma vez constituido por contrato, na forma legal, tem eficácia absoluta, mas é resolúvel.

O registo não lhe confere oponibilidade relativamente a terceiros, pois já era oponível. Apenas confirma e consolida o direito, tornando impossível a sua resolução.

Desde logo, assim, se concluirá que existem efeitos reais, independentemente do registo. Mas é este registo que *consolida* aqueles efeitos relativamente a *todos os terceiros*.

O registo torna-se, por isso, indispensável para a consolidação dos direitos do seu titular.

É melhor passarmos a alguns exemplos.

A vende a B certo prédio; de seguida, vende o mesmo prédio a C;

Se B e C não registarem, terá de prevalecer a titularidade de B, uma vez que a venda a C é nula por falta de legitimidade de A (venda "*a non domino*").

Mas, se C registar antes de B e estiver de boa-fé, passa a ser C o protegido, por força do princípio da fé pública do registo. Isto é, o direito de B que deveria prevalecer, cede face ao de C, por força do registo. Donde, o direito de B adquirido por força da compra e venda, carece de consolidação pelo registo, face à eventual invocação de direito incompatível por C.

Com efeito, se B registar, antes de C, não pode este, por via alguma, prejudicar o direito de B.

Dir-se-á que o direito de B, já plenamente existente, se consolida com o registo.

Quanto à qualificação dogmática destes efeitos, autores, como OLIVEIRA ASCENSÃO, dizem que o registo por C é um facto resolutivo do direito de B. Outros autores, como MENEZES CORDEIRO, preferem ver uma presunção *"juris et de jure"* a favor de C, criando a favor deste a inoponibilidade por B.

Realmente, e segundo CARVALHO FERNANDES, podemos observar o fenómeno de ambas aquelas perspectivas: de um lado, relativamente a B, o registo tem de ser considerado consolidativo do seu direito, validamente adquirido no âmbito substantivo. No que toca a C, e porque o adquiriu onerosamente e de boa-fé, merece a protecção do registo: neste caso, a norma registal confere ao registo efeito aquisitivo, mesmo em caso de negócio substantivamente inválido.

Dois pontos de vista, afinal, que conduzem à mesma solução de direito.

O efeito consolidativo traduzir-se-á, assim, em o adquirente B poder, de forma definitiva, afastar eventual aquisição tabular por parte de quaisquer terceiros.

3.6. *Efeito constitutivo*

Diz-se que o registo é constitutivo quando o titular aparente que não adquiriu substantivamente se torna verdadeiro titular por força do registo (aquisição tabular) ou, ainda, quando a produção de efeitos dependa do registo (hipoteca).

É certo que em relação à aquisição por força do registo costuma a doutrina referir-se ao efeito aquisitivo, não obstante considerarmos tratar-se, igualmente, de efeito constitutivo.

Aquele tipo de aquisição pode ocorrer nas seguintes circunstâncias: porque ocorreu invalidade registal ou porque existe invalidade substantiva.

Os casos de invalidade registal são resolvidos pelo art. 17.º do Código do Registo Predial: *"a nulidade do registo não afecta os direitos adquiridos a título oneroso por terceiros de boa-fé que estiverem registados à data em que a acção de nulidade foi registada".*

Os casos de invalidade substantiva são reguladas pelo art. 291.º do C.Civil.

Tomaremos um exemplo de efeitos constitutivos do registo.

A, inscrito, vende a B que não inscreve; um mês depois, A vende a C que inscreve e que, no mês seguinte, vende a D. Apesar de C adquirir invalidamente, torna-se titular, desde o registo.

Como a venda de A a C era inválida, só o registo se tornou constitutivo do direito de C.

Todavia, os efeitos do registo só podem iniciar-se com ele; não retroagem.

A consequência poderá, entre outras, ser a seguinte: os frutos da coisa, no período decorrido entre o negócio entre A e B e A e C pertencem a B e não a C, porque B adquiriu válidamente, enquanto que o direito de C só foi constituído pelo registo e no momento deste.

Outra circunstância em que, sem sombra de dúvidas, o registo é constitutivo é no caso da hipoteca, dispondo a lei que, antes do registo, a hipoteca é ineficaz mesmo entre as partes. Como, aliás, em direito espanhol e no direito alemão.

4. Registo Aquisitivo ou Aquisição Tabular. Os regimes do art. 291.º do Código Civil e do art. 17.º do Código do Registo Predial

Dissemos, antes, que o registo aquisitivo traduz a possibilidade de um adquirente aparente se tornar titular definitivo.

Ora, esta verdadeira e *"surpreendente mágica do registo"* – nas sugestivas palavras de AMORÓS GUARDIOLA, aplicadas ao direito espanhol – pode ser desencadeada por dois preceitos legais: um de natureza substantiva e o outro de índole registal: no primeiro caso, o art. 291.º do Código Civil e, no segundo caso, o art. 17.º n.º 2 do Código do Registo Predial.

Comecemos pelo segundo caso, ou seja o do art. 17.º do Código do Registo Predial.

Ali se dispõe que a nulidade do registo não pode prejudicar os direitos do adquirente de boa-fé, por acto oneroso e cuja inscrição seja anterior ao registo da acção de nulidade.

São, pois, requisitos de aquisição pelo registo, face ao Código do Registo Predial: a preexistência de registo desconforme, o acto de disposição fundada no registo desconforme; o registo dessa eventual aquisição; a boa-fé; o carácter oneroso do negócio.

Vejamos um exemplo:

A transmite a B, validamente; posteriormente, A vende a C que inscreve a seu favor, mas está de má-fé; C por sua vez, transmite a D que está de boa fé.

Nos termos do art. 17.º do Código do Registo Predial, B poderá exigir o cancelamento da inscrição a favor de C, por este estar de má-fé; de outro lado, se C transmitiu a D, antes do registo da acção de nulidade proposta por B e D não regista, também aqui, B poderá obter o cancelamento da inscrição a favor de C e a declaração de nulidade da transmissão de C a D, uma vez que este não beneficia da presunção do registo e a transmissão por C é nula por falta de legitimidade.

Todavia, se D inscreve, antes de registada a acção de nulidade proposta por B, a sua inscrição já não pode ser cancelada, porque estava de boa fé e goza da presunção registal.

É quanto resulta do regime registal.

Diferentemente se passam as coisas face ao regime de direito substantivo do art. 291.º do Código Civil.

Deve dizer-se que a aplicação deste preceito é, hoje, escassa. Com efeito, como já antes referimos, pelo princípio da legitimação, não pode titular-se transmissão de imóvel, sem que este se mostre inscrito a favor do transmitente.

Raro será o caso, por consequência, em que não funcione, directamente, o regime, acabado de expor, do art. 17.º do Código do Registo Predial.

É que, na verdade, tem sido entendimento generalizado que o artigo 291.º do Código Civil, embora permita a sua aplicação independentemente da existência de registo, só deve aplicar-se quando o registo não exista ou após esgotada a possibilidade de aplicação das normas registais.

Com efeito, embora sejam similares as formulações da lei substantiva e da lei registal, em primeiro lugar, o art. 291.º do Código Civil não faz qualquer referência a registo anterior; depois, ressalva que a tutela dos direitos de terceiros adquirentes de boa-fé, a título oneroso, não terá lugar, se a acção de invalidação do primeiro negócio for proposta e registada dentro dos três anos posteriores à sua efectivação.

Isto quer dizer que, nos termos da lei civil, não é necessário que haja registo anterior, a favor do transmitente. Por essa razão, também o transmissário ou adquirente não merece a mesma protecção que mereceria se tivesse confiado no registo.

A compatibilização dos dois preceitos tem sido feita – e a doutrina apoia esta interpretação – do seguinte modo: havendo registo anterior, a favor do transmitente, aplica-se o art. 17.º do Código do Registo Predial, nos termos que acima indicámos; não havendo registo anterior a favor do transmitente, aplica-se o art. 291.º do Código Civil.

Neste caso, para além dos requisitos do art. 17.º do Código do Registo Predial, terá o adquirente de aguardar três anos, sem que seja intentada acção de invalidação do negócio.

Alguém já suscitou, entretanto, o problema da desconformidade daquela compatibilização com os termos expressos da lei. Na medida em que a lei registal não permite aquela interpretação.

O art. 17.º do Código do Registo Predial só seria aplicável em caso de nulidade do registo, como expressamente determina o seu n.º 2. Ora, as causas de nulidade do registo são as previstas no art. 16.º em que não se incluem, como é óbvio, as causas de nulidade substantiva. Pode, é certo, como faz alguma doutrina, afirmar-se que a nulidade substantiva não pode deixar de determinar a nulidade do registo.

Mas não é posição indiscutível. Em primeiro lugar, porque, como se disse, entre as causas de nulidade do registo, não está prevista a nulidade substantiva; depois, porque, dos termos dos artigos 8.º e 13.º deve concluir-se que a extinção dos direitos constantes do registo dá origem ao seu cancelamento e não à sua nulidade; em terceiro lugar, porque, em boa verdade, tem, pelo menos, de admitir-se que o registo seja plenamente válido, ainda que o acto constitutivo do direito seja anulável. A aceitar-se esta argumentação, a validade do registo é perfeitamente autónoma da validade dos actos constitutivos do direito.

As consequências quanto ao regime de aplicação dos preceitos em causa são claras.

O art. 17.º-2 do Código do Registo Predial seria aplicável apenas quando houvesse e fosse declarada a nulidade do registo, com fundamento no art. 16.º.

Nos demais casos, ou seja, não havendo registo ou sendo este válido, seria aplicável o art. 291.º do Código Civil.

Esta posição merece ser ponderada.

Em primeiro lugar, porque se aproxima mais da letra da lei.

Depois, também porque parecem legítimos os interesses que acautela. Com efeito: o terceiro estaria protegido contra erros do registo, quando neste tivesse confiado, mostrando-se aquele registo eivado de vícios graves e ferido de nulidade; não sairia defraudada a sua confiança. Mas já assim não sucederia quando o registo fosse válido, ainda que a relação substantiva fosse inválida. Neste caso, aplicar-se-ia o art. 291.º do Código Civil. É que a protecção do terceiro através do registo não deve ir além daquilo que o próprio registo pode dar; e o registo não pode assegurar a inexistência de causas de invalidade do negócio subjacente. Nestas circunstâncias, seria bastante a protecção dada ao terceiro adquirente, de boa fé, a título oneroso, pelo regime instituído pelo Código Civil.

Como resultado, teríamos exactamente o contrário do inicialmente referido: rara seria a aplicação do preceito do Código do Registo Predial; comum seria a aplicação da citada disposição do Código Civil.

5. Registo e *"Usucapio"*

A *"usucapião"* prevalece, sempre, sobre qualquer registo. Constitui, na verdade, o mais importante modo de aquisição de direitos reais.

Verificando-se conflito entre direitos incompatíveis, aplicam-se, primeiramente, as regras substantivas e, entre elas, a que se resume em *"prior tempore, potior jure"*. Depois, e com prejuízo das regras substantivas, prevalecerá o direito do terceiro, adquirente de boa-fé, a título oneroso, que acreditou na situação registal.

Mas, quer o primeiro quer o segundo terão de ceder perante o adquirente por usucapião. Nada pode o titular, inscrito ou não, contra o usucapiente.

Vejamos alguns exemplos que ilustram o que a lei determina, no que concerne à *"usucapião"*.

A é titular, não inscrito, de um prédio.

B consegue registar a seu favor e vende a C que está de boa-fé.

Com as regras acima expostas, C seria o verdadeiro titular. Todavia, decai o direito de C se A invocar e provar a usucapião.

Outro exemplo: A é possuidor de prédio alheio. B consegue registo a seu favor e vende a C que está de boa-fé. O direito caberá, em princípio, a C; todavia, se A puder invocar e provar usucapião, decai o direito de C. Se A não conseguir provar a "usucapião", prevalecerá o direito de C, perdendo a posse, logo que C reivindique.

Para efeitos de usucapião, em direito português, a posse pode ser material ou formal (no primeiro caso, é exercida pelo titular do direito; no segundo caso, não coincidem a posse e o direito).

De outro lado, e ainda para efeitos de "*usucapio*", pode o possuidor socorrer-se da "*acessão*", isto é, pode somar a sua posse com a posse do antecessor para efeitos de contagem de prazo.

Deste modo, pode ser usucapiente o possuidor por prazo curto, desde que a posse do seu antecessor seja suficientemente longa.

6. Algumas Notas de Direito Comparado

A primeira nota de direito comparado vai para o direito registal espanhol, como não podia deixar de ser, pelas similitudes dos regimes.

E são dois os pontos que convém relevar.

O primeiro ponto a realçar é que o registo predial português foi fortemente inspirado pelo direito registal espanhol, sendo idêntica a matriz de ambos os regimes.

O outro ponto é que, apesar disso, existem diferenças notórias, em alguns aspectos do direito substantivo.

Tentando recordar algumas das mais importantes diferenças. Em primeiro lugar, o momento constitutivo do direito real. Enquanto no ordenamento jurídico espanhol, o direito se constitui com a "*traditio*" (art. 609.º do Código Civil espanhol), em direito português, por força do art. 408.º do Código Civil, os efeitos reais produzem-se com a celebração do contrato (*princípio da consensualidade*), na forma legal. A falta de forma legalmente imposta determina a nulidade do contrato e, consequentemente, a não constituição do direito real.

Também quanto à cláusula de indisponibilidade ou intransmissibilidade do direito real, o direito português é expresso (art. 1306.º do Código Civil), ao declarar os seus efeitos meramente obrigacionais, assim arredando qualquer possibilidade de levar tal cláusula a registo. Não sucede o mesmo em direito espanhol.

No que toca ao direito alemão, dispõe o § 873 do B.G.B. que "*para a transmissão de propriedade sobre um prédio, ou para a oneração de um prédio com um direito, assim como para a transmissão ou oneração desse mesmo direito, é necessária a concordância do titular (einigung) e da outra parte acerca da produção da alteração jurídica e a inscrição (eintrogung) da modificação no registo, se a lei não dispuser de maneira diferente".*

Deste modo, fácil se torna concluir que, em direito alemão, o registo é constitutivo. Isto é, não há direitos reais sem registo; na compra e venda, não há transmissão de propriedade, antes da inscrição.

De outro lado, e tal como no direito português, também no direito alemão vigora o princípio da prioridade do registo, beneficiando o titular inscrito de presunção inatacável perante terceiro, de boa-fé, que adquira antes de registada qualquer acção de impugnação.

Tanto no direito alemão, como no espanhol, como no português, é aceite o princípio do trato sucessivo.

Diferente, quanto aos efeitos do registo, é o sistema francês. Como explicam LACRUZ BERDEJO e REBULLIDA, em direito francês, *"a transcrição não torna bom para o adquirente o acto transcrito: a única segurança que lhe proporciona é a de que os actos do seu transmitente não transcritos não poderão ser-lhe opostos"*. Concluem aqueles autores que o registo francês não garante positivamente que o *"tradens"* seja dono, mas tão somente que este não alienou ou onerou.

Outra nota de direito comparado a fazer refere-se à chamada *"posse vale título"*. Assim, segundo o art. 2279.º do Código de Napoleão, o princípio da *"posse vale título"* leva a concluir que o possuidor de coisa móvel, estando de boa-fé, tem a seu favor uma presunção *"juris et de jure"*.

Princípio semelhante se extrai do art. 1153.º do Código Civil Italiano:

> Aquele a quem são alienados bens móveis por parte de quem não seja proprietário adquire a propriedade da coisa, desde que esteja de boa fé.

No direito alemão, existe a presunção de propriedade a favor do possuidor (B.G.B., § 1006), mas pode, em certos casos, ser ilidida.

No direito espanhol (art. 464.º C.C.) "a *posse de bens móveis, adquirida de boa fé, equivale ao título, com excepção dos casos de esbulho e de má-fé*".

Em direito português, o possuidor goza de presunção de titularidade do direito (art. 1268.º C.C.), mas a presunção é sempre ilidível.

Finalmente, uma análise comparada dos sistemas de registo, espanhol e português, evidencia uma aproximação que só não é completa devido às diferenças existentes no direito substantivo.

Acompanhando, mais uma vez, LACRUZ BERDEJO/REBULLIDA, designadamente quando enunciam os chamados *"princípios hipotecários"* e *"formais"*, é evidente a semelhança.

É de igual conteúdo o chamado *"princípio da inscrição"*, não sendo esta indispensável para a constituição do direito (com excepção da hipoteca), ao contrário do que sucede em direito alemão.

Tem idêntico alcance o *"princípio da publicidade"*, quer no seu aspecto material quer no seu aspecto formal: quanto ao primeiro aspecto, implicando a *legitimação* e a *fé pública*; quanto ao segundo, o carácter *"público"* do registo.

Idêntico é também o regime quanto à prioridade do registo, como, aliás, nos demais sistemas europeus, em que é geralmente aceite a regra *"prior tempore potior jure"*.

São, ainda, os mesmos e de idêntico alcance os princípios formais enunciados por aqueles autores: do *trato sucessivo*; da *instância*; da *legalidade;* como já tivemos oportunidade de explicar.

7. Nota Final sobre os Conceitos de Terceiro no Resgisto Predial

O conceito de "terceiro" no Registo Predial tem alimentado uma polémica interminável em que se vêm envolvendo a jurisprudência e a doutrina com curiosas e inexplicáveis fugas para diante e para trás.

Fundamentalmente, a questão gira em torno da interpretação a dar ao art. 5.º do Código do Registo Predial: *"os factos sujeitos a registo só produzem efeitos contra terceiros depois da data do respectivo registo. Exceptuam-se..."*).

E ao n.º 2 do art. 17.º: *"a declaração de nulidade do registo não prejudica os direitos adquiridos a título oneroso, por terceiro de boa fé, se o registo dos correspondentes factos for anterior ao registo da acção de nulidade"*.

A partir destas disposições, tem sido travada uma enorme disputa à volta do conceito de terceiro, podendo claramente identificar-se duas noções: uma noção "restrita" e uma noção "ampla" de "terceiro". Curioso será notar que são defensores da noção restrita de terceiro, principalmente, civilistas, em que se destacam MANUEL DE ANDRADE E ORLANDO DE CARVALHO, preferindo a noção ampla de terceiros os cultores e os práticos do direito registal, designadamente Conservadores do Registo Predial.

A jurisprudência tem oscilado entre um e outro conceito, numa desesperante hesitação que conduziu, designadamente, no curto espaço de dois anos, a dois Acórdãos uniformizadores da jurisprudência.

A doutrina rejubila ou lamenta conforme a jurisprudência a sufraga ou contraria. Vejamos, então, resumidamente, a evolução do conceito.

Manuel de Andrade, na linha da jurisprudência e doutrina francesa e italiana foi o autor da definição do conceito de terceiro que tem marcado posição duradoura, ao longo dos anos e contra a qual algumas vozes se têm levantado.

Aquele autor adoptou a noção mais restrita a que já nos referimos: *"terceiros são os que do mesmo autor ou transmitente recebem sobre o mesmo objecto direitos total ou parcialmente incompatíveis"*.

Contra esta doutrina que fez curso, sem oposição, até aos anos 70, surgiu uma nova posição defendida por Oliveira Ascensão e Meneses Cordeiro. A doutrina por eles defendida veio, de resto, a ter consagração jurisprudencial em Acórdão do Supremo Tribunal de Justiça de 1994: *"terceiro é aquele que tenha a seu favor um direito e por isso não possa ser afectado pela produção dos efeitos de um acto que esteja fora do registo e com ele seja incompatível"*.

Outros autores, como Antunes Varela e Henrique Mesquita, adoptam uma noção de terceiro, ainda de carácter restrito, mas a que introduzem uma importante alteração. Para esses autores, *"terceiros para efeitos de registo, relativamente a determinada aquisição não registada, são não apenas aqueles que adquiram (e registem) direitos incompatíveis do mesmo transmitente mediante negócio que com ele celebrem, mas também aqueles que adquiram e registem direitos incompatíveis em relação ao mesmo transmitente sem a cooperação da vontade deste, através de um acto permitido por lei (hipoteca legal ou judicial, arresto, penhora, apreensão de bens para a massa falida insolvente, compra em processo executivo, etc...)"*.

A doutrina foi sendo consagrada nos Tribunais com avanços e recuos, algumas vezes com decisões contraditórias.

Para pôr fim a essas contradições, o Supremo Tribunal de Justiça deliberando em pleno de secções, uniformizou jurisprudência por Acórdão de 20 de Maio de 1997 cuja conclusão foi a seguinte:

> *Terceiros para efeitos de registo predial são todos os que tendo obtido o registo de um direito sobre determinado prédio, veriam esse direito arredado por qualquer facto jurídico anterior não registado ou registado posteriormente.*

Com este conceito de terceiro, a consequência era que, por exemplo, sairia protegido o credor exequente, com penhora registada, sobre o adquirente não inscrito.

A polémica não terminou, porém, em 1997.

E foi tão violenta que o Supremo Tribunal de Justiça se viu obrigado a rever a sua posição uniformizadora chegando ao ponto de a alterar, voltando à posição anterior ou seja, à consagração do conceito restrito de terceiro, formulando a seguinte decisão uniformizadora de jurisprudência, por Acórdão n.º 3/99, publicado no Diário da República de 10 de Julho de 1999: *"terceiros, para efeitos de registo predial, são os adquirentes de boa-fé, de um mesmo transmitente comum, de direitos incompatíveis, sobre a mesma coisa"*.

O efeito imediato foi o de denegar prevalência ao direito do credor exequente com penhora inscrita antes do registo de aquisição anterior (era o caso concreto suscitado no processo).

E quais os fundamentos invocados para esta tomada de posição do Supremo?

Citando ORLANDO DE CARVALHO, refere-se no Acórdão que o direito português, como os direitos francês e italiano, é um sistema de título, rigorosamente causal e consensual. Daí a importância do princípio da publicidade. É, todavia, um registo de aquisições, é declarativo e facultativo.

É facultativo porque a sua inobservância, embora tenha consequências jurídicas, constitui simples ónus do adquirente, não infracção de um dever, garantido por sanções administrativas.

É declarativo uma vez que constitui mera condição de eficácia e não de validade.

Em todo o caso, afirma-se no Acórdão, na linha de MANUEL DE ANDRADE e ORLANDO DE CARVALHO, que quem adquiriu o domínio ainda que não tenha transcrito, é sempre preferido a quem adquiriu *"a non domino"*, se bem que o seu título se torne público. Importa é que terceiros são apenas os que estão em conflito entre si, o que só se verifica quando o direito de um é posto em causa pelo outro.

Pressupõe isto que o transmitente ou causante é o mesmo, pois, não o sendo, só um dos adquirentes é *"a domino"* e o direito do outro, mais do que afectado pelo direito daquele, é afectado pelo não direito do seu *"tradens"*.

Confessa-se, todavia, no referido Acórdão, que o sistema não é perfeito e totalmente convincente.

Mais: o relator do Acórdão dá, mesmo, a conhecer ter já subscrito decisões no sentido contrário: precisamente no Acórdão n.º 15/97 de 20 de Maio, também unificador de jurisprudência.
Onde está então a motivação para este regresso ao passado?
A crítica vai directa ao facto de o registo não ser constitutivo. E vai também para o sistema do registo em geral por não haver um cadastro moderno e eficiente que permita a transcrição imediata e automática.
Mas, sobretudo, o acórdão apela à tradição portuguesa, à valoração que sempre tem sido feita do princípio da consensualidade, à confiança que sempre mereceu a celebração da escritura com intervenção do notário.
Entende o julgador que não podem esta tradição e esta confiança serem atraiçoadas à custa da elevação do registo à *"ara"* da prevalência sobre o direito substantivo.
Para além do caso dos autos, invoca o relator do Acórdão a existência de muitos outros em que, por vezes, de má fé, se tenta fazer prevalecer o registo sobre a transmissão anteriormente operada.
Como o seguinte caso: A vendeu a B um andar que este pagou, escriturou e passou a habitar, mas não registou. O andar continua registado em nome do A que, entretanto, veio a contrair uma dívida perante C.
C sabia que o prédio tinha sido vendido, mas em processo executivo, obteve penhora sobre o andar a qual logo registou. A dar-se prevalência ao registo da penhora, A vendedor, além de já ter recebido o preço da venda, libertar-se-ia da sua dívida para com C, à custa de B e, eventualmente, se o preço da venda em hasta pública fosse superior, ainda poderia ser reembolsado do sobrante. A má fé de A e C resultariam premiados à custa da boa-fé de B.
E isto, afirma-se no Acórdão, porque o sistema português assenta na transmissão por força do contrato e na plena confiança que as partes nele depositam.
O exemplo, na verdade, impressiona.
E, com estes fundamentos, o Supremo Tribunal de Justiça, revendo a doutrina do Acórdão de 20 de Maio de 1997, formulou novo Acórdão Unificador de Jurisprudência, nos seguintes termos: *"terceiros, para efeitos do disposto no art. 5.º do Código do Registo Predial, são os adquirentes de boa-fé, de um mesmo transmitente comum, de direitos incompatíveis, sobre a mesma coisa"*.
Não tardou que o legislador viesse sufragar esta orientação através do Decreto-Lei n.º 533/99 de 11 de Dezembro, dando ao n.º 4 do art. 5.º do

Código do Registo Predial a seguinte redacção:" *terceiros, para efeitos de registo são aqueles que tenham adquirido de um autor comum direitos incompatíveis entre si"*.

E assim – era esse o intento – deveriam terminar as dúvidas e hesitações da doutrina e da jurisprudência. Não foi, exactamente, o que sucedeu, como bem ilustra a descrição feita por LUIS COUTO GONÇALVES (Cadernos de Direito Privado, n.º 11, pág. 26 e ss), da problemática jurisprudencial subsequente.

E como muito bem o testemunha o incontornável e esclarecido estudo do Conselheiro ANTONIO QUIRINO DUARTE SOARES (Cadernos de Direito Privado, n.º 9, 2005, pág. 6 e ss).

A propósito do Acórdão de 1999, MIGUEL CORTE REAL, Conservador do Registo Predial, veio a público (O Primeiro de Janeiro, "*Justiça e Cidadania*", 29 de Julho de 1999) denunciar o que considera um "retrocesso em matéria de registo e em termos de certeza e segurança do comércio jurídico a ele sujeito".

E acentua o que o Supremo Tribunal já confessara: que, afinal, o desejável seria a consagração da obrigatoriedade do registo, eventualmente, conferindo-lhe efeito constitutivo.

Só razões de prática, de atrasos na realização dos cadastros e informatização dos registos justificariam aquela decisão jurisprudencial.

Isto é, estranhamente, parece todos estarem de acordo quanto à ideia central de que deverá prevalecer o conceito amplo de "*terceiro*" no sentido da indispensabilidade da efectivação do registo e da consequente elevação deste à produção de efeitos substantivos.

Todavia, razões de ordem burocrática e administrativa, impeditivas do funcionamento do sistema registal, levam a jurisprudência e o próprio legislador a uma posição de cautela.

Numa análise, ainda que sumária, do tema em debate, verificamos como os condicionamentos técnicos podem, ajustadamente aliás, condicionar a evolução doutrinária, jurisprudencial e legislativa.

MANUEL DE ANDRADE teria boas razões, há uma dezena de anos, para não confiar ao sistema registal a tarefa de acreditar, "*erga omnes*", a situação jurídica dos bens imobiliários. A consequência teria, por isso, de revelar-se redutora dos efeitos do registo. Por aí também se terá justificado a consagração do princípio da consensualidade através do qual se impõe, no art. 408.º do C. Civil, a produção dos efeitos reais por mero encontro das vontades das partes.

Não é, porém, admissível, com a tecnologia actual, defender, com a tenacidade de ORLANDO DE CARVALHO, aquela tese reveladora de injustificada desconfiança nos actuais sistemas registais de base informática.

Acompanhamos, por isso, a preocupação das teses evolucionistas, conducentes à adopção de um conceito mais amplo de "*terceiro*" de teor diferente do consignado no Acórdão do Supremo Tribunal de Justiça de 1999 e no actual n.º 4 do art. 5.º do Código do Registo Predial.

Achamos, todavia, que não será conveniente alterar de novo o passo, conferindo ao registo virtualidades que não possui enquanto não for possível introduzir no registo, no momento da sua ocorrência, os factos constitutivos, modificativos ou extintivos dos direitos reais, em obediência ao princípio da consensualidade. A menos que, como de resto ocorre noutros ordenamentos jurídicos, seja conferido ao registo efeito constitutivo.

A concluir, temos, de momento, no âmbito do registo predial (não consideramos, aqui, o Art. 291.º do Código Civil), dois diferentes conceitos de "*terceiros*": um (mais próximo da noção civilista de terceiro) que consiste em considerar *terceiros* apenas aqueles que tenham adquirido de um autor comum direitos incompatíveis entre si (art. 5.º do CRP); e outro segundo o qual se considera *terceiro* aquele que adquiriu, baseado em prévia inscrição a favor do transmitente, a título oneroso e de boa fé, com inscrição no registo do seu próprio título de aquisição (art. 17.º n.º 2 do CRP).

Estes conceitos confrontam-nos com a problemática também existente no Direito Espanhol e que GARCIA Y GARCIA resume, assim, em "Derecho Inmobiliário y Hipotecário" Tomo I, pág. 543:

> (...) existen dos posiciones en la doctrina hipotecarista: la tesis *monista* de tercero que considera al tercero del articulo 32 com los mismos requisitos que el del 34, y la tesis *dualista* del tercero, com diferentes formulaciones que parte de la distincion entre ambos terceros.

Os artigos 5.º e 17.º do Código Português, seriam, deste modo, homólogos dos artigos 32.º e 34.º da Lei Hipotecária espanhola.

De acordo com a tese de LA CRUZ, os artigos 32.º da Lei Hipotecária (e 5.º do Código Português) seriam tipicamente de inspiração latina (princípio da inoponibilidade); o art. 34.º Lei Hipotecária (e 17.º do Código Registo Predial), seriam de inspiração germânica.

Como já foi salientado por AMORÓS GUARDIOLA, com o art. 32.º da Lei Hipotecária, pretende resolver-se o problema da dupla venda. Já assim não acontece com o art. 34.º. Com o art. 32.º da Lei Hipotecária sanciona-se o adquirente negligente que não inscreve. Com o art. 34.º da Lei Hipotecária protege-se o *"terceiro"* que se baseou e acreditou no registo. No art. 32.º a questão existe entre um titular inscrito e um titular não inscrito. No artigo 34.º da Lei Hipotecária a questão coloca-se entre dois titulares inscritos. Na opinião de AMOROS GUARDIOLA, *"o terceiro"* do art. 32.º não necessita adquirir de um titular registado, ao contrário do que sucede no art. 34.º da Lei Hipotecária.

O mesmo sucede no direito português no que respeita, respectivamente, aos artigos 5.º e 17.º do Código do Registo Predial, conduzindo a uma posição dualista do conceito de *"terceiro"*.

BIBLIOGRAFIA CITADA

A. MENEZES CORDEIRO, *Direitos Reais*, Lex, Lisboa, 1979; *Direitos Reais, Sumários*, Edição A.A.F.D.L., 1998-1999.
A Posse: perspectivas dogmáticas actuais", Almedina, Coimbra, 1997.
HENRIQUE MESQUITA, *Direitos Reais, Lições ao Curso de 1966/1967*, Policopiado.
ISABEL PEREIRA MENDES, *Estudo Sobre Registo Predial*, Almedina 1997.
JOSÉ LUIS LA CRUZ BERDEJO Y REBULLIDA, *Derecho Inmobiliário y Registral*, J.B.-SA, Madrid, 1984.
JOSÉ OLIVEIRA ASCENSÃO, *Direitos Reais*, 5.ª Edição, Coimbra, 1993.
LUIS CARVALHO FERNANDES, *Lições de Direitos Reais*, 2.ª Edição, Quid Juris, Lisboa, 1997.
MANUEL RODRIGUES, *A Posse*, Almedina, 1996.
MOTA PINTO – *Direitos Reais* (Álvaro Moreira e Carlos Fraga), Almedina, 1975.
ORLANDO DE CARVALHO, *Direitos das Coisas*, Policopiado.

A FUNÇÃO ECONÓMICO-SOCIAL NA ESTRUTURA DO CONTRATO*

CARLOS FERREIRA DE ALMEIDA**

SUMÁRIO: *1. As funções como elemento do conteúdo contratual. 2. Função e causa. 3. Causa, função eficiente e função económico-social. 4. Função económico-social: conceito. 5. Função económico-social: necessidade. 6. Negócios causais e negócios abstractos. 7. Contratos abstractos? 8. Modalidades da função económico-social.*

1. As funções como elemento do conteúdo contratual

No conteúdo de cada contrato há sempre referência a duas ou mais pessoas e quase sempre (sempre em contratos patrimoniais) referência

---

* O Professor Dias Marques era um jurista culto, rigoroso, versátil, arguto e subtil, talvez com um toque de discreto cepticismo. Austero na escrita, cultivava na oralidade, como poucos, um genuíno *esprit de finesse*, que manejava, de modo acutilante, para desafiar teorias complexas com exemplos práticos simples mas perturbadores. A sua cativante personalidade revelava-se também como conversador e contador de histórias, brilhante e pleno de humor. O Professor Dias Marques marcou fortemente a minha vida académica: primeiro, como regente das disciplinas de História do Direito Português, Teoria Geral do Direito Civil e Direitos Reais; depois, como membro dos júris nas minhas provas de doutoramento e para professor associado; mais tarde, na partilha de responsabilidade em júris na Faculdade de Direito da Universidade Nova de Lisboa. Escolhi como objecto deste artigo em sua homenagem um tema ao qual ele prestou atenção relevante, com a curiosidade de o meu exame oral de Teoria Geral do Direito Civil ter incidido, quase em exclusivo, sobre a distinção entre negócios jurídicos causais e abstractos.

** Professor Catedrático da Faculdade de Direito da Universidade Nova de Lisboa.

a um objecto, pelo menos. Não seria todavia compreensível, nem sequer concebível, um contrato cujo conteúdo se limitasse a referir pessoas e objectos.

Se duas pessoas concordassem, sem outras referências, celebrar um contrato a respeito de determinado objecto (imóvel, mercadoria, crédito, direito de autor, etc.), ficaria por saber que efeito resulta do contrato (por exemplo, se transfere a propriedade, confere ou extingue um outro direito ou vincula uma das partes a uma prestação). Se o acordo mencionasse mais do que um objecto, sem nada acrescentar, subsistiria a indeterminação acerca do modo como se relacionam os direitos relativos a esses objectos.

Por isso, o conteúdo contratual inclui ainda e necessariamente elementos funcionais.

Função é um termo polissémico. Em sentido lógico-matemático, função significa a relação de correspondência entre os domínios de duas variáveis; em sentido orgânico, função significa cada um dos constituintes de uma estrutura; na linguagem comum, função tem um sentido instrumental, significativo da finalidade ou do meio destinado a atingir uma finalidade.

Com referência ao conteúdo do contrato, pode aproveitar-se esta ambiguidade para convocar todos estes sentidos. Funções contratuais serão assim os elementos do conteúdo com aptidão para se relacionarem com cada um dos outros elementos e para os relacionarem entre si, indicando a natureza e a finalidade dos efeitos que o contrato desencadeia. A sua expressão gramatical, quando explícita, efectua-se geralmente através de verbos performativos[1], tais como obrigar-se, transmitir, extinguir, vender, arrendar ou garantir, que marcam a força ilocutória do acto[2].

A omissão destes elementos funcionais, tal como a omissão dos contraentes ou do objecto em contratos patrimoniais, é sancionada, nos termos

---

[1] Isto é, verbos dotados de aptidão para produzir efeitos sociais (extra-linguísticos) correspondentes ao seu significado (sobre actos jurídicos performativos, ver o meu livro *Texto e enunciado na teoria do negócio jurídico,* Coimbra, 1992, p. 121 ss). Em relação a esta obra, o presente artigo pretende sintetizar, precisar e clarificar, mas também, nalguns pontos, desenvolver e alterar o que nela escrevi a respeito das funções negociais (p. 441 ss) e da função económico-social (p. 496 ss).

[2] J. R. SEARLE, *Speech Acts. An essay in the philosophy of language*, Cambridge, 1969, p. 30. Em dados contextos, outras classes gramaticais podem desempenhar função pragmática equivalente: adjectivos (como oneroso), advérbios (como gratuitamente) ou preposições (como mediante).

do artigo 280.°, n.° 1³, com a nulidade do contrato por indeterminabilidade do objecto (leia-se conteúdo). Esta conclusão não é contrariada por situações, como a exposição, em feiras, montras ou lojas virtuais, de bens com a mera indicação do preço (ou mesmo sem tal indicação; cfr. artigo 883.°), porquanto, nestes casos, a omissão do elemento funcional é apenas aparente, deduzindo-se do contexto a inclusão tácita da referência à função de troca na proposta contratual e no contrato subsequente.

Este conjunto funcional, imprescindível na constituição sintagmática da estrutura contratual, indica, no mínimo, a modalidade dos efeitos jurídicos produzidos (obrigacionais ou outros), mas, na generalidade dos contratos, indica também a modalidade do fim social (troca, liberalidade ou outra). Deve pois, para fins analíticos, ser desdobrado em dois subconjuntos: a função jurídica ou função eficiente e a função metajurídica ou função económico-social.

Não é comum na literatura jurídica a consideração conjunta destas funções na estrutura do contrato[4] e ainda menos a distinção entre elas[5]. Mas as questões materiais subjacentes vislumbram-se na clássica questão

---

[3] Os preceitos legais citados sem outra indicação pertencem ao Código Civil português vigente.

[4] A expressão "função do negócio jurídico", relacionada com a produção de efeitos jurídicos ou de relações jurídicas, é usada por L. CARVALHO FERNANDES, *Teoria geral do direito civil*, vol. II, 3.ª ed., Lisboa, 2001, p. 431, e por LARENZ & WOLF, *Allgemeiner Teil des deutschen Bürgerlichen Rechts*, 9.ª ed., München, 2004, p. 393 s. Nesta obra faz-se também referência às "funções do negócio jurídico" (p. 402 ss), num sentido difuso, destinado a destacar a variedade dos fins que as diferentes categorias negociais podem alcançar (negócios obrigacionais e dispositivos, negócios causais e abstractos, negócios onerosos e gratuitos, contratos de troca e de organização, negócios preliminares e negócios com efeitos para terceiros). Repare-se que estas classes negociais, com excepção das duas últimas, compõem uma parte significativa daquelas que, na minha opinião, se recortam no âmbito da função eficiente e da função económico-social.

[5] Embora com outras palavras, alguns autores alemães antigos assinalaram uma distinção correspondente: F. von SAVIGNY, *System des heutigen römischen Rechts*, 3, Berlin, 1840 (reimp. Darmstadt, 1981), p. 5 s, referia-se à vontade do negócio enquanto "dirigida directamente à formação ou extinção da relação jurídica, ainda que porventura só como meio para uma outra finalidade não jurídica"; FITTING, *Ueber das Wesen des Titels bei der Ersitzung*, Archiv für die civilistische Praxis, 52, 1869, p. 1 ss, 239 ss, 381 ss (p. 389 s), separava no negócio um aspecto jurídico e um aspecto económico; R. LEONHARD, *Der Irrtum als Ursache nichtiger Verträge*, 2.ª ed., Breslau, 1907, p. 243, escreveu que "a finalidade última da declaração das partes é sobretudo económico-social, mas, como meio para a sua realização, as partes dirigem a sua intenção para um efeito jurídico".

da causa[6]. Convém por isso estabelecer a correspondência terminológica e conceptual entre a perspectiva que aqui se adopta e os modelos tradicionais.

2. Função e causa

Tal como função, causa é um termo polissémico, em torno do qual gravitam várias teorias e taxinomias, tanto filosóficas como jurídicas. Dos quatro sentidos de causa usados pela escolástica (causa formal, causa material, causa eficiente e causa final) são os dois últimos que com maior frequência se empregam nas teorias jurídicas[7], embora com profundas variações.

A causa eficiente (causa de quê, causa do resultado, causa dos efeitos, por quê) designa, em contexto contratual, o título[8], a fonte[9] ou o fun-

---

[6] Para algumas construções clássicas, é a vontade que desempenha esta função produtora dos efeitos. Assim, além do esclarecedor excerto de SAVIGNY, citado na nota anterior, por exemplo, LARENZ & WOLF, loc. cit., onde, sob a epígrafe "função do negócio jurídico", se destaca a conformação das relações jurídicas pela própria vontade, e C. LARROUMET, *Droit Civil*, 3, *Les Obligations. Le Contrat*, 4.ª ed., Paris, 1998, p. 91, 96, 411, que justifica com a vontade a força obrigatória do contrato e a razão de ser (causa final) das obrigações contratuais.

[7] Nestes precisos termos, a contraposição aparece, por exemplo, nas seguintes obras: R. MÜLLER, *Gesellschaftsvertrag und Synallagma*, Zurich, 1971, p. 16 (*causa finalis* = *Zweck*, *causa eficiens* = *Rechtsgrund*); H. EHMANN, *Zur Causa-Lehre*, Juristenzeitung, 14/2003, p. 702 ss (p. 702); LARROUMET, *Le Contrat*, cit., p. 411 (com referência às obrigações: causa eficiente = fonte da obrigação, por exemplo, o contrato; causa final = razão da vinculação do devedor, por exemplo, a liberalidade); STARCK, ROLAND & BOYER, *Droit Civil. Les obligations*, 2, *Contrat*, 6.ª ed., Paris, 1998, p. 295 s; J. OLIVEIRA ASCENSÃO, *Direito civil. Teoria geral*, III, *Relações e situações jurídicas*, Coimbra, 2002, p. 156 s (com referência a situações jurídicas). P. PAIS DE VASCONCELOS, *Contratos atípicos*, Coimbra, 1995, p. 123 ss, distingue a causa, como *Grund*, fundamento de juridicidade, e a causa, como função económico-social.

[8] Na doutrina espanhola, o título (sinónimo de causa) tanto pode indicar a razão de ser da situação subjectiva como o modo de adquirir – cfr. M. GARCÍA AMIGO, *Teoría general de las obligaciones y contratos*, Madrid, 1995, p. 298 s, onde se apontam outros dois sentidos para causa (causa de atribuição patrimonial e função económico-social).

[9] Cfr., entre outros, GARCÍA AMIGO, loc. cit., e S. CONTARINO, *Contratos civiles y comerciales. Ámbito contractual y teoría general*, Buenos Aires, 2000, p. 229 s (que distingue entre causa-fonte da relação jurídica, que pode ser um contrato, e causa do contrato, elemento do contrato que coincide com a função que o ordenamento jurídico lhe reconhece).

damento (*Rechtsgrund*)[10] dos efeitos jurídicos, por vezes qualificados com uma justificação valorativa (justa causa[11], causa suficiente). Isto quanto ao antecedente da relação causal, porque variantes se verificam também quanto ao consequente, concentrado ora na atribuição patrimonial (*Zuwendung*), no direito alemão[12], ora na criação de obrigações, no direito francês[13].

A causa final (que causa, causa do acto, para quê) designa, por sua vez, o fim, a finalidade, o objectivo ou o escopo (*but*, *Zweck*[14]), mas também surge aferida ao resultado ou à síntese dos efeitos[15]. Na primeira destas acepções, a causa final do contrato (ou do negócio jurídico) pode ser, por sua vez, tomada como causa subjectiva, formada pelos motivos, ou como causa objectiva[16], para a qual a doutrina italiana adoptou, desde Betti[17], a designação de função económico-social[18]. Não faltam ainda concepções dualistas – causa subjectiva (motivo típico) e causa objectiva (função)[19] – e eclécticas, com destaque para as que equiparam a causa ao motivo acordado ou, na falta deste, ao motivo típico[20] e à função económico-individual[21].

---

[10] Em relação ao direito alemão, ver, por todos, W. FLUME, *Das Rechtsgeschäft*, 3.ª ed., Berlin, Heidelberg, New York, 1979, p. 152 ss.

[11] *Justa causa traditionis*: EHMANN, *Zur Causa-Lehre*, cit., p. 707 s; ORLANDO DE CARVALHO, *Direito das coisas (do direito das coisas em geral)*, Coimbra, 1977, p. 270, entre muitos outros.

[12] Cfr. FLUME, loc. cit., e I. GALVÃO TELLES, *Manual dos contratos em geral*, 4.ª ed., Coimbra, 2002, p. 288.

[13] Cfr., por todos, J. GHESTIN, *Les obligations. Le contrat: formation*, 2.ª ed., Paris, 1988, p. 741. Note-se porém que a razão de ser da obrigação é tratada como causa final por LARROUMET, loc. cit.

[14] No direito alemão, para os negócios obrigacionais; cfr., por todos, LARENZ & WOLF, *Allgemeiner Teil...*, cit., p. 419.

[15] Por exemplo, SACCO & DE NOVA, *Il contratto*, Torino, 1993 (reimp., 1998), I, p. 641.

[16] Assim, J. DIAS MARQUES, *Teoria Geral do Direito Civil*, vol. I, Coimbra, 1958, p. 195, 197.

[17] *Teoria generale del negozio giuridico*, Torino, 1950, reimp., Napoli, 1994, p. 180.

[18] É a doutrina dominante não só em Itália (ver, por último, U. BRECCIA, *Causa*, Il contratto in generale, III, Torino, 1999, p. 3 ss) como em Portugal (ver, por último, F. BRITO PEREIRA COELHO, *Causa objectiva e motivos individuais no negócio jurídico*, Comemorações dos 35 anos do Código Civil e dos 25 anos da reforma de 1977, II, A Parte Geral do Código e a Teoria Geral do Direito Civil, Coimbra, 2006, p. 423 ss (p. 426, nota 3, 429 ss).

[19] Por exemplo, GALVÃO TELLES, *Manual dos contratos em geral*, cit., p. 287 ss.

[20] H. P. WESTERMANN, *Die causa im französischen und deutschen Zivilrecht*, Köln, 1964, p. 89 ss, 116 ss.

[21] G. B. FERRI, *Causa e tipo nella teoria del negozio giuridico*, Milano, 1968

Esta dualidade causal escapa contudo aos direitos de *common law*, nos quais vigora a doutrina da *consideration*[22]. Nos contratos bilaterais (sinalagmáticos), a *consideration* consiste na simples troca de promessas (*executory consideration*); nos contratos unilaterais, a *consideration* consiste na troca da promessa por um acto já praticado em benefício do promitente (*executed consideration*). Apesar de alguma crítica, e da consequente evolução (e até erosão), que a doutrina vem sofrendo, mantém-se no essencial a ideia de contrapartida (reciprocidade, *quid pro quo*, preço pago ou a pagar, relação custo-benefício) enquanto requisito necessário para a validade da promessa contratual.

A *consideration* funciona pois também como elemento causal, causa eficiente, diríamos, do efeito do contrato. Mas, sendo o universo dos contratos, nos direitos de *common law*, restrito àqueles que, nos direitos alemão e português, se qualificam como contratos obrigacionais onerosos, é causa invariável, porque sempre causa de obrigações, e é causa una, porque coincidente com uma (e uma só) das causas finais (a troca) possíveis noutros direitos.

3. Causa, função eficiente e função económico-social

Entre as funções estruturais do contrato e as diferentes concepções sobre a causa verifica-se uma óbvia correspondência, ainda que parcial e implícita. A função eficiente (ou função jurídica), enquanto elemento do conteúdo do contrato que indica a modalidade dos seus efeitos jurídicos, coincide com uma das concepções de causa eficiente. A função económico-social (ou função metajurídica), enquanto elemento do conteúdo do contrato que indica a sua finalidade social, coincide com uma das concepções de causa final.

(reimp), p. 254, 355 ss; ID, *Tradizione e novità nella disciplina della causa.del negozio giuridico (dal cod. civ. 1865 al cod. civ. 1942)*, Rivista del diritto commerciale e del diritto generale delle obbligazioni, 1986, I, p. 127 ss (p. 142). Esta orientação subsiste na doutrina italiana como alternativa ou reconstrução da função económico-social (G. MARINI, *La causa del contratto*, I contratti in generale, VI, Torino, 2000, p. 1 ss, p. 6 ss).

[22] Ver, em obras gerais, entre muitas outras, J. POOLE, *Contract Law*, 6.ª ed., London, 2001, p. 101 ss; *The Law of Contracts* (org. M. Furmston), 2.ª ed., Bath, 2003, p. 214 ss; CALAMARI & PERILLO, *Contracts*, 3.ª ed., St. Paul (Minn.), 1987, p. 184 ss; WILLISTON, *A Treatise on the Law of Contracts*, 4.ª ed. por R. A. LORD, vols. 3 e 4, New York, 1992. Em obra de direito comparado, G. ALPA, *La consideration*, Atlante di diritto privato comparato (org. F. Galgano), Bologna, 1992, p. 97 ss.

O âmbito da maior parte das teorias da causa diverge porém desta concepção acerca do âmbito das funções contratuais.

Em relação à função (contratual) eficiente, porque esta se concentra, por definição, nos efeitos jurídicos dos contratos. A função (contratual) eficiente, tal como aqui se concebe, desconsidera assim, por um lado, quaisquer outras causas de atribuição patrimonial (mais relevantes para o regime do enriquecimento sem causa), mas inclui, por outro lado, os efeitos de qualquer natureza, patrimoniais e não patrimoniais, obrigacionais e não obrigacionais.

Em relação à função económico-social, porque esta se circunscreve à finalidade contratual, típica ou atípica, mas socialmente relevante. A função económico-social relega, enquanto causa final, os efeitos para um domínio exterior ao conteúdo, ainda que por este conformado, e prescinde, enquanto causa objectiva, dos motivos individuais.

Se estes motivos forem lícitos e típicos, dissolvem-se na função económico-social ou nalguma das suas circunstâncias de finalidade. Se forem ilícitos e convergentes num fim comum a ambas as partes (artigo 281.°), determinam a nulidade do contrato, precisamente por conduzirem ao que seria uma função contratual contrária ao interesse social. Se forem atípicos e puramente individuais, relevam, embora negativa e limitadamente, para os regimes do erro induzido por dolo (artigos 253 e 254.°) ou incidente nos motivos relacionados com a pessoa do declaratário ou com o objecto (artigo 251.°).

Se forem atípicos, mas acordados ou reconhecidos por acordo entre as partes, então sim, podem ser atendidos positivamente, enquanto elemento adicional do conteúdo elástico do contrato[23]. É o que se depreende do artigo 252.°, n.° 1, que, regulando directamente apenas o regime do erro sobre outros motivos, legitima indirectamente a relevância no conteúdo contratual de factores, passados, presentes ou futuros, de índole quase-condicional, frequentemente designados como "pressupostos". Assim sobrevive afinal, na essência, a velha teoria da pressuposição[24].

---

[23] Assim, F. B. PEREIRA COELHO, *Causa objectiva e motivos individuais no negócio jurídico*, cit., p. 454.

[24] L. WINDSCHEID expôs inicialmente a teoria da pressuposição, definida pelo A. como "condição não desenvolvida", em *Die Lehre des römischen Rechts von der Voraussetzung*, Basel, 1851 (obra a que não tive acesso). Resumiu-a depois nas Pandectas (*Lehrbuch des Pandektenrechts*, 7.ª ed., Frankfurt a. M., 1891, I, p. 275 ss). Apesar das críticas de que foi alvo (algumas das quais tiveram resposta do A. em *Die Voraussetzung*, Archiv für die civilistische Praxis, 78, 1892, p. 161 ss), parece inegável a sua influência em cons-

4. Função económico-social: conceito

Na estrutura do contrato, a função económico-social é o elemento que indica a sua finalidade metajurídica, fundamental e global. Não é o único elemento funcional, porque coexiste com um outro elemento indicativo da finalidade jurídica do contrato, ainda que, por vezes, um e outro dos elementos funcionais estejam tão imbricados e até confundidos na mesmas palavras que só analiticamente se distinguem.

Um exemplo da distinção entre as duas funções contratuais: tanto na doação translativa como na compra e venda, a aquisição do direito constitui a finalidade (estritamente) jurídica, ou uma das finalidades (estritamente) jurídicas, do contrato. Mas, na doação, tal aquisição obtém-se sem contrapartida, enquanto, na compra e venda, a aquisição se obtém mediante a obrigação de pagamento do preço, uma outra finalidade jurídica que está ausente no contrato de doação. Por isso, se pode dizer que, na consideração fundamental e global do contrato, são diferentes as suas finalidades não estritamente jurídicas: a liberalidade, na doação; a troca, na compra e venda.

Entendamo-nos porém quanto a cada um dos termos usados no conceito (estrutural) de função económico-social do contrato.

A finalidade é metajurídica, porque transcende a fenomologia do Direito, naquilo que este tem de específico como cultura, história, ciência e aplicação de normas. Voltando ao mesmo exemplo, a dádiva e a troca são fenómenos conhecidos fora do Direito e porventura antes do Direito[25], embora se não possa desdenhar o papel que o próprio Direito desempenhou e desempenha na evolução e na configuração actual daquelas instituições – e ainda mais noutras como a cooperação ou a garantia – tal como são observadas e estudadas na antropologia, na sociologia, na economia e na filosofia.

Por isso se designa a função como social, embora, com rigor, se houvesse de falar em funções sociais que transcendem a função social do

---

truções posteriores, em especial, nas diversas teorias sobre a base do negócio. Mas, na configuração portuguesa dos artigos 252.º, n.º 2, e 437.º, este instituto não se confunde com a causa final do negócio, porque esta é elemento do conteúdo contratual (típico ou acordado), enquanto a base do negócio é formada pelas circunstâncias subjacentes à distribuição do risco do contrato, pressupostas no seu conteúdo, mas exteriores a ele. Sobre este ponto, ver WESTERMANN, *Die causa...*, cit., p. 123 ss.

[25] M. MAUSS, *Essai sur le don. Forme et raison de l'échange dans les sociétés primitives*, 1923-24 (trad. portuguesa, *Ensaio sobre a dádiva*, Lisboa, 1988).

Direito. É com esta precisão de sentido que se deve entender "o interesse social, objectivo e socialmente controlável"[26] pelo qual a função (social) do contrato[27] se deve pautar. A referência à função económica é apenas enfática, justificada pela especial relevância desta vertente social na prática contratual, em que as finalidades patrimoniais predominam sobre as finalidades meramente pessoais e familiares.

Resta explicar melhor a qualificação da finalidade económico-social como "fundamental e global"[28].

Destaca-se o carácter fundamental, na estrutura do contrato, para contrapor este elemento a finalidades secundárias ou complementares que podem também constar do conteúdo do contrato – circunstâncias típicas de finalidade (v. g. a finalidade do arrendamento) e os fins individuais atípicos acordados ou reconhecidos por acordo das partes.

Qualifica-se a finalidade como global, em primeiro lugar, para a distinguir dos motivos irrelevantes e, em segundo lugar e principalmente, para evidenciar o perfil unitário[29] e aglutinador (de outros elementos e, por isso, funcional em sentido lógico), que orienta e explica o próprio acto, separado das finalidades de cada uma das partes, ainda que típicas mas determinadas por interesses individuais legítimos. Usando ainda o mesmo exemplo: na compra e venda, o comprador pretende adquirir o direito, o vendedor pretende receber o preço; só a troca explica a função global do

---

[26] BETTI, *Teoria generale del negozio giuridico*, cit., p. 172.

[27] A "função social do contrato" foi agora consagrada no artigo 412.º do Código Civil brasileiro de 2002 como limite da liberdade de contratar. É ainda cedo para avaliar que sentido vai ser atribuído ao preceito: Equivalente à causa-função, na linha de Betti, e portanto "residual" na aplicação? Ou concretização de um "princípio de eticidade", concebido sob influência da doutrina social da Igreja, que compreende o exercício da liberdade contratual de "forma ordenada ao bem comum"? Cfr. FRANCISCO AMARAL, *O novo Código Civil brasileiro*, Estudos em homenagem ao Professor Doutor Inocêncio Galvão Telles, vol. IV, Coimbra, 2003, p. 9 ss (p. 13 s); E. TOMASEVICIUS FILHO, *A função social do contrato: conceito e critérios de aplicação*; J. H. MARTINS-COSTA, *Reflexões sobre o princípio da função social dos contratos*, estes dois publicados em O Direito da Empresa e das Obrigações e o Novo Código Civil Brasileiro (org. A. Santos Cunha), São Paulo, 2006, p. 190 ss, 218 ss.

[28] Ver crítica em F. B. PEREIRA COELHO, *Causa objectiva e motivos individuais no negócio jurídico*, cit., p. 430, nota 14, que à finalidade global contrapõe as finalidades individuais.

[29] GALVÃO TELLES, *Manual dos contratos em geral*, cit., p. 290 s, refere-se à unidade da função social típica (embora a considere como um conjunto de elementos e não como elemento estrutural *a se*).

contrato. Na doação, o doador pretender dar, o donatário pretende receber; só a ideia de liberalidade exprime a função global do contrato.

A caracterização deste elemento funcional como finalidade global destina-se por último a sugerir a demarcação entre função económico--social e tipo contratual, contrariando as teses que sustentam a sua coincidência[30]. Ora, na concepção aqui adoptada, as relações entre função económico-social e tipo contratual estão muito longe da identidade.

A função económico-social é elemento (um dos elementos) do conteúdo contratual, que neste se apresenta e insere sob as diversas modalidades admitidas pelo sistema jurídico. Diferentemente, cada tipo contratual é formado pela frequente combinação repetida de vários elementos, um dos quais pode ser, mas nunca é só, a função económico-social. Esta pode ser um dos índices do tipo, mas nunca é suficiente para a qualificação tipológica do contrato[31].

A expressão compra e venda, por exemplo, designa um tipo contratual, mas a sua função económico-social (a troca) não é específica daquele tipo, é comum a vários contratos (empreitada, locação, etc.). É possível conceber uma classe contratual que compreenda todos os contratos de troca, mas para a descrição de cada tipo é indispensável acrescentar àquele elemento comum outros elementos que diferenciam os tipos entre si (v. g., os objectos e as circunstâncias que complementam as funções).

A tarefa de determinar e de isolar a função económico-social num dado contrato (para o qualificar sob determinado aspecto e também para o avaliar com válido ou inválido) é facilitada pelo tipo, porque, se o contrato singular corresponde a um tipo (legal ou social), este indica, por si só, além de outros elementos, também a função económico-social (v. g., no contratos de compra e venda, a troca; nos contratos de doação, a liberalidade; nos contratos de sociedade, a cooperação; nos contratos de seguro, o risco).

Tal sucede até nos contratos mistos, seja porque estes merecem ser afinal considerados como contratos socialmente típicos seja porque neles se descortina a aglutinação de elementos característicos dos tipos a partir dos quais se obtém aquela composição particular.

---

[30] Assim, claramente, MARINI, *La causa del contratto*, cit., p. 5; entre nós, R. PINTO DUARTE, *Tipicidade e atipicidade dos contratos*, Coimbra, 2000, p. 95, tendo em vista o que designa por "causa abstracta", citando G. B. FERRI e outra doutrina italiana e espanhola.

[31] PAIS DE VASCONCELOS, *Contratos atípicos*, cit., p. 117, 125 s.

Mas já assim não é nos contratos verdadeiramente atípicos, naqueles que escapam à inserção num qualquer tipo legal ou social ou à combinação de mais do que um tipo. Nestes casos, que por serem raros não merecem menos atenção na construção jurídica, impõe-se proceder a uma indagação adicional destinada a pesquisar interesses particulares meritórios sem correspondência em qualquer o tipo social[32]. Se o resultado for uma apreciação positiva, segundo critérios de admissibilidade social, quase certo é que a função económico-social subjacente se reconduzirá a alguma das funções já conhecidas e reconhecidas pelo Direito em contratos típicos (troca, cooperação, etc.).

Não há pois relação de implicação recíproca entre funções contratuais típicas e contratos típicos. As funções contratuais, designadamente as modalidades da função económico-social, formam um conjunto tendencialmente fechado e típico, que inclui também as funções económico-sociais admissíveis nos contratos atípicos.

5. Função económico-social: necessidade

A função económico-social é elemento[33] (quase sempre) necessário do conteúdo contratual. Esta afirmação, válida, em minha opinião, para o direito português, carece de ser demonstrada, uma vez que não é consensual.

Não transpondo nessa parte o artigo 1108 do *Code Civil*, o Código Civil de Seabra não mencionava a causa lícita como requisito para a validade do contrato, embora à causa se referisse a propósito do erro sobre a causa (artigos 657.°, n.° 1, e 658.° a 660.°) e do fim criminoso ou reprovável do contrato (artigo 692.°). Esta ambiguidade (que o artigo 1132 do *Code Civil* também justificava, ao admitir a validade do contrato sem indicação expressa da causa[34]) alimentou a divisão sobre a relevância da causa no direito civil português, em especial numa fase tardia em que a doutrina,

---

[32] G. B. FERRI, *Causa e tipo*..., cit., p. 252, 345 ss.

[33] Diferente é naturalmente a perspectiva de quem considere a função económico-social estranha à estrutura do contrato (M. C. GETE-ALONSO Y CALERA, *Estructura e función del tipo contractual*, Barcelona, 1979, p. 579), conjunto de todos os elementos do contrato ou síntese dos seus efeitos (cfr. também notas 29 e 15).

[34] Sobre este ponto e a favor de que a omissão de causa se refere apenas ao *instrumentum* e não ao *negotium*, GHESTIN, *Le contrat: formation*, cit., p. 822 ss.

mais do que interpretar o Código Civil, se esforçava por arredá-lo como obstáculo a construções mais modernas.

Assim, quando, em Lisboa, Galvão Telles e Dias Marques, sob inspiração italiana, valorizavam a causa enquanto função económico-social e afirmavam a sua necessidade[35], em Coimbra, Manuel de Andrade, sob declarada influência alemã, destacava os motivos e pronunciava-se no sentido de ser a causa um conceito dispensável[36].

Como a parte geral do Código Civil de 1966 assentou basicamente no ensino do professor de Coimbra, não admira que o texto vigente ignore (quase) por completo a ideia de causa (final e objectiva = função) do contrato ou do negócio jurídico. Com uma única excepção – a referência a declarações negociais unilaterais, "sem indicação da respectiva causa" (artigo 458.º, n.º 1), a que adiante se voltará – só subsistem explicitamente no Código, entre as concepções de causa antes assinaladas, os motivos e o enriquecimento sem causa, ou seja, precisamente os institutos que, merecendo destaque no direito alemão, não cabem no âmbito das funções contratuais.

Houve por isso quem continuasse a sustentar ser dispensável a referência à causa do negócio[37], sem lugar nem autonomia no Código Civil como elemento ou requisito do contrato[38], ou pura e simplesmente a omitisse como tópico a tratar no âmbito da teoria do negócio jurídico[39].

---

[35] I. GALVÃO TELLES, *Manual dos contratos em geral*, 3.ª ed., Lisboa, 1965 (reimp. 1995), p. 69, 260 ss; DIAS MARQUES, *Teoria Geral do Direito Civil*, cit., p. 191 ss (com designação mais simples – "função social" ou "função negocial").

[36] MANUEL DE ANDRADE, *Teoria geral da relação jurídica*, II, *Facto jurídico, em especial negócio jurídico*, Coimbra, 1964 (com reimpressões), p. 347 ss. "Para agrupar as soluções razoáveis [...] basta o conceito de objecto (*lato sensu*)".

[37] J. OLIVEIRA ASCENSÃO, *Teoria Geral do Direito Civil*, vol. III, *Acções e factos jurídicos*, Lisboa, 1992, p. 339; ID., *Direito civil. Teoria geral*, II, *Acções e factos jurídicos*, 1.ª ed., 1999, p. 271. A afirmação foi eliminada na 2.ª edição desta obra, publicada em 2003, na qual o A. acaba "por aceitar a concepção dominante que vê na causa a função económico-social típica do negócio" (p. 304). A dispensabilidade da causa reaparece no vol. III da mesma obra (*Relações e situações jurídicas*, Coimbra, 2002), mas reportada agora à causa-função das situações jurídicas.

[38] A. MENEZES CORDEIRO, *Direito das Obrigações*, 1.º vol., Lisboa, 1980, p. 523, 527. O A. não toma porém posição explícita sobre este ponto no seu *Tratado de Direito Civil Português*, onde, é certo, não autonomiza a causa do negócio (pelo menos, como função), a ela se referindo apenas a propósito da distinção entre negócios causais e abstractos, mas com o sentido de fonte de eficácia (*Parte Geral*, tomo I, *Introdução. Doutrina Geral. Negócio Jurídico*, 3.ª ed., Coimbra, 2005, p. 469 ss).

[39] C. MOTA PINTO, *Teoria geral do direito civil*, 3.ª ed., Coimbra, 1985 (orientação

Esta tendência parece encontrar agora conforto nos princípios internacionais sobre os contratos, nos quais se estabelece a validade do simples acordo "sem necessidade de qualquer outro requisito", incluindo, como nos comentários se enfatiza, a desnecessidade de causa ou de *consideration*[40].

Mas a erradicação legislativa, efectiva ou aparente, parece não obstar a que a causa, qual fénix renascida[41], seja recuperada para o sistema jurídico. Assim terá sucedido no direito português, onde uma parte significativa da doutrina, se não a maioria, reconhece actualmente a relevância da causa, entendida como função económico-social do negócio[42],

---

que se mantém na 4.ª ed. por A. Pinto Monteiro e P. Mota Pinto, Coimbra, 2005, embora com um aditamento, na p. 399, acerca da distinção entre negócios causais e negócios abstractos); H. E. Hörster, *A parte geral do Código Civil português. Teoria Geral do Direito Civil*, Coimbra, 1992.

[40] Embora, nos Princípios UNIDROIT, o comentário ao artigo 3.2 (*no need for consideration*) signifique apenas que a causa não se circunscreve à função de troca (*UNIDROIT Principles of International Commercial Contracts*, Roma, 2004, p. 95) e, nos Princípios Europeus, a prescrição do artigo 2:101 seja matizada com a nota de que "os Princípios não dispõem *expressamente* sobre um requisito de causa" e com uma informação comparativa acerca das diferentes orientações dos direitos nacionais europeus quanto a este aspecto – *Principles of European Contract Law. Parts I and II* (org. O. Lando, H. Beale), The Hague, London & Boston, 2000, p. 141. M. Storme, *The Binding Character of Contracts – Causa and Consideration*, Towards a European Civil Code (org. A. Hartkamp e o.), 2.ª ed., Nijmegen, The Hague, London, Boston, 1998, p. 239 ss, desvaloriza a desnecessidade de qualquer outro requisito, admitindo que causa e *consideration* sejam afinal "requisitos ocultos".

[41] G. Alpa, *Lineamenti di diritto contrattuale*, Diritto privato comparato (org. G. Alpa e o.), Roma, Bari, 1999, p. 197.

[42] No sentido da necessidade, no direito vigente, de uma causa-função para a validade da generalidade dos negócios jurídicos: Galvão Telles, ob. cit., p. 294 ss; Carvalho Fernandes, ob. cit., p. 347 ss; F. B. Pereira Coelho, ob. cit., p. 431 ss (enquanto elemento constitutivo do seu texto ou conteúdo). No sentido da relevância da causa-função, Castro Mendes, *Teoria geral do direito civil*, II, Lisboa, 1979, p. 193 s; Oliveira Ascensão, *Acções e factos jurídicos*, 2.ª ed., 2003, cit., p. 304 ss; P. Pais de Vasconcelos, *Teoria geral do direito civil*, 3.ª ed., Lisboa, 2005, p. 626 (relevância negativa); D. Leite de Campos, *A subsidiariedade da obrigação de restituir o enriquecimento*, Coimbra, 1974, p. 265; M. J. Almeida Costa, *Direito das Obrigações*, 9.ª ed., Coimbra, 2001, p. 425 s (colocando estes dois últimos o direito português "entre os chamados sistemas causalistas"). Em nota ao citado artigo 2:101 dos *Principles of European Contract*, dá-se conta da orientação doutrinária que na Holanda, na Grécia e em Portugal, mau grado a omissão nos respectivos códigos civis, atribui à causa o valor de elemento essencial de validade dos contratos.

que até os anti-causalistas vêm afinal a aceitar, indirectamente, por não poderem ignorar a distinção, enraizada e estável, entre negócios causais e abstractos[43].

Vigora pois no direito português um princípio da causalidade, não codificado, segundo o qual a completude dos negócios jurídicos depende da inserção no seu conteúdo de uma causa-função, que há-de ser socialmente reconhecida para que o negócio seja válido.

Esta tese decorre da referida *communis opinio* dos académicos, que se prolonga na verificação prática de recusa pela comunidade jurídico-profissional em permitir que a atribuição de direitos absolutos se efectue pela simples declaração ou pelo acordo de transmissão sem indicação da respectiva causa, no sentido de uma função, implícita num tipo legal ou social ou explícita numa finalidade socialmente aceitável.

Apesar de a lei civil admitir, sem outra especificação, que a propriedade, o usufruto ou o direito de superfície se transmitem por contrato (artigos 1316.º, 1440.º, 1528.º), ninguém acredita que um notário celebre uma escritura pública, e ninguém confia na validade de um contrato celebrado por documento particular, em que os contraentes se limitem a acordar a transmissão do direito sem menção complementar acerca da razão ou do título por que o fazem (compra e venda, doação, outro contrato translativo típico ou alguma justificação atípica mas devidamente explicada)[44]. À *communis opinio* corresponde uma convicção social generalizada, um costume, que a sustenta e nela se apoia.

Outra face do mesmo argumento[45] reside na incontroversa excepcionalidade dos negócios abstractos no direito português.

---

[43] MANUEL DE ANDRADE, *Teoria geral da relação jurídica*, II, cit., p. 349; OLIVEIRA ASCENSÃO, *Acções e factos jurídicos*, 1992, cit., p. 334; MENEZES CORDEIRO, *Tratado de Direito Civil Português*, I, *Parte Geral*, tomo I, cit., p. 469 s.

[44] Para GALVÃO TELLES, *Manual dos contratos em geral*, cit., p. 294 s, "tal acordo será nulo ou inexistente".

[45] Decisivo não me parece o argumento que alguns extraem do artigo 458.º. A presunção de causa da obrigação unilateralmente assumida ou reconhecida, implica, de certo, a necessidade de uma causa como requisito de validade dos negócios obrigacionais. Mas, como tal presunção se pode ilidir pela prova da "relação fundamental", a palavra "causa" tem, neste preceito, o sentido directo de causa eficiente da obrigação, fonte da eficácia (assim, entre outros, MENEZES CORDEIRO, *Tratado de Direito Civil Português*, I, *Parte Geral*, tomo I, cit., p. 471), exterior ao conteúdo do acto, e não de causa final, função económico-social do negócio, componente da sua estrutura. Sem outros dados, subsistiria pois a questão de saber se, para a validade do negócio obrigacional subjacente, é ou não indispensável a inclusão de uma causa coincidente com a função económico-social.

6. Negócios causais e negócios abstractos

Os negócios jurídicos dizem-se causais se, como requisito da sua validade, se exigir a presença de uma causa no respectivo conteúdo[46], indicada de modo explícito, implícito ou por remissão.

Os negócios jurídicos abstractos admitem a omissão de causa, compreendida como função económico-social. É pois esta a causa de que neles se abstrai e não a causa eficiente da obrigação ou da transmissão[47], que coincide com o negócio abstracto em si mesmo.

A distinção tem interesse prático, porque, na impugnação dos efeitos de negócios abstractos, a eventual falta ou ilicitude da causa do negócio subjacente só pode ser invocada nas relações imediatas entre as partes, coincidentes em ambos os negócios, ou com fundamento em enriquecimento sem causa.

A natureza abstracta do negócio é atribuída por categorias e não para negócios singulares. Assim, nas letras, um dos exemplos incontroversos de documentos em que se inserem negócios abstractos, o impresso, exigido para efeitos fiscais em negócios domésticos, contém um espaço em branco a seguir à palavra "valor" que pode ser ou não preenchido pelo sacador. Não é invulgar escrever nesse espaço frases como "[valor] de transacção comercial" ou a indicação de outra causa mais precisa, por exemplo, "[valor] da venda do automóvel...". Nem por isso o saque perde a natureza de negócio abstracto.

Os negócios abstractos são adequados para a realização de diversas funções[48] que hão-se resultar e constar do negócio causal que está sempre subjacente. O controlo da suficiência e da licitude da função económico--social só se justifica pois em relação aos negócios causais.

Nenhum sistema jurídico confere exclusividade aos regimes de causalidade ou de abstracção negocial. A predominância de um ou de outro

---

[46] "O convénio causal não toma parte no conteúdo do negócio" – ORLANDO DE CARVALHO, *Negócio jurídico indirecto (teoria geral)*, Escritos. Páginas de Direito, I, Coimbra, 1998, p. 31 ss (p. 113, citando Enneccerus).

[47] Como parece resultar da referência a "relação fundamental": ALMEIDA COSTA, *Direito das Obrigações*, cit., p. 426; J. ANTUNES VARELA, *Das obrigações em geral*, vol. II, 7.ª ed., Coimbra, 1999, p. 299. Na 4.ª ed. da *Teoria Geral* de MOTA PINTO, loc. cit., selecciona-se como critério de distinção entre negócios causais e abstractos a relevância "da sua função económica ou social típica *ou* da relação jurídica que constitui a sua causa".

[48] GALVÃO TELLES, *Manual dos contratos em geral*, cit., p. 296; CARVALHO FERNANDES, *Teoria geral do direito civil*, vol. II, cit., p. 353.

dos modelos depende de escolhas de política legislativa, decididas pelos méritos de cada um deles, mas condicionadas pela tradição. A causalidade protege mais os declarantes imponderados, os devedores em geral e os proprietários legitimados por um título contratual. A abstracção, reduzindo os fundamentos de impugnação do negócio, protege mais os profissionais do comércio, os credores em geral e os terceiros de boa fé, valorizando a celeridade, a segurança do tráfico jurídico e o mercado[49].

No direito alemão e noutros direitos em que vale o princípio da separação, os negócios dispositivos (*Verfügungsgeschäte*) são em regra abstractos e indispensáveis para obter o efeito atributivo da compra e venda e de outros contratos com finalidade transmissiva, que, dotados apenas de efeitos obrigacionais (*Verpflichtunsgeschäfte*), têm em regra natureza causal (no sentido de a sua validade depender da indicação de um fim (*Zweck*)[50].

Pelo contrário, no direito português e noutros direitos em que vale o princípio da causalidade, a abstracção negocial só é permitida num conjunto fechado e restrito de tipos negociais[51].

Deste elenco não fazem parte os institutos que se unificam através de um efeito comum – seja a transmissão (cessão) da posição contratual, de créditos ou de dívidas seja a extinção de obrigações, por novação ou remissão – susceptível de ser obtido por negócios com diferentes funções económico-sociais. Assim resulta claramente dos artigos 425.° e 578.°, que remetem para o tipo de negócio que serve de base à cessão, não se vislumbrando razão que impeça de usar a mesma construção e aplicar o mesmo regime aos dois outros institutos (regulados pelos artigos 595.° e seguintes, 857.° e seguintes e 863.° e seguintes).

Não é aliás muito diferente a configuração das declarações unilaterais de assunção originária ou de reconhecimento de obrigações (artigo 458.°).

---

[49] Cfr. Sacco & de Nova, *Il contratto*, cit., I, p. 659 s, 665 s; H. Brox, *Allgemeiner Teil des BGB*, 21.ª ed., Köln, Berlin, Bonn, München, 1997, p. 64 ss; Oliveira Ascensão, *Acções e factos jurídicos*, 2.ª ed., 2003, cit., p. 301 s (acentuando a "questão ideológica"); Pais de Vasconcelos, *Teoria geral do direito civil*, cit., p. 627 ss (considerando tanto a tradição como a dimensão pragmática).

[50] Cfr., por todos, Flume, *Das Rechtsgeschäft*, cit., p. 152 ss; Larenz & Wolf, *Allgemeiner Teil...*, cit., p. 418 ss; Brox, *Allgemeiner Teil des BGB*, cit., p. 57 ss; D. Medicus, *Bürgerliches Recht*, 17.ª ed., Köln, Berlin, Bonn, München, 1996, p. 27 ss.

[51] A sua total exclusão do Código Civil foi proposta pelo autor do anteprojecto respectivo: cfr. A. Vaz Serra, *Negócios abstractos. Considerações gerais. Promessa ou reconhecimento de dívida e outros actos*, Boletim do Ministério da Justiça, 83, 1959, p. 5 ss (p. 62).

A distinção consiste apenas em que, naqueles, nem por isso se dispensa a menção conjunta, no mesmo negócio, tanto da eficácia translativa como da função económico-social, quando, nestas, a presunção da relação fundamental acarreta a presunção de causa, tornando desnecessária a menção de qualquer causa (eficiente ou final) no acto que titula o efeito. Nenhum destes actos jurídicos merece pois a qualificação de abstracto[52].

Tão pouco se pode falar de abstracção com fundamento na simples inoponibilidade de actos ou de situações jurídicas[53]. A abstracção (omissão textual de causa final do acto) não se confunde com a autonomia, em especial se esta se reportar apenas à confrontação da situação jurídica do titular actual com a situação jurídica de titulares anteriores. O negócio abstracto goza sempre de alguma autonomia em relação ao negócio causal subjacente, mas a inversa não é verdadeira, podendo a autonomia verificar-se entre actos causais[54]. Assim sucede designadamente na fiança e, em maior grau, na garantia ao primeiro pedido[55], mas nem por isso tais negócios omitem a sua função económico-social – a garantia (ou, generalizando, o risco).

Negócios abstractos no direito português são portanto apenas aqueles cujo regime jurídico, estabelecido por lei ou por convenção internacional vigente em Portugal[56], admite a omissão de uma função económico-social no respectivo conteúdo.

---

[52] Para a cessão da posição contratual e para a cessão de créditos, a opinião é unânime, embora com variantes de formulação. Em relação à cessão de créditos, ver, por último, L. MENEZES LEITÃO, Cessão de créditos, Coimbra, 2005, p. 291, e, com desenvolvimento, M. ASSUNÇÃO CRISTAS, Transmissão contratual do direito de crédito, Coimbra, 2005, p. 52 ss; em relação ao artigo 458.º, ver a génese em VAZ SERRA, Negócios abstractos, cit., p. 32, 62.

[53] A favor da abstracção no caso do artigo 598.º, que regula a oponibilidade e a inoponibilidade de excepções na transmissão de dívidas, MENEZES CORDEIRO, Tratado de Direito Civil Português, I, Parte Geral, tomo I, cit., p. 470, nota 1240, e F. B. PEREIRA COELHO, ob. cit., p. 436, aditando este A. ao rol das situações de abstracção as hipóteses previstas nos artigos 243.º (inoponibilidade da simulação), 291.º (inoponibilidade das invalidades), 435.º (efeitos da resolução em relação a terceiros), 2076.º (aquisição de bens da herança por terceiro de boa fé) e o instituto do registo.

[54] Cfr. o meu artigo sobre Registo de valores mobiliários, Estudos em memória do Professor Doutor António Marques dos Santos, Coimbra, 2005, vol. I, p. 873 ss, 932 s.

[55] Sobre a controvérsia em França acerca da natureza abstracta ou causal destes actos, GHESTIN, Le contrat: formation, cit., p. 824 ss, 838 ss. Nos Princípios UNIDROIT, em comentário ao artigo 3.2, ilustra-se a desnecessidade de causa com um exemplo de garantia on first demand.

[56] A doutrina portuguesa tem afirmado o exclusivo da lei como fonte de abstracção negocial. Sendo certo que à lei se devem aditar as convenções internacionais (que esta-

Como exemplo, repetidamente apresentado, apontam-se os negócios jurídicos cartulares ou cambiários, isto é, os negócios documentados em títulos de crédito (saque, subscrição, aceite, endosso).

Na verdade, porém, deve distinguir-se, sob este aspecto, entre títulos de crédito causais e títulos de crédito abstractos[57], conforme a causa conste ou não do título, do documento. Os negócios inscritos em títulos de crédito abstractos (letras, livranças, cheques) são necessariamente abstractos também. Nos títulos de crédito causais, como são os documentos representativos de direitos sobre mercadorias (v. g. o conhecimento de carga) e sobre participações sociais (as acções), os negócios de emissão do título são causais (por exemplo, o conhecimento de carga é emitido em função do contrato de transporte de mercadorias, as acções são emitidas em função do negócio pelo qual a sociedade se formou), mas os negócios de transmissão do direito (v. g. o endosso) são tendencialmente abstractos, uma vez que a respectiva causa (troca, liberalidade, etc.) só consta do negócio subjacente.

Abstractos, no direito português, são também, ou por isso mesmo, os negócios transmissivos de valores mobiliários e de outros instrumentos financeiros (acções, obrigações e os demais referidos no artigo 1.º do Código dos Valores Mobiliários) com representação escritural.

Pode discutir-se se os valores mobiliários escriturais são ou não títulos de crédito, mas parece incontroverso que o seu regime tem sido moldado sobre o regime dos títulos de crédito[58]. Não admira pois que o artigo 67.º do Código dos Valores Mobiliários preveja, em alternativa ao documento (causal) bastante para a prova do facto a registar, a simples ordem escrita do disponente como base do registo pelo qual a transmissão de valores mobiliários se processa. Ora, em relação a esta ordem, a lei não exige a indicação da causa da transmissão como requisito do conteúdo,

---

belecem o regime das letras, livranças, cheques e de alguns títulos representativos de mercadorias), não repugna incluir no elenco também o costume, que foi aliás, em todos os casos admitidos pelo direito português, a fonte antecessora e inspiradora da lei ou do tratado internacional. Não pode ainda esquecer-se que deve ser reconhecida em Portugal a validade dos negócios jurídicos abstractos regulados por direito estrangeiro, quando este seja aplicável à situação, não se justificando neste domínio qualquer limitação imposta pela ordem pública.

[57] Cfr. FERNANDO OLAVO, *Direito Comercial*, volume II, 2.ª Parte, Fascículo I, *Títulos de crédito em* geral, 2.ª ed., Coimbra, 1978, p. 48 ss.

[58] Cfr. o meu artigo sobre o *Registo de valores mobiliários*, cit., p. 905 ss, com posição no sentido afirmativo, sustentada nas p. 937 ss.

permitindo assim a sua omissão. A ordem para a transmissão de valores mobiliários escriturais, efectuada por transferência entre contas de registo, correspondente ao endosso nos títulos de crédito em papel, tem portanto a natureza de negócio jurídico unilateral abstracto[59].

O último exemplo (suponho que não há mais nenhum no direito português) situa-se no domínio das transferências bancárias de dinheiro, reguladas pelo Decreto-Lei n.º 41/2000, de 17 de Março[60]. Na verdade, como resulta das disposições combinadas da alínea a) do artigo 2.º (que define transferência), do artigo 5.º (que estabelece prazos de cumprimento) e dos artigos 6.º a 8.º (que cominam indemnizações pelos danos causados pelo incumprimento), a ordem de transferência de dinheiro dada a uma instituição bancária é eficaz para, salvo falta de cobertura, criar as obrigações simétricas de débito e de crédito da quantia transferida nas contas do ordenante e do beneficiário, mesmo que, como é normal, não contenha qualquer indicação acerca da função metajurídica subjacente[61]. A ordem de transferência bancária de dinheiro, assim como eventuais ordens interbancárias subsequentes que a retransmitam, tem portanto também a natureza de negócio jurídico unilateral abstracto[62].

---

[59] *Registo de valores mobiliários*, cit., p. 948. Já assim era na vigência do Código do Mercado de Valores Mobiliários, embora o preceito aplicável (artigo 65.º, n.º 3) mencionasse a "declaração de venda". Cfr. o meu artigo *Desmaterialização dos títulos de crédito: valores mobiliários escriturais*, Revista da Banca, n.º 26, 1993, p. 23 ss (p. 33). Pelo contrário, a ordem de bolsa e outras ordens para a negociação de valores mobiliários são causais, porque indicam como finalidade a celebração de contratos de compra e venda ou de outros contratos com função de troca.

[60] Que, transpondo a Directiva do Parlamento e do Conselho 97/5/CE, de 27 de Janeiro de 1997, em relação a transferências transfronteiriças, generalizou o regime para todas as transferências internas e internacionais.

[61] A obrigação de efectuar a transferência está todavia limitada pelo regime de prevenção e repressão do branqueamento de capitais, nos termos da Lei n.º 11/2004, de 27 de Março, que determina às instituições financeiras o dever de exame de operações suspeitas, conferindo-lhes o poder de pedir aos clientes *justificação* das operações de valor superior a 12500 euros. A operação só pode todavia ser suspensa por ordem do Procurador Geral da República, confirmada pelo juiz de instrução criminal.

[62] Cfr. A. MENEZES CORDEIRO, *Manual de Direito Bancário*, 2.ª ed., Coimbra, 2001, p. 544, salientando que o regime é "marcado pela abstracção"; C. GENTIL ANASTÁSIO, *A transferência bancária*, Coimbra, 2004, atribuindo natureza abstracta à operação formada pelo conjunto dos actos conducentes à transferência (p. 88, com várias referências a obras estrangeiras em sentido semelhante).

7. Contratos abstractos?

No direito alemão, em que a fácil admissibilidade da abstracção se conjuga com o princípio do contrato[63], a generalidade dos negócios jurídicos abstractos tem natureza contratual: nos contratos dispositivos, a abstracção é a regra; a assunção autónoma e abstracta de obrigações por contrato é livre, desde que observe a forma escrita[64]; natureza contratual têm até, segundo a doutrina dominante, os negócios cambiários, seja qual for o seu efeito – dispositivo (endosso), obrigacional (aceite) ou misto (emissão)[65].

E no direito português? Regista-se pelo menos uma afirmação peremptória expressa de que não existem contratos abstractos, todos os contratos são causais[66]. Na verdade, as opiniões convergem acerca da unilateralidade dos negócios cambiários[67] e os outros exemplos de abstracção, que consistem na emissão de ordens de transmissão de bens escriturais (valores mobiliários escriturais e dinheiro), merecem igualmente a qualificação de negócios jurídicos unilaterais.

Tal não significa porém que, no direito português, os contratos abstractos estejam em absoluto excluídos, uma vez que não se vislumbra qualquer relação de implicação entre abstracção e unilateralidade. A observa-

---

[63] Segundo o qual o contrato é o acto normal para a criação de situações jurídicas de qualquer natureza e só por excepção pode decorrer de negócio jurídico unilateral.

[64] Cfr. § 780 BGB e, sobre ele, LARENZ & CANARIS, *Lehrbuch des Schuldrechts*, Bd. II, *Besonderer Teil*, 2, 13.ª ed., München, 1994, p. 25 s; MEDICUS, *Bürgerliches Recht*, cit., p. 29 s (este também com inclusão do § 781 sobre reconhecimento de obrigação).

[65] Assim, HUECK & CANARIS, *Recht der Wertpapier*, 12.ª ed., München, 1986, p. 31 s. Com referência apenas ao contrato de emissão, onde a controvérsia tem uma história mais densa, afirmando a prevalência doutrinal da teoria contratual, ver, entre outros, K. LARENZ, *Lehrbuch des Schuldrechts*, Bd. II, *Besonderer Teil*, 2, 12.ª ed., München, 1981, p. 499 s; U. MEYER-CORDING, *Wertpapierrecht*, 2.ª ed., Neuwied, Frankfurt, 1990, p. 28; F. BOHNET, *La théorie générale des papiers-valeurs. Passé, présent, futur*, Bâle, 2000, p. 34 ss, também com menção ao direito suíço (p. 38, 198 s), onde as opiniões estão mais divididas.

[66] GALVÃO TELLES, *Manual dos contratos em geral*, 3.ª ed., cit., p. 263. A afirmação (reproduzida por CARVALHO FERNANDES, *Teoria geral do direito civil*, vol. II, cit., p. 353) não foi porém transposta para a 4.ª ed., onde teria lugar na p. 299. Cfr. também GARCÍA AMIGO, *Teoría general de las obligaciones y contratos*, p. 306 s, considerando que os contratos sem causa são inadmissíveis no direito espanhol.

[67] Ver, por todos, A. FERRER CORREIA, *Lições de direito comercial*, III, *Letra de câmbio*, Coimbra, 1966, p. 76 ss, e J. OLIVEIRA ASCENSÃO, *Direito Comercial*, volume III, *Títulos de crédito*, Lisboa, 1992, p. 48 ss, ambos com refutação das teses contratualistas.

ção do direito alemão demonstra o contrário e nem sequer nos direitos mais avessos à abstracção parece haver incompatibilidade entre contrato e abstracção. A coincidência que no direito português se verifica resulta apenas de escolhas legislativas e de inclinações doutrinárias, que podem modificar-se no futuro.

Mesmo no direito português vigente, parece possível, ainda que não seja usual, a conformação contratual de alguns negócios jurídicos abstractos, a saber, a transmissão de valores mobiliários escriturais e a transferência bancária de dinheiro. Visto o regime em profundidade, o que a lei, em bom rigor, excepciona é a produção do efeito jurídico por acto abstracto, sem indicação da função económico-social. Ora, se, naquelas hipóteses, basta a declaração unilateral do disponente, não há razão para excluir a validade e a eficácia de acordo, com igual conteúdo, subscrito tanto pelo disponente como pelo beneficiário[68], com a vantagem para este de poder, ele próprio, tomar a iniciativa de promover a execução do contrato[69].

8. Modalidades da função económico-social

A variedade paradigmática das funções económico-sociais não obsta à sua agregação em categorias amplas. Com ou sem este enquadramento estrutural, múltiplos são os critérios de classificação ensaiados pela doutrina jurídica, incitada pela dificuldade do desafio teórico e pelo interesse prático do resultado.

O critério mais simples, e mais divulgado nos direitos romano-germânicos, conduz a uma divisão bipartida que separa os negócios jurídicos em onerosos e gratuitos. No direito português, onde a classificação foi recebida pela lei[70], as opiniões convergem no sentido de que o critério de

---

[68] Nos títulos de crédito em papel, a rigidez das regras formais, que exigem a inserção no documento da assinatura do ordenante ou do obrigado, retira efeito prático ao que seria um acordo cartular.

[69] Também o regime da promessa de prestação e do reconhecimento de dívida, que o artigo 458.º qualifica como negócio unilateral, pode ser estendido ao contrato, como se previa no anteprojecto VAZ SERRA, *Negócios abstractos*, cit., p. 50, 66. Mas, como se viu, não resulta daí qualquer alargamento do campo da abstracção negocial.

[70] Por exemplo, nos artigos 42.º, 237.º, 426.º, 587.º, 939.º, 1145.º, 1129.º e 1158.º. O elenco completo pode deduzir-se do *Índice dos vocábulos do Código Civil português*,

distinção assenta na correlatividade, correspectividade, reciprocidade ou contrapartida do sacrifício e do benefício das atribuições patrimoniais, que é característica dos negócios onerosos, enquanto os negócios gratuitos envolvem sacrifício apenas para uma das partes e benefício apenas para a outra[71].

Uma divisão tripartida, outrora muito em voga no direito alemão[72], distingue os negócios jurídicos consoante a sua causa seja *donandi* (enriquecer a outra parte), *solvendi* (cumprir uma obrigação) ou *credendi* (levar a outra parte a obrigar-se), que, em adaptação moderna, se transfigurou numa classificação por finalidades (*Zwecke*): de troca (*causa adquirendi*), de liberalidade (*causa donandi*) ou de cumprimento (*causa solvendi*)[73].

Nenhuma destas classificações esgota o universo dos negócios jurídicos ou sequer o universo dos contratos patrimoniais. Para a correcção desta reconhecida insuficiência, introduziram-se subdistinções nos contratos onerosos (v. g. contratos comutativos e contratos aleatórios) e aditaram-se categorias não abrangidas (v. g. contratos de garantia, contratos parciários, contratos de organização). Conceberam-se, por outro lado, classificações funcionais alternativas, mais complexas pelo critério e mais variadas nos resultados[74].

Revista da Faculdade de Direito da Universidade de Lisboa, XXVII, 1986, p. 327 ss, e XXVIII, 1987, p. 203 ss, organizado pelo Professor DIAS MARQUES, cuja valia para a investigação se mantém actual, nem sempre superada pelas potencialidades da pesquisa informática.

[71] Os traços comuns entre os diferentes manuais de teoria geral do direito civil entroncam, julgo, na recepção directa ou indirecta da lição de J. ANTUNES VARELA exposta em *Ensaio sobre o conceito de modo*, Coimbra, 1955, p. 81 s, 221, 331 ss e *passim*.

[72] Adoptada para a *stipulatio* por F. von SAVIGNY, *Das Obligationenrecht als Theil des heutigen römischen Rechts*, II, Berlin, 1853 (reimp. Darmstadt, 1987), p. 251, reconhecida como dominante, embora com reticência, por WINDSCHEID, *Lehrbuch des Pandektenrechts*, cit., I, p. 279, nota 1, continuou a ser usada, por exemplo, por ENNECCERUS & NIPPERDEY, *Lehrbuch des bürgerlichen Rechts* (cfr. *Derecho Civil. Parte general*, vol. 2.º, vol., I, 3.ª ed., Barcelona, 1981, p. 106), uma das obras em que se baseou VAZ SERRA, *Negócios abstractos*, cit., p. 13 s.

[73] EHMANN, *Zur Causa-Lehre*, cit., p. 703 ss.

[74] Cfr., entre outros, I. GALVÃO TELLES, *Aspectos comuns aos vários contratos*, Revista da Faculdade de Direito da Universidade de Lisboa, 1950 (separata), p. 84 s; F. MESSINEO, *Dottrina generale del contratto*, 3.ª ed., Milano, 1948, p. 19 ss (com uma classificação em oito classes, cujo critério exclusivo pretende ser o da função económico--social); W. FIKENTSCHER, *Schuldrecht*, 9.ª ed., Berlin, New York, 1997, p. 402 s; A.-J. ARNAUD, *Essai d'analyse structurale du code civil français. La règle du jeu dans la paix bourgeoise*, Paris, 1973, p. 122 (com um quadro das relações obrigacionais distribuídas pelas seguintes categorias: equilíbrio, gratuitidade, segurança e reciprocidade); P. TERCIER,

É com base na conjugação e reorganização de todos estas e de outras contribuições que se sugere o seguinte quadro de classes básicas da função económico-social dos contratos (causais) patrimoniais:

função económico--social	relação entre custo e benefício	relação entre a finalidade global do contrato e a finalidade dos contraentes	número de objectos
troca	bilateral	divergência	≥ 2
liberalidade	unilateral	coincidência	1
cooperação	bilateral	coincidência	≥ 2
risco	unilateral	divergência	1
reestruturação	neutra	divergência	≥ 1

Nesta classificação, o primeiro vector (relação custo/benefício) equivale *grosso modo* ao critério em que assenta a distinção clássica entre negócios onerosos e negócios gratuitos, assim como a verificação de existência ou de inexistência de *consideration* como requisito dos contratos nos direitos de *common law*. Mas, em vez da variação binária, que contempla apenas a bilateralidade ou a unilateralidade de custos e benefícios, apresenta uma variação ternária, que adita a possível neutralidade desta relação nos contratos em que vantagens e desvantagens não sejam determináveis ou relevantes para a sua função.

Além disso, com a pretensão de resolver as insuficiências daquele critério simples, a classificação combina este com um outro vector (a relação entre a finalidade global do contrato e a finalidade típica, convergente ou divergente, de cada um dos contraentes) sugerido por uma ideia de Grotius, que distinguiu os actos comutativos consoante separam os interesses das partes ou produzem uma comunidade de interesses[75].

A unidade ou pluralidade de objectos não dispõe de verdadeira autonomia como critério de classificação, porque acompanha a unilateralidade ou a bilateralidade da relação custo/benefício. A sua inclusão no quadro tem o intuito prático de facilitar uma primeira e simples aproximação à qualificação da função económico-social.

Les contrats spéciaux, 2.ª ed., Zurich, 1995, p. 19 s (com uma classificação segundo o objecto da prestação característica).

[75] *De jure belli ac pacis*, Amsterdam, 1625, livro II, cap. XII, III, 1 (trad. *Le droit de la guerre et de la paix*, Paris, 1999).

As classes básicas da função económico-social dos contratos não definem ainda uma tipologia. Para atingir este resultado é necessário proceder à intersecção destas classes (ou de classes mistas) com as variações de outros elementos do conteúdo: função jurídica, objectos, circunstâncias que especificam as funções (tempo, fim, eventualidade), mais raramente a qualificação das pessoas.

Esta combinação permite estabelecer o elenco dos tipos contratuais básicos. Alguns exemplos, entre os mais nítidos e elucidativos: compra e venda, permuta, desconto, empreitada, transporte, arrendamento, como tipos da função económico-social de troca; doação, comodato, como tipos da função de liberalidade; sociedade, consórcio, agência, como tipos da função de cooperação; aposta, fiança, seguro, como tipos da função de risco; transacção, compromisso arbitral, como tipos da função de reestruturação de situações jurídicas. A introdução de elementos distintivos adicionais conduz, por sua vez, à subdivisão de tipos em subtipos (por exemplo, compra e venda para consumo, sociedade comercial anónima, seguro de responsabilidade civil).

A exposição desenvolvida deste método e deste modelo extravasa porém o âmbito genérico e introdutório do presente artigo.

INSOLVÊNCIA INTERNACIONAL: DIREITO APLICÁVEL[*]

DÁRIO MOURA VICENTE[**]

> SUMÁRIO: *I. Posição do problema; sua actualidade e relevância social. II. Interesses em presença. III. Fontes. IV. O regime comunitário: a) O Regulamento (CE) n.° 1346/2000: base jurídica e objectivos; b) Continuação: âmbito de aplicação; c) Principais soluções consagradas: i) Universalidade e territorialidade da insolvência; ii) Direito aplicável: regra geral; iii) Continuação: fundamento da aplicabilidade da* lex fori concursus *e respectivo âmbito de competência; iv) Continuação: desvios; v) Balanço e conclusão. V. Direito Internacional Privado português: a) Regra de conflitos geral; b) Desvios; c) Questões prévias e substituição; d) Condição jurídica dos credores estrangeiros; e) Âmbito de aplicação do regime legal.*

I. Posição do problema; sua actualidade e relevância social

Propomo-nos versar neste estudo o problema do Direito aplicável aos processos de insolvência com carácter internacional, ou «transfronteiras», isto é, os processos de insolvência em que o património do devedor se encontra disperso por vários países ou que, por qualquer

---

[*] Texto que serviu de base à conferência proferida em 21 de Maio de 2005, no curso sobre *O Novo Regime da Insolvência e da Recuperação de Empresas*, organizado pela Faculdade de Direito de Lisboa e pelo Conselho Distrital de Lisboa da Ordem dos Advogados. Apenas em casos excepcionais foram tomados em consideração elementos publicados após aquela data.
[**] Professor Associado da Faculdade de Direito de Lisboa.

outra razão, possuem conexões com outro ou outros países além daquele onde decorrem[1].

Esse problema desdobra-se em vários outros, que podem enunciar-se do seguinte modo: *a)* Deve a insolvência internacional ter *carácter universal*, abrangendo a totalidade dos bens do devedor, ou antes *territorial*, cingindo-se os seus efeitos aos bens sitos no país onde foi aberto o processo? *b)* Devem esses efeitos sujeitar-se à *lex fori*, isto é, a lei do Estado onde o processo foi aberto, ou antes à *lex causae,* ou seja, à lei reguladora dos bens e das relações jurídicas sobre os quais tais efeitos se projectam? *c)* Deve instituir-se para a insolvência internacional um *estatuto único* – uma única lei aplicável à totalidade dos seus efeitos – ou antes admitir-se quanto a ela uma *pluralidade de leis aplicáveis*?

São manifestas a actualidade e a relevância social do tema.

Dada a crescente internacionalização da actividade das empresas, proporcionada pelo actual movimento de integração económica internacional, o seu património e as relações contratuais de que são partes acham-se crescentemente dispersos por uma pluralidade de países. Sendo aberto um processo de insolvência, este tenderá, quanto a essas empresas, a produzir os seus efeitos em diversos países. Foi o que aconteceu, por exemplo, no caso da sociedade italiana *Parmalat, s.p.a.*, declarada insolvente em 27 de Dezembro de 2003 pelo Tribunal de Parma, onde aquela sociedade tinha a sua sede.

Se as ordens jurídicas dos países onde se situam os bens do devedor, ou com os quais se acham conexas as relações jurídicas de que este é parte, divergirem entre si quanto ao regime da insolvência ou à disciplina de certas questões de Direito Civil ligadas à regulação da insolvência – o que não raro acontece quanto a aspectos tão essenciais como a susceptibilidade da sujeição do devedor a um processo de insolvência, a sorte neste último das garantias reais dos credores, a graduação dos créditos reclamados e a composição da massa insolvente[2] –, suscitar-se-á inevitavelmente o pro-

---

[1] Sobre o conceito de insolvência internacional, *vide* Ian E. Fletcher, *Insolvency in Private International Law. National and International Approaches*, Oxford, 1999, pp. 5 s.

[2] Para uma comparação de diversos Direitos nacionais sobre a matéria, vejam-se: Pedro de Sousa Macedo, *Manual de Direito das Falências*, vol. I, Coimbra, 1964, pp. 55 ss.; J. A. Pastor Ridruejo, «La faillite en droit international privé», *in Recueil des Cours de l'Académie de La Haye de Droit International* (doravante *Rec. Cours),* tomo 133 (1971--II), pp. 137 ss. (pp. 144 ss.); Michel Poitevin, «Les procédures collectives en droit européen. Analyse comparative des traits essentiels régissant les procédures collectives dans la CEE», *Revue des procédures collectives*, 1991, pp. 47 ss.; e Michael Bütter, «Cross-

blema do Direito aplicável no processo de insolvência instaurado contra esse devedor.

II. Interesses em presença

O processo de insolvência tem por finalidade precípua, como se sabe, a liquidação do património de um devedor, ou a sua recuperação económica, tendo em vista a satisfação da totalidade dos seus credores na base de um princípio de igual tratamento destes (*par conditio creditorum*), por força do qual se a massa insolvente for insuficiente para satisfazê-los na íntegra devem os credores sofrer proporcionalmente as mesmas perdas.

Nas situações internacionais, a consecução dessa finalidade pressupõe a observância de dois princípios basilares:

- A *unicidade* do processo de insolvência, entendida no sentido de que contra cada devedor insolvente deve idealmente ser instaurado um só processo, onde quer que se encontrem os seus credores e os bens que respondem pelas suas dívidas, ou de que, pelo menos, deve haver uma certa coordenação entre os diferentes processos de insolvência intentados contra o mesmo devedor em diferentes países; e
- A *universalidade* desse processo, na acepção de que os efeitos de um processo de insolvência aberto em certo país devem ser regidos por uma única lei e abranger a totalidade dos bens do devedor, qualquer que seja o país onde se situem, sendo o produto da liquidação desses bens distribuído pelos credores (se for caso disso) de acordo com as regras dessa lei, onde quer que estes últimos se encontrem estabelecidos.

Só assim se consegue evitar, por um lado, que o devedor se exima ao cumprimento das suas obrigações através da transferência do seu património ou da sua actividade empresarial ou profissional para outro país; e, por outro, que um ou mais credores obtenham a satisfação integral dos seus créditos mediante execuções singulares, instauradas à revelia dos demais credores em país ou países diferentes daquele onde decorre o processo de insolvência.

-Border Insolvency under English and German Law», *Oxford University Comparative Law Forum*, 2002, n.º 3 (disponível em http://ouclf.iuscomp.org).

A unicidade e a universalidade do processo de insolvência não são, porém, fáceis de conseguir – nem é desejável que o sejam em quaisquer circunstâncias. Existem, na verdade, outros interesses, igualmente atendíveis neste domínio, que se lhes opõem e reclamam a possibilidade de abertura de processos particulares de insolvência e o reconhecimento de *estatutos especiais* para certas categorias de bens ou relações jurídicas sobre os quais o processo de insolvência pode produzir os seus efeitos.

Entre esses interesses avultam: *a)* o dos *credores que disponham de garantias reais* sobre bens do devedor sitos em país diferente daquele onde foi aberto o processo de insolvência, ou que tenham o direito de adquirir direitos reais sobre bens imóveis do devedor, ou de usá-los, os quais poderão ter legitimamente contado com a aplicação aos seus direitos da lei do país onde os bens em causa se encontram (a *lex rei sitae*); *b)* o dos *beneficiários de actos prejudiciais aos credores*, que poderão ter confiado na validade desses actos segundo uma lei diversa da que vigora no Estado de abertura do processo; *c)* o dos *trabalhadores do insolvente*, cuja protecção pode também exigir a aplicação aos efeitos da insolvência sobre os contratos de trabalho celebrados com o devedor do Direito que os rege segundo as regras de conflitos gerais; *d)* o dos *pequenos credores* do insolvente em obter uma tutela jurisdicional efectiva para as suas pretensões, a qual poderia ficar comprometida se houvessem sistematicamente de reclamar os seus créditos perante um tribunal estrangeiro, de acordo com o Direito local; *e)* a *segurança e a fluidez do tráfico jurídico*, que recomendam a aplicação da *lex rei sitae* ou da lei do país de registo à determinação da validade dos actos celebrados pelo devedor após a abertura do processo de insolvência, pelos quais aquele haja disposto de bens imóveis ou sujeitos registo; e *f)* a *soberania nacional*, por mor da qual os efeitos de actos praticados no processo de insolvência que envolvam o exercício de poderes de coacção devem, na falta de acordo internacional em contrário, cingir-se ao território do Estado em que o processo decorre.

Verifica-se, assim, que a satisfação de alguns dos interesses fundamentais que importa acautelar no processo de insolvência depende da solução dada ao problema do Direito aplicável. Também por aqui se pode avaliar a relevância do tema que nos propomos examinar no presente estudo.

Aos interesses apontados acresce a harmonia de julgados, ou harmonia jurídica internacional. No domínio em apreço importa, com efeito, evitar decisões contraditórias sobre a determinação do Direito aplicável, em ordem a assegurar a estabilidade e a continuidade das relações comerciais internacionais através das fronteiras. Como é bom de ver, a diversidade das regras de conflitos nacionais em matéria de insolvência potencia ao mais alto grau o risco de serem proferidas tais decisões; o que se repercute inevitavelmente no custo das transacções, porquanto, na impossibilidade de determinarem antecipadamente o Direito aplicável – e, por conseguinte, de estimarem a medida em que os seus direitos serão afectados na eventualidade de o devedor não poder cumprir as suas obrigações vencidas –, as instituições de crédito exigirão por via de regra juros mais elevados a fim de financiarem transacções mercantis internacionais. A realização do aludido interesse reclama, por conseguinte, algum grau de unificação internacional dessas regras.

III. Fontes

O que acabamos de dizer esclarece em alguma medida a circunstância de a matéria em apreço ser hoje objecto de regras constantes de diferentes fontes, comunitárias, nacionais e internacionais.

Entre elas avulta o Regulamento (CE) n.° 1346/2000, de 29 de Maio de 2000, relativo aos processos de insolvência[3], alterado pelo Regulamento (CE) n.° 603/2005, do Conselho, de 12 de Abril de 2005[4], o qual reproduz em parte a Convenção de Bruxelas relativa aos processos de insolvência[5], concluída entre doze Estados-Membros da Comunidade Europeia em 23 de Novembro de 1995, que não chegou a entrar em vigor.

Subsequentemente, foi publicado entre nós o Código da Insolvência e da Recuperação de Empresas (CIRE), aprovado pelo Decreto-Lei n.° 53//2004, de 18 de Março, e logo alterado pelo Decreto-Lei n.° 200/2004, de 18 de Agosto. Este Código, como se verá adiante, acolhe muitas das soluções consignadas no Regulamento comunitário.

Não está ainda em vigor, por não ter reunido o número mínimo de ratificações necessário para o efeito, a Convenção Europeia Sobre Certos

---

[3] Publicado no *Jornal Oficial das Comunidades Europeias* (doravante *JOCE*), n.° L 160, de 30 de Junho de 2000, pp. 1 ss.

[4] Publicado no *JOCE*, n.° L 100, de 20 de Abril de 2000, pp. 1 ss.

[5] Disponível em http://aei.pitt.edu. Sobre a Convenção, veja-se Miguel Virgós/Étienne Schmit, *Report on the Convention on Insolvency Proceedings*, Bruxelas, 1996. Na doutrina portuguesa, cfr. Maria João Machado, *Da falência em Direito Internacional Privado. Introdução aos seus problemas fundamentais*, Porto, 2000, pp. 66 ss., 89 ss. e 140 ss.

Aspectos Internacionais da Falência (*Convention Européenne sur Certains Aspects Internationaux de la Faillite*), concluída em Istambul em 1990 sob a égide do Conselho da Europa[6]; razão pela qual não a iremos considerar na exposição subsequente[7].

Também não nos ocuparemos *ex professo* neste estudo da Lei-Modelo Sobre a Insolvência Internacional, adoptada em 1997 pela Comissão das Nações Unidas para o Direito Comercial Internacional (*UNCITRAL Model Law on Cross-Border Insolvency*)[8], a qual não regula a determinação do Direito aplicável ao processo de insolvência internacional, antes visa essencialmente definir regras-tipo de cooperação judiciária internacional neste domínio[9].

Uma vez que o Regulamento (CE) n.° 1346/2000 é directamente aplicável pelos tribunais portugueses, e tem primazia sobre as regras de fonte interna, o alcance das disposições relevantes do CIRE apenas pode ser devidamente entendido à luz do que se dispõe nesse acto comunitário. Por isso o analisaremos aqui em primeiro lugar.

---

[6] Disponível em http://www.coe.int. Sobre esse instrumento internacional, *vide* o *Rapport Explicatif,* disponível em *ibidem.* Na doutrina, consultem-se: Paul Volken, «L'harmonisation du droit international privé de la faillite», *in Rec. Cours,* tomo 230 (1991-V), pp. 343 ss. (pp. 401 ss.); Jean-Luc Vallens, «La convention du Conseil de l'Europe sur certains aspects internationaux de la faillite», *Revue Critique de Droit International Privé* (doravante *RCDIP*), 1993, pp. 136 ss.; Luigi Daniele, «La convenzione europea su alcuni aspetti internazionali del fallimento: prime riflessioni», *Rivista di Diritto Internazionale Privato e Processuale* (doravante *RDIPP*), 1994, pp. 499 ss.; e Maria João Machado, ob. cit. (nota anterior), pp. 161 ss.

[7] Note-se que mesmo após uma eventual entrada em vigor da Convenção, o Regulamento (CE) n.° 1346/2000 prevalecerá, nas relações entre os Estados-Membros deste último, sobre as disposições daquela: haja vista ao preceituado no art. 44.°, n.° 1, alínea *k),* do Regulamento.

[8] Disponível em http://www.uncitral.org. Acerca da Lei-Modelo, vejam-se: Toshiyuki Kono, «The Recognition of Foreign Insolvency Proceedings and Private International Law. An Analysis of the UNCITRAL Model Law on Cross-Border Insolvency from the Perspective of Private International Law», *in* Jürgen Basedow/Toshiyuki Kono (organizadores), *Legal Aspects of Globalization. Conflict of Laws, Internet, Capital Markets and Insolvency in a Global Economy,* Haia/Londres/Boston, 2000, pp. 213 ss.; e *UNCITRAL Legislative Guide on Insolvency Law,* Nova Iorque, 2004.

[9] Adoptaram legislação baseada na Lei-Modelo a África do Sul, a Eritreia, o Japão e o México (em 2000), o Montenegro (em 2002), a Polónia e a Roménia (em 2003).

IV. O regime comunitário

a) *O Regulamento (CE) n.° 1346/2000: base jurídica e objectivos*

O Regulamento (CE) n.° 1346/2000 é uma das primeiras manifestações da denominada «comunitarização» do Direito Internacional Privado, que o Tratado de Amesterdão de 1997, que alterou os Tratados da União Europeia e da Comunidade Europeia, tornou possível ao introduzir neste último instrumento internacional um Título IV (arts. 61.° e seguintes), relativo, entre outras matérias, à cooperação judiciária em matéria civil.

Prevê-se aí a adopção pelo Conselho da União Europeia de medidas tendentes a melhorar e simplificar o reconhecimento e a execução de decisões em matéria civil e comercial e a promover a compatibilidade das normas aplicáveis nos Estados-Membros em matéria de conflitos de leis e de jurisdições (art. 65.°).

O objectivo precípuo dessas medidas consiste, de acordo com o mesmo preceito, em assegurar o bom funcionamento do mercado interno que a Comunidade se propõe instituir, caracterizado, conforme se afirma no art. 3.°, alínea *c)*, do Tratado da Comunidade Europeia, «pela abolição, entre os Estados-Membros, dos obstáculos à livre circulação de mercadorias, de pessoas, de serviços e de capitais».

É também esse o objectivo que se propõe o Regulamento em apreço, em cujo preâmbulo se declara que «[o] bom funcionamento do mercado interno exige que os processos de insolvência que produzem efeitos transfronteiriços se efectuem de forma eficiente e eficaz»[10].

Por outro lado, mediante a unificação das regras de conflitos vigentes nos Estados-Membros em matéria de insolvência internacional suprimem-se, ou pelo menos reduzem-se, os incentivos ao denominado *forum shopping*, i. é, a actividade consistente em as partes se dirigirem aos tribunais do Estado onde antevêem que obterão uma decisão mais favorável aos seus interesses, o qual é uma consequência da conjugação de foros alternativos para as mesmas matérias com regras de conflitos divergentes. Esse fenómeno deve, com efeito, ser cerceado na medida em que tal se mostre necessário em ordem a assegurar a igualdade entre as partes nos processos relativos a situações plurilocalizadas. Nesta linha de orientação se inscreve também o Regulamento em apreço[11].

---

[10] Considerando 2.

[11] Cfr. o considerando 4. Sobre o ponto, veja-se, em especial, Harald Koch, «Europäisches Insolvenzrecht und Schuldbefreiungs-Tourismus», *in* Heinz-Peter Mansel/Tho-

b) *Continuação: âmbito de aplicação*

O Regulamento encontra-se em vigor desde 31 de Maio de 2002 (art. 47.º), aplicando-se aos processos instaurados posteriormente (art. 43.º).

Compreendem-se no seu âmbito material de aplicação os «processos colectivos em matéria de insolvência do devedor que determinem a inibição parcial ou total desse devedor da administração ou disposição de bens e a designação de um síndico» (art. 1.º, n.º 1). O Regulamento não é, porém, aplicável à insolvência de instituições financeiras (art. 1.º, n.º 2), dado que estas se encontram sujeitas a um regime específico e também porque as autoridades nacionais dispõem relativamente a elas de amplos poderes de fiscalização[12]. É irrelevante para a aplicabilidade do Regulamento que o devedor seja uma pessoa colectiva ou singular, um comerciante ou um não comerciante (*ibidem*). A fim de que possa aplicar-se, é ainda necessário, nos termos do art. 2.º, alínea *a)*, que o processo em causa se encontre referido no anexo A ao Regulamento (modificado pelo citado Regulamento (CE) n.º 603/2005), onde se enunciam os processos previstos pelo Direito dos Estados-Membros para os quais valem as respectivas regras.

Só se abrange nele a *insolvência internacional*, i. é, os processos que «produzem efeitos transfronteiriços»[13]. As insolvências internas não são, pois, por ele disciplinadas.

O Regulamento apenas disciplina os processos em que o *centro de interesses principais do devedor* esteja situado num Estado-Membro. Nenhum preceito o diz expressamente, é certo, mas tal infere-se do art. 3.º, n.º 1. No mesmo sentido depõe o considerando 14 do preâmbulo. A bondade de semelhante solução não é, porém, inequívoca, pois resulta dela que os efeitos dos processos secundários ou particulares de insolvência abertos em Estados-Membros contra devedores cujo centro de interesses se situe fora da Comunidade, mas que nela possuam um estabelecimento, serão regidos pelo Direito interno daqueles Estados, com eventual prejuízo para alguns dos interesses acima referidos[14].

---

mas Pfeiffer/Herbert Kronke/Christian Kohler/Rainer Hausmann (organizadores), *Festschrift für Erik Jayme*, vol. I, Munique, 2004, pp. 437 ss.

[12] Preâmbulo, considerando 9.
[13] Preâmbulo, considerando 2.
[14] Em sentido crítico quanto a este aspecto do Regulamento, cfr. Dominique Bureau, «La fin d'un îlot de résistance. Le Règlement du Conseil relatif aux procédures d'insolvabilité», *RCDIP*, 2002, pp. 613 ss. (p. 622).

Em contrapartida, não é necessário, a fim de que o Regulamento se aplique, que o património do devedor esteja situado num Estado-Membro, embora – cumpre notá-lo – os bens situados noutros Estados não sejam abrangidos pelas suas disposições.

O Regulamento não é, além disso, aplicável à Dinamarca, que não participa na adopção pelo Conselho de medidas de cooperação judiciária em aplicação do título IV do Tratado da Comunidade Europeia (cfr. o preâmbulo, considerando 33)[15].

Observe-se por fim que, embora o Regulamento discipline minuciosamente a determinação da lei aplicável aos efeitos da insolvência, as questões prévias respeitantes à existência e ao conteúdo dos direitos subjectivos sobre os quais recairão esses efeitos não pertencem ao objecto do Regulamento, devendo antes ser resolvidas à luz das regras de conflitos gerais em vigor no Estado do foro. Assim, por exemplo, é em conformidade com a *lex contractus* que se deve determinar se existe certo direito de crédito invocado no processo de insolvência, e qual o seu montante; e é de acordo com a *lex rei sitae* que cumpre apurar se existe, em benefício de determinado credor, um direito real de garantia sobre um bem imóvel do devedor.

c) **Principais soluções consagradas**

i) *Universalidade e territorialidade da insolvência*

O Regulamento (CE) n.° 1346/2000 ensaia uma resposta para as questões acima referidas na base de um compromisso entre os interesses em jogo e de algum pragmatismo.

Assim, o princípio geral é o da *insolvência universal*, a instaurar, de acordo com o art. 3.°, n.° 1, no país onde se localize o *centro dos interesses principais do devedor*.

A decisão de abertura do processo de insolvência nesse país pode produzir efeitos noutros Estados-Membros (art. 16.°, n.° 1), abrangendo tendencialmente, por conseguinte, a totalidade dos bens do devedor, onde quer que estes se encontrem situados.

---

[15] Veja-se, a este respeito, o Protocolo relativo à posição da Dinamarca, anexo ao Tratado de Amesterdão (reproduzido *in* José Luís Vilaça/Miguel Gorjão-Henriques, *Tratado de Amesterdão*, Coimbra, 2000, pp. 258 ss.).

Para tanto, confere-se ao síndico a possibilidade de exercer todos os poderes que lhe são conferidos pela lei do Estado de abertura do processo sobre bens situados noutros Estados-Membros, enquanto não tiver sido aberto neles qualquer processo de insolvência ou tomada qualquer medida cautelar em contrário (art. 18.°).

Mas admite-se a abertura posterior, noutro Estado-Membro onde o devedor possua um estabelecimento, de *processos de insolvência secundários, ou dependentes*, cujos efeitos são limitados aos bens do devedor situados no território desse Estado (arts. 3.°, n.° 2, e 27.°)[16]. Tais processos têm, portanto, *carácter territorial*. Devem, além disso, ser apenas de liquidação de bens, não podendo, por conseguinte, visar a recuperação do insolvente (art. 3.°, n.° 3).

O carácter universal do processo principal não é prejudicado pela abertura de processos secundários, dada a consagração no Regulamento de regras que visam coordenar os segundos com o primeiro. Tal o caso das disposições que conferem ao síndico no processo principal certos poderes de intervenção nos processos secundários (cfr., por exemplo, os arts. 29.° e 31.° a 34.°), bem como da que impõe a transferência para o processo principal do activo remanescente do processo secundário (art. 35.°).

Por estabelecimento deve entender-se, para os efeitos do disposto no art. 3.°, n.° 2, «o local de operações em que o devedor exerça de maneira estável uma actividade económica com recurso a meios humanos e a bens materiais» (art. 2.°, alínea *h)*). Note-se que não integra este conceito uma sociedade constituída num Estado-Membro, através da qual uma sociedade constituída noutro Estado-Membro, que detém a totalidade do capital da primeira, desenvolve a sua actividade naquele Estado. Dado que é essa a forma pela qual as empresas sedeadas na Comunidade Europeia predominantemente levam a cabo a sua actividade nos demais Estados-Membros, não serão porventura muito frequentes os processos secundários de insolvência abrangidos pelo citado preceito[17].

Por outro lado, o Regulamento consente a abertura, no Estado-Membro de estabelecimento do devedor, de *processos particulares de insolvên-*

---

[16] Ressalvam-se, porém, as patentes e marcas comunitárias, bem como os direitos análogos instituídos por força de disposições comunitárias, os quais apenas podem ser abrangidos por processos principais de insolvência: cfr. o art. 12.° do Regulamento.

[17] Neste sentido, C.G.J. Morse, «Cross-Border Insolvency in the European Union», in Patrick J. Borchers/Joachim Zekoll (organizadores), *International Conflict of Laws for the Third Millenium. Essays in Honor of Friedrich K. Juenger*, Nova Iorque, s/d, pp. 233 ss. (p. 244).

cia, antes da abertura do processo principal no país do centro de interesses do devedor, verificadas que estejam as condições enunciadas no n.º 4 do art. 3.º, a saber: *a)* não ser possível abrir o processo principal em virtude das condições estabelecidas pela legislação do Estado do centro de interesses do devedor; e *b)* ser a abertura do processo particular requerida por um credor residente, domiciliado ou estabelecido no Estado-Membro onde se situa o estabelecimento do devedor[18].

Consagra-se no Regulamento, em suma, um regime de *universalidade mitigada da insolvência internacional*.

ii) *Direito aplicável: regra geral*

Vejamos agora a questão do Direito aplicável. Este é, em princípio, o do Estado-Membro cujos tribunais são competentes para a abertura do processo de insolvência: a *lex fori concursus*. É o que dispõe o art. 4.º, n.º 1, do Regulamento, que neste particular acolhe uma regra bem conhecida dos sistemas de Direito Internacional Privado de vários países europeus[19].

Como dissemos atrás, no âmbito de aplicação do Regulamento aqueles tribunais são, regra geral, os do Estado-Membro onde se situa o *centro dos interesses principais do devedor*, sendo que este, de acordo com o considerando 13 do preâmbulo, «deve corresponder ao local onde o devedor exerce habitualmente a administração dos seus interesses»[20].

---

[18] A estes processos já se tem chamado «territoriais», por contraposição aos processos secundários de que se ocupa o n.º 2 do art. 3.º: assim, por exemplo, Maria Isabel Candelario Macas, «El derecho mercantil internacional: la insolvencia con elementos extranjeros», *in* Alfonso Luís Calvo Caravaca/Santiago Areal Ludeña (directores), *Cuestiones Actuales del Derecho Mercantil Internacional*, Madrid, 2005, pp. 275 ss. (p. 287). No entanto, como se viu acima, também os processos secundários de insolvência instaurados ao abrigo do Regulamento são territoriais, na medida em que os seus efeitos se restringem ao território do Estado onde são abertos. Sobre a distinção entre processos de insolvência secundários e particulares, *vide*, no sentido do texto: Reinhold Geimer, *Internationales Zivilprozessrecht*, 4.ª ed., Colónia, 2001, pp. 999 ss.; Jutta Kemper, «Die Verordnung (EG) Nr. 1346/2000 über Insolvenzverfahren. Ein Schritt zu einem europäischen Insolvenzrecht», *Zeitschrift für Wirtschaftsrecht*, 2001, pp. 1609 ss. (p. 1612); e Rainer Hausmann, *in* Christoph Reithmann/Dieter Martiny, *Internationales Vertragsrecht*, 6.ª ed., Colónia, 2004, pp. 1773 s.

[19] *Vide*, para uma análise comparativa, Luigi Daniele, *Il fallimento nel diritto internazionale privato e processuale*, Pádua, 1987, pp. 105 ss.

[20] Sobre a interpretação desse conceito, vejam-se, em especial, Massimo Benedettelli, «"Centro degli interessi principali" del debitore e *forum shopping* nella disciplina comunitaria delle procedure di insolvenza transfrontaliera», *RDIPP*, 2004, pp. 499 ss.; e

No caso das sociedades e pessoas colectivas, presume-se, de acordo com o art. 3.º, n.º 1, que esse Estado é o da respectiva sede estatutária, o qual pode ser inteiramente distinto do Estado a partir do qual é dirigida a actividade económica por elas empreendida. Mas essa presunção é ilidível mediante prova em contrário.

Retomemos, a fim de exemplificar, o caso *Parmalat*, referido no início deste estudo. Em 2004, foi requerida perante o Tribunal de Parma a declaração de insolvência da sociedade *Parmalat Netherlands, B.V.*, com sede nos Países-Baixos, cujo objecto precípuo consistia na realização de certas operações financeiras, nomeadamente a emissão de empréstimos obrigacionistas, em benefício das sociedades do grupo Parmalat, sendo o respectivo capital integralmente detido pela *Parmalat, s.p.a.* Por decisão de 4 de Fevereiro de 2004[21], aquele Tribunal julgou que o centro de interesses principais da devedora se situava em Itália, sendo por isso competentes para o processo de insolvência contra ela instaurada os tribunais italianos e aplicável a lei italiana.

Na mesma base havia já sido declarado pelo *Amtsgericht* de Hamburgo, em decisão de 14 de Maio de 2003[22], que uma *private limited company* constituída no Reino Unido, cuja actividade era exclusivamente exercida na Alemanha, tinha neste país o centro dos seus interesses principais para os efeitos do Regulamento (CE) n.º 1346/2000, encontrando-se como tal sujeita à jurisdição dos tribunais alemães e à aplicação da lei local. Analogamente, numa sentença proferida em 16 de Maio de 2003[23] a *Chancery Division* do *High Court* inglês decidiu que três sociedades com sede na Alemanha tinham no Reino Unido o centro dos seus interesses principais, por serem geridas a partir das instalações de uma *holding* sedeada neste último país.

Por outro lado, a circunstância de uma sociedade comercial ter sido constituída de acordo com o Direito de um Estado estranho à Comunidade Europeia não afecta a competência dos tribunais do Estado-Membro onde a sociedade tem o centro dos seus interesses principais para

---

Alfonso Luís Calvo Caravaca/Javier Carrascosa González, «Procedimientos de insolvência y reglamento 1346/2000: cuál es el "centro de intereses principales" del deudor?», *in* Alfonso Luís Calvo Caravaca/Santiago Areal Ludeña (directores), *Cuestiones Actuales del Derecho Mercantil Internacional*, Madrid, 2005, pp. 217 ss.

[21] Reproduzida na *RDIPP*, 2004, pp. 693 ss.
[22] Reproduzida na *IPRax*, 2003, pp. 534 ss.
[23] Reproduzida na *RDIPP*, 2004, pp. 774 ss.

abrirem o processo de insolvência nem a aplicabilidade do Direito local a esse processo[24].

No caso dos profissionais, o seu centro de interesses principais será, por via de regra, o lugar do respectivo domicílio profissional; no das demais pessoas singulares, o da sua residência habitual[25].

Observe-se ainda, a este propósito, que, nos termos do art. 68.º do Tratado que Institui a Comunidade Europeia, o Tribunal de Justiça das Comunidades Europeias dispõe de competência para interpretar o Regulamento (CE) n.º 1346/2000; e que na jurisprudência deste órgão jurisdicional tem prevalecido a orientação conforme a qual os conceitos empregados pelos instrumentos de Direito Internacional Privado de que são partes os Estados-Membros da Comunidade Europeia (*maxime* a Convenção de Bruxelas de 1968 Relativa à Competência Judiciária e à Execução de Decisões em Matéria Civil e Comercial) devem ser interpretados com autonomia em relação aos Direitos nacionais e com referência aos objectivos e ao sistema desses instrumentos[26].

Avulta na interpretação do conceito indeterminado acolhido no art. 3.º, n.º 1, do Regulamento a tutela da confiança dos credores. Esta reclama a aplicação aos efeitos processuais e substantivos da insolvência internacional de uma lei que seja facilmente identificável por esses sujeitos como a do centro de interesses principais do devedor e cuja aplicabilidade seja, por isso, previsível. Nesta medida, não deve atender-se, na aplicação desse preceito, ao local a partir do qual o devedor administra os seus interesses sempre que esse local se situe num Estado-Membro insusceptível de ser reconhecido como tal por aqueles que contratam com o devedor, actuando com uma diligência razoável.

Naturalmente que, pelo que respeita aos processos secundários de insolvência, a lei aplicável é a do Estado da abertura destes processos, e não a daquele onde decorre o processo principal: di-lo expressamente o art. 28.º do Regulamento. Por maioria de razão, a mesma regra há-de valer

---

[24] Semelhante orientação foi perfilhada, a respeito de uma sociedade incorporada no Estado norte-americano do Delaware, mas dirigida a partir de Inglaterra, pelo *High Court (Chancery Division)* inglês, em sentença de 7 de Fevereiro de 2003, reproduzida na *RDIPP*, 2004, pp. 767 ss.

[25] Neste sentido, veja-se Lawrence Collins (editor), *Dicey and Morris on The Conflict of Laws*, 13.ª ed., *Fourth Cumulative Supplement*, Londres, 2004, p. 384.

[26] Sobre o ponto, *vide* o nosso estudo «Cooperação judiciária em matéria civil na Comunidade Europeia», *in Direito Internacional Privado. Ensaios*, vol. II, Coimbra, 2005, pp. 235 ss. (pp. 257 s.), e a bibliografia aí citada.

para os processos particulares de insolvência abertos nos termos do n.º 4 do art. 3.º.

iii) *Continuação: fundamento da aplicabilidade da* lex fori concursus *e respectivo âmbito de competência*

A referida regra dá, a nosso ver, satisfação aos principais interesses em jogo.

Por um lado, porque é no Estado-Membro de abertura do processo que presumivelmente se encontra a maior parte dos bens que integram o património do devedor, assim como a maioria dos seus credores: a regra de conflitos em apreço é, assim, conforme ao interesse destes.

Por outro, porque é também esse o Estado-Membro primordialmente interessado em regular o processo de insolvência, em ordem a assegurar a tutela efectiva dos interesses públicos protegidos através da liquidação dos bens do devedor insolvente.

A aplicação da *lex fori concursus* torna ainda possível que todos os credores do insolvente fiquem sujeitos, pelo que respeita à satisfação dos seus créditos, à mesma lei, o que é conforme ao interesse social na *par conditio creditorum*.

Finalmente, assegura-se desse modo a coincidência entre a lei aplicável e o tribunal competente, evitando-se assim as dificuldades inerentes à aplicação de uma lei estrangeira: a competência da *lex fori concursus* é, pois, consentânea com o interesse na boa administração da justiça.

A *lex fori concursus* rege as condições de abertura, a tramitação e o encerramento do processo, mormente os bens abrangidos pelo processo e a distribuição do produto da liquidação. As matérias compreendidas no âmbito de aplicação dessa lei são exemplificativamente enumeradas no art. 4.º, n.º 2, do Regulamento. Na dúvida, deve presumir-se que qualquer questão não autonomamente regulada pertence à esfera de aplicação dessa lei, visto ser essa a solução mais condizente com os objectivos gerais que o processo de insolvência visa realizar. Assim, por exemplo, a validade dos contratos concluídos pelo devedor deve ser aferida perante a *lex fori concursus*, com a ressalva do disposto nos arts. 8.º, 10.º e 13.º do Regulamento, a que nos referiremos em seguida.

iv) *Continuação: desvios*

Estabelecem-se nos arts. 5.º a 15.º várias derrogações e restrições à competência da *lex fori concursus*, mediante três ordens de expedientes:

por um lado, regras de Direito Internacional Privado material relativas a certas categorias de questões; por outro, conexões especiais pelas quais se atribui competência a outras leis; finalmente, uma conexão cumulativa, que confere a certa lei uma função condicionante ou limitativa da produção dos efeitos previstos noutra.

Está no primeiro caso a regra conforme a qual a abertura do processo de insolvência não afecta os direitos reais de credores ou de terceiros sobre bens pertencentes ao devedor, *v.g.*, em virtude de penhor ou hipoteca, que no momento da abertura do processo se encontrem no território de outro Estado-Membro (art. 5.º).

Trata-se de uma disposição fundamental do Regulamento, dada imprescindibilidade das garantias reais à concessão do crédito e, de um modo geral, à mobilização de recursos financeiros para fins socialmente úteis. Como se sabe, subsistem profundas diferenças entre os sistemas jurídicos dos Estados-Membros da Comunidade Europeia no tocante aos direitos dos credores privilegiados nos processos de insolvência[27]. Importa, por isso, assegurar que o direito do titular de uma garantia real à restituição ou liquidação do bem sobre o qual a mesma incide não seja afectado pela abertura de um processo de insolvência em Estado diverso daquele cuja lei disciplina a sua constituição, a sua validade intrínseca e o seu conteúdo[28].

O preceito em exame não define o conceito de direito real, limitando-se a enunciar exemplificativamente, no n.º 2, alguns direitos compreendidos no escopo do n.º 1 aos quais é equiparado «o direito, inscrito num registo público e oponível a terceiros, que permita obter um direito real», referido no n.º 3. A caracterização de um direito como real para os efeitos do art. 5.º do Regulamento há-de, assim, obter-se fundamentalmente por apelo à lei do Estado-Membro a que o mesmo se encontra sujeito, embora no juízo relativo à sua subsunção sob o mencionado preceito deva também atender-se ao carácter excepcional deste e às características distintivas desses direitos que possam extrair-se do disposto no

---

[27] Ver, por exemplo, Michel Menjucq, *Droit international et européen des sociétés*, Paris, 2001, p. 415.

[28] Cfr. o considerando 25 do preâmbulo ao Regulamento. Sobre a disposição em apreço, vejam-se ainda: Axel Flessner, «Dingliche Sicherungsrechte nach dem Europäischen Insolvenzübereinkommen», in Jürgen Basedow/Klaus J. Hopt/Hein Kötz (organizadores), *Festschrift für Ulrich Drobnig zum siebzigsten Geburtstag*, Tubinga, 1998, pp. 277 ss. (referindo-se à regra homóloga da Convenção que precedeu o Regulamento); e Klaus Wimmer, «Die EU-Verordnung zur Regelung grenzüberschreitender Insolvenzverfahren», *Neue Juristische Wochenschrift*, 2002, pp. 2427 ss. (pp. 2429 s.).

n.º 2 do art. 5.º (*maxime* a sua oponibilidade *erga omnes*, para a qual aponta a alínea *c)*).

Na determinação do Estado-Membro onde se encontra o bem em causa deve observar-se o disposto no art. 2.º, alínea *g)*, do Regulamento, segundo o qual esse Estado é, no caso de bens corpóreos, aquele em cujo território o bem está situado; no caso de bens e direitos que devam ser inscritos num registo, o Estado-Membro sob cuja autoridade é mantido esse registo; e, pelo que respeita aos créditos, o Estado-Membro em cujo território está situado o centro dos interesses principais do terceiro devedor.

São também regras de Direito Internacional Privado material: o art. 6.º do Regulamento, de acordo com o qual a abertura do processo não afecta o direito de um credor a invocar a compensação do seu crédito com um crédito do devedor, desde que esta seja permitida pela lei aplicável ao crédito do devedor insolvente; e o art. 7.º, que estabelece o mesmo no tocante à reserva de propriedade sobre bens comprados ou vendidos pelo devedor, conquanto tais bens se encontrem no território de outro Estado--Membro.

Entre as conexões especiais consagradas no Regulamento, destacam--se as que submetem à *lex causae* os efeitos do processo de insolvência sobre diversas categorias de relações jurídicas.

Assim, os efeitos desse processo sobre os contratos relativos à aquisição ou ao uso de imóveis são regidos pela lei do Estado-Membro em cujo território esses imóveis estiverem situados (art. 8.º); os seus efeitos sobre os direitos e obrigações dos participantes num sistema de pagamento ou de liquidação ou num mercado financeiro são regidos pela lei do Estado-Membro aplicável ao sistema ou mercado (art. 9.º); os efeitos sobre os contratos de trabalho são regidos pela lei do Estado-Membro aplicável ao contrato (art. 10.º), a qual há-de ser determinada, nomeadamente, através das regras de conflitos constantes dos arts. 3.º e 6.º da Convenção de Roma de 1980 Sobre a Lei Aplicável às Obrigações Contratuais[29]; e os

---

[29] A que Portugal aderiu pela Convenção assinada no Funchal a 18 de Maio de 1992, ratificada pelo Decreto do Presidente da República n.º 1/94, de 3 de Fevereiro. *Vide* a versão consolidada da Convenção, publicada no *JOCE*, n.º C 27, de 26 de Janeiro de 1998, pp. 34 ss. Note-se que a lei designada pelas regras de conflitos da Convenção de Roma apenas deve ser aplicada à determinação dos efeitos da insolvência sobre o contrato de trabalho, por força da remissão constante do art. 10.º do Regulamento, quando a *lex contractus* for a de um Estado-Membro da Comunidade. Porém, como se verá adiante, a solução não é diferente nas demais situações, atento o disposto no art. 277.º do CIRE (cfr. *infra*, n.º V, *e)*).

efeitos sobre os bens sujeitos a registo obrigatório são regidos pela lei do Estado-Membro onde é mantido o registo (art. 11.º).

Por seu turno, a validade de actos de disposição de certos bens praticados pelo devedor após a abertura do processo de insolvência encontra-se sujeita à lei do Estado onde está situado o bem ou sob cuja autoridade é mantido o respectivo registo (art. 14.º); e os efeitos do processo de insolvência sobre acções pendentes são sujeitos à lei do Estado-Membro em que a acção se encontra pendente (art. 15.º).

Ressalva-se, por fim, quanto às medidas cautelares (art. 38.º), a competência da lei do Estado-Membro onde se situam os bens do devedor a que tais medidas dizem respeito.

Mediante a aplicação aos efeitos da insolvência da lei com base na qual as relações jurídicas por ela afectadas foram constituídas, prevista em vários destes preceitos, visa-se manifestamente proteger a confiança dos interessados na aplicação dessa lei. Semelhante solução dispensa o credor, por outro lado, de averiguar quais os efeitos da eventual insolvência do seu devedor sobre o seu crédito segundo uma lei diversa da que rege este último, do mesmo passo que torna mais difícil ao devedor manipular a lei aplicável.

Os actos prejudiciais aos credores não serão impugnáveis se tais actos se regerem pela lei de outro Estado-Membro que não o de abertura do processo e esta não permitir a impugnação (art. 13.º). Esta lei tem, assim, uma espécie de *direito de veto* sobre a impugnação do acto. Consagra-se nesse preceito, por conseguinte, uma *conexão cumulativa condicionante* ou *limitativa*: uma lei (a *lex fori concursus*) é primordialmente competente (por força do art. 4.º, n.º 2, alínea *m)*); outra (a *lex causae*), tem uma função condicionante ou limitativa da produção dos efeitos previstos na primeira (em virtude do disposto no art. 13.º). Dificulta-se deste modo a impugnação de tais actos, em ordem a tutelar a confiança dos terceiros que houverem beneficiado dos mesmos.

v) *Balanço e conclusão*

À luz do exposto, não é possível falar, em face do Regulamento, de um *estatuto único* da insolvência internacional[30]: existe antes uma lei pri-

---

[30] No sentido da inviabilidade de um tal estatuto, veja-se Peter von Wilmowsky, «Choice of Law in International Insolvencies. A Proposal for Reform», *in* Jürgen Basedow/Toshiyuki Kono (organizadores), *Legal Aspects of Globalization. Conflict of Laws, Internet, Capital Markets and Insolvency in a Global Economy*, Haia/Londres/Boston, 2000, pp. 197 ss. (p. 203).

mariamente competente, a cuja aplicabilidade se introduzem restrições, quer por via de regras materiais quer mediante regras de conflitos especiais que atribuem competência a outras leis para certas questões suscitadas pela insolvência internacional.

A complexidade deste regime é agravada por outro factor, que se prende com a formulação das regras de conflitos descritas: estas são *regras unilaterais*, no sentido de que delas não pode resultar senão a atribuição de competência à lei de um Estado-Membro do Regulamento. Assim, sempre que os elementos de conexão acolhidos nessas regras se concretizem num terceiro Estado não poderá a lei deste último ser tida como aplicável por força do Regulamento[31].

O Regulamento não é, pois, de *aplicação universal*, ao contrário do que sucede com outros actos comunitários e com certas convenções internacionais celebradas pelos Estados-Membros da Comunidade Europeia (entre as quais a mencionada Convenção de Roma de 1980[32]): ele limita-se a operar uma repartição da competência legislativa entre os Estados-Membros, sem curar da aplicabilidade de leis de outros países.

O que levanta o problema de saber como se deve proceder quando as regras de conflitos descritas remetam para a lei de um desses países.

Uma solução possível consistiria em aplicar a tais casos a regra geral do art. 4.º, n.º 1, que atribui competência à *lex fori concursus*[33].

Mas semelhante solução, que encontra decerto algum apoio na letra deste preceito, parece de todo indesejável à luz dos interesses acima aludidos, os quais depõem no sentido da aplicação de outras leis a certas

---

[31] Haja vista, a este respeito, ao considerando 24 do preâmbulo. Observe-se ainda que, no caso dos arts. 6.º e 14.º, a limitação a que aludimos no texto não decorre expressamente da respectiva letra; mas parece-nos que não deve ser outra a interpretação dessas disposições, à luz do seu contexto e objectivos. *Vide* neste sentido (referindo-se à Convenção que precedeu o Regulamento), Virgos/Schmit, *Report*, cit. (nota 5), pp. 77 e 90. Opinião diversa é, no entanto, expendida por Luigi Danielle, «Legge applicabile e diritto uniforme nel regolamento comunitario relativo alle procedure di insolvenza», *RDIPP*, 2002, pp. 33 ss. (p. 48).

[32] Cfr. o art. 2.º, segundo o qual: «A lei designada nos termos da presente convenção é aplicável mesmo que essa lei seja a de um Estado não contratante».

[33] Assim, pelo que respeita às hipóteses contempladas no art. 10.º do Regulamento, Peter Huber, «Internationales Insolvenzrecht in Europa», *Zeitschrift für Zivilprozess*, 2001, pp. 133 ss. (pp. 162 s.); Luigi Fumagalli, «Il Regolamento comunitario sulle procedure di insolvenza», *Rivista di Diritto Processuale*, 2001, pp. 677 ss. (p. 699, nota 55); e Ulrich Ehricke, «Die neue Europäische Insolvenzordnung», *Juristische Schulung*, 2003, pp. 313 ss. (p. 317).

questões particulares suscitadas pelo processo de insolvência internacional; e esses interesses não podem a nosso ver deixar de ser atendidos pela circunstância de se localizarem predominantemente fora da Comunidade.

Impõe-se, nesta medida, uma redução teleológica do art. 4.°, n.° 1, do Regulamento. Operada essa redução, surge uma lacuna na disciplina dos conflitos de leis instituída pelo Regulamento: sempre que a *lex causae* for a lei de um Estado que não seja parte do Regulamento, a determinação em concreto da sua aplicabilidade pertencerá ao Direito Internacional Privado de fonte interna[34].

Entram aqui a funcionar as regras de conflitos constantes do CIRE, que vamos agora examinar.

V. Direito Internacional Privado português

a) *Regra de conflitos geral*

O CIRE contém, nos arts. 275.° e seguintes, diversas regras de conflitos, as quais são aplicáveis, segundo se diz no primeiro desses preceitos, «na medida em que não contrariem o estabelecido no Regulamento e em outras normas comunitárias ou constantes de tratados internacionais».

No essencial, essas regras reproduzem, com pequenas adaptações, as do Regulamento: a valoração dos interesses em jogo levada a cabo pelo legislador nacional não difere, pois, fundamentalmente da do legislador comunitário.

O princípio geral é o da aplicação da *lex fori* (art. 276.°). A esta cabe regular não apenas a tramitação do processo de insolvência, mas também

---

[34] Neste sentido se pronunciam também Haimo Schack, *Internationales Zivilverfahrensrecht*, 3.ª ed., Munique, 2002, p. 453; Henriette-Christine Duursma-Kepplinger/ /Dieter Duursma/Ernst Chalupsky, *Europäische Insolvenzverordnung. Kommentar*, Viena/ /Nova Iorque, 2002, p. 103; Henriette-Christine Duursma-Kepplinger/Dieter Duursma, «Der Anwendungsbereich der Insolvenzordnung unter Berücksichtigung der Bereichsausnahmen, von Konzernsachverhalten und der von den Mietgliedstaaten abgeschlossen Konkursverträge», *IPRax*, 2003, pp. 505 ss. (p. 506); e José Javier Ezquerra Ubero, «El Reglamento comunitario de insolvencia y la Ley Concursal: Ámbito de aplicación espacial de las nuevas normas de derecho internacional privado», in Alfonso Luís Calvo Caravaca/Santiago Areal Ludeña (directores), *Cuestiones Actuales del Derecho Mercantil Internacional*, Madrid, 2005, pp. 505 ss. (pp. 510 s.). Ver ainda Patricia de Cesari, «Giurisdizione, riconoscimento ed esecuzione delle decisioni nel regolamento comunitario relativo alle procedure di insolvenza», *RDIPP*, 2003, pp. 55 ss. (p. 83).

os pressupostos da sua instauração e a generalidade dos respectivos efeitos processuais e substantivos. Apenas deste modo se assegurará a almejada igualdade de tratamento dos credores.

No tocante, porém, à reclamação em Portugal, pelo administrador da insolvência designado num processo aberto em país estrangeiro, de créditos reconhecidos nesse processo, bem como ao exercício na assembleia de credores dos direitos de voto inerentes a tais créditos, vale a lei aplicável a esse processo (art. 284.°, n.° 2). Um Direito estrangeiro pode, assim, ser aplicado num processo secundário de insolvência que decorra em Portugal.

b) *Desvios*

Outras questões são, no entanto, submetidas a leis designadas através de conexões especiais.

Estão neste caso os efeitos da declaração de insolvência sobre: *a)* as relações laborais, às quais se aplica a lei reguladora do contrato de trabalho (art. 277.°), a determinar, em Portugal, por apelo não apenas às regras de conflitos constantes da Convenção de Roma, mas também na base do disposto nos arts. 6.° a 9.° do Código do Trabalho; *b)* os direitos do devedor sobre imóveis e outros bens sujeitos a registo, os quais são submetidos à lei do Estado sob cuja autoridade é mantido esse registo (art. 278.°); *c)* os contratos sobre imóveis e móveis sujeitos a registo, a que se aplica, respectivamente, a *lex rei sitae* e a lei do Estado de registo (art. 279.°); *d)* os direitos reais de credores ou de terceiros sobre bens do devedor e os direitos de terceiros sobre bens vendidos ao devedor com reserva de propriedade, que se acham submetidos à *lex rei sitae* (art. 280.°)[35]; *e)* os direitos sobre valores mobiliários e sobre os direitos e as obrigações dos participantes num mercado financeiro ou num sistema de pagamentos, aos quais se aplica a lei designada nos termos das regras de conflitos constantes, respectivamente, do art. 41.° e do art. 285.° do Código dos Valores Mobiliários (art. 282.°); *f)* as operações de venda com base em acordos de recompra, os quais se regem pela lei aplicável a esses contratos (art. 283.°); e *g)* as acções pendentes relativas a bens ou direitos integrados na massa insolvente, submetidos à respectiva *lex fori* (art. 285.°).

---

[35] Para uma análise deste tema à luz do Direito anterior ao novo Código, veja-se Rui Lopes dos Santos, «Admissibilidade e graduação de garantias reais no âmbito de uma falência internacional. Um problema de Direito Internacional Privado português», *Revista da Ordem dos Advogados*, 2000, pp. 1297 ss.

Também a validade de actos de disposição de bens celebrados pelo devedor após a declaração de insolvência deve ser aferida pela *lex rei sitae* ou pela lei do Estado sob cuja autoridade é mantido esse registo (art. 281.º).

O CIRE consagra igualmente regras de Direito Internacional Privado material respeitantes à insolvência, as quais limitam os efeitos da *lex concursus* no intuito de salvaguardar os interesses de certos credores. Assim, a declaração de insolvência do vendedor de um bem, após a entrega do mesmo, não constitui por si só fundamento de resolução ou de rescisão da venda nem obsta à aquisição pelo comprador da propriedade do bem vendido, desde que, no momento da abertura do processo, esse bem se encontre no território de outro Estado (art. 280.º, n.º 2). Por outro lado, a declaração de insolvência não afecta o direito do credor à compensação se esta for permitida pela lei aplicável ao contra-crédito do devedor (art. 286.º).

Na esteira do que dispõe o Regulamento, a resolução de actos em benefício da massa insolvente é também inadmissível, segundo o CIRE, se o terceiro demonstrar que o acto se encontra sujeito a uma lei que não permite a sua impugnação por qualquer meio: é o que estabelece a regra de conflitos constante do art. 287.º, que consagra uma *conexão cumulativa.*

Também o actual Direito de fonte interna não acolhe, em suma, um *estatuto único* para a insolvência internacional[36].

c) ***Questões prévias e substituição***

Tal como vimos suceder em relação às regras de conflitos constantes do Regulamento (CE) n.º 1346/2000, não são abrangidas pelas regras de conflitos constantes do CIRE as questões prévias que cumpra decidir no âmbito de um processo de insolvência internacional – mormente as que se prendem com a determinação da existência e do conteúdo dos direitos subjectivos nele invocados pelos credores do insolvente.

A fim de definir a lei reguladora dessas questões, haverá, pois, que recorrer às regras de conflitos gerais vigentes entre nós.

O que suscita outra ordem de problemas.

Suponha-se que num processo de insolvência submetido à lei portuguesa é invocado um direito de crédito regido por uma lei estrangeira, de

---

[36] Em sentido diverso se pronunciava, perante o regime anterior, Luís de Lima Pinheiro, *Direito Internacional Privado*, vol. II, 2.ª ed., Coimbra, 2002, p. 271.

acordo com uma daquelas regras de conflitos. Levanta-se a questão de saber se esse direito de crédito beneficia de algum privilégio creditório sobre os bens integrados na massa insolvente. A fim de resolvê-la, há que examinar se o direito de crédito em questão corresponde a algum dos tipos de créditos privilegiados previstos na lei portuguesa, pois a definição das classes de créditos sobre a insolvência e das precedências entre estes é matéria que integra a esfera de competência da *lex fori concursus*.

Na resolução desse problema, deve empregar-se um critério de *equivalência funcional*: os créditos criados e regidos por leis estrangeiras beneficiam no Estado do foro dos privilégios que assistem aos créditos regidos pelo Direito local, na medida em que preencham as mesmas funções sociais que estes e possam, *hoc sensu*, substituir-se a eles[37].

d) *Condição jurídica dos credores estrangeiros*

Quando a lei aplicável nos termos das regras de conflitos mencionadas conferir aos credores de nacionalidade estrangeira certos direitos subjectivos, suscitar-se-á ainda a questão de saber se estes lhes devem ser reconhecidos em Portugal.

Ocupa-se desta questão o art. 47.° do CIRE, que consagra o princípio da igualdade de tratamento dos credores nacionais e estrangeiros.

Esta norma de Direito dos Estrangeiros funciona, assim, como um pressuposto da aplicação das normas materiais da lei ou leis aplicáveis à insolvência internacional.

---

[37] Sobre a substituição em Direito Internacional Privado, *vide*, na doutrina portuguesa, António Marques dos Santos, *Breves considerações sobre a adaptação em Direito Internacional Privado*, Lisboa, 1988, pp. 7 ss.; António Ferrer Correia, *Lições de Direito Internacional Privado*, vol. I, Coimbra, 2000, pp. 322 ss.; Luís de Lima Pinheiro, *Direito Internacional Privado*, vol. I, Coimbra, 2001, pp. 440 ss.; e João Baptista Machado, *Lições de Direito Internacional Privado*, 3.ª ed., Coimbra, 2002 (reimpressão), pp. 290 ss. Na doutrina estrangeira, consultem-se: Hans Lewald, «Règles générales des conflits de lois. Contribution à la technique du droit international privé», *Rec. Cours*, tomo 69 (1939-III), pp. 1 ss. (pp. 131 ss.); Erik Jayme, «Identité culturelle et intégration: le droit international privé postmoderne. Cours général de droit international privé», *Rec. Cours*, tomo 251 (1995), pp. 9 ss. (pp. 119 s.); Kurt Siehr, *Das Internationale Privatrecht der Schweiz*, Zurique, 2002, pp. 586 s; Christian von Bar/Peter Mankowski, *Internationales Privatrecht*, vol. I, 2.ª ed., Munique, 2003, pp. 699 ss.; Jan Kropholler, *Internationales Privatrecht*, 5.ª ed., Tubinga, 2004, pp. 229 ss.; e Bernd von Hoffmann, *Internationales Privatrecht*, 8.ª ed., Munique, 2005, pp. 236 ss.

e) *Âmbito de aplicação do regime legal*

Poderia supor-se que as regras de Direito Internacional Privado mencionadas apenas se aplicam aos processos de insolvência não abrangidos pelo Regulamento (CE) n.º 1346/2000. Na verdade, se o devedor tiver o seu centro de interesses principais em Portugal ou noutro Estado-Membro da Comunidade, as regras aplicáveis são em princípio as do Regulamento.

Porém, como vimos acima, essas regras nem sempre fornecem a solução dos problemas de conflitos de leis no espaço suscitados em processos instaurados num Estado-Membro da Comunidade: é o que acontece, designadamente, quando remetem para a lei de um terceiro Estado. Haverá então que lançar mão das regras de conflitos internas.

Assim, pensamos que no âmbito espacial de aplicação das regras de conflitos constantes do CIRE se compreendem pelo menos três ordens de situações:

– Por um lado, essas regras disciplinam a determinação da lei aplicável nos processos secundários ou particulares de insolvência instaurados em Portugal, nos termos dos arts. 294.º e seguintes, contra *devedores que tenham o seu centro de interesses fora da Comunidade*;
– Por outro lado, regulam a determinação da lei aplicável em processos principais instaurados em Portugal contra devedores que tenham aqui o seu centro de interesses, mas que *possuam bens fora da Comunidade ou sejam partes de relações jurídicas submetidas à lei de um Estado terceiro* abrangidas pelos arts. 277.º a 287.º;
– Finalmente, tais regras disciplinam a determinação da lei aplicável aos *efeitos dos processos de insolvência instaurados em países estranhos à Comunidade Europeia* quando as decisões neles proferidas hajam de ser reconhecidas em Portugal, nos termos do art. 288.º (apenas assim se entende, de resto, a formulação bilateral de algumas dessas regras, mormente a que consta do art. 276.º).

Não parece, a esta luz, que sejam inúteis as regras de conflitos constantes do CIRE[38].

---

[38] Ver, sobre o ponto, Maria Helena Brito, "Falências Internacionais. Algumas considerações a propósito do Código da Insolvência e da Recuperação de Empresas", *Themis. Revista da Faculdade de Direito da UNL*, 2005, pp. 183 ss. (especialmente pp. 200 ss.); Luís Menezes Leitão, *Código da Insolvência e da Recuperação de Empresas Anotado*, 3.ª ed., Coimbra, 2006, pp. 246 e ss.

É certo que o legislador português poderia ter-se limitado a estender o âmbito de aplicação das regras constantes do Regulamento às insolvências cuja disciplina jurídica é por este implicitamente reservada às regras de fonte interna. Mas parece preferível, até sob o ponto de vista da clareza do regime legal, a solução adoptada no Código, consistente em consagrar regras autónomas de fonte interna para essas situações. Assim procederam, de resto, o legislador alemão, na reforma do Direito Internacional da Insolvência, de 14 de Março de 2003[39], e o espanhol, na *Ley Concursal*, n.º 22/2003, de 9 de Julho[40].

Quanto às insolvências abrangidas pelo Regulamento (ou seja, aquelas em que o devedor tem o seu centro de interesses num Estado-Membro), teria sido preferível incluir nele regras de conflitos bilaterais, que remetessem também para terceiros Estados, em lugar das aludidas regras de conflitos unilaterais: a certeza quanto ao Direito aplicável e a segurança do tráfico jurídico, que o Regulamento em última análise visa promover, teriam assim sido mais eficazmente asseguradas[41].

---

[39] In *Bundesgesetzblatt*, 2003, parte I, n.º 10, de 19 de Março de 2003, pp. 345 ss. A respeito da articulação do Regulamento com a reforma do Direito alemão da insolvência, veja-se Horst Eidenmüller, «Europäische Verordnung über Insolvenzrecht und zukünftiges deutsches internationales Insolvenzrecht», *IPRax*, 2003, pp. 2 ss.

[40] In *Boletín Oficial del Estado*, de 10 de Julho de 2003, pp. 26905 ss. Sobre esse lei, vejam-se Alfonso-Luis Calvo Caravaca/Javier Carrascosa González, *Derecho concursal internacional*, Madrid, 2004, especialmente pp. 177 ss.

[41] Em sentido crítico relativamente à técnica utilizada nas regras de conflitos do Regulamento, vejam-se também Gabriel Moss/Ian F. Fletcher/Stuart Isaacs, *The EC Regulation on Insolvency Proceedings. A Commentary and Annotated Guide*, Oxford, 2002, n.º 4.03, que a consideram «a recipe for instability and uncertainty, particularly where the assets to which the alternating conflicts rules are to apply are mobile, and therefore capable of being subject to different rules according to their whereabouts at the relevant time». Para a defesa, na óptica do Direito norte-americano, de um ponto de vista próximo do que expendemos no texto, *vide* Hannah L. Buxbaum, «Rethinking International Insolvency: The Neglected Role of Choice-of-Law Rules and Theory», *Stanford Journal of International Law*, vol. 36 (2000), pp. 23 ss.

AS FONTES DE DIREITO EUROPEU NO SISTEMA ACTUAL E À LUZ DO TRATADO QUE ESTABELECE UMA CONSTITUIÇÃO PARA A EUROPA.

DAVID PINA[*]

SUMÁRIO: *1. Premissa. 2. O Direito primário. 3. O procedimento de adopção dos actos comunitários. 4. O Regulamento e a futura lei europeia. 5. As Directivas e a futura lei quadro europeia. 6. Os efeitos directos dos actos comunitários. 7. Entre as novidades do Tratado: A) Os regulamentos europeus; B) Os regulamentos delegados. 8. Os outros actos não legislativos: as decisões, as recomendações e os pareceres. 9. A separação entre actos legislativos e actos executivos e a introdução da hierarquia nos actos normativos. Em conclusão.*

1. Premissa

Os artigos 33 a 39 da Parte I do "Tratado que estabelece uma constituição para a Europa" redefinem o quadro das fontes comunitárias com o objectivo de simplificar e reduzir os instrumentos jurídicos na União Europeia. Era esse o sentido a Declaração de Laeken de 15 de Dezembro de 2001 que convocou a Convenção que veio a redigir o Projecto do dito Tratado.

De facto, a situação que caracteriza actualmente a União Europeia é tão caótica que torna na prática impossível a compilação duma lista exaustiva das denominações de todos os instrumentos utilizados na União. Junto aos actos cujo conhecimento e cujos efeitos hoje em dia se podem dar por consolidados – as directivas, os regulamentos e as decisões –, existe toda

---

[*] Doutor em Direito, Professor Coordenador no ISCAL (IPL), Advogado.

uma série de outros actos normativos – por exemplo, os pareceres e as reclamações previstas no art. 249 do Tratado CE, as resoluções do Conselho, as comunicações da Comissão, os acordos inter-institucionais, as declarações comuns do Parlamento, do Conselho e da Comissão – sobre cujo efeitos a obrigatoriedade só o Tribunal de Justiça pode pronunciar-se.

Contam-se na União 15 instrumentos jurídicos e 30 diversos procedimentos normativos.

Além destes actos agora referidos, verificam-se "acções de incentivo", "medidas", "estratégias comuns", "acções comuns".

Neste quadro extremamente complexo e pouco inteligível também por parte dos operadores do direito surge então a tentativa de simplificar e de por ordem no proposto Tratado Constitucional.

Antes de mais, assinala-se que o "Tratado Constitucional" põe termo ao sistema "dos pilares": a unificação dos "pilares" comporta que, também do ponto de vista das fontes, existirá um único sistema que se aplicará a todos os sectores de competência da União.

Por isso, para o futuro, não serão mais utilizados, como acontecia até hoje, instrumentos jurídicos com nome e eficácia diversa de acordo com o sector em cuja competência era exercida –, e com especial modo no 3.º pilar –: a abolição dos pilares comportará de facto, a uniformização das fontes em todos os campos da acção comunitária.

2. O Direito primário

Uma breve explicação merece aquilo que costuma denominar-se direito primário.

O art. IV – 437 da futura constituição revogará, quer o Tratado que institui a Comunidade Europeia, quer o Tratado da União Europeia. Manter-se-à, todavia, em vigor a distinção entre as fontes primárias (o denominado *direito comunitário originário*) que se encontrará directamente na Constituição e já não nos Tratados institucionais e as normas contidas nos actos adoptados em aplicação das disposições dos referidos tratados (*direito comunitário derivado*).

No que se refere em particular ao direito originário deve dizer-se que os 465 artigos de que se compõe o Tratado que estabelece uma Constituição para a Europa e em particular modo a terceira parte do próprio Tratado, recebem em grande parte o conteúdo dos Tratados já existentes.

Não existem, por isso, disposições particularmente inovativas: pode, porém, ressaltar-se que as disposições genuinamente de natureza constitucional, encontram-se sobretudo nas duas primeiras partes, enquanto que na 3.ª parte, são enunciados sobretudo normas de importância menor.

Significativo, em particular, falando do direito primário resulta ser o facto de que a Parte II do Tratado Constitucional integra o texto da Carta Europeia dos Direitos Fundamentais adoptada em Nice em 2000, resolvendo assim de maneira positiva o problema relativo à sua eficácia jurídica no âmbito do ordenamento comunitário.

Outra norma fundamental, mas de interpretação não unívoca é a do art. 6.º da Parte I. Este último prevê que "A Constituição e o direito adoptado pelas instituições da União, no exercício das competências que lhe são atribuídas, prevalecem sobre o direito dos "Estados Membros".

Problemático resulta compreender qual seja o alcance desta disposição. Segundo alguns esta poderá levar a uma prevalência incondicionada e total do direito comunitário relativo às fontes, mesmo de nível constitucional, de cada um dos ordenamentos que fazem parte da União. Todavia, o princípio de que se discute, deve ser considerado juntamente com outras normas do Tratado Constitucional e à luz da função do mesmo.

Em primeiro lugar, então, é necessário recordar a natureza essencialmente certificadora do próprio Tratado (como resulta do mandato conferido pela Declaração de Laeken).

Em segundo lugar, deve ter-se em conta o conteúdo da Declaração n.º 1 inserida prevalentemente a pedido do Governo Britânico, segundo o qual o art. I – 6 deveria entender-se como reenvio aos resultados conseguidos no momento da adopção do Tratado pela jurisprudência do Tribunal de Justiça Europeu.

Por último, deve também considerar-se o art. I – 5 da Constituição Europeia que estabelece que "a União respeita a igualdade dos Estados Membros perante a Constituição, bem como, a respectiva identidade, nacional reflectida nas estruturas políticas e constitucionais fundamentais de cada um deles, incluindo no que se refere à autonomia local e regional. Destas afirmações resultou não só na doutrina, mas também nas duas decisões do Tribunal Constitucional espanhol e do Conselho (Conseil) Constitucional francês que o primado do direito não podia ser incondicional. Em particular, a decisão espanhola parece revogar a teoria dos "contra limites" como é explicitada de há muito tempo, pelo Tribunal Constitucional alemão e pelo Tribunal Constitucional Italiano.

3. O procedimento de adopção dos actos comunitários

Com o sistema actualmente vigente (art. 249 e ss TCE), os regulamentos, além das Directivas, são aprovados com quatro tipos diversos de procedimento.

1) Em primeiro lugar, o procedimento de consulta: o Tratado estabelece que em determinados casos (trata-se sobretudo de matérias relativas às iniciativas sobre ocupação, direito de voto dos cidadãos da União, à harmonização fiscal), o Conselho adopta o acto normativo com prévia consulta ao Parlamento Europeu. A consulta é obrigatória e constitui elemento de validade do próprio acto, mas não é vinculativa para o Conselho; isto significa que o texto definitivamente aprovado pelo Conselho não poderá ser diferente daquele sobre o qual o Parlamento foi chamado a exprimir o próprio parecer;
2) Em segundo lugar, o Tratado CE fala de parecer conforme: neste caso o parecer do Parlamento não só é obrigatório, mas também vinculante. O Tratado de Maastricht alargou este procedimento a numerosos sectores (adesão de novos Estados, processo de eleição do Parlamento, etc) pelos quais o Parlamento dispõe pois de um verdadeiro e próprio poder de veto.
3) O terceiro procedimento é o da codecisão. Trata-se do processo normativo que mais envolve o Parlamento Europeu e está previsto no art. 251 do Tratado CE. A codecisão é exigida em matérias de importante relevo: por exemplo, a livre circulação dos trabalhadores, aproximação das legislações nacionais em questões de mercado, saúde pública, redes transeuropeias de transportes, telecomunicações.

Sobre proposta da Comissão e prévio parecer do Parlamento Europeu, o Conselho exprime uma posição comum por maioria qualificada. A posição juntamente com os motivos que levaram o Conselho a exprimir-se desse modo e os da Comissão, é comunicada ao Parlamento. Neste caso, o Parlamento pode:

a) dentro de 3 meses aprovar a posição ou deixar decorrer o prazo, neste caso o acto considera-se adoptado;
b) por maioria absoluta rejeitar a posição; o Conselho pode especificar a sua posição, mas se o Parlamento confirma a rejeição, o acto considera-se não adoptado;

c) por maioria absoluta propor emendas; o Conselho pode dentro de 3 meses, acolher por maioria qualificada as emendas (por unanimidade, se a Comissão se exprimiu desfavoravelmente sobre as mesmas) procedendo à adoptação do acto ou ao contrário rejeitar as emendas. Neste último caso entra em funções o Comité de Conciliação composto pelo Conselho, Parlamento e com a participação da Comissão; se o Comité não chega a formular um projecto comum, o acto não se considera adoptado. Diferentemente, se o Comité aprovar um projecto comum dentro de 6 semanas e se este for aprovado quer pelo Conselho por maioria qualificada, quer pelo Parlamento por maioria absoluta, o acto considera-se adoptado. Compreende-se como, o Parlamento neste caso, dispõe dum verdadeiro e próprio poder de veto, faltando de facto a sua aprovação ao projecto comum do Comité, o Conselho não pode adoptar o acto.

4) Por fim, a cooperação: trata-se dum procedimento limitado que o Tratado de Amesterdão introduz para pouquíssimas hipóteses (cunhagem de moeda, processo de vigilância multilateral, etc) e que se encontra regulado no art. 252 do Tratado CE. Nas primeiras fases, tal disciplina espelha o processo de codecisão, afastando-se no caso em que o Parlamento decide rejeitar a posição comum do Conselho ou de propor emendas. No primeiro caso, o Conselho poderá de facto adoptar igualmente o acto em segunda leitura, desde que por unanimidade. No segundo caso, a Comissão terá um mês de tempo para reexaminar a própria proposta juntamente com as emendas; no termo do exame reenviá-las-à ao Conselho, exprimindo o próprio parecer sobre as emendas. O Conselho, neste ponto, tem 3 meses para adoptar a proposta reexaminada por maioria qualificada, modificar a proposta por unanimidade ou deixar decorrer os 3 meses sem nada fazer; o que equivale à não adopção da proposta.

No sistema definido no Tratado Constitucional (vejam-se os arts. I – 34 e III – 396) ao procedimento de codecisão foi consagrado o papel de procedimento ordinário para a adopção dos actos legislativos.

Trata-se duma novidade a acolher com particular favor: no sistema actual de facto o procedimento a seguir é determinado conforme as diversas matérias a serem regulamentadas: em substância é cada uma das normas do Tratado a definir, de maneira diversa para cada matéria o procedimento específico a seguir.

As normas do Tratado Constitucional, ao contrário, prevêem em substância que para a adopção de qualquer acto legislativo – cuja a iniciativa cabe em linhas gerais à Comissão, é necessário o acordo além do do Conselho de Ministros, o do Parlamento Europeu cujo papel resulta evidentemente reforçado.

Esta conjunta titularidade da função legislativa poderá apresentar-se como um embrião do bicameralismo federal.

Por isso, com todas as cautelas do caso, consente provavelmente reduzir o famoso *déficit* da democraticidade da União Europeia que frequentemente vem ressaltado como uma das principais lacunas do ordenamento comunitário.

4. O Regulamento e a futura lei europeia

Passando ao direito derivado, por uma análise do articulado do Tratado Constitucional nota-se imediatamente uma nova denominação dos actos, sem dúvida mais familiar relativa à tradição do sistema das fontes dos Estados Membros.

O art. I – 33 do Tratado fala de facto, além das decisões, das recomendações e dos pareceres, também da *"lei europeia"*, da *"lei-quadro europeia"* e do *"regulamento europeu"*.

Particularmente no que se refere à lei europeia, diz-se que essa "é um acto legislativo de caracter geral, obrigatório em todos os seus elementos e directamente aplicável em todos os Estados Membros".

Confrontando tal definição com a contida no art. 249 do Tratado CE, pareceria não existir qualquer diferença relativa aos actos naquela sede denominados regulamentos. De facto, o art. 249 do Tratado CE afirma que o regulamento tem caracter geral, que é obrigatório em todos os seus elementos e directamente aplicável em cada um dos Estados Membros.

Por caracter geral, é sabido entender-se que o regulamento é dirigido independentemente a todos os sujeitos jurídicos do ordenamento comunitário: Estados Membros, Instituições, pessoas físicas e pessoas colectivas desses mesmos Estados.

Aparece por isso evidente que os efeitos daqueles que até agora se chamaram regulamentos, são os mesmos daqueles que amanhã serão as leis europeias.

A diferença que emerge das duas formulações reside no facto de que o Tratado acrescenta a especificação de que se trata de *"acto legislativo"*.

Aparentemente, isto não pareceria particularmente significativo. Ao contrário, excepto o que se dirá no último parágrafo, deve encontrar um importante relevo: de facto, o Tratado, distinguindo os actos legislativos – a que, além da lei europeia, vem acrescentada a lei quadro europeia que aparece imediatamente a seguir no texto – daqueles não legislativos, previu uma disciplina diferente para as duas espécies e também para o procedimento de adopção dos mesmos.

5. As Directivas e a futura lei quadro europeia

Passando depois à lei quadro europeia, também esta disciplinada no art. I – 34 do Tratado, podem fazer-se observações análogas àquelas referentes à lei europeia. De facto, esta vem definida como "um acto legislativo que vincula todos os Estados Membros destinatários quanto ao resultado a alcançar, deixando no entanto às instâncias nacionais a competência quanto à escolha da forma e dos meios".

Também neste caso é oportuno fazer um confronto com o previsto no art. 249 do Tratado CE referente às directivas: "A directiva vincula o Estado Membro a quem é destinada quanto ao resultado a alcançar, deixando no entanto às instâncias nacionais a competência quanto à escolha da forma e dos meios".

Semelhantemente, a quanto analisado supra, de facto, a única diferença entre as duas formulações é a qualificação explícita do acto legislativo: podem por isso valer as mesmas considerações expressas supra no referente ao procedimento de adopção.

Portanto, se duma parte parece ingénuo pensar que só a mudança do nome dos actos possa conduzir a uma aproximação do ordenamento comunitário aos nacionais, por outra parte, a própria mudança do *nomen juris* parece conduzir ao objectivo inicial de simplificação e racionalização do sistema comunitário.

Entre as primeiras questões problemáticas suscitadas, assinala-se a dúvida referente à possibilidade dos efeitos da lei quadro poderem ou não ser directamente vinculantes face a terceiros ou se estas necessitam duma aplicação legislativa por parte dos Estados. Sobre este ponto, há quem entenda que a intervenção dos Estados é sempre necessária em virtude do facto que o novo texto se funda sobre uma repartição de competências entre a União e os Estados Membros melhor definida e há quem entenda exactamente o contrário.

É necessário, pois, fazer ressaltar que o art. I – 33, parágrafo 2, introduz uma norma taxativa na tentativa de diminuir o número: sanciona-se de facto a proibição ao Conselho de Ministros e ao Parlamento de adoptar actos atípicos sobre matérias que já sejam objecto de um processo legislativo em curso.

6. Os efeitos directos dos actos comunitários

Também o problema dos efeitos directos das normas comunitárias se suscita no sistema delineado no Tratado que estabelece a Constituição, de maneira substancialmente análoga ao actual.

Antes de mais, por efeito directo deve entender-se a idoneidade da norma para criar situações jurídicas directamente referidas aos particulares, isto é, independentemente de qualquer intervenção estatal.

Em geral são dotadas deste requisito todas as normas comunitárias suficientemente claras e precisas e susceptíveis de ser aplicadas de modo incondicional, ou seja, prescindindo de qualquer ulterior procedimento.

No caso específico, a jurisprudência do Tribunal de Justiça reconheceu esta característica relativamente a diversas normas do Tratado. Neste sentido se pronunciou o celebre Acórdão "Van Gand em Loos", causa 26/62, julgada com a sentença de 5 de Fevereiro de 1967.

Em segundo lugar, os efeitos directos são normalmente atribuídos aos regulamentos, tendo em conta a sua natureza de actos obrigatórios, em todos os seus elementos e "directamente aplicáveis em cada um dos Estados Membros" (art. 249 TCE).

Em terceiro lugar, aparecem aqui em relevo as directivas, não obstante sejam privadas de per si da natureza de actos normativos imediatamente aplicáveis. De facto, sobre a base do princípio que faz a substância prevalecer sob a forma, ocorre examinar, caso a caso, se estas últimas são claras, precisas e imediatamente aplicáveis.

É necessário além disso, que o prazo nela indicado para a sua transposição tenha já decorrido.

É de notar que o reconhecimento dos efeitos directos de tais actos tem essencialmente finalidades sancionatórias em confronto com o Estado não cumpridor. Por isso, uma directiva dotada de efeito directo e não transposta pelo Estado Membro, poderá ser aproveitada pelo particular só em confronto com este último (efeito directo vertical) e não em confronto com outro sujeito privado (efeito directo horizontal).

Esta limitação pode implicar às vezes discriminações injustas (pense-se nas desigualdades que se criariam entre os dependentes dos Estados e os de um empresário privado logo que interviesse uma directiva em matéria de trabalho capaz de vincular – como apenas foi dito – só o Estado).

Todavia mitiga o rigor de tais consequências o facto de que, em geral, os juízes nacionais devem fazer uma interpretação do direito nacional conforme ao direito comunitário e por isso também aos princípios gerais duma directiva não transposta; isto, indubitavelmente pode diminuir a distância entre o efeito directo vertical e o horizontal.

Por último, ocorre assinalar que também as decisões – que serão mais desenvolvidas adiante – enquanto dirigidas a sujeitos determinados (independentemente do facto de que esses sujeitos sejam indivíduos ou Estados) foi reconhecida a possibilidade de produzir efeitos directos.

Por isso, quando um Estado destinatário duma decisão, resulta incumpridor os particulares podem fazer valer os direitos nela consagrados. Com efeito, conclusões opostas poderiam esvaziar a força obrigatória conferida pelo Tratado a essas mesmas decisões como no Acórdão Grad – causa 9/70, julgado pela sentença de 6 de Outubro 1970.

Também o Tribunal Constitucional italiano, no que se refere ao ordenamento jurídico italiano reconheceu o efeito directo a tais actos comunitários.

O Tribunal Constitucional italiano de facto desde a sentença n.° 170 de 1984 afirmou o princípio segundo o qual, tendo em conta a cobertura dada pelo art. 11 da Constituição italiana, as normas CE "que satisfaçam os requisitos de imediata aplicabilidade", entram e mantém-se em vigor, sem que sobre a sua eficácia possam influir as leis ordinárias do Estado. Consequentemente estas devem ser aplicadas directamente pelos juízes ordinários, dado que, em caso de confronto, a lei interna não pode interferir na esfera ocupada pelo ordenamento comunitário.

A mesma situação se passa no ordenamento jurídico português nomeadamente tendo em conta o art. 8 da Constituição da República Portuguesa.

Sucessivamente a possibilidade de produzir efeitos directos inicialmente referida só aos regulamentos comunitários foi gradualmente alargada às normas comunitárias tal como interpretadas pelo Tribunal de Justiça Europeu (veja-se Tribunal Constitucional italiano, sentenças n.ᵒˢ 113 de 1984 e 389 de 1989).

Os mesmos efeitos, além disso, foram reconhecidos pelos Tribunal Constitucional italiano (sentença n.° 168 de 1991) também às directivas claras, precisas e incondicionalmente aplicáveis.

Finalmente, uma sentença recente do Supremo Tribunal Italiano (sentença tributária n.° 17564 de 2002) reconheceu eficácia directa às decisões da Comissão Europeia, estabelecendo que, no caso em que haja contraste entre tais actos e a norma interna, esta última não deve ser tida em conta pelo juiz para a sua decisão.

7. Entre as novidades do Tratado

A) *Os regulamentos europeus*

Como se referiu supra, o Tratado introduz a distinção entre actos legislativos e actos não legislativos. Antes de examinar os efeitos que esta distinção poderá ter sobre todo o sistema das fontes comunitárias, é bom analisar sinteticamente como são regulados pelo art. I – 35 os três tipos de actos não legislativos: regulamentos, decisões e recomendações.

O Regulamento europeu em particular seria a maior novidade do Tratado: trata-se de facto dum acto não existente no sistema originário. Este é um "acto não legislativo de carácter geral destinado a dar execução aos actos legislativos e a certas disposições da Constituição" (art. 33 4§). Devem, porém, distinguir-se duas diversas espécies de regulamento: conforme o conteúdo, de facto, este "pode ser obrigatório em todos os seus elementos e directamente aplicável em cada um dos Estados Membros", ou "ainda vincular o Estado Membro destinatário quanto ao resultado a alcançar, deixando no entanto às instâncias nacionais a competência quanto à escolha da forma e dos meios".

Para além dos efeitos, deve sublinhar-se que o Tratado confere, de um modo geral, aos regulamentos europeus um papel exclusivamente executivo dos actos legislativos ou de normas expressamente indicadas pela própria Constituição. Justamente já foi salientado por alguma doutrina que parece assim surgir uma espécie de tipificação de regulamentação secundária ligada ao principio da legalidade.

A competência para emanar regulamentos cabe, segundo o art. I – 34 do Tratado Constitucional, quer ao Conselho de Ministros quer à Comissão, conforme as disposições especificas da própria Constituição Europeia.

B) *Os regulamentos delegados*

Além do regulamento europeu a outra novidade absoluta é a do regulamento delegado: o art. I–36 do Tratado Constitucional prevê de facto que as leis e as leis quadro possam delegar na Comissão, estabelecendo os critérios, os objectivos, o âmbito, a duração da delegação, a faculdade de emanar regulamentos que completem ou modifiquem "determinados elementos não essenciais da lei ou da lei quadro".

A determinação de elementos essenciais caberá então ao acto legislativo que confere a delegação.

A norma prevê pois que o Conselho por maioria qualificada e o Parlamento por maioria dos membros que o compõem, possam a cada momento revogar a delegação.

Além disso, o regulamento delegado pode entrar em vigor, só se não forem apresentadas objecções pelos dois órgãos delegantes. Com diferença dos regulamentos europeus, os regulamentos delegados têm ainda a possibilidade de inovar – mas apenas nos elementos não essenciais – as leis.

Suscitar-se-ão, por isso, também a nível comunitário as diversas questões nacionais referentes ao nível e posição hierárquica das normas?

8. Os outros actos não legislativos: as decisões, as recomendações e os pareceres

No referente aos outros actos jurídicos da União descriminados no Projecto Título V não parecem existir variações de grande importância.

Relativamente às decisões de facto, a única especificação dos arts. I – 33 e I – 35 do Tratado Constitucional, com respeito ao art. 249 do Tratado CE é que se trata de actos não legislativos.

No remanescente diz-se que são obrigatórios em todos os seus elementos e que podem ter também eficácia não geral, mas dirigida só a alguns destinatários.

Nada de diferente, pois de quanto já é previsto. O mesmo comentário para as recomendações e pareceres cuja norma afirma somente a sua natureza de actos não vinculantes, exactamente como previsto no art. 249 do Tratado CE.

9. A separação entre actos legislativos e actos executivos e a introdução da hierarquia nos actos normativos

Como já se referiu supra, além da mudança de *nomen juris* dos actos legislativos e a introdução dos regulamentos – delegados ou não – a verdadeira novidade do Tratado que estabelece a Constituição, e que a doutrina tem vindo a ressaltar particularmente, está em ter marcado de forma nítida os confins entre os actos legislativos e actos executivos. Mas ainda mais importante é a consequência que daí deriva:

A introdução dum sistema de fontes como uma hierarquia delineada entre as mesmas: constituição no topo da pirâmide, das leis e leis quadro em posição imediata, regulamento e decisões em posição secundária e em fim, os regulamentos europeus de execução e as decisões europeias de execução que, todavia, poderão ser adoptadas pela União por força do art. I – 37, mas apenas por via subsidiária em relação aos Estados Membros. Emerge daqui nítida a distinção não só entre actos legislativos e actos de actuação, mas também entre estes últimos e aqueles estritamente executivos. O facto de ter introduzido uma hierarquia a nível das fontes comporta também a possibilidade por parte do Tribunal de Justiça de anular todos aqueles actos que se encontrem em contradição com a fonte superior.

Depois a nível de regulamentação secundária, esta fonte deverá garantir duma forma taxativa os actos aceites.

Ficam ainda por esclarecer diversos problemas. Entre estes como atrás se disse a posição na hierarquia dos regulamentos delegados: actos regulamentares ou actos legislativos?

Qualquer problema, além disso, neste sentido poderá dá-lo também a previsão relativa no regulamento europeu: será necessário distinguir a sua posição hierárquica conforme a norma, constitucional ou legislativa que estes sejam chamados a implementar?

Em Conclusão

Com respeito aos objectivos de simplificação e racionalização do sistema normativo, que tinham sido definidos em Laeken, para o Tratado que estabelece uma Constituição para a Europa, algum resultado parece ter sido conseguido, em particular modo, no que diz respeito à redução e tipificação dos instrumentos. Numerosas ficam ainda as incertezas agravadas em particular modo, como justamente a doutrina tem salientado também pelo facto que, para ser suficientemente profícua, cada reflexão sobre as fontes deve ser aprofundada na efectividade dum ordenamento.

ANEXO
Exercício de Competências da União

Art. I – 33.º
Actos Jurídicos da União

1. Para exercerem as competências da União, as instituições utilizam como instrumentos jurídicos, em conformidade com a Parte II, a lei europeia, a lei-quadro europeia, o regulamento europeu, a decisão europeia, as recomendações e os pareceres.

A lei europeia é um acto legislativo de caracter geral. É obrigatória em todos os seus elementos e directamente aplicável em todos os Estados-Membros.

A lei-quadro europeia é um acto legislativo que vincula o Estado-Membro destinatário quanto ao resultado a alcançar, deixando, no entanto, às instâncias nacionais a competência quanto à escolha da forma e dos meios.

O regulamento europeu é um acto legislativo de carácter geral destinado a dar execução aos actos legislativos e a certas disposições da Constituição. Tanto pode ser obrigatório em todos os seus elementos e directamente aplicável em todos os Estados-Membros como pode vincular o Estado-Membro destinatário quanto ao resultado a alcançar, deixando, no entanto, às instâncias nacionais a competência quanto à escolha da forma e dos meios.

A decisão europeia é um acto legislativo obrigatório em todos os seus elementos. Quando designa destinatários, só é obrigatória para estes.

A recomendações e os pareceres não têm efeito vinculativo.

2. Quando lhes tenha sido submetido um projecto legislativo, o Parlamento Europeu e o Conselho abster-se-ão de adoptar actos não previsto pelo processo legislativo aplicável no domínio visado.

Art. I – 34.º
Actos Legislativos
1. As leis e leis-quadro europeias são adoptadas, sob proposta da Comissão, conjuntamente pelo Parlamento Europeu e pelo Conselho de acordo com o processo legislativo ordinário estabelecido no art. III – 396.º. Se as duas instituições não chegarem acordo, o acto não será adoptado.
2. Nos casos específicos previstos pela Constituição, as leis e leis-quadro europeias são adoptadas pelo Parlamento europeu, com a participação do Conselho, ou por este, com a participação do Parlamento Europeu, de acordo com processos legislativos especiais.
3. Nos casos específicos previstos pela Constituição, as leis e as leis-quadro podem ser adoptadas por iniciativa de um grupo de Estados-Membros ou do Parlamento Europeu, por recomendação do Banco Central Europeu ou a pedido do Tribunal de Justiça ou do Banco Europeu de Investimento.

Art. I – 35.º
Actos não legislativos
1. O Conselho Europeu adopta decisões europeias nos casos previstos pela Constituição.
2. O Conselho e a Comissão, designadamente nos casos previstos nos artigos I – 36.º e I – 37.º, bem como o Banco Central Europeu nos casos específicos previstos pela Constituição, adoptam regulamentos europeus ou decisões europeias.
3. O Conselho adopta recomendações. Delibera sob proposta da Comissão em todos os casos em que a Constituição determine que o Conselho adopte actos sob proposta da Comissão. O Conselho delibera por unanimidade nos domínios em que esta é exigida para a adopção de um acto da União. A Comissão, bem como o Banco central Europeu nos casos específicos previstos pela Constituição, adoptam recomendações.

Art. I – 36.º
Regulamentos europeus delegados
1. As leis e leis-quadro europeias podem delegar na Comissão o poder de adoptar regulamentos europeus delegados que completem ou alterem certos elementos não essenciais da lei ou lei-quadro europeia.
As leis e leis-quadro delimitam explicitamente os objectivos, o conteúdo, o âmbito de aplicação e o período de vigência da delegação de poderes. Os elementos essenciais de cada domínio são reservados à lei ou lei-quadro europeia e não podem, portanto, ser objecto de delegação de poderes.
2. As leis e leis-quadro europeias fixam explicitamente as condições a que a delegação fica sujeita, que podem ser as seguintes:

a) O Parlamento Europeu ou o Conselho podem decidir revogar a delegação;

b) O regulamento europeu delegado só pode entrar em vigor se, no prazo fixado pela lei ou lei-quadro europeia, não forem formuladas objecções pelo Parlamento Europeu ou pelo Conselho.

Para efeitos das alíneas a) e b), o Parlamento Europeu delibera por maioria dos membros que o compõem e o Conselho delibera por maioria qualificada.

Art. I – 37.º
Actos de execução

1. Os Estados-Membros tomam todas as medidas de direito interno necessárias à execução dos actos juridicamente vinculativos da União.

2. Quando sejam necessárias condições uniformes de execução dos actos juridicamente vinculativos da União, estes conferirão competências de execução à Comissão ou, em casos específicos devidamente justificados e nos casos previstos no artigo I – 40.º, ao Conselho.

3. Para efeitos do n.º 2, a lei europeia define previamente as regras e princípios gerais relativos aos mecanismos de controlo que os Estados-Membros podem aplicar ao exercício das competências de execução pela Comissão.

4. Os actos de execução da União assumem a forma de regulamentos europeus de execução ou de decisões europeias de execução.

Art. I – 38.º
Princípios comuns aos actos jurídicos da União

1. Quando a Constituição não determine o tipo de acto a adoptar, as instituições escolhê-lo-ão caso a caso, no respeito dos procedimentos aplicáveis e do princípio da proporcionalidade referido no art. I – 11.º.

2. Os actos jurídicos são fundamentados e fazem referência às propostas, iniciativas, recomendações, pedidos ou pareceres previstos pela Constituição.

Art. I – 39.º
Publicação e entrada em vigor

1. As leis e leis-quadro europeia adoptadas de acordo com o processo legislativo ordinário são assinadas pelo Presidente do Parlamento Europeu e pelo Presidente do Conselho.

Nos restantes casos, são assinadas pelo Presidente da instituição que as adoptou.

As leis e leis-quadro são publicadas no Jornal Oficial da União Europeia e entram em vigor na data por elas fixada ou, na falta desta, no vigésimo dia seguinte ao da sua publicação.

2. O regulamentos europeus, e as decisões europeias que não indiquem destinatário, são assinados pelo Presidente da instituição que os adoptou.

Os regulamentos europeus, e as decisões europeias que não indiquem destinatário, são publicados no Jornal Oficial da União Europeia e entram em vigor na data por eles fixada ou, na falta desta, no vigésimo dia seguinte ao da sua publicação.

3. As decisões europeia que não sejam as referidas no n.º 2 são notificadas aos respectivos destinatários e produzem efeitos mediante essa notificação.

O PLANO DE INSOLVÊNCIA
ALGUMAS NOTAS

E. SANTOS JÚNIOR[*,1]

> SUMÁRIO: *I. Introdução: o plano de insolvência e o espírito do CIRE em confronto com o anterior CPEREF. II. Âmbito de aplicação do plano de insolvência. III. Da legitimidade e oportunidade para propor o plano de insolvência e da tramitação conducente ao plano: 1. Legitimidade para propor o plano de insolvência; 2. Momento de apresentação da proposta de plano de insolvência; 3. Tramitação do processo conducente ao plano de insolvência. IV. O conteúdo do plano de insolvência. V. Efeitos gerais da homologação do plano de insolvência. VI. Natureza jurídica do plano de insolvência.*

I. Introdução: o plano de insolvência e o espírito do CIRE em confronto com o anterior CPEREF

O plano de insolvência, tal como consagrado no Código da Insolvência e da Recuperação de Empresas (CIRE), constitui um instituto jurídico novo do Direito da Insolvência e, teoricamente, ao menos, uma das suas peças centrais[2].

---

[*] Professor Auxiliar da Faculdade de Direito de Lisboa.

[1] O presente estudo origina-se na comunicação que proferimos, em 20 de Maio de 2005, no *Curso sobre o novo regime da insolvência e da recuperação de empresas*, organizado pelo Conselho Distrital de Lisboa da Ordem dos Advogados e que contou com a colaboração da Faculdade de Direito de Lisboa. Dedicamo-lo, com saudade, à memória do Senhor Professor Doutor José Dias Marques.

[2] Na verdade, a novidade do plano de insolvência e o carácter recente do próprio CIRE ainda não permitem avaliar a repercussão prática do instituto, não havendo por ora jurisprudência a que recorrer.

Seguindo o modelo alemão da *Insolvenzordnung* (*InsO*)[3], modelo este influenciado, por sua vez, pelo Direito da Insolvência Estado-Unidense[4] e pelos ensinamentos da teoria, originada na Escola de Chicago, da análise económica do Direito enquanto aplicada ao Direito da Insolvência[5], a consagração do plano de insolvência consubstancia, na verdade, uma mudança de finalidade do processo de insolvência, relativamente ao regime consagrado no anterior Código dos Processos Especiais de Recuperação da Empresa e da Falência (CPEREF), que se inspirava no modelo francês[6].

---

[3] A *InsO* – que teve um longo processo de elaboração, iniciado em 1978, com a nomeação pelo Ministro Federal da Justiça de uma comissão para o Direito da Insolvência – foi aprovada no Parlamento alemão em 1994 e entrou em vigor em 1 de Janeiro de 1999.

[4] Nomeadamente, o *Bankruptcy Code*, de 1978. Vide MÜNCHENER KOMMENTAR ZUR INSOLVENZORDNUNG, Bd 2, *Vorbemerkungen zum Insolvenzplan* (Horst Eidenmüller), München, 2002, p. 1398-1400. Para um confronto entre o regime do plano da insolvência na *InsO* e o capítulo 11 do *Bankruptcy Code* norte-americano, cf., *v.g.*, REINHARD BORK, *Der Insolvenzplan, Zeitschrift für Zivilprozess*, 109-4, 1996, p. 473 e ss.

[5] A análise económica do Direito constitui, como se sabe, uma teoria ou corrente metodológica que se desenvolveu na Escola de Chicago, a partir dos trabalhos pioneiros de RONALD COASE e GUIDO CALABRESI, e se sedimentou com a *Economic Analysis of Law*, de RICHARD POSNER. Ela assenta na aplicação dos instrumentos económicos ao domínio do Direito, um domínio não de mercado. A análise económica do Direito da Insolvência pode expressar-se no seguinte enunciado essencial: uma lei de insolvência é tanto melhor quanto mais contribuir "ex post" (na crise) para a valorização do património do insolvente, sem com isso, constituir "ex ante" uma motivação a uma negligente viabilização económica do mesmo – MÜNCHENER KOMMENTAR ZUR INSOLVENZORDNUNG, bd 2, *idem*, p. 1400 (o n.º 13 do Preâmbulo do Dec.-Lei n.º 53/2004, de 18 de Março, que aprovou o CIRE, acolhe este enunciado). Em idêntico sentido, referindo-se à influência do Direito da insolvência sobre o comportamento das empresas antes da ocorrência da insolvência, nomeadamente, actuando como meio de contenção dos administradores e accionistas na projecção dos riscos sobre os credores, e após a ocorrência da insolvência, sobre a escolha da melhor utilização ou via a seguir quanto ao destino da massa insolvente, *vide*, JOCHEN BIGUS/THOMAS EGER, *Führt die deutsche InsO zu mehr Marktkonformität bei Unternehmensinsolvenzen? Einige Bemerkungen aus ökonomischer Sicht, in Zeitschrift für das gesamte Insolvenzrecht* (*ZInsO*), 2003, p. 3, e THOMAS EGER, *Bankruptcy Regulations and the New German Insolvency Law from an Economic Point of View, European Journal of Law and Economics*, vol. 11, n.º 1, 2001, p. 29-30 e ss.

[6] Sobre a evolução do Direito falimentar, com particular referência à experiência portuguesa, e às reformas francesa (de 1985) e alemã (de 1994), *vide* ANTÓNIO MENEZES CORDEIRO, *Introdução ao Direito da insolvência, O Direito*, ano 137.º, 2005 – III, p. 469 e ss., especialmente, p. 472-473 e ss., e *Litigância de má fé, abuso do direito de acção e culpa in agendo*, Coimbra, 2006, p. 165 e ss.

Com efeito, se o art. 1.º do CIRE[7] (que tem por fonte o art. 1.º da *InsO*), quando só considerado por si e tida em conta a parte final, poderia parecer apontar ainda para a ideia de que o plano de insolvência só se justificaria quando estivesse em causa a «recuperação da empresa compreendida na massa insolvente», a verdade é que o art. 192.º, n.º 1 (correspondente ao § 217 da *InsO*) vem demonstrar que o plano, como aliás, se diz nos n.º 5 e 6 do Preâmbulo do Decreto-Lei n.º 53/2004, pode servir simplesmente para, como expressão da autonomia privada dos credores no âmbito do processo de insolvência, estabelecer um outro modo de liquidação do património do insolvente, afastando o regime – assim supletivo – estabelecido no Código para essa liquidação[8].

Mais, enquanto o CPEREF antepunha – e antepunha em termos sistemáticos e em termos de declaração expressa pelo legislador e de regime[9]

---

[7] De ora em diante, sempre que indicarmos uma disposição legal sem menção do respectivo diploma, estaremos a referir-nos ao CIRE.

[8] Na verdade, numa perspectiva liberal e económica, o plano de insolvência pode ser anunciado como o instituto jurídico pelo qual podem ser realizadas a desregulação legal e a expectativa de decisões económicas racionais (porque livres) pelos interessados – Vide JOCHEN BIGUS/THOMAS EGER, *idem*, p. 2. Naturalmente, uma decisão racional em cada caso tanto pode apontar para a liquidação como para a reorganização (recuperação) da empresa insolvente. Considerando que, na liquidação, ou se vendem os bens que integram a empresa ou ela é globalmente vendida, a reorganização justifica-se, racionalmente, quando permita aos participantes (credores) realizar um maior valor do que o que pudessem obter pela liquidação, o que ocorre, particularmente, quando o valor global da empresa vale muito mais do que o resultado da venda das suas partes ou quando não haja compradores externos ("outside buyers") quer com boa informação sobre a empresa quer com recursos suficientes para a adquirir – LUCIAN AYRE BEBCHUCK, *A new approach to corporate reorganizations*, Harvard Law Review, vol. 101, n.º 4, 1988, p. 775 e 776. No mesmo sentido, mas autonomizando três alternativas de decisão: a liquidação individual dos bens da empresa ("liquidation"), a venda dela ou de parte dela a uma nova entidade legal (übertragende Sanierung", expressão, aliás, proposta por K. Schmidt, em 1980) e a reorganização ou continuação da empresa na mão dos antigos donos, mantendo a antiga personalidade jurídica, *vide* JOCHEN BIGUS/THOMAS EGER, *ibidem*, p. 2, e THOMAS EGER, *Bankruptcy Regulations...*, cit., p. 2. Reconhecendo, porém, que a "übertragende Sanierung" é, em rigor, uma forma determinada de liquidação, nomeadamente, uma liquidação com máxima intensidade (venda da empresa como um todo), cf. MÜNCHENER KOMMENTAR ZUR INSOLVENZORDNUNG, bd. 2, cit., *Erster Abschnitt. Aufstellung des Plans*, (Horst Eidenmüller), p. 1464.

[9] *Em termos sistemáticos:* O CPEREF, depois de um título de disposições introdutórias comuns (Tít. I), comportava um segundo título (Tít. II, art. 28 e ss) relativo ao regime subsequente do processo de recuperação, no qual, em diversos capítulos, se previam as diferentes providências de recuperação (concordata, reconstituição empresarial, reestrutu-

– o processo de recuperação ao processo de falência, o CIRE não só apresenta um processo unificado de insolvência, como nunca antepõe a finalidade da recuperação de empresa à finalidade de liquidação do património do insolvente.

No n.º 7 do preâmbulo do diploma que aprovou o CIRE, rejeita-se a ideia de que o CIRE dê primazia à liquidação do património do insolvente, insistindo-se em que a primazia é dada antes à vontade dos credores. Mas não é do espírito do actual Código a ideia de recuperação da empresa, através de um plano, enquanto preocupação social prioritária ou sequer autónoma, vista como finalidade de interesse público, tidos em conta os interesses dos trabalhadores (e a continuidade de postos de trabalho fala por si, especialmente numa altura de desemprego e estagnação) e uma certa maneira de ver os interesses da colectividade e do próprio devedor[10]. De resto, são bem contrastantes, quando se atente nas duas

---

ração financeira e gestão controlada), dedicando apenas o título seguinte (tít. III) ao processo de falência. *Em termos de declaração expressa e de regime*: segundo o art. 1.º do CPEREF, toda a empresa em situação económica difícil ou em situação de insolvência podia ser objecto de uma medida ou de uma ou mais providências de recuperação ou ser declarada em regime de falência (n.º 1), mas só deveria ser decretada a falência da empresa insolvente quando esta se mostrasse economicamente inviável ou não se considerasse possível, em face das circunstâncias, a sua recuperação financeira (n.º 2), sendo certo que, havendo oposição do devedor e de credores que representassem pelo menos 30% do valor dos créditos, já a um pedido de recuperação já a um pedido de insolvência, seria o juiz a decidir sobre o prosseguimento da acção como processo de recuperação ou processo de insolvência.).

[10] Como já referido, o plano de insolvência traduz uma como que desregulação do Direito da insolvência (enquanto os interesses referenciados no texto, implicam necessariamente uma tendência legislativa reguladora ou direccionada em certos termos à sua protecção), deixando aos credores a tomada de decisões conformes aos seus interesses de satisfação dos créditos, seja pela via da liquidação seja pela via da recuperação da empresa. Sobre a perspectiva do CIRE, no confronto com o CPEREF, cf. JOSÉ LEBRE DE FREITAS, *Pressupostos objectivos e subjectivos da insolvência*, Themis, edição especial, 2005, p. 12 e 13. Notem-se também as palavras de JOSÉ DE OLIVEIRA ASCENSÃO (*Insolvência: efeitos sobre os negócios em curso*, Themis, edição especial, 2005, p. 107, e *Revista da Ordem dos Advogados*, ano 65, 2005, p. 283): «O CPEREF manifestava o que chamávamos ternura, desvelo, carinho pelo falido. A finalidade precípua parecia ser a de proteger o insolvente, de envolta com a meta na manutenção da empresa. Agora, é de recear que se tenha passado para o outro extremo. O interesse individual dos credores é determinante e o interesse colectivo na manutenção de empresas viáveis apaga-se, juntamente com o apagamento dos meios de controlo das decisões dos credores». No sentido de que, no CIRE, o processo de insolvência tem «como único fim a satisfação dos credores», de que a eventual «recuperação da empresa é um mero instrumento» também LUÍS MENEZES LEITÃO, *Código da Insolvência e da Recuperação de Empresas. Anotado*, 3.ª ed., Coimbra, 2006, p. 45 (anotação

finalidades em confronto, as designações mesmas do Código actual e do que o precedeu[11].

Em rigor, o CIRE, ao estilo neoliberal – ainda que, em certos aspectos da sua regulamentação, se desvie dessa orientação[12] –, elege como finalidade decisiva do processo de insolvência a satisfação dos interesses dos credores do insolvente. E deixa nas mãos deles, confiando resultar disso uma expressão da lei do mercado, o destino dos bens da massa insolvente: aos credores cabe decidir da liquidação desses bens, segundo o modelo legal supletivo, se não optarem por um plano de insolvência, ou da

---

ao art. 1.º) e Luís CARVALHO FERNANDES/JOÃO LABAREDA, *Código da Insolvência e da Recuperação de Empresas Anotado*, vol. II, Lisboa, 2005, p. 37-38 (anotação ao art. 192.º). Entretanto, o regime especial do "procedimento de conciliação", um mecanismo *extrajudicial* tendente à recuperação de empresas – aliás, instituído ainda no domínio do CPEREF, pelo Decreto-Lei n.º 316/98, de 20 de Outubro, e alterado pelo Decreto-Lei n.º 201/2004, de 18 de Agosto, para, como se lê no preâmbulo deste diploma, adaptar esse procedimento «à nomenclatura e conceitos do processo de insolvência» instituído pelo CIRE, aproveitando-se para «procurar corrigir alguns entraves detectados ao bom funcionamento» do mesmo –, nada altera quanto à filosofia do CIRE, nem, a nosso ver, pode considerar-se uma medida de carácter forte em prol da recuperação de empresas em situação económica difícil ou em situação de insolvência.

[11] Não há razão válida para o actual Código (CIRE) conter, na sua designação, a referência final à recuperação da empresa: baseado que é na *InsO* alemã, melhor seria que – colhendo também da designação desta – se designasse simplesmente «Código da Insolvência», por razões de transparência e de economia de termos, como, aliás, era denominado no respectivo projecto. «O impacto social negativo que o desaparecimento da finalidade de recuperação poderia ter» (JOSÉ LEBRE DE FREITAS, *idem*, p. 12, nota 11), não deveria, a nosso ver, justificar, por parte do legislador, a adopção de uma denominação até algo enganosa. Questionando também a designação do CIRE, *vide* CATARINA SERRA, *As novas tendências do Direito português da insolvência – comentário ao regime dos efeitos da insolvência sobre o devedor no projecto de código da insolvência*, in *Código da Insolvência e da Recuperação da Empresa – Comunicações sobre o Anteprojecto e Anteprojecto*, Ministério da Justiça, 2004, Coimbra, p. 21 e 22 e *O novo regime português da insolvência: uma introdução*, 2.ª ed., Coimbra, 2005, p. 11.

[12] Relativamente à *InsO* – modelo do CIRE – e ao anunciado carácter neoliberal da mesma, *vide*, numa perspectiva crítica, *v.g.*, KARSTEN FÖRSTER (*Insolvenzrecht für Insolvenzgläubiger?*, *Zeitschrift für das gesamte Insolvenzrecht*, 2003, p. 917 e ss), que sustenta não ser a *InsO* consistentemente uma lei neoliberal, notando aspectos da sua regulação, como a exoneração do passivo restante do consumidor insolvente, que se coadunariam mal com os princípios do mercado («Tatsächlich ist die Verbraucherinsolvenz mit Restschuldbefreiung alles andere als Marktkonform»). Entre nós, Luís MENEZES LEITÃO (*ob. cit.*, p. 220, em anotação ao art. 235.º), referindo-se à inclusão autónoma, no capítulo I do título XII do CIRE, de medidas de protecção dos devedores pessoas singulares, considera que tal consiste numa matéria «algo afastada da filosofia geral do Código».

sua liquidação ou, enfim, da recuperação da empresa, segundo um plano de insolvência[13].

Podemos sintetizar: o CIRE estabelece um só processo, o de insolvência; consagra uma ampla autonomia dos credores; estes são considerados «convertidos, por força da insolvência, em proprietários económicos da empresa»[14], quando, bem entendido, uma empresa esteja envolvida; a finalidade do processo é a satisfação dos interesses dos credores, dos seus créditos, quanto possível; os credores, para a prossecução dessas finalidades próprias, podem estabelecer, afastando o regime supletivo estabelecido no Código, um plano de insolvência, seja só para estabelecer outro modo de liquidação do património do insolvente, seja para prosseguir essa finalidade, passando pela recuperação da empresa que integre a massa insolvente (instrumento ou meio para essa finalidade principal ou única).

II. Âmbito de aplicação do plano de insolvência

Como princípio ou em termos gerais, pode dizer-se que lá onde haja um processo de insolvência poderá haver um plano de insolvência. Assim, sendo sujeitos passivos da insolvência (cf. art. 2.º, n.º1 do CIRE) pessoas singulares, pessoas colectivas e patrimónios autónomos, sempre que se desse a insolvência de uma destas entidades, poderia, no respectivo processo, ocorrer um plano de insolvência[15].

Contudo, não é inteiramente assim. No que respeita aos processos de insolvência de pessoas singulares, nem todos poderão dar lugar a um plano de insolvência. Com efeito, em face do disposto no art. 250.º do CIRE (e tendo presente o art. 249.º), a figura do plano de insolvência não é admissível em relação a pessoas singulares que não se configurem

---

[13] Nesse caso, sendo de liquidação o modelo supletivo estabelecido legalmente, a recuperação da empresa só poderá dar-se através de um plano de insolvência. Quer dizer, no CIRE, o plano de insolvência é o único instrumento para a via da recuperação da empresa, embora possa servir simplesmente para estabelecer um outro modo de liquidação património do insolvente, incluindo a liquidação da empresa que o integre ou o constitua.

[14] Cf. n.º 3, "in fine" do Preâmbulo do diploma que aprovou o CIRE.

[15] Assim, perante a *InsO*, MÜNCHENER KOMMENTAR ZUR INSOLVENZORDNUNG, bd. 2, *Vorbemerkungen zum Insolvenzplan,* cit., p. 1403. De notar que, não constituindo os grupos de sociedades sujeitos passivos de um processo de insolvência, não podem beneficiar como tais de um plano de insolvência. Trata-se de solução idêntica à do Direito alemão da insolvência, mas diferente do que sucede no Direito norte-americano.

como empresários bem como em relação às pessoas singulares titulares de pequenas empresas[16].

«Não empresário», para efeitos do CIRE e concretamente em face do art. 249.°, será, pois, a pessoa singular que não seja titular de uma empresa, mais correctamente, que não haja sido titular da exploração de uma empresa nos três anos anteriores ao início do processo de insolvência. Por sua vez, esta, a empresa, será «pequena», para efeitos de aplicação do regime definido no capítulo II do título XII, se o seu passivo se coadunar com a previsão da alínea b) do n.°1 do art. 249.°[17].

Temos, pois, que o plano de insolvência pode aplicar-se a pessoas singulares titulares de empresas não pequenas, mas não pode aplicar-se a pessoas singulares que não sejam empresários ou que sejam titulares de pequenas empresas. Daqui decorre uma das limitadas utilizações do conceito de *empresa* (definido no art. 5.°, como toda a organização de capital e de trabalho destinada ao exercício de qualquer actividade económica), para dado regime do CIRE[18]. A limitação ou excepção, quanto aos não empresários, corresponde-se com a limitação estabelecida na *InsO* para a insolvência de consumidores (*Verbraucherinsolvenz*); a limitação, quanto aos titulares de pequenas empresas, supõe a ideia de estarem em causa pequenos processos de insolvência (*Kleinverfahren*), também estes excepcionados, na *InsO*, da regra de aplicação universal do plano da insolvência (§ 304, Abs. 1)[19]. Entretanto, e como contraponto[20], o CIRE prevê a

---

[16] Cf. o título XII do CIRE (Disposições específicas da insolvência de pessoas singulares), capítulo II (Insolvência de não empresários e titulares de pequenas empresas).

[17] Será necessário, nomeadamente, que, à data do início do processo, no passivo não se contenham dívidas laborais, que o número de credores não seja superior a vinte e que o passivo global não exceda trezentos mil euros.

[18] Ao contrário, no CPEREF, o conceito de empresa era muito relevante: só as empresas podiam ser objecto de um processo de recuperação, mas este era um processo distinto do processo de insolvência (cf. art. 27.° do CPEREF).

[19] Vide MÜNCHENER KOMMENTAR ZUR INSOLVENZORDNUNG, bd. 2, *Vorbemerkungen zum Insolvenzplan*, cit., p. 1403.

[20] Segundo LUÍS CARVALHO FERNANDES/JOÃO LABAREDA (*ob. e vol.* cit., p. 216, em anotação ao art. 250.°), "a razão de ser" da exclusão do plano de insolvência, quanto às pessoas singulares não empresárias ou titulares de pequenas empresas, reside, justamente, no facto de a lei prever quanto a elas o plano de pagamentos, como figura sucedânea. Sem embargo, o plano de pagamentos, não descurando, naturalmente, os interesses dos credores, traz benefícios também para o devedor insolvente, poupado que é, como se refere no texto e na nota a seguir, a certas implicações negativas normalmente associadas ao processo de insolvência, enquanto o plano de insolvência é, verdadeiramente, um instrumento com a finalidade única ou precípua de satisfazer os interesses dos credores.

possibilidade de as pessoas singulares não empresários ou titulares de pequenas empresas poderem beneficiar de um *plano de pagamentos* (art. 251.º-262.º): o respectivo incidente, como se lê no preâmbulo do diploma que aprovou o CIRE (n.º 46), «abre caminho para que as pessoas que podem dele beneficiar sejam poupadas a toda a tramitação do processo de insolvência (com apreensão de bens, liquidação, etc.), evitem quaisquer prejuízos para o seu bom nome ou reputação e se subtraiam às consequências associadas à qualificação da insolvência como culposa»[21-22].

Uma questão que se poderia suscitar quanto à admissibilidade de um plano de insolvência seria esta: no caso previsto no art. 10.º, al. a) – caso em que o falecimento do devedor (necessariamente pessoa singular) se dá no decurso do processo de insolvência – e tratando-se de processo até aí não passível de um plano de insolvência, por o devedor falecido ser um não empresário ou um pequeno empresário, será admissível que, passando o processo a correr contra a herança jacente, possa então ser apresentado um plano de insolvência? No Direito alemão, parece que a resposta tem sido positiva[23]: tem-se, de facto, defendido que as disposições da *InsO*

---

[21] Com efeito, nos termos do art. 259.º, n.º 1 do CIRE, homologado – no respectivo incidente – o plano de pagamentos, é declarada, no processo principal, a insolvência do devedor, mas da sentença respectiva constarão apenas as menções das alíneas a) e b) do art. 36.º e é aplicável a al. a) do n.º 7 do art. 39.º (o devedor não fica privado dos seus poderes de administração e disposição do seu património, nem se produzem quaisquer dos efeitos que normalmente correspondem à declaração de insolvência).

[22] A aprovação de plano de pagamentos preclude a chamada 'exoneração do passivo restante' (baseada no modelo da "fresh start" ou 'nova partida') – dentro desta filosofia ou objectivo referido –, mas o devedor pode, tendo de declará-lo então expressamente, acautelar a aplicação deste regime para o caso de tal aprovação não se verificar (art. 254.º do CIRE). Na verdade, as medidas em causa, atinentes a pessoas singulares, traduzem uma resposta judicial ao problema do sobreendividamento das famílias (cf. MARIA MANUEL LEITÃO MARQUES/CATARINA FRADE, *Regular o sobreendividamento, in Código da Insolvência e da Recuperação de Empresas – Comunicações sobre o Anteprojecto e Anteprojecto do Código*, p. 79 e ss, "maxime", p. 93 e ss). Sobre "a nova partida", que, na América do Norte, «the land of the second chance» (G. W. Bush), é prosseguida desde há dois séculos, veja-se o interessante estudo de SOPHIE SCHILLER, *L'effacement des dettes permet-il un nouveau départ? Comparaison franco-américaine*, Revue Internationale de Droit Comparé, 3-2004, p. 655 e ss; entre nós, vide ASSUNÇÃO CRISTAS, *Exoneração do devedor pelo passivo restante*, Themis, edição especial, 2005, p. 165 e ss.

[23] Contra o que poderia pensar-se, "prima facie", quando se raciocinasse na base de a herança se configurar, para efeitos patrimoniais, como que numa continuação da personalidade do falecido: dir-se-ia que, neste caso, não podendo ocorrer no processo de insolvência do falecido um plano de insolvência, o mesmo aconteceria quando o processo instaurado passasse a correr contra a herança dele. Contudo, não é disso que se trata, mas da

relativas à insolvência de consumidores e de pequenos empresários (§§ 304 a 315) são disposições específicas e determinadas por finalidades atinentes aos sujeitos aí referidos, não sendo susceptíveis de aplicar-se – nem por analogia – no quadro de processos de insolvência que corram em relação a patrimónios autónomos ou especiais[24].

III. Da legitimidade e oportunidade para propor o plano de insolvência e da tramitação conducente ao plano

1. Legitimidade para propor o plano de insolvência

O art. 193.°, n.°1 prescreve sobre a legitimidade para apresentar a proposta de plano de insolvência: a proposta pode ser apresentada pelo administrador da insolvência, pelo devedor, por qualquer pessoa que responda legalmente pelas dívidas da insolvência[25] e por qualquer credor ou grupo de credores cujos créditos representem pelo menos um quinto do total dos créditos não subordinados[26] reconhecidos na sentença de verifi-

---

admissibilidade, em face do regime do CIRE, do plano de insolvência em processos de insolvência.

[24] Vide MÜNCHENEN KOMMENTAR ZUR INSOLVENZORDNUNG, bd. 2, *Vorbemerkungen zum Insolvenzplan*, cit., p. 1404. Por maioria de razão, no caso de o processo de insolvência correr "ab initio" contra a herança jacente, um plano de insolvência (de liquidação ou de recuperação de empresa, se na herança se contiver uma empresa) será admissível no respectivo processo. Se o falecimento do devedor ocorrer durante um processo de insolvência em que haja sido apresentado um plano de insolvência, mas em que este não tenha entrado ainda em vigor, parece que, passando o processo a correr então contra a herança, tal não terá consequências especiais quanto à possibilidade de entrada em vigor do plano de insolvência; e, de novo por maioria de razão, intocada ficará a eficácia de um plano de insolvência já entrado em vigor no momento em que o devedor faleça, não estando ainda encerrado o respectivo processo – Idem, *Erster Abschnitt. Aufstellung des Plans*, p. 1429 e 1431. De notar que a *InsO* contém uma parte – a décima – relativa a disposições especiais de certos tipos de processos de insolvência, sendo que o primeiro capítulo dessa parte (§§ 315 a 331) é dedicado aos processos de insolvência de herança ("Nachlassinsolvenzverfahrens")

[25] Segundo o disposto no art. 6.°, n.° 2, são consideradas responsáveis legais as pessoas que, nos termos da lei, respondem pessoal e ilimitadamente pela generalidade das dívidas do insolvente, ainda que a título subsidiário; trata-se, pois, essencialmente dos sócios de responsabilidade ilimitada (LUÍS MENEZES LEITÃO, *ob. cit.*, p. 50, em anotação ao mencionado artigo).

[26] Sobre os créditos subordinados (inovação discutível do CIRE – vide LUÍS MENEZES LEITÃO, *ob. cit.*, p. 89-90, anotação ao art. 48.°), cf. o art. 47.°, n.° 4, al. b) e o art. 48.°.

cação e graduação de créditos ou na estimativa do juiz, se tal sentença ainda não tiver sido proferida[27].

De notar que, se o devedor pode apresentar proposta de um plano de insolvência, terá de fazê-lo, se for titular de uma empresa e pretender manter a sua administração, evitando que esta passe a ser assumida pelo administrador da insolvência (cf. o art. 224.°, n.° 2, al. a) e b)). No caso de ser o administrador da insolvência a apresentar a proposta de plano, essa apresentação tanto poderá ser da sua iniciativa (art. 193.°, 1.°), como poderá resultar de haver sido encarregado pela assembleia de credores da elaboração do plano (art. 193.°, n.° 2 e 156.°, n.°3).

Não é totalmente coincidente a solução do § 218 da *InsO*, relativamente à legitimidade para a apresentação do plano de insolvência: só o devedor e o administrador da insolvência têm tal legitimidade (independentemente de o plano lhes poder ser sugerido por outras entidades, mormente os credores).

2. *Momento de apresentação da proposta de plano de insolvência*

O plano de insolvência representa uma autocomposição de interesses no processo em causa. Como é de regra no direito processual civil, a autocomposição da acção é admitida ou tende a ser admitida em qualquer altura do processo[28], com o limite final que decorre, naturalmente, de o juiz já haver esgotado o seu poder jurisdicional, nomeadamente proferindo sentença que ponha termo ao processo[29]. Compreende-se que assim seja:

---

[27] Porque, se o plano de insolvência apenas pode ser aprovado após o trânsito em julgado da sentença de declaração da insolvência, poderá sê-lo antes de proferida a sentença de verificação e graduação dos créditos. Cf. "infra", p. 134 e nota 36.

[28] É o que sucede, p. ex., relativamente à desistência e à confissão do pedido (art. 293.°, n.° 1 do Código de Processo Civil (CPC)) e à transacção judicial (art. 293.°, n.° 2, do CPC). Quanto à desistência da instância, compreende-se que a mesma, se requerida após a contestação do réu, dependa da aceitação deste (art. 296.°, n.° 1, do CPC), por isso que, apenas fazendo cessar o processo que se instaurara (art. 295.°, n.° 2, do CPC), não exime o réu de ver o autor intentar contra si uma nova acção com o mesmo objecto.

[29] Em rigor, pode discutir-se se esse limite residirá no trânsito em julgado da sentença, defendendo-se que antes deste, mas mesmo após o proferimento da sentença, poderia ocorrer um negócio processual de composição do litígio – como a desistência ou a confissão do pedido –, contanto que tal negócio não reproduza o conteúdo da sentença. Sobre este ponto, cf. MIGUEL TEIXEIRA DE SOUSA, *Estudos sobre o novo processo civil*, Lisboa, 1997, p. 196.

a autocomposição de interesses é, em geral, admitida em matéria de direitos disponíveis. Quem recorre a tribunal poderia até não o ter feito, conformando-se com a situação de violação ou ameaça em que entendesse estar o seu direito; ou chegando a acordo com quem entendesse estar a violar ou a ameaçar o seu direito. Pelo que também nada deve obstar a que, a todo o tempo, possam os interessados resolver o seu litígio processual por acordo.

O mesmo princípio pode ser transposto para o processo de insolvência, com alguma adaptação. Desde logo, e no que ao insolvente respeita[30], a lei impõe-lhe que se apresente à insolvência, dando início ao respectivo processo[31]; depois, este, o processo de insolvência, compõe-se de uma fase declarativa e de uma fase executiva[32] – esta, aliás, caracterizando-o marcadamente –, sendo certo também que o plano de insolvência releva desta mesma fase: aquele limite final para a apresentação da proposta de plano não consistirá, pois, logicamente, na prolação da sentença que decrete a insolvência. No regime do CIRE – compreensivelmente – a reunião da assembleia de credores destinada a deliberar sobre a proposta de plano de insolvência nem pode sequer ocorrer antes do trânsito em julgado daquela sentença. Tendo em conta o que se dispõe no art. 156, n.°3, que prevê que a assembleia de credores destinada à apreciação do relatório do administrador da insolvência pode cometer nessa altura ao administrador o encargo de elaborar um plano de insolvência, nesse caso podendo também determinar a suspensão da liquidação e partilha, parece lícito inferir que, em abstracto ou em tese, nem mesmo o início da liquidação dos bens determina, por si só, a impossibilidade de apresentação de uma proposta de plano. Será natural, certamente, que a assembleia, ao encarregar o administrador da elaboração de um plano de insolvência, determine a suspensão da liquidação e partilha[33], mas parece que, em tese, tal não será inevitável. Aparentemente, tudo dependerá do tipo de plano de insolvência que esteja em causa na proposta: se tratar de uma proposta que preveja

---

[30] Cf. o art. 18.°.

[31] Nos termos do art. 267.°, n.° 1, do CPC, aplicável ao processo de insolvência "ex vi" do art. 17.°, o processo inicia-se com o recebimento da petição inicial pela secretaria.

[32] Sobre a tramitação do processo de insolvência, cf. ISABEL ALEXANDRE, *O processo de insolvência: pressupostos processuais, tramitação, medidas cautelares e impugnação da sentença*, Revista do Ministério Público, ano 26, 2005, n.° 103, p.131 e ss.

[33] A qual, contudo, não obsta à venda dos bens da massa insolvente que não possam ou não devam conservar-se por estarem sujeitos a deterioração ou depreciação (art. 156.°, n.° 5 e 158.°, n.° 2).

a recuperação da empresa, a venda dela ou de partes dela inviabiliza naturalmente uma futura proposta de plano; se se tratar de proposta de plano de insolvência que estabeleça um outro modo de liquidação, porventura tudo dependerá da conciliação entre os actos de liquidação previstos supletivamente e que entretanto hajam sido realizados e os actos de liquidação do plano a propor. Em termos de formulação geral, parece que a oportunidade de apresentação de um plano de insolvência só cessa quando o estado do concreto processo e mormente os actos de liquidação e partilha a efectivar ou efectivados inviabilizem, tornem impossível, por natureza ou definição, em face do Direito, a execução da proposta desse plano.

Entretanto e no que respeita ao devedor, algumas disposições específicas referem-se ao momento da apresentação da proposta. O art. 24.º, n.º 3 prevê que o devedor possa propor um plano de insolvência logo com a petição em que requeira ele mesmo o decretamento da insolvência. Naturalmente, tal não preclude a possibilidade de o devedor apresentar mais tarde uma proposta de plano de insolvência. Apenas com um limite, previsto no art. 224.º, n.º 2, al. b): se pretender propor um plano que preveja a continuidade da exploração da empresa por si próprio, o devedor deverá apresentar a proposta até trinta depois da sentença de declaração de insolvência.

Enfim, em relação ao administrador da insolvência, também existe uma disposição expressa quanto ao momento de apresentação de proposta de um plano de insolvência, no caso de haver sido encarregado pela assembleia de credores de a elaborar: nesse caso, e nos termos do art. 193.º, n.º 2, o administrador da insolvência deverá apresentar a proposta num «prazo razoável». Nada se diz acerca de qual seja esse prazo razoável: está em causa um conceito indeterminado que só em cada caso e perante as respectivas circunstâncias poderá ser concretizado. Mas talvez se possa depreender do art. 156.º, n.º 4, al. a) que, de princípio, esse prazo não deverá exceder os sessenta dias, já que, nos termos injuntivos da lei, a suspensão da liquidação e partilha determinada pela assembleia, com base no n.º 3 da mesma disposição, cessa se o plano de insolvência, de cuja elaboração o administrador haja sido encarregado, não for apresentado dentro desse prazo, a contar da data da assembleia em causa[34].

---

[34] A este respeito, *vide* LUÍS CARVALHO FERNANDES/JOÃO LABAREDA, *ob. cit.*, vol. II., p. 43 e 44 (n.º 8 da anotação ao artigo em causa).

3. Tramitação do processo conducente ao plano de insolvência

A proposta de plano de insolvência é submetida à apreciação do juiz, que verificará da sua admissibilidade ou inadmissibilidade (art. 207.º). Na verdade, a intervenção do juiz relativamente ao plano de insolvência ocorre em dois momentos: um, o primeiro, quando se pronuncia sobre a admissibilidade ou não do plano; o segundo, quando, já aprovado um plano de insolvência, decide sobre a sua homologação ou não. Naturalmente, o juízo de admissibilidade ou não da proposta é um juízo sobre a legalidade e oportunidade da mesma. Mas é também um juízo que tem na sua base um princípio de economia.

Com efeito, o juiz não deve admitir a proposta – e é um momento importante da manifestação do poder de fiscalização do juiz – se se verificarem as situações previstas no art. 207.º, n.º 1, nas suas diferentes alíneas.

Na al. a) – violação não sanável ou não sanada em prazo razoável de regras de legitimidade para apresentação do plano ou sobre o seu conteúdo – e na al. d) – apresentação de nova proposta pelo devedor, que houvesse apresentado outra anteriormente admitida pelo juiz, e desde que o administrador da insolvência, com o acordo da comissão de credores, a ela se oponha –, são seguramente puros juízos de apreciação de legalidade estrita os que ao tribunal competem. Relativamente ao que se prevê na al. b) – inverosimilhança da aprovação do plano de insolvência pela assembleia de credores ou da posterior homologação dele pelo próprio juiz – e na al. c) – manifesta inexequibilidade do plano de insolvência –, poderá perguntar--se se o juízo sobre a admissibilidade ou não da proposta vai além de um puro juízo de legalidade estrita, para ser já um juízo que incide sobre o mérito ou bondade do próprio plano de insolvência[35]. Não nos parece, contudo, que esteja em causa uma análise de mérito do plano, pelo menos não uma análise aprofundada: trata-se de juízos de prognose, mas que assentam em evidências – *manifesta* inverosimilhança de aprovação ou de homologação do plano ou *manifesta* inexequibilidade do mesmo. Certamente, na base destes fundamentos, está um princípio de economia processual, não contemporizando com propostas inviáveis, sejam elas feitas

---

[35] Como defendem LUÍS CARVALHO FERNANDES/JOÃO LABAREDA (*ob. e vol.* cit., p. 92-93, em anotação ao art. 207.º), considerando que, relativamente ao que se dispõe nas alíneas b) e c) do n.º 1 do artigo em causa, haveria mesmo um desvio à anunciada (no Preâmbulo do diploma que aprovou o CIRE) desjudicialização do processo de insolvência. A nosso ver, porém, a actuação do juiz, neste âmbito e em cumprimento das disposições em causa, não transcende o que estritamente releva do exercício da função jurisdicional, exercício aqui indispensável.

por ignorância, imponderação ou como expedientes dilatórios: sendo evidente ou manifesto que a proposta não é aprovável ou homologável ou que o plano de insolvência proposto não é exequível, não haverá que praticar actos – assim inúteis – como a convocação e realização da assembleia de credores e/ou a submissão a homologação do plano.

Admitida a proposta e notificadas as entidades referidas no art. 208.°, para emitirem o seu parecer, o juiz convoca a respectiva assembleia de credores para discutir e votar a proposta de plano de insolvência (art. 209.°, n.°1), sendo certo que a assembleia não pode reunir-se antes de transitada em julgado da sentença de declaração de insolvência, de esgotado o prazo para a impugnação da lista de credores reconhecidos e da realização da assembleia de apreciação do relatório (art. 209.°, n.°2)[36].

Discutida a proposta, será ela votada (art. 210.° e 211.°). Considerar-se-á aprovada se estiverem verificadas as condições previstas no art. 212.°, n.°1 (*quorum*): é necessário (1) que estejam presentes ou representados credores cujos créditos constituam pelo menos 1/3 do total dos créditos com direito de voto (e para apurar os créditos com direito de voto há que atender aos n.°s 2 e 3 do mesmo artigo) e (2) a proposta recolher mais de 2/3 da totalidade dos votos emitidos correspondentes a créditos não subordinados, não se considerando como tal as abstenções.

Da deliberação de aprovação do plano de insolvência é dada publicidade nos termos prescritos no art. 75.°, com as adaptações que se tornem necessárias (cf. o art. 213.°).

Sobre o plano aprovado cabe depois uma decisão judicial: de homologação, que implicará a produção dos efeitos gerais previstos no art. 217.°, ou de não homologação (art. 215.° e 216.°).

---

[36] Na redacção anterior à actual, que resulta das alterações introduzidas pelo Decreto-Lei n.° 200/2004, de 18 de Agosto, o art. 209.°, n.° 2. exigia ainda, para que a assembleia pudesse reunir para deliberar sobre uma proposta de plano de insolvência, que estivesse proferida a sentença de verificação e graduação de créditos. Uma tal exigência – ora substituída pela menos gravosa de decurso do prazo para a impugnação da lista de credores reconhecidos – tenderia a atrasar consideravelmente ou até inviabilizar a execução de um plano proposto, como notavam, criticamente, JOÃO LABAREDA, *O novo Código da Insolvência e da Recuperação de Empresas. Alguns aspectos mais controversos*, in JOÃO LABAREDA/FÁTIMA REIS SILVA/PAULO CÂMARA/FERNANDO NETO PARREIRINHA – *O novo Código da insolvência e da Recuperação de Empresas. Alguns aspectos mais controversos/Algumas questões processuais no Código da Insolvência e da Recuperação de Empresas. Uma primeira abordagem/As operações de saída do mercado/As escrituras de justificação para fins registo comercial*, Coimbra, 2004, p. 24-25, e FÁTIMA REIS SILVA, *Algumas questões processuais na Código da Insolvência e da Recuperação de Empresas. Uma primeira abordagem*, idem, p. 54-55.

A não homologação pode ser oficiosa (art. 215.°) – notando-se, o que parece positivo, que se aumentou consideravelmente em relação ao CPEREF (cf. art. 56.°) a margem de apreciação do juiz –, mas pode sobrevir eventualmente sobre requerimento nesse sentido dos interessados (art. 216.°).

No primeiro caso, de não homologação oficiosa, o juiz de novo age, como lhe compete, no sentido de apreciar a legalidade da proposta aprovada.

É assim no que respeita à apreciação da observância das regras de procedimento e das regras relativas ao conteúdo do plano – 1.ª parte do art. 215.° –, tendo-se presente, quanto a este, que, vigorando embora o princípio de liberdade de fixação do conteúdo, o CIRE estabelece, como não podia deixar de ser, a moldura e os limites dentro dos quais tal liberdade pode ser actuada, como a seguir se referirá. Em todo o caso, o CIRE inspira-se na regra geral do art. 202, n.°2 do CPC: com efeito, apenas a violação grave, «não negligenciável» – nos termos do CIRE – daquelas regras de procedimento ou de conteúdo do plano de insolvência ditará ao juiz a recusa de homologação; uma violação menor, que não ponha em causa o essencial da tutela dos diversos interesses envolvidos, dos credores ou do devedor, nomeadamente, não justificará tal recusa[37].

É assim também – um juízo de legalidade – quanto à apreciação pelo juiz da não verificação, no prazo razoável que estabeleça[38], das condições suspensivas do plano de insolvência ou da não realização dos medidas que devam preceder a homologação[39].

A não homologação, enfim, também pode ocorrer a requerimento dos interessados, nomeadamente a requerimento do devedor ou de algum credor ou de algum sócio, associado ou membro do devedor, desde que – é condição para a faculdade de requerer ou pressuposto de apreciação do pedido – o interessado de que se trate haja manifestado previamente nos autos a sua oposição à aprovação do plano (art. 216.°)[40]. Mas o juiz só

---

[37] Neste sentido, LUÍS CARVALHO FERNANDES/JOÃO LABAREDA, *ob. cit.*, vol. II, p. 118-119 (em anotação ao art. 215.°).

[38] Mas se a proposta de plano de insolvência estabelecer ela mesma um prazo para tal efeito, ao tribunal mais não competirá do que verificar o preenchimento das condições ou a realização dos actos, de resto não lhe cabendo pronunciar-se senão depois do prazo estabelecido no plano – *vide*, a este respeito, LUÍS CARVALHO FERNANDES/JOÃO LABAREDA, *ob. cit, vol. II*, p. 116 e 120 (anotação ao art. 215.°).

[39] Cf. o art. 201.° (actos prévios à homologação e condições).

[40] A menos que o plano tenha sido objecto de alterações na própria assembleia, caso em que tal condição é dispensada relativamente ao requerente que não tenha estado

deverá concluir pela não homologação se o requerente demonstrar em termos plausíveis ou que a sua situação ao abrigo do plano é previsivelmente menos favorável do que a que lhe resultaria na ausência de qualquer plano (art. 216.º, n.º1, al. a)) ou que o plano proporciona a algum credor um valor económico superior ao montante nominal dos seus créditos sobre a insolvência, acrescido do valor das eventuais contribuições que ele deva prestar (art. 216.º, n.º1, al. b)). O que parece estar em causa – em termos de exigência de prova para o juiz negar a homologação – não é a prova *stricto sensu*, mas uma *mera justificação*[41], por isso que o que se exige ao juiz não será a convicção séria e isenta de dúvida da verificação do alegado pelo requerente, mas a conclusão por uma *plausibilidade ou verosimilhança*, ainda que *séria*, do que aquele alegue. De resto, compreende-se que seja assim: a prova de acontecimentos futuros, de algo que ainda não ocorreu – a necessidade de um juízo de prognose é particularmente evidente na al. a) do n.º1 do art. 216.º (utiliza-se aí o termo «previsivelmente») – não pode, em regra, senão assentar num juízo de plausibilidade ou de probabilidade[42]. Contudo, a apreciação do juiz, tenderá a configurar-se mais complexa quando seja invocado o primeiro dos fundamentos referidos (al. a) da disposição em causa) e tenderá a ser menos complexa quando seja alegado o segundo fundamento (da al. b)), uma vez que, quanto a este, os elementos a considerar são certos, em princípio, ainda que algum possa ser incerto ou conter factores de incerteza, pois trata-se fundamentalmente da comparação do valor nominal dos créditos, acrescidos dos desembolsos que o credor em causa ainda haja de fazer, com o

---

presente nessa assembleia ou nela representado (art. 216.º, n.º 2): naturalmente, não tendo estado presente ou nela representado, entende-se que não poderia opor-se a tais alterações, não fazendo sentido exigir então esse pressuposto de apreciação do pedido. Já não haverá sequer direito de requerer a não homologação do plano relativamente aos interessados referidos no n.º 3 do art. 216.º, quando se verifiquem, cumulativamente, as situações ali previstas (se, verificadas as demais alíneas do n.º3 do art. 216.º, a não verificação da al. a) ocorra apenas nos termos previstos no n.º4, manter-se-á, mas limitadamente – restrita à alegação de enriquecimento injustificado dos titulares de créditos garantidos ou privilegiados –, o direito de requerer a não homologação do plano).

[41] Sobre os graus de prova (prova *stricto sensu*, mera justificação e começo de prova), *vide* MIGUEL TEIXEIRA DE SOUSA, *A prova em processo civil*, policopiado, s/d, p. 10.

[42] «A mera justificação assenta numa certa probabilidade sobre a verificação de uma acontecimento. É por este motivo que a mera justificação se encontra frequentemente prevista quando ao tribunal for exigida uma certa prognose sobre um acontecimento futuro» – MIGUEL TEIXEIRA DE SOUSA, *idem*, p. 11.

valor que o plano lhe proporciona[43]. Na medida em que se reduza a margem de necessária prognose, uma demonstração plausível do alegado pelo requerente só lograr ser considerada como tal quando o juiz chegar a uma conclusão tanto mais próxima da convicção da verificação do alegado: transita-se da mera justificação para a prova propriamente dita.

IV. O conteúdo do plano de insolvência

Rege, quanto ao conteúdo do plano, como se referiu, o princípio da liberdade de fixação, expressão da autonomia dos credores, reconhecida assim no processo de insolvência. É o que decorre do art. 192.°, n.° 1, *in fine*, já citado, em que se prevê que o plano de insolvência pode, estabelecendo a respectiva regulação, afastar a aplicação das regras do CIRE relativas ao pagamento dos créditos sobre a insolvência, a liquidação da massa insolvente e a sua repartição pelos titulares daqueles créditos, bem como a responsabilidade do devedor depois de findo o processo de insolvência. É ainda o que decorre do carácter exemplificativo do art. 196.° (Providências com incidência no passivo) e do carácter supletivo do art. 197.° (Ausência de regulamentação expressa). De algum modo, também, mas em termos condicionados, é o que decorre ainda do art. 198.° (Providências específicas de sociedades comerciais), onde são tipificadas determinadas medidas que, em certos termos, podem ser adoptadas no plano.

Não existem, pois, medidas taxativas que hajam de ser adoptadas no plano de insolvência, ao contrário do que sucedia com o CPEREF, que previa, em relação ao plano de recuperação da empresa, a adopção de uma ou mais das quatro providências de recuperação constantes dos art. 67.° e ss (concordata – art. 66.°-77.°; reconstituição empresarial – art. 78.°-86.°; reestruturação financeira – art. 87.°-96.° – e gestão controlada – art. 97.°--117.°). Em face, porém, da autonomia dos credores e da liberdade de fixação do conteúdo do plano de insolvência, nada impede que aquelas medidas previstas no CPEREF tenham um valor indicativo, no sentido de poderem ser consideradas para compor o plano de insolvência, quando com ele se pretenda a recuperação da empresa. De resto, a medida de saneamento por transmissão prevista no art. 199.° do CIRE corresponde parcialmente

---

[43] Luís Carvalho Fernandes/João Labareda, *ob.cit.*, vol. II, p. 124 (em anotação ao art. 216.°).

aos art. 78.° e 80.° do CPEREF (reconstituição empresarial)[44] e as previstas no n.° 2 do art. 198.° do CIRE (que têm condicionalismos, como disse) correspondem parcialmente ao art. 88.°, n.°2 do CPEREF (reestruturação financeira)[45].

Mas é verdade que o plano de insolvência – tendo em vista o seu conteúdo e o modo da sua determinação – tem de obedecer a determinados princípios e regras, sob pena de a inobservância dessas regras poder ditar, como vimos, a não admissão da proposta de plano (art. 207.°, n.° 1, al. a), 2.ª parte) ou a recusa de homologação do plano (art. 215.° e 216.°). Como em tudo, a autonomia privada decorre no âmbito de uma moldura que o Direito define.

De facto, o plano de insolvência só pode afectar de forma diversa a esfera jurídica dos interessados ou interferir com direitos de terceiros na medida em que tal seja consentido pelos visados (*v.g.*, o consentimento do credor, nos termos do art. 194.°, n.° 2, quanto ao condicionamento do reembolso de parte dos créditos às disponibilidades do devedor – art. 196.°, n.° 1, al. b)) ou seja expressamente autorizado no título IX do CIRE (*v.g.* art. 197.°, al. b) e c), estabelecendo supletivamente aspectos gerais de conteúdo do plano de insolvência, na ausência de estipulação expressa contrária no mesmo plano).

O plano da insolvência deve obedecer a uma *regra de clareza* quanto às alterações que dele decorrem para as posições jurídicas dos credores da insolvência, nomeadamente quando em confronto com o que lhes resultaria não fosse o plano de insolvência – art. 195.°, n.° 1[46]; terá de obedecer ao *princípio de igualdade dos credores da insolvência*, salvas as diferenciações objectivamente justificadas – 194.°, n.° 1[47]; obedece ao *princípio do consentimento do credor para ser afectado com tratamento mais desfavorável* do que outros em idêntica situação – art. 194.°, n.° 2; o plano de insolvência deve indicar a sua *finalidade*, as *medidas para a sua execução* e os *elementos relevantes* para efeitos da sua aprovação pelos credores e

---

[44] Como é notado, p. ex., por Luís Menezes Leitão, *ob. cit.*, p. 197 (em anotação ao art. 198.°).

[45] *Idem* (em anotação ao art. 199.°).

[46] Tal exigência de clareza, além permitir aos próprios interessados uma melhor ou mais adequada ponderação das implicações do plano, constitui um factor necessário para a sindicância pelo juiz da observância das demais regras atinentes ao conteúdo do plano.

[47] Assim, nomeadamente, quando os créditos em causa se insiram em categorias distintas, tendo em conta a classificação dos créditos a que procede o art. 47.° do CIRE.

homologação pelo juiz (art. 195.°, n.° 2)[48]; o plano, quando relativo a sociedades comerciais (tendencialmente, pelo menos, visando a reestruturação financeira da empresa e portanto a sua recuperação, de modo paralelo ao estabelecido no art. 88.°, n.° 2 do CPEREF), e quando as partes adoptem as medidas previstas no art. 198.° CIRE (redução ou aumento do capital social, alteração dos estatutos da sociedade, etc.), terá de satisfazer determinadas regras ou condicionalismos indicados nos n.° 3, 4, 5 e 6 do mesmo artigo. Enfim, não se trata de uma mera exigência de forma, mas de uma exigência relativa ao conteúdo, o plano de insolvência que adopte o saneamento por transmissão do estabelecimento ou estabelecimentos adquiridos à massa insolvente para uma nova sociedade ou novas sociedades destinadas à exploração desses estabelecimentos (art. 199.°) deve conter em anexo os estatutos de tais sociedades e prover quanto ao preenchimento dos órgãos sociais[49].

V. Efeitos gerais da homologação do plano de insolvência

Os principais efeitos gerais decorrentes da homologação do plano de insolvência vêm previstos no art. 217.°:

– com a sentença de homologação, produzem-se as alterações dos créditos sobre a insolvência introduzidas pelo plano de insolvência (n.°1);
– a sentença homologatória confere eficácia a quaisquer actos ou negócios jurídicos previstos no plano de insolvência (n.° 2);
– a sentença homologatória constitui título bastante para a constituição da nova sociedade ou sociedades e para a transmissão em seu benefício dos bens e direitos que deva adquirir, bem como para a realização dos respectivos registos (n.° 3, al. a)) e para a redução, aumento de capital, modificação de estatutos, transformação, exclusão de sócios e alteração dos órgãos sociais da sociedade devedora, bem como para a realização dos respectivos registos (n.° 3, al. b)).

---

[48] As diferentes alíneas do n.° 2 do art. 195.° procedem a uma tipificação dessas finalidades, medidas de execução e elementos relevantes.

[49] Outras limitações constam dos art. 200.° e 201.°, que o juiz apreciará tendo em conta o disposto no art. 207.°, n.° 1, al. a), 2.ª parte.

O processo de insolvência encerra-se com o trânsito em julgado da sentença de homologação do plano de insolvência, se a isso não se opuser o conteúdo dele – art. 230.º, n.º 1, al. b)[50-51]; baseando-se o encerramento do processo na homologação de um plano de insolvência que preveja a continuidade da sociedade comercial, esta retoma a sua actividade independentemente da deliberação dos sócios (art. 234.º, n.º 1).

O plano de insolvência que implique o encerramento do processo pode prever que a sua execução seja fiscalizada pelo administrador da insolvência e que a autorização deste seja necessária para a prática de determinados actos pelo devedor ou pela nova sociedade ou pelas novas sociedades (art. 220.º). Nesse caso (art. 220.º, n.º 4), a fiscalização pelo juiz mantém-se, não obstante o encerramento do processo (o que, em temos práticos e lógico-jurídicos parece uma solução discutível[52]).

VI. Natureza jurídica do plano de insolvência

Uma breve palavra final sobre a natureza jurídica do plano de insolvência[53].

Sabemos que o plano de insolvência, como instituto jurídico novo do processo de insolvência, assenta na ideia de autonomia dos credores: por algum modo, além da pura consideração dos seus direitos de crédito, estes, em razão da insolvência, são considerados convertidos em proprietários

---

[50] Normalmente, a homologação do plano de insolvência determinará o encerramento do processo, quando esteja em causa a recuperação da empresa insolvente; contudo, o plano de insolvência pode ser apenas um outro modo de liquidação do património do insolvente: quando assim seja, o processo encerrar-se-á com o rateio do saldo apurado na liquidação dos bens – vide LUÍS CARVALHO FERNANDES/JOÃO LABAREDA, ob. cit., vol. II, p. 166/167 (anotação ao artigo 231.º).

[51] Quanto aos efeitos do encerramento do processo, que, «no fundo se reconduzem à eliminação dos efeitos da declaração de insolvência» (LUÍS MENEZES LEITÃO, ob. cit., p. 219, anotação ao art. 233.º) – previstos nos art. 81.º e ss –, cf. o art. 233.º.

[52] Ainda que, nos termos do n.º 2 do art. 222.º, compita ao juiz, como derradeiro acto relativo ao processo (aliás, encerrado!), a confirmação do fim do período de fiscalização, acto esse a ser publicado e registado nos termos previstos para a decisão de encerramento do processo de insolvência.

[53] Com desenvolvimento, sobre o problema da natureza jurídica do plano da insolvência, em face da InsO, mas certamente com transposição para o nosso Direito, vide, v.g., MÜNCHENER KOMMENTAR ZUR INSOLVENZORDNUNG, bd. 2, Erster Abschnitt. Aufstellung des Plans, cit., p. 1418-1431.

económicos dos bens que integram a massa insolvente, e entende-se – entendeu o legislador – que ninguém melhor do que eles mesmos deve decidir do destino dos bens do insolvente. Decidindo os credores de tal destino, mormente estabelecendo outro modo de liquidação ou optando pela recuperação da empresa, procedem a uma autocomposição de interesses: o plano parece revestir-se assim de uma natureza negocial[54].

A natureza colectiva do processo de insolvência, postula, porém, que decisão dos credores resulte de uma votação em assembleia própria, segundo uma regra de maioria: a expressão, no plano, da vontade negocial dos credores é o resultado de uma deliberação[55].

É certo que o plano, mesmo depois de aprovado pelos credores, não é eficaz por si. Só com a decisão judicial de homologação se desencadeiam os inerentes efeitos materiais e processuais. A nosso ver, porém, a sentença judicial constitui uma condição de eficácia do plano, não lhe cabendo um valor constitutivo[56].

Antes que uma figura complexa, que encerrasse em si mesma um carácter negocial e judicial – porque a complexidade do incidente do plano não determina necessariamente a complexidade da figura, enquanto nos atenhamos à sua natureza jurídica –, parece-nos que o plano de insolvência consubstancia um instituto próprio do direito da insolvência, que resulta e se reveste do carácter negocial de uma deliberação, acarretando, uma vez homologado, efeitos materiais e processuais.

---

[54] Nos Estados Unidos, atribui-se maioritariamente uma natureza contratual ao "Reorganizationplan". Cf, MÜNCHNER KOMMENTAR ZUR INSOLVENZORDNUNG, bd. 2, *Erster Abschnitt. Aufstellung des Plans*, cit., p. 1418 e nota 7, iniciada na mesma página.

[55] O negócio é plural, por comportar diversas *pessoas*, mas não plurilateral, por indiferenciação dos efeitos que permitissem distinguir *partes* – Cf. ANTÓNIO MENEZES CORDEIRO, *Tratado de Direito Civil Português*, I, 3.ª ed., p. 462. Na dogmática alemã, as deliberações ("Beschlüsse") distinguem-se, dentro dos negócios plurais, quer dos contratos quer dos negócios conjuntos ("Gesamtakte"): nos contratos, as declarações são contrapostas, mas fundem-se num ponto, o ponto de acordo; nas deliberações e nos negócios conjuntos, estão em causa declarações paralelas dirigidas a um mesmo fim, mas, enquanto nos negócios conjuntos, a regra é a unanimidade, esta não é a regra nas deliberações, além de que, nestas, estão em causa as relações internas entre os membros de um grupo, ao contrário do que sucede naqueles – vide, v.g., KARL LARENZ, MANFRED WOLF, *Allgemeiner Teil des Bürgerlichen Rechts*, 9.ª ed., München, 2004, p. 406-408.

[56] No mesmo sentido, LUÍS CARVALHO FERNANDES/JOÃO LABAREDA, *ob. cit.*, vol. II, p. 129 (n.º da anotação ao art. 217.º).

EVOCAÇÃO DO PROFESSOR
DOUTOR JOSÉ DIAS MARQUES

Fausto de Quadros[*]

O Professor Dias Marques foi nosso Professor no 1.º ano da Licenciatura em Direito, na Faculdade de Direito de Lisboa, na disciplina de Introdução ao Estudo do Direito.

Era um Professor austero, que procurava guardar distância em relação aos Alunos, mas com boas qualidades pedagógicas.

Só o voltaríamos a encontrar depois de concluída a Licenciatura, num Colóquio Científico. Era já uma pessoa completamente diferente. A uma pessoa tímida e muito reservada no dia-a-dia da Faculdade, sucedera uma pessoa extremamente simpática, um excelente conversador e uma personalidade com elevado sentido de humor. Como era diferente Dias Marques das aulas ao 1.º ano, no Anfiteatro n.º 1 da Faculdade, de Dias Marques que convivia com um ex-Aluno, já Licenciado!

Mas, sendo Dias Marques um privatista e tendo nós encaminhado a nossa carreira para o Direito Público, seria natural que os nossos destinos académicos e científicos não se cruzassem. Pura ilusão!

José Dias Marques dirigiu durante muitos anos o Departamento de Direito no então Instituto Superior de Ciências Económicas e Financeiras (ISCEF), hoje Instituto Superior de Economia e Gestão (ISEG), da Universidade Técnica de Lisboa, que já então se encontrava instalado na Rua do Quelhas, em Lisboa. Dias Marques regia naquele Instituto a disciplina de Introdução ao Estudo do Direito, no 2.º ano.

No Verão de 1969, Jorge Miranda e Augusto de Athayde, que faziam parte da Secção de Direito Público daquele Departamento, transferiram-se

---

[*] Professor Catedrático da Faculdade de Direito da Universidade de Lisboa.

para a Faculdade de Direito de Lisboa, concluído o seu serviço militar na Reserva Naval, para desempenharem as funções de Assistentes daquela Faculdade. Dias Marques sabia que nós, em 1968, ano logo a seguir à nossa Licenciatura, havíamos concluído o Curso Complementar de Ciências Políticas e Económicas (o chamado 6.º ano, equivalente ao actual Mestrado) e que, ainda nesse ano, havíamos iniciado o nosso serviço militar obrigatório, que duraria trinta e três meses, também na Reserva Naval. Para substituir Jorge Miranda e Augusto de Athayde, Dias Marques convidou dois novos Mestres em Direito, um dos quais fomos nós. Aceitámos de imediato o convite, uma vez obtido do Ministro da Marinha (que havia na altura na estrutura do Governo) autorização para acumular essas funções docentes com o serviço militar.

Deu-se, assim, um facto que, com certeza, é raro: um Assistente de Direito Público iniciar essa sua actividade por escolha e a convite de um Professor de Direito Privado.

A experiência de durante nove anos (de 1969 a 1978) ensinar Direito numa Faculdade de Economia, ainda que com, pelo meio, tempos muito conturbados, foi para nós riquíssima: porque, dada a exiguidade do corpo docente do Departamento de Direito (só o Professor Dias Marques era doutorado), foi-nos entregue, logo no primeiro ano lectivo, a regência de duas disciplinas no 5.º ano da Licenciatura em Finanças (hoje, Gestão de Empresas), sem colaboradores e sem coordenadores; porque, dado que a nossa exclusiva vontade de adaptar as disciplinas de Direito Público que regíamos à formação económica dos Alunos nos fez perceber como é importante para um jurista de Direito Público penetrar nos meandros profundos da Economia e como é necessário a um cultor do Direito a compreensão dos fenómenos económicos (assim se saiba ensinar bem Economia nas Faculdades de Direito); porque nos fez conhecer e conviver com Docentes ilustres nos domínios da Economia e das Finanças, que, antes, uns, depois, outros, se notabilizariam pela sua elevada dedicação à causa pública, como era o caso, só a título de exemplo, dos Professores Doutores Manuel Pinto Barbosa (Pai), Francisco Pereira de Moura e Jacinto Nunes, ou os então Assistentes Aníbal Cavaco Silva, Vítor Constâncio, Manuela Ferreira Leite, Ernâni Lopes, os irmãos Manuel e António Pinto Barbosa, e tantos outros.

Toda esta experiência, que muito nos enriqueceu nos planos humano e académico, devemo-la nós a Dias Marques. Mesmo que se possa dizer que seria natural, porque o ambicionávamos e porque tínhamos *curriculum* para o efeito, que, mais tarde ou mais cedo, abraçássemos a função docente, a verdade é que fica para a nossa história pessoal que foi Dias Marques quem nos introduziu no exercício dessa função.

Mais tarde, quando em 1977, depois da reestruturação da Faculdade de Direito de Lisboa, nos mudámos do ISCEF para aquela Faculdade, por concurso público (acumulando, portanto, em 1977-78 o ensino nas duas Escolas), reencontrámos Dias Marques noutra situação. Aí convivemos com ele durante muitos anos, até à sua jubilação, e tivemos oportunidade de conhecer melhor as suas qualidades de integridade, de seriedade e de dedicação ao ensino e à investigação.

Aqui fica, pois, o testemunho da nossa gratidão a quem nos abriu as portas do Magistério Universitário e a nossa homenagem a quem serviu, com muita dedicação, o Direito e a Universidade.

Lisboa, Outubro de 2006

O PROBLEMA DA ANALOGIA *IURIS*
(ALGUMAS NOTAS)*

FERNANDO J. BRONZE**

I

1. *Imaginem que* é um belo romance de Joseph HELLER[1]. Polarizado no quadro de REMBRANDT, *Aristóteles contemplando o busto de Homero*, de 1654[2], guia-nos numa viagem febricitante entre a Atenas, de PÉRICLES, e a Amsterdão seiscentista, com uma fina ironia, combinada com um assinalável rigor histórico... frequentemente enriquecido por inspiradas divagações. O universo grego é-nos desmitificantemente apresentado, e SÓCRATES, PLATÃO e, naturalmente, ARISTÓTELES tornam-se-nos familiares... sob prismas muitas vezes inusitados. O expansionismo holandês do século XVII é aproximado do aventureirismo dos argonautas helénicos, quase dois mil anos anterior. Na época de REMBRANDT, o flamengo experiencia dificuldades sem fim e o estagirita é ainda uma autoridade. No

---

* Estas brevíssimas reflexões, ainda inéditas, nasceram do cumprimento de uma obrigação pedagógica: a de disponibilizar aos Senhores Estudantes de Metodologia e Filosofia do Direito um registo escrito sobre o modo como o autor – encarregado da regência da disciplina na Faculdade de Direito da Universidade de Coimbra – entende a *vexata quaestio* que as originou.

A conversão, que se ousa, de um texto radicado no mencionado dever de um universitário em texto destinado a homenagear, com grata admiração e profundo respeito, um outro universitário, não deixará, por certo, de ser desculpada e bem recebida por um Professor tão devotado aos – e tão querido dos – seus Alunos como o Senhor Doutor José Dias Marques.

** Professor Catedrático da Faculdade de Direito de Coimbra.

[1] Trad. de C. Rodriguez, Lisboa, 1991.

[2] Também justificadamente convocado, e até reproduzido, logo no início do livro (-diálogo) de Jean-Pierre CHANGEUX e Paul RICOEUR, *O que nos faz pensar?*, trad. de I. Saint-Aubyn, Lisboa, 2001, 15.

nosso tempo, e aceitando o dinheiro como decisivo parâmetro avaliador, ARISTÓTELES tem razão para estar "aflito com o seu desmerecimento como filósofo em contraste com a apreciação de Rembrandt como pintor"[3].

É precisamente ao pensador grego – na circunstância atormentado pela notícia de ter sido encontrada a "Bíblia hebraica", muito mais sugestivamente encantadora do que as suas tantas vezes entediantemente desencantadas excogitações... – que se imputa a afirmação de "[...] que um homem de meia-idade[4], com uma teoria a que está ligado há muito tempo, [torna-se] cada vez menos interessado em saber se ela é verdade ou não e cada vez mais obcecado por vê-la aceite como verdade e por ser honrado por ela para o resto da vida"[5].

Se pode duvidar-se que isto valha para o génio, é de recear que outros, como o insignificante autor destas linhas, capitulem à... ilusão e ao sonho, "[p]róprio[s] de tantos de nós próprios/[, de que...] são ardentes/[as] velas [que acendem] ou [os] fósforos [que riscam]"[6].

Como é sabido, o mencionado e discreto escrevinhador tem-se preocupado com a analogia, procurando apurar as suas dimensões, esclarecer o seu sentido, e reflectir a sua importância prático-cultural e a sua relevância metodológico-jurídica. E, na destemperada (e orgulhosa?...) crença (em oposição à precipitada e humilde descrença de WITTGENSTEIN, depois de ter acabado o *Tractatus...*) de que ainda haja... "mais sumo para espremer neste limão"[7], volta, de novo, ao tema, agora com o objectivo de abordar, como se diz em título, o problema da analogia *iuris*.

---

[3] Cf. *Imaginem que*, cit., 307.

[4] E, por maioria de razão – permita-se a *interpolatio* –, aquele que, para seu mal, tenha dobrado esse cabo há já um ror de anos...

[5] Cf. *Imaginem que*, cit., 287. Será que o pirronismo vaidoso (superficialmente?...) denunciado no texto radica no facto (mais profundo?...) de... "[a]o longo da sua existência, cada homem te[r] a iluminá-lo apenas uma ideia"?... – assim, Mário de SOUSA CUNHA, *Marco Aurélio. Diis Manibus*, Lisboa, 2003, 131. E que não há razão para temer que a inquietante pergunta traduza uma... bizantinice, é o que nos desvela o modo – substancialmente paralelo, pelo que a ela respeita – como A. CASTANHEIRA NEVES abre o seu ensaio-"palestra" *O direito hoje e com que sentido? O problema actual da autonomia do direito*, Lisboa, 2002, 7.

[6] Cf. David MOURÃO-FERREIRA, "Ilusão", in *Obra poética, 1948-1988*, 3.ª ed., Lisboa, 1997, 283.

[7] Cf. David EDMONS e John EIDINOW, *O atiçador de Wittgenstein*, trad. de J. P. Pires, Lisboa, 2003, 52.

II

2. A analogia, sublinhámo-lo vezes sem conta, constitui um tipo de raciocínio recorrente no pensamento humano, em geral, e no pensamento jurídico, em particular. Não deve, por isso, estranhar-se a atenção que, há muito,... muitos lhe dedicam. Em vista do nosso propósito, supomos que se justificará começar por aludir à relevância que foi sendo histórico-diacronicamente atribuída a esse operador na esfera da reflexão metodonomológica[8].

2.1. A primeira nota que se nos impõe assinalar é a de que a analogia *(rectius,* a palavra analogia, que não a específica inferência que ela traduz) entrou tarde no discurso metodológico-juridicamente comprometido, talvez em resultado do modo como, na Grécia antiga, a caracterizou ARISTÓTELES, e do peso do princípio da autoridade na modelação da *forma mentis* medieval. Na verdade, e como já tivemos oportunidade de acentuar[9], para o Filósofo[10] a "proporção" identificante da analogia radicava na "relação" de semelhança entre duas situações concretas *(A e B)* e duas outras (donde, *inter quatuor)...* igualmente concretas situações diferentes *(C e D),* viabilizadora da instauração de uma... "unidade analógica" entre os referidos pólos heterogéneos.

2.2. E que dizer, quanto ao ponto, do tópico-casuístico e prático-prudencial pensamento jurídico romano? Muito brevemente, que também nesse horizonte – e, *v. gr.,* com CÍCERO[11] – o discurso judicativo-decisório

---

[8] Da perspectiva apontada, revela-se-nos hoje em dia fundamental o contributo de Jan SCHRÖDER: cf. "Zur Analogie in der juristischen Methodenlehre der frühen Neuzeit", in *Zeitschrift der Savigny-Stiftung für Rechtsgeschichte,* 114. B. (Germ. Abt.), 1997, 1-55, e *Recht als Wissenschaft. Geschichte der juristischen Methode vom Humanismus bis zur historischen Schule,* München, 2001 – estudos a que basicamente nos acolheremos até à conclusão do ponto 2.5., e que só não citaremos *pari passu* para pouparmos a multiplicação das notas de rodapé.

[9] Cf., por exemplo, "O jurista: pessoa ou andróide?", in *Ab uno ad omnes. 75 anos da Coimbra Editora,* Coimbra, 1998, 91 s.

[10] Cf. *Ética a Nicómaco,* 1131 a 30 ss. e 1131 b 1 ss. – na ed. traduzida por António C. Caeiro, Lisboa, 2004, 113.

[11] Segundo António dos SANTOS JUSTO, *A "fictio iuris" no direito romano ("actio ficticia"). Época clássica,* Coimbra, 1988, 272, n. 8. Acentue-se que o ilustre A. insiste em sublinhar o carácter lógico da inferência analógica – *ibidem,* 267, 359 e 368 –, sem, todavia, silenciar a especificidade, já em Roma, da lógica jurídica – *ibidem,* 274 e 367.

se centrava na "relação de semelhança" interveniente (institucionalmente projectada nas *actiones ad exemplum*[12] e nas *exceptiones utiles*[13]), que não, *expressis verbis,* na analogia.

2.3. Séculos volvidos, o hermenêutico-jurisprudencial pensamento jurídico da Idade Média invocava, desde a época dos Glosadores, o *argumentum a simili* (ou os *loci a simili, a proportione, a comparatis, a paribus, a ratione, de adfini...),* identificado(s) por referência à *rationis paritas* em que, afinal, assentavam.

2.4. Por seu turno, o pensamento humanista de quinhentos e seiscentos, de inspiração clássica e com preocupações eruditas, reabilitou a tópica – recuperou os *topoi* aristotélicos, entre eles, decerto, o mencionado *locus a simili ("quod uni similium convenit, alteri quoque convenit"),* reconheceu a sua enorme relevância na esfera da reflexão metodológico- -jurídica (afirmando, por exemplo, que o *locus "ex similitudine [...]in iure frequentissimus est")* e, pelo menos no âmbito do direito, insistiu na utilização de sinónimos da analogia ("semelhança", "correspondência", "concordância"...) em detrimento daquele conceito, entretanto quase esquecido. E quer esta última orientação (e o coetâneo *"usus modernus pandectarum"),* quer aqueloutra a que aludimos imediatamente antes (nomeadamente com o *"mos italicus"),* radicaram, com naturalidade, no *locus a simili* (no argumento por semelhança e, excepcionalmente, com Diodoros TULDENUS, na... "analogia" – que, aliás, não significava coisa diferente...) um resultado... interpretativo ainda hoje rotineira- e acriticamente utilizado – a interpretação extensiva *("interpretatio extensoria").* Ou seja: a imbricação analogia (quase sempre designada por sinonímia, insista-se)/interpretação era, ao tempo, uma evidência..., que o método jurídico haveria de apagar, ao centrar esta última na consideração dos sentidos possíveis da letra da lei e ao deslocar aquela primeira para o marginal *(scilicet,* periférico) e nada inocente (atentos os pressupostos da respectiva emergência) problema da integração de lacunas.

Guardemo-nos, contudo, de queimar etapas – caminhemos mais devagar. Durante a época em que continuamos centrados, sublinhámo-lo já, a palavra analogia manteve-se fora da cidadela do direito. Ao menos em regra. Todavia, nos séculos XVI e XVII, excepcionalmente e tanto no

---

[12] Cf. ID., *ibidem,* 290 ss.
[13] Cf., de novo, ID., *ibidem,* 346 ss.

lado de cá, como no lado de lá da Mancha, houve AA. que propuseram uma *interpretatio analogica* – vincando, na Europa Continental, que *"eius finis est, leges contrarias conciliare" (i. e.,* que a "interpretação analógica" permitia superar as chamadas antinomias normativas e instaurar a *convenientia* das prescrições jurídicas), ou que com ela se introduzia uma "dimensão sistemática" na metodologia jurídica (substituindo-se um pensamento apenas atento a normas isoladas por um outro já aberto à consideração, em conjunto, das normas de um ordenamento), ou ainda, muito pontualmente (com J. ALTHUSIUS), que por essa via se poderiam... integrar lacunas e criar direito (destarte se antecipando, em cerca de duzentos anos, uma marca-de-contraste da cultura jurídica do século XIX), e, em Inglaterra, que o seu objectivo era o de corrigir as aporias do "método histórico-filológico dos humanistas".

2.5. O então emergente pensamento moderno, centrado na "observação e na experiência" (recordem-se, *inter alia,* BACON e DESCARTES), tornou suspeita a tópica e ditou mesmo a "nulidade dos *Locorum Dialecticorum"* em que ela se cumpria. Breve se compreendeu, porém, que na esfera do prático – e, especialmente, do prático-normativo – não era de todo possível abrir mão do *argumentum a simili,* nomeadamente para integrar as lacunas (entretanto – iniciara-se há pouco o século XVIII – reconhecidas como ineliminaveis...): uma sua particular modalidade – o chamado *argumentum legis,* que o pensamento jurídico ulterior viria a consagrar como analogia *legis,* mas que, ao tempo (e em consonância com uma nota já acentuada), era considerada uma operação lógica *(scilicet,* autonomizada da tópica), constituída por "um silogismo, cujo termo médio se obtinha a partir da *ratio legis"* (assim, expressamente, com C. H. FREIESLEBEN) – revelava-se, via de regra, suficiente para o efeito. Ecoava ainda também a "interpretação analógica", colimada à eliminação das antinomias. E, nesta linha, J. G. KULPIS, vencendo um medo como que atávico, exorcizou a palavra (que denominava também a *ars iuris* – "a exposição científica do direito") e aludiu, em finais do século XVII, a uma analogia *iuris,* viabilizadora do domínio do juridicamente ignoto a partir do juridicamente conhecido (lembremos que à cultura jurídica dos séculos XVI-XVIII era totalmente estranha a ideia de que o *corpus iuris* fosse, na realidade, um normativisticamente monoestratificado sistema fechado[14]; didactica-

---

[14] Cf., entre nós, A. SANTOS JUSTO, *A "fictio iuris" no direito romano ("actio ficticia"),* cit., 265 s., n. 27.

mente, todavia, tolerava-se a respectiva apresentação como se o fosse...).
Já no século XVIII, J. J. HÖFLER restaurou a categoria *analogia iuris*, que caracterizou como uma *relatio relationis*, preocupou-se com a *iurisprudentia analogica* (a *iurisprudentia*, para este A., é *"sive legalis [...] sive analogica"*...), que disse ser a *scientia actiones humanas comparandi ad rationem iuris*, e, de uma perspectiva metodológica, insistiu fundamentalmente no *argumentum legis*, prenunciador da *analogia legis*.

Mas foi a D. NETTELBLADT que se ficou a dever, em 1751, a quase completa superação do *instrumentarium* analítico disponibilizado pela tópica (apenas divisável no *argumentum a contrario*) e, sobretudo, a acentuação do papel (também constitutivo da normatividade jurídica...) da *analogia iuris* (compreendida como a *"convenientia cum principiis iuris in legibus positivis contentis"*), que o levou a reconhecer aquilo que, com outros pressupostos (porque no horizonte de uma bem distinta impostação tanto do *ius* como do *corpus iuris*) e diferente sentido (já não polarizado em meros princípios gerais de direito, mas em genuínos princípios normativo-jurídicos), temos, ainda hoje, por exacto: que *"omnis decisio secundum analogiam ex analogia iuris fiat"*[15]. Nas vésperas do século XIX, C. H. GEISLER e W. G. TAFINGER, respectivamente no âmbito do direito público e no do direito privado, abandonaram de vez o clássico *argumentum a simili* e identificaram a analogia com a hodierna *analogia legis* (que incluía, em termos inversos, a inferência *a contrario*) – retomando, mais de cem anos volvidos, passos dados por J. J. MOSER e por J. S. PÜTTER (AA. estes últimos que, contudo, haviam centrado as suas preocupações na... *analogia iuris*). Curiosamente (ou talvez não...), em 1797 (ano em que K. GROLMAN contrapôs claramente à global analogia do direito a singular analogia da lei...), C. F. GLÜCK denominou *analogia iuris* a... *analogia legis* há pouco mencionada. E se, nos primeiros anos de oitocentos, F. C. v. SAVIGNY (tal como, pela mesma altura, P. J. A. FEUERBACH, G. HUFELAND, N. T. GÖNNER e K. S. ZACHARIÄ) distinguiu rigorosamente interpretação e analogia – inucleando a primeira na "reconstrução da lei" (na "reconstrução do pensamento que o legislador terá realmente tido", a apurar atendendo aos naturalmente privilegiados elementos histórico-filológicos – concepção esta do mesmo passo desveladora da superação

---

[15] Dada a importância da afirmação no contexto deste nosso escrito, justifica-se plenamente a indicação dos... *loci* onde a colhemos: cf. J. SCHRÖDER, *Zur Analogie in der juristischen Methodenlehre der frühen Neuzeit*, cit., 21, n. 91, e *Recht als Wissenschaft*, cit., 124, n. 155.

da "hermenêutica iluminista", que centrara o exercício interpretativo no esclarecimento/explicação das "leis obscuras" e relevara "fundamentos", "fins" e a "razão prática", pela "hermenêutica romântica", preocupada com a interpretação/reconstrução "de todas as leis" e historicístico-positivisticamente aprisionada à letra do critério normativo em causa) e reservando a segunda para a "integração de lacunas" ("por mediação da regra geral a procurar no sistema jurídico") –, o seu émulo A. F. J. THIBAUT (que, acolhendo-se promiscuamente a registos diferentes, persistiu na mencionada contraposição "explicação das leis obscuras"/"interpretação de todas as leis") equiparou a "analogia da lei" à "interpretação extensiva" (levada a cabo a partir do "espírito da lei" e com particular consideração da "semelhança dos fundamentos", atentas as "consequências").

Insistindo um pouco mais em algumas das observações acabadas de fazer, diremos que, nos inícios do século XIX, e de modo exemplar com SAVIGNY, postulou-se a unidade orgânica e o carácter fechado do sistema jurídico e excluiu-se a analogia da reflexão hermenêutica (do problema da interpretação, a cujo âmbito até então basicamente se confinara – como o desvela a clássica concepção da "interpretação extensiva", que dela se não distinguia –, o que veio a alterar-se quando se inucleou aquele problema no respeito devido à "vontade real do legislador" – apurável a partir da estrita consideração da letra da norma interpretanda –, que, do mesmo passo, permitiria delimitar o explicitamente pensado pelo legislador, que seria relevante para o direito, daquilo em que ele não tivesse *expressis verbis* pensado, que não poderia relevar-se juridicamente, por tal "não caber no âmbito de competência do intérprete"), passando a compreender-se a inferência que ela identificava como um operador lógico, de resto muito pouco concludente, por consistir (acentuara-o P. E. LAYRITZ, em 1743) numa "indução incompleta", bem distinta do silogismo (viabilizador de uma genuína conclusão necessária) e equiparável (enquanto conclusão meramente provável) ao *paradeigma* grego (o *exemplum* dos romanos). E as notas que aqui nos importa acentuar são, fundamentalmente, as duas seguintes: (1) Com o triunfo do monismo positivista, marca-século-XIX – com os pressupostos que o determinaram e os corolários em que se projectou –, rejeitou-se o de há muito pacificamente aceite, e hoje, de novo (ainda que com diferenças assinaláveis, pois a história nunca se re-escreve sem elas...), esclarecidamente reconhecido co-envolvimento da analogia e da interpretação. (2) Como é sabido, I. KANT marcou SAVIGNY e concorreu para a degenerescência do ideário originário da Escola Histórica, do que viria a resultar a Jurisprudência dos conceitos. Ora, o Filósofo das *Críticas* preocupou-se com a analogia como expediente lógico *(scilicet,* desprovido de qualquer densidade material), contribuindo, com o seu prestígio, para que ela ganhasse importância e se autonomizasse no âmbito do pensamento jurídico. Qualificou-a (e à indução) como uma "conclusão da [reflexiva] capacidade de julgar" (a procura do geral, que se ignora, a partir do particular, que se conhece; diferentemente, a "capacidade de juízo determinante" subsume o particular ao geral conhecido), que mais não era do que... "o único guia [disponível na] falta [...] de uma evidência directa"[16] – portanto, uma "presunção lógica" e um "instrumento metódico", a utilizar "com cautela e prudência" *(sub specie iuris)* no quadro dogmático--conceitualmente racional de um (pré-)dado e absolutizado sistema jurídico positivo. E se é indiscutível a influência de KANT, também quanto a este ponto (o da compreensão da analogia), ao longo do século XIX, vale a pena acentuar que o próprio G. W. F. HEGEL viria a beber dessa fonte, aditando, todavia, um contributo decisivo de relevantes consequências no futuro (o *comparationis tertium* postulado pela analogia, e que temos identificado com o historicamente realizando e objectivamente constituendo sistema da normatividade jurídica vigente, não se con-fundirá, afinal, com a específica relevância problemático-intencional dos concretos *relata* da mencionada inferência relacional, numa como que... dialéctica complementaridade do geral e do particular?...): o de que – atenta a dialéctica viva que propugnou (que sustenta quer a simultaneidade da anulação e da conservação – *aufheben* –, quer a afirmação de que pensar o real particular é, à uma, idealizá-lo como realidade total) – a analogia se centra no particular... "que é imediatamente e em si mesmo uma totalidade".

3. Olhámos, até agora e muito esquematicamente, a lição do passado. O "método jurídico" em que, sabemo-lo, veio a culminar toda essa memória, foi veemente- e logradamente criticado por orientações que tivemos oportunidade de analisar em outros ensaios. Pressupondo os esclarecimentos então adquiridos, supomos dever acentuar, nesta ocasião *(scilicet:* atenta a temática de que agora nos ocupamos), que o pensamento jurídico contemporâneo (o discurso reflexivo da posição instituinte, da fundamentação axiológica e da realização judicativa de um universo problemático – o direito – inucleado na pessoa) propugna (1) uma outra com-

---

[16] Assim, *expressis verbis,* em *Teoria do céu. História natural e teórica do céu ou ensaio sobre a constituição e a origem mecânica do universo segundo as leis de Newton,* trad. de G. Barroso, Lisboa, 2004, 115.

preensão do sistema jurídico, (2) um diferente sentido da metodonomologia, e (3) uma mais afinada concepção e um significativamente revisto entendimento do papel da analogia.

Em primeiro lugar, o pensamento moderno formalizou (fechou) e a sua ulterior reconstrução positivista politicizou (legalizou) o sistema jurídico. Com efeito, por um lado, a mundividência iluminista privilegiou uma axiologia formal (como não vislumbrar aqui a grande sombra de KANT?...) e cedeu à tentação de vazar em normas a juridicidade; e, por outro, o subsequente normativismo legalista não hesitou em abrir mão da filosofia prática e em pôr no Estado "toda a sua complacência" (sinal inequívoco da presença de HEGEL?...), num fideísmo laico que se encarregaria de confiar ao poder a pré-scrição das historicisticamente ditadas validades comunitárias e, consonantemente, de substituir o direito pela legalidade. Ora, o actual estádio do pensamento jurídico foi emergindo no horizonte de um bem diverso tipo de Estado (o Estado de Direito, ou de Justiça, que reconhece a – e, verdadeiramente, se fundamenta na – eminente dignidade do homem-pessoa e na autonomia tanto do direito como da específica reflexão tendente à respectiva realização jurisprudencial) e implica uma substancialmente distinta intelecção do *corpus iuris* (aberto, material, pluri-estratificado e "de histórica re-constituição regressiva *a posteriori*").

Acresce, em segundo lugar, que a racionalidade lógico-apofântica, de matriz cartesiana, instauradora do cientismo e adoptada (sem surpresa – em vista da atitude epistemológica inspiradora – e nomeadamente – pois que também o jusracionalismo a fizera, e até mais amplamente, sua) pelo positivismo legalista, haveria de ser ou refutada sem alternativa *(v. gr.,* pelo Movimento do direito livre), ou substituída por um modelo outro (assim, com a Jurisprudência dos interesses, com as orientações tópico--retórico-argumentativas, com as correntes hermenêuticas, com o teleonomológico jurisprudencialismo problemático-sistemático...), acabando por emergir uma metodologia de cariz bem diferente (em consonância com a nova racionalidade proposta), problemático-normativamente inucleada – *i. e.*, instituída, em dialéctica complementaridade, pelo mérito autónomo do caso-problema concretamente decidindo e pela específica relevância problemático-normativa do sector do *corpus iuris* circunstancialmente pertinente.

Por fim, em terceiro lugar, a própria analogia viu-se, entretanto, profundamente recompreendida. Se na última fase da época moderna (logo após um longo período dominado pela tópica, que preferiu o "argumento por semelhança" à "relação analógica"...) e nos anos de ouro do positivismo legalista (tendencialmente coincidentes com o século XIX) ela se reduziu a mero operador lógico, constituído por uma indução preliminar e por uma dedução ulterior[17] (ou por uma "indução incompleta" seguida de um "silogismo"[18]), e foi basicamente utilizada no (precipitadamente recortado...) "jogo"[19] da "integração de lacunas", nestes nossos dias sabemo-la uma inferência prática de carácter argumentativo, que tem como pólos dois problemas, prudencialmente articulados atento um justificadamente interveniente *comparationis tertium*, e que perpassa toda a racionalizada realização judicativo-decisória da deveniente juridicidade vigente.

E é precisamente aquela intelecção do sistema jurídico, e a sua natural projecção no prático-problematicamente radicado e normativo-juridicamente intencionado exercício metodonomológico, que nos desvela este último entretecido por ponderações analógicas (sublinhámo-lo já em múltiplas ocasiões: pela permanente preocupação de "trazer-à-correspondência", com base em ineliminárias mediações judicativas, concretos casos-problemas juridicamente relevantes e problematicamente relevantes sentidos-critérios jurídicos) e que – antecipemo-lo – implica o carácter afinal *iuris (hoc sensu:* não meramente *legis,* porque o pano de fundo a ter em conta é, na sua totalidade, a constituenda normatividade jurídica e não um simples critério pontualizadamente considerado) do mencionado tipo de raciocínio intercedente – e por isso articulámos reflexivamente (porque se articulam fenomenologicamente!...) os três referidos níveis discursivos.

---

[17] O que, aliás, traduz o retomar da lição aristotélica – ponto este acentuado, *v. gr.,* por Arthur KAUFMANN, na sua fundamentalíssima *Analogie und "Natur der Sache". Zugleich ein Beitrag zur Lehre vom Typus,* 2.ª ed., Heidelberg, 1982, 34 s.

[18] Cf. a nossa dissertação *A metodonomologia entre a semelhança e a diferença (Reflexão problematizante dos pólos da radical matriz analógica do discurso jurídico),* Coimbra, 1994, 442, n. 1068. E ainda A. SANTOS JUSTO, *A " fictio iuris" no direito romano ("actio ficticia"),* cit., 264, n. 25.

[19] A palavra é de Orlando de CARVALHO, que no-lo diz polarizado na (falaciosamente concebida) "elasticidade do sistema" – mero "resíduo da ideia de 'plenitude lógica do ordenamento jurídico'": cf. "A Teoria Geral da Relação Jurídica. Seu sentido e limites", in *Revista de Direito e de Estudos Sociais,* XVI, 1969, n.os 1-2, 88 s., n. 50; *v.* também *ibidem,* n.os 3-4, 262.

4. A tudo o que pretendemos ainda acrescentar (explorando imbricações oportunamente insinuadas...) uma breve nota, tendente à explicitação do modo como se co-envolvem os pólos decisivos (porque irredutíveis) das observações expendidas no número anterior: a pessoa, o direito e a analogia.

A pessoa, na contingência da sua exposição histórica e na deveniência da sua condição existencial, vai-se realizando ao assumir a dialéctica que enreda as experiências concretas que a interpelam e as exigências de sentido que para elas excogita. Di-la-emos um sujeito complexo, de um tríplice ponto de vista – prático-problemático, prático-axiológico e prático-analógico. De uma perspectiva prático-problemática, porque o mundo da sua vida é materialmente densificado por um nunca acabar de situações que a provocam e lhe permitem ir afinando a "capacidade de julgar" que a predica. De uma outra prático-axiológica, porque o universo dos referentes intersubjectivamente objectivantes da auto-transcendência que a dignifica é radicalmente constitutiva de si mesma. E ainda de uma terceira prático-analógica, porque a racionalidade implicada pelas situações emergentes e pelos referentes convocados – pelos problemas que as primeiras imediatamente traduzem e pelos... problemas que os segundos permitem solucionar – visa "trazer-à-correspondência" os pólos discursivos em que convergem as apontadas dimensões irredutíveis, através da ponderação prudencial das semelhanças que os aproximam e das diferenças que os separam.

Por outro lado, sendo o direito uma criação da pessoa, em que ela se re-cria com o objectivo de se cumprir *qua tale,* basta que a juridicidade se manifeste pertinentemente, tanto em relação aos problemas emergentes, como aos referentes intencionados, como à racionalidade articuladora de uns e outros, para podermos concluir estar-se nessa específica quadrícula da *praxis*. E compreende-se igualmente, sem dificuldade, que a pessoa e o direito se comprometam reciprocamente e *ab origine:* aquela encontra na normatividade jurídica um seu emblemático horizonte de realização; este só vem à epifania pela demiúrgica intervenção da pessoa.

Finalmente, existindo a pessoa e o direito para se realizarem, importa esclarecer que a primeira o faz ousando o caminho que mimético-poieticamente lhe vai demarcando o sentido[20], e o segundo dando os passos que

---

[20] Cf. Miguel BAPTISTA PEREIRA, "Experiência e sentido", in *Biblos – Miscelânea em Honra de Sílvio Lima*, vol. LV, Coimbra, 1979, 294 e 384.

crítico-reflexivamente lhe vai propondo a metodonomologia. Tudo o que autoriza a conclusão de que o círculo acabado de fechar, inucleado na pessoa e no direito, e dinamizado pela analogia, nada tem de vicioso: os vectores que o vão desenhando não se anulam numa contraditoriedade de mútua exclusão, antes se refazem numa complementaridade de recíproca adequação – a concretamente viabilizada pela efectiva co-respondência dos *relata*.

III

5. Suficientemente esclarecidos os mais relevantes pressupostos de inteligibilidade – e problematização, é tempo de arriscar algumas propostas de reconstrução – e conclusivas.

5.1. O pensamento jurídico de matriz positivista habituou-se a distinguir tranquilamente as analogias *legis* e *iuris*. A primeira – também designada "analogia particular" – manifesta-se quando se utiliza uma norma legal, incontroversamente reguladora de um certo problema, como critério da resolução de um outro problema, semelhante àquele, mas não directamente incluído na previsão do texto de qualquer norma específica, ou, na formulação de Karl LARENZ, quando "[se aplica] 'analogicamente' uma norma legal particular a uma situação de facto não regulada por ela"[21]. A segunda – igualmente denominada "analogia geral" – ocorre quando o critério mobilizado para solucionar o problema omisso é um princípio geral de direito inferido de um conjunto de normas legais inequivocamente adequadas para resolver problemas semelhantes, ou, nas palavras do mesmo Professor, quando "de várias disposições legais que ligam idêntica consequência jurídica a hipóteses legais diferentes [se infere] um 'princípio jurídico geral' que se ajusta tanto à hipótese não regulada na lei como às hipóteses reguladas"[22].

Deixando de lado as reservas a opor quer a uma postulada redução dos critérios juridicamente atendíveis aos legislativamente prescritos (com inteiro menoscabo dos devidos, nomeadamente, às jurisprudências judicial e dogmática), quer a uma indisfarçavelmente normativística categoria

---

[21] Cf. *Metodologia da ciência do direito*, 3.ª ed., trad. de José Lamego, Lisboa, 1997, 544.

[22] Cf. *ibidem*.

como a dos "princípios jurídicos gerais", ou "princípios gerais de direito" (bem distintos dos "princípios normativo-jurídicos", *proprio sensu*[23]), e a circunstância de mal se divisar a linha de fronteira separadora de normas legais discretamente não assimiladoras de problemas concretos..., todavia já assimiláveis por princípios gerais delas *logicamente* inferidos, diremos afigurar-se-nos dificilmente compreensível a distinção analogia *legis*/analogia *iuris*. Não tanto porque a modalidade mencionada em segundo lugar, quando tradicionalmente entendida, se mostra em oposição ao infrangível carácter uninivelado da conclusão analógica[24], mas sobretudo porque toda a judicativo-decisória realização do direito implica, no fundo, uma... adequadamente compreendida analogia *iuris*[25].

Com efeito – e a propósito daquela comparativamente desvalorizada (mas pertinente!) observação inicial –, cremos não haver qualquer diferença significativa entre as *(classicamente perspectivadas)* analogias *legis* e *iuris*. Se pusermos a ênfase no aludido carácter uninivelado da reflexão analógica, revela-se-nos tão censurável uma como outra: a analogia *legis* porque articula o decidendo problema concreto, desvelador da lacuna, com uma legislativamente ditada... norma jurídica[26]; a analogia *iuris* porque relaciona aquele mesmo problema com um dogmaticamente constituído... princípio geral de direito. Ou, agora positivamente: as específicas ponderações que entretecem a adequadamente visualizada realização judicativo--decisória do direito têm sempre, como *relata,* dois problemas – o constitutivo do caso judicando e o intencionado pelo mais ou menos amplamente constituído e/ou constituendo fundamento/critério circunstancialmente relevante, um e outro *ab origine* marcados pela deveniente normatividade jurídica vigente[27].

---

[23] Cf. as nossas *Lições de Introdução ao Direito,* Coimbra, 2002, 573.

[24] Cf. A. CASTANHEIRA NEVES, *Metodologia Jurídica. Problemas fundamentais,* Coimbra, 1993, 263, e, igualmente na linha de BOBBIO, J. M. AROSO LINHARES, *Teoria do Direito. Sumários desenvolvidos (C). Capítulo III – O jurisprudencialismo. Sumários das aulas,* polic., s./l. e s./d., mas Coimbra, 2002, 11. Na esfera da jurisprudência judicial, também o Ac. n.º 5/2004, Processo n.º 4208/2003, de 2 de Junho de 2004, do STJ, caracteriza a inferência analógica como um *"same level reasoning":* cf. *DR,* I Série -A, de 21 de Junho de 2004, 3792 s., sob 11 e 12. V. ainda o nosso livro *A metodonomologia...,* cit., 441, de novo n. 1068.

[25] Cf. as nossas *Lições...,* cit., 876 s.

[26] Não deixe de ver-se CASTANHEIRA NEVES, *Metodologia Jurídica...,* cit., 245.

[27] Se no caso decidendo "[...] convergem [...] articuladas [...] a [...] normatividade [...] jurídica e a situação-acontecimento [...]" (cf. A. CASTANHEIRA NEVES, *O actual pro-*

Assim se nos manifesta a radical analogicidade da reflexão interveniente, e – pelo que respeita ao segundo e mais importante aspecto precedentemente sublinhado – a sua amplitude genuinamente... *iuris* e não meramente...*legis,* pois o referente pressuposto pelo exercício é sempre globalmente o direito e não estritamente a lei. Ao invés, e como acentuámos, a impostação que se revê no credo positivista nunca supera o seu redutivismo lógico-apofântico, e por isso entende aquela normatividade (não ampla- e rigorosamente traduzida pelo pluri-estratificado e aberto *corpus iuris,* mas) imediatamente sintetizada numa... mediatamente ajustada norma legal pré-objectivada, nas hipóteses em que fala de analogia *legis,* e indutivamente vazada num... dedutivamente utilizado princípio geral de direito, naquelas outras em que sustenta tratar-se de analogia *iuris.* Devendo ainda acrescentar-se expressamente que se nos afigura de todo inadmissível – por introduzir no circuito discursivo uma cisão sem fundamento suficiente, em resultado do olhar duplo (no ângulo de leitura – mais agudo para a analogia *iuris,* mais obtuso para a analogia *legis* – e no grau de exigência – inflexivelmente estrito para a primeira, manifestamente lato para a segunda; e, em nenhuma das quatro hipóteses precedentemente distinguidas, os ângulos ou os graus sucessivamente identificados podem dizer-se unidades paramétricas normativo-juridicamente consonantes...) dirigido à problemática que lhe subjaz – recusar a analogicidade à tradicional analogia *iuris,* por não respeitar o postulado carácter univelado da inferência (os pólos seriam o princípio *geral* de direito e a *particular* "questão de facto" controvertida), e, ao contrário, predicá-la à também tradicional analogia *legis,* por se harmonizar com a mencionada exigência (o que pressuporia a consideração, como *relata,* da norma-*problema* – quando é sabido que a norma jurídica não era desse modo compreendida pelo pensamento que estamos a abordar criticamente, que antes a ... in-compreendia como norma-texto... – e do *problema* decidendo).

5.2. Antes de terminar, umas quantas, poucas mas relevantes, notas mais – sem, todavia, perder de vista o *acquis* propugnado.

Claro que reconhecer a analogia como o operador metodonomológico decisivo não tira a que se deva discernir/excogitar "um critério que

---

blema metodológico da interpretação jurídica – I, Coimbra, 2003, 266) do "mundo da vida", no fundamento e/ou critério que há-de permitir assimilar a respectiva relevância combinam-se dialecticamente a polarizadora intencionalidade normativo-jurídica e a densificadora intencionalidade problemático-prática.

metodicamente a justifique"[28]. E este último, em explicitação/densificação do fundamento subjacente àquela inferência (o princípio da igualdade)[29], deixa sintetizar-se na (cumulativa) co-respondência "problemática" e "judicativa" *(scilicet,* na co-respondência problemática judicativamente confirmada)[30] dos *relata* circunstancialmente em causa.

Todavia, e se bem vemos, o que acabámos de sublinhar é o *definiens* de qualquer operador metodonomológico – e traduz a ideia, em que nos não temos cansado de insistir, de que todos eles se re(con)duzem, irredutivelmente, à...analogia, porquanto todos eles (seja um princípio normativo-jurídico, uma norma legal...) postulam a determinação da respectiva intencionalidade jurídico-problemática, que deverá comparar-se com o mérito jurídico-problemático do caso decidendo, em ordem ao judicativo--decisório apuramento de uma semelhança viabilizadora ou de uma diferença impeditiva da (mais ou menos imediata) assimilação do problema judicando pelo operador interveniente[31].

Adiantará, então, alguma coisa dizer que a analogia se nos apresenta como... analogia? Decerto que, por vezes, é importante acentuar o... óbvio. Mas essa eventual importância nunca deverá apagar a avisada preocupação de fugir ao vicioso *idem per idem* – e, neste âmbito, em vista da insanável oposição daqueles dois (concretamente inconciliáveis) propósitos e da manifesta superfluidade do primeiro termo da alternativa, cremos impor-se-nos privilegiar o segundo. E porquê assim, perguntar-se-á? Em definitivo, porque aquilo que se recomenda para o comum dos operadores metodonomológicos – a acentuação da respectiva matriz analógica – torna-se, evidentemente, dispensável para a própria... analogia – como

---

[28] Cf. ID., *Metodologia Jurídica...,* cit., 245.
[29] Cf. ainda ID., *ibidem,* 256.
[30] Cf., de novo, ID., *ibidem,* 261 s.
[31] Apresentando o caso-problema, obviamente, a forma de uma "fechadura" de ... geometria variável, "[s]eria um acaso demasiado portentoso que" um critério/fundamento (muito redutivamente) concebido como chave "preparada de antemão" e de geometria fixa "coincidisse" exactamente com a mencionada "fechadura" e permitisse abri-la sem qualquer esforço (re-ajustamento) adicional... (trata-se de uma paráfrase a Ernesto SABATO, *O túnel,* trad. de I. Delgado, Porto, 2003, 23). A desmistificação da radical inconcludência desta (ironicamente) referida impostação das coisas, ver-se-á em CASTANHEIRA NEVES, *Metodologia Jurídica...,* cit., 109 ss., e *O actual problema metodológico da interpretação jurídica – I,* cit., 184 ss.; por seu turno, a detida consideração das delicadas operações metodonomológicas indispensáveis para se vencer a (maior ou menor) distância que separa o critério/fundamento do caso-problema, oferece-no-la também o nosso eminente Professor, em *Metodologia Jurídica...,* cit., 176 ss.

se sabe, o tipo de raciocínio que discorre de particular a particular, atento (em relação aos pólos particulares que se procura "trazer-à-correspondência") o *comparationis tertium* em que (um e outro) convergem *(in casu,* as constituendas exigências... constitutivas da juridicidade, que co-instituem e conferem relevância jurídica aos problemas judicandos, e predicam intencionalmente os, dando carácter de direito aos, operadores metodonomológicos), e que, portanto, mais não é do que o irredutível do pensamento jurídico judicativo-decisoriamente comprometido e dos *instrumenta* em que ele operatoriamente se projecta.

E são ainda, esclareça-se, as considerações precedentes que nos ajudam a compreender a justeza da ideia, por nós esquemática- e oportunamente avançada[32], de que, implicando a judicativo-decisória realização do direito um raciocínio analógico, toda a analogia metodonomologicamente relevante é, por direitas contas, analogia *iuris*. Na verdade, a norma (-critério) por mediação da qual (na hipótese mais comum, no horizonte de um sistema de legislação como o nosso, que entendemos dever privilegiar, para testar, no limite – *scilicet,* quando, por inércia... mas já com alguma ousadia à mistura, se tenderia antes a falar em analogia *legis* –, a pertinência da mencionada ideia) se realiza o exercício metodonomológico, não pode, hoje, deixar de ser uma norma(-critério)-problema. E esta só vem, como tal, à epifania em referência ao *telos* que a densifica e à *arché* que a fundamenta – *rectius,* atentos, em dialéctica complementaridade, o caso concreto que a solicita e a singular validade que lhe confere carácter normativo-jurídico.

Ora, a problematicamente orientada e especificamente intencionada axiologia acabada de mencionar – pois dela se trata – identifica, rigorosamente, a pluralidade de estratos do *corpus iuris* vigente, e a global juridicidade que assim se convoca é, afinal, o *comparationis tertium* viabilizador de qualquer inferência analógica, e do mesmo passo (em virtude da extensão que apresenta – como vimos, coincidente com a totalidade do sistema jurídico – e do objectivo que assume – como sabemos, centrado na tarefa judicativo--decisória) desvelador do genuíno modo de ser *iuris* da analogia interveniente.

Pelo que a nossa conclusão é, insistimos, a seguinte: a comummente respeitada distinção analogia *legis*/analogia *iuris* perdeu, entretanto, sentido, não porque "a chamada *analogia iuris* não [seja] verdadeiramente analogia"[33], mas porque, de certa maneira ao invés, toda a analogia é, bem vistas as coisas, autêntica... analogia *iuris*.

---

[32] Recordámo-lo já: cf. *supra,* 159 e n. 25.
[33] Cf. CASTANHEIRA NEVES, *Metodologia Jurídica...,* cit., 245 e 263 s.

SUBSÍDIOS PARA O ESTUDO DO DIREITO PROCESSUAL RECURSÓRIO NA ÁREA JUDICIAL COM ESPECIAL ÊNFASE NO PROCESSO CIVIL

J.O. Cardona Ferreira[1]

SUMÁRIO: *I. Introdução. II. Porquê uma reforma do Direito Recursório. III. As diversidades recursórias judiciais. IV. O dualismo e o monismo recursório. V. Recorribilidade. VI. Interposição e alegações. VII. Uniformização de jurisprudência. VIII. Concluindo.*

I. Introdução

I.1. No momento em que este texto é escrito, está em marcha um debate público, acerca da reforma do sistema de recursos judiciais, algo redutoramente centrado nas áreas cível e penal, decorrente até ao fim de 2005, com sessões de trabalho em várias Universidades, algumas já ocorridas e que, tanto quanto sabemos, tiveram a seguinte programação inicial, todas em 2005:

– 17 de Maio: Universidade Nova de Lisboa;
– 07 de Julho: Universidade do Minho;
– 22 de Setembro: Universidade do Porto;
– 21 de Outubro[2]: Universidade de Coimbra;
– 15 de Dezembro: Universidade de Lisboa.

A estas Universidades, juntou-se, em boa hora, a *Universidade Lusíada de Lisboa*, com um colóquio marcado para 22 de Novembro.

---

[1] Juiz Conselheiro Ex-Presidente do Supremo Tribunal de Justiça, Presidente do Conselho de Acompanhamento dos Julgados de Paz, Professor Convidado da Universidade Lusíada de Lisboa.

[2] Esta data acabou por ser alterada para outra posterior.

Com estes apontamentos, pretendo dar o contributo que me é possível para a ponderação da referida temática. Consequentemente, este texto servir-ma-á de guião nas intervenções que puder ter em algumas das referidas sessões de debate.

Mas será, também, o texto com que espero ter o gosto de colaborar nos Estudos em Homenagem e Memória do Professor Doutor José Dias Marques, para que, amavelmente, fui convidado.

Devo anotar, desde já que, tendo sido aluno do Professor Doutor J. Dias Marques é, obviamente, com respeito e saudade que colaboro em tais Estudos.

Mas, quer por formação, quer por *deformação* funcional, este meu texto não tem a dimensão científica que o Homenageado e os auditórios mereceriam. Com efeito, natural é que, dedicado à Judicatura durante dezenas de anos, *sendo* ainda, essencialmente, Juiz[3], me tenha habituado a sentir, a pensar, a decidir, os casos concretos, e a procurar uma linguagem *directa* que não só contivesse fundamentação mas, mais do que isso, a tornasse, tanto quanto possível, simples, clara, acessível a todos, sem grandes divagações.

E é assim que continuo a dedicar-me e a escrever sobre Justiça e Direito, mesmo quando abordo questões mais difíceis ou menos claras.

Vem de caminho acrescentar que, ainda recentemente, a propósito dos Julgados de Paz, estudei algumas obras sobre esta temática à luz da historicidade, e um dos estudos que tive o gosto de reler foi a síntese, muito clara, da História do Direito Português, do Professor Doutor J. Dias Marques.

Curvo-me, pois, perante a sua Memória; e honra-me esta minha, ainda que modesta e, simplesmente simbólica, colaboração.

I.2. O que eu possa dizer, sobre Direito Recursório, será, na linha que referi, quase esquemático.

Na circunstância, mais ainda do que por força do modo habitual de escrever, acontece que, conforme já reflecti, estes apontamentos não são mais do que isso e, destinando-se, também, a intervenções em colóquios, têm de ser concretos, directos e de dimensão tão reduzida quanto baste, face aos limites temporais de que é usual dispor-se.

Como assim, de entre a multiplicidade de questões que poderia referenciar, focarei, apenas seis[4], quatro de carácter geral, duas específicas,

---

[3] Embora já não *esteja* Juiz.

[4] Aliás e pelas razões referidas, esquematicamente, mais como alertas do que outra coisa.

naturalmente a partir de linhas orientadoras do livro sobre a matéria que elaborei para efeitos académicos[5]:

1. Porquê uma reforma do Direito recursório;
2. As diversidades recursórias judiciais;
3. O dualismo ou o monismo recursório;
4. A recorribilidade;
5. A interposição de recurso e as alegações;
6. A chamada uniformização de Jurisprudência.

Antes de abordar estas questões, devo frisar que, tendo feito parte de uma Comissão de Reforma do Processo Civil, sei que, *basicamente, qualquer reforma depende dos princípios que sejam assumidos*. Se os princípios forem claros, as soluções casuísticas acabarão por aparecer com princípio, meio e fim. Daí a grande importância que dou ao que chamo questões de carácter geral, mais rigorosamente princípios. Mesmo as questões que rotulei sob n.os 5 e 6 e que coloco em grupo de questões específicas, acabam por ter muito a ver com princípios.

E, antes de concretizar, ainda um esclarecimento. Sei, antecipadamente, que aquilo que defendo não é tudo, igualmente, susceptível de motivar decisão favorável. Mas o que procuro parece-me possível e desejável.

Embora, como diria Pirandello, para cada um, sua verdade.

II. Porquê uma reforma do Direito Recursório

II.1. Vale a pena?

É certo que quem anda, realmente, pelos Tribunais Judiciais, sabe que os problemas não começam, nem se situam, principalmente, nas fases recursórias.

Os maiores problemas – todos as práticos forenses o sabem – estão na 1.ª instância, em termos processuais, com regulamentarismo e burocracismo exagerados, principalmente na área civilística, com leis organizativas a precisarem de reconsideração, com toda a estrutura a necessitar de *refundação*. É que isto do Direito *vivido* é algo que, por

---

[5] J.O. Cardona Ferreira, *Guia de Recursos em Processo Civil*, 3.ª edição, Coimbra Editora.

definição, só na *vida* se realiza verdadeiramente. E, em Portugal, reformas, mais ou menos parcelares, dispersas, minis e, até, contraditórias, têm havido muitas; mas, *verdadeira refundação, que abarque as várias vertentes estruturais* do foro judicial, em 9 séculos de História, só houve uma, no século XIX, após o triunfo do Liberalismo, graças a uns poucos homens de génio.

Mas, se é verdade que os maiores problemas estão na fase da primeira instância – *não obstante o muito que, ali, se trabalha* – a isso, acrescem as delongas, quantas vezes injustificadas, das fases recursórias, já de si complexas, e dos expedientes e abusos a que se prestam.

Logo, *as fases recursórias devem ser revistas e simplificadas, tanto quanto possível, mesmo que, simultaneamente, o não sejam as fases da 1.ª instância.*

Tudo releva – também, ou principalmente, aqui – dos princípios de que se parta, conforme aflorei.

E não podemos esquecer, para sermos realistas que, desde logo nestas matérias, há princípios que nascem contraditórios mas que, na vida real, têm de ser harmonizados. Refiro-me, basicamente, a duas ideias que, hoje, reluzem em todos os textos pertinentes tantas vezes apresentadas como modernas e que, em rigor, vêm de sempre, embora, na actualidade, tenham, efectivamente, um vigor incontornável:

– *o princípio do processo equitativo*;
– *o princípio do prazo razoável.*

Aliás, a meu ver, este é um corolário daquele. E, isto, significa que a harmonização é desejável, possível e lógica.

Embora por outras palavras, permita-se-me que recorde[6] que, já nos alvores do século XV, o Infante D. Pedro[7] escrevia, de Bruges, a seu irmão D. Duarte, que viria a ser Rei, e lhe dava conta dos males da Justiça centrados em dois pólos: o rigor e a oportunidade, ou, aliás, a falta de um e de outro, naquele tempo. Com efeito, do mesmo passo que frisava dúvidas sobre o rigor material, terminava essas observações com a impressiva expressão: "… aquelles que tarde vencem ficam vencidos"[8].

---

[6] Como tantas vezes tenho feito.
[7] O que a "vilanagem" viria a matar na batalha de Alfarrobeira.
[8] J.P. Oliveira Martins, *Os Filhos de D. João I*, 396.

Hoje, os *princípios do processo equitativo e do prazo razoável* são expressos por relevantes textos legislativos internacionais[9] e nacionais[10] e pela Doutrina[11], como pela Jurisprudência.

Que tem isto a ver com recursos?

Tem tudo porque, a meu ver, o *princípio da equidade* – ou seja, a atenção ao equilíbrio das posições das partes e à viabilização de correctas decisões dos casos concretos, quer em termos pessoais, quer em termos sociais – implica que as decisões, porque humanamente falíveis, sejam passíveis de recurso, isto é, de reconsideração; mas o *sentido do prazo razoável* motiva que as dúvidas se não eternizem, as reconsiderações sejam tão célebres quanto possível, e não mais que as indispensáveis. Caso contrário, em vez de um, porque não dois ou três, ou quatro, ou vinte recursos, etc., etc?

O *direito à segunda* opinião não deve confundir-se com a insegurança na definição de direitos e obrigações que, substancialmente, se traduziria, no fundo, por denegação de Justiça.

Sem necessidade de mais considerações, basta pensar que nada asseguraria que, ao 20.º recurso, a causa ficasse melhor decidida do que através da sentença inicial, mormente num sistema como o português, sabido que é, fundamentalmente, *nos factos que as causas se clarificam* e é bem mais seguro *ver falar* (como na 1.ª instância) do que ouvir o que se falou.

Conclusão: recursos, sim; demasiados, não.

Donde, *uma reforma que tenda a reformular os sistemas recursórios na base dos dois princípios que ficam aflorados terá, sempre, toda a justificação.*

III. As diversidades recursórias judiciais

Embora, desde pouco depois de 1974, os Tribunais Judiciais não incluam só os cíveis e os criminais mas, também, os laborais, transitados

---

[9] Designadamente, Declaração Universal dos Direitos do Homem, de 1948 (art. 10.º), Convenção Europeia dos Direitos do Homem, de 1950 (art. 6.º), Tratado Constitucional da União Europeia de 2004 que, ratificado ou não, não impede a subsistência da Carta dos Direitos Fundamentais, Parte II do referido Tratado, art. 107.º.

[10] Art. 20.º da Constituição da República Portuguesa.

[11] V.g. Lebre de Freitas, *Introdução ao Processo Civil*, 95.

que foram do ultrapassado mundo dito corporativo[12], hoje com competência especializada tripartida (cível, contravencional e contra-ordenacional) e claro reflexo nas três Sessões básicas dos Tribunais Superiores (Cíveis, Penais e Sociais), às vezes continua a expressar-se, redutoramente, o mundo judicial apenas bi-partido em cível e criminal.

Todavia, é seguro que o *luxo* normativo português vai ao ponto de haver códigos de Direito Processual diferentes para os sectores cíveis, criminais e laborais, com regras próprias e, quantas vezes, desnecessariamente divergentes.

A meu ver, ressalvando a ponderação do que, *inevitavelmente*, provoque *nuances* normativas, posto que o Direito processual é instrumental do substantivo, penso que *uma das apostas convenientes deve ser no sentido de, tanto quanto possível, ainda que nem sempre seja fácil, se deve caminhar para a identificação dos três Direitos Judiciais Recursórios, como embrião de um futuro Código de Direito Processual Judicial*. Algo como a extrapolação daquilo a que o C.P.T. já vai chamando "Direito Processual Comum"[13].

Estou a pensar, *brevitatis causa*, por exemplo, no regime monista existente no Direito Processual Penal, e na simultaneidade da interposição de recurso e apresentação de alegações (ou motivação) já existente no Direito Processual Penal[14] e no Direito Processual Laboral[15].

Mas, no Direito Processual Civil que tem teimado em ser, dos três, o mais conservador e avesso a evoluir realmente, continua a vigorar o regime dualista e ainda existem momentos diferenciados para interpor recurso e para alegar[16]. Adiante voltarei a estas questões.

E o que é mais curioso – negativamente! – é que o Direito Processual Civil, sendo o mais formalizado e *passadista*, é o paradigma, aquele que continua a assumir-se como o subsidiário dos outros[17]!

Ora a meu ver, desejável e possível – aproximação dos três Direitos Processuais Judiciais deve ser feita com objectivo *simplificador*. O que vale por dizer que as linhas de rumo poderão (deverão) advir, em grande parte, do Direito Processual Penal e do Direito Processual Laboral.

---

[12] Veja-se, v.g. a Lei n.º 82/77, de 06.12 (arts. 56.º, 65.º e segs.) e, dando um salto no tempo, a Lei n.º 3/99 (arts. 78.º e 85.º e segs.).
[13] Art. 1.º, n.º 2, e) do C.P.T.
[14] Art. 411.º, n.º 3 do C.P.P.
[15] Art. 81.º, n.º 1 do C.P.T.
[16] Por exemplo, arts. 676.º, n.º 2 e 698.º, n.º 2 do C.P.C.
[17] Art. 4.º do C.P.P., art. 1.º, n.º 2, a) do C.P.T.

O que não é mais possível é pensar-se que é possível modificar o Direito Processual Civil e o Direito Processual Penal sem se considerarem as implicações que isso terá no Direito Processual Laboral; e, mais, sem se ponderar o que já acontece no Direito Processual Laboral, melhor do que no Direito Processual Civil. Dou, ainda, dois tipos de exemplos, para além do que referi quanto á simultaneidade de interposição de recurso e de alegação, que já acontece no foro laboral, mas não no civil.

Por um lado, *o Laboral sofre o reflexo, a meu ver negativo, do regime dualista, vigente no Processual Civil*[18]. Por outro lado, o CPT resolve de uma forma muito mais simples e clara do que o CPC a questão do efeito de recursos ainda ditos de apelação ou agravo[19].

Outrossim, não pode esquecer-se a importância social do Direito Processual Laboral, na vida das pessoas singulares e das empresas, mormente em época de "vacas magras" como é a actual. Há que assumir, na vida real, que o Direito e, em especial, *o Direito do Trabalho, é fundamental para a Economia*[20]. O que também é verdade em sede recursória. Donde, como poder esquecer, para efeitos da reforma em estudo, o que respeite ao Direito Processual Laboral?

Obviamente, simplificações não são o mesmo que facilitismos.

Mas há que assumir que a simplificação, bebida ora num, ora noutro dos três campos judiciais, tem seguras causas-finais, mormente duas que considero incontroversas:

Por um lado, deve legislar-se, tanto quanto possível, *para os cidadãos comuns* compreenderem aquilo que podem e devem fazer, e não apenas os peritos da normatividade, não só para que os cidadãos comuns saibam como podem ou devem agir ou pode ou deve agir-se em seu nome, de forma a ter-se bem noção dos *limites* de uma velha máxima *do tempo em que as Leis eram muito menos e pouco abrangentes* – "a ignorância da Lei não aproveita a ninguém" – para cuja razoabilidade há que ter, quantas vezes, tanta actuação *cum grano salis*; e, outrossim, mais facilmente compreenderem o que decide quem tem de decidir casuisticamente.

E, por outro lado, quanto menos se formalizar a normatividade, mais se poderá deixar margem à Justiça do caso concreto, no fundo à criativi-

---

[18] V.g. art. 80.º do C.P.T.
[19] Art. 83.º do C.P.T. e, v.g., arts. 693.º e segs. do C.P.C.
[20] Ainda que tantas vezes se esqueça que o mundo da Economia também influencia o Judicial. Quanto pior aquela, mais dificuldades neste. É a interactividade social.

dade decisória, porque *são os casos concretos que mais falam às pessoas* em cujo nome os Juízes julgam[21], não o são tanto as abstracções normativas.

Sintetizando: deve aproximar-se, tanto quanto possível, a normatividade recursória em todos os campos judiciais, simplificando-a; sem esquecer que o campo laboral recebe influência do cível e do penal, principalmente daquele, mas que também pode e deve influenciar as opções, com a sua especial vertente de patente intervenção social, mormente quando *a interdisciplinaridade entre o Direito e o mundo social, quer humano, quer empresarial, é um dado incontroverso como acontece no nosso tempo e no nosso espaço.*

IV. O dualismo e o monismo recursório

Comecei por abordar algumas linhas de orientação, aliás sem deixar de referir, logo, algum apontamento sobre consequências concretas.

E, na questão que, agora, abordarei, mais se acentuará a concretização da básica orientação que sigo.

Reconheço que tenho, ainda mais nesta matéria, alguma formação e, porventura, o que poderá ser considerado uma deformação, como flui do que, inicialmente, referi.

É que, depois de primeiros trabalhos genéricos por meados dos anos 70 do século XX, aconteceu que, nos anos 80, tive o privilégio de muito aprender e, já agora, de muito trabalhar, durante alguns anos, como elemento de uma Comissão de Reforma do Processo Civil, de cujos trabalhos saíram a chamada Reforma Intercalar[22] – verdadeiramente essencial para se ajudar a impedir a ruptura do sistema judicial que, já então, estava iminente e – o que é, geralmente, ignorado – saiu um Projecto *completo* de novo Código de Processo Civil, entregue ao, então, Ministro da Justiça, em 1990 (depois de um Anteprojecto publicado em 1988), que o Ministério da Justiça veio a publicar, depois de muitas insistências, ainda sob o título Anteprojecto, em 1993[23]. Era um texto discutível, eu próprio o con-

---

[21] Os Juízes julgam em nome do Povo – art. 202.°, n.° 1 da CRP – logo, em nome dos Cidadãos.

[22] DL n.° 242/85, de 07.07.

[23] Decerto esse Projecto de novo C.P.C. de 1990 (1993) justificava reconsideração, mas tinha muito de útil. *Por exemplo*, assumia, claramente, uma ruptura a favor do *registo da prova* que veio a dar origem, aliás, *redutoramente*, ao DL n.° 39/95, de *15.02, anterior*

siderava, e considero, necessitado de reanálise, mas era lógico, completo e uma relevante base de trabalho.

Tudo isto vem ao caso, neste momento concreto destes apontamentos porque, então, tudo começava por se definirem princípios, sem os quais se correria o risco de acabar desordenado; e, no concreto que, aqui e agora, importa, *já nessa altura se propôs (embora sem êxito) o termo do ultrapassado, complicado e complicativo regime cível recursório dualista*, optando-se, abertamente, pelo regime monista de recursos no Direito Processual Cível, com reflexos, desde logo, no Direito Processual Laboral[24].

O que vem a ser isto?

Decerto, todos o sabem.

Para simplificar uma matéria desnecessariamente complexa, o regime dualista leva a que, nos recursos cíveis ordinários, passemos a vida a pensar se cabe apelação ou agravo de 1.ª instância[25], ou se cabe revista ou agravo de 2.ª instância[26]; e, o que é, normalmente, esquecido, *até nos recursos cíveis extraordinários*, há que saber se cabe revisão ou oposição de terceiro (ainda que o "terceiro" possa não ser terceiro, e apesar de a oposição de terceiro levar, também, a uma revisão)[27]. O *luxo* recursório cível é imenso!

Devo reconhecer que, no Projecto de 1990 (1993) assumia-se o monismo quanto aos recursos cíveis ordinários, mas mantinha-se o dualismo nos cíveis extraordinários[28], talvez porque a raridade destes lhes não dava grande relevância.

– o que, às vezes, parece esquecer-se – à chamada reforma de 1995/1996 (DL n.º 329--A/95, de 12.12, e DL n.º 180/96, de 25.09). Aquele grupo de trabalho era, todavia, uma Comissão porventura demasiado grande, o que dava origem a empenhadas e extensas discussões. Todas as 108 actas estão, transparentemente, publicadas nos Boletins do Ministério da Justiça e, apenas, as primeiras 26 mereceram as honras de uma publicação autónoma em 1996. Refiro isto porque são subsídios relevantes para os estudos das tentativas de reforma do Direito Processual Civil que, apesar de recentes, parecem esquecidos.

[24] Devido, em grande parte, à imaginação fulgurante do Conselheiro Campos Costa, com quem tive o gosto de trabalhar estreitamente, e a quem rendo a minha homenagem.

[25] Arts. 691.º e 733.º do CPC.

[26] Arts. 721.º e 754.º do CPC.

[27] Arts. 771.º e 778.º do CPC.

[28] Arts. 549.º, n.º 2 do Projecto de 1990 (1993): "Os recursos dizem-se ordinários ou extraordinários; são ordinários a apelação e a revista; são extraordinários a revisão e a oposição de terceiro".

Sintetizando ideias, continuo a penar que *o CPP está no caminho certo e o não estão o CPC e o CPT*.

Nem se diga que não é possível e desejável o regime monista. Se o é no campo penal, também o será nos outros campos judiciais.

Aliás, o Projecto de novo CPC – embora aperfeiçoável – apresentado em 1990, e publicado em 1993, demonstra, insofismavelmente, tal possibilidade.

Com o regime monista acabar-se-ia toda a controvérsia sobre objecto de recursos de apelação, ou de revista, ou de agravo, que pode ser muito querida ao labor mental, mas é francamente má em termos de vida real e de acesso cívico ao Direito.

De resto, deixem-me acrescentar algo que gostaria de não empolar, mas que é patente. Se procurarmos, no extensíssimo relatório do DL n.º 329-A/95, de 12 de Dezembro, qualquer justificação para não se ter seguido o regime monista gizado em 1990, o que, verdadeiramente, se encontra é a assunção de que isso, sim, seria uma *reformulação* e não um simples acerto de pormenores e seria *difícil*. Difícil ou não, sendo útil, creio que o caminho é por aí. Não releva acerto de pormenores mas, sim, refundação, que seja ruptura se conveniente à necessária simplificação processual.

Pois, neste campo[29], o Direito anterior às Ordenações que, nestas, se reflectiu, não diferenciava, por exemplo, apelações e agravos; o que fazia era, em termos de linguagem corrente, expressar-se no sentido de *apelação do agravado*, isto é, não diferenciando tipos de recursos, considerava, ao invés, a situação do "agravado", ou seja, do prejudicado, para lhe viabilizar que "apelasse"[30]. Mas a distinção formal entre sentenças ditas "definitivas" e, por outro lado, "interlocutórias" veio a desembocar na complexidade de distinção entre "apelo" e "agravo" e em consequente expressão popular que fez o seu tempo, e continua a fazer.

É tempo, agora, mas de retornar a um regime simples mais eficaz, mais uniforme: o monista.

Ou por outras palavras e em conclusão deste ponto: há que reformular o Direito Recursório Judicial na base do regime monista, na linha do que se reflecte no CPP[31].

---

[29] Como, por exemplo, no do assunto dos sistemas hoje ditos alternativos ou extrajudiciais.

[30] V.g. Ordenações Afonsinas, Livro Primeiro, Títulos 38 e 108.

[31] V.g. arts. 399.º e segs. do CPP.

E isto é, igualmente, válido para os recursos extraordinários em que, a meu ver, se não justifica distinção entre revisão e oposição de terceiro porque uma coisa é a recorribilidade e, outra, a legitimidade recursória[32]. E, em termos de pormenor, não faz sentido o regime complicativo da autónoma acção de simulação (art. 779.°, n.° 1 do CPC) no recurso de oposição de terceiros, mais complexo do que na versão do CPC de 1939 (art. 780.°).

V. Recorribilidade

V.1. O que vou dizer a seguir é controverso e, tendo duas sub-questões, reconheço que podem parecer contraditórias.

Mas não são.

Como já reflecti, uma reforma deve decorrer de princípios claros.

Ora, neste plano essencial, a que chamo *recorribilidade*, estou a pensar num *princípio que tem duas faces*. Como digo num livro que escrevi sobre Recursos[33], o Direito Recursório tem de conjugar *exactidão* com *eficiência*, o que vale dizer que deve haver recorribilidade que viabilize uma *segunda opinião*, como na medicina, mas não demasiadas opiniões, que façam perder em eficiência o *eventual* ganho de exactidão.

Tudo isto sem esquecer que *exactidão* pode ganhar-se ou não. Mas, *eficiência*, perde-se, sempre, mais ou menos, com delonga.

Aqui, penso nos avanços do CPP e, de certo modo, do CPT, em contraponto com a redutora norma do n.° 1 do art. 678.° do CPC.

O que significa isto? Simplificando razões:

Aprendi, no primeiro julgamento cível a que procedi, que as questões forenses podem ser mais ou menos *juridicamente* difíceis ou fáceis. Mas, para quem as vive e sofre, cada causa, tenha o valor material que tiver, é a mais importante. E, outrossim, para tantos cidadãos, 100 euros podem ser mais importantes do que dez mil ou cem mil para outros.

Por outro lado, é exacto que a Constituição da República Portuguesa não impõe com segurança que haja recurso em todas as causas cíveis[34].

---

[32] Arts. 771.° e 778.° do CPC.
[33] *Guia de Recursos em Processo Civil*, 3.ª edição, página 26.
[34] O que tem permitido a consideração jurisdicional da não inconstitucionalidade do n.° 1 do art. 678.° do CPC, ou seja, por razão negativa: a da não imposição do contrário. V.g. Ac. do T.C. 360/2005, in D.R., 2.ª Série, de 03.11.2005.

Mas não é menos verdade que as razões constitucionais que apontam no sentido da recorribilidade[35] não têm excepções.

Se, a isto, juntarmos que o valor Justiça não é quantificável, e uma certa abrangência de fundo do princípio da igualdade (art. 13.° da CRP), facilmente concluímos que todas as causas judiciárias deveriam ser recorríveis – diria em um grau. Ainda que em termos genéricos mas acerca da relevância do princípio da igualdade, "carregado de sentido": Maria da Glória Garcia, *Estudos sobre o Princípio da Igualdade*.

Aliás, os CPP[36] e CPT[37] apontam neste sentido, *mais aquele do que este*, não totalmente autonomizado.

E, se virmos bem, o controverso art. 669.°, n.° 2 do CPC, a pretexto de pretensas nulidades, o que faz é, na *essência*, viabilizar impugnação de decisões, designadamente, em processos não passíveis de recursos ordinários, obrigando porém à invocação de graves erros do Juiz.

Vem ao caso referir que o Direito Processual Civil espanhol só prevê recurso de *apelação* da 1.ª para a 2.ª instância; mas também admite o chamado recurso de "reposición ante el mismo tribunal que dictó la resolución recurrida" "contra todas las providencias y autos no definitivos dictados por qualquer tribunal civil" (art 451.° da lei de Enjuicimento Civil).

Ou seja, a Lei espanhola é mais aberta, mais frontal e mais geral que a regra de pretensas nulidades do n.° 2 do art. 669.° do CPC, que vem a viabilizar recurso "de reposición" meio *envergonhado*.

Diria que, do mal, o menos: antes recurso, sempre, para o Juiz recorrido, por decisão interlocutória, do que o sistema português.

Mas penso que, *embora com o regime da reparabilidade a que se reporta o art. 744.° do CPC, as decisões jurisdicionais, por princípio, deveriam admitir, sempre, recurso para Tribunal de 2.ª instância, susceptíveis, necessariamente, de decisão singular do Relator, nos termos do art. 705.° do CPC, quando de valor inferior à alçada da 1.ª instância*. Mas *sem reclamação*, até porque, se a 1.ª instância decide singularmente, por maioria de razão o deve poder fazer, realmente a segunda[38].

---

[35] Mormente o direito a processo equitativo (art. 20.° n.° 4 da CRP) e a pirâmide jurisdicional [art. 209.°, n.° 1, a) e b) da CRP].

[36] V.g. art. 399.° do CPP.

[37] V.g. art. 79.° do CPT.

[38] Ideia que já ouvi defendida por ilustre Colega.

Enfim, o que proponho é que, por regra, *não haja decisões jurisdicionais irrecorríveis*[39]; interlocutórias ou, por maioria de razão, finais e que, para tanto, se aproximem todos os Direitos recursórios judiciais, alterando substancialmente e em especial o art. 678.º do CPC.

Tenha-se, porém, desejo, proponho, em muita *atenção*, o que refiro na nota final destes apontamentos porque, se apoio uma reforma efectiva do Direito Processual Recursório, tal será injustificado se não for acompanhado ou precedido de reforma orgânica e funcional que viabilize, efectivamente, *meios humanos e materiais para que os Tribunais Superiores, mormente os de 2.ª instância, realizem o seu trabalho.*

V.2. Disse que a problemática da recorribilidade tem duas vertentes.

Uma, já abordada, *a da recorrilidade em um grau que, a meu ver, deve ser geral. Outra, a da recorribilidade para o STJ, que, ao invés, deve ser restringida.*

O nosso Direito Processual, mormente o cível, enferma de dois extremos – ou quase extremos – creio que, ambos carentes de modificação: por um lado, imensas causas irrecorríveis, outras, em que se podem interpor recursos excessivos.

Vejamos esta última questão.

Quem esteve anos no STJ, como eu – e em funções especiais – sabe que o STJ está inundado de processos cuja subida ao Mais Alto Tribunal do País não tem justificação.

O problema, aliás, não se resolve com simples aumento da alçada da 2.ª instância, embora deva começar-se por aí.

Penso que já existe, no foro comum português, embora não judicial, o princípio que deve ser levado para o foro judicial, até porque, se é exacto que os Direitos Processuais Judiciais devem ser aproximados, não podemos esquecermo-nos de que o nosso *luxo* processual não se limita aos Judiciais, estende-se aos Comuns, como os Administrativos e Fiscais.

Ora, o art. 150.º do Código de Processo dos Tribunais Administrativos, designadamente, admite que haja "...*excepcionalmente*, revista para o S.T.A. quando esteja em causa a apreciação de uma questão que, pela sua *relevância jurídica ou social*, se revista de *importância fundamental* ou

---

[39] Salvo, naturalmente, despachos de mero expediente ou proferidos no uso legal de poder discricionário (art. 679.º do CPC).

quando a admissão do recurso seja *claramente* necessária para uma melhor aplicação do Direito".

A análise dos pressupostos do n.º 1 do art. 150.º do CPTA depende, em cada caso concreto, de uma apreciação preliminar sumária por 3 Juízes de entre os mais antigos da Secção do Contencioso Administrativo.

Penso que um sistema deste tipo deve ser transposto para o foro judicial, mormente cível, e para o S.T.J., *colocando a análise preliminar, que deve ser irrecorrível, a cargo de um colégio constituído pelos Presidentes das Secções Cíveis, Social e Penais do S.T.J.*[40], que já são os mais antigos de cada uma dessas Secções[41]. A propósito, há que acabar com a *errada* ideia que, estranhamente, ainda há quem defenda, segundo a qual as funções dos Presidentes de secção não passariam de formais ou burocráticas.

VI. Interposição e alegações

Na recta final destas notas, entro em dois aspectos particulares que continuam seguindo a linha de rumo que é a minha, designadamente, em matéria recursória: a *harmonização possível entre o valor que deve ser reconhecido aos recursos e outrossim, o pragmatismo de que deve revestir-se a tramitação*. Escolho as duas questões que vou abordar, aliás sinteticamente, como exemplares de outras sobre as quais poderíamos reflectir.

Desde já, a que considero, hoje menos justificável e, portanto, mais fácil de resolver, basicamente, à luz do princípio basilar sobre o qual já me pronunciei, isto é, a procura de um Direito Processual Judicial tão uniforme quanto possível.

Ora, acontece que, tanto no Direito Recursório Penal[42], como no Laboral[43], as alegações ou motivação, por princípio, devem acompanhar a interposição de recurso. Só no regulamentarismo do Direito Processual Civil assim não é.

---

[40] O que estará, perfeitamente, em harmonia com a Recomendação N.º-R (1995) 5, de 07.02.1995, do Comité de Ministros do Conselho da Europa.
[41] Art. 46.º, n.º 1 da L.O.F.J. (Lei n.º 3/99, de 13.01).
[42] Art. 411.º, n.º 3 do CPP.
[43] Art. 81.º, n.º 1 do CPT.

Não tem sentido. E isto é assim, principalmente, no sistema dualista[44], que ainda vigora entre nós, mas também o é no sistema monista que defendo e sem o qual não há, a meu ver, reforma significativa.

É que, ao recorrer-se, deve saber-se porquê e, isto, é uma forma de defender a *ética sem a qual não há Direito*. O recurso "cautelar" – recorre-se e, depois, logo se vê – é protelante, anti-ético, injustificado, rejeitável.

Ao recorrer, o recorrente deve dizer porquê e concluir.

Enfim, motivar a sua conduta.

Tenho este ponto por tão elementarmente insusceptível de dúvidas, que fico por aqui nesta questão, limitando-me a enfatizar a conveniente sintonia entre o CPC, o CPP e o CPT, tanto quanto possível.

A questão de prazos não vejo que seja susceptível de grandes dúvidas. Optaria por algo como 15 dias em qualquer dos recursos judiciais[45]. E vamos à última questão.

VII. Uniformização de jurisprudência

Já disse – ainda que agora o repita – que deve caminhar-se para a, tanto quanto possível, unidade de um sistema recursório judicial.

E isso deve fazer-se comparando os nossos divergentes Direitos recursórios judiciais e optando pelos melhores caminhos.

Salvo o devido respeito por qualquer outra opinião, não foi o que se fez quanto à problemática da chamada uniformização de Jurisprudência... que nada, juridicamente, uniformiza.

Não vou entrar na polémica sobre constitucionalidade ou inconstitucionalidade dos velhos Assentos.

Todavia, tenho para mim que exacta era a tese do Tribunal Constitucional que, algumas vezes, foi invocada, *distorcidamente*. O que o Tribunal Constitucional considerou inconstitucional foi, apenas, o segmento *geral* do, então, art. 2.º do Código Civil[46], o que vale por dizer que, assim sendo, os Assentos poderiam, sem obstáculo constitucional, ser vinculati-

---

[44] Lembremo-nos das chamadas "convolações" face ao confronto entre o que é alegado e concluído e o recurso interposto: v.g. art. 702.º do CPC.

[45] Hoje, vêm ao caso, v. g., art. 411.º do CPP e art. 80.º do CPT.

[46] Acórdão 743/96, de 28.05.1996 (D.R. 1.ª série, de 18.07.1996).

vos *na ordem judicial*, isto é, na linha hierárquica dos respectivos Tribunais[47], como conviria à luz da ideia de segurança que é uma das vertentes da Justiça, posto que se tratava de interpretar a ordem jurídica e não de a criar.

Os Assentos tinham, efectivamente, a grande vantagem de conferir segurança na interpretação jurídica.

O que era necessário era reduzir a sua divergência, simplificar processado e viabilizar alteração pelo próprio S.T.J.[48].

Toda a simplificação, inclusive a eliminação do recurso para o Pleno, foi objecto do Projecto de 1990. As próprias expressões "revista ampliada" e "uniformização de Jurisprudência" é daí que vêem. Só que, na reforma de 1995/6 acresceu-lhe a eliminação da vinculação *na ordem judicial, o que amputou o sistema de algo muito importante.*

Ou seja, juridicamente, temos hoje uma imensa tramitação, com grande ênfase verbal, e uma "uniformização"... Que nada uniformiza, salvo se os Juízes das instâncias tal quiserem assumir.

Por outro lado, é curioso o argumento (que já ouvi) segundo o qual a vinculação judicial coartaria a liberdade decisória. Se isto fosse para entender assim, então seria inconstitucional (!) a vinculação dos Juízes á própria lei[49], o que seria absurdo.

O que é mais estranhamente curioso é que, ao tempo da reforma processual civil de 1995/6, vigorava, no Direito Processual Penal, regra semelhante à propugnada no Projecto de CPC de 1990, de obrigatoriedade da uniformização na ordem judicial, como se disse, de acordo com a doutrina do Tribunal Constitucional[50].

Isso e a *não expressividade* da reforma processual civil de 1995/6, permitiu-me[51] defender, à luz de uma desejável unidade do Direito Recursório Judicial que, também no Direito Processual Civil, se deveria entender que a chamada uniformização de Jurisprudência, para sê-lo, vinculava na ordem judicial.

---

[47] Cfr. Acórdão 1197/96, do T.C., de 21.11.1996 – D.R., 2.ª série, de 24.02.1997.

[48] Como acontecia, aliás, no CPC, versão de 1939 (art. 769.º) e só deixou de ser assim em 1961, com a nova versão do CPC (DL n.º 44129, de 28.12.1961).

[49] Art. 203.º da CRP.

[50] Então art. 445.º do CPP. Há que reconhecer que a expressão "quaisquer Tribunais", constante do art.. 600.º do Projecto de CPC de 1990, deveria ser interpretada e clarificada com referência a Tribunais Judiciais.

[51] Num livro escrito em co-autoria com António Pais de Sousa, *Processo Civil*, 1997.

Perante estas dúvidas, a orientação legiferante foi no sentido da *uniformização negativa,* isto é, eliminando a obrigatoriedade judicial da chamada uniformização do próprio CPP[52]. É claro que, perante isto, passei a reconhecer que não há, hoje, qualquer dúvida de que, jure *constituto,* a "uniformização" da Jurisprudência não vincula quem quer que seja[53]. E não deixa de ser interessante constatar que a proclamada reforma processual civil de 1995/6 atribuiu a chamada "uniformização" a algo que já, anteriormente, existia e que a mesma reforma eliminou: o julgamento conjunto a que se reportava o n.º 3 do art. 728.º do CPC, que a dita reforma revogou.

Enfim, histórias da história judiciária.

Entretanto e tal como tudo se encontra, para além de uma "uniformização" que, juridicamente não uniformiza, alargaram-se de tal modo os recursos que, alguns, embora não tenham nascido ampliados, tendem a passar a ampliados no STJ, o que contribui para um excesso de tramitação.[54]

Em conclusão, o que proponho que se pondere é que, para haver efectiva segurança normativa[55] por parte dos Cidadãos, a uniformização... uniformize vinculadamente, mas apenas, relativamente aos pertinentes Tribunais, o que até será conforme à respectiva hierarquia[56] e constituirá uma abstracção sempre inconfundível com qualquer decisão sobre caso concreto que não seja, somente, aquele onde a uniformização tiver ocorrido.

Isto é, perfeitamente, *compaginável* com a possibilidade, que defendo, de o *STJ poder alterar a sua própria uniformização* e, ainda, de poder haver recurso ordinário, designadamente *per saltum,* mas directamente, para o STJ, quando um interessado pretenda fazer alterar a precedente uniformização.

Em síntese: ou se dá um sentido real à "uniformização"; ou mais vale acabar com ela, porque *simples* alcance aconselhador ou orientador *já o*

---

[52] Lei n.º 59/98, de 25.08.

[53] Salvo, naturalmente, na medida do julgamento do caso concreto em causa, o que *nada* tem a ver com uniformização de jurisprudência.

[54] Cfr. actuais arts. 678.º n.º 4 e 754.º n.º 2 do CPC.

[55] Quando se legisla tanto e cada vez mais, às vezes dissonantemente.

[56] Arts. 209.º, n.º 1, a) e 210.º, n.º 1 da CRP, art. 4.º, n.º 2 da Lei n.º 3/99, de 13.01 e art. 4.º, n.º 1 da Lei n.º 21/85, de 30.07. Note-se que, obviamente, hierarquia *de Tribunais* nada tem a ver com *inexistente* hierarquia entre Juízes.

devem ter os Acórdãos normais do S.T.J. O que existe é, injustificadamente, fruto de um desmesurado trabalho e de desnecessária perda de tempo.

VIII. Concluindo

É minha convicção que o Direito Processual, mormente o Civil, necessita de uma profunda reforma: uma verdadeira refundação.
Para isto, *têm de haver rupturas.*
Que se simplifique o Direito Recursório, muito bem.
Mas *que se simplifique e não apenas se aperfeiçoe,* tecnicamente, aqui ou ali.
A *simplificação longe de desrespeitar os direitos fundamentais, é uma forma de os garantir,* até porque não podemos esquecer o art. 20 da CRP e, designadamente, o direito a processo equitativo decidido em prazo razoável.
Porém, tenho de acrescentar uma nota que não é só fruto da minha experiência de dezenas de anos nos Tribunais Judiciais, inclusive de Presidente de Relação e do S.T.J. mas, também, do que vou sabendo como cidadão interessado.
O mundo da Justiça é uma unidade.
Reformular o Direito Processual é necessário. Mas *tal só terá eficácia, só passará, significativamente, do papel, se for acompanhado de reforma orgânica e funcional.*
Reformular o Direito Processual Recursório, mormente, o Cível, é necessário. *Mas tal só terá sentido se for acompanhado ou precedido de reforma orgânica e funcional que viabilize condições de trabalho aos Juízes* – e aos outros profissionais dos Tribunais Judiciais – que lhes permitam realizar o seu trabalho.
Se defendo a recorribilidade generalizada a bem dos Cidadãos, a quem o Estado deve Justiça, não posso deixar de alertar para a absoluta necessidade de se garantir a possibilidade de resposta. A *contingentação* processual, o *apoio de funcionários* aos Juízes, *os meios informáticos*, que devem ser proporcionados a cada Juiz, designadamente das Relações, constituem factores *sine qua non* de qualquer reforma digna desse nome.
Eu sei que sou idealista. Mas ser idealista é uma coisa. Ser irrealista seria outra.

Quando, ainda há poucos dias li, num jornal que, num dos Tribunais de 2.ª instância deste País – ainda por cima, do único Distrito Judicial em que está instalado um outro Tribunal também de 2.ª instância – há centenas de recursos parados, não porque se não trabalhe, mas por falta de Juízes, de Funcionários e de meios, especialmente, informáticos – dei comigo a pensar o que aconteceria se não se trabalhasse tanto como, em geral, se trabalha.

Quando se sabe que estamos no século XXI, e a realização efectiva de Justiça é factor s*ine qua non* da Democracia e da confiança, *inclusive do mundo económico,* não é pensável a falta de apoio humano e material – vale dizer, em especial, de Funcionários e de meios informáticos – como algo absolutamente natural ao exercício da função jurisdicional.

Faça-se uma reforma processual. Aceito que se comece pelas fases recursórias. *Mas que tal seja acompanhado ou, mesmo, precedido, de reconsideração orgânica e funcional,* até porque *a reformulação orgânica e funcional já é necessária no contexto vigente.* Penso, mesmo, que é mais necessária esta reformulação do que a processual.

E tudo isto – note-se! – a bem dos *Cidadãos carentes de Justiça.*

A razão de ser de qualquer reforma nunca pode estar no interesse dos Juízes ou dos Advogados ou de quaisquer outros intervenientes processuais. *O centro de interesse de qualquer reforma tem de ser, sempre e apenas, o cidadão comum.*

É em nome do Povo que os Tribunais decidem[57].

Lisboa, 09 de Novembro de 2005

---

[57] Art. 202.º, n.º 1 da CRP.

PORQUÊ A ARBITRAGEM?
– Idoneidade e eficácia –

João Álvaro Dias*

1. A pretensão de o Estado chamar a si todas as tarefas de administração da justiça tem-se revelado, progressivamente, não apenas insensata como inexequível.

Face a uma litigiosidade massificada, de crescimento exponencial, confrontados com as exigências dos cidadãos-eleitores, constrangidos pela inoperância organizativa e pela natural escassez de recursos, os Estados são incapazes de dar uma resposta satisfatória. A equação custo benefício também não favorece sobremaneira o sistema público de administração da justiça.

O velho dogma do monopólio da função jurisdicional do Estado tem hoje que ser entendido mais no sentido de que lhe compete criar as estruturas organizativas adequadas (v.g. centros de mediação e arbitragem, instituições de reclusão ou reinserção) – ou permitir que outros as criem (v.g. entidades cooperativas e organismos privados de cariz associativo ou fundacional) – do que no sentido de ser o prestador único do serviço de justiça. Contas feitas, o Estado tem-se revelado, historicamente, um mau prestador de serviços. Da saúde à educação, a qualidade dos serviços prestados pelo Estado é quase sempre sofrível, nalguns casos aceitável, e só em casos excepcionais de excelência. A prestação dos serviços de justiça não foge a esta regra. Não há futuro para o sistema de administração da justiça no estrito quadro de um sistema público burocratizado, moroso e ineficiente[1].

---

* Doutor em Ciências Jurídico-Civilísticas.
[1] Conforme escrevemos nas conclusões dos "Custos da Justiça", "... a justiça terá muito a ganhar, evitando erros já gastos, de tão velhos, se souber olhar com limpidez de

2. Por outro lado, a ideia de que o sistema judiciário é reformável "por dentro", em termos tais que tornem a administração da justiça um sistema fluído e funcionante, é uma ambição de legisladores e doutrinadores que está por demonstrar. A independência das magistraturas, a sua inamovibilidade e a tão difundida, mas sobremaneira questionável, ideia da irresponsabilidade tornam a pretensão de reformar o sistema público da administração de justiça um verdadeiro mito de Sísifo. Quando parece ter-se chegado ao cume da montanha, tudo desaba e tudo recomeça. Não é por aí o futuro da Administração da Justiça! Quaisquer reformas nesse âmbito nunca serão a solução; serão, quanto muito, um paliativo. A guerra surda entre corporações (v.g. advogados, juízes, funcionários judiciais, corpos de polícia) que não é de hoje nem de ontem – mas que não pára de se agravar – é por demais evidente para não ser vista. E está por demais enraizada e cristalizada para poder ser removida com discursos voluntariosos, de pendor ecuménico ou outros. De pouco vale pregar o saudável "princípio da cooperação"[2] se todos os dias advogados são desleais com os colegas, se a cada instante magistrados e mandatários das partes expressam, por palavras ou por actos, o seu desdém para com aqueles que estão do outro lado da barricada, se não raro as diferentes magistraturas se "guerreiam" entre si.

Mais grave que isso, sempre que o poder político-legislativo tenta introduzir modificações significativas na organização do poder judiciário – responsabilizando-o ou questionando a sua proclamada falta de legitimidade democrático-representativa – as reacções são brutais[3]. Em rigor, não

---

alma e grandeza de espírito para modelos organizativos outros, que demandam preocupações de racionalidade e eficácia e onde os bens essenciais em disputa (vida, saúde, integridade física) têm dignidade constitucional e humana, no mínimo, idênticas às que na justiça se discutem" (Os Custos da Justiça, Actas do Colóquio Internacional, Coimbra, 25-27 de Setembro de 2002, Almedina, 2003, p. 558).

[2] Sobre o tema cfr. João Álvaro Dias, Lições de Processo Civil – Um Novo Paradigma da Justiça, textos policopiados aos alunos da licenciatura em Direito (ano lectivo 2003-2004), p. 50 e ss.

[3] A título puramente exemplificativo, pouco depois de, em 1987, ter sido aprovada em Itália uma lei que responsabilizava civilmente os magistrados por decisões erróneas proferidas, a magistratura de Milão desencadeou a chamada "Operação Mãos Limpas" e prendeu ou perseguiu dezenas de políticos, empresários e figuras públicas relevantes. O grande protagonista – o magistrado António di Pietro – deixou mais tarde "seduzir-se" pela política e chegou a encabeçar, sem sucesso visível, um pequeno partido. Também em Espanha, o ícone dos magistrados – Baltazar Garzon – viu as suas gigantescas ambições políticas serem cerceadas pelo então primeiro-ministro Felipe Gonzalez. O resultado foi,

há País onde esta tensão latente – entre responsáveis e decisores políticos ou fautores de opinião, por um lado, e as magistraturas, por outro – não seja perceptível. Em muitos contextos sócio-políticos, podem mesmo observar-se "alianças" entre as magistraturas, ou alguns dos seus elementos mais destacados, e certas forças políticas ou alguns dos seus dirigentes. O mesmo se diga, aliás, de cumplicidades diversas entre os dirigentes de outras agremiações profissionais (v.g. advogados, solicitadores, funcionários judiciais) e os decisores públicos mais ou menos vulneráveis, em contínuo contorcionismo político na defesa de interesses alegadamente públicos. O objectivo claro é, no comum dos casos, a manutenção e defesa de privilégios ou prerrogativas de grupo (jurídico ou político) ou o reforço de benesses de diversa ordem (v.g. aumentos salariais, aumento do número de "operadores judiciários", alocação de meios adicionais para o sector), alterações legislativas, ditas essenciais, e assim por diante. Ditas as coisas de forma singela, a verdadeira "guerra civil" que diversos grupos ou facções travam muitas vezes entre si, por interposto "sistema de justiça", em ambientes sociais e políticos conturbados e perturbadores, não augura nada de bom para o sistema de justiça[4].

3. Sendo este, a traços largos e necessariamente redutores, o estado de coisas em matéria de administração da justiça cumpre aos cidadãos e às empresas não interessados em jogos socialmente estéreis de poder e influência – que assumida ou sub-repticiamente consomem o melhor das energias da generalidade dos decisores públicos e de um número de "operadores judiciários" superior ao desejável – cuidar do seu próprio destino, organizar o seu próprio "plano de justiça". Bem à semelhança, aliás, do

---

no plano interno, uma perseguição sem tréguas aos decisores políticos que culminou na prisão do antigo Ministro do Interior e do seu Secretário de Estado, acusados de terem organizado e financiado, com fundos públicos secretos, o chamado terrorismo de Estado. E a sua "obsessão" em defesa dos direitos humanos (v.g. dos chilenos) tem, seguramente, tanto de doce altruísmo (a defesa das vítimas da ditadura chilena) como de acre egoísmo, sendo a ditadura chilena um pretexto ideal para a afirmação de uma ambição sem limites.

[4] Conforme escrevemos nas Conclusões dos « Custos da Justiça » (ob. cit., loc. cit., p. 557), "Um povo, uma corporação, um conjunto de corporações em pânico são um mau ponto de partida para qualquer construção serena". Daí que, como também referimos, na contracapa da referida obra, "… só a assunção clara de uma irredutível "indigência da condição humana", impregnada de um "radical bom senso", poderá contribuir para restabelecer um estado de coisas profundamente perturbador".

que há muitos anos – com resultados auspiciosos – tiveram e continuam a ter que fazer com os designados "planos de saúde"[5].

Por muito dolorosa que seja tal percepção, os cidadãos têm que perceber e interiorizar que o Estado – isto é, o poder político organizado – não está em condições de lhes prestar a justiça de que eles necessitam e anseiam. Como já não esteve antes em condições de lhes prestar a educação e a saúde consideradas essenciais. Quer isto dizer que, em matéria de justiça, os cidadãos têm em mãos o seu próprio destino. Cabe-lhes a eles, com inteligência e bom senso, implementar os meios e adoptar os procedimentos que permitam resolver os conflitos, dirimir os litígios, que a sua vida em sociedade, no mundo dos negócios, do trabalho ou em família, inevitavelmente pode suscitar[6].

Em rigor, os cidadãos e as empresas não poderão, doravante, queixar-se da ineficiência ou inoperância do sistema judicial da administração da justiça, porque têm ao seu dispor outros meios, outras opções, outros caminhos. Da mesma forma que ninguém pode razoavelmente queixar-se da morte de um familiar que tendo disponível um plano ou seguro de saúde, com atendimento personalizado e imediato, optou por se sujeitar à infindável e desesperante espera do serviço público de saúde.

Se foi essa a sua opção... *"sibi imputet"*!

4. O "plano de justiça" – para utilizarmos uma linguagem simbólica – dá pelo nome de arbitragem. Tal como na saúde as pessoas podem escolher os seus médicos e o seu "plano", também na justiça as pessoas podem escolher o Centro (de arbitragem) onde pretendem resolver os seus confli-

---

[5] O paralelismo entre as preocupações e exigências do sistema de saúde, por um lado, e do sistema de justiça, por outro, há muito que têm norteado o nosso trajecto discursivo, por considerarmos que tal cotejo é profundamente enriquecedor e de enorme potencial heurístico. Conforme já escrevemos, "ainda é tempo de evitar que os órgãos de administração de justiça se tornem uma espécie de "serviço nacional de saúde" (...) que muitos defendem mas em cuja credibilidade e eficácia poucos parecem, convictamente, acreditar" (Os Custos da Justiça, ob. cit., p. 9).

[6] Conforme escreveu Diogo Leite de Campos (Os Custos da Justiça, ob. cit., p. 167), "... o modelo tradicional é incapaz de responder às necessidades actuais (...). Numa altura, sobretudo, em que o desencanto perante o Estado é evidente e se vai pedindo a redução das funções do Estado e a privatização de algumas". E, mais adiante, continua o prestigiado autor: – "...quem contrata, quem estabelece uma teia de relações jurídicas, se foi capaz de criar essas relações, se deve ser capaz de as gerir, também deve resolver os conflitos que daí surgem".

tos e os decisores (juízes-arbitros) que hão-de ajuizá-los. Basta que sejam "capazes de contratar" (capacidade de exercício de direitos) e estejam em causa "direitos patrimoniais disponíveis". Em rigor, só os litígios de natureza penal (especialmente tratando-se de crimes de maior relevância ou danosidade social como são os crimes públicos e/ou semi-públicos) e as acções de estado (v.g. anulação de casamento, divórcio, investigação ou impugnação de maternidade ou paternidade, aquisição ou perda de nacionalidade) estão excluídas do, progressivamente abrangente, campo da "disponibilidade de direitos"[7]. Matérias tradicionalmente não referencia-

---

[7] Definir, pela positiva, o conceito de "disponibilidade de direitos" ou "direitos disponíveis" nem sempre se afigura tarefa fácil, ou sequer confortável, para um qualquer conceitualismo reducionista. Tarefa que, aliás, se agrava quando nos damos conta de que há "direitos indisponíveis" (ou, pelo menos, como tal considerados) sobre os quais podem, em todo o caso, as partes transigir (v.g. algumas prestações emergente da violação de vínculos laborais, indemnizatórias ou compensatórias, ou alguns direitos marcadamente pessoais). Causa alguma perplexidade que as partes possam pôr termo a certos litígios por conciliação (judicialmente obtida) e não possam as mesmas partes submeter tais litígios a solução arbitral, mesmo que a diferente natureza de um e outro tipo de processo possa, aprioristicamente, legitimar soluções diversas.

Se atentarmos, por exemplo, no artigo 447 do Código de Processo Civil Brasileiro, facilmente verificamos que "Quando o litígio versar sobre direitos patrimoniais de carácter privado, o juiz, de ofício, determinará o comparecimento das partes ao início da audiência de instrução e julgamento".

E o parágrafo único do mesmo normativo legal dispõe, por seu turno que "Em causas relativas à família, terá lugar igualmente a conciliação, nos casos e para os fins em que a lei consente a transacção".

Sendo certo que o conceito de "direitos patrimoniais de carácter privado" e aquele outro de "direitos disponíveis" não são coincidentes ou sobreponíveis, não faria todo o sentido que pudessem ser objecto de mediação e arbitragem todos os direitos ou interesses (mesmo que não estritamente patrimoniais nem necessariamente de carácter privado) sobre os quais as partes possam conciliar-se ou transigir no âmbito de processo judicial em curso?

A nossa convicção e as respostas que dela necessariamente resultam são, indubitavelmente, de pendor positivo.

Daí que não tenhamos qualquer dificuldade em antever – como solução razoável, em tempo útil – a possibilidade legal de os tribunais arbitrais poderem analisar e decretar não apenas a "separação de bens" (nos casos e termos a que se referem os artigos 1767 a 1772 do Código Civil) – o que vêm fazendo de forma parcimoniosa e responsável – mas também a "separação de pessoas e bens", por enquanto reservada aos tribunais judiciais, a que se referem os artigos 1794 a 1795 D do Código Civil.

O mesmo se diga de certos conflitos individuais de trabalho onde o legislador parece ter algumas dúvidas ou indefinições, contrariamente ao que sucede nos conflitos colectivos onde a solução da arbitragem é incentivada e regulada (artigos 564 a 572 do Código do Trabalho).

das a este propósito – como sejam as da conflitualidade administrativa e até mesmo tributária – vão sendo integradas dentro do leque dos assuntos e conflitos "arbitráveis", isto é susceptíveis de serem resolvidos por recurso a arbitragem.

Uma importante Resolução do Conselho de Ministros (Resolução n.° 175/2001, de 28 de Dezembro) estatui expressamente que "O Estado, nas suas relações com os cidadãos e com as pessoas colectivas, pode e deve activamente propor e aceitar a superação dos diferendos em que ele mesmo seja parte com recurso aos meios alternativos de resolução de litígios" (ponto 2), acrescentando que, "sem prejuízo da escolha de arbitragem *ad hoc*, os centros de arbitragem legalmente reconhecidos e institucionalizados constituem hoje uma oferta merecedora de especial confiança e indiscutível aceitação para actuarem nos diferendos acima referidos"[8].

Trata-se, em nosso entender, de orientação de indiscutível acerto que vai fazendo o seu caminho, a passo estugado, nas diferentes latitudes e ordenamentos jurídicos sintonizados com a "decisiva afirmação da cidadania" e o "aparecimento da democracia económica".

Dito isto, e dando também como afastadas as pequenas ou grandes querelas que os defensores do "velho paradigma de justiça" sempre procuram chamar à discussão – *v.g.* constitucionalidade ou falta dela de um conjunto de normas das leis de arbitragem que supostamente poriam em causa o referido monopólio da função jurisdicional do Estado e as prerrogativas de "*jus imperii*" que lhe andam tradicionalmente associadas – vejamos de seguida alguns dos principais problemas e dificuldades com que as

---

[8] Bem sabemos que a presença tutelar do Ministério Público em tal espécie de litigiosidade pode suscitar algumas apreensões quanto à "arbitrabilidade" de tais conflitos. Mas mesmo que se entenda que tal intervenção deverá continuar, nos moldes em que se tem processado nas últimas décadas, ainda assim não vemos obstáculos incontornáveis à solução por via arbitral dos conflitos individuais de trabalho. Bastaria, tão só, que se institucionalizassem os termos e moldes da intervenção do Ministério Público em tal resolução extrajudicial de litígios laborais.

Também as restrições que alguma doutrina tem colocado, num ou noutro caso, à arbitrabilidade dos litígios locatícios (v.g. resolução e denúncia de contratos de arrendamento) nos parece pouco conforme à melhor compreensão das coisas, designadamente face a uma natural vocação expansiva da "arbitrabilidade" dos conflitos a que não se opõem nem razões de interesse público ou de imperatividade legal, nem uma qualquer pretensa indisponibilidade de direitos, em tal sector.

[8] Para uma análise do texto integral da referida Resolução cfr. João Álvaro Dias, Resolução Extrajudicial de Litígios, Quadro Normativo, Almedina, 2002, pp. 53-55.

diversas legislações de arbitragem – e as legislações de Portugal e do Brasil, em particular – se debatem no tempo presente.

5. Como prioritário, elegemos o problema da credenciação e idoneidade dos Centros de mediação e arbitragem. Em todo o mundo, a criação e a entrada em funcionamento de um centro de arbitragem obedece ou deverá obedecer a um processo rigoroso de observação e análise da idoneidade moral e cívica, a par da competência técnica, dos seus promotores e dirigentes, bem como do rastreio dos seus estatutos e regulamentos (v.g. regulamento do processo arbitral e regulamento de preparos e custas). Tal competência é, em regra, do Ministro da Justiça do respectivo país ou estado, mas pode, porventura, pertencer a um qualquer organismo representativo dos diferentes poderes públicos e operadores envolvidos (v.g. Conselho Superior dos Tribunais Arbitrais, Conselho Superior de Justiça). É absolutamente surpreendente – e totalmente indesejável – a solução brasileira que não faz depender a entrada em funcionamento de uma Câmara de arbitragem de qualquer requisito adicional relativamente aos que são exigidos para a constituição de qualquer entidade associativa, fundacional ou empresarial. É questão prioritária e estruturante que os poderes públicos do Brasil têm que resolver sem demora, sob pena de o poder arbitral cair num vazio e num descrédito dificilmente recuperáveis[9]. Claro está que falar de credenciação e autorização de funcionamento pressupõe também falar de revogação da autorização concedida. Daí que o legislador português, depois de consagrar a necessidade de autorização para a criação dos centros de arbitragem (art. 1.º do Dec. Lei n.º 425/86 de 27 de Novembro), estatua também que "a autorização concedida (…) pode ser revogada se ocorrer algum facto que demonstre que a entidade em causa deixou de possuir condições técnicas ou de idoneidade para a realização de arbitragem voluntárias institucionalizadas" (art. 5 do mesmo diploma).

---

[9] A ideia respeitável, defendida por alguns dos mais insignes cultores da arbitragem no Brasil (v.g. Teófilo Azeredo), de que a responsabilidade civil – e sobretudo criminal – dos "operadores" menos escrupulosos seria suficiente para combater ou debelar fenómenos espúrios (v.g. criação de auto-proclamados "Superiores Tribunais Regionais ou Federais de Arbitragem" ou a atribuição criminosa de distintivos de diversa natureza aos que exercem funções decisórias ou de outra natureza em tais tribunais) é posição que não nos convence. Melhor prevenir que remediar ou, se se preferir, melhor será cortar o mal pela raíz. É que – nas conhecidas palavras de Murphy – "se alguma coisa puder correr mal corre, de certeza, mal".

O despacho, devidamente fundamentado, é objecto de publicação do Diário da República. O procedimento instituído e actualmente vigente em Portugal é, no essencial, correcto. Corresponde a exigências mínimas de seriedade e credibilidade que só terão a ganhar com a institucionalização e funcionamento de organismos de acompanhamento e controlo (v.g. qualquer dos Conselhos Superiores referidos ou ente equiparado). Parecem-nos claramente insuficientes os meros pedidos de informação estatística anualmente solicitados pelo Ministério da Justiça. Decorridas duas décadas sobre a aprovação do quadro normativo que, em Portugal, regula a chamada arbitragem voluntária, e uma década sobre a publicação do diploma que regula a arbitragem no Brasil (Lei n.º 9307 de 23 de Setembro de 1996) é razoável pensar que é chegado o tempo de dar ouvidos às preocupações de todos aqueles – entre os quais nos incluímos – que há muito vêm pugnando pela institucionalização de um sistema participado (no sentido que deve auscultar organismos, entidades e personalidades representativas do sector da justiça) e credível não apenas de autorização de funcionamento mas também de acompanhamento da actividade decisória dos tribunais arbitrais, desde a arbitragem institucionalizada até à chamada arbitragem "*ad hoc*"[10].

6. O segundo problema – absolutamente fulcral – que a legislação e a doutrina são convocadas a resolver é o da articulação entre o poder arbitral e o poder judiciário.

Em primeiro lugar, eliminando todas e quaisquer interferências do poder judiciário na organização e funcionamento dos tribunais arbitrais, *maxime* quando a arbitragem decorra, como é desejável, sob a égide de Centros de mediação e arbitragem institucionalizados[11].

---

[10] Desde, pelo menos, o ano de 2003 – data em que promovemos a criação da Câmara de Mediação e Arbitragem Internacional, com sede em São Paulo – que insistentemente temos referido este ponto. Em cerimónia pública, na Assembleia Legislativa daquele Estado, enfatizámos longamente o que consideramos ser uma pecha grave do sistema brasileiro a tal propósito, tendo obtido a compreensão e, porventura, a adesão de destacados parlamentares, entre os quais o deputado Celso Russomano. Recentemente, tivemos notícia – não oficialmente confirmada – de que um projecto de Lei estaria em tramitação no Senado, em Brasília, visando regular tais aspectos.

[11] Conforme já defendemos, "A não ser assim perpetuar-se-á a ideia de uma qualquer menoridade dos tribunais arbitrais, de duvidosa legitimidade constitucional (art. 209, n.º 2, C.R.P.), nada conforme com a necessária afirmação dos meios de resolução extrajudicial de litígios" (Resolução Extrajudicial de Litígios, ob. cit., p. 87).

Superada a necessidade de as decisões arbitrais deverem ser homologadas pelo magistrado judicial – como se de meras transacções lavradas por termo, num qualquer processo judicial, se tratasse – é agora tempo de encontrar as soluções que tornem dispensável, para não dizer intrusiva, a intervenção do poder judiciário. Afirmação que é válida, à face do direito português, na nomeação de árbitros (v.g. art. 12, n.º 1 e art. 14, n.º 2 da Lei n.º 31/86 de 29 de Agosto), na determinação do objecto do litígio (art. 12, n.º 4), na apreciação que o tribunal arbitral faz da sua própria competência (art. 21, n.º 4), na guarda ou depósito das decisões proferidas (art. 26, n.º 1) ou ainda – sempre a título exemplificativo – na apreciação, em via de recurso, das decisões proferidas pelos tribunais arbitrais (art. 29, n.º 1). Mas que é também válida relativamente às soluções consagradas pela legislação brasileira (Lei n.º 9307) no tocante à institucionalização da arbitragem (art. 6, parágrafo único e art. 7), à nomeação do terceiro árbitro (art. 13, § 2), às consequência da suspeição ou impedimento de algum dos árbitros ou da incompetência do árbitro ou do tribunal arbitral (art. 20 § 1, *in fine*) ou à solução da controvérsia acerca de direitos indisponíveis ainda que se verifique que da sua existência ou falta dela dependerá o julgamento (art. 25).

No plano das soluções ideais, a própria "decretação" da nulidade da sentença arbitral não deveria ser tarefa do "poder judiciário" (artigos 32 e 33 da Lei 9307) – como actualmente acontece – antes devendo ser cometida a um organismo com competência para o efeito instituído dentro da própria orgânica do poder arbitral (v.g. Tribunal arbitral de recurso com competência para decidir de eventuais causas de nulidade de todas as decisões proferidas em cada Estado ou distrito judiciário).

Tal "handicap" é, no momento presente, comum à generalidade das legislações nacionais sobre arbitragem. Apenas alguns Centros de mediação e arbitragem internacionais, de referência, institucionalizaram este segundo grau de jurisdição arbitral para decidir dos recursos de decisões arbitrais proferidas sob a sua própria égide.

7. Não menos importante – a propósito da articulação entre o poder arbitral e o poder judiciário – é o modo de efectivação das decisões proferidas pelos tribunais arbitrais. Tal problema é especialmente sensível sempre que a implementação de tais decisões esteja dependente do recurso às autoridades públicas em geral e às forças de polícia em particular.

Simplificando, trata-se de saber como e em que termos podem os Centros de arbitragem – ou as partes que aí resolverem os seus litígios –

tornar efectivas as providências cautelares ("liminares")[12] que decretarem ou as decisões condenatórias, transitadas em julgado, que proferirem.

Relativamente às providências, há manifestamente casos (e são muitos) em que uma vez proferida a decisão e obtida a respectiva certidão junto do Centro de arbitragem que a proferiu (daí também a aludida necessidade de credenciar e fiscalizar os centros de arbitragem), o requerente se dirige às autoridades competentes (*v.g.* do Registo Predial, Comercial ou Civil) e solicita o seu registo ou averbamento como se de uma decisão judicial se tratasse[13]. O funcionário público competente procederá à inscrição ou ao cumprimento da estatuição que foi decretada sem outras cautelas que não sejam a da verificação da autenticidade do título e a observância do princípio da legalidade na prática do acto que lhe é dado promover. Não levanta, por isso mesmo, quaisquer problemas específicos o registo de uma providência cautelar de arresto ou de suspensão de uma deliberação social decretadas por tribunal arbitral competente. Em tais casos, ou similares, o efeito útil da providência decretada cum-

---

[12] Sobre o tema, à face da realidade jurídico processual brasileira cfr. Sérgio Bermudes, Medidas Coercivas e Cautelares no Processo Arbitral, in Reflexões Sobre Arbitragem, In memoriam do Desembargador Cláudio Viana de Lima, LTR, Editora Ltda, 2002, pp. 276-282.

É entendimento do referido autor que "a lei (…) é peremptória ao proibir a execução de medidas coercivas de força pelo próprio tribunal arbitral; não porém, a decretação delas" (loc. cit., p. 279).

E, mais adiante, prossegue o mesmo autor, "… tal qual se disse das medidas coercivas, o árbitro decreta essas providências cautelares e poderá buscar, no juízo comum, a efectivação delas, havendo necessidade".

[13] A nossa experiência, como corresponsáveis pelo funcionamento de alguns Centros de Arbitragem, diz-nos, por exemplo, que nenhuma dificuldade têm as Conservatórias do Registo Predial competentes suscitado aos pedidos de registo de arrestos por aqueles Centros decretados. Já os pedidos de registo ou averbamento, à margem do assento de registo civil, de decisões que decretaram a "separação de bens" entre cônjuges (artigos 1767 a 1772 do Código Civil) se têm defrontado com algumas dificuldades iniciais (v.g. a questão de saber se pode qualquer dos cônjuges ou os seus mandatários requerer averbamento ou se a competência para proceder a tal comunicação é exclusiva do próprio Centro que decretou a "separação de bens" até à questão mais profunda de saber se tal decisão é ou não registável) que o bom senso e a justa ponderação têm ajudado a resolver satisfatoriamente. Entendemos, sinteticamente, que – sem prejuízo do dever que têm os Centros de comunicarem tais decisões à Conservatória do Registo Civil onde foi lavrado o assento de casamento – deveriam os próprios cônjuges gozar de legitimidade para requererem tal averbamento, cuja admissibilidade e necessidade nos parecem indiscutíveis.

pre-se com a publicidade registral e consequentes efeitos civis (v.g. ineficiência de transmissões posteriores ao arresto ou de pretensos actos de execução da deliberação cuja suspensão foi decretada) ou criminais (v.g. crime de desobediência qualificada por incumprimento da estatuição do tribunal arbitral)[14].

Cumpre ter presente que, à face da legislação brasileira sobre arbitragem, "os árbitros, quando no exercício de suas funções ou em razão delas, ficam equiparados aos funcionários públicos, para os efeitos da legislação penal" (art. 17 da Lei 9307). Assim sendo, decretado um arresto sobre um imóvel ou a suspensão de uma deliberação social outra coisa não cabe à Conservatória materialmente competente senão proceder ao respectivo registo. A seu tempo se verá – observadas as regras do contraditório – se tal arresto ou providência societária de qualquer natureza (v.g. suspensão ou destituição de administradores ou gerentes, suspensão da deliberação de distribuição de lucros, ou de afectação de reservas) eram ou não justificadas e em que termos. A responsabilidade civil e penal dos próprios árbitros, por um lado, e dos requerentes, por outro, constituem a garantia possível que pode servir de antídoto a comportamentos temerários[15] ou fraudulentos. Daí que nos mereçam as maiores reservas todas as soluções que no âmbito da arbitragem procurem criar "ilhéus" de irresponsabilidade, que consideramos fortemente deploráveis em qualquer sector de actividade, incluindo o da actividade decisória.

Merece, por isso mesmo, a nossa profunda reserva a estatuição segundo a qual "os árbitros, o Tribunal ou os seus membros, a Câmara de Comércio Internacional ou os seus funcionários, e os Comités nacionais da Câmara de Comércio Internacional ou os seus funcionários, e os Comités nacionais da Câmara de Comércio Internacional, não são responsáveis

---

[14] Citando o autor anteriormente referido (loc. cit., p. 279) "Não se pode esquecer que, muitas vezes, basta ao juízo decretar uma providência, para que, dócil, a parte cumpre". E, logo de seguida, prossegue "...há que se entender que os árbitros, posto que algo insuficiente a lei quanto à explicitação desse aspecto, dispõem do poder cautelar necessário à garantia da eficácia das suas decisões. Falta-lhes, isto sim, o poder de efectivar essas decisões pela força" (loc. cit., p. 280).

[15] Daí que, insistentemente, defendamos que é profundamente desejável que os decisores (judiciais ou arbitrais) lancem mão, com frequência crescente, da solução consagrada pelo art. 390, n.º 2, do CPC português, em cujos termos "Sempre que o julgue conveniente em face das circunstâncias, pode o juiz, mesmo sem audiência do requerente, tornar a concessão da providência dependente da prestação de caução adequada pelo requerente".

perante quem quer que seja por qualquer facto, acto ou omissão, respeitantes a processos arbitrais" (art. 34 do Regulamento de Arbitragem da Câmara de Comércio Internacional de 1 de Janeiro de 1988).

Diversa é a situação naqueles outros casos, que são porventura a maioria, em que a providência cautelar decretada exige necessariamente a "cooperação" ou "assistência" dos órgãos de polícia e do poder judiciário. Se, por exemplo, um tribunal arbitral decreta uma providência cautelar de arresto com remoção de todos os bens móveis é manifesto, por pouco prudente e nada avisado, que o requerente não deverá apresentar-se no domicílio do requerido exibindo apenas a decisão proferida. Muito menos deverá fazê-lo desacompanhado de funcionário judicial competente e eventualmente das próprias forças policiais consideradas necessárias para que o cumprimento da decisão arbitral decorra sem incidentes de relevo.

Donde a pertinência da questão de saber como deve proceder-se em tais circunstâncias. Quem tem legitimidade para suscitar a intervenção do poder judicial e/ou das autoridades de polícia a fim de que um e outros possam "emprestar" ao cumprimento da decisão arbitral o reforço de credibilidade (*"auctoritas"*) tradicionalmente associada aos poderes públicos?

8. Ao colocarmos a questão nos moldes em que o fazemos, damos de caso pensado como resolvido um problema prévio qual é o de saber se têm ou não os tribunais arbitrais competência para decidir quaisquer providências cautelares, de instrumentalidade certificada em prol do chamado "efeito útil normal", no âmbito de acções (como preliminares ou como incidentes) para as quais estejam os mesmos tribunais legitimados (v.g. por efeito de disposição legal, de convenção ou de compromisso arbitral) a decidir.

A observação daquilo que de melhor se faz no direito comparado, a estatuição inequívoca de muitas normas em diferentes ordenamentos jurídicos, bem como a indispensável reflexão crítica sobre as virtualidade do sistema jurídico português – indissociavelmente ligada a uma consistente *praxis* decisória arbitral – tornam, a nossos olhos, indiscutível o reconhecimento de tal competência aos tribunais arbitrais. Sirvam de exemplo, no plano do direito comparado, o art. 1041 da Lei alemã (na redacção de 22 de Dezembro de 1997, entrada em vigor em 1 de Janeiro de 1998)[16], o art.

---

[16] "Unless otherwise agreed by the parties, the arbitral tribunal may, at the request of a party, order such interim measures of protection as the tribunal may considerer neces-

39 da lei Inglesa (de 17 de Junho de 1996)[17], o art. 26 da Lei Suíça[18], o art. 1696 da Lei Belga[19] e o art. 17 da Lei sobre arbitragem comercial do Canadá[20].

O facto de algumas legislações (v.g. italiana)[21] consagrarem soluções manifestamente infelizes – que a doutrina procura de forma inventiva e inteligente superar e corrigir – e de outras serem omissas (v.g. legislação portuguesa, brasileira e estado-unidense) são muito mais a expressão de atavismos histórico-jurídicos ou de indefinições legislativas e culturais do que a expressão de qualquer valoração de discernimento certificado. Os regulamentos de arbitragem mais reputados, no âmbito internacional, (v.g. Regulamento de Arbitragem da Comissão das Nações Unidas para o Direito Comercial Internacional[22], o Regulamento modelo de arbitragem comercial internacional para as instituições arbitrais do Mercosul, Chile e Bolívia[23]), bem como os acordos ou convénios sobre arbitragem comer-

---

sary in respect of the subject-matter of the dispute. The arbitral tribunal may require any party to provide appropriate security in connection with measure".

[17] The parties are free to agree that the tribunal shall have power to order on a provisional basis any relief which it would have power to grant in a final award".

[18] "The public judicial authorities alone have jurisdiction to make provisional orders. However, the parties may voluntarily submit to provisional orders proposed by the arbitral tribunal".

[19] "...The arbitral tribunal may, at the request of a party, order provisional and conservatory measures, with the exception of an attachment order".

[20] "Unless otherwise agreed by the parties, the arbitral tribunal may consider necessary in respect of the subject-matter of the dispute. The arbitral tribunal may require any party to provide appropriate security in connection with such measure".

[21] Nos termos do art. 818 do Código do Processo Civil Italiano, "Gli arbitri non possono concedere sequestri, ne altri provvedimenti cautelari".

[22] Dispõe o art. 26, do referido Regulamento que:

1. "À la demande de l'une ou l'autre partie, le tribunal arbitral peut prendre toutes mesures provisoires qu'il juge nécessaires en ce qui concerne l'objet du litige, notamment les mesures conservatoires…"

2. "Les mesures provisoires peuvent être prises sous la forme d'une sentence provisoire. Le tribunal arbitral peut exiger un cautionnement au titre des frais occasionnés par ces mesures".

3. "Une demande de mesures provisoires adressée par l'une ou l'autre partie à une autorité judiciaire ne doit pas être considérée comme incompatible avec la convention d'arbitrage ni comme une renonciation au droit de se prévaloir de ladite convention".

[23] Nos termos do art. 21 do referido Regulamento, "Em qualquer ponto do processo, e por solicitação de qualquer das partes, o Tribunal arbitral poderá dispor, mediante laudo provisório ou interlocutório, das medidas cautelares que considere apropriadas".

cial internacional (v.g. o do Mercosul de 23 de Julho de 1998)[24], apontam decididamente no único sentido que é compaginável com a racionalidade e a eficácia das soluções. Baseados em tais evidências e numa sólida reflexão sobre os pressupostos e consequências de uma tal solução, os tribunais arbitrais portugueses mais qualificados têm vindo a decidir – e, em nosso entender, de forma irrepreensível ou, no mínimo, meritória – múltiplas providências cautelares que lhes têm sido presentes.

De acordo com o entendimento que sufragamos, a simples consideração de que quem pode o mais pode o menos (quem pode declarar definitivamente o direito terá razoavelmente que poder decretar as medidas cautelares tendentes a assegurar o "efeito útil normal" da acção instaurada) seria, por si só, suficiente para que os tribunais arbitrais houvessem de ser considerados competentes para ajuizar e decidir de quaisquer providências cautelares, sem necessidade de estipulação expressa das partes nesse sentido.

Mas tal convicção não nos impede de reconhecer que no estado de maturação em que o problema se encontra – com alguns pré-juízos e atavismos culturais de permeio – é sensato fazer constar da cláusula atributiva de competência aos tribunais arbitrais (convenção ou compromisso arbitral) a menção expressa às "providências cautelares" em geral ou a algumas delas em particular.

Tendo sempre bem presente que qualquer menção que não seja genérica (v.g. "todas e quaisquer providências cautelares") terá um efeito redutor, ou de potencial restringente, numa competência que consideramos originária e plenipotenciária *hoc sensu* mas que pode, naturalmente, ser cerceada ou até mesmo excluída por vontade das partes ou disposição legal imperativa. Basta referir, a este último propósito, a solução belga que retira expressamente do âmbito de competência dos tribunais arbitrais a possibilidade de decretarem arrestos. Solução que consideramos infeliz – e que bem pode de resto ser torneada através de providências cautelares de efeito equivalente mas sem o específico *"nomen juris"*que o legislador belga quis reservar para o poder judicial – mas que se explica, decerto,

---

[24] Nos termos do art. 19 do referido Acordo, "As medidas cautelares poderão ser ditadas pelo tribunal arbitral ou pela autoridade judicial competente. A solicitação dirigida por qualquer das partes a uma autoridade judicial não se considerará incompatível com a convenção arbitral, nem implicará renúncia à arbitragem".

Para uma compreensão integral do referido normativo, cfr. João Álvaro Dias, Resolução Extrajudicial de Litígios – Quadro Normativo, Almedina, 2002, p. 186.

à luz das mesmas consideração que ainda hoje, generalizadamente, justificam que os tribunais arbitrais não tenham o poder de executar as decisões que eles próprios proferem. Tudo, num tempo em que a desjudicialização da acção executiva torna não apenas possível mas deveras desejável a atribuição a tais órgãos de jurisdição do poder de coactivamente, com o auxílio dos solicitadores de execução e dos organismos de polícia, transformarem em acto as decisões que eles próprios proferem[25], ou executarem quaisquer outros títulos extrajudiciais.

Também o poder jurisgénico das partes, como factor excludente da competência dos tribunais arbitrais a que aceitaram vincular-se para dirimir determinados litígios, não pode merecer qualquer contestação séria. Facilmente se compreende que a admissão de tal poder das partes tem, todavia, como pressuposto uma compreensão de base que reconhece aos tribunais arbitrais plenos poderes para dirimir todos e quaisquer litígios – providências cautelares incluídas – emergentes de determinada relação ou conjunto de relações jurídicas. É manifesto, por exemplo, que as soluções consagradas pela legislação alemã ou pela legislação canadense ("Unless otherwise agreed by the parties...") partem de uma tal compreensão. Ao invés, as soluções consagradas pela lei inglesa, pela lei suíça ou pela lei belga partem de compreensão distinta, quase diríamos simétrica ("The parties are free to agree...", "the parties may voluntarily submit to...", "the arbitral tribunal may, at the request of a party, order provisional and conservatory measures...").

---

[25] Para que dúvidas não haja sobre a bondade da solução que propomos, devemos acrescentar que nem sequer propugnamos a revogação do n.º 2 do art. 90 do Código de Processo Civil ("Se a execução tiver sido proferida por árbitros em arbitragem que tenha tido lugar em território português, é competente para a execução o tribunal da comarca do lugar da arbitragem"). Julgamos, isso sim, que a par da manutenção de tal competência deveria o legislador introduzir uma norma – em desejável revisão da lei de arbitragem voluntária ou em legislação avulsa – que permitisse também aos tribunais arbitrais institucionalizados fruírem de tal competência ("competência cumulativa" que se resolveria em alternativa logo que o titular do direito fizesse a sua escolha.). De acordo com a profunda convicção que nos anima poderia ser o seguinte, ou outro de teor equivalente, o texto legislativo a consagrar: – "Sem prejuízo do disposto no artigo 90, n.º 2, do Código de Processo Civil, pode, em alternativa, o exequente instaurar e fazer prosseguir a execução no centro de arbitragem sob cuja égide decorreu o processo arbitral". Relativamente à atribuição de competência para a execução dos títulos extrajudiciais [artigo 46, alíneas b, c) e d) do CPC] seria pensável e desejável uma norma do seguinte teor: – "Sem prejuízo do disposto no art. 94 do Código de Processo Civil, tratando-se de títulos executivos extrajudiciais, pode o exequente instaurar a execução no Centro de arbitragem, oficialmente reconhecido, que livremente escolher".

Face a tais normativos legais, aparentemente tão idênticos – no evidente reconhecimento da competência dos tribunais arbitrais para decretarem providências cautelares – mas realmente tão distintos, nos seus pressupostos e nas inevitáveis consequências deles decorrentes, só a solução de fazer constar tal poder, expressamente, da estipulação negocial (v.g. contrato, negócio jurídico unilateral, factura) nos parece segura face aos dados dos ordenamentos jurídicos que primam pela omissão a tal propósito, como são por exemplo os sistemas jurídicos português e brasileiro.

À semelhança, aliás, do que acontecia com o sistema jurídico espanhol até 2003, tendo sido a preocupação de clarificar que os tribunais arbitrais têm competência para decretar providências cautelares uma das motivações da reforma da legislação da arbitragem no país vizinho[26].

Outra é a questão de saber quem tem o poder de executar coactivamente as providências cautelares decretadas pelos tribunais arbitrais competentes e em que termos deverá processar-se a "execução", isto é a transformação da estatuição decretada em solução juridicamente operante, de tais providências.

9. Em nosso entender, quer o Centro de mediação e arbitragem que proferiu a decisão (e o mesmo se diga dos árbitros colegialmente considerados que intervieram numa qualquer arbitragem "*ad hoc*") quer a parte interessada (em regra, o requerente a quem a decisão aproveita) têm legitimidade ou, se se preferir, a faculdade de suscitarem a intervenção do órgão judiciário territorialmente competente para que este marque dia e hora para a realização da diligência decretada pelo poder arbitral e requisite ou ordene a comparência da força pública, apetrechada dos meios materiais e humanos necessários, que permita tornar efectivo o direito decretado, mesmo que a título preventivo ou cautelar.

À míngua de soluções expressas e inequívocas – como existem por exemplo no direito alemão e no direito suíço e, de alguma forma, também

---

[26] A Espanha, através da Lei 60/2003, de 26 de Dezembro, consagrou inequivocamente a possibilidade de os árbitros decretarem medidas cautelares (art. 23, n.º 1, da Lei 60/2003), conforme se depreende da leitura da Exposição de Motivos da referida Lei: ("Así, su principal criterio inspirador es el de basar el régimen jurídico español del arbitraje en la Ley Modelo elaborada por la Comisión de las Naciones Unidas para el Derecho Mercantil Internacional, de 21 de junio de 1985 (Ley Modelo de CNUDMI/UNCITRAL), recomendada por la Asamblea General en su Resolución 40/72, de 11 de diciembre de 1985, (…), particularmente en materia de requisitos del convenio arbitral y de adopción de medidas cautelares.)".

no direito inglês – deverão funcionar princípios elementares de coerência e racionalidade sistémicas. De que valeria a consagração, ou a admissibilidade implícita, de os tribunais arbitrais poderem decretar providências cautelares se, logo de seguida, não fossem instituídos os mecanismos que as permitam tornar efectivas?

Na Alemanha, a assistência do poder judicial está prevista no §1041, als. 2 e 3 do respectivo Código de Processo Civil (ZPO). A alínea segunda permite que a parte que obteve uma decisão favorável, junto de um tribunal arbitral, requeira aos tribunais judiciais que "autorizem a sua execução". O tribunal cuja intervenção foi solicitada poderá adaptar ou conformar a medida arbitral decretada à tipologia de providências previstas no Código de Processo Civil Alemão (ZPO) se tal se afigurar necessário. Em caso de alteração das circunstâncias, pode o tribunal judicial territorialmente competente – cuja intervenção foi solicitada – dar sem efeito ou modificar a decisão arbitral proferida.

Na Suíça, o artigo 183, alínea segunda, parte primeira, da Lei que regula a arbitragem [LDPI] estipula que se a parte requerida não acatar voluntariamente a medida cautelar decretada pelo tribunal arbitral, pode o próprio tribunal "solicitar o auxílio do juiz competente" o qual aplicará o seu próprio direito, isto é as regras gerais do ordenamento jurídico.

Mais avisada se nos afigura a solução inglesa que não restringe apenas ao tribunal arbitral o poder de suscitar a intervenção do tribunal judicial, poder que atribui também ao beneficiário da medida decretada.

Já a necessidade que a lei inglesa consagra de obter a anuência prévia do tribunal arbitral – com todas as inércias que tal requisito de procedibilidade pode implicar – nos parece seriamente questionável.

Defendemos, por isso mesmo, que quer o tribunal arbitral (considerado numa óptica institucional, quando funciona sob a égide de um Centro de mediação e arbitragem reconhecido e autorizado, ou colegialmente considerado quando de uma arbitragem "*ad hoc*" se trate) quer a parte requerente a quem a decisão arbitral cautelar favoreça podem suscitar a intervenção do tribunal judicial territorialmente competente, sem necessidade de qualquer anuência prévia do tribunal arbitral neste último caso. No limite, manda o bom senso que o requerente se certifique que o tribunal arbitral ainda não deu início a tal diligência ou pedido de cooperação ou assistência e que o requerido ainda não acatou voluntariamente a providência cautelar decretada.

10. Qual o fundamento legal, à face da legislação portuguesa e brasileira, para solicitar ao tribunal judicial a "assistência" referida e qual o meio processualmente idóneo para o efeito? Importará indagar por último qual o tribunal territorialmente competente.

Uma e outra legislações são omissas sobre o específico problema que nos ocupa. Mas é lícito inferir, a partir de soluções consagradas para problemas afins, qual teria sido – ou deveria ter sido – por elementar dever da coerência a solução adoptada se o problema tivesse sido expressamente equacionado e resolvido.

Dispondo o artigo 22, 2§ da Lei 9307 que "poderá o árbitro ou presidente do tribunal arbitral requerer à autoridade judiciária que conduza a testemunha renitente" – isto é, aquela que desatendeu, sem justa causa, a convocação para prestar depoimento – não parece abusivo, dentro dos quadros canónicos do preenchimento das lacunas legislativas, invocar a solução expressamente referida para – a partir dela – coerentemente chegarmos à solução que preconizamos na parte final do ponto anterior[27].

A legislação portuguesa (art. 18, n.° 2, da Lei n.° 31/86) – embora implicitamente aceite a ideia da "assistência" do poder judiciário ao poder arbitral, quando disso haja necessidade – consagra solução, que não sendo ideal é, contudo, satisfatória. Aí se estipula que "quando a prova a produzir dependa da vontade de uma das partes ou de terceiro e estes recusem a necessária colaboração, pode a parte interessada, uma vez obtida autorização do tribunal arbitral, requerer ao tribunal judicial que a prova seja produzida perante ele, sendo os seus resultados comunicados àquele primeiro tribunal". São evidentes as diferenças entre as soluções consagradas na legislação brasileira e portuguesa para um mesmo problema. No Brasil, a testemunha recalcitrante será conduzida a depor no tribunal arbitral. Em Portugal, ao invés, a testemunha relapsa será notificada para depor no tribunal judicial (sob pena de incorrer em multa caso não justifique a falta ou ser conduzido sob custódia para prestar o seu depoimento) e será este a enviar o auto de inquirição ao tribunal arbitral deprecante. Assim postas as

---

[27] A propósito do §4 do art. 22 da Lei de Arbitragem brasileira sustenta Sérgio Bermudes (loc. cit., p. 280) que haveria de concluir-se que "...há que se interpretar o §4 do art. 22, no sentido de que eles (os árbitros) compareçam ao Judiciário para pedir as providências de efectivação das medidas decretadas por eles. Nesse contexto, também se deve entender a referência do §4 às providências cautelares. Necessárias medidas coercivas para executá-las, o juízo arbitral as pede ao juiz togado, tal como procede na condução das testemunhas renitentes (art. 22 §2).

coisas, fica bem claro que o pedido de "assistência" formulada pelo tribunal arbitral ao tribunal judicial deverá especificar a matéria factual sobre a qual a testemunha ou o perito ("terceiro") deverão depor. Isto pressupõe, no mínimo, a entrega de cópia da base instrutória ou questionário ou, no limite, uma cópia de todo o processo arbitral para que o tribunal judicial possa inteirar-se das implicações e do contexto da inquirição a que vai proceder.

Sem nenhuma ambiguidade, entendemos que é preferível, neste particular, a solução consagrada pela legislação brasileira.

Basta pensar que a confidencialidade do processo arbitral pode ficar seriamente comprometida – no todo ou em parte – com a solução preconizada pelo legislador português.

Já no tocante à legitimidade para suscitar a intervenção do tribunal judicial, é para nós muito claro – em coerência com o que atrás defendemos – que nem a solução brasileira (que atribui tal legitimidade ao árbitro ou ao presidente do tribunal arbitral) nem a solução portuguesa (que atribui a referida legitimidade à parte interessada, uma vez obtida autorização do tribunal arbitral) são plenamente conseguidas, antes tendo optado por visões parcelares de um problema a carecer de rápida e esclarecida solução.

Claro está que, sob o ponto de vista das soluções ideais, o legislador deveria investir os tribunais arbitrais, regularmente constituídos, dos poderes necessários (*v.g.* poderes de suscitar a intervenção directa das autoridades de polícia) que permitissem evitar os constrangimentos que qualquer das normas referidas visou superar. Bastaria para tanto que, por acto de vontade legislativa, se estipulasse que o "dever de cooperação para a descoberta da verdade" (a que se refere o art. 519 do Código de Processo Civil Português e a que aludem, directa ou indirectamente, múltiplas disposições do Código de Processo Civil Brasileiro) é igualmente aplicável quando os processos corram na jurisdição arbitral, sancionando congruentemente o não cumprimento de tal dever. Parecendo embora um passo de gigante, seria a mais natural e mais tranquila de todas as soluções se a idoneidade técnica e ética dos Centros de mediação e arbitragem e dos seus responsáveis, desde a constituição até ao mais ínfimo detalhe do seu funcionamento, estivesse inequivocamente assegurada pela via da contínua credenciação e fiscalização.

11. Relativamente ao meio processual adequado para suscitar a intervenção do poder judiciário – nesta tarefa assistencial (ou exequatur?) às

decisões cautelares proferidas pelos tribunais arbitrais – cremos que há essencialmente que distinguir consoante o impetrante ou requerente seja o tribunal arbitral (ainda que tenha composição singular) ou o centro de arbitragem sob cuja égide foi constituído, por um lado, ou o pedido seja formulado pela parte interessada, por outro.

No primeiro caso, uma cultura de fluidez e simplificação processual ou procedimental poderia e deveria bastar-se com um requerimento ou ofício em que o tribunal arbitral ou o responsável pelo Centro de arbitragem solicitassem ao tribunal judicial competente a realização da diligência (*v.g.* realização do arresto com remoção, efectivação de buscas ou apreensão de documentos) com uma indicação sumária das razões que motivam o pedido[28].

Temos dificuldade em entender que, com maior ou menor formalismo, as coisas possam ou devam passar-se de outro modo.

É que, nos termos do art. 138, n.º 1, do CPC português "os actos processuais terão a forma que, nos termos mais simples, melhor corresponda ao fim que visam atingir". No limite, poderia mesmo pensar-se em modelos aprovados ou padronizados pela entidade competente (art. 138, n.º 2), desde que os actos processuais fossem reduzidos a escrito e compostos de modo a não deixar dúvidas acerca da sua autenticidade formal e redigidos de maneira a tornar claro o seu conteúdo (art. 138, n.º 3).

Já quando o pedido de "assistência" for formulado pela "parte interessada" – independentemente da necessidade de autorização prévia do tribunal arbitral ou falta dela – não vemos como poderá o requerente deixar de ter que articular um requerimento a entregar na secretaria do tribunal territorialmente competente, objecto de distribuição, que, por certo, deverá integrar a categoria residual (art. 222, in fine, CPC) que dá pela designação de "quaisquer outros papéis não classificados". Categoria que, diga-se de passagem, deverá abranger o próprio pedido formulado pelo tribunal arbitral "*ad hoc*" ou pelo Centro de mediação e arbitragem institucionalizado se se entender que é de uma verdadeira "carta rogatória" que se trata, atenta a diferente inserção institucional do poder judicial, por um lado, e

---

[28] Em tal sentido se pronuncia, no Brasil, Sérgio Bermudes quando escreve que, "O requerimento, solicitação, deprecação, ou seja que nome se dê aos pedidos de que agora se cuida, tanto quanto o seu cumprimento, são atos de cooperação entre juízos diferentes, como acontece nas cartas precatórias, rogatórias, ou de ordem" (loc. cit., p. 281).

E, a rematar, acrescenta o referido autor que "Estranho, muito estranho seria pensar-se (...) que o pedido do juízo arbitral ao juízo comum consistisse numa ação incidental... Ter-se-ia, nesse caso, um quadro deveras surrealista" (loc. cit., p. 281).

dos centros decisórios de arbitragem, por outro. Em tal caso fica por esclarecer se tal "carta rogatória" estará ou não sujeita a preparo judicial, sendo dificilmente sustentável a isenção ou dispensa do respectivo pagamento.

12. No que toca ao tribunal territorialmente competente, o Código de Processo Civil português (art. 83, n.º 1) consagra um conjunto de regras "quanto a procedimentos cautelares e diligência anteriores à proposição da acção".

Sendo certo que, no caso de que curamos – decisões cautelares proferidas por tribunal – os procedimentos tanto poderão ser decretados antes da propositura da acção como depois dela, cumpre analisar a solução adequada para as situações-tipo mais frequentes.

Dispondo o legislador processual civil português que "O arresto e o arrolamento tanto podem ser requeridos no tribunal onde deva ser proposta a acção respectiva, como no lugar onde os bens se encontrem ou, se houver bens em vários comarcas, no de que qualquer destas "(art. 83, n.º 1, al. a)), não se vê que outra deva ser a solução para determinar a competência do tribunal a que haja necessidade de pedir "cooperação" ou "assistência" para a efectivação das providências cautelares decretadas por órgão da jurisdição arbitral. O mesmo se diga a propósito do embargo de obra nova, onde o legislador português atribui a competência ao "tribunal do lugar da obra" [(art. 83, n.º 1, al. b)] ou das "diligências antecipadas de produção de prova" que deverão ser requeridas no tribunal do lugar em que hajam de efectuar-se [(art. 83, n.º 1, al. d)], bem podendo acontecer que tenham lugar em diferentes comarcas.

No essencial, o legislador português revelou a este propósito um profundo bem senso quando teve que decidir sobre a competência territorial do tribunal perante o qual haverá de ser requerida qualquer providência cautelar que seja preliminar de uma qualquer acção dita "principal".

Claro está que, sendo a providência cautelar um "incidente" de uma acção já em curso, a competência para a apreciação da acção principal determina a competência para a apreciação do referido "incidente" que corre por apenso à acção principal. Face ao que fica dito, é manifesto que a determinação do tribunal competente para dar "efectividade" a uma qualquer providência cautelar decretada por um tribunal arbitral (seja ele *ad hoc* ou funcione sob égide de um Centro de mediação e arbitragem) deverá pautar-se pelo que dispõe o art. 83 do Código de Processo Civil Português.

Solução que tem claros ganhos de eficiência sobre aquela outra que o legislador português consagra quando se trate de determinar o tribunal competente para executar uma qualquer decisão proferida, em acção declarativa, por um tribunal arbitral. Em tal caso – como se sabe – "é competente para a execução o tribunal da comarca do lugar da arbitragem" conquanto que a decisão tenha sido proferida por árbitros em arbitragem que tenha lugar em território português (art. 90, n.º 2, CPC). Bem se compreende como pode ser relativamente desajustado – para não dizer totalmente ineficiente – que uma decisão arbitral que foi proferida em processo que teve lugar em Coimbra ou em Lisboa não possa ser executada (dada à execução) no Tribunal do Porto ou de Faro, onde se encontram os bens objecto de penhora e posterior venda.

Mais avisada seria, mesmo a propósito da execução, uma regra de teor similar à que o legislador português consagra a propósito da competência para decretar (ou efectivar) o arresto ou arrolamento que hajam sido decretados ("tribunal do lugar onde os bens se encontrem ou, se houver bens em várias comarcas, no de qualquer destas"). Não tendo o legislador optado por tal solução, não custa acreditar que "o lugar da arbitragem" possa ter alguma mobilidade por forma a atenuar a fixidez da regra consagrada no artigo 90, n.º 2 do Código de Processo Civil ("tribunal da comarca do lugar da arbitragem"). De outra forma, tal regra será geradora de múltiplas ineficiências com destaque para as que resultam da sobrecarga dos tribunais com competência executiva nas comarcas mais populosas ou de maior tráfego judiciário (v.g. Lisboa e Porto)

Dito em singelas palavras, face ao actual estado de coisas – em que os tribunais arbitrais carecem de competência executiva, por um lado, e os tribunais ou secretarias de execução se encontram pejados de processos, por outro – é facilmente compreensível que os árbitros, por sua livre iniciativa ou por sugestão ou determinação do Centro sob cuja égide decidem, entendam por bem sedear a arbitragem na comarca onde, previsivelmente, as diligências executivas hão-de ter lugar. Ponto é que, no confronto relativo com outras comarcas, aquela se prefigure como a que maiores ganhos de eficiência seja susceptível de propiciar. Mas o simples reconhecimento da necessidade de um tal "forum shopping" é a prova cabal de que a "reparação efectiva do direito violado", isto é a execução das decisões proferidas pelos tribunais arbitrais deverá caber aos próprios tribunais arbitrais que as proferiram. Tenha-se sempre presente que, com a desjudicialização da acção executiva operada pelo Decreto Lei n.º 38/2003 de 8 de Março, a atribuição de tal competência aos tribunais arbitrais, longe de constituir um passo temerário, qual salto no escuro, constitui a mais avisada e prudente de todas as soluções.

É certo que alguns aspectos problemáticos (v.g. embargos de terceiro e eventuais problemas de verificação e graduação de créditos) sempre terão, porventura, de ser discutidos perante o tribunal judicial competente. Mas não é menos verdade que as vantagens da solução que propugnamos serão imensas e as dificuldades e riscos diminutos quando correctamente ponderada a equação custo (admitir uma qualquer "concorrência" com o sistema judicial a este específico propósito) – benefício (agilizar procedimentos, contribuir para "descongestionar", em matéria de execuções, o sistema público da administração da justiça).

Embora não vislumbremos, a tal propósito, uma necessidade premente, nem sequer nos repugnaria que o legislador atribuísse tal competência executiva apenas a certos centros de arbitragem que credenciasse para o efeito (v.g. em razão da matéria, do valor e do território).

EFEITOS PESSOAIS DA DECLARAÇÃO DE INSOLVÊNCIA[*]

JORGE DUARTE PINHEIRO[**]

> SUMÁRIO: *1. Introdução. 2. A declaração de insolvência na condição civil de uma pessoa. 3. A declaração de insolvência e os direitos de personalidade. 4. A declaração de insolvência nas relações familiares e parafamiliares. 5. Considerações finais.*

1. Introdução

A declaração de insolvência integra-se num processo de execução universal cuja finalidade é mencionada no art. 1.º[1]: o pagamento, na medida do possível, dos créditos, mediante a liquidação do património de um devedor ou pela forma prevista num plano de insolvência.

O carácter eminentemente patrimonial da declaração de insolvência pode suscitar dúvidas acerca da pertinência e importância do tema que se pretende tratar. No entanto, na vida de uma pessoa singular, que figura no elenco de sujeitos passivos da declaração de insolvência (cfr. art. 2.º, n.º 1, al. a)), é muito difícil separar de um modo estanque a dimensão

---

[*] Texto baseado numa palestra proferida em 13 de Maio de 2005 sobre o mesmo tema, no âmbito do Curso «O Novo Regime da Insolvência e da Recuperação de Empresas», organizado pela Faculdade de Direito da Universidade de Lisboa em parceria com o Conselho Distrital de Lisboa da Ordem dos Advogados.

[**] Professor Auxiliar da Faculdade de Direito de Lisboa.

[1] Os artigos referidos sem indicação de proveniência pertencem ao Código da Insolvência e da Recuperação de Empresas, aprovado pelo Decreto-Lei n.º 53/2004, de 18 de Março, com as alterações introduzidas pelo Decreto-Lei n.º 200/2004, de 18 de Agosto.

patrimonial da não patrimonial. Aliás, o próprio Código da Insolvência e da Recuperação de Empresas acaba por prever de modo expresso efeitos inequivocamente pessoais da declaração, como sucede com os deveres de apresentação no tribunal e de colaboração com o administrador da insolvência (art. 83.°, n.° 1, als. b) e c)). Todavia, os efeitos pessoais da declaração de insolvência excedem aqueles que são objecto de referência directa na legislação especificamente aplicável.

E se é certo que os reflexos não patrimoniais da declaração de insolvência são, por vezes, tidos como acessórios ou instrumentais de um processo que visa a satisfação dos direitos dos credores, a verdade é que, noutra perspectiva, a da esfera jurídica do devedor, tais reflexos atingem proporções que, afinal de contas, não são insignificantes.

É justamente propósito deste estudo demonstrar o peso que a declaração assume na esfera pessoal do devedor. Para o efeito, a exposição divide-se em três grandes partes: a primeira é dedicada ao impacto da declaração de insolvência na condição civil do devedor; a segunda, ao impacto da respectiva sentença nos direitos de personalidade do insolvente; a terceira ocupa-se das consequências provocadas pela declaração de insolvência nas relações familiares ou parafamiliares de que o devedor seja sujeito.

2. A declaração de insolvência na condição civil de uma pessoa

I. Muito antes da entrada em vigor do Código da Insolvência e da Recuperação de Empresas, a doutrina qualificava a insolvência como um estado pessoal[2].

Salvo o devido respeito, merece algumas reservas o uso da expressão "status" ou estado para traduzir a natureza da insolvência que foi judicialmente declarada. Como já defendi noutro local, parece-me que a noção de "status" ou estado abarca somente «uma ligação orgânica entre o indíviduo e o grupo, cuja especial dignidade seja reconhecida pelo Estado»[3].

---

[2] Era o caso de CASTRO MENDES, que definia o estado pessoal como «a qualidade que condiciona a atribuição de uma massa pré-determinada de direitos e vinculações, cuja titularidade ou não titularidade é aspecto fundamental da situação jurídica [...] da pessoa» (*Teoria Geral do Direito Civil*, vol. I, Lisboa, AAFDL, 1978, pp. 101-102).

[3] Cfr. DUARTE PINHEIRO, *O núcleo intangível da comunhão conjugal – Os deveres conjugais sexuais*, Coimbra, Almedina, 2004, pp. 491-499.

De qualquer forma, a qualificação doutrinária como estado ilustra a relevância da insolvência na caracterização jurídica do devedor enquanto pessoa, relevância que se não discute. Se a insolvência judicialmente declarada não constitui um estado, representa uma condição civil, um aspecto fundamental que determina a disciplina estabelecida para a vida comum de uma pessoa. A declaração de insolvência está associada a uma mudança substancial de estatuto.

Isto é comprovado de forma nítida pelo art. 6.º do Decreto-Lei n.º 53/ /2004, de 18 de Março, que introduziu alterações ao Código do Registo Civil. De agora em diante é, nomeadamente, obrigatório o registo civil da declaração de insolvência e do encerramento do processo de insolvência (cfr. art. 1.º, n.º 1, al. j) do Código do Registo Civil). Estes factos e outros conexos com o processo de insolvência são averbados ao assento de nascimento do devedor que seja pessoa singular (cfr. art. 69.º, n.º 1, als. h) a l) do Código do Registo Civil). Por conseguinte, no domínio da condição civil, a insolvência judicialmente declarada surge ao lado de factos como o nascimento, a filiação, a adopção, o casamento e o óbito. Uma certidão de nascimento será suficiente para saber se a pessoa em apreço foi ou não declarada insolvente e que restrições implica a declaração.

II. Quais são os efeitos concretos da declaração de insolvência na esfera pessoal do devedor, cuja importância justifica um tipo de publicidade registal que até aqui era inédita? Em regra, o insolvente é privado dos poderes de administração e de disposição dos bens integrantes da massa insolvente[4], os quais passam a competir ao administrador da insolvência (art. 81.º, n.º 1). Este administrador «assume a representação do devedor para todos os efeitos de carácter patrimonial que interessem à insolvência» (art. 81.º, n.º 4), sendo ineficazes os actos realizados pelo insolvente que invadam a referida competência do administrador.

O insolvente sofre, assim, uma restrição da sua capacidade de exercício, que, porém, não chega a ser uma incapacidade em sentido técnico. Trata-se, mais precisamente, de uma situação de ilegitimidade[5]. A incapa-

---

[4] Sobre o âmbito da massa insolvente, cfr. art. 46.º.

[5] No quadro legal anterior, OLIVEIRA ASCENSÃO (*Teoria Geral do Direito Civil*, vol. I, *Introdução. As pessoas. Os bens*, 2.ª ed., Coimbra, Coimbra Editora, 2000, p. 209; «Efeitos da falência sobre a pessoa e negócios do falido», *Revista da Faculdade de Direito da Universidade de Lisboa*, vol. XXXVI, 1995, n.º 2, p. 324) preferia falar de «indisponibilidade relativa» em vez de ilegitimidade, por considerar que a terminologia esclarecia melhor a causa da ilegitimidade, assente no estatuto de uma massa de bens que continua

cidade é uma noção absoluta, pressupondo a impossibilidade jurídica da prática de actos de certo tipo. O insolvente não está genericamente impedido de praticar actos de carácter patrimonial. Está apenas impedido de praticar actos com reflexo na massa insolvente.

III. O peso da declaração de insolvência na caracterização jurídica de uma pessoa acentua-se se a sentença entender que houve dolo ou culpa grave do devedor.

A qualificação da insolvência como culposa implica duas consequências principais para o sujeito (cfr. art. 189.º, n.º 2, als. b) e c)): uma inabilitação temporária; e uma inibição temporária para o exercício do comércio e de certos cargos. Note-se que, em rigor, tais consequências não são instrumentais em relação ao processo de insolvência[6]. Elas verificam-se mesmo nos casos em que o tribunal conclua que o património não é presumivelmente suficiente para a satisfação das custas do processo e das dívidas da massa insolvente (cfr. art. 191.º); e não cessam com o encerramento do processo (cfr art. 233.º, n.º 1, al. a) in fine).

Nos termos do art. 189.º, n.º 2, al. b), na sentença que qualifique a insolvência como culposa, o juiz deve decretar a inabilitação das pessoas afectadas, por um período de 2 a 10 anos. A inabilitação, tal como a inibição para o exercício do comércio e de certos cargos, é oficiosamente registada na conservatória do registo civil e, se a pessoa afectada for também comerciante em nome individual, na conservatória do registo comercial (art. 189.º, n.º 3).

O Código da Insolvência e da Recuperação de Empresas criou, portanto, uma nova causa de inabilitação, a aditar àquelas que estão previstas no art. 152.º do Código Civil. A insolvência culposa (cfr. arts. 3.º, n.º 1, e 186.º, n.º 1), logo que judicialmente apurada, configura uma causa peremptória de inabilitação. A lei presume, de forma inilídivel, que a insolvência culposa revela uma incapacidade de reger convenientemente o

---

ria na titularidade do falido. No entanto, a expressão «indisponibilidade relativa» está conotada com certas ilegitimidades em matéria de disposições testamentárias e doações (cfr. arts. 2192.º-2198.º e 953.º do Código Civil), que, curiosamente, se fundam não no estatuto da massa de bens, mas na ligação que se estabelece entre o autor das liberalidades e o respectivo beneficiário.

[6] Cfr. CATARINA SERRA, «As novas tendências do direito português da insolvência – Comentário ao regime dos efeitos da insolvência sobre o devedor no projecto do Código da Insolvência», em Ministério da Justiça, *Código da Insolvência e da Recuperação de Empresas*, Coimbra, Coimbra Editora, 2004, pp. 45-46.

património[7]. Havendo insolvência culposa, o juiz tem de decretar a inabilitação, cabendo-lhe ainda: determinar a respectiva duração dentro do período legalmente estabelecido; nomear o curador do inabilitado e fixar os poderes que lhe competem (art. 190.º, n.º 1).

À inabilitação do insolvente aplica-se, além do disposto no art. 190.º do Código da Insolvência e da Recuperação de Empresas, o regime geral das inabilitações estabelecido no Código Civil, com as necessárias adaptações.

A inabilitação alarga as restrições de capacidade que são impostas àquele que foi declarado insolvente. O insolvente inabilitado está impedido de praticar pessoal e livremente actos de disposição *inter vivos*, independentemente do reflexo que tenham na massa insolvente. Tais actos terão de ser autorizados pelo curador (cfr. art. 153.º, n.º 1 do Código Civil), a quem pode ser entregue, no todo ou em parte, a própria administração do património do inabilitado (cfr. art. 154.º, n.º 1 do Código Civil), incluindo bens que não façam parte da massa insolvente.

Ao fixar os poderes do curador, o juiz deve ter o cuidado de prevenir sobreposições com a competência do administrador da insolvência, quando o inabilitado for o próprio insolvente[8]. Em princípio, a acção do curador não se pode exercer na área dos efeitos de carácter patrimonial que interessem à insolvência.

Os actos do insolvente que violem as regras de suprimento da inabilidade serão anuláveis, nos termos dos arts. 156.º e 148.º do Código Civil, e não meramente ineficazes.

Será a inabilitação da pessoa a que respeita a insolvência culposa uma verdadeira incapacidade[9]? Não é problemática a existência de uma restrição tabelada da capacidade que atinge uma universalidade de aspectos. Mas a dúvida é lícita quanto ao fundamento e à finalidade da inabilitação enquanto efeito acessório da declaração de insolvência. A inabilitação funda-se numa diminuição natural da faculdade do insolvente e o regime legal visa protegê-lo? Ou trata-se pura e simplesmente de uma san-

---

[7] Pressente-se, neste aspecto, a influência de uma orientação doutrinária anterior (cfr. CARVALHO FERNANDES, *Teoria Geral do Direito Civil*, vol. I, 2.ª ed., Lisboa, Lex, 1995, p. 313) que detectava afinidades entre a situação do falido e a do pródigo.

[8] Cfr. CATARINA SERRA, «As novas tendências do direito português da insolvência» cit., pp. 40-41.

[9] Sobre as características da incapacidade em sentido técnico, cfr. OLIVEIRA ASCENSÃO, *Teoria Geral do Direito Civil* I cit., p. 173.

ção? À primeira vista, o regime tutela o sujeito contra a sua inabilidade[10]. Contudo, a insolvência culposa abrange não apenas a insolvência decorrente de culpa grave ou negligência grosseira, mas também aquela que resulta de actuação dolosa (cfr. art. 186.º, n.º 1)...

Nos termos do art. 189.º, n.º 2, al. c), na sentença que qualifique a insolvência como culposa, o juiz deve declarar as pessoas afectadas por essa qualificação inibidas para o exercício do comércio durante um período de 2 a 10 anos, bem como para a ocupação de qualquer cargo de titular de órgão de sociedade comercial ou civil, associação ou fundação privada de actividade económica, empresa pública ou cooperativa. Trata-se de uma restrição à capacidade que é uma incompatibilidade e não uma incapacidade em sentido técnico. O fundamento da inibição é a defesa geral da credibilidade do comércio e dos cargos vedados[11].

3. A declaração de insolvência e os direitos de personalidade

I. Como é sublinhado por um ilustre professor, «a responsabilidade patrimonial constitui um grande progresso histórico no domínio do reconhecimento da personalidade humana e da sua tutela»[12]. Estão longe os tempos em que o incumprimento legitimava o credor a agir por conta própria sobre a pessoa do devedor com intuito punitivo ou compulsório ou em que o devedor podia ser reduzido à escravidão ou preso por dívidas. De harmonia com o princípio contemporâneo da responsabilidade patrimonial, a consequência principal da declaração de insolvência sobre o devedor é a privação dos poderes de administração e de disposição dos bens integrantes da massa insolvente e a assunção pelo administrador da insolvência da representação daquele nos aspectos de carácter patrimonial que interessem à insolvência.

Só que, como foi dito inicialmente, é difícil separar de modo estanque a vida pessoal da vida patrimonial. O regime da responsabilidade

---

[10] CATARINA SERRA, «As novas tendências do direito português da insolvência» cit., p. 46, vê na inabilitação associada à insolvência culposa um mecanismo de protecção do próprio inabilitado.

[11] Cfr. OLIVEIRA ASCENSÃO, *Teoria Geral do Direito Civil* I cit., pp. 213-214, e «Efeitos da falência» cit., pp. 326-327.

[12] Cfr. MENEZES CORDEIRO, *Tratado de Direito Civil Português*, vol. I, *Parte Geral*, tomo I, 2.ª ed., Coimbra, Livraria Almedina, 2000, p. 213.

patrimonial pelo incumprimento das obrigações não deixa de ter implicações nos direitos de personalidade, tanto mais que estudos recentes têm evidenciado que as liberdades de cariz económico não são externas à tutela da personalidade humana[13].

II. Nos termos do art. 36.°, n.° 1, al. c), a sentença que declarar a insolvência fixa residência ao devedor, se este for pessoa singular. Por conseguinte surge uma restrição ao exercício de um direito de personalidade expressamente constitucionalizado[14], que consiste na liberdade de deslocação e fixação em qualquer parte do território nacional (cfr. art. 44.°, n.° 1 da Constituição da República Portuguesa).

O dever de respeitar a residência fixada pelo tribunal, que vincula o devedor insolvente, visa garantir a observância de outros deveres igualmente instrumentais do processo de insolvência, que também limitam a liberdade do sujeito passivo. Esses outros deveres, de apresentação e de colaboração, estão consagrados no art. 83.°.

O devedor insolvente é obrigado a apresentar-se pessoalmente no tribunal, sempre que tal apresentação seja determinada pelo juiz ou pelo administrador da insolvência (art. 83.°, n.° 1, al. b)).

O devedor tem de fornecer todas as informações relevantes para o processo que lhe sejam solicitadas pelo administrador da insolvência, pela assembleia de credores, pela comissão de credores ou pelo tribunal (art. 83.°, n.° 1, al. a)). E a lei impõe que o devedor preste a colaboração que lhe seja requerida pelo administrador da insolvência para efeitos do desempenho das suas funções (art. 83.°, n.° 1, al. c)). Além disso, por força do art. 36.°, n.° 1, al. f), a sentença ordena que o devedor entregue imediatamente ao administrador da insolvência documentos que interessem à insolvência e que ainda não constem dos autos.

III. Mas a maior repercussão da declaração de insolvência no campo dos direitos de personalidade reside no seu efeito principal comum sobre

---

[13] Cfr. CAPELO DE SOUSA, *O direito geral da personalidade*, Coimbra, Coimbra Editora, 1995, pp. 256, 262, 278-282, p. 262 (enuncia como manifestações do direito geral de personalidade as liberdades de actividade da força de trabalho, de iniciativa económica, de negociação jurídica e de apropriação de bens e sua transmissão); LEITE DE CAMPOS, *Lições de direitos da personalidade*, 2.ª ed., Coimbra, separata do Boletim da Faculdade de Direito da Universidade de Coimbra, 1995, pp. 105-107 (coloca o direito ao trabalho entre os direitos de personalidade).

[14] Cfr. CAPELO DE SOUSA, *O direito geral da personalidade* cit., pp. 262-264.

o devedor: ele fica impossibilitado de praticar pessoal e livremente actos eficazes que interessem à insolvência. Por esta via é afectada a liberdade negocial, que surge como uma exigência do personalismo ético[15].

No entanto, convém detectar, no plano do impacto que a declaração de insolvência tem sobre a autonomia privada, aspectos mais concretamente conexos com a problemática da tutela da personalidade.

À luz do art. 81.°, n.° 2 do Código Civil, a limitação voluntária dos direitos de personalidade é sempre revogável, ainda que com a obrigação de indemnizar os prejuízos causados às legítimas expectativas da outra parte. Será que a eventualidade da constituição de uma obrigação de indemnizar obsta à revogação pessoal e livre pelo insolvente de um negócio que previamente limitou os seus direitos de personalidade? Parece-me que a faculdade de revogação, pela sua natureza, não depende do administrador da insolvência, nem pode ser exercida por ele em representação do insolvente. Contudo, a obrigação de indemnizar decorrente da revogação estará sujeita ao regime do art. 81.°, n.° 8, al. a): pela dívida emergente da responsabilidade civil responderão apenas os bens do insolvente que não integrem a massa insolvente.

No nosso ordenamento, vigora o princípio *invito beneficium non datur*. Em nome do respeito pela dignidade do beneficiário, em regra não é admissível a aquisição forçada de bens, a título gratuito. A doação é um contrato, cuja proposta pode ser aceite ou rejeitada. A aquisição sucessória pressupõe uma aceitação, que é livre tal como o repúdio.

O princípio *invito beneficium non datur* sofre derrogações numa situação de insolvência judicialmente declarada. Por força do art. 81.°, n.° 6, é ineficaz o acto do insolvente pelo qual ele repudia uma herança ou um legado, que é um dos tipos de actos referidos no art. 121.°, n.° 1, al. b). Apesar de a lei não ser tão clara quanto à rejeição da proposta de doação, é de supor igualmente a sua ineficácia. A aceitação ou rejeição da proposta de doação não se inscreve na categoria dos actos que, por sua própria natureza ou disposição da lei, só podem ser exercidos pelo respectivo titular[16].

---

[15] Cfr. PAIS DE VASCONCELOS, *Teoria Geral do Direito Civil*, 3.ª ed., Coimbra, Almedina, 2005, p. 15 (o princípio da autonomia enquanto imposição do personalismo ético); CAPELO DE SOUSA, *O direito geral da personalidade* cit., p. 281 (a liberdade negocial na tutela da personalidade humana).

[16] É expressamente admitida a representação legal: cfr., p.e., o art. 1890.°, n.° 1 do Código Civil.

IV. A qualificação da insolvência como culposa cria limitações adicionais ao exercício dos direitos de personalidade pelo insolvente. A inabilitação atinge de forma profunda a liberdade negocial. E a inibição para o exercício do comércio e de outros cargos restringe a liberdade de actividade económica[17].

V. Prosseguindo esta fase destinada a detectar elementos do regime da insolvência com reflexos no ordenamento dos direitos de personalidade, é de assinalar que o novo Código manteve incólume o princípio do sigilo da correspondência, na linha do Código dos Processos Especiais de Recuperação da Empresa e de Falência. Isto não obstante as críticas que alguma doutrina[18] fez à supressão da solução do art. 1216.º do Código do Processo Civil, revogado pelo Decreto-Lei n.º 132/93, de 23 de Abril, diploma que aprovou o Código dos Processos Especiais de Recuperação da Empresa e de Falência. Recorde-se que no mencionado artigo do Código de Processo Civil se estabelecia que, até se dar princípio ao rateio para pagamento dos credores, toda a correspondência dirigida ao falido fosse aberta pelo administrador.

VI. Antes de se passar à análise dos efeitos da declaração de insolvência nas relações familiares e parafamiliares, há que responder com brevidade a uma questão: serão constitucionalmente ajustadas as restrições aos direitos de personalidade associadas à declaração de insolvência?

Uma vez que são configuráveis limites ao exercício dos direitos de personalidade, nomeadamente para protecção do seu próprio titular, para defesa do interesse geral e para assegurar o exercício dos direitos de outrem, é pertinente apurar se as restrições detectadas atingem o cerne da personalidade do insolvente e se são justificadas e proporcionais.

Genericamente, as restrições são compreensíveis na teleologia do processo de insolvência e não excedem, pelo menos, de forma patente, o

---

[17] Sobre a liberdade de actividade ou iniciativa económica no ordenamento do Direito da Personalidade, cfr. CAPELO DE SOUSA, *O direito geral da personalidade* cit., pp. 280-281.

[18] Cfr. OLIVEIRA ASCENSÃO, «Efeitos da falência» cit., p. 323: «É uma inovação imprudente, que não toma em conta que todos os direitos, mesmo os pessoais, estão sujeitos a restrições para compatibilização com outros direitos. Assim, a situação comercial fica nas mãos do falido, não havendo maneira de o forçar a comunicar os elementos que recebe.»

que é necessário. Elas envolvem basicamente situações jurídicas com incidência patrimonial. E nem sequer é muito questionável a ineficácia dos actos de rejeição de liberalidades, quando, à margem do processo de insolvência, a lei reconhece, no art. 2067.º do Código Civil, a sub-rogação dos credores do repudiante da sucessão.

Há, é claro, efeitos que resultam especificamente da qualificação da insolvência como culposa. A inabilitação e a inibição já não se destinam a assegurar a satisfação dos direitos dos credores, mas encontram justificações aceitáveis, anteriormente apontadas. E são restrições de carácter temporário susceptíveis de serem graduadas em função das circunstâncias: o juiz pode definir a duração precisa da inabilitação e da inibição, bem como fixar os poderes que competem ao curador do inabilitado.

Para mais, o Código da Insolvência e da Recuperação de Empresas procura evitar consequências negativas extremas das medidas que impõe para defesa da massa insolvente e da credibilidade do comércio e de certos cargos: o art. 84.º, n.º 1 prevê a possibilidade de ser atribuído um subsídio à custa dos rendimentos da massa insolvente, a título de alimentos, ao devedor que carecer absolutamente de meios de subsistência e os não puder angariar pelo seu trabalho.

4. A declaração de insolvência nas relações familiares e parafamiliares

I. Que efeitos produz a declaração de insolvência no campo das relações familiares e parafamiliares em que intervém o devedor?

A priori, o processo de insolvência é hostil às relações familiares e parafamiliares do devedor, provavelmente porque encara as pessoas que com ele têm laços de maior proximidade afectiva como potenciais agentes de um qualquer esquema de frustração dos direitos dos credores do insolvente.

O Código da Insolvência e da Recuperação de Empresas não prevê a possibilidade de concessão de alimentos aos familiares do insolvente, quando, em contrapartida, não exclui a hipótese da atribuição de um subsídio à custa dos rendimentos da massa insolvente, a título de alimentos, em benefício de pessoas que tenham tido uma relação laboral com o mesmo insolvente (art. 84.º, n.º 3).

Mais, o art. 93.º determina até que «o direito a exigir alimentos do insolvente relativo a período posterior à declaração de insolvência só pode ser exercido contra a massa se nenhuma das pessoas referidas no art.

2009.º do Código Civil estiver em condições de os prestar, e apenas se o juiz o autorizar, fixando o respectivo montante»[19]. Na prática, a declaração de insolvência subverte a ordem das pessoas responsáveis pelo cumprimento da obrigação de alimentos de fonte legal[20]. Se, p.e., o filho do insolvente carecer de alimentos, a massa insolvente só responde pelo encargo se nenhum dos sujeitos mencionados no art. 2009.º do Código Civil puder realizar a correspondente prestação. Antes de reclamar alimentos à massa insolvente, o filho do devedor tem de exigi-los aos avós, a irmãos e, eventualmente, a tios.

No entanto, o art. 93.º apenas alude expressamente à obrigação geral de alimentos, que é aquela que é objecto de regulação no art. 2009.º do Código Civil, o que suscita uma dúvida. Que se passa então com o dever de sustento, que recai sobre o titular do poder paternal, nos termos dos arts. 1878.º e 1879.º do Código Civil, ou com a obrigação de contribuir para os encargos da vida familiar, a que estão reciprocamente vinculados, por força dos arts. 1675.º, n.º 1, 1676.º e 1874.º, n.º 2, do Código Civil, os sujeitos de uma relação conjugal ou de filiação que vivam em comum? Como decorre do art. 2015.º do Código Civil, a obrigação de contribuir para os encargos da vida familiar é concebida como uma obrigação especial de alimentos. E o mesmo se pode dizer do dever de sustento. O dever de sustento que incumbe ao pai relativamente ao filho menor é mais exigente do que a obrigação geral de alimentos e enquanto tal não é transferível para outra pessoa, p.e., um irmão ou um tio. A obrigação conjugal ou paternofilial de contribuir para os encargos da vida familiar também não é susceptível de ser assumida por pessoas distintas daquelas a quem é concretamente imposta e implica prestações que, pela sua natureza e montante, se demarcam da obrigação geral de alimentos. O art. 93.º não se refere, pois, a estas situações alimentares especiais. Resta saber se são ou não objecto do regime dos chamados créditos subordinados.

O regime dos créditos subordinados é outro aspecto que denuncia a desconfiança do Código da Insolvência e da Recuperação de Empresas quanto às ligações familiares ou parafamiliares do devedor. Os créditos detidos por familiares do devedor e por pessoas que com ele convivam ou tenham convivido em economia comum são tidos como créditos subordi-

---

[19] Embora nada se diga sobre o art. 2000.º do Código Civil, o art. 93.º aplica-se, por maioria de razão, aos alimentos devidos na adopção restrita.

[20] O que é criticado por LUÍS MENEZES LEITÃO, *Código da Insolvência e da Recuperação de Empresas Anotado*, 2.ª ed., Coimbra, Almedina, 2005, p. 111.

nados, pelo que são graduados e satisfeitos depois dos créditos privilegiados, garantidos e comuns da insolvência (arts. 48.º, n.º 1, al. a), 49.º, n.º 1, e 177.º).

O dever de sustento e a obrigação de contribuir para os encargos da vida familiar, a cargo do insolvente, não podem estar sujeitos ao regime dos créditos subordinados, sob pena de, na maior parte das situações, estar total ou quase totalmente inviabilizado o seu cumprimento. Por motivos de coerência sistemática global, a tutela dos credores das situações jurídicas em apreço não pode ser menor do que a dos credores da obrigação geral de alimentos, porque é superior a dignidade daquelas situações jurídicas. Neste sentido, esclareça-se que o dever de sustento e a obrigação de contribuir para os encargos têm como ponto de referência o padrão de vida familiar e não o mínimo indispensável para a subsistência[21]. E, acima de tudo, note-se que o interesse subjacente ao dever de sustento é o do filho menor, custando admitir que este interesse possa ser preterido em favor do dos credores comuns da insolvência.

Dentro de uma lógica de equilíbrio entre a subsistência das referidas situações jurídicas de cariz alimentar especial e a protecção dos credores garantidos, privilegiados e comuns da insolvência, suponho que ao juiz incumbe autorizar a satisfação da obrigação de contribuir para os encargos da vida familiar e do dever de sustento, com repercussões sobre a massa insolvente, e delimitar o âmbito do respectivo cumprimento, isto com base numa certa analogia com o que é disposto no já referido art. 93.º.

Em compensação, outro será o tratamento da obrigação de alimentos fundada em relações parafamiliares. Na ausência de uma disposição legal que vincule o membro de uma união de facto a uma prestação alimentar perante o outro ou que crie idêntica vinculação entre conviventes em economia comum, uma eventual obrigação de alimentos ou decorre de um negócio jurídico ou não é judicialmente exigível, reconduzindo-se a uma mera obrigação natural. Isto é, a dívida alimentar emergente da relação parafamiliar do insolvente ou traduz-se num crédito subordinado ou nem sequer constitui um crédito sobre a insolvência.

---

[21] Cfr., entre outros, quanto ao dever de sustento, REMÉDIO MARQUES, *Algumas notas sobre alimentos (devidos a menores) «versus» o dever de assistência dos pais para com os filhos (em especial filhos menores)*, Coimbra, Coimbra Editora, 2000, pp. 148-149; e, quanto à obrigação de contribuir para os encargos da vida familiar, DUARTE PINHEIRO, *O núcleo intangível da comunhão conjugal* cit., pp. 71-72.

II. Os efeitos da declaração de insolvência nas relações familiares e parafamiliares não são somente os que até aqui foram assinalados. Está em causa uma vida em comum que abrange de modo amplo tanto aspectos pessoais como patrimoniais. É, portanto, vã a ambição de exaustividade.

Imediatamente antes, o centro de preocupação foram os deveres do insolvente perante os familiares. Ora, há também deveres dos familiares perante o insolvente. Após a sentença e dada a precária situação patrimonial do insolvente, intensifica-se o dever de assistência a que estão vinculados o seu cônjuge ou os seus pais e filhos, nos termos dos arts. 1672.º e 1874.º do Código Civil. E é configurável retirar do dever conjugal de cooperação ou paternofilial de auxílio uma obrigação de ajuda com vista à cessação da situação de insolvência do familiar, para que este consiga pôr termo ao processo (cfr. art. 230.º, n.º 1, al. c)) e, por conseguinte, a certas restrições à sua capacidade.

Para ilustrar a riqueza do tema de exposição, note-se que a eficácia da declaração de insolvência não se cinge aos chamados deveres familiares.

III. Na relação conjugal, a declaração de insolvência tem consequências no campo da titularidade, da administração e da disposição de bens, tal como no campo das dívidas.

Se o insolvente estiver casado num regime com um componente de comunhão, p.e., no regime supletivo, que é o da comunhão de adquiridos, a massa insolvente integrará os seus bens próprios e a respectiva meação nos bens comuns (cfr. arts. 46.º, n.º 1; 141.º, n.ºs 1, al. b), e 3; 159.º).

A liquidação do património do insolvente pressupõe a partilha dos bens comuns do casal, o que configura uma excepção ao princípio da imutabilidade da convenção antenupcial e do regime de bens (art. 1715.º, n.º 1, al. d) do Código Civil). Essa passagem para o regime da separação é regulada por regras especiais, que antes não existiam, na hipótese de insolvência de ambos os cônjuges: cfr. arts. 264.º-266.º.

Mas qual é o estatuto dos bens comuns, antes da partilha e depois da declaração de insolvência? Depois da declaração, qualquer acto de administração e disposição é susceptível de interessar à insolvência, já que, na sequência da partilha, esse bem pode ou poderia vir a integrar concretamente a massa insolvente. Por isso, a eficácia do acto exige a intervenção do administrador da insolvência, não bastando a intervenção de ambos os cônjuges ou de um deles com o consentimento do outro[22].

Consideremos então o estatuto dos bens próprios do insolvente casado. Acarretando normalmente a atribuição de poderes de administração e de disposição ao administrador da insolvência, a declaração impede a administração e disposição por um cônjuge de bens próprios do outro que se integrem na massa insolvente, ao arrepio do que é disposto em vários preceitos do Código Civil, *v.g.*, as alíneas e), f) e g) do n.º 1 do art. 1678.º, o n.º 3 do art. 1681.º e o n.º 2 do art. 1682.º. A ideia sai reforçada pelo princípio da caducidade do mandato, previsto no art. 110.º, n.º 1 do Código da Insolvência e da Recuperação de Empresas.

O art. 81.º, n.º 3 estatui que não são aplicáveis ao administrador da insolvência limitações ao poder de disposição impostas por lei em favor de pessoas determinadas. Aparentemente, a norma confere ao administrador da insolvência legitimidade para dispor de bens próprios do devedor que integrem a massa insolvente, quando, antes da declaração de insolvência, só podiam ser objecto de disposição pelo devedor com o consentimento do respectivo cônjuge. Pela sua letra, o art. 81.º, n.º 3 sobrepõe-se aos arts. 1682.º, n.º 3, al. a), 1682.º-A, n.º 2, e 1682.º-B do Código Civil. Isto significa, p.e., que ao administrador da insolvência assiste legitimidade para alienar um imóvel próprio do insolvente que constitua a casa de morada da família, sem o consentimento do cônjuge do proprietário. No entanto, a isenção de limitações aos poderes de disposição do administrador da insolvência não pode afectar o imóvel arrendado que se destine à habitação do insolvente: o art. 108.º, n.º 2 nega ao administrador da insolvência a faculdade de denúncia do contrato de arrendamento de imóvel destinado à habitação do insolvente. Será que a *ratio* do art. 108.º, n.º 2 obsta igualmente à alienação pelo administrador da insolvência do imóvel pertencente ao insolvente que constitua casa de morada da família? Parece-nos excessivo, uma vez que isso equivale frequentemente a subtrair do processo da insolvência um dos bens mais valiosos de uma pessoa singular. Bem vistas as coisas, no art. 108.º, n.º 2, o direito de habitação do insolvente é assegurado sem grande contemplação pelos interesses patrimoniais do senhorio, mas com custos mínimos, limitados, para a massa insolvente. Ou seja,

---

[22] Posição que subjaz ao ac. STJ 11/03/2003 (SILVA SALAZAR), proc. 03A330, em *http:/www. dgsi.pt* (consulta de 15/04/2005), no qual se debatia problemática similar, a propósito da declaração de falência do cônjuge marido.

mais do que uma expressão incondicional do direito constitucional à habitação, susceptível de aplicação analógica, representa unicamente outra situação, que não é rara, em que o Estado, através do legislador, se mostra generoso, caritativo, para com o arrendatário habitacional, à custa obviamente de um terceiro que é o senhorio. O alcance circunscrito do art. 108.°, n.° 2 é, aliás, confirmado pelo art. 150.°, n.° 5, que, no quadro das providências conservatórias dos bens integrantes da massa insolvente, admite a desocupação da casa onde habitualmente resida o insolvente.

A declaração de insolvência prejudica o regime das dívidas dos cônjuges: normalmente, a massa insolvente não responderá pelas dívidas comunicáveis que forem contraídas pelo cônjuge do insolvente (cfr. arts. 1691.° e 1695.° do Código Civil). O art. 81.°, n.° 6 aplica-se, por maioria de razão, aos actos do cônjuge do insolvente que originem constituição de dívidas.

IV. Vejamos agora algumas repercussões da declaração de insolvência na relação de filiação, mais precisamente numa relação em que o filho é menor, pressupondo que o insolvente é o titular do poder paternal.

Na hipótese de insolvência qualificada como culposa, durante o período de inabilitação, o insolvente está de pleno direito inibido de representar o filho e administrar os seus bens, nos termos dos arts. 1913.°, n.° 2, e 1914.° do Código Civil. Independentemente disto, podem ser decretadas providências judiciais de protecção dos bens do filho, ao abrigo do disposto no art. 1920.° do Código Civil.

No capítulo dos meios de suprimento do poder paternal, o Código Civil prevê expressamente consequências da declaração de insolvência. Nos termos do art. 1933.°, n.° 2, os insolventes podem ser nomeados tutores, desde que sejam apenas encarregados da guarda e regência do menor. Se a declaração de insolvência for posterior à nomeação do tutor, o poder tutelar do insolvente terá logicamente de sofrer uma amputação superveniente (aplica-se o art. 1948.°, al. b) por maioria de razão). Ao tutor será retirado o poder de administração dos bens do menor.

O insolvente não pode ser nomeado nem permanecer nos cargos de vogal do conselho de família, protutor e administrador de bens (cfr. arts. 1953.°, n.° 1, 1955.°, n.° 1, 1960.°, 1967.° e 1972.°).

V. A declaração de insolvência atinge, por fim, as relações de união de facto e de convivência em economia comum.

Na união de facto, os seus membros tendem a estruturar a vida em comum de um modo que se aproxima da da união conjugal, embora o regime jurídico do casamento não seja aplicável em bloco. A coabitação dos companheiros acaba, pois, por ter efectivas projecções patrimoniais. A prova da titularidade dos móveis vai-se tornando difícil e ocorre uma gestão mais ou menos articulada dos bens e dos compromissos dos membros do casal, no interesse de ambos. A declaração de insolvência perturba necessariamente a vida patrimonial comum, com a agravante de que o companheiro do insolvente não beneficia da tutela que é reconhecida a um cônjuge[23].

Na convivência em economia comum, a declaração de insolvência afigura-se ainda mais problemática, como se depreende da terminologia e do art. 2.º da Lei n.º 6/2001, de 11 de Maio, que define como economia comum a situação de pessoas que vivam em comunhão de mesa e habitação há mais de dois anos e tenham estabelecido uma vivência em comum de entreajuda e partilha de recursos.

5. Considerações finais

A declaração de insolvência não afecta apenas a esfera estritamente patrimonial do devedor. Atinge aspectos conexos com a sua esfera pessoal. Além disso, afecta outras pessoas, que são aquelas com as quais o insolvente tem ligações familiares ou parafamiliares.

Teoricamente, o impacto, directo e indirecto, da declaração de insolvência é ajustado. No entanto, para prevenir situações de iniquidade que atinjam profundamente a vida de cidadãos comuns e daqueles que com ele tenham uma relação de especial proximidade, importa assegurar uma aplicação efectiva, plena, de outra legislação que não exclusivamente o Código da Insolvência e da Recuperação de Empresas. Vivemos numa era de pressões sociais e publicitárias muito fortes para o consumismo e para o recurso ao crédito sob as mais diversas formas.

O Código da Insolvência e da Recuperação de Empresas alude no art. 16.º à legislação especial sobre o consumidor relativamente a procedimentos de reestruturação do passivo. E, nos arts. 235.º e s., consagra o ins-

---

[23] Nomeadamente, não beneficia da garantia da obrigação de contribuir para os encargos da vida familiar (cfr., *supra*, n.º 4 I).

tituto da exoneração do passivo restante, que está vocacionado para a protecção dos devedores pessoas singulares. Seja como for, é essencial que se pugne por uma observância real e, eventualmente, até por um aperfeiçoamento da regulamentação atinente à defesa do consumidor, ao crédito, à publicidade e às cláusulas contratuais gerais. De outro modo, o devedor insolvente e as pessoas que com ele vivem ou que dele dependem poderão vir a ser os únicos a sofrer os resultados de uma situação que não é totalmente imputável àquele. Sem um combate eficaz à actuação abusiva, pouco ética, de alguns agentes económicos, estes acabarão por obter parte ou a totalidade do lucro almejado ou por registar a insatisfação do crédito sobre a insolvência como uma mera perda de exercício acidental e desprezível, já que facilmente compensável à custa de outros contraentes igualmente menos prudentes, mas com maior capacidade económica.

BREVE NOTA SOBRE SEGURANÇA SOCIAL

JORGE MIRANDA [*]

1. O respeito pela dignidade da pessoa humana, base primeira da República e esteio da unidade do sistema de direitos fundamentais (art. 1.º da Constituição), impõe condições materiais de vida capazes de assegurar liberdade e bem-estar a todos os membros da comunidade (cfr. art. 25.º da Declaração Universal). Donde incumbências do Estado e da sociedade e direitos das pessoas[1].

Numa ordem decrescente de maior para menor determinação ou determinabilidade das normas constitucionais, podem ser discernidos cinco níveis de situações, não necessariamente correspondentes a graus de maior ou menor carência:

1.º nível – Salário mínimo [art. 59.º, n.º 2, alínea *a*)]; cômputo de todo o tempo de trabalho para o cálculo das pensões de velhice e invalidez, independentemente do sector de actividade em que tenha sido prestado (art. 63.º, n.º 4); proibição de trabalho de menores em idade escolar (art. 69.º, n.º 3); ensino básico [art. 74.º, n.º 2, alínea *c*)];

2.º nível – Não denegação da justiça por insuficiência de meios económicos (art. 20.º, n.º 1); assistência material no desemprego [art. 59.º, n.º 1, alínea *e*)]; protecção em todas as situações de falta ou diminuição de meios de subsistência ou de capacidade para o trabalho (art. 63.º, n.º 4); serviço nacional de saúde tendencialmente gratuito, tendo em conta as condições económicas e sociais do cidadão [art. 64.º, n.º 2, alínea *a*)];

---

[*] Professor Catedrático da Universidade de Lisboa e da Universidade Católica Portuguesa.

[1] Cfr., por todos, ANTÓNIO DA SILVA LEAL, *O direito à segurança social*, in *Estudos sobre a Constituição*, obra colectiva, II, Lisboa, 1978, págs. 335 e segs.

3.º nível – Situação das crianças órfãs, abandonadas ou, por qualquer forma, privadas de um ambiente familiar normal (art. 69.º, n.º 2), situação das pessoas portadoras de deficiência (art. 71.º) e terceira idade (art. 72.º);

4.º nível – Regulação dos impostos e dos benefícios sociais, de harmonia com os encargos familiares [arts. 67.º, n.º 2, alínea *f*) e 104.º, n.º 1].

5.º nível – Situação dos trabalhadores emigrantes e dos trabalhadores estudantes [art. 59.º, n.º 2, alíneas *e*) e *f*)], habitação em condições de higiene e conforto e que preserve a intimidade pessoal e a privacidade familiar (art. 64.º), situação dos jovens (art. 70.º), acesso aos graus mais elevados de ensino, com progressiva gratuitidade [art. 74.º, n.º 2, alíneas *d*) e *e*)].

2. A maior ou menor determinação ou determinabilidade das normas constitucionais não dispensa, antes exige a intervenção do legislador, regulamentando ou concretizando-as ao serviço de um verdadeiro encargo ou dever de protecção[2].

É o que se verifica, designadamente (mas não só) frente ao direito a uma existência condigna [art. 59.º, n.º 2, alínea *a*), *in fine*] ou a um mínimo de subsistência ou de existência, com dupla dimensão negativa e positiva:

a) Dimensão negativa – garantia de salário, impenhorabilidade do salário mínimo ou de parte do salário e da pensão que afecte a subsistência, não sujeição a imposto sobre o rendimento pessoal de quem tenha rendimento mínimo[3];

b) Dimensão positiva – atribuição de prestações pecuniárias a quem esteja abaixo do mínimo de subsistência[4].

Este direito, nas suas duas vertentes segue o regime comum da tutela jurisdicional, da tutela através do Provedor de Justiça e dos restantes meios de protecção oferecidos aos cidadãos[5].

---

[2] Cfr., por todos, JORGE PEREIRA DA SILVA, *Dever de legislar e protecção jurisdicional contra omissões legislativas*, Lisboa, 2003.

[3] Cfr. acórdão n.º 509/2002 do Tribunal Constitucional, de 19 de Dezembro, in *Diário da República*, 1.ª série-A, n.º 36, de 12 de Fevereiro de 2003; VIEIRA DE ANDRADE, *O "direito..."*, cit., loc.cit.

[4] Cfr. a jurisprudência do Tribunal Constitucional citada em JORGE MIRANDA e RUI MEDEIROS, *Constituição Portuguesa Anotada*, Coimbra, 2005, pág. 633.

[5] Cfr. *Manual de Direito Constitucional*, IV, 3.ª ed., 2000, pág. 400; págs. 477 e segs.

3. É em todo o contexto acabado de mencionar que deve ser equacionada a problemática da segurança social.

A Constituição de 1976 é a primeira das nossas Constituições que emprega o termo, a primeira que contém um artigo dedicado ao *direito à segurança social* e a primeira que prevê um *sistema de segurança social* (art. 63.°). Não é que preocupações de carácter social estivessem ausentes das Leis fundamentais antecedentes e que não houvesse já algumas realizações nesse sentido, poucas na época liberal[6] e mais avançadas no chamado "Estado Novo"[7].

A Constituição de 1822 contemplava estabelecimentos de beneficência e de caridade (arts. 223.°, IV, e 240.°, *in fine*). A Carta Constitucional e a Constituição de 1838 garantiam os socorros públicos (arts. 145.°, § 29.°, e 28.°, III, respectivamente)[8]. A Constituição de 1911 aludia a um direito à assistência pública (art. 3.°, n.° 29)[9]. E a Constituição de 1933 incluía, entre os fins do Estado, o de obstar a que as condições das classes sociais mais desfavorecidas descessem abaixo do mínimo de existência humanamente suficiente (art. 6.°, n.° 3) ou de lhes assegurar um nível de vida compatível com a dignidade humana (após 1951)[10]; e incumbia-o outrossim de promover e favorecer as instituições de solidariedade, previdência, cooperação e mutualidade (art. 41.°)[11].

A diferença não está somente na terminologia. Está na amplitude dos novos preceitos e na sua inserção no âmbito de uma Constituição empenhada na construção de uma sociedade livre, justa e solidária (art. 1.°, 2.ª parte) e na realização da democracia económica, social e cultural

---

[6] Pensões de reforma dos operários dos estabelecimentos fabris do Estado (Decreto de 17 de Julho de 1886), responsabilidade das entidades patronais por acidentes de trabalho (Lei n.° 83, de 24 de Julho de 1913), seguros sociais obrigatórios (Decreto de 11 de Maio de 1919).

[7] Com o Estatuto do Trabalho Nacional (Decreto n.° 23 084, de 23 de Setembro de 1913) e a Lei n.° 1.884, de 26 de Março de 1935, e depois a Lei n.° 2.115, de 18 de Junho de 1962.

[8] Cfr. LOPES PRAÇA, *Estudos sobre a Carta Constitucional e o Acto Adicional de 1852*, I, Coimbra, 1878, págs. 105 e segs.

[9] Cfr. MARNOCO E SOUSA, *Constituição Política da República Portuguesa – Comentário*, Coimbra, 1913, págs. 178 e segs.

[10] Com a revisão de 1971 passaria a dizer-se "assegurar a todos os cidadãos um nível de vida de acordo com a dignidade humana".

[11] Cfr. ANTÓNIO DA SILVA LEAL, *Política Social Portuguesa*, Lisboa, 1969-1970, págs. 90 e segs., e MARCELLO CAETANO, *Manual de Ciência Política e Direito Constitucional*, II, 6.ª ed., Lisboa, 1972, pág. 534.

(art. 2.º, 2.ª parte), com justiça social, igualdade de oportunidades e correcções das desigualdades na distribuição da riqueza e dos rendimentos [arts. 81.º, alínea b), 90.º e 103.º, n.º 1][12].

4. Analisando o art. 63.º da Constituição[13], descobrem-se nele, como em quase todas as disposições do título III da parte I, tanto uma vertente subjectiva – de direitos e deveres das pessoas – como uma vertente objectiva – de incumbências do Estado – e ainda uma vertente organizatória:

a) A par do direito geral à segurança social (n.º 1) como direito com estrutura de direitos económicos, sociais e culturais, um direito (a acrescentar aos atrás indicados) com estrutura de direitos, liberdades e garantias – o direito a que todo o tempo de trabalho contribua para o cálculo das pensões de velhice e invalidez, independentemente do sector de actividade em que tenha sido prestado (n.º 4);

b) Ainda dois outros direitos com a mesma estrutura de direitos, liberdades e garantias – o direito de participação das associações sindicais, de outras organizações representativas dos trabalhadores e de associações representativas dos demais beneficiários (n.º 2, 2.ª parte) e o direito de criação de instituições particulares de solidariedade social e de outras instituições de reconhecido interesse público sem carácter lucrativo (n.º 5);

c) Por imposição do princípio da igualdade real entre os portugueses [art. 9.º, alínea d)], a possibilidade de deveres de contribuição por parte dos beneficiários, em razão das suas capacidades económicas[14];

---

[12] Todos os projectos de Constituição aprsentados em 1975 à Assembleia Constituinte afirmavam o direito à segurança social: projectos do Centro Democrático Social (art. 49.º, n.º 2), do Movimento Democrático Português (art. 43.º), do Partido Comunista Português (art. 41.º), do Partido Socialista (art. 39.º), do Partido Popular Democrático (art. 39.º), da União Democrática Popular (art. 17.º).
Sobre o art. 63.º – cujo n.º 2 foi aprovado por unanimidade – v. os debates in *Diário*, n.ᵒˢ 56 e 57, de 2 e 3 de Outubro de 1975, págs. 1684 e segs. e 1718 e 1719, respectivamente.

[13] Cfr. ANTÓNIO DA SILVA LEAL, *op.cit.*, *loc.cit.*, págs. 339 e segs.; GOMES CANOTILHO e VITAL MOREIRA, *Constituição da República Portuguesa Anotada*, 3.ª ed., Coimbra, 2003, págs. 338 e segs.; ILÍDIO DAS NEVES, *Direito da Segurança Social*, Coimbra, 1996, págs. 204 e segs.; JORGE MIRANDA e RUI MEDEIROS, *Constituição...*, cit., págs. 631 e segs. (anotação de RUI MEDEIROS).

[14] Cfr. GOMES CANOTILHO e VITAL MOREIRA, *Constituição...*, cit., pág. 339; JORGE MIRANDA, *Manual...*, IV, cit., págs. 394 e segs.; JORGE MIRANDA e RUI MEDEIROS, *Constituição...*, cit., págs. 647 e segs.

d) A incumbência do Estado de organizar, coordenar e subsidiar um sistema de segurança social (n.º 2, 1.ª parte);

e) A incumbência complementar do Estado de apoiar e fiscalizar, nos termos da lei, a actividade e o funcionamento das instituições particulares de solidariedade social e outras de reconhecido interesse público sem fins lucrativos (n.º 5);

f) A caracterização do sistema de segurança social como unificado e descentralizado (n.º 2, 1.ª parte);

g) A ligação das instituições particulares de solidariedade social não só a objectivos de segurança social mas também a formas de apoio às famílias, às crianças, aos jovens, às pessoas com deficiência e aos idosos (n.º 5, 2.ª parte)[15].

5. Subjaz uma concepção universalista, consonante com os principais vectores dos direitos fundamentais. O direito à segurança social é de todas as pessoas (n.º 1) – incluindo os estrangeiros residentes em território português (art. 15.º)[16].

Se à face do texto inicial poderia pôr-se a dúvida e sustentar uma concepção laborista ou trabalhista[17], pelo menos desde 1982, pelas razões atrás expostas, pela referência a outros beneficiários além dos trabalhadores (n.º 2, *in fine*) e por congruência com os preceitos próximos (como o art. 64.º, sobre o serviço nacional de saúde, ou o art. 65.º, sobre habitação), tal já não se antolha admissível[18]. O natural relevo dado aos trabalhadores (n.ºˢ 2 e 4) não infirma este raciocínio.

---

[15] O art. 63.º corresponde ao texto originário da Constituição com as seguintes alterações:
 – aditamento de "solidariedade", na epígrafe, em 1997;
 – no n.º 2 eliminação "de acordo..." e inserção da referência a "associações representativas dos demais beneficiários", em 1982;
 – o n.º 3 é o n.º 4 inicial;
 – o n.º 4 foi introduzido em 1989;
 – no n.º 5, em resultado das revisões de 1982, 1989 e 1997, substituiu-se a fórmula negativa ("A organização... não prejudicará...") pela fórmula positiva ("O Estado apoia e fiscaliza...") e indicaram-se alguns dos objectivos das instituições.

[16] Apesar de no n.º 3 se falar em "cidadãos".

[17] Assim, ANTÓNIO DA SILVA LEAL, *op.cit.*, *loc.cit.*, págs. 359 e segs.

[18] No sentido de um compromisso entre as concepções universalista e laborista com afloramentos de concepção assistencialista, ILÍDIO DAS NEVES, *op.cit.*, pág. 120.

É, de resto, uma concepção idêntica ou análoga a que domina na grande maioria de outras Constituições[19] e nos grandes textos internacionais[20].

6. O sistema de segurança social apresenta-se, por conseguinte, como um sistema:

a) *Universal* – porque todos têm direito à segurança social, e porque, em caso algum, perdem os direitos adquiridos a prestações[21];

b) *Integral* – porque pretende abranger todas as situações de falta ou diminuição de meios de subsistência ou de capacidade para o trabalho;

c) *Unificado* – porque estruturado como uma unidade em razão da unidade de vida das pessoas e funcionalmente adequado às diversas prestações de que careçam[22];

d) *Público* – porque organizado, coordenado e subsidiado pelo Estado;

e) *Descentralizado* – porque estruturado através de pessoas colectivas públicas distintas do Estado, sejam de Administração indirecta ou de Administração autónoma [cfr. arts. 105.°, n.° 1, alínea b), e 199.°, alínea d) da Constituição];

f) *Participado* – porque sujeito a formas de participação por parte de associações representativas dos beneficiários, em obediência ao princípio da democracia participativa (art. 2.°).

---

[19] A começar pela Constituição alemã de Weimar (art. 161.°) e passando por Constituições como a francesa (preâmbulo de 1946), a dinamarquesa (art. 75.°, n.° 2), a espanhola (art. 41.°), a holandesa (art. 20.°), a belga (art. 23.°) ou a brasileira (art. 194.°). Pelo contrário, em sentido laborista ou trabalhista, v. as Constituições mexicana [art. 123.°-B, x)], italiana (art. 38.°) ou grega (art. 22.°, n.° 4).

[20] Declaração Universal (art. 22.°), Pacto Internacional de Direitos Económicos, Sociais e Culturais (art. 9.°), Carta Social Europeia (art. 12.°), Carta dos Direitos Fundamentais da União Europeia (art. 34.°).

[21] Por força do princípio da confiança, inerente ao Estado de Direito [arts. 2.° e 9.°, alínea b)] e por nenhuma pena envolver, como efeito necessário, a perda de quaisquer direitos civis, profissionais ou políticos (art. 30.°, n.° 4).

[22] Ou, como diz o Tribunal Constitucional, estruturado "orgânica e funcionalmente em termos de abranger todo o tipo de prestações capazes de socorrer os cidadãos nas várias situações de desprotecção".

7. As normas que encerram direitos com estrutura de direitos, liberdades e garantias e as que caracterizam o sistema – universal, integral, unificado, público, descentralizado e participado – são normas preceptivas. As demais normas do art. 63.º são normas programáticas[23].

Nem por isso estas deixam de ser verdadeiras e próprias normas jurídicas, com a eficácia que têm, em geral, as normas programáticas (e as preceptivas não exequíveis por si mesmas), porquanto:

a) Só por constarem da Constituição, reflectem-se, directa ou indirectamente, sobre as restantes normas, as quais, sem elas, poderiam ter alcance diverso;
b) Através da analogia podem contribuir para a integração de lacunas;
c) Proíbem a emissão de normas legais ou quaisquer outras contrárias;
d) Proíbem a prática de comportamentos que tendam a impedir a produção de actos por elas impostos;
e) Fixam critérios, directivas ou balizas para o legislador ordinário;
f) Uma vez concretizadas através de normas legais, não podem estas ser pura e simplesmente, revogados, retornando-se à situação anterior (o legislador tem, decerto, a faculdade de modificar qualquer regime jurídico, o que não tem é a faculdade de subtrair supervenientemente a uma norma constitucional a exequibilidade que ele, entretanto, tenha adquirido)[24].

A falta de normas concretizadoras de normas programáticas, no tempo e no modo constitucionalmente prescrito, determina inconstitucionalidade por omissão. A violação por normas contrárias, directamente ou por meio de revogação das normas concretizadoras, equivale a inconstitucionalidade por acção, com as consequências inerentes[25].

8. Um papel indispensável cabe aqui à lei quer pela própria natureza das matérias envolvidas quer pelo sentido essencial de democracia repre-

---

[23] Sobre normas preceptivas e programáticas, v. *Manual...*, II, 5.ª ed., Coimbra, 2003, págs. 270 e segs.
[24] V. *Manual...*, II, cit., págs. 278 e segs. e IV, cit., págs. 379 e segs. e jurisprudência e Autores citados.
[25] V. *Manual...*, VI, Coimbra, 2001, págs. 33 e 272 e segs.

sentativa e pluralista da Constituição – uma Constituição aberta, nos limites da sua força normativa, aos sucessivos modos de concretização decorrentes das manifestações da vontade eleitoral.

Mas a liberdade de decisão ou de conformação do legislador recorta-se variável, inversamente proporcional à maior ou menor determinação ou determinabilidade das regras constitucionais.

É menor no tocante à contagem de todo o tempo de trabalho para o cálculo das pensões de velhice e invalidez. E também pequena quanto à integração do orçamento da segurança social no orçamento de Estado, na definição das situações de carência e das formas de participação dos beneficiários, quanto às garantias de unidade do sistema e quanto ao regime das instituições particulares de solidariedade social. Depois vai aumentando: formas de organização, coordenação e financiamento pelo Estado, formas de descentralização, articulação entre o sistema de segurança social e as instituições particulares de solidariedade social[26].

A lei de bases da segurança social entra na reserva relativa da competência legislativa da Assembleia da República, o que permite decretos-leis e decretos legislativos regionais por ela autorizados [arts. 165.º, n.º 1, alínea f), e n.ᵒˢ 2, 3, 4 e 5, e 227.º, n.º 1, alínea b)].

Aditamento

Permita-se-me transcrever aqui as palavras que proferi na reunião do Conselho Científico da Faculdade de Direito, em 21 de Setembro de 2005, de homenagem ao Prof. Doutor Dias Marques:

A nossa Faculdade tem sofrido, nos últimos anos, perdas irreparáveis com o falecimento de alguns dos seus mais ilustres Mestres. Foi agora o Prof. Doutor José Dias Marques que nos deixou e um imenso pesar nos invade.

O Prof. Doutor José Dias Marques era, essencialmente, um civilista, discípulo de Paulo Cunha. Na sua bibliografia, avultam uma Teoria Geral do Direito Civil e importantes estudos no domínio dos Direitos Reais. Deixou também uma Introdução ao Estudo do Direito, de assinalável êxito. E escreveu lições policopiadas de História do Direito Português, disciplina que, por obrigação académica, teve de reger durante vários anos.

---

[26] V. *Constituição Portuguesa Anotada*, cit., págs. 638 e segs., e jurisprudência citada.

De inteligência cartesiana, com invulgares qualidades de síntese, os conceitos e as taxonomias apareciam nas suas obras com grande rigor técnico e em elaborações sistemáticas, em que poderiam vislumbrar-se ressaibos kelsenianos.

Honro-me de ter sido seu aluno e seu assistente.

Expositor claro, era de grande afabilidade para com os estudantes e os colaboradores. Respeitava-os e sabia fazer-se respeitar. Cultivando a eficiência no trabalho, era exigente quanto aos resultados a alcançar.

A este Conselho o Prof. Doutor José Dias Marques trazia uma presença indelével de serenidade. Discreto como em tudo na sua vida, nunca elevava a voz e as suas intervenções eram sempre pautadas por um espírito construtivo, animado pelo interesse da Escola. Mais do que um conciliador era um pacificador.

Isso não o impedia, porém, quando as circunstâncias o impunham, de assumir, com frontalidade, as posições que entendia, jurídica e universitariamente mais correctas (lembro-me, por exemplo, da posição que tomou contra o voto secreto na admissão à prestação de provas de doutoramento). Assim como não se eximia a assumir responsabilidades (lembro-me de um incidente, felizmente depressa ultrapassado, relativo à presidência do Conselho).

Foi também, em momento difícil, de alguma crispação, presidente do Conselho Pedagógico.

Seja-me permitido supor que a Faculdade não soube, por vicissitudes várias, aproveitar tudo quanto o Prof. Doutor José Dias Marques lhe poderia dar em conhecimentos, versatilidade de interesses, ligação da teoria e da prática, lucidez crítica – até porque nunca recusou aquilo que lhe era solicitado e o que fez fê-lo com toda a dignidade.

A homenagem que hoje lhe prestamos é um momento de saudade para muitos dos que, actualmente, integram este Conselho. Mas representa, para todos, um acto de gratidão e de justiça. Fiel ao sentido institucional que lhe cabe guardar e transmitir, o Conselho Científico cumpre ainda deste modo, um dever de memória para com a Universidade e para com as sucessivas gerações de alunos do Prof. Doutor José Dias Marques.

SOBRE A INTERPRETAÇÃO JURÍDICA DAS DELIBERAÇÕES DE SOCIEDADES COMERCIAIS*

JORGE PINTO FURTADO**

1. O tema da *interpretação jurídica* das *deliberações de sociedades comerciais* não é dos mais tratados pela doutrina.

A generalidade das monografias que se ocupam destas *deliberações*, ou só do *voto*, omitem este capítulo.

Sintomaticamente, a obra clássica de BETTI, que se propõe abraçar uma concepção universal da *interpretação jurídica* e, nessa conformidade, analisa demoradamente os princípios reitores da *interpretação da lei*, das *normas consuetudinárias*, do *acto administrativo*, da *sentença*, do *negócio jurídico de direito privado* e do *tratado internacional*, não gasta uma só palavra especificamente com a *deliberação*[1].

Ocorrem no entanto, na prática, determinadas hipóteses em que vem ao de cima e ganha relevância o problema da sua *interpretação*, como quando se pergunta se faz sentido equacioná-lo a propósito de uma *deliberação negativa*, ou nos interrogamos se determinada *deliberação implícita* poderá realmente deduzir-se "com toda a probabilidade" do *conteúdo* de certa *deliberação expressa* – ou, mais geralmente, qual o exacto significado desse *conteúdo*.

Especialmente quando a *existência jurídica*, *validade* ou *eficácia* de uma *deliberação* é posta em causa e levada ao pretório, pode algum des-

---

* O texto que se segue aproveitou largos excertos de um capítulo da tese de doutoramento *Deliberações de sociedades comerciais*, tendo-se introduzido sensíveis desenvolvimentos e actualizações.

** Juiz do STJ, Ap. e Professor da Faculdade de Direito da Universidade Lusíada de Lisboa.

[1] EMILIO BETTI, *Interpretazioni della legge e degli atti giuridici*, Giuffrè, Milano, 1949.

tes temas ser suscitado – e não é aceitável que venha a ser resolvido empiricamente.

Nas obras jurídicas que lhe dedicam alguma atenção, aquilo que, de regra, nelas se encontra são apenas umas breves considerações a pautar a *interpretação da deliberação* pelos princípios orientadores da *interpretação do negócio jurídico inter vivos*.

Outras vezes, prefere-se aplicar o critério doutrinal válido para a *interpretação dos estatutos*, devendo por isso aferir-se o alcance da *declaração deliberativa* pelo entendimento que lhe dará "um médio participante no tráfico".

2. Em Portugal, o assunto não escapou à aguda análise de VASCO LOBO XAVIER – que, na linha do entendimento geral da doutrina estrangeira de então, começou por preconizar que deveria a *interpretação das deliberações* submeter-se, entre nós, ao princípio geral de *interpretação* posto no art. 236 CC para o *negócio jurídico*.

Prontamente reconheceu, porém, as dificuldades que semelhante concepção enfrentava, já por não ser pacífico qualificar-se a *deliberação* como *negócio jurídico*, embora o admitisse, "com a doutrina dominante", já porque, no mencionado princípio, o legislador teve presentes "negócios jurídicos com uma fisionomia muito diversa daquela que revestem as deliberações da assembleia, e utilizou conceitos cujo cabimento é especialmente problemático no domínio destes... actos"[2].

Interrogando-se, todavia, sobre se deveria ir-se mais longe e aplicarem-se à *interpretação da deliberação* os princípios válidos para a *interpretação dos estatutos*, aceitou de imediato a solução afirmativa, relativamente às *deliberações* que se destinam a modificá-los, as quais são objecto da *publicidade* legal e, portanto, cognoscíveis pelo "médio participante no tráfico" – e, assim, um *não-sócio*.

Fora desse caso, porém, as razões para interpretar a *deliberação* na perspectiva da *interpretação dos estatutos* só valiam para aquela que tendesse a afectar directamente a posição dos *sócios* perante a *sociedade*.

Em geral, só deveria, portanto, ser interpretada na perspectiva dos *titulares dos órgãos* e dos *sócios* que detivessem tal qualidade, "*ao tempo da sua aprovação*", hajam ou não participado da *assembleia*.

Deste modo, *as circunstâncias a atender*, na sua opinião, deveriam ser aquelas de que tais sujeitos tiveram efectivo conhecimento ou que lhes

---

[2] VASCO DA GAMA LOBO XAVIER, *Anulação de deliberação social e deliberações conexas*, Atlântida Editora, Coimbra, 1976, p. 555.

seriam acessíveis, "suposto se tratasse de pessoas dotadas de qualidades normais"; logo, *as indicações constantes da acta*.

Daí, o distinguir, por fim, o caso das *sociedades anónimas*, de *capital* muito disperso – para as quais a *interpretação* deveria ser feita *do ângulo do accionista que não tem ao seu alcance senão o aviso convocatório e a acta* – do caso das *sociedades de quotas*, onde pelo contrário se deveria *entrar em linha de conta com a situação real dos vários sócios*[3].

Concretamente a propósito da *interpretação jurídica dos estatutos*, nota-se, no entanto, uma tendência moderna para se esbater a sua aferição pelos princípios postos para o *negócio jurídico*, acentuando-se a influência do critério estabelecido no nosso Direito positivo para a interpretação da *lei*, com as convenientes adaptações.

Assim, COUTINHO DE ABREU, embora parta da ideia de que, constituindo os *estatutos negócios jurídicos*, deverão ser em geral interpretados de acordo com as orientações dos arts. 236 a 238 CC – para as cláusulas de organização e funcionamento, relevantes também para futuros sócios, já deverá ser "aplicável o método 'objectivo', de forma a descobrir-se a vontade dos sócios tal como se revela no acto constituinte, no *texto* das cláusulas estatutárias em causa e no *contexto* (estatutário) – cfr. arts. 238, 1 e 9.º, 2, CCiv."[4].

MENEZES CORDEIRO é mais incisivo e abrangente, pois proclama, genericamente: "a interpretação dos pactos sociais é fundamentalmente objectiva, devendo seguir o prescrito para a interpretação da lei – art. 9.º do Código Civil, com as inevitáveis adaptações"[5].

3. O último destes entendimentos a respeito da *interpretação dos estatutos* deverá, segundo nos parece, adoptar-se também para as *deliberações de sociedades*, quanto às quais a clássica aferição dos princípios orientadores da *interpretação jurídica* pelas normas de *interpretação do negócio jurídico* levantará igualmente dificuldades insuperáveis.

Supomos, na verdade, tal aferição criticável desde a base – para nós, frágil e inconsistente – em que se firma, qualificando a *deliberação*

---

[3] VASCO DA GAMA LOBO XAVIER, *Anulação de deliberação social e deliberações conexas*, Atlântida Editora, Coimbra, 1976, pp. 571-572.

[4] JORGE MANUEL COUTINHO DE ABREU, *Curso de Direito Comercial*, Almedina, II, 2002, p. 141.

[5] ANTÓNIO MENEZES CORDEIRO, *Manual de Direito das Sociedades*, Almedina, I, 2004, p. 408.

como um *negócio jurídico*, ou aplicando-lhe, ao menos, os seus princípios *por analogia*, muitas vezes afirmada, aliás, aprioristicamente e sem se admitir qualquer dúvida metódica sobre se, neste caso particular, *existirá, de facto, essa analogia*.

Com efeito, como se dispõe no art. 236 CC, "a declaração negocial vale com o sentido que um declaratário normal, colocado na posição do real declaratário, possa deduzir do comportamento do declarante".

É este, decerto, um são princípio de senso comum. Se o *negócio jurídico*, na sua mais elementar forma, é constituído por uma declaração de vontade *voltada para fora*, é natural que deva ser entendido com o alcance que possa ser deduzido por "um declaratário normal, colocado na posição do real declaratário".

O princípio legal básico da *interpretação do negócio jurídico* é, assim, uma regra estabelecida para *declarações com destinatário* – é, noutros termos, uma norma que *não pode prescindir de destinatário*.

Ora, tentar aplicá-la, analogicamente, à *deliberação*, cuja fisionomia se *volta para dentro*, constituindo um *acto interno*, pelo menos, normalmente – parece algo de tão difícil como, na pitoresca expressão lombarda de que se serve CARNELUTTI na sua *Metodologia, mettere il grano di sale sulla coda al passero*.

Quem seriam, nesta perspectiva, os *destinatários* da *deliberação?*

Os votantes que ficaram em *maioria?* Mas foram estes mesmos que conformaram a *deliberação*.

Não a denomina o nosso Código das Sociedades Comerciais, afastando-se ao menos, por momentos, da *teoria orgânica*, deliberação *dos sócios?*

Por outro lado e na perspectiva dos *votos* que compuseram e se fundiram na *deliberação*, não deverá esquecer-se que, como parece de entender, a *declaração de voto* não é uma *declaração receptícia*; se o fosse, os votantes seriam assim, a um tempo, *declarantes* e *declaratários*, numa surpreendente espécie de *declarantes consigo mesmos*.

Tem-se portanto ponderado, mais razoavelmente, que, sendo a *deliberação* eficaz e vinculativa para todos os *sócios*, tenham eles votado a favor ou contra a *proposta*, tenham ou não estado presentes no processo deliberativo, e, bem assim, para com os *órgãos societários* – todos eles teriam de ser considerados *destinatários dos efeitos jurídicos* desencadeados; logo, destinatários da própria *declaração deliberativa*.

A figuração, porém, de todos os *sócios*, mais do que como simples *destinatários da eficácia deliberativa*, como *declaratários* de uma *decla-*

ração da sociedade dotada de caracteres análogos aos de um negócio jurídico, levantaria decerto dificuldades adicionais.

Devendo, de acordo com o preceituado no art. 236 CC, atender-se ao sentido que possa deduzir um *declaratário normal*, "colocado na posição do real declaratário", que posição deveria prevalecer?

A dos *sócios* que votaram a favor? A dos que votaram contra? A dos que se abstiveram, ou a dos que, pura e simplesmente, não compareceram mas têm, apesar disso, de suportar os efeitos jurídicos da *deliberação?*

Com isto, não se aludiu ainda aos *terceiros* a quem interesse a *eficácia deliberativa*. Nos raros casos em que se reconheça *carácter externo* à *deliberação*, também não falta quem aponte os *terceiros* para com os quais ela seja eficaz, nesses casos, como *destinatários da deliberação*[6].

LOBO XAVIER exclui-os todavia, prontamente, ponderando que, nas raras hipóteses de relevância jurídica externa, "ao menos normalmente" medeia um *acto notificativo* – e será este que terá de ser interpretado em conformidade com a regra geral do art. 236 CC[7].

Cremos, porém, que parecerá bem difícil aceitar a substituição do *acto notificado* pelo *acto notificativo*. Este constitui uma simples *declaração de conhecimento*, com um significado próprio, cuja *interpretação* não se sobrepõe nem exclui a da *deliberação*, em si – tal como, designadamente, a da *sentença* se não substitui pela da sua *notificação*.

Como se vê, o recurso à norma posta no Código Civil para o *negócio jurídico*, para servir de cânone hermenêutico da *deliberação das sociedades comerciais*, suscita dificuldades insuperáveis, demonstrando inequivocamente que não faz sentido tentar adoptá-la.

A sua aplicação ao caso não decorre, com efeito, da real natureza jurídica da *deliberação*, que não deve identificar-se tecnicamente com um *negócio jurídico*, e não tem neste aspecto sequer cabimento o apelo à *analogia*, de que por vezes se socorrem os defensores desta ideia – tão diversas são as situações desencadeadas pela *deliberação*, em si, da *facti species* descrita no art. 236 CC.

4. Também o apelo tradicional aos princípios classicamente propostos para a *interpretação dos estatutos* suscita, quanto a nós, justificadas reservas.

---

[6] GODIN/WILHELMI, *Aktsiengesetz Kommentar*, Walter De Gruyter & Co. Berlin, 1967, 3.ª ed., refundida por HANS WILHELMI und SYLVESTER WILHELMI, I, § 119, Anm. 11, p. 629.

[7] VASCO DA GAMA LOBO XAVIER, *Anulação de deliberação social e deliberações conexas*, Atlântida Editora, 1976, p. 561.

Poderia parecer razoável, nessa base, aplicar ao processo interpretativo de uma *deliberação de sociedade* o critério da aferição do seu alcance de acordo com o entendimento assimilável pelo *médio participante no tráfico* – mas as divergências cresceriam de ponto quando, nesse pressuposto, se tivesse em vista determinar quais os elementos a ele oponíveis, ou mesmo quando apenas se pretendesse estabelecer o seu horizonte de acordo com o conhecimento que de tais elementos tenham os respectivos *sócios*, chegando a sustentar-se que, quanto ao comum das *deliberações*, deverão elas ser interpretadas unicamente na perspectiva dos *titulares dos órgãos* e dos que forem *sócios ao tempo da aprovação da acta*, "hajam ou não participado na respectiva assembleia", atendendo-se quanto a eles às "indicações constantes da acta"[8].

Aos nossos olhos, não poderá, contudo, deixar de parecer contraditório começar por se admitir como base interpretativa o critério do "médio participante do tráfico", e acabar-se por atender aos sujeitos quanto aos quais seria cognoscível a *deliberação*, e, mesmo assim, apenas relativamente aos elementos que lhes possam ser opostos.

A premissa só concordará com a conclusão quando os dois critérios, que têm funções diversas, ocasionalmente coincidirem no mesmo entendimento interpretativo.

Na verdade, o critério de base é visceralmente objectivo e abrangente: pauta o alcance da *deliberação*, em princípio, pelo significado que dará ao seu *teor* um *médio participante do tráfico*; logo, pela maioria das pessoas relacionadas com o tráfico e, simultaneamente, por um valor de razoabilidade. Não equaciona os elementos que lhe serão acessíveis.

Estes inserem-se num momento distinto – são outro problema, que não tem propriamente a ver com o critério de base, em si.

O de chegada, por sua vez, desvirtua realmente o problema interpretativo, pois arranca deste outro momento para extrair daí um critério interpretativo de aferição afinal diferente: o do conhecimento que podem ter os sujeitos a quem respeitem ou a quem interessem os *efeitos* da própria *deliberação*.

Ora, uma coisa é reconhecer e reconstituir o significado desta, no âmbito da ordem jurídica, e outra é indagar a quem serão oponíveis os efeitos dela; a quem poderá tornar-se cognoscível, ou quais os seus possíveis meios de conhecimento.

---

[8] Vasco da Gama Lobo Xavier, *Anulação de deliberação social e deliberações conexas*, Atlântida Editora, 1976, p. 571.

É claro que, para se poder interpretar uma *deliberação*, terá, antes de mais, de se proceder ao trâmite da *crítica*, há-de ser isolada essa *deliberação*, descobri-la, identificá-la, saber qual ela é – e todo este trabalho do processo interpretativo, que mobilizará meios físicos de comunicação e de pesquisa, a par de conhecimentos intelectuais linguísticos e técnicos, servirá só para determinar o *objecto da interpretação*.

É meramente adminicular a esta.

Pode, é certo, debater-se a legitimidade do recurso a certos meios de revelação do processo deliberativo e, eventualmente, aproveitá-los no esclarecimento do alcance juridicamente aceitável da respectiva *deliberação* – mas, decisivamente, não será esta a via definitiva de aferição do seu significado para o Direito.

Através dela, se bem pensamos, apenas se atingirá o *teor da deliberação que foi emitida*; não precisamente o alcance daquela que, como tal, *deve ser entendida* no seio da ordem jurídica.

Na verdade e se bem nos parece, em suma, os princípios interpretativos da *deliberação* de *uma sociedade comercial* só terão algo em comum com os admitidos para os *estatutos* quando se siga para estes o *critério objectivo* aceito por MENEZES CORDEIRO.

É que também para ela, como passamos a tentar demonstrá-lo, deverá ser este critério a presidir à sua *interpretação jurídica*.

5. Em nossa opinião, para se investigar e erigir uma *hermenêutica jurídica da deliberação*, importará principiar por nos fixarmos nos apoios de Direito positivo em que toda a construção deverá, em geral, estribar-se.

Quanto a semelhante aspecto, a verificação liminar é decerto a de que não dispõe o intérprete português, como de resto em geral acontece com as restantes legislações, de preceitos legais directamente orientadores da *interpretação jurídica* da *deliberação de sociedades comerciais*.

No Código das Sociedades Comerciais, o art. 53-2, ao proclamar que, na sua precisa expressão, "as disposições de lei ou do contrato de sociedade relativas a deliberações tomadas em assembleia geral compreendem qualquer forma de deliberação dos sócios prevista na lei para esse tipo de sociedade, *salvo quando a sua interpretação impuser solução diversa*", ainda poderia sugerir que se incluiria, nesta ressalva final, uma referência à *interpretação da deliberação* – mas nem essa liminar expectativa de mera referência afinal se concretiza, pois a *interpretação* a que se pretende aludir é a das *disposições de lei* ou do *contrato*, jamais a da própria *deliberação*.

Se nem essa referência existe, só restará, então, socorrermo-nos do preceito regulador de *lacunas*, constante do seu art. 2.º – mas, aí, logo se suscita uma deficiência de previsão legal. O artigo só remete, em última instância, para as normas do Código Civil "sobre o contrato de sociedade".

Que fazer, quando a lacuna concretamente em causa, como no caso presente, não encontrar preceito *análogo* entre as disposições do Código Civil reguladoras deste contrato?

Não se vislumbra outra resposta: o art. 2.º CSC nem é exaustivo nem, decerto, excluirá o recurso ao processo técnico de *integração das lacunas de lei*, desenhado no art. 10 CC.

Podemos assim buscar, ainda fora das disposições reguladoras do *contrato de sociedade*, a *norma de interpretação* "aplicável aos casos análogos".

Ora no Código Civil, poderão, em princípio, considerar-se aplicáveis a casos análogos as normas relativas à *interpretação da lei* (fundamentalmente, o art. 9.º) ou as aplicáveis à *interpretação do negócio jurídico* (arts. 236-239).

A *analogia* é geralmente considerada mais próxima destas do que daquelas: acabámos de ver que se sugere e utiliza correntemente, na doutrina, o recurso aos princípios reguladores da *interpretação do negócio jurídico* para por eles se orientar o *processo interpretativo da deliberação* – mas também se viu que, definitivamente, não faz sentido admitir que vale a *deliberação* (como vale o *negócio jurídico*, segundo o disposto no art. 236-1 CC) "com o sentido que um declaratário normal, colocado na posição real do declaratário, possa deduzir do comportamento do declarante" e, portanto, que não será essa a melhor orientação.

6. Se, por outro lado, não foram editados, na nossa ordem positiva, preceitos disciplinadores da *interpretação dos estatutos*, poderia, em vez destes, pensar-se naqueles que vieram a ser estabelecidos em diploma avulso regulador das *cláusulas contratuais gerais*: os arts. 10 e 11 do Decreto-Lei n.º 446/85, de 25 de Outubro.

À primeira vista, teríamos aqui uma sugestiva solução analógica, sucedânea da hermenêutica estatutária.

Simplesmente, o primeiro dos citados normativos estabelece, como *princípio geral de interpretação das cláusulas contratuais gerais*, que tais cláusulas "são interpretadas de harmonia com as regras relativas à interpretação dos negócios jurídicos" – e, portanto, colocar-nos-ia perante as insuperáveis dificuldades já referidas.

Por outro lado, quanto ao disposto no art. 11 daquele diploma, regulando o confronto do processo interpretativo com ambiguidades de percurso, manda aferi-las pelo entendimento do "contratante indeterminado normal" que se limitasse a subscrever tais cláusulas ou a aceitá-las, "quando colocado na posição de aderente real"; na dúvida, manda prevalecer "o sentido mais favorável ao aderente".

Nada disto será, decerto, amoldável ao processo interpretativo da *deliberação*.

7. Tudo nos aconselha, pois, a volver a nossa atenção para as disposições legais disciplinadoras da *interpretação da lei*.

Temos entendido, ao analisar a natureza jurídica da *deliberação*, que se vislumbram nela significativas semelhanças, no plano da *esfera jurídica societária*, com a própria *lei*[9]. Por que não, tentar então um relance ao normativo legalmente estabelecido para a interpretação desta?

Ora no tocante a esta disciplina, as regras interpretativas que se enunciam no art. 9.º CC aparentam, é certo, numa primeira observação, escassa ou nula *analogia* com o que quer que se possa ter como *processo interpretativo da deliberação*; numa análise mais detida, porém, teremos, quanto a nós, de reconhecer, afinal, que semelhante disparidade não autoriza a recusar, *em bloco*, as disposições legais de *interpretação jurídica da lei*, pois, em contrapartida, certos dos seus aspectos serão de tal modo adaptáveis à *deliberação* que não seria avisado descartá-los, sem mais.

O próprio comando fundamental da *interpretação jurídica da lei*, constante do n.º 1 do art. 9.º CC, que constitui, pela sua minúcia e perfeição técnica, a chave fundamental da *interpretação jurídica* do nosso Direito positivo, estará, quanto a nós, neste caso.

Quando aí se preceitua que não deve a *interpretação* "cingir-se à letra da lei, mas reconstituir a partir dos textos o pensamento legislativo, tendo sobretudo em conta a unidade do sistema jurídico, as circunstâncias em que a lei foi elaborada e as condições específicas do tempo em que é aplicada", enunciam-se, com efeito, regras de interpretação que, não obstante serem estabelecidas com os olhos postos na *lei*, apresentam uma generalidade que decerto ultrapassa as suas fronteiras, e não devem ser ignoradas pelo intérprete da *deliberação*.

---

[9] Cfr. os nossos *Deliberações dos Sócios*, Almedina, 1993, p. 54 e *Curso de Direito das Sociedades*, Almedina, 2004, 5.ª ed., pp. 396-399.

Mais. Devem mesmo ser aproveitadas analogicamente para presidirem a este processo interpretativo.

Sem a pretensão de esgotar o tema, poderemos pois estabelecer, para a *hermenêutica jurídica da deliberação*, um conjunto de princípios de grande importância e utilidade, tendo liminarmente em conta que, também quanto a eles, não deverá fixar-se uma ordem de sucessão onde, exaurido o primeiro, se excluísse a necessidade dos seguintes, pondo-se termo ao processo – como já foi sustentado, em princípios do século passado, para a *interpretação da lei*[10].

8. Tentemos esboçá-los.

8.1. A *interpretação jurídica* deverá, apodicticamente, começar *pela letra*, isto é, pela decifração e estabelecimento do sentido da expressão verbal do objecto interpretando.

Isto não é exclusivo da *lei*. Discurso algum poderá ser compreendido sem se principiar pelo exame e recriação do seu *texto*; logo, também assim terá de ser para a *deliberação*.

Deste modo, o princípio básico do *processo interpretativo da deliberação das sociedades comerciais*, a retirar analogicamente do art. 9.°-1 CC, será para nós o de que terá, *em qualquer caso*, de se começar pela análise da *letra da deliberação*.

Grifámos *em qualquer caso* porque tal princípio é elementarmente válido para qualquer que seja a *classe de deliberação*, seja ela de *eficácia meramente interna* ou de *efeitos externos*, e para quem quer que se proponha determinar-lhe o alcance, seja o *sócio* que votou a favor dela, seja o que votou contra; seja o *abstinente* ou o *ausente*, seja um *estranho*, seja o *notário* ou *conservador* que sobre ela exerçam alguma espécie de controlo, seja o próprio *tribunal* chamado a sindicar a sua *existência*, *eficácia* ou *validade*.

Nestes termos, o alcance da *letra da deliberação* é o que pode perceber-se das palavras que se exararam na *acta*, compondo o seu *teor*, ou noutro *documento* em que poderá ser legalmente inscrita.

Objectivamente. O mesmo, para quem quer que seja o intérprete, pois o que está escrito na *acta* não pode, evidentemente, ter uma leitura diversa

---

[10] JOSEF KOHLER, *Lehrbuch des bürgerlichen Rechts*, Berlin, 1906, 1.°, pp.124-127, citado por MANUEL A. DOMINGUES DE ANDRADE, *Ensaio sobre a teoria da interpretação das leis*, Arménio Amado, Editor Sucessor, Coimbra, 1963, 2.ª ed., p. 30.

para cada *sócio*, um *sentido próprio para sócios*, e outro para *terceiros* ou para o *tribunal*.

8.2. Simplesmente, da mesma forma como para a *lei*, também para a *deliberação* não poderá o processo interpretativo encerrar-se com a mera *interpretação literal*. Também aqui claudica o velho adágio *in claris non fit interpretatio*.

Se, nos próprios *títulos de crédito*, com razão se adverte que não constitui a sua característica de *literalidade* uma regra de exclusividade da *interpretação literal*[11], como poderia preconizar-se, para a *deliberação*, a suficiência desta?

Na doutrina germânica, advogando a necessidade de destrinça entre as *relações internas* e as *relações externas* da *deliberação*, tem-se sustentado que, quanto a estas, *deve considerar-se determinante o seu teor*[12].

Se com isto se quer significar que, nas *relações externas*, só rege a *interpretação literal*, confunde-se a problemática da *eficácia da deliberação* com a da sua *interpretação jurídica*. O sentido de qualquer *deliberação* há-de sempre ser um só, seja ou não o seu teor oponível a *terceiros de boa fé*.

À semelhança do que se exige no nosso Código Civil para a *interpretação da lei*, a menos que se pretenda dar ao processo interpretativo um alcance que não tenha na *letra da deliberação* um mínimo de correspondência verbal, jamais poderá esta ser *determinante*.

Ainda quando a *letra* seja muito clara e pareça inequívoca, o *processo interpretativo* não deverá cessar com a mera *interpretação literal* – pois, tal como acontece com a *lei*, também para a *deliberação*, após a reconstituição do *elemento verbal do conteúdo*, ou seja, daquilo que, sem mais, nele se proclama, impõe-se atentar também no seu *elemento lógico*.

8.3. Não basta, portanto, surpreender o *discurso que foi deliberado*. Tem, naturalmente, de se situá-lo no plano *lógico*, apresentando-se como um discurso coerente, que tem razão de ser e que faz sentido.

---

[11] GIOVANNI L. PELLIZZI, *Principî di diritto cartolare*, Nicola Zanichelli Editore, Bologna/Soc.Ed. del Foro italiano, Roma, 1967, p. 31, n. 69.
[12] GODIN/WILHELMI, *Aktingesetz Kommentar*, Walter De Gruyter & CO., Berlin, 1967, 3.ª ed. refundida por HANS WILHELMI e SYLVESTER WILHELMI, § 119, Anm. 11, p. 629: "Maßgebend ist der Wortlaut des Beschlusses".

Tal, pois, como para a *lei*, também para a *deliberação* não deverá a *interpretação jurídica* desta quedar-se pelo *elemento literal*, mas terá de prosseguir os ulteriores termos do processo interpretativo.

O *elemento lógico*, nos seus aspectos *racional* ou *teleológico*, e *histórico*, surge, deste modo, como outro passo ou perspectiva que poderemos arvorar num segundo princípio da *hermenêutica jurídica da deliberação*.

Até aqui, a observância analógica do normativo do art. 9.º CC parece aplicável muito simplesmente.

As dificuldades começam, porém, a surgir agora, porque, no desdobramento do *elemento lógico* pelos seus aspectos *racional* ou *teleológico*, *histórico* e *sistemático*, o preceito vai visitando lugares que não parecem surgir no percurso da *hermenêutica da deliberação*.

Sem pretensões exaustivas, tentemos isolar os que poderão servir-nos.

Antes de mais, interessa-nos o passo "reconstituir a partir dos textos o pensamento legislativo…".

Ao determinar que se reconstitua, para a *interpretação da lei*, "o pensamento legislativo", o nosso Código Civil pretendeu, como é conhecido, que se tempere uma solução de compromisso entre as teses extremistas que se digladiam entre si: as *objectivistas*, que, levadas ao exagero, impõem que se atenda unicamente à *mens legis*, e as *subjectivistas* que, quando situadas no exagero oposto, preconizarão que se tenha apenas em conta a *mens legislatoris*[13].

A conciliação reconduzir-se-á a isto: atenda-se ao que *pensou* e *quis dizer* o legislador – mas sem fazer tábua rasa daquilo que *ficou dito*: há-de haver "um mínimo de correspondência verbal ainda que imperfeitamente expresso" (art. 9.º-2 CC)[14] entre *o que quis dizer* e *o que disse*; doutro modo, tem de valer *o que disse*.

Esta solução conciliatória, em nosso parecer, tem de valer também, *mutatis mutandis*, para a *deliberação*.

Não deve fixar-se o alcance da *deliberação* unicamente pelas palavras que, na *act*a ou outro *documento* a reproduzem ou constituem, descu-

---

[13] Cfr., neste sentido, PIRES DE LIMA/ANTUNES VARELA, *Código Civil Anotado*, Coimbra Editora, 1987, 4.ª ed., rev. e act. (com a colaboração de M. HENRIQUE MESQUITA), I, p. 58.

[14] "…que não tenha na letra da lei um reflexo verbal tolerável, conquanto imperfeito" – como se exprimia MANUEL DE ANDRADE, no seu *Anteprojecto*, que constitui a fonte imediata do nosso preceito, *Fontes de direito–Vigência, interpretação e aplicação da lei* (*BMJ*, n.º 102, p.144).

rando o *pensamento deliberativo* que poderá retirar-se doutros passos, designadamente os constantes da *acta*, relativos a *declarações de voto* ou a posições assumidas durante o *debate*, e que podem esclarecer poderosamente o alcance da *deliberação* e até levar a um entendimento diferente daquele que sugeriam as suas simples palavras.

Nunca, porém, tal como quanto à *lei*, poderão os *sócios*, *terceiros* ou o *tribunal* fixar um sentido que não tenha *um mínimo de correspondência verbal*, ainda que imperfeitamente expresso naquelas palavras.

A *hermenêutica jurídica da deliberação*, na pesquisa do *elemento lógico*, deverá pautar-se pois, basicamente, pelo *método subjectivo*, intentando fixar a *mens deliberatoris*, sem contudo ser permitido ao intérprete ignorar o *método objectivo*, impondo-se-lhe, no limite, que dê primazia à *letra da deliberação*, afastando-se de toda a conclusão que não tenha nela o mínimo de correspondência verbal a que manda atender o Direito positivo.

Na jurisprudência, tem-se por vezes esquecido este princípio de *interpretação jurídica* que manda reconstituir o *pensamento deliberativo*, assinando-se empiricamente à *deliberação* um alcance que não consta do *teor* e que não é, sequer, sugerido por outros elementos constantes da *acta*, mas tão-somente aferido por uma ilação do tribunal.

É seguro que, de uma *deliberação expressa*, genuinamente interpretada, será lícito inferir-se uma eventual *deliberação implícita*, pela primeira revelada "com toda a probabilidade" (art. 217-1 CC) – mas afigura-se decerto condenável que se fixe o alcance do próprio *teor* de uma *deliberação expressa* por uma *dedução* do tribunal, e não pela aplicação dos princípios hermenêuticos que temos vindo a subscrever.

Descobre-se uma clara ilustração desse desvio no ac. do Supremo, de 31 de Maio de 1983[15], que considerou como "uma verdadeira alteração do pacto social" a *deliberação unânime* de uma *sociedade de quotas* das Caldas da Rainha, adoptada em 12 de Dezembro de 1974, cujo *teor* se limitava nuamente a atribuir aos trabalhadores da sua empresa 50% dos lucros líquidos apurados no fim da cada exercício social, "por ser de carácter genérico, permanente e por tempo indeterminado" – a qual, de resto, por não se ter depois revestido da "forma de escritura pública" nem ter sido *registada*, não tinha valor nem podia vincular[16].

---

[15] *BMJ* n.º 327, p. 675.
[16] *BMJ* n.º 327, p. 677.

Dos termos desta decisão pode excogitar-se um de dois sentidos: ou que se terá considerado que, da *deliberação* expressamente firmada se podia deduzir uma *implícita deliberação* a *modificar o contrato de sociedade*, ou que, pelo contrário, era a própria *deliberação expressa* que, pelo seu *teor*, tinha já esse alcance, constituía já, por si, uma *deliberação de modificação do contrato*.

É o segundo que de momento interessa, e para se concluir que não será aceitável semelhante fixação do significado da *deliberação*. Não consta ele da *letra da deliberação*, nem se dá conta de que, nos *textos* a ela relativos, algum dos elementos da *interpretação jurídica* o evidencie. Se, realmente, se tivesse querido deliberar uma *modificação do contrato*, decerto teria sido desenvolvido o respectivo procedimento, que jamais foi empreendido, ao longo dos anos por que se foi deliberando no mesmo sentido.

Não parece, pois, aceitável semelhante prática interpretativa que, nesta perspectiva, não apresenta, como é incontestável, *um mínimo de correspondência verbal com a letra da deliberação*.

8.4. Passando a outro aspecto, será de assinalar ainda que, na base analógica que tem vindo a ser aplicada nesta análise, o processo interpretativo deverá reconstituir *o pensamento deliberativo, partindo dos textos*.

Que textos?

Antes de mais, aqueles que podem servir, segundo a lei, para documentar ou constituir *deliberações de sociedades comerciais*: a *acta*, o *instrumento público avulso*, a *escritura pública*, o *escrito de deliberação unânime por escrito*.

Dois problemas fundamentais teremos então de enfrentar.

O primeiro é o de saber se o processo interpretativo deve ter em conta unicamente a parte de tais *documentos* que reproduz ou constitui a *deliberação* ou se, pelo contrário, poderá, tendo esta por objecto fulcral, cercar-se também doutros passos desses mesmos *documentos* que se reportem às circunstâncias envolventes que lhe digam respeito e possam ajudar a explicá-la, designadamente no plano *teleológico*, evidenciando a *ratio deliberationis* e, bem assim e dalgum modo, as condições económico-sociais que determinaram a *deliberação*, constituindo a sua *occasio deliberationis*.

Supomos que ninguém duvidará da legitimidade do recurso a essas documentações circundantes.

É frequente aliás, na prática, utilizaram-se os registos de *reuniões de assembleia geral* relativos às *presenças*, *representações* e *votações* para se aferir a validade de determinada *deliberação* – e também uma antiga jurisprudência fixou, a respeito da *força probatória da acta*, que tal *documento* "prova e demonstra não só o que nela se contém, como ainda prova que se não passou o que dela não consta"[17].

Independentemente da extremamente duvidosa justeza da afirmação final, interessará salientar, com efeito, quanto ao começo da proposição jurisprudencial em referência, que, se tais partes específicas servem para a *crítica* da *deliberação*, e para se apurar a sua *validade*, de igual modo hãode poder servir para se fixar o seu alcance, tendo então particular interesse o que tiver sido registado sobre o respectivo *debate* preparatório e as próprias *declarações de voto* que tenham sido exaradas.

É ainda o *elemento histórico* da *interpretação jurídica*, a desempenhar também o seu papel na *hermenêutica da deliberação*.

O segundo problema que deverá enfrentar-se, relativamente aos *textos* que se poderão utilizar no *processo interpretativo*, é o de saber se, além destes, que documentam ou constituem a *deliberação*, poderá recorrer-se a outros, com eles relacionados.

Os sequazes do entendimento que pauta a *hermenêutica jurídica da deliberação* pela dos *estatutos* pugnarão pela ilegitimidade de recurso a outros textos[18].

Na nossa perspectiva, lembrando que não pode confundir-se a *eficácia jurídica* com a *interpretação jurídica*, não deverá ser contestada a legitimidade do recurso a alguns documentos típicos, como as *convocatórias*, os *relatórios e contas anuais*, que, não participando embora do escrito onde a *acta* é exarada, se encontram com ele estreitamente relacionados.

---

[17] Supremo, 15-6-1962 (*BMJ*. n.º 118, p. 663). Seguindo a mesma orientação, julgou-se ainda, segundo o sumário publicado: "as deliberações dos corpos administrativos só pelas respectivas actas podem ser provadas, salvo os casos de extravio ou de falsidade... procede, pois, a excepção peremptória da nulidade de pretensa deliberação de uma junta de freguesia que, mediante mandato, teria incumbido várias pessoas da prática de certo acto jurídico (compra de terrenos) uma vez que tal deliberação não consta de qualquer acta" – Relação de Coimbra, 7-12-1973 (*BMJ*. n.º 233, p. 246).

[18] Anteriormente ao Código, defendeu-se, com efeito que, "na interpretação de cláusulas estatutárias de conteúdo normativo são inatendíveis elementos exteriores ao pacto social" – ALMEIDA COSTA/MANUEL HENRIQUE MESQUITA (RDES, XVII, pp. 59 ss).

Na mesma orientação, decidiu-se no ac. do Supremo, de 6 de Junho de 1978: – O problema da interpretação de cláusulas do pacto social resume-se à descoberta do sentido objectivo da declaração negocial, não podendo ter-se em conta a vontade real das partes nem elementos estranhos ao contrato social, pois estão em jogo interesses de terceiros (*BMJ* n.º 278, p. 248).

Também aqueles com que foi instruída a *deliberação*, ou que foram objecto da *informação intercalar*, não deverão ser rejeitados, naquilo em que possam esclarecer o *pensamento deliberativo*.

8.5. Revelarão ainda alguma adaptabilidade à *deliberação* "as condições específicas do tempo em que é aplicada"?

Parece que sim. A *deliberação*, embora em casos muito restritos, poderá também ser passível de uma *interpretação actualística* – de que constituirá ilustração mais intuitiva a transposição para o *euro* de *deliberações* referidas a *escudos*.

8.6. O *elemento sistemático*, a que se manda atender, para a *interpretação da lei*, no art. 9.º-1 CC, é que não parece minimamente adaptável à *hermenêutica jurídica da deliberação*, senão quando por hipótese se tenham adoptado várias *deliberações* sobre assuntos conexos, susceptíveis de formarem entre si um sistema deliberativo.

8.7. A solução, porém, do problema da *ambiguidade* já se nos afigura poder beneficiar do critério legalmente consagrado para a *interpretação da lei* – devendo assim preferir-se, entre duas soluções em princípio possíveis, a mais razoável, aquela que se tiver por mais "acertada" (art. 9.º-3 CC), a menos que não apresente um mínimo de correspondência verbal com o *teor* da *deliberação*.

Embora a *assembleia geral* esteja longe das qualidades do *legislador ideal* suposto no apontado preceito, parece aceitável presumir que seja dotada de qualidades médias de razoabilidade e de discernimento – em suma, *de acerto*.

8.8. Por último, argumentos como o de *paridade de razão* ou de *por maioria de razão* parecem poder igualmente desempenhar aqui um papel análogo – embora menos frequente e importante – ao que lhes costuma ser assinalado na *interpretação jurídica da lei*.

A própria aplicação à *deliberação* das normas hermenêuticas editadas para a *lei*, que fica feita, assenta afinal num argumento *a pari*.

INSOLVÊNCIA DE NÃO EMPRESÁRIOS E TITULARES DE PEQUENAS EMPRESAS

José Alberto Vieira[*]

SUMÁRIO: *1. Generalidades. 2. A tramitação do plano de pagamentos como incidente do processo de insolvência. 3. Plano de pagamentos e iniciativa do processo de insolvência. 4. Apresentação de plano de pagamento em processo de insolvência instaurado por terceiro. A confissão de insolvência. 5. Delimitação dos beneficiários da protecção de um plano de pagamentos. 6. Inadmissibilidade de plano de insolvência e da administração pelo devedor. 7. O conteúdo do plano de pagamentos. 8. Créditos incluídos no plano de pagamentos. 9. Créditos não incluídos no plano de pagamentos. 10. Intervenção de credores não constantes da relação de créditos no processo de aprovação do plano de pagamentos. 11. Apreciação liminar do plano de pagamentos apresentado pelo devedor. Suspensão do processo de insolvência. 12. Citação dos credores constantes da relação de créditos. 13. A posição dos credores face ao plano de pagamentos apresentado pelo devedor. Aceitação do plano. 14. Rejeição do plano de pagamentos e suprimento judicial da aprovação dos credores. 15. Homologação do plano de pagamentos. 16. Tramitação subsequente ao trânsito em julgado da sentença de homologação do plano de pagamentos. Sentença de insolvência. 17. Efeitos da declaração de insolvência com plano de pagamentos aprovado. 18. Incumprimento do plano de pagamentos. Efeitos. 19. Cumulação de processos de insolvência. Credores constantes da relação de créditos apresentada pelo devedor. 20. Cumulação de processos de insolvência. Credores não constantes da relação de créditos apresentada pelo devedor. 21. Possibilidade de pluralidade de declarações de insolvência. 22. Insolvência de ambos os cônjuges. Condições gerais. 23. Coligação de cônjuges em processo de*

---

[*] Professor Auxiliar da Faculdade de Direito de Lisboa.

insolvência. Requisitos. 24. Apresentação de um dos cônjuges em processo de insolvência movido contra o outro. Efeitos. 25. Coligação com posição comum e coligação com oposição de um dos cônjuges à declaração de insolvência. Tramitação e efeitos. 26. Princípio da identificação do regime das dívidas dos cônjuges.

1. Generalidades

O Código da Insolvência e da Recuperação de Empresas, adiante designado abreviadamente por CIRE, contém disposições específicas sobre a insolvência de pessoas singulares. Estas disposições constam do Título XII e estão divididas em dois Capítulos, o primeiro sobre a "exoneração do passivo restante", que inclui os arts. 235.° a 248.°, e o segundo atinente à "insolvência de não empresários e titulares de pequenas empresas", abarcando os arts. 249.° a 266.°.

O Capítulo II do Título XII, por sua vez, divide-se em três secções, com as epígrafes "Disposições Gerais", "Plano de pagamento aos credores" e "Insolvência de ambos os cônjuges".

Ambos os capítulos do Título XII consagram medidas de protecção patrimonial de devedores pessoas singulares em situação de insolvência. O escopo legal é o de diminuir o impacto dos efeitos da declaração de insolvência nas pessoas singulares, permitindo-se que alguns dos efeitos gerais dessa declaração possam não se aplicar quanto a elas.

No seu alcance, porém, são diferentes as medidas constantes dos Capítulos I e II do Título XII. Enquanto a exoneração do passivo restante tem por objectivo libertar o devedor insolvente, que cumpra os requisitos legais, dos créditos que não forem pagos no processo de falência ou nos cinco anos subsequentes ao encerramento do processo de insolvência, o regime do Capítulo II contém um processo simplificado de insolvência para as pessoas singulares[1] que se encontrem no âmbito da delimitação legal.

O objectivo deste processo simplificado, tramitado como um incidente do processo de insolvência, é o de afastar a aplicação às pessoas sin-

---

[1] Luís MENEZES LEITÃO, Código da Insolvência e da Recuperação de Empresas Anotado, 2.ª Ed., 2005, pág. 217.

gulares que se encontrem nas situações previstas no art. 249.º de alguns dos efeitos principais da declaração de insolvência.

Esse objectivo é prosseguido mediante a aprovação de um plano de pagamentos aos credores. Este plano constitui o cerne do regime especial que o CIRE prevê no Capítulo II do Título XII para a protecção de pessoas singulares.

A aprovação do plano de pagamentos não obsta à declaração de insolvência do devedor pessoa singular. Até porque a lei associa o efeito de confissão de insolvência à apresentação do plano de pagamentos (art. 252.º, n.º 4). Porém, a pessoa singular insolvente que tenha conseguido a sua aprovação pode evitar uma boa parte dos efeitos da declaração de insolvência, como sejam, os efeitos na pessoa do devedor, os efeitos sobre os créditos, os pagamentos aos credores, a massa insolvente, etc.

2. A tramitação do plano de pagamentos como incidente do processo de insolvência

O processo simplificado de insolvência de não empresários e titulares de pequenas empresas assenta como dissemos na aprovação de um plano de pagamentos, a que o CIRE dedica a Secção II do Capítulo II do Título XII. Este processo vem tramitado como incidente do processo principal de insolvência, que é intentado pelo devedor ou por terceiro, e corre como apenso àquele processo (art. 263.º).

Quer isto dizer, que um processo de insolvência tem sempre de ser instaurado para que o devedor possa requerer a protecção resultante da aprovação de um plano de pagamentos.

E mesmo que o plano de pagamentos venha a ser aprovado, o juiz deve declarar a insolvência do devedor logo após o trânsito em julgado da sentença que homologue o plano (art. 259.º, n.º 1). O sucesso do devedor na aprovação do plano de pagamentos não obsta à decisão do processo principal.

Caso, diversamente, o plano de pagamentos proposto pelo devedor não seja aprovado pelos credores ou a sentença de homologação venha a ser revogada em via de recurso, retomam-se os termos gerais do processo de insolvência (art. 262.º).

3. Plano de pagamentos e iniciativa do processo de insolvência

A iniciativa do processo de insolvência tanto pode ser do devedor como de terceiro. Todavia, a apresentação de um plano de pagamentos pelo devedor não depende de quem toma a iniciativa de interposição do processo de insolvência.

Quando é um terceiro a interpor o processo de insolvência, o devedor demandado tem duas possibilidades: contestar a acção ou apresentar um plano de pagamentos, dando lugar neste caso à abertura do incidente respectivo. Da citação do devedor deve constar a possibilidade de apresentação de um plano de pagamentos em alternativa à contestação[2] (art. 253.º). O plano de pagamentos tem de ser apresentado no prazo da contestação ("no prazo fixado para esta" preceitua-se nesse artigo).

Se a iniciativa processual do processo de insolvência for do devedor, este deve apresentar o plano de pagamentos conjuntamente com a petição inicial de insolvência (art. 251.º).

Em qualquer dos casos, pretendendo valer-se da exoneração do passivo restante para a hipótese de o plano de pagamentos não ser aprovado pelos credores, o devedor deve requerer subsidiariamente esta medida, sob pena de preclusão da mesma (art. 254.º).

4. Apresentação de plano de pagamento em processo de insolvência instaurado por terceiro. A confissão de insolvência

Se a apresentação de um plano de pagamentos em processo de insolvência instaurado pelo devedor não trás consigo nenhum efeito substancial para este no processo principal, uma vez que a interposição da petição inicial de insolvência implica uma confissão de insolvência (art. 28.º), o mesmo não sucede quando a iniciativa processual é de terceiro.

Optando por apresentar um plano de pagamentos, em vez de simplesmente contestar o pedido de declaração de insolvência, o devedor demandado confessa a insolvência. Com efeito, o art. 252.º, n.º 4 associa a apresentação de um plano de pagamentos a uma confissão do estado de insolvência.

---

[2] Julgamos que a falta de cumprimento desta formalidade acarreta a nulidade da citação.

Deste modo, venha ou não o plano de pagamentos a ser aprovado pelos credores, a declaração de insolvência deve ser decretada pelo juiz, sem que haja lugar à produção e apreciação de qualquer prova sobre a situação patrimonial do devedor (art. 259.º, n.º 1 e art. 262.º).

5. Delimitação dos beneficiários da protecção de um plano de pagamentos

A sujeição a um plano de pagamentos só pode beneficiar pessoas singulares. O enquadramento sistemático do Título XII e o art. 249.º, n.º 1 não deixam qualquer dúvida quanto a esse ponto.

Porém, nem todas as pessoas singulares podem beneficiar da protecção de um plano de pagamentos. O art. 249.º obriga a distinguir consoante a pessoa singular é ou não titular da exploração de uma empresa. Desde logo, qualquer pessoa singular não empresária pode beneficiar do regime do Capítulo II do Título XII do CIRE.

Relativamente a empresários pessoas singulares, o art. 249.º, n.º 1 impõe uma ulterior distinção:

– Não ter sido titular da exploração de uma empresa[3] nos três anos anteriores ao início do processo de falência;
– Tendo-o sido ou sendo-o no presente, se cumulativamente:
– Não tiver dívidas a trabalhadores;
– Não tiver mais do que 20 credores;
– o passivo global não exceder os EUR 300.000.

6. Inadmissibilidade de plano de insolvência e da administração pelo devedor

O art. 250.º preceitua que o plano de insolvência (Título IX) e a administração pelo devedor (Título X) não são medidas susceptíveis

---

[3] A alínea a) do n.º 1 do art. 249.º não menciona a titularidade de uma empresa, mas sim da exploração de uma empresa. Parece, deste modo, que a pessoa singular que tiver, a qualquer título, a exploração de uma empresa, por exemplo, através de um contrato de cessão de exploração, só pode beneficiar da protecção de um plano de pagamentos caso tenha deixado a titularidade da gestão da empresa há mais de três anos antes do início do processo de insolvência.

de aplicação aos processos de insolvência regulados no Capítulo II do Título XII.

O preceito deve ser convenientemente entendido. Ele apenas dispõe que nos processos de insolvência em que haja sido aprovado um plano de pagamentos não pode haver lugar à aprovação de um plano de insolvência, nem à administração pelo devedor nos termos das disposições do Título X.

Porém, caso o plano de pagamento não venha a ser aprovado ou a sentença de homologação do plano vier a ser revogada por via de recurso, nada impede a aplicação de qualquer uma das medidas previstas nos Títulos IX e X, se estiverem cumpridos os requisitos legais respectivos. Na realidade, conforme dispõe o art. 262.º, malograda a aprovação do plano de pagamentos o processo de insolvência segue a sua tramitação geral. Ora, isso só pode significar que todo o restante regime da insolvência fica disponível para aplicação ao processo em causa.

Por conseguinte, desde que não haja sido conseguida a aprovação do plano de pagamentos, a retoma da tramitação geral do processo de insolvência (art. 262.º) determina a possibilidade de recurso a qualquer uma das medidas previstas nos Títulos IX e X, contando naturalmente que os requisitos legais de aplicação de cada uma das medidas aí previstas se verifiquem.

7. O conteúdo do plano de pagamentos

I. O plano de pagamentos não é mais do que uma proposta de satisfação dos direitos dos credores. Ele contém três vertentes básicas. A primeira vertente é constituída pelo elenco dos créditos reconhecidos pelo devedor. Esse elenco é corporizado numa declaração contendo a relação dos credores, o montante, a natureza e as eventuais garantias de cada crédito (art. 252.º, n.º 5, alínea d)). Essa declaração vale como uma confissão de dívida nos termos do art. 352.º e seguintes do Código Civil, independentemente do plano vir ou não a ser aprovado pelos credores.

A segunda vertente é de ordem patrimonial. O devedor deve indicar qual é o seu património disponível e quais são os seus rendimentos (art. 252.º, n.º 5, alíneas b) e c)). O que é feito em duas declarações, uma com a relação completa do património e rendimentos (alínea b)) e outra com a síntese desses elementos, o denominado resumo do activo (alínea c)).

A terceira vertente constitui a essência deste processo simplificado de insolvência. O devedor deve prestar aos credores a informação de como se dispõe a satisfazer os créditos com o seu património e rendimentos, apresentando, nomeadamente, um programa escalonado de pagamentos, ou o propósito de liquidar todos os créditos numa só prestação se for esse o caso, prazos de pagamento, moratórias, remição de dívidas, constituição ou extinção de garantias, e quaisquer outras medidas de incremento da sua situação patrimonial e solvabilidade (art. 252.º, n.º 2).

II. Com o pedido de aprovação do plano de pagamentos, junto com a petição inicial ou no prazo da contestação, conforme a iniciativa do processo de insolvência, o devedor tem de juntar os anexos referidos no número 5 do art. 252.º. A falta de junção de qualquer desses anexos após notificação judicial[4] tem como efeito considerar-se que o devedor desiste do pedido de aprovação do plano de pagamentos[5].

São cinco os anexos mencionados no art. 252.º, n.º 5, todos eles devendo constar do modelo constante de Portaria (art. 252.º, n.º 6), actualmente a Portaria n.º 1039/2004, de 13 de Agosto.

Com os anexos, o devedor tem de efectuar quatro declarações (art. 252.º, n.º 5):

– Que preenche os requisitos legais exigidos pelo art. 249.º (alínea a));
– Quais os créditos de que se reconhece devedor (alínea d));
– Que bens disponíveis integram o seu património e qual o seu rendimento (alínea b)). Esta declaração deve ser sintetizada no denominado resumo do activo (alínea c));
– Que as outras declarações prestadas são verdadeiras e completas (alínea e)).

III. Para além dos créditos que o devedor confessa, podem ainda ser incluídos no plano de pagamentos outros créditos não reconhecidos pelo devedor, para o caso de vir a ser determinado judicialmente que existem.

---

[4] Esta notificação só será feita evidentemente se o devedor não houver apresentado todos os anexos com a petição inicial ou com a contestação: "que haja omitido inicialmente" como dispõe o art. 252.º, n.º 8.

[5] Nesse caso, prosseguirá o processo de insolvência segundo os trâmites gerais, não tendo aplicação o n.º 4 do art. 252.º.

Neste caso, o devedor obriga-se a depositar os montantes envolvidos numa instituição financeira intermediária, montantes esses que serão entregues aos titulares, se os créditos vierem a ser julgados existentes, ou aos restantes credores, caso não o sejam (art. 252.º, n.º 3).

8. Créditos incluídos no plano de pagamentos

I. O devedor indica na proposta de plano de pagamentos os créditos que reconhece, indicando o montante, natureza e eventuais garantias que os acompanhem (art. 252.º, n.º 5, alínea d)).

Como dissemos já, a declaração que relaciona os créditos em dívida apresentada pelo devedor constitui uma confissão de dívida nos seus termos e produz os efeitos da confissão de acordo com o regime constante dos artigos 352.º e seguintes e 458.º, n.º 1 do Código Civil. Trata-se de uma confissão judicial segundo o disposto no art. 355.º, n.º 1.

O facto de a relação de créditos apresentada pelo devedor não ser exacta ou ser incompleta, por algum, alguns ou todos os créditos não estarem bem relacionados quanto ao montante, natureza ou garantias que possuam ou por existirem outros créditos não relacionados, não obsta à aprovação do plano de pagamentos pelos credores. Com efeito, estes podem aprová-lo ainda que nem todos os créditos hajam sido correctamente relacionados ou haja créditos fora dessa relação.

Em todo o caso, importa distinguir. Com a apresentação do plano de pagamentos, os credores constantes da relação de créditos são citados para o incidente (art. 256.º, n.º 2)[6]. Os outros credores cujos créditos não constem da relação não são citados, ficando de fora do processo se não intervierem[7].

Ainda assim, os créditos relacionados podem ser controvertidos pelo credor respectivo, quanto ao montante, prazo de vencimento, lugar de cumprimento, juros, natureza, garantia ou qualquer outro aspecto. Neste caso, o credor apresenta a sua contestação no prazo de 10 dias (art. 256.º, n.º 2, alínea b)).

---

[6] Caso a falência haja sido requerida por um credor, este é simplesmente notificado da apresentação do plano de pagamentos (art. 256.º, n.º 2).

[7] Sem prejuízo do que diremos no ponto seguinte sobre a intervenção principal no incidente.

A contestação de um crédito relacionado inexactamente é fundamental para o credor afectado, pois, no caso de o plano de pagamentos vir a ser aprovado, sem que reclamação alguma haja sido feita, o crédito ter-se-á por aceite como foi relacionado, sem hipótese de alteração posterior (art. 256.º, n.º 2, alínea b)).

Por exemplo, se o crédito é relacionado por EUR 10.000, quando o seu valor exacto é EUR 15.000, e o credor não contesta a indicação feita pelo devedor, o crédito ficará por EUR. 10.000, perdendo aquele a possibilidade de o fazer no incidente ou em qualquer outro processo.

II. O devedor é notificado da contestação do crédito relacionado para, no prazo de 10 dias, declarar se modifica ou não a relação de créditos.

Aceitando a indicação do credor contestante, o devedor deve alterar a relação de créditos nessa parte. A nova relação de créditos deve então ser notificada aos restantes credores (art. 256.º, n.º 5). Estes têm 10 dias para se pronunciarem, presumindo a lei que mantêm a sua posição quanto ao plano de pagamentos em caso de silêncio.

III. Não aceitando a versão do credor que contestou a relação de créditos, o devedor deve declarar, no prazo de 10 dias, que não aceita modificar a relação de créditos.

Se a divergência entre o devedor e o credor for simplesmente quanto ao montante, o crédito relacionado permanece na relação de créditos e será abrangido pelo plano de pagamentos na parte reconhecida pelo devedor.

Caso a divergência respeite a qualquer outro aspecto, o crédito controvertido não fará parte do plano de pagamentos. A lei portuguesa apenas admite que façam parte deste plano créditos reconhecidos pelo devedor e nos termos em que este os aceitar (art. 256.º, n.º 3, alínea a)).

O credor cujo crédito foi contestado quanto a algum dos seus elementos e não veio a figurar no todo ou em parte no plano de pagamentos pode discutir judicialmente, em acção própria, a existência ou qualquer outro aspecto do direito invocado. E pode também requerer a declaração de insolvência do devedor noutro processo com fundamento nesse crédito (art. 261.º, n.º 1, alínea b)).

9. Créditos não incluídos no plano de pagamentos

I. O devedor pode ter falhado a inclusão na relação de créditos de um ou mais créditos de um dos credores relacionados[8].

Quando tal suceda, o credor, uma vez citado para o incidente, deve vir, no prazo de 10 dias contados da citação, reclamar a existência do crédito ou créditos omitidos pelo devedor na relação de créditos (art. 256.°, n.° 2, alínea b)).

A falta de reclamação pelo credor de crédito não relacionado pelo devedor e omisso do plano de pagamentos implica a extinção daquele direito. A lei ficciona nesse caso um perdão da dívida (art. 256.°, n.° 2, alínea b)).

Quer dizer assim, que se o credor que foi citado para o incidente de aprovação de um plano de pagamentos do devedor insolvente e cujo crédito não consta da relação de créditos apresentada não reclamar o seu crédito no prazo de 10 dias, perde o seu direito no caso do plano de pagamentos vir a ser aprovado. Não se trata, pois, de ficar meramente impossibilitado de exigir o seu pagamento na execução do plano de pagamentos; é de verdadeira extinção que se trata.

Uma vez reclamado o crédito omitido pelo devedor na reclamação de créditos, o devedor tem uma alternativa: modifica a relação de créditos, abrangendo o crédito reclamado no plano de pagamentos, no todo ou em parte, ou não o faz.

Sendo modificada a relação de créditos pelo devedor em face da reclamação de um credor, ela deve ser notificada aos restantes credores para novo pronunciamento, estabelecendo a lei que o seu silêncio vale como manutenção da posição já manifestada no processo (art. 256.°, n.° 5).

Não havendo modificação da reclamação de créditos, o crédito reclamado não fica a fazer parte do plano de pagamentos (art. 256.°, n.° 3).

O credor cujo crédito omitido na relação haja sido atempadamente reclamado não fica inibido de demonstrar judicialmente a sua existência e eficácia e, inclusivamente, requerer a abertura de novo processo de insolvência (art. 261.°, n.° 1, alínea c)).

II. Pode acontecer que o devedor não inclua na relação de créditos algum ou alguns créditos e um ou vários credores. Neste caso, os credores

---

[8] Intencional ou inadvertidamente, para o caso não releva.

em questão ficarão fora do processo; não serão citados e não poderão aprovar ou rejeitar o plano de pagamentos.

Os créditos de credores não relacionados que não tenham intervido no incidente de aprovação de plano de pagamentos não ficam abrangidos por ele, porquanto não foram reconhecidos pelo devedor (art. 256.º, n.º 3).

Não ocorre quanto a esses créditos a confissão que subjaz à sua inclusão na relação de créditos e plano de pagamentos, mas também a não contestação neste incidente não tem o efeito extintivo do perdão previsto no art. 256.º, n.º 2, alínea b).

Porquanto os créditos em causa não foram considerados no plano de pagamentos, os credores respectivos podem interpor novo processo de insolvência (art. 261.º, n.º 2).

10. Intervenção de credores não constantes da relação de créditos no processo de aprovação do plano de pagamentos

O CIRE só prevê a citação de devedores que hajam sido incluídos pelo devedor na relação de créditos (art. 256.º, n.º 1 e n.º 2). Aparentemente, pois, os credores cujos créditos não foram relacionados estariam impedidos de aprovar ou rejeitar o plano de pagamentos, mesmo tendo conhecimento do processo respectivo.

Mas pode-se perguntar se os credores não relacionados são admitidos a requerer a sua intervenção no processo de aprovação de plano de pagamentos. Em nossa opinião, a resposta só pode ser afirmativa.

Com efeito, e para começar, o processo de insolvência é um processo de execução universal que tem hoje por escopo principal a satisfação do interesse dos credores (art. 1.º do CIRE). Se há credores com direitos por satisfazer e um processo de insolvência intentado com incidente de aprovação de plano de pagamentos – que não obstante ser uma medida de protecção patrimonial do devedor não deixa de ser também um meio da satisfação dos direitos de crédito – qualquer credor deve poder pronunciar-se sobre o plano e ver o seu crédito incluído no mesmo.

Em segundo lugar, considerar impedido o credor não constante da relação de créditos de indicar o seu crédito e pronunciar-se sobre o plano de pagamentos é, de certo modo, estar a dar ao devedor o poder de controlar a quem paga, eventualmente até com a conivência de alguns credores interessados no conluio.

Em terceiro lugar, o art. 17.º declara o Código do Processo Civil subsidiariamente aplicável ao processo de insolvência, desde que não contrarie disposições do CIRE. Ora, o Código do Processo Civil prevê incidentes de intervenção de terceiros cuja regulação deve ser adaptada ao processo de aprovação de plano de pagamentos. Pensamos, sobretudo, na intervenção principal espontânea (art. 320.º e segs. do CPC). Nada no CIRE parece impedir a aplicação da intervenção principal espontânea de terceiro credor no âmbito do processo de aprovação de plano de pagamentos.

O credor cujo crédito não foi incluído na relação de créditos e no plano de pagamentos e que tomou conhecimento do incidente de aprovação do plano de pagamentos deve poder suscitar a sua intervenção principal ao lado dos restantes credores relacionados.

Naturalmente, o devedor pode não reconhecer o crédito do interveniente e não alterar a relação de créditos e nesse caso o crédito ficar fora do plano de pagamentos. Em todo o caso, o facto de o plano só abranger créditos reconhecidos e aceites pelo devedor não preclude o direito do credor omitido na relação de créditos de ter o seu crédito abrangido pelo plano de pagamentos no caso deste ser aprovado.

Por último, julgamos que a possibilidade legal de abertura de um novo processo de insolvência que a lei reconhece ao credor não constante da relação de créditos não afasta a alternativa de requerer a intervenção principal no incidente de aprovação do plano de pagamentos. São processos distintos, com objectivos distintos. O interesse do credor em constar do plano de pagamentos aprovado ao devedor é distinto do interesse em declarar a insolvência noutro processo.

O credor é o juiz do seu interesse e é a si que cabe decidir sobre se requer a intervenção principal no processo de aprovação de plano de pagamentos ou se intenta um outro processo de insolvência.

11. Apreciação liminar do plano de pagamentos apresentado pelo devedor. Suspensão do processo de insolvência

I. Apresentado o plano de pagamentos, seja com a petição inicial do devedor, seja no prazo da contestação se a insolvência houver sido requerida por terceiro, o juiz deve apreciar a possibilidade de o mesmo vir a ser rejeitado pelos credores.

Não se trata de fazer um juízo técnico sobre a viabilidade do plano de pagamentos sobre o aspecto económico, financeiro ou outro. Esse juízo cabe aos credores fazer e não ao juiz. Ao juiz cabe detectar se o plano está ou não em condições de poder ser aprovado, pois, se não estiver, deve ser liminarmente indeferido (art. 255.º, n.º 1).

A lei é particularmente restritiva quanto ao indeferimento liminar do plano de pagamentos. Só se for "altamente improvável" a sua aprovação é que o juiz deve dar o incidente por encerrado.

Uma vez que os credores ainda não foram ouvidos nesta fase, o juiz terá de fazer um prognóstico das posições que aqueles adoptarão face ao plano de pagamentos. Para isso, terá de medir o alcance, razoabilidade e exequibilidade das medidas propostas pelo devedor no plano de pagamentos, sem cair num juízo técnico que não lhe é exigido.

Atendendo ao facto de a lei portuguesa apenas dispor o indeferimento liminar do processo de aprovação de plano de pagamentos em situações limite, nas quais seja patente que o mesmo será rejeitado pelos credores, o juiz deverá ordenar a citação dos credores sempre que tenha dúvidas sobre a posição a tomar pelos credores.

No fundo, e salvaguardadas situações em que o processo de aprovação de um plano de pagamentos se afigure meramente dilatório, o juiz deve proceder à citação dos credores. É a estes que cabe apreciar a pertinência e viabilidade do plano.

II. Indeferido liminarmente o plano de pagamentos, o incidente fica definitivamente resolvido. A lei não admite recurso do despacho liminar de indeferimento do plano (art. 255.º, n.º 1 1.ª parte).

Caso mande citar os credores constantes da relação de créditos, o juiz deve despachar no sentido da suspensão do processo de insolvência (art. 255.º, n.º 1 2.ª parte). Este é um dos casos excepcionais em que o processo de insolvência fica suspenso (art. 8.º).

A suspensão durará até à decisão do incidente. Durante este período, qualquer credor pode lançar mão das medidas cautelares previstas no art. 31.º do CIRE (art. 255.º, n.º 3).

12. Citação dos credores constantes da relação de créditos

Uma vez suspenso o processo de insolvência, os credores constantes da relação de créditos são citados por carta registada para o processo de aprovação do plano de pagamentos (art. 256.º, n.º 2). Se a insolvência houver sido requerida por um credor, este é meramente notificado para o incidente.

Os credores que não constem da relação de créditos junta em anexo ao plano de pagamentos não são citados, nem sequer por via edital. O CIRE não contempla nenhuma forma de aviso a estes credores, os quais ou tomam conhecimento por qualquer via da apresentação do plano, e podem então requerer a intervenção principal no incidente[9], ou ficam, pura e simplesmente, de fora do incidente.

Com a citação, prescreve o n.º 2 do art. 256.º que deve ser indicado ao credor que dispõe de 10 dias para se pronunciar sobre o plano de pagamentos apresentado pelo devedor (alínea a)), que no mesmo prazo se devem pronunciar sobre os créditos relacionados pelo devedor (alínea b))[10] e que os anexos juntos por este ficam na secretaria judicial à disposição para consulta (alínea c)).

Na falta de cumprimento destas formalidades, a citação é nula (art. 198.º, n.º 1 aplicável ex vi do art. 17.º do CIRE).

13. A posição dos credores face ao plano de pagamentos apresentado pelo devedor. Aceitação do plano

Os credores podem aprovar o plano de pagamentos proposto pelo devedor ou rejeitá-lo. Nenhum critério normativo determina a posição a tomar por eles. Os credores são os juízes do seu interesse.

Se o credor não tomar posição nos 10 dias após a citação para o incidente de aprovação do plano de pagamentos, tem-se este por aceite (art. 256.º, n.º 2, alínea a)). Este é um dos casos em que o silêncio tem valor declarativo (art. 218.º do Código Civil).

Naturalmente, nada impede que a aceitação do credor possa resultar de declaração expressa de concordância.

Seja por via de declaração, seja por via do silêncio, se os credores aceitarem o plano de pagamentos, este tem-se por aprovado.

A aprovação do plano de pagamentos só pode ocorrer com a aceitação de todos os credores, ou seja, por unanimidade.

O CIRE admite, porém, que haja suprimento judicial da aceitação de credores (art. 257.º, n.º 1), nos termos que veremos no número seguinte.

---

[9] Cf. o que sobre isto dissemos no ponto 10.
[10] Cf. o que dissemos a este propósito nos pontos 8. e 9.

14. Rejeição do plano de pagamentos e suprimento judicial da aprovação dos credores

I. Como dissemos, aos credores cabe a aprovação do plano de pagamentos. Eles podem, todavia, rejeitá-lo.

Entende-se que um credor rejeita a aprovação quando o declara (art. 257.º, n.º 2, alínea a)); é a hipótese mais simples. A alínea b) do n.º 2 do art. 257.º estabelece, no entanto, dois casos de rejeição tácita, ao presumir que o credor não aprova o plano de pagamentos do devedor se contesta o montante, natureza ou outro elemento do crédito ou se invoca a existência de outros créditos.

Seja como for, quer-nos parecer que não há rejeição se o credor declarar que aceita o plano de pagamentos sem prejuízo de contestar algum elemento de um crédito relacionado pelo devedor ou afirmar a titularidade de um ou mais créditos não relacionados sobre o devedor. Neste caso, o crédito objecto do diferendo não ficará abrangido pelo plano de pagamentos.

Não há razão alguma para defender que a presunção legal de rejeição tácita do plano de pagamentos não possa ser elidida com uma declaração de aceitação do credor. É este que tem o direito de decidir se aceita ou não o plano de pagamento proposto pelo devedor.

II. A aprovação do plano de pagamentos resulta da aceitação de todos os credores, independentemente do peso relativo de cada credor na situação patrimonial do devedor. E basta a rejeição de um só credor para pôr em crise a aprovação do plano de pagamentos. Sem unanimidade, o plano de pagamentos pode ser rejeitado.

O CIRE prevê, todavia, dois casos em que o tribunal pode viabilizar a aprovação do plano de pagamentos apresentado pelo devedor, efectuando o suprimento da aceitação negada por algum credor.

O primeiro caso, de longe o mais importante, pressupõe que:

– O plano haja sido aceite por credores que representem, pelo menos, dois terços do valor total dos créditos relacionados pelo devedor;
– O suprimento haja sido requerido pelo devedor ou por um dos credores que aceitou o plano proposto (art. 258.º, n.º 1). O CIRE não estabelece prazo para o requerimento, aplicando-se o prazo supletivo para a prática dos actos pelas partes no Código do Processo Civil (art. 17.º do CIRE). O prazo é, assim, de 10 dias (art. 153.º, n.º 1 do CPC).

O suprimento será concedido pelo tribunal verificadas três condições:

- Que os credores que rejeitaram o plano não fiquem em pior situação económica do que aquela que decorreria do prosseguimento do processo de insolvência, mesmo tendo sido requerida a exoneração do passivo restante (alínea a) do n.º 1 do art. 258.º);
- Que não haja tratamento discriminatório para os credores que rejeitaram o plano (alínea b) do n.º 1 do art. 258.º);
- Que os credores oponentes ao plano não hajam suscitado dúvidas sobre a veracidade e exactidão da relação de créditos (alínea c) do n.º 1 do art. 258.º).

No fundo, o que o tribunal deve controlar é que os credores recebam um tratamento igualitário no que toca à satisfação dos seus créditos, não obstante eventuais diferenças entre os seus créditos, e que o plano não constitua uma tentativa de favorecer alguns credores em detrimento dos outros.

O segundo caso é o que vem mencionado no n.º 3 do art. 258.º. O credor que contesta um crédito constante da relação sem nada adiantar sobre ele (constituição, extensão, montante, natureza, etc.) pode ver a sua oposição à aprovação do plano de pagamentos suprida pelo tribunal.

III. O suprimento do tribunal representa um sucedâneo da aceitação dos credores oponentes ao plano de pagamentos apresentado pelo devedor. Ele permite, por conseguinte, obter a aprovação de um plano de pagamentos que algum ou alguns dos credores rejeitaram.

15. Homologação do plano de pagamentos

Havendo sido aceite o plano de pagamentos apresentado pelo devedor, com ou sem suprimento judicial, o juiz profere sentença homologando o plano.

A sentença de homologação apenas é notificada aos credores relacionados pelo devedor e constantes do plano de pagamentos (art. 259.º, n.º 2) e dela não é dada qualquer publicidade (art. 259.º, n.º 5).

A sentença de homologação do plano de pagamentos é susceptível de recurso. Apenas podem recorrer os credores cuja aprovação foi judicialmente suprida (art. 259.º, n.º 3).

Dado provimento ao recurso, o plano de pagamentos fica sem efeito e prossegue o processo de insolvência, com a prolação da sentença respectiva (art. 259.º, n.º 3 parte final e art. 262.º).

Para além do recurso da sentença de homologação do plano de pagamentos, os credores cuja rejeição ao plano foi objecto de suprimento judicial podem ainda deduzir oposição de embargos, seguindo-se o regime dos artigos 40.º a 43.º do CIRE[11].

16. Tramitação subsequente ao trânsito em julgado da sentença de homologação do plano de pagamentos. Sentença de insolvência

I. Transitada em julgado a decisão de homologação do plano de pagamentos, fica encerrado o incidente e o juiz deve declarar a insolvência no processo principal (art. 259.º, n.º 1).

A sentença de declaração de insolvência tem um conteúdo significativamente simplificado quando é aprovado um plano de pagamentos. O art. 259.º, n.º 1 dispõe que dessa sentença constam apenas as menções das alíneas a) e b) do art. 36.º, havendo lugar à aplicação da alínea a) do n.º 7 do art. 39.º.

A sentença de declaração de devedor pessoa singular declarado insolvente com plano de pagamentos aprovado não é publicada, nem registada (art. 259.º, n.º 5), não havendo lugar, por conseguinte, à aplicação do disposto no art. 38.º do CIRE quanto a publicidade e registo da sentença de declaração da insolvência.

II. Também a sentença de declaração de insolvência pode ser objecto de recurso e de oposição de embargos pelo credor cujo consentimento tenha sido suprido pelo tribunal (art. 259.º, n.º 3).

III. Com o trânsito em julgado da sentença de insolvência encerra-se o processo de insolvência (art. art. 259.º, n.º 5).

---

[11] Em nossa opinião, esta defesa não é alternativa ao recurso, podendo ser cumulada com ele. O art. 42.º, n.º 1 admite a cumulação do recurso e da oposição de embargos relativamente à sentença de declaração da insolvência e constitui um lugar paralelo para a interpretação do art. 259.º, n.º 3. O credor que rejeitou o plano de pagamentos e cujo consentimento foi suprido pelo tribunal pode lançar mão dos dois meios de defesa.

17. Efeitos da declaração de insolvência com plano de pagamentos aprovado

I. A aprovação do plano de pagamentos constitui uma medida de protecção patrimonial do devedor insolvente e diminui fortemente o impacto que a declaração de insolvência tem em regra na situação patrimonial do devedor.

Para além da ausência total de publicidade da insolvência (cf. o art. 259.º, n.º 5), o devedor insolvente mantém a administração e disposição do património (alínea a) do art. 39.º, n.º 7). Outros efeitos associados em regra à declaração de insolvência também não se produzem.

Assim, não é fixada residência ao insolvente, o património disponível do insolvente não é apreendido para pagamento aos credores (massa insolvente) e posto sob a responsabilidade de um administrador da insolvência, nem ocorre o vencimento antecipado de dívidas, só para referirmos alguns dos mais importantes efeitos da declaração de insolvência.

Quer dizer, a declaração de insolvência com plano de pagamentos aprovado mantém intocada a situação patrimonial e pessoal do devedor insolvente.

II. Os processos de execução por dívidas que hajam sido relacionadas e integrem o plano de pagamentos são suspensos após a declaração de insolvência[12]. Isso afecta igualmente os arrestos, as penhoras, os arrolamentos efectuados ou outras providências decretadas a favor de credores relacionados. A solução resulta do art. 88.º, n.º 1, por analogia[13].

Os credores incluídos na relação de créditos ficam igualmente impedidos de instaurar novos processos de execução relativamente a créditos que constem dessa relação, sem prejuízo do disposto no art. 261.º, n.º 3.

A regra fundamental a observar é a de que os credores do devedor insolvente apenas poderão exercer os seus direitos de acordo com o estipulado no plano de pagamentos.

---

[12] A suspensão manter-se-á até que o plano de pagamentos seja cumprido relativamente à dívida exequenda ou aquele perca a sua eficácia por incumprimento do devedor, sem prejuízo das regras processuais sobre a desistência da instância.

[13] O preceito não menciona, é verdade, a suspensão do processo executivo, mas parece-nos que o seu sentido não pode ser outro.

18. Incumprimento do plano de pagamentos. Efeitos

I. O regime do CIRE é muito parco relativamente ao incumprimento do plano de pagamentos pelo devedor, limitando-se a dispor que, salvo disposição expressa do plano de pagamentos em sentido diverso, a moratória ou o perdão das dívidas se extingue nos casos previstos no art. 218.°, n.° 1 (art. 260.°).

Ou seja, quando o devedor não houver cumprido a prestação no vencimento e não a cumprir, com juros moratórios, 15 dias após interpelação escrita do credor, quanto ao crédito em causa, e se for declarado em situação de insolvência noutro processo antes de finda a execução do plano de pagamentos, quanto a todos os créditos.

O que sucede se o devedor não cumpre o plano de pagamentos, deixando de satisfazer os créditos nele incluídos?

O plano de pagamentos é uma fonte de obrigações para o devedor, que resultou do acordo com os credores, homologado por decisão judicial. Se o devedor insolvente não realiza alguma prestação a que se obrigou, há incumprimento obrigacional.

O incumprimento do plano de pagamentos está sujeito ao que neste houver sido estipulado[14] e, na sua falta, ao regime geral do incumprimento das obrigações (art. 790.° e seguintes do Código Civil), sem prejuízo do disposto no art. 260.° quanto à moratória e ao perdão das dívidas.

Havendo incumprimento do plano de pagamentos, o credor pode executar a obrigação incluída no plano de pagamentos, servindo a sentença homologatória de título executivo (art. 46.°, alínea a) do CPC).

Em vez de executar a obrigação conforme ela consta do plano de pagamentos, havendo incumprimento definitivo[15], o credor pode resolver o plano de pagamentos (art. 801.°, n.° 2 do Código Civil). Poderá ter interesse nisso, nomeadamente, para que o seu crédito volte à conformação anterior à aprovação do plano de pagamentos. Se o plano contiver uma moratória ou um perdão do seu crédito, o credor tem de interpelar[16] o

---

[14] Que o plano de pagamentos pode regular o incumprimento obrigacional do devedor insolvente resulta com clareza do disposto na ressalva inicial do art. 260.°.

[15] O incumprimento definitivo pode resultar da perda de interesse do credor na prestação (art. 808.°, n.° 2 do Código Civil) ou de interpelação admonitória, realizada de acordo com o art. 808.°, n.° 1 do Código Civil.

[16] A interpelação só terá lugar havendo mora. Em caso de incumprimento definitivo, não é necessária qualquer interpelação.

devedor para cumprir em 15 dias, com juros de mora e só depois pode dar por resolvido o plano de pagamentos[17].

II. O plano de pagamentos pode, assim, cessar a sua eficácia em caso de o devedor insolvente deixar de cumprir alguma obrigação e motivar a resolução do plano. O fundamento será o do incumprimento obrigacional e actuará nos termos em que a lei admite a resolução contratual por incumprimento definitivo (art. 801.°, n.° 2 do Código Civil).

A ineficácia (superveniente) do plano de pagamentos, respeitará, em princípio, apenas ao credor que o resolver nos termos legais. Nada impede, porém, que todos os credores declarem simultaneamente a resolução do plano de pagamentos, havendo incumprimento definitivo relativamente a todas as obrigações constantes do plano.

III. Após a resolução do plano de pagamentos, o credor que instaurara execução estando o respectivo processo suspenso por causa da homologação do plano de pagamentos[18] pode prosseguir a instância, demonstrando a cessação de eficácia do plano de pagamentos.

IV. O credor relativamente ao qual cessou a eficácia do plano de pagamentos por incumprimento do devedor pode instaurar a este novo processo de insolvência pelo mesmo crédito (alínea a) do n.° 1 do art. 261.°).

19. Cumulação de processos de insolvência. Credores constantes da relação de créditos apresentada pelo devedor

I. Uma pessoa singular está sujeita a ser demandada pelos seus credores em vários processos de insolvência e a ser declarada insolvente em todos eles. Porém, se um credor consta da relação de créditos anexa a um plano de pagamentos homologado judicialmente não pode instaurar outro processo de insolvência contra o devedor.

Em todo o caso, o credor em relação ao qual o devedor insolvente deixou de cumprir o plano de pagamentos pode interpor novo processo de

---

[17] Se não for este o caso, o prazo constante da interpelação admonitória pode ser menor, contando que seja suficiente para o devedor poder cumprir.

[18] Cf. o que dissemos no ponto 17.

insolvência, contando que, tratando-se de crédito com moratória ou perdão previsto no plano, tenha realizado a interpelação admonitória a que se refere o art. 218.º, n.º 1, alínea a) (art. 261.º, n.º 1, alínea a))[19].

II. Para além da situação referida no ponto anterior, credores incluídos na relação de créditos podem sempre demandar o devedor em outro processo de insolvência por:

– Créditos relativamente aos quais não houve acordo com o devedor sobre o montante ou outros elementos (alínea b) do n.º 1 do art. 261.º);
– Créditos não incluídos total ou parcialmente na relação de créditos anexa ao plano de pagamentos e que não se devam ter por perdoados nos termos do art. 256.º, n.º 3 (alínea c) do n.º 1 do art. 261.º).

A pendência de processo de insolvência em que haja sido apresentado plano de pagamentos não obsta ao prosseguimento de outro processo de insolvência movido contra o mesmo devedor por credor relacionado e à declaração de insolvência neste último processo. A litispendência não fundamenta a suspensão da instância no novo processo, sendo esta uma das excepções ao art. 8.º.

Porém, no caso da alínea b) do n.º 1 do art. 261.º, a insolvência só poderá ser declarada no novo processo se o credor provar ter razão quanto à incorrecção da indicação do crédito realizada pelo devedor na relação de créditos anexa à proposta de plano de pagamentos (art. 261.º, n.º 3).

20. Cumulação de processos de insolvência. Credores não constantes da relação de créditos apresentada pelo devedor

Os credores não incluídos na relação de créditos anexa ao plano de pagamentos não estão inibidos de propor uma nova acção de declaração de insolvência. O processo não fica suspenso por haver uma litispendência, contrariamente ao que sucede no regime geral (art. 8.º, n.º 2), e pode conduzir a uma declaração de insolvência, mesmo que esta já tenha sido

---

[19] A lei menciona apenas o incumprimento do plano de pagamentos, tornando inequívoca a desnecessidade de resolução pelo credor.

decretada no processo onde foi homologado judicialmente o plano de pagamentos (art. 261.º, n.º 2).

A possibilidade de qualquer credor não incluído na relação de créditos propor uma nova acção de declaração de insolvência e de fazer declarar esta, mesmo havendo ela sido decretada em outro processo, incita tendencialmente o devedor a relacionar todos os créditos, não deixando credores de fora.

21. Possibilidade de pluralidade de declarações de insolvência

No regime jurídico aplicável à insolvência de pessoas singulares que reúnem os requisitos previstos no art. 249.º, n.º 1, o processo de insolvência não é um processo universal onde todos os credores devam estar presentes e as dívidas liquidadas tendo em conta a massa insolvente. Diferentemente, podem estar pendentes vários processos tendentes ao mesmo objectivo e ocorrer até resultados contraditórios. Assim, pode acontecer que um pedido de declaração de insolvência seja declarado improcedente num processo quando a insolvência já foi decretada noutro ou noutros processos.

Do mesmo modo, porquanto a lei portuguesa dispõe que os processos de declaração de insolvência contra pessoa singular que haja requerido a aprovação de plano de pagamentos noutro processo de insolvência não se suspendem por causa da litispendência com este último (art. 261.º, n.º 2 e n.º 3), nem se extinguem pela declaração de insolvência que ocorra neste processo, uma mesma pessoa singular pode vir a ser declarada insolvente mais do que uma vez.

Isto pode vir a gerar um conflito de regulações que o CIRE não resolve. Como compatibilizar a apreensão de bens, o vencimento antecipado de dívidas e os outros efeitos da insolvência, que venham a resultar da declaração respectiva num dado processo, com a homologação de um plano de pagamentos, sem os efeitos gerais da insolvência, noutro processo?

Supomos, na verdade, que na medida em que a declaração de insolvência proferida num processo possa impossibilitar o cumprimento do plano de pagamentos homologado em processo diferente, o plano cesse a sua eficácia, ficando o devedor insolvente sujeito aos efeitos gerais da insolvência e à tramitação geral do processo de insolvência. É um ponto que carece de aprofundamento, que não pode ser feito aqui.

22. Insolvência de ambos os cônjuges. Considerações gerais

A secção III do Capítulo II do Título XII ocupa-se da hipótese de coligação em processo de insolvência movido contra ou instaurado por cônjuges casados em regime de comunhão geral ou comunhão de adquiridos. O regime aqui consagrado não é aplicável aos cônjuges casados em regime de separação de bens (art. 264.º, n.º 1).

Para além do regime de bens do casamento, que não pode ser o da separação de bens, para que este regime de coligação de cônjuges insolventes possa ser aplicado é ainda necessário que se verifiquem relativamente a cada um dos cônjuges os requisitos previstos no art. 249.º, n.º 1 (art. 249.º, n.º 2). Se algum dos cônjuges não preenche estes requisitos, a sua insolvência segue o regime geral.

As disposições referentes à declaração de insolvência de ambos os cônjuges constantes dos artigos 264.º a 266.º não visam unicamente, como na secção anterior, a aprovação de um plano de pagamentos, agora referente aos dois cônjuges. Na realidade, nem sequer se pressupõe que os cônjuges tomem a mesma posição relativamente à insolvência. Neste regime visa-se primariamente regular a coligação de cônjuges em processo de insolvência.

23. Coligação de cônjuges em processo de insolvência. Requisitos

O processo de insolvência pode ser interposto por ambos os cônjuges, que se apresentam em conjunto à insolvência (coligação activa), ou por um dos credores do casal contra os cônjuges (coligação passiva).

A coligação de cônjuges em processo de insolvência é legalmente possível, contando que:

– O regime de bens do casamento seja a comunhão geral ou a comunhão de adquiridos (art. 264.º, n.º 1);
– Se verifique quanto a cada um dos cônjuges os requisitos previstos no art. 249.º, n.º 1 (art. 249.º, n.º 2).

Sendo o processo de insolvência requerido por um credor, é necessário ainda que ambos os cônjuges sejam responsáveis perante ele por alguma das obrigações vencidas em que se verifique a impossibilidade de cumprimento (cf. o art. 3.º, n.º 1). Se apenas um dos cônjuges é responsável pelo cumprimento das dívidas do requerente da insolvência, o processo de insolvência só pode ser intentado contra ele.

24. Apresentação de um dos cônjuges em processo de insolvência movido contra o outro. Efeitos

I. Se um dos cônjuges é demandado por um credor em processo de insolvência, o outro pode apresentar-se no processo, contando que satisfaça os requisitos do art. 249.°, n.° 1 e obtenha o acordo do seu cônjuge à apresentação (art. 264.°, n.° 2). Parece que neste caso não se torna necessário que o cônjuge seja igualmente responsável por alguma das dívidas do requerente.

A segunda parte do art. 264.°, n.° 2 dispõe que se houver sido iniciado o incidente de aprovação de plano de pagamentos, a apresentação só será admitida caso o plano não venha a ser aprovado ou homologado.

II. Em derrogação ao disposto no art. 28.°, a apresentação do cônjuge à insolvência, nos termos do art. 264.°, n.° 2, apenas implica a confissão de insolvência se esta vier a ser declarada para o outro cônjuge (alínea a) do n.° 3 do art. 264.°).

A apresentação de cônjuge à insolvência no processo de insolvência do outro não suspende, em regra, a instância em processos de insolvência anteriormente instaurados contra o apresentante. Isso sucederá, todavia, se o apresentante confessar expressamente que se encontra em situação de insolvência ou os cônjuges apresentarem uma proposta de plano de pagamentos[20].

25. Coligação com posição comum e coligação com oposição de um dos cônjuges à declaração de insolvência. Tramitação e efeitos

I. Apresentando-se em coligação à insolvência (coligação activa), os cônjuges confessam a situação de insolvência de ambos (art. 28.°). O mesmo sucede se com o requerimento de insolvência é apresentado uma

---

[20] Neste último caso, a suspensão será levantada quando o plano de pagamentos for recusado ou revogada em recurso a homologação judicial do plano de pagamentos.

proposta de plano de pagamentos (art. 252.°, n.° 4), que deve ser formulada conjuntamente pelos cônjuges (alínea b) do n.° 4 do art. 264.°).

Se os cônjuges não apresentaram plano de pagamentos, o processo de insolvência segue a tramitação geral, sem prejuízo do disposto no art. 250.°. Se apresentaram, abre-se o incidente de aprovação de plano de pagamentos, aplicando-se as regras respectivas (art. 251.° e segs.). Caso o plano de pagamentos não venha a ser aprovado ou a sentença de homologação seja revogada em via de recurso, o processo retoma a aplicação das regras gerais (art. 262.°), excluindo o regime dos Títulos IX e X.

II. Se os cônjuges são demandados por um credor (coligação passiva), podem assumir uma posição conjunta ou em oposição.

Com efeito, os cônjuges demandados em processo de insolvência podem contestar defendendo a sua solvência. Do mesmo modo, podem confessar a insolvência ou apresentar conjuntamente uma proposta de plano de pagamentos, que tem o mesmo efeito (art. 252.°, n.° 4).

Apresentando conjuntamente uma proposta de plano de pagamentos, como determina o art. 264.°, n.° 4 alínea b), abre-se o incidente de aprovação de plano de pagamentos, que seguirá as suas regras. Em qualquer outro caso, o processo de insolvência segue a sua tramitação geral, sem prejuízo do disposto no art. 250.°.

Os cônjuges demandados podem, no entanto, tomar posições contraditórias no processo, com um deles a opor-se ao pedido de declaração de insolvência e o outro não. A hipótese resulta inequivocamente do art. 264.°, n.° 5.

Neste último cenário, importa distinguir. O cônjuge que aceita a insolvência pode apresentar plano de pagamentos ou não. Apresentando plano de pagamentos, dispõe o art. 264.°, n.° 5 que correm em paralelo o incidente respectivo e o processo de insolvência contra o cônjuge que se opôs à declaração de insolvência.

Todavia, o incidente de aprovação de plano de pagamentos só prossegue depois de cumprido o disposto no art. 256.° após o processo de insolvência contra o cônjuge oponente ter chegado ao fim e com a oposição a ser julgada procedente (alínea a) conjugada com a alínea c) do n.° 5 do art. 264.°).

Caso a oposição do cônjuge à insolvência seja julgada improcedente, extingue-se o incidente de aprovação do plano de pagamentos e ambos os cônjuges são declarados insolventes (alínea b) do art. 264.°, n.° 5). Quer dizer, o cônjuge que apresentou plano de pagamentos, confessando a sua insolvência, pode ver impossibilitada a respectiva aprovação e homologação pela oposição à insolvência por parte do seu cônjuge, desde que a oposição venha a ser declarada improcedente. A lógica da lei parece ser a de que, demandados os dois cônjuges, o plano de pagamentos só pode ser apresentado conjuntamente pelos dois encontrando-se estes em situação de insolvência.

Na hipótese de haver oposição de um dos cônjuges demandados à declaração de insolvência e o outro confessar a sua insolvência, mas sem apresentar plano de pagamentos para aprovação dos credores, o tribunal terá de apreciar primeiramente a procedência ou improcedência da oposição deduzida pelo cônjuge oponente, antes de declarar a insolvência do cônjuge que a confessa, uma vez que o CIRE prescreve que a apreciação da situação de insolvência dos cônjuges demandados em coligação consta sempre da mesma sentença (alínea a) do n.º 4 do art. 264.º).

Naturalmente, se a oposição for julgada procedente, a declaração de insolvência respeitará unicamente ao cônjuge que a confessou. A decisão judicial deverá, neste caso, diferenciar a posição de cada um dos cônjuges, que pode ser diferente quanto ao estado de solvência.

26. Princípio da identificação do regime das dívidas dos cônjuges

O art. 265.º, n.º 1 estabelece um princípio geral de identificação do regime das dívidas dos cônjuge. Os actos que indiquem as dívidas dos cônjuges, concretamente o plano de pagamentos, as reclamações de créditos e a sentença de verificação e graduação de créditos, devem identificar se são dívidas próprias de um dos cônjuges ou se são dívidas de ambos (comuns). Para o efeito, há que ponderar o regime familiar aplicável (artigos 1691.º e segs. do Código Civil).

RISCO, TRANSFERÊNCIA DE RISCO, TRANSFERÊNCIA DE RESPONSABILIDADE
NA LINGUAGEM DOS CONTRATOS E DA SUPERVISÃO DE SEGUROS

José António Veloso[*]

SUMÁRIO: *I. Risco e responsabilidade: 1. A responsabilidade como transformação jurídica do risco; 2. A gestão contratual do risco: distribuição e prevenção do risco; contratos incompletos e riscos endógenos; 3. Transferências de riscos e objecto do contrato: transferências absolutas e relativas; transferências unicontratuais e pluricontratuais; transferências autónomas e acessórias;* hedging *e garantia, opções e seguros; 4. Transferências de risco com e sem seguros; transferências de control e transferências do financiamento do risco; 5. Transferências de risco e transferências de responsabilidade; 6. O seguro além do seguro: novos seguros, prestação de serviços, outras transferências contratuais de riscos. II. Termos de descrição do risco na actividade seguradora: 1. A perspectiva do contrato; 2. A perspectiva da supervisão; 3. Classificações de riscos, tipos de contratos, ramos de seguro: a) Critérios económicos e critérios de regulamentação; b) Tipos de risco e ramos de seguro. 4. Os princípios da autorização de seguradoras: um esquema de análise: a) Reserva da actividade; b) O princípio da especialidade; c) O princípio da nominação; d) O princípio da segurabilidade: i) Risco segurável; ii) Interesse segurável. 5. A questão da taxatividade da classificação comunitária.*

---

[*] Advogado.

I – RISCO E RESPONSABILIDADE

1. O uso comum do termo "risco" é distributivo, isto é, o termo predica-se tanto dos conjuntos como dos respectivos elementos. No *sentido elementar*, o juízo de risco – mais precisamente, o complexo de juízos, que costumamos, por simplificação, designar desse modo – compõe-se de dois juízos, um dos quais é empírico, e o outro valorativo: por um lado, um juízo modal de previsão de um evento como possível, e que no caso óptimo é susceptível de atribuição de graus de probabilidade (portanto um juízo de probabilidade sobre esse evento, como elemento de certa classe de eventos possíveis); por outro lado, um juízo de valor, ético e económico, que qualifica os eventos da espécie do previsto como prejudiciais ou nocivos. No *sentido agregado*, o juízo de risco (ou complexo de juízos) tem por objecto uma classe de eventos.

Quando a formulação de um juízo de risco tem como referência explícita apenas os eventos previstos como possíveis, o juízo é extremamente abstracto. Na realidade, porém, em qualquer uso que receba, a formulação de um juízo de risco sempre estará implicitamente indexada a um contexto, com elementos pragmáticos que o concretizem em maior ou menor grau. Logo e em primeiro lugar, quem fala de riscos, e portanto de males, pressupõe na maior parte dos casos o homem individual, ou certo conjunto de homens, como *patiens* de tais males; mas o paciente pode não ser indivíduo determinado ou grupo determinado de indivíduos, mas, por exemplo, a humanidade inteira; e pode não ser (imediatamente, em modo directo) o homem, se falarmos, por exemplo, de riscos para um edifício, ou para uma paisagem, ou para uma espécie biológica, ou para a natureza.

O enriquecimento progressivo das representações do juízo de risco com índices pragmáticos que o relacionem com certo contexto dá origem aos juízos de risco que chamamos correntemente *concretos*, ou mais concretos, por comparação com outros que o são menos, através de uma pluralidade de graus de concreção. Os juízos de risco da lei, por exemplo, são já, devido à presença de inúmeros elementos de referência a contextos

---

[1] Os juízos científicos da teoria dos seguros são também, na generalidade dos casos, relativos a um contexto implícito: no mínimo, a um momento de tempo – o presente – e a certo nível de desenvolvimento da economia em que o evento previsto possa ocorrer – e que é em regra o de economias muito desenvolvidas (de contrário, será indicado expressamente a que outro contexto se reportam, v.g. um certo estádio de desenvolvimento histórico da economia).

determinados (que o jurista explicita por interpretação da lei e do sistema de leis em que ela se integra), muito mais concretos do que o juízo de risco expresso por uma qualquer formulação linguística, aliás formalmente idêntica, que ocorresse num tratado científico de teoria dos seguros[1]. Mas os juízos de risco das leis, por sua vez, distinguem-se entre si de múltiplos modos pelos contextos a que se reportam – sectores determinados da economia, actividades económicas de certo tipo, empresas com certa forma social, grupos de pessoas com certas características e necessidades, etc.; e seria um *non-sense*, para dar ainda outro exemplo, usar do mesmo modo, na comunicação jurídica e na aplicação da lei, uma frase dos capítulos dos contratos do Código civil em que se exprima certo juízo de risco, e uma frase graficamente idêntica da legislação de acidentes de trabalho, ou de uma lei ambiental, ou da lei militar, ou de uma lei que regule a autorização de instituições financeiras. Assim, salvo em usos da mais extrema abstracção, como o da teorização científica e filosófica, nenhum discurso sobre o risco será minimamente rigoroso e, sobretudo, nenhum será minimamente susceptível de control racional se não estiver suficientemente enriquecido com todos os elementos indispensáveis para a determinação precisa do contexto para o qual pretende ser válido.

Os esquemas de análise diversificam-se, naturalmente, consoante o contexto jurídico típico em que se suscite uma questão de risco: segurança pública geral, protecção do ambiente, prevenção sanitária, actividade militar, prevenção de riscos financeiros, etc. Além disso, quando haja alguma *acção de combate a uma fonte de perigo* – acção do Poder Público ou acção de particular –, ao juízo de previsão do evento e ao juízo de qualificação deste como danoso acrescerá outro juízo normativo, sobre o carácter adequado ou inadequado dessa acção, e que também depende das circunstâncias do contexto[2]. Mas como acontece com todo e qualquer juízo com características de variabilidade pragmática, na grande maioria das situações de comunicação o conhecimento partilhado de mil e uma circunstâncias permite deixar implícitos muitos dos elementos de contextualização do juízo: sem o que os custos da comunicação nos reduziriam a perpétuo silêncio. E quando se verifica que está a ocorrer algum equívoco, basta explicitar o elemento implícito que se detecta então como mal decifrado pela outra parte, para restaurar o fluxo normal da comunicação.

---

[2] Para um esquema de análise enriquecido com essa componente, v. o nosso estudo Prevenção de riscos para a gestão de bancos e fiscalização da idoneidade de accionistas qualificados, Revista da Banca 54 (2002) 45 ss., esp. 55 ss.

1. A responsabilidade como transformação jurídica do risco

2. Enquanto a análise económica encara o risco basicamente na perspectiva causal do risco fáctico e da transferência ou propagação do risco entre agentes económicos distintos (ainda que naturalmente, na economia normativa, vá além do fáctico, e se interrogue sobre regras desejáveis de distribuição), a análise que subjaz à regulamentação jurídica tem como ponto de partida a *transformação dos riscos em responsabilidades*, com fundamento em nexos de *imputação* dos danos a pessoas que são consideradas juridicamente responsáveis por eles.

A imputação do dano pode ter por fundamento a incidência causal, hipótese em que risco económico e responsabilidade jurídica se sobrepõem: é esse, pela força das coisas, o princípio geral. Primariamente, cada um suporta o seu próprio dano (*casum sentit dominus*, *sibi imputet* genérico), e só em hipóteses especiais, que o Direito escrito ou consuetudinário define, responde alguém por danos que ocorram na esfera económica de outrem. A este caso normal de auto- ou sui-imputação do dano (e do risco) não se dá, nas línguas jurídicas latinas, o nome de "responsabilidade", que é reservado à responsabilidade para com outrem. De responsabilidade fala-se apenas quando ela resulta de uma aloimputação, isto é, quando a alguém é imputado um dano que ocorra na esfera económica de outra pessoa[3].

---

[3] Em inglês *liability* usa-se não apenas para a responsabilidade por dano sofrido facticamente por outrem, mas também para designar a situação de quem está exposto a um dano próprio; em alemão usa-se do mesmo modo *haften* e *Haftung*. Já *responsibility* e *Verantwortung* parecem ser usados, na linguagem jurídica, apenas quando existe uma relação de alteridade. Na língua portuguesa, há outros usos correntes do termo nos quais a alteridade parece não ter papel: assim, por exemplo, quando para recusar intervenção a favor de alguém que corra perigo de prejuízo, e sobretudo quando o prejuízo seja causado por comportamento voluntário do próprio, se diz que não se fará nada, porque a pessoa em causa "é responsável"; e o mesmo se passa em outras línguas com os ter-mos equivalentes (v.g., *to be responsible* e *verantworten*). Notar-se-á que este uso do termo "responsabilidade" não suscitaria objecções do ponto de vista filosófico, pois que acentuaria até a ideia de pessoa, ponto de partida necessário de qualquer teoria da responsabilidade e da imputação; mas na linguagem jurídica há vantagem em reservar o termo para a aloimputação. Sobre imputação em geral v. António Menezes Cordeiro, Tratado de Direito Civil I, Coimbra 1999, § 20; Manuel Gomes da Silva, O Dever de Prestar e o Dever de Indemnizar, Lisboa 1944, 101, 166 ss; para complemento sobre análise de riscos, em confronto com regimes da responsabilidade civil, v. o nosso estudo A desinstitucionalização dos pagamentos cashless nas redes electrónicas e os seus efeitos de deslocação e redistribuição do

A transformação dos riscos em responsabilidades faz-se por norma jurídica objectiva (lei ou costume) ou por contrato. A lei impõe múltiplas responsabilidades por danos alheios, convertendo o risco fáctico de certa pessoa – por exemplo, um empregado, um peão, um proprietário – em responsabilidade jurídica de outra – por exemplo, um industrial, um automobilista, um construtor; a pessoa que está causalmente sujeita ao risco pode também convertê-lo em responsabilidade de outrem pela celebração de contratos, cujo paradigma é o contrato de seguro. Se a constituição da responsabilidade de outrem é voluntária, diz-se que a pessoa responsável *assume* o risco; se é efeito da lei, diz-se que o risco lhe é *atribuído* ou lhe é *imposto*. Uma vez constituída, a responsabilidade pode por sua vez, dados certos pressupostos, ser transmitida para terceira pessoa, quer por efeito da lei, quer por contrato (neste último caso, porém, quando a transferência de responsabilidade ocorra já *post factum* e portanto implique imediatamente com interesses ou preferências relevantes de terceiro, não por simples efeito do contrato, como pura emanação da vontade das partes: será então necessário, ou o consentimento do terceiro interessado, ou a combinação com o contrato de um efeito *ex lege*). Tem-se assim uma responsabilidade *secundária* (terciária, n-ária), em confronto com a responsabilidade primária, formando-se *cadeias de transmissão de responsabilidades jurídicas*, a que correspondem, do ponto de vista económico, *cadeias de transferências de riscos*.

A diferença entre o risco económico e a responsabilidade jurídica, que justifica que se fale em *transformação* de um na outra, tem como aspecto prático saliente a circunstância de a passagem do risco fáctico à responsabilidade jurídica, quer quando é operada exclusivamente por lei, quer quando o efeito *ex lege* se combina com a assunção voluntária do risco, implicar sempre alguma *limitação*. Nem todos os danos possíveis em dado contexto, por referência ao qual se determine o risco fáctico como previsão de perda económica, são objecto da responsabilidade em que o risco é transformado. A responsabilidade é sempre menos ampla do que o risco fáctico. O grau de correspondência varia consideravelmente, ao longo de um espectro que vai do pólo de máxima amplitude, que é a responsabilidade absoluta, até ao de amplitude mínima, que é o da responsabilidade por dolo, passando pelos graus intermédios da responsabilidade

---

risco: Algumas notas para uma análise de regulamentação, in Estudos em Homenagem ao Professor Doutor Manuel Gomes da Silva, Coimbra 2001, 1189 ss.

objectiva comum (responsabilidade independente de culpa, *strict liability*), da responsabilidade por culpa leve e da responsabilidade por culpa grosseira. Há assim, para um e o mesmo contexto de risco, uma pluralidade de tipos, historicamente consolidados, de transformação de riscos em responsabilidades jurídicas, e de entre os quais as leis costumam escolher quando definem nexos de imputação e responsabilidades por danos alheios. Observa-se hoje, no entanto, nas economias mais avançadas – mormente nos E.U.A. – evidente tendência para sair fora do quadro histórico de tipos de responsabilidade, construindo regimes novos, e que não se reconduzem a nenhum dos classificados pela doutrina tradicional.

A este quadro de tipos legais discretos contrapõe-se, na negociação de contratos, a possibilidade de princípio de um contínuo, limitado apenas por certas normas de exclusão de segurabilidade (por exemplo, de crimes). Na prática, e tal como acontece em todos os contratos, o espectro das opções contratuais aparece organizado também de modo descontínuo, em torno de certas soluções que correspondem a necessidades estatisticamente dominantes, e que criam tipos sociais de contratos, e em particular tipos sociais de contratos de seguro[4]. Os tipos sociais, mais ou menos bem definidos na prática económica, são recebidos – com graus de formalização muito variados –, na lei e na doutrina jurídica, constituindo-se assim, a partir deles, tipos legais ou doutrinais de contratos que passam a constituir instrumentos de regulamentação, e podem ser em si mesmos, por sua vez, factor de modificação e reforma da prática pré-existente, e portanto de criação e evolução dos tipos sociais[5].

3. Toda a responsabilidade jurídica em sentido próprio, uma vez que resulta de aloimputação, implica *transferência do risco económico*: a responsabilidade primária implica transferência do risco da pessoa sobre a qual facticamente impende para a pessoa que responderá juridicamente pelo dano; as responsabilidades que ocupam lugar de ordem subsequente na cadeia implicam transferência de riscos entre pessoas que já não são as facticamente ameaçadas pelo dano inicialmente considerado. Como, porém, a efectivação da responsabilidade significa por sua vez, enquanto tal, perda económica para a pessoa responsável,

---

[4] Mas não só destes; também de muitos outros contratos que operam transferências de risco, como os referidos infra, 3.

[5] Sobre a formação de tipos de contratos, v. por todos Pedro Pais de Vasconcelos, Contratos Atípicos, Coimbra 1995, esp. 59 ss.

a situação jurídica de responsável por danos alheios é também um risco económico, e consequentemente a transmissão de responsabilidades jurídicas é também transferência de riscos. Mas nem se deve confundir o risco da pessoa originariamente exposta ao dano com esses *riscos transformados* que são as responsabilidades jurídicas, nem o risco económico que corresponde a cada posição de responsabilidade com o risco que esteja associado a outras posições na cadeia. Jurídica e economicamente, a situação de exposição a perdas, em qualquer ponto da cadeia, é *diferente* da situação em ponto anterior: e isso tanto na passagem à primeira responsabilidade da cadeia, como na passagem desta para a – ou as – responsabilidades subsequentes.

A penúria da linguagem de análise cria perigos de séria confusão quando se fala de transferência do risco pressupondo que o risco seja *idêntico* em ambos os ter-mos de uma dada relação de transferência. Só a cuidadosa desagregação de todos os atributos das situações consideradas pode dar sentido preciso a qualquer afirmação de identidade do risco entre pessoas distintas. E mesmo nos contextos mais abstractos, a identidade perfeita do risco, para dado conjunto de atributos juridicamente relevantes, é seguramente apenas caso ideal. Importa por isso ter presente a pluralidade de referências que podem ocultar-se, consoante os contextos de uso, sob as mesmas expressões "risco", "transferência de risco", "assunção de risco", e análogas. Este ponto é essencial para evitar equívocos de que a experiência nos tem revelado exemplos flagrantes. É preciso saber bem de que se fala quando se fala de riscos, e muito especialmente saber com precisão o que está em causa quando se fala, como tantas vezes é necessário na vida jurídica, de *identidade do risco*. E de identidade de risco se fala não só quando, na regulamentação originária de um qualquer complexo de interesses ou na aplicação a esse complexo de uma regulamentação pré-existente, se afirma ou se pressupõe que, em dois pólos de uma relação jurídica, se pretende prevenir, reduzir, ou por outro modo transformar juridicamente o "mesmo" risco – mas também quando se usam expressões como *transferência parcial* do risco, *assunção de partes* do risco, *participação limitada* no risco, *co-seguro* de um risco, e outras muitas de emprego tão corrente como insubstituível na caracterização de operações por referência a riscos. As falácias de confusão referencial espreitam, e a frequência com que se nos deparam, até em boa literatura, querelas verbais cuja causa está na insuficiente precisão da linguagem de descrição do risco, justificam que se dê a máxima atenção a essa linguagem.

"Identidade de risco", "transferência do risco", "divisão do risco" e expressões afins são apenas metáforas, porque os riscos não se transferem (nem se dividem, nem se agregam) em sentido próprio: extinguem-se na esfera de certo sujeito, e criam-se outros relativos a danos da mesma espécie e valor em outra esfera subjectiva. Mas quando há criação e extinção paralelas de risco, é perfeitamente razoável, e muito útil como modelo de representação e síntese de informações relevantes, falar de transferência do risco. Acontece porém que se generalizou na linguagem corrente das actividades económicas um uso muito laxo da metáfora, em que sempre que alguém *se libera* de um risco se diz que o *transferiu*: ora muitas vezes, numa relação negocial entre A e B, *à liberação de A relativamente a certo risco não corresponde nenhuma assunção de risco análogo por B*. E nesses casos a metáfora não tem utilidade alguma: pelo contrário, facilmente induz em erro. Por exemplo, nos contextos de supervisão de actividade financeira (banca, seguros, bolsa) em que existe o dever de tomar determinadas cautelas quando são assumidos certos riscos (v.g. fazer provisões) ou há limites que devem ser respeitados (v.g., limites agregados de crédito), é essencial verificar cuidadosamente se, correspondendo ao risco que se extingue na parte que se libera (v.g., contratando uma garantia) se constitui de facto algum risco na outra parte (v.g. no dador da garantia), e, em caso afirmativo, se esse novo risco é "idêntico", isto é, se diz respeito a danos da mesma espécie e valor, ou se apresenta alguma diferença que releve para o regime de supervisão considerado. E o mesmo acontece em contextos de Direito privado, por exemplo quando são negociadas garantias em cadeia: porque as questões de preço e de execução da garantia poderão ter respostas muito diferentes em cada um dos elos da cadeia, embora todos eles façam parte de uma mesma sequência histórica com a mesma origem.

4. Muito menos se deve identificar *risco* e *responsabilidade*, *transferência de riscos* e *transferência de responsabilidades*. A noção de transferência de riscos é primordialmente prática e económica; e a linguagem jurídica usa essas expressões sem lhes atribuir, na regulamentação, papel diferente do que lhes dá a linguagem comum ou a da economia. Quando, em alguma regulamentação, a expressão assuma significado especificamente jurídico, então será porque o seu uso pressupõe já uma *outra* regulamentação em que "risco" adquiriu algum significado dependente de, ou relativo a essa regulamentação: assim acontece no Direito do seguros, em que "risco" já não designa simplesmente todo e qualquer perigo no sentido comum ou no sentido económico, mas os tipos de perigos definidos por certo contrato – por exemplo, o *risco de cobertura* do contrato de seguro[6]

---

[6] Sobre este conceito, v. infra, II.2.

– ou por certas normas de lei – por exemplo, as da supervisão de seguros, mas também normas ambientais ou normas de segurança pública. E por isso mesmo, na linguagem jurídica, ou não existe um conceito especificamente jurídico de risco, e o termo é usado na acepção económica ("fáctica", do ponto de vista do Direito formal); ou, se o termo é já usado em acepção conformada por normas jurídicas, há necessariamente uma pluralidade de conceitos jurídicos diferentes, e não faz sequer sentido falar de *um*, muito menos *do* conceito jurídico de risco.

Pelo contrário, existe *um conceito jurídico de responsabilidade*, com gradações mas, no essencial, unitário. Ou, para usar de linguagem menos cifrada: o conceito de responsabilidade é um modelo de representação da parte dispositiva de certas normas jurídicas que impõem deveres e conferem direitos; o conceito de risco não é um modelo de representação da parte dispositiva de normas, mas sim um modelo de representação de situações de facto oferecido pela linguagem quotidiana e pela linguagem das ciências, e que, como qualquer outro conceito útil, pode ser usado para interpretar a regulamentação (em especial na interpretação teleológica), além de poder ocorrer nos antecedentes das normas, como conceito de *Tatbestand*. Obviamente, se toda a responsabilidade envolve risco no sentido económico – o risco de ter de assumir certos custos –, nem toda a sujeição a riscos é uma posição jurídica de responsabilidade. E se todos os contratos transferem riscos, só alguns contratos, e sob condições legais muito precisas, transferem responsabilidades. Risco e responsabilidade, transferência de riscos e transferência de responsabilidades são pois conceitos muito diferentes[7].

2. A gestão contratual do risco: distribuição e prevenção do risco; contratos incompletos e riscos endógenos

5. Todos os contratos são instrumentos de resposta racional à incerteza do curso futuro dos acontecimentos, e portanto, nesse sentido muito amplo, instrumentos de gestão do risco. Em todos os contratos há assunção e distribuição de riscos, com aspectos de *retenção*, de *transferência* e de *partilha*, de importância variável na motivação do negócio, mas sem-

---

[7] V. tb. infra, 5.

pre presentes em algum grau, quer quanto aos riscos exógenos, quer quanto aos riscos criados pelo próprio contrato[8].

Entre os elementos essenciais da negociação de qualquer contrato encontra-se sempre o trabalho de delimitar, por um lado, os riscos que cada uma das partes há-de *reter*, dentre os pré-existentes, ou *assumir*, dentre os riscos novos, e por outro lado, os riscos que há-de *transferir* ou, quando menos, *partilhar* com a outra parte. E em todos os contratos existe, do ponto de vista económico, alguma prestação de garantia à contraparte para eventualidades futuras e incertas. Estas operações, como quaisquer outras que sejam realizadas por meio de contrato, podem ser acordadas expressamente, ou seguir modelos, injuntivos ou supletivos, oferecidos pela lei ou pelos usos.

O Direito dos contratos reconhece múltiplos modos de lidar com perdas que possam afectar as partes de um acordo. Os regimes de responsabilidade civil por violação de contratos são um exemplo, mas não o mais iluminante sob o ponto de vista da gestão contratual de riscos, porque pressupõem o *incumprimento*, e portanto o falhanço do contrato. Mais relevantes são as regras de atribuição de perdas cuja observância coincide com o *cumprimento* do contrato. As partes podem, por exemplo, convencionar que uma delas desempenhará certa actividade – o que implicará, em maior ou menor medida, quer na relação com a contra-parte, quer em relações com terceiros, a assunção de riscos de que aquela ficará aliviada, total ou parcialmente. Ou podem acordar num critério de repartição de perdas que não dependa da incidência fáctica destas na esfera económica de uma ou

---

[8] Usamos "incerteza" e "risco" sem distinguir os conceitos (salvo numa breve referência adiante feita), para não sobrecarregar a exposição com pormenores desnecessários. Sobre contratos como instrumentos de gestão de riscos, v., da literatura de seguros, G. Head et al. Essentials of Risk Financing, I, 2d. ed. Malvern, Pa. 1993, 281 ss et pas.; J. Athearn et al., Risk and Insurance, 6th. ed. St Paul, Minn. 1989, ch. 1; R.E.Keeton and A. I. Widiss, Insurance Law, Practitioner's Edition, St.Paul, Minn. 1988, § 3; E. Vaughan, Fundamentals of Risk and Insurance, 6th. ed. New York 1992, ch. 1; em geral sobre a teoria económica dos contratos, O. Hart and B. Holmstrom, The Theory of Contracts, in Advances in Economic Theory (Bewley ed.) Cambridge 1987; O. Williamson, The Economic Institutions of Capitalism, New York 1985, e Transaction Costs Economics, in Handbook of Industrial Organization (Schmalansee and Willig eds.), Amsterdam 1989, 35 ss; B. Salanié, The Economics of Contracts, Cambridge Mass., 1997; M. Henssler, Risiko als Vertragsgegenstand, Tübingen 1994, 3 ss, 13 ss; H.-B. Schäfer und C. Ott, Lehrbuch der ökonomischen Analyse des Zivilrechts, 2. Aufl. Berlin 1995, Kap. 11.

de outra. Ou pode uma delas renunciar a direitos que em princípio lhe assistiriam; ou assumir por si só determinados riscos, v.g. dando uma garantia, em contrapartida de alguma vantagem, v.g. um diferencial de preço, a que atribua maior valor presente. Em todos os contratos há algum efeito de transferência de riscos, mas a importância desse efeito na função objectiva e na motivação subjectiva do contrato varia consideravelmente.

O contrato pode também desempenhar funções de *risk-control*, isto é, de prevenção e redução dos riscos. A capacidade de prevenir eventualidades desfavoráveis, ou, se se concretizarem, de reduzir os prejuízos, é, muitas vezes, desigual, o que justifica também regras específicas de distribuição das perdas entre as partes do contrato. Não seria razoável, por exemplo, atribuir o risco de um processo de produção da parte vendedora à parte compradora, que nada pode fazer para o controlar. A regra adoptada consistirá em geral em atribuir as perdas à parte que melhor os puder prevenir, ou àquela que for mais profundamente afectada nas vantagens que espera retirar do contrato, e por isso tiver maior incentivo para actuar preventivamente de modo eficaz[9].

Os modelos legais ou consuetudinários de distribuição do risco, que as partes recebem implicitamente nos contratos, são instrumento imprescindível da regulamentação jurídica da actividade económica. Como escreve Martin Henssler, "uma das funções essenciais da ordem jurídica civil, e em particular do Direito dos contratos, consiste em distribuir os riscos adequadamente entre as partes"[10]. Os modelos de distribuição do risco que a lei ou os usos estabelecem são utilizados pelas partes para reduzir os custos de transacção, ou pelo juiz para suprir as lacunas dos acordos realmente celebrados por elas (com maior ou menor recurso à ficção legitimadora das vontades hipotéticas). Além disso – como veremos melhor adiante[11] –, quando atinjam certo grau de *institucionalização* esses modelos podem servir para obter indirectamente determinados efeitos externos que a vontade das partes, por si só e directamente, não poderia produzir. Assim, "ainda que não haja acordos explícitos sobre a imputação dos riscos do contrato, cada uma das partes assume, como efeito da

---

[9] V. lit. cit. na nota anterior, e o nosso estudo A desinstitucionalização cit..

[10] Henssler, Risiko cit 13. Para um panorama do estado presente da doutrina jurídica europeia sobre distribuição do risco nos contratos, v. ob. cit., 40 ss; a monografia mais importante, cremos, continua a ser a de I. Koller, Die Risikozurechnung bei Vertragsstörungen in Austauschverträgen, München 1979.

[11] Infra, 5.

contratação, aqueles riscos que lhe forem imputados pelo modelo legal de distribuição do risco"[12].

6. Sempre que as partes tenham um diferencial de aversão ao risco, o contrato incluirá cláusulas expressas ou implícitas de *transferência de riscos*. A transferência será desejada por ambas as partes – e poderá pois ser objecto de acordo voluntário – porque a possibilidade do evento, que do ponto de vista do observador se apresentaria como um risco "objectivo" idêntico, tem do ponto de vista das partes valores subjectivos diferentes.

Quando o diferencial existe, cada parte tenderá a assumir, na negociação do clausulado, os elementos do risco objectivo a que atribua valor subjectivo inferior. Assim, por exemplo, as cláusulas de garantia da qualidade de produtos ou serviços cobrem o risco de defeito, em benefício do comprador, em troca de um prémio implícito no preço cobrado pelo vendedor, e que será superior ao de um contrato sem garantia. Stiglitz mostrou que toda a cláusula contratual que fixe rigidamente algum parâmetro da compensação que as partes auferem funciona como um seguro da outra parte[13]. A parte mais avessa ao risco aceitará a rigidez da remuneração

---

[12] Henssler, loc. cit.

[13] J. Stiglitz, Incentives and Risk Sharing in Sharecropping, Review of Economic Studies, 1974, pp. 219 ss; id., Incentives, Risk and Information, Bell Journal of Economics, 1975, 552 ss; S. Rosen, Implicit Contracts: A Survey, Journal of Economic Literature 23 (1985) 1144 ss; Jacques Drèze, The Role of Securities and Labor Contracts in the Optimal Allocation of Risk-Bearing, in Risk, Information and Insurance. Essays in the Memory of Karl H. Borch (Loubergé ed.), Boston 1990, 41 ss. Exemplo paradigmático destes mecanismos de seguro interno assentes na rigidez da remuneração de uma das partes é o contrato de trabalho entre um assalariado e o empregador. O assalariado, ou por ser avesso ao risco, ou porque não está em condições de o suportar, procura segurar-se contra uma perda ou diminuição do seu rendimento e prefere ser remunerado a uma taxa fixa, qualquer que seja a conjuntura, a receber um rendimento que correspondesse exactamente à produtividade e fosse superior ou muito superior em fases de alta. Existe assim um contrato de seguro implícito em todo o contrato de trabalho com remuneração fixa. (Sobre o seguro implícito nos contratos de trabalho, v. esp. C. Azariadis, Implicit Contracts and Underemployment Equilibria, Journal of Political Economy 1975, 1 ss; v. ainda, para o enquadramento "macro" nas relações colectivas de trabalho, Fernando Araújo, A Análise Económica do Contrato de Trabalho, in P. Romano Martinez (org.), Estudos do Instituto de Direito do Trabalho I, Coimbra 2001, 189 ss). Têm a mesma estrutura de seguro implícito, por exemplo, as cláusulas de remuneração fixa dos contratos de manutenção de equipamentos e dos contratos de avença das profissões liberais. Como consequência típica, em todos os contratos em que uma das partes beneficie de cláusulas rígidas de transferência de risco se reproduzem os problemas de comportamentos oportunistas que foram teorizados

quando o seu rendimento não puder descer abaixo de certo patamar: o diferencial entre esse patamar e a produtividade marginal da parte (se esta for menor) será suportado pela outra; em contrapartida, a primeira pagará um prémio, que consiste na sub-remuneração que virá a receber se, pelo contrário, a sua produtividade for mais elevada. O grau de probabilidade que as partes atribuem aos eventos adversos determina o ponto de equilíbrio da negociação.

Em vez da transferência, quando não haja assimetrias na atitude das partes perante o risco, a solução tenderá a ser a *partilha* dos riscos, segundo a capacidade que cada uma tenha para melhor os suportar. A partilha reduz a variância do risco (a probabilidade de sofrer uma perda é superior, mas a dimensão da perda será menor[14]), e não terá alternativa quando ambas as partes derem às ocorrências o mesmo valor subjectivo, e portanto não existir diferencial que determine a direcção de uma transferência aceitável para ambas. Do mesmo modo, a partilha do risco convém quando nenhuma avaliação da probabilidade dos eventos seja possível (incerteza *stricto sensu*). Entre as operações que usualmente são chamadas "partilha de riscos" (risk-sharing) e as que são chamadas "comunhão" ou "agregação" de riscos (risk-pooling) não há diferença essencial: mas estas últimas designações costumam ser usadas para universos amplos, ao passo que se fala de "partilha" sobretudo a propósito de contratos com um número reduzido de partes. Daí que se diga que, nos contratos de seguro, há *risk-sharing* entre o segurado e a seguradora, com o limite da franquia, e há *risk-pooling* entre todos os segurados da mesma companhia, e através desta.

7. Para lidarem eficazmente com a incerteza, todos os contratos devem também conter algum dispositivo que regule o ajustamento *ex post* a situações inesperadas, ou na impossibilidade de ajustamento, a resolução do contrato. Esse dispositivo, particularmente importante nos contratos de longa duração, consiste nos casos mais comuns em *compensações* – assim

---

sobretudo a propósito nos contratos de seguro: cfr. obs. cits. de Williamson, Schäfer--Ott, Rosen.

[14] R. Scott, Conflict and Cooperation in Long-Term Contracts, California Law Review 75 (1987) 2005 ss, 2017; C. Allen and D. Klueck, Risk Preferences and the Economics of Contracts, American Economic Review 1995, 447 ss; A.M. Polinsky, Risk Sharing Through Breach of Contract Remedies, Journal of Legal Studies 12 (1983) 427 ss, 429 ss.

as cláusulas hoje vulgares na nossa prática de empreitadas de obras públicas –, ou numa *redistribuição dos riscos* segundo regras diferentes das inicialmente convencionadas, com outras transferências e divisões – solução a que se recorre com frequência nos grandes contratos internacionais de fornecimento de matérias primas, e nos contratos de seguros quando há modificações do risco.

Mas nenhum contrato é *completo* no sentido de prever todos os eventos futuros susceptíveis de afectar os interesses das partes[15]. Por isso, para os casos imprevistos, a lei e a jurisprudência dos tribunais ditam sempre um mínimo de normas injuntivas de *ajustamento*, de *resolução* do contrato e de *compensação de prejuízos*, v.g. segundo critérios de *culpa*, de *esferas de domínio* do risco, de *base essencial* do negócio, de *equidade*; além de oferecerem às partes os modelos *supletivos*, por via de regra mais ricos, a que elas podem recorrer mediante remissões expressas ou implícitas.

Da incompletude dos contratos resulta que, sendo por natureza instrumentos de prevenção e redução de riscos, eles são também, com a mesma inelutabilidade, *factores de criação de novos riscos*, devido à sempre presente possibilidade de virem a revelar-se mal adaptados às necessidades das partes, e designadamente virem a falhar na própria função de prevenir e reduzir os riscos exógenos previsíveis. Por isso todos os contratos, a par das operações de gestão de riscos exógenos que regulem, contêm também alguma regulamentação complementar de operações de distribuição dos riscos de que o próprio contrato seja causa. Também estes riscos endógenos são assumidos, ou transferidos, ou partilhados entre as partes, segundo cláusulas expressamente convencionadas ou segundo modelos normativos implicitamente recebidos, ou, em última análise, aplicados *ex post* pelo juiz.

Interessante é notar que alguns dos novos riscos criados pelo contrato resultam, de modo não menos necessário, *das próprias operações de gestão de risco*: por exemplo, toda a garantia prestada por uma parte – e que para a outra é transferência de risco – cria para a primeira um risco novo

---

[15] Para indicações mais desenvolvidas, v. a literatura sobre contratos incompletos, e por ex. Hart/Holmstrom, Theory of Contracts cit.; Scott, Long-Term Contracts, cit.; R. Scott, A Relational Theory of Default Rules for Commercial Contracts, Journal of legal Studies 19 (1990)597 ss; G. Hadfield, Problematic Relations: Franchising and the Law of Incomplete Contracts, Stanford Law Review 42 (1990) 927 ss; A. Schwarz, Relational Contracts in the Courts: An Analysis of Incomplete Agreements and Judicial Strategies, Journal of Legal Studies 21 (1992) 271 ss; Henssler, Risiko cit.

em relação às posições de risco anteriores, e que ela assume com a prestação da garantia. Como diz Henssler, sendo o contrato sempre "um seguro contra mudanças de circunstâncias que seriam adversas aos fins individuais" de quem contrata, "a vinculação contratual cria riscos" para ambas as partes, e não há vinculação contratual que não seja simultaneamente "uma assunção de risco"[16]. Faz-se o contrato para enfrentar e controlar riscos, mas contratar é já de per si, e necessariamente, incorrer em outros riscos. Por isso, antes da ponderação das alternativas de negociação entre contratos possíveis, todo o agente tem de ponderar se, e em que condições, *vale a pena contratar*, isto é, se vale a pena assumir os riscos endógenos da contratação, como preço do control dos riscos exógenos.

3. **Transferências de risco e objecto do contrato: transferências absolutas e relativas; transferências unicontratuais e pluricontratuais; transferências autónomas e acessórias;** *hedging* **e garantia, opções e seguros**

8. Para se salvaguardarem dos riscos endógenos, criados pelo próprio contrato, as partes são livres de tomar todas as disposições que entendam, desde que não conflituem com o acordado (nem com a lei, naturalmente). Cada uma delas pode, por exemplo, contratar seguros para cobrir os riscos do contrato. Estes seguros *externos* somam-se às cautelas, e designadamente aos mecanismos de transferência e partilha do risco que a parte haja podido incluir no acordo, e que funcionam, no âmbito deste, como seguros *internos*. Há tipos especiais de contratos de seguros que se destinam, precisamente, a cobrir os riscos endógenos dos contratos celebrados pelo segurado. Assim o seguro de riscos de crédito, que cobre uma fracção do risco de incumprimento da contraparte[17].

Mas a transferência de riscos, com protecção mais ou menos ampla contra perdas, pode ser obtida por muitos outros modos que não o contrato de seguro.

Em primeiro lugar, o risco é transferido se o bem a que diz respeito sai da esfera jurídica do agente: temos então a transferência de risco que poderíamos chamar *externa* ou (de outro ponto de vista) *absoluta*. A pro-

---

[16] Henssler, Risiko cit 13.
[17] Os seguros de crédito cobrem apenas uma fracção dos riscos, para que o segurado não perca todo o incentivo ao cumprimento do contrato, em prejuízo do segurador.

posição é juridicamente um truísmo, mas economicamente justifica amplas meditações. Na gestão dos riscos a que se encontre exposto um património, a alienação de bens é um instrumento como qualquer outro, e as condições em que deve ser utilizado de modo óptimo são estudadas nos tratados de gestão de risco à mesma luz que os outros instrumentos.

Para os nossos propósitos, porém, o que mais interessa são as transferências de riscos definidos por referência a bens com os quais, depois da operação de transferência, o transmitente conserve ainda alguma relação jurídica, ainda que transformada: portanto as transferências que poderíamos chamar *internas* ou *relativas*. Podem estas transferências relativas constituir o objecto principal de um contrato, ou ser apenas efeito secundário de contrato com outro objecto principal. Na primeira hipótese, caberia falar em transferências contratuais de risco *autónomas*, e de contratos *de transferência de riscos*; na segunda, de transferências contratuais *acessórias*, e de contratos *com um efeito* ou *uma dimensão* de transferência de riscos. A transferência autónoma será sempre convencionada expressamente; a transferência acessória poderá ser ou não objecto de cláusula ou cláusulas expressas.

Convém ainda ter presente que os efeitos de protecção contra o risco podem resultar, não de um contrato único, mas de uma pluralidade de contratos, quer associados entre si – por elementos intrínsecos, v.g. identidade das partes, ou por elementos contextuais, v.g. causas interrelacionadas –, quer sem qualquer relação que não o encabeçamento num mesmo agente, como acontece na diversificação de riscos nas carteiras de investimento. Seria adequado distinguir terminologicamente entre transferência *contratual* (ou *unicontratual*) de riscos e transferência *pluricontratual*.

9. Os prototipos das transferências relativas de riscos encontram-se em dois procedimentos: o *hedging* e a *garantia*. O *hedging* é objectivo: consiste em coordenar eventos de efeitos patrimoniais contrários, de modo que se neutralizem mutuamente. A garantia é subjectiva: incide sobre a determinação dos sujeitos, transferindo o risco de perda de um sujeito para outro. Ambos os procedimentos podem constituir conteúdo de contratos autónomos, que tenham a transferência de riscos como objecto principal: *contratos de hedging* e *contratos de garantia*, respectivamente.

A garantia neste sentido económico genérico diferencia-se em duas categorias básicas, a *opção* e o *seguro*, que se distinguem consoante o evento ou eventos que condicionam os efeitos de protecção do risco dependam ou não da vontade dos agentes. Naturalmente, entre os extremos da pura voluntariedade do evento intencionalmente causado, e da pura aleatoriedade sem relação alguma com a vontade dos agentes, há uma escala gradual, com zonas de classificação ambígua, bem visíveis na evolução moderna dos contratos de seguro. Por outro lado, a distinção é relativa aos agentes, de modo que muitas vezes um acordo de protecção contra riscos cria um seguro para certo participante e uma opção para outro. Por exemplo, para o credor a quem é prestada a garantia bancária, o processo é de seguro, mas para o devedor pode constituir uma opção; e o banco que presta a garantia terá de avaliar os riscos que assume tendo em conta a possibilidade e a probabilidade de escolhas arbitrárias do devedor, portanto segundo critérios de opção, e não como se o incumprimento fosse um evento da natureza, com critérios de seguro.

Os contratos juridicamente nominados como seguros distinguem-se de outros contratos de garantia, não pelo efeito que produzem na esfera do transmitente do risco (e que é economicamente idêntico: daí que o efeito do seguro, relativamente à esfera jurídica do segurado, se chame correntemente, na linguagem da actividade seguradora, "garantia"[18]), mas pela aleatoriedade do evento e pelos procedimentos de *pooling* de riscos. Os contratos de garantia no sentido jurídico corrente são para o devedor opções, e para o garantido seguros; alguns dos contratos que na linguagem jurídica são chamados seguros, e em que o evento não tem o grau de independência da vontade do agente que é pressuposto no caso modelar, são também, para o segurado, opções *hoc sensu* (os exemplos mais evidentes são, naturalmente, os extremos, como os seguros de casamento, de divórcio, de paternidade – que por isso mesmo, em muitos países, não são oferecidos ao público, ou são até proibidos por lei). Seguros *hoc sensu* são os contratos juridicamente nominados como seguros em que o evento é puramente aleatório, e além desses todos os contratos que, idênticos sob o ponto de vista da aleatoriedade do *trigger event*, se distingam daqueles por não terem como base económica procedimentos de *pooling* de riscos. Quanto aos direitos de opção no sentido jurídico corrente, são certamente, na generalidade dos casos, opções *hoc sensu*, mas podem também ser definidos, por lei ou por contrato, com condições inteiramente independentes da vontade do agente considerado – v.g, índices bolsistas, variações de preços de mercado – e serão então, para esse agente, seguros no sentido económico[19].

---

[18] V. infra, II.2.
[19] A transformação de garantias contra eventos aleatórios em opções de exercício

No *hedging*, a associação com tipos de contratos é muito menos definida, porque a neutralização de riscos de sinal contrário é determinada por factores físicos e económicos, e não pelas propriedades normativas das posições jurídicas subjectivas. A neutralização pode por isso ser realizada tanto por contratos específicos, cujo fim primário seja a transferência de riscos, como por combinações teoricamente ilimitadas de contratos de qualquer espécie e objecto. E naturalmente, os procedimentos de *hedging* e de garantia não se excluem mutuamente, e de facto são combinados muitas vezes: a coordenação objectiva de riscos que propriamente se denomina *hedging* é então realizada por meio de cruzamentos apropriados de posições de opção e de posições de seguro. Na actividade financeira foram inventados contratos específicos de *hedging* de riscos, que consistem precisamente em combinações de garantias com efeitos simétricos. Os direitos que os contratos de *hedging* financeiro criam e transmitem são nominados, na terminologia jurídica corrente, como opções ou agregados de opções; à luz da classificação que expusemos seriam qualificados, consoante os casos, ou como posições de opção – quando condicionados por eventos dependentes da vontade do transmitente do risco – ou como posições de seguro – quando condicionados por eventos puramente aleatórios.

Referimo-nos apenas à protecção contra riscos, portanto ao uso de posições jurídicas subjectivas para *evitar perdas*. Coisa muito diferente é a gestão da incerteza com fins especulativos, para *obter ganhos* de sorte: assim, por exemplo, as opções financeiras, consideradas acima como instrumentos de defesa contra perdas, são muitas vezes instrumentos de jogo especulativo. Convém sublinhar o ponto, porque na actividade económica, e muito em especial na financeira, o control de perdas anda muitas vezes imbricado, nas mesmas transacções e até nos mesmos agentes, com o interesse especulativo. Também o *hedging* é encarado aqui sob o ponto de vista da transferência de riscos. Para a parte que quer proteger-se de perdas, a transferência do risco é o fim primário

---

arbitrário é uma de inúmeras manifestações da tendência para abstractizar as posições jurídicas característica da economia e da sociedade modernas, cada vez mais estandardizadas e *commodified*. Dessa realidade social e económica resulta a importância que o conceito de opção tem assumido como modelo de reconstrução teórica das posições jurídicas subjectivas: depois das aplicações que dele fez Calabresi na análise da responsabilidade civil, o conceito de opção tornou-se uma espécie de moda filosófica, e não falta quem queira reconstruir todas as posições jurídicas activas como opções ou, por *splitting*, elementos de opções, e complexos de umas e outros.

do *hedging*; confrontando a parte que pretende evitar uma perda, pode estar uma parte com um interesse análogo, mas simétrico (perda de valorização contra perda de desvalorização, ou vice-versa), e haverá então *hedging* recíproco; mas pode estar também uma parte especulativa, interessada na obtenção de ganhos, e não na prevenção de perdas. A parte especulativa, quando proceda segundo critérios racionais, de diversificação de riscos numa base estatística, poderia ser comparada às companhias de seguros: só que teríamos nela um segurador diferente dos comuns, que se remuneram com prémios fixos e certos, porque o prémio seria aleatório. Na prática contemporânea, porém, os contratos de *hedging* aparecem integrados em mercados organizados, no âmbito dos quais é possível transferir a posição de garantia para terceiros, por haver um nível de *clearing* (ou até vários níveis) em que operam especuladores que assumem as posições finais: e é para esses especuladores que em última análise se transfere o risco agregado, contra o qual se protegem os não-especuladores.

4. Transferências do risco com e sem seguros; transferências do controlo e do financiamento do risco

10. Para explicitar um pouco melhor este importante tópico, podemos socorrer-nos da obra, já várias vezes citada, de George Head, que oferece uma excelente análise dos processos contratuais de deslocação e distribuição do risco, com indicações da maior utilidade, a que teremos apenas de acrescentar algumas paráfrases de adaptação aos conceitos que vimos utilizando[20]. Este Autor propõe, para organizar conceptualmente o campo dos processos contratuais de transferência de risco, duas distinções básicas: a) entre transferências de risco *mediante contratos de seguro* e transferências de risco *sem seguro*; b) entre transferências *do controlo do risco* e transferências *do financiamento do risco*.

a) A distinção entre transferências com e sem seguro – na terminologia de Head, *insurance risk transfers* e *noninsurance risk transfers*[21] – é intuitiva e não carece de grandes comentários. A transferência sem seguro difere das transferências com seguro, trivialmente, em que o destinatário

---

[20] Cfr. Head et al., Essentials cit. 281ss.
[21] Ob. cit., esp 42 ss, 281 ss. Cfr. tb. Athearn et al., Risk cit., ch. 1; Vaughan, Fundamentals cit., ch. 1.

da transferência, receptor do risco, "não actua como segurador"; "não tem o propósito de fazer um *pooling* dos riscos de perdas a que se encontram sujeitas outras pessoas, e de obter um lucro com essa operação"; se assume o risco, fá-lo apenas como "aspecto acessório de uma *outra* transacção negocial", que constitui o verdadeiro objecto ou causa da sua actividade, e "é dessa transacção, e não da transferência de risco enquanto tal, que espera tirar o seu lucro":

> "The transferee does not act as an insurer. The transferee does not have the objective of pooling others' loss exposures and becoming a transferee in order to make a profit ... The transferee accepts the exposure to loss or the financial burden of the transferor´s actual losses as an incidental aspect of another business transaction. (He) expects to profit from this transaction, and not from the risk transfer"[22].

Naturalmente, pode dar-se o caso de uma empresa de seguros ser parte receptora de um *noninsurance risk transfer*, se a transferência é operada mediante um contrato que não o de seguros, e portanto a empresa actua na transacção como actuaria qualquer outra empresa que não tivesse a oferta de seguros como objecto específico[23].

b) Menos óbvia, e mais produtiva para a teoria dos *fundamentals*, é a distinção entre as categorias muito gerais que Head denomina respectivamente *transferências do control de riscos – risk control transfers – e transferências do financiamento* de riscos *– risk financing transfers*[24].

Explica Head (mas parafraseamos em palavras nossas) que nas transferências do control de riscos, o transmissário toma sobre si "a exposição a perdas" que ocorram no futuro, de modo que, se elas ocorrerem, lhe serão imputadas, em vez de o serem ao transmitente: "from a transferor's perspective, the transfer is a means of risk control because it rids the transferor of a loss *exposure*, or some *possibility* of loss"[25]. Isto significa, na linguagem dos juristas, que o *risk control transfer* opera no nível fundamental da *imputação*, deslocando a perda do âmbito originário da autoim-

---

[22] Head et al., Essentials cit. 287.
[23] Ibid.
[24] Cfr. ob.cit. 281 ss.
[25] Ob. cit. 281.

putação para o de uma aloimputação criada pelo contrato: o transmitente não obtém simplesmente a compensação de perdas que venha a sofrer no futuro, porque nunca chegará propriamente a sofrê-las – as perdas surgirão logo *ab initio* na esfera do transmissário.

Nas transferências de financiamento, o processo é menos radical. O transmissário compromete-se apenas a financiar a recuperação das perdas que o transmitente venha a sofrer. O transmitente conserva a exposição às perdas, que lhe serão imputadas quando ocorrerem, liberando-se só dos custos de reparação daquelas, caso queira essa reparação (e só na medida em que a reparação seja possível):

> "The transfer is risk financing because it provides the transferor with a source of funds to finance recovery from an *actual* loss. ... The transfer changes neither the frequency nor the severity of potential losses, but only who pays for losses when they occur"; "(it) involves only risk financing, not risk control"[26].

O *financing risk transfer* não opera pois no nível da imputação das perdas, nem transforma a autoimputação em imputação a outrem; apenas resolve a questão ulterior e distinta dos custos de reintegração do património lesado.

A diferença prática mais saliente entre os dois tipos de *risk transfer*, do ponto de vista do *transferor*, está em que no primeiro caso ele consegue o efeito de transferir nexos de imputação para outrem, sem ficar dependente de actos ulteriores do transmissário, e designadamente de decisões de cumprimento de normas contratuais. Na transferência de control, uma vez celebrado o contrato, o transmitente desonerou-se definitivamente da imputação da perda, e por muito incumpridor que seja o transmitente quanto a outros elementos do contrato, relativamente a esse nada poderá fazer ou deixar de fazer que tenha consequências desfavoráveis para o primeiro. Pelo contrário, as utilidades prosseguidas com uma transferência de mero financiamento ficam dependentes do efectivo cumprimento, pelo transmissário, do compromisso que assumiu; se incumprir, isto é, se não custear efectivamente a reparação das perdas, o contrato, nesse ponto particular, de nada terá servido ao transmitente: "if the transferee (of a risk financing transfer) fails to provide the expected funds, the

---

[26] Ibid.

transferor receives no protection and has never truly transferred the financial burden of the loss to the transferee"[27].

Talvez fosse conveniente, pelo menos em discursos destinados a juristas, adoptar terminologia de que transparecesse mais claramente aquilo que, do ponto de vista jurídico, é a diferença essencial entre uma e outra espécie de transferências. A designação "transferência de financiamento do risco" é suficientemente intuitiva e pode ser mantida; mas "controlo do risco" é termo vago, que poderia ser utilizado (e é-o de facto) em muitas outras acepções. Proporíamos por isso, para esta segunda espécie, a designação *transferência de imputação do risco*, que indica precisamente o que está em causa.

O contrato de seguro propriamente dito é um *risk financing transfer*, uma vez que a perda continua a ser imputada ao segurado, e só o financiamento da reparação fica a cargo da seguradora – parte da reparação, de resto, não chega sequer a ser financiada pela seguradora, pelo menos no âmbito da franquia, o que ilustra bem a diferença entre deslocar a imputação e assumir os custos de reparação. Mas há *risk financing transfers* sem seguro em inúmeras situações comuns da contratação contemporânea. Acordos com esse efeito aparecem como elemento economicamente essencial em muitos contratos e complexos de contratos, desde as grandes empreitadas de construção civil até às *joint ventures* e às aquisições e fusões de empresas. Head distingue a este propósito entre *acordos de indemnização – indemnity agreements –* pelos quais uma parte se compromete a financiar os custos de reparação de perdas que a outra venha a sofrer, e *acordos de imunidade* ou de transferência de responsabilidade civil – *hold harmless agreements –*, pelos quais uma parte assume responsabilidade pelas pretensões de indemnização que sejam opostas à outra por terceiros, em consequência de factos da execução do contrato[28].

As transferências do financiamento do risco ocorrem tanto em *insurance* como em *noninsurance transfers*. Já as transferências do controlo do

---

[27] Ob.cit., 288. Por conseguinte, em caso de impossibilidade de cumprimento do transmissário, v.g. por falência, o transmitente continuará a suportar a perda: "Another critical difference between a risk control and a risk financing transfer becomes apparent when a transferee becomes bankrupt or otherwise unable to perform the terms of the contractual transfer. In a risk financing transfer, a bankrupt transferee provides no protection to the transferor, who must therefore pay for its own accidental loss. In a risk control transfer, however, a bankrupt or uncooperative transferee remains responsible for its own accidental loss, leaving the transferor's protection intact (ibid.)

[28] Ob. cit. 283 ss.

risco, pelas razões óbvias, ocorrem apenas em transferências *noninsurance*. Também estas são assaz comuns. Assim, por exemplo, têm efeitos importantes de transferência do control do risco – isto é, organizam os interesses das partes de tal modo que a própria imputação das perdas se desloca, no todo ou em parte, para a esfera de outrem

- os contratos de sociedade;
- as *joint ventures*, em que costuma haver uma estrutura especialmente complexa de transferências e partilhas de riscos;
- os contratos de empréstimo para empreendimentos, em que o financiador partilha o risco do empreendimento, v.g. a emissão de obrigações;
- os contratos de arrendamento, aluguer, depósito, usufruto, e em geral todos os que transmitem a posse de coisas, e com a posse, em maior ou menor medida, posições de imputação de riscos relativamente àquelas (segundo critérios que na tradição do Direito civil são definidos com os conceitos de culpa grosseira, culpa leve, dolo e caso de força maior);
- muitas estruturas de cooperação entre empresas na forma da subcontratação de empreitadas e mais em geral da prestação de serviços, v.g. no âmbito das práticas de gestão denominadas *outsourcing*, que do mesmo modo transferem todos ou parte dos riscos[29].

---

[29] Cfr. ob. cit., 285 ss. Head sintetiza as características e diferenças das grandes "famílias" de transferências contratuais de control e de financiamento do risco no seguinte quadro:

Families of Contractual Transfers: Risk Control and Risk Financing

Characteristics	Risk control transfer	Risk financing transfer
Subject of transfer	Exposure to loss	Financial burden of actual loss
Timing of transfer	Before transferor's loss	After transferor's loss
Effect of transferor's nonperformance	Loss falls on transferee	Loss falls on transferor (never truly transferred)
Frequent examples	Incorporation Lease Surety agreements....	Indemnity agreements (including insurance) Hold harmless agreements

– cfr. ob. cit. 288. *Surety agreements* são os contratos pelos quais uma empresa garante a outra que em caso de incumprimento de uma terceira se lhe substituirá na prestação: por exemplo, uma empresa garante ao *general contractor* que, se uma subcontratada não executar a empreitada que lhe coube, fará ela própria a obra; para a explicação dos conceitos usados no quadro, v. ob. cit., 284 s. – À lista de Head poderiam ser acrescentados mais

As transferências de imputação que ocorrem na cooperação de empresas e no *outsourcing* são especialmente características da fase actual da economia. As combinações de contratos e empresas que os especialistas de "engenharia contratual" congeminam para os grandes empreendimentos, tanto na variante vertical do *general contractor* como na horizontal do consórcio, são determinadas fundamentalmente por considerações de custos e de divisão do trabalho, com aproveitamento das vantagens comparativas das empresas participantes: mas têm também uma vertente de transferência de riscos, que pode assumir importância suficiente para desempenhar papel de relevo nas opções de planeamento. Fenómeno muito semelhante ocorre nas práticas de *outsourcing*, em que certos segmentos da actividade de uma empresa são substituídos por prestação de serviços de outras empresas. Se A subcontrata com B o fornecimento de parte de um produto ou a execução de parte de uma obra, ou se faz o *outsourcing* de certa fracção da sua actividade, passando-a a B na forma de prestação de serviços externos, livra-se com essa operação de muitos riscos próprios (acidentes de trabalho, doenças de pessoal, danos de equipamento, acidentes de automóvel, etc.) e de muitas possibilidades de responsabilidade delitual para com outrem, que assim se deslocam para a esfera de B, e que se conservariam na sua esfera se executasse por si próprio a actividade contratada. E também a responsabilidade contratual sofre importantes modificações de sentido favorável. É certo que A responde perante os clientes em caso de incumprimento das obrigações que assume, independentemente de a causa do incumprimento se localizar na contribuição de A ou na de subcontratados ou de prestadores de serviços externos (com os quais B, em regra, não está em relação contratual): mas nesta

---

exemplos, sobretudo extraídos do universo das formas de cooperação entre empresas que Williamson chamou *organizações híbridas*, por combinarem elementos de mercado e de hierarquia, e para as quais o sociólogo David Stark propôs o neologismo *heterarquias*: acordos em rede (alianças estratégicas, business networks) e acordos simbióticos (franchising, outras modalidades de canais de distribuição "administrados" ou "controlados", acordos de total quality management, estruturas satélite). Muitas dessas formas de cooperação, que se multiplicam na economia actual, têm também uma vertente importante de transferência de riscos. Para um panorama, v. por ex., sobre redes, H.B. Torelli, Networks: between markets and hierarchies, Strategic Management Journal 7 (1986) 37 ss; W.W. Powell, Neither market nor hierarchy: network forms of organization, Research in Organizational Behavior 12 (1990) 295 ss; sobre acordos simbióticos, os ensaios compilados em Journal of Institutional and Theoretical Economics 149 (1993) 609 ss e 152 (1996) 85 ss..

última hipótese A poderá, por sua vez, dirigir-se ao causador do incumprimento para se ressarcir do que tiver pago a B como indemnização, e nessa medida encontra-se desonerado da exposição ao risco. Em vez de uma única posição de risco e responsabilidade, passa pois a existir um encadeamento de posições, com uma espécie de alavancagem, que permite reduzir o risco e os custos de prevenção de A, aliás sem prejuízo da protecção do cliente, que enquanto tal se mantém intacta[30]. Para A, o direito de regresso contra B equivale a um seguro, que substitui em parte a cobertura de que A teria necessidade (com os custos correspondentes) se não subcontratasse ou não fizesse o *outsourcing*. B é que terá de obter cobertura de seguro contra os riscos que assumiu na sua esfera ao encarregar-se da prestação contratada[31]. Compreende-se pois que os especialistas de

---

[30] Formalmente: do ponto de vista económico, como bem se compreende, a posição de terceiros pode sofrer, porque depende da sua capacidade patrimonial, que não é uniforme (mas não se esqueça que é possível também que a protecção de terceiros saia facticamente *reforçada*, e é o que acontece quando, por exemplo, o nível da segurabilidade sobe: v. nota seguinte). Daí que estas transferências de riscos, sendo em princípio lícitas – pois que não afectam imediatamente direitos actuais de terceiros – possam suscitar problemas casuísticos de justiça e tornar necessárias regras especiais que corrijam efeitos perversos, v.g. regras que imponham seguros obrigatórios, ou que reinstaurem em alguma medida a imputação originária dos riscos transferidos. Fazer essas correcções de justiça sem paralisar a inovação e diferenciação que criam valor social é talvez o desafio mais importante que o Direito civil enfrenta na economia de hoje. As soluções diversificam-se consoante o objecto da relação negocial (bens ou serviços, transacções materiais ou de pagamento ou financeiras), e em função de muitas outras características dos agentes e das actividades económicas. Mas nem tudo é novidade: problemas afins se suscitavam há muito na distribuição comercial de produtos manufacturados, para os quais foi inventada a responsabilidade do produtor. Outro exemplo tradicional, e esse de rede no sentido estrito, é a banca correspondente: aí vigorou uma regra de exclusão da responsabilidade no primeiro elo da cadeia (o banco do cliente), que se manteve até ao advento das transferências electrónicas. (Da distribuição de riscos e responsabilidades na banca correspondente e das transformações dela ocupámo-nos nos nossos estudos Desinstitucionalização cit., e Regulamentação dos sistemas de pagamentos, Revista da Banca 1985, n.º 36, 83 ss = Abel Mateus e Filipe Santos (orgs.), O Futuro dos Sistemas de Pagamentos, Lisboa 1997, 137 ss).

[31] Como o risco e a responsabilidade são função linear do nível de actividade (se A executar por si próprio, maior será, por exemplo, a probabilidade de sofrer uma avaria nas máquinas, ou uma explosão nas caldeiras; maior a probabilidade de cometer erros que obriguem a correcções e despesas de produção adicionais; maior a probabilidade de sofrer acidentes de tráfego ou de causá-los a outrem; maior a probabilidade de sofrer incumprimentos de fornecedores ou oscilações imprevistas de preços, etc. etc.), o valor segurável do risco marginal de que A se livra, ao transferir a actividade para B, poderá ser *superior* ao

finance dediquem cuidadosa atenção às transferências de riscos e responsabilidades que podem ser operadas com certas contratualizações externas da actividade das empresas, ou com certas formas de cooperação em empreendimentos comuns. E deve-se notar que a questão não é só de custos, porque estes procedimentos permitem transferir também riscos *inseguráveis*. Com engenharias contratuais bem desenhadas, conseguem-se transferências de riscos para os quais não seria possível obter seguro algum – quer porque são transferidos elementos da sui-imputação residual que não é abrangida pelos seguros oferecidos no mercado, quer porque se transfere a fracção dos riscos seguráveis que cabe nas chamadas franquias[32].

---

valor segurável do risco que B assume, pois que este terá um nível de actividade inferior... Há economias de escala, mas também há – e é o que acontece com todos os riscos inerentes a uma actividade – *des*economias de escala. E assim, se um *general contractor* fizesse por si próprio tudo o que delega nos subcontratados, poderia até acontecer que não conseguisse segurar-se adequadamente, no mesmo empreendimento em que, uma vez feita a distribuição de tarefas pelos subcontratados, estes se segurariam todos sem grande dificuldade. (Naturalmente, o nível de actividade é apenas um dos factores que influenciam estes resultados).

[32] Abstraímos aqui dos pormenores do Direito positivo. Há um espectro amplo de regimes legais de responsabilidade, quer gerais quer específicos de certos tipos de contratos, que condicionam a extensão e natureza dos riscos que são transferidos por estas operações: por exemplo, no nosso Código civil os extremos do espectro seriam, como pólo mais desfavorável à desoneração do transmitente, o regime da responsabilidade pelos danos dos comitidos (art. 500.º) e o da responsabilidade do representante e auxiliar do cumprimento (art. 800.º); e como pólo mais favorável, o da subempreitada (art. 1214.º, em combinação com o art. 214.º). A estes modelos elementares da lei civil somam-se agora, em cada vez maior número, regimes especializados previstos em leis financeiras e societárias. De qualquer modo, a análise dos regimes de responsabilidade não é suficiente para determinar os efeitos de transferência de riscos destas operações contratuais, porque sempre ficam de fora desses regimes as perdas para as quais vale a regra básica da auto-imputação. Na literatura portuguesa recente há dois estudos sobre consórcios com relevância para as questões abordadas no texto: Luís Lima Pinheiro, Breves considerações sobre a responsabilidade dos consorciados perante terceiros, in Estudos de Direito Civil, Direito Comercial e Direito Comercial Internacional, Coimbra 2006, 293 ss (=Estudos em Homenagem ao Professor Doutor Raul Ventura II, Coimbra 2003, 165 ss); Luís Domingos Morais, Empresas Comuns – Joint Ventures – no Direito Comunitário da Concorrência, Coimbra 2006, esp. 183 s

5. Seguros com transferência de riscos e seguros com transferência de responsabilidade

11. Os contínuos do economista são, escusado seria dizê-lo, operatórios apenas do ponto de vista da ciência económica; o Direito tem de estabelecer cesuras nessa continuidade, distinguindo – segundo fins, valores e custos de transacção – modos diferentes de vários seres humanos cooperarem uns com os outros na redução da incerteza.

A primeira das fronteiras que surge na regulação contratual dos interesses é traçada pela autonomia pessoal. Os contratos não podem produzir efeitos jurídicos externos de modificação e distribuição de riscos, sem consentimento de todos os interessados. Empiricamente, enquanto puros factos económicos, *todos* os contratos produzem múltiplos efeitos externos; todos os contratos – em verdade, todos os actos e episódios da vida humana – modificam continuamente (repartem, distribuem, criam comunhão de, limitam, descarregam, assumem) a exposição fáctica a riscos das pessoas que possam ser tocadas pelos efeitos empíricos desses contratos, muito para além dos limites dos seus efeitos jurídicos, que se confinam, em princípio, às relações *inter partes*[33]. Mas só por força de normas objectivas (da lei ou dos usos) pode um efeito empírico externo de transferência de risco adquirir também valor de sujeição ou vinculação jurídica para os terceiros interessados, sem consentimento deles. Esta possibilidade, como se sabe, encontra-se reconhecida no Direito civil para a transmissão de toda uma classe de posições jurídicas activas – os direitos de crédito –, mas não existe em geral para as posições jurídicas passivas, de dívida ou responsabilidade, e não existe tão pouco em muitas outras posições jurídicas activas reguladas por aquele (por exemplo, em nenhuma do Direito de família e das sucessões, existindo para as do Direito das coisas, mas aí não necessariamente para todas)[34].

---

[33] Existe no entanto uma qualificação jurídica residual para todos os efeitos de exposição ao risco de terceiros, na perspectiva da licitude e ilicitude: esses efeitos só serão lícitos se forem produzido de modos mediatos e indirectos (não-agressivos ou invasivos), como por exemplo os que caracterizam a instituição económica da concorrência livre e leal (cfr. o nosso estudo Sortes, in Jornadas de Homenagem ao Prof. Cavaleiro de Ferreira, Lisboa, 1989, 87 ss). A distinção entre os efeitos difusos, juridicamente "livres", e efeitos directos, sujeitos às normas jurídicas, é em si mesma insusceptível de explicitação integral, e em última análise deixada ao conhecimento tácito das práticas sociais.

[34] Sobre os regimes do Direito civil de transmissão de créditos e de dívidas, v. por todos António Menezes Cordeiro, Direito das Obrigações, II, Lisboa 1980, reimp. 1988, 89

Os princípios do Direito comum dos contratos sofrem grandes modificações em certos contextos *institucionais*, cuja regulamentação é *subordinada a determinados fins colectivos* – por exemplo o comércio e a indústria, o trabalho subordinado, certas profissões, as actividades reservadas sujeitas a supervisão administrativa, como a actividade bancária e a actividade seguradora. O processo colectivo da institucionalização submerge o atomismo característico da regulamentação civil em ordenamentos macrossociológicos unitários. Como escreveu Gomes da Silva, a propósito de fenómenos de institucionalização de contratos que ocorreram nos fins do séc. XIX e nas primeiras décadas do séc. XX – ainda no início de processos de institucionalização que hoje apresentam formas cada vez mais radicais, como as que caracterizam os mercados financeiros – as diferenças que, por exemplo, "separam as operações de crédito feitas por estabelecimentos bancários e as que podem efectuar-se entre simples particulares", ou "o contrato de seguro" – tal como estava regulado no Código Civil de 1867 – "e os contratos celebrados pelas companhias de seguros", explicam-se "pelo facto de nuns casos, as obrigações nascerem isoladas, com fins meramente particulares, e noutros, se acharem *enquadradas num sistema de conjunto, dominado pelo interesse social*"[35]. "Idêntico fenómeno se observa" no contrato de trabalho": "a regulamentação dele é dominada pela ideia de que o trabalhador (...) se encontra enquadrado (em) instituições" como a empresa, a família, os sindicatos, a segurança social.

---

ss, 109 ss; João Antunes Varela, Das Obrigações em Geral, II, 7.ª ed., Coimbra 1999, 285 ss, 358 ss; exaustivamente, a monografia de Manuel Januário Gomes, Assunção Fidejussória de Dívida, Coimbra 2000; e v. tb. infra, 4. – No Direito dos seguros tem considerável interesse a subrogação na posição activa, que se integra, juntamente com a cessão de créditos e o direito de regresso, no conjunto de institutos civis da transmissão de créditos: v. por ex., sobre o regime civil, Cordeiro, Obrigações cit., II, 99 ss; Varela, Obrigações cit., II, 334 ss; Gomes, Assunção fidejussória cit., 134 ss et pas.; da lit. de seguros, Almeida, Contrato cit., n.ºs 110 ss; na jurisprudência mais recente, merecem referência especial os Acs. STJ 21.1.2003, Col.Jur. 2003:1, 39 e 11.1.1985, BMJ 343, 292 (carácter *ex lege* da transferência de responsabilidade por acidente de trabalho), Rel. Coimbra 3.4.1990, Col.Jur. 1990:2, 59, Rel. Évora 23.5.1985, Col. Jur. 1985:3, 302 (carácter legal da sub-rogação nos seguros de responsabilidade automóvel), Rel. do Porto, de 19.10.1999, BMJ 490, 319 (seguro de responsabilidade civil, efeitos apenas internos); Rel. Coimbra 28.3.1989, Col. Jur. 1989:2, 57 (distinção entre sub-rogação e direito de regresso). Como se sabe, a subrogação é entre nós possível tanto por vontade do credor como por vontade do próprio devedor (arts. 589.º e 590.º do Código civil). O que ao nosso tema importa, porém, não é a transmissão das posições activas, mas a transferência da responsabilidade.

[35] Manuel Gomes da Silva, Conceito e Estrutura da Obrigação, Lisboa 1943, 77.

O mesmo vale "nas profissões liberais: os velhos contratos de mandato judicial e de prestação de serviços no exercício de profissões liberais, previstos no Código Civil (de 1867), acham-se hoje regulados como simples aspectos de actividade desempenhada ao serviço de funções sociais". Encontramo-nos assim perante "instituições que absorvem as mais importantes manifestações práticas" de alguns dos contratos tipificados na tradição do Direito civil: "instituições nas quais estes se encontram regulados de forma especialíssima", inteiramente diversa dos quadros básicos dessa tradição, "em atenção ao fim social que as domina"[36].

Uma das modificações mais profundas que a institucionalização dos contratos, substituindo a perspectiva atomística do Direito civil por pontos de vista agregadores de interesse social, introduz na aplicação dos princípios comuns consiste precisamente na circunstância de alguns deles poderem transferir, não apenas riscos, em termos puramente económicos ou fácticos, mas as próprias posições jurídicas passivas de responsabilidade, sem consentimento dos terceiros interessados. Para que isso aconteça, é indispensável que uma norma jurídica objectiva, que advém de outra fonte que não a vontade das partes, confira ao contrato esse efeito excepcional. Logo se pensa em certos contratos de seguros, que eram também tema da meditação de Gomes da Silva; mas o fenómeno envolve outros tipos de contrato, e a excepcionalidade ética e jurídica não significa hoje em dia, de modo algum, grande raridade estatística. Nas aquisições de empresas e em outras legalmente reconhecidas de universalidades com activos e passivos, ocorre essa transferência de responsabilidade. A regulamentação dos seguros oferece um exemplo excelente para ilustrar os critérios a que deve obedecer a transferência de responsabilidade: o regime da *transferência de carteiras* da lei das seguradoras (arts. 148.° e segs.) combina o mínimo civilístico que vale para as transferências de responsabilidade em geral, com os reforços de cautelas que são necessários quando existe uma pluralidade de credores actuais e potenciais (anúncio público, prazo para oposição, regras sobre os efeitos desta), e ainda com os refor-

---

[36] Ob.cit., 77-68 (sublinhados nossos). Sobre a institucionalização dos contratos de seguros,. v. António Menezes Cordeiro, Manual de Direito Comercial I, 2.ª ed.. Coimbra 2001, § 53; Fanelli, Assicurazioni cit. n.°s 73 ss, 109 ss; Abraham, Insurance Law cit., ch. 2.C; W. Koenig, Privates und öffentliches Recht im Versicherungsverhältnis, in Studi in Onore di Antigono Donati I, Roma 1970, 279 ss; Jean Bigot, in Bigot (dir.), Traité cit., t.3, n.° 35, 217 ss; A. Donati, Trattato del Diritto delle Assicurazioni Private I, Milano 1952.

ços adicionais que correspondem à natureza específica da actividade de seguros, *maxime* a intervenção da autoridade supervisora: intervenção que não se limita às autorizações e homologações que o Direito prevê em tantos outros casos de perigo para terceiros, pois que a autoridade assume por si própria a gestão do processo, segundo um modelo que é o análogo da jurisdição voluntária num enquadramento não-jurisdicional.

Os efeitos externos de modificação das posições de risco de terceiros são parte essencial do funcionamento de certos procedimentos que a Lei faculta aos cidadãos como meio de acção jurídica, tomando em contrapartida certas cautelas para minimizar as injustiças que daí podem decorrer. No desvio dos princípios do Direito civil que a institucionalização introduz, parece haver ainda uma distinção entre um procedimento básico, de aplicação geral, e procedimentos que são admitidos apenas em hipóteses muito restritas. O procedimento básico caracteriza-se pela criação de instituições com vida própria, relativamente independentes do contrato, e que medeiam entre as partes e terceiros como termos autónomos de relações jurídicas formais, ou pelo menos de relações económicas: pessoas colectivas, patrimónios separados, *trusts* e análogos. Mais raro é que o efeito externo se produza sem essa mediação institucional por um ente colectivo ou económico relativamente distinto e independente das partes. A utilização das pessoas colectivas, e mais em geral dos regimes de separação de patrimónios, para fins de *asset protection*, isto é de imunização ou blindagem contra responsabilidades, atingiu hoje níveis de sofisticação sem precedentes. As técnicas de *asset protection*, que constituem um capítulo inteiro da *corporate finance*, exploram para esse fim as possibilidades que as formas de organização societária facultam, e muito especialmente os grupos de sociedades: por exemplo, deslocam activos para a esfera de titulares não expostos directamente às responsabilidades que se receiam, ou passivos para indivíduos ou empresas que não são os beneficiários finais dos valores ou das prestações em razão dos quais esses passivos foram constituídos. As operações de deslocação de activos, se não forem ditadas por uma intenção já *ex ante* desonesta, têm em princípio carácter lícito; nas de deslocação de passivos pode também existir uma área de licitude, mas muito mais limitada, pela simples razão de que todo o passivo actual, e até muitos riscos de responsabilidade futuras, implicam imediatamente a existência de credores já individualizados no contexto, e que podem ser prejudicados pela operação, o que não é necessariamente o caso na deslocação de activos. O que distingue estas técnicas das práticas contratuais de transferência de riscos a que aludimos supra, 4, é o facto de porem sempre em causa a protecção jurídica dos interesses de terceiros (ainda que com graus de proximidade muito variável, o que é justamente o critério fundamental das diferenciações do ponto de vista da licitude). Daí resultam múltiplas questões éticas e jurídicas.

Pelo contrário, naquelas outras práticas, que deixam intacta a posição dos terceiros (apenas poderão modificar os meios processuais, v.g. porque as reclamações de indemnização tenham de ser dirigidas a certo indivíduo ou empresa em vez de outro ou outra), não se suscitam, *ceteris paribus*, questões de licitude.

12. Por efeito da lei, *alguns* contratos de seguro transferem *a responsabilidade*; a grande maioria transfere *só o risco*.

Transferem só o risco os contratos de seguro que em nada afectam as posições activas de terceiros. Assim, por exemplo, o contrato de seguro de danos de coisas: ocorrido o sinistro, a seguradora deve ao segurado, e a mais ninguém; e o segurado não é substituído pela seguradora nas relações com terceiro a quem deva por sua vez. O mesmo acontece com o seguro de responsabilidade civil por danos causados a outrem. Quem se segura contra o risco de responsabilidade civil, recebe dinheiro da seguradora, para pagar ao lesado; o lesado não vê em nada modificada a sua posição activa perante o segurado. A seguradora pode, naturalmente, prestar *serviços de liquidação e pagamento*, como auxiliar do cumprimento da obrigação do segurado, mas a relação entre segurado e lesado não se modifica com a presença da seguradora. Também os mecanismos que o Direito do processo conhece, e que são utilizados para chamar à acção a seguradora em litígios oriundos de muitos desses contratos, não têm significado do ponto de vista do Direito substantivo, além de serem gerais e não-específicos dos litígios de seguros. Modernamente, introduziu-se em certos contratos uma *nuance* que reforça o papel das seguradoras nos litígios, conferindo-lhes a *orientação forense* destes, e ficando o segurado adstrito a essa orientação: o que para este não constitui simplesmente uma restrição, porque se traduz em alívio considerável do custo da lide. Mas também esse reforço não ultrapassa a fronteira que separa a transferência do risco da transferência da responsabilidade. A fronteira só é transposta quando se dá o caso de, ocorrido o sinistro, o segurado poder remeter o credor para a seguradora, e o credor ter de tratar exclusivamente com esta, tanto extrajudicialmente, como em caso de litígio.

A transferência de responsabilidades jurídicas, como distinta do efeito económico puro de transferência de algum ou alguns riscos, ocorre apenas, se não estamos em erro, em *dois* seguros, ambos impostos por lei como obrigatórios a quem exerce certas actividades, para tutela dos interesses de outrem: o de *acidentes de trabalho* e o de *responsabilidade civil por automóvel*. A utilidade principal destes contratos, para os tomadores do seguro, consiste precisamente em não ficarem com a gestão dificílima, e que é coisa de especialistas, dos cuidados que devem ser prestados ao beneficiário em caso de sinistro; parte dessa gestão poderia ser transferida para prestadores de serviços pelos segurados que fossem empresas de certa dimensão, mas não pelos outros segurados, e mesmo assim nunca na totalidade. A transferência da posição de responsável é ainda mais útil, pressuposto mercado segurador concorrencial e íntegro, aos próprios *beneficiários*, pois que ficam ao cuidado de empresas e instituições especializadas, com enorme capacidade de concentração de recursos humanos e materiais; e daí que ela se tenha generalizado como solução de interesse social, no âmbito dos sistemas que conservam o princípio da responsabilidade patronal por acidentes de trabalho[37].

Em contrapartida, a transferência da responsabilidade tem um aspecto problemático: interrompe a *relação pessoal* entre o segurado e o beneficiário/sinistrado, no interesse do qual o seguro foi contratado. Isso pode gerar no beneficiário, sobretudo no caso dos acidentes de trabalho, uma impressão subjectiva de abandono e indiferença a que seria votado pelo patrão, impressão que é causa de ressentimentos, ainda quando, na realidade, nenhuma justificação haja para eles e as prestações sanitárias e pecuniárias recebidas venham a ser muito melhores do que as que o mais desvelado dos patrões, e ainda as empresas de grande dimensão, lhe poderiam facultar. Este sentido negativo, que a transferência de responsabilidade para as seguradoras pode assumir do ponto de vista do beneficiário, tem constituído factor de alguma importância na definição do regime de protecção social dos funcionários públicos.

Notar-se-á que tanto os contratos de seguros que transferem o risco como os que transferem a responsabilidade são *risk financing transfers* no sentido da classificação de Head. A exposição ao risco e a imputação do dano, uma vez ocorrido, não deixam de se situar na esfera do segurado: só o financiamento da reparação fica a cargo da seguradora. Se se confrontar

---

[37] Isto é, não o substituem por sistemas de previdência exclusivamente pública. Sobre a distinção entre sistemas de protecção dos trabalhadores contra acidentes que conservam a ideia da responsabilidade patronal e sistemas que a substituem por uma responsabilidade pública, v. Ilídio das Neves, Direito da Segurança Social, Coimbra 1996, passim.

com o *outsourcing* das actividades em cujo âmbito pode ocorrer o acidente de trabalho ou o acidente de automóvel, logo avultará a diferença entre o seguro que remedeia um dano que continua a ser *do* segurado, e a transferência de risco por efeito da qual os danos que porventura ocorram serão *ab initio* danos de outrem. Não há nada de surpreendente nisto – é o mesmo que dizer que ambas as espécies de seguro são contratos de seguro, e não outra coisa. Mas esta característica comum dos seguros não diminui em nada a importância da distinção entre seguros que transferem responsabilidade e seguros que transferem riscos. Em todos se trata da reparação dos danos, e não da imputação; mas os regimes de uns e outros têm diferenças muito importantes, tanto do ponto de vista económico como do ponto de vista social.

12. O efeito característico dos seguros que *hoc sensu* transferem a responsabilidade recebe configuração mais estruturada e de âmbito muito mais amplo nas experiências legislativas que nas últimas décadas têm consagrado o modelo de regulamentação das relações entre beneficiário, tomador e seguradora a que anda associada a designação técnica *action directe*. Pormenores de parte, no modelo da *action directe* confere-se ao lesado, em termos mais ou menos amplos (e de facto, nas legislações que fazem a experiência, ainda com limites: mas – e nisso consiste a verdadeira novidade do modelo – como *princípio* programático, e portanto com tendência expansiva e não como simples expediente excepcional) o direito de accionar directamente a seguradora, sem necessidade de contacto com o tomador[38]. No sociolecto dos seguros portugueses não existe terminologia consagrada que distinguisse claramente entre os seguros que, no sen-

---

[38] A *action directe* tem-se expandido sobretudo nos países de Direito francês e na Escandinávia. Da vasta literatura, consulte-se por ex. Almeida, Contrato cit., n.° 153; da lit. mais recente, B. Dubuisson, L'action directe et l'action récursoire, in Dubuisson (dir.), La Loi du 25 juin 1992 sur le Contrat d'Assurance Terrestre. Dix Années d'Application, Bruxelles 2003, 147 ss; J. Beau-chard, in Bigot (dir.) Traité cit., t. 3, n.°s 1738 ss; F. Sánchez Calero (dir.), Ley de Contrato de Seguro. Comentarios, Madrid 1999, art, 20.VII; J. Giral Silió et al., Seguro contra Daños I Madrid 1990 (= Garrido (dir.) Tratado cit., t. III, vol..III); D. de Strobel, Assicurazione R.C., 3. ed. Milano 1992, § 54; A. Segreto, in A. La Torre (cura di), Le Assicurazioni, Milano 2000, § 182; para a Alemanha, menos favorável à acção directa, R. Johannsen, Versicherungsvertragsrecht, Dritte Personen, in D. Farny et al., Handwörterbuch der Versicherung, Karlsruhe 1988, 1171 ss (na sequência cit. HdV); Möller, in Bruck-Möller, Kommentar § 74.7,10; Knappmann, in Prölss/Martin, Versicherungsvertragsgesetz cit., § 158c.5.

tido que ficou definido, transferem a responsabilidade, e os seguros que transferem só o risco[39]. Só produziríamos confusão e estranheza se falássemos de *seguros de transferência de riscos* a propósito de *seguros de responsabilidade*: ninguém entenderia verbalizações como "seguros de responsabilidade que transferem riscos" e "seguros de responsabilidade que transferem responsabilidades". Uma possibilidade razoável seria recorrer ao termo "acção directa" para dar um nome distintivo aos seguros que transferem as posições de responsabilidade: teríamos então, de um lado, os *seguros de responsabilidade de acção directa*, e do outro todos os restantes. É a terminologia que preferimos, embora possa suscitar objecções da parte de quem entenda que as afinidades entre o regime destes seguros e o programa legislativo da *action directe* ainda não são suficientes para justificar a inclusão numa categoria comum.

O quadro seguinte poderá ter alguma utilidade para a recapitulação e síntese dos resultados que as nossas observações sugeriram:

Transferências de riscos

Transferências externas ou absolutas	Transferências internas ou relativas				
	sem seguro *noninsurance risk transfers*			com seguro *insurance risk transfers*	
	de imputação do risco *risk control transfers*	de financiamento do risco *risk financing transfers*	Ø	de financiamento do risco *risk financing transfers*	
				seguros de responsabilidade de acção directa	outros seguros

---

[39] A distinção vulgar entre seguros *de riscos* e seguros *de responsabilidades* tem sentido muito diferente: a primeira designação refere-se aos seguros contra danos que o tomador teria em princípio de suportar por si próprio – também chamados por isso "riscos próprios" – e a segunda aos seguros que protegem contra responsabilidades por danos causados a outrem – também chamados "riscos de terceiros".

6. O seguro além do seguro: novos seguros, prestação de serviços, outras transferências contratuais de riscos

14. A actividade seguradora apresenta nas economias desenvolvidas grandes áreas em que o jurista do séc. XIX, ou mesmo o de meados do séc. XX, teria dificuldade em reconhecer alguma coisa a que pudesse dar, com os conceitos da época, a designação de contrato de seguro. Assumem cada vez maior importância, por toda a parte, linhas de oferta negocial que extravasam do núcleo dos seguros clássicos, e até dos que poderíamos chamar pós-clássicos, como o seguro comum de responsabilidade civil (que em tempos não muito recuados suscitava grandes dúvidas de qualificação, aliás justificadas segundo a doutrina tradicional dos seguros): linhas de oferta que se apresentam quer em combinação com seguros propriamente ditos – e ainda geridas exclusivamente por empresas seguradoras –, quer em quadros de cooperação empresarial ou de grupos de sociedades, em que a actividade das seguradoras aparece como elemento adjuvante de ofertas combinadas da indústria manufactureira, ou do comércio, ou de bancos e empresas de investimento financeiro, que têm outro objecto principal.

Neste panorama em fluxo, a regulamentação e a doutrina que têm gravitado à volta dos contratos de seguros são chamadas a um desenvolvimento de conceitos e regimes cujos contornos ainda não se entrevêem com nitidez. No Direito privado, o desenvolvimento resultará essencialmente da sedimentação dos tipos sociais e económicos de contratos e de operações: a jurisprudência teórica e prática trabalhará essa matéria prima, como o fez e faz em qualquer outro campo; a grande dificuldade que em muitos países se opunha a esse processo natural, e que era a maciça limitação, quando não supressão, da autonomia privada e do reconhecimento jurisprudencial dela por toda a sorte de espartilhos e ideologias, encontra-se agora, felizmente, muito diminuída. Recuperada essa condição *sine qua non*, os civilistas presentear-nos-ão com o Direito dos seguros do novo século – e com tudo o mais que deva porventura receber *nomen juris* diferente –, sem necessidade de outra coisa que não o serem deixados em paz pelos maníacos do estatismo.

O caso é mais delicado no Direito público. Como toda a regulamentação estatal da actividade económica, a dos seguros encontra-se hoje em dia, devido ao dinamismo e à diversificação da economia, em posição de paradoxo. Por um lado, é necessária – e até *mais* necessária do que em épocas de rotina, em que os perigos são menores; por outro lado, e pressuposto que o dinamismo e a diversificação da economia actual são coisas *boas* (convém explicitar o pressuposto, porque parece que entre nós há bastante gente que o não compartilha, ainda que se não explique abertamente), melhor seria que a regulamentação regressasse por uns tempos aquele estádio em que o Direito Romano esteve antes de existir, segundo o famoso dito. O paradoxo resolve-se, porém, com sensatez nas leis, e sobretudo com inteligência, criatividade e boa filosofia na aplicação delas.

Se – por estas mesmas razões – é difícil, ou impossível, emitir juízos sobre a evolução futura do Direito privado dos seguros, já não será tão temerário assinalar as linhas de mudança em que se observam desajustamentos e tensões crescentes entre os quadros de regulamentação pública da actividade seguradora e as necessidades e realidades da economia. Nesta perspectiva, há que considerar não apenas a supervisão de seguros propriamente dita, mas também as *múltiplas normas de Direito público que condicionam e delimitam externamente o mercado segurador*, e em particular as que regulam os *seguros do Estado* (Administração central, municípios, outras instituições públicas), tanto relativamente a danos de coisas, como em toda a importantíssima área dos seguros de protecção pessoal dos funcionários públicos e dos agentes administrativos.

As linhas de mudança já hoje bem visíveis, e para as quais se espera dos reguladores, no futuro imediato, ideias novas e fecundas, são, ao que supomos, principalmente as seguintes, que depois do que ficou dito poderão ser enumeradas sem longos comentários.

a) *A expansão dos seguros de assistência e similares.* – Se o seguro de responsabilidade civil ainda pôde ser acomodado com umas revisões da doutrina clássica, não parece possível fazê-lo para os seguros de assistência, desde os de viagem e de reparações domésticas aos de actividade forense. Os ajustamentos têm um limite, além do qual as conceptualizações e as teorias têm de ser substituídas e não simplesmente remendadas. Muitos dos seguros de assistência que hoje se multiplicam não cabem nos quadros da teoria e da prática dos seguros, orientados desde sempre para a indemnização e para a distribuição do risco de danos significativos, e não para a prestação de serviços e para a indemnização de prejuízos ou perturbações triviais[40]. Precisamos por isso de uma doutrina

---

[40] Os autores que argumentam que os seguros de assistência são ainda seguros, porque têm em comum com os seguros o acontecimento casual, esquecem que incertezas e acasos existem em to-dos os contratos. Se o critério da natureza jurídica do contrato fosse só esse, todos os contratos com remuneração fixa, desde o de trabalho aos de serviços remunerados por avença, teriam a qualificação de contrato de seguro. E ainda que o critério fosse enriquecido, como aliás deve ser, com o substrato económico do *pooling* de riscos, não excluiria outros contratos: por exemplo, os de manutenção de equipamentos, v.g. de elevadores e máquinas industriais, em que existe seguramente um substrato económico de capitalização pelo *pooling* de riscos, uma dimensão crítica de clientela, etc., elementos sem os quais – pelo menos nas versões de manutenção plena, com substituição obrigatória de peças –, não seriam viáveis. Leia-se algum estudo de viabilidade económica de contrato desse género – e não é preciso procurar contratos de manutenção de grandes tecnologias –

de regulamentação e supervisão diferenciada para os seguros de assistência; muito pouco do que se lê nas partes gerais dos tratados vale para os seguros de assistência, e o que vale não tem nada de específico, porque é Direito civil comum. As empresas e os cultores do Direito dos contratos cuidarão de si muito bem, pelas vias da autonomia privada; mas os supervisores, que não têm nem podem ter a mesma liberdade de criar, esses precisam de alguma produção de ideias reguladoras[41].

b) *A expansão de prestações de serviços sem nominação de seguros.* – Os seguros de assistência ainda são seguros de nome, e tiveram honras de classificação comunitária. Para lá dessa periferia existem hoje e expandem-se cada vez mais ofertas de contratos que são já nominados claramente como prestação de serviços e não como seguros: assim nas áreas da saúde e da reabilitação profissional de vítimas de acidentes, na consultoria em organização de fundos de pensões, na auditoria de segurança.

c) *A criação de um mercado de transferência de riscos para além dos limites do seguro.* – Os aspectos de transferência de riscos de muitas transacções, dantes mal conhecidos e apenas vagamente aproveitados, entraram com os progressos do conhecimento, como acontece sempre que há progressos científicos, na esfera da decisão e da técnica. Existe agora um mercado de transferência de riscos, como estrato especializado da actividade económica, à margem dos seguros tradicionais. Um dos aspectos mais notáveis da actividade das segu-

---

e compreender-se-á que haveria muito mais lógica económica e jurídica em integrar todo esse universo nos contratos de seguros, do que em incluir os seguros de assistência.

[41] Devido às discussões doutrinais sobre a sua qualificação precisa, o seguro de assistência foi intencionalmente omitido na classificação de ramos de seguro do texto originário do Anexo A da Primeira directiva de coordenação dos seguros não-vida (Directiva 73/239/CEE do Conselho, de 24 de Julho de 1973), à qual veio a ser acrescentado – como ramo 17 – só em 1984, pela Directiva 84/641/CEE do Conselho, de 10 de Dezembro desse ano: cfr. o art. 123.º da lei das seguradoras, que transpõe essas normas comunitárias. Embora já na época de génese da Primeira directriz o seguro de assistência se encontrasse generalizado em alguns países europeus, foi ainda considerado prematuro impor a todos os membros da Comunidade o dever de reconhecer automaticamente as autorizações emitidas, para esse ramo, por outros membros. Sobre os debates doutrinais em torno dos seguros de assistência, v. por últ., com análise minuciosa, Véronique Nicolas, Essai d'une Nouvelle Analyse du Contrat d'Assurance, Paris 1996, n.ºs 227 ss, 242 ss, 257 ss, e Contribution à l'étude du risque dans le contrat d'assurance, Revue Générale du Droit des Assurances, 1998, 637 ss, esp. 649 ss; para o panorama da evolução da lei e da doutrina em vários países, v. MacGillivray on Insurance Law cit., ch. 1-4ss; Giral et al., Seguro contra Daños, II Madrid 1990, 343 ss, 356 ss.(= Garrido (dir.), Tratado cit. t. III., v. III); S. Chini, L'attività di assistenza, Diritto ed Economia dell'Assicurazione 2000, 827 ss.

radoras americanas é a sua presença como *general contractors* em grandes empreendimentos – construção de arranha-céus, obras públicas, construção de hospitais, lares, centros comerciais –, fazendo valer a sua capacidade financeira e o seu *know-how* de prevenção de riscos, de planeamento de segurança, de cobertura de seguros e de prestação de auxílios em caso de acidente. A oferta destes serviços tem evidentemente muitas outras componentes além da transferência de riscos, mas os efeitos de transferência de riscos são perfeitamente tematizados e estudados no planeamento, e têm importância central nas decisões de contratação. O mesmo acontece nos serviços de manutenção de grandes instalações industriais, centrais de energia, plataformas petrolíferas, em que a associação das seguradoras aos fornecedores de serviços técnicos é hoje comum. Na Europa, que saibamos, não há nada de comparável ao que fazem as seguradoras americanas como contratadoras gerais de grandes empreendimentos; mas as prestações de serviços que constituem já parte significativa da oferta das seguradoras europeias, restringindo-se embora a actividades económica e socialmente ainda muito próximas dos objectos dos seguros tradicionais, não deixam por isso de ter, como vimos, uma dimensão de *noninsurance risk transfer*, que tenderá a expandir-se, e tarde ou cedo, pela força das coisas, se autonomizará de modo inteiramente paralelo.

d) *O desenvolvimento dos regimes de acção directa*. – As novidades da acção directa, além do seu interesse próprio como meios de solução de problemas sociais de grande latitude, levam-nos a redescobrir, como tantas vezes acontece com novidades jurídicas, elementos de regimes já conhecidos, que a rotina fazia desaparecer do horizonte de observação. A dicotomia tradicional a que aludimos atrás, entre seguros que transferem só o risco e seguros que transferem a responsabilidade – na nomenclatura que propusemos, seguros de responsabilidade de acção directa –, merece ser reexaminada e revalorizada, independentemente do que se entenda quanto aos novos programas legislativos. Parece-nos especialmente de sublinhar a importância que tem esta distinção, e mais em geral a distinção entre seguros que transferem a responsabilidade e transferências contratuais de riscos que não afectam a posição de terceiros (sejam estas últimas tituladas por contratos de seguro ou por outros contratos), para as normas de Direito público que regulam os seguros do Estado. A problemática dos seguros do Estado é complexa, e depende em muitos aspectos de normas e razões de decidir inteiramente estranhas aos assuntos que nos ocupam. Cremos, no entanto, que algumas das dificuldades que se têm suscitado no aproveitamento de possibilidades operacionais que a legislação actual já permitiria – e que, para mais, correspondem inteiramente a objectivos proclamados em leis de bases – decorrem provavelmente de não se distinguir entre, por um lado, os seguros que transferem plenamente responsabilidades, e, por outro, os seguros e demais contratos que transferem riscos mas não têm esse efeito especial.

O resultado é que das normas que, por exemplo, regulam os seguros obrigatórios de transferência de responsabilidade por doença e por acidente de trabalho se deduzem conclusões que elas não suportam: as obrigações e proibições relativas a seguros de responsabilidade são interpretadas como se implicassem necessariamente obrigações e proibições relativas a transferências de risco que não tenham essa natureza, e até a prestações de serviços que não sejam seguros. Essas práticas interpretativas têm desastrosos efeitos de paralisia, porque criam um ambiente de incerteza que dissuade as seguradoras de desenvolverem ofertas de contratos que seriam de grande proveito quer para os interessados directos, quer para a colectividade[42].

II – TERMOS DE DESCRIÇÃO DO RISCO NA ACTIVIDADE SEGURADORA

15. Passemos agora a considerar mais de perto os contratos de seguro e os juízos e conceitos de risco associados a estes contratos, que ainda hoje constituem, sob muitos pontos de vista, o paradigma da transferência contratual de riscos.

É útil distinguir em geral em geral dois grandes contextos em que se pode falar de riscos: a) o da *supervisão*, em que os riscos tematizados são os riscos financeiros de solvabilidade das empresas e de funcionalidade da economia, encarados numa perspectiva macro; b) o dos *contratos de seguros*, em que os riscos tematizados se referem a eventos de qualquer natureza, e são encarados na perspectiva micro de certo *patiens* – indivíduo, grupo determinado de indivíduos, ou pessoa colectiva enquanto tal.

A perspectiva macro da supervisão é característica da componente de Direito público (Direito administrativo) do Direito dos seguros; a segunda é característica da celebração de contratos por segurados e seguradoras. A estes dois complexos de regulamentação chama Menezes Cordeiro, respectivamente, *Direito institucional* e *Direito material dos seguros*[43].

---

[42] Ocupámo-nos deste tema em outro estudo: Evolução e perspectivas de reforma do regime dos seguros de protecção social dos funcionários a agentes da Administração Central e dos Municípios (inédito).

[43] Direito Comercial cit. I, §§ 9, 53; cfr. tb., do mesmo A., A reforma do Direito material de seguros: o Anteprojecto de 1999, Revista da Faculdade de Direito de Lisboa 42:1 (2001) 481 ss.

Entre as duas perspectivas poderíamos ainda discriminar uma terceira: a da definição de áreas de oferta de seguros no mercado, ou de *insurance business*, como assunto de gestão estratégica e *marketing* de empresas de seguros. Esta perspectiva aproxima-se da primeira, enquanto as categorias de análise usadas pelo Direito institucional aproveitam as lições da prática de mercado das empresas; e aproxima-se da segunda, enquanto tem em vista as regulações contratuais de interesses entre segurados e seguradoras, e usa, como parte do seu instrumentário, as categorias de análise da contratação.

1. A perspectiva do contrato

16. No contexto dos contratos de seguros, o risco que primariamente interessa é o risco elementar, definido por referência a um evento ou a uma classe de eventos.

O contrato de seguros pode ter por referência um único evento particular, como a morte de certa pessoa. Os seguros de vida são tipicamente concebidos desse modo. Para fins puramente analíticos, seria possível considerar do mesmo modo todos os seguros relativos a objectos materiais determinados: mas não é prático fazê-lo porque habitualmente não se contrata um seguro de incêndio ou de dano para este ou aquele evento único de incêndio, mas sim para todos os eventos de incêndio ou dano que ocorram em certa coisa: única é a coisa que associa no tempo os eventos, mas os eventos, esses são considerados enquanto classe.

A determinação do universo de eventos a que se refere o contrato é o que na gíria seguradora se chama a *cobertura* do risco. Também esta palavra tem uma pluralidade de significados. Destacaremos dois: o de *cobertura-objecto* e o de *cobertura-garantia*.

a) *cobertura-objecto* (ou *cobertura objectiva*) é o universo de eventos possíveis abrangido na promessa contratual feita pela seguradora;

b) *cobertura-garantia* (ou simplesmente *garantia*) é o efeito jurídico do contrato em caso de ocorrência de algum desses eventos.

Na redacção dos contratos, definir com precisão a cobertura do risco que a seguradora promete é o trabalho principal. Na teoria económica dos seguros, por sua vez, estudam-se os modelos de configuração das coberturas, de modo a optimizar o efeito de distribuição do risco e consequentemente o valor social da actividade de seguros, os custos de transacção, os preços pagos pelo segurado e os lucros dos investidores/accionistas da seguradora.

Esta optimização dos modelos de contratos é indissociável da optimização da actividade da empresa seguradora no seu conjunto: o planeamento da oferta de contratos é parte do planeamento geral das estratégias de negócio, com as quais a empresa procura reduzir os riscos com que ela própria, que faz vida de reduzir os riscos dos outros, depara na sua actividade. Juntando ou separando contratos numa mesma linha de oferta, diversificando e especializando modelos ou, pelo contrário, criando modelos que abranjam uma multiplicidade de riscos, cada um dos quais, numa estratégia diferente, requereria um contrato específico, as seguradoras organizam a sua oferta, dentro dos limites do que as autoridades de supervisão consentem, de modos cada vez mais variados[44].

16. A delimitação do universo de eventos que há-de ser abrangido pela cobertura faz-se, no *drafting*, segundo uma técnica consagrada de regras e excepções em níveis sucessivos: afirmações e negações, seguidas de negações parciais destas, e por vezes ainda de negações parciais destas últimas.

Desta técnica resulta, no primeiro nível, uma definição básica da cobertura de certo conjunto de eventos, chamada definição ou delimitação *primária* da cobertura; depois um conjunto de exclusões, que especificam subconjuntos desse conjunto que não ficam abrangidos pelo contrato, e que formam a delimitação *secundária*; e muitas vezes é preciso ainda especificar subconjuntos destes últimos subconjuntos, que voltam a ser declarados como parte do âmbito da cobertura. Tudo isto porque a linguagem comum não fornece instrumentos para delimitar mais economica-

---

[44] Os seguros multi-riscos e os seguros *all-line* foram até época recente objecto de juízo muito desfavorável dos supervisores, e estes últimos continuam a ser proibidos em muitos Estados. Mas há uma tendência universal, oriunda dos E.U.A., para facilitar às seguradoras a adaptação dos ti-pos de contratos às estratégias empresariais que, no nível superior da optimização das linhas gerais de negócio, lhes pareçam melhores. A Primeira directriz CE, a que adiante nos referiremos mais longamente, pôs limites à agregação de contratos em *business lines*, nas disposições que contém sobre os chamados "grupos de ramos": cfr. art. 128.º do Decreto-lei n.º 94-B/68, de 17 de Abril, que transpõe esse preceito.

mente os eventos cobertos; só pela combinação de múltiplas descrições segundo certas relações lógicas se pode chegar a uma delimitação que satisfaça razoavelmente os fins práticos da contratação[45]. Os doutrinadores do *drafting* recomendam que se fique pelos três níveis, sob pena de ininteligibilidade, mas há contratos com mais níveis, e o que seria insensato – e até ilícito do ponto de vista da defesa do consumidor – num contrato de seguro de automóvel, pode ser perfeitamente razoável num seguro de riscos de instalação industrial, cujo contrato será lido com outra disponibilidade para custos, com outra paciência para gastos de tempo, e por gente com outras habilitações.

Para o nível primário da delimitação, costumam os especialistas distinguir uma série de elementos de caracterização dos eventos cobertos – variamente chamados dimensões, índices, parâmetros, etc. do risco ou da cobertura –, em que se compreendem as descrições

a) da causa do dano[46];
b) do objecto, tradicionalmente definido como a coisa material na qual o evento ocorre, como mudança física[47];

---

[45] A terminologia "delimitação primária, secundária, etc." é sobretudo usada na doutrina alemã. Sobre estes pontos, além dos manuais de prática seguradora, são especialmente úteis, da literatura jurídica, D. Alsleben, Zufall und subjektives Risiko, Karlsruhe 1993, 217 ss; H. Möller, in Bruck-Möller, Kommentar zum Versicherungsvertragsgesetz, 8. Aufl. Berlin-New York 1980, vor § 49, 11 ss, 80; Prölss, in Prölss/Martin, Versicherungsvertragsgesetz 25. Aufl. München 1992, §6.3; Kolhosser, ibid., § 49.1; G. Winter, Versicherungsvertragsrecht, Risikobeschreibungen und –beschränkungen, HdV 1203 ss; Mac-Gillivray on Insurance Law 10th ed. (N.Leigh-Jones ed.), London. 2003, ch. 10-1 ss; K. S. Abraham, Insurance Law and Regulation: Cases and Materials, 2d ed. Westbury, N.Y. 1995, ch. 4.E, ch. 6.C; G. Fanelli, Le Assicurazioni I, Milano 1973, n.ºs 40 ss (= Trattato di Diritto Civile e Commerciale, dir. A. Cicu e F. Messineo, vo. 26, t. I); L. Mayaux, in J. Bigot (dir.), Traité de Droit des Assurances, t. 3, Paris 2002, n.ºs 1150 ss; J. J. Garrido y Comas, Teoría General y Derecho Español de los Seguros Privados I, Madrid 1986, 179 ss (= Garrido (dir.) Tratado General de Seguros. Teoría y Práctica de los Seguros Privados. Madrid 1986-, t. I. vol. I).

[46] A causa do dano não se identifica sem mais com o evento danoso, porque pode haver limitação da cobertura a eventos que tenham certas causas, excluindo outros da mesma espécie, e nocivos sob o ponto de vista do mesmo valor ou interesse, mas com causas diferentes. Para representar esta distinção, usam-se na terminologia inglesa as expressões *risk* e *peril*.

[47] Muitos seguros não têm objecto neste sentido tradicional. A definição pode ser generalizada às *organizações* e *campos de actividade*, que na economia dos contratos desempenham papel com certas analogias com o das coisas corpóreas; mas não é possível abranger todos os contratos de seguros que existem hoje em dia.

c) do conteúdo da cobertura, que é a prestação devida em caso de sinistro[48];
d) das franquias, ou limites da participação do seguradora na reparação do dano;
e) do âmbito pessoal (pessoas que beneficiam da obrigação assumida pela seguradora: segurados, beneficiários);
f) do âmbito espacial e prazo de validade da cobertura (especificações de lugar e de tempo que tenham cabimento).

Da conjugação de todas estas descrições resulta a delimitação primária do risco, também chamada *risco coberto* – e que, porém, está longe de ser o risco do evento que, a ocorrer, efectivamente desencadeará as prestações da seguradora. Esse risco, caracterizado em definitivo só com as descrições do último nível, ou não leva nome, ou é chamado – com terminologia muito equívoca, e que seria bom substituir por outra melhor, e de preferência por um neologismo imune a confusões – *risco seguro, risco contratual, risco do contrato*.

2. A perspectiva da supervisão

18. São consideravelmente diferentes os pontos de vista que orientam o uso dos conceitos de risco na perspectiva da supervisão[49].

A supervisão opera com conceitos de risco *mais complexos*, que em certos casos podem ainda coincidir com os riscos de cobertura da prática contratual (quando há tipificações sociais muito salientes, que justificam que a elas se dedique um tipo autónomo de contrato: caso paradigmático do seguro de vida, como seguro de cobertura de um único evento[50]; mas

---

[48] Descreve-se o prejuízo que será indemnizado, ou quantifica-se uma soma em dinheiro que será entregue.

[49] E também, em parte, na perspectiva do *marketing*, de que aqui nos não ocupamos.

[50] Evento único no sentido de irrepetível no âmbito da mesma relação contratual: mas sempre considerado enquanto *elemento de uma classe de referência estatística*. Melhor, pois, do que falar de eventos únicos, seria distinguir entre eventos *repetíveis* e *irrepetíveis*. – Tipificações marcadas existem também em certas outras espécies tradicionais de contratos, que cobrem múltiplos eventos da mesma espécie, como o de *acidentes de automóvel*, ou o de *incêndio*, ou o de *crédito*.

que em outros casos já são *conjuntos de coberturas* contratuais típicas. Esses *conjuntos de conjuntos de riscos* são os *tipos de risco* da linguagem da lei das seguradoras e das directrizes comunitárias (*classes of insurance*, na terminologia anglo-americana[51]), a que nos referiremos mais em pormenor na secção seguinte.

O *tipo de risco* é um *conjunto de riscos de cobertura* que, sob algum ponto de vista mais geral e relevante para os fins da regulamentação, se apresente como *homogéneo*, de modo que se justifique que para todos os seus elementos (classes e simples) valham *as mesmas normas jurídicas*. Pensamos aqui, em primeiro lugar, nas normas de supervisão, por exemplo as normas reguladoras da emissão de autorizações de actividade: mas o conceito de tipo de risco pode ser usado em normas com outros fins, por exemplo de defesa do consumidor, ou de tributação, ou de cooperação internacional. E há ainda, no Direito institucional, normas que por sua vez agregam as *classes of insurance* em classes de nível superior, a que na terminologia da nossa lei e das leis comunitárias se chama ramos de seguros (*branches d'assurance, classes of business, Versicherungszweige* ou *Versicherungssparten*[52]). Também os ramos de seguros podem ser compostos por *riscos elementares, classes de riscos, classes de classes de riscos,* e *classes destas últimas classes*. O quadro seguinte resume as relações extensionais entre estes conceitos:

Conceitos de classificação	Definição	Referência (eventos)
ramo de seguros	conjuntos de tipos de risco	classe de classes de classes de eventos[53]
tipo de riscos	conjunto de coberturas e de riscos elementares	classe de classes de eventos
cobertura	conjunto de riscos elementares	classe de eventos[54]
risco elementar		evento (único ou repetível)

---

[51] Na literatura americana encontra-se hoje com certa frequência a designação *types of insurance*, em vez da tradicional *classes of insurance*.

[52] As designações *class of business* e *line of business* têm o mesmo denotado, mas tendem a ser usadas em contextos distintos: a primeira mais nos da regulamentação jurídica, e a segunda mais nos de gestão empresarial e marketing.

[53] O Anexo B da Primeira directriz conceptualiza ainda uma classe de quarta ordem, o *grupo de ramos*, que é uma classe de classes de classes de classes de eventos.

[54] Em muitos contratos a cobertura é constituída já por várias classes de eventos (vários conjuntos de riscos elementares); nesses contratos, a distinção entre a cobertura e a categoria imediatamente superior – o tipo de riscos – não tem representação extensional e só pode ser elucidada com critérios intensionais e pragmáticos.

3. Classificações dos riscos, tipos de contratos, ramos de seguro

19. Do ponto de vista da supervisão, os tipos contratuais que se desenvolveram historicamente, de modo empírico, ao sabor de necessidades práticas dos agentes económicos, não têm relevância própria, ainda quando já tenham sido recebidos e regulados em leis formais. O que importa à supervisão é a definição, tanto quanto possível com base científica (e em que existe de facto progresso científico constante), das *estruturas de risco características de cada um dos tipos de actividade humana* para o qual sejam desejadas as vantagens do seguro.

Se se pode esperar que a adaptação evolutiva da contratação espontânea tenda a convergir com as estruturas fácticas do risco, não há no entanto qualquer relação necessária entre os tipos de contratos historicamente formados e as conclusões da investigação científica do risco. Os tipos contratuais interessam à regulamentação pública dos seguros apenas na medida em que sirvam como indicadores linguísticos, que por serem facilmente inteligíveis para a generalidade dos cidadãos, têm grande utilidade (e de facto são insubstituíveis) na definição dos limites das autorizações; mas sempre – pressupõe-se – com fundamento em *conhecimentos científicos que não dependem enquanto tais dessas classificações*. Os juristas dos países de *common law* ainda hoje deixam as coisas nesse pé, continuando a usar, para fins de regulamentação e de decisão administrativa, categorias tradicionais tão heteróclitas como as três grandes classes *fire and marine*, *life and accident* e *casualty*. Os juristas continentais, sempre preocupados com os sistemas conceptuais e a reconstrução racional do ordenamento jurídico, têm-se empenhado muito mais em ajustar os conceitos de regulamentação à análise económica do risco segurável, preocupação que veio a produzir a classificação de dezoito categorias de ramos de seguros que consta do Anexo A da Primeira directiva comunitária de coordenação do seguro não-vida, de 1973[55], e cujo conteúdo se encontra presentemente transposto para o Direito interno português no art. 123.º da lei das seguradoras (Decreto-lei n.º 94-B/98, de 17 de Abril).

---

[55] Primeira directiva do Conselho de 24 de Julho de 1973 relativa à coordenação das disposições legislativas, regulamentares e administrativas respeitantes ao acesso à actividade de seguro directo não vida e ao seu exercício (73/239/CEE).

A doutrina alemã teve influência predominante nesta evolução. A doutrina francesa contentou-se até à Directriz com categorias que não deviam nada, em heterogeneidade, às anglo-saxónicas, por ex. *assurances terrestres* e *assurances maritimes* (cfr. por ex. A.F. Rochex et G. Courtieu, Le Droit du Contrat d'Assurance Terrestre, Paris 1998; categorias ainda hoje com uso legal, como acontece na lei belga de 1992 sobre os contratos de seguro terrestre: v. sobre esta B. Dubuisson (dir.) La Loi du 25 Juin 1992 sur le Contrat d'Assurance Terrestre. Dix Années d'Application, Bruxelles 2003). Note-se (mas não cabe aqui fazer a história destas classificações, nem nas doutrinas nacionais, nem nas leis) que a legislação do Reino Unido avançara, desde 1973, portanto já antes da transposição da Directriz no Insurance Companies Act de 1981, para uma classificação básica de oito classes de seguros não-vida, bastante mais ambiciosa do que as constantes da generalidade das leis estaduais dos E.U.A., mas em todo o caso ainda muito longe das 17 da versão originária da Directriz, depois aumentadas para 18. E se o jurista continental, com a sua *forma mentis* característica, tenderá a considerar que as sumárias distinções anglo-saxónicas são exemplos perfeitos de pseudo-classificação, também na literatura dos países de *common law* não faltam manifestações de espanto e observações satíricas a respeito das 18 classes da lei comunitária. Uma coisa se não pode negar: cientificamente, não são necessárias, nem podem substituir-se ao conhecimento científico como base suficiente de decisões de supervisão. Quanto ao seu valor como instrumento de regulamentação, é matéria muito opinável, e que extravasa demasiado do objecto destas notas para que justifique exame. Deve-se porém ter em conta, no juízo que se fizer sobre esse valor, que a Directriz se destina a harmonizar ordenamentos nacionais, e que a harmonização tem exigências analíticas assaz distintas das de uma regulamentação directa da matéria: boa parte das questões a que a classificação comunitária pretende responder são determinadas pelas intrincâncias práticas da harmonização de leis pré-existentes, e não com os modelos e critérios reconhecidos para a elaboração de classificações teóricas; vejam-se a este respeito as interessantes observações de Prölls, in Prölss-Schmidt, Versicherungsaufsichtsgesetz 11.Aufl. München 1998, § 9.9.

Os comentadores costumam sublinhar o facto de a classificação da Primeira Directriz ser *mais próxima dos tipos de risco segurável da análise económica* do que a linguagem das leis nacionais anteriores. Esta maior proximidade vale tanto no confronto com os tipos sociais e legais de contratos, como quando se consideram as classificações de áreas de negócio das empresas[56]. A mesma linguagem da Directriz o sugere, pois que a

---

[56] Na terminologia inglesa, classes ou tipos de *insurance* ou de *insurance contracts*, por oposição a classes ou tipos de *insurance business,* ou *lines of insurance*.

classificação não é dita propriamente de *ramos* de seguros, mas sim *riscos por* ramos. A conceptualização da lei comunitária pretende pois distinguir os tipos de riscos seguráveis num nível de análise "mais" básico do que o nível em que se situam habitualmente as noções tradicionais, quer de espécies de contratos, quer de áreas de *business*[57].

Assim, por exemplo, os ramos 10, 11, 12 e 13, que se integram habitualmente na mesma área de negócio segurador – a *liability insurance*[58] – e são exercidos conjuntamente pelas empresas, aparecem dissociados na classificação da lei comunitária, porque do ponto de vista económico lhes correspondem tipos de risco segurável diferentes, com dados estatísticos, modelos actuariais, condições de preço distintas. Daí também que a classificação dos ramos tenha de ser completada com *regras de flexibilização – fraccionamento* e *agrupamento, riscos acessórios* – que permitam a sua utilização prática como instrumento de definição do conteúdo e limites das autorizações administrativas. Não se pretende, nem se poderia pretender, que se estabelecessem na prática relações biunívocas entre as áreas de actividade das empresas seguradoras e os ramos de seguros, tal como se encontram classificados na tabela do Anexo A da Directriz e no art. 123.º da lei das seguradoras. E compreende-se que assim tenha de ser, porque do ponto de vista empresarial a importância dos ramos é muito variada. Há ramos que, ainda em mercados de pequenas dimensões, podem constituir o núcleo essencial do negócio de empresas sólidas. Mas outros ramos geram volume de prémios insuficiente; e por isso são explorados por poucas empresas, e só em conjunto com ramos de mais rendimento. O caso normal é que as empresas que ofereçam seguros não-vida explorem mais de um ramo dentre os que se encontram enumerados na tabela comunitária.

Quer isso dizer que a tabela comunitária é simplesmente uma remissão para os resultados da análise económica do risco segurável? Natu-

---

[57] A literatura que conhecemos é singularmente escassa de esclarecimentos úteis sobre os conceitos básicos da Directriz. Sobre o conceito de tipo de risco, apenas nos ocorre como citável (mas de nulo proveito) o artigo de Jean-Jacques Marette, Non-life Insurance, in Insurance and EC Law Commentary, Amsterdam Financial Series, 1994, 4.3.1.

[58] Ramo 10: "responsabilidade civil por veículos motorizados"; ramo 11: "responsabilidade civil por aeronaves"; ramo 12: "responsabilidade civil por embarcações marítimas, lacustres ou fluviais"; ramo 13: "responsabilidade civil geral (todos os demais eventos de responsabilidade civil, não contidos nas categorias anteriores)".

ralmente, a resposta é negativa. Se se tratasse de simples remissão para conhecimentos científicos, a classificação da Directriz não teria conteúdo preceptivo próprio e estaria sujeita à permanente revisibilidade que caracteriza a ciência. Como em todas as situações semelhantes, o Direito não pode prescindir de alguma rigidificação normativa, o que em épocas de progresso acelerado dos conhecimentos científicos cria perigo de obsolescência prematura, mas é o preço ineluctável da prossecução de certos fins de segurança e de justiça (podendo aliás até certo ponto – e *devendo* – ser corrigido pela actuação criativa das autoridades supervisoras). O "ramo de seguro", enquanto conceito do Direito comunitário e da lei interna, é pois uma noção institucional, que tem de ser compreendida como instrumento de regulamentação, ao serviço dos fins e dos valores que a componente pública do sistema jurídico dos seguros pretende realizar.

A expressão *risk classification* tem outros usos além do que releva para o nosso tema. Um dos mais comuns é o de diferenciação de tarifas segundo os atributos dos diferentes grupos de segurados de uma mesma *class of insurance* (v.g. idade, ocupação profissional, lugar de residência, intensidade de utilização de equipamentos, tipologia de construção de edifícios, dispositivos de segurança instalados, etc.). Convém pois sublinhar que nos referimos aqui às classificações de riscos seguráveis, como objectos típicos da contratação de seguros – portanto às *classes of insurance* – e não a essa diferenciação subjectiva entre segurados, para um mesmo risco ou *class of insurance*. O que não significa que não haja importantes pontos de contacto entre uma coisa e outra. Kenneth Abraham enumera três parâmetros fundamentais da *risk classification* neste sentido (Distributing Risk: Insurance, Legal Theory, and Public Policy, New Haven 1986, 67 ss):

- a separação de classes, ou "measure of the degree to which insureds in different risk classes have different expected losses";
- a fiabilidade das variáveis utilizadas na definição das classes; e
- o valor de incentivo, como instrumento de criação de "loss prevention incentives on the part of the insureds", com redução do *moral hazard* e da selecção adversa.

Quanto maior é a separação possível entre as classes, comenta o A., tanto mais provável é que a vantagem competitiva que resulta deste refinamento adicional compense o custo administrativo da separação de classes. "The more reliable the variables on which classes are based, the more worthwhile the level of refinement, since it will represent classification of the basis of actual expected loss rather than classification that can be circumvented or confused in practice" (ob. cit. 80). O efeito mais importante de uma classificação bem concebida é "talvez o valor de incentivo": "Efficient risk classification performs an optimizing function by inducing insureds to compare the cost of coverage with the cost of safety precautions and other forms of loss prevention. If insurance is underpriced, the insured has an incentive to purchase too much coverage and to invest too little in loss prevention. If insurance is priced in accord with expected cost, however, it can help promote optimal investment in insurance and loss prevention" (ob. cit. 80 s). Para informação detalhada sobre a teoria económica da diferenciação de tarifas entre segurados, no interior de um mesmo tipo de risco, pode ver-se por últ. G. Dionne, ed., Handbook of Insurance, Boston 2000, e aí esp. K. Crocker and Arthur Snow, The Theory of Risk Classification, 245 ss.

a) *Critérios económicos e critérios de regulamentação*

20. Na literatura de que temos conhecimento, não foi até agora ensaiada elucidação alguma satisfatória do conceito de ramos de seguro, em todos os seus elementos e estratos de sentido. Para os nossos propósitos bastará, com um esquema muito simples, distinguir entre a base científica da classificação dos riscos seguráveis e os elementos normativos que estão directamente associados aos fins e valores prosseguidos pela regulamentação publicística dos seguros.

A base científica da classificação é constituída pelos *tipos de risco segurável que a teoria económica dos seguros distingue*. Há na literatura modelos vários de fixação dos parâmetros de uma classificação de riscos seguráveis, que seria ocioso reproduzir neste lugar[59].

Quanto aos critérios e valores que orientam o estrato regulamentar propriamente jurídico, que se sobrepõe a essa base económica da classificação, poderiam ainda, por sua vez, ser sistematizados em dois grandes grupos:

    a) os critérios e valores da *supervisão*, no sentido prudencial do termo, enquanto vigilância administrativa das condições e caute-

---

[59] V. por ex., além da literatura económica, Almeida, Contrato cit. n.° 157; Keeton/Widiss, Insurance Law cit. § 3; P. Allbrecht, Versicherungstechnisches Risiko, HdV 651 ss; Möller, in Bruck-Möller, Kommentar cit. vor § 49.2 ss.; J. Bigot, in Bigot (dir.) Traité cit., t. 3, n.°s 116 ss; Fanelli, Assicurazioni cit., n.° s 30 ss, 49 ss.

las necessárias à preservação da *solvabilidade* e *liquidez das empresas* e da *funcionalidade global dos mercados de seguros*;
b) os critérios e valores da *equidade* e *justiça social*, compreendendo nestes, como uma especialização com particular relevância na prática jurídica contemporânea, a chamada protecção dos consumidores.

Para bem compreender o sentido da contraposição entre o nível da análise económica e o da regulamentação jurídica, cumpre ter em atenção que o tipo de risco segurável não é necessariamente um conceito puramente empírico: e na verdade costuma andar associado a critérios de optimização e de incentivo à prevenção de perdas da parte dos segurados, redução do *moral hazard*, etc., que são, em si mesmos, normativos. Mas a *normatividade* desses critérios é a da *eficiência económica* (quando muito enriquecida com os critérios éticos da teoria económica da justa distribuição, que se tornou também parte do quefazer profissional dos economistas), e não a de todo o conjunto dos valores que orientam a regulamentação jurídica[60]. Também não será inútil recordar, no que respeita à regulamentação jurídica e à distinção dos seus dois estratos característicos, que se deve distinguir com clareza entre a *protecção dos segurados*, comum a todos quantos contratam com as empresas de seguros, e a protecção específica daqueles segurados que têm os atributos a que se referem as normas ditas de *protecção dos consumidores*. Na acepção destas normas, "consumidor" não significa apenas o adquirente de um bem ou serviço, no sentido económico neutro de "consumo", mas sim – num sentido valorativo específico – aquele subconjunto dos adquirentes de bens ou serviços que carecem de *protecção jurídica re*forçada, porque estão diminuídos por um qualquer défice de capacidade negocial (por assimetrias de informação, falta de meios para avaliar os efeitos dos compromissos que assumam, v.g. para prever e calcular custos, dependência de agentes determinados, etc.). A protecção das partes de contratos de seguro que, além de segurados, são *também* consumidores neste sentido específico não fica realizada simplesmente pela preservação da

---

[60] Em que, naturalmente, se inclui *também* a eficiência económica. A diferença não é de disjunção, v.g. valores económicos contra valores éticos (como se a ética fosse indiferente aos critérios de optimização da riqueza e do *welfare*), mas de relação entre parte e todo – entre uma pequena parte, com escassa estrutura, e um todo muito vasto e muito mais diferenciado.

solvabilidade das empresas e da funcionalidade do mercado – pelo contrário, a máxima solvabilidade poderia ser obtida com a máxima desprotecção do consumidor. Não cabe por isso no âmbito da supervisão prudencial; e pode ser ou não confiada à mesma autoridade que tenha aquela a seu cargo. Já a protecção comum dos *segurados enquanto tais* é objecto necessário da supervisão prudencial, porque se realiza pela preservação da solvabilidade das empresas[61].

b) *Tipos de risco e ramos de seguro*

21. A função regulamentar da classificação da Directriz revela-se plenamente nas normas sobre emissão de autorização. Como diz o art. 7.º, n.º 2, "a autorização é dada por ramo de seguros" e "abrange o ramo na sua totalidade, salvo se o requerente apenas pretender cobrir parte dos riscos incluídos nesse ramo, tal como se encontram descritos no ponto A do anexo".

Deste preceito se infere que o *objecto mínimo* da actividade *não* são os ramos, como *conjuntos de tipos de risco segurável* definidos na tabela anexa, mas sim *cada um desses tipos de risco*. É lícito fraccionar ramos, mas não podem ser emitidas autorizações que fraccionem as unidades de regulamentação mínimas que são os tipos de risco segurável[62].

As alíneas a) e b) do mesmo preceito acrescentam duas importantes normas complementares. Uma dessas normas admite que sejam explorados *vários ramos simultaneamente*, nos termos indicados no Anexo B (há nesse caso, segundo a terminologia da Directriz, uma autorização "por *grupo de ramos*"); a outra estende a autorização aos chamados *riscos acessórios*, ainda que compreendidos noutro ramo, e nos termos dispostos no Anexo C.

---

[61] Sobre regimes de protecção dos segurados v. a monografia fundamental de Arnaldo Filipe Oliveira, A Protecção dos Credores de Seguros na Liquidação de Seguradoras, Coimbra 2000, passim.

[62] A lei das seguradoras, no preceito que regula o objecto da autorização, em vez da expressão da Directriz "por ramo" usa a expressão "ramo a ramo": Art. 10.º – *Âmbito da autorização.* – 2. A autorização inicial é concedida ramo a ramo ...". Cremos que teria sido melhor conservar a linguagem da Directiva, que exprime o sentido da norma de modo mais preciso, como adiante se evidenciará. Em outras versões oficiais da Directriz, encontram-se as formas *par branche, por ramo, für jeden Versicherungszweig*, que equivalem literalmente à versão portuguesa "por ramo".

As disposições comunitárias encontram-se recebidas nos arts. 10.º, n.º 2 e 126.º a 128.º da lei das seguradoras, que recolhem também o conteúdo dos anexos B e C da Directriz. A linguagem da lei portuguesa utiliza um termo que não existe na lei comunitária: o de *modalidade de seguros*. O termo designa aquilo que a lei comunitária chama "risco" (portanto um conjunto de perigos que a teoria económica dos seguros considere homogéneos e trate como tipo ou espécie de risco segurável); é introduzido no art. 123.º, e usado em disjunção com "ramo" nos arts. 127.º e seguintes, em que ocorre repetidamente a expressão "ramo ou modalidade" para significar o que na linguagem da Directriz se diria "ramo ou risco" (cfr. o art. 7.º, n.º 2: "... ramo ou risco incluído num ramo", "...ramo ou risco compreendido num ramo"; na lei das seguradoras, com expressões análogas, os arts. 14.º, 125.º e 127.º, n.º 3). A expressão "modalidade" é usada também no decreto regulamentar da lei espanhola, em alternativa a "riesgo"[63]. Há em outras leis usos linguísticos semelhantes, por exemplo "Versicherungsart" na lei alemã[64].

Menos próprio é o modo como a expressão "modalidade" aparece usada no n.º 2 do art. 10.º e no n.º 1 do art. 126.º da lei portuguesa:

> "A exploração de qualquer dos ramos "Não vida" previstos no artigo 123.º abrange a totalidade dos ramos, salvo se a empresa de seguros limitar expressamente essa exploração a parte dos riscos ou das modalidades" (art. 126.º, n.º 1).

Tomado à letra, o texto poderia sugerir que os termos "risco" e "modalidade" não fossem sinónimos, e até que algum deles correspondesse ao conceito

---

[63] E em sinonímia com esta palavra: cfr. RD 1348/1985, art. 16; mas o termo "modalidad" não ocorre na Lei parlamentar regulamentada por este decreto, e que usa apenas "riesgo": Ley 30/1995, passim.

[64] Cfr. Versicherungsaufsichtsgesetz, §§ 11, 65, e para a definição do conceito, Prölss, em Prölss-Schmidt, Versicherungsaufsichtsgesetz cit., § 9.6, e sobretudo a edição anterior, Prölss-Schmidt-Frey, Versicherungsaufsichtsgesetz 10. Aufl. München 1989, § 9.3; R. Schmidt, Versicherungsrecht, HdV 1115 ss, esp 118 ss; P. Koch, Versicherungszweige, System und übrige Sparten, HdV 1251 ss; mais desenvolvidamente Möller, in Bruck-Möller, Kommentar cit. vor § 49, 7, que informa que Müller-Lutz, Die verschiedenen Versicherungszweige, Wiesbaden 1964, distinguiu "nada menos de 275 ramos principais e secundários com subespécies (Haupt- und Nebenversicherungszweige mit Unterarten)".

comunitário de ramo, e não ao conceito comunitário de risco. Falta a continuação que, no texto da Directiva, evita esse equívoco: "(dos riscos) *incluídos nesse ramo*". Terá sido considerada supérflua; e sê-lo-ia provavelmente, se não se desse o caso de ser usada na lei portuguesa a reiteração de termos sinónimos "dos riscos ou das modalidades". A reiteração de sinónimos, recurso estilístico muitas vezes feliz em textos comuns, é de evitar em textos legislativos, por dar azo a dúvidas sobre se os termos são efectivamente sinónimos, ou correspondem a conceitos distintos. Já no art. 10.º, n.º 2, o contexto exclui essa dúvida, indicando claramente que o legislador usa "risco" e "modalidade" como sinónimos, e "ramo" como conjunto de riscos ou modalidades:

> "A autorização inicial é concedida ramo a ramo, abrangendo, salvo se a requerente apenas pretender cobrir alguns riscos ou modalidades, a totalidade do ramo."

Tenha-se presente que existem ainda outras acepções em que se usa o termo "modalidade" na linguagem da teoria e da prática dos seguros, e que se devem distinguir destes conceitos legislativos, embora obviamente não sejam desprovidas de alguma relação com os tipos legais de risco segurável: assim, por exemplo, o de modo ou modalidade de *subscrição de coberturas*.

22. A mais importante das normas que na lei portuguesa se encontram associadas à classificação dos ramos e dos riscos seguráveis, porém, não é nenhuma das citadas. Essa primazia pertence ao princípio formulado no art. 125.º, com o seguinte teor:

> Art. 125.º. – *Exclusividade*. – Sem prejuízo do disposto no artigo 127.º, os riscos compreendidos em cada um dos ramos referidos nos artigos anteriores não podem ser classificados num outro ramo, nem cobertos através de apólices destinadas a outro ramo.

Parece não existir preceito análogo nas outras leis nacionais de transposição da Directriz. O legislador português entendeu – e não há motivo para duvidar de que tenha entendido bem – que seria útil explicitar numa fórmula de síntese as implicações essenciais da regulamentação. A fórmula do art. 125.º contém duas proibições: a primeira (que reproduz literalmente o último período do Anexo A) proíbe que os riscos compreendidos num dos ramos da tabela sejam "classificados num outro ramo"; a segunda, que sejam "cobertos através de apólices destinadas a outro ramo". Que quer isto dizer? Obviamente, a classificação de que a lei fala não é uma qualquer operação intelectual de teorizador académico: é a qualificação jurídica do objecto da actividade de uma empresa, para os fins da emissão de autorização de entrada no mercado segurador. O art. 125.º determina que não pode ser emitida autorização de explorar certos tipos de risco sob uma qualificação de ramo diversa da que resulta da classificação comunitária.

Notar-se-á que esta proibição não repete simplesmente as limitações que o sistema da autorização administrativa impõe às empresas seguradoras, enquanto lhes proíbe a oferta de seguros de riscos que a lei inclua em ramos que não o ramo ou ramos para os quais haja sido emitida a autorização. A norma dirige-se propriamente à *autoridade supervisora*, e não às empresas candidatas à autorização; e não regula propriamente a decisão administrativa de autorizar o acesso à actividade, mas sim a *expressão linguística* dessa decisão.

As normas puramente linguísticas (se se abstrai do caso particular das definições) são raras em ramos do Direito privado, mas não nos do Direito público, e estão presentes em todas as regulamentações de actividades reservadas. A codificação da linguagem utilizada, com o dever de reproduzir as categorias de descrição e de classificação da lei e da Directriz, evita incertezas de interpretação e riscos de conhecimento no contacto com as empresas seguradoras. É vedado à autoridade supervisora o manipular as categorias verbais de qualificação da lei, associando à autorização de explorar determinado tipo de risco segurável um *nome de ramo* diferente do que lhe corresponda na tabela. O mesmo vale, por igualdade de razões, para o *nome do tipo de risco*: embora a letra do preceito só mencione a classificação em (outro) ramo, a regra de qualificação obrigatória abrange também, necessariamente, a classificação do risco, enquanto unidade de regulamentação mínima, interior ao ramo.

O princípio que o legislador assim consignou na primeira parte do art. 125.º explicita pois, a nosso ver muito utilmente, um elemento do sentido da fórmula do art. 7.º, n.º 2 da Directriz ("a autorização é dada por ramo de seguros"), nela menos explícito, e que tem função muito importante na lógica deste regime de control administrativo (v. infra, d). Não é este, de resto, na regulamentação comunitária e nacional, o único exemplo de norma que tenha por objecto a expressão linguística dos actos administrativos de autorização: pois que o Anexo C e o art. 128.º da lei portuguesa, sobre autorizações concedidas para grupos de ramos, estabelecem também denominações obrigatórias dos grupos relevantes, e que têm de ser literalmente utilizadas pelas autoridades na verbalização que fizerem das autorizações concedidas. Além dos deveres substantivos que têm por objecto os pressupostos e conteúdo da autorização, existem portanto deveres de expressão linguística que decorrem destas normas que determinam qualificações rígidas: *nomes de tipos de riscos* seguráveis e *nomes de ramos* (conceitos de regulamentação definidos no Anexo A e no art. 123.° da lei portuguesa); e ainda *nomes de grupos de ramos* (definidos no Anexo C e no art. 128.°).

Quanto à segunda parte do art. 125.°, a linguagem utilizada pode dar motivo a alguma perplexidade. A lei proíbe que os riscos sejam "cobertos através de apólices destinadas a outro ramo": mas a expressão "apólice destinada a outro ramo" não tem sentido algum definido, nem na linguagem da lei, nem nos usos técnicos da actividade seguradora. Cremos que os redactores da lei terão recorrido a esta expressão um pouco à falta de melhor – menos pelo que ela valha do que para evitar outras quaisquer possivelmente mais naturais, mas que sugerissem uma ligação necessária entre a apólice e a totalidade de um ramo (e tais seriam, por exemplo, expressões como "apólice de outro ramo", ou "apólice com cobertura de outro ramo"). Como decorre das disposições citadas da Directriz e da lei, se pode haver apólices redigidas de modo a cobrirem todos os riscos de um ramo (pressuposto que seja viável abrangê-los num único contrato) – apólices de ramos, portanto –, também pode haver – e será seguramente o caso mais frequente – apólices com cobertura apenas de partes de ramos, ou de um único dos tipos de risco segurável compreendidos num ramo. E embora a noção de "destinação da apólice a um ramo", se considerada isoladamente, pareça desprovido de sentido determinável, já se compreende o seu uso neste contexto.

4. Os princípios da autorização de seguradoras: um esquema de análise

23. Estamos agora em condições de ensaiar uma reconstrução do conteúdo da lei das seguradoras, no que respeita à autorização do acesso e do exercício da actividade. Independentemente da intuitividade dos resultados hermenêuticos, é lícito afirmar que falta na literatura portuguesa uma representação conceptual adequada desses resultados, que possa servir de *referência* e de *abreviatura*, cumprindo assim uma das funções essenciais da doutrina jurídica – a de sintetizar informação, economizando custos de conhecimento.

A reconstrução e representação de que nesta matéria carecemos deveria adoptar como ponto de partida uma análise mais diferenciada dos princípios básicos a que obedece a autorização de entrada no mercado, e que constam dos cits. arts. 10.°, n.° 2 e 123.° a 128.° da lei das seguradoras (em transposição dos art. 7.° e dos anexos da Primeira directriz não-vida). Essa análise deve, não só produzir representações precisas do conteúdo semântico de cada um dos princípios, mas também explicitar as razões de política legislativa que os justificam – condição indispensável para poder ter utilidade operatória na aplicação aos casos concretos, que sempre requerem (ainda quando estejam inequivocamente cobertos pela letra da lei, e *a fortiori* quando constituam ou pareçam constituir lacunas sem norma definida) a combinação de vários princípios, e consequentemente a delimitação recíproca das suas implicações, que só poderá ser alcançada pela ponderação teleológica dos fundamentos de cada princípio, em confronto com os fundamentos dos demais.

Nesta ordem de ideias, tomaríamos como ponto de partida para a desejada reconstrução um esquema de três princípios básicos, que poderíamos denominar

- princípio da *reserva de actividade*,
- princípio da *especialidade*, e
- princípio da *nominação*,
- e a que se poderia acrescentar ainda um quarto, de âmbito mais geral: o princípio da *segurabilidade*.

a) *O princípio da reserva de actividade*

24. Por princípio da reserva de actividade entenderíamos o aspecto negativo da sujeição da actividade a autorização administrativa prévia. Da autorização administrativa resulta uma posição de monopólio ou de oligopólio, com exclusão do mercado de todas as empresas que não consigam obtê-la. A designação mais intuitiva para esta característica do regime de licenciamento que consiste em excluir do mercado as empresas não autorizadas seria, naturalmente, *exclusividade*. Mas é usada em sentido diverso na rubrica do art. 125.°, o que aconselha que se adopte outra nomenclatura. O termo "reserva de actividade" satisfaz como segunda escolha.

No art. 125.°, "exclusividade" significa, como se disse supra, que a autoridade administrativa não pode utilizar, na forma linguística do acto de autorização, categorias de qualificação e classificação de riscos e ramos que não sejam as que se encontram fixadas no art. 123.° e no anexo A da Directriz. A exclusividade da rubrica do art. 125.° é o que aqui chamaremos *nominatividade*. O facto de a lei usar o termo "exclusividade" neste sentido prejudica naturalmente a escolha de terminologias doutrinais. Se é admissível propor uma designação alternativa em sinonímia com um termo legislativo, já seria desrazoável usar o termo da lei num sentido diverso, dando ensejo a equívocos de comunicação que nenhum prurido de purismo terminológico poderia compensar.

b) *O princípio da especialidade*

25. O princípio da especialidade é o aspecto positivo da sujeição da actividade a autorização administrativa prévia. Mais precisamente: é o critério de delimitação do objecto da autorização (e portanto dos direitos que com ela se constituem, e que são o aspecto positivo da reserva de actividade). A especialidade decompõe-se em três subcritérios: i) a *limitação do objecto* da autorização (ou, como a lei diz, do âmbito da autorização); ii) a *obrigatoriedade da definição do objecto* da autorização, na forma linguística do acto; e iii) a *tipicidade legal do objecto* da autorização, isto é, a conformidade deste com os tipos legais de risco segurável, de ramo e de grupo de ramos, que constam da lista do Anexo A e do art. 123.° da lei das seguradoras.

Como nomenclatura alternativa, seria pensável o termo *tipicidade*. Mas este termo teria o inconveniente de, em alguns dos seus usos, conotar a ideia de taxatividade: assim, por exemplo, quando se fala de tipicidade a propósito dos crimes. É certo que a distinção entre os conceitos de tipicidade e taxatividade está consolidada na doutrina civilística (v. esp. José de Oliveira Ascensão, A Tipicidade dos Direitos Reais, Lisboa 19868, 34 ss; Vasconcelos, Contratos cit. 168 ss); ainda assim, será preferível evitar o termo. A nomenclatura proposta não tem esse inconveniente. "Especialidade" usa-se na linguagem jurídica, precisamente no sentido a que aqui nos reportamos, em contextos como o da doutrina das pessoas colectivas, quando se afirma a especialidade do objecto destas, sem com isso de modo algum afirmar também, ou pressupor, que exista um catálogo taxativo de objectos admissíveis de pessoas colectivas.

26. Os princípios da reserva de actividade e da especialidade têm funções comuns no conjunto dos objectivos de política legislativa que presidem à regulamentação do acesso à actividade seguradora. Essencialmente, são princípios de *protecção dos segurados* e de *supervisão admi-*

nistrativa. Servem a protecção dos segurados, na medida em que impõem a selecção *ex ante* das empresas e dos projectos de actividade que dão melhores garantias de satisfazer integralmente os interesses contratuais das partes, e além disso promovem a igualdade de tratamento dos segurados nas mesmas classes de seguros, uma vez que a oferta que fique enquadrada nos tipos que a lei predetermina como critérios de avaliação das empresas e dos projectos de negócio será também tendencialmente homogénea e igual para todos os agentes económicos que queiram segurar-se contra riscos de um mesmo tipo legal. Por outro lado, estes princípios servem também a supervisão administrativa, pois que asseguram às autoridades públicas condições necessárias ao desempenho da missão de vigilância do mercado que lhes está confiada. A proibição de oferecer seguros no mercado sem licenciamento prévio (reserva de actividade) e a vinculação positiva da oferta aos tipos de risco mencionados na autorização (especialidade) são regras intuitivas para esse fim. Na redacção da lei, como vimos, um e outro aparecem na forma de regras substantivas de decisão que a autoridade deve observar quando emite o alvará de entrada no mercado. Os efeitos sobre a situação jurídica das empresas decorrem da conexão sistemática com as normas que definem e punem os factos ilícitos, e em primeiro lugar da incriminação do exercício de actividade não autorizada, que consta do art. 202.º[65].

c) *O princípio da nominação*

26. O terceiro princípio, de *nominação* – formulado no art. 125.º, sob a rubrica "exclusividade", que nos parece menos própria – tem sobretudo uma função de transparência, que poderia por sua vez ser analisada em dois elementos: i) *redução dos riscos de informação* dos segurados e do público em geral; ii) *tutela da concorrência*.

Sob o primeiro ponto de vista, destaca-se o efeito de garantia da inteligibilidade e inequivocidade das autorizações emitidas pelos supervisores públicos. O disposto no art. 125.º não é, como vimos, uma regra decisória, mas sim uma norma linguística sobre a expressão verbal do acto de autorização. Pode-se sustentar que esta protecção se dirige sobretudo aos agentes económicos com menor capacidade de informação e de contratação, e que portanto se insere no universo da chamada *defesa do*

---

[65] Para os ilícitos de mera ordenação social, v. arts. 212.º e segs.

consumidor. O risco de conhecimento é muito menor nas grandes empresas e em outros agentes económicos que disponham de recursos e *know--how* legal suficiente (e possivelmente não inferior ao da próprias seguradoras) para avaliar em profundidade o estatuto jurídico das empresas com as quais contratam os seus seguros, independentemente do maior ou menor rigor da linguagem das autorizações administrativas; mas para o público em geral as normas de expressão linguística que o art. 125.º contém são de grande utilidade. Adicionalmente, e mediante essa tutela da informação, o art. 125.º desempenha também papel considerável na *prevenção da concorrência desleal* – em manifestações como a publicidade enganosa e outras similares –, uma vez que todas as empresas são obrigadas a apresentar-se ao mercado com ofertas descritas segundo parâmetros uniformes.

d) *O princípio da segurabilidade*

28. O fecho da regulamentação que temos vindo a analisar é constituído pelos critérios que costumam ser agrupados sob o conceito de *segurabilidade*. Poderíamos falar de um quarto princípio, a acrescentar aos da reserva de actividade, da especialidade e da nominatividade das autorizações administrativas das empresas seguradoras. Este princípio, porém, não é verdadeiramente um elemento do conteúdo da regulamentação das autorizações, como componente pública do Direito dos seguros, mas antes um seu *pressuposto*, e comum, enquanto tal, a todo o universo do Direito dos seguros, tanto público e como privado.

O princípio da segurabilidade analisa-se em dois conjuntos de critérios, um relativo ao *risco*, o outro ao *interesse*. Uma tradição doutrinal com amplo acolhimento em vários países reconduz o interesse segurável, na sistematização das normas jurídicas sobre contratos, à categoria do *objecto* do contrato, afirmando em contra-partida, quanto ao risco, que este não é propriamente objecto do contrato, mas antes um seu *atributo* ou *característica*. Entre os autores que procuram levar mais longe a análise, alguns identificam este atributo com a chamada *causa* do contrato, enquanto outros o concebem de preferência como um *aspecto estrutural ou formal da regulação de interesses* que pelo contrato se constitui[66].

---

[66] Interessante a síntese, muito citada, da Cassação italiana, em acórdão de 13 de junho de 1962: "Il contratto di assicurazione costituisce un rapporto bilaterale a carattere

Querelas conceptuais de parte, porém (e nesta matéria elas confinam-se à doutrina dos países de *civil law*, porque não despertam interesse visível no mundo anglo-saxónico), existe amplo consenso quanto às razões económicas e éticas que orientam a doutrina da segurabilidade.

A relevância dos critérios de segurabilidade para a autorização da entrada no mercado e para a vigilância do exercício da actividade é mediada pela definição do objecto desta (linhas de oferta negocial, etc.), que consta do programa que as empresas candidatas à autorização têm de apresentar à autoridade. De um modo geral, em sistema de mercado livre, em que as apólices deixaram de estar sujeitas a aprovação prévia, só questões de *risco segurável* (no sentido definido na sequência) são suficientemente abstractas e gerais para entrarem no horizonte de observação dos supervisores como elementos de um juízo global sobre o programa e, depois, sobre a actividade efectiva das empresas. As questões de *interesse segurável* não se suscitam nem no momento da apreciação inicial das linhas de oferta, nem na vigilância da solvabilidade durante o exercício dos negócios. Salvo casos de fraude que tenham importância sistémica (v.g. se a administração arruína a empresa com favores a amigos: contratos de seguro fictícios, indemnizações sem dano ou de dano certo, etc.), as questões de interesse segurável serão quase sempre questões de validade civil dos contratos de seguro, do interesse das seguradoras muito mais que dos segurados, e levadas por aquelas, caso por caso, aos tribunais. Assim, tendencialmente, os critérios

---

oneroso, ed il rischio, pur non potendosi qualificare oggetto del contratto, costituisce elemento essenziale, vuoi sotto l'aspetto strutturale vuoi sotto l'aspetto della causa – per cui, non esistendo ab initio o venendo successivamente a mancare, il rapporto assicurativo non sorge o si estingue per nullità e resoluzione del contratto ex artt. 1895 e 1896 c.c.". A caracterização do risco como causa do contrato não é, no entanto, adequada: a este respeito, merece referência Nicolas, Essai esp. 184 ss. Sobre a definição do objecto jurídico do contrato, v. esp. Möller, in Bruck-Möller, Kommentar cit. § 49.23 ss, que considera inútil o debate doutrinal sobre o objecto do contrato ("o conceito de objecto de uma relação jurídica, e em particular de um contrato obrigacional, é demasiado flutuante"; e citando Ehrenzweig: "É uma questão de palavras, sem relevância para a estruturação da ordem jurídica"). A propósito da tese que pretende identificar o objecto do contrato com o interesse, observa Möller: "Na realidade poderíamos igualmente chamar objecto do seguro à pessoa segurada, à prestação do eguro, ao bem considerado em certa relação com a pessoa (por ex., uma coisa), ao dano, à reparação do dano ou à indemnização pecuniária" (ob. cit. § 49.36) Os pormenores técnicos das conceptualizações doutrinais, assaz variadas, são para os nossos propósitos irrelevantes, porque as questões que nos ocupam são essencialmente de hermenêutica da lei e dos programas de política legislativa, e por conseguinte anteriores às reconstruções da "dogmática" jurídica: o que implica que não são validadas por estas, mas, pelo contrário, critério da validação delas.

que interessam à supervisão são os de risco e não os de interesse – ainda que haja casos excepcionais em que o interesse possa também ser relevante. V. a este respeito as interessantes observações de Keeton/Widiss, Insurance Law cit., § 3.3.(e): "...There is no public official who has either the right or the responsibility to assure that the insurable interest doctrine is appropriately applied when insurance is purchased or when claims are made... The enforcement of the insurable interest doctrine depends almost exclusively on the initiative of insurers".

i) *Risco segurável*

29. As condições de facto relativas ao risco da ocorrência de danos que têm relevância para a regulamentação jurídica dos seguros são essencialmente a *possibilidade*, a *incerteza*, a *futuridade* e a *fortuitidade* (ou independência da vontade deliberada do segurado)[67]. A combinação destas condições caracteriza o *acaso* ou *acontecimento casual*, conceito geralmente utilizado para formular o critério que delimita os riscos seguráveis e os distingue dos não seguráveis: risco segurável é o que se define por referência a um acontecimento casual.

"Todo o acontecimento que possa ser considerado casual, neste sentido técnico, preenche os requisitos da segurabilidade, independentemente do grau de incerteza ou de probabilidade", escreve Detlev Alsleben numa instrutiva monografia[68]. "O grau de protecção de seguro que pode ser obtido no mercado varia com a probabilidade da ocorrência e com o nível do prémio que ela determina, mas isso são condições de enquadramento económico que não devem ser confundidas com os pressupostos de técnica seguradora"[69]. Por outro lado, o juízo de incerteza não tem de incidir necessariamente sobre a alternativa ocorrência/inocorrência do evento da-

---

[67] Sobre os atributos gerais do risco segurável v. esp. Athearn et al., Risk cit. ch. 1; Vaughan, Fundamentals cit. ch. 1 e 2; B. Berliner, Limits of Insurability of Risks, Englewood Cliffs, N.J. 1982, e Versicherbarkeit, HdV 951 ss; Alsleben, Zufall cit. 79 ss; BWV-Versicherungslehre I, 2. Aufl. Karlsruhe 1992, Kap. 1; Albrecht, Risiko cit.; Prölss, in Prölss-Martin, Versicherungsvertragsgesetz cit., § 1; Bigot, in Bigot (dir.), Traité cit., t. 3, n.ºs 56 ss; Nicolas, Essai cit. 55 ss, 99 ss; Rochex/Courtieu, Contrat cit. ch. 3; U. Bellini, in C.Ruperto/V.Sgroi, Nuova Rassegna di Giurisprudenza sul Codice Civile, ad art. 1895; Fanelli, Assicurazioni cit., n.ºs 21 s, 36 s; Garrigues, Contrato cit. 11 ss; Garrido, Teoría General cit., 59 ss, 67 ss.

[68] Alsleben, Zufall cit. 134.

[69] Ibid.

noso. Basta que exista incerteza quanto ao tempo da ocorrência ou quanto ao valor do dano, ainda que a ocorrência enquanto tal não seja incerta. É costume por isso, na literatura jurídica, falar de três dimensões da incerteza relevante para a segurabilidade do risco: o *se*, o *quando* e o *quanto* do dano[70]. Outro modo de exprimir a mesma ideia é afirmar que o contrato de seguro pressupõe incerteza apenas quanto à *prestação* que, em ocorrendo o evento, será devida ao segurado (por exemplo, incerteza sobre a quantia em dinheiro que será paga pelo segurador ao segurado)[71]. Como observa ainda Alsleben, "devido à indeterminação dos acontecimentos futuros em alguma das dimensões referidas, bem se pode dizer que o pressuposto fundamental da incerteza ou acaso está realizado em quase todas as situações de perigo, de modo que em quase todas existirá segurabilidade"[72].

Daqui resulta que, salvo caso grosseiro – que quase sempre se situará no domínio da fraude –, os critérios do risco estão longe de suscitar questões de regulamentação que constituam um estrato específico de análise que se distinga da apreciação da viabilidade económica da oferta do seguro (estatística, cálculo actuarial, *pricing*).

ii) *Interesse segurável*

30. Costuma-se afirmar que a existência de uma relação de interesse com certa relevância, do ponto de vista dos valores pessoais e sociais tutelados pelo Direito, entre o tomador de um seguro e o bem por referência ao qual se define a cobertura de risco é requisito da tutela jurídica dos contratos de seguro. Como se lê num compêndio pombalino da Aula de Comércio de Coimbra,

"os seguros se podem fazer em geral sobre todos os objectos, que correm algum risco incerto ou eventual; porém, esta (faculdade) está diversamente

---

[70] Ob. cit. 86.

[71] Reduzindo o requisito da incerteza à "Ungewißheit des Geldbedarfs", BVW--Versicherungslehre cit. 14.

[72] Alsleben, Zufall cit., 134. Este A. cita com aprovação o juízo irónico de um especialista de economia dos seguros, que conclui que "é segurável tudo aquilo para que algures à face da Terra se possa encontrar protecção de seguros – só é insegurável o risco para o qual não exista nenhuma oferta de cobertura" (Walter Karten, Das Einzelrisiko und seine Kalkulation, in E. Helten und W. Karten, Versicherungsbetriebslehre). Mas é preciso não esquecer a necessidade da dispersão do risco num universo de dimensão suficiente, requisito económico fundamental que nestas formulações fica por explicitar.

restringida pelas Leis Municipais dos diferentes países: é preciso que o valor segurado seja efectivo porque não pode haver risco aonde a matéria do mesmo risco não existe"[73].

O Código de Comércio de 1888, ainda em vigor, consagrou o princípio do interesse segurável como requisito de validade do contrato de seguro: "Se aquele por quem ou em nome de quem o seguro é feito não tem interesse na cousa segurada, o seguro é nulo" (art. 428.°, § 1.°)[74].

---

[73] Lições de Comércio, Lição 7.ª, Dos Seguros, cit. em A. Fonseca e Silva, Dicionário de Seguros, Lisboa 1994, s.v. Interesse (a transcrição é acompanhada de uma anotação que nos suscita dívida, porque toma à letra certo passo que será, supomos, simples erro de copista; fique, porém, ressalvado o mérito desta prestimosa obra). As *Lições* são manuscrito anónimo de meados do séc. XVIII (talvez de 1766, segundo Oliveira Marques), e que deve ter servido de compêndio na Aula de Comércio da Universidade de Coimbra criada em 1759: v. a informação histórica em Silva, Dicionário cit., s.v. Lições de Comércio, com outras referências. A *matéria do risco* do compêndio é a conexão subjectiva do bem com o segurado, conexão que no séc. XIX, sob a influência da teorização do conceito de *interesse* que os civilistas, sobretudo os germânicos (Cohnfeldt, Mommsen, Jhering), elaboraram, aliás a partir de materiais do Direito romano, passou a ter a designação moderna; mas os autores ingleses e americanos continuam a usar *subject-matter* e *subject of insurance*. Importante, como adverte Möller, in Bruck-Möller, Kommentar cit., § 49.56, é não confundir o interesse com o motivo prático (o fim mediato) pelo qual se procura a protecção do contrato de seguro. Sobre a evolução da doutrina do interesse no Direito dos seguros e suas especificidades, relativamente à doutrina civilística comum, v. Möller, ob. cit. §49.30 ss, 37 ss; para informação geral de doutrina e jurisprudência, v. tb. Almeida, Contrato n.°s 7 ss; Cordeiro, Direito Comercial cit. I, § 60, com indicações de jurisprudência portuguesa relevante; Möller, ob. cit., vor § 49 e § 49; Kollhosser, in Prölss--Martin, Versicherungsvertragsgesetz cit., vor § 51, § 68; H. Schirmer, Versicherungsvertragsrecht, Versicherungswert, HdV 1217 ss; Keeton/Widiss, Insurance Law cit. § 3; MacGillivray on Insurance Law cit., ch. 1-12 ss; K. Abraham, Insurance Law and Regulation: Cases and Materials, 2d ed. Westbury N.Y., ch. 4.B e D; Bigot, in Bigot (dir.) Traité cit., t. 3, n.°s 26 ss; Bellini, in Ruperto/Sgroi (dir.), Nuova Rassegna cit. ad art. 1904; A. Donati, Trattato del Diritto delle Assicurazioni Private II, Milano 1954, n.°s 295 ss, 307 ss; Fanelli, Assicurazioni cit., n.°s 23 ss, 46 ss; Garrido, Teoría General cit. 59 ss, 67 ss; Garrigues, Contrato cit. 18, 125 ss.

[74] A formulação do Código presta-se ao equívoco de fazer supor que o interesse do beneficiário de um seguro dispensa o requisito do interesse do tomador (entenda-se: nos contratos em que haja um elemento de interesse que seja realmente critério de validade): v. os comentários em Almeida, Contrato 18 ss. Era ainda mais limitativa a letra do art. correspondente do Código de Ferreira Borges de 1833: "Se *aquele por quem o seguro é feito…*". Na realidade, nos seguros que têm como requisito uma relação de interesse – e só nesses: v. a sequência – alguma relação se exige também entre o tomador e o beneficiário, ainda que a exacta definição dela constitua um dos temas de mais laboriosas disquisições

O princípio inclui-se no acervo dos limites de ordem pública que o próprio Direito privado reconhece e impõe à autonomia privada.

A teoria de política legislativa que subjaz ao reconhecimento deste princípio tem múltiplos estratos. Uma análise comum[75] distingue na consagração legislativa e jurisprudencial deste princípio três finalidades principais:

1) a *prevenção do* moral hazard *e do enriquecimento do segurado* à custa da seguradora;
2) a *delimitação relativamente a contratos aleatórios* que, como os de jogo e de especulação, não têm o valor social do seguro e por isso não são merecedores do mesmo regime de tutela jurídica (ainda quando não sejam proibidos ou combatidos, como tem acontecido em muitas épocas e lugares[76]);

---

da doutrina internacional (a questão parece no entanto não ser tratada explicitamente na doutrina portuguesa): v., por todos, Keeton/Widiss, Insurance Law § 3.5; Nicolas, Essai, 561 ss; em Itália, o requisito do interesse, previsto no código comercial de 1886, foi substituído pelo chamado "consentimento do terceiro", no art. 1919.º do código civil: sobre os problemas de interpretação deste, v. Fanelli, Assicurazioni cit., n.ºs 70, 74, 77; O. Fittipaldi, in A. La Torre (dir.) Le Assicurazioni, Milano 2000, § 42.11, G. Pericoli, Consenso e interesse nell'assicurazione sulla vita del terzo, Rivista di Diritto Civile 1976, I, 393 ss.

[75] Cfr. Cordeiro, Direito Comercial cit. I, § 60; Keeton/Widiss, Insurance Law cit. § 3; Möller, in Bruck-Möller, Kommentar cit., § 49.23 ss; H. Eichler, Versicherungsrecht, Karlsruhe 1965, Kap. IV.5.1 ss; Kohlhosser, in Prölss-Martin, Versicherungsvertragsgesetz cit. § 1.55.

[76] A doutrina do interesse segurável teve como motivação histórica imediata, precisamente, a necessidade de distinguir entre seguros propriamente ditos e contratos de puro jogo ou especulação, para reconhecer aos primeiros a tutela judicial, e negá-la aos segundo, ou pura e simplesmente proibir estes. O nosso compatriota Pedro de Santarém, autor do primeiro tratado impresso de Direito dos seguros (Tractatus de Assecurationibus et Sponsionibus Mercatorum, Veneza 1552; ed. Moses Amzalak, Lisboa 1972) está associado à génese desta análise, que encontrou a sua forma moderna na obra do setecentista italiano Casaregis: veja-se a história do problema em Bruck-Möller, Kommentar, § 49.32. Os termos do debate da doutrina antiga foram ultrapassados pela aparição de múltiplos seguros novos e por uma consideração mais atenta daqueles em que não existe perigo de abuso no sentido da aposta e do jogo. Nos fins do séc. XIX, Ehrenberg demonstrou que um conceito de interesse concebido apenas para os fins de distinguir entre seguro e especulação seria supérfluo em muitos casos, nos quais é possível determinar critérios muito mais adequados, encerrando assim esta linha histórica de definição do conceito técnico de interesse segurável (Möller, loc. cit.).

3) as *cautelas necessárias para obviar a efeitos perversos de incentivo a actividades ilícitas*, como a destruição intencional da propriedade e o atentado contra a vida humana[77].

A estas funções de política do Direito que a doutrina do interesse segurável desempenha, acrescentam-se ainda, na casuística de aplicação da lei, certas utilidades de técnica jurídica para a especialização do tratamento jurisprudencial dos contratos, sobretudo no que concerne à grande distinção entre contratos *no interesse próprio* e no *interesse de outrem*[78], e entre contratos *relativos ao mesmo objecto material*[79].

O conceito de interesse tem utilidade para a fundamentação de algumas regras especificamente jurídicas, como as da proibição do enriquecimento do segurado. Na literatura anglo-americana, esta proibição é geralmente autonomizada e apresentada, sob a designação de *doctrine of indemnity*, como um requisito ou divisão sistemática à parte. Os critérios especificamente jurídicos da segurabilidade vêm assim a ser organizados em dois conjuntos complementares entre si, mas distintos na arrumação sistemática: a) o conjunto dos critérios de *indemnity*; b) os restantes critérios de interesse segurável, que no seu conjunto formam a *doctrine of insurable interest*[80].

A doutrina do interesse segurável, para a qual remete implicitamente o cit. art. 488.°, § 1.° do Código Comercial, tem expressão na nossa lei escrita apenas no que diz respeito às interdições de seguros imediatamente determinadas pelos imperativos da *prevenção de crimes*, ou mais precisamente, da prevenção de efeitos perversos de incentivo ao crime que poderiam decorrer da livre contratação de seguros. Encontra-se essa expressão

---

[77] V. Keeton/Widiss, Insurance Law cit. § 5.

[78] Código Comercial, art. 428.°; sobre a distinção, v. Almeida, Contrato 51 ss; Möller, in Bruck-Möller, Kommentar cit. § 80; Kolhosser, in Prölss-Martin, Versicherungsvertragsgesetz cit., vor § 51, 5 s, vor § 58; Fanelli, Assicurazioni cit. n.°s 64 ss; Garrigues, Contrato cit 133 s.

[79] V. infra, n.° 30.

[80] Existem porém múltiplas articulações e sobreposições entre estes conjuntos; e o que de facto pode distingui-los só emerge nos casos, comparativamente menos frequentes, em que surjam conflitos entre critérios de *insurable interest* e a proibição do enriquecimento do segurado: assim acontece nos seguros de interesses sem valor económico, parte dos quais – contra o que se poderia esperar em face dos critérios da *indemnity* – são seguráveis: v. Keeton/Widiss, Insurance Law cit.

no art. 192.º, n.º 3 da lei das seguradoras, que dispõe, sob a rubrica "Ordem pública":

> 3. São tidos como contrários à ordem pública os contratos de seguro que garantam, designadamente, qualquer dos seguintes riscos:
> a) Responsabilidade criminal ou disciplinar;
> b) Rapto;
> c) Posse ou transporte de estupefacientes e drogas cujo consumo seja interdito;
> d) Inibição de conduzir veículos;
> e) Morte de crianças com idade inferior a 14 anos, com excepção das despesas de funeral;
> f) Com ressalva do disposto na alínea anterior, morte de incapazes, com excepção das despesas de funeral.

Além de contemplar apenas a insegurabilidade fundada em razões de política criminal, o preceito é meramente exemplificativo. Todos os demais critérios de segurabilidade são entre nós de construção doutrinal e jurisprudencial.

A literatura latina que se ocupa do assunto com desenvolvimento casuístico sofre geralmente de défices conceptuais. As enumerações de critérios que vai repetindo de modo rotineiro têm um aspecto pouco satisfatório: mas há muitas divisões na mansão da jurisprudência, como dizia Roscoe Pound; e para muitos efeitos práticos o *bric-à-brac* chega perfeitamente. Um tratadista espanhol apresenta a seguinte enumeração de critérios do interesse segurável, que pode servir de exemplo:

> "– o sinistro não deve ter por causa uma actividade ilícita do segurado, nem ser provocado dolosamente por ele;
> – deve ser possível uma valoração em termos económicos, tanto no relativo à delimitação da cobertura, como no que se refere ao prémio a pagar;
> – o sinistro deve ser capaz de produzir um prejuízo ou lesão económica ao segurado ou ao beneficiário;
> – a operação do seguro não deve nunca constituir para aquele último uma fonte de benefício ou ganho, mas sim e apenas uma reparação do prejuízo sofrido;
> – as possíveis consequências do risco não devem ter carácter geral (extraordinário ou catastrófico), de forma que possam afectar com

intensidade idêntica ou semelhante todos os indivíduos que compõem o grupo de segurados, uma vez que se assim fosse cada um teria de suportar o seu próprio risco, por não haver massa em que se diluísse o impacte dos danos;
— a cobertura não deve ser proibida por lei"[81].

31. Afirmar que a tutela jurídica dos contratos de seguro tem como requisito necessário e universal a existência de uma relação de interesse entre o tomador do seguro e os bens por referência ao quais se define a cobertura de risco parece coisa óbvia. A verdade, porém, é que a afirmação só será verdadeira se pressupuser conceito de interesse tão indeterminado que acabará por não ter préstimo algum para a fundamentação da política legislativa e para a construção dogmática das várias espécies de contratos: apenas substituirá por uma ideia vaga os critérios mais precisos com que são excluídas certas hipóteses aberrantes, v.g. o enriquecimento do segurado à custa da seguradora, ou reiterará de modo oblíquo notas definitórias dos conceitos de risco e de dano, v.g. a susceptibilidade de avaliação económica. Logo que o conceito seja enriquecido com elementos suficientemente determinados para poderem suportar diferenciações e decisões casuísticas, deixará de ser aplicável a todos os contratos.

Só o conceito de *risco* é ao mesmo tempo *decisório* e aplicável a *todos* os contratos de seguro. Não o conceito de interesse.

A doutrina alemã usa como base taxonómica para organizar o universo dos seguros a distinção fundamental entre *Schadensversicherungen*, "seguros de/contra danos", e *Summenversicherungen*, que poderíamos traduzir por "seguros de quantia fixa" (ou "de prestação fixa", ou até "seguros forfetários"; à letra, "seguros de soma")[82]. O critério da distinção é o modo como se determina a prestação devida pela seguradora em caso de ocorrência do *Versicherungsfall*: como função de um dano, e portanto variável e indeterminada *ex ante*, como acontece em todos os seguros contra sinistros *stricto sensu*, ou segundo uma estipulação quantitativa no pró-

---

[81] Garrido, Teoría General cit. 71; eliminámos as alíneas do original que enunciam critérios que se aplicam exclusivamente ao risco segurável no sentido estrito.

[82] A distinção foi elaborada por Hans Möller, em Bemerkungen zum Schadensbegriff im Versicherungsrecht und im sonstigen Zivilrecht. Ausblick und Rückblick, Festschrift Erich Prölss zum 60. Geburstag, München 1967, 241 ss, e tornou-se desde então património comum da doutrina alemã dos seguros.

prio contrato – de prestação única de quantia certa em dinheiro ou de renda periódica – como nos seguros de vida, nos seguros de invalidez profissional, nos seguros forfetários de turismo. Como bem se compreende, o conceito de interesse não tem utilidade decisória nos seguros de quantia fixa, que tipicamente beneficiam terceiros da livre escolha do tomador e não estão sujeitos à proibição do enriquecimento (os seguros de vida destinam-se de facto a acrescentar o património dos beneficiários, dando-lhes recursos para obter ingressos no futuro; os outros podem ou não acrescentar, mas o ponto é indiferente para o regime jurídico). Os critérios do interesse segurável – exceptuados alguns dos que gravitam em torno da prevenção de crimes[83] – têm utilidade *apenas para a fundamentação e construção dos regimes dos contratos de seguro de danos*: tal é, em síntese, o juízo com que a doutrina alemã contemporânea, cremos que de modo unânime, faz o balanço das controvérsias históricas acerca do papel do conceito de interesse na dogmática dos seguros.

A teorização do interesse segurável teve extraordinário desenvolvimento na literatura académica alemã e, na esteira desta, italiana, do último quartel do séc. XIX e da primeira metade do séc. XX. Chegou-se a pretender que a base conceptual do Direito dos seguros se encontraria numa *noção de interesse própria e exclusiva* desse ramo do Direito, e capaz de, *por aplicação e diferenciação nas múltiplas espécies de contratos e riscos cobertos*, gerar as regras de segurabilidade mais convenientes a cada uma (v. esp. Eichler, Versicherungsrecht cit. 153; Möller, in Bruck-Möller, Kommentar cit § 49.30; em Itália, adoptaram o programa da doutrina do interesse, na formulação mais ambiciosa, entre outros, Donati, Trattato cit., II, n.ºs 340 ss, III, passim; e L. Buttaro, L'Interesse nell'Assicurazione, Milano 1954). Uma reacção crítica generalizada nas últimas décadas reduziu as coisas às suas verdadeiras proporções, por um lado demonstrando que *não há um conceito de interesse unitário que valha para todo o Direito dos seguros* (ou numa linguagem menos contaminada pelo substancialismo característico da linguagem "dogmática" europeia: não é possível reconhecer regras decisórias aplicáveis por igual a todos os contratos de seguros, e de que esse "conceito unitário" fosse o modelo de representação teórica), e por outro lado sublinhando *a impossibilidade de representar adequadamente as diferenças entre os tipos contratuais como diferenças de atributos do interesse*. Estes resultados da evolução da doutrina europeia do interesse segurável podem ser sintetizados com duas breves citações.

---

[83] Mas não os que se referem a situações e eventos em que tenham contribuição causal actos intencionais do tomador de seguro, e que portanto não são casuais e cabem nos critérios do risco.

a) A primeira sublinha a impossibilidade de utilizar o conceito de interesse como elemento unificador de todos os contratos de seguros, e consequentemente também a impossibilidade de entender as particularidades dos tipos de contratos como especializações desse conceito universal:

> "...não é possível deduzir da noção de interesse um objecto unitário de todos os seguros. Não o interesse, mas sim o risco e a diferenciação dos riscos dão a fórmula para o objecto da tutela jurídica dos contratos de seguros. O conceito de risco corresponde melhor a essa questão geral do que o de interesse" (Hermann Eichler, Versicherungsrecht cit. p. 155)

O conceito de interesse não tem realmente utilidade para a definição das unidades básicas de análise e regulamentação de que carece a jurisprudência do contrato de seguros. Dito simplesmente: não se concebe para que serviria uma classificação que, por exemplo, em vez de tipos de risco (como os da Directriz comunitária), tentasse obter os mesmos resultados analíticos e regulamentares com a definição de *classes ou espécies de interesses.* Se o risco se refere sempre a um acontecimento danoso, tudo quanto tenha carácter geral e se possa apreender com o conceito de interesse é apreendido com o conceito de risco ("o interesse não é senão o aspecto subjectivo do dano possível e do dano efectivamente ocorrido de um sujeito jurídico", portanto o aspecto subjectivo do risco, escreveu Albert Ehrenzweig, *apud* Möller, *loc. cit*), mas a inversa não é verdadeira, porque o conceito de risco agrega múltiplas *outras* referências, e sobretudo porque faz a ligação aos *modelos da prática seguradora, com as suas bases estocásticas e actuariais.* Enquanto há uma conceptualização económica em termos de risco que vale para todo o universo dos seguros, e que é robusta até perante as mais profundas diferenças de regime jurídico – *maxime* a que separa os seguros de vida dos restantes seguros –, não há nada de juridicamente substantivo que possa dizer-se associado a um conceito unitário de interesse. O conceito de interesse não serve portanto como conceito unificador, função que só o conceito de risco pode desempenhar; serve apenas nos estádios finais do programa de análise e regulamentação da jurisprudência dos seguros, isto é, quando, na aplicação dos tipos contratuais assentes em modelos de risco, elaborados com critérios económicos e actuariais, se nos depara a necessidade de diferenciar soluções para casos caracterizados por circunstâncias demasiado particulares para poderem ser consideradas nos modelos de risco, remediando efeitos que, dadas essas circunstâncias, sejam indesejáveis.

b) Ainda nessa função limitada, porém, o conceito só tem utilidade como instrumento de regulamentação nos "seguros de danos", por oposição aos "seguros de quantia fixa" da terminologia germânica. É o que sublinha a segunda citação:

"Hoje há unanimidade em entender que o requisito do interesse se limita aos seguros de danos, não podendo ser aplicado aos seguros de quantia fixa (seguros de vida; seguros contra acidentes e seguros de doença, salvo se o seguro incidir sobre os custos do tratamento médico)" (Peter Allbrecht, Versicherungswert cit., 1217).

O saldo do debate consiste em reconduzir os critérios do interesse segurável à casuística a que de facto pertencem, por dependerem intimamente de circunstâncias que só espécie por espécie podem ser satisfatoriamente analisadas e codificadas em regras operatórias; quando muito com alguma modesta generalização a grupos de contratos, por exemplo os de seguros de danos de coisas, os de seguro de garantias reais (v.g. de penhores), os de seguro de créditos, os de seguro de responsabilidade civil; e além disso sem grandes ambições quanto a uma cesura "limpa", no sistema expositivo, entre o capítulo da segurabilidade do interesse e o capítulo da proibição do enriquecimento do segurado. A doutrina europeia convergiu assim para a muito mais saudável orientação que desde sempre tivera a doutrina anglo-americana do *insurable interest* e da sua *companion doctrine*, a doutrina da *indemnity*.

Clarificada a questão, poderemos dizer, já sem risco de mal-entendidos, e acompanhando a lição de Möller, que o conceito de interesse – nesta função de diferenciação casuística, confinada aos seguros contra danos –, tem utilidade técnica para os seguintes fins:

a) distinguir entre seguros por conta própria e seguros por conta de outrem;

b) caracterizar e justificar a segurabilidade de vários interesses distintos relativos ao mesmo objecto, por exemplo o do proprietário de uma coisa e os dos credores pignoratício e hipotecário, o do vendedor com reserva de propriedade e o do comprador, o das partes de uma relação de alienação fiduciária em garantia, os dos comproprietários, os dos meeiros de uma comunhão de bens, os dos titulares de propriedade comum, etc.;

c) caracterizar os aspectos subjectivos do risco: "a coisa segurada não é a coisa *sic et simpliciter* nas mãos do proprietário, mas sim a relação de valor de determinado proprietário X; o sucessor deste poderá ser um desleixado, ou até um notório incendiário", o que tem importância para a questão de saber se o seguro se transmite com a alienação da propriedade da coisa, ou não;

d) auxiliar "a concretização da tomada do risco relativamente ao montante da prestação máxima considerada, porque a relação do segurado com o bem tem determinado valor (o valor seguro) que possibilita, em conjugação com o capital seguro e a grandeza do perigo, determinar precisamente o prémio";
e) os danos não ocorrem apenas no bem seguro: há que considerar, além do dano da substância (destruição, danificação das coisas), danos nos quais só a relação entre pessoa e bem é lesada, e não o bem em si mesmo (danos de privação ou de relação), por exemplo por arresto, apreensão ou furto; "o conceito pode ainda desempenhar um papel no âmbito do seguro de danos, para se atribuir a indemnização a quem é verdadeiramente lesado, pelo princípio de que o dano é a negação do interesse; a imbricação económica do interesse explica que a evolução do Direito moderno produza cada vez mais frequentemente uma separação das posições jurídicas e económicas" (o A. exemplifica com a reserva de propriedade e a alienação fiduciária em garantia). "Assim o interesse do proprietário, tal como o concebe o Direito dos seguros, pode não ser sempre reconhecido ao proprietário formal na acepção do Direito das coisas; e a alienação da coisa segura pode não coincidir sempre com a transmissão do direito real"[84].

A lista não inclui as limitações de segurabilidade expressamente cominadas na lei, porque o autor que citamos se refere apenas, neste lugar, à utilização do conceito de interesse para o desenvolvimento da jurisprudência dos contratos de seguros. Acrescentar-se-ão pois as limitações legais expressas, cuja fundamentação de politica legislativa costuma ser incluída – com maior ou menor rigor, e muitas vezes rigor nenhum – na rubrica sistemática do interesse segurável.

---

[84] Möller, in Bruck-Möller, Kommentar cit. § 49.36; para a casuística, em pormenor, v. § 49.45 ss, 58 ss.. Análises casuísticas úteis da problemática do interesse segurável oferecem, além de Möller cit., por ex. Eichler, Versicherungsrecht cit. Kap. IV.5.3; Fanelli, Assicurazioni 49 ss; Garrigues, Contrato cit., passim; Giral et al., Seguro contra daños cit. e II, passim (= Garrido, Tratado cit., t. III, vol. II e III); e ainda Keeton/Widiss, Insurance Law cit. § 3; MacGillivray on Insurance Law cit., ch. 1-12 ss.

5. A questão da taxatividade da classificação comunitária

32. A questão da taxatividade das categorias utilizadas nas leis de supervisão, comunitária e interna, e em especial no regime das autorizações de acesso ao mercado, é da maior importância, e justifica observação complementar.

A admissibilidade de autorizações de actividade de seguradora com objectos atípicos, e portanto referidas a oferta de seguros de tipos de riscos não contemplados na classificação oriunda da Directriz de 1973, é problema que deve ser apreciado separadamente no plano do Direito comunitário e no plano dos Direitos internos.

a) No *Direito comunitário*, não sofre dúvida que o programa legislativo não implica qualquer princípio de taxatividade. Em primeiro lugar, o propósito do legislador comunitário consiste estritamente e só na criação de um quadro conceptual que sirva de instrumento à harmonização das leis internas e ao reconhecimento mútuo, nos Estados-membros, das autorizações emitidas em outros Estados, e não na imposição directa de normas jurídicas materiais sobre segurabilidade (solução alternativa que tenderia, de resto e precisamente, a tornar desnecessário o programa de harmonização[85]). Por outro lado, a filosofia de regulamentação do Direito comunitário baseia-se no modelo do mercado livre e enquadra-se em objectivos globais de promoção do dinamismo e do progresso económico: modelo e objectivos incompatíveis com a imposição de condicionamentos *ex ante* ao desenvolvimento futuro da economia, por definição imprevisível (pois que tem a imprevisibilidade da liberdade, por um lado, e do progresso dos conhecimentos científicos, por outro). De resto, a dar-se a hipótese de ser realmente desejável, por alguma razão e em algum momento, em ambiente de mercado livre, algum programa de regulamentação limitativa – essa possibilidade situar-se-á necessariamente no plano interno dos Direitos nacionais, e nunca no plano comunitário, onde os tempos de adaptação a novas circunstâncias são muito mais longos, o que multiplicaria muito os inconvenientes da taxativi-

---

[85] Esta dicotomia de estratégias políticas é um dado permanente e familiar da prática legislativa comunitária, e não existe a mínima dúvida sobre o facto de a estratégia seguida neste caso ter sido a da simples harmonização.

dade, sem ser condição necessária de alguma vantagem que, nesse pressuposto, lhe fosse atribuída[86].

Conclui-se pois com segurança que a autorização atípica não é proibida pelo Direito comunitário. Em boa verdade, seria até mais exacto dizer que a questão da proibição ou permissão de alvarás atípicos *não se põe* sequer, porque faltam as pressuposições que seriam indispensáveis para que fizesse sentido enquanto questão de Direito comunitário. No plano comunitário, a diferença entre autorização típica e autorização atípica traduz-se só na existência ou inexistência do *dever de reconhecimento mútuo dos licenciamentos concedidos por outros Estados*: se a autoridade supervisora de um Estado emitir uma autorização sem correspondência na classificação do Anexo A, a empresa beneficiária da autorização não terá o direito de exercer a actividade atípica nos outros Estados-membros e continuará a depender, para o efeito, de uma licença emitida pela autoridade supervisora local, em termos idênticos aos que vigoravam antes da Directriz, ou aos que valem para as empresas de países estranhos à Comunidade.

A interpretação histórica confirma este entendimento. Além do que se sabe sobre as intenções dos Estados-membros que negociaram a Directiva, extrai-se argumento elucidativo do facto de o seguro de assistência ter sido omitido na classificação do texto originário do Anexo A, à qual veio a ser acrescentado (como ramo 17) só em 1984, pela Directiva 84/641/CEE do Conselho, de 10 de Dezembro desse ano. Já na época de génese da Primeira directiva o seguro de assistência se encontrava generalizado em alguns países europeus. E que se saiba, ninguém alguma vez pôs em dúvida a licitude comunitária das autorizações de seguro de assistência concedidas pelos Estados-membros, no período em que essa classe permaneceu atípica segundo a classificação da Directiva. A única questão que se pôs – e a única que se podia pôr – foi a do reconhecimento da autorização, até 1984 não obrigatório, por Estados-membros em cuja prática seguradora o contrato de assistência fosse ainda desconhecido, ou menos familiar.

b) No plano do *Direito interno*, a questão diferencia-se relativamente à enumeração legal dos *ramos de seguro* e das *modalidades* ou *tipos de risco*.

---

[86] Como ficou ilustrado com a inclusão do seguro de assistência na tabela, em 1984, a que nos referimos a seguir; v. tb. supra I.6, nota 42.

Quanto aos *ramos*, do princípio da especialidade e do princípio da autorização por ramo (arts. 8.º, 10.º), reforçados com as restrições postas à exploração de grupos de ramos (art. 128.º) decorre a conclusão de que *é vedado à autoridade supervisora o auto-rizar ofertas de contratos de seguros que não sejam subsumíveis nos conceitos legais de ramo*. O reconhecimento de outros ramos de seguro, além dos enumerados nos arts. 123.º e 124.º, é reservado ao legislador.

A hipótese de serem oferecidos no mercado contratos de seguro que se não possam subsumir em nenhum dos ramos da classificação, tão ampla, do Decreto-lei n.º 94-B/98 e da tabela comunitária é certamente muito remota. Nem por isso deixa de parecer contestável, *de iure condendo*, a taxatividade dos ramos. No ordenamento actual do mercado, seria muito mais coerente com os princípios fundamentais e com o modelo institucional da autoridade supervisora que se deixasse ao critério desta a autorização de actividades atípicas também do ponto de vista do próprio ramo, com as cautelas de *informação* e *publicidade* que fossem convenientes. Já seria razoável, em contrapartida, recuperar o método antigo da *aprovação prévia das apólices* para os contratos que fossem celebrados no ramo atípico – o que a legislação comunitária, precisamente por se tratar de ramo atípico, *permitiria*.

É diferente a questão da taxatividade das enumerações das *modalidades* ou *tipos de risco* em cada um dos ramos. (É também a questão mais prática, porque a invenção de um novo ramo é certamente muito mais rara do que a de um novo modelo de contrato subsumível em ramo já conhecido). Não encontramos preceito algum, na lei reguladora do acesso e exercício da actividade de seguros, de que se deva inferir que também a enumeração de espécies ou modalidades em cada ramo seja taxativa: o que sem dúvida imprimiria ao sistema rigidez excessiva e prejudicial ao desenvolvimento social e económico. Nenhuma das razões que possam justificar a taxatividade dos ramos terá pertinência no nível das modalidades. *Uma vez que seja reconhecida a subsumibilidade no conceito de um ramo*[87], *a autorização de programas de actividades que incluam contratos novos*, distintos dos modelos antes conhecidos, e aos

---

[87] O conceito de um ramo constrói-se a partir dos tipos de risco designados pela lei (em conjugação com os conhecimentos científicos e práticos que a lei recebe ou pressupõe nessa designação), mas pode ser projectado para outros tipos que tenham os mesmos atributos; nem há nisso nada de especial – é o mesmo processo que se segue em inúmeros outros contextos da metodologia da interpretação e desenvolvimento da lei.

quais se reportou o legislador ao enumerar as espécies do ramo, *cabe plenamente no exercício normal dos poderes de supervisão e deve ser deixada à autoridade que regula o mercado.* Os lugares mais temáticos – os arts. 8.°, 9.°, 10.°, 14.°, 123.° a 128.° – não consentem outro entendimento, mormente com o grau de clareza que se teria necessariamente de exigir para conclusão de tamanha importância sistémica, e – numa ordem comunitária que não apenas admite, mas professa proteger e promover a economia aberta e a liberdade de iniciativa empresarial e de investigação científica – contrária a todas as presunções. De resto, não faltam exemplos de riscos cobertos por contratos de seguros hoje em dia comuns em países da Comunidade, e que não existiam quando foram construídas, e aprovadas como matéria de lei, as categorias da classificação da Primeira directriz.

Para o reconhecimento dos riscos atípicos, mas subsumíveis em algum ramo tipificado na lei, vale pois sem quaisquer reservas a lição de Robert Keeton:

> "It should ... be recognised that the definitions of insurance employed to resolve disputes in various contexts may change as human ingenuity produces innovations which in turn may create a need to revise or modify then existing legal doctrines or definitions. ... In a complex commercial society, it is both appropriate and desirable that insurance concepts, including definitions of insurance, remain flexible enough to be adapted to changing and differing circumstances rather than being so rigid that they become shackles to thought, expression, or innovation"[88].

Estas palavras lapidares correspondem plenamente ao espírito da política legislativa da Comunidade em matéria de seguros. Poderiam bem servir de cólofon a uma exposição dessa política, tal como se desenvolveu nas últimas décadas, em três "gerações" de directrizes.

O facto de se tratar de uma actividade reservada não modifica em nada este diagnóstico: pois que negar a taxatividade não significa de modo algum negar a sujeição a licenciamento e a vigilância administrativa, que serão naturalmente ainda mais necessários quando alguém ofereça seguros novos e atípicos do que quando a oferta incida sobre seguros típicos e bem conhecidos[89]. O que está em causa é saber se a autoridade supervisora,

---

[88] In Keeton/Widiss, Insurance Law cit. 5.
[89] Para complemento, v. as observações sobre o regime das actividades reservadas em mercado livre no nosso estudo Prevenção de riscos cit. 65 ss

depois de submeter a todas as provas convenientes o projecto de quem queira oferecer tal seguro atípico, *pode* emitir a autorização, ou, pelo contrário, está legalmente impedida de o fazer por não haver correspondência nos tipos de risco definidos na tabela do art. 123.º. E postas as coisas nestes termos precisos, a resposta é inequívoca[90].

33. Dois dados textuais merecerão referência um pouco mais demorada a propósito desta questão, por se prestarem a algum argumento em sentido contrário, ainda que desprovido de valor segundo os cânones da boa hermenêutica.

a) Uma objecção poderia talvez ser sugerida pelo art. 14.º, n.º 3, alínea a), que dispõe que o programa de actividades, com o qual o requerimento de autorização é instruído, informará sobre a "natureza dos riscos a cobrir ou dos compromissos a assumir, com a indicação do ramo ou ramos, modalidades, seguros ou operações a explorar".

O ónus de indicar o ramo ou ramos e as modalidades que serão objecto da actividade programada não implica, porém, que só possa ser aceite um projecto negocial taxativamente classificável sob as categorias do art. 123.º. A disposição é categórica quanto ao dever de indicar os riscos para os quais serão oferecidos no mercado contratos de seguro – mas tem de ser lida pressuposicionalmente no que respeita à relação entre os riscos indicados e a classificação legal: *se* os riscos forem dos tipos previstos na lei, *então* o programa de actividades usará, na indicação dos riscos, as descrições que a lei faz do conteúdo do ramo; *se* essa pressuposição não se realizar, o ónus será satisfeito por qualquer outro meio idóneo, e em particular pela utilização de linguagem de descrição e análise que haja sido elaborada pela teoria económica dos seguros, e que permita à autoridade supervisora apreciar com segurança as intenções de negócio dos requerentes. E quem, indo um pouco mais longe, extraísse até da própria letra da alínea a) do n.º 3 do

---

[90] Seria mal avisado desvalorizar a questão da taxatividade acentuando a porosidade semântica de muitas das denominações legais, e possivelmente argumentando ainda com o carácter de categoria *catch-all* que foi dado ao ramo 16, "perdas pecuniárias diversas" (agora autonomizado, e segundo parece, desvinculado da associação tradicional aos seguros de dano, e especialmente ao seguro de incêndio, que não é imposta obrigatoriamente pela lei comunitária, ainda que na prática se mantenha). É certo que esses factores aliviam em muitos casos o ónus de argumentação de quem tenha de fundamentar uma decisão no sistema da lei: e isso não apenas no mau sentido de facultar a dissimulação de défices de análise sob pseudoqualificações vagas, mas também no sentido útil e deontologicamente idóneo de aplicar o programa com a flexibilidade que a lei mesma lhe quis imprimir, e sem a qual produziria efeitos perversos. O problema não desaparece, porém, por nenhuma dessas vias; alguma solução tem de ser proposta.

art. 14.º um argumento não contra, mas a favor da interpretação correcta, talvez não incorresse no vício de sobre-interpretar. De facto, o texto da alínea menciona ainda, além dos ramos e modalidades, os seguros e as operações. Esta última menção está sobretudo associada aos seguros de vida, que não são relevantes para o ponto; mas a palavra "seguros" poderá ter sido acrescentada para libertar a interpretação, também no respeitante aos seguros não-vida, de quaisquer conotações restritivas de vinculação necessária aos catálogos legais de riscos/modalidades, que na sua ausência fossem de recear. Certo é, pelo menos – e as conjecturas sobre motivações do legislador histórico têm sempre peso muito secundário no confronto com os argumentos sistemáticos – que, em interpretação objectiva, são essas as implicações semânticas e pragmáticas da construção que foi dada à frase.

b) O outro dado textual que também justifica alguma atenção sob este ponto de vista é, mais uma vez, o art. 125.º.

Elucidadas as razões de política legislativa que subjazem a este preceito, logo se compreende que ele não tem nada que ver com tipificações taxativas no nível do risco ou modalidade. O preceito ocupa-se exclusivamente de proibir manipulações linguísticas entre os ramos, ou de ramo para ramo, preservando a relação unívoca entre cada risco e determinado ramo, com uma qualificação rígida de cada risco no ramo que lhe corresponde e só nele, e uso obrigatório das fórmulas linguísticas da lei. Sobre o reconhecimento de riscos atípicos em determinado ramo, o preceito nada dispõe; ou dispõe apenas e precisamente que, uma vez reconhecido esse risco atípico como oferta lícita segundo o conceito de determinado ramo da tabela, a autorização ficará subordinada à mesma rígida qualificação do risco nesse ramo e não em outro, tal como acontece com os riscos já tipificados.

Em boa verdade, porém, o sentido condicional da norma da nominatividade está explícito na letra mesma do art. 125.º, como resulta de o sujeito gramatical ser a frase nominal "os riscos compreendidos em cada um dos ramos referidos nos artigos anteriores". Esse é o universo do discurso (na linguagem da lógica antiga, dir-se-ia que a formulação está em *suppositio* do sujeito) e a ele se confina o efeito normativo. Quanto aos riscos não compreendidos em ramos da tabela, nada preceitua o art. 125.º – nem poderia preceituar, uma vez que se ocupa exclusivamente de proibir manipulações linguísticas entre as categorias da tabela.

34. Em conclusão, e resumindo: não existe, na regulamentação das autorizações administrativas das empresas seguradoras, e para os conceitos de classificação inferiores ao ramo, qualquer princípio de tipicidade que limitasse a autonomia privada. Nos níveis inferiores ao ramo, os limites a que está sujeita a autonomia privada na contratação de seguros não

resultam de tipicidades legais do objecto ou das cláusulas dos contratos, mas sim e só, num horizonte muito mais amplo, dos critérios que costumam ser agrupados sob a noção de segurabilidade (risco e interesse seguráveis), e que sumariamente referimos atrás*.

---

* O texto foi redigido em 1995 (parte I) e 2004 (parte II). A primeira parte está associada aos apontamentos sobre análise de risco que publicámos em Desinstitucionalização e Prevenção de riscos, cits.. – Agradecemos ao Senhor Dr. Arnaldo Filipe Oliveira a leitura crítica do manuscrito; e às Senhoras Bibliotecárias do Instituto de Seguro de Portugal o sempre amável e prestimoso auxílio na recolha de documentação.

ÁLCOOL E DROGAS NO MEIO LABORAL*

José João Abrantes**

1. O problema do álcool e das drogas no mundo laboral não é uma questão nova. Sendo sobejamente conhecidos os seus reflexos negativos para a saúde e segurança dos trabalhadores e a própria produtividade das empresas, é natural que os poderes públicos, e desde logo o legislador, os parceiros sociais e a comunidade em geral se preocupem com ela e que diversas técnicas para a sua abordagem tenham sido tentadas[1].

---

* O presente texto constitui, no essencial, uma sinopse dos pontos principais de uma intervenção do autor no âmbito do curso de operadores de prevenção de alcoolismo e toxicodependências (COPATD), a qual teve lugar em 8 de Março de 2005 na Escola do Serviço de Saúde Militar.

O facto de nos pretendermos associar, em tempo útil, aos Estudos em Homenagem ao Prof. Doutor José Dias Marques, Mestre ilustre de quem tivemos a honra de ser aluno, logo no 1.º ano da licenciatura, na cadeira de Introdução ao Estudo do Direito, levou-nos a protelar para uma próxima ocasião um maior aprofundamento que esta temática, sem dúvida, justificaria.

** Professor Associado da Faculdade de Direito da Universidade Nova de Lisboa.

[1] Podem apontar-se como exemplos, respectivamente: o acordo de concertação sobre condições de trabalho, higiene e segurança no trabalho e combate à sinistralidade, assinado em 2001 pelo XIV Governo Constitucional e pelos parceiros sociais com assento no Conselho Económico e Social, com uma alínea preconizando o "*desenvolvimento de programas de prevenção em meio laboral para combater o alcoolismo e outras toxicodependências susceptíveis de provocar danos na saúde dos trabalhadores e fazer perigar a segurança no local de trabalho*"; por outro lado, os chamados "*programas de assistência a empregados*" (*Employee Assistance Program*), cujas linhas essenciais – que têm vindo a ser aplicados, por exemplo, na Marinha portuguesa (a difusão técnico-científica destes programas em Portugal deve-se precisamente a um oficial superior da Marinha Naval, o Capi-

O presente texto incide sobre o tema dos problemas relacionados com a eventual violação de direitos pessoais (*maxime*, dos arts. 25.º e 26.º da CRP) que os testes de detecção, quer para admissão de trabalhadores quer durante a própria execução do contrato, podem colocar. Está-se, com efeito, face à obtenção, através desses testes, de informações relativas à saúde, i.é, de dados *sensíveis*, que, como tais, se acham abrangidos pelas normas que tutelam a reserva da vida privada.

Ora, os direitos fundamentais só podem ser restringidos em caso de prossecução de um interesse público, pelo que o critério para a justificação dos referidos testes deverá ser sempre a salvaguarda deste, o que, por exemplo, claramente acontece em determinadas profissões – como nas Forças Armadas ou nos operadores de transportes públicos com elevadas necessidades de segurança (*v.g.*, pilotos de avião) –, em relação às quais se tende a admitir a sua legitimidade.

2. Contrariamente ao que se passa noutros ordenamentos, o tema das relações entre contrato de trabalho e direitos fundamentais não tem despertado grande atenção à doutrina e à jurisprudência portuguesa, até porque os tribunais têm sido pouco solicitados a pronunciar-se sobre o ponto.

Antes de passar à análise dogmática à luz do ordenamento jurídico português, faça-se, a título meramente exemplificativo, uma breve nota juscomparativa sobre a proibição de averiguar e levar em conta o estado

---

tão-de-Mar-e-Guerra Médico Naval Dr. Joaquim Margalho Carrilho) – foram já objecto de definição pela OIT e pela OMS.

Tendo por base uma "*filosofia humanitária, confidencial e não punitiva*" (entre as suas ideias-chave encontram-se a de que neles deverão participiar todos os interessados, *v.g.* empresas, trabalhadores e respectivas organizações representativas, e a de que a sujeição voluntária a um desses programas poderá – e deverá – funcionar como alternativa à aplicação de sanções), a aplicação destes PAE tem comprovadamente conseguido levar à redução do absentismo, dos acidentes de trabalho, dos gastos em serviços de assistência, dos próprios despedimentos, etc. Por isso, tem sido sustentada a necessidade de medidas legislativas que concedam benefícios – por exemplo, em termos fiscais e de segurança social – a empresas ou organismos que possuam programas deste tipo (certificados pelos Ministérios da Saúde e do Trabalho). Sobre o ponto, cfr. J. MARGALHO CARRILHO, *Novos avanços na reabilitação da dependência química (álcool e droga)*, Lisboa (1991), e "Programas de assistência a empregados – Álcool e outras drogas em meio laboral", in *Anais do Clube Militar Naval*, vol. CXXXII (Abril-Junho 2002), p. 325-356.

de saúde do trabalhador em Itália, um país onde o tema tem sido tratado com uma profundidade muito apreciável.

O artigo 5.º do *Statuto dei Lavoratori* remete o controlo das aptidões físicas dos trabalhadores para a competência exclusiva de «*entes públicos e institutos especializados de direito público*», visando-se, assim, não só garantir a *imparcialidade* e a fiabilidade científica das inspecções efectuadas, como evitar que o empregador, sem qualquer justificação, possa aceder a dados da vida íntima do trabalhador.

Para certos casos, o legislador elaborou normas específicas. Por exemplo, a Lei n.º 135/90, de 5-06, após dispor, no seu art. 5.º/5, que a seropositividade não pode ser motivo de discriminação, nomeadamente para efeitos de acesso ao trabalho ou da sua manutenção, proíbe, no art. 6.º, os testes de despistagem do HIV; e a Lei n.º 162/90, de 26--06, exige a prova de não toxicodependência a trabalhadores com funções de risco para a segurança de terceiros, regra em relação à qual o Tribunal Constitucional[2] já sustentou a necessidade da sua generalização pelo legislador, mediante a previsão de atestados negativos de seropositividade como condição de admissão de trabalhadores para essas actividades[3].

3. É hoje indiscutível que o contrato de trabalho não implica de modo algum a privação dos direitos que a Constituição reconhece ao trabalhador enquanto pessoa e enquanto cidadão. A necessidade da sua actuação no âmbito do referido contrato reside na própria estrutura deste e nas suas características, que, contendo implicitamente uma ameaça para os direitos fundamentais do trabalhador, lhe conferem um carácter «*natural*», com o reconhecimento dos direitos fundamentais *não especificamente laborais*, dos direitos fundamentais da pessoa humana, que os exercita, enquanto trabalhador, na empresa. Como pode ler-se numa sentença do Tribunal Constitucional espanhol, a liberdade do trabalhador

---

[2] Cfr., por exemplo, a sentença de 23.05.94, proc. n.º 218, DPL 1994, p. 1989 ss.

[3] De uma maneira geral, atestados desse tipo são normalmente considerados exigíveis quando estejam em causa *doenças infecto-contagiosas* [cfr. Mariella MAGNANI, «Diritti della persona e contratto di lavoro. L´ esperienza italiana», in *Quaderni di Diritto del Lavoro e delle Relazioni Industriali. Diritti della persona e contratto di lavoro*, Torino, 1994, p. 47 ss. (59 s.)].

«não pode (...) ser invocada para romper o quadro normativo e contratual definidor da relação de trabalho, mas também os princípios que informam esta última, preservando o honesto e leal cumprimento pelas partes das suas obrigações, *nunca poderão chegar ao ponto de impedir, além dos imperativos impostos pelo contrato, o exercício da liberdade civil que a Constituição tutela*».

Porque a liberdade do trabalhador é co-natural à conflitualidade inerente ao contrato de trabalho, reconhecida e protegida constitucionalmente, não pode ela ser sacrificada para além do estritamente necessário, impondo-se antes recorrer às regras próprias dos *conflitos de direitos*. Os direitos dos trabalhadores são plenamente eficazes no âmbito daquele contrato, limitando o poder directivo do empregador, e o seu exercício só pode ser restringido se, e na medida em que, colidir com "*interesses legítimos*", do empregador, do próprio trabalhador ou de terceiros, ligados ao correcto desenvolvimento das prestações contratuais (*maxime*, a exigências organizativas e/ou de segurança).

A regra deverá, conforme temos sustentado, ser a de que, em princípio, o trabalhador é livre para tudo aquilo que não diga respeito à execução do seu contrato. É aquilo que pode ser designado por *presunção de liberdade* («*Freiheitsvermutung*»), a qual significa que, na empresa, qualquer limitação à liberdade do trabalhador deverá revestir natureza absolutamente excepcional, não se justificando senão em obediência a princípios de proporcionalidade (na tripla dimensão de necessidade, adequação e proibição do excesso) e de respeito pelo conteúdo essencial mínimo do direito atingido (cfr. n.os 2 e 3 do art. 18.º da CRP e art. 335.º do Cód. Civil). As restrições aos direitos, liberdades e garantias devem, por conseguinte, "limitar-se ao necessário para salvaguardar outros direitos ou interesses constitucionalmente protegidos"[4].

4. Também o *Código do Trabalho* português, aprovado pela Lei n.º 99/03, de 27-08, e entrado em vigor em 1-12-2003, nos seus arts. 15.º e seguintes, reconhece expressamente no âmbito da empresa alguns direitos fundamentais da pessoa humana, *v.g.* o direito à reserva da intimidade da vida privada, que – de acordo com o art. 16.º, que se lhe refere especi-

---

[4] Para maiores desenvolvimentos sobre a problemática das relações entre contrato de trabalho e direitos fundamentais da pessoa humana, cfr. a nossa dissertação *Contrato de trabalho e direitos fundamentais*, Coimbra (2005), *passim, maxime* p. 143 ss.

ficamente – se analisa na proibição tanto do acesso de estranhos a informações sobre a vida privada de outrém como da divulgação de informações que alguém tenha sobre ela, abrangendo-se nessa proibição quaisquer factos não relevantes para valorar a atitude profissional do trabalhador, como, por exemplo, o seu estado de saúde. Os artigos 17.º e 19.º têm também a ver com a intimidade da vida privada, neles se definindo, por exemplo, os termos em que o empregador pode "exigir ao candidato a emprego ou ao trabalhador que preste informações relativas (...) à sua saúde" (art. 17.º, n.º 2) ou exigir-lhe "a realização ou apresentação de testes ou exames médicos" (art. 19.º).

Ao contrário do que deveria acontecer face à mencionada imposição constitucional, segundo a qual as restrições aos direitos, liberdades e garantias devem "limitar-se ao necessário para salvaguardar outros direitos ou interesses constitucionalmente protegidos", a consagração desses direitos fundamentais é, por vezes, acompanhada de excepções que, dada a imprecisão e a subjectividade dos seus contornos (*v.g.*, «*particulares exigências inerentes à natureza da actividade profissional*»), comprometem uma delimitação rigorosa da "medida" de restrição dos direitos, liberdades e garantias dos trabalhadores, com eventual violação dos referidos princípios constitucionais[5].

Contudo, por imposição dos já citados n.º 2 do art. 18.º da CRP e art. 335.º do Cód. Civil, o direito à intimidade da vida privada só pode legitimamente ser limitado desde que interesses superiores (*v.g.*, "*outros direitos ou interesses constitucionalmente protegidos*") justifiquem – melhor, exijam – tal sacrifício, não podendo os artigos 16.º, 17.º e 19.º do CT pôr em causa os princípios constitucionais da necessidade, adequação e proibição do excesso.

O empregador só pode, por conseguinte, averiguar e levar em conta dados dessa vida privada ligados à aptidão profissional do trabalhador, i.é, que tenham uma ligação directa e necessária com a aferição das suas capacidades para a execução do contrato[6].

---

[5] Cfr. o nosso "O novo Código do Trabalho e os direitos de personalidade do trabalhador", in *Estudos sobre o Código do Trabalho*, Coimbra (2004), p. 145-167 [= *A reforma do Código do Trabalho*, Centro de Estudos Judiciários/ Inspecção-Geral do Trabalho (2004), p. 139-160].

[6] Como estatui o art. L.121-6 do *Code du Travail* francês, «as informações solicitadas (...) a quem se candidate a um emprego ou a um trabalhador (...) devem ter uma

Só nestes termos poderão relevar o alcoolismo e a toxicodependência, que, por exemplo, apenas poderão constituir justa causa para a resolução do vínculo pelo empregador quando, em concreto, se reflictam negativamente na prestação laboral do trabalhador, pondo em causa a correcta execução dos deveres contratuais, por motivos directamente ligados às funções por ele exercidas[7].

Por seu turno[8], os testes de alcoolémia ou de detecção de drogas apenas serão lícitos em casos absolutamente excepcionais, *maxime* quando estejam em causa interesses – do empregador, do trabalhador ou de terceiros – dignos de protecção social, *v.g.* a segurança rodoviária, a prevenção de acidentes de trabalho ou a prevenção de situações de risco para terceiros, como o caso de um potencial contágio para os restantes trabalhadores, etc.; porém, esses rastreios já não serão aceitáveis quando para eles não exista uma *razão objectiva*, *maxime* em função da segurança para os outros trabalhadores, para os utentes dos serviços e para a comunidade em geral, ou quando, desse ponto de vista, os riscos sejam mínimos.

A introdução desses rastreios deve ser acompanhada pela definição clara dos objectivos a atingir, os quais deverão ter por base a saúde e segurança dos trabalhadores[9]; o seu objectivo primordial deve ser a

---

conexão directa e necessária com o emprego proposto ou com a avaliação da aptidão profissional»; o art. L. 122-45 dispõe, por seu turno, que *«ninguém pode ser afastado de um processo de selecção, sancionado ou despedido em razão da sua origem, sexo, modo de vida, situação familiar, pertença a qualquer etnia, nação ou raça, das suas opiniões políticas, actividades sindicais ou mutualistas, convicções religiosas, ou (...) do seu estado de saúde (...)»*.

[7] Sobre o ponto, v. (para além, naturalmente, do art. 396.º do Código do Trabalho) a vasta jurisprudência de tribunais superiores, a que fazemos referência no nosso *Contrato de trabalho e direitos fundamentais*, *cit.*, p. 190 ss. e respectivas notas.

[8] E de acordo, aliás, com jurisprudência uniforme de tribunais superiores. Sobre o teste de alcoolémia, veja-se, por exemplo, STJ 24-06-98, *Col. Jur.* (*STJ*) 1998-II, p. 292 ss. (= AD n.º 444, p. 1643 ss.), caso relativo à recusa do trabalhador de se submeter a um teste desse tipo, em que o tribunal considerou que o mesmo não viola o preceito constitucional que garante o direito à integridade pessoal.

[9] Entre as várias disposições normativas relevantes sobre o ponto, v. os artigos 59.º (direito "*à prestação do trabalho em condições de higiene, segurança e saúde*"), 63.º e 64.º [particularmente, a alínea *f*) do n.º 3] da CRP, bem como os arts. 272.º/2, 3, alínea *e*), e 273.º, alínea *b*), do *Código do Trabalho*.

detecção e o encaminhamento precoce para tratamento dos casos que o requeiram, com respeito pela privacidade e dignidade pessoal do trabalhador[10].

Lisboa, Junho de 2005

---

[10] Haverá, nomeadamente, que garantir a confidencialidade dos dados de rastreio, aspecto ligado ao do segredo profissional dos médicos. Sobre o ponto, cfr. Luís VASCONCELOS ABREU, "O segresdo médico no direito português vigente", in *Estudos de Direito da Bioética*, Coimbra (2005), p. 261 ss.

Faça-se referência a que, por força da censura feita pelo Tribunal Constitucional, no acórdão n.º 306/2003, de 25-06, à norma que admitia o acesso directo do empregador a informações sobre a saúde do trabalhador ou o estado de gravidez da trabalhadora, o n.º 3 do art. 17.º veio estatuir (numa solução similar à do n.º 3 do art. 19.º) que essas informações serão prestadas a médico, que só poderá comunicar ao empregador se o trabalhador está ou não apto para o desempenho da sua actividade. Acrescente-se, porém, que, em nosso entender, a possibilidade de o empregador aceder a tais informações, mediante autorização escrita do trabalhador, é criticável, por desrespeito dos limites do n.º 2 do art. 18.º da CRP. Não se vislumbra, com efeito, que razões objectivas poderão haver para que o empregador pretenda conhecer mais sobre a esfera íntima do trabalhador, para além da única coisa que verdadeiramente para ele pode ter relevância no âmbito da relação laboral, que é se o trabalhador está ou não apto.

Outro problema grave pode ser o da fiabilidade científica dos testes. A validação dos resultados laboratoriais deve estar sempre a cargo de médicos *independentes* (em relação à empresa) – a quem competirá, numa primeira linha, assegurar essa fiabilidade e proteger os direitos e garantias dos trabalhadores. Veja-se, *supra*, o que é dito a propósito do art. 5.º do *SL* italiano.

O CONCEITO DE INTERESSADO NO ARTIGO 286.º DO CÓDIGO CIVIL E SUA LEGITIMIDADE PROCESSUAL

JOSÉ LEBRE DE FREITAS[*]

> SUMÁRIO: *I. Objecto do estudo. II. Terceiro cúmplice e nulidade negocial: 1. Doutrina tradicional; 2. Responsabilidade do terceiro cúmplice; 3. A nulidade como reconstituição natural. III. Legitimidade do terceiro para a invocação da nulidade: 1. Da aparência do negócio nulo; 2. Legitimidade substantiva e legitimidade processual; 3. Definição do terceiro legitimado; 4. Categorias de terceiros legitimados; 5. Justificação; 6. Consequências dum conceito lato de interessado. IV. Conclusões.*

I. OBJECTO DO ESTUDO

Em consequência do uso generalizado da celebração de contratos--promessa de compra e venda, nomeadamente de prédio ou fracção de prédio urbano, com alguma frequência surge a situação de o promitente vendedor acabar por vender a terceiro o objecto prometido, deixando de cumprir o contrato previamente celebrado. *Quid juris* se o comprador tiver conhecimento, à data da compra, da existência do contrato-promessa? Poderá, nomeadamente, o promitente comprador pretender a declaração de nulidade do contrato de compra e venda, com fundamento em que o comprador estava consciente de que assim impossibilitava o cumprimento do contrato-promessa? No pressuposto

---

[*] Professor Catedrático da Faculdade de Direito da Universidade Nova de Lisboa.

da nulidade, com esse ou outro fundamento, do contrato de compra e venda, que terceiros interessados poderão fazê-la valer, nos termos do art. 286 CC?

II. TERCEIRO CÚMPLICE E NULIDADE NEGOCIAL

1. Doutrina tradicional

É sabido que, no ensino tradicional, a obrigação é caracterizada como relativa, em oposição à caracterização do direito real como absoluto: o direito real vale *erga omes*; o direito de crédito só se impõe ao devedor, não projectando eficácia perante terceiros[1].

Assim, designadamente, o credor titular de direito pessoal de gozo ou de direito pessoal de aquisição não pode fazer valer o seu direito perante o terceiro adquirente da coisa e o seu crédito só pode ser feito valer contra o devedor, a fim de dele obter a prestação do uso, fruição ou restituição da coisa ou a transmissão do seu domínio; consequentemente, "se D tiver prometido vender certa coisa a C, não gozando a promessa de eficácia real, e mais tarde vender a coisa a E, C não poderá reagir contra esta alienação, tendo de contentar-se com o direito (pessoal) de indemnização contra o promitente faltoso"[2]. Do mesmo modo, sendo incompatíveis as prestações objecto de dois contratos celebrados entre o mesmo devedor e dois credores sucessivos, a realização do direito do segundo credor não o responsabiliza perante o primeiro, por carecer a obrigação de eficácia externa[3].

Só excepcionalmente a lei, para satisfazer determinados interesses relevantes, torna oponíveis a terceiros relações obrigacionais: assim acontece no caso da relação locatícia, bem como no da promessa de alienação

---

[1] ANTUNES VARELA, *Das obrigações em geral*, Coimbra, Almedina, 1998, I, ps. 172-175.

[2] ANTUNES VARELA, *cit.*, p. 174.

[3] ANTUNES VARELA, *cit.*, ps. 174-175, citando o ac. do STJ de 17.6.69, *BMJ*, 188, p. 146, concordantemente anotado por VAZ SERRA, *RLJ*, 103, p. 461: um cantor concedeu a certa empresa o exclusivo da gravação de todas as suas canções, mas, não obstante, deu canções a gravar a terceiro; só o obrigado, não este terceiro, responde perante a empresa pela violação do contrato.

ou oneração de imóvel que goze de eficácia real[4]. Para além destes casos, não pode falar-se de eficácia externa das obrigações, com a consequência de a responsabilidade extracontratual abranger, não só a violação dos direitos absolutos (de personalidade, reais e outros), mas também a violação, por terceiro, dos direitos de crédito. Não existe, por isso, violação da obrigação quando terceiro actua em termos incompatíveis com o cumprimento da obrigação, designadamente negociando com o devedor dentro do campo da autonomia da vontade; não é legítimo invocar, para o efeito, a má fé consistente no conhecimento desta; a responsabilidade do terceiro só é equacionável em face da norma que proíbe o abuso de direito (art. 334 CC), quando a sua actuação exceda manifestamente os limites da liberdade negocial que o sistema jurídico lhe consente[5], designadamente actuando dolosamente[6], contrariamente às concepções ético-jurídicas dominantes na colectividade e ao fim social e económico do direito[7], com má fé objectiva e não com simples má fé subjectiva[8].

---

[4] ANTUNES VARELA, *cit.*, ps. 178-180. Em meu entender, constitui-se antes, no segundo caso, um direito *real* de aquisição (OLIVEIRA ASCENSÃO, *Direito civil / Reais*, Coimbra, Coimbra Editora, 2000, ps. 561-569).

[5] ANTUNES VARELA, *cit.*, ps. 182-187. É também defensável que o direito de crédito se impõe a terceiros no que se refere à sua *titularidade*, de onde resultará, segundo doutrina alemã que é, porém, minoritária, que quem dolosamente se intitule credor da prestação devida a outrem deva responder pelos danos causados ao verdadeiro credor (*idem*, ps. 180-181).

[6] ANTUNES VARELA, *Código Civil anotado*, I, n.° 2 da anotação ao art. 334. Ver, por exemplo, os acs. do STJ de 2.3.78, *BMJ*, 275, p. 214 (pretensão de desocupação do andar em que, por acordo entre os dois sócios, habita um deles, em igualdade de condições com o outro, sem outro fundamento que não seja o direito de propriedade da sociedade familiar entre ambos constituída), de 9.10.79, *BMJ*, 290, p. 352 (invocação da mora da contraparte, anteriormente não invocada, para o efeito de obstar a que ela faça valer a excepção de não cumprimento do contrato), ou de 31.3.81, *BMJ*, 305, p. 323 (invocação de nulidade de assembleia geral, por falta de forma, pela sociedade a quem esta se deveu).

[7] ANTUNES VARELA, *Código Civil anotado*, I, n.° 3 da anotação ao art. 334. Nem sempre, na jurisprudência, aparece clara a fronteira entre o *abuso* de direito e a supressão ou redução dum direito em *colisão* com outro, que deva prevalecer. Sirva de exemplo o ac. do STJ de 28.5.76, *BMJ*, 257, p. 110: foi considerado constituir abuso do direito do arrendatário a negação da cedência dum pequeno espaço para instalação dum elevador.

[8] Sobre a distinção entre a boa fé *objectiva* e a boa fé *subjectiva*: MENEZES CORDEIRO, *Da boa fé no direito civil*, Coimbra, Almedina, ps. 23-24. O art. 334 CC, ao referir os limites da boa fé, é um preceito que apela à primeira. À segunda apelam, por exemplo, os arts. 291-3 CC (*desconhecimento* do vício do negócio nulo ou anulável) e 612-2 CC (*consciência* do prejuízo que o acto causa ao credor). A má fé subjectiva pode ainda ser

2. Responsabilidade do terceiro cúmplice

Esta concepção tradicional, que continua a ser maioritária[9], tem sido posta em causa por alguma doutrina[10] e jurisprudência[11], que tendem a

---

psicológica (releva o mero conhecimento ou ignorância) ou *ética* (o conhecimento e a ignorância são valorados diversamente consoante sejam culposos ou não).

[9] Remete-se para o elenco constante de MÁRIO JÚLIO DE ALMEIDA COSTA, *Direito das obrigações*, Coimbra, Almedina, 2001, p. 81 (2), desde MANUEL DE ANDRADE, VAZ SERRA e PEREIRA COELHO a MOTA PINTO, RUI ALARCÃO e RIBEIRO DE FARIA. Na jurisprudência, é sobretudo de realçar o ac. do STJ de 17.6.69, *BMJ*, 188, p. 146.

[10] Vejam-se, por exemplo, entre as obras mais recentes, GALVÃO TELES, *Direito das obrigações*, Coimbra, Coimbra Editora, 1997, p. 20 ("dever, imposto a todos, de respeitar o direito do credor, não impedindo o cumprimento, nem colaborando no incumprimento", verificado o qual "o terceiro incorreria em *responsabilidade extra-obrigacional*"), MENEZES CORDEIRO, *Direito das obrigações*, Lisboa, AAFDL, 1980, ps. 256-271 (negando, radicalmente, a relatividade do direito de crédito e afirmando o dever de indemnizar de todo o terceiro que impossibilite o cumprimento da obrigação, mas reconhecendo que a possibilidade de exigência da *prestação* a terceiro só pode ter lugar nos casos consagrados na lei: p. 266), e PESSOA JORGE, *Direito das obrigações*, Lisboa, AAFDL, 1975-1976, ps. 599-603 (circunscrevendo a responsabilidade do terceiro cúmplice, baseada no dever geral de respeito dos direitos alheios, concretamente no dever de não tornar impossível a prestação, e geradora do dever de indemnizar os *prejuízos* causados, aos casos em que *sabe* que a obrigação existe e que vai causar um prejuízo ao credor, actuando *dolosamente*, isto é, "para levar o devedor a não cumprir", e inclinando-se para a desresponsabilização quando haja mera culpa).

[11] Acs. do STJ de 16.6.64, *BMJ*, 138, p. 342, e de 25.10.93, *BMJ*, 430, p. 455. No primeiro tratava-se da violação dum direito obrigacional de preferência (nem outro consentia o Código Civil de 1867: o direito real de preferência foi importado da Alemanha pelo CC de 1966): vendida a coisa a terceiro, o Supremo entendeu que o *conhecimento* por este do pacto de preferência, ainda que desconhecendo as respectivas cláusulas e se o preferente anuira à venda, era suficiente para responsabilizar o adquirente, cuja *má fé* tinha a consequência de o constituir no dever de *restituição* da coisa ao preferente (a título de reconstituição do estado anterior à lesão). No segundo tratava-se da retenção, por uma sub-contraente, transportadora, da mercadoria transportada, com fundamento em que a empresa de transportes com que a proprietária contratara o transporte era sua devedora: o Supremo entendeu que a condenação da subtransportadora a indemnizar a ordenadora do transporte constituía manifestação da *eficácia externa da obrigação* perante esta contraída pela transportadora, tanto mais que, não tendo a subtransportadora qualquer direito de retenção, não era possível configurar o abuso de direito. Ambos os acórdãos foram tirados por maioria, tendo tido qualquer deles 2 votos de vencido. É estranho que, nesta segunda decisão, não tenha sido equacionada a violação do *direito de propriedade* (provou-se que 268.000 das 360.000 preformas retidas tinham sido adquiridas pela ordenadora do transporte e a propriedade das restantes havia de ser presumida pela posse), à luz do qual a proprietária provavelmente obteria indemnização equivalente à que lhe foi atribuída. Quanto ao ac. de 16.6.64, foi anotado desfavoravelmente por VAZ SERRA, *RLJ*, 98, ps. 25-32, e favoravel-

atribuir ao credor o direito a ser indemnizado pelo terceiro que impossibilite – ou até apenas retarde – o cumprimento da obrigação, designadamente mediante a celebração de negócio jurídico com ela incompatível.

Mas esta orientação, ao ter por largamente responsável o terceiro cúmplice, não usa, salvo por vezes no caso do direito de preferência[12] e

---

mente por FERRER CORREIA, *idem*, ps. 355-360 e 369-374. O primeiro salientou que o Supremo tratara o pacto de preferência como se tivesse eficácia real, quando só a prova da *intenção de prejudicar* ou *outras circunstâncias especiais* poderiam, excepcionalmente, fundar o dever de indemnizar com base no abuso de direito (mais tarde, o autor viria a precisar que, para haver abuso de direito, não basta o conhecimento da obrigação do devedor, sendo necessária a *actuação contra a boa fé ou os bons costumes*, designadamente quando, fora da hipótese de actuação que vise causar dano a outrem, o terceiro tenha *levado A a contratar* com B e depois venha, ele próprio a contratar com este, privando A das vantagens do contrato, ou quando use meio ilícito para provocar a violação do contrato, por exemplo comprando apenas *para prejudicar* o titular do direito de preferência, não porque o prédio lhe interesse: *RLJ*, 103, ps. 461-463, e *Abuso de direito*, *BMJ*, 85, ps. 291-292 e 315-317. Já MANUEL DE ANDRADE, segundo VAZ SERRA, tinha dado o exemplo de o terceiro ter ajudado à conclusão dum pacto de preferência para, passado pouco tempo, o frustrar, pelo menos se já era essa a sua *intenção* na altura das negociações e se, além disso, *nenhum interesse sério* o induziu a adquirir, bem como o do terceiro que, comprando uma coisa sabendo que o devedor a prometera vender a outrem, sabe que o outro contratante *não indemnizará* o credor lesado com o contrato: este exemplo consta da sua *Teoria geral das obrigações*, Coimbra, Almedina, 1958, p. 53 (1)). O segundo, demarcando-se da doutrina da eficácia externa das obrigações, situa a responsabilidade do terceiro cúmplice no campo da *responsabilidade extracontratual*, entende que a violação do pacto de preferência pelo vendedor só é explicável pelo *intuito* de prejudicar o preferente, visto que nenhuma vantagem material dela tira, e *estende*, sem grande justificação, a mesma qualificação à conduta do terceiro cúmplice, que, por ser de cumplicidade, comungaria de idêntica reprovabilidade moral e jurídica, *afirmando ainda que tal juízo não se aplica à rotura da generalidade das promessas de venda*.

[12] Há, porém, sempre que ter em conta a diferença entre o regime do pacto de preferência ao qual é atribuída eficácia real e o daquele ao qual ela não é atribuída. À primeira vista, dir-se-á admissível que, destinando-se o registo a proporcionar o conhecimento do pacto a qualquer terceiro, o *conhecimento efectivo* do pacto não registado por determinado terceiro deva ter tratamento equivalente; mas tal é esquecer que só o pacto de preferência com eficácia real confere ao direito de aquisição a característica de *inerência* própria dos direitos reais, que o direito de aquisição meramente obrigacional não tem ("A finalidade da atribuição de eficácia real é pacífica: é uma garantia da posição do promissário adquirente. Sem isso ele estaria sujeito às alienações ou disposições do promitente, a que não poderia reagir, por o seu direito ser só creditício. Com isto, o seu direito ficará munido de inerência, podendo acompanhar a coisa na titularidade de qualquer transmissário": OLIVEIRA ASCENSÃO, *Direitos reais* cit., p. 562. Isto, que é dito sobre o contrato-promessa de transmissão, vale igualmente para o pacto de preferência). É assim que, nomeadamente, a natureza real do direito de aquisição é adquirida logo à data da escritura (arts. 413 CC e 421

ressalvada a disposição de lei especial em contrário, reclamar mais do que o direito a uma indemnização pecuniária dos danos produzidos com a violação, não questionando a validade do contrato incompatível porventura celebrado[13].

No caso, designadamente, da violação de contrato-promessa, diverso, como bem assinala FERRER CORREIA, do de violação do pacto de preferência (*supra*, nota 11, *in fine*), há que ter em conta que, facultando a lei a atribuição de eficácia real, o promitente comprador que não a haja estipulado fica sujeito ao risco da alienação da coisa prometida a terceiro, ressalvado o efeito do registo da acção de execução específica que mova contra o promitente vendedor. O modo que a lei faculta de criar um direito real de aquisição, como tal eficaz perante terceiros, é a estipulação em escritura dessa eficácia, sem prejuízo de só o subsequente registo, por garantir a prevalência perante titulares de outras inscrições, salvaguardar com segurança o direito à aquisição do bem[14].

3. A nulidade como reconstituição natural

Equacionada a questão da responsabilidade do terceiro cúmplice nos termos gerais da responsabilidade civil extracontratual, a indemnização

---

CC), não ficando dependente do registo, que, não sendo constitutivo (art. 4-2 CRPredial, *a contrario*), apenas é garantia da eficácia *perante terceiros registais*.

[13] Veja-se, por exemplo, MENEZES CORDEIRO: "a hipótese da actuação do crédito contra terceiro terá, na falta da vontade deste, de resultar da *lei*" (*cit.*, p. 266), sendo o que acontece na acção directa (art. 336-1 CC), na acção subrogatória (art. 606 CC) e na acção pauliana (art. 610 CC), bem como no caso do direito pessoal de gozo, dotado, não só de preferência (art. 407 CC), mas também de tutela possessória (arts. 1037-2 CC, 1125-2 CC, 1133-2 CC e 1188-1 CC), em função da qual o credor tem o direito à restituição da coisa por terceiro (*idem*, ps. 271-272). Informa FRANCESCO GALGANO, *Il negozio giuridico* in *Trattato di diritto civile e commerciale*, Milano, 1988, III, 1, p. 153, que a *jurisprudência italiana* não considera o contrato-promessa oponível ao terceiro adquirente do promitente alienante, mesmo que este tivesse tido dele conhecimento no acto de aquisição, mas atribui ao contraente fiel a *acção de indemnização* contra ele, a título de responsabilidade extracontratual por concurso culposo no incumprimento contratual alheio.

[14] Tal como no caso do direito real de preferência (*supra*, nota 12), *o registo não é constitutivo*, pelo que o direito real de aquisição se constitui com a escritura, embora só ganhe prevalência sobre os de titulares de inscrições posteriores com a inscrição registal. O direito do promitente comprador é, desde a escritura, dotado de eficácia real; mas, antes do registo, não está protegido perante o terceiro registal (OLIVEIRA ASCENSÃO, *Direitos reais* cit., ps. 359-361).

por reconstituição natural, não obstante a preferência constante do art. 566-1 CC, implicaria, na prática, o cumprimento, pelo terceiro, do contrato-promessa a que é alheio, isto é, não apenas a restituição do bem adquirido, mas também a sua transmissão para o promitente comprador nos termos desse contrato-promessa – o que, constituindo hipótese muito diversa da substituição do comprador por via do exercício do direito de preferência, extravasaria o âmbito da reparação indemnizatória, assim impossível para os efeitos do referido art. 566-1 CC[15].

Quanto à pretensão dirigida à nulidade do contrato de compra e venda, logo claramente colocada fora do âmbito da obrigação de indemnizar, só se poderia apoiar no art. 280-2 CC, por ofensa dos bons costumes, o que, no nosso sistema jurídico, não é defensável. O negócio ofensivo dos bons costumes tem essencialmente por objecto actos imorais[16]. Trata-se de comportamentos que, por hábito tradicional ou por incipiência, a lei não impede expressamente, mas que são impedidos por regras que a sociedade considera em vigor, abrangendo os domínios da actuação sexual e familiar e os aspectos deontológicos próprios de determinadas esferas de actividade[17]. Mesmo para quem alarga o conceito, como faz CARNEIRO DA FRADA, bons costumes e boa fé não coincidem, constituindo os primeiros uma "cláusula de salvaguarda do mínimo ético-jurídico reclamado pelo Direito e exigível de todos os membros da comunidade"[18]. Ora a celebração duma compra e venda com o simples conhecimento de prévio contrato-promessa, sem eficácia real, de compra e venda do seu objecto ou duma parte dele não é susceptível de configurar uma ofensa a esse mínimo de normas éticas, isto é, recorrendo ainda a CARNEIRO DA FRADA, um

---

[15] *O titular do direito à indemnização é o credor*, não o devedor, pelo que seria àquele, e não a este, que haveria que entregar a coisa, preferentemente à quantia indemnizatória. É, aliás, a solução que, na hipótese – diversa – do pacto de preferência, FERRER CORREIA defende, na anotação referida na nota 11: o terceiro tem "o dever de entregar *ao lesado* o objecto da aquisição" (*cit.*, p. 374), solução que, como se deixou dito, não estende ao caso do contrato-promessa (*idem*, ps. 373-374). Só o mecanismo da *acção pauliana* permitirá ao credor, em execução, fazer valer o crédito de indemnização pecuniária sobre o bem transmitido ao terceiro (art. 616-1 CC).

[16] ANTUNES VARELA, *Código Civil anotado*, n.º 3 da anotação ao art. 280.

[17] MENEZES CORDEIRO, *Da boa fé* cit., II, p. 1222, considerando que o conceito é, em direito português, mais restrito que no direito alemão, onde são também incluídos os "negócios que *visem* prejudicar terceiros, com relevo para os que conseguem, em benefício de uns credores e em detrimento de outros, garantias excessivas" (*cit.*, p. 1221).

[18] CARNEIRO DA FRADA, *Teoria da confiança e responsabilidade civil*, Coimbra, Almedina, 2004, p. 845.

"comportamento que atinja limites gerais incontornáveis à liberdade de agir"[19], como tal fundando a nulidade negocial.

Seja, pois, qual for a posição que se tome quanto à responsabilidade do terceiro cúmplice, o pedido de declaração de nulidade do contrato de compra e venda com ele celebrado, com simples conhecimento de que o vendedor assim incorreu em incumprimento de contrato-promessa anterior, não é modo adequado de satisfação dessa responsabilidade.

Admitamos, porém, o contrário, isto é, a nulidade da compra e venda celebrada com conhecimento de contrato-promessa anterior, não cumprido pelo promitente vendedor. Que terceiros, em face dos dois contratos, a poderiam invocar?

III. LEGITIMIDADE DO TERCEIRO PARA A INVOCAÇÃO DA NULIDADE

1. Da aparência do negócio nulo

É sabido que a nulidade se distingue da anulabilidade por o seu efeito (impeditivo da eficácia do negócio jurídico) ocorrer *ipso jure*, enquanto a anulabilidade se coaduna com a realização da eficácia do negócio até que a anulação seja pedida por aquele a quem a lei confere o direito à anulação. Deste traço distintivo decorrem os restantes aspectos dos respectivos regimes: conhecimento oficioso, invocabilidade por qualquer interessado e insanabilidade da nulidade; não conhecimento oficioso, não invocabilidade por terceiro e sanabilidade, por confirmação ou decurso do tempo, da anulabilidade.

Uma vez exercido, pelo respectivo titular, o direito potestativo de anulação e consequentemente anulado[20] o negócio jurídico, a destruição dos efeitos deste opera retroactivamente, o que está também na lógica da configuração dum vício negocial que inquina o negócio jurídico desde a origem, não obstante a dependência da manifestação de vontade da pessoa em cujo interesse a anulabilidade é estabelecida. Menos lógica parecerá já, no art. 289-1 CC, a equiparação, na retroactividade, da declaração da nuli-

---

[19] CARNEIRO DA FRADA, *cit.*, p. 847.
[20] Pelo tribunal ou, havendo acordo das partes, extrajudicialmente (RUI ALARCÃO, *A confirmação dos negócios anuláveis*, Coimbra, Atlântida, 1971, ps. 60-62).

dade à anulação do negócio: como compreender que, operando a nulidade *ipso jure*, se fale de retroactividade[21] e não da simples verificação de que o negócio nunca produziu qualquer efeito?

Não falava de retroactividade o CC de 1867, cujo art. 697 se limitava a determinar que, "rescindido o contrato, haverá cada um dos contraentes o que tiver prestado, ou o seu valor, se a restituição em espécie não for possível". Não obstante o termo "rescindido" literalmente abranger apenas os contratos anuláveis, entendia-se pacificamente que o preceito se aplicava igualmente aos negócios nulos[22] e a doutrina utilizava normalmente o termo retroactividade para significar a destruição *ex tunc* dos efeitos dum negócio que, a não ser invocada a anulabilidade, era válido[23].

A utilização do termo retroactividade também para a nulidade, pelo CC de 1966, só se pode explicar pela possibilidade de situações em que, não obstante o regime de automática não produção dos seus efeitos, o negócio nulo subsista de facto, por não ser posto em causa pelas partes nem por terceiro interessado, nem ocorrer processo judicial em que o juiz possa oficiosamente conhecer da nulidade[24]. Não está, de resto, excluída a admissibili-

---

[21] Como se lê em ANA PRATA, *Dicionário jurídico*, Coimbra, Almedina, 2005, 1985, p. 470, a retroactividade é a "característica de um facto jurídico que produz efeitos quanto ao passado (por. ex.: carácter retroactivo da anulação de um negócio, de uma condição resolutiva, eficácia retroactiva da resolução so contrato, etc.)".

[22] DIAS FERREIRA, *Código Civil Português*, Coimbra, 1894, II, p. 41; MANUEL DE ANDRADE (RICARDO VELHA), *Teoria geral do direito civil*, II, Coimbra, 1953, p. 442.

[23] Ver, por exemplo, DIAS MARQUES, *Teoria geral do direito civil*, Coimbra, Coimbra Editora, 1959, II, ps. 229-233, falando de validade resolúvel ou invalidade suspensa do negócio anulável, no seguimento de GALVÃO TELES, e distinguindo muito claramente a destruição *retroactiva*, por sentença constitutiva, dos efeitos do negócio anulável e o reconhecimento, por sentença de simples apreciação, da não produção de qualquer efeito jurídico do negócio nulo, ainda quando a sua aparente realidade tenha entretanto produzido algum efeito prático. Concorda RUI ALARCÃO, *cit.*, p. 58.

[24] Tido em conta o *princípio dispositivo*, o tribunal não pode tomar a iniciativa oficiosa de declarar a nulidade, pelo que só a concessão ao Ministério Público do poder de propor a acção de nulidade decididamente permitiria levar às últimas consequências a regra do conhecimento oficioso. Ora tal só acontece em casos em que especialmente releva o *interesse público*, como acontece na acção de nulidade do acto constitutivo de associação ou fundação (art. 158-A CC), de cláusula contratual geral (art. 26-1-c do DL 446/85) ou de registo de paternidade quando não funcione a respectiva presunção (art. 1836-1 CC). O facto de a nulidade do negócio não ser suficiente para tornar totalmente irrelevante o seu cumprimento já foi considerado um indício da *relevância jurídica, ainda que indirecta, da fatispécie nula*, informam GERI – BRESCIA – BRUNELLI – NATOLI, *Diritto civile 1.2/ Fatti e atti giuridici*, Torino, Utet, 1987, p. 830.

dade excepcional da sanação de negócios nulos[25], configurando uma confirmação imprópria, que é antes como que uma renúncia ao direito à declaração de nulidade, com efeitos limitados ao renunciante, mas também vinculativos[26]. É, por outro lado, possível a renovação do negócio nulo[27].

O apelo, no art. 289-1 CC, à ideia de retroactividade, aplicada à declaração de nulidade, compagina-se com a possibilidade de situações de manutenção da aparência do negócio ferido de nulidade, por falta de invocação desta, o que se coaduna com o estabelecer de alguma delimitação do âmbito da legitimidade para a invocar[28].

2. Legitimidade substantiva e legitimidade processual

Da legitimidade de terceiros para invocar a nulidade tratam, entre outros, o art. 286 CC, que a atribui a qualquer interessado, além de conferir ao tribunal o poder de oficiosamente a declarar, o art. 605 CC, que a atribui aos credores da parte que haja praticado o acto nulo que nela tenham interesse, determinando ainda o aproveitamento da declaração de nulidade por todos os credores, e o art. 242 CC, que, no caso da simulação, a atribui, sem prejuízo do disposto no art. 286 CC, aos simuladores e aos seus herdeiros legitimários. Afirma-se que a legitimidade dos credores resulta já do art. 286 CC, de que o art. 605 CC constitui mera explicita-

---

[25] RUI ALARCÃO, cit., ps. 70-71, concluindo que a insanabilidade é uma característica normal, mas não essencial, do negócio nulo.

[26] RUI ALARCÃO, cit., ps. 134-136, 138 e 140. A Cassação italiana tem julgado admissível a renúncia à acção de nulidade, desde que posterior à celebração do negócio nulo (GERI – BRESCIA – BUSNELLI – NATOLI, cit., p. 828 (46)).

[27] MOTA PINTO, Teoria geral do direito civil, Coimbra, Coimbra Editora, 1976, p. 471.

[28] Não deixa de ser curioso verificar a passividade com que grande parte da doutrina aceita a utilização do termo retroactividade quanto à declaração de nulidade. Talvez por a encontrarem na obra citada de MANUEL DE ANDRADE, cit., p. 442, quer MOTA PINTO, Teoria geral cit., p. 474, quer RUI ALARCÃO, Invalidade dos negócios jurídicos, BMJ, 89, ps. 235-236, ao referirem o preceito do art. 289 CC, falam de retroactividade com a maior naturalidade, sem questionarem o conceito. Igualmente assim em alguma jurisprudência (ex.: ac. do STJ de 24.7.70, BMJ, 199, p. 183; ac. do TRP de 9.10.79, CJ, 1979, IV, p. 1279). Já não assim em CASTRO MENDES, Teoria geral do direito civil, Lisboa, AAFDL, III, ps. 679-681, nem em CARVALHO FERNANDES, Teoria geral do direito civil, Lisboa, Lex, 1996, II, p. 395, nem em PEDRO PAIS VASCONCELOS, Teoria geral do direito civil, Coimbra, Almedina, 2003, p. 582, que dão conta da impropriedade com que o termo é utilizado na sua aplicação à declaração de nulidade.

ção[29]. Quanto à ressalva estabelecida pelo art. 242-1 CC, é elucidativa de que a lei apenas cuidou, em sede de simulação, em integrar o herdeiro legitimário no conceito de terceiro interessado, ainda que condicionando a sua legitimidade para invocar a nulidade aos casos em que o negócio simulado tenha sido feito com o intuito de o prejudicar.

É, por outro lado, por vezes afirmado que o interesse exigido pelo art. 286 CC apela à noção de legitimidade processual[30]. Esta posição encerra ambiguidade, só fazendo algum sentido perante um conceito de legitimidade processual em que esta se apure após o julgamento de facto, consistindo então no destacar para o campo dos pressupostos processuais da questão da titularidade substantiva da relação jurídica ou do interesse que justifica o recurso a juízo[31]. Uma vez que não é esse o conceito actualmente perfilhado pela lei processual (art. 26-3 CPC), a concepção é radicalmente de afastar. Aliás, nessa mesma concepção, o dizer-se processual a legitimidade do terceiro nada acrescentava à delimitação substantiva, visto que, ao invés, era essa mesma legitimidade processual que se decalcava sobre a legitimidade (ou titularidade de posição) substantiva. O interesse do art. 286 CC é, assim, um interesse de direito substantivo[32], sem prejuízo de a apreciação judicial da sua verificação no exclusivo âmbito da versão dos factos apresentada pelo autor se situar no campo processual. Saber quem é terceiro interessado para o efeito do art. 286 CC constitui questão de legitimidade substantiva; saber se a qualidade de terceiro interessado, assim definida, emerge dos factos alegados pelo autor constitui questão de legitimidade processual.

---

[29] ANTUNES VARELA, *CC anotado*, n.º 1 da anotação ao art. 605.

[30] Já assim em MANUEL DE ANDRADE, *cit.*, p. 432 (1). Na vigência do CC de 1966: ANTUNES VARELA, *CC anotado*, n.º 1 da anotação ao art. 605; PAIS VASCONCELOS, *cit.*, ps. 579-581. Também assim em GERI – BRESCIA – BUSNELLI – NATOLI, *cit.*, p. 828.

[31] Ver a crítica de CASTRO MENDES à concepção da legitimidade processual perfilhada por ALBERTO DOS REIS: ela traduz-se em destacar um dos elementos da relação jurídica (o sujeito) como primeiro ponto a averiguar (*Direito Processual Civil*, Lisboa, AAFDL, 1980, II, p. 169).

[32] Tão-pouco tem a ver com o caso o interesse processual ou interesse em agir. Este é o interesse em recorrer aos tribunais para tutela dum interesse material (*Rechtsschutzbedürfnis*), tendo a ver com a necessidade da acção em si mesma, independentemente da relação (de legitimidade) entre a parte no processo e o objecto deste (vejam-se as referências do meu *CPC anotado*, n.º 2 da anotação ao art. 26 e n.º 3 da anotação ao art. 494).

3. Definição do terceiro legitimado

Que o credor comum é um interessado é indubitavelmente confirmado pela norma do art. 605 CC. Não é, pois, sustentável que o interessado seja apenas o titular dum direito afectado na sua consistência jurídica pela validade do negócio nulo: utilizando uma terminologia que se generalizou, quer no campo do negócio jurídico[33], quer no do caso julgado[34], a nulidade pode ser invocada, quer pelo terceiro juridicamente interessado, quer pelo terceiro juridicamente indiferente cujo direito, embora subsistente com ou sem a validade do negócio, beneficie na sua consistência, prática ou económica, com a nulidade, pelo que é ainda um interessado. Ponto é que a validade do negócio produza efeitos perante o terceiro, sejam eles jurídicos directos (art. 406-2), sejam jurídicos indirectos (preferente, segundo adquirente, fiador, proprietário do bem dado em garantia, subadquirente, subcontraente), sejam práticos ou económicos (credores comuns).

Interessados na nulidade do negócio são os terceiros a quem a validade prejudica, enquanto titulares de relações jurídicas conexas, por lhes serem oponíveis os respectivos efeitos: o titular do direito de preferência é prejudicado pelos efeitos do contrato de compra e venda cujo preço seja simuladamente superior ao real ou pelo contrato de aparente doação que oculte uma compra e venda real; o segundo adquirente e o subadquirente são prejudicados pelos efeitos do contrato de compra e venda ou de constituição de direito real menor anterior à sua aquisição ou à aquisição pelo seu antecessor, ou de registo anterior ao seu ou do antecessor; o fiador, o sócio da sociedade de responsabilidade ilimitada e o proprietário do bem dado em garantia têm nitidamente interesse na nulidade do contrato de que resulta a obrigação garantida; o subcontraente, interessado na manutenção do contrato-base, é afectado pelo contrato que reduza o seu objecto ou o extinga; o credor do alienante é prejudicado pela alienação, na medida em que diminui a garantia patrimonial do seu crédito.

Estes são os tipos de casos com que os autores portugueses usam exemplificar a invocabilidade da nulidade por terceiro, porquanto, par-

---

[33] Por todos: EMILIO BETTI, *Teoria geral do negócio jurídico*, Coimbra, 1969, II, p. 114.

[34] Por todos: MANUEL DE ANDRADE, *Noções elementares de processo civil*, Coimbra, Coimbra Editora, 1956, ps. 291-292; ANTUNES VARELA, *Manual de processo civil*, Coimbra, 1985, ps. 726-729.

tindo normalmente da definição lapidar de MANUEL DE ANDRADE[35], têm em mente que o terceiro há-de ser titular dum direito cuja consistência, jurídica ou económica, esteja de algum modo na dependência concreta do direito duma das partes[36]. Contra esta concepção insurge-se aparentemente PEDRO PAIS VASCONCELOS[37], que vê no relatório que acompanhou o anteprojecto de RUI ALARCÃO[38] uma "formulação mais aberta" do conceito de interessado e, seguidamente, discordando da doutrina restritiva do ac. do STJ de 24.3.92[39], defende, com o que toda a doutrina concorda, que a legitimidade

---

[35] "Interessado é aqui o sujeito de qualquer relação jurídica que de algum modo possa ser *afectado* pelos efeitos que o negócio tendia a produzir. Afectada na sua consistência *jurídica* (subadquirentes) ou mesmo só na sua consistência *prática* (credores)". Trata-se, pois, de "qualquer pessoa que tenha interesse em que se não produza *em relação a si* os efeitos do respectivo negócio".

[36] *Subadquirente* ou *credor* (MANUEL DE ANDRADE, *Teoria geral* cit., p. 432; ANSELMO DE CASTRO, *Direito processual civil declaratório*, Coimbra, Almedina, 1982, II, ps. 169-170); *segundo adquirente* (CARVALHO FERNANDES, *cit.*, II, ps. 390—391). Apenas reproduzem a definição de MANUEL DE ANDRADE, sem exemplificar, ANTUNES VARELA, *CC anotado*, anotação ao art. 286, e MOTA PINTO, *cit.*, p. 470. Outros autores, como CASTRO MENDES, *Teoria geral* cit., III, p. 672, ou OLIVEIRA ASCENSÃO, *Direito civil/Teoria geral*, Coimbra, Coimbra Editora, 1999, II, p. 321, limitam-se a reproduzir o texto legal. O art. 694 do CC de 1867 dizia caber a acção ou excepção de nulidade aos "queixosos e seus representantes" e aos seus *fiadores* (o que era tido como caso de acção subrogatória: RUI ALARCÃO, *Invalidade dos negócios jurídicos* cit., p. 211 (29)).

[37] *Cit.*, ps. 579-581.

[38] *Invalidade dos negócios jurídicos* cit., p. 209.

[39] *BMJ*, 415, p. 622. O Supremo entendeu que não tinha legitimidade para arguir a nulidade duma transacção em que foi reconhecido o direito à indemnização e o direito de retenção dum promitente comprador, em impugnação de crédito reclamado, o credor hipotecário que, por via desse reconhecimento, só poderia ser pago, na execução, depois do credor com direito de retenção, considerando-o "terceiro *juridicamente indiferente*". Quer esta qualificação, quer a doutrina do acórdão, são, de facto, criticáveis: em primeiro lugar, o credor impugnante não era um terceiro juridicamente indiferente, mas um terceiro *juridicamente interessado*, como titular de direito real de garantia; em segundo lugar, o próprio credor comum pode, como está expresso no *art. 605 CC* e é pacífico na doutrina, fazer valer a nulidade dos negócios jurídicos celebrados pelo devedor (aqui, o negócio de transacção pelo qual foi reconhecido um crédito com direito real de garantia); em terceiro lugar, a tal não obstava o *caso julgado* formado pela sentença homologatória da transacção, que não estendia a sua eficácia ao credor hipotecário, terceiro perante o processo. No sentido correcto julgou o Supremo, por exemplo, nos acs. do STJ de 6.2.98, *BMJ*, 414, p. 404, e de 11.5.95, *CJ/STJ*, 1995, II, p. 81. No mesmo sentido do ac. de 24.3.92 se pronunciou, porém, o Supremo no ac. de 12.1.93, *BMJ*, 423, p. 463, relatado pelo mesmo conselheiro. A questão está hoje expressamente resolvida, em sede de reclamação de créditos, no *art. 866 CPC, n.os 3, 4 e 5*.

para invocar a nulidade não deve ser restringida aos "titulares de um interesse especialmente privilegiado" e conclui, mais discutivelmente, que basta que a pessoa que invoca a nulidade "obtenha alguma utilidade ou remova alguma desvantagem" com a sua declaração. Argumenta ainda PAIS VASCONCELOS com o regime de conhecimento oficioso da nulidade para afirmar que com ele perderam muito do seu sentido as orientações restritivas em matéria de legitimidade para a arguição da nulidade.

Este último argumento tem na sua base a ideia de que a nulidade serve sempre interesses de ordem pública. Esta afirmação é frequente na doutrina[40]; mas não é exacta, porquanto, como frisam, por exemplo, CASTRO MENDES[41] e OLIVEIRA ASCENSÃO[42], a nulidade pode também servir exclusivamente interesses particulares. Basta pensar na falta de forma do contrato de mútuo e também, como assinala OLIVEIRA ASCENSÃO, na simulação e nos "outros casos de nulidade em que houver um beneficiário particular", casos estes em que o autor defende que o tribunal só poderá declarar a nulidade a instância da parte. Não é difícil ver que esta posição não é de modo algum compatível com a definição dum conceito de interessado que estenda a legitimidade para a invocação da nulidade para além do círculo daqueles a quem os efeitos do negócio são oponíveis[43].

4. Categorias de terceiros legitimados

1. Mais longe do que costuma ir a doutrina portuguesa vai MASSIMO BIANCA na definição das categorias de terceiros legitimados a invocar a nulidade negocial. Ao tratar da eficácia reflexa do contrato, distingue dois planos: o da sua relevância externa e o da sua oponibilidade[44].

O primeiro leva-o a defender que o contrato, enquanto constitutivo, modificativo ou extintivo de posições jurídicas que todos devem respeitar, como direitos alheios, absolutos ou relativos, a todos se impõe como existente[45].

O segundo leva-o, no contrato de alienação, a definir como terceiro a quem o contrato é oponível todo aquele que invoca um título cujo efeito

---

[40] Por exemplo: MANUEL DE ANDRADE, *Teoria geral* cit., p. 431; MOTA PINTO, *cit.*, p. 470; PAIS VASCONCELOS, *cit.*, p. 577.
[41] *Teoria geral* cit., III, p. 679.
[42] *Direito civil/Teoria geral* cit., II, ps. 320-322.
[43] OLIVEIRA ASCENSÃO jamais poderia subscrever a conclusão de PAIS VASCONCELOS.
[44] MASSIMO BIANCA, *Il contratto*, Milano, Giuffrè, 1987, p. 541.
[45] MASSIMO BIANCA, *cit.*, p. 542.

cede perante o resultante do contrato, entendendo como terceiro o pretenso titular de situações jurídicas total ou parcialmente incompatíveis com a aquisição contratual[46]. Entrando na análise de tais situações, enumera as de conflito com terceiros titulares (titulares anteriores que não hajam transmitido o direito ao alienante nem ao subadquirente deste; titulares anteriores que hajam transmitido o direito ao alienante ou a um antecessor deste por título inválido, ineficaz ou resolvido; adquirentes a título originário em prejuízo do alienante ou dum antecessor deste), as de conflito entre os adquirentes do mesmo bem (atribuição sucessiva a mais de uma pessoa de direitos reais ou pessoais que se excluem ou limitam entre si, incluindo o duplo negócio translativo e o duplo contrato-promessa) e as de conflito com terceiros credores (credores de um ou outro dos contraentes)[47]. Todos esses, enquanto prejudicados pela validade do contrato, são os terceiros legitimados a pedir a declaração de nulidade, perante as partes, unidas em litisconsórcio necessário[48].

Quanto ao conhecimento oficioso da nulidade, tem lugar sempre que se façam valer em juízo pretensões baseadas no contrato[49].

2. Esta construção, feita perante o disposto no art. 1421 CC italiano, idêntico ao do art. 286 CC[50], deve ser perfilhada em direito português. Mas há que alargar os tipos de conflito a outros terceiros titulares de situações juridicamente subordinadas à da parte no contrato, como é o caso do fiador, do subcontraente, do preferente ou da seguradora. A ideia essencial é a mesma da definição de MANUEL DE ANDRADE: só pode ser afectado pelos efeitos que o negócio tende a produzir e, por isso, interessado em invocar a nulidade que impede a produção desses efeitos em relação a si o terceiro a quem o negócio é oponível, por ser titular duma situação jurídica incompatível com a da parte ou a esta subordinada, jurídica ou praticamente. Quanto aos titulares de situação jurídica paralela[51] à da parte ou

---

[46] MASSIMO BIANCA, cit., p. 543.
[47] MASSIMO BIANCA, cit., ps. 543-545.
[48] MASSIMO BIANCA, cit., p. 591.
[49] MASSIMO BIANCA, cit., p. 590. O autor informa que a jurisprudência italiana restringe o conhecimento oficioso aos casos em que é pedido o *cumprimento* do contrato, negando-o quando é pedida a sua *resolução*. Discorda, com toda a razão, pois em ambos os casos o pedido assenta na validade do contrato.
[50] "Salvo disposição da lei em contrário, a nulidade pode ser feita valer por qualquer pessoa que nela tenha interesse e pode ser conhecida oficiosamente pelo juiz".
[51] "Trata-se de relação com multiplicidade de interessados (e) de conteúdos semelhantes" (MANUEL DE ANDRADE, *Noções elementares* cit., p. 292). Exemplifica-se normal-

com a dela concorrente[52], como não podem ser afectados (directamente) por contrato em que não tenham intervenção (art. 406-2 CC), a sua legitimidade só é hipotizável para a invocação da nulidade resultante, precisamente, da sua falta de intervenção em contrato celebrado. Tem, finalmente, indiscutível legitimidade o cônjuge responsável por dívida contraída pelo outro sem sua intervenção.

Fora deste esquema de interessados, que a doutrina tem continuado a utilizar no campo do negócio jurídico e no do caso julgado[53] e que compreende todas as hipóteses de conexão não meramente ocasional de interesses de terceiros com os das partes no negócio jurídico, não ocorre legitimidade do terceiro para a invocação da nulidade. Não estão legitimados, designadamente, os terceiros interessados na eficácia de outro acto a que são alheios e que só por esta razão se podem dizer muito mediatamente interessados na nulidade dum acto sem o qual aquele outro poderia ser eficaz (ver *infra,* nota 63): o art. 286 CC confere legitimidade ao terceiro interessado na nulidade do negócio, perante o qual ele é oponível, mas não aos terceiros perante outro negócio que ao primeiro se apresente ocasionalmente ligado, sem prejuízo de a invocação ser admissível, a título meramente prejudicial, no âmbito restrito duma relação jurídica (designadamente de indemnização) em que eles sejam directos interessados.

Resta justificá-lo.

5. Justificação

É sabido que o direito de acção popular é por lei conferido a todos, sem necessidade de invocação de participação no interesse colectivo ou difuso que através dela se quer fazer valer (art. 2-1 da Lei 83/95, de 31 de Agosto). Trata-se, aliás, duma imposição constitucional (art. 52-3 CRP),

---

mente com as obrigações conjuntas (MANUEL DE ANDRADE, *ibidem*; ANTUNES VARELA, *Manual* cit., p. 729).

[52] Dizem-se concorrentes "as relações com multiplicidade de interessados (e) de conteúdo único" (MANUEL DE ANDRADE, *Noções elementares* cit., p. 292). Exemplifica-se com os casos de anulabilidade duma deliberação social (MANUEL DE ANDRADE, *ibidem*), de direito de preferência radicado em vários titulares e de direito de reivindicação de vários comproprietários (ANTUNES VARELA, *Manual* cit., p. 729).

[53] Utilizei-o, designadamente, no meu *CPC anotado*, II, Coimbra, Coimbra Editora, 2001, n.º 2 da anotação ao art. 674, como já o tinha utilizado em *A confissão* cit., ps. 331 e ss.

imposição da mesma Constituição que, fora desse campo, apenas garante o acesso aos tribunais ao titular de direito ou interesse legalmente protegido (arts. 20-1 CRP e 268-4 CRP), como é o caso do terceiro interessado na nulidade dum contrato.

O direito à invocação da nulidade não é conferido a todos, o que, quando a nulidade não seja decretada no interesse público (o que pode tanto mais acontecer quanto é certo que ela constitui a sanção-regra do negócio jurídico contrário à lei imperativa: art. 294 CC), se explica por uma opção de política legislativa: trata-se de filtrar o acesso aos tribunais, assegurando que estes não sejam inundados por acções de nulidade movidas por terceiros não titulares de interesses normalmente afectados pelos efeitos do negócio. Tido em conta esse outro filtro (este de natureza processual) constituído pelo interesse em agir, a delimitação substantiva do terceiro legitimado não faria qualquer sentido se constituísse mera afirmação dessa exigência, para ela própria nada sobrando[54].

O legislador português de 1966 conhecia o direito alemão e o entendimento doutrinário, comum na Alemanha, segundo o qual qualquer pessoa (*jedermann*) pode invocar a nulidade negocial[55], sem prejuízo do

---

[54] A necessidade de recorrer a juízo para definir a não produção dos efeitos negociais, que de qualquer modo o negócio nulo juridicamente não produziria, representaria sempre algum filtro do uso do direito de acção pelo terceiro, pelo que, adoptado um conceito amplíssimo de interesse como o *aparentemente* proposto por PAIS VASCONCELOS, ele acabaria por se confundir com o interesse processual, não fazendo sentido a delimitação operada pela norma substantiva. Digo aparentemente porque o texto de PAIS VASCONCELOS, sobretudo crítico perante a restrição (indevida) feita por um acórdão do STJ, pode não ter um alcance tão generalizador da legitimidade como à primeira vista parece.

[55] FLUME, *Allgemeiner Teil des bürgerlichen Rechts*, Berlin, 1965, p. 556; HÜBNER, *Algemeiner Teil des bürgerlicher Gesetzbuches*, Berlin, 1985, p. 376; LARENZ, *Allgemeiner Teil des deutschen bürgerlichen Rechts*, München, Beck, 1989, p. 455. Há, porém, um importante elemento a ter em conta, ao comparar o direito alemão com o direito português: fora o caso do estabelecimento da falsidade ou genuinidade de documentos, retira-se do § 256, I, ZPO ("É admissível a acção de mera apreciação da existência ou inexistência duma relação jurídica, de reconhecimento dum documento ou de declaração da sua falsidade, quando o autor tenha interesse jurídico em que a relação jurídica ou a genuinidade ou falsidade do documento seja imediatamente declarada por sentença judicial") que *não é admitida em direito alemão a acção de mera apreciação da existência de factos*, pelo que não é possível, seja à parte, seja a terceiro, mover uma acção meramente declarativa da nulidade dum negócio jurídico, mas apenas pedir a apreciação judicial da existência ou inexistência dum direito, de origem negocial ou outra (ARWED BLOMEYER, *Zivilprozessrecht*, Berlin, 1985, ps. 211-212; JAUERNIG, *Zivilprozessrecht*, München, Beck, 1998, ps. 127-129).

filtro processual[56]. Não obstante, introduziu no art. 286 CC o termo "interessado", sabendo também do critério delimitativo preconizado por MANUEL DE ANDRADE, em conformidade com a definição e classificação usuais do círculo de interessados atingidos pelos efeitos do negócio jurídico.

A intenção do legislador não é equívoca e a circunscrição operada tem, como se viu, inteira justificação. Interessada não é qualquer pessoa a quem dê jeito, de alguma maneira, o reconhecimento da nulidade do negócio, muito menos na esfera dos interesses particulares (como seria, se de nulidade se pudesse falar, aquele em que se move o caso da dupla transmissão).

6. Consequências dum conceito lato de interessado

1. Suponhamos, por um momento, que o art. 286 CC usava o termo interessado num sentido mais lato, que abrangesse terceiros aos quais o negócio jurídico não é oponível, no sentido deste termo que ficou definido. Impor-se-ia então uma diferenciação entre a estatuição dessa norma e a do art. 605 CC, que levaria, por outra via, a resultados não dissemelhantes daqueles a que chega a doutrina alemã (*supra*, notas 55 e 56).

No art. 605 CC, integrado nas disposições destinadas a tutelar os interesses dos credores comuns na conservação da garantia patrimonial constituída pelo património do devedor, concede-se indubitavelmente ao credor o direito de fazer valer a nulidade por via de acção. Tal como na acção sub-rogatória (art. 606 CC), estão em causa situações jurídicas do devedor, não sendo de estranhar que também no campo processual se aproximem as duas figuras e se diga que em ambos os casos o credor, ao exercer o direito

---

[56] ROSENBERG-SCHWAB, *Zivilprozessrecht*, München, Beck, 1986, ps. 554-555; BLOMEYER, *cit.*, p. 214. Trata-se, de acordo com o § 256, I, ZPO de um interesse *jurídico*, isto é, do interesse resultante duma relação jurídica material que o autor afirma como sua. *A maior generosidade do direito alemão acaba assim por ser meramente aparente*: o terceiro só pode invocar a nulidade no âmbito dum processo em que discuta uma *sua* relação jurídica, visto não ter legitimidade para pedir, por exemplo, a declaração de que não existe o direito do adquirente por contrato nulo. É, por isso, salientada a circunscrição às partes processuais dos efeitos da declaração judicial de nulidade, havendo quem fale neste sentido de ineficácia (nulidade) relativa do negócio jurídico, como consequência da circunscrição às partes dos efeitos do caso julgado (ERNST WOLF, *Allgemeiner Teil des bürgerlichen Rechts*, Köln, 1982, ps. 456-457).

de acção em próprio nome, pretende a definição da relação jurídica de outrem, apresentando-se por lei (indirectamente) legitimado para litigar sobre direito alheio[57]. Esta ideia é ainda corroborada com o disposto no art. 605-2 CC: a nulidade aproveita a todos os credores, tal como no caso da acção sub-rogatória (art. 609 CC) e diversamente da solução adoptada no caso da acção pauliana (art. 616-4 CC). A configuração da acção de nulidade proposta pelo credor como caso de legitimidade indirecta ou substituição processual teria, só por si, ainda outra consequência, que a lei expressamente consagra na acção sub-rogatória (art. 608 CC) e que, de qualquer modo, deriva logo, no caso da nulidade, da norma geral do art. 28-2 CPC: o devedor tem de ser citado, a fim de que perante ele se produza o caso julgado[58].

Ora o art. 286 CC limita-se, mais secamente, a determinar que a interessado na nulidade a pode invocar a todo o tempo, não contendo norma alguma sobre o aproveitamento da sentença pelos restantes interessados. Embora de invocação (pelo credor) fale também o art. 605-1 CC, a aproximação das duas normas, em tentativa de a ambas dar um sentido útil, como é boa regra na interpretação da lei, pode levar a entender que só o credor está legitimado a propor a acção de nulidade, enquanto os restantes interessados só a podem invocar a título prejudicial, isto é, como questão que integra a causa de pedir ou uma excepção em acção em que o pedido respeite a uma situação jurídica própria do interessado[59]. Não teríamos

---

[57] ANSELMO DE CASTRO, *DPC* cit., ps. 169-170. Embora mais adiante (p. 197), em conformidade com a doutrina corrente, já só refira como exemplo de substituição processual a acção sub-rogatória, ao lado da actuação processual do transmitente do direito litigioso depois da transmissão não seguida de habilitação, fica a ideia de que ANSELMO DE CASTRO poderá considerar também a acção de declaração de nulidade do credor como constituindo substituição processual.

[58] Trata-se dum ponto de regime essencial da substituição processual: a permissão a terceiro para que actue em vez do titular da relação jurídica controvertida só faz sentido se esta relação vier a ser definida por sentença que vincule o substituído, o que implica a citação deste para a causa (LEBRE DE FREITAS, *A confissão* cit., 6.4 e notas 6, 19 e 28). Só no caso da transmissão do direito litigioso que seja ignorada no processo assim não será, por razões excepcionais, inerentes a esta figura, que levam a sacrificar os princípios da defesa e do contraditório no altar da tutela do direito de acção (ver, no meu *CPC anotado*/I, o n.º 4 da anotação ao art. 271).

[59] Utilizo o mesmo conceito de questão prejudicial das minhas lições (ver, por exemplo, *Introdução ao processo civil*, Coimbra, Coimbra Editora, 1996, II.5 (4) e II.6 (16)), bem como do meu *CPC anotado*/I, n.º 4 da anotação ao art. 96 e n.º 2 da anotação ao art. 97.

assim, no âmbito do art. 286 CC, substituição processual, compreendendo-se então que qualquer pessoa, mesmo fora da esfera de oponibilidade dos efeitos do negócio jurídico, pudesse ser legitimada à invocação meramente prejudicial da nulidade negocial, com a consequência de não se produzir caso julgado sobre a declaração prejudicial de validade ou nulidade do negócio, nos termos gerais do art. 96-2 CPC[60]. Note-se que o termo *invocação* ("invocável") se coaduna com esta interpretação[61].

Porquê considerá-la necessária, no caso de uma noção ampla de interessado?

A ideia de que qualquer vago interessado pode pedir a emissão duma sentença sobre a nulidade dum negócio jurídico alheio, com a consequente eficácia de caso julgado, poderia, *de jure constituendo*, compreender-se nos casos em que a nulidade seja de interesse público. Como, porém, ficou referido, a nulidade do negócio jurídico tem lugar, muitas vezes, em casos em que com ela se satisfazem interesses particulares, ainda que suficientemente relevantes para que a comine uma norma imperativa. Ora admitir a acção de terceiro, no domínio patrimonial, quando um interesse público relevante não impõe que a nulidade seja reconhecida, não constitui a solução mais recomendável.

2. Resulta também daqui que não é muito sustentável a ideia de substituição processual na acção de nulidade movida pelo terceiro interessado: em primeiro lugar, se a parte no contrato não pede a declaração de nulidade, é de supor que ela quer o negócio como válido[62]; em segundo

---

[60] Não tendo legitimidade para deduzir o pedido de declaração de nulidade, o interessado não poderia fazer o pedido de declaração incidental da parte final do art. 96-2 CPC.

[61] Tal como se coaduna com a natureza do pedido de mera apreciação de facto negativo (nulidade do contrato) deduzido na acção de declaração de nulidade. Veja-se, nomeadamente, o art. 242-2 CC (invocação da nulidade da simulação pelos herdeiros legitimários), que, tal como o art. 605 CC, indubitavelmente respeita a um pedido formulado a título principal (semelhantemente ao dos simuladores entre si, que, segundo o art. 242-1 CC, *argúem* a nulidade).

[62] Incluindo o caso da simulação: as partes *querem* que o negócio produza os seus efeitos perante terceiros, ainda que não os produzindo entre eles. A doutrina tradicional, ao construir a simulação como uma figura em que falta a vontade real dos declarantes, esquece que estes querem que o negócio celebrado valha perante terceiros. O vício da simulação, ao qual a lei atende decretando a nulidade do acto, não é *volitivo*, mas *funcional*. Vejam-se as observações que fiz a este propósito em *A confissão* cit., 31 (4). Em qualquer caso, a posição normal das partes é quererem o negócio, que é ferido de nulidade por circunstâncias alheias à sua vontade.

lugar, não é, na generalidade dos casos, em reconhecimento dum direito do contraente que lhe é atribuída a faculdade de pedir a declaração de nulidade, que é antes uma consequência da não produção de efeitos jurídicos do negócio nulo. O interesse do credor ao invocar a nulidade não está, como na acção sub-rogatória, subordinado ao do devedor: se é certo que a nulidade do negócio translativo oneroso produz, para este, o efeito favorável da não transmissão do bem, certo é que também tem o efeito de impedir, desfavoravelmente, o seu direito à contraprestação.

Ao pedir a declaração de nulidade dum negócio jurídico alheio, o terceiro encontra legitimidade directa no art. 286 CC. Dela deriva a sua legitimidade processual, quando dos factos por ele alegados na acção resulta que nele radica o interesse exigido pelo direito substantivo: o recorte processual da legitimidade tem como base as normas e conceitos do direito substantivo, tendo apenas a particularizá-lo a circunscrição aos factos alegados pelo autor (no caso do n.º 1 como no do n.º 3 do art. 26 CPC). O terceiro interessado não é titular duma relação jurídica controvertida (art. 26-3 CPC), nem sequer na acção de mera apreciação de factos, como é a acção de declaração de nulidade do negócio jurídico, se discute qualquer relação jurídica. A sua legitimidade processual decorre de ser titular do interesse com que se contenta a lei substantiva: o "interesse directo em demandar" do art. 26-1 CPC outra coisa não é do que o "interesse legalmente protegido" do art. 20-1 da Constituição da República, isto é, o interesse que a lei substantiva (no caso, o art. 286 CC) considere suficiente para o exercício do direito de acção, sem prejuízo de em outros casos (os de substituição processual) o interesse poder ser indirecto, mas não menos legalmente protegido, na medida em que uma lei excepcional, como a do art. 606 CC, confira a terceiro o direito de litigar sobre relação jurídica (art. 26-3 CPC) ou interesse principal (art. 26-1 CPC) alheio[63].

---

[63] Em ac. de 7.10.04, revista n.º 974/04-2 (MANUEL DUARTE SOARES), o STJ negou legitimidade para invocar a nulidade de contrato de compra e venda ao advogado dum promitente comprador do prédio vendido, que por este fora demandado em acção de indemnização por ter negligenciado o registo da acção de execução específica do contrato-promessa, em data anterior à da compra e venda. Foi aí perfilhado o ponto de vista defendido no texto, dizendo-se carecer o autor de legitimidade por não ter "interesse directo em demandar", mas apenas "um vago e indirecto interesse", insuficiente para o legitimar ao abrigo do art. 86 CC. O contrato cuja declaração de nulidade era pedida constituía um elemento de facto relevante para a determinação da indemnização que fosse devida ao promitente comprador, ainda que não para a configuração do acto ilícito, pelo que podia o advogado deste *excepcionar* a sua nulidade na acção de responsabilidade contra ele

IV. CONCLUSÕES

1. O interesse que, segundo o art. 286 CC, atribui legitimidade a terceiro para invocar a nulidade do negócio jurídico é um interesse de direito substantivo.

2. Tal interesse pressupõe a oponibilidade do negócio jurídico ao seu titular, seja enquanto terceiro juridicamente interessado (o negócio prejudica a consistência jurídica dum seu direito), seja como terceiro juridicamente indiferente (o negócio prejudica a consistência prática ou económica dum seu direito) e a invocação da nulidade do negócio visa impedir esse prejuízo ou, no dizer de MANUEL DE ANDRADE, essa afectação.

3. Terceiros juridicamente indiferentes são os credores comuns, aos quais directamente se aplica a norma do art. 605 CC.

4. São terceiros juridicamente interessados os titulares de situações jurídicas total ou parcialmente incompatíveis com a aquisição negocial (entre os quais o segundo adquirente), os titulares de situações jurídicas juridicamente subordinadas à da parte no negócio e, limitadamente ao caso em que o negócio seja nulo por falta da sua intervenção, os titulares de situações jurídicas paralelas à da parte ou com a dela concorrente, além ainda do cônjuge responsável pela dívida resultante do negócio.

---

movida, com a consequência, se a excepção procedesse, de se dever considerar *interrompido o nexo de causalidade* da fatispécie da responsabilidade a partir do momento em que, actuando com diligência, o advogado demandado teria evitado a continuação ou manutenção do dano. Mas tal não conferia a este o direito de invocar a nulidade, já não como *questão prejudicial* duma acção de responsabilidade, mas como *objecto* duma acção autónoma. O seu interesse como devedor duma indemnização, por não ter assegurado, como lhe cabia no cumprimento do contrato de mandato, a eficácia da aquisição a favor do seu cliente, era que esta fosse eficaz: ele era um interessado, não na nulidade do negócio a que o seu ex-cliente era alheio, nas na *validade* e *eficácia* da compra feita por este. Efectuada a compra e venda, a vendedora deixou, em princípio, de ter legitimidade para vender ao promitente comprador, só assim não sendo se o registo da acção de execução específica tivesse sido feito e a acção fosse julgada procedente. Mas, mesmo neste caso, o devedor duma pretensa indemnização, ao qual o negócio de compra e venda não era oponível e que só por ligação *ocasional* com outro negócio tinha interesse, *circunscrito no âmbito da acção de responsabilidade*, no reconhecimento prejudicial da nulidade, para os exclusivos efeitos desse processo, não teria legitimidade para invocar a nulidade da compra e venda afectada pela produção retroactiva dos efeitos da sentença de execução específica.

5. Não são terceiros interessados os interessados na eficácia de outro negócio, nomeadamente de segunda aquisição, a que são alheios, e muito menos aqueles aos quais esse outro negócio nem sequer é oponível (e que, por isso, nem sequer têm legitimidade para invocar a sua nulidade).

6. Esta delimitação, coerente com a definição do âmbito de eficácia negocial indirecta, além de se explicar por uma orientação de política legislativa relativa ao acesso aos tribunais, justifica-se tanto mais quanto nem sempre a nulidade se dá por motivo de interesse de ordem pública, ocorrendo também nulidades negociais por motivo de interesses particulares que a lei entende dever proteger por norma imperativa.

7. Tal não impede o titular dum vago e muito indirecto interesse na nulidade dum negócio de invocar a nulidade no âmbito restrito duma acção (designadamente de responsabilidade civil), como questão prejudicial (designadamente relevante para o apuramento da extensão do dano), insusceptível de produzir caso julgado material, mas podendo interessar à definição do âmbito dum seu dever (designadamente por alegação da inércia ou incúria do titular do direito à indemnização no exercício do seu direito de invocar a nulidade dum outro negócio perante o qual, ele e só ele, é interessado indirecto).

8. O que o titular desse vago e muito indirecto interesse não pode é pedir, como objecto da acção, a declaração de nulidade dum negócio que não lhe é oponível, imiscuindo-se indevidamente na esfera jurídica alheia.

9. Exceptuam-se tão-só aqueles casos (casamento, acção popular, constituição de pessoa colectiva, etc.) em que a lei alarga a legitimidade para a invocação da nulidade.

10. A utilização de outro conceito, mais lato, na interpretação do art. 286 CC levaria necessariamente a restringir o seu alcance nos termos indicados em 7, reservando para os credores, nos termos expressos do art. 605 CC e com a consequência do seu n.º 2, o acesso à acção de declaração de nulidade.

11. A legitimidade do terceiro para a acção de declaração de nulidade é uma legitimidade directa, apurando-se a legitimidade processual, nos termos gerais do art. 26, perante a versão fáctica apresentada pelo

autor e sem extravasar o âmbito da legitimidade substantiva sobre a qual se recorta.

12. Podendo um terceiro nas condições descritas em 7 invocar a nulidade dum negócio jurídico alheio como questão prejudicial da acção que lhe respeita, conseguindo com isso o resultado prático pretendido, faltar-lhe-ia, além do mais, se tivesse legitimidade, interesse processual para a propositura duma acção autónoma de declaração de nulidade.

13. De qualquer modo, mesmo aceitando a teoria (minoritária) da responsabilidade do terceiro cúmplice que impede o cumprimento duma obrigação por via da celebração dum negócio incompatível, tal constituiria apenas, no caso do contrato-promessa de compra e venda, o direito a uma indemnização pecuniária, se se verificassem os respectivos requisitos, não sendo hipotizável, diversamente do que se dá no caso do pacto de preferência, o direito a uma restituição que, para ter utilidade, acabaria por se traduzir no cumprimento dum contrato-promessa com conteúdo diverso do contrato de compra e venda celebrado.

SEGURO-CAUÇÃO
PRIMEIRAS CONSIDERAÇÕES SOBRE O SEU REGIME E NATUREZA JURÍDICA[*]

José Miguel de Faria Alves de Brito[**]

SUMÁRIO: *Introdução. Capítulo I – Breve caracterização das figuras que influenciaram o seguro-caução: 1. Intróito: 1.1. Identificação das principais figuras que influenciaram o seguro-caução.* Star del credere *e seguro subsidiário; 1.2. A* Suretyship. *Capítulo II – O regime jurídico do contrato de seguro-caução: 1. Aspectos gerais; 2. Seguro-caução e seguro de crédito; 3. Modalidades de seguro-caução previstas no Decreto-Lei n.° 183/88, de 24 de Maio: 3.1. Caução-directa e indirecta; 3.2. Seguro-fiança e seguro-aval; 3.3. Seguro-fidelidade. 4. Formação do contrato: 4.1. Os intervenientes do contrato de seguro-caução; 4.2. A*

---

[*] O presente estudo corresponde, com alterações, ao trabalho apresentado em Outubro de 2001 no âmbito do concurso público para assistentes estagiários da Faculdade de Direito de Lisboa, perante um júri constituído pelos Senhores Professores Doutores Pedro Pais de Vasconcelos, Maria do Rosário Ramalho e Januário da Costa Gomes, tendo o encargo da arguição incidido em particular sobre o último dos Autores, a quem desde já agradecemos as pertinentes sugestões e críticas realizadas. Para além de certas actualizações pontuais teria sido possível levar a revisão mais longe, tomando em consideração outras contribuições da doutrina (p. ex., Mónica Jardim, *A Garantia Autónoma*, Coimbra, 2002, pp. 213 e ss., Margarida Silva Santos, *Seguro de Crédito*, Lisboa, 2004, pp. 294 e ss., e, noutros domínios, Januário da Costa Gomes, "A chamada «fiança ao primeiro pedido»", in *Estudos em Homenagem ao Prof. Doutor Inocêncio Galvão Telles*, IV Vol., *Novos Estudos de Direito Privado*, Coimbra, 2003, pp. 833 e ss.), mas tal acarretaria um novo estudo, perdendo-se, com isso, a oportunidade de o levar a cabo. Optou-se, por isso, por uma revisão de sentido mais limitado, que se aproveitou também para levar a cabo a actualização das notas de rodapé de modo a proceder à sua correspondência com a obra mais actualizada.

[**] Assistente da Faculdade de Direito de Lisboa.

forma do contrato; 4.3. Celebração e início de vigência. 5. O conteúdo do contrato: 5.1. Deveres do tomador de seguro: 5.1.1. Dever de realizar o pagamento dos prémios subsequentes; 5.1.2. Outros deveres do tomador de seguro. 5.2. Deveres do segurado; 5.3. Deveres do segurador: 5.3.1. Dever de realizar a prestação convencionada no contrato; 5.3.2. Outros deveres do segurador. 6. Sub-rogação? 7. Cessação do contrato. Capítulo III – O seguro-caução na legislação portuguesa. Principais exemplos e regime jurídico: 1. A caução global de desalfandegamento; 2. Seguro-caução prestado em empreitada de obras públicas; 3. Seguro-caução prestado em benefício de entidades públicas. Capítulo IV – A natureza jurídica do contrato de seguro-caução: 1. O contrato de seguro-caução como contrato a favor de terceiro; 2. O contrato de seguro-caução como contrato misto; 3. O contrato de seguro-caução como contrato de seguro: 3. 1. O prémio do seguro e os elementos que contribuem para a sua determinação; 3.2. O seguro-caução não é um contrato de seguro. 4. O contrato de seguro-caução como fiança.

INTRODUÇÃO

O presente estudo tem como objectivo abordar, ainda que de forma sumária, alguns pontos do regime jurídico do seguro-caução e a correspondente natureza jurídica do contrato[1].

---

[1] As obras citam-se pelo Autor, local de publicação, editora, data e página. As disposições legais não acompanhadas de fonte correspondem a artigos do Decreto-Lei n.º 183/88, de 24 de Maio, com as alterações introduzidas pelos Decretos-Leis n.ºs 126/91, de 22 de Março, 127/91, de 22 de Março e 214/99, de 15 de Junho. Salvo quando o contrário resulte do texto, a jurisprudência é referenciada pelo exacto número da página onde a concreta matéria versada é tratada. Abreviaturas utilizadas: Ac. – Acórdão; AJ – *Actualidade Jurídica*; Art. – Artigo; BBTC – *Banca, Borsa e Titoli di Credito*; BMJ – *Boletim do Ministério da Justiça*; CCI – Câmara de Comércio Internacional; CJ – *Colectânea de Jurisprudência*; CJ-Acs. do STJ. – *Colectânea de Jurisprudência – Acórdãos do Supremo Tribunal de Justiça*; COSEC – Cosec – Companhia de Seguros de Créditos, SA; D/RDC – *Dalloz/Répertoire de Droit Commercial*; DDP/Sez. Com – *Digesto delle Discipline Privatistiche/Sezione Commerciale*; DEA – *Diritto ed Economia dell'Assicurazione*; DJ – *Direito e Justiça*; DR – Diário da República; ED – *Enciclopedia del Diritto*; GI – *Giurisprudenza Italiana*; ISP – Instituto de Seguros de Portugal; Jurisp. Rel. – *Jurisprudência das Relações*; LULL – Lei Uniforme das Letras e Livranças; RB – *Revista da Banca*; RC – Relação de Coimbra; RDCom – *Rivista del Diritto Commerciale e del Diritto Generale delle Obbligazioni*; RDE – *Revista de Direito e de Economia*; RDES – *Revista de Direito e de Estudos Sociais*; RDIDC – *Revue de Droit Internacional et de Droit*

A razão de ser da nossa escolha reside na circunstância do tipo denominado *seguro-caução* se situar numa zona de fronteira entre o Direito das Obrigações e o Direito Comercial[2-3].

Efectivamente, a natureza do contrato de seguro-caução continua a suscitar interrogações, confrontando-se na doutrina a tese que divisa no seguro-caução uma fiança e a teoria que encontra no seguro-caução, com maiores ou menores especialidades, um contrato de *seguro*.

À natureza híbrida da espécie contratual prevista no Decreto-Lei n.º 183/88, de 24 de Maio, acresce ainda a particular estrutura subjectiva a que dá azo. Verificamos, assim, que o contrato se encontra moldado sobre uma estrutura triangular, encontrando-se em cada um dos seus vértices, respectivamente, o devedor (o tomador de seguro), o segurador e o credor (o beneficiário da prestação do segurador e segurado). Relacionando três entes distintos, o contrato de seguro-caução surge, no entanto, como um contrato celebrado apenas entre devedor e segurador.

Tendo por escopo a cobertura do risco do incumprimento ou mora das obrigações susceptíveis de caução, fiança ou aval, o contrato de seguro-caução entra em vigor após o pagamento do prémio inicial[4].

Do contrato de seguro-caução resulta um complexo de direitos e deveres que, analiticamente, compreendem, para o tomador, o dever de pagar o prémio; para o segurador, a obrigação de realizar a prestação a favor do credor e, para o beneficiário, o direito de exigir a prestação do segurador.

Comparé; RLJ – *Revista de Legislação e de Jurisprudência*; RLx – Relação de Lisboa; ROA – *Revista da Ordem dos Advogados*; RP – Relação do Porto; RTDPC – *Rivista Trimestrale di Diritto e Procedura Civile*; STJ – Supremo Tribunal de Justiça; T – Tomo.

[2] Como assinala MENEZES CORDEIRO, *Manual de Direito Comercial*, I Vol., Coimbra, Almedina, 2001, p. 122, não obstante a emancipação do contrato de seguro relativamente ao tronco comum do direito comercial, o contrato de seguro é um contrato comercial.

[3] A matéria pertence ao Direito Comercial atendendo, p. ex., ao critério do objecto e ao critério da empresa em que se inserem. Quanto aos critérios que atribuem carácter comercial aos actos de comércio, cfr. OLIVEIRA ASCENSÃO, *Direito Comercial*, Vol. I, *Institutos Gerais*, Lisboa, 1998/1999, pp. 93 e ss.

[4] Analisaremos mais adiante se o correspectivo devido pelo devedor merece o qualificativo de *prémio*.

Assim, no capítulo I, concentraremos a nossa atenção nos antecedentes e nas figuras que mais influenciaram o seguro-caução: o *star del credere*, o seguro subsidiário e a *suretyship*.

No capítulo II, analisaremos com algum pormenor o regime jurídico do contrato de seguro-caução, tal como resulta do Decreto-Lei n.º 183/88, de 24 de Maio. Assim, destacaremos os aspectos gerais do contrato, as diferenças relativamente ao seguro de crédito, as modalidades de seguro--caução e os aspectos respeitantes à formação, conteúdo e cessação do mesmo.

Abriremos, depois, um capítulo III a fim de deixar uma breve nota quanto ao acolhimento do contrato de seguro-caução em três matérias de grande relevância: a caução global de desalfandegamento, o regime jurídico de empreitadas de obras públicas e o seguro-caução prestado em benefício de entidades públicas.

Por fim, no capítulo IV, dedicaremos a nossa atenção à análise da natureza jurídica do contrato de seguro-caução. Para o efeito, indagaremos se o contrato de seguro-caução é reconduzível à figura do contrato a favor de terceiro ou a um contrato misto. O passo seguinte será determinar se o contrato de seguro-caução pertence ao tipo negocial *seguro*. Por último, dedicaremos especial atenção à qualificação do contrato de seguro-caução como fiança, qualificação tradicionalmente adoptada pela doutrina portuguesa.

CAPÍTULO I
BREVE CARACTERIZAÇÃO DAS FIGURAS QUE INFLUENCIARAM O SEGURO-CAUÇÃO

1. Intróito

Enquanto contrato autónomo do contrato de seguro de crédito, o seguro-caução apenas surge em Portugal em 1976, com a publicação do Decreto-Lei n.º 318/76, de 30 de Abril. Até então confundido com o seguro de crédito, a consagração de normas especificamente dirigidas ao seguro-caução é explicada pelo legislador português como forma de clarificar o tipo de operações que a COSEC, empresa que irá deter o exclusivo da exploração do ramo crédito e caução até 1988, podia, e em que termos, explorar[5-6].

O Decreto-Lei n.º 169/81, de 20 de Junho, veio regular de novo a matéria, em termos que se mantiveram com o Decreto-Lei n.º 183/88, de 24 de Maio: seguro de crédito e seguro-caução com regulamentação autónoma, baseada em princípios e disposições próprias, a que se sobrepõe um corpo de regras comuns aplicáveis a ambos os tipos contratuais.

1.1. *Identificação das principais figuras recondutíveis ao seguro--caução.* **Star del credere** *e seguro subsidiário.*

I. A ligação entre seguro-caução e seguro de crédito remonta fundo na história, tendo o seguro de crédito sido objecto de uma primeira conceptualização, ao que se seguiu a autonomização do seguro-caução. As primeiras figuras reconduzem-se assim ao seguro de crédito, só se destacando o seguro-caução mais tarde[7].

II. A primeira figura que influenciou o seguro-caução foi o *star del credere*. A figura surge expressamente regulada no artigo 269.º § 2 e no corpo do artigo 273.º do Código Comercial português e a sua semelhança com o seguro-caução é flagrante.

Mediante a comissão *del credere*, o comissário responde pelo cumprimento das obrigações contraídas pela pessoa com quem contratou, encontrando-se neste contrato, como assinala CAMACHO DE LOS RÍOS[8], um

---

[5] Cfr. o preâmbulo do Decreto-Lei n.º 318/76, de 30 de Abril. Aí se afirma que "no intuito de clarificar e tornar inteiramente transparente a actuação da Companhia de Seguros de Crédito, definem-se pela primeira vez, a par das normas fundamentais relativas aos seguros de crédito à exportação, que constituem a finalidade principal da sua actividade, os preceitos reguladores da concessão de seguros de créditos internos e de seguros-caução e aval ou fiança, cuja ausência de normas disciplinadoras têm causado embaraços àquela Companhia".

[6] Quanto à evolução legislativa, é possível referir, até ao Decreto-Lei n.º 183/88, quanto aos sucessivos diplomas que regularam o seguro de crédito, e, com ele, o seguro--caução, os seguintes: Decreto-Lei n.º 46 303, de 27 de Abril de 1965; Decreto-Lei n.º 47 908, de 7 de Setembro de 1967; Decreto-Lei n.º 48 950, de 3 de Abril de 1969; Decreto--Lei n.º 318/76, de 30 de Abril; Decreto-Lei n.º 169/81, de 20 de Junho e Decreto-Lei n.º 183/88, de 24 de Maio.

[7] Especificamente no que tange à evolução histórica do seguro-caução, *vide* MENEZES LEITÃO, *Garantias das Obrigações*, Coimbra, Almedina, 2006, pp. 184 e 185.

[8] *El Seguro de Caución. Estudio Crítico*, Madrid, Editorial Mapfre, 1994, pp. 6 e ss.

risco, assente no incumprimento da pessoa com quem o contrato foi realizado, um prémio, a comissão *del credere*, e um objecto seguro: o contrato realizado com a pessoa por quem o comissário responde[9].

III. Como fonte do contrato que constitui objecto do nosso estudo, apresenta-se ainda o chamado seguro subsidiário – *reprise d'assurance* – contrato realizado pelo segurado a fim de se proteger contra a insolvência do seu segurador. Segundo DONATI[10], o seguro subsidiário explica-se em função de um momento histórico bem definido, onde os seguradores se apresentavam ainda como entidades organizadas de forma rudimentar e com fraco poderio económico, o que explicava o suplemento de protecção prosseguido pelos segurados[11].

1.2. A *Suretyship*

I. Mais recentemente, parece ser ainda de referir a influência do direito anglo-saxónico, especialmente do direito norte-americano, através da figura da *suretyship*, cuja semelhança com o seguro-caução justifica aqui o presente destaque.

A *surety bond* compreende-se num contrato pelo qual um sujeito se compromete, perante outrem, a garantir o cumprimento das obrigações que perante este foram assumidas por um terceiro[12].

---

[9] FRAGALI, "Assicurazione del credito", in ED, Vol. III, s/l., Giuffrè, 1958, p. 554, distingue seguro de crédito e *star del credere* com base em três critérios: o *star del credere* constitui um pacto acessório do contrato de comissão, enquanto o seguro de crédito é objecto de uma relação autónoma; o comissário pode agir contra o devedor com base na relação que com ele estabelece e não, como acontece no seguro, em virtude da sub-rogação; o comissário não pode exigir que o mandante proceda à excussão prévia do devedor como o segurador pode exigir ao seu segurado que o faça, porquanto entre mandante e devedor não se estabelece qualquer relação e aquele só pode agir contra o devedor se se substituir ao comissário (artigo 1705.º, § 2 do *Codice Civile*).

[10] "L'assicurazione del credito", in RTDPC, ano IX, 1955, pp. 38 e ss.

[11] Já CASTRO MENDES, "Acerca do Seguro de Crédito", in *Revista Bancária*, n.º 27, Janeiro-Março 1972, p. 7, descreve o seguro subsidiário como o contrato de seguro pelo qual se pretende acautelar o risco representado pelo facto de o próprio segurador não poder liquidar o prejuízo apurado. Caso esse risco seja assumido pelo segurador, o contrato será de resseguro, caso o seja pelo próprio segurado, será de seguro subsidiário.

[12] MIRELLA VIALE, "Il sistema delle garanzie personali negli USA", in *Contratto e Impresa*, anno V, n.º 2, 1989, p. 663.

Na realidade, encontramo-nos perante garantias prestadas por seguradores, mediante as quais se pretende assegurar o bom cumprimento de um contrato (o contrato principal)[13] celebrado entre certo credor e certo devedor.

Diversamente do sucedido no panorama europeu, até recentemente, nos Estados Unidos da América, os seguradores detinham o exclusivo da exploração do mercado das garantias, na sequência do caso *Talman v. Rochester City Bank* que firmou o entendimento que as instituições de crédito não podiam prestar garantias, num princípio que veio a ficar conhecido sob o nome de *no guaranty-rule*[14].

Tal como sucede com o seguro-caução, a *surety bond* apresenta-se como um contrato que dá origem a uma estrutura triangular, em que sob cada um dos seus vértices se encontra um sujeito distinto. Assumindo a obrigação de realizar a prestação, em caso de incumprimento pelo devedor, encontra-se a *surety* ou *bonding company*; a pessoa perante a qual o compromisso é assumido toma o nome de *beneficiary* ou *obligee*; por fim, o devedor no contrato principal é o *principal*.

Um dos traços caracterizadores da *surety bond* assenta na acessoriedade. Por oposição às chamadas garantias incondicionais (garantias *on first demand*)[15], a prestação devida pelo segurador está dependente da prova do incumprimento (*default*) por parte do beneficiário, podendo o segurador valer-se dos meios de defesa retirados do contrato principal celebrado entre credor e devedor[16].

Entre as diferentes modalidades que, especialmente nas empreitadas de obras públicas, a prática seguradora norte-americana implementou, contam-se:

– As *tender* ou *bid bonds*;
– As *performance bonds*;
– As *payment bonds* (*labour and material payment bonds*).

---

[13] Como é o caso dos contratos de empreitada.

[14] MIRELLA VIALE, *op. cit.*, p. 661.

[15] Distinguindo a garantia condicional (*surety bond*) da garantia incondicional (*first demand guarantee*), JOSÉ A. REBELO MARTINS/ERNESTO DE OLIVEIRA FERREIRA, *Garantias Bancárias*, ed. BESCL, 1983, pp. 66 e ss.

[16] Neste sentido, MIRELLA VIALE, *op. cit.*, pp. 674 e ss. Entre as excepções oponíveis pela *surety company* encontra-se a mora no pagamento de quantias devidas ao *principal*, a ilicitude do contrato e a exigência de funções diversas daquelas originariamente estabelecidas no contrato. O comportamento adoptado pelo beneficiário e as modificações do contrato principal contam-se ainda entre outras excepções que podem fundamentar uma recusa do segurador.

II. As *bid bonds* apresentam-se como uma garantia de subsistência de oferta, ocupando no direito norte-americano o lugar reservado em Portugal pelas cauções provisórias[17] do concurso para apresentação de propostas para realização de empreitada.

Segundo MIRELLA VIALE[18], pelas *bid bonds*, o segurador compromete-se a que o empreiteiro se mantenha fiel ao preço apresentado aquando do concurso para a apresentação de propostas, ou seja, que adjudicada a empreitada, o empreiteiro não solicitará nenhum suplemento de preço. A par desse compromisso, o segurador obriga-se ainda a prestar uma *performance bond*, caso o empreiteiro seja seleccionado para a realização da empreitada.

III. Nas *perfomance bonds,* ou garantias de boa execução, o segurador garante, até 100% do valor do contrato principal[19], o bom cumprimento das obrigações do devedor. Estão em causa garantias acessórias, respondendo o segurador pelo incumprimento das obrigações que o empreiteiro assumiu mediante a celebração do contrato de empreitada.

A prestação do segurador não se limita, como sucede nas *performance guarantees*[20], à realização de um verba pecuniária, assumindo

---

[17] Propugnando a sua inadmissibilidade, ROMANO MARTINEZ/JOSÉ PUJOL, *Empreitada de Obras Públicas*, Coimbra, Almedina, 1995, pp. 113 e ss. Em sentido diverso, por entenderem que a doutrina vertida no Despacho Normativo de 13 de Maio de 1987 é ilegal, MÁRIO ESTEVES DE OLIVEIRA/RODRIGO ESTEVES DE OLIVEIRA, *Concursos e outros Procedimentos de Adjudicação Administrativa* (reimpressão), Coimbra, Almedina, 2003, p. 436, nota 101.

[18] "Il sistema delle garanzie personali negli USA", cit., p. 667. Identificando o mesmo objecto nas *bid bonds*, FÁTIMA GOMES, "Garantia bancária autónoma à primeira solicitação", in DJ, Vol. VIII, Tomo 2, 1994, pp. 135 e ss.

[19] Aspecto que constitui uma notável diferença relativamente ao sistema europeu, nomeadamente o português, onde tal garantia não vai além dos 5% do valor do contrato de empreitada (cfr. artigo 113.°, n.° 1 do Decreto-Lei n.° 59/99, de 2 de Março). A razão para tal divergência fundamenta-se, segundo SWEET, *Legal Aspects of Architecture, Engineering, and the Construction Industry Contracts,* citado por MIRELLA VIALE, *op. cit.*, p. 667, nota 31, no facto de, na Europa, as *bid bonds* não desempenharem o efeito de filtragem na selecção dos diferentes concorrentes à adjudicação da empreitada, pois tal função é desempenhada por instrumentos diversos.

[20] Segundo MIRELLA VIALE, *op. cit.*, p. 670, nota 49 e p. 677, nota 79, regista-se no espaço europeu e norte-americano uma divergência quanto ao sentido a atribuir às expressões *perfomance bonds* e *performances guarantees*. Assim, enquanto no espaço norte-americano as *performance bonds* correspondem a garantias condicionadas, na Europa essas garantias correspondem a compromissos *on first demand*, que, nos EUA, tomam o nome de *performance guarantees*.

outras formas, consoante o que constar do contrato de garantia. O segurador pode assim obrigar-se a completar o contrato principal (*take over agreement*), caso em que, para todos os efeitos, se substitui ao devedor e pode ainda indicar ao dono da obra um novo empreiteiro, assumindo a diferença entre o preço indicado pelo primeiro empreiteiro e o segundo, ou, também, financiar o empreiteiro de forma a possibilitar a finalização da empreitada[21].

Para o segurador a escolha entre qualquer uma destas opções é feita em função de critérios de economicidade. Quando qualquer daquelas soluções se apresentar mais económica do que o compromisso pecuniário inscrito na *bond*, a escolha recairá sobre uma delas. Como contragarantia, o segurador exige que o devedor celebre um contrato (denominado *indemnity agreement*), pelo qual este se obriga a restituir ao segurador os montantes pagos na eventualidade de a garantia ser accionada[22].

IV. As *payment bonds* surgem como garantias prestadas a favor do dono da obra a fim de realizar o pagamento de dívidas que o empreiteiro eventualmente venha a constituir perante subempreiteiros e trabalhadores da obra. O seu montante eleva-se de 25% a 100% do preço da empreitada, valor que nas empreitadas de obras públicas deve atingir um mínimo de 40% a 50%[23].

CAPÍTULO II
O REGIME JURÍDICO DO CONTRATO DE SEGURO-CAUÇÃO

1. Aspectos Gerais

I. O seguro-caução corresponde a uma fiança prestada por uma companhia de seguros, mediante o pagamento de uma comissão a que se dá o nome de prémio. Assim surge habitualmente definida a figura que ora nos

---

[21] Com desenvolvimento, MIRELLA VIALE, *op. cit.*, pp. 666 e 667.
[22] Cfr. FERNANDO VICTÓRIA, "O seguro de crédito em Portugal. Apêndice à edição portuguesa de o seguro de crédito no mundo contemporâneo", in *O Seguro de Crédito no Mundo Contemporâneo* (trad. port. Maria do Rosário Torres), Lisboa, Cosec, 1983, p. 625.
[23] MIRELLA VIALE, *op. cit.*, pp. 669 e ss.

ocupa[24], o que, desde logo, permite equacionar uma série de questões que podem ser enunciadas nos seguintes termos:

– O seguro-caução é uma fiança ou um contrato de seguro?
– Qual a relevância do elemento "companhia de seguros" para a definição do contrato?
– Que natureza reveste o prémio no contrato de seguro-caução? A de prémio, no sentido de correspectivo devido pelo tomador de seguro, ou o de mera comissão, análoga à garantia bancária?

II. Arrancando do binómio seguro e caução[25], o contrato de seguro-caução encontra a sua autonomia em virtude do risco coberto: a cobertura, directa ou indirecta, do risco de incumprimento ou atraso no cumprimento das obrigações que, por lei ou convenção, sejam susceptíveis de caução, fiança ou aval (artigo 6.º, n.º 1). Se o salientamos aqui, em repetição do enunciado legal, tal resulta da especial natureza do risco coberto por esta espécie contratual: o risco da mora ou do incumprimento de obrigações resultantes de certo contrato.

A noção e a regulamentação dada pela legislação portuguesa à figura contrastam com a parcimónia com que a matéria é tratada em outros países. Assim, em Espanha, a Lei n.º 50/80, de 8 de Outubro, sobre o Contrato de Seguro, após abrir uma secção autónoma sobre o contrato de seguro-caução, dedica-lhe um único artigo, o artigo 68.º, no qual o seguro-caução surge definido como a operação em que: "(…) el asegurador se obliga, en caso de incumplimiento por el tomador del seguro de sus obligaciones

---

[24] Utilizam semelhante formulação, ROMANO MARTINEZ/FUZETA DA PONTE, *Garantias de Cumprimento*, 4.ª ed., Coimbra, Almedina, 2003, p. 71 e MENEZES CORDEIRO, *Manual de Direito Comercial*, I Vol., cit., p. 598. A origem da expressão parece radicar na discussão travada aquando da revisão do Código de Processo Civil de 1939, onde, apreciando-se a admissibilidade da prestação de caução por meio de seguro, LOPES CARDOSO, apud VAZ SERRA, "Responsabilidade patrimonial", in BMJ, n.º 75, 1958, p. 127, nota 127-a, se pronunciou no sentido de que: "no fim de contas, esta caução é uma verdadeira fiança, que só se distingue da bancária, já prevista na lei actual, por ser prestada por uma companhia de seguros, mediante comissão a que se dá o nome de prémio". Na jurisprudência, cfr., Ac. do STJ de 3 de Abril de 1986 (ALMEIDA RIBEIRO), in BMJ, n.º 356, 1986, p. 321.

[25] De acordo com ROMANO MARTINEZ/FUZETA DA PONTE, *Garantias de Cumprimento*, cit., p. 69, a caução caracteriza-se como uma garantia que pode prosseguir duas finalidades em alternativa: assegurar o cumprimento de obrigações eventuais, ou seja, de obrigações que não se sabe ainda se se virão a constituir ou garantir obrigações de montante indeterminado.

legales o contractuales, a indemnizar al asegurado a título de resarcimiento o penalidad los daños patrimoniales sufridos, dentro de los límites establecidos en la Ley o en el contrato. Todo pago hecho por el asegurador deberá serle reembolsado por el tomador del seguro".

Em França, o *Code des Assurances* não faz qualquer referência ao seguro-caução, situação que se deixa explicar pelo litígio desenrolado entre as instituições de crédito e os seguradores quanto à capacidade de os segundos fornecerem ao mercado este tipo de serviços. A arbitragem *Renaudim* do Conselho de Estado, veio negar tal possibilidade aos seguradores o que explica o relativo desinteresse a que a figura tem sido votada naquele ordenamento.

O *Codice Civile* omite igualmente a figura, encontrando-se, porém, o seguro-caução documentado na Circular ISVAP (*Istituto per la Vigilanza sulle Assicurazioni Private e di Interesse Collettivo*) n.º 162, de 1991, a qual estatui que no ramo caução se incluem "quei contratti assicurativi che assolvono la stessa funzione giuridico-economica (e pertanto sono sostitutivi) di una cauzione in danaro, o in altri beni reali, ovvero di una garanzia fidejussoria, che un determinato soggetto (il contraente dell'assicurazione) è tenuto a costituire, a favore del beneficiario della prestazione (privato o pubblico), al fine di garantire proprie future obbligazioni pecuniarie o per inadempimento degli obblighi assunti o a titolo di risarcimento di danni o di penale"[26].

No Reino Unido, o Anexo n.º 2 ao *Insurance Companies Act* de 1982, dispõe que no ramo "crédito" se compreendem os "effecting and carrying out contracts of insurance against risks of loss to the persons insured arising from the insolvency of debtors of theirs or from the failure (otherwise than through insolvency) of debtors of theirs to pay their debts when in due".

III. As vantagens do seguro-caução[27] não são negligenciáveis: mediante a prestação de um prémio é possível evitar a perda anti-econó-

---

[26] O texto completo pode ser analisado conferindo, p. ex., *www.isvap.it/isvap_cms/docs/F97609/circ162_.pdf*. De realçar, ainda na citada Circular, a previsão da cobertura de obrigações *de facere*, *non facere* e de *dare*. A constituição de caução em favor do Estado e outros entes públicos é, no entanto, objecto de lei própria, a *legge* n. 348, de 10 de Junho de 1982, disponível em *www.concordato.it/index_it.html*.

[27] Quanto à questão terminológica, cfr. GONÇALVES SALVADOR, "Seguro-caução", in *O Direito*, 1968, fasc. 3, Julho-Setembro p. 303, nota 1. Para JOSÉ VASQUES, *Contrato de Seguro*, Coimbra, Coimbra Editora, 1999, p. 54, atento o risco seguro pelo contrato, a desig-

mica da disponibilidade do bem que, salvo a fiança bancária, as restantes modalidades de caução previstas no artigo 623.º, n.º 1 do Código Civil impõem[28-29].

Mediante um contrato de seguro-caução podem ser cobertas obrigações pecuniárias, como sucede na caução global de desalfandegamento, obrigações de *facere,* como acontece nas empreitadas de obras públicas,

---

nação caução-seguro pareceria mais apropriada, já que se trata de caução sob a forma de seguro. Por sua vez, o Decreto-Lei n.º 183/88, utiliza a expressão *seguro-caução* nos artigos 1.º, n.º 5 e 9.º, n.º 2 e a denominação *seguro de caução* no artigo 6.º.

Na jurisprudência, por vezes fala-se também em *seguro de caução* [Ac. da RLx de 21 de Abril de 1976 (COSTA SOARES), in BMJ n.º 258, 1976, pp. 263 e ss.; Ac. da RP de 9 de Julho de 1985 (FERNANDES FUGAS), in CJ, ano X, 1985, T. 4, pp. 225 e ss.; Ac. do STJ de 3 de Abril de 1986 (ALMEIDA RIBEIRO), in BMJ, n.º 356, 1986, pp. 320 e ss.; Ac. do STJ de 2 de Outubro de 1997 (FERNANDO FABIÃO), in CJ-Acs. do STJ, ano V, 1997, T. III, pp. 45 e ss.; Ac. do STJ de 10 de Dezembro de 1997 (COSTA MARQUES), in CJ-Acs. do STJ, ano V, 1997, T. III, pp. 158 e ss.], ou em *seguro-caução* [Ac. da RLx de 7 de Maio de 1998 (URBANO DIAS), in CJ, ano XXIII, 1998, T. III, pp. 82 e ss.; Ac. da RLx de 28 de Janeiro de 1999 (CARLOS VALVERDE), in CJ, ano XXIV, 1999, T. I, pp. 88 e ss.; Ac. da RLx de 18 de Fevereiro de 1999 (EVANGELISTA ARAÚJO), in CJ, ano XXIV, T. I, 1999, pp. 113 e ss.; Ac. da RP de 30 de Janeiro de 1995 (BESSA PACHECO), in CJ, ano XX, 1995, T. I, pp. 207 e ss.; Ac. do STA de 4 de Agosto de 1989 (OLIVEIRA MATOS), in BMJ n.º 389, 1989, pp. 331 e ss.; Ac. do STJ de 28 de Setembro de 1995 (JOAQUIM DE MATOS), in CJ-Acs. STJ, ano III, 1995, T. III, pp. 31 e ss.; Ac. do STJ de 22 de Novembro de 1995 (FERREIRA DA SILVA), in CJ-Acs. do STJ, ano III, 1995, T. III, pp. 111 e ss.; Ac. do STJ de 12 de Março de 1996 (SOUSA INÊS), in CJ-Acs. do STJ, ano IV, 1996, T. I, pp. 143 e ss.; Ac. do STJ de 11 de Fevereiro de 1999 (SOUSA DINIZ), in CJ-Acs. do STJ, ano VII, 1999, T. I, pp. 106 e ss.; Ac. do STJ de 11 de Março de 1999 (PINTO MONTEIRO), in CJ-Acs. do STJ, ano VII, 1999, T. I, pp. 156 e ss.; Ac. do STJ de 16 de Dezembro de 1999 (ARAGÃO SEIA), in CJ-Acs. do STJ, ano VII, 1999, T. III, pp. 140 e ss.], pelo que a orientação correcta será, ao que parece, usar as expressões em sinonímia. Assim, Ac. da RLx de 12 de Fevereiro de 1985 (ALBUQUERQUE E SOUSA), in CJ, ano X, 1985, T. I, pp. 163 e ss.; Ac. da RLx 24 de Abril de 1996 (RODRIGUES CODEÇO), in CJ, ano XXI, 1996, T. II, pp. 121 e ss.; Ac. da RLx de 4 de Junho de 1998 (SALVADOR DA COSTA), in AJ, n.º 23, ano II, pp. 34 e ss.; Ac. da RLx de 24 de Junho de 1999 (MENDES LOURO), in CJ, ano XXIV, 1999, T. III, pp. 125 e ss.; Ac. da RLx de 15 de Março de 2000 (SALAZAR CASANOVA), in CJ, ano XXV, 2000, T. II, pp. 94 e ss.; Ac. da RP de 24 de Maio de 1994 (PAZ DIAS), in CJ, ano XIX, 1994, T. III, pp. 219 e ss.; Ac. do STJ de 20 de Janeiro de 1998 (CÉSAR MARQUES), in BMJ n.º 473, 1998, pp. 467 e ss. e Ac. do STJ de 21 de Maio de 1998 (FERNANDO MAGALHÃES), in BMJ n.º 447, 1998, pp. 482 e ss.

[28] Conforme refere o artigo 666.º, n.º 2 do Código Civil, a prestação de garantia por meio de depósito, títulos de crédito, pedras ou metais preciosos, traduz-se igualmente na constituição de um penhor em benefício do credor.

[29] Quanto às vantagens do seguro-caução, cfr. RICCARDO LUPPI, "Fideiussione e polizza fideiussorie", in GI, 1983, Vol. CXXXV, 1983, col. 678.

ou, ainda, embora mais remotamente, obrigações de *non facere*[30-31], o que demonstra o leque de situações abrangidas pelo contrato.

2. Seguro-caução e seguro de crédito

I. Mediante um contrato de seguro de crédito, o vendedor que vende a prazo pretende cobrir o risco de não pagamento compreendido entre a realização da venda e o momento do vencimento do crédito[32].

No seguro de crédito, a lei portuguesa distingue o seguro de crédito à exportação[33] (que compreende as operações de exportação na fase ante-

---

[30] A previsão do contrato de seguro-caução como garantia de obrigações é já bastante vasta. Assim, e apenas quanto à legislação mais recente, pode ver-se: Decreto-Lei n.º 87/90, de 16 de Março (Recursos geotérmicos – artigo 48.º e 49.º); Decreto-Lei n.º 195/99, de 8 de Junho (Acesso a serviços públicos essenciais – artigo 2.º); Decreto-Lei n.º 197/99, de 8 de Junho (Regime de realização de despesas públicas com locação e aquisição de bens e serviços, bem como da contratação pública relativa à locação e aquisição de bens móveis e serviços – artigo 70.º, n.º 5); Decreto-Lei n.º 300/99, de 5 de Agosto (Imposto sobre o álcool e as bebidas alcoólicas – artigo 31.º); Decreto-Lei n.º 555/99, de 16 de Dezembro (Regime jurídico de urbanização e edificação – artigo 54.º); Decreto-Lei n.º 566/99, de 22 de Dezembro (Código dos Impostos Especiais do Consumo – artigo 40.º, n.º 2); Lei n.º 15/2001, de 5 de Junho (Aprova o Código de Procedimento e do Processo Tributário – artigo 199.º).

[31] A nível internacional, uma concretização do seguro-caução encontra-se nas regras uniformes da CCI para as *Contract Bonds*, com entrada em vigor em 1 de Janeiro de 1994 (publicação n.º 524). Com a preocupação de criação de regras uniformes para a indústria de seguros no que concerne a obrigações de natureza acessória, as regras dividem-se em oito artigos referentes às seguintes matérias:
Artigo 1.º – Âmbito de aplicação
Artigo 2.º – Definições
Artigo 3.º – Forma da *Contract Bond* e responsabilidade do garante
Artigo 4.º – Caducidade e liberação do garante
Artigo 5.º – Restituição da *Contract Bond*
Artigo 6.º – Emendas e modificações do Contrato e da *Contract Bond*, prorrogação de vigência
Artigo 7.º – Accionamento da garantia e procedimento (de reclamação)
Artigo 8.º – Jurisdição e Direito aplicável.
Quanto a toda esta matéria, cfr. PH SIMLER, "Les règles uniformes de la chambre de commerce internationale (CCI) pour les *Contract Bonds*", in RDIDC, ano 74, segundo trimestre 1997, pp. 122 e ss.

[32] De acordo com FERNANDO VICTÓRIA, "O seguro de crédito em Portugal. Apêndice à edição portuguesa de o seguro de crédito no mundo contemporâneo", cit., p. 609, só existe risco de crédito quando se verifique uma *décalage* temporal entre a prestação e a contraprestação.

[33] Cfr. artigo 1.º, n.º 2.

rior à encomenda firme, na fase de fabrico e na fase de crédito[34], com regulamentação detalhada dada pelo anexo I ao Decreto-Lei n.º 214/99), o seguro de crédito no mercado interno[35] (que, contrariamente ao seguro de crédito à exportação, apenas abrange a fase de fabrico e a fase de crédito) e o seguro de crédito financeiros[36].

Os riscos cobertos no seguro de crédito são enunciados no artigo 3.º, n.º 1, compreendendo, entre outros, a não amortização das despesas com operações de prospecção de mercado, participações em feiras no estrangeiro, falta ou atraso no pagamento dos montantes devidos ao credor, ou variações cambiais quanto a contratos com pagamento em moeda estrangeira[37].

Por Portaria conjunta do Ministro das Finanças e da Economia poderão ainda ser cobertos outros riscos (artigo 3.º, n.º 2), pelo que se conclui que o elenco do artigo 3.º, n.º 1 é taxativo[38].

O facto gerador do sinistro é descrito no artigo 4.º, cobrindo-se a insolvência do devedor, de facto ou judicial, o incumprimento ou mora que prevaleça pelo prazo constitutivo do sinistro indicado na apólice[39], e ainda, os casos fortuitos ou de força maior susceptíveis de desencadear a cobertura prevista na apólice.

Tendo por interesse seguro o direito de crédito[40], a cobertura realizada no seguro de crédito é limitada a uma percentagem do crédito seguro (descoberto obrigatório), sendo o valor da indemnização devido a final calculado com aplicação aos prejuízos apurados, dentro dos limites do crédito seguro, da percentagem de cobertura estabelecida[41], tendo o segurador a possibilidade de fixar na apólice limites para os danos indemnizáveis.

---

[34] A distinção surgia particularmente vincada nos artigos 12.º, 13.º e 14.º do Decreto-Lei n.º 318/76.

[35] Cfr. artigo 1.º, n.º 3.

[36] Cfr. artigo 1.º, n.º 4.

[37] O critério aglutinador das diversas alíneas parece ser o da perda do valor do crédito.

[38] Neste sentido, cfr. CALVÃO DA SILVA, "Seguro de Crédito", in *Estudos de Direito Comercial (Pareceres)*, Coimbra, Almedina, 1999, p. 117.

[39] Nos termos em que se encontra formulado, cremos que o artigo 3.º, n.º 1, alínea *c*), não encontra paralelo em legislação estrangeira.

[40] Cfr. DONATI, "L'assicurazione del credito", cit., p. 57.

[41] Pensamos que a redacção do artigo 5.º, n.º 2 não é correcta. Efectivamente, não se vislumbra o que se pretende dizer com "o valor da indemnização é calculado com aplicação aos prejuízos apurados, dentro dos limites do crédito seguro *e da* percentagem de cobertura estabelecida". A junção da partícula "e", logo após a referência aos "limites do crédito seguro", tornou o preceito confuso, pelo que acreditamos existir lapso. O artigo 5.º, n.º 2 do Decreto-Lei n.º 169/81, dispunha correctamente que "o valor da indemnização é

II. O seguro-caução é usualmente classificado como uma modalidade de seguros de crédito, pelo que importa aqui realizar a sua destrinça.

Na realidade, tal tendência regista-se, desde logo, no Decreto-Lei n.º 183/88, onde no preâmbulo se destaca que "na designação de seguros de risco de créditos engloba-se não só o riscos de crédito em sentido estrito, mas também os seguros-caução, aval, fiança, de créditos financeiros, de locação financeira e ainda os riscos decorrentes de operações de cobrança"[42].

A ideia de um seguro de crédito em sentido amplo, dentro do qual se compreenderia o seguro de crédito em sentido restrito e o seguro-caução é também acolhida pela doutrina.

CASTRO MENDES[43], por exemplo, adopta uma noção de seguro de crédito em sentido amplo, que reconduz ao seguro do risco de não pagamento de um crédito, qualquer que seja a origem do crédito ou do não pagamento, aí incluindo os casos de não pagamento em resultado de mora, com ou sem contestação do crédito, ou por insolvência. Distingue depois seguro de crédito, em sentido restrito, de "seguro-caução", com base exclusivamente no critério das partes outorgantes: seguro de crédito, quando o contrato é celebrado pelo credor, seguro-caução quando o contrato é celebrado pelo devedor.

Admitindo um âmbito mais lato para o seguro de crédito, MENEZES CORDEIRO[44] sustenta que o seguro de crédito nuclear surge como uma garantia da obrigação, falando a lei – artigo 6.º, n.º 1 do Decreto-Lei n.º 183/88 – a esse propósito, em seguro-caução. No mesmo sentido, GONÇALVES SALVADOR entende o seguro-caução como uma modalidade de

---

calculado com aplicação aos prejuízos apurados, dentro dos limites do crédito, da percentagem de cobertura estabelecida".

[42] A ideia expressa no preâmbulo parece, no entanto, não ter ficado traduzida na lei. O artigo 1.º, n.º 1 distingue com toda a clareza os seguros do ramo "créditos" e "caução" e autonomiza, no capítulo III, os seguros de caução. Em ordenamentos jurídicos que não o português a distinção entre seguro de crédito e seguro-caução, pelo menos formalmente, é bem delimitada. Assim, a Lei n.º 50/80, de 8 de Outubro (*Ley del Contrato de Seguro*) trata do seguro-caução na secção VI e do seguro de crédito, numa secção distinta, a VII. Por seu turno, a Circular ISVAP n.º 162 de 1991, arruma o seguro de crédito e o seguro-caução em alíneas distintas, sob os títulos "Ramo crédito" e "Ramo Caução".

[43] Cfr. CASTRO MENDES, "Acerca do seguro de crédito", cit., pp. 7 e 9.

[44] Cfr. MENEZES CORDEIRO, *Manual de Direito Comercial*, I Vol., cit., pp. 598 e ss. Já no *Manual de Direito Bancário*, 3.ª ed., Coimbra, Almedina, 2006, p. 649, o ilustre Autor identifica o seguro-caução com uma caução prestada através de um seguros de crédito.

seguros de crédito, não obstante reconhecer que o diferente grau de insolvência e o consequente momento de pagamento da indemnização "tem amplo reflexo na estrutura jurídica"[45-46].

III. A doutrina não deixou, contudo, de propor critérios para a distinção entre as duas figuras, e, entre eles, o critério das partes. O seguro de crédito é celebrado entre o segurador e o credor e não pelo devedor a favor do respectivo credor. Trata-se, no entanto, de um critério formal que não serve de suporte a qualquer real distinção.

Para JEAN BASTIN[47], uma diferença fundamental encontra-se na forma de cálculo do prémio. O segurador do ramo "crédito" calcula o prémio sobre o volume de negócios, enquanto no seguro-caução tal cálculo realiza-se com base no montante máximo do compromisso, efectivo ou virtual.

De acordo com TIRADO SUAREZ, na síntese realizada por CAMACHO DE LOS RÍOS, seguro de crédito e seguro-caução distinguem-se pela forma de contratação: no seguro de crédito, o credor pretende cobrir todo o seu volume de negócios, o que é realizado através das apólices globais ou flutuantes, enquanto no seguro-caução, o credor pretende-se colocar a salvo de operações concretas mediante apólices individualizadas[48].

Conte-se ainda, num ponto demonstrado por ROMANO MARTINEZ//FUZETA DA PONTE, que enquanto no seguro de crédito é coberta uma obrigação pecuniária, no seguro-caução são cobertas prestações de facto e de coisa determinada[49].

---

[45] Cfr. GONÇALVES SALVADOR, "Seguro-caução", cit., pp. 321 e 328.

[46] Já a posição adoptada por JOSÉ VASQUES, op. cit., pp. 53 e ss., deixa-nos dúvidas, pois na classificação que adopta entre seguros verdadeiros e próprios e não seguros (aqueles que, segundo o Autor, apresentariam maiores semelhanças com as operações realizadas pelas instituições de crédito e sociedades financeiras do que com a técnica seguradora) apenas menciona o seguro-caução e já não o seguro de crédito. Contudo, ao caracterizar o seguro-caução refere serem aplicáveis as considerações feitas relativamente ao carácter atípico do seguro de crédito, expresso "no facto de o seu regime jurídico lançar mão do regime especial para igual garantia dos créditos de estabelecimentos bancários, além de serem expressamente aplicáveis aos órgãos sociais e aos trabalhadores das seguradoras que explorem o seguro de crédito as disposições legais relativas ao segredo bancário (artigo 22.º do DL n.º 183/88, de 24 de Maio)".

[47] O Seguro de Crédito no Mundo Contemporâneo, cit., p. 75.

[48] Cfr. CAMACHO DE LOS RÍOS, op. cit., p. 21.

[49] Assim, ROMANO MARTINEZ/FUZETA DA PONTE, Garantias de Cumprimento, cit., p. 71, nota 135: "Tendencialmente, apesar de a lei não o estabelecer, a garantia no seguro

IV. A distinção entre seguro de crédito e seguro-caução surge, porém, em Portugal, especialmente dificultada em virtude de o seguro de crédito não ser definido como um seguro contra a insolvência.

A caracterização em "linha de máxima" de DONATI[50] que define o seguro de crédito como o contrato pelo qual o segurador "promete ressarcir um dano, consistente na perda de um valor na sequência da irrecuperabilidade superveniente, total ou parcial de um crédito, por o devedor ser insolvente, ou pelo fracasso, total ou parcial, das acções executivas promovidas contra o devedor", parece ter sido ultrapassada pelo legislador português, ao explicitar que o seguro de crédito poderá cobrir os riscos resultantes de falta ou *atraso* no pagamento dos montantes devidos ao credor[51], o que dificulta a distinção relativamente ao seguro-caução, onde o segurador cobre o risco de incumprimento ou *atraso* no cumprimento das obrigações.

Ambos os contratos teriam assim o propósito de cobrir o credor no vencimento, em caso de incumprimento do devedor, pelo que a sua natureza seria em ambos os casos de fiança, distinguindo-se seguro de crédito e seguro-caução (apenas) pelo facto de o primeiro ser celebrado pelo credor e, o segundo, com o devedor[52].

V. A lei favorece, de resto, tal entendimento. Ao dispor que entre os riscos cobertos pelo seguro de crédito se compreende "a falta ou atraso no pagamento dos montantes devidos ao devedor", retira-se que o legislador português terá erigido o contrato de seguro de crédito não apenas como um seguro contra a insolvência, mas também como um seguro contra a simples mora.

Porém, a responsabilidade do segurador apenas ocorre verificando-se o facto previsto na apólice susceptível de desencadear a cobertura prevista no contrato. Conforme dispõe o artigo 4.º, n.º 1, alínea *d*), apenas se cons-

---

de caução, reporta-se a prestações de facto e de coisa determinada e, no seguro de crédito, a prestações pecuniárias".

[50] Cfr. "L'assicurazione del credito", cit., p. 42.
[51] Cfr. artigo 3.º, n.º 1, alínea *c*).
[52] Neste preciso sentido, CALVÃO DA SILVA, "Seguro-caução: protocolo como contrato quadro e circunstância atendível para a interpretação da apólice", in RLJ, ano 132, n.ºs 3908/3909, p. 382. Contra, afirmando pertencer o seguro de crédito ao tipo negocial *seguro*, JANUÁRIO GOMES, *Assunção Fidejussória de Dívida. Sobre o Sentido e o Âmbito da Vinculação como Fiador*, Coimbra, Almedina, 2000, p. 76, nota 291.

tituem como factos geradores de sinistro[53], o "incumprimento ou mora, *que prevaleça pelo prazo constitutivo do sinistro indicado na apólice*", com isto parecendo se pretender dizer que a responsabilidade do segurador não se constitui com o (puro) vencimento, mas só após um certo decurso de tempo, isto é, com algo de semelhante a uma mora "qualificada", que revele já a perda definitiva do crédito.

Esta ideia, que melhor surgia retratada no artigo 14.º, n.º 1, alínea *e*) do Decreto-Lei n.º 318/76, ao se exigir a "mora do importador por período excedente a seis meses", surge hoje representada na exigência de que a mora prevaleça pelo prazo constitutivo do sinistro.

Segundo o n.º 24.º, alínea *a*) do anexo I ao Decreto-Lei n.º 214/99, o prazo constitutivo de sinistro corresponde ao prazo fixado para que o risco coberto se verifique, prejuízo esse que por remissão do n.º 24 para o n.º 6, a lei define como sendo de 6 meses para o risco de fabrico e de 3 meses para o risco de crédito.

No seguro de crédito, o momento de intervenção do segurador não coincide pois com o vencimento da obrigação, registando-se sempre um lapso de tempo, maior ou menor, conforme o ajustado na apólice, o que parece ter o sentido de demonstrar que para o segurado aquela representa já uma perda efectiva do valor do seu crédito[54].

Assim, a função desempenhada por um e outro contrato não se identificam, pois enquanto o segurador do ramo "crédito" tem por missão ressarcir os danos do segurado, no seguro-caução, o compromisso passa pela tutela do cumprimento da obrigação subjacente ao contrato.

---

[53] Para além dos restantes factos previstos sob as alíneas *a*) a *o*) mas nesse caso o âmbito do seguro de crédito não se confunde com o do seguro-caução.

[54] A lei portuguesa terá porventura adoptado o entendimento de FRAGALI, "Assicurazione del credito", cit., pp. 531 e ss., no sentido de se equiparar a mora prolongada à insolvência, pois também esta impede o credor de utilizar a prestação para os fins previstos no programa contratual ou leva-o a tomar os meios necessários para fazer frente ao incumprimento do devedor, forçando-o a assumir novos débitos. O carácter definitivo da perda do crédito seria assim sempre aferida em relação ao interesse do credor, que geralmente não está disposto a gerir uma longuíssima espera.

3. Modalidades de seguro-caução previstas no Decreto-Lei n.º 183/88, de 24 de Maio

Ao definir o âmbito de aplicação dos ramos "crédito" e "caução", o Decreto-Lei n.º 183/88, prevê, no artigo 1.º, n.º 5, os diferentes tipos em que o seguro-caução se desdobra: seguro-caução directa e indirecta, seguro-fiança e seguro-aval.

Não obstante a expressa previsão legal, nada mais se esclarece quanto ao sentido de cada uma das espécies compreendidas no seguro-caução, deixando-se tal tarefa para o intérprete.

No esquema seguido pela lei, o seguro-caução é regulado de uma forma unitária, esquecendo-se qualquer referência à pluralidade que ainda no capítulo I se deixara enunciada. Exceptuando a epígrafe do capítulo III, que sob a denominação "Dos seguros de caução" indicia a pluralidade, a única referência às diferentes modalidades que o seguro-caução reveste retira-se da definição fornecida pelo artigo 6.º, n.º 1, de acordo com a qual, o seguro-caução cobre o risco de incumprimento de obrigações susceptíveis de caução, fiança ou aval, inculcando, pelo menos a uma primeira impressão, que a caução directa e indirecta terá por objecto obrigações caucionáveis, o seguro-fiança, obrigações susceptíveis de serem cobertas por meio de fiança e, o seguro-aval, obrigações avalizáveis.

3.1. *Caução directa e indirecta*

I. A noção de caução directa e indirecta acolhida pelo legislador português parece inspirar-se na noção proposta pela Directriz 73/239/CEE, relativa "à coordenação das disposições legislativas, regulamentares e administrativas respeitantes ao acesso à actividade de seguro directo não vida e ao seu exercício"[55]. No anexo à Directriz, sob o n.º 15, distingue-se caução directa e indirecta, não se propondo, todavia, quaisquer critérios para a diferenciação das duas modalidades em causa.

A legislação portuguesa não refere que a distinção entre caução directa e indirecta seja um resultado da influência comunitária. Efectivamente, no preâmbulo do Decreto-Lei n.º 183/88, a influência da

---

[55] Directriz 73/239/CEE do Conselho, de 24 de Julho de 1973, conhecida por 1.ª Directriz de seguro não vida. Trata-se de uma directriz da designada "1.ª geração".

Directriz 73/239/CEE é relacionada com a proibição de vedar a exploração cumulativa dos seguros de créditos com outros ramos de seguro, imputando-se as restantes alterações às "clarificações e modificações de pormenor que a experiência colhida na exploração deste tipo de seguros ditou".

Crê-se, não obstante, que a introdução da referida distinção resultou de directa influência comunitária. O anterior regime, aprovado pelo Decreto-Lei n.º 169/81, não conhecia a distinção[56], surgindo a alteração legislativa em 1988, após a entrada de Portugal nas Comunidades, em 1985, a qual influenciou de forma determinante o mercado dos seguros, mormente na vertente das condições de acesso e de exercício.

II. A indeterminação conceptual das figuras caução directa e caução indirecta parece remeter para a prática do seguro-caução a nível internacional. Conforme assinala JEAN BASTIN[57], há caução directa quando é a próprio segurador que emite a caução, existindo, por seu turno, caução indirecta, quando o segurador cobre os bancos ou as instituições financeiras que emitem os documentos da caução. Em termos sintéticos, pois, na caução indirecta, o segurador cobre o sujeito (por exemplo, um banco) que

---

[56] Efectivamente, o n.º 2 do artigo 1.º do Decreto-Lei n.º 169/81, apenas previa que "o regime jurídico referido no número anterior (o do seguro de riscos de crédito) aplica-se igualmente a outros ramos configurados como de seguros de crédito e ainda ao seguro-caução, seguro-fiança, seguro-aval, seguro de crédito financeiros, incluindo nestes os seguros de garantias bancárias, de locação financeira (*leasing*) e de créditos decorrentes de operações de cobrança (*factoring*), e, supletivamente, ao seguro de riscos de investimento directo no estrangeiro", nada mais dizendo sobre o assunto.

É curioso ainda o confronto entre a definição fornecida pelo Decreto-Lei n.º 183/88, segundo a qual "o seguro de caução cobre, *directa ou indirectamente*, o risco de incumprimento ou atraso no cumprimento das obrigações que, por lei ou convenção, sejam susceptíveis de caução, fiança ou aval" e a anterior definição fornecida pelo artigo 7.º, n.º 1 do Decreto-Lei n.º 169/81: "constituem riscos seguráveis o incumprimento ou o atraso de cumprimento das obrigações que, por lei ou convenção, sejam susceptíveis de caução, fiança ou aval".

[57] *O Seguro de Crédito no Mundo Contemporâneo*, cit., p. 412. Já em *A Protecção Contra o Incumprimento* (trad. port. MARIA DA CONCEIÇÃO DUARTE), s/l, Cosec, 1994, p. 255, o Autor defende que na caução indirecta o segurado não assume qualquer benefício directo face ao beneficiário, mas compromete-se a indemnizar, pelo menos numa quota-parte, a entidade que presta a caução. Outra diferença contar-se-ia no facto de na caução directa o segurador intervir quase espontaneamente, intervenção essa que é muito menos célere na caução indirecta.

se comprometeu directa ou indirectamente a realizar uma prestação em caso de incumprimento do devedor[58-59].

3.2. *Seguro-fiança e seguro-aval*

I. A concretização das diferentes espécies de seguro-caução previstas no artigo 1.°, n.° 5, constitui igualmente uma tarefa espinhosa, em particular no que tange à determinação dos aí denominados *seguro-fiança* e *seguro-aval*.

Pensamos ter de partir do uso que a estas expressões é conferido pela doutrina francesa e belga. No espaço jurídico francófono constitui prática corrente a utilização das expressões *assurance-caution, assurance-cautionnement, assurance-aval*, sem qualquer preocupação terminológica. Assim, MAURICE PICARD/ANDRÉ BESSON utilizam as expressões *assurance-aval* e *assurance-caution* em sinonímia para descrever o contrato de seguro que assegura a cobertura do risco de não pagamento do crédito no vencimento (p. ex., de uma letra)[60].

Com diferente terminologia, JEAN BIGOT[61] caracteriza o *assurance-aval*, como o contrato pelo qual o segurador cobre o risco do não pagamento de um certo crédito e o *assurance-cautionnement* como o seguro pelo qual o segurador se substitui ao segurado na realização de um depó-

---

[58] De acordo com o Ac. da RLx de 4 de Junho de 1998 (SALVADOR DA COSTA), cit., p. 35, "o beneficiário da indemnização pode ser o credor da obrigação a que se reporta o contrato de seguro, caso em que se está perante o contrato de seguro-caução directa, ou a pessoa que garantir o cumprimento da referida obrigação, situação que se configura como de caução indirecta".

[59] Com uma perspectiva aproximada, o anexo V do recente Despacho Conjunto dos Ministérios das Finanças e da Economia n.° 224/2004, de 8 de Abril, estabeleceu as condições gerais da apólice de seguro-caução indirecta com garantia do Estado, sendo o segurado identificado com a instituição financeira ou seguradora que emite a caução directa e a favor de quem reverte a prestação da COSEC, decorrente da verificação do sinistro (cfr. artigo 1.°).

[60] *Traité Général des Assurances Terrestres en Droit Français*, Tome III, *Assurances de Choses. Assurances de Responsabilité*, Paris, LGDJ, 1943, pp. 251 e ss.: "*l'assurance-aval ou caution* couvre l'assuré contre le non-paiement à l'échéance de la créance garantie, que celle-ci se présente sous la forme d'une traite, d'un billet de fonds ou d'une créance ordinaire" (itálico no original). A utilização em sinonímia da expressão *assurance aval* ou *caution* terá porventura influenciado o legislador português aquando da elaboração do Decreto-Lei n.° 318/76, sendo disso reflexo o artigo 30.°, que, sob a epígrafe seguro-fiança ou aval, regulava unitariamente as duas figuras.

[61] "Assurance-Crédit", in *Encyclopédie Dalloz, Droit Commercial*, I, A-B, 1972, 1.

sito de montante determinado em benefício de um ente administrativo que exige uma garantia ao segurado.

Segundo outros autores, o *assurance-caution*, não deveria ser confundido com o *assurance-cautionnement*[62] e, para outra doutrina, como MARCEL FONTAINE[63], o uso da expressão *assurance-caution* seria de abandonar, distinguindo-se, apenas, o *assurance-aval* do *assurance-cautionnement*. Para esta última concepção, o *assurance-aval* traduziria um tipo de seguro de crédito caracterizado pelo momento de intervenção do segurador (no vencimento, aquando do não pagamento pelo devedor), distinguindo-se assim dos outros tipos possíveis de seguro de crédito, onde tal intervenção se produz após um período de carência ou com a insolvabilidade do devedor[64].

A introdução em Portugal das expressões seguro-aval, seguro-fiança e seguro-caução dever-se-ão provavelmente a influência francesa; contudo, particularmente quanto à primeira expressão, o seu uso é pouco recomendável atenta a confusão gerada entre o seguro-aval e o aval cambiário, além da indeterminação criada quanto ao tipo de obrigações cobertas.

II. Perplexidades ainda maiores cria a colocação ao mesmo nível das três "espécies" de seguro-caução previstas no artigo 1.º, n.º 5. Por um lado, dificulta-se a tentativa de encontrar princípios comuns que unifi-

---

[62] Segundo BARRES BENLLOCH, *Régimen Jurídico del Seguro de Caución*, Pamplona, Aranzadi, 1996, p. 71, nota 167, seria o alerta de Roland Brehm, expresso na obra *Assurance-cautionnement*.

[63] *Essai sur la Nature Juridique de l'Assurance-Crédit*, Bruxelles, CIDC, 1966, p. 22 e ss. O Autor identifica (p. 22, nota 7) que a expressão *assurance-caution* é por vezes utilizada pela doutrina com o sentido dado no texto ao *assurance-aval* e que a expressão *assurance-caution* é utilizada com o sentido de *assurance-cautionnement*. Reportando-se à experiência italiana, o Autor retrata a utilização dada pela doutrina ao seguro-aval a propósito do *assurance-cautionnement*, como se ambas as figuras se tratassem de um único contrato, o que acredita dever-se a três ordens de razões: a utilização por parte de autores franceses da expressão *assurance-caution* para designar quer o *assurance-caution* quer o *assurance-cautionnement*; a circunstância de certos contratos de *assurance-cautionnement* definirem igualmente o risco como o não pagamento ao vencimento das obrigações e a existência de apólices de *assurance-aval* onde a apólice é subscrita pelo devedor, como no *assurance-cautionnement* (p. 250, nota 3).

[64] MARCEL FONTAINE, *Essai...*, cit., p. 21: "Le moment de l'intervention de l'assureur caractérise l'assurance-aval par rapport aux outres formes d'assurance-crédit, où le sinistre consiste soit dans l'expiration d'un délai de carence, soit dans l'insolvabilité du débiteur, telle qu'elle est définie par la police".

quem a figura num único contrato de seguro-caução (um contrato de seguro-caução *lato sensu*), por outro lado, embaraça-se a descoberta de elementos caracterizadores de cada uma das figuras[65].

Era outro, todavia, o tratamento legal que, neste domínio, o Decreto-Lei n.º 318/76, de 30 de Abril, conferia a cada uma das figuras. Sob o título IV, subtítulo "Do seguro-caução e do seguro-fiança ou aval", o diploma caracterizava, no artigo 29.º, o seguro-caução e, no artigo 30.º, o seguro-fiança ou aval, dispondo concretamente quanto ao segundo que "a Companhia poderá garantir, através de apólices individuais de seguro-fiança ou aval, as obrigações do devedor em transacções de bens ou prestações de serviços perfeitamente definidas e identificadas por instrumento contratual escrito, nomeadamente as obrigações do sacador ou do aceitante de letras ou do subscritor de livranças".

O confronto com a definição de seguro-caução, descrito no artigo 29.º como a garantia do "pagamento dos créditos em que se traduza o direito à indemnização que eventualmente nasça do incumprimento de qualquer obrigação, legal ou contratual, bem definida e identificada"[66] parecia indicar que, no sistema do Decreto-Lei n.º 318/76, a intenção do legislador era a de confirmar a natureza de "seguro" do contrato de seguro-caução (partindo, assim, do dano), por contraposição ao seguro-fiança ou aval, onde era dado destaque à função de garantia das obrigações.

Por outro lado, ainda que provavelmente de forma não intencional, de acordo com a definição dada pelo artigo 29.º do Decreto-Lei n.º 318/76, o seguro-caução parecia mais amplo, abarcando a cobertura de quaisquer obrigações, algo que já não acontecia no seguro-fiança ou aval, onde apenas eram cobertas as transacções de bens ou prestações de serviços[67].

O facto de, segundo o artigo 29.º, n.º 2 do Decreto-Lei n.º 318/76, o seguro-caução surgir como um contrato celebrado com o devedor, diversamente do seguro-fiança ou aval, onde nada se estabelecia a esse respeito, contribuía ainda mais para um regime já de si confuso.

---

[65] Com crítica semelhante, FERNANDO VITÓRIA, "O seguro de crédito em Portugal", cit., p. 631, para quem se afiguraria mais vantajosa uma categoria genérica de seguro-caução, que abarcasse todos os contratos por conta, celebrados pelo devedor e em benefício do credor. Parece decorrer ainda da posição defendida pelo Autor que o seguro-caução enquanto modalidade *a se*, perderia autonomia criando-se subdistinções "de acordo com a concreta situação caucional (fiança, aval, etc.)".

[66] Confronte-se esta definição, claramente inspirada na técnica dos seguros quanto à referência ao "direito à indemnização", com a do actual artigo 6.º, n.º 1.

[67] Ou seja, imediatamente, de obrigações de natureza pecuniária.

III. Cabe perguntar se as considerações anteriores são extensíveis à actual regulamentação do seguro-caução.

Da reunião no mesmo artigo do contrato de seguro-caução, seguro-fiança e seguro-aval resulta que em todos os casos o risco coberto é o mesmo: o risco de incumprimento ou atraso no cumprimento de (quaisquer) obrigações legais ou contratuais.

A referência genérica no artigo 9.º ao devedor como o outorgante do contrato, indicia, por outro lado, que, no regime actual, tanto o seguro-caução, como o seguro-fiança ou seguro-aval, são sempre celebrados pelo devedor, e não, conforme parecia decorrer do Decreto-Lei n.º 318/76, que apenas o seguro-caução o é[68].

IV. A tripartição realizada pelo artigo 1.º, n.º 5, entre as três espécies de seguro-caução, tornou, por outro lado, mais aguda a distinção entre o seguro-caução e seguro-fiança, levando a inquirir se alguma coisa distingue estas modalidades[69].

Um primeiro critério parte de uma perspectiva subjectiva. No seguro-fiança, o fiador surgiria como beneficiário, o mesmo sucedendo, mas agora quanto ao avalista, no seguro-aval. Perfilhando esta concepção, BARRES BENLLOCH[70] conclui que os conceitos deveriam ser concretizados da seguinte forma: seguro-aval e do seguro-fiança identificar-se-iam não como seguros tendentes a cobrir os riscos resultantes do incumprimento (em sentido lato) de obrigações, mas antes como contratos visando a cobertura dos riscos assumidos pelo avalista ou pelo fiador de uma válida e prévia obrigação.

---

[68] Assim, no Decreto-Lei n.º 183/88, deve-se entender que tanto o seguro-fiança como o seguro-aval são celebrados pelo devedor. Na realidade, salvo se defenda que a referência no artigo 9.º, n.º 2 ao *seguro-caução* apenas respeita à caução directa e indirecta (já que o artigo 6.º, n.º 1 refere o *seguro de caução* e, o artigo 9.º, n.º 2, o *seguro-caução*, dando porventura a entender que no *seguro de caução* se compreenderiam o seguro-caução, o seguro-fiança e o seguro-aval), esta parece-nos ser a interpretação mais defensável.

[69] Conforme refere MENEZES CORDEIRO, *Direito das Obrigações*, II Vol., reimpressão, Lisboa, AAFDL, 1994, p. 502, a caução é uma figura híbrida, que resulta de uma qualquer garantia idónea; ora, nos termos do artigo 623.º do Código Civil, a caução pode ainda constitui-se por fiança, o que torna particularmente difícil a distinção do seguro-caução do seguro-fiança. Cfr., ainda, JANUÁRIO GOMES, "Estrutura negocial da fiança", in *Estudos em Homenagem ao Professor Castro Mendes*, Lisboa, Lex, s/d (mas 1995) p. 323, nota 1, que afirma não ser a caução uma forma autónoma de garantia especial.

[70] Cfr. *Régimen...*, cit., p. 93, nota 252.

Não obstante o aliciante da tese defendida, a mesma não parece conformar-se com os dados legais fornecidos pelo Decreto-Lei n.º 183/88. Quando a lei se refere ao "risco de incumprimento das obrigações que (...) sejam susceptíveis de (...), fiança (...)", não pretende referir-se ao risco que o fiador assume ao afiançar determinada obrigação, mas sim ao objecto da mesma, isto é à cobertura de certa e determinada obrigação.

Na realidade, ao referir-se à caução, à fiança e ao aval, entendemos que a lei se reporta indirectamente aos actos ou documentos dos quais podem resultar, directa ou indirectamente, uma obrigação, de forma a ampliar ao máximo o âmbito de aplicação do seguro-caução. Tal desiderato é cumprido através da referência ampla à caução, à fiança e ao aval; contudo, do mesmo não é possível retirar que o seguro-fiança (cujo conteúdo útil é mais dificilmente perceptível) obedeça a um regime jurídico diverso[71-72].

3.3. *Seguro-Fidelidade*

I. Outra espécie tradicionalmente enquadrada no seguro-caução vem a ser o denominado seguro-fidelidade. Pelo seguro-fidelidade, o segurador

---

[71] Quanto ao seguro-aval, pensamos que a sua utilidade se traduz numa referência implícita aos títulos de crédito: mediante seguro-caução cobrem-se as obrigações resultantes para qualquer interveniente cambiário, seja o mesmo sacador, aceitante ou avalista.

[72] Aparentemente contra, JORGE COSTA SANTOS, "Pagamento e garantia da dívida aduaneira", in *Fisco*, ano 1, Fevereiro 1989, n.º 5, p. 19. Com base no artigo 1.º, n.º 5, o Autor defende a existência de um seguro-caução em sentido amplo (correspondente ao que na nota 68 identificámos como *seguro de caução*) por contraposição a um seguro-caução em sentido restrito, directo ou indirecto, a par do seguro-fiança e do seguro-aval, "os quais se identificarão em função do tipo de garantia a que correspondam". Ainda de acordo com o Autor, o seguro-caução em sentido restrito corresponderia à caução do Código Civil, destinando-se a garantir o cumprimento de obrigações de montante indeterminado. A afirmação de que os diferentes tipos de seguro-caução se "identificarão em função do tipo de garantia a que correspondam" deve, porém, ser interpretada em termos hábeis. Se concordamos que o seguro-fiança se caracteriza por cobrir obrigações determinadas, não cremos que as diferentes espécies consagradas no artigo 1.º, n.º 5 se distingam pelo regime inerente a cada uma das diferentes garantias a que se reportam (assim, o seguro-caução, à caução do Código Civil; o seguro-fiança, à fiança e, o seguro-aval, ao aval da Lei Uniforme das Letras e Livranças) pois, no limite, seríamos forçados a concluir que o seguro-aval constituiria uma garantia autónoma, nos termos em que a LULL autonomiza a posição do avalista.

cobre o segurado/beneficiário contra o risco dos prejuízos resultantes de furtos e abusos de confiança praticados pelos sujeitos que mantêm quaisquer vínculos com o segurado[73], comprometendo-se a reembolsá-lo dos valores subtraídos.

Em Portugal, a cobertura do risco do incumprimento mediante contrato de seguro parece mesmo ter começado por aqui. Neste sentido, PEDRO MARTÍNEZ[74], identifica o seguro de caução[75] como o contrato pelo qual "(...) a Companhia garante ao beneficiário o pagamento de quaisquer prejuízos que sofrer em resultado de fraudes, roubos, desfalques e abusos de confiança praticados pelo titular, como empregado daquele, durante a vigência do seguro".

No mesmo sentido, o artigo 494.º do Código Administrativo exigia, antes de ser conferida posse ao funcionário provido em cargo de tesoureiro, que fosse prestada caução, a qual, nos termos do § único, poderia ser prestada mediante depósito de dinheiro, títulos de dívida pública, primeira hipoteca sobre prédios urbanos ou seguro de caução.

Por último, o Acórdão do Supremo Tribunal Administrativo de 7 de Março de 1958[76] sancionou o Despacho ministerial que proibiu certo segurador de cobrir o risco de prejuízos resultantes da mora do devedor num contrato de venda a prestações[77]: de acordo com o acórdão, os seguros de cauções continuavam a cobrir apenas o cumprimento das obrigações decorrentes do exercício de uma função ou actividade profissional.

---

[73] TIRADO SUAREZ, "El seguro de crédito en el ordenamiento jurídico español", in JEAN BASTIN, *El Seguro de Crédito en el Mondo Contemporáneo* (tradução para o castelhano de Emilo Pérez de Agreda e Irene Gambra Gutiérrez), Madrid, Mapfre, s/d, pp. 700 e ss., aponta para o ordenamento espanhol três tipos distintos de apólices: apólice contra o risco de infidelidade de trabalhadores; apólice para os depositários de mercadorias e apólices pessoais, destinadas a cobrir o risco daqueles que não são trabalhadores do segurado.

[74] *Teoria e Prática dos Seguros*, 2.ª ed., Lisboa, s/e, 1961, p. 363.

[75] *Seguro de cauções* era a expressão consagrada.

[76] Relator: CUNHA VALENTE, in *O Direito*, ano 92, n.º 1, pp. 33 e ss.

[77] Certo é que a prática moderna veio alargar o objecto do seguro-caução para além do cumprimento de obrigações do tipo laboral, dando assim razão à tese sufragada pelos recorrentes no sentido em que "o seguro em causa cabe na espécie «seguro de cauções», pois, estes, embora a princípio se destinassem a garantir o cumprimento de obrigações decorrentes do exercício de uma função ou actividade profissional passaram a ter de garantir o cumprimento de obrigações provenientes de contratos de qualquer natureza, em virtude de a inspecção de seguros nenhumas restrições ter formulado aos amplos termos usados nas mais recentes apólices deste ramo" (p. 34).

II. A grande especialidade do seguro-fidelidade, cuja origem radica na *fidelity* anglo-saxónica, reside no contrato base que justifica a celebração de contrato de seguro: relação de emprego ou de prestação de serviços. Conforme resulta das respectivas apólices[78], o seguro apresenta-se como um contrato celebrado entre segurado e o segurador, pelo que o tomador de seguro é o (eventual) credor e não, como previsto no artigo 9.º, n.º 2, do Decreto-Lei n.º 183/88, o devedor[79].

No seguro-fidelidade existem dois tipos de apólices distintas: apólices globais, mediante as quais se compreendem todos os trabalhadores, ou apenas uma certa categoria[80], e, ainda, apólices individuais, destinadas a cobrir o risco apenas de certa pessoa. O prémio é então calculado em função de certos factores: a circunstância de a empresa ter celebrado uma apólice individual ou colectiva; o montante seguro por trabalhador; as características do posto de trabalho e, ainda, outros factores de natureza moral e pessoal.

Protegendo-se o segurado contra o risco de apropriação ou de outros factos criminosos praticados por aquele que consigo mantêm relações, e que em virtude da função que desempenha se encontra num lugar privilegiado para a realização de furtos e actos semelhantes, o seguro-fidelidade distingue-se do seguro-caução pela sua maior indeterminação. No seguro-caução, a obrigação subjacente está bem definida, enquanto no seguro-fidelidade, a obrigação coberta pelo segurador resulta antes do eventual incumprimento, traduzido sob a forma de furto ou roubo, que alguém, em virtude das funções ou confiança depositadas, pode vir a cometer. Diz-se por isso que mais que deveres juridicamente bem definidos, se cobrem qualidades morais e profissionais[81].

---

[78] É o que procede da Apólice de seguro-caução Mundial Confiança oportunamente consultada.

[79] Pelo contrário, PEDRO MARTÍNEZ, *op. cit.*, p. 362, caracteriza o seguro-fidelidade como um seguro celebrado entre empregador, trabalhador e segurador, pois "os dois proponentes adquirem, por esta apólice, direitos e obrigações, pelo que tanto a proposta de seguro como a apólice têm de ser assinadas pelos dois, um dos quais fica a chamar-se *titular* do contrato e o outro *beneficiário* do mesmo" (itálico no original).

[80] Cfr. TIRADO SUAREZ, *op. cit.*, p. 702. Será, p. ex., a apólice que cubra o risco de todos os tesoureiros de um banco.

[81] Assim, FERNANDO VICTÓRIA, *op. cit.*, p. 701. TIRADO SUAREZ, *op. cit.*, p. 701, procede à distinção em moldes simultaneamente idênticos e divergentes: "(...) el seguro de caución tiene como presupuesto esencial unas determinadas obligaciones del contratante, que derivan directamente de un vínculo contractual o de un deber impuesto por la Admi-

Nestes termos, afigura-se que o seguro-fidelidade não se encontra regulado no Decreto-Lei n.º 183/88, embora a semelhança do risco coberto com aquele que vem previsto no artigo 6.º, n.º 1, autorize a inclusão deste tipo contratual num seguro-caução em sentido amplo, que já o abrangerá[82].

4. Formação do contrato

4.1. *Os intervenientes do contrato de seguro-caução*

I. Seguindo a noção ampla de seguro-caução fornecida por FERNANDO VICTÓRIA[83], é possível definir o contrato de seguro-caução como "o contrato através do qual a seguradora se obriga, dentro dos limites da caução, a indemnizar os prejuízos sofridos pelo segurado (Beneficiário) caso se verifique o incumprimento das obrigações legais ou contratuais perante ela assumidas pelo respectivo devedor (Tomador de seguro)".

Da noção apresentada resulta que o contrato de seguro-caução põe em cena três entes distintos: um segurador, um devedor e um credor. No entanto, o contrato de seguro-caução é celebrado apenas entre os dois primeiros sujeitos: o segurador e o devedor, revertendo a prestação do segurador para um terceiro, o credor.

II. A relação constituída entre segurador e devedor mediante o contrato de seguro-caução pressupõe que, subjacente, exista uma dada relação entre um credor e um devedor, nomeadamente, um contrato. É essa relação que permite explicar a génese do seguro-caução e que determina o tipo de seguro-caução que o devedor está adstrito a apresentar perante o credor.

---

nistración Pública. Ahora bien, el seguro de infidelidad no juega en sustitución de una fianza, que debe ser prestada por el contratante a favor del asegurado, sino que se dirige a la reparación de las pérdidas patrimoniales que pueden derivar para el asegurado de los delitos económicos de defraudación, cometidos por dependientes, empleados, colaboradores y, en general, personas que tienen encomendada tareas de confianza en el marco de una concreta organización empresarial".

[82] Um exemplo de apólice de seguro-fidelidade encontra-se reproduzido em F.C. ORTIGÃO OLIVEIRA/MARIA MANUEL BUSTO, *Itinerário Jurídico dos Seguros*, Porto, Ecla Editora, s/d (mas 1991), pp. 44 e ss.

[83] "O seguro de crédito em Portugal", cit., p. 623.

O contrato estabelecido entre devedor e credor pode, por sua vez, corresponder aos mais variados tipos contratuais. Pode estar em causa um contrato de locação financeira, caso em que o seguro-caução cobre o pagamento das rendas do contrato; um contrato de empreitada, em que o segurador cobre o bom cumprimento das obrigações inerentes à realização do contrato ou um contrato de trabalho ou de prestação de serviços, hipótese em que o seguro-caução tem por função indemnizar os segurados quanto aos prejuízos resultantes dos furtos, roubos e abusos de confiança praticados pelo trabalhador ou prestador de serviços[84].

No seguro-caução é, assim, possível distinguir os seguintes intervenientes:

- O Segurador, a entidade legalmente autorizada a explorar o ramo "caução" e que subscreve, conjuntamente com o devedor na relação subjacente[85], o contrato;
- O Tomador de seguro, o devedor na relação subjacente que fundamenta o nascimento do contrato de seguro-caução e que é responsável pelo pagamento do prémio;
- O Segurado, a pessoa no interesse da qual o contrato é celebrado, ou seja, o credor na relação subjacente e a favor de quem reverte a prestação em caso de sinistro, pelo que se pode afirmar que no contrato de seguro-caução, segurado e beneficiário coincidem na mesma pessoa, isto é, o credor.

III. A qualificação do credor na relação subjacente, ou de base, como segurado carece de um esclarecimento suplementar. Se o credor se constitui como sujeito interessado no recebimento da prestação no caso de verificação do sinistro, como protecção contra o risco inerente ao não cumprimento das obrigações, na realidade, para o devedor, a realização do contrato de seguro-caução vislumbra-se também de grande interesse. Assim, e desde logo, nos casos de contratos de empreitadas de obras públicas, onde a prestação de caução é obrigatória, o empreiteiro tem interesse em apresentar um contrato de seguro-caução por essa ser uma das formas admissíveis de prestar caução.

O seguro-caução configura-se também como um instrumento importante para o tomador de seguro reforçar a sua posição perante os restantes

---

[84] Conforme referimos, o seguro-fidelidade insere-se numa noção ampla de seguro-caução.

[85] P. ex., um contrato de empreitada ou de fornecimento.

concorrentes numa empreitada, assegurando desta forma o dono da obra quanto ao seu bom termo.

Com as devidas ressalvas, a situação é análoga à fiança constituída a favor de bancos, onde "o primeiro interessado na "angariação" da fiança é o futuro devedor e não tanto, ou não ainda, o banco, futuro credor, já que a apresentação de fiadores idóneos, nas condições amiúde impostas pelos bancos, é requisito para a concessão do financiamento pretendido.

Assim, se é verdade que o (futuro) credor está interessado na garantia, como requisito para a concessão de crédito e, mais especificamente, como factor de cobertura do risco dessa mesma concessão, o (futuro) devedor está interessado no financiamento a que só terá acesso – ou acesso em condições mais favoráveis – mediante a apresentação de fiança"[86].

A realidade prática demonstra, desta forma, que sob a capa de uma aparente simplicidade, o jogo de interesses subjacentes à realização do contrato do seguro-caução é complexo, justificando uma análise de pormenor. Ainda assim, afigura-se de manter a qualificação do credor como segurado e não como simples beneficiário. Com efeito, interessado no seguro-caução é o credor e não o devedor, que, através do seguro-caução, transmite a responsabilidade dos actos praticados para o segurador[87].

Enquanto conceito relacional, o critério do interesse permite-nos destacar a posição que o credor ocupa no feixe de relações resultantes do contrato e, logo, a posição de segurado que ocupa no contrato de seguro--caução[88].

---

[86] JANUÁRIO GOMES, "Estrutura negocial da fiança", cit., p. 349.

[87] Interesse no contrato de seguro, há-de ser, segundo Gasperoni, citado por MOITINHO DE ALMEIDA, *O Contrato de Seguro no Direito Português e Comparado*, Lisboa, Livraria Sá da Costa Editora, 1971, p. 147, a relação económica entre um sujeito e um bem exposto ao risco, constituindo o risco não um elemento do conceito de interesse mas antes um seu limite. Distinguindo interesse em sentido subjectivo, como a relação de apetência entre o sujeito considerado e as realidades que ele entenda aptas a satisfazer as suas necessidades, e interesse em sentido objectivo, como a relação entre o sujeito com necessidades e os bens aptos a satisfazê-las, MENEZES CORDEIRO, *Tratado de Direito Civil Português*, I Vol., *Parte Geral*, tomo II, *Coisas*, 2.ª ed., Coimbra, Almedina, 2002, p. 203. O Autor nega porém a utilidade da noção de interesse para a actual ciência do direito.

[88] Neste sentido, FERNANDO VICTÓRIA, *op. cit.*, p. 616, nota 2, destacando que o interesse do devedor é mais um interesse em fazer o seguro a favor do segurado, do que um interesse no seguro. Por sua vez, o artigo 23.º, n.º 3 do Decreto-Lei n.º 176/95, ao definir a cláusula de inoponibilidade como aquela que impede o segurador de opor "aos segurados, beneficiários do contrato, quaisquer nulidades, anulabilidades ou fundamentos de

IV. As relações que se estabelecem entre devedor, segurador e credor podem, assim, ser analisadas em três feixes distintos, de forma semelhante às garantias bancárias, onde a matéria constitui ponto assente. Desta sorte, as relações resultantes do seguro-caução confortam-se com o seguinte esquema:

– Relações entre o segurador e o devedor;
– Relações entre o segurador e o credor;
– Relações entre o credor e o devedor (relação de base ou subjacente).

Entre as relações a que a estrutura do seguro-caução dá azo[89], a relação entre o devedor e o segurador justifica uma especial referência. Segundo o artigo 9.º, n.º 2, "o seguro-caução é celebrado com o devedor da obrigação a garantir ou com o contragarante a favor do respectivo credor". O contrato de seguro-caução pode pois ser celebrado em alternativa:

– Pelo devedor;
– Pelo contragarante.

Tal alternativa parece poder aproximar-se, respectivamente, da caução directa e indirecta previstas no artigo 1.º, n.º 5.

Efectivamente, até à publicação do Decreto-Lei n.º 183/88, que introduziu a distinção entre seguro-caução directa e indirecta, as regras respeitantes aos sujeitos do contrato não faziam qualquer alusão ao contragarante. Ao versar a matéria, o artigo 13.º, n.º 1 do Decreto-Lei n.º 169//81, dispunha apenas que o contrato poderia ser celebrado pelo devedor,

---

resolução", expressamente identifica o beneficiário como o segurado. No mesmo sentido, na jurisprudência, identificando o credor com o segurado, Ac. da RLx de 12 de Fevereiro de 1985 (ALBUQUERQUE E SOUSA), cit., p. 164 e Ac. do STJ de 12 de Março de 1996 (SOUSA INÊS), cit., p. 144.

[89] Quanto à estrutura trilateral, cfr. ainda, FERNANDO VICTÓRIA, op. cit., p. 608, que a justifica em função das exigências da moderna prática negocial que tem "vindo a impor outras formas contratuais mais adequadas a situações creditícias especiais. Sobretudo situações creditícias em que as obrigações do devedor são estipuladas essencialmente a favor de um contraente – beneficiário que pela sua particular posição negocial pretende eximir-se das obrigações normais do seguro, maxime ao pagamento do prémio. Normalmente o esquema obrigacional base é então trilateral, embora o segurado possa limitar-se a aceitar a apólice. Entre nós, foi a partir destes pressupostos que se alicerçou a apólice de seguro-caução".

pelo segurado ou por ambos, conjuntamente com o segurador, sem realizar qualquer menção ao contragarante[90].

V. A este propósito, o caso discutido pelo Acórdão da Relação de Lisboa de 15 de Março de 2000[91] merece uma especial referência.

A sociedade de locação financeira BFB – Leasing celebrou com a empresa Tracção – Comércio de Automóveis, SA, um contrato de locação financeira relativo a veículos automóveis e motociclos. Conforme o estabelecido entre a BFB Leasing e a Tracção, esta celebrou com o segurador Seguros Inter-Atlântico, SA e a Companhia de Seguros Tranquilidade contratos de seguro-caução.

A Tracção dava os veículos recebidos por via do contrato de locação financeira em aluguer de longa duração a terceiros, com os quais firmava contratos de compra e venda a cumprir aquando do termo do aluguer de longa duração.

Em 1993, o segurador Inter-Atlântico emitiu apólice de seguro-caução denominado caução directa, onde constava como tomador de seguro a Tracção e como beneficiário a BFB Leasing e cujo objecto respeitava "ao pagamento de 8 rendas trimestrais referentes a aluguer de longa duração do veículo Yamaha YZF-04-19-BU pelo capital de 1.666.896$60". Dos protocolos celebrados previamente entre os seguradores e a Tracção, o datado de 15 de Novembro de 1991 dispunha, no artigo 8.º, alínea *a*), que "a Inter-Atlântico, SA, compromete-se a emitir todas as apólices de seguro-caução, cujo tomador seja a Tracção ou quem esta indicar, até ao

---

[90] A redacção do artigo 9.º, n.º 2 suscita no entanto várias dúvidas que importa brevemente assinalar. Admitindo que a segunda alternativa posta pelo n.º 2 do artigo 9.º pressupõe também uma estrutura triangular (o seguro-caução é celebrado com o devedor da obrigação *ou com o contragarante a favor do respectivo credor*), o alcance da expressão "contragarante" não é isento de ambiguidades: é efectivamente questionável se o legislador pretendeu utilizar a expressão com o sentido que lhe é usualmente atribuído pela doutrina e pela prática (p. ex., de banco contragarante) ou se o "contragarante" é, aqui, algo de mais vasto que poderá mesmo abranger o devedor da obrigação subjacente (que, para estes efeitos, seria o "contragrante" em razão do pagamento dos prémios e, assim, da consecução de uma nova garantia – aquela prestada pelo segurador).

[91] Relator: SALAZAR CASANOVA, in CJ, ano XXV, 2000, T. II, p. 94. Na sequência de parecer junto aos autos por CALVÃO DA SILVA, o Acórdão mereceu nota do Autor sob o título "Seguro-caução: protocolo como contrato quadro e circunstância atendível para a interpretação da apólice", cit., pp. 362 e ss. A completa compreensão do caso versado no pleito importa que se realize um recurso sistemático ao texto do acórdão e à anotação realizada, dada a insuficiente matéria de facto vertida no primeiro.

montante de 5.000.000$00, mediante o pagamento de um prémio de 10.000$00"[92] e, no seu artigo 2.º, que "a Tracção garante, igualmente, à Inter-Atlântico, SA, o pagamento dos prémios de seguro, apesar de as apólices serem emitidas em nome dos seus clientes"[93]. No artigo 4.º do protocolo de 1 de Novembro de 1993, por sua vez, constava o seguinte: "a Tracção compromete-se a colocar na Leader os seguros de caução que exigir aos seus clientes (locatário de longa duração), destinados a garantir o pagamento, por estes, das rendas de aluguer de longa duração"[94].

Interpretando os termos do contrato e os protocolos a ele anexos, a Relação conclui que o contrato de seguro-caução celebrado entre a Tracção e os seguradores tinha por objecto as rendas devidas pelos locatários ao abrigo dos contratos de aluguer de longa duração, aparecendo assim a Tracção como tomador e segurado. Contudo, a contradição desta hipótese com o disposto no artigo 9.º, n.º 2 do Decreto-Lei 183/88 surge então clara: de acordo com o n.º 2, outorgante do contrato de seguro-caução é o devedor e não o credor[95].

---

[92] Cfr. CALVÃO DA SILVA, "Seguro-caução: protocolo...", p. 377, nota 25.

[93] O teor de ambos os artigos do protocolo não se encontra reproduzido no acórdão mas antes na anotação. Cfr. CALVÃO DA SILVA, "Seguro-caução: protocolo...", cit., p. 377.

[94] Cfr. CALVÃO DA SILVA, "Seguro-caução: protocolo...", cit., p. 373.

[95] Trata-se de problema que o acórdão enfrenta a pp. 98 e 99 ao constatar que "o facto de o *nomen iuris* do seguro contratado não corresponder ao que ficou estipulado e que o facto de as estipulações não estarem em sintonia com as regras legalmente definidas quanto a este tipo de risco (seguro-caução) não implica que se risque o que ficou efectivamente estipulado para se reescrever um contrato com estipulações que não foram as desejadas, mas agora tranquilamente declaradas para que se alcance a conformidade entre a cláusula e as regras gerais aplicáveis de seguro com a qualificação com que as partes lhe deram". Mais adiante refere-se ainda que "aquilo que as seguradoras se responsabilizaram não deve passar a ser entendido de modo diferente pelo facto de tal garantia se não enquadrar, como efectivamente não se enquadra, na espécie contratual referenciada (a do artigo 9.º, n.º 2); veremos se ele se pode enquadrar afinal noutra espécie do tipo contratual (seguro-caução)". Cfr., ainda, o mesmo acórdão a pp. 358 e 359 na versão publicada na *Revista de Legislação e de Jurisprudência*. Haverá que questionar a existência de um possível lapso de composição no texto do acórdão: efectivamente, se se afirma que "o facto de o *nomen iuris* do seguro contratado não corresponder ao que ficou estipulado e que o facto de as estipulações não estarem em sintonia com as regras legalmente definidas *quanto a este tipo de risco (seguro-caução)* não implica que se risque o que ficou efectivamente estipulado (...)", e se se interroga "se ele se pode enquadrar afinal *noutra espécie do tipo contratual (seguro-caução)*" então, sob pena de repetir algo que já se afirmou (precisamente, a expressão "seguro-caução"), pareceria que se deveria ter referido o possível enquadramento da hipótese dos autos num *seguro de crédito* e não já num seguro-caução.

CALVÃO DA SILVA ensaia uma resposta, entendendo que o caso dos autos revela uma hipótese de contragarantia. Por meio de seguro-caução, a Tracção ter-se-ia constituído como contragarante, a favor do respectivo credor da obrigação garantida, no caso a própria Tracção. A posição de contragarante da Tracção é explicada pela responsabilidade assumida pelo pagamento dos prémios dos locatários em ALD[96-97].

Contudo, salva a hipótese a que adiante fizemos alusão[98], a obrigação a que certo contragarante está em princípio, adstrito não é a de realizar o pagamento dos prémios, mas antes a de reembolsar o garante de "primeiro plano" dos montantes despendidos[99].

Releva ainda o argumento tirado do artigo 8.°, n.° 1, alínea *a*). Efectivamente, ao se estabelecer, em sede de disposições comuns ao seguro de crédito e ao seguro-caução, que do contrato deve constar "a identificação do tomador de seguro e do segurado no caso de as duas figuras não coincidirem na mesma pessoa", não se pretende afirmar que, no seguro-caução, tomador de seguro e segurado possam, de facto, coincidir. O sentido útil da disposição parece ser o de obrigar *também* a identificar o segurado, nos casos em que este não coincide com o tomador (*rectius*, no seguro-caução, visto que essa coincidência se verifica no seguro de cré-

---

[96] Cfr. o artigo 2.° do protocolo de 15 de Fevereiro de 1991, citado *supra* p. 419.

[97] O pensamento do ilustre Autor revela-se no seguinte passo: "De resto, o seguro-caução é celebrado com o devedor da obrigação a garantir – no caso, o locatário em ALD – ou com o contragarante (Tracção) a favor do respectivo credor (artigo 9.°, n.° 2, do Decreto-Lei n.° 183/88) da obrigação garantida (Tracção), pessoa no interesse do qual o contrato é celebrado (logo, o segurado – cfr. alínea *c*) do artigo 1.° do Decreto-Lei 176/95) e que pode ceder o direito à indemnização (artigo 9.°, n.° 3 do Decreto-Lei n.° 183/88) – terceiro que, assim, será o beneficiário do seguro (alínea *e*) do artigo 1.° do Decreto-Lei n.° 176/95).

Tudo isto legalíssimo, *nada havendo de ilógico na coincidência na Tracção das figuras de tomador de seguro* – entidade que celebra o contrato de seguro com o segurador, sendo responsável pelo pagamento do prémio (alínea *b*) do artigo 1.° do Decreto-Lei n.° 176/95), aqui a Tracção na qualidade de contragarante (artigo 9.°, n.° 2, do Decreto-Lei n.° 183/88) – *e de segurado*, conforme expressamente admitido na alínea *a*) do n.° 1 do artigo 8.° do Decreto-Lei n.° 183/88" (itálico no original).

[98] Cfr. *supra*, nota 90.

[99] Conforme referem ROMANO MARTINEZ/FUZETA DA PONTE, *op. cit.*, p. 133, sendo exigido o pagamento àquele que presta garantia autónoma, a contragarantia assegura que o garante se vai ressarcir reclamando o montante ao sujeito que prestou a contragarantia.

dito), e não o de contemplar uma hipótese de seguro-caução em que tomador de seguro e segurado coincidam[100].

4.2. *A forma do contrato*

Quanto à forma do contrato, o artigo 8.°, n.° 1 regula a matéria de forma complexa: do contrato devem constar as alíneas *a*) a *d*) do n.° 1 do artigo 8.°; o disposto no Código Comercial quanto ao contrato de seguro; o n.° 1 do artigo 178.° do Decreto-Lei n.° 94/98, de 17 de Abril, e ainda o artigo 13.° do Decreto-Lei n.° 176/95, de 26 de Julho.

Do largo enunciado que, directamente ou por remissão, se alcança conclui-se, em primeiro lugar, que o contrato de seguro-caução está sujeito a redução a escrito: segundo o artigo 426.° do Código Comercial, o contrato de seguro deve ser reduzido a escrito num instrumento que constituirá a apólice, constituindo o documento que titula o contrato um documento *ad substantiam*[101].

A aplicação do artigo 426.° do Código Comercial conhece, no entanto, diversas adaptações no seguro-caução. Assim, se as referências exigidas pelo § único, 1.°, 3.° a 5.°, 7.° e 8.° não sofrem quaisquer alterações, quando aplicadas ao seguro-caução, o seu n.° 2 carece de ser precisado: o contrato de seguro-caução deve identificar aquele que subscreve o seguro – o tomador – e aquele em cujo interesse o contrato é celebrado – o credor (aspecto destacado pela alínea *a*) do artigo 8.°).

A identificação da obrigação segura prevista no artigo 8.°, n.° 1, alínea *b*), substitui para todos os efeitos a referência constante do artigo 426.°, 3.° do Código Comercial. Tendo por objecto a cobertura de uma obrigação de *facere, non facere* ou de *dare*, a lei substitui a indicação do Código Comercial ao objecto do seguro, natural na lógica inerente ao artigo 426.°, pela menção à "obrigação a que se reporta o contrato de

---

[100] O texto do acórdão comportaria ainda outros desenvolvimentos e questões, objecto de análise pormenorizada de CALVÃO DA SILVA na aludida anotação.

[101] No sentido que a apólice constitui um documento *ad substantiam*, MOITINHO DE ALMEIDA, *O Contrato de Seguro no Direito Português e Comparado*, cit., 1971, p. 38, MENEZES CORDEIRO, *Manual de Direito Comercial*, I Vol., cit., pp. 585-586 e CALVÃO DA SILVA, "Seguro de Crédito", cit., p. 104.

seguro", o que se afigura correcto e mesmo necessário a fim de evitar a indeterminação do contrato.

Ainda que inserida em sede de disposições comuns ao seguro de crédito e seguro-caução, a alínea c) do n.º 1 do artigo 8.º não é aplicável ao contrato de seguro-caução. Com efeito, conforme resulta do artigo 7.º, n.º 1, no seguro-caução os contratos são, salvo casos excepcionais, celebrados sem a estipulação de um descoberto obrigatório, limitando-se a obrigação de indemnizar à quantia segura. Apenas no seguro de crédito se encontra legalmente estabelecida a limitação da cobertura a uma percentagem do crédito seguro, o que se conforma com a natureza desse contrato.

A previsão de prazos de participação de sinistro (alínea d) do n.º 1 do artigo 8.º) vai ao encontro da solução encontrada no artigo 440.º do Código Comercial: um prazo reduzido (8 dias) para a comunicação do sinistro ao segurador. O Decreto-Lei n.º 183/88, contrariamente ao Código Comercial, não estabelece um prazo rígido para a comunicação do sinistro podendo este ser inferior ou superior ao prazo de 8 dias assinalado pelo Código[102]. A previsão de prazos de pagamento de indemnizações encontra acolhimento também no artigo 8.º, n.º 1, alínea d), deixando-se documentar em numerosas apólices de seguro-caução.

O segurador tem ainda a faculdade de subordinar a eficácia do seguro a cláusulas acessórias típicas, falando a este propósito a lei na *condição* (artigo 8.º, n.º 2).

A previsão de prazos constitutivos de sinistros, por sua vez, não corresponde à prática dos seguradores do ramo "caução", constituindo antes uma previsão típica do seguros de crédito, conforme a parte final do artigo 4.º, n.º 1, alínea e) permite atestar.

4.3. *Celebração e início de vigência*

I. Para efeitos da celebração e início da vigência do contrato, tem o maior interesse a distinção usualmente realizada no contrato de seguro entre início da duração formal (que coincide com a data da celebração do

---

[102] Cfr. o artigo 9.º, n.º 1, alínea a) da apólice de seguro-caução reproduzida em F.C. ORTIGÃO OLIVEIRA/MARIA MANUEL BUSTO, *Itinerário Jurídico dos Seguros*, p. 442.

contrato) e início da duração substancial (isto é, o início da produção dos efeitos do contrato)[103-104].

Como sucede nos restantes contratos, o contrato de seguro-caução resulta do encontro de uma proposta e de uma aceitação, realidade que o artigo 426.° do Código Comercial confirma ao dispor que "o contrato de seguro deve ser reduzido a escrito num instrumento, que constituirá a apólice de seguro".

Com base no artigo 7.° do Decreto de 28 de Dezembro de 1907[105], o Assento do Supremo Tribunal de Justiça de 22 de Janeiro de 1929 veio estabelecer que "a minuta do contrato de seguro equivale para todos os efeitos à apólice" o que, sem dispensar a aceitação do segurador[106], veio trazer uma atenuação das exigências de forma prescritas no artigo 426.° do Código Comercial.

O artigo 17.° do Decreto-Lei n.° 176/95 estabelece que no caso de seguros individuais celebrados por uma pessoa singular ("pessoa física", na terminologia legal), o contrato de seguro considera-se celebrado decorridos 15 dias após a recepção da proposta de seguro (o formulário normalmente fornecido pelo segurador para a contratação do seguro) sem que o segurador tenha notificado o proponente da aceitação, recusa ou necessidade de recolher esclarecimentos essenciais à avaliação do risco[107-108].

---

[103] Quanto a estas classificações JOSÉ VASQUES, *Contrato de Seguro*, cit., pp. 231 e ss. Distinguindo a duração formal, que se inicia com a celebração do contrato, a duração técnica, ligada à obrigação de pagamento do prémio por parte do tomador de seguro, a duração material, relativa ao compromisso assumido pelo segurador de pagar a indemnização e a duração substancial, reportada à duração dos efeitos do contrato, MOITINHO DE ALMEIDA, *op. cit.*, pp. 95 e ss.

[104] O contrato de seguro-caução pode ser precedido de um contrato-promessa celebrado pelo prazo máximo de três meses. Cfr. artigo 13.° do Decreto-Lei n.° 183/88.

[105] Que estabelecia o seguinte: "a minuta do contrato de seguro é para todos os efeitos equiparada ao exemplar destinado à sociedade seguradora nos termos do artigo 30.° e seu § único do Dec. de 21 de Outubro de 1907".

[106] Ac. do STJ de 15 de Julho de 1986 (MOREIRA DA SILVA), in BMJ, n.° 359, 1986, p. 733.

[107] Conforme assinala MENEZES CORDEIRO, *Manual de Direito Comercial*, I Vol., cit., p. 583, trata-se de uma solução nem sempre mais favorável para o segurado atenta a jurisprudência que, sensibilizada para os interesses deste, por regra interessado numa imediata cobertura do risco, considerava o contrato de seguro celebrado depois de remetida a proposta (a minuta) ao segurador.

Quanto aos interesses contrastantes entre segurado e segurador, assentando o primeiro no sentido da cobertura imediata dos riscos e o segundo no interesse legítimo de recolher informações sobre o segurado, *vide* MOITINHO DE ALMEIDA, *op. cit.*, p. 36.

[108] Parece encontrar-se aqui um caso em que o silêncio valerá como declaração de

Caso o tomador não seja uma pessoa singular mas, pelo contrário, uma pessoa colectiva, o contrato de seguro há-de considerar-se celebrado na medida em que a aceitação do segurador foi formalizada através da redução a escrito da apólice[109].

II. O início de vigência do contrato de seguro-caução apenas se realiza com o pagamento do prémio inicial, independentemente do prazo estipulado na apólice. A solução consagrada para o seguro-caução contrastava, até à publicação do Decreto-Lei n.º 142/2000, de 15 de Julho, com o regime previsto para os restantes contratos de seguro, em que a produção de efeitos ficava apenas dependente da emissão da apólice e não tanto do pagamento do prémio.

Consagrando uma nova solução, justificada com a experiência de outros países da Comunidade Europeia, e com o intuito de evitar a cobertura do risco antes do pagamento do prémio, o artigo 6.º do Decreto-Lei n.º 142/2000, veio estabelecer que, salvo cláusula em contrário, a cobertura dos riscos apenas se produz após o pagamento do prémio ou fracção inicial.

Assim, o contrato de seguro-caução, como, hoje, os demais contratos de seguro, representa aquilo a que alguma doutrina denomina de contrato com estrutura "real", pois a eficácia do contrato fica dependente do pagamento do prémio, independentemente do que constar na apólice[110]. Pode-se assim dizer que o prémio no seguro-caução, enquanto correspectivo da prestação do segurador, se manteve fiel à sua origem etimológica, de algo dado ou tomado em primeiro lugar[111], a que certamente não é estranho o

---

aceitação (artigo 218.º do Código Civil) e não tanto como dispensa de declaração de aceitação (artigo 234.º do Código Civil).

[109] Assim, FLORBELA PIRES, *Seguro de Acidentes de Trabalho*, Lisboa, Lex, 1999, p. 75.

[110] Utiliza a expressão "contrato real", MOITINHO DE ALMEIDA, *op. cit.*, pp. 39 e ss. A posição do Autor deixa-nos todavia dúvidas pois tão depressa se refere ao pagamento do prémio como condição de existência do contrato como condição de eficácia.

Classificação próxima mas não coincidente é aquela que distingue os contratos de seguro em reais ou de coisas e pessoais. Cfr. PEDRO MARTÍNEZ, *Teoria e Prática dos Seguros*, cit., pp. 63 e ss.

[111] Cfr. MENEZES CORDEIRO, *Manual de Direito Comercial*, I Vol., cit., p. 589. Conforme referido pelo Autor, em princípio o pagamento do prémio deve ser feito num momento prévio à assunção do risco, já que é da reunião e gestão dos prémios realizados por múltiplos tomadores que é possível enfrentar os sinistros que venham a ocorrer, a que acresce que passado o momento perigoso, a cobrança do mesmo revela-se muito difícil.

facto de o sinistro ser representado por um facto dependente da vontade do tomador de seguro.

5. O conteúdo do contrato

O conjunto de regras desencadeadas pela celebração do contrato de seguro-caução analisa-se num conjunto de deveres nascidos para os três intervenientes que dão vida ao contrato: o tomador de seguro, o segurado e o segurador. Sem prejuízo do contrato resultarem necessariamente direitos, desde logo o direito de o segurado ser indemnizado, ocorrendo o sinistro, são essencialmente os deveres das partes e do segurado que revelam o regime do contrato de seguro-caução.

5.1. *Deveres do tomador de seguro*

5.1.1. *Dever de realizar o pagamento dos prémios subsequentes*

I. Entre os deveres que resultam da celebração do contrato para o tomador de seguro, e após a entrada em vigor do mesmo, com o pagamento do prémio inicial, avulta o do pagamento dos prémios subsequentes. Da realização de tal obrigação depende a subsistência do contrato, e, verificando-se o sinistro, o direito do segurado ser indemnizado.

II. Porém, não se afigura fácil apreender o regime criado pelo legislador quanto à obrigação de pagamento dos prémios subsequentes.

A redacção inicial do Decreto-Lei n.° 183/88 estabelecia que o contrato de seguro-caução vigoraria após o pagamento do prémio *inicial*, deixando claro que o legislador não desconhecia a obrigatoriedade de pagamento dos prémios subsequentes. A matéria não era, todavia, expressamente regulada.

Restava assim o recurso às normas sobre seguros em geral, conforme o disposto no artigo 1.°, n.° 1, segundo o qual, em caso de lacuna, se consideram aplicáveis as normas dos seguros não incompatíveis com a natureza do seguro-caução.

O Decreto-Lei n.° 162/84, de 18 de Maio, que estabelecia o regime jurídico dos prémios, determinava a resolução do contrato após 45 dias sobre o não pagamento, acrescidos que fossem 90 dias após o início da "garantia" concedida pelo contrato[112]. Tratava-se de uma solução mista que a um tempo mantinha a responsabilidade dos seguradores pelos sinistros ocorridos no decurso do período moratório, mas que permitia opor o não pagamento dos prémios aos segurados.

O recurso às regras do Decreto-Lei n.º 162/84 não encontrou, porém, acolhimento na jurisprudência. O Acórdão da Relação de Lisboa[113] de 24 de Abril de 1996 decidiu que o regime jurídico do Decreto-Lei n.º 162/84, não era aplicável ao seguro-caução, concluindo que a omissão de pagamento do prémio não era oponível aos segurados. O Decreto-Lei n.º 105//94, que revogou o Decreto-Lei n.º 162/84, parecia mesmo dar-lhe razão, ao prever, no artigo 10.º, a exclusão dos seguros de crédito.

Na realidade, porém, como pano de fundo, mantinham-se considerações atinentes à especial natureza do seguro-caução e a necessidade de as normas subsidiariamente aplicáveis não colidirem com a natureza do ramo caução (artigo 1.º, n.º 1). Alheia à solução não se mantinha ainda a influência de VAZ SERRA, que, em comentário às propostas de alteração do Código de Processo Civil de 1939, se pronunciou quanto à admissibilidade de prestação de caução por meio de seguro. De acordo com o Autor, nada obstaria, a que a fiança fosse "prestada por uma companhia de seguros. Esta será então um fiador como qualquer outro e a sua obrigação não cessa com a falta de pagamento dos prémios, uma vez que isso só diz respeito à relação entre devedor e o fiador, não afectando a relação entre o fiador e o credor"[114-115].

Certo é, no entanto, que alguma razão assistia aos seguradores. Ao tempo da propositura da acção discutida no acórdão de 24 de Abril de 1996 regia o Decreto-Lei n.º 162/84, que apenas excluía do seu âmbito os contratos de seguro do ramo "vida" (artigo 13.º). Só com a aprovação do Decreto-Lei n.º 105/94, veio o legislador consagrar a tese de VAZ SERRA, ao excluir expressamente[116] a aplicabilidade do regime geral do paga-

---

[112] Cfr. artigo 5.º, n.º 1 e artigo 7.º, n.º 1.

[113] Relator: RODRIGUES CODEÇO, in CJ, ano XXI, 1996, tomo II, p. 122. A espécie discutida no Acórdão tratava no entanto de um seguro-caução prestado ao abrigo do regime de empreitadas de obras públicas, o qual, moldado por um regime específico, justifica o acerto da decisão aí tomada.

[114] Cfr. VAZ SERRA, "Responsabilidade patrimonial", cit., p. 127, nota 157-a.

[115] Alinhando por este diapasão, FERNANDO VICTÓRIA, op. cit., p. 613, enuncia que a defesa da oponibilidade da falta de pagamento do prémio pelo tomador ataca a *ratio negotti* ínsita no seguro-caução: a garantia do bom e pontual cumprimento das obrigações.

[116] Cfr. artigo 10.º do Decreto-Lei n.º 105/94.

mento dos prémios, não só aos seguros de vida mas agora, também, aos seguros de crédito.

III. Mais tarde, tendo como pano de fundo a exclusão do seguro--caução do Decreto-Lei n.º 105/94, o legislador inseriu no Decreto-Lei n.º 176/95[117], uma disposição referente à falta de pagamento dos prémios no seguro-caução. O novo artigo 23.º estatui o seguinte:

"1 – Nos contratos de seguro de caução, e não havendo cláusula de inoponibilidade, o beneficiário deve ser avisado por correio registado, sempre que se verifique falta de pagamento do prémio na data em que era devido para, querendo evitar a resolução do contrato, pagar, no prazo de 15 dias, o prémio ou a fracção por conta do tomador de seguro.

2 – Em caso de duplicação de pagamentos, o segurador deve devolver a importância paga pelo beneficiário, no prazo de 15 dias após a liquidação do prémio ou fracções em dívida pelo tomador de seguro.

3 – Para efeitos do n.º 1, entende-se por cláusula de inoponibilidade a cláusula contratual que impede o segurador, durante um determinado prazo, de opor aos segurados, beneficiários do contrato, quaisquer nulidades, anulabilidade ou fundamentos de resolução".

Ou seja, perante as duas teses em presença, o legislador parece ter optado pela tese mais favorável aos interesses dos seguradores, permitindo, por um lado, que o segurado se substitua ao tomador de seguro no

---

[117] A fonte imediata é o capítulo VII, da Norma ISP n.º 15/94-R, de 29 de Novembro de 94, sobre o "Exercício da actividade seguradora ramos não-vida" relativo às disposições aplicáveis ao seguro de caução, que preceituava o seguinte: "31. Os contratos de seguro de caução devem conter uma cláusula que estipule a obrigatoriedade de, em caso de falta de pagamento do prémio ou fracção, o beneficiário ser, de tal facto, avisado. 32. Esta comunicação deve ser feita por correio registado no prazo de 30 dias a contar da data em que o prémio ou fracção é devido. 33. Da comunicação referida no número anterior deve constar que o beneficiário pode, caso deseje evitar a resolução contrato, pagar o prémio ou fracção por conta do tomador de seguro. 34. Em caso de duplicação de pagamentos, a seguradora deve devolver a importância paga pelo beneficiário, no prazo de 15 dias após a liquidação do prémio ou fracção em dívida pelo tomador de seguro".

pagamento do prémio, mas determinando, por outro lado, a oponibilidade da resolução ao segurado em virtude do não pagamento do prémio, caso não exista cláusula de inoponibilidade[118].

IV. O regime criado em 1995 foi formalmente acolhido na revisão de 1999 ao Decreto-Lei n.º 183/88. O novo artigo 11.º, n.º 3 estendeu ao seguro-caução o regime do pagamento dos prémios, contando-se entre este, como não podia deixar de ser, o disposto no artigo 23.º do Decreto-Lei n.º 176/95. A novidade reduziu-se à clarificação da aplicabilidade das regras relativas ao pagamento dos prémios ao seguro de crédito, dúvida que o Decreto-Lei n.º 105/94 incorrectamente levantara ao excluir o mesmo do seu âmbito[119].

O regime respeitante à falta do pagamento do prémio no seguro-caução manteve-se, assim, apartado do regime comum, pelo que permaneceram dois regimes distintos quanto às consequências do não pagamento do prémio de seguro. Um, privativo do seguro-caução, em que a falta do pagamento do prémio e a consequente resolução do contrato é sobrestada pela substituição do tomador de seguro pelo segurado e outro, em que o incumprimento da obrigação de pagamento do prémio determina a resolução do contrato[120].

---

[118] Chamando a atenção para a solução agora consagrada, que era já empregue em alguma apólices, FERNANDO VICTÓRIA, op. cit., p. 613. Trata-se, na opinião do Autor, de um esquema adoptado das apólices de seguro de crédito e igualmente inaceitável para os segurados/beneficiários revestidos de jus imperii.

[119] Efectivamente, ao estabelecer no artigo 13.º a não aplicação do seu regime aos seguros de crédito, a lei parecia ter em vista principalmente o seguro-caução, pois sendo o seguro de crédito celebrado pelo credor, simultaneamente tomador de seguro e segurado, não se afigura razoável que da exclusão do âmbito do Decreto-Lei n.º 105/94 resultasse que o contrato de seguro de crédito se mantinha em vigor, não obstante o não pagamento do prémio.

[120] Em virtude da nova redacção dada ao n.º 1 do artigo 8.º do Decreto-Lei n.º 142/2000 pelo Decreto-Lei n.º 122/2005, de 29 de Julho, é, hoje, sustentável conclusão diversa. Contudo, a resolução automática do contrato agora prevista terá de ser ponderada com a possível qualificação do artigo 23.º como lex specialis e a consequente aplicabilidade do artigo 7.º, n.º 3 do Código Civil.

V. Mas qual será, verdadeiramente, o âmbito do artigo 23.º? Desde logo, a disciplina do artigo 23.º não se aplica ao pagamento do prémio inicial. Conforme pudemos analisar, o contrato de seguro-caução não entra em vigor até à data de pagamento do prémio inicial, independentemente do que constar da apólice. Resulta assim claro que o regime estabelecido no artigo 23.º não se aplica ao prémio inicial mas apenas aos chamados prémios ou fracções subsequentes[121].

Sendo assim, o regime do artigo 23.º destina-se a dois tipos de situações:

– Em primeiro lugar, quando o seguro-caução é contratado no regime de anuidades. As anuidades que se forem vencendo deverão ser realizadas no prazo acordado na apólice, sob pena de resolução do contrato, ao abrigo do n.º 1 do artigo 23.º[122].
– Em segundo lugar, quando o período de cobertura do contrato (vigência) corresponder ao do contrato que lhe subjaz, como no caso do seguro prestado no âmbito de empreitadas. São então as eventuais prorrogações do prazo inicial de cumprimento que ditam a necessidade de pagamento de um sobreprémio[123] a que o artigo 23.º, n.º 1 se refere. Se o segurado não se substituir ao tomador no pagamento dos prémios, o contrato é resolvido.

VI. A impossibilidade de o segurador se opor à pretensão do segurado não esgota o âmbito de aplicação do artigo 23.º, n.º 3 do Decreto-Lei n.º 176/95. Mediante a cláusula de inoponibilidade prevista no mesmo número, podem ser inoponíveis aos segurados a falta de pagamento dos prémios, mas também quaisquer fundamentos de nulidade, anulabilidade ou resolução.

As partes poderão assim ajustar que certo tipo de situações, como a anulabilidade do seguro por inexactidões ou reticências, a nulidade do seguro em virtude do conhecimento prévio, pelo segurado, da existência de sinistro (artigo 436.º do Código Comercial), a nulidade por inexistência de risco (artigo 437.º, n.º 1 do Código Comercial) e quaisquer outros

---

[121] Trata-se da terminologia do artigo 5.º do Decreto-Lei n.º 142/2000.

[122] Cfr. o artigo 6.º, n.º 3 da apólice de seguro-caução no *Itinerário Jurídico dos Seguros*, cit., p. 441.

[123] Referindo-se a esta situação à luz do direito italiano, na perspectiva de o seguro--caução importar uma derrogação ao artigo 1901.º do *Codice Civile*, TILDE CAVALIERE, "La polizza fideiussorie tra assicurazione e garanzia", in GI, ano 143.º, 1991, col. 262.

factos susceptíveis de, nos termos comuns, conduzirem a nulidade, anulabilidade ou resolução do contrato[124] não são oponíveis ao segurado, beneficiário do contrato.

A enumeração realizada (nulidades, anulabilidades ou fundamentos de resolução) não parece, porém, envolver qualquer limitação. As partes poderão naturalmente tornar inoponíveis ao segurado outros fundamentos, nomeadamente a prescrição.

VII. Na realidade, ao referir a impossibilidade de opor ao segurado *quaisquer* fundamentos de resolução do contrato, a lei parece pretender referir-se aos fundamentos de nulidade, anulabilidade ou resolução resultantes da relação tomador de seguro/segurador

O sistema que assim se alcança está muito próximo do analisado na garantia bancária autónoma. Ali, tal como aqui, discute-se a possibilidade de as partes autonomizarem a obrigação assumida pela instituição de crédito//segurador, apresentando, porém, o seguro-caução a novidade de tal possibilidade ser expressa na lei e não, apenas, alicerçada na autonomia privada.

Ao abrigo do artigo 23.º, n.º 3, parece ser mesmo possível que as partes "escolham" o tipo de fundamentos oponíveis aos segurados. Ressalvando o seguro-caução prestado em beneficio de entidades públicas, onde o n.º 3 do artigo 6.º impõe uma solução diversa, é possível que as partes decidam, pelo menos em tese, que fundamentos são oponíveis aos segurados, nomeadamente, escolhendo que apenas os fundamentos de nulidade são oponíveis, mas já não os de anulabilidade.

Outra possibilidade será, por fim, a de manter a acessoriedade da obrigação do segurador relativamente à obrigação subjacente apenas ao nível da sua génese e extinção. Por esta via, afastar-se-ia a chamada dependência funcional[125], mantendo-se a acessoriedade apenas no nascimento e extinção da obrigação segura[126].

---

[124] Extrapolando dos fundamentos de nulidade, anulabilidade ou resolução, VOLPE PUTZOLU, "Assicurazioni fideiussorie, fideiussioni *omnibus* e attività assicurativa", in BBTC, ano XLV, II Parte, 1982, p. 251, apresenta um enunciado de "excepções" oponíveis aos segurados: pagamento do montante seguro dependente da prova do incumprimento do tomador de seguro ou de prévia excussão de outras garantias apresentadas pelo tomador; compensação de créditos do tomador sobre o segurado ou dedução de pagamentos já recebidos do tomador antes do pagamento da indemnização; oponibilidade da falta de pagamento do prémio por parte do tomador; pagamento do prémio pelo segurado e extinção da obrigação do segurador decorrente da resolução do contrato celebrado entre devedor/credor.

[125] Cfr. CALVÃO DA SILVA, "Garantias acessórias e garantias autónomas", in *Estudos de Direito Comercial. (Pareceres)*, Coimbra, Almedina, 1999, p. 334.

5.1.2. Outros deveres do tomador de seguro

Do contrato de seguro-caução resultam ainda numerosos outros deveres, alguns comuns aos demais contratos de seguro e outros específicos do seguro-caução.

Quanto aos primeiros, saliente-se o dever de informar o segurador quanto aos factos susceptíveis de agravar o risco; o dever de não segurar duas vezes o risco traduzido no incumprimento do contrato celebrado entre segurado e tomador de seguro (artigo 434.º do Código Comercial), e, ainda na fase de formação do contrato, o dever de não prestar declarações inexactas ou o de omitir factos importantes para o conhecimento do risco coberto (artigo 429.º do Código Comercial)[127].

Como deveres próprios do tomador de seguro inerentes ao seguro-caução, a lei aponta o dever de fornecimento de informações respeitantes à operação a segurar e a obrigação de facultar ao segurador todos os elementos contabilísticos e demais documentos relativos a escrituração (artigo 10.º).

Nas apólices do seguro-caução encontram-se usualmente cláusulas pelas quais o tomador se obriga a informar as modificação da sua condição económica ou de qualquer circunstância susceptível de influir sobre o seu património[128]. A inserção de tais cláusulas justifica-se em função do

---

[126] Julga-se encontrar assim um exemplo da distinção realizada por JANUÁRIO GOMES, *Assunção Fidejussória de Dívida.*, cit., pp. 111 e ss., entre uma acessoriedade forte, média e fraca ligada, respectivamente, à acessoriedade no nascimento, na funcionalidade e na extinção.

O seguro-caução parece, pois, oferecer um caso onde, como refere JANUÁRIO GOMES, a acessoriedade pode ser graduada, em virtude da utilização dada pelas partes à cláusula de inoponibilidade. Nestes termos, caso pretendêssemos proceder a uma classificação dos diferentes tipos de acessoriedade possíveis, distinguiríamos uma acessoriedade em sentido "vertical", ligada à acessoriedade no nascimento, na funcionalidade e na extinção, de um acessoriedade "horizontal", onde as partes poderiam escolher quais os concretos meios de defesa oponíveis pelo segurador.

[127] O Ac. do STJ de 7 de Outubro de 1997 (FERNANDO FABIÃO), sumariado em *www.cidadevirtual.pt/stj/jurisp/Segurocau.html* (processo n.º 523/97), considerou não implicar declarações inexactas ou reticentes o facto de a exploração de estabelecimentos comerciais para fins turísticos, cujo pagamento consistia o objecto do seguro-caução, não ter sido realizada pela autora, porque não agravaria o risco ou contrariaria o formalismo do contrato.

[128] Constitui um bom exemplo o artigo 4.º, n.º 2 da apólice transcrita em F. C. ORTIGÃO OLIVEIRA/MARIA MANUEL BUSTO, *op. cit.*, p. 440: "No caso de, relativamente ao tomador de seguro se verificar a cessação ou mudança de actividade, bem como qualquer alteração do pacto social, transmissão do direito do uso da firma ou denominação particular ou

modo como se realiza o cálculo do prémio no seguro-caução, com acento tónico na capacidade económica do tomador (ou seja, com base em condições de natureza subjectiva), mais do que, propriamente, em factores de natureza objectiva; outra explicação reside ainda no facto de qualquer alteração nas condições económicas do tomador se repercutir no êxito da sub-rogação do segurador sobre o tomador após o pagamento da indemnização[129].

A especial natureza do seguro-caução, como seguro contra o risco de incumprimento das obrigações, justifica ainda uma outra particularidade: não cabe naturalmente ao tomador a obrigação de não provocar o sinistro ou o dever de prover à redução dos danos decorrentes do sinistro (artigo 437.º, 3.º do Código Comercial). A natureza do risco coberto, cuja admissibilidade em termos de contrato de seguro se mantém discutida, exclui que tais deveres sejam aplicáveis ao tomador de seguro. Consagrando a lei a cobertura do risco do incumprimento das obrigações tais preceitos tornam-se naturalmente inaplicáveis.

5.2. *Deveres do segurado*

I. Não sendo o contrato de seguro-caução celebrado pelo credor//segurado, é possível estranhar que se abra um parêntesis dedicado aos deveres do segurado. A existência de deveres por parte do segurado parece mesmo um contra-senso, pois se o segurado não é parte no contrato, dele também não deverão resultar deveres.

Desde logo, porém, a lei obriga a que o segurado forneça ao segurador os dados referentes à operação a segurar e autorize o acesso deste à escrituração e restantes elementos conexos com aquela (artigo 10.º), solução compreensível em função do tipo de risco coberto: o incumprimento das obrigações.

Como uma decorrência do artigo 10.º, e encontrando apoio nos artigos 11.º, n.º 2 e 13.º, n.º 3, é possível assinalar o dever de o segurado informar o segurador de quaisquer factos susceptíveis de provocar a alte-

---

trespasse de um estabelecimento comercial, este obriga-se a comunicar tal facto à seguradora, o mais rapidamente possível, dentro dos oito dias seguintes à verificação do facto, sob pena de responder por perdas e danos".

[129] Quanto à admissibilidade de sub-rogação no seguro-caução, cfr., *infra* pp. 439 e ss.

ração do risco coberto, nomeadamente quanto a quaisquer alterações do contrato celebrado com o tomador de seguro[130].

II. Para além destes, não parece possível ir muito mais longe na busca de deveres do segurado. A "obrigação de salvamento" pouca ou nenhuma expressão tem no seguro-caução, pois após a verificação do sinistro o segurado limita-se a participar a ocorrência do sinistro ao segurador para que se proceda ao pagamento dos prejuízos verificados.

Na realidade, na maioria dos casos, os deveres do segurado reduzem-se a muito pouco, pois sendo o seguro-caução usualmente prestado em benefício de entidades públicas, os segurados desinteressam-se de qualquer contacto com os seguradores ou com os tomadores do seguro[131].

5.3. *Deveres do segurador*

5.3.1. *Dever de realizar a prestação convencionada no contrato*

I. Entre os deveres que resultam da celebração do contrato de seguro-caução para o segurador destaca-se o dever de realizar a prestação convencionada no contrato em caso de ocorrência do sinistro[132]. A obrigação em que o segurador se constitui com a verificação do risco clausulado na apólice, caracteriza o contrato de seguro-caução e distingue o seguro-caução dos restantes contratos de seguro[133].

Conforme resulta do artigo 6.º, n.º 1, a prestação do segurador é devida com o incumprimento ou a mora da(s) obrigação(ões) clausulada(s) nas apólices e que constitui(em) o objecto do contrato subjacente realizado

---

[130] Já a obrigação de o segurado comunicar o sinistro no prazo estipulado na apólice suscita dúvidas, pois pelo menos formalmente o segurado não celebra o contrato e, por isso, para ele não devem resultar deveres. Nestes termos, o prazo de participação do sinistro parece antes consubstanciar um ónus do segurado.

[131] Assim FERNANDO VICTÓRIA, *op. cit.*, p. 637, para quem nas apólices de seguro-caução do tipo *empreitadas*, o segurado não tem qualquer obrigação para com o segurador. O ónus de participar o sinistro traduzir-se-ia apenas numa delimitação do próprio direito do segurado.

[132] Segundo MENEZES CORDEIRO, *Manual de Direito Comercial*, I Vol., cit., p. 603, o sinistro equivale à verificação, total ou parcial, dos factos compreendidos no risco assumido pelo segurador.

[133] Chamando a atenção para a dificuldade de determinação da prestação do segurador, FLORBELA PIRES, *op. cit.*, p. 62.

entre credor e devedor, que justifica a cobertura do risco mediante certo contrato de seguro-caução.

O risco seguro no seguro-caução é distinto do risco coberto nos restantes contratos de seguro, assistindo-se, no entanto, a uma larga discussão em torno da sua precisa delimitação.

Assim, para alguns, o risco coberto no seguro-caução identifica-se com a insolvência, encontrando-se no seguro-caução, de acordo com esta óptica, dois tipos de riscos: um primeiro risco assente na insolvência do devedor e um segundo risco, um "risco restritivo", descrito nas apólices, mediante o qual o risco de insolvência se concretiza. A realização do sinistro implicaria a realização simultânea dos dois tipos de risco: o risco de insolvência do devedor e o risco "restritivo", correspondente ao evento descrito nas apólices e que delimita o risco de insolvência[134].

Para outros, no seguro-caução o risco coberto é o risco de tesouraria, ou seja, o risco consistente na mora dos pagamentos devidos ao credor que perturba o seu crédito[135].

Partindo de uma outra concepção, MARCEL FONTAINE[136] caracteriza o risco coberto como a perda do crédito do credor sobre o tomador, negando que o risco coberto no seguro-caução seja um risco de tesouraria.

II. Perante a lei portuguesa, a determinação do risco coberto no seguro-caução é consideravelmente facilitada. De acordo com o artigo 6.º, n.º 1, no seguro-caução podem ser cobertos dois tipos de riscos distintos: o risco de incumprimento ou, em alternativa, o risco do atraso (mora) do cumprimento de obrigações de natureza legal ou contratual, formulação que se encontra reproduzida nas apólices de seguro-caução que reconduzem o risco ao incumprimento das obrigações nascidas de um contrato entre credor e devedor[137].

---

[134] Segundo CAMACHO DE LOS RÍOS, *op. cit*, p. 89, trata-se da posição adoptada por ROLAND BREHM, na obra *L'Assurance-Cautionnement*.

[135] É o entendimento perfilhado por PERCEROU, "La nature juridique de l'assurance-crédit. Contrat d'assurance ou contrat crédit", na síntese de CAMACHO DE LOS RÍOS, *op. cit.*, p. 91.

[136] *Essai sur la Nature Juridique de l'Assurance-Crédit*, cit., p. 21: "Ce que l'assurance-aval couvre c'est la *perte de la créance*: en cas de sinistre, la prestation de l'assureur correspond au montant même de la créance impayée. L'assurance-aval indemnise le créancier de la perte de la seule créance, et non des inconvénients accessoires ou indirects du retard du paiement" (itálico no original).

[137] Cfr. o artigo 1.º (objecto do contrato) da apólice de seguro-caução reproduzida em F. C. ORTIGÃO OLIVEIRA/MARIA MANUELA BUSTO, *op. cit.*, p. 439.

Questão próxima consiste na determinação do objecto seguro, e que o artigo 11.º, n.º 2 imediatamente coloca ao se referir ao *montante* em risco. A doutrina mais defensável entende que o "objecto seguro" no seguro-caução é a prestação devida pelo devedor e não o crédito do credor sobre o devedor[138]. Com efeito, conforme resulta, por exemplo, no seguro-caução prestado no âmbito de empreitada de obras públicas, o crédito do dono da obra sobre o empreiteiro é meramente eventual, e apenas se concretiza quando, e se, o incumprimento se verificar. Em termos imediatos, o objecto seguro é a prestação devida pelo devedor e não tanto o crédito do credor sobre aquele, que apenas em termos mediatos constitui o objecto seguro.

De todo o modo, o crédito que é objecto do seguro não é necessariamente um crédito pecuniário, o que se compreende em função do tipo de obrigações cobertas no seguro-caução: obrigações pecuniárias mas também prestações de *facere* ou de *non facere*.

III. Com a verificação do sinistro titulado na apólice, o segurador assume a responsabilidade de indemnizar o segurado. O sinistro é de verificação instantânea[139], concretizando-se com o incumprimento das obrigações assumidas pelo devedor perante o credor.

Na prática seguradora, as apólices de seguro-caução podem ou não acompanhar o conceito de sinistro acima apontado, sendo possível assinalar aquelas apólices em que o conceito de sinistro coincide com o incumprimento[140] e aquelas outras em que a identificação do sinistro coincide com o requerimento pelo segurado da quantia segurada em vista do incumprimento das obrigações do tomador de seguro[141-142].

---

[138] Defendendo a mesma solução, mas para o seguro de crédito dito ordinário, FRAGALI, "Assicurazione del credito", cit., p. 537.

[139] Assim, e por contraposição ao seguros de crédito, onde, segundo FRAGALI, "Assicurazione del credito", cit., p. 547, o evento danoso é de formação sucessiva.

[140] Cfr. as definições apresentadas na apólice de seguro-caução em F. C. ORTIGÃO OLIVEIRA/MARIA MANUELA BUSTO, *op. cit.*, p. 439.

[141] Cfr., p. ex., as apólices de seguro-caução reproduzidas por CAMACHO DE LOS RÍOS, *op. cit.*, p. 158 (artigo 9.º).

[142] Distinguindo o critério da reclamação, em que se consideram sinistros as reclamações efectuadas durante a vigência do contrato (*claims made basis*), o critério da acção, segundo o qual consideram-se sinistros os danos cujo facto gerador tenha ocorrido durante a vigência do contrato (*action comited basis*) e o critério da ocorrência, em que os sinistros correspondem aos danos ocorridos durante a vigência do seguro (*loss occurance basis*), JOSÉ VASQUES, *op. cit.*, pp. 294 e ss.

O incumprimento gera a obrigação de o segurador pagar o montante equivalente aos danos verificados[143-144] até ao montante máximo de capital seguro. A prestação devida pelo segurador corresponde aos danos verificados, sem qualquer percentagem de descoberto a deduzir ao crédito seguro (artigo 7.º, n.º 1)[145], devendo ser realizada num determinado prazo convencionado na apólice (artigo 8.º, n.º 1, alínea *d*)).

Os lucros cessantes ou os danos não patrimoniais não são indemnizáveis, podendo no entanto ser coberto o pagamento de juros, conforme resulta do cotejo dos artigos 7.º, n.º 2 e 12.º.

Conforme assinala CAMACHO DE LOS RÍOS[146], no seguro-caução, o segurador renuncia ao benefício da excussão prévia dos bens do devedor. Tal sucede porque o seguro-caução não constitui um seguro contra o risco de insolvência do devedor; por outro lado, a existência de sub-rogação milita ainda nesse sentido[147-148].

IV. O crédito coberto na apólice não corresponde ainda ao montante concretamente devido pelo segurador aquando da ocorrência do sinistro. O valor atribuído ao segurado é ainda abatido de determinadas parcelas, do qual resulta o montante devido a final.

---

[143] A existência de danos no seguro-caução é discutida. Os vários argumentos apresentados serão analisados quando abordarmos a natureza jurídica do seguro-caução.

[144] Por regra, pois nada impede, embora a prática seguradora portuguesa se afaste de tal possibilidade, que o segurador recorra a qualquer outro esquema idóneo a satisfazer o interesse do credor, como sucede nas *performance bonds* norte-americanas. Quanto a estas, *vide* MIRELLA VIALE, "Il sistema delle garanzie personali negli USA", cit., pp. 676 e ss.

[145] Em crítica à redacção do artigo 7.º, n.º 1, porquanto a quantia segura corresponde ao valor em risco deduzido do descoberto obrigatório, JOSÉ VASQUES, *op. cit.*, p. 309, nota 643.

[146] *El Seguro de Caución*, cit., pp. 64 e ss.

[147] Apontando expressamente o carácter não subsidiário do seguro-caução, TILDE CAVALIERE, *op. cit.*, col. 267: "l'assicuratore-garante non gode del beneficio della preventiva escussione del debitore principale, ai sensi dell'art. 1944 c.c., ma è un coobbligato *pari gradu* e risponde solidalmente con il debitore principale". Também CUNHA GONÇALVES, *Comentário ao Código Comercial Português*, Vol. II, Lisboa, Empresa Editora José Bastos, 1916, p. 599, ao se pronunciar quanto ao seguros de crédito, entende não existir razão para a excussão prévia dos bens do devedor, que não é exigida na cláusula *del credere*. De acordo com o Autor, a exclusão da excussão prévia do devedor resulta da sub-rogação legal do segurador nos direitos e acções do segurado.

[148] O artigo 101.º do Código Comercial poderá ainda depor neste sentido.

Entre as parcelas a abater encontram-se[149]:

- O montante dos pagamentos já recebido do tomador de seguro por conta da indemnização devida;
- O valor de outras garantias constituídas pelo tomador de seguro cobrindo o risco de incumprimento das mesmas obrigações que constituem o objecto do seguro-caução;
- O valor das despesas que o segurado deixou de arcar em virtude da ocorrência do sinistro;
- A compensação dos créditos do credor com os créditos do devedor.

A primeira e segunda situação não levantam dúvidas. Na realidade, a primeira situação constitui uma forma de evitar um enriquecimento injustificado do segurado, e, a segunda, uma sorte de benefício da excussão.

A dedução das despesas que o segurado não mais tem que suportar em virtude da ocorrência do sinistro representa o acolhimento da regra *compensatio lucri cum damno*, prevista no artigo 568.º do Código Civil[150], servindo aqui como fórmula para o cômputo dos danos realmente verificados.

A compensação coloca, todavia, uma questão mais delicada. Na realidade, aquando do pagamento da indemnização pelo segurador, duas hipóteses distintas de compensação podem colocar-se:

- A compensação dos créditos do segurado com os créditos do tomador;
- A compensação de créditos do segurador sobre o segurado.

Quanto à primeira hipótese apresentada, a dúvida que se coloca respeita ao requisito da reciprocidade de créditos (artigo 851.º, n.º 1 do Código Civil). O declarante, no caso, o segurador, apenas pode compensar

---

[149] Cfr. o artigo 10.º, n.º 3 da apólice de seguro-caução reproduzida em F. C. Ortigão Oliveira/Maria Manuel Busto, *op. cit.*, p. 442.

[150] Neste sentido, Menezes Cordeiro, *Direito das Obrigações*, II Vol., cit., pp. 407 e ss. Explicitando as diferentes modalidades que a *compensatio* pode revestir no contrato de seguro, Romano Martinez, "Contrato de Seguro: Âmbito do Dever de Indemnizar", in *Direito dos Seguros*, org. António Moreira, e M. Costa Martins, Coimbra, Almedina, 2000, p. 166.

créditos seus e não créditos de terceiros (o devedor). A compensação parece assim excluída.

Problema diferente consiste na compensação dos créditos do segurador sobre o segurado. Na opinião de VAZ SERRA[151] a pergunta haveria de ser respondida em sentido negativo, por "O fiador não poder compensar com um crédito seu contra o credor o crédito deste contra o devedor, pois não pode extinguir, por compensação, o crédito principal com um crédito seu contra o credor, uma vez que estes créditos não são recíprocos (o crédito principal dirige-se contra o devedor, não contra o fiador). Não podendo fazer esta compensação, não é possível a situação de se extinguir a dívida principal por tal compensação".

Na sequência de recente revisão da matéria, JANUÁRIO GOMES[152], entende que tal compensação é possível, atento que, também para efeitos de verificação do requisito da reciprocidade de créditos, o fiador é um devedor em sentido próprio.

A razão parece estar com JANUÁRIO GOMES. O segurador constitui-se devedor em caso de incumprimento das obrigações que constituem o objecto do contrato entre credor e devedor[153]. Verificado o sinistro, o segurado pode demandar apenas o segurador (acção directa)[154], só o devedor, ou ambos em simultâneo, pelo que deve ser reconhecida a possibilidade de o segurador compensar o seu crédito com o crédito do segurado[155].

5.3.2. *Outros deveres do segurador*

Para além do dever de realizar o pagamento da indemnização, torna-se difícil apontar muitos outros deveres do segurador resultantes do contrato. Assim, o segurador deverá fazer constar do contrato os elementos referidos no artigo 13.º do Decreto-Lei n.º 176/95 que compitam ao caso,

---

[151] "Algumas questões em matéria de fiança", in BMJ, n.º 96, 1960, p. 10.

[152] *Assunção Fidejussória de Dívida*, cit., pp. 1001 e ss.

[153] Não está contudo em causa uma situação de assunção cumulativa de dívida ou de obrigação solidária.

[154] Conforme assinala JOSÉ VASQUES, *Contrato de Seguro*, cit., p. 260, a acção directa não é um fenómeno exclusivo do seguro de responsabilidade civil, verificando-se sempre que o beneficiário do seguro seja pessoa diversa do tomador de seguro.

[155] Trata-se de solução acolhida pelo Ac. da RLx de 24 de Junho de 1999 (MENDES LOURO), in CJ, ano XXIV, 1999, tomo III, p. 129 e cujo fundamento reside na relação de solidariedade que se crê existir entre segurador e tomador de seguro.

e ainda as menções especiais referidas no artigo 178.º do Decreto-Lei n.º 94-B/98, de 17 de Abril.

Directamente resultante da obrigação de realizar o pagamento da indemnização, o segurador deverá ainda pagar a indemnização no prazo previsto na apólice. O incumprimento dessa obrigação sujeita-o ao pagamento de juros de mora[156].

6. Sub-rogação?

I. Realizado o pagamento da indemnização pelo segurador, pergunta-se se este se subroga nos direitos do credor.

As diferentes teses em presença podem ser resumidas da seguinte forma:

– O seguro-caução não admite sub-rogação porque o artigo 441.º do Código Comercial apenas prevê a sub-rogação contra o terceiro causador do sinistro. Ora, sendo o contrato de seguro-caução celebrado pelo devedor, por conta do credor, não se pode admitir a sub-rogação contra um sujeito que é parte no contrato. Além disso, a sub-rogação prevista no artigo 441.º do Código Comercial apenas se aplica ao seguro de coisas pelo que não se adequa ao seguro-caução.

– A sub-rogação é admissível atendendo à natureza jurídica do contrato. Sendo o seguro-caução uma verdadeira fiança, são-lhe extensíveis as normas que regulam o contrato de fiança, nomeadamente a sub-rogação do fiador nos direitos do credor[157].

– A sub-rogação no contrato de seguro-caução resulta de uma sub-rogação convencional. Dada a inviabilidade de aplicação do regime da sub-rogação previsto no Código Comercial, dirigido à sub-rogação contra terceiros, as partes devem estabelecer na apólice, conforme o artigo 427.º do Código Comercial, a possibilidade de sub-rogação contra o devedor/tomador de seguro[158].

---

[156] Cfr. ROMANO MARTINEZ, "Contrato de Seguro. Âmbito do Dever de Indemnizar", cit., p. 168.

[157] Apelando directa ou indirectamente à natureza jurídica do contrato para determinar a possibilidade de sub-rogação no seguro-caução, CALVÃO DA SILVA, "Seguro-caução: protocolo...", cit., pp. 383 e ss.

[158] Neste sentido, MOITINHO DE ALMEIDA, *op. cit.*, p. 54, nota 4.

– A sub-rogação é um resultado do cumprimento da obrigação pelo segurador (sub-rogação legal)[159].

II. A recuperação do crédito pago pelo segurador mediante sub-rogação foi objecto de atenção pela jurisprudência, tendo dado azo aos primeiros acórdãos proferidos em Portugal sobre seguro-caução.

O Acórdão da Relação de Lisboa de 14 de Julho de 1965[160] admitiu a sub-rogação do segurador nos direitos do segurado com base em três argumentos: em primeiro lugar, a natureza do contrato de seguro-caução, contrato para garantia do cumprimento pontual das obrigações[161]; em segundo lugar, o regime da fiança, nomeadamente o direito de regresso e a sub-rogação nos direitos do credor (artigo 838.º do Código de Seabra)[162] e, em terceiro lugar, o facto de a sub-rogação ter sido clausulada na apólice: tal demonstraria a intenção de as partes se vincularem nos termos de um contrato de fiança e não em termos de contrato de seguro.

No caso discutido no Acórdão da Relação de Lisboa, de 2 de Fevereiro de 1966[163], curou-se de um seguro-caução tendo por objecto um compromisso de pagamento até oitenta mil escudos por determinados actos ou omissões do tomador de seguro. A Relação fundamentou a sub-rogação com base no artigo 779.º, n.º 1 do Código de Seabra (correspondente, grosso modo, ao artigo 592.º, n.º 1 do Código Civil): o interesse do segurador basear-se-ia na obrigação de pagamento assumida por força da apólice.

O artigo 441.º do Código Comercial seria de colocar à margem em virtude de aí apenas se prever uma solução para o seguro de coisas; o pagamento do prémio pelo tomador de seguro não seria também argumento suficiente para afastar a sub-rogação, pois "os prémios pagos por este não compensam a dívida que se mantém (...) a ré não transferiu a obrigação de pagar para a autora. Continua com essa obrigação, pois o pagamento dos prémios é a compensação à seguradora pelo facto de se comprometer a

---

[159] Caminhando por esta via, FERNANDO VICTÓRIA, *op. cit.*, pp. 635 e ss.

[160] Relator: SIMÕES DE OLIVEIRA, in Jurisp. Rel., ano 11.º, 1965, pp. 568 e ss. Tem também interesse o Ac. da RLx de 2 de Julho de 1965 (LOPES DA FONSECA), in Jurisp. Rel., ano 11.º, 1965, pp. 549 e ss.

[161] De acordo com a Relação de Lisboa, o seguro-caução lembraria a condição meramente potestativa ou arbitrária, extravasando da natureza jurídica do contrato de seguro "para se integrar no de fiança como garantia pessoal acessória de uma obrigação alheia, assumida *pari gradu* pelo caucionante".

[162] O Código de Seabra distinguia o direito de regresso (artigo 838.º) e a sub-rogação do fiador (artigo 839.º).

[163] Relator: FONSECA MOURA, in Jurisp. Rel., ano 12.º, 1966, T. I, pp. 53 e ss.

pagar ao credor". A sub-rogação impunha-se, pois as estipulações relativas a esse direito não seriam proibidas por lei[164].

Mais recentemente, os acórdãos da Relação de Lisboa de 12 de Fevereiro de 1985[165], de 18 de Fevereiro de 1999[166] e o acórdão do Supremo Tribunal de Justiça de 28 de Setembro de 2000[167], vieram reconhecer, fundamentalmente com os argumentos avançados pela jurisprudência de 1965 e 1966, a existência de sub-rogação no seguro-caução.

III. Passadas muito sumariamente em revista as diferentes teses em presença[168], importa reter a nossa atenção sobre elas. Não tendo a lei consagrado a sub-rogação do segurador nos direitos do credor[169], nos casos em que o seguro-caução não funciona sob a forma de garantia autónoma à primeira solicitação[170], a determinação do fundamento jurídico justificativo da sub-rogação no seguro-caução afigura-se relevante.

Importa analisar, em primeiro lugar, a tese que defende a natureza convencional da sub-rogação.

Os argumentos que depõem no sentido da admissibilidade da sub-rogação convencional são convincentes: assim, o facto de o seguro-caução pertencer à categoria dos seguros de danos e não ao tipo de seguro de pes-

---

[164] O acórdão fala em "direito de regresso".

[165] Relator: ALBUQUERQUE E SOUSA, in CJ, ano X, 1985, T. 1, p. 165. De destacar a utilização em sinonímia do termo "direito de regresso" e sub-rogação.

[166] Relator: EVANGELISTA ARAÚJO, in CJ, ano XXIV, 1999, T. I, p. 118. A fundamentação baseia-se nos artigos 592.º e 644.º do Código Civil.

[167] Relator: QUIRINO SOARES, in CJ – Acs. do STJ, ano VIII, 2000, T. III, p. 53. De acordo com o STJ, adaptando a letra do artigo 441.º do Código Comercial ao mundo moderno dos seguros, justifica-se que o segurador cumpridor fique sub-rogado nos direitos da alfândega sobre o despachante oficial.

[168] Um elenco das diversas perspectivas em que o problema tem sido encarado pode ainda ser confrontado em GONÇALVES SALVADOR, *op. cit.*, pp. 307 e ss.

[169] Diversamente do sistema espanhol, onde o artigo 68.º da lei do contrato de seguro consagra a sub-rogação. Em Portugal, um reconhecimento expresso da existência de sub-rogação no seguro-caução encontra-se apenas no seguro de crédito à exportação (n.º 25.º, alínea *b*) do anexo I ao Decreto-Lei n.º 214/99).

[170] Segundo VOLPE PUTZOLU, *op. cit.*, p. 251, nota 8, no seguro-caução à primeira solicitação, o direito de regresso não seria de forma alguma equiparável à sub-rogação dos seguros. O devedor constitui-se *ipso facto* na obrigação de reembolso relativamente ao segurador, não lhe podendo opor qualquer das excepções que poderia apresentar face ao credor. Salientando igualmente a quase automaticidade do "direito de regresso" na garantia bancária autónoma, FÁTIMA GOMES, "Garantia bancária autónoma à primeira solicitação", cit, p. 197.

soas, onde a sub-rogação é excluída; a existência de um responsável, que pelo simples facto da existência do seguro não deve ser desonerado da prestação que o vincula face ao credor, e a circunstância de, excluindo-se a sub-rogação, o segurado se poder enriquecer mediante o recebimento de duas prestações, a do devedor e a do segurador[171].

Subsiste, todavia, a questão: e quando a apólice não tenha estabelecido a sub-rogação?

A resposta tem sido então procurada por vias alternativas. Em primeiro lugar, analisando a viabilidade de uma sub-rogação legal do segurador nos direitos do credor e, em segundo lugar, retirando todas as consequências de regime decorrentes da subsunção do seguro-caução numa fiança.

IV. De acordo com o artigo 592.°, n.° 1 do Código Civil, a sub-rogação legal do terceiro nos direitos do credor produz-se quando este tenha garantido o cumprimento ou quando, por outra causa, esteja directamente interessado na satisfação do seu crédito. Deixando de lado a primeira hipótese (que implicaria, já, a recondução do seguro-caução a uma garantia, mais concretamente, à fiança), a possibilidade de, no seguro-caução, a sub-rogação se fundar na lei depende do preenchimento de dois requisitos cumulativos: por um lado, que o segurador possa ser visto como o terceiro que cumpre a obrigação, por outro lado, que seja possível detectar um interesse directo do segurador na satisfação do crédito.

O preenchimento do primeiro dos requisitos acima identificados foi objecto de análise de FERNANDO VICTÓRIA[172]. Partindo da constatação de que o seguro-caução é uma espécie do género "seguro por conta de outrem", o Autor conclui não ser difícil de adivinhar que nesse esquema o segurado/credor se revela como um terceiro perante o segurador. Em virtude da especial posição por si ocupada, o credor não seria um estranho ao contrato mas antes um terceiro interessado, situação que se deixaria demonstrar nas apólices de seguro-caução do tipo "empreitadas" e "aduaneira", onde ao segurado não competem quaisquer obrigações, mas antes direitos cujo exercício está sujeito à participação do sinistro.

---

[171] Cfr. FERNANDO VICTÓRIA, *op. cit.*, pp. 635 e 636. Em geral, quanto às finalidade da sub-rogação no contrato de seguro, *vide* MOITINHO DE ALMEIDA, *op. cit.*, pp. 211 e ss.

[172] Cfr. FERNANDO VICTÓRIA, *op. cit.*, pp. 637 e ss. Segundo o Autor, a cláusula sub-rogatória inscrita na apólice não traduziria mais do que uma manifestação de vontade do credor em transmitir os seus direitos após a indemnização.

Retirar-se-ia daqui, voltando agora o espelho para a posição do segurador[173], que no seguro-caução o segurador ocuparia a posição de terceiro, habilitado, como tal, a exercer a sub-rogação.

A qualificação do segurador como terceiro oferece todavia dificuldades. Conforme refere MENEZES CORDEIRO[174], a sub-rogação legal há-de ser realizada por um não devedor, o que de imediato coloca a dúvida quanto à admissibilidade de sub-rogação legal no seguro-caução.

V. A última tese parte da natureza jurídica do seguro-caução. A recondução do seguro-caução à fiança importará a sub-rogação pois o fiador que cumpre a obrigação fica sub-rogado nos direitos do credor, na medida em que estes forem por ele satisfeitos (artigo 644.º do Código Civil)[175-176].

7. Cessação do contrato

I. O contrato de seguro-caução segue as regras genericamente estabelecidas para os restantes contratos de seguros quanto à cessação do vínculo.

Desde logo, a relação nascida entre tomador de seguro e o segurador extingue-se com o pagamento da indemnização ao segurado por parte do segurador[177]. A verificação de um sinistro que importa a obrigação de indemnizar traz consigo a cessação do contrato.

---

[173] Utilizamos a expressão "voltando agora o espelho para a posição do segurador" pois parece-nos ser essa a melhor forma de reconstruir o pensamento do Autor. A este propósito *vide* as pp. 637 e 638.

[174] *Direito das Obrigações*, II Vol., cit., p. 103.

[175] Defendendo a aplicação da sub-rogação no seguro-caução com base no artigo 1203.º e 1949.º do *Codice Civile,* POLOTTI DI ZUMAGLIA, "Assicurazione credito e cauzione", in DDP/Sez. Com., I, p. 455. Advogando também a sua viabilidade no ordenamento português, inclusive no seguro-caução indirecta, caso em que se verificará uma dupla sub-rogação, MENEZES LEITÃO, *Garantias das Obrigações*, cit., p. 186.

[176] Contra, CASTRO MENDES, *op. cit.*, p. 15, nota 26, já que no seguro-caução contra o risco do não cumprimento involuntário, por exemplo, por falência ou insolvência, único caso em que, segundo o Autor, o seguro-caução se reconduz a um contrato de seguro, a admissão de "direito de regresso" agravaria as mesmas.

[177] O segurado pode ceder o seu crédito a terceiro nos termos do artigo 9.º, n.º 3.

A resolução do contrato pelo não pagamento dos prémios subsequentes foi já objecto de análise. O não pagamento dos prémios subsequentes não opera a resolução automática do contrato pois o segurado pode substituir-se ao tomador no pagamento do prémio[178].

Nos contratos de seguro-caução celebrados pelo prazo de um ano e seguintes, os contratos podem cessar por não renovação, comunicada pelo segurador, pelo tomador ou pelo segurado à outra parte com um período de 30 dias de antecedência relativamente à data de renovação[179] (artigo 18.º, n.º 1 do Decreto-Lei n.º 176/95).

II. A extinção da obrigação caucionada produz igualmente a cessação do contrato de seguro-caução[180]. Trata-se de um importante ponto do regime do contrato e que surge conexa à função que o seguro-caução adopta.

Assinale-se, desde logo, a extinção pelo cumprimento da obrigação segura: cumprida a obrigação que está na base do seguro-caução, o risco de incumprimento cessa, deixando de se justificar a cobertura realizada pelo seguro-caução. O agravamento do risco pode importar também a cessação do contrato, desta feita, por resolução. A ocorrência de circunstâncias que conduzem a mutação do risco coberto pelo segurador determina a eventual resolução do contrato, caso não se realize a opção pelo agravamento do prémio como contrapartida do agravamento do risco.

---

[178] Não esquecendo, contudo, o problema da determinação do âmbito e sentido exactos do "novo" artigo 8.º, n.º 1 do Decreto-Lei n.º 142/2000.

[179] Se constitui uma possibilidade que assiste às partes, o ajuste do seguro-caução no regime de anuidades vem bulir com a finalidade do contrato, que é a de cobrir o risco de incumprimento das obrigações. Nestes termos, as anuidades deverão servir mais como cláusula de duração técnica – definida para efeitos de cálculo e cobrança do prémio – do que como de parâmetros da duração substancial do seguro-caução, o qual, em princípio, deve corresponder a todo o período de duração do contrato subjacente.

[180] Cfr. o artigo 6.º, n.º 2 da apólice de seguro-caução presente na obra de F. C. ORTIGÃO OLIVEIRA/MARIA MANUEL BUSTO, *op. cit.*, p. 445.

CAPÍTULO III

O SEGURO-CAUÇÃO NA LEGISLAÇÃO PORTUGUESA. PRINCIPAIS EXEMPLOS E REGIME JURÍDICO

1. A caução global de desalfandegamento

I. Criado pelo Decreto-Lei n.º 289/88, de 24 de Agosto[181-182], o regime da caução global de desalfandegamento surge da necessidade de criar formas expeditas de desembaraço de mercadorias. Efectivamente, o comércio internacional impõe a criação de um sistema que consiga reunir simultaneamente duas funções: por um lado, permitir o rápido desembaraço das mercadorias, com um mínimo de formalismos e o máximo da rapidez e, por outro lado, assegurar à Administração Aduaneira o pagamento dos montantes resultantes da relação jurídica de imposto aduaneiro criado pelo tráfego transfronteiriço.

Conforme resulta do artigo 1.º, n.º 1 do Decreto-Lei n.º 289/88, o escopo do sistema de caução global para desalfandegamento é o de garantir o pagamento dos direitos aduaneiros e demais imposições relativas às declarações apresentadas pelo despachante oficial às alfândegas[183], sendo a garantia prestada sob a forma de fiança bancária ou de seguro-caução (artigo 3.º). Com a vantagem de tornar desnecessária a prestação de garantias específicas relativamente a cada dívida aduaneira, quando se pretenda obter, antes do pagamento, a saída das mercadorias[184], o legislador instituiu a obrigatoriedade de o despachante oficial gerir o saldo da caução global, cujo montante é inicialmente proposto por este, mediante requeri-

---

[181] Alterado pelos Decretos-Leis n.ºs 294/92, de 30 de Dezembro e 445/99, de 3 de Novembro.

[182] Trata-se de figura analisada por MENEZES CORDEIRO, *Manual de Direito Comercial*, I Vol., cit., pp. 615 e ss., na rubrica dedicada aos seguros obrigatórios.

[183] O sistema da caução global de desalfandegamento tem dado origem a uma vasta jurisprudência, que se tem ocupado de diversos aspectos desta figura. A título exemplificativo é possível indicar: Ac. da RP de 30 de Janeiro de 1995 (BESSA PACHECO), cit., pp. 207 e ss.; Ac. do STJ de 12 de Março de 1996 (SOUSA INÊS), cit., pp. 143 e ss.; Ac. do STJ de 27 de Janeiro de 1998 (TOMÉ DE CARVALHO), cit., pp. 37 e ss. e Ac. do STJ de 28 de Setembro de 2000 (QUIRINO SOARES), in CJ-Acs. do STJ, ano VIII, 2000, T. III, pp. 52 e ss. Outra jurisprudência pode ser consultada em *www.cidadevirtual.pt/stj/jurisp/Segurocau.html*.

[184] Neste sentido, JORGE COSTA SANTOS, "Pagamento e garantia da dívida aduaneira", cit., p. 17.

mento apresentado ao director da respectiva alfândega. Quando o montante representativo da caução se verifique frequentemente desajustado, comparativamente ao montante dos direitos e demais imposições, o despachante oficial deverá proceder ao ser reforço ou redução, obrigação que poderá resultar sempre que circunstâncias excepcionais fundamentem a alteração do montante constitutivo da caução[185].

Com especial interesse surge o artigo 2.° do Decreto-Lei n.° 289/88. No âmbito da caução global para desalfandegamento, o despachante oficial age por conta de terceiro, o dono ou consignatário das mercadorias, respondendo ambos solidariamente pelo pagamento dos direitos aduaneiros[186].

Ao despachante oficial, tomador de seguro, é então exigível a celebração de contrato de seguro-caução que respeite as condições impostas pelo termo de caução previsto no artigo 11.° e no anexo ao Decreto-Lei.

O seguro-caução é accionado pela Autoridade Aduaneira em duas situações: se o despachante não cumprir a obrigação de realizar o pagamento único respeitante aos direitos e demais imposições exigíveis num determinado período, o qual coincide com o mês do calendário (artigo 7.°, n.° 1 do Decreto-Lei n.° 289/88)[187], ou se não tiver procedido ao reforço da caução pelo saldo devedor (artigo 5.°, n.° 1 do Decreto-Lei n.° 289/88). O Director da Alfândega determinará então a notificação de pagamento ao segurador, que, sem necessidade de qualquer outra consideração, deverá realizar à alfândega o pagamento expresso na caução (artigo 10.°, n.° 1 do Decreto-Lei n.° 289/88).

II. O termo de caução anexo ao Decreto-Lei n.° 289/88, e que o despachante oficial deve apresentar à Autoridade Alfandegária, merece todavia um suplemento de reflexão.

Na sua primeira versão, o termo de caução anexo ao Decreto-Lei n.° 289/88 rezava o seguinte:

---

[185] Encontramos aqui uma aplicação do disposto no artigo 626.° do Código Civil.

[186] Na redacção dada pelo Decreto-Lei n.° 445/99, de 3 de Novembro. A anterior redacção dispunha que o despachante oficial agia em nome próprio e por conta de outrem, o que levava alguma jurisprudência, como o acórdão da RP de 30 de Janeiro de 1995 (BESSA PACHECO), cit., p. 209, a qualificar, na esteira de ANTUNES VARELA, "Anotação ao Acórdão do Tribunal de Justiça das Comunidades Europeias de 11 de Março de 1992" in RLJ, ano 125, n.° 3814, pp. 55 e 56, a relação em causa como de mandato sem representação.

[187] Sistema denominado de "globalização de pagamentos".

(...)

"Mais se declara que pela presente garantia (a entidade garante) se obriga como principal pagador, com expressa renúncia ao benefício da excussão, comprometendo-se ainda, ao primeiro pedido da alfândega de ... (x) e sem necessidade de qualquer outra consideração, a pagar, no prazo de oito dias a contar da data de recepção do referido pedido, todas as quantias cujo pagamento seja da responsabilidade de ...(x)".

O cotejo com a nova versão introduzida pelo Decreto-Lei n.º 294/92, revela o curioso pormenor de a referência ao pagamento ao primeiro pedido ser omitida, restando apenas a necessidade de tal pagamento se realizar sem necessidade de qualquer outra consideração. De acordo com o novo termo de caução:

(...)

"Mais se declara que pela presente garantia (a entidade garante) se obriga como principal pagador, com expressa renúncia ao benefício da excussão, e sem necessidade de qualquer outra consideração, a pagar, no prazo de oito dias a contar da data de recepção do referido pedido, todas as quantias cujo pagamento seja da responsabilidade de ...(x)".

III. Pronunciando-se quanto à versão originária do Decreto-Lei n.º 289/ /88, JORGE COSTA SANTOS entendia que o seguro-caução prestado em conformidade com o termo de caução previsto no artigo 11.º do Decreto-Lei 289/88 se configurava como uma garantia autónoma, de forma a assegurar à alfândega o mesmo grau de segurança que a fiança bancária[188].

Se a qualificação acima identificada se apresenta correcta em vista do anterior termo de caução, a nova redacção dada pelo Decreto-Lei n.º 298/92 suscita dúvidas quanto ao tipo de garantia que o legislador pretendeu instituir.

---

[188] Cfr. JORGE COSTA SANTOS, "Pagamento...", cit., p. 19. Não é este o único argumento apresentado pelo Autor. O seu pensamento escora-se na circunstância de o pagamento se dever realizar ao primeiro pedido, e sem necessidade de qualquer consideração, e no facto de o seguro-caução dever assegurar o mesmo nível de protecção que a fiança bancária. Na jurisprudência, alinhando pela qualificação como garantia autónoma, em vista da redacção originária do termo de caução, Ac. do STJ de 28 de Setembro de 2000 (QUIRINO SOARES), cit., p. 53.

Na realidade, a supressão do trecho alusivo ao pagamento "ao primeiro pedido da alfândega" coloca a questão de se saber se a garantia autónoma à primeira solicitação da redacção inicial, não será agora uma garantia autónoma simples[189]. Sendo certo que o garante se obriga a pagar todas as quantias "sem necessidade de qualquer outra consideração", o que indicia claramente o intuito de instituir um regime de autonomia em relação à obrigação garantida[190], a omissão do compromisso de pagamento ao primeiro pedido inculca no sentido de se ter erigido uma garantia autónoma mas não automática.

À primeira vista, então, a garantia autónoma e automática do anexo ao Decreto-Lei n.º 289/88, seria agora apenas uma garantia autónoma. Conforme salienta JANUÁRIO GOMES[191], "se é verdade que as garantias bancárias autónomas são normalmente automáticas, por serem ao primeiro pedido ou à primeira solicitação, não menos certo é que (...) há garantias bancárias autónomas simples (não automáticas) (...)"[192]. Nestes termos, seria (agora) necessário que a Autoridade Alfandegária provasse o incumprimento dos deveres do despachante oficial, resultantes dos artigos 8.º, n.º 1 e 7.º, n.º 1 do Decreto-Lei n.º 289/88.

IV. Como entender a alteração legislativa? O preâmbulo do Decreto-Lei n.º 294/92 não sugere qualquer razão para semelhante modificação, e o corpo do termo de caução mantém-se praticamente idêntico à versão de 1988, salvo no que respeita à supressão da realização do "pagamento ao primeiro pedido". Uma primeira explicação pode pois passar pelo facto de o legislador ter considerado redundante a referência ao primeiro pedido: o "sem necessidade de qualquer consideração" abarcaria o efeito útil pretendido pela menção ao primeiro pedido, pois aquele que se obriga sem

---

[189] Na garantia autónoma simples o beneficiário não está dispensado de provar o incumprimento do devedor ou qualquer outro pressuposto da constituição do seu crédito. Cfr. FÁTIMA GOMES, "Garantia bancária autónoma à primeira solicitação", cit., pp. 121 e 134.

[190] Cremos que a referência ao pagamento sem necessidade de qualquer outra consideração é análoga à menção ao pagamento "sem apreciar da justiça e do direito", usualmente encontrada nas garantias bancárias e através do qual se pretende realçar a autonomia da obrigação do garante relativamente à obrigação garantida.

[191] *Assunção Fidejussória de Dívida*, cit., p. 69. O Autor pronuncia-se quanto às garantias bancárias mas a ideia adequa-se com toda a naturalidade ao seguro-caução.

[192] Na jurisprudência é possível encontrar uma referência à garantia autónoma simples no Ac. da Relação de Lisboa de 4 de Junho de 1998 (SALVADOR DA COSTA), cit., p. 36.

necessidade de qualquer consideração obrigar-se-ia, naturalmente, a fazê--lo ao primeiro pedido.

Haverá todavia que considerar que a dúvida quanto à automaticidade da garantia deverá ser resolvida no sentido de que a garantia não é prestada à primeira solicitação[193]. Contudo, esta regra de decisão atenta contra os interesses de celeridade que presidiram à introdução do sistema da caução global de desalfandegamento, pelo que julgamos que a dúvida no sentido a atribuir à lei deve ser resolvida no sentido de o novo termo de caução ter também consagrado uma garantia autónoma e automática[194-195].

V. Realizado o pagamento, o artigo 2.º, n.º 2 do Decreto-Lei n.º 289//88 estatui que a entidade garante goza de direito de regresso contra a pessoa por conta de quem foram pagos os direitos e imposições, ficando sub-rogada em todos os direitos da alfândega relativos às quantias pagas. A indicação de um direito de regresso por parte da entidade garante acrescido de sub-rogação parece todavia menos correcto, porquanto, de acordo com o n.º 1 do mesmo artigo, os devedores solidários são identificados com o despachante oficial e o dono ou consignatário das mercadorias.

Na realidade, o direito de regresso previsto no artigo 524.º do Código Civil aplica-se às hipóteses em que existindo mais do que um sujeito responsável pelo cumprimento de uma obrigação, um dos obrigados satisfaz o direito do credor e fica, por isso, com o direito de exigir do devedor soli-

---

[193] JANUÁRIO GOMES, *Assunção Fidejussória de Dívida*, cit., p. 74. Este princípio é colocado pelo Autor a par de outros, cuja discussão é aplicável ao seguro-caução.

[194] Pensamos estar assim no campo da declaração declarativa lata, porquanto a lei acolhe ainda este entendimento. Quanto à interpretação declarativa lata, restrita e média, vide OLIVEIRA ASCENSÃO, *O Direito. Introdução e Teoria Geral*, 13.ª ed., Coimbra, Almedina, 2005, p. 422. Anote-se, por último, quanto à garantia autónoma prevista no artigo 8.º, n.º 1 do Decreto-Lei n.º 289/88, a posição de JORGE COSTA SANTOS, "Pagamento...", cit., p. 21, nota 12, para quem no artigo em causa, garantia autónoma tem apenas o sentido de garantia específica, à margem da caução global e de FÁTIMA GOMES, "Garantia bancária autónoma à primeira solicitação", cit., p. 203, que entende não ser a intenção legal de fácil compreensão atento o teor do (antigo) termo de caução anexo ao Decreto-Lei n.º 298/88.

[195] Perguntamos também se não se deverá aqui aplicar (mais) uma presunção oposta à regra, em moldes análogos à ressalva exposta por JANUÁRIO GOMES, *Assunção Fidejussória de Dívida*, cit., p. 74, nota 282. Com efeito, assim como no caso das garantias prestadas por "termo" deve valer a presunção que tais garantias são garantias autónomas e não fianças (presunção que se opõe à regra que a dúvida entre a autonomia e a acessoriedade, deve ser resolvida a favor da acessoriedade), também nas garantias autónomas prestadas por "termo" parece dever presumir-se o seu carácter automático.

dário a parte que lhe cabia na responsabilidade comum. Não é esta, todavia, a situação que ocorre na caução global para desalfandegamento, em que a entidade garante (o segurador) não actua como devedor solidário do despachante oficial e do terceiro por conta de quem são realizados o pagamento dos direitos e imposições aduaneiros.

A qualificação como sub-rogação afigura-se mais correcta uma vez que, nos termos do citado artigo 2.º, n.º 2, o que se verifica é uma transmissão de créditos da alfândega para a entidade garante, acompanhada dos privilégios inerentes, nomeadamente o direito de retenção[196].

2. Seguro-caução prestado em empreitada de obras públicas

I. Aprovado pelo Decreto-Lei n.º 59/99, de 2 de Março, o novo regime jurídico das obras públicas[197] procede à regulamentação de um campo fértil na utilização de garantias, nomeadamente com o fim de assegurar ao dono da obra o exacto e pontual cumprimento das obrigações que o empreiteiro assume com a celebração do contrato de empreitada[198].

Uma exacta compreensão do regime actualmente traçado pelo Decreto-Lei n.º 59/99 compreende, no entanto, uma breve panorâmica da legislação que o precedeu.

II. A primeira referência à garantia pessoal como sucedâneo do depósito em dinheiro surge com o Decreto n.º 13 667, de 25 de Maio de

---

[196] Para a destrinça entre sub-rogação e direito de regresso, cfr. ANTUNES VARELA, *Das Obrigações em Geral*, Vol. II, 7.ª edição, reimpressão, Coimbra, Almedina, 2001, pp. 345 e ss. e *Das Obrigações em Geral*, Vol. I, 10.ª edição, Coimbra, Almedina, 2000, pp. 786 e ss. Quanto à utilização indistinta por parte da lei da figura da sub-rogação e do direito de regresso, o Ac. do STJ de 12 de Março de 1996 (SOUSA INÊS), cit., p. 145, pronunciou-se no sentido em que "o direito que o artigo 2.º, n.º 2 do Decreto-Lei n.º 189/88, de 24 de Agosto, atribui ao segurador advém-lhe por sub-rogação legal, não obstante a lei tão depressa se referir à sub-rogação como a direito de regresso". No que respeita ao facto de o pagamento do prémio pelo tomador de seguro não o exonerar da sub-rogação, atente-se, conforme salienta o acórdão, que no cálculo do montante do prémio é levado em conta a possibilidade de sub-rogação, sendo o valor do prémio maior se tal sub-rogação não existir por ser maior o risco.

[197] Cfr. os artigos 112.º, n.º 1 e 114.º, n.º 6. O Decreto-Lei n.º 59/99 revogou o anterior regime aprovado pelo Decreto-Lei n.º 405/93, de 10 de Dezembro.

[198] Encontram-se ainda outras modalidades de seguro-caução no Decreto-Lei n.º 59/99: é o caso da caução por adiantamentos, prevista no artigo 214.º, n.º 5, e da caução-reforço regulada no artigo 211.º.

1927[199], cujo artigo 1.º preceituava que "o depósito de 5% da importância total das empreitadas de obras públicas, a efectuar nos termos do artigo 32.º das instruções para a arrematação e adjudicação de obras públicas, aprovadas por Portaria de 18 de Julho de 1887, e bem assim o depósito constituído pela dedução de 8% da importância dos pagamentos efectuados por conta dos respectivos trabalhos executados, nos termos do artigo 50.º das cláusulas aprovadas por Decreto de 9 de Maio de 1906, poderão ser substituídas por uma garantia bancária, desde que os interesses do Estado sejam devidamente acautelados".

Tendo por base o preceituado nesse artigo, o Parecer da Procuradoria Geral da República n.º 9/54, de 16 de Dezembro de 1954, pronunciou--se no sentido de a garantia bancária prevista no artigo 1.º do Decreto n.º 13 667, de 25 de Maio, constituir uma típica fiança, com a única especialidade de ser prestada por um banco, que assumiria a responsabilidade pelo cumprimento de obrigações futuras e eventuais[200].

Posteriormente, com a publicação do Decreto-Lei n.º 48 871, de 19 de Fevereiro de 1969, a Procuradoria ocupou-se da caução bancária prevista no seu artigo 65.º[201-202] e, reafirmando a anterior posição adoptada, entendeu não estar em causa uma alteração da extensão dos direitos garantidos, mas sim do modo de prestar a garantia, pois "quando a lei permite que o empreiteiro substitua os depósitos de garantia por garantias bancárias, não exonera o empreiteiro da obrigação de efectuar esses depósitos. Essa obrigação mantém-se, só que o empreiteiro não é obrigado a efectuar o depósito senão quando tiver faltado ao cumprimento da obrigação é que surge a obrigação de efectuar depósito".

III. A admissibilidade de prestação de caução mediante contrato de seguro-caução foi introduzida pelo Decreto-Lei n.º 236/86, de 18 de Agosto, que, pela primeira vez, coloca a par do depósito em dinheiro a prestação de caução por meio de garantia bancária ou de seguro-caução.

---

[199] Este Decreto surge habitualmente referido como tendo sido publicado a 21 de Maio quando, na realidade, o foi a 25 de Maio.

[200] Parecer n.º 9/54, de 16 de Dezembro, in BMJ, n.º 47, 1955, p. 151.

[201] O qual preceituava o seguinte: "o concorrente que pretender prestar caução bancária apresentará documento pelo qual um estabelecimento bancário legalmente autorizado garanta a entrega da importância da caução logo que o dono da obra, nos termos legais e contratuais a exija".

[202] Parecer n.º 3/69, de 29 de Maio de 1969, in BMJ, n.º 191, 1969, p. 159.

De forma muito semelhante ao estabelecido para a garantia bancária, o artigo 102.º, n.º 6 do Decreto-Lei n.º 236/86, estatuiu, tratando-se de seguro-caução, que o adjudicatário apresentará apólice pela qual o segurador assuma o encargo de satisfazer de imediato quaisquer importâncias exigidas pelo dono da obra, num modelo retomado em moldes semelhantes pelo artigo 106.º, n.º 6 do Decreto-Lei n.º 405/93, de 10 de Dezembro, e, depois, pelo actual artigo 114.º, n.º 6 do Decreto-Lei n.º 59/99[203].

IV. A garantia de boa execução[204] prevista no Decreto-Lei n.º 59/99, e prestada por meio de seguro-caução, obedece ao disposto no artigo 114.º, n.º 6. O segurador assume o "encargo de satisfazer de imediato quaisquer importâncias exigidas pelo dono da obra em virtude de incumprimento das obrigações a que o seguro respeita". Configura-se, pois, uma obrigação de pagamento *on first demand*[205].

A referência ao "encargo" de satisfazer de imediato quaisquer importâncias exigidas pelo dono da obra suscita a dúvida quanto ao alcance da cláusula de pagamento à primeira solicitação aí prevista, nomea-

---

[203] Note-se, todavia, que a redacção do Decreto-Lei n.º 59/99, de 2 de Março, retoma *ipsis verbis* a redacção do Decreto-Lei n.º 235/86, de 18 de Agosto, em prejuízo da redacção do Decreto-Lei n.º 405/93, de 10 de Dezembro. Assim, se desde 1986, se tem exigido que o pagamento seja satisfeito à primeira solicitação, verificam-se desde essa data em diante as seguintes diferenças: a legislação de 1986 e de 1999 impõe ao adjudicatário a apresentação da apólice e que das condições da mesma não resulte uma diminuição das garantias do dono da obra; na legislação de 1993 a primeira exigência não é expressa, prevendo-se apenas que o dono da obra *pode* exigir a apresentação da apólice, o que, segundo ROMANO MARTINEZ/JOSÉ PUJOL, *Empreitada de Obras Públicas*, cit., p. 176, leva a concluir que, à época, a apresentação da apólice seria facultativa, ficando ao critério da dono da obra.

[204] ANDRADE DA SILVA, *Regime Jurídico das Empreitadas de Obras Públicas*, 9.ª edição, Coimbra, Almedina, 2004, p. 406, assinala que a função da caução prevista no artigo 112.º do Decreto-Lei n.º 59/99 é apenas a de caucionar e não a de servir como cláusula penal ou figura indemnizatória semelhante.

[205] Apesar de se não estabelecer que o pagamento será realizado à primeira solicitação, o sentido da expressão "satisfazer de imediato quaisquer importâncias" parece equivaler ao sentido atribuído à primeira expressão, dado não serem exigíveis cláusulas sacramentais para a reprodução da cláusula à primeira solicitação. Neste sentido, CALVÃO DA SILVA, "Locação financeira e garantia bancária", in *Estudos de Direito Comercial. (Pareceres)*, Coimbra, Almedina, 1999, p. 45 e "Garantias acessórias e garantias autónomas", cit., p. 352.

damente se o legislador terá tido o propósito de instituir uma garantia automática e autónoma[206].

Pronunciando-se a respeito das garantias bancárias, EVARISTO MENDES[207] entende que dada a necessidade de a garantia bancária substituir um depósito em dinheiro ou títulos, a redacção do artigo 65.º do Decreto-Lei n.º 48 871 permitia já a interpretação no sentido se tratar de uma garantia à primeira solicitação[208], não ficando todavia inteiramente claro se para o Autor além de automática a garantia seria também autónoma.

Opinando quanto a idêntica regra no Decreto-Lei n.º 235/86, de 18 de Agosto (o artigo 102.º), FÁTIMA GOMES[209] comenta a norma conjuntamente com outros preceitos referentes à garantia bancária autónoma, dando a entender que tal garantia se integraria nas garantias autónomas. Por último, JORGE PINHEIRO[210] questiona se não estariam a ser emitidas garantias bancárias autónomas no domínio das empreitadas de obras públicas.

---

[206] Admite-se que a prática tenha consolidado a apresentação de garantias automáticas e autónomas, e que o preceito seja interpretado em conformidade, mas poder-se-á sempre questionar se será admissível a prestação de uma garantia automática mas acessória.

[207] "Garantias bancárias. Natureza", in RDES, ano XXXVII (X da 2.ª Série), n.º 4, p. 469.

[208] Pronunciando-se quanto à garantia prevista no artigo 1.º do Decreto n.º 13 667, o Ac. do STA de 16 de Janeiro de 1970 (MANSO PRETO), in Acórdãos do STA. Colecção de Acórdãos. Apêndice ao Diário do Governo, 1970, p. 72, concluiu que na doutrina se tem discutido "a natureza jurídica da garantia bancária, admitindo-se geralmente que ela apresenta a configuração de uma fiança sui generis.

Ao consenti-la, pretende a lei (Decreto n.º 13 667, de 21 de Maio de 1927, artigo 1.º) libertar o empreiteiro dos inconvenientes de ter de prestar o depósito da garantia e de se sujeitar a deduções nos pagamentos parciais, permitindo a substituição daquele depósito e daquelas deduções por garantias bancárias. E ao fazer tal permissão não se teve em vista exonerar o empreiteiro do dever de efectuar esses depósitos quando falta ao cumprimento das obrigações que assumiu, mas sim que o cumprimento daquele dever fosse garantido pela fiança bancária.

Quer dizer: se o empreiteiro faltoso, interpelado para efectuar o depósito ou pagar as dívidas ou indemnizações a que ela respeita, deixar de fazê-lo, desde logo pode ser efectivada a garantia bancária. (Neste sentido, ver o parecer da Procuradoria-Geral da República de 12 de Junho de 1969, in Diário do Governo, 2.ª série, de 31 de Julho de 1969)".

[209] "Garantia bancária autónoma à primeira solicitação", cit., p. 202.

[210] "Garantia bancária autónoma", in ROA, ano 52, Julho 1992, p. 428.

V. É conhecido que a cláusula à primeira solicitação ou pedido constitui um forte indício no sentido da "autonomia" relativamente à obrigação garantida[211], o que nos levaria a qualificar a figura prevista no artigo 114.°, n.° 6 como garantia autónoma. Parece-nos, no entanto, que a garantia prevista no artigo 114.°, n.° 6 pode ser qualificada de uma de duas formas:

– Como garantia autónoma à primeira solicitação;
– Como fiança ao primeiro pedido.

A Portaria n.° 104/2001, de 21 de Fevereiro, aprovou o caderno de encargos tipo a ser utilizado nas empreitadas de obras públicas e, com ele, os modelos de seguro-caução à primeira solicitação a apresentar perante o dono da obra[212].

O seguro-caução aí apresentado segue claramente a forma de uma garantia autónoma à primeira solicitação[213], pelo que diríamos ter o legislador realizado uma "interpretação autêntica" quanto ao sentido a atribuir ao artigo 114.°, n.° 6.

Cremos, no entanto, que a qualificação que melhor se ajusta ao modelo aí previsto é a de fiança ao primeiro pedido.

Como refere JANUÁRIO GOMES[214], na fiança ao primeiro pedido o credor é colocado na posição que teria se em vez da fiança ao primeiro pedido tivesse constituído um depósito em dinheiro à ordem do credor.

---

[211] Assim, CALVÃO DA SILVA, "Garantias acessórias...", cit., p. 353, nota 39, ao considerar que a cláusula à primeira solicitação não tem só por si o "dom sacramental" de constituir o contrato autónomo, não obstante ser um forte indício do mesmo. No mesmo sentido, JANUÁRIO GOMES, *Assunção Fidejussória de Dívida*, cit., p. 722.

[212] Cfr. p. 971 do DR, I Série-B, de 21 de Fevereiro de 2001.

[213] Efectivamente, após cuidar da identificação das partes no contrato, o modelo regulamenta a garantia em termos de clara autonomia:

(...)

A companhia de seguros obriga-se a pagar aquela quantia nos cinco dias úteis seguintes à primeira solicitação da... (dono da obra) sem que esta tenha de justificar o pedido e sem que a primeira possa invocar em seu benefício quaisquer meios de defesa relacionados com o contrato atrás identificado ou com o cumprimento das obrigações que ... (empresa adjudicatária) assume com a celebração do respectivo contrato.

A companhia de seguros não pode opor à ... (dono da obra) quaisquer excepções relativas ao contrato de seguro-caução celebrado entre esta e o tomador de seguro".

[214] *Assunção Fidejussória de Dívida*, cit., p. 719.

Sendo a caução constituída pelo depósito em dinheiro[215] uma garantia acessória[216], não é de presumir que o legislador tenha sido mais exigente com o seguro-caução do que com o depósito, pois a imediata disponibilização de fundos que o pagamento à primeira solicitação proporciona, coloca o credor numa posição tão segura quanto aquela que o depósito permite. O efeito útil prosseguido pela garantia constituída mediante depósito em dinheiro é plenamente atingido pela mera cláusula de pagamento à primeira solicitação, não sendo necessário elevar (sempre) o contrato de seguro-caução a uma garantia autónoma.

Nos termos do contrato de seguro-caução, o segurador deverá então pagar, valendo a cláusula ao primeiro pedido com o efeito limitado ao *solve et repete*, com a acessoriedade a valer na "repetição do indevido"[217-218].

3. Seguro-caução prestado em benefício de entidades públicas

I. A análise acima empreendida quanto à caução global de desalfandegamento e ao seguro-caução prestado em empreitada de obras públicas deixou antever que o seguro-caução prestado para cobrir o cumprimento de obrigações contraídas perante entidades públicas oferece certas especificidades de regime relativamente à hipótese em que o beneficiário do seguro-caução não é um ente dotado de *jus imperii*.

Com efeito, logo após ter definido no n.º 1 o objecto do contrato do seguro-caução, o n.º 2 do artigo 6.º do Decreto-Lei n.º 183/88 dispõe que:

(…)

"2 – O Estado, seus estabelecimentos, organismos e serviços civis ou militares, ainda que personalizados, os tribunais, os institutos públicos e as empresas públicas, as autarquias locais, suas federações e uniões e as pessoas colectivas de utilidade pública adminis-

---

[215] Isto é, o penhor – artigo 662.º, n.º 2 do Código Civil.

[216] Destacando a posição acessória do penhor perante o direito garantido, MENEZES CORDEIRO, *Manual de Direito Bancário*, cit., p. 607. Cfr. ainda, JANUÁRIO GOMES, *Assunção Fidejussória de Dívida*, cit., p. 106.

[217] CALVÃO DA SILVA, "Garantias acessórias", cit., p. 353.

[218] Em sentido diverso, qualificando o contrato como autónomo, com base no facto de o segurador assumir uma obrigação própria com o dono da obra, independentemente do contrato celebrado entre o dono da obra e o adjudicatário, Ac. da RLx de 24 de Abril de 1996 (RODRIGUES CODEÇO), cit., p. 122.

trativa não podem recusar apólices de seguro de caução, nos casos em que, por disposição legal, despacho genérico ou deliberação de órgãos de gestão ou corpos administrativos ou sociais de entidades do sector público ou empresarial do Estado, exista a obrigação de caucionar ou afiançar e seja devido, designadamente, o depósito de numerário, títulos ou outros valores, garantias bancárias ou fiança, para assegurar o cumprimento de obrigações legais ou contratuais.

3 – Para efeito do disposto no número anterior, devem as respectivas apólices salvaguardar os direitos dos segurados nos precisos termos da garantia substituída.

4 – Exceptua-se do referido no n.º 2 a obrigação de caucionar o pagamento de pensões de acidentes de trabalho".

Em moldes análogos, o n.º 7 do artigo 114.º do Decreto-Lei n.º 59/99, de 2 de Março, estatui que "das condições da apólice de seguro-caução não poderá, em caso algum, resultar uma diminuição das garantias do dono da obra, nos moldes em que são asseguradas pelas outras formas admitidas de prestação da caução".

Que situações se pretendem salvaguardar através do disposto no n.º 3 do artigo 6.º?

Julga-se que a explicação do artigo 6.º, n.º 3 se prende com a estrutura triangular a que o seguro-caução dá azo. Pretende-se que pelo facto de o contrato ser celebrado entre segurador e devedor não resulte possibilidade de o segurador opor aos segurados os meios de defesa retirados do contrato.

O seguro-caução deve salvaguardar os segurados nos mesmo termos que as restantes modalidades de caução, tal como sucede no depósito, constituído directamente entre o credor e o devedor, e na garantia bancária, onde, de todo o modo (pois o mesmo sucede na fiança), o garante não pode opor os meios de defesa retirados da relação com o devedor[219] (artigo 637.º, n.º 1 do Código Civil).

Na essência, a primeira situação que o legislador tem em vista relaciona-se com o não pagamento dos prémios, e com a inoponibilidade de tal fundamento aos segurados, para isso se dispondo que o seguro-caução

---

[219] Trata-se da relação de cobertura. Cfr. JANUÁRIO GOMES, *Assunção Fidejussória de Dívida*, cit., pp. 361 e ss.

deve salvaguardar "os direitos dos segurados nos mesmos termos das garantias substituídas"[220].

O regime do artigo 6.º, n.ºs 2 e 3 não constitui porém qualquer benefício injustificado para as entidades públicas que dele beneficiam. O artigo 6.º, n.º 3 apenas "existe" porque o seguro-caução se apresenta como uma forma alternativa de prestar caução: aquele que contrata com entes públicos deve poder prestar caução no maior número de formas possíveis[221]; no entanto, tal não deve redundar numa diminuição de garantias para os entes públicos.

II. O regime estabelecido pelo artigo 6.º, n.º 2 não andará assim muito longe do previsto no artigo 623.º do Código Civil.

Tal como o artigo 623.º do Código Civil cura da caução imposta ou autorizada por lei, a previsão do artigo 6.º, n.º 3 dirige-se fundamentalmente ao seguro-caução cujos termos são impostos por lei[222]. Em ambos os casos o regime é mais gravoso.

Por contraposição, e conforme resulta claramente do artigo 23.º, n.º 1 do Decreto-Lei n.º 176/95, o seguro-caução ajustado entre particulares, isto é, onde o segurado seja um particular, fica sujeito ao regime do artigo 23.º, n.º 1 do Decreto-Lei n.º 176/95, pelo que o não pagamento dos prémios, entre outros meios de defesa retirados do contrato de seguro-caução, é oponível ao segurado.

---

[220] Neste sentido, o regime do artigo 70.º, n.º 6 do Decreto-Lei n.º 197/99, de 8 de Junho: "(...) não pode, em caso algum, resultar uma diminuição das garantias da entidade adjudicante, nos moldes em que são asseguradas pelas outras formas admitidas de prestação de caução, ainda que não tenha sido pago o respectivo prémio".

[221] Assim, o preâmbulo do Decreto-Lei n.º 57/75, de 14 de Fevereiro, que refere a conveniência de generalizar a possibilidade de ser adoptado o seguro-caução como garantia do cumprimento de obrigações legais perante o Estado e outros entes públicos. Tem interesse o seu artigo único, que introduziu pela primeira vez o seguro-caução como forma sucedânea de prestar caução: "sempre que por disposição legal, regulamentar ou despacho genérico, seja exigido, para cumprimento de obrigações legais ou contratuais, assumidas perante o Estado, autarquias locais, institutos personalizados ou empresas públicas, o depósito de numerário, títulos ou outros valores ou garantia bancária, poderá, em sua substituição, ser apresentada apólice de seguro-caução em que fiquem salvaguardados os interesses da entidade garantida".

[222] A identificação entre o artigo 623.º do Código Civil e o artigo 6.º, n.º 3 é no entanto meramente aproximativa, pois nos termos deste último a obrigação de caucionar pode também resultar de despacho genérico ou deliberação.

O paralelismo com o regime da caução estabelece-se mais uma vez. Se as garantias previstas no artigo 624.º do Código Civil são mais "flexíveis"[223], o que, p. ex., resulta de relativamente à fiança se admitir o prévio benefício da excussão, o seguro-caução ajustado entre particulares é também mais flexível, ou menos rígido, pois a protecção que advém para o segurado pode ser sobrestada pelas excepções retiradas do seguro-caução.

Nestes termos, o artigo 23.º, n.º 1 do Decreto-Lei n.º 176/95 aplica-se apenas ao seguro-caução "contratual" e não ao seguro-caução resultante de uma imposição legal[224]. Ao abrigo da autonomia privada, tomador de seguro e segurado podem todavia ajustar a realização de um seguro-caução com um estatuto de maior ou menor protecção para o segurado, assim aproximando ou afastando o contrato da espécie prevista no artigo 6.º, n.º 3.

As relações entre o artigo 23.º do Decreto-Lei n.º 176/95 e o artigo 6.º, n.os 2 e 3 estão assim na relação regra geral/regra especial: no seguro-caução "contratual" vale o regime do artigo 23.º, podendo as partes moldar o concreto tipo de garantia pretendido; no seguro-caução de origem legal, vigora um regime idêntico ao oferecido nas restantes formas de caução. Ou seja, do mesmo não pode resultar uma diminuição de garantias oferecidas pelas outras formas de prestar caução[225].

III. A recente introdução de um novo número 4 ao artigo 6.º pelo Decreto-Lei n.º 214/99, parece no entanto susceptível de abalar a leitura há pouco realizada.

---

[223] Destacando a menor exigência da caução resultante de negócio jurídico, MENEZES CORDEIRO, *Direito das Obrigações*, II Vol., cit. p. 503.

[224] Estabelecendo igualmente uma repartição entre os dois tipos de seguro-caução, TIRADO SUAREZ, *op. cit.*, pp. 683 e ss. e BARRES BENLLOCH, *op. cit.*, cit., p. 52. Segundo a Autora, no seguro-caução contratual, o seguro-caução teria o alcance que o engenho das partes e o artigo 68.º da LCS (*Ley del Contrato de Seguro*) o permitisse; por contraponto, no seguro-caução de origem legal, o legislador pretenderia, essencialmente, proceder à equiparação do seguro-caução aos outros tipos de garantias pessoais.

[225] Cfr. a interessante nota de redacção no Ac. do STJ de 3 de Abril de 1986 (ALMEIDA RIBEIRO), cit., p. 323. Alude-se aí a que a hierarquização estabelecida pelo artigo 623.º, n.os 1 e 2 do Código Civil teria sido postergada pelo disposto no artigo único do Decreto-Lei n.º 57/75, ao se prever que o depósito pode ser substituído por seguro-caução. No nosso entender, a hierarquização não sai postergada, visando-se, apenas, que o seguro-caução ofereça o mesma "garantia" que as restantes formas de prestação de caução.

A alteração legislativa surge na sequência da lei de acidentes de trabalho aprovada pelo Decreto-Lei n.º 143/99, de 30 de Abril, que excluiu o seguro-caução como forma de caucionar o pagamento das pensões de acidentes de trabalho em que os empregadores tenham sido condenados[226]. O artigo 70.º do anterior regime legal, aprovado pelo Decreto n.º 360/71, de 21 de Agosto, previa expressamente o seguro-caução como forma de constituir caução a par da garantia bancária, do depósito e da hipoteca.

Alguns argumentos no sentido da inadmissibilidade do seguro-caução, quando constituída a obrigação de caucionar o pagamento de pensões de acidentes de trabalho, são avançados no Acórdão da Relação de Coimbra de 15 de Novembro de 2000[227].

No caso discutido no acórdão, os herdeiros de uma vítima de acidente de trabalho vieram exigir uma pensão vitalícia e duas pensões temporárias, as duas últimas com o horizonte temporal provável de 2002 a 2009. Porque a responsabilidade não estava completamente transferida para um segurador, o empregador foi notificado para prestar caução, tendo apresentado, em conformidade com o Decreto n.º 360/71, um seguro-caução.

Não obstante tal modalidade de prestação de caução ser expressamente prevista, a Relação julgou o seguro-caução inidóneo porquanto das condições gerais da apólice de seguro-caução constava que o pagamento pelo segurador estava dependente do pagamento do prémio pelo tomador de seguro; além do mais, a garantia era ainda limitada ao prazo de um ano, face a uma pensão vitalícia e duas temporárias com horizonte temporal até 2006 e, por último, previa a livre denúncia e resolução por qualquer das partes.

IV. Na realidade, porém, tal como o Acórdão reconhece, segundo o artigo 6.º, n.º 3, as apólices prestadas em benefício de entidades públicas devem salvaguardar os direitos dos segurados nos precisos termos das garantias substituídas, beneficiando o seguro-caução previsto no artigo 6.º, n.º 4 desse regime. Daí decorre, não obstante o previsto na apólice, que o não pagamento dos prémios pelo tomador de seguro não é oponível ao segurado/entidade pública[228].

---

[226] *Vide* artigo 61.º.
[227] Relator: SERRA LEITÃO, in CJ, ano XXV, 2000, T. IV, pp. 61 e ss.
[228] A cláusula que prevê a livre resolução do seguro-caução deve-se considerar inválida pois conforme refere o Ac. da RLx de 4 de Fevereiro de 1999 (CARLOS VALVERDE), in

Tudo parece residir num desacerto do legislador que perante uma jurisprudência hesitante em retirar todas as consequências do artigo 6.º, n.º 3, terá menosprezado que o seguro-caução prestado em benefício de entidades públicas deve salvaguardar os direitos dos segurados nos mesmo termos que as restantes garantias (por exemplo, o depósito em dinheiro[229]).

Provavelmente, estará ainda em causa uma deficiente articulação entre as regras do artigo 6.º do Decreto-Lei n.º 183/88 e o artigo 23.º do Decreto-Lei n.º 176/95, mas, conforme observámos, o regime do Decreto-Lei n.º 176/95 não prevalece sobre aquele, pelo que a alteração legislativa parece assim carecida de sentido[230].

CAPÍTULO IV

A NATUREZA JURÍDICA DO CONTRATO DE SEGURO-CAUÇÃO

Analisado sumariamente o regime jurídico do contrato e habilitados pelos traços essenciais do seu regime, é possível agora determinar a natureza jurídica do seguro-caução.

Entre as várias hipóteses compagináveis, abordaremos, em primeiro lugar, a tese que reconduz o seguro-caução a um contrato a favor de terceiro. Analisaremos, depois, se o contrato se subsume num contrato misto de fiança e seguro, e, por último, questionaremos se o seguro-caução é reconduzível a qualquer uma dessas duas figuras contratuais.

CJ, ano XXIV, 1999, T. I, p. 105, o artigo 18.º do Decreto-Lei n.º 176/95 apenas define o *modus faciendi* da comunicação de resolução, não autorizando uma resolução *ad nutum*.

[229] Com efeito, o n.º 3 do artigo 6.º dispõe: "*para efeitos do disposto no número anterior*, devem as respectivas apólices salvaguardar os direitos dos segurados nos precisos termos da garantia substituída" (itálico nosso).

[230] Ressalve-se, todavia, a contrapartida conferida ao ramo segurador no artigo 61.º, n.º 1 do Decreto-Lei n.º 143/99. O empregador não terá que prestar qualquer das garantias aí previstas se celebrar junto de um segurador um contrato específico de seguro de pensões.

1. O contrato de seguro-caução como contrato a favor de terceiro

I. No contrato a favor de terceiro uma das partes (o promitente) assume perante a outra (o promissário), uma obrigação de prestar a uma pessoa estranha ao negócio (terceiro)[231].

Entre os contraentes e o terceiro beneficiário da prestação estabelecem-se diferentes relações que se analisam da seguinte forma:

– A relação entre o promitente e o promissário (relação de cobertura)[232];
– A relação entre o promissário e o terceiro (relação de atribuição)[233];
– A relação entre promitente e o terceiro (relação de execução)[234].

Ponto essencial do contrato a favor de terceiro é que as partes tenham tido a intenção de atribuir um verdadeiro direito ao beneficiário, pois de outra forma não estaremos já perante um verdadeiro contrato a favor de terceiro.

II. As semelhanças entre o contrato a favor de terceiro e o seguro-caução revelam-se, desta forma, patentes. O seguro-caução surge como o contrato celebrado entre o segurador e o devedor, nos termos do qual o segurador, perante um incumprimento contratual, deve realizar perante o credor uma prestação sucedânea daquela devida pelo devedor.

De forma muito clara poder-se-ia dizer que no seguro-caução o segurador seria o promitente, e o devedor o promissário, pois, segundo ALMEIDA COSTA[235], "o contrato de seguro-caução assume a feição típica de um contrato a favor de terceiro: é celebrado entre a empresa seguradora e o devedor da obrigação a garantir ou o contragarante, a favor do respectivo credor (artigo 9.º, n.º 2)".

---

[231] A definição é de MENEZES CORDEIRO, *Direito das Obrigações*, I Vol., reimpressão, Lisboa, AAFDL, 1994, p. 535.

[232] Cfr. MENEZES LEITÃO, *Direito das Obrigações*, Vol. I, *Introdução. Da Constituição das Obrigações*, 5.ª ed., Coimbra, Almedina, 2006, pp. 264 e 265.

[233] Cfr. MENEZES LEITÃO, *op.* e *loc. cit.*

[234] Cfr. MENEZES LEITÃO, *op.* e *loc. cit.*

[235] "Anotação ao Acórdão do STJ de 28 de Setembro de 1995", in RLJ, ano 129, n.º 3862, p. 21.

Trata-se, de resto, de uma afirmação comum na jurisprudência nacional[236] e na doutrina estrangeira[237], a que o artigo 29.°, n.° 2 do Decreto-Lei n.° 318/76 concedia algum acolhimento ao prever, em moldes muitos semelhantes ao artigo 444.°, n.° 1 do Código Civil, que "as apólices de seguro-caução serão subscritas pelo devedor da obrigação garantida ou por terceiro a favor do seu credor ou segurado, produzindo, no entanto, efeitos em relação a este independentemente da sua aceitação".

III. A afirmação de que o contrato de seguro-caução se analisa num contrato a favor de terceiro carece, no entanto, de ser precisada. Se olhando à estrutura subjectiva a que o contrato dá azo, e ao tipo de relações dele resultantes, o seguro-caução se identifica com o contrato a favor de terceiro, a sua disciplina não se coaduna de forma perfeita com o regime que o Código Civil estabeleceu para aquele contrato[238].

O seguro-caução prestado em empreitada de obras públicas não pode, desde logo, ser qualificado como um verdadeiro contrato a favor de terceiro, porquanto, nos termos do artigo 114.°, n.° 4 do Decreto-Lei n.° 59//99, o dono da obra fornece os modelos referentes à caução a ser prestada por garantia bancária ou por seguro-caução. Falta assim o requisito da não interferência do terceiro no contrato[239], requisito que também se encontra omisso na caução global de desalfandegamento, onde o seguro-caução deve obedecer ao termo expressamente previsto, e, por último, no próprio contrato de seguro-caução "contratual", onde, na realidade, o segurado concede, o mais das vezes, o seu acordo às condições expressas no contrato[240].

---

[236] Cfr., a título exemplificativo, Ac. do STJ de 12 de Março de 1996 (SOUSA INÊS), cit., p. 144 e Ac. do STJ de 16 de Dezembro de 1999 (ARAGÃO SEIA), cit., p. 142.

[237] Assim, FRAGALI, *Delle Obbligazioni. Fideiussione. Mandato di Credito (Artigo 1936-1959)*, Commentario del Codice Civile a cura di A. Scialoja e G. Branca, Bologna/Roma, Nicola Zanichelli/Soc. Ed. del Foro Italiano, 1964, p. 171; CLAUDIO RUSSO, "Polizze fideiussorie, spedizioniere doganale e surrogazione dell'assicuratore", in BBTC, ano LIV, 1991, II Parte, p. 178 e TILDE CAVALIERE, *op. cit.*, col. 257.

[238] Continuando a investigação caberia analisar as diferenças que se estabelecem entre o seguro por conta de outrem, espécie a que o seguro-caução se reconduz, e o contrato a favor de terceiro.

[239] De acordo com MENEZES CORDEIRO, *Direito das Obrigações*, I Vol., cit., p. 539, "é necessário que o terceiro não tenha interferido no contrato, dando o seu acordo".

[250] Referindo a aceitação e aprovação do seguro-caução pelas Alfândegas, Ac. da RP de 30 de Janeiro de 1995 (BESSA PACHECO), cit., p. 208 e Ac. do STJ de 28 de Setembro de 2000 (QUIRINO SOARES), cit., p. 52.

O direito de revogação concedido ao promissário antes da adesão do terceiro concilia-se com dificuldade ao regime do seguro-caução. Antes da aceitação dos termos da apólice pelo credor, o devedor pode certamente acordar com o segurador um novo contrato de seguro-caução; não pode, no entanto, porque a tanto está obrigado, deixar de apresentar ao segurado o contrato de seguro, no qual em caso de incumprimento o credor figure como beneficiário.

As situações patológicas no seguro-caução demonstram ainda que o contrato a favor de terceiro e o seguro-caução se mantêm distantes. Se o tomador de seguro não pagar o prémio, o credor pode se substituir a este, de forma a evitar a resolução do contrato (artigo 23.º, n.º 1 do Decreto-Lei n.º 176/95), se o fizer, todavia, verdadeiramente o credor deixa de ser terceiro para ser parte, pois assume a prestação principal do devedor no contrato com o segurador.

O contrato a favor de terceiro e o seguro-caução são assim figuras próximas, mas a qualificação do seguro-caução como um contrato a favor de terceiro deve ser entendida como se referindo à estrutura do contrato[241] e não como se o regime do contrato a favor de terceiro se aplicasse, sem mais, ao seguro-caução.

2. O contrato de seguro-caução como contrato misto

I. De acordo com uma teoria diversa, o contrato de seguro-caução ilustraria um exemplo de contrato misto.

Na definição de GALVÃO TELLES[242], os contratos mistos apresentam-se como o resultado de dois ou mais contratos, ou de partes de contratos distintos, ou da participação num contrato de aspectos próprios de outro ou outros.

Na realidade, segundo esta concepção, o seguro-caução reconduzir-se-ia a um caso de contrato misto em sentido estrito[243], onde as partes procederiam à junção num único contrato de cláusulas retiradas de contratos típicos, no caso, do contrato de fiança e do contrato de seguro.

---

[241] Destacando este aspecto, CLAUDIO RUSSO, *op. e loc. cit.*
[242] *Manual dos Contratos em Geral*, 4.ª ed., Coimbra, Coimbra Editora, 2002, pp. 386 e ss.
[243] Cfr. MENEZES CORDEIRO, *Manual de Direito Bancário, op. cit.*, p. 328.

A teoria do contrato misto encontra-se, documentada em alguma jurisprudência italiana. Fazendo uma aplicação desta tese, a sentença da Cassação Italiana de 26 de Maio de 1981, n.º 3457[244], procede à distinção da relação segurador/devedor e segurador/credor.

De acordo com a Cassação, relacionando-se a disputa com a relação estabelecida entre segurador e credor (no caso, o dono da obra), a finalidade de garantia (fiança) assumiria prioridade, aplicando-se a disciplina desta; pelo contrário, referindo-se o litígio à relação entre segurador e devedor, o regime do contrato de seguro seria aplicável quando as regras desse tipo contratual tivessem sido chamadas pelas partes, fenómeno atendível em homenagem à autonomia da vontade.

Segundo a Cassação, prendendo-se a disputa com o não pagamento do prémio por parte do devedor, que só diz respeito à relação entre este e o segurador, a disciplina do contrato de seguro é aplicável, aplicando-se pois o prazo breve de prescrição de um ano (artigo 2952.º do *Codice Civile*) e não o prazo de prescrição ordinário de dez anos previsto no artigo 2946.º do mesmo código.

II. Não obstante, mesmo em Itália, a teoria do contrato misto não logrou especial acolhimento. Efectivamente, tendo oportunidade de aplicar as regras próprias do contrato de seguro em matéria de prescrição, a maioria da jurisprudência tem recusado a aplicação do prazo de prescrição breve de um ano do artigo 2952.º do *codice*, em benefício do prazo de prescrição ordinário de 10 anos[245].

A solução encontrada passa pela prevalência ou predominância da fiança[246]. Em princípio, as normas que lhe são aplicáveis, expressamente ou por força do regime geral, são aplicáveis ao seguro-caução.

III. No nosso modo de ver, o contrato de seguro-caução não pode, contudo, ser reconduzido a um contrato misto, pois a sua função não é dupla, mas sim una. Na realidade, contrariamente, p. ex., à doação mista, onde se buscam, simultaneamente, os efeitos da compra e venda e da doa-

---

[244] Cfr. BBTC, ano VLX, 1982, II Parte, pp. 245 e ss.

[245] Quanto a esta questão, cfr. em pormenor, DOMENICO CHINDEMI, "Il termine prescrizionale del diritto al pagamento del premio in tema di assicurazione fideiussoria", in DEA, 1997, pp. 666 e ss.

[246] TILDE CAVALIERE, *op. cit.*, col. 258, afirma ser este um caso onde a jurisprudência italiana aplica a teoria da absorção.

ção[247], a função do contrato de seguro-caução é uma só, não se procurando, concomitantemente, as funções de ambos os negócios[248].

Nestes termos, é possível concluir que o seguro-caução não é um contrato misto.

3. O contrato de seguro-caução como contrato de seguro

I. De acordo com a definição de MENEZES CORDEIRO[249], "no contrato de seguro, uma pessoa transfere para outra o risco da verificação de um dano, na esfera própria ou alheia, mediante o pagamento de determinada remuneração".

Como acontece nos restantes contratos de seguro, o contrato de seguro-caução surge como um contrato celebrado entre o segurador e um tomador de seguro, por meio do qual alguém pretende indemnizar outrem verificando-se o risco previsto na apólice.

De acordo com a teoria que reconduz o seguro-caução a um típico contrato de seguro, o seguro-caução integrar-se-ia na modalidade dos seguros por conta (artigo 428.° do Código Comercial), dado o seguro ser subscrito pelo devedor no interesse do credor[250-251].

À recondução do seguro-caução ao tipo previsto no artigo 425.° do Código Comercial tem sido, no entanto, obstada a ausência das características próprias desse tipo contratual: a existência de risco, o modo próprio de cálculo do prémio (e o seu regime), o dano e a prestação do segurador.

II. O risco pressupõe a existência de um facto cujo controlo escapa à vontade das partes, ou seja, a possibilidade de um evento futuro e incerto

---

[247] Sobre a doação mista, cfr. ANTUNES VARELA, *Das Obrigações em Geral*, Vol. I, cit., pp. 295 e ss.
[248] Assim, CAMACHO DE LOS RÍOS, *op. cit.*, p. 77.
[249] *Manual de Direito Comercial*, I Vol., cit., p. 544.
[250] Preconizando a recondução do seguro-caução ao seguro por conta, FERNANDO VICTÓRIA, *op. cit.*, p. 628.
[251] Qualificando, de uma ou de outra forma, o contrato de seguro-caução como contrato de *seguro*, Ac. do STJ de 25 de Junho de 1991 (AMÂNCIO FERREIRA), in BMJ n.° 408, 1991, p. 626; Ac. do STJ de 2 de Outubro de 1997 (FERNANDO FABIÃO), cit., p. 46 e Ac. do STJ de 10 de Dezembro de 1997 (COSTA MARQUES), cit., p. 159.

(pelo menos *incertus quando*)[252]. A existência de factos não sujeitos à acção humana leva à previsão dos riscos, de forma a prevenir a ocorrência de sinistros.

A autonomia do facto entendida como independência do mesmo relativamente à vontade humana constitui, como refere CUNHA GONÇALVES[253], um requisito fundamental do risco que o segurador assume mediante o contrato de seguro.

Definido o risco como possibilidade de um facto futuro e incerto, o confronto com o seguro-caução permite concluir com segurança que a álea coberta neste contrato não se identifica com aquela que se encontra no tipo *contrato de seguro*.

Com efeito, no seguro-caução, o "risco" é representado por um facto que compete ao tomador de seguro determinar: o cumprimento do contrato subjacente ao seguro-caução.

Sendo assim, não é possível concluir que o risco se apresenta como algo de imune às partes, chegando mesmo, ao invés, a constituir, num certo sentido, uma sua criação, na medida em que é o contrato entre devedor e credor, coberto pelo seguro-caução, que cria o "risco", retratado no eventual incumprimento das obrigações daquele resultantes.

Nestes termos, o seguro-caução não tem por função a cobertura dos riscos: a álea configurada no contrato (o eventual incumprimento), não se identifica com o *quid* estranho às partes, mas antes como um elemento controlável por uma delas, o devedor, a quem compete optar entre o cumprimento ou o incumprimento. O risco não representa um facto futuro e incerto, pois depende da vontade do tomador de seguro[254], sendo necessário, segundo FRITZ HERRMANS DORFER, que a eventualidade "não seja puramente potestativa, mas composta pelo menos de uma parte de fortui-

---

[252] MOITINHO DE ALMEIDA, *op. cit.*, p. 24.

[253] *Comentário ao Código Comercial Português*, Vol. II, cit., p. 526. Na concepção aí perfilhada: "o risco tem um caracter eminentemente potencial e aleatorio: é um facto incerto para ambas as partes e futuro, que pode causar um dano ao patrimonio ao segurado, ou modificar o evento da vida em que êle tem qualquer interesse" (grafia original).

[254] Cfr. Ac. RLx de 12 de Fevereiro de 1985 (ALBUQUERQUE E SOUSA), cit., p. 165. Identificando o risco com o facto independente da vontade das partes, JOSÉ VASQUES, *op. cit.*, p. 106. No mesmo sentido, CUNHA GONÇALVES, *op. cit.*, p. 527, que refere, além da autonomia do facto, os seguintes elementos do risco: susceptibilidade de avaliação segundo as estatísticas; exclusão dos danos derivados de actos ilícitos ou delituosos e exclusão da cobertura simultânea de um grande número de pessoas, tal como em caso de guerra, peste e terramotos.

dade. Se estas diferentes condições não se encontram reunidas, não há risco, e por isso não pode haver seguro"[255].

III. A conclusão acima reproduzida leva a que CASTRO MENDES[256] negue a natureza de *seguro* ao seguro-caução pois o incumprimento voluntário não pode ser objecto de seguro; segurável será apenas o incumprimento involuntário, pois o seguro-caução só constituirá um verdadeiro seguro quando se limite às causas de incumprimento independentes da vontade.

Uma crítica à concepção que entende o risco coberto como um facto alheio à vontade humana é no entanto avançada por TILDE CAVALIERE[257], com base em argumentos que importa recuperar.

Chama-se a atenção para as derrogações que o artigo 1900.° do *Codice Civile*[258] admite ao permitir que as apólices prevejam[259] a manutenção da responsabilidade do segurador em caso de culpa grave do tomador, do segurado ou do beneficiário e ainda, nos termos do artigo 1917.° do *codice*, a extensão da responsabilidade do segurador, nos seguros de responsabilidade civil, aos sinistros provocados pelo segurado com culpa grave.

É no entanto no regime do seguro de responsabilidade civil automóvel que se julga encontrar um dos mais notáveis argumentos no sentido da aceitação da cobertura de factos dolosos.

Efectivamente, admitindo-se a cobertura dos danos resultantes de factos dolosos praticados por terceiro, não se vislumbra razão para não

---

[255] Citado por PINHEIRO TORRES, *Ensaio sôbre o Contrato de Seguro*, Porto, Tipografia Sequeira, Lda., 1939, p. 18.

[256] "Acerca do seguro de crédito", cit., pp. 10 e ss. De forma esclarecedora, o Autor adianta que "não é possível, mesmo a favor de terceiro, um contrato de seguro em que o elemento essencial da previsão não seja *um risco para o contraente* – ou só para o contraente, ou para o contraente e beneficiário – cobrindo-se os prejuízos para ambos ou só para este. O contrato segundo o qual *tu* cobrirás o risco que *eu* voluntariamente concretizar, não é por certo seguro" (itálico no original).

[257] "La polizze fideiussorie tra assicurazione e garanzia", in GI, ano 143, 1991, col. 259 e ss.

[258] Correspondente, *grosso modo*, ao artigo 437.°, § 3.° do Código Comercial.

[259] Afirmando a natureza supletiva do § 3.° do artigo 437.° do Código Comercial, MENEZES CORDEIRO, *Manual de Direito Comercial*, I Vol., cit., p. 601. De outra forma, invalidar-se-iam os seguros de responsabilidade civil por danos causados por menores ou os seguros de vida que estabeleçam a cobertura do segurado nos casos de suicídio.

aceitar idêntica cobertura nos restantes contratos de seguro e, nomeadamente, no seguro-caução.

IV. Não cremos, todavia, que estas ideias possam ser acolhidas. Contrariamente ao artigo 1900.º do *Codice Civile*, o artigo 437.º, 3.º do Código Comercial exclui a responsabilidade do segurador em caso de negligência[260] do segurado ou da pessoa por quem ele seja civilmente responsável, o que resulta do confronto do solução acolhida em matéria de disposições gerais ("o seguro fica sem efeito: (...) se o sinistro tiver sido causado pelo segurado") com a solução adoptada para o seguro contra fogo, onde o segurador cobre o sinistro negligente (artigo 443.º, 1.º do Código Comercial)[261].

A previsão da cobertura de factos dolosos pelo segurador (p. ex., artigo 8.º, n.º 2 do Decreto-Lei n.º 522/85, de 31 de Dezembro), prende-se, como refere MENEZES CORDEIRO[262], com a dimensão social deste tipo de seguro, logo de "(...) uma preocupação alargada de tutela social: pretende-se proteger cada um e todos os danos provocados por acidentes de viação".

O seguro de responsabilidade civil automóvel tem natureza obrigatória, estando em causa a satisfação do ressarcimento dos danos provocados

---

[260] Entendendo pela exclusão da responsabilidade do segurador em caso de culpa ou dolo, CUNHA GONÇALVES, *op. cit.*, p. 567: "a palavra «causado» abrange tanto o sinistro *doloso*, propositado, que pode até constituir um crime, como o sinistro resultante de mera culpa, ou negligência, o que está bem claro no artigo 16.º da lei belga e no artigo 434.º do Cod. Italiano, que se referem a «facto ou culpa do segurado". O essencial é que entre o acto de segurado ou de pessoa por quem este seja responsável e o sinistro haja uma relação de causa e efeito" (itálico no original).

É claro que, referindo-se o artigo 437.º, 3.º ao segurado, não se quer com isto excluir, como sucede no caso do seguro-caução, o acto negligente ou doloso resultante de facto praticado pelo tomador de seguro, sob pena de este ficar liberto de uma responsabilidade por actos dolosos. Assim, MOITINHO DE ALMEIDA, *op. cit.*, p. 104.

[261] A lei refere-se aos danos provocados por "facto não criminoso do segurado", o que, segundo VAZ SERRA, "Anotação ao Acórdão de 13 de Novembro de 1970", in RLJ, ano 104, n.º 3456, p. 239, reconduz os factos criminosos aos factos dolosos: "Parece até poder concluir-se desta disposição que só o incêndio criminoso produzido por facto do segurado ou de pessoa que seja civilmente responsável exclui a obrigação do segurador. Afigura-se-nos, que, se o dano for causado por facto doloso do segurado, não existe a obrigação do segurador, pois seria inadmissível que alguém pudesse exigir a indemnização do seguro quando tiver dolosamente, intencionalmente, dado causa aos danos: assim, a expressão «acto criminoso» significa facto doloso".

[262] *Manual de Direito Comercial*, I Vol., cit. p. 614.

no terceiro lesado[263]. A extensão das soluções de fundo do seguro obrigatório de responsabilidade civil automóvel não quadra com o seguro-caução, estruturado na ideia de concessão de um benefício ao terceiro e não na protecção *ex lege* de interesses de natureza social ou de outra ordem[264].

V. A qualificação do seguro-caução como contrato de seguro é, por vezes, também recusada em função da concepção de dano adoptada. Assim, os autores que identificam o dano (apenas) com a perda definitiva do crédito, não encontram no seguro-caução a característica exigível para a caracterização do contrato como *seguro*. Desta forma, contudo, a concepção de dano acolhida aparenta ser demasiado restrita. Dano é toda a supressão ou diminuição duma situação favorável[265], ou na expressão de GAMBINO[266], toda a lesão de um interesse economicamente mensurável, e que, no seguro-caução, se exprime pelo interesse do credor no cumprimento pontual.

Neste sentido, MARCEL FONTAINE[267] aponta como danos a perda do benefício que a disponibilidade imediata do crédito proporciona ao credor,

---

[263] E, por isso, a criação do Fundo de Garantia Automóvel, que visa cobrir os danos em que o responsável seja desconhecido ou não beneficie de seguro válido e eficaz.

[264] Acrescente-se, por último, que a ausência de risco no seguro-caução tem sido considerada como uma directa consequência da existência de sub-rogação do segurador nos direitos do credor, que estaria, assim, em condições de recuperar as importâncias pagas. A resposta fornecida por M. PICARD/A. BESSON, *op. cit.*, p. 252, de que o risco assentaria então na ineficácia da sub-rogação, pois o segurador suportaria, nesse caso, a insolvência do devedor não parece exacta já que, conforme refere FRAGALI, *Delle Obbligazioni. Fideiussione. Mandato di Credito*, cit., p. 171, em todos os contratos é natural um risco de insolvência do devedor, tal como é natural o risco de incumprimento do devedor.

[265] Assim, MENEZES CORDEIRO, *Direito das Obrigações*, II Vol., cit., p. 259.

[266] "Fideiussione, fideiussio indemnitatis e polizze fideiussorie", RDCom, anno LVIII, 1960, p. 65.

[267] *Essai sur la Nature Juridique de l'Assurance-Crédit*, cit., p. 18. Reportando-se à existência de interesse no seguro-caução, FERNANDO VICTÓRIA, *op. cit.*, p. 616, esclarece a necessidade de uma análise não estritamente jurídica mas também económica, pois com a "falta de pagamento o crédito pode continuar a existir juridicamente mantendo-se a respectiva relação de titularidade e interesse perante o crédito; todavia, economicamente, o credor foi seriamente afectado. É toda uma cadeia de expectativas que se frustram no património do credor e mesmo quando o crédito é nominalmente recuperado frequentemente o seu valor económico está deteriorado (ex.: em caso de forte erosão monetária ou quando forem efectuadas despesas de recuperação que não é possível reembolsar)".

as despesas necessárias para a sua recuperação e a perturbação trazida para o equilíbrio financeiro da empresa que um atraso de pagamento esperado provoca.

Nestes termos, não se figura inteiramente justa a crítica lançada, pelo que importa analisar outros óbices lançados à aproximação entre contrato de seguro e seguro-caução.

3.1. *O prémio do seguro e os elementos que contribuem para a sua determinação*

I. A fórmula de determinação dos prémios de seguros é conhecida. O correspectivo devido pelo tomador de seguro conta, normalmente, com certas características que lhe são inerentes. Com efeito, a determinação do "preço" do seguro não resulta de um acto arbitrário por parte do segurador mas sim da reunião de um conjunto de realidades que lhe conferem validade e carácter científico.

A "comunidade de riscos", representada pela reunião de um conjunto de pessoas sujeitas ao mesmo tipo de risco, aconselha a que a sua determinação se realize de acordo com métodos fiáveis.

São essencialmente duas as características necessárias para que a determinação do custo do seguro não se realize de forma discricionária: a compensação dos riscos e o cálculo de probabilidades.

O seguro resulta essencialmente da reunião de um conjunto de pessoas sujeitas ao mesmo tipo de risco; o agrupamento dos riscos permite a sua distribuição entre todos os participantes, possibilitando assim a diminuição do encargo imposto a cada um dos segurados. Contanto o risco seja quantificável, a técnica seguradora garante, simultaneamente, e a todos, um sacrifício menor.

O cálculo de probabilidades permite, na definição de GALVÃO TELLES[268] "(...) determinar aproximadamente, com relação a certo número de pessoas sujeitas a riscos iguais, o valor global, expresso em dinheiro, do complexo de necessidades que a efectivação desses riscos originará"[269]. Compete à estatística desenhar, de acordo com a lei dos grandes números, quais as hipóteses de verificação dos riscos, falando-se,

---

[268] "Aspectos comuns aos vários contratos" in BMJ, n.º 23, 1951, p. 86.
[269] Numa outra formulação, é possível dizer que a técnica dos seguros repousa na mutualidade.

a esse propósito, no cálculo actuarial. O objecto da análise das estatísticas é a probabilidade de ocorrência do sinistro e a sua frequência, mas a estatística apresenta ainda certas exigências cuja não satisfação invalida os seus resultados, não permitindo a realização dos seus dois escopos: a existência de uma certa correspondência entre as prestações anteriormente realizadas e o conjunto de sinistros a ressarcir e a contribuição para a fixação da contribuição de cada um para a reparação dos sinistros.

As exigências do método estatístico são a existência de um risco homogéneo e suficientemente frequente, e de um ponto de vista económico, que o mesmo se revele com um grau de realização (frequência) não muito elevado nem muito disperso.

II. No seguro-caução surpreende, à primeira vista, o facto de a prestação do segurador se destinar a cobrir o não cumprimento de certo devedor. Tal realidade determina todo o processo de fixação de prémios e a escolha quanto aos métodos utilizados para a cobertura dos sinistros a ressarcir.

A técnica utilizada pelos seguradores do ramo "caução" segue, pois, caminho diverso do habitual, não se apoiando na consideração da massa dos riscos, resultantes da reunião do conjunto de contraentes, mas antes na consideração atomística do risco oferecido por cada um dos participantes na comunidade de riscos.

Por outro lado, não resulta claro que no seguro-caução exista aquele mínimo de homogeneidade dos riscos necessários. O risco seguro apresenta no seguro-caução um cambiante de matizes que não o permite reduzir a uma "unidade" minimamente homogénea. É certo que o segurador especializado no ramo "caução" cobre uma série de riscos reconduttíveis a uma mesma situação: o risco de não cumprimento ou mora, mas, por detrás dessa aparente uniformidade, escondem-se uma série de relações, com matizes próprias, que justificam uma (distinta) cobertura do risco.

É possível objectar que o risco garantido assume em qualquer dos casos a mesma natureza – o incumprimento – mas tal ignora que os factores de natureza subjectiva são aqui essenciais[270].

Os contraentes não partilham entre si o risco da verificação do facto[271]. Na realidade, o risco não é algo que a todos afecte, pois o (even-

---

[270] Chamando a atenção para este aspecto, quanto ao risco de crédito, JEAN BASTIN, *O Seguro de Crédito no Mundo Contemporâneo*, cit., p. 93, nota 1.

[271] Embora, na realidade, o segurador procure partilhar o risco através do resseguro e do co-seguro.

tual) incumprimento constitui um evento particular, que apenas àquele credor vai tocar[272]. O risco mantém-se concentrado não sendo possível realizar a sua dispersão.

Privado dos elementos históricos que lhe permitem realizar a análise estatística comum, resta ao segurador o estudo e a investigação do historial do futuro contraente de forma a estabelecer o "custo" daquele seguro. A repartição dos "riscos" não se produz, e não se verifica aquele efeito de redução do prémio dos seguros em virtude da partilha da álea do contrato. A oscilação do custo dos prémios está na dependência de factores de natureza subjectiva e não resulta da reunião do tomador de seguro na comunidade de riscos resultantes da associação entre segurados e seguradores[273].

Assente que os factores de determinação dos riscos não coincidem com o existente nos restantes ramos dos seguros, a recondução do seguro-caução ao tipo negocial seguro com base neste elemento depende da relevância que se lhe atribua para a caracterização do contrato de seguro.

A importância do elemento técnico para a caracterização do contrato de seguro assume importância diferente para uma e outra doutrina. Assim, enquanto para alguns o elemento técnico é dispensável, para outros, entre os quais VIVANTE, a técnica inerente à operação de seguro entra na caracterização do próprio contrato[274]. Efectivamente, de acordo com esta outra tese, a introdução do chamado "momento técnico" na noção do contrato resultaria, entre outros factores, quer da definição legal de contrato de seguro, quer das exigências relativas aos rácios de solvabilidade.

Juridicamente, no entanto, a noção de contrato de seguro não se confunde com o elemento técnico que lhe subjaz. O essencial está na distinção entre contrato de seguro e operação de seguro, não se confundindo uma com a outra[275]. O prémio e os elementos que contribuem para a sua determinação constituem apenas um elemento auxiliar na eventual recon-

---

[272] Exemplificando: se A não cumprir o contrato com B, tal sinistro não se repercutirá junto dos outros segurados, nomeadamente pela via indirecta do aumento do prémio do seguro.

[273] Um exemplo interessante pode ser confrontado em *www.cosec.pt*. No ramo caução, o custo do seguro está na razão da situação do tomador de seguro. O prémio varia em função da situação económica e financeira do tomador de seguro e da dimensão do negócio.

[274] O essencial da discussão pode ser acompanhada em MARCEL FONTAINE, *Essai sur la Nature Juridique de l'Assurance-Crédit*, cit., pp. 103 e ss.

[275] Distinguindo, mas a outro propósito, contrato de seguro e operação de seguro, FLORBELA PIRES, *op. cit.*, p. 63, nota 154.

dução do seguro-caução ao contrato de seguro, não possuindo, por si só, nenhuma relevância decisiva quanto ao juízo de qualificação[276].

3.2. O seguro-caução não é um contrato de seguro

I. A aproximação do contrato de seguro-caução ao tipo negocial *seguro* afigura-se difícil.

Da análise que realizámos, resultou, por um lado, que o risco no seguro-caução apresenta características diversas dos restantes contratos de seguro, e, por outro, que os elementos usualmente utilizados para a determinação do prémio não encontram aqui aplicação.

Com efeito, no seguro-caução o risco é controlável pelo devedor, não constituindo um facto estranho às partes. O prémio, por sua vez, não surge como um resultado das regras de compensação dos riscos e do cálculo de probabilidades.

A relevância destes diferentes factores não é a mesma. O risco (facto futuro e incerto) e as qualidades que contribuem para a sua caracterização definem verdadeiramente a categoria *seguro*. Teleologicamente, o seguro destina-se a cobrir aqueles eventos cuja ocorrência não está na dependência da vontade humana. No seguro-caução, não obstante se verificarem certos elementos comuns ao contrato de seguro (por exemplo, a análise da intensidade do risco), o fulcro é sempre a posição do tomador de seguro, dispensando-se a formulação de juízos relativamente à comunidade de riscos a cargo do segurador.

Não obstante, determinados pormenores de regime indiciam a aproximação do prémio devido no seguro-caução ao regime do prémio dos seguros, e assim, desta forma, deste àqueles. A recente alteração legislativa respeitante ao regime jurídico dos prémios[277] reafirmou a solução adoptada em 1995 quanto à resolução do contrato em virtude do não pagamento do prémio. Assim, com algumas particularidades, o regime dos prémios no seguro-caução segue o regime geral, o que aproxima o contrato de seguro-caução do regime regra do contrato de seguro.

Situa-se todavia noutro plano o problema do contrato de seguro e da operação que lhe subjaz. A questão não assume, aqui, a mesma relevância

---

[276] Em sentido contrário ao defendido no texto, TILDE CAVALIERE, *op. cit.*, col. 266.
[277] Referimo-nos ao já mencionado Decreto-Lei n.º 142/2000, de 15 de Julho.

já que, de forma diversa do que acontece com o risco, entendemos que os elementos que contribuem para a determinação do correspectivo devido pelo tomador de seguro não têm relevância jurídica. Na classificação dos negócios jurídicos, p. ex., a técnica actuarial não possui qualquer sentido útil nem serve de suporte a uma distinta classificação[278].

Importante é ainda a função desempenhada pelo contrato, perspectiva a que a doutrina italiana tem sistematicamente chamado à atenção[279]. Tomando a causa como função económico-social, típica do negócio[280], dir-se-á que esta não é reconduzível àquela tipicamente realizada pelo contrato de seguro. Com efeito, conforme salienta CASTRO MENDES, e como melhor teremos oportunidade de analisar, no seguro-caução, a prestação realizada pelo segurador é *solvendi causa*, como cumprimento de uma obrigação anterior. Com efeito, o segurador, através do contrato, "garante a satisfação do direito de crédito, ficando pessoalmente obrigado perante o credor" (artigo 627.º do Código Civil)[281].

A prestação realizada pelo segurador assume a natureza de uma garantia, prestada a favor do devedor em benefício de outrem, perdendo-se assim a função de seguro[282].

Para nós, o contrato de seguro-caução não se reconduz à categoria *contrato de seguro*. O seguro-caução não é um contrato de seguro pois desempenha uma função de garantia.

4. O contrato de seguro-caução como fiança

I. A fiança constitui uma garantia especial das obrigações, que acresce à garantia geral dos direitos do credor representada pelo património do devedor. Mediante a fiança, a obrigação principal entre devedor e

---

[278] Não queremos com isto atribuir um papel decisivo ao risco. Na realidade, na ausência de uma definição legal, que pode não ser decisiva, será sempre necessário atender a outras realidades. Noutras disciplinas, a existência de uma único elemento tem, por si só, um papel decisivo: é o caso, no Direito do Trabalho, da subordinação jurídica. Cfr. ROMANO MARTINEZ, *Direito do Trabalho*, 3.ª ed., Coimbra, Almedina, 2006, pp. 293 e ss.

[279] Cfr., p. ex., VOLPE PUTZOLU, *op. cit.*, p. 249.

[280] Quanto à problemática da causa e os seus diversos sentidos, *vide* OLIVEIRA ASCENSÃO, *Direito Civil, Teoria Geral*, Vol. II, *Acções e Factos Jurídicos*, 2.ª ed., Coimbra, Coimbra Editora, 2003, pp. 300 e ss.

[281] CASTRO MENDES, "Acerca do seguro de crédito", cit., p. 22.

[282] Contra, FERNANDO VITÓRIA, *op. cit.*, p. 629.

credor é reforçada através de uma nova prestação. Trata-se, portanto, de uma garantia pessoal[283]. A fiança define-se assim, na síntese de MENEZES CORDEIRO[284], como "o acordo pelo qual uma pessoa – o fiador – garante face a outra – o credor – a satisfação do seu direito de crédito sobre outro – o devedor principal – artigo 627.°, n.° 1 (Código Civil)".

Em termos clássicos, o fiador é tido como estando adstrito ao cumprimento de uma dívida alheia, pelo que na fiança, segundo VAZ SERRA[285], "um terceiro assegura o cumprimento de uma obrigação, resultante de contrato, responsabilizando-se pelo devedor se este não cumprir a obrigação".

O traço essencial na fiança corresponde à acessoriedade, traduzida na subordinação da fiança, quanto à sua existência, validade e conteúdo, à obrigação principal do que, segundo MENEZES CORDEIRO[286] resulta:

a) Que a fiança não é válida se o não for a obrigação principal – artigo 632.°, n.° 1 do Código Civil;

b) Que a fiança deve seguir a forma da obrigação principal – artigo 628.°, n.° 1 do Código Civil;

c) Que o âmbito da fiança é limitado pela âmbito da obrigação principal – artigo 631.°, n.° 1 do Código Civil;

d) Que a natureza comercial ou civil da fiança dependa da natureza da obrigação principal;

e) Que o devedor não se libera pelo facto de alguém celebrar com o credor, contrato de fiança em relação ao seu débito;

f) Que a fiança se extingue, com a extinção da obrigação principal – artigo 651.° do Código Civil.

A subsidiariedade, expressa no benefício da excussão (artigo 638.° do Código Civil), não constitui um elemento essencial da fiança: o fiador pode renunciar a esse meio de defesa (artigo 637.°, n.° 1 e artigo 640.° do Código Civil).

---

[283] Segundo ALMEIDA COSTA, *Direito das Obrigações*, 10.ª ed., Coimbra, Almedina, 2006, pp. 881 e ss., nas garantias pessoais verifica-se um reforço quantitativo da garantia do credor, por contraposição ao reforço simultaneamente qualitativo e quantitativo das garantias reais.

[284] *Direito das Obrigações*, II Vol., cit., p. 510.

[285] "Fiança e figuras análogas, in BMJ, n.° 71, 1957, p. 19.

[286] *Direito das Obrigações*, II Vol., cit., p. 511.

Do ponto de vista estrutural a fiança põe em campo três ordens de relações:

– A relação entre devedor e fiador (relação de cobertura);
– A relação interna entre credor e devedor (relação de valuta);
– A relação externa entre credor e fiador (relação de fiança *stricto sensu*)[287].

O regime da fiança não se deixa assim compreender sem a análise das diferentes relações a que dá azo.

II. A discussão em torno da natureza do contrato de seguro-caução, como modalidade de contrato de seguro ou como uma garantia das obrigações, isto é, como uma fiança, apenas se coloca verificados que sejam determinados pressupostos. É desde logo necessário que as partes não tenham ajustado uma garantia autónoma à primeira solicitação; a ser esse o caso, o contrato celebrado nunca poderá entender-se como uma fiança: o requisito da acessoriedade estará omisso[288].

Há que atentar ainda na circunstância de o seguro-caução representar um espaço de liberdade contratual: em função dos seus interesses e da situação que pretendam cobrir, as partes podem "moldar" o contrato e invocar as cláusulas que entenderem mais adequadas. Conforme refere JANUÁRIO GOMES, "substancialmente, o seguro-caução é uma garantia pessoal que (...) tem a natureza que resultar da interpretação do contrato: poderá ser uma fiança (...) ou uma garantia autónoma ou mesmo automática (...) ou uma garantia *sui generis* situada algures entre a acessoriedade e a autonomia (...)"[289-290].

---

[287] A terminologia é de JANUÁRIO GOMES, *Assunção Fidejussória de Dívida*, cit., pp. 361 e ss.

[288] Neste preciso sentido, VOLPE PUTZOLU, *op. cit.*, p. 252.

[289] *Assunção Fidejussória de Dívida*, cit., p. 76, nota 291.

[290] Em termos idênticos aos formulados por JANUÁRIO GOMES, o Ac. da RLx de 4 de Junho de 1998 (SALVADOR DA COSTA), cit., p. 36, identifica que: "Embora o contrato de seguro-caução desempenhe uma função económica muito próxima de qualquer garantia pessoal designadamente da derivada do contrato de fiança, ou da derivada da garantia autónoma, a sua verdadeira natureza tem de ser captada, em concreto, isto é, face ao respectivo clausulado, à luz da interpretação, nos termos dos artigos 236.º e 238.º do C. Civil, sem perder de vista que se trata de um contrato formal, pelo que a declaração não pode valer com um sentido que não tenha um mínimo de correspondência no texto do contrato, ainda que imperfeitamente expresso".

No entanto, cabe perguntar se do modelo desenhado pelo legislador para o seguro-caução não resulta, na ausência de um regime de autonomia, que o seguro-caução é uma verdadeira fiança, conquanto com particularidades.

III. Mediante um contrato de seguro-caução, o segurador obriga-se a pagar ao credor em caso de incumprimento (em sentido lato) do devedor. Tal pagamento realiza-se em caso de mora ou incumprimento definitivo do devedor[291].

A "causa" do contrato, entendida como a função prática ou função social típica[292] do contrato de seguro-caução é a de garantir o credor em caso de incumprimento das obrigações do devedor.

Dando relevo à causa do contrato, DONATI[293] sublinha o facto de o contrato de seguro ter por causa o ressarcimento de danos: a não realização do pagamento aquando do vencimento da obrigação pode conduzir a outros danos mas só por si não representa a perda definitiva do valor do crédito[294]. Ao cobrir o pagamento dos prejuízos verificados, o segurador está, verdadeiramente, a pagar em lugar do devedor principal, assumindo uma obrigação *pari gradu*, ao lado do devedor[295].

---

[291] Em princípio, a cobertura do risco de incumprimento previsto no artigo 6.º, n.º 1, abrange apenas o incumprimento culposo do devedor e não aquele resultante de facto fortuito ou de força maior. Efectivamente, não é crível que o legislador tenha erigido um sistema onde a responsabilidade do segurador excede a do tomador de seguro, ao que acresce que a extinção da obrigação caucionada conduz à cessação do seguro-caução. Contra, com base na ideia de que o segurador assume um compromisso autónomo, mas admitindo expressa cláusula em contrário, CAMACHO DE LOS RÍOS, *op. cit.*, p. 61.

[292] Segundo GALVÃO TELLES, *Manual dos Contratos em Geral*, cit., pp. 290 e 291, pela causa objectiva do negócio jurídico deve entender-se "a função social típica, ou seja, a função própria de cada tipo ou categoria de negócio jurídico".

[293] "L'assicurazione del credito", cit., p. 51.

[294] Também CAMACHO DE LOS RÍOS, *op. cit.*, pp. 52 e ss., assinala que a discussão em torno da causa do contrato tem determinado a discussão acerca da natureza jurídica do seguro-caução. Assim, determinando-se a causa do contrato como a indemnização dos danos provocados pelo incumprimento (carácter indemnizatório), aí teríamos contrato de seguro; representando, ao invés, a causa uma garantia de cumprimento das obrigações, o seguro-caução reconduzir-se-ia à fiança.

[295] Cfr. ainda GAMBINO, "Fideiussione, fideiussio indemnitatis e polizze fideiussorie", cit., p. 71. Partindo da função típica do seguro como eliminação do dano consequente ao sinistro, o Autor reconhece que esta é igualmente prosseguida pela garantia tomada em

Em reforço da tese defendida, DONATI demonstra ainda que, se repugna à lógica do contrato de seguro a cobertura de um facto voluntário do contraente, a assunção de tal risco está de acordo com a fiança bancária[296].

A semelhança do seguro-caução com a fiança concretiza-se na função que o legislador assinala à fiança: a fiança garante a satisfação do direito de crédito (artigo 627.º do Código Civil), tem o conteúdo da obrigação principal e cobre as consequência legais e contratuais da mora ou culpa do devedor (artigo 634.º do Código Civil).

A similitude com a configuração dada pelo legislador ao seguro-caução é muito assinalável: o seguro-caução cobre, directa ou indirectamente, o risco de incumprimento ou atraso no cumprimento das obrigações que, por lei ou convenção, sejam susceptíveis de caução, fiança ou aval (artigo 6.º, n.º 1)[297].

O seguro-caução prossegue assim a mesma função económico-social da fiança, o de garantir o cumprimento da obrigação, realidade reconhecida pela doutrina que reconduz o seguro-caução ao tipo negocial seguro[298].

IV. Mas como se exprime a acessoriedade no seguro-caução? Nas apólices de seguro-caução, a acessoriedade surge usualmente por três vias: a previsão da cessação do seguro em virtude da extinção da obrigação caucionada; a exclusão do âmbito do seguro dos casos de incumprimento resultantes de litígio técnico entre o devedor e o credor e a exigência de

---

sentido lato, mas enquanto esta prossegue uma função preventiva do dano, o seguro prossegue uma função sucessiva de reparação do dano.

[296] Ao que acresce, segundo DONATI, a inoponibilidade do não pagamento do prémio, que rompendo com o sinalagma contratual próprio do contrato de seguro, se conforma com a estrutura unilateral da obrigação fidejussória assumida perante o credor. Todavia, no sistema português, em virtude do artigo 23.º, n.º 1 do Decreto-Lei n.º 176/95, não existindo cláusula de inoponibilidade a falta de pagamento do prémio é sempre oponível ao segurado.

[297] Conforme assinala JANUÁRIO GOMES, *Assunção Fidejussória de Dívida*, cit., p. 604, a referência à culpa do devedor no artigo 634.º do Código Civil, não tem outro sentido senão o de se reportar ao incumprimento definitivo.

[298] FERNANDO VICTÓRIA, "O seguro de crédito em Portugal", cit., p. 631: "o seguro-caução é funcionalmente equivalente a uma garantia especial das obrigações e legalmente equiparado às garantias já consagradas na nossa ordem jurídica (…)".

prova, nomeadamente documental, dos pressupostos que determinam a obrigação de o segurador prestar a indemnização[299].

A cessação do seguro em virtude da extinção da obrigação caucionada exprime uma das formas pelas quais se revela a acessoriedade (artigo 651.º do Código Civil), havendo que notar, como tivemos oportunidade de referir, que a extinção da obrigação subjacente pode resultar do cumprimento ou de qualquer meio de defesa oposto pelo devedor ao credor.

A exclusão do incumprimento do devedor resultante de litígios técnicos entre devedor e credor, prende-se com os casos em que o devedor afirma já ter cumprido ou quando se discute o correcto cumprimento da obrigação pelo devedor (cumprimento defeituoso).

Por último, a necessidade de realizar a prova do incumprimento vai ao encontro do regime geral da fiança onde, caso não tenha sido ajustado o pagamento à primeira solicitação, o cumprimento pelo fiador está dependente da prova do incumprimento.

V. O facto de o seguro-caução se apresentar como uma fiança prestada por um segurador mediante meios que lhe são próprios[300] parece, no entanto, susceptível de abalar a qualificação realizada.

Acresce ainda que as apólices contêm cláusulas que, directa ou indirectamente, invocam o regime do contrato de seguro, nomeadamente a matéria do agravamento do risco, das declarações reticentes e outras, cujo domínio extravasa claramente o da fiança.

A presença do elemento técnico próprio da técnica seguradora e a existência no contrato de normas específicas do Código Comercial, não constituem todavia razões suficientes para afastar a recondução do seguro-caução à fiança[301].

Analisando o tema, FRAGALI conclui que a autonomia privada é o fundamento jurídico para a *contaminação* das regras dos seguros e da fiança, autonomia privada que, justificando, a um tempo, a criação de novos tipos negociais ou a criação de tipos negociais mistos, legitima,

---

[299] Cfr. a apólice de seguro-caução em F. C. ORTIGÃO OLIVEIRA/MARIA MANUEL BUSTO, *op. cit.*, p. 439.

[300] Está em causa a distribuição do risco, que, no seguro-caução, não se realiza mediante a participação dos segurados na "comunidade de riscos", mas, outrossim, pelos mecanismos do resseguro e co-seguro.

[301] Distinguindo a operação de seguro, assente na lei dos grandes números, e contrato de seguro, FLORBELA PIRES, *op. cit.*, p. 63, nota 154.

também, a junção de regras e técnicas das quais resulta uma modificação ao conteúdo de um contrato típico. Segundo FRAGALI, o único limite reside no conteúdo mínimo essencial do contrato, não resultando da presença de regras próprias do contrato de seguro uma deformação do tipo negocial da fiança, pois o conflito entre as regras da fiança e dos seguros resolve-se com a prevalência das regras da primeira. Acresce que a presença de normas próprias do contrato de seguro nas apólices constitui apenas uma forma de fazer corresponder a fase funcional do contrato com a fase genética do contrato, como revela a regra que atribui ao segurador o poder de exigir informações necessárias à vigilância do risco e pela qual apenas se procura a manutenção do equilíbrio existente no nascimento do contrato entre o risco assumido pelo segurador e o correspectivo do devedor[302].

VI. A recondução da natureza jurídica do seguro-caução à fiança não tem porém acolhido o pleno da jurisprudência. No acórdão do Supremo Tribunal de Justiça de 11 de Fevereiro de 1999[303] entendeu-se que "embora para o recorrente seja indubitável que o seguro-caução é uma verdadeira fiança, a doutrina não tem tanta certeza e a jurisprudência deste Supremo não enveredou por aí. Para o Prof. Almeida Costa, o seguro-caução assume a feição típica de contrato a favor de terceiro (Revista e loc. cits.). Este Supremo vem considerando tal contrato exactamente o que ele é. Uma modalidade de seguro (Ac. de 02/10/97, C.J. Acs. – S, t3., p. 46), ou mesmo uma particular modalidade desse contrato (Ac. de 10/12/97, C.J. cit. mesmo tomo, p.159) que se regula por disposições próprias (Ac. de 20/01/98, B.M.J. 473.°, p. 472). E porque entendemos que a mesma doutrina se aplica, diremos com este último citado aresto, que "embora o

---

[302] FRAGALI, *Delle Obbligazioni. Fideiussione. Mandato di Credito*, cit., pp. 177 e ss. Continuando, o Autor afirma ainda (p. 181) que "(...) lo speciale atteggiamento dell'autonomia privata che introduce nel regolamento negoziale un *novum* perchè sia possibile appagare con diverso grado di utilità la medesima esigenza o con diversa intensità sia possibile di svolgere la medesima funzione, pone il negozio voluto dalle parti *in derivazione* da quello tipico non in *difformità* da esso. Si avrà allora un sottotipo negoziale che è una figura faciente sempre capo alla figura fondamentale perchè soddisfa allo stesso bisogno ed esplica la medesima funzione, ma vi si allontana per le particolarità di qualche suo elemento di fatto". O seguro-caução deixar-se-ia entender num *sottotipo innominato di fideiussione*, concepção que fez carreira no direito italiano.

[303] Ac. do STJ de 11 de Fevereiro de 1999 (SOUSA DINIZ), cit., p. 111.

Dr. Moitinho de Almeida, (O Contrato de Seguro no Direito Português, p. 54) considere o seguro-caução verdadeira fiança, o certo é que a ré não se assumiu expressamente como fiadora – artigo 628.º, n.º 1 do C.C. – regulando-se o seguro-caução por disposições próprias"[304].

VII. O artigo 628.º, n.º 1 do Código Civil não constitui, porém, um obstáculo à recondução do seguro-caução à fiança, pois a prestação de fiança não está sujeita a utilização de fórmulas sacramentais, nem o segurador tem de enunciar na apólice que responde como fiador – *maxime*, que é fiador. Estando claramente enunciada qual é a responsabilidade do segurador, o sentido de tal compromisso resulta directamente apreensível, em termos de satisfazer a exigência posta pelo artigo 628.º, n.º 1 do Código Civil.

Um outro ponto que pela sua desarmonia com o desenho conferido pelo legislador à fiança merece ser objecto de atenção, relaciona-se com a estrutura do contrato.

O seguro-caução apresenta-se como um contrato celebrado entre devedor e segurador, num esquema contrário à configuração da fiança como um contrato outorgado entre credor e fiador. A fiança pode, no entanto, adoptar a forma de fiança a favor de terceiro, pois nada impede a constituição de uma fiança nos moldes do artigo 443.º do Código Civil, em que o beneficiário do contrato não é parte do contrato[305].

VIII. Uma análise dos pontos de proximidade e divergência entre seguro-caução e fiança (*rectius*, a garantia bancária) foi todavia ensaiada por FERNANDO VICTÓRIA[306]. De acordo com esta perspectiva, seguro-caução e fiança distinguir-se-iam nos seguintes pontos:

– A garantia prestada mediante seguro-caução tem o seu regime decorrente das condições gerais da apólice, da lei e do Código Comercial, a garantia bancária rege-se pelas normas da fiança;

---

[304] Este sector da jurisprudência tem, de resto, filiado MOITINHO DE ALMEIDA na doutrina que reconduz o seguro-caução à fiança. Contudo, confrontando *O Contrato de Seguro no Direito Português e Comparado*, cit., p. 54, conclui-se que se trata de uma afirmação menos exacta.

[305] Segundo ANTUNES VARELA, *Das Obrigações em Geral*, Vol. II, cit., p. 479, nota 2: "(...) nada impede, uma vez que a fiança se destina a *beneficiar* e não a onerar o credor, que a garantia seja assumida sem intervenção do credor, nos termos em que é admitido o contrato a favor de terceiro". Reconhecendo ainda a fiança a favor de terceiro, JANUÁRIO GOMES, "Estrutura negocial da fiança", cit., p. 350.

[306] "Seguro de crédito em Portugal", cit., pp. 633 e ss.

- Em rigor, o seguro-caução não está dependente da obrigação garantida pois não obstante ser motivado pela obrigação principal, a garantia ínsita no seguro-caução é tutelada por meio de um contrato autónomo, enquanto a garantia bancária tem natureza acessória;
- O segurador cumpre a sua própria obrigação; o garante executa a obrigação de outrem;
- No seguro-caução, o segurado pode exigir a indemnização decorrido um certo prazo após a participação do sinistro; na garantia bancária, o garante pode ser demandado só ou conjuntamente com o devedor, competindo-lhe opor os meios de defesa do devedor e recusar o cumprimento enquanto credor e devedor puderem recorrer à compensação, que pode conduzir à extinção da garantia;
- Por último, para além da diferente origem institucional, no seguro-caução, o segurador pode suspender a admissão do sinistro em caso de litígio quanto à boa execução da obrigação, enquanto que no regime da garantia bancária, o garante mantém o direito de recusar o pagamento, no período em que o devedor tem o direito de impugnar o negócio de que provém a sua obrigação.

Sempre será contudo possível observar que o seguro-caução cobre o risco de incumprimento das obrigações, tal como a fiança cobre as consequências legais e contratuais da mora do devedor (artigo 634.º do Código Civil); a fiança não pode exceder a dívida principal nem ser contraída em condições mais onerosas (artigo 631.º do Código Civil), mas também o seguro-caução é celebrado sem descoberto obrigatório, limitando-se a obrigação de indemnizar à quantia segura; o fiador tem a possibilidade de opor os meios de defesa que lhe são próprios e os do devedor (artigo 637.º do Código Civil), mas o segurador, caso não exista uma cláusula de inoponibilidade, pode opor aos segurados quaisquer fundamentos de nulidade, anulabilidade ou de resolução do contrato.

Se o facto de num dos vértices do seguro-caução se encontrar o devedor e não o credor não constitui óbice à aproximação à *fiança*, e se, ainda, do dever de realizar o pagamento do prémio apenas resulta que está em jogo uma fiança remunerada, um ponto do regime do seguro-caução não quadra, contudo, com a fiança: no seguro-caução não são indemnizáveis os lucros cessantes (artigo 12.º do Decreto-Lei n.º 183/88). Como refere JANUÁRIO GOMES[307], "a exclusão da cobertura dos lucros cessantes veri-

---

[307] JANUÁRIO GOMES, *Assunção Fidejussória de Dívida*, p. 618, nota 82.

fica-se ainda que substancialmente (...) o seguro-caução em causa seja uma fiança". Ainda assim, todavia, tal divergência não parece ser suficiente para afastar a qualificação do seguro-caução como uma fiança.

VIII. A qualificação do contrato de seguro-caução como fiança traz, por último, certas implicações.

A considerar o seguro-caução como uma fiança – logo, como uma garantia – haverá que registar uma excepção à regra de que apenas as instituições de crédito – artigo 4.º, n.º 1, alínea b) do Decreto-Lei n.º 298/92, de 31 de Dezembro[308], mas não os seguradores – artigo 8.º, n.º 1 do Decreto Lei n.º 94-B/98, de 17 de Abril[309] – podem prestar garantias, pelo que concluiríamos que assistimos a mais um passo no sentido da integração do sector da banca e dos seguros (*bancassurance*)[310-311].

---

[308] Regime Geral das Instituições de Crédito e Sociedades Financeiras.

[309] Regime Geral das Empresas Seguradoras. Cfr. MENEZES CORDEIRO, *Manual de Direito Comercial*, I Vol., cit., pp. 559 e ss.

[310] O *Livro Branco sobre o Sistema Financeiro: 1992 – Seguros e Pensões*, Vol. III, 1993, p. 128, sugere a modificação do Regime Geral das Instituições de Crédito e Sociedades Financeiras, de forma a tornar claro que o seguro-caução não é abrangido pela definição de operações de crédito, reservadas em exclusivo para as instituições de crédito e sociedades financeiras.

[311] Noutra óptica, CASTRO MENDES, *op. cit.*, p. 12, nota 13, entende que o seguro--caução procedeu a um alargamento da capacidade dos seguradores.

LEGISLAÇÃO CITADA

1927 – Decreto n.º 13667, de 25 de Maio de 1927
1939 – Decreto-Lei n.º 29868, de 1 de Setembro de 1939
1965 – Decreto-Lei n.º 46303, de 27 de Abril de 1965
1967 – Decreto-Lei n.º 47908, de 7 de Setembro de 1967
1969 – Decreto-Lei n.º 48871, de 19 de Fevereiro de 1969
   – Decreto-Lei n.º 48950, de 3 de Abril de 1969
1971 – Decreto-Lei n.º 360/71, de 21 de Agosto
1973 – Decreto-Lei n.º 289/73, de 6 de Junho
   – Directriz 73/239/CEE do Conselho, de 24 de Julho de 1973
1975 – Decreto-Lei n.º 57/75, de 14 de Fevereiro
1976 – Decreto-Lei n.º 288/76, de 22 de Abril
   – Decreto-Lei n.º 289/76, de 22 de Abril
   – Decreto-Lei n.º 318/76, de 30 de Abril
1980 – Decreto-Lei n.º 481/80, de 16 de Outubro
1981 – Decreto-Lei n.º 169/81, de 20 de Junho
1982 – Decreto-Lei n.º 372/82, de 10 de Setembro
1984 – Decreto-Lei n.º 162/84, de 18 de Maio
1985 – Decreto-Lei n.º 522/85, de 31 de Dezembro
1986 – Decreto-Lei n.º 235/86, de 18 de Agosto
1988 – Decreto-Lei n.º 183/88, de 24 de Maio
   – Decreto-Lei n.º 289/88, de 24 de Agosto
1990 – Decreto-Lei n.º 87/90, de 16 de Março
1991 – Decreto-Lei n.º 127/91, de 22 de Março
1992 – Decreto-Lei n.º 294/92, de 30 de Dezembro
1993 – Decreto-Lei n.º 405/93, de 10 de Dezembro
1994 – Decreto-Lei n.º 105/94, de 23 de Abril
1995 – Decreto-Lei n.º 176/95 de 26 de Julho
1998 – Decreto-Lei n.º 94-B/98, de 17 de Abril
1999 – Decreto-Lei n.º 59/99, de 2 de Março
   – Decreto-Lei n.º 143/99, de 30 de Abril
   – Decreto-Lei n.º 195/99, de 8 de Junho
   – Decreto-Lei n.º 197/99, de 8 de Junho
   – Decreto-Lei n.º 214/99, de 15 de Junho
   – Decreto-Lei n.º 300/99, de 5 de Agosto
   – Portaria n.º 949/99, de 28 de Outubro
   – Decreto-Lei n.º 445/99, de 3 de Novembro
   – Decreto-Lei n.º 555/99, de 16 de Dezembro
   – Decreto-Lei n.º 566/99, de 22 de Dezembro
2000 – Decreto-Lei n.º 142/2000, de 15 de Julho
2001 – Portaria n.º 104/2001, de 21 de Fevereiro
   – Lei n.º 15/2001, de 5 de Junho
2004 – Despacho Conjunto dos Ministérios das Finanças e da Economia n.º 224/2004, de 8 de Abril
2005 – Decreto-Lei n.º 122/2005, de 29 de Julho

ÍNDICE DE JURISPRUDÊNCIA

JURISPRUDÊNCIA PORTUGUESA

Supremo Tribunal Administrativo

Ac. STA de 7 de Março de 1958 (CUNHA VALENTE), in *O Direito*, ano 92, n.º 1, pp. 33-40 – Âmbito do seguro-caução. Exclusão do risco da mora do devedor na venda a prestações.

Ac. STA de 16 de Janeiro de 1970 (MANSO PRETO), in *Acórdãos dos STA. Colecção de Acórdãos. Apêndice ao Diário do Governo*, 1970, pp. 69-73 – Natureza jurídica da garantia bancária.

Ac. STA de 4 de Agosto de 1989 (OLIVEIRA MATOS), in BMJ n.º 489, 1989, pp. 331-337 – Contrato de empreitada e seguro-caução. Sentido da duração temporária do seguro-caução.

Supremo Tribunal de Justiça

Ac. STJ de 14 de Julho de 1959 (SAMPAIO DUARTE), in BMJ, n.º 89, 1959, pp. 502-504 – Impenhorabilidade da garantia prestada em contratos de empreitada de obras públicas.

Ac. STJ de 15 de Outubro de 1974 (CORREIA GUEDES), in BMJ, n.º 240, 1974, pp. 172-177 – Depósitos em empreitadas de obras públicas. Natureza da garantia bancária.

Ac. STJ de 3 de Abril de 1986 (ALMEIDA RIBEIRO), in BMJ, n.º 356, 1986, pp. 320-324 – Art. 623.º, n.º 2 do Código Civil. Subsidiariedade do seguro-caução relativamente a outras formas de prestação de caução.

Ac. STJ de 15 de Julho de 1986 (MOREIRA DA SILVA), in BMJ, n.º 359, 1986, pp. 731-735 – Assento do Supremo Tribunal de Justiça de 22 de Janeiro de 1929. Equiparação da minuta do contrato de seguro à apólice. Indispensabilidade de aceitação do segurador.

Ac. STJ de 25 de Junho de 1991 (AMÂNCIO FERREIRA), in BMJ, n.º 408, 1991, p. 626 – Natureza do seguro-caução. Seguro por conta de outrem.

Ac. STJ de 28 de Setembro de 1995 (JOAQUIM DE MATOS), in CJ-Acs. do STJ, ano III, 1995, T. III, pp. 31-36 – Natureza do seguro-caução. Garantia. Natureza formal do contrato de seguro. Inalegabilidade da falta de forma por abuso de direito.

Ac. STJ de 22 de Novembro de 1995 (FERREIRA DA SILVA), in CJ-Acs. do STJ, ano III, 1995, T. III, pp. 111-113 – Seguro-caução "à primeira solicitação".

Ac. STJ de 12 de Março de 1996 (SOUSA INÊS), in CJ-Acs. do STJ, ano IV, 1996, T. I, pp. 143-146 – Seguro-caução e seguro por conta de outrem. Caução global de desalfandegamento.

Ac. STJ de 2 de Outubro de 1997 (FERNANDO FABIÃO), in CJ-Acs do STJ, ano V, 1997, T. III, pp. 45-48 – Natureza do seguro-caução. Artigo 440.º do Código Comercial. Inexistência de declarações inexactas ou reticentes.

Ac. STJ de 7 de Outubro de 1997 (FERNANDO FABIÃO), in www.cidadevirtual.pt/stj/jurisp/Segurocau.html (processo n.º 523/97) – Natureza do seguro-caução. Contrato a favor de terceiro. Exploração de estabelecimento comercial por pessoa diversa. Inexistência de declarações inexactas ou reticentes.

Ac. STJ de 10 de Dezembro de 1997 (COSTA MARQUES), in CJ-Acs. do STJ, ano V, 1997, T. III, pp. 158-160 – Natureza do seguro-caução. Sinistro ocorrido antes da celebração do contrato.
Ac. STJ de 20 de Janeiro de 1998 (CÉSAR MARQUES), in BMJ, n.º 473, 1998, pp. 467-473 – Natureza formal do contrato de seguro-caução. Alteração do capital seguro.
Ac. STJ de 27 de Janeiro de 1998 (TOMÉ DE CARVALHO), in CJ-Acs. do STJ, ano VI, 1998, T. I, pp. 37-39 – Caução global de desalfandegamento. Sub-rogação.
Ac. STJ de 21 de Maio de 1998 (FERNANDO MAGALHÃES), in BMJ, n.º 477, 1998, p. 482-488 – Seguro-caução "à primeira solicitação".
Ac. STJ de 20 de Janeiro de 1999 (PEREIRA DA GRAÇA), in CJ-Acs. do STJ, ano VII, 1999, T. I, pp. 41-48 – Contrato de locação financeira. Cobertura das rendas do contrato por seguro-caução.
Ac. STJ de 11 de Fevereiro de 1999 (SOUSA DINIZ), in CJ-Acs. STJ, ano VII, 1999, T. I, pp. 106-111 – Natureza "mista" do seguro-caução. Seguro e garantia.
Ac. STJ de 11 de Março de 1999 (PINTO MONTEIRO), in CJ-Acs. do STJ, ano VII, 1999, T. I, pp. 156-158 – Contrato de locação financeira. Objecto do seguro-caução. Elementos interpretativos atendíveis.
Ac. STJ de 17 de Junho de 1999 (DIONÍSIO CORREIA), in CJ-Acs. do STJ, ano VII, 1999, T. II, pp. 150-152 – Depósito do preço. Arts. 623.º e 1410.º, n.º 1 do Código Civil.
Ac. STJ de 16 de Dezembro de 1999 (ARAGÃO SEIA), in CJ-Acs. do STJ, ano VII, 1999, T. III, pp. 140-144 – Contrato de locação financeira e seguro-caução. Natureza do seguro-caução. Contrato a favor de terceiro. Objecto e âmbito do seguro.
Ac. STJ de 28 de Setembro de 2000 (QUIRINO SOARES), in CJ-Acs. do STJ, ano VIII, 2000, T. III, pp. 52-54 – Seguro-caução e sub-rogação. Interpretação actualista do artigo 441.º do Código Comercial.

Relação de Coimbra

Ac. Rc. de 15 de Novembro de 2000 (SERRA LEITÃO), in CJ, ano XXV, 2000, T. IV, pp. 61--62 – Pensões por acidente de trabalho. Inadmissibilidade do seguro-caução.

Relação de Lisboa

Ac. RLx de 2 de Julho de 1965 (LOPES DA FONSECA), in Jurisp. Rel., ano 11.º, 1965, pp. 549-551 – Objecto do seguro-caução. Sub-rogação.
Ac. RLx de 14 de Julho de 1965 (SIMÕES DE OLIVEIRA), in Jurisp. Rel., ano 11.º, 1965, pp. 568-570 – Seguro-caução. Cláusula de sub-rogação "convencional".
Ac. RLx de 2 de Fevereiro de 1966 (FONSECA MOURA), in Jurisp. Rel., ano 12.º, 1966, T I, pp. 51-53 – Seguro-caução. Sub-rogação e art. 838.º do Código de Seabra.
Ac. RLx de 21 de Abril de 1976 (COSTA SOARES), in BMJ, n.º 258, 1976, p. 263 – Endosso de letra com garantia de seguro-caução.
Ac. RLx de 12 de Fevereiro de 1985 (ALBUQUERQUE E SOUSA), in CJ, ano X, 1985, T. 1, pp. 163-165 – Natureza do seguro-caução. Validade da cláusula de sub-rogação "convencional".
Ac. RLx de 24 de Abril de 1996 (RODRIGUES CODEÇO), in CJ, ano XXI, 1996, T. II, pp. 121-122 – "Autonomia" do seguro-caução. Manutenção da obrigação do segurador em caso de não pagamento do prémio.

Ac. RLx de 7 de Maio de 1998 (URBANO DIAS), in CJ, ano XXIII, 1998, T. III, pp. 82-88 – Contrato de locação financeira. Natureza do seguro-caução. Fiança. Seguro-caução subscrito como garantia autónoma e automática.
Ac. RLx de 4 de Junho de 1998 (SALVADOR DA COSTA), in AJ, ano II, n.º 23, pp. 34-37 – Natureza do seguro-caução. Garantia autónoma simples.
Ac. RLx de 28 de Janeiro de 1999 (CARLOS VALVERDE), in CJ, ano XXIV, 1999, T. I, pp. 88-91 – Contrato de locação financeira. Seguro-caução directa. Seguro-caução "à primeira solicitação".
Ac. RLx de 4 de Fevereiro de 1999 (ARLINDO ROCHA), in CJ, ano XXIV, 1999, T. I, pp. 104-109 – Resolução "ad nutum"do seguro-caução. Cláusulas contratuais gerais.
Ac. RLx de 18 de Fevereiro de 1999 (EVANGELISTA ARAÚJO), in CJ, ano XXIV, 1999, T. I, pp. 113-119 – Contrato de locação financeira. Sub-rogação no seguro-caução. Arts. 592.º e 644.º do Código Civil.
Ac. RLx de 24 de Junho de 1999 (MENDES LOURO), in CJ, ano XXIV, 1999, T. III, pp. 125--129 – Contrato de locação financeira. Interpretação do contrato de seguro-caução.
Ac. RLx de 15 de Março de 2000 (SALAZAR CASANOVA), in CJ, ano XXV, 2000, T. II, pp. 94-101 – Contrato de locação financeira. Seguro-caução directa. Interpretação do contrato.

Relação do Porto

Ac. RP de 9 de Julho de 1985 (FERNANDES FUGAS), in CJ, ano X, 1985, T. 4, pp. 225-227 – Art. 623.º, n.º 2 do Código Civil. Admissibilidade do seguro-caução.
Ac. RP de 24 de Maio de 1994 (PAZ DIAS), in CJ, ano XIX, 1994, T. III, pp. 219-221 – Forma do contrato de seguro. Inalegabilidade da falta de forma por abuso de direito.
Ac. RP de 30 de Janeiro de 1995 (BESSA PACHECO), in CJ, ano XX, 1995, T. I, pp. 207-212 – Caução global de desalfandegamento. Sub-rogação.

JURISPRUDÊNCIA ITALIANA

Corte di Cassazione

Corte di Cassazione de 26 de Maio de 1981, n.º 3457, in BBTC, ano VLX, 1982, II Parte, pp. 245-250 – Função do seguro-caução e exercício da actividade seguradora.

BIBLIOGRAFIA

ALMEIDA, J. C. Moitinho de – *O Contrato de Seguro no Direito Português e Comparado*, Lisboa, Livraria Sá da Costa Editora, 1971.

ASCENSÃO, José de Oliveira – *Direito Civil, Teoria Geral*, Vol. II, *Acções e Factos Jurídicos*, 2.ª ed., Coimbra, Coimbra Editora, 2003.

– *Direito Comercial*, Vol. I, *Institutos Gerais*, Lisboa, 1998/1999.

– *O Direito. Introdução e Teoria Geral*, 13.ª ed., Coimbra, Almedina, 2005.

BARRES BENLLOCH, Pilar – *Régimen Jurídico del Seguro de Caución*, Pamplona, Aranzadi, 1996.

BASTIN, Jean – *A Protecção Contra o Incumprimento* (trad. port. Maria da Conceição Duarte), s/l., Cosec, 1994.

– *O Seguro de Crédito no Mundo Contemporâneo* (trad. port. Maria do Rosário Torres), Lisboa, Cosec, 1983.

BESSON, André – *vide* PICARD, Maurice/BESSON, André.

BIGOT, Jean – "Assurance-Crédit", in *Encyclopédie Dalloz, Droit Commercial*, I, A-B, 1972, pp. 1-8.

BUSTO, Maria Manuel – *vide* OLIVEIRA, F.C. Ortigão/BUSTO, Maria Manuel.

CAMACHO DE LOS RÍOS, Javier – *El Seguro de Caución. Estudio Crítico*, Madrid, Editorial Mapfre, 1994.

CAVALIERI, Tilde – "La polizza fideiussorie tra assicurazione e garanzia," in GI, anno 143.º, 1991, col. 255-272.

CHINDEMI, Domenico – "Il termine prescrizionale del diritto al pagamento del premio in tema di assicurazione fideiussoria", in DEA, 1997, pp. 666-673.

CONSELHO PARA O SISTEMA FINANCEIRO – *Livro Branco sobre o Sistema Financeiro: 1992 – Seguros e Pensões*, Vol. III, 1993.

CORDEIRO, António Menezes – *Direito das Obrigações*, I Vol., reimpressão, Lisboa, AAFDL, 1994 e *Direito das Obrigações*, II Vol., reimpressão, Lisboa, AAFDL, 1994.

– "Direito dos Seguros: Perspectivas de Reforma", in *Direito dos Seguros*, org. António Moreira, e M. Costa Martins, Coimbra, Almedina, 2000, pp.19-29.

– *Manual de Direito Bancário*, 3.ª ed., Coimbra, Almedina, 2006.

– *Manual de Direito Comercial*, I Vol., Coimbra, Almedina, 2001.

– *Tratado de Direito Civil Português*, I, *Parte Geral*, tomo II, *Coisas*, 2.ª ed., Coimbra, Almedina, 2002.

COSTA, Mário Júlio de Almeida – "Anotação ao acórdão do Supremo Tribunal de Justiça de 28 de Setembro de 1995", in RLJ, ano 129, n.º 3862, pp. 19-24 e n.º 3863, pp. 61-64.

– *Direito das Obrigações*, 10.ª ed., Coimbra, Almedina, 2006.

DONATI, Antigono – "L'assicurazione del credito", in RTDPC, ano IX, 1955, pp. 37-73.

FERREIRA, Ernesto de Oliveira – *vide* MARTINS, José A. Rebelo/FERREIRA, Ernesto de Oliveira.

FONTAINE, Marcel – *Essai sur la Nature Juridique de l'Assurance-Crédit*, Bruxelles, CIDC, 1966.

FRAGALI, Michele – "Assicurazione del credito", in ED, Vol. III, s/l, Giuffrè, 1958, pp. 528-554.

– *Delle Obbligazioni. Fideiussione. Mandato di Credito (Artigo 1936-1959), Commentario del Codice Civile* a cura di A. Scialoja e G. Branca, Bologna/Roma, Nicola Zanichelli/ Soc. Ed. del Foro Italiano, 1964.

GAMBINO, Agostino – "Fideiussione, fideiussio indemnitatis e polizze fideiussorie", in RDCom, ano LVIII, 1960, pp. 57-80.
GOMES, Fátima – "Garantia bancária autónoma à primeira solicitação", in DJ, Vol. VIII, Tomo 2, 1994, pp. 119-210.
GOMES, Manuel Januário da Costa – "Estrutura negocial da fiança", in *Estudos em Homenagem ao Professor Castro Mendes*, Lisboa, Lex, s/d (mas 1995), pp. 322-369.
– *Assunção Fidejussória de Dívida. Sobre o Sentido e o Âmbito da Vinculação como Fiador*, Coimbra, Almedina, 2000.
GONÇALVES, Luiz da Cunha – *Comentário ao Código Comercial Português*, Vol. II, Lisboa, Empresa Editora José Bastos, 1916.
LEITÃO, Luís Menezes – *Direito das Obrigações*, Vol. I, *Introdução. Da Constituição das Obrigações*, 5.ª ed., Coimbra, Almedina, 2006.
– *Garantias das Obrigações*, Coimbra, Almedina, 2006.
LUPPI, Riccardo – "Fideiussione e polizza fideiussorie", in GI, 1983, Vol. CXXXV, 1983, col. 677-687.
MARTÍNEZ, Pedro – *Teoria e Prática dos Seguros*, 2.ª ed., Lisboa, s/e, 1961.
MARTINEZ, Pedro Romano – *Contrato de Empreitada*, Coimbra, Almedina, 1994.
– "Contrato de Seguro. Âmbito do Dever de Indemnizar", in *Direito dos Seguros*, org. António Moreira, e M. Costa Martins, Coimbra, Almedina, 2000, pp. 155-168.
– *Direito do Trabalho*, 3.ª ed., Coimbra, Almedina, 2006.
MARTINEZ, Pedro Romano/PUJOL, José Manuel Marçal – *Empreitada de Obras Públicas*, Coimbra, Almedina, 1995.
MARTINEZ, Pedro Romano/PONTE, Pedro Fuzeta da – *Garantias de Cumprimento*, 4.ª ed., Coimbra, Almedina, 2003.
MARTINS, José A. Rebelo/FERREIRA, Ernesto de Oliveira – *Garantias Bancárias*, ed. BESCL, 1983.
MENDES, Evaristo – "Garantias bancárias. Natureza", in RDES, ano XXXVII (X da 2.ª Série), n.º 4, pp. 433-473.
MENDES, João de Castro – "Acerca do Seguro de Crédito", in *Revista Bancária* n.º 27, Janeiro-Março 1972, pp. 5-28.
OLIVEIRA, F.C. Ortigão/BUSTO, Maria Manuel – *Itinerário Jurídico dos Seguros*, Porto, Ecla Editora, s/d, (mas 1991).
OLIVEIRA, Rodrigo Esteves de – *vide* OLIVEIRA, Mário Esteves de/OLIVEIRA, Rodrigo Esteves de.
OLIVEIRA, Mário Esteves de/OLIVEIRA, Rodrigo Esteves de – *Concursos e Outros Procedimentos de Adjudicação Administrativa* (reimpressão), Coimbra, Almedina, 2003.
PICARD, Maurice/BESSON, André – *Traité Général des Assurances Terrestres en Droit Français*, Tome III, *Assurances de Choses. Assurances de Responsabilité*, Paris, LGDJ, 1943.
PINHEIRO, Jorge Duarte – "Garantia bancária autónoma", in ROA, ano 52, Julho 1992, pp. 417- 465.
PIRES, Florbela de Almeida – *Seguro de Acidentes de Trabalho*, Lisboa, Lex, 1999.
PONTE, Pedro Fuzeta da – *vide* MARTINEZ, Pedro Romano/PONTE, Pedro Fuzeta da.
PROCURADORIA GERAL DA REPÚBLICA – "Parecer n.º 9/54, de 16 de Dezembro", in BMJ, n.º 47, 1955, pp. 149-154.
– "Parecer n.º 3/69, de 29 de Maio", in BMJ, n.º 191, 1969, pp. 148-168.
PUJOL, José Manuel Marçal – *vide* MARTINEZ, Pedro Romano/PUJOL, José Manuel Marçal.

Russo, Claudio – "Polizze fideiussorie, spedizioniere doganale e surrogazione dell'assicuratore" in BBTC, ano LIV, 1991, II Parte, pp. 177-181.
Salvador, Manuel Gonçalves – "Seguro-caução" in O Direito, 1968, fasc. 3, Julho-Set., pp. 305-331.
Santos, Jorge Costa – "Pagamento e garantia da dívida aduaneira", in Fisco, ano 1, Fevereiro 1989, n.º 5, pp. 14-22.
Serra, Adriano Vaz – "Fiança e figuras análogas", in BMJ, n.º 71, 1957, pp. 19-331.
– "Responsabilidade patrimonial", in BMJ, n.º 75, 1958, pp. 5-410.
– "Algumas questões em matéria de fiança", in BMJ, n.º 96, 1960, pp. 5-99.
– "Anotação ao Acórdão de 13 de Novembro de 1970", in RLJ, ano 104, n.º 3456, pp. 234-239.
Silva, Andrade da – Regime Jurídico das Empreitadas de Obras Públicas, 9.ª ed., Coimbra, Almedina, 2004.
Silva, João Calvão da – "Locação financeira e garantia bancária", in Estudos de Direito Comercial. (Pareceres), Coimbra, Almedina, 1999, pp. 5-48.
– "Garantias acessórias e garantias autónomas", in Estudos de Direito Comercial. (Pareceres), Coimbra, Almedina, 1999, pp. 328-394.
– "Seguro-caução: protocolo como contrato quadro e circunstância atendível para a interpretação da apólice", in RLJ, ano 132, n.ºs 3908/3909, pp. 345-384.
– "Seguro de crédito", in Estudos de Direito Comercial. (Pareceres), Coimbra, Almedina, 1999, pp. 96-124.
Simler, Ph. – "Les règles uniformes de la chambre de commerce internationale (CCI) pour les Contract Bonds", in RDIDC, ano 74, segundo trimestre 1997, pp. 122-138.
Telles, Inocêncio Galvão – "Aspectos comuns aos vários contratos", in BMJ, n.º 23, 1951, pp. 18-91.
– Manual dos Contratos em Geral, 4.ª ed., Coimbra, Coimbra Editora, 2002.
Tirado Suarez – "El seguro de crédito en el ordenamiento jurídico español", in Jean Bastin, El Seguro de Crédito en el Mondo Contemporáneo (tradução para o castelhano de Emilo Pérez de Agreda e Irene Gambra Gutiérrez), Madrid, Mapfre, s/d, pp. 655-751.
Torres, Arnaldo Pinheiro – Ensaio sôbre o Contrato de Seguro, Porto, Tipografia Sequeira, Lda., 1939.
Varela, João de Matos Antunes – "Anotação ao Acórdão do Tribunal de Justiça das Comunidades Europeias de 11 de Março de 1992", in RLJ, ano 125, n.º 3814, pp. 21-32 e n.º 3815, pp. 50-64.
– Das Obrigações em Geral, Vol. I, 10.ª edição, Coimbra, Almedina, 2000 e Das Obrigações em Geral, Vol. II, 7.ª edição, reimpressão, Coimbra, Almedina, 2001.
– "Seguros de crédito", in RB, n.º 14, Abril/Junho 1990, pp. 49-89.
Vasques, José – Contrato de Seguro, Coimbra, Coimbra Editora, 1999.
Viale, Mirella – "Il sistema delle garanzie personali negli USA", in Contratto e Impresa, anno V, 1989, n.º 2, pp. 659-709.
Victória, Fernando – "O Seguro de crédito em Portugal. Apêndice à edição portuguesa de o seguro de crédito no mundo contemporâneo", in O Seguro de Crédito no Mundo Contemporâneo (trad. port. Maria do Rosário Torres), Lisboa, Cosec, 1983, pp. 589-658.
Volpe Putzolu, Giovanna – "Assicurazioni fideiussorie, fideiussione omnibus e attività assicurativa", in BBTC, ano XLV, 1982, II parte, pp. 245-258.
Zumaglia, Alberto Polotti di – "Assicurazione credito e cauzione", in DDP/Sez. Com., I, pp. 454-457.

ECONOMIA DA DEMOCRACIA
E DA ESCOLHA PÚBLICA

José Neves Cruz[*]

SUMÁRIO: *Introdução. 1. Revelação de preferências. 2. Abordagens explicativas da escolha pública como resposta às preferências dos eleitores: 2.1. Modelos de maximização sujeita a restrições; 2.2. Modelos dos ciclos políticos; 2.3. Teoria da Organização; 2.4. Modelos baseados em estudos da opinião pública; 2.5. Modelos "ad-hoc"; 2.6. Modelos de decisão probabilística; 2.7. A hipótese do votante mediano; 2.8. A hipótese da influência dos grupos de interesse; 2.9. A hipótese do poder "monopolista" do burocrata (e também do político); 2.10. A hipótese do controlo da agenda; 2.11. A hipótese da ilusão fiscal. Súmula final.*

Introdução

Da interacção dos indivíduos emergem instituições colectivas que delimitam e guiam a vida social. O próprio mercado, símbolo máximo da dinâmica individual, assenta num conjunto de instituições colectivas (o Direito, o sistema judicial, o sistema de segurança...). A escolha individual não se pode desligar da escolha pública (ou colectiva). Além disso, a literatura económica demonstrou exaustivamente que o mercado "falha" no fornecimento de bens e serviços públicos, cuja existência depende apenas de escolha pública. Esta resulta das preferências individuais que são agregadas por via institucional, designadamente através do sistema político.

---

[*] Professor Auxiliar da Faculdade de Direito da Universidade do Porto.

Vários problemas se colocam relativamente aos sistemas de agregação de preferências:
  i) Como conhecer as preferências da comunidade, quando os indivíduos podem ter benefícios não revelando as suas preferências individuais ("free-riding")?
  ii) Qual a melhor regra para a escolha pública (não prejudicar ninguém, beneficiar a maioria, beneficiar todos)?
  iii) Como fazer a correspondência entre a vontade dos indivíduos, a dos decisores e a decisão?
  iv) Como medir os custos da escolha pública?

Segundo a literatura económica, escolhas racionais e eficientes são aquelas que possibilitam maximizar o bem-estar da colectividade ao mínimo custo possível. Será que as instituições e os processos de tomada de decisão garantem a eficiência?

Uma das formas mais comuns de agregação de preferências é a democracia baseada na regra (50% +1), segundo a qual o voto favorável de uma maioria de eleitores permite a escolha colectiva. A democracia baseada nessa regra pode ter várias variantes: democracia directa com possibilidade de referendo; democracia directa sem possibilidade de referendo; democracia representativa com possibilidade de referendo; democracia representativa sem referendo[1]. Cada uma delas implicará graus diferentes de correspondência entre a vontade da maioria e a escolha colectiva. O resultado das decisões tomadas variará consoante a configuração das instituições de decisão.

Neste contexto faz sentido a análise económica das instituições, uma vez que é importante indagar se a situação "status quo" corresponde ao nível máximo de bem-estar colectivo possível. É necessário procurar compreender e medir os diferentes factores que determinam divergências entre o resultado da escolha pública e as preferências da colectividade.

1. Revelação de preferências

A revelação de preferências dos eleitores no que respeita ao fornecimento de bens públicos faz-se através das instituições do sistema democrático. A escolha pública resulta de uma interacção complexa entre eleitorado, partidos políticos, governo, burocracia e grupos de interesse.

---

[1] Além disso, a representação pode ter várias formas.

Laffond, Laslier, Breton (1994) estudaram especificamente a interacção entre partidos políticos e o eleitorado e sugerem que os partidos políticos exercem um papel de mediadores das escolhas sociais, uma vez que oferecem as opções através das quais o eleitorado decide. Os partidos reduzem a dimensão do problema de escolha ao restringir uma multidão de possibilidades a um pequeno conjunto de propostas.

No entanto, o problema correntemente denominado nas Finanças Públicas de "free-riding" leva a que não sejam conhecidas as preferências individuais (procura) relativas aos bens e serviços que serão oferecidos segundo a escolha colectiva. O processo político irá encontrar uma decisão que disponibilizará em cada jurisdição a mesma quantidade de bens públicos. Como conciliá-la com a quantidade desejada por cada um?

As respostas ao problema irão variar consoante a diversidade de estruturas institucionais e regimes políticos. Neste estudo será analisada uma instituição em particular: o sistema político democrático baseado na regra de maioria (50% + 1). A forma institucional de democracia directa e a de democracia representativa são contempladas, na análise, assim como a hipótese de referendo.

Desde logo se coloca uma questão essencial: será possível emergir um equilíbrio do processo político baseado na referida instituição?

Na verdade as decisões resultantes do sistema político não agradam a todos, o que torna pertinente outras questões assinaladas por diversos autores da "Public Choice":

i) Porque votam os eleitores?
ii) As decisões que emergem de um processo colectivo de tomada de decisão serão óptimas?
iii) Os indivíduos revelarão as suas preferências honestamente num processo político de tomada de decisões?

Quanto à primeira questão, Arrow (1963) demonstrou que não existe nenhum mecanismo adequado e explícito de agregação das preferências da sociedade que cumpra um conjunto de regras mínimas (cuja aceitação dificilmente é posta em causa) que garanta escolha pública em sintonia com as preferências individuais da colectividade. Isto quer dizer que a escolha que resulta da regra da maioria pode não corresponder às preferências da maioria, antes pelo contrário, expressando as preferências de minorias.

As regras que, segundo Arrow (1963), qualquer forma de agregação deveria cumprir para ser aceitável são:

i) O Princípio da Racionalidade Colectiva: se a alternativa A é preferida a B e se a alternativa B é preferida a C, então A será preferido a C. Haverá consistência na decisão pública, isto é, conexidade que permite comparar os resultados, e transitividade.
ii) O Princípio de Pareto: se todos preferem A a B, a escolha colectiva preferirá A a B.
iii) O Princípio da Independência de Alternativas Irrelevantes: a escolha entre A e B não pode ser influenciada por alternativas C e D.
iv) O Princípio Não Ditatorial: nenhum indivíduo pode impor as suas preferências como colectivas.
v) O Princípio do Domínio Não Restrito: nenhum indivíduo pode ser excluído de contribuir para a escolha colectiva.

Infelizmente o teorema de impossibilidade de Arrow (1963) demonstra matematicamente que não há nenhuma regra institucional que suporte todas estas condições simultaneamente.

Por exemplo, quanto à regra de maioria, (50% + 1), existe o problema clássico referido pelo Marquês de Condorcet no séc XVIII (ver quadros I e II).

Quadro I   Voto segundo a regra da Maioria - Cíclica

Eleitores	Opções		
	X	Y	Z
A	3	2	1
B	1	3	2
C	2	1	3

Quadro II   Resultado dependente da Fixação da agenda

Eleições entre		Resultado
Y e X	X e Z	Z
Y e Z	Z e Y	Y
Z e Y	Y e X	Z

Fonte: Cullis e Jones (1992: pág 94)

No Quadro I os eleitores (A, B, C), escolhem entre três alternativas (X, Y, Z). A ordenação de preferência é 3, 2, 1 (3 significa mais preferido). Cada eleitor tem uma ordem de preferência transitiva (por exemplo, A prefere X a Y, prefere Y a Z e também X a Z). Se fosse necessário uma decisão colectiva entre X e Y, a maioria escolheria X (eleitores A e C); entre Y e Z a maioria optaria por Y (eleitores A e B). Como consequência para satisfazer a condição de Arrow da Racionalidade Colectiva a regra maioritária deverá levar a uma decisão pública que prefira X a Z. Contudo na decisão entre X e Z, uma maioria de eleitores (B e C) irá escolher Z em vez de X. Assim, a regra de maioria (50% + 1) falha o teste de Arrow. A alternativa ganhadora está dependente das alternativas que vão ser decididas em primeiro lugar. Isto é, a escolha final depende do controlo da agenda, não sendo determinada pelas preferências. A sequência de votos no Quadro II indica alternativas vencedoras, consoante a ordem da votação.

Este problema poderia ser evitado neste tipo de instituição, se se restringisse o tipo de preferências dos indivíduos (perda de graus de liberdade), obrigando-as a ser unimodais (distribuição à volta de um único valor mais preferido – moda). Nesse caso é possível verificar nos quadros a obtenção de um equilíbrio não-cíclico. As preferências do indivíduo C são bimodais (indivíduo extremista – "ou tudo ou nada") e, por isso, evitam a produção de equilíbrio. Repare-se que se para o indivíduo C trocarmos a ordem de preferência entre X e Y, independentemente da agenda de votação ganhará sempre a proposta Y. Daqui se depreende que um modelo de decisão que cumpra todas as regras de Arrow deverá assumir preferências unimodais num contexto de competição perfeita entre os eleitores. Infelizmente, na realidade há vários tipos de escolha pública em que é frequente existirem preferências extremistas[2].

Uma outra forma de evitar desequilíbrios, poderia ser o recurso em democracia directa à regra da unanimidade (só seria aprovado o que todos desejassem). Um dos problemas práticos daí resultante seria a dificuldade em decidir, dada a grande diversidade de preferências dos indivíduos. Além disso, o veto de um indivíduo poderia impedir a escolha de toda a comunidade; mais uma vez o teste de Arrow falha.

Resulta do que foi descrito que a escolha pública não espelha apenas as preferências dos eleitores, pois as falhas institucionais da democracia abrem as portas a vários tipos de comportamentos que a influenciam, como sejam o poder de controlo da agenda, o poder da burocracia ou dos políticos para impor as suas preferências, a possibilidade de existir voto estratégico e o "lobbying" dos grupos de interesse. Por sua vez os votan-

---

[2] Por exemplo, na escolha do nível de fornecimento público de ensino básico e secundário há quem prefira, ou gastos elevados com um fornecimento de qualidade, ou gastos públicos muito reduzidos nesse domínio (possibilidade de recorrer ao sector privado). A solução menos preferida poderia ser um nível mediano em que o indivíduo paga impostos para sustentar um nível de fornecimento relativamente elevado e ao mesmo tempo não usufrui dos benefícios, pois, não satisfeito com o nível de qualidade, recorre ao sector privado.

tes não têm um grande incentivo para estar informados, pois a probabilidade de cada voto influenciar as decisões é tão pequena que facilmente se origina "free-riding", o que facilita as distorções em favor das minorias, contra as preferências de uma maioria desinteressada. Um dos exemplos desta falha muito estudada na literatura é a ilusão fiscal que leva os eleitores a escolherem níveis excessivos de intervenção pública relativamente aos que escolheriam se conhecessem os verdadeiros custos da intervenção pública. Em suma, é bem possível que haja uma multi-influência simultânea de todas estas forças no processo de decisão política.

É neste contexto que aparecem na análise da economia e das finanças públicas diferentes enfoques, cada um deles com uma incidência especial num determinado factor, para apreender como se "produz" a escolha pública em democracia.

Do que foi apresentado, respondendo à última questão atrás formulada, é difícil esperar que as decisões que emergem de um processo colectivo de tomada de decisão sejam óptimas. A resposta às preferências de um conjunto de indivíduos muito provavelmente piorará a situação dos outros, tudo dependendo da sua capacidade para impor a sua vontade no sistema político.

Resta ainda discutir porque votarão os eleitores e se eles revelam honestamente as suas preferências. Os eleitores usam o voto como forma de revelar as suas preferências, mas estão limitados às alternativas que lhes são apresentadas. Dificilmente a procura política garante um volume de alternativas que vá ao encontro das preferências de todos os eleitores. Assim, o eleitor optará pela proposta que mais se aproxima da sua preferência. Num processo de decisão em democracia directa as propostas são directamente votadas pelos eleitores, sendo escolhida a mais votada.

Num processo de democracia representativa, os eleitores escolhem através dos seus representantes, que normalmente emergem dos partidos políticos. Não está garantido que o partido, ou o conjunto de políticos eleitos, irão respeitar as propostas iniciais. A falta de informação dos eleitores, a possibilidade de "logrolling"[3] entre os representantes e a obediência partidária retiram aos eleitores alguma capacidade de influência face à que teriam num sistema de democracia directa (maior distância entre preferências e decisores, que agudiza "free-riding" dos eleitores). Dessas falhas resulta a importância de factores como a fixação de agenda e as preferências dos burocratas e dos políticos.

---

[3] Acordos de votação entre grupos de representantes: "votamos no que quereis, se vos comprometerdes a votar no que queremos", o que pode levar a que propostas que seriam rejeitadas por maioria, possam vir a ser aprovadas.

Há que considerar também o facto de muitas das decisões políticas não se referirem apenas a um assunto, mas a um conjunto de dimensões, normalmente designadas de plataformas políticas, que conjugam propostas muito preferidas com propostas destinadas a satisfazer pequenos grupos (minorias), que os eleitores não podem separar. Muitas vezes o voto do eleitor revela a sua preferência por determinado assunto ao qual é mais sensível, mas simultaneamente isso implica votar em propostas que não prefere.

Este ponto é importante na consideração da honestidade das votações, não no sentido de admitir que os eleitores votem contra o que acham melhor, mas no de, dadas as limitações do próprio sistema político, os eleitores terem de votar no que não preferem. Também desta forma o sistema político falha o seu objectivo de revelar e servir de correspondência à expressão das preferências na escolha pública.

Downs (1956) assume que tanto os políticos como os eleitores são racionais (hipótese do eleitor racional) e agem de acordo com o seu interesse. O objectivo do político será maximizar votos de modo a manter-se no poder; o objectivo do eleitor será maximizar os benefícios líquidos que resultarão das decisões públicas, isto é, maximizar o excesso de benefícios que deriva das despesas públicas face aos custos da tributação que tem de suportar. Os eleitores darão o seu voto aos que melhor representarem os seus interesses; os políticos, se querem manter o poder, oferecerão os programas e a legislação que melhor vão ao encontro dos interesses dos seus constituintes. Admite-se também a hipótese dos políticos integrarem na sua função objectivo a sua carreira profissional fora das funções políticas (ver Baleiras e Costa, 2003), abrindo-se também por essa via espaço para a possibilidade de influência dos grupos de interesse.

Contudo, apesar dos "desvios" às preferências do eleitor, este continua a constituir uma referência importante no desenrolar do processo eleitoral, quanto mais não seja pelo facto das suas preferências servirem de restrição a grandes imperfeições na escolha pública. Claro que isto só será verdade se os eleitores votarem. Porque votam os eleitores?

Numa óptica puramente económica, os indivíduos tentam maximizar a utilidade esperada pelo facto de participarem no processo político, avaliando as propostas, esperando benefícios e tendo em conta os custos de impostos e os próprios "custos de transacção" do acto de votar (informação e tempo). Por outro lado, o eleitor sabe que há apenas uma pequena possibilidade do seu voto afectar o resultado final. Vários estudos concluem, numa perspectiva circunscrita à análise custo-benefício, que o mais natural é os eleitores não votarem. Por outras palavras, não nos deveriamos espantar pelo facto de a abstenção ser elevada, o que é surpreendente é que tanta gente vote.

Müeller (1987) defende que o acto de votar não pode ser visto como uma decisão puramente económica e indica que votar deve ser encarado como um dever ou direito cívico e esse impacto é superior ao da utilidade esperada. Deste modo questiona a hipótese do eleitor racional. Lee (1988) defende que tudo irá depender dos assuntos a ser decididos. Frey (1971) argumentou que os indivíduos de rendimento mais baixo irão ter mais incentivos para votar, quer para provocar mudanças, quer porque os seus custos de transacção são menores (por exemplo, os custos com o tempo gasto em obter informação e com o tempo despendido no acto de votar são menores para este tipo de eleitores). Lane (1966) positiva o contrário, isto é, serão os indivíduos de mais altos rendimentos que votam em maior percentagem, pois apesar de terem custos de transacção elevados, pretendem garantir que a situação permaneça a seu favor e por isso constituem "lobbies" interessados e activos na votação. Outro argumento em defesa da menor percentagem de votação dos eleitores com rendimento mais baixo é o facto de serem mais avessos ao risco, e portanto, mesmo a custo baixo não "jogam" (Cullis e Jones – 1986).

Este tópico é importante uma vez que a capacidade de mobilização dos eleitores é fundamental para compreender a escolha pública. Os vários modelos que se debruçam sobre as escolhas sociais terão que considerar este aspecto. Note-se que numa grande parte das democracias actuais o factor abstenção tem tomado dimensões importantes e pode colocar em descrédito qualquer tentativa de modelação de comportamentos que não contempla esse fenómeno.

Neste ponto estão criadas as condições para uma breve apresentação de diferentes perspectivas da "Public Choice" que pretendem apreender o processo de decisão pública como resposta agregada às preferências individuais dos eleitores. Posteriormente poder-se-á clarificar o processo de crescimento do Estado nas economias e balancear o próprio processo democrático baseado na regra de maioria (50% + 1).

2. Abordagens explicativas da escolha pública como resposta às preferências dos eleitores

O essencial desta análise está, como foi referido, na procura por escolha pública. Porém, os modelos que incorporam considerações de oferta de bens e serviços públicos, nomeadamente quanto às condições de produção e afectação de recursos públicos, não são excluídos do estudo. Além disso, algumas considerações de oferta podem ser incorporadas em modelos que originalmente se baseiam na procura e poder-se-á assim compreender melhor todo o mercado da escolha pública (ver Santos 1989).

Do lado da oferta do "mercado político" vamos admitir que os decisores (políticos e burocratas), conhecem a função produção de bens e serviços públicos e agem como um grupo de interesse seguindo os seus objectivos próprios (interesses que podem ou não ser altruístas: servir o melhor possível procurando maximizar o serviço prestado; maximizar votos; preparar o melhor possível o futuro após a política...). Do lado da procura temos o conjunto de eleitores com preferências próprias que procuram a "produção" da escolha colectiva mais preferida.

Apresentam-se de seguida os grandes conjuntos de abordagens que usam a metodologia económica para estudar este "mercado político".

2.1. Modelos de maximização sujeita a restrições

Aplicam a teoria tradicional do consumidor ao sector público, não atendendo ao papel do sistema político na revelação das preferências (abordagem tradicional das finanças públicas em que o Estado é omnisciente – ver Musgrave, 1989). Estes modelos pressupõem que as preferências dos eleitores são conhecidas pelo Estado. São, por isso, modelos irrealistas, que se cingem a fornecer um suporte teórico ao comportamento dos eleitores se as preferências fossem conhecidas.

2.2. Modelos dos ciclos políticos

Postulam que ciclos eleitorais temporais implicam ciclos nos gastos públicos. Estes modelos pretendem explicar que a concretização do objectivo de maximização de votos implica um aumento dos gastos públicos, sobretudo quando os períodos eleitorais estão próximos. Esta abordagem foi iniciada por Nordhaus (1975), Mac Ray (1977) e Frey (1978), tendo dado lugar a um elevado número de artigos (para uma revisão ver Drazen, 2000). Actualmente ainda há uma grande controvérsia quanto à existência ou não de uma relação entre ciclos eleitorais e ciclos de gastos públicos[4].

---

[4] Para uma aplicação a Portugal ver: Baleiras (1997); Baleiras e Santos (2000); Baleiras e Costa (2003); Veiga e Veiga (2004) e Cruz (2004).

2.3. Teoria da Organização

São modelos que explicam a organização do funcionamento do sector público em termos de oferta, quanto à forma de afectação de recursos. Duas regras de organização do sector público, muito conhecidas, que têm tido grande impacto ao nível da escolha pública são a regra do "incrementalismo orçamental" e a regra do "orçamento de base zero". Esta abordagem conjuga a análise económica com a gestão e organização de recursos.

2.4. Modelos baseados em estudos da opinião pública

São numerosos na literatura os estudos que fazem inquéritos individuais para estimar as procuras individuais por despesa pública, para de seguida calcular a procura agregada como soma das preferências individuais com o fim de, posteriormente, comparar esses resultados com a escolha pública feita segundo as regras democráticas. Dois exemplos muito citados são os estudos de Gramlich e Rubinfield (1982) e de Shape e Rubinfield (1984) que concluem que a procura agregada por despesa pública não difere significativamente da procura do votante mediano (ver ponto 2.7.).

2.5. Modelos "ad-hoc"

Estes modelos empíricos não têm uma base teórica de suporte, mas tentam encontrar associações entre o rendimento médio e outras variáveis sócio-políticas e o nível de despesa pública. Muitas vezes apresentam um bom desempenho empírico, mas na realidade são especificações apenas descritvas.[5].

2.6. Modelos de decisão probabilística

São modelos que possibilitam uma análise a n dimensões (vários assuntos a ser votados simultaneamente) e que encontram um equilíbrio

---

[5] Pommerehne e Frey, (1976:pág. 396) referem alguns estudos pioneiros a estabelecer uma estimação empírica, por via da regressão múltipla, das determinantes da procura de bens e serviços públicos.

para o processo político em determinadas condições. Nestes modelos a incerteza e a análise probabilística tornam-se fundamentais – para uma revisão ver Mueller (1989). Os problemas maiores que estes estudos evidenciam são, em primeiro lugar, a dificuldade da verificação das condições exigidas e em segundo a complexidade da formulação que dificulta a elaboração de estudos empíricos.

2.7. *A hipótese do votante mediano*

Os autores que estão na base da apresentação desta hipótese são Hotelling (1929), Bowen (1943), Black (1948), Downs (1956), Buchanan e Tullock (1962), Borcherding e Deacon (1972) e Bergstrom e Goodman (1973).[6] A hipótese indica que quando se ordenam os indivíduos por níveis de despesa pública preferidos (de forma crescente ou decrescente), para cada nível de despesa pode ver-se qual a fracção de indivíduos que prefere que se gaste menos. O votante mediano é o votante para o qual exactamente metade da população prefere que o governo gaste menos e a outra metade prefere que o governo gaste mais (o que decorre da própria definição de mediana). Admitindo que há apenas duas propostas em competição, qualquer proposta que desafie a que corresponde às preferências do votante mediano (proposta mediana) será derrotada por uma maioria igual ou superior a (50%+1), pois essa proposta distancia-se mais das suas preferências do que a proposta mediana. Sendo o sistema político baseado na regra da maioria simples (50% + 1 voto), o votante mediano é decisivo, o que significa que ele fixa o nível de despesa pública na comunidade (a análise é válida com outras dimensões: Esquerda – Direita; Conservador – Liberal, etc.).[7] Sendo o votante mediano decisivo, os candidatos que querem sair vencedores das eleições, abdicam da componente ideológica e centram a sua proposta nas preferências do votante mediano. Este teorema leva a um resultado curioso que se traduz na quase não diferenciação das propostas em competição. Este resultado pode-se aplicar a mais de duas propostas em competição se admitirmos que há uma coligação para enfrentar uma proposta que ameace sair vencedora.

---

[6] A apresentação matemática do modelo do votante mediano foi feita em 1966 por Barr, James L. e Davis, Otto A., 1966; "An Elementary Political and Economic Theory of the Expenditure of State and Local Governments", Southern Economic Journal, vol. 33, October, pág 149-65.

[7] Para uma revisão ver Cruz (1998).

O modelo baseia-se na ideia de que os indivíduos eleitores são a determinante básica das decisões políticas numa democracia. A competição entre os indivíduos é total, daí que seja comparável à hipótese de concorrência perfeita, onde a oferta é tida como um dado que faz a "vontade" dos eleitores, designadamente do votante mediano. Este maximizará a sua função utilidade.

De acordo com Munley (1984) há pressupostos rígidos que estão subjacentes a este teorema que o tornam pouco realista: plena informação e plena competição entre os votantes, preferências unimodais e apenas uma dimensão na votação.

Uma das ilações que se retira imediatamente do corolário da hipótese, é que as propostas dos políticos para serem ganhadoras, tenderão a situar-se nas preferências do votante mediano. Isto é, as propostas políticas tendem a abdicar da ideologia e a abdicar de diferenças para conquistar os votantes do centro (mediana) da distribuição de preferências. Este resultado e os pressupostos de base criaram muita controvérsia, dando lugar ao aparecimento de hipóteses alternativas para explicar a escolha pública.

2.8. *A hipótese da influência dos grupos de interesse*

A análise da influência de grupos de interesse (ou de pressão) nas decisões públicas, tem produzido muitos e diversos estudos. Já autores como Bentley (1908), Schattrchneider (1935), Truman (1951), Olson (1965), Stigler (1975), Meltzer e Richard (1978; 1981), entre outros, consideram-nos como agentes importantes no processo político. Becker (1983, 1985) construiu um modelo teórico para analisar a competição entre grupos, que veio a ser completado, pela incorporação das instituições políticas, por Coughlin, Mueller e Murrell (1990).

A definição de grupo de interesse tem similitudes aos clubes (Buchanan, 1965), mas o seu objectivo é explorar economias de escala e partilhar bens públicos. Daí que, não existindo rivalidade no consumo, os indivíduos aumentam o seu bem-estar agindo juntos através do grupo de interesse. A não exclusão, diferencia estes grupos dos clubes (Murrell, 1984), e ela significa que o grupo pode prosseguir melhor os seus objectivos através da interacção com o sector público.

Segundo Olson (1965) os grupos mais pequenos e homogéneos conseguem manter a sua coesão e controlar o contributo dos membros para o grupo, que o fazem porque esperam benefícios, nomeadamente em termos de acesso à informação relevante para o interesse do grupo e também para aproveitar a escala de pressão política que possibilita uma acção de "lobbying" mais forte e efectiva do que a soma das suas acções individuais. Os grupos muito grandes e heterogéneos não conseguem controlar o "free-riding" e a dispersão de interesses dos membros, acabando por não conseguir uma acção efectiva de pressão política. Neste sentido, o grupo da maioria pouca influência política terá (incluindo o votante mediano) na escolha pública. Esta vai responder aos interesses dos grupos de pressão (minorias).

De acordo com Becker (1983), os políticos, partidos políticos e eleitores serão pouco importantes na produção de decisões públicas, uma vez que são apenas transmissores da pressão de grupos activos. Todos os indivíduos pertencem a grupos de pressão que são definidos por múltiplas categorias, designadamente, ocupação, indústria, rendimento, geografia, idade, associações, etc. Os grupos usam a influência política para conseguir vantagens para os seus membros, competem entre si e dessa competição surgirá o equilíbrio da estrutura de impostos, subsídios e outras variáveis políticas.

A influência deste tipo de grupos exercer-se-á tendo em vista a eficiência e a redistribuição (Mueller, 1987). North e Wallis (1982) fazem uma ligação entre o crescimento do Estado e a actividade dos grupos de interesse. Mueller e Murrell (1985, 1986) também encontram contraprova da relação positiva entre a dimensão do Estado e a acção dos grupos de interesse.

Um aspecto importante da acção destes grupos é o seu poder de mercado (imperfeição da concorrência) pelo facto de monopolizarem ou distorcerem a informação que está disponível para os eleitores; usando os media podem convencer os eleitores a agir em seu favor (Bernholz, 1977). A literatura empírica revela que nos assuntos muito visíveis e importantes para os votantes (desemprego, impostos), sobre os quais os votantes estão mais informados, o votante mediano é influente. Os grupos de interesse revelam capacidade de influência em assuntos mais específicos e menos visíveis.

A literatura sobre a influência dos grupos de interesse subdivide-se em várias linhas de estudo. Uma delas analisa o contributo financeiro dos grupos de interesse para as campanhas dos políticos e daí procura estudar a sua influência na escolha pública. Outra linha de investigação analisa a produção de regulação favorável a determinados grupos como resposta à pressão política (Teoria da Regulação). Uma terceira linha de pesquisa analisa as perdas de bem-estar causadas pela procura de benefícios do Estado por parte de agentes privados, nomeadamente para conseguir poder de monopólio, em troca de diversas acções que beneficiam os decisores políticos (Teoria do "Rent-Seeking"). Uma revisão sobre estas linhas de pesquisa pode ser vista em Cruz (2000).

2.9. A hipótese do poder "monopolista" do burocrata (e também do político)

Pode-se entender esta hipótese como uma influência da força da oferta nas decisões públicas. Os burocratas e políticos "conhecerão" a função produção de bens e serviços públicos e essa será a sua informação privilegiada. Se os burocratas (ou políticos) desejarem o crescimento do sector público (o que lhes permite aumentar o seu poder) oferecerão propostas acima do óptimo (Mueller, 1987). Como fazem os burocratas para que essas propostas sejam aceites?

Dado que possuem o monopólio da informação, são eles que determinam os custos e não os revelam aos eleitores que, por isso, vêem-se impossibilitados de escolher eficientemente.

Niskanen (1971) desenvolveu o modelo mais conhecido desta abordagem e afirma que os burocratas desejam maximizar o tamanho dos seus orçamentos, o que implica que por razões de poder e prestígio, estes sejam maiores do que a legislatura deseja. Além disso, frequentemente não são controlados eleitoralmente, podendo fazer carreira na função pública sem ser penalizados pelos eleitores. Porém, os políticos correm o risco de sofrer as consequências do descontentamento causado pelas "más" escolhas da burocracia. Niskanen (1975) mostra que os políticos perdem votos por gastos excessivos e decisões incompetentes. Sendo assim, os abusos por parte dos burocratas tendem a ser corrigidos pelos políticos que têm em vista a reeleição. Estes, tendo que passar pelo crivo eleitoral, irão monitorizar a acção dos burocratas. Desta forma poderíamos dizer que os eleitores possuem um certo grau de controlo indirecto da burocracia.

A contraprova empírica quanto ao papel dos burocratas é escassa e por vezes contraditória: Ott (1980), encontrou contraprova; McGuise (1981) obteve resultados que contrariam os de Ott (1980).

Borcherding, Bush e Shann (1977) indicam que para além do poder que detêm como agentes do lado da oferta, os burocratas são também um grupo de interesse a lutar por influência política. Portanto, a sua acção como agentes de interesse pode também ser vista na óptica da procura no âmbito do modelo de grupos de interesse. São um grupo de grande dimensão, com forte poder eleitoral e grande capacidade de acesso aos media, conseguindo por essa via um forte impacto eleitoral.

2.10. *A hipótese do controlo da agenda*

Uma outra vertente do poder da burocracia (e políticos) é a capacidade de poderem forçar os eleitores a escolher uma proposta diferente daquela que preferem através da utilização das regras institucionais que regem a escolha.

Romer e Rosenthal (1978, 1979, 1982), apresentaram um modelo onde o grupo que se encarrega do controlo da agenda (burocratas), e da qual o eleitorado terá que escolher um nível de "output" público, usando a estratégia "pegar ou largar", forçam uma escolha superior de "output" público relativamente ao nível desejado pelo votante mediano. Admitindo a existência de referendo com duas opções (uma é a proposta – nível proposto – e outra é o que acontecerá na ausência de aprovação da proposta – nível alternativo), a escolha do nível alternativo será fundamental para que os burocratas ou políticos que estabelecem a agenda (ambos os níveis) vejam aprovado o nível proposto. Se o nível alternativo produzir uma utilidade inferior ao nível proposto pelos burocratas para o conjunto dominante dos eleitores, ainda que ambos os níveis produzam um nível de utilidade inferior ao desejado por esse conjunto dominante dos eleitores (não proposto), vencerá a proposta dos burocratas.

Nas jurisdições que recorrem frequentemente à instituição de decisão definida nos moldes apresentados (referendo com proposta e nível alternativo) o controlador da agenda (burocrata ou político) usa muitas vezes a informação do resultado do referendo, para definir os níveis máximos que se podem propor nas seguintes consultas.

Muitas vezes o nível alternativo é simplesmente o "status quo", o que restringe o poder do burocrata. Isto é, num primeiro período ele pode impor um nível excessivo face à preferência da maioria, mas no referendo seguinte, se as preferências não se tiverem alterado e se o burocrata consagra na nova proposta um nível de intervenção maior, o nível alternativo irá ser escolhido (o nível proposto perde) e o burocrata não consegue continuar a aumentar a dimensão da intervenção pública.

Em suma, as hipóteses do votante mediano e do poder dos burocratas via fixação de agenda tendem a ser compatíveis, uma vez que o nível alternativo, "status quo", pode levar a ajustamentos marginais no nível de despesas ao longo do tempo, de maneira a que o nível actual e o nível preferido pelo votante mediano não se afastem muito. McEarchern (1978), Inman (1978), Lovell (1978), Holcombe (1980), Gramlich e Rubinfield (1982) e Munley (1984) analisaram esta questão empiricamente e concluíram que, para assuntos mensuráveis monetariamente e para as amostras consideradas nos seus estudos, não há diferença significativa entre o nível de gastos proposto pela burocracia e o nível preferido pelo votante mediano.

2.11. *A hipótese da ilusão fiscal*

Os trabalhos iniciais no âmbito desta hipótese remontam a Puviani (1903). Este autor sublinhou a importância da ilusão fiscal para uma teoria positiva da actividade do governo. Assumiu que os cidadãos medem o tamanho do governo pelo tamanho dos impostos que pagam. Uma vez que os cidadãos não estão dispostos a pagar voluntariamente o aumento do Estado, as entidades legislativo-executivas devem aumentar a carga fiscal dos cidadãos sem que eles se apercebam que pagam mais impostos. Se isto acontece, os cidadãos têm a ilusão de que o governo é mais pequeno do realmente é.

Muitos autores defendem que os impostos directos são mais visíveis, indicando que o "excesso" de Estado reside na existência de impostos indirectos. Estes provocam uma espécie de "anestesia fiscal" aos contribuintes que não se apercebem dos montantes globais de carga fiscal. O forte peso dos impostos indirectos nas receitas fiscais nas democracias actuais parece corroborar esta hipótese.

Uma outra fonte de ilusão fiscal, segundo Pommerehne e Schneider (1978), é a complexidade do sistema tributário. Quanto mais complexo é, mais difícil é para o contribuinte aperceber-se dos custos fiscais da intervenção pública.

Buchanan, Tullock e Wagner (1977) publicaram um livro considerado por muitos provocatório onde afirmam que o paradigma de Keynes (exercício da função estabilização pelo Estado) abriu caminho ao financiamento para cobrir défices públicos que são uma fonte adicional de ilusão fiscal impulsionadora de gastos públicos. Barro (1978) recebeu mal este livro e argumentou que os indivíduos têm expectativas racionais, aprendem acerca dos custos futuros e presentes dos impostos ao longo do tempo e não têm sistematicamente percepções enviesadas de indulgência fiscal nos gastos via défice.

Oates (1985) fez uma revisão à literatura existente sobre a ilusão fiscal. Dividiu o argumento que favorece esta hipótese em cinco sub-hipóteses:

1. A carga fiscal é mais difícil de ser percebida pelos eleitores quanto mais complexa é a estrutura de impostos.
2. Os arrendatários não se apercebem tão bem da sua "partilha" de imposto sobre a propriedade como os proprietários de bens imóveis.
3. Aumentos de impostos não derivados de intervenção legislativa são menos percebidos que as alterações que resultam de mudança de legislação.
4. As cargas fiscais futuras implícitas na existência de endividamento por parte do sector público são mais difíceis de avaliar que equivalentes impostos correntes (teste à hipótese da Equivalência Ricardiana).
5. Os cidadãos não fazem uma equivalência entre a recepção de transferências intergovernamentais e um aumento do rendimento de igual montante (teste ao "flypaper effect").

Cada uma destas hipóteses implica uma relação entre a dimensão ou o crescimento do Estado e a variável relevante de ilusão fiscal. Oates (1985) examinou cuidadosamente a contraprova em suporte de cada uma delas e concluiu que:

> "apesar de todos os cinco casos serem hipóteses de ilusão fiscal plausíveis, nenhuma delas detém apoio empírico forte" (Oates, 1985: 26)

Sendo assim, a ilusão fiscal por si só, tal como as outras hipóteses observadas, não fornece uma explicação persuasiva do crescimento do Estado. Não se sabe também até que ponto a ilusão fiscal é algo de passageiro "permitido" pelos eleitores, e depois ajustável, ou um fenómeno permanente.

Roig-Alonso (1999) defende que os contribuintes também sofrem de ilusão quanto aos benefícios da escolha pública, pois muitos dos bens e serviços fornecidos pelo Estado são comuns (colectivos) e as pessoas não se apercebem dos seus benefícios como no caso de "bens próprios". Para este autor a ilusão quanto aos benefícios da intervenção pública poderá anular os efeitos nefastos da ilusão fiscal.

Súmula final

Os modelos referenciados evidenciam a atenção que tem sido dedicada pela ciência económica à Análise Económica das Instituições e da Política. A tal facto não é alheio o forte peso que o Sector Público adquiriu na generalidade das economias desenvolvidas de *mercado* (cerca de 50% do PIB). Este peso tem sido considerado excessivo e vários esforços vêm a ser feitos no sentido da reestruturação de Sector Público. Por outro lado, o sistema político tem sido vítima de descrédito por parte dos eleitores. O grande peso da abstenção na generalidade das eleições é revelador desse problema.

Será que a vontade dos eleitores não conduz a escolha pública?

As decisões em democracia não correspondem às preferências da maioria?

A redistribuição efectuada pelo Estado está a ser orientada para os mais necessitados ou há grupos a beneficiar porque têm grande poder de influência?

Estas e muitas outras questões com elas relacionadas adquirem uma importância crescente num contexto de políticas económicas restritivas quanto ao défice público e sabendo-se que não é possível no futuro um aumento da tributação capaz de suportar um Estado cuja dimensão é dificilmente justificável perante os eleitores.

Os modelos referidos pretendem racionalmente repensar o processo de escolha pública e as instituições que a determinam. A satisfação dos cidadãos passa, naquelas decisões que têm de ser tomadas colectivamente, pela sua credibilidade nas instituições que as tomam. Essa credibilidade seria total se as instituições conseguissem responder plenamente às preferências de cada um. Como será afectada essa credibilidade se as instituições apenas responderem às preferências de minorias?

De acordo com os resultados da literatura da escolha pública conclui-se que haverá ganhos de eficiência institucional em democracia se as instituições forem configuradas de forma a facilitar o acesso à informação por parte dos cidadãos, o que poderá passar pela diminuição da distância institucional entre os decisores e os eleitores e ainda pela simplificação dos processos de decisão. Sabemos porém, desde o resultado de Arrow, que não existem instituições perfeitas na tradução das preferências individuais em escolha social. Isso significa que nunca haverá um sistema perfeito de escolha colectiva. O problema económico que subsiste é a procura do sistema institucional que cria a menor divergência possível entre as preferências individuais e a escolha social.

Bibliografia

AKIN, JOHN E LEA, MICHAEL, 1982; "*Microdata Estimation of School Expenditure Level: An Alternative to the Median Voter Approach*", Public Choice, 1982, vol. 38, n.º 2, pág. 113-128.

ARROW, KENNETH J., 1963; "*Social Choice and Individual Values*", 2.ª ed.., New Haven, Conn.: Yale University Press.

BAHL, ROY JOHNSON, M., 1980; "*State and Local Government Expenditure Determinants: The Traditional View and a New Approach*", Public Employment and State and Local Government Finance, Roy Bahl, Jesse Burkhead and Bernard Jump, Jr. (eds.), Cambridge, MAA: Balinger Publishing Co., pág. 65-119.

BALEIRAS, RUI, 1997; "*Political Economy in Local Governments*", dissertação de Doutoramento em Economia não publicada, Outubro, Lisboa: Universidade Nova de Lisboa.

_____ E SANTOS, VASCO, 2000; "*Behavioral and Institutional Determinants of Political Business Cycles*", Public Choice, vol.104, n.º 1-2, pág. 121-147.

_____ E COSTA, JOSÉ, 2003; "*To Be or Not to Be in Office Again, That is the Question: Political Business Cycles with Local Governments*", European Journal of Political Economy, vol. 20, n.º 3, pág. 655-671.

BARRO, R. J., 1978; "*Comments from an Unresconstructed Ricardian*", Journal of Monetary Economics, 4, August, pág. 569-581.

BECKER, GARY, 1983; "*A Theory of Competition Among Pressure Groups for Political Influence*", Quarterly Journal of Economics, vol. 47, n.º 3, pág. 371-400.

_____, 1985; "*Public Policies, Pressure Groups and Dead Weight Costs*", Journal of Political Economics, 28, n.º 3, pág. 329-347.

BENTLEY, A. F., 1908; "*The Process of Government*", Chicago: University of Chicago Press.

BERNHOLZ, PETER, 1977; "*Dominant Interest Groups and Powerless Parties: The Mere Fact of Organization as a Reason for the Political Influence of Interest Groups*", Kyklos, vol. 30, n.º3, pág. 411-420.

BLACK, D., 1948; "*On the Rationale of Group Decision Making*", Journal of Political Economy, vol. 56, n.º1, pág. 23-34.

BERGSTROM, THEODORE E GOODMAN, ROBERT, 1973; "*Private Demand for the Services of Non-Federal Government*", American Economic Review, 63, June, pág. 280-296.

BORCHERDING, THOMAS E DEACON, ROBERT, 1972; "*The Demand for the Services of Non-Federal Governments*", American Economic Review, 62, December, pág.891-901.

BOWEN, HOWARD, 1943; "*The Interpretation of Voting in the Allocation of Resources*", Quarterly Journal of Economics, vol. 58, n.º 1, pág. 27-48.

BORCHERDING, THOMAS, 1977; *"The Sources of Growth of Public Expenditures in the United States, 1902-70"*, Budgets and Bureaucrats: The Sources of Government Growth, ed. por Thomas E. Borcherding (Durahm, North Carolina: Duke University Press), pág. 45-70.

_____; BUSH, W. E SPANN, R., 1977; *"The effects of Spending of the Divisibility of Public Outputs in Consumption, Bureaucratic Power, and the Size of the Tax – Sharing Group"*, Budgets and Bureaucrats: The Sources of Government Growth, ed.. por Thomas E. Borcherding (Duraham, North Carolina: Duke University Press).

BUCHANAN, JAMES, 1965; *"An Economic Theory of Clubs"*, Economica, vol. 32, n.° 125, pág. 1-14.

_____, 1967; *"Public Finance in a Democratic Process: Fiscal Institutions and the Individual Choice"*, Chapel Hill: University of North Carolina Press

_____ E TULLOCK, GORDON, 1962; *"The Calculos of Consent: Logical Foundations of Constitutional Democracy"*, Ann Arbor: University of Michigan Press.

_____; TULLOCK, GORDON E; WAGNER, RICHARD; 1977; *"Democracy in deficit: The political legacy of Keynes"*; Academic Press, New York.

CLOTFELTER, C. T., 1976; *"Public Spending for Higher Education: An Empirical Test of Two Hypotheses"*, Public Finance, vol. 31, n.° 2, pág. 177-195.

COUGHLIN, PETER; MUELLER, DENNIS E MURRELL, PETER, 1990; *"Electoral Politics, Interest Groups, and the Size of Government"*, University of Maryland Department of Economics Working Paper Series n.° 90 – 12, May, pág. 32.

CRUZ, JOSÉ, 1998; *"Análise Económica da Procura no Mercado Político: Quem Determina as Escolhas Públicas: Eleitores ou Grupos de Interesse?"*, editado por Vida Económica.

_____, 2000; *"O Poder do Votante Mediano e dos Grupos de Interesse na Competição Política: Teoria (Revisão) e Contraprova Empírica para os Municípios Portugueses e Galegos"*, Tese de Doutoramento não publicada, apresentada na Universidade de Santiago de Compostela.

_____, 2004; *"The influence of majority, fiscal illusion, interest groups and ideology in the public choice of Portuguese municipalities"*, "paper apresentado no XXVIII Simposio de Analisis Económico e na conferência anual de 2004 da European Public Choice Society, publicado em CD-ROMs que reúnem as comunicações nos referidos congressos.

CULLIS, JOHN E JONES, PHILIP, 1992; *"Public Finance and Public Choice, Analytical Perspectives"*, Mcgraw – Hill Book Company Europe.

DOWNS, ANTHONY, 1957; *"An Economic Theory of Democracy"*, New York: Harper & Row.

DRAZEN, ALLEN, 2000, *"The Political Business Cycle After 25 Years"*, mimeo, May, Jerusalem: Hebrew University of Jerusalem. Disponível *on-line* em http://www.yale.edu/leitner/pdf/drazen.pdf.

FILIMON, RADU; ROMER, THOMAS E ROSENTHAL, HOWARD, 1982; *"Asymmetric Information and Agenda Control"*, Journal of Public Economics, February 1982, 17, February, pág. 51-70.

FREY, BRUNO, 1971; *"Why Do High Income People Participate More in Politics?"*, Public Choice, vol. 46, n.° 2, pág. 141-161.

_____, 1978, *"Modern Political Economy"*, Oxford, England: Martin Robertson.

GRAMLICH, EDWARD M E RUNBINFELD, 1982; "*Micro Estimates of Public Spending Demand Functions and Tests of the Tiebout and Median Voter Hypotheses*", Journal of Political Economy, vol. 90, n.° 3, pág. 536-560.

GREENE, KENNETH E MUNLEY, VINCENT, 1979; "*Generating Growth in Public Expenditures: The Role of Employee and Constituent Demand*", Public Finance Quarterly, 7, January, pág. 82-109.

HOLCOMBE, RANDALL., 1980; "*An Empirical Test of the Median Voter Model*", Economic Inquiry, vol. 18, n.° 2, pág. 260 – 274.

HOTTELING, H., 1929; "*Stability in Competition*", Economic Journal, vol. 39, n.° 1, pág. 41--57.

INMAN, ROBERT P., 1978; "*Testing Political Economy's "as if" Proposition: Is thr Median Voter Really Decisive?"*, Public Choice, vol. 33, n.° 4, pág. 45-65.

JACKSON, PETER, 1991; "*Modelling Public Expenditure Growth: An Integrated Approach*", The Growth of the Public Sector, Theories and International Evidence, editado por Noerman Gemmell, publicado por Edward Elgar Publishing Limited, Gower House, England.

JONES, PHILIP E CULLIS, JOHN, 1986, "*Is Democracy Regressive? A Comment on Political Participation*", Public Choice, vol. 51, n.° 1, pág. 101-107.

LAFFOND, GILBERT; LASLIER, JEAN FRANÇOIS E LE BRETON, MICHEL, 1994; "*Social Choice Mediators*", The American Economic Review, vol. 84, n.° 2, pág. 448-453.

LANE, R. E., 1966; "*Political Involvement Trough Voting*", Voting, Interest Groups and Parties, B. Seacholes (ed.), Glenview, I11.

LEE, D. R., 1988; "*Politics, Ideology, and the Power of Public Choice*", Virginia Law Review, vol. 74, n.° 2, pág. 191-199.

LOVELL, MICHAEL C., 1978; "*Spending for Education: The Exercise of Public Choice*", The Review of Economics and Statistics, vol. 60, November, pág. 487-495.

MACRAE, DUNCAN, 1977; "*A Political Model of Business Cycle*", Journal of Political Economy, vol. 85 n.° 2, pág. 239-263.

MCEACHERN, WILLIAM A., 1978; "*Collective Decision Rules and Local Debt Choice: A Test of the Median Voter Hypothesis*", National Tax Journal, vol. 31, n.° 2, pág. 129-136.

MCGUIRE, T. G., 1981; "*Budget-maximizing Governmental Agencies: An Empirical Test*", Public Choice, vol. 36, n.° 2, pág. 313-322.

MCKELVEY, R. D., 1976; "*Intrasitivities in Multi Dimensional Voting Models and Some Implications for Agenda Control*", Journal of Economic Theory, vol. 12, n.° 3, pág. 472-482.

MELTZER, ALLAN E RICHARD, SCOTT, 1978; "*Why Government Grows (and Grows) in a Democracy*", Public Interest, vol. 52, Summer, pág. 111-118.

_____, 1981; "*A Rational Theory of Size of Government*", Journal of Political Economy, vol. 89, October, pág. 914-927.

_____, 1983; "*Tests of a Rational Theory of the Size of Government*", Public Choice, vol. 41 n.° 3, pág. 403-418.

MUELLER, DENNIS, 1987; "*The Growth of Government: A Public Choice Perspective*", International Monetary Fund Staff Papers, vol. 34, n.° 1, pág. 115-149.

_____, 1989, "*Public Choice II"*, Cambridge, Cambridge University Press.

_____ E MURRELL, PETER, 1984, *"Interest Groups and the Political Economy of Government Size"*, Public Expenditure and Government Growth, Papers from a Conference, ed. por Frencesco Forte e Alan Peacock, Oxford: Basil Blackwell, pág. 13-36.

_____, 1986, *"Interest Groups and the Size of Government"*,Public Choice, vol. 43, n.° 2, pág. 125-145.

MUNLEY, VINCENT G., 1984; *"Has the Median Voter Found a Ballot Box That He Can Control?"*, Economic Inquiry, vol. 22, n.° 3, pág. 323-336.

MURRELL, PETER, 1984; *"An Examination of the Factors Affecting the Formation of Interest Groups in OECD Countries"*, Public Choice, vol. 43, n.° 2, pág. 151-171.

MUSGRAVE, RICHARD E MUSGRAVE, PEGGY, 1989; *"Public Finance in Theory and Practice"*, 6.ª edição, publicado originalmente em 1959; McGraw-Hill, Book Company.

NISKANEN, WILLIAM, 1971; *"Bureaucracy and Representative Government"*, Chicago: Aldine-Atherton.

_____, 1975; *"Bureaucrats and Politicians"*, Journal of Law and Economics, vol. 18, December, pág. 617-643.

NORDHAUS, WILLIAM, 1975; *"The Political Bussiness Cycle"*, Review of Economic Studies, vol. 42, n.° 2, pág. 169-190.

NORTH, DOUGLASS E WALLIS, JOHN, 1982; *"American Government Expenditures: A Historical Perspective"*, American Economic Review, Papers and Proceedings of the Ninety-Fourth Annual Meeting of the American Economic Association, vol. 72, May, pág. 336-340.

OATES, WALLACE, 1985; *"On the Nature and Measurement of Congestion of Fiscal Illusion: A Survey"*, Working Paper 85-13, College Park: University of Maryland, Departement of Economics, November.

OLSON, MANCUR, 1965; *"The Logic of Collective Action"*, Cambridge: Harvard University Press.

OTT, M, 1980; *"Bureaucracy, Monopoly, and the Demand for Municipal Services"*, Journal of Urban Economics, vol. 8, November, pág. 362-382.

POMMEREHNE, WERNER E FREY, BRUNO, 1976; *"Two Approaches to Estimating Public Expenditures"*, Public Finance Quarterly, vol. 4, n.° 4, pág. 395-405.

_____ E SCHNEIDER, FRIEDRICH, 1978; *"Fiscal Illusion, Political Institutions, and Local Public Spending"*, Kyklos, vol. 31, n.° 3, pág. 381-408.

PUVIANI, AMILCARE, 1903; *"Teoria dell'Illusione Finanziaria"*, 1.ª edição: Palermo 1903, Istituto Editoriale Internazionale.

ROIG-ALONSO, MIGUEL, 1999; "Visibility Estimates of Public Revenue Burden and Public Expenditure Benefit in the European Union Member Countries: Consolidated Central Government", Valencia Universitat, Facultat de Ciencies Economiques I Empresarials.

ROMER, THOMAS E ROSENTHAL, HOWARD, 1978; *"Political Resource Allocation, Controlled Agendas, and the Status Quo"*, Public Choice, vol. 33, Winter, pág. 27-43.

_____, 1979a; *"Bureaucrats Versus Voters: On the Political Economy of Resource Allocation by Direct Democracy"*, Quarterly Journal of Economics, vol. 93, November, pág. 563-587.

_____, 1979b; *"The Elusive Median Voter"*, Journal of Public Economics, vol. 12, n.° 21, pág. 143.170.

_____, 1982; "*Median Voters or Budget Maximizers: Evidence from School Expenditure Referenda*", Economic Inquiry, vol. 20, October, pág. 556-578.
SANTOS, ANA BELA, 1989; "*Horizontal Fiscal Equity: A Theorical Contribuition With an Application to the Portuguese Minicipalities*", dissertação de Doutoramento em Economia não publicada.
SCHATTSCHNEIDER, E. E., 1935, "*Politics, Pressures, and the Tariff*", Englewood Cliffs: Prentice-Hall.
STIGLER, GEORGE, 1975; "*The Citizen and the State*", Chicago, University of Chicago Press.
TRUMAN, D., 1951; "*The Government Process: Political Interests and Public Opinion*", New York: Knopf, 1951.
VEIGA, LINDA E VEIGA, FRANCISCO, 2004; "*Ciclos Político-Económicos nos Municípios Portugueses*", "paper" apresentado na II Conferência do Banco de Portugal, 26 páginas.
WAGNER, R., 1976; "*Revenue Structure, Fiscal Illusion and Budgetary Choice*", Public Choice, vol. 25, Spring, pág. 45-61.

ONEROSIDADE EXCESSIVA
POR "ALTERAÇÃO DAS CIRCUNSTÂNCIAS"

JOSÉ DE OLIVEIRA ASCENSÃO[*]

SUMÁRIO: *1. Rebus sic stantibus, base do negócio, onerosidade excessiva; 2. O voluntarismo e os esforços de correcção dos resultados por via subjectivante; 3. O interesse pela justiça do conteúdo no séc. XX; 4. A base do negócio. A pressuposição, a imprevisão e o erro; 5. A "alteração anormal"; 6. Facto superveniente extraordinário; 7. O pseudo-critério da boa fé; 8. A onerosidade excessiva; 9. Resolução ou modificação do contrato; 10. A modificação; 11. A equidade como critério; 12. A mora do lesado. 13. Conclusões.*

1. *Rebus sic stantibus*, base do negócio, onerosidade excessiva

Partimos da observação de Flume, que a problemática do que se chama em geral a "base do negócio" concerne à relação entre o negócio jurídico e a realidade[1]. Podemos até falar mais vastamente na relação entre o Direito e a realidade, pois aflora aqui o fatal pressuposto de todo o Direito – ancorar na realidade. O Direito não é um ordenamento segregado; tem, como dizemos, "pés de terra". É uma realidade cultural, logo espiritual, mas os seus pilares assentam na ordem realística da sociedade.

Também o negócio jurídico tem pés de terra. Todo o negócio é uma entidade histórica, logo está necessariamente situado. O negócio celebra-

---

[*] Professor Catedrático da Faculdade de Direito de Lisboa.
[1] Werner Flume, *Allgemeiner Teil des Bürgerlichen Rechts*, II, *Das Rechtsgeschäft*, 4.ª ed. (inalterada), Springer, 1992, § 26.3. Não obstante, o autor chega depois a conclusões em que, como veremos, não o acompanhamos.

se por ser aquela a realidade envolvente. Não se faria assim se se vivesse entre esquimós, ou numa economia da direcção central, ou no espaço interestelar...

A realidade histórica que explica o negócio é deste modo intrinsecamente constitutiva da vinculatividade. Não é conteúdo do negócio, porque não pertence ao seu clausulado. Mas é nela e por ela que se negoceia.

Falava-se tradicionalmente em vinculação *rebus sic stantibus*. Contratamos porque as circunstâncias são assim. Daí que a variação destas, nos termos que precisaremos, se repercuta sobre o vínculo assumido.

Na Idade Média isto estava estreitamente associado à prossecução da justiça. Seria injusto manter a vinculação se as circunstâncias se alterassem radicalmente, deixando de a justificar.

Na doutrina e jurisprudência actuais fala-se antes na *base do negócio*. A própria expressão é usada na Código Civil, no art. 252/2, que trata do erro sobre a base do negócio como modalidade de erro sobre os motivos. Remete porém para o art. 437 o regime a aplicar. Neste regula-se a *alteração das circunstâncias em que as partes fundaram a decisão de contratar*.

Apesar da diferença de formulação, "base do negócio" e "circunstâncias em que as partes fundaram a decisão de contratar" (ou de negociar) são exactamente o mesmo. Ambas correspondem à expressão alemã *Geschäftsgrundlage*. São aquelas circunstâncias que levaram as partes comummente a contratar, e a contratar assim[2]. Fazem com que o contrato seja o que é, de modo que o próprio fundamento do negócio caducaria se as circunstâncias fossem diferentes ou sofressem uma modificação essencial.

A discrepância com a realidade pode ser originária e subsequente. Se já existe no momento da celebração do negócio temos a problemática do *erro*, que nos não ocupará. Só nos interessa o que resultar de alteração subsequente das circunstâncias.

A alteração das circunstâncias provoca uma *onerosidade excessiva*. Mas não há correspondência necessária. A onerosidade excessiva pode ser superveniente, mas pode ser também originária; e pode resultar de muitas outras causas, que não constituam vicissitudes da base do negócio[3]. Neste

---

[2] Daí que rejeitemos a afirmação de Menezes Cordeiro (*Da alteração das circunstâncias*, in Estudos em Memória do Prof. Doutor Paulo Cunha, Faculdade de Direito de Lisboa, 1989, 293 e segs., n.º 4), que *base do negócio* é uma fórmula vazia.

[3] Seja o caso da onerosidade excessiva para o devedor da reconstituição natural, que leva a que a indemnização seja fixada em dinheiro (art. 556/1 CC).

estudo da alteração das circunstâncias e seus efeitos sobre o negócio, só nos interessará a onerosidade excessiva como um dos elementos a ponderar quando se trate de determinar o efeito jurídico da alteração de circunstâncias que atinja a base do negócio.

2. O voluntarismo e os esforços de correcção dos resultados por via subjectivante

Por mais persuasiva que se nos apresente a fundamentação do negócio na realidade, ela não podia ser aceite no século da grande viragem, que foi o séc. XVIII.

No seguimento duma evolução secular que parte do voluntarismo (e lança raízes logo no séc. XIII), entra-se numa época caracterizada pela ahistoricidade. O indivíduo, por sua razão, constrói em pura abstracção uma ordem universal. O fundamento do negócio só pode ser encontrado na vontade, pois é produto da "autonomia da vontade". E se o fundamento é a vontade, a variação dos pressupostos torna-se irrelevante. Só vícios da vontade podem pôr em causa aquilo que a soberania da vontade, justamente, determinou.

Dá-se com isto a perda da inserção na realidade. O que é ainda acompanhado pela afirmação radical da inatingibilidade pela mente humana do que é de justiça material. A injustiça do conteúdo não releva juridicamente. A figura tradicional da *lesão* é afastada como instituto jurídico. A posição é reforçada pelo subjectivismo kantiano[4], vindo depois a ser assumida como dogma pelo positivismo.

O fundamento da vinculatividade jurídica é encontrado na vontade, portanto em critérios individualistas e subjectivos. *Pacta sunt servanda* passa a ser a chave da validade e eficácia dos contratos. Os negócios, tal como as leis ou os tratados, produzem efeitos porque foram queridos. Deixa de interessar o conteúdo dos contratos, ou o objecto da vontade, ou a matéria regulada, fora de específicas e contadas previsões legais. Não importa o que se escolheu, importa apenas que tenha havido liberdade de escolha. Por isso, naqueles limites muito amplos, a impugnação do negó-

---

[4] Que conflui afinal com o enciclopedismo, não obstante pontos de partida gnoseológicos muito diferentes.

cio só poderia ser referida à própria vontade e não a qualquer desequilíbrio do conteúdo, originário ou superveniente[5].

Este entendimento favoreceu a expansão da sociedade industrial nascente. Mas as suas consequências nocivas tornaram-se patentes logo a partir do início do séc. XIX. Em todos os planos, desde o internacional ao político, até ao negocial, que é o que nos interessa, o mais forte pôde impor o seu arbítrio.

Perante a evidência dos excessos, procuraram-se formas de os conter com recurso a instrumentos constantes já das ordens normativas. Essas tentativas tinham porém um limite, dentro dos pressupostos da época: só podiam ser de índole subjectiva, porque só poderiam assentar em defeitos do consentimento. Mas os instrumentos legalmente disponíveis, como o erro, eram claramente insuficientes. Por isso se ensaiaram com o tempo novas construções, quer para obstar ao desequilíbrio originário, quer ao superveniente, que aqui nos ocupa.

Assim surgem neste domínio específico, como teses explicativas, a:

– pressuposição
– imprevisão
– base do negócio

Todas elas procuram uma justificação subjectiva para enfrentar a alteração anormal das circunstâncias. Incluindo a teoria da base do negócio que, embora susceptível de uma formulação objectiva, foi apresentada por Oertmann com cariz subjectivista, para conseguir passaporte perante os dogmas dominantes: assentava numa representação duma parte, reconhecida pela outra.

A par disso, face às dificuldades experimentadas por estas construções, tentaram-se explicações que assentavam no desenvolvimento de cláusulas gerais, como a boa fé e a confiança. Eram toleráveis ao tempo porque despertavam uma impressão subjectivante: boa fé e confiança são originariamente estados pessoais. Mas permitiam um trânsito encapotado para apreciações objectivas. Simplesmente, a exagerada extensão que deste modo se lhes atribui tira-lhes afinal explicatividade, como adiante se verá.

---

[5] Ainda hoje Flume, *Das Rechtsgeschäft* cit., § 1.6 *a*, considera mesmo que é contraditório afirmar que o negócio é justo ou injusto.

3. O interesse pela justiça do conteúdo no séc. XX

No virar para o séc. XX eram já evidentes em numerosos sectores da ordem jurídica distorções que se traduziam na injustiça das situações jurídicas criadas. Multiplicaram-se os esforços para lhes encontrar remédio, com novas propostas de solução. Porém, foram sempre quanto possível apresentadas com roupagem subjectiva.

Assim se passou, entre outros, nos seguintes institutos:

– contrato de adesão
– abuso do direito
– cláusulas negociais gerais[6]
– cláusulas abusivas
– usura
– lesão
– redução da cláusula penal (ou pena convencional)

É dentro deste panorama que se insere a revisão ou resolução do contrato por alteração anormal das circunstâncias.

Na parte final do século tornou-se também particularmente importante o contributo do Direito do Consumidor[7]. Mas não há um nexo incindível: a relevância da alteração das circunstâncias surgiu e continua a apresentar-se em muitos países como Direito comum. Por isso não nos ocupará a análise específica da problemática do consumidor, limitando-nos a observar que o Direito do Consumidor coadjuvou na criação dum ambiente favorável à expansão do instituto.

Como em Portugal há lei especial sobre a matéria (os arts. 437-439 CC) fica superado o objectivo principal que animou aquelas teorias: encontrar uma saída para situações de injustiça do conteúdo, quando a lei

---

[6] Para o efeito de determinar as que eram proibidas e nulas.

[7] Assim, o Código de Protecção e Defesa do Consumidor brasileiro, no art. 6 V, integra entre os direitos do consumidor:
– a modificação das cláusulas contratuais que estabeleçam prestações desproporcionais
– a revisão dessas em razão de factos supervenientes que as tornem excessivamente onerosas.

No segundo caso, temos uma previsão legal da alteração das circunstâncias, que funciona com o único pressuposto de ter provocado uma onerosidade excessiva para o consumidor.

não dava nenhuma abertura. Havendo lei específica, o que importa não é já debater teses cujo enquadramento era totalmente diverso, é explicar o sistema da lei portuguesa.

Perante isto, limitamo-nos a apreciar brevemente a insuficiência das teorias inicialmente apresentadas e que foram (antes da da base do negócio) as que tiveram impacto dogmático mais forte: as da pressuposição e da imprevisão.

4. A base do negócio. A pressuposição, a imprevisão e o erro

De facto, as tentativas anteriores, presas do império da autonomia da vontade e sem lei em que se apoiassem, buscaram fundamentações subjectivistas que não eram racionalmente convincentes.

Windscheid formulou a teoria da *pressuposição*, como "condição não desenvolvida". O negócio estaria sujeito à pressuposição dum determinado estado de coisas, desde que a pressuposição fosse reconhecível pela outra parte. Mas nunca conseguiu ultrapassar o espectro de se tratar de uma inadmissível *condição tácita*, como tal elevada pelas partes a elemento subordinante do negócio. Embora sustentasse que isso não aconteceria com a pressuposição.

A teoria da *imprevisão* encontra o defeito subjectivo na falta de previsão pelo agente da evolução havida. Apesar da voga relativa que alcançou e até de consagrações legislativas limitadas, como no respeitante a empreitadas de obras públicas, não tinha base credível, pois o engano na previsão não é um vício da vontade.

Carvalho Fernandes, ainda na vigência do Código de Seabra, tentou um entendimento objectivista, que dispensaria o requisito subjectivo da imprevisibilidade[8] mas em que esta ainda surgiria como um dos aspectos da essencialidade da alteração (n.° 51). O autor dá assim da teoria uma noção muito englobante[9].

Embora se tenha tornado supérfluo, poderia realmente adoptar-se um entendimento objectivo de imprevisão, que permite reconduzir o que hou-

---

[8] *A Teoria da Imprevisão no Direito Civil Português* – reimpressão, Quid Juris, 2001, n.° 47.

[9] Note-se que na mesma obra, na reimpressão de 2002, o autor incluiu uma "Nota de Actualização" em que mantém a construção e debate desenvolvidamente quer a situação antecedente quer a actual.

vesse de útil naquela teoria à lei actual. A imprevisibilidade passa a ser uma característica objectiva do acontecimento, que leva a que escape da normalidade; não depende da contingência histórica de as partes terem ou não previsto. Neste sentido o facto superveniente que está na base do instituto deve ser sempre um facto imprevisível, porque o seu carácter extraordinário impediu que tivesse sido tomado em conta.

Como dissemos, a discrepância entre o negócio e as circunstâncias em que as partes fundaram a decisão de contratar pode ser:

– originária
– superveniente

Se logo na celebração do negócio as partes se baseiam numa situação que não é real, temos um erro, na subespécie de um erro sobre a base do negócio.

Tecnicamente, o erro sobre a base do negócio é ainda um erro sobre os motivos, porque essas circunstâncias se reflectem no espírito do agente como motivos, mesmo que implícitos[10].

Suscita-se por isso a problemática do regime deste erro. Até porque o erro sobre a base do negócio está na origem da discussão sobre a possibilidade da revisão do contrato.

Aplicar o regime geral do erro sobre os motivos não reflectiria a importância desta matéria, pois o erro sobre os motivos tem escasso espaço de relevância.

O Código Civil prevê o erro sobre a base do negócio a propósito do erro sobre os motivos no art. 252/2, mas subtrai-o ao regime deste erro ao remeter para o disposto a propósito da modificação ou resolução do contrato por alteração das circunstâncias[11].

---

[10] Particularmente ao relacionamento do erro e alteração das circunstâncias é dedicado o estudo de A. Pinto Monteiro, *Erro e teoria da imprevisão*, in "Il Nuovo Codice Civile Brasiliano", coordenação de Alfredo Calderale, Giuffrè, 2003, 65 e segs. O autor acentua correctamente que o erro sobre a base do negócio seria um mero erro sobre os motivos, se não houvesse disciplina particular, e que se a parte se enganar na previsão duma evolução subsequente não está em erro, porque não há erro sobre o futuro.

[11] Abrange com isso a nosso ver, não só os pressupostos, mas os próprios efeitos jurídicos estatuídos. Cfr. o nosso *Direito Civil – Teoria Geral III – Relações e Situações Jurídicas*, Coimbra Editora, 2002, n.° 96 II.

5. A "alteração anormal"

Não é este porém o nosso tema. Devemos apenas indagar o que respeita à alteração das circunstâncias resultante de factos supervenientes.

Na base está efectivamente uma alteração das circunstâncias em que as partes fundaram a decisão de contratar.

O art. 437 CC respeita aos contratos de execução continuada ou diferida. Baseia-se essencialmente em três factores:

- os termos contratuais sofreram uma alteração anormal
- em virtude de factos supervenientes
- extraordinários e graves.

A qualificação dos acontecimentos como extraordinários e graves é nuclear e deverá ser seguidamente objecto de cuidadosa análise.

O art. 437 CC exige que "não esteja coberta pelos riscos próprios do contrato"[12].

Não esteja coberta, o quê? Qual o sujeito da oração? Por conexão próxima seria a exigência das obrigações, mas não é decerto esta exigência que não é abrangida pelos riscos próprios do contrato. A frase só pode referir-se à "alteração anormal", e assim a retomaremos no número seguinte.

Por outro lado, a frase final permite relacionar esta matéria com a do *risco*. A verificação de riscos que sejam próprios do contrato não basta para justificar a resolução ou modificação por onerosidade excessiva.

Esta conexão não poderia deixar de se considerar implícita. Não é anormal o que está dentro dos riscos normais do contrato[13].

6. Facto superveniente extraordinário

O facto gerador, como dissemos, é para o art. 437/1 a "alteração das circunstâncias". Essa alteração atinge a base do negócio, portanto aquelas circunstâncias em que as partes fundaram (comummente, quanto a nós) a decisão de contratar.

---

[12] Veja-se também o art. 1198 do Código Civil argentino.

[13] Mesmo assim, não se deve dissolver logo esta matéria na temática comum do risco, que repercute outros pontos de vista. Já para Flume, *Das Rechtsgeschäft* cit., § 26.3, a questão reconduzir-se-ia a determinar quem suporta o risco da realidade.

A alteração das circunstâncias é por seu lado produto dum facto superveniente. Pelo que ocorre qualificar devidamente esse facto e a alteração que produz.

As circunstâncias alteram-se incessantemente. Para que uma alteração seja relevante tem de passar pelo crivo da repercussão sobre a base do negócio.

O elemento fundamental do art. 437/1 consiste na referência a essas circunstâncias terem sofrido uma **alteração anormal**.

Por si, é pouco esclarecedor. Muitos factos podem trazer alterações: quando são "anormais"? Na multidão das vicissitudes do dia a dia, quais provocarão os efeitos da resolução ou modificação do contrato?

É preciso recorrer a outros trechos do artigo para alcançar esclarecimento.

Na parte final do n.º 1 aparece o texto: "e não esteja coberta pelos riscos próprios do contrato". Vimos que o que pode estar ou não coberto pelos riscos do contrato é a alteração anormal.

Temos aqui um esclarecimento essencial. A alteração é anormal quando não estiver coberta pelos riscos próprios do contrato. Regressa assim a temática do risco.

Isto significa que uma alteração é anormal quando provoque uma alteração *extraordinária* das circunstâncias[14]. Qualquer outro tipo de alteração que não mereça a mesma qualificação não pode ser considerada anormal. Só o que ultrapassar os riscos que foram assumidos representa para o art. 437 uma alteração anormal.

Isto deverá ser relacionado com o que anteriormente dissemos sobre o entendimento possível da imprevisibilidade. Se a imprevisibilidade fosse tomada subjectivamente seria inaceitável.

Pode, quando celebro um contrato em Lisboa, ocorrer-me a eventual superveniência dum terremoto arrasador, porque Lisboa se encontra em zona sísmica. O terremoto alteraria os termos da execução do contrato. Mas nem por isso deixa de ser um acontecimento imprevisível. O que interessa é a imprevisibilidade objectiva: não se pode até hoje prever e levar em conta a superveniência dum terremoto.

Pode-se por isso acrescentar que a alteração *anormal* é a alteração extraordinária e imprevisível.

---

[14] O temporal que destroça a recepção da boda não constitui uma alteração anormal das circunstâncias.

Por outro lado, o facto de se recorrer à previsão legal do risco para caracterizar a alteração anormal não deve levar a concluir que o instituto não pode ser aplicado no domínio dos contratos **aleatórios**.

É verdade que se o contrato é aleatório a parte aceitou o risco. Mas a alteração das circunstâncias funciona mesmo no domínio dos contratos aleatórios, porque o que estiver para lá do risco tipicamente implicado no contrato pode ser relevante.

Assim, quem joga na bolsa está sujeito aos riscos da oscilação das cotações. Mas já a paralisação das bolsas é uma ocorrência extraordinária, que pode levar à revisão ou modificação dos negócios por alteração das circunstâncias[15]. Há em todo o caso a alteração anormal das circunstâncias que é o fundamento deste instituto.

E, na sequência desta ideia, também os contratos *gratuitos*, ou mistos com liberalidade, podem ser atingidos.

O que interessa é que a equação económica do negócio, tal como foi querida pelas partes, seja quebrada.

Parte-se do princípio que a desproporção entre vantagens e sacrifícios foi livremente querida, dentro do exercício normal da autonomia privada. Não há aqui nenhuma onerosidade injusta. Mas é esse equilíbrio voluntário que pode ser posto em causa por uma alteração anormal. Neste caso, a base do negócio é rompida.

Assim, uma permissão gratuita de uso dum imóvel pode ser revista ou resolvida se circunstâncias extraordinárias tornarem excessivamente onerosa para o concedente a manutenção do vínculo.

A equação económica deve ser posta a salvo. Quando circunstâncias extraordinárias a desfigurarem, o instituto funciona, quer o contrato seja oneroso quer seja gratuito.

7. O pseudo-critério da boa fé

Os intérpretes alemães que desenvolveram este instituto procuraram fundamentá-lo no princípio geral da boa fé[16], dada a inexistência de apoio legal.

---

[15] Da mesma forma, uma aposta sobre o resultado dum jogo de futebol sofre o impacto do acontecimento extraordinário da queda do avião em que era transportada a equipa e da morte de todos os jogadores, sendo substituídos por jogadores de segunda linha.

[16] Cfr. sobre este ponto Judith Martins-Costa / Gerson Luiz Castro Branco, que versam a boa fé e o equilíbrio contratual, in *Directrizes teóricas do Novo Código Civil Brasileiro*, Saraiva, 2002, 210 e segs..

O art. 437/1 do Código Civil, consagrando a relevância da alteração anormal superveniente das circunstâncias, condiciona-a a que a exigência das obrigações assumidas pela parte lesada afecte gravemente os princípios da boa fé.

Ainda hoje, em ordens jurídicas que elevaram a alteração das circunstâncias a instituto legal, se continua a referir como fundamento a boa fé[17].

O fundamento na boa fé foi um expediente dos intérpretes germânicos, na ausência de previsão legal. Mas em rigor era mesmo um expediente[18].

Pelo art. 437/1 CC, o vício estaria em **exigir** o cumprimento. É desfocar a questão. Se se tem direito, exigir é um acto correcto. A questão é prévia, reside no próprio conteúdo material da vinculação, que ficou abalado pelas consequências da alteração anormal.

A boa fé foi trazida para fora do seu âmbito próprio. No plano objectivo, a boa fé traduz-se em regras de conduta. Mas aqui não se traçam regras de conduta, faz-se uma valoração do conteúdo, tomado por si[19].

Continuar a recorrer à boa fé havendo preceito legal, é anacrónico. Mantém-se como explicação actual o que foi um mero expediente. Não se regula a conduta, valora-se directamente o conteúdo, e é em decorrência de este merecer apreciação negativa que se chega à impugnabilidade da relação, no sentido da resolução ou modificação desta.

Seria bom que os intérpretes não caíssem na tentação fácil de repetir acriticamente uma construção que nada hoje sustenta. O que está em causa é, directamente, o gravame ao equilíbrio ou justiça do conteúdo.

---

[17] Não o faz o novo Código Civil brasileiro e procede melhor, como veremos de seguida.

[18] Nota Flume que não se ganha nada com o recurso à boa fé: sendo óbvio que se deve sempre proceder segundo a boa fé, a questão consistiria antes em saber qual a solução que a esta corresponde. *Das Rechtsgeschäft* cit., § 26.3.

[19] Cfr. sobre esta matéria o nosso *Cláusulas contratuais gerais, cláusulas abusivas e boa fé* cit., n.º 9. Veja-se a posição análoga de Perlingieri, *Equilibrio normativo e principio di proporzionalità nei contratti*, in Rev. Trimestral de Dir. Civil, 3/12, Out-Dez/02, 131-151 (146), embora o A. não verse especificamente a alteração de circunstâncias. O princípio normativo, diz, é o da proporcionalidade: a boa fé valeria quando muito como um correctivo na aplicação da proporcionalidade. Pensamos que a proporcionalidade corresponde ao equilíbrio contratual; pode porém ter a vantagem de esclarecer situações em que há um elemento de liberalidade, pois o equilíbrio de que se parte não é o da igualdade, é o autonomamente estabelecido pelas partes. Cfr. também *infra*, n.º 10.

8. A onerosidade excessiva

Porém, se a referência à boa fé é espúria, o trecho em que se contém não deixa de ter um significado relevante para a questão que nos ocupa: a caracterização da alteração anormal.

É que não basta qualquer alteração extraordinária para desencadear a aplicação do instituto. Pode uma alteração ser extraordinária e não revestir gravidade que o justifique. Um facto superveniente (como um sismo) representa uma alteração extraordinária mas pode, para a concreta relação, não revestir particular gravidade. Pode provocar a queda da chaminé de casa que o empreiteiro constrói, mas isso não implica que o contrato deva ser resolvido ou modificado.

A alteração anormal é assim, não apenas a alteração extraordinária e imprevisível, mas ainda a alteração que desequilibra uma relação com particular intensidade. É este afinal o conteúdo útil do art. 437/1, ao prever que a exigência das obrigações afecte *gravemente* os princípios da boa fé. A "exigência" e a "boa fé" vêm a despropósito, como vimos, mas a "gravidade" não. Só uma alteração significativa, grave portanto, leva a reconsiderar os termos do contrato.

A alteração anormal é, não só a alteração extraordinária e imprevisível, como também uma alteração que afecta gravemente, manifestamente, a equação negocialmente estabelecida.

Este factor permite-nos ainda distinguir a alteração das circunstâncias prevista no art. 437 de outras situações em que a lei dá igualmente relevo a uma alteração, mas sem exigir o mesmo carácter extraordinário e grave.

Tomemos o art. 567/2 CC, relativo à indemnização em renda: "Quando sofram alteração sensível as circunstâncias em que assentou, quer o estabelecimento da renda, quer o seu montante ou duração, quer a dispensa ou imposição de garantias, a qualquer das partes é permitido exigir a correspondente modificação da sentença ou acordo".

Aqui a lei exige apenas uma alteração *sensível*. É algo menos que a "alteração anormal" do art. 437, porque não tem de ser extraordinária nem grave. O contexto em que surge, que é relativo à fixação da indemnização a cargo do responsável, permite que a alteração das circunstâncias releve a um nível muito menos exigente, que a lei exprime através do recurso ao qualificativo *sensível*. Não basta toda e qualquer alteração, mas também não tem de representar a alteração anormal que desencadeia a aplicação do art. 437.

Com isto se desenha a figura da *onerosidade excessiva*, como a resultante da alteração anormal.

Esta figura, embora não referida expressamente nos arts. 437 a 439 CC, não é desconhecida da ordem jurídica portuguesa. É assim que o art. 566/1 CC dispõe que a indemnização será fixada em dinheiro se a reconstituição natural for excessivamente onerosa para o devedor. Na mesma linha, o art. 1221/2, em matéria de empreitada, exclui o direito de o dono da obra exigir a eliminação dos defeitos ou nova construção, se as despesas forem desproporcionadas em relação ao proveito. E é ainda a ideia da onerosidade excessiva que está na base da previsão de numerosas cláusulas negociais gerais relativamente proibidas.

Seria incorrecta uma leitura literal da "cláusula" *rebus sic stantibus* que leve a sustentar que qualquer modificação da base do negócio ou qualquer onerosidade daí derivada confere a faculdade de resolver ou modificar o negócio.

Nenhum princípio jurídico é um absoluto. Não o é mesmo um princípio com uma justificação material tão sólida como o princípio *rebus sic stantibus*. Terá pelo menos de sofrer a concorrência de outros princípios, igualmente indispensáveis para a ordem social, que exigem uma conciliação.

Neste caso há que contar com a exigência da certeza ou segurança jurídica.

Tornar-se-ia impossível a vida jurídica se todos os negócios pudessem ser revistos, ao sabor das alterações da realidade subjacente, que incessantemente evolui. Mesmo que essas alterações sejam alterações extraordinárias. A vida jurídica exige estabilidade.

Na progressão, nenhum sistema judiciário poderia suportar a avalancha de processos que surgiriam. Não é desejável a judicialização da vida corrente: só casos patológicos devem ser trazidos a juízo. A segurança jurídica obsta a que sobre todas as relações da vida paire a ameaça de apreciação judicial, por invocação de alteração de circunstâncias.

A ordem jurídica traduz exuberantemente esta constrição: só admite intervenções fundadas na desproporção ou injustiça do conteúdo em casos em que o desequilíbrio seja manifesto. Embora as fórmulas legais variem consoante os institutos em causa, o núcleo está claramente definido.

9. Resolução ou modificação do contrato

Havendo alteração anormal, com a inerente onerosidade excessiva, a lei atribui à parte lesada o direito de requerer a resolução ou modificação do contrato (epígrafe da subsecção e arts. 437 e 438 CC). O efeito não é pois automático.

A onerosidade sobrevinda atinge necessariamente uma parte. Mas não pertence à essência da figura que a alteração atinja apenas uma das partes, em benefício da outra. Podem ser ambas atingidas, se a base em que comummente assentaram o negócio for alterada.

Pactua-se a prestação de um transporte. Afinal a estrada a que as partes implicitamente associaram a execução vem a ficar bloqueada por desabamento de terras. O serviço só pode fazer-se por estradas secundárias, com grandes desvios e maiores despesas.

Ambas as partes são atingidas nos seus cálculos. O transportador, porque teve em vista um percurso directo e curto. O cliente, porque teve em vista um preço e um tempo, e não os acréscimos a que o desvio obrigaria.

Isto mostra que não há necessariamente uma parte prejudicada e outra beneficiada. Há uma alteração anormal da base do negócio, base que é comum; portanto ambos são atingidos. Qual a consequência, só pode resultar da solução que a ordem jurídica trouxer para o caso, e portanto das regras de cálculo da nova equação económica que estabelecer.

Assim sendo, qualquer deles tem em abstracto legitimidade para requerer a resolução ou modificação do contrato.

Pode mesmo a resolução ser a única saída possível.

Recordemos o *caso da coroação*, que acompanhou sempre a reflexão sobre esta matéria. Se se alugam janelas para assistir à passagem dum cortejo real e afinal o cortejo segue outro trajecto, *quid iuris*?

A prestação é possível, mas a base do negócio foi comummente a passagem do cortejo. Se o trajecto for modificado, há óbvia alteração anormal das circunstâncias. A solução só pode ser a resolução do contrato. Não adiantam modificações, como a consistente na redução do preço: o negócio perdeu irremediavelmente a sua base, pelo que apenas resta a resolução.

A parte que impugna não tem direito à resolução: o seu pedido pode ser prejudicado pela outra parte, ao aceitar a modificação segundo juízos de equidade (art. 437/2). Mas o preceito incorrerá possivelmente num excesso de expressão, por ser demasiado absoluto. Cabe a resolução como solução única se em consequência da alteração anormal uma parte perder o interesse objectivo no contrato. No exemplo que demos acima, o transportado perde interesse na deslocação, pelo que só a resolução resta. O art. 437/2 tem assim de entender-se sempre sujeito a este limite, embora silenciado pela letra.

Por isso também, pode ocorrer a hipótese inversa: ser pedida a modificação e a outra parte requerer a resolução do contrato.

O art. 437/2 não o contempla. Mas temos de entender que é admitido. Não pode ser imposto a ninguém um contrato alterado que esteja substancialmente fora daquilo que aceitou. Nem sendo o contrato inválido isso seria possível: a lei baseia-se então na vontade tendencial das partes, nos arts. 292 e 293. Também aqui, se a outra parte não aceitar uma modificação substancial, terá de ser decretada a resolução[20].

No que toca ao regime da resolução, o art. 439 remete expressamente para a subsecção anterior (que regula a resolução em geral).

Já se afirmou que a resolução é um caso limite de modificação, mas sem razão. É substancialmente diverso. A possibilidade de impor um contrato modificado, que é excepcional, tem fundamento na injustiça objectiva do contrato, que há que corrigir.

Também se procurou fundar o instituto no enriquecimento injustificado da outra parte. Mas não é aceitável, porque a lesão duma parte pode não ter contrapartida em enriquecimento da outra.

A questão mais grave consiste porém em saber se a resolução, a ocorrer, é retroactiva.

A resolução é em princípio retroactiva (art. 434/1 CC). Mas o mesmo preceito acrescenta: "salvo se a retroactividade contrariar a vontade das partes ou a finalidade da resolução". Não vemos que nenhuma destas previsões tenha aplicabilidade, pelo menos de modo significativo.

Poderia pensar-se que a solução estaria no recurso aos juízos de equidade, previstos no art. 437/1 CC. Mas estes só abrangem a modificação. Não há abertura para uma resolução que se submeta a um regime moldado por juízos de equidade.

Temos ainda o art. 434/2, que prevê contratos de execução continuada ou periódica. A resolução não abrange as prestações já efectuadas,

---

[20] Contra Carvalho Fernandes, *Imprevisão* cit., 299-300. Observe-se que só temos em conta uma modificação substancial. Por outro lado aplicamos este mesmo esquema à hipótese de invalidade por erro sobre a base do negócio: pedida a modificação substancial, a contraparte pode requerer a anulação.

salvo se houver um nexo entre elas e a causa de resolução. O preceito não tem aplicabilidade, ao menos geral, à resolução resultante de alteração de circunstâncias.

A questão agrava-se por neste caso a retroactividade se poder referir:
– à celebração do contrato
– à alteração superveniente.

Esta segunda hipótese resulta de a resolução poder ser pedida apenas em momento posterior à alteração sobrevinda.

Aparentemente, a retroactividade seria justificada, pois permitiria reparar melhor as incidências negativas de alteração das circunstâncias. Mas a solução contrária é preferível, porque doutro modo agravaria frequentemente a situação da contraparte, colocando-a perante alterações retroactivas que lhe seriam gravosas. É imputável ao lesado que o passado fique eventualmente por reparar, uma vez que poderia ter pedido a resolução ou a modificação antes e não o fez.

Resta então a hipótese de a resolução retroagir ao momento inicial do contrato. A alteração das circunstâncias representará uma justa causa de resolução, e isso falaria no sentido da retroactividade. Mas não se vê que uma alteração *superveniente* tenha como consequência adequada a retroactividade, pois o passado não é posto em causa. Só poderá pensar-se em retroactividade, por analogia com o art. 434/2, quando o contrato perder o seu sentido se for cindido da execução futura. Então será possível a retroactividade mas ainda assim com todas as cautelas indispensáveis, de maneira a corresponder à diversidade das situações contratuais que possam ocorrer[21].

10. A modificação

Nos casos em que, quer a resolução quer a modificação são viáveis, haverá alguma hierarquia entre os processos previstos? Pareceria que a modificação deveria preferir à resolução, pelo princípio do *favor negotii*.

---

[21] Note-se que Vaz Serra, *Resolução ou modificação do contrato por alteração das circunstâncias* cit., n.º 371, propôs a retroactividade como solução geral, mas restringindo a restituição das prestações já feitas aos limites do enriquecimento sem causa.

Mas o art. 437/2, dispondo que, requerida a resolução, a parte contrária pode opor-se, aceitando a modificação, força à conclusão contrária.

Resulta da lei que a modificação do negócio é a solução preferida, mas não é uma solução imposta. Só no caso do art. 437/2 a modificação pode ganhar prevalência, embora a parte que tomou a iniciativa tenha pedido a resolução; mas mesmo aí com as ressalvas que tivemos oportunidade de anotar.

A modificação, na falta de acordo das partes, deverá ser determinada pelo juiz. Isso implica uma reposição económica do equilíbrio contratual visado pelas partes, que foi quebrado pela alteração anormal das circunstâncias.

O equilíbrio visado não representa necessariamente uma repartição igualitária de vantagens e encargos. Isto porque o negócio pode ter elementos de liberalidade[22]. A alteração anormal atinge nesse caso a equação pretendida, que será necessário reconstituir mas agora recorrendo a elementos diferentes. O negócio prosseguirá então o mesmo grau de liberalidade em termos renovados.

Este reajustamento económico só pode ser obtido pelo recurso à equidade. Há que atender ao circunstancialismo concreto, após a alteração anormal, para encontrar o novo equilíbrio que corresponda de modo renovado à regulação inicial das partes. Por isso o art. 437/2 prevê expressamente a "modificação segundo juízos de equidade".

Podemos distinguir uma modificação do contrato de natureza:

– quantitativa
– qualitativa.

1) Modificação quantitativa

A onerosidade excessiva pode satisfazer-se com uma modificação quantitativa: é o caso mais simples. Seja a redução do preço, por exemplo, ou a limitação das quantidades a prestar.

A modificação quantitativa pode ainda realizar-se através da supressão de cláusulas. É hipótese também compreendida na redução do negócio inválido (art. 292 CC), igualmente aplicável em caso de onerosidade excessiva.

---

[22] Cfr. *supra*, n.º 6. Recorde-se também o que aí dissemos sobre a aplicabilidade do instituto aos contratos aleatórios.

2) Modificação qualitativa

A modificação qualitativa consiste na mudança do teor de cláusulas, além da mera alteração de quantidades.

A lei abrange esta modificação, mas a requerimento da parte, no art. 437/2. Poderá o juiz decretá-la por si ou só a requerimento de quem se sentir lesado?

Não cremos que isso seja possível, no estado actual. Uma cláusula tem sempre fundamento na autonomia privada. Pode ser suprimida ou modificada quantitativamente, sem o consenso da parte, mas não pode sem o assentimento dela ser introduzida uma cláusula nova.

Somos assim de parecer que a modificação qualitativa duma cláusula só é possível nos casos previstos por lei ou com o consentimento da outra parte. Não pode ser imposta.

11. A equidade como critério

O art. 437/1 CC prevê a resolução do contrato, ou a modificação *segundo juízos de equidade*.

Sabe-se que a equidade não é critério de aplicabilidade universal, só podendo ser usada quando a lei, directa ou implicitamente, para ela remeter. Flume considera mesmo como defeito do instituto da alteração das circunstâncias fazer-nos cair na equidade.

Será aceitável o critério da equidade?[23]

Pensamos que o recurso à equidade é efectivamente forçoso. Se o que desencadeia o processo é uma alteração anormal das circunstâncias, há que examinar o circunstancialismo em que ocorre, pois este condiciona qualquer solução.

A decisão baseada na consideração das circunstâncias do caso, mais que em padrões genéricos de conduta, é a solução pela equidade. A equidade é, na definição clássica nunca superada, a justiça do caso concreto. Só a análise das circunstâncias do caso concreto permite chegar à solução justa[24].

---

[23] Cfr. o nosso *O Direito – Introdução e Teoria Geral*, 13.ª ed., Almedina, 2005, n.º 130.

[24] Como o preceito contempla, quer a boa fé, quer a equidade, Menezes Cordeiro afirmou que a boa fé prevaleceria sobre a equidade: *Da Boa Fé no Direito Civil*, II,

O art. 437/1 é assim apenas manifestação dum princípio geral. Não se pode chegar a uma revisão de um contrato por critérios generalizadores, que não têm base legal. As circunstâncias do caso são determinantes. Também a correcção do valor duma prestação não é bitolada, é a correcção quanto possível, à luz das circunstâncias do caso concreto[25].

Vemos que desta sorte se não infirma, antes se confirma, que a questão respeita à justiça do conteúdo. É de justiça que se trata; mas de justiça do caso concreto, portanto de equidade.

12. A mora do lesado

O art. 438 CC exclui a resolução ou modificação do contrato se a parte lesada estava em mora no momento em que a alteração das circunstâncias ocorreu.

A ser entendida literalmente, a disposição poderia ser de todo injusta. Alguém que estivesse vinculado a prestações sucessivas e se atrasasse numa poderia só por isso ter de arcar com as consequências duma alteração radical das circunstâncias.

Há que procurar a *ratio* do preceito. Esta é clara: se nenhuma anomalia teria surgido caso o contrato tivesse sido pontualmente cumprido e só assim não aconteceu em consequência da mora de quem agora invoca a lesão, a transgressão praticada exclui que possa beneficiar do instituto.

Mas sendo assim há que distinguir, das restantes hipóteses, aquelas em que a mora é causal para que a relação fique desequilibrada com a alteração das circunstâncias.

Decerto que a parte não pode invocar em seu benefício a alteração das circunstâncias se a sua mora foi causal para que aquela relação fosse atingida por essa alteração; quando portanto, se tivesse cumprido, a relação estaria já extinta.

Almedina, 1984, n.º 102 II. Consideramos pelo contrário que a boa fé é no preceito um *flatus voci* e que o efeito de reajustamento pretendido, ainda que a lei o não previsse, só poderia ser obtido mediante o instrumento propiciador de justiça individualizada que é a equidade, expressamente reclamado por lei.

[25] Pensamos mesmo que não é só a modificação ou revisão que está dependente da avaliação das circunstâncias, mas também a própria resolução do contrato. São as circunstâncias que determinam se deverá a alteração ser relevante e, caso seja esse o caminho legal, se deve haver resolução ou modificação.

Pelo contrário, a parte pode prevalecer-se da alteração das circunstâncias que teria sobrevindo de qualquer modo e actuado sobre o contrato, houvesse ou não mora.

Doutra maneira, a exclusão da relevância da alteração das circunstâncias só por haver mora do lesado seria injusta, por ser desproporcionada. A lei estabelece sanções próprias para a mora, que não abrangem na sua teleologia a exclusão da invocação da alteração das circunstâncias.

Imaginemos que uma empresa se obriga à reparação dum navio. Atrasa-se seis meses em relação ao prazo a que se comprometera. Já no período de mora, desencadeia-se uma guerra que atinge o país de origem das matérias primas necessárias, o que leva estas a cotações exorbitantes. É nestes casos que a parte em falta não poderá prevalecer-se da alteração das circunstâncias. Não porém no caso de, numa dívida a ser paga em prestações, se atrasar numa delas, quando ainda faltam outras, pelo que de toda a maneira o contrato seria atingido por aquela alteração das circunstâncias[26].

A questão que pode subsistir consiste em saber se a própria prestação em mora está sujeita às consequências da modificação ou resolução do contrato, ou só o estão as prestações futuras. Em princípio, essa prestação não pode beneficiar da alteração[27]. Mas a parte pode já pedir a resolução ou a modificação do contrato para futuro.

A prestação em mora deve em princípio ficar submetida ao mesmo regime das prestações anteriormente satisfeitas[28].

13. Conclusões

Chegados ao fim, retomemos a afirmação que nos deu o ponto de partida: o Direito tem pés de terra.

---

[26] Esta posição é congruente com a disciplina geral do risco nas obrigações contratuais, constante do art. 807 CC. O devedor em mora é responsável pelo prejuízo decorrente da perda ou deterioração daquilo que deveria entregar, mesmo que esses factos lhe não sejam imputáveis (n.º 1). Mas o n.º 2 ressalva a possibilidade de o devedor provar que o credor teria sofrido igualmente os danos se a obrigação tivesse sido cumprida em tempo.

[27] A questão relaciona-se com a do possível carácter retroactivo das consequências da alteração das circunstâncias. Cfr. *supra*, n.º 9.

[28] Mas não deixamos de observar que esse aspecto também pode ficar dependente da apreciação equitativa das circunstâncias contratuais, caso se proceda a uma modificação equitativa do contrato.

Toda a situação jurídica assenta sobre uma realidade histórica, que dela passa a ser constituinte. Assim acontece também com os negócios que se celebram: estão historicamente situados. Por isso a alteração das situações fácticas que são o pressuposto deles não pode deixar de os atingir.

O mero apelo ao consentimento, fruto dos pressupostos ideológicos imperantes na esteira do séc. XVIII, encerrava uma falsidade. O consentimento não basta, porque a realidade impõe-se. O negócio não pode prosseguir tal qual perante uma realidade que não é aquela que levou as partes comummente a contratar, ou porque qualitativamente perdeu justificação, ou porque quantitativamente ficou desequilibrado.

Ponderando o regime da alteração das circunstâncias, é ostensivo como estamos já longe do absolutismo do *pacta sunt servanda*.

Facilmente se reconhece aqui um aspecto do movimento geral, que se manifesta em tantos institutos, no sentido de recolocar no centro das preocupações a justiça do conteúdo.

No nosso domínio, tem como consequência levar à reabilitação do princípio tradicional *rebus sic stantibus*. A análise realizada permite reconhecê-lo como um princípio essencial, desde que também não pretendamos endeusá-lo como um absoluto. No seu verdadeiro âmbito, que é o da base do negócio, ele é um princípio que deve ser proclamado com generalidade e que implica a recuperação da justiça do conteúdo, ao menos neste âmbito, como fundamento da vinculatividade.

Pode-se perguntar: mas onde fica então a autonomia privada?

A autonomia privada é também um princípio fundamental. É exigência da auto-determinação da pessoa. Por isso, a pessoa tem de ser artífice em larga medida do seu ordenamento e os efeitos jurídicos que se produzam são primariamente de imputar a essa autonomia.

A revisão a que se procede no âmbito da alteração das circunstâncias não é inimiga da autonomia privada e do poder auto-vinculativo da vontade. A autonomia não sai diminuída: sai pelo contrário dignificada.

A metamorfose em curso neste sector leva a que se consagre uma autonomia concreta e não uma autonomia vazia. Respeita-se o que as partes quiseram, nas circunstâncias em que se encontravam.

Perante uma proporção ou equilíbrio que as partes estabeleceram entre si, é essa equação que deve ser determinante. E que por isso é necessário antes de mais preservar.

Até mesmo onde houver um elemento de liberalidade, ou um desequilíbrio livre e conscientemente aceite, continua a ser essa proporção a base da vinculatividade do negócio. Em caso de alteração das circunstâncias a preservação do negócio consiste na preservação desse posicionamento recíproco básico. Haverá que recompor o equilíbrio substancial que as partes pretenderam, e não insistir em poderes ou vinculações que deixaram de se justificar.

Servir a justiça coincide assim com garantir a manifestação concreta de autonomia que foi substancialmente consentida, e não em impor uma cega subordinação aos termos que a exprimiram em circunstâncias históricas diferentes.

Por isso, só nos casos em que esse realinhamento não for realizável é que nos temos de resignar a que a defesa da autonomia concreta das partes não permita atribuir efeitos àquele negócio. Quer dizer, tendencialmente, só perante a impossibilidade fáctica ou legal de modificação teremos de aceitar a resolução do contrato.

O resultado é substancial e enriquecedor. Não matámos o *pacta sunt servanda*, conjugámo-lo com o *rebus sic stantibus*. **Os pactos devem ser observados (princípio fundamental da autonomia)** *rebus sic stantibus* **(princípio fundamental de justiça e de respeito da vinculação realmente assumida).**

O CONTRATO DE *FORFAITING*
(OU DE FORFAITIZAÇÃO)

L. MIGUEL PESTANA DE VASCONCELOS[*]

SUMÁRIO: *1. Introdução. 2. O* forfaiting *no comércio internacional: 2.1. Origem. Interesses subjacentes; 2.2. O* iter *negocial; 2.3. A estrutura da operação; 2.4. O objecto; 2.5. A qualificação do contrato; 2.6. Distinção de figuras próximas. 3. O* forfaiting *interno: 3.1. O regime; 3.2. Distinção das figuras próximas.*

1. Introdução

O *forfaiting* ou forfaitização é um contrato pelo qual um comerciante transmite definitivamente a um ente financeiro os seus créditos a prazo, em regra incorporados em títulos (letras e, em particular, livranças), emergentes dos contratos (em geral, de venda ou de prestação de serviços) celebrados com terceiros, recebendo como contraprestação uma quantia pecuniária. Obtém dessa forma liquidez imediata, ao mesmo tempo que transfere para o adquirente os riscos do crédito[1-2].

---

[*] Professor Auxiliar da Faculdade de Economia e da Faculdade de Direito da Universidade do Porto.

[1] Quanto ao *forfaiting*, em geral, ver: FRIEDRICH GRAF VON WESTPHALEN, *Rechtsprobleme des Factoring und des Forfait von Exportforderungen*, RIW, 1977, pp. 80, ss.; CHARLES J. GMÜR, *Excurs: Forfaitierung – Exportfinanzierung für Investitionsgüter*, in *Factoring-Handbuch* (de K. F. HAGENMÜLLER/H. J. SOMMER), Fritz Knapp Verlag, Frankfurt am Main, 1982, pp. 207, ss.; KLAUS J. HOPT/PETER O. MÜLBERT, *Kreditrecht, Bankkredit und Darlehen im deutschen Recht*, J Schweitzer Verlag, Walter de Gruyter, Berlim, 1989, Vorbem zu § § 607 ff, pp. 324, ss.; MICHAEL MARTINEK, *Das Forfaitierungsgeschäft*, in *Bankrechts-Handbuch* de SCHIMANSKY/BUNTE/LWOWSKI, Band 2, C. H. Beck., Munique, 1997, § 103, pp. 2645, ss.; idem, *Moderne Vertragstypen, Band I: Leasing und Factoring*, C. H. Beck, Munique, 1991, pp. 241-242; ROLF A. SCHÜTZE, *Forfaitierungs-Vertrag*, in

Nesta definição inicial, e consequentemente bastante ampla, inclui-se, quer o *forfaiting* internacional (matriz desta figura), que tem por objecto títulos de crédito e em que os custos serão transferidos para o comprador, quer a adaptação interna deste contrato, cujo objecto são créditos

---

Münchener Vertragshandbuch, Band 3, Wirtschaftsrecht, 1. Halbband, 4.ª ed., C. H. Beck, Munique, 1998, II. 6, pp. 283, ss.; G. B. CASTELUCCI, *Le differenze tra il factoring e il forfaiting*, in *Il factoring* (de ROBERTO RUOZI e GIAN GUIDO OLIVA), 24 Ore, Milão, 1981, pp. 51, ss.; GIOVANNI PANZARINI, *Lo sconto dei crediti e dei titoli di credito*, Giuffrè, Milão, 1984, pp. 611, ss.; idem, *Forfaiting: la funzione specie nel mercato internazionale, le techniche, la qualificazione*, BBTC, 1993, I, pp. 769, ss.; GIORGIO FOSSATI/ALBERTO PORRO, *Il factoring, aspetti economici, finanziari e giuridici*, Giuffrè, Milão, 1985, pp. 36-37; MARGHERITA PITTALIS, *Forfaiting*, CI, 1992, pp. 1418, ss.; idem, *Forfaiting*, in *I contratti del commercio, dell'industria e del mercato finanziario* (dirigido por FRANCESCO GALGANO), tomo primeiro, Utet, Turim, 1995, pp. 555, ss.; LUISA VIGONE, *Contratti atipici*, 2.ª ed., Cose & Come, Milão, 1998, pp. 117, ss.; CHRISTIAN GALVADA/JEAN STOUFFLET, *Droit bancaire*, 5.ª ed., Litec, Paris, 2002, pp. 413-414; IAN GUILD/RHODRI HARRIS, *Forfaiting. An alternative approach to export trade finance*, Universe books, Nova Iorque, 1986; ROY GOODE, *Commercial law*, 2.ª ed., Penguin, Londres, 1995, p. 1026; ROSS CRANSTON, *Principles of banking law*, Claredon press, Oxford, 1997, pp. 412, ss.; DUTREY GUANTE, in *Derecho del comercio internacional* (editado por JOSE CARLOS FERNANDEZ ROZAS), Eurolex, Madrid, 1996, p. 388. Entre nós: ANTÓNIO MENEZES CORDEIRO, *Manual de direito bancário*, 2.ª ed., Almedina, Coimbra, p. 630; LUÍS MENEZES LEITÃO, *Cessão de créditos*, Almedina, Coimbra, 2005, pp. 514-515; L. MIGUEL PESTANA DE VASCONCELOS, *Dos contratos de cessão financeira (factoring)*, BFDUC, Studia iuridica, Universidade de Coimbra/Coimbra Editora, Coimbra, 1999, pp. 60, ss.. Da óptica financeira, JOSÉ M. BRAZ DA SILVA, *Os novos instrumentos financeiros*, 2.ª ed., Texto editora, Lisboa, 1991, pp. 19, ss..

[2] Referimo-nos em texto à designação em língua inglesa da figura. A sua raiz reside no termo francês *à forfait*, por sua vez ligado, como se verá melhor de seguida, ao desconto *à forfait* (cfr. G. PANZARINI, *Forfaiting: la funzione specie nel mercato internazionale, le techniche, la qualificazione*, cit., p. 770). Por isso, em França é denominado *forfaitage* e na Alemanha, seguindo um procedimento semelhante ao dos ingleses, *Forfaitierung* [em Itália, de forma próxima, M. PITTALIS (*Forfaiting*, cit., p. 1418) refere-se à *forfeitizzazione* (embora não a use) – mas, p. ex., G. PANZARINI (*ob. últ. cit.*) opta por não traduzir, recorrendo ao vocábulo em inglês]. A denominação em língua lusa desta figura poderia passar [como refere A. MENEZES CORDEIRO, *Da cessão financeira (factoring)*, Lex, Lisboa, 1994, pp. 21-23, a propósito do *factoring*], ou por um aportuguesamento do termo inglês (ou francês), ou pela criação de uma designação nova, como acontece com a locação financeira/*leasing* ou a cessão financeira/*factoring*. Não vemos facilmente, no entanto, qual o nome mais adequado para esta figura. Poderia pensar-se em venda financeira, atendendo ao facto de, como se verá, o seu núcleo ser composto por um contrato deste tipo e desempenhar uma clara função financeira. Contudo, correr-se-ia facilmente o rico de confusão com outras modalidades de vendas que também desempenhem funções financeiras. Resta pois a primeira via, o que neste caso significaria adoptar o termo forfaitização (a que se refere o título deste trabalho). Hesitamos só porque o termo parece estranho e o processo é (no Direito, pelo menos) pouco comum entre nós. Porém, não se sugerindo uma solução melhor, será, talvez, a menos má.

ordinários (mesmo a curto prazo) frequentemente sem resultarem de contratos de venda ou prestação de serviços.

Em qualquer caso, o que aqui se pretende (*rectius*, visto o negócio do prisma do transmitente e, portanto, o que ele pretende) é uma monetarização que seja definitiva dos créditos pecuniários a prazo. Este último aspecto implica a transferência para o ente financeiro do conjunto de riscos ligados aos créditos transmitidos: de incumprimento e de insolvência do devedor, mas também de câmbio, de variação da taxa de juro, políticos, etc..

O *forfaiting* insere-se pois, atendendo à primeira vertente referida, no seio de uma categoria mais ampla de contratos que permitem a um ente que seja titular de créditos pecuniários a prazo monetarizá-los, ou seja, transformá-los em liquidez, como acontece com o desconto, a cessão financeira (sempre que a cessão do crédito seja acompanhada por um adiantamento), e agora, recentemente, entre nós, a titularização (melhor dizendo, o negócio que tem como efeito a cessão de créditos para titularização)[3].

Em todos estes contratos, um sujeito transmite, a título diverso (venda, dação em função do cumprimento), os créditos pecuniários a prazo de que é titular sobre um terceiro (a quem em regra concedeu crédito, o que gera a necessidade de refinanciamento) em troca de um preço ou de um adiantamento que os substituem patrimonialmente (de forma definitiva ou não). Isto é, substitui-se dinheiro futuro por dinheiro presente.

Dentro desta categoria negocial podemos depois distinguir aqueles contratos (ou certas modalidades destes contratos) que permitem também (isto é, juntamente com a monetarização) a transferência para o adquirente dos créditos ou dos títulos do risco de incumprimento ou de insolvência do devedor, daqueles em que tal não sucede (como na cessão financeira em que a cessão dos créditos se realize com recurso). No primeiro caso, assegura-se uma monetarização mais eficiente dos créditos ou títulos de crédito, que, tendo graus diferentes, nalguns casos poderá mesmo ser perfeita[4], como acontece nesta figura ou na titularização. Dessa forma, o montante líquido passa a ocupar definitivamente o lugar dos créditos pecuniários a prazo no balanço do transmitente.

Deste conjunto de figuras, a menos conhecida entre nós é o *forfaiting*, que, para mais, se aproxima bastante, nalgumas das suas modalidades, da

---

[3] Trata-se evidentemente de uma enumeração não exaustiva. Poderíamos aqui incluir outros contratos típicos ou atípicos, como aqueles que constituem os negócios base das cessões de créditos em garantia.

[4] Nas palavras de G. PANZARINI, *Lo sconto dei crediti e dei titoli di credito*, cit., p. 613.

cessão financeira (*factoring*) e do desconto. Visa-se assim, neste pequeno estudo, uma abordagem inicial do *forfaiting* com objectivo de estabelecer em bases mais firmes a sua identidade e autonomia neste quadro contratual. Ou, se se preferir, nesta série de tipos perspectivada, como se disse, sob o prisma da monetarização dos créditos[5].

Em particular, porque se este contrato nasceu e é principalmente celebrado no campo do comércio internacional, tendo por objecto letras ou livranças, a verdade é que, como referimos, começa a ser adaptado também a nível exclusivamente interno onde incide sobre simples créditos pecuniários, mesmo a curto prazo[6], tornando mais difícil a sua distinção do desconto e, em particular, de algumas modalidades da cessão financeira.

2. O *forfaiting* no comércio internacional

2.1. *Origem. Interesses subjacentes*

O *forfaiting* desenvolveu-se no pós segunda guerra mundial[7], quando foi praticado pela primeira vez por entes financeiros de Zurique como

---

[5] Quanto à série de tipos e sua importância, ver KARL LARENZ, *Metodologia da ciência do direito*, 2.ª ed., Fundação Calouste Gulbenkian, Lisboa (tradução de José Lamego de *Methodenlehre der Rechtswissenschaft*, 1989), pp. 572, ss.. Entre nós, no âmbito dos contratos de distribuição, as importantes considerações de ANTÓNIO PINTO MONTEIRO, *Direito comercial. Contratos de distribuição comercial*, Almedina, Coimbra, 2002, pp. 73-74 e nota 143.

[6] Na Alemanha distingue-se (M. MARTINEK, *Das Forfaitierungsgeschäft*, cit., p. 2646) a este propósito entre o *forfaiting* em sentido amplo e em sentido estrito. O primeiro engloba a aquisição de um crédito sem direito de regresso (*regreßlosen*), respondendo o alienante só pela existência e exigibilidade do crédito (*Bestand und Einredefreiheit*). Aqui inclui-se, quer a aquisição de simples créditos (em particular aqueles emergentes de contratos de locação financeira), quer de títulos de crédito (livranças ou, eventualmente, letras). Em sentido estrito, diz somente respeito à transmissão nestes termos de um crédito de um exportador sobre um importador resultante de uma venda ou prestação de serviços internacional (*Exportforderung*).

Separa-se também o *forfaiting* verdadeiro ou próprio (*echtes*) do *forfaiting* falso ou impróprio (*unechtes*) em que o *forfaiter* se reserva o direito de regresso sobre a outra parte, no caso de não obter a cobrança do crédito transmitido. Cfr. K. J. HOPT/P. O. MÜLBERT, *Kreditrecht, Bankkredit und Darlehen im deutschen Recht*, cit., Vorbem zu § § 607 ff, p. 324; R. A. SCHÜTZE, *Forfaitierungs-Vertrag*, cit., p. 287.

[7] Em rigor, um negócio semelhante existia já no fim do século XIX e início do século XX, ligado à grande expansão que o comércio mundial teve nesse período de tempo (em que se viveu uma autêntica e primeira "globalização"). Foi o forte decréscimo das trocas internacionais no período entre guerras, em particular depois, durante a depressão,

forma de financiar o fornecimento de grão por parte dos Estados Unidos aos países da (então) Europa de Leste. Este negócio passou depois a ser utilizado também nas relações mercantis com os países da Ásia, África e América Latina[8], onde adquiriu forte implantação, tendo acompanhado de uma forma natural o incremento do comércio em termos globais, em particular depois dos anos oitenta do século passado[9].

O seu desenvolvimento está ligado a duas ordens de razões.

Em primeiro lugar, a contraparte do vendedor ou do prestador de serviços exige para a celebração do negócio um prazo alargado para cumprir (muitas vezes com os rendimentos que vão sendo gerados com os bens que adquire).

Como esta dilação consiste na prestação de crédito pelo vendedor ou prestador de serviços que este não está em condições de conceder, o negócio estaria prejudicado se o exportador não pudesse recorrer a um *forfaiter* que permitisse estabelecer o *package* financeiro.

Por outro lado, a celebração de um contrato de venda ou prestação de serviços com um sujeito de um outro Estado que se conheça mal e que pretende para mais a concessão de crédito comporta riscos elevados. Desde logo, o risco de não cumprimento e da insolvência da outra parte, mas também o risco cambiário, o risco da variação da taxa de juro (uma vez que se concede crédito) assim como de ocorrências no Estado do importador (guerra, revolução, etc.) que impeçam os pagamentos (o chamado risco do país)[10].

O recurso ao *forfaiting* permite ao exportador conceder à outra parte o crédito[11] de que ela carece ao mesmo tempo que transmite para outrem

---

aspecto potenciado pelas medidas proteccionistas adoptadas pelos diferentes Estados nos anos trinta, que quase o fez desaparecer. O período de crescimento económico, e mais uma vez de expansão do comércio entre os Estados, a seguir à segunda guerra mundial, mas em particular desde os anos sessenta e setenta do século passado, geraram a sua configuração hodierna. Cfr. G. PANZARINI, *Forfaiting: la funzione specie nel mercato internazionale, le techniche, la qualificazione*, cit., p. 770.

[8] Cfr. M. PITTALIS, *Forfaiting*, cit., p. 1420. Papel pioneiro no desenvolvimento deste contrato teve a *Finanz A.G. Zürich*. Da Suíça, o *forfaiting* expandiu-se rapidamente às outras principais praças financeiras da Europa, com relevo para Londres, onde em 1974 foi fundada a *Finanz A.G. London*, controlada pela sociedade suíça. Cfr. M. PITTALIS, *Forfaiting*, cit., p. 1420; G. FOSSATI/A. PORRO, *Il factoring, aspetti economici, finanziari e giuridici*, cit., p. 36.

[9] Cfr. G. PANZARINI, *Forfaiting: la funzione specie nel mercato internazionale, le techniche, la qualificazione*, cit., p. 772.

[10] Cfr. C. GALVADA/J. STOUFFLET, *Droit bancaire*, cit., p. 414.

[11] Em geral por um período de 3 a 5 anos, cfr. J. M. BRAZ DA SILVA, *Os novos instrumentos financeiros*, cit., p. 20.

(o *forfaiter*) os referidos riscos. De tal forma que se pode dizer que desta maneira se consegue transformar uma venda ou prestação de serviços com pagamento a prazo de risco elevado em dinheiro imediato.

O mecanismo utilizado consiste na subscrição pelo importador de livranças (promissória, *promissory note, pagaré, Solawechsel, billet à ordre*), ou no aceite de letras (*Bill of exchange, Tratte*), sendo as livranças mais vulgares como veremos, com vencimentos semestrais, calculando-se cada uma delas por forma a integrarem parte do preço e os juros do crédito concedido (à taxa fixada pelo *forfaiter* para aquela operação – se pretender, como será o caso, transferir todos os custos do crédito concedido para o importador), e sendo a sua obrigação avalizada por um banco de elevada solidez. De seguida, os títulos de crédito serão na sua totalidade transmitidos sem recurso (*sans recours, without recourse*)[12] em bloco ao *forfaiter* pelo preço acordado, o que permite ao exportador obter a sua imediata monetarização, sem que o ente financeiro o possa demandar na eventualidade de não conseguir obter o pagamento do importador.

2.2. O iter *negocial*

Um exportador que tenha iniciado negociações com vista à celebração de um contrato com um importador que lhe solicite, ou seja provável que o venha a fazer, um médio/longo prazo para cumprir, procurará criar condições para que possa apresentar à outra parte uma proposta que permita satisfazer esse pedido. Aliás, as condições financeiras em termos de prazo no que toca à aquisição (o *package* financeiro) serão por vezes determinantes para a opção por uma ou outra proposta contratual por parte do adquirente.

Nessa medida, o exportador, dentre outros mecanismos contratuais que lhe permitam obter resultados semelhantes, em parte, como no seguro de créditos, ou no todo, como a cessão financeira (*factoring*) internacional (que, no entanto, para além de outras diferenças que serão depois analisadas, tem por objecto créditos a curto prazo) recorrerá ao *forfaiter* para que este, tendo por base os dados do negócio, o cliente e o seu país de origem, possa estabelecer uma oferta de preço de venda.

---

[12] A denominada *Angstklausel* na doutrina alemã, cfr. R. A. SCHÜTZE, *Forfaitierungs-Vertrag*, cit., II. 6, p. 289.

Para a fixação desse valor terá que se determinar uma taxa de juro, calculada tendo em conta um conjunto de elementos, como o prazo do crédito concedido, os diversos riscos da aquisição "sem recurso" dos créditos, a garantia a ser prestada[13], outros custos e a margem de lucro do *forfaiter*. Será articulando essa taxa com o montante do valor pelo qual o exportador se propõe realizar a venda ou prestação de serviços à outra parte, mais o período de tempo necessário para se proceder ao pagamento (pelo importador) da totalidade da quantia, que se determina o custo da operação e o montante a descontar ao valor nominal dos créditos transferidos. Sabendo este valor, o alienante ou prestador de serviços poderá adicioná-lo ao preço de venda, transferindo esse montante (o custo do crédito a conceder e também o da assunção do risco) para este sujeito[14].

A proposta do *forfaiter* é eficaz durante um determinado período de tempo comunicado ao exportador: é o *option period*. Com a aceitação deste último, entra-se no *commitment period*[15-16]. Entre a data do acordo e a efectiva transmissão dos títulos ao *forfaiter* pelo montante acordado, estes terão de ser sacados pelo exportador e aceites pela outra parte (sendo letras), ou subscritos por esta (tratando-se de livranças), sendo aí inscritas as somas e os prazos de vencimento acordados com o ente financeiro. Adicionalmente, a obrigação cambiária do importador terá que ser avalizada por um banco de reconhecida solidez internacional ou então terá que ser prestada uma garantia autónoma à primeira solicitação. Este aspecto é da maior relevância para limitar o risco do *forfaiter* e permitir a fácil circulação dos títulos.

Depois de enviados os documentos relativos à transacção internacional, e em seguida à expedição das mercadorias, os títulos serão transmiti-

---

[13] Ver sobre a garantia, *infra* em texto.

[14] Tecnicamente, os custos da operação são transferidos para o comprador através de um multiplicador denominado *sale price multiplier*, como informa J. M. BRAZ DA SILVA, *Os novos instrumentos financeiros*, cit., p. 24. Ver também para o cálculo do montante de cada um dos títulos de forma a incluir a amortização e o juro, desenvolvidamente, I. GUILD/ /R. HARRIS, Forfaiting. An alternative approach to export trade finance, cit., pp. 51, ss..

[15] Cfr. M. PITTALIS, *Forfaiting*, cit., pp. 1424-1425; I. GUILD/R. HARRIS, *Forfaiting. An alternative approach to export trade finance*, cit., p. 24.

[16] Há lugar a uma comissão de imobilização, ou *commitment fee*, quando há um desfasamento temporal entre a aceitação da oferta do *forfaiter* e a entrega dos títulos e respectivo pagamento do preço, o que se compreende, uma vez que o *forfaiter* não poderá utilizar esses fundos nesse período. Cfr. I. GUILD/R. HARRIS, *Forfaiting. An alternative approach to export trade finance*, cit., p. 48.

dos ao *forfaiter* que depois de proceder à sua verificação, em particular das assinaturas, pagará o preço acordado[17].

O *forfaiter* poderá posteriormente procurar refinanciar-se, nomeadamente transaccionando os títulos no mercado secundário (*secondary à forfait market*), hipótese em que estaremos perante um *forfaiter* inicial e um *forfaiter* secundário[18].

2.3. A estrutura da operação

Esta operação parece-nos poder ser estruturada através de duas formas básicas. Em primeiro lugar, recorrendo a uma estrutura dual: o *forfaiter* e o exportador celebram um contrato-promessa pelo qual o primeiro se obriga a adquirir em certas condições, depois de verificados os documentos que a outra parte tem que lhe entregar relativamente à transacção, bem como as assinaturas e conteúdo dos títulos, essas mesmas letras ou livranças pelo preço acordado. A proposta do *forfaiter* dirá respeito simplesmente à celebração do referido contrato-promessa. O contrato de *forfaiting* em si será o contrato definitivo de aquisição dos títulos.

Podem também as partes adoptar uma estrutura unitária, celebrando um único contrato (o contrato de *forfaiting*) que tenha por objecto as letras ou livranças como bens futuros[19].

Trata-se, convém sublinhar, de modelos a que as partes podem recorrer para melhor alcançar os interesses, ao abrigo da liberdade contratual. Não se pode retirar da natureza económica da operação (embora este

---

[17] Por vezes o exportador só se dirigirá ao *forfaiter* depois de já ter celebrado o negócio com a outra parte, solicitando uma proposta contratual de *forfaiting* dos créditos daí emergentes.

[18] Cfr. I. GUILD/R. HARRIS, *Forfaiting. An alternative approach to export trade finance*, cit., pp. 5, ss.; R. CRANSTON, *Principles of banking law*, cit., p. 418; ROY GOODE, *Commercial law*, cit., p. 1026.

Há *forfaiters* que se especializaram na aquisição e revenda de títulos no "mercado secundário", enquanto outros, ao invés, actuam fundamentalmente no "mercado primário". Acrescente-se só que estes títulos são por vezes adquiridos por pessoas singulares que procuram desta forma realizar um bom investimento. Cfr. I. GUILD/R. HARRIS, *Forfaiting. An alternative approach to export trade finance*, cit., p. 6.

[19] Tratando-se o contrato de *forfaiting* fundamentalmente de uma venda, como se verá *infra*, este contrato consiste numa venda de bens futuros, ao passo que na estrutura dual estaremos perante um contrato-promessa de venda, e o contrato definitivo é um contrato de compra e venda dos títulos (letras ou livranças).

aspecto tenha relevância em sede de interpretação negocial) uma estrutura considerada mais conveniente. Cabe às partes, claro está, dentro dos limites da lei, elegerem-na. Convém não esquecer, por fim, que estes contratos serão na grande maioria dos casos celebrados mediante o recurso a cláusulas contratuais gerais.

2.4. *O objecto*

A transacção incide sobre títulos de crédito, letras ou livranças (embora possa ter também por objecto, de uma forma mais rara no âmbito internacional, simples créditos). A dívida decorrente do contrato entre o exportador e o importador está repartida num conjunto de prestações com vencimento semestral, sendo cada uma delas composta por parte do preço de venda[20] e pelos juros acordados com o *forfaiter*. Por força da convenção executiva entre as partes, o primeiro saca sobre este último (sacado) à sua ordem um conjunto de letras onde se incorporam esses créditos. O importador procederá ao aceite. Igualmente, como veremos até de uma forma mais frequente, são criadas livranças (também por força da convenção executiva, tendo em conta a relação fundamental – o contrato de compra e venda ou de prestação de serviços, onde em regra até se integrará) com os valores dos créditos referidos.

A finalidade da contracção da obrigação cambiária pelo importador, que resulta, como se disse, da convenção executiva, é a de (em função de) pagamento sem conduzir a qualquer novação das obrigações emergentes do contrato[21]. O crédito original mantém-se não sendo depois cedido ao *forfaiter*[22], a quem é somente endossada a letra ou a livrança. O cumpri-

---

[20] Por vezes, as partes acordam o pagamento inicial (a pronto) de uma parte do preço de venda (10%, 15%, 20%). Nessa eventualidade, o valor a que nos referimos em texto, evidentemente, é aquele relativo ao montante a ser pago a prazo.

[21] Sobre este ponto em geral, ver: TULLIO ASCARELLI, *Teoria geral dos títulos de créditos* (tradução de Nicolau Nazo), Livraria académica – Saraiva, São Paulo, 1943, pp. 117, ss.; ANTÓNIO FERRER CORREIA, *Lições de direito comercial, vol. III, Letra de câmbio* (com a colaboração de Paulo M. Sendim, J. M. Sampaio Cabral, António A. Caeiro e M. Ângela Coelho), Universidade de Coimbra, Coimbra, 1975, pp. 46-49; JOSÉ DE OLIVEIRA ASCENSÃO, *Direito comercial, vol. III, títulos de crédito*, FDL, Lisboa, 1992, pp. 235-236; PEDRO PAIS DE VASCONCELOS, *Direito comercial. Títulos de crédito*, AAFDL, Lisboa, 1988/1989, pp. 34, ss..

[22] Quanto à razão pela qual os *forfaiters* não pretendem a transmissão deste créditos, ver R. A. SCHÜTZE, *Forfaitierungs-Vertrag*, cit., II. 6, pp. 289-290.

mento pelo importador na data do vencimento dos créditos cartulares conduz também à extinção desse crédito decorrente do contrato de compra e venda ou de prestação de serviços internacional.

As obrigações cambiárias do importador são depois avalizadas por um banco de reputada credibilidade internacional do país do importador ou então, alternativamente, será acordada com esse banco uma garantia autónoma à primeira solicitação[23] da obrigação do referido importador a favor do *forfaiter*. Os títulos são depois endossados ao *forfaiter*, a quem são entregues.

A razão do recurso a letras ou livranças é simples. Em primeiro lugar, há uma razoável uniformização do seu regime decorrente da convenção de Genebra de 7 de Junho de 1930. Depois, atendendo ao carácter autónomo[24] do direito cartular, o *forfaiter*, a quem eles são endossados, não estará sujeito a que lhe sejam opostos os meios de defesa decorrentes da relação base ou de provisão entre o exportador e o importador, como sucederia se estivéssemos perante uma simples cessão de créditos (art. 585.°).

Os títulos são transferidos de forma definitiva, de maneira a exonerar o exportador/endossante do conjunto de riscos referidos; por isso, a transmissão (à semelhança do desconto *à forfait*, que está na sua origem, mas do qual, como veremos, se distingue) é realizada sem recurso, pretendendo o exportador não garantir o pagamento do aceitante (nas letras) ou do promissário face ao *forfaiter* ou a quem este endosse o título.

Ora este resultado só pode ser obtido no caso das livranças, uma vez que na letra, de acordo com a disciplina da lei uniforme, qualquer cláusula escrita pela qual o sacador se exonere da garantia do pagamento considera-se não escrita (art. 9.° § 2 LULL). Como refere Ferrer Correia: a "obri-

---

[23] Quanto a esta, ver: Mário Júlio de Almeida Costa/António Pinto Monteiro, *Garantias bancárias. O contrato de garantia à primeiro solicitação*, CJ, t. V, 1986, pp. 17, ss.; Inocêncio Galvão Telles, *Garantia bancária autónoma*, Dir., 1988, pp. 275, ss.; A. Menezes Cordeiro, *Manual de direito bancário*, cit., pp. 651, ss.; Pedro Romano Martinez, *Garantia bancária à primeira solicitação: algumas questões*, in Estudos em homenagem ao Professor Doutor Inocêncio Galvão Telles, volume II, Direito bancário (estudos organizados pelos Professores Doutores António Menezes Cordeiro, Luís Menezes Leitão e Januário da Costa Gomes), Almedina, Coimbra, 2002, pp. 289, ss..

[24] Para este conceito, ver A. Ferrer Correia, *Lições de direito comercial, vol. III, Letra de câmbio*, cit., pp. 67, ss. (que, na perspectiva deste Autor, exprime a mesma realidade que a literalidade e a abstracção, encarada do prisma do portador, p. 69).

gação cambiária do sacador no que respeita à garantia do pagamento é iniludível"[25-26].

Para contrariar este efeito, o *forfaiter* através da convenção extra-cartular, ou seja, por cláusula integrada no contrato de *forfaiting*, obrigar-se-á a não exercer o direito de regresso face ao sacador/endossante[27]. Semelhante cláusula permite afeiçoar o negócio à finalidade visada pelas partes neste ponto: a transmissão por inteiro dos riscos para o *forfaiter*. Contudo, sendo uma convenção extra-cartular, já não poderá ser oposta a um terceiro a quem o *forfaiter* endosse a letra (salvo no caso específico da última parte do art. 17.º LULL). O adquirente poderia pois, em caso de não pagamento, vir demandar o exportador/sacador, a quem restaria nesse caso somente a responsabilização do *forfaiter* (o primeiro *forfaiter*[28]), uma vez que do contrato de *forfaiting* decorre a sua isenção por este desse risco[29].

Como se referiu, este obstáculo não existe já no caso das livranças (às quais não se aplica o referido art. 9.º da LULL, art. 77.º LULL), podendo o beneficiário/endossante exonerar-se da garantia do pagamento (art. 15.º e 77.º LULL)[30], através da cláusula sem recurso. Por isso, são estes os títulos mais utilizados no contrato de *forfaiting*[31].

Quer estejamos perante letras, quer livranças, embora os riscos referidos, ligados nomeadamente ao incumprimento ou insolvência do impor-

---

[25] A. FERRER CORREIA, *Lições de direito comercial, vol. III, Letra de câmbio*, cit., pp. 145-146.

[26] Mas já não é assim, p. ex., no Direito inglês em que tal exclusão é permitida pelo *Bills of exchange act* de 1882. Cfr. R. CRANSTON, *Principles of banking law*, cit., p. 419.

[27] Neste sentido, na doutrina alemã, F. GRAF VON WESTPHALEN, *Rechtsprobleme des Factoring und des Forfait von Exportforderungen*, cit., p. 83; M. MARTINEK, *Das Forfaitierungsgeschäft*, cit., p. 2655 (*schuldrechtliche Haftungsfreistellung*).

[28] Daí que o *forfaiter* que pretenda transaccionar o título deva incluir no acordo com o adquirente a obrigação deste não demandar o exportador/sacador em caso de incumprimento. M. MARTINEK (*Das Forfaitierungsgeschäft*, cit., p. 2655) aponta que segundo a jurisprudência mais recente do BGH a propósito do *forfaiting* não é necessária uma cláusula específica nesse sentido (a hipótese é a da transacção de uma letra endossada pelo exportador ao banco alienante em cumprimento de um contrato de *forfaiting*).

[29] Cfr. G. PANZARINI, *Lo sconto dei crediti e dei titoli di credito*, cit., p. 615.

[30] O beneficiário da livrança pode mesmo ser o *forfaiter* e não o exportador que a endossa em seguida à instituição de crédito. Nesse caso, não havendo endosso, não existe igualmente a garantia do art. 15.º (art. 77.º LULL). Cfr. M. MARTINEK, *Das Forfaitierungsgeschäft*, cit., p. 2655.

[31] Cfr. G. PANZARINI, *Lo sconto dei crediti e dei titoli di credito*, cit., p. 615.

tador, se transfiram para o *forfaiter*, o exportador é sempre responsável pela existência e validade da obrigação cambiária do promitente ou aceitante[32], o que não se verifica, p. ex., se a assinatura do obrigado cambiário tiver sido falsificada. Não se trata aqui de um risco corrido pelo *forfaiter*, à semelhança do que se passa na cessão no âmbito do *forfaiting* de um crédito ordinário em que o cedente tem que garantir a existência e exigibilidade do crédito que transmite[33].

Refira-se só, por fim, que a garantia prestada pelo banco do país do importador dá uma grande consistência económica a estes títulos permitindo em grande medida ao *forfaiter* transferir a parte mais significativa dos riscos que assume para uma terceira entidade. Esta, sendo um instituição de crédito do país do importador, para prestar uma garantia, em especial uma garantia particularmente sólida, como sucede com o aval e, *maxime*, a garantia autónoma à primeira solicitação, terá que confiar fundadamente nas condições patrimoniais e de idoneidade do devedor para cumprir. Este ponto tem relevo na compreensão global da operação, em particular no que toca à facilidade de "mobilização" destes títulos por parte do *forfaiter* para obter um lucro (com a diferença de preços) e um refinanciamento.

2.5. *A qualificação do contrato*

A generalidade da doutrina[34] qualifica o contrato de *forfaiting* como uma venda dos títulos de crédito. Posição isolada a este propósito é a de

---

[32] É doutrina praticamente unânime. Cfr. F. GRAF VON WESTPHALEN, *Rechtsprobleme des Factoring und des Forfait von Exportforderungen*, cit., p. 83; G. PANZARINI, *Lo sconto dei crediti e dei titoli di credito*, cit., p. 615; M. PITTALIS, *Forfaiting*, cit., p. 1425.

As assinaturas são, como referimos, verificadas pelo *forfaiter* ou terceiro, em geral o banco do exportador. Cfr. I. GUILD/R. HARRIS, *Forfaiting. An alternative approach to export trade finance*, cit., p. 26.

[33] Nos termos do art. 587.º n.º 1. Disposição que, juntamente com a do art. 426.º relativa à cessão da posição contratual, consiste, como aponta CARLOS MOTA PINTO (*Cessão da posição contratual*, Almedina, Coimbra, 1982, reimpressão, pp. 462), numa simples consagração dos "princípios gerais de responsabilidade dos alienantes pela existência do objecto alienado". A sua formulação explícita nessas disposições visou tornar no número 2 de ambas as normas "bem assente" que o cedente não garante o cumprimento (*ob. últ. cit.*, p. 464).

[34] Cfr. G. PANZARINI, *Lo sconto dei crediti e dei titoli di credito*, cit., p. 617; M. PITTALIS, *Forfaiting*, cit., p. 1143, p. 1147; F. GRAF VON WESTPHALEN, *Rechtsprobleme des*

C.-W. Canaris[35] que prefere qualificar este contrato como um mútuo acompanhado de uma dação em cumprimento (*Erfüllungs Statt*) dos títulos de crédito. Nessa medida extinguir-se-iam as obrigações decorrentes do contrato de mútuo celebrado com o *forfaiter*.

Entende este Autor que o que o *forfaiter* pretende não é a aquisição dos títulos, mas o lucro que retira do desconto em si, faltando desta forma a conjugação de interesses subjacente a uma compra e venda[36].

É importante sublinhar que a posição deste Autor se refere ao desconto *à forfait* (embora denominado *Forfaitgeschäft*)[37] onde o adquirente dos títulos, ao contrário da outra modalidade de contrato de desconto, não pode exigir ao endossante o pagamento do crédito no caso de não pagamento pelo aceitante ou promitente, tratando-se assim de uma transferência definitiva dos títulos (e não potencialmente temporária, como no desconto sem ser *à forfait*). Todavia, ao contrário do *forfaiting*, tal como está aqui a ser construído, com a sua configuração regular no comércio internacional, quem suporta os custos do financiamento (e mesmo dos riscos) é descontário e não o obrigado cambiário (aceitante ou promitente).

Este último aspecto torna muito difícil sustentar que estejamos aqui perante um empréstimo do *forfaiter* ao exportador. Atendendo exclusivamente aos interesses económicos envolvidos, o financiamento é de forma indirecta dirigido ao importador que tem que suportar o seu custo. O que se obtém pelo cálculo do valor das letras ou livranças e dos respectivos prazos de vencimento. Integram-se aí parte do capital (correspondente ao valor entregue pelo *forfaiter* ao exportador e que corresponderá ao preço de venda a pronto) e os juros.

Na perspectiva do exportador, ele pretende trocar os títulos por uma determinada quantia pecuniária que corresponda ao valor da venda a pronto; não pretende que lhe seja concedido crédito, mas recorrer a um

---

Factoring und des Forfait von Exportforderungen, cit., p. 82; C. J. GMÜR, *Excurs: Forfaitierung – Exportfinanzierung für Investitionsgüter*, cit., p. 208; K. J. HOPT/P. O. MÜLBERT, *Kreditrecht, Bankkredit und Darlehen im deutschen Recht*, cit., Vorbem zu § § 607 ff, p. 325; M. MARTINEK, *Das Forfaitierungsgeschäft*, cit., p. 2652; R. A. SCHÜTZE, *Forfaitierungs-Vertrag*, cit., II. 6, p. 288; R. CRANSTON, *Principles of banking law*, cit., pp. 419-420.

[35] CLAUS-WILHELM CANARIS, *Bankvertragsrecht*, Walter de Gruyter, Berlim, Nova Iorque, 1975, pp. 851-852.

[36] C.-W. CANARIS, *Bankvertragsrecht*, cit., p. 852.

[37] O tratamento deste ponto, na verdade, vem inserido no âmbito do contrato de desconto (*Diskontgeschäft*) como uma modalidade particular deste (*Sonderformen des Diskontgeschäfts*).

mecanismo que lhe permita conceder crédito ao importador sem ter que suportar esse custo, além de transferir para outrem os riscos de uma venda a prazo.

A construção do mútuo com dação em cumprimento seria, como se vê, bastante artificial e não corresponde nem aos interesses subjacentes nem ao que as partes pretendem: a troca dos títulos, que constituem um bem em si, por um preço.

Nada obsta, perspectivando agora o negócio pelo prisma do *forfaiter*, como o faz na sua argumentação Canaris, a que o lucro, que é evidentemente o que a instituição de crédito pretende, seja obtido, como acontecerá com frequência, pela revenda dos mesmos títulos a um terceiro. Efectivamente, ele não quererá os títulos, como muitas vezes um comprador, em particular se for um comerciante, não quererá o objecto da compra para permanecer no seu património a título definitivo, mas o mero lucro resultante da revenda. Esta finalidade é perfeitamente compatível com o esquema da venda, sendo mesmo o elemento caracterizador (compra de bens para revenda e a venda de bens adquiridos com intuito de revenda) da compra e da venda comerciais (art. 463.º do Código Comercial)[38-39].

Contudo, mesmo que os custos sejam suportados pelo vendedor//endossante e não pelo importador, o que significa que estaremos mesmo face a um desconto *à forfait*[40], ainda assim não nos parece claro que as partes pretendam um empréstimo articulado com uma dação em pagamento dos títulos. Nesta hipótese não se poderia dizer que o empréstimo é artificial, uma vez que, efectivamente, ao receber de imediato (com a dedução do desconto propriamente dito) uma quantia que só viria a receber no futuro com o vencimento, o descontário está a obter um crédito e paga por ele um custo que se traduz essencialmente nos juros incluídos no desconto. E se nos ficássemos por aqui, como acontece nas outras modalidades de desconto, seria até a perspectiva correcta.

Porém, a verdade é que neste contrato o que está em jogo não é só a concessão de crédito ao descontário (aspecto indiscutível), mas igual-

---

[38] Sobre esta, ver: A. MENEZES CORDEIRO, *Manual de direito comercial*, 1.º volume, Almedina, Coimbra, 2001, pp. 617, ss., p. 618; P. ROMANO MARTINEZ, *Direito das obrigações (parte especial), contratos*, 2.ª ed., Almedina, Coimbra, 2003 (reimpressão), pp. 99-100.
[39] Art. 463.º n.º 2 e n.º 3 para os títulos.
[40] Quanto a este, ver infra 2.6.2.

mente a transferência para o descontante dos diversos riscos relacionados com o crédito, em particular o de insolvência do importador. O negócio desempenha aqui também uma função de garantia. Ora tal é obtido através da aquisição dos títulos sem recurso, o que permite esse resultado prático.

Por outro lado, o adquirente dos títulos calcula a sua contraprestação atendendo aos riscos que assume e que estão relacionados não só com o incumprimento ou insolvência do aceitante ou promitente, mas também com as variações da taxa de juros e de câmbio (quando o título estiver expresso em moeda com curso legal apenas no estrangeiro). Neste contexto, desempenha um papel relevante a garantia autónoma ou aval prestado pelo banco do importador, uma vez que contribui para afastar alguns dos riscos assumidos.

Nessa medida, o título não é um mero instrumento para a obtenção de um eventual montante emprestado à outra parte e dos juros correspondentes, como acontece no vulgar desconto, mas torna-se, e é perspectivado pelas partes, como um valor em si que o descontante poderá depois negociar (e cujo valor de mercado variará, atendendo ao maior ou menor risco de incumprimento ou de insolvência do devedor, ao prestador da garantia, e também os riscos de taxa de juros e, eventualmente, de câmbio).

Deste modo, pretendendo as partes uma troca definitiva de um bem por um preço, estaremos perante uma compra e venda que tem uma finalidade indirecta de crédito e de garantia[41].

Podemos então concluir que as partes no *forfaiting* pretendem efectivamente a troca dos títulos por um preço, que corresponderá (na sua configuração típica) ao valor de venda a pronto das mercadorias. Os títulos representam um valor em si, diverso do valor nominal do crédito neles incorporado, e que variará em função de um conjunto de factores (dentro dos quais se conta, como se disse, a garantia prestada e quem a presta).

---

[41] Como acontece em diversas modalidades da compra e venda, como a venda a prestações com reserva de propriedade e entrega da coisa e da venda a retro.

2.6. Distinção de figuras próximas

2.6.1. A cessão financeira (factoring) internacional

A cessão financeira (internacional)[42] desempenha, ou pode, pelo menos potencialmente, desempenhar, funções de garantia e financiamento semelhantes às desempenhadas pela figura em análise, tendo por objecto a cessão de créditos do facturizado sobre um terceiro resultantes de um contrato internacional de venda ou de prestação de serviços[43].

Em particular, no que consiste numa afinidade bastante relevante, permite ao vendedor (ou prestador de serviços) num contrato internacional não exigir o pagamento imediato à outra parte, concedendo-lhe um prazo para cumprir (e nessa medida esta última beneficia de crédito), obtendo ele próprio, no todo ou em parte, um pagamento a pronto, ao passo que transfere para a instituição de crédito os riscos corridos.

---

[42] Sobre esta, ver: MARIA HELENA BRITO, *O factoring e a convenção do Unidroit*, Cosmos, Lisboa, 1998; L. MIGUEL PESTANA DE VASCONCELOS, *O contrato de cessão financeira (factoring) no comércio internacional*, in Estudos em homenagem ao Professor Doutor Jorge Ribeiro de Faria, Faculdade de Direito da Universidade do Porto / Faculdade de Economia da Universidade do Porto, Coimbra Editora, 2003, pp. 403, ss.; GERHARD STOPPOK, *Der Factoring-Vertrag*, in Factoring-Handbuch (de K. F. HAGENMÜLLER / H. J. SOMMER), Fritz Knapp Verlag, Frankfurt a. M., 1982, pp. 107-108; M. MARTINEK/*Staudingers Kommentar zum Bürgerlichen Gesetzbuch mit Einführungsgesetz und Nebengesetzen, Zweites Buch, Recht der Schuldverhältnisse §§ 652-704*, 13.ª ed., Sellier – de Gruyter, Berlim, 1995, § 675, pp. 495-496; KLAUS RABSTEIN, *Factoring-Vertrag*, in *Münchener Vertragshandbuch*, vol. III, *Wirtschaftsrecht*, 1. Halbband, 4.ª ed., C. H. Beck, Munique, 1998, II. 5, p. 272; MAURO BUSSANI / PAOLO CENDON, *I contratti nuovi, casi e materialli di dottrina e giurisprudenza – leasing, factoring, franchising*, Giuffrè, Milão, 1989, pp. 256, ss., pp. 296, ss.; GIORGIO DE NOVA, *Nuovi contratti*, Utet, Turim, 1990, pp. 103, ss.; JOSÉ ANTONIO GARCÍA-CRUCES, *El contrato de factoring*, Tecnos, Madrid, 1990, pp. 228, ss.; ROYSTON M. GOODE, *The legal aspects of international factoring*, in Factoring-Handbuch (de K. F. HAGENMÜLLER / H. J. SOMMER), Fritz Knapp Verlag, Frankfurt a. M., 1982, pp. 165, ss..

[43] Quanto à cessão financeira internacional haverá que ter em conta a Convenção do Unidroit, conhecida como Convenção de Otava. Sobre esta ver: MARIA HELENA BRITO, *O factoring e a convenção do Unidroit*, cit., pp. 39, ss.; L. M. PESTANA DE VASCONCELOS, *O contrato de cessão financeira (factoring) no comércio internacional*, cit., pp. 428, ss.; FRANCO FERRARI, *L'àmbito di applicazione internazionale della convenzione di Ottawa sul "factoring" internazionale*, RTDPC, 1996, pp. 195, ss.; MARÍA DE LA SIERRA FLORES DOÑA, *El contrato de factoring internacional y su regulación en el Tratado Internacional Unidroit*, in El contrato de factoring (coordenado por Rafael García Villaverde), Mc Graw Hill, Madrid, 1999, pp. 157, ss..

Trata-se, no entanto, apesar das similitudes em termos de objecto e de interesses económicos que permite alcançar, de uma figura diversa, e em certa medida, complementar do *forfaiting*.

O *factoring* permite realizar um financiamento de curto prazo ao facturizado, através da concessão de um adiantamento calculado sobre o valor nominal de um crédito pecuniário a curto prazo que este cede ao factor. Igualmente, o ente financeiro poderá assegurar o cumprimento ou a solvência do devedor cedido, ao passo que realiza a cobrança do crédito e presta igualmente serviços de consultadoria comercial à outra parte.

Ponto central do contrato é a cessão de créditos a curto prazo decorrentes de contratos internacionais de venda ou de prestação de serviços. Apesar de a regulamentação legal do contrato ser bastante escassa (estamos perante um contrato legalmente atípico[44], embora socialmente típico), este elemento – a cessão de créditos a curto prazo – é exigido pela lei nacional para estarmos face a um contrato de cessão financeira ou *factoring* (art. 2.º n.º 1 do Dec.-Lei n.º 171/95, de 18/7).

Este aspecto permite desde logo separar ambos os contratos: o *factoring* tem como objecto a transmissão de créditos a curto prazo, enquanto o *forfaiting* incide sobre títulos de crédito (em geral, um conjunto de títulos de crédito com vencimentos semestrais) que incorporam créditos a médio e longo prazo.

Em segundo lugar, a transmissão de créditos no seio da cessão financeira não consiste numa operação isolada. Com efeito, através do contrato inicial entre factor e facturizado (o contrato de cessão financeira em si), o facturizado cede (os créditos futuros) ou obriga-se a ceder (por negócio posterior entre as partes logo que o facturizado adquirir o direito) um conjunto de créditos sobre devedores (ou potenciais devedores) negocialmente determinados (respectivamente, na estrutura unitária e na estrutura dual).

O *forfaiting* geralmente consiste num simples contrato isolado (embora se possa inserir numa relação corrente de negócios[45] com o *forfaiter*, em geral, um banco). Ainda, o contrato de cessão financeira, seja ele um contrato quadro ou um contrato pelo qual se opera a cessão global

---

[44] Ver sobre este ponto *infra* nota 78.

[45] Quanto a esta, ver: JORGE SINDE MONTEIRO, *Responsabilidade por conselhos, recomendações ou informações*, Almedina, Coimbra, 1989, pp. 55, ss., pp. 514, ss.; MANUEL CARNEIRO DA FRADA, *Teoria da confiança e responsabilidade civil*, Almedina, Coimbra, 2004, pp. 574, ss.; L. MENEZES LEITÃO, *Direito das obrigações, vol. I, Introdução, da constituição das obrigações*, 4.ª ed., Almedina, Coimbra, 2005, p. 342.

de créditos futuros (e, eventualmente, presentes), tem um conteúdo mais amplo e complexo, decorrendo daí também o dever de o ente financeiro prestar consultadoria comercial e de gerir e cobrar os créditos cedidos[46]. O que não acontece no *forfaiting*.

Em terceiro lugar, a estrutura contratual da operação de cessão financeira é mais complexa (embora não o seja do prisma do facturizado), uma vez que implica a celebração do contrato de *factoring* em si, seguido do contrato de segundo grau entre as partes pela qual se opera a transmissão do crédito (estamos a referir-nos à estrutura dual, que, como se disse, é aquela corrente entre nós; se se tratasse de uma estrutura unitária, este segundo negócio não existiria), ao qual se junta o negócio de cessão desse direito *inter* factores[47] (ou seja, do factor do exportador, a quem o crédito é inicialmente transmitido, ao factor do Estado do importador, ente que irá realizar a cobrança).

A estrutura do *forfaiting* é mais simples. Assenta tão-só no contrato inicial pelo qual o *forfaiter* se obriga a adquirir (e a outra parte a transmitir) os títulos de crédito (se estivermos perante uma estrutura dual, porque, como apontámos, poderão as partes simplesmente optar por uma estrutura unitária) seguido do contrato definitivo. Claro está, como também foi referido, que os títulos poderão ser revendidos no mercado secundário, sendo assim a um segundo *forfaiter* a quem o pagamento no vencimento deverá ser realizado. Trata-se, porém, de um aspecto eventual e que não caracteriza a operação de *forfaiting* em si. Decorre, tão só, de os títulos, como se disse, serem bens transaccionáveis[48].

Em quarto lugar, o crédito transmitido ao *forfaiter* estará assegurado por uma garantia prestada por um terceiro do país do importador (aval ou garantia autónoma à primeira solicitação), de conhecida reputação e solidez internacional. É dessa forma que o *forfaiter* se protege de um eventual incumprimento ou insolvência de um devedor que ele não conhece. No *factoring*, o crédito cedido, em princípio, não estará garantido. A protec-

---

[46] Se estivermos perante uma estrutura dual, ou seja de um contrato-quadro seguido de contratos de segundo grau pelos quais (entre outros efeitos) se opera a transferência do crédito (que é a estrutura corrente entre nós), o dever de cobrar e gerir o crédito decorre já deste negócio subsequente e não do contrato inicial. Este, porém, fixa o regime e impõe às partes o dever (*rectius*, os deveres) de concluírem estes contratos.

[47] As relações entre os factores (do exportador e do Estado do importador) estão reguladas pelo *inter factors agreement*.

[48] Em ambos os casos, subjacente está o contrato de venda ou de prestação de serviços internacional.

ção do factor reside aqui, essencialmente, no recurso a um segundo factor do Estado do devedor que o conhece e está em boa posição para determinar o risco do crédito que assume face ao primeiro. Efectivamente, a aceitação de um crédito sem recurso está dependente, no âmbito internacional, da aprovação desse crédito pelo factor do Estado do importador, uma vez que é ele que vai assumir o risco.

Em quinto lugar, os custos do financiamento e da garantia são suportados por sujeitos diversos. No *forfaiting*, pelo importador; no *factoring*, pelo exportador/facturizado. Com efeito, o custo do financiamento recairá, em princípio, sobre o importador, através da sua adição pela outra parte ao preço das mercadorias, enquanto no *factoring* quem paga os juros e a comissão de garantia (e de cobrança) é o facturizado e não o devedor cedido[49]. Por outro lado, os riscos decorrentes da venda com espera de preço são totalmente transferidos para o *forfaiter*, o que não se verifica necessariamente na cessão financeira[50].

Há ainda outras distinções a operar entre estes contratos, em particular no que toca ao contrato de cessão financeira de segundo grau sem recurso e com adiantamento, pelo qual opera a função de financiamento e garantia, e o contrato de *forfaiting* que tenha por objecto créditos ordinários. Como, quanto a este último negócio, a transmissão deste tipo de direitos é característica do *forfaiting* interno e não internacional, deixamos a análise desse aspecto para depois. No que diz respeito às vertentes internacionais destes contratos, parece-nos que as distinções operadas são já suficientes.

2.6.2. O desconto

O desconto bancário[51] é um contrato pelo qual um sujeito transmite

---

[49] Embora o facturizado não esteja, evidentemente, impedido de fazer repercutir os maiores custos da operação no contraprestação do seu cliente. Por outro lado, como já foi também referido, os custos no *forfaiting* poderão ser suportados pelo exportador, caso em que estaremos face a um verdadeiro desconto *à forfait*.

[50] A garantia do factor, evidentemente, pode ser mais ou menos extensa. Depende sempre do acordado e também do estabelecido nos acordos *inter factors*. Daí que a aproximação ao *forfaiting* possa ser neste ponto maior ou menor (quando o factor limitar o âmbito da sua garantia, como acontece, aliás, a nível interno).

[51] Sobre este, ver: FERNANDO OLAVO, *Desconto bancário*, Lisboa, 1955, *passim*; JOSÉ DE OLIVEIRA ASCENSÃO, *Direito comercial, vol. II, títulos de créditos*, cit., pp. 161, ss.; A. MENEZES CORDEIRO, *Manual de direito bancário*, cit., pp. 591, ss.; CARLOS OLAVO,

a outro um crédito pecuniário com vencimento a prazo[52] (que estando incorporado num título de crédito como uma letra ou uma livrança implica o endosso, em regra, em branco), recebendo em contrapartida o valor nominal desse crédito descontado dos juros contados desde a data da entrega da quantia até ao seu vencimento assim como das comissões[53]. Se o devedor cedido ou aceitante (letras), ou ainda o promitente (livranças), não cumprir, o descontante exigirá da outra parte o valor nominal do crédito. Quem adianta os fundos é o descontante, e a outra parte é o descontário[54]. Trata-se de um contrato nominado incluído entre as operações de banco (art. 362.º do Código Comercial)[55], socialmente típico[56].

Este contrato, quando se tratar do desconto de letras ou livranças, tem dois pontos relevantes em comum com a figura em análise: endosso das letras ou livranças e ser um instrumento de transformação dos créditos (incorporados em ambos os casos em títulos, mas também, em qualquer das hipóteses, podendo tratar-se de créditos ordinários) em liquidez imediata.

O contrato de desconto bancário, in Estudos em homenagem ao Professor Doutor Inocêncio Galvão Telles, volume II, Direito bancário (estudos organizados pelos Professores Doutores António Menezes Cordeiro, Luís Menezes Leitão e Januário da Costa Gomes), Almedina, Coimbra, 2002, *passim*; JOSÉ SIMÕES PATRÍCIO, *Direito bancário material*, Quid Juris, Lisboa, 2004, pp. 314, ss.; L. MENEZES LEITÃO, *Cessão de créditos*, cit., pp. 491, ss.; MICHELE SPINELLI/GIULIO GENTILE, *Diritto bancario*, 2.ª ed., Cedam, Pádua, 1991, pp. 219, ss.; GIACOMO MOLLE/LUIGI DESIDERIO, *Manuale bancario e dell'intermediazione finanziaria*, 6.ª ed., Giuffrè, Milão, 2000, pp. 187, ss.; GIUSEPPE FERRI, *Diritto commerciale* (com C. ANGELICI e G. B. FERRI), 11.ª ed., Utet, Turim, 2001, pp. 935, ss.; MANUEL DE BROSETA PONT/FERNANDO MARTINEZ SANZ, *Manual de derecho mercantil*, vol. II, Contratos mercantiles, derecho de los títulos-valores, derecho concursal, Tecnos, Madrid, 2003, pp. 239, ss.; C.-W. CANARIS, *Bankvertragsrecht*, cit., pp. 832, ss.; K. J. HOPT/P. O. MÜLBERT, *Kreditrecht, Bankkredit und Darlehen im deutschen Recht*, cit., Vorbem zu § § 607 ff, p. 307, ss..

[52] Admitindo que o desconto incida sobre créditos já vencidos, L. MENEZES LEITÃO, *Cessão de créditos*, cit., p. 500.

[53] Segundo aponta CARLOS OLAVO (*O contrato de desconto bancário*, cit., p. 431), no que diz respeito ao desconto cambiário, o "juro à taxa estabelecida calcula-se sobre o valor nominal de cada letra a descontar, na prática bancária portuguesa, pelo tempo que decorre desde a data em que a importância líquida abonada é creditada ou posta à disposição do cliente até ao último dia que a lei faculta para o pagamento da letra." O método adoptado é desta forma o do "desconto por fora ou comercial".

[54] Assim, FERNANDO OLAVO, *Desconto bancário*, cit., pp. 10-11.

[55] Tem um muito escasso regime legal (art. 3.º n.º 2 e art. 5.º n.º 1 do Dec.-Lei n.º 344/78, de 17/11).

[56] CARLOS OLAVO, *O contrato de desconto bancário*, cit., p. 429.

Consistem, no entanto, em figuras bem diversas, como já à pouco fizemos ressaltar. Em relação ao tipo normal do desconto, o *forfaiting* tem uma diferença óbvia. O *forfaiter* corre o risco do incumprimento ou da insolvência do importador não podendo exigir o pagamento ao endossante no caso de não cumprimento pelo devedor. A transferência é realizada sem recurso. A monetarização do crédito é assim aqui perfeita, ao contrário do que se verifica no desconto em que se obtém meramente uma monetarização temporária, sujeita ao pagamento do devedor do crédito transmitido.

Por isso, o contrato de desconto terá uma natureza diferente da do *forfaiting*. Com efeito, pesem embora posições diversas de alguma doutrina italiana[57] e da generalidade da doutrina alemã[58], este será um contrato misto de mútuo com uma dação em função do cumprimento[59], enquanto no *forfaiting* se estará, conforme se viu, face a uma venda de títulos de crédito.

Ainda, no caso do *forfaiting*, conforme está aqui a ser construído, os custos do financiamento e do risco assumido correm por conta do importador, enquanto nesta hipótese o valor do desconto a efectuar ao valor nominal do crédito é, em princípio, um custo do descontário.

Todavia, é possível, de uma forma só em parte paralela ao que acontece no *forfaiting*, que o montante inscrito na letra compreenda também o valor do desconto de forma a que o descontário receba o valor líquido, sendo os juros suportados pelo aceitante[60]. De todo o modo, no desconto, mesmo

---

[57] P. ex., G. Panzarini, *Lo sconto dei crediti e dei titoli di credito*, cit., pp. 415, ss.. Trata-se, porém, de uma corrente doutrinal minoritária, cfr. M. Spinelli/G. Gentile, *Diritto bancario*, cit., pp. 221, ss.

[58] Na Alemanha a tese da compra é a dominante na doutrina e na jurisprudência (cfr. K. J. Hopt/P. O. Mülbert, *Kreditrecht, Bankkredit und Darlehen im deutschen Recht*, cit., Vorbem zu § § 607 ff, p. 309). Posição minoritária é a de C.-W. Canaris, *Bankvertragsrecht*, cit., pp. 852-853.

[59] Entre nós: Fernando Olavo, *Desconto bancário*, cit., p. 232, pp. 239, ss.; A. Menezes Cordeiro, *Manual de direito bancário*, cit. pp. 592-593, J. Calvão da Silva, *Direito bancário*, cit., p. 362; L. Menezes Leitão, *Cessão de créditos*, cit., p. 505.

[60] Ou então por o descontante por acordo com o aceitante lhe cobrar a ele o valor do desconto, entregando por inteiro o valor nominal do crédito ao descontário. Ambas as hipóteses são referidas por Fernando Olavo, *Desconto bancário*, cit., p. 81. Ainda, poderá o devedor que aceitar uma letra, por forma a esta ser descontada junto de um banco, obrigar-se face ao descontário, através de convenção extra-cartular, a pagar essa quantia, correndo nessa medida o referido custo por sua conta. Assim, p. ex., se as partes num contrato de compra e venda acordarem uma prorrogação do prazo para o devedor cumprir, mas necessitando o credor dessa quantia de imediato (portanto sem pretender conceder mais crédito),

neste caso, ao contrário do *forfaiting*, o descontário só suporta os custos do financiamento e não da transferência do risco, que não se verifica.

Por outro lado, por vezes o desconto não será uma operação isolada, como o *forfaiting*, mas trata-se de um negócio de mobilização de uma abertura de crédito, eventualmente em conta corrente, acordada entre as partes.

Claro está que sempre que os riscos forem transferidos para o descontante e recair sobre o descontário o custo integral da assunção dos riscos e do crédito concedido, estaremos já perante o desconto *à forfait*[61]. E nesse ponto há um identificação entre os dois contratos. As diferenças, porém, entre o *forfaiting* em que seja o exportador a assumir os custos da transferência do risco e da monetarização dos créditos (que é um caso excepcional) e o desconto *à forfait* residem então só no conjunto de actos ou negócios prévios à venda dos títulos (que é o contrato de *forfaiting* em si), bem como o acordar dos valores e prazos de vencimento dos mesmos e na existência, necessária no caso do *forfaiting*, de uma garantia da obrigação do subscritor ou aceitante. O que pode ou não verificar-se no (simples) desconto *à forfait*.

2.6.3. *A titularização*

A titularização, tradução portuguesa do *securitization*, consiste, *grosso modu*, numa operação complexa que conduz à emissão de valores mobiliários "na base de direitos de crédito"[62] pecuniários cedidos para esse efeito a determinados cessionários, estando entre nós regulada pelo Dec.-Lei n.º 453/99, de 5/11[63-64].

---

poderá acordar com o devedor na emissão de uma letra, sacada sobre este e à ordem do credor por forma a proceder ao desconto bancário. O devedor/aceitante compromete-se igualmente perante o credor a pagar o montante do desconto.

[61] Ver, sobre este, FERNANDO OLAVO, *Desconto bancário*, cit., pp. 97, ss.; CARLOS OLAVO, *O contrato de desconto bancário*, cit., pp. 460-461. Estes Autores sublinham a sua diferença "essencial" do "tipo corrente" do contrato de desconto.

[62] PAULO CÂMARA, *A operação de titularização*, in Titularização de créditos, Lisboa, Instituto de direito bancário, 2000, p. 77.

[63] Alterado pelo Dec.-Lei n.º 82/2002, de 5/4, e pelo Dec.-Lei n.º 303/2003, de 5/12.

[64] Sobre esta, entre nós, ver: DIOGO LEITE DE CAMPOS, *A titularização de créditos. Bases gerais*, in Titularização de créditos, Lisboa, Instituto de direito bancário, 2000, pp. 9, ss.; DIOGO LEITE DE CAMPOS/MANUEL MONTEIRO, *Titularização de créditos, anotações ao decreto-lei n.º 453/99, de 5/11*, Almedina, Coimbra, 2001; J. CALVÃO DA SILVA, *Titul[ariz]ação de créditos, securitization*, 2.ª ed., Almedina, Coimbra, 2005; L. MENEZES LEITÃO, *Cessão de créditos*, cit., pp. 540, ss.; PAULO CÂMARA, *A operação de titularização*,

Do prisma do cedente[65], trata-se de uma forma de transformar em liquidez esses bens do seu activo, transferindo também para terceiro todos os riscos a eles ligados através de uma venda[66] (negócio base da cessão) de créditos[67]. Nessa medida é uma forma de monetarização perfeita dos direitos alienados[68].

São estes dois últimos pontos que a titularização tem em comum com o *forfaiting*: a venda como contrato base e o carácter perfeito da monetarização dos créditos[69]. Poderia ainda acrescentar-se que, embora as letras e livranças não sejam valores mobiliários, elas são susceptíveis de negociação posterior e que se verifica no *forfaiting* um *external credit enhancement*, através da garantia prestada por terceiro, o que também pode suceder na titularização[70] – art. 4.º n.º 7 do Dec.-Lei n.º 453/99, de 5/11 –, com o correspondente reforço do valor económico do bem.

Todavia, as semelhanças ficam-se por aqui. A titularização é uma operação muito complexa com um regime legal pormenorizado, tendo por objecto a cessão de uma massa de créditos ordinários (e não títulos de crédito) que conduz à emissão de valores mobiliários assentes nesses direitos[71-72]. O *forfaiting*, como se tem sublinhado, é uma operação isolada de

---

cit., pp. 65, ss.; CARLOS COSTA PINA, *Instituições e mercados financeiros*, Almedina, Coimbra, 2005, pp. 426, ss..

[65] Que a lei tipifica (art. 2.º do Dec.-Lei n.º 453/99, de 5/11), assim como os cessionários (art. 3.º do Dec.-Lei n.º 453/99, de 5/11).

[66] J. CALVÃO DA SILVA, *Titul[ariz]ação de créditos, securitization*, cit., pp. 37, ss..

[67] Quanto aos requisitos para que os créditos possam ser objecto de cessão para titularização – art. 4.º do Dec.-Lei n.º 453/99, de 5/11.

[68] Sendo um banco o cedente, como será o mais comum, a instituição de crédito além de transferir para terceiros os riscos do incumprimento e obter liquidez imediata, conforme se refere em texto, regista melhorias no seu balanço, diminui o montante de provisões e fundos próprios necessários e obtém igualmente ganhos de natureza fiscal. Como aponta, C. COSTA PINA, *Instituições e mercados financeiros*, cit., p. 427.

[69] Há aqui subjacente também a concessão de crédito a terceiro devedor. A transmissão do crédito ao cessionário ou ao *forfaiter* faz-se juntamente com o crédito aos juros, que no *forfaiting* estarão já incluídos no montante dos créditos cartulares.

[70] Quanto às formas de *external credit enhancement* na titularização, ver J. CALVÃO DA SILVA, *Titul[ariz]ação de créditos, securitization*, cit., pp. 90, ss..

[71] Os créditos funcionam como "activo subjacente" dos valores mobiliários emitidos "ou simplesmente como elemento conformador do respectivo conteúdo patrimonial." C. COSTA PINA, *Instituições e mercados financeiros*, cit., p. 426.

[72] Repare-se que embora em ambos os casos o *forfaiter* ou o cedente não corra o risco do incumprimento ou da insolvência que transfere, no *forfaiting* quem o corre é o *forfaiter*, enquanto na titularização serão já os adquirentes do valores mobiliários.

transacção de letras ou livranças emitidos em virtude de um contrato de compra e venda ou de prestação de serviços internacional (relação fundamental).

3. O *forfaiting* interno

Conforme se começou por referir, o *forfaiting* foi uma operação que se desenvolveu no seio do comércio internacional, motivado em grande parte pelas especificidades deste. Nesse quadro, o contrato tem principalmente por objecto (embora não só) letras e, sobretudo, pelas razões apontadas, livranças.

Recentemente, na Alemanha[73], o *forfaiting* (ou *Forfaitierung*) tem sido utilizado no âmbito estritamente interno, tendo por objecto créditos ordinários e não garantidos nas relações entre os bancos e as sociedades de locação financeira. Efectivamente, estas cedem a estes últimos os seus créditos às rendas (e ao valor residual) emergentes dos contratos de locação financeira celebrados, libertando dessa forma o balanço desses créditos que são substituídos por liquidez. Obtém dessa forma fundos que utilizam para a prossecução da sua actividade. Trata-se pois de uma forma de refinanciamento acompanhada da cessão de activos (que vão emergindo da sua actividade) e dos riscos a ele ligados. Igualmente, permite ao cedente concentrar-se no seu *core business*, transferindo para outrem a cobrança dos créditos que adquire[74].

Desta exposição decorre que funcional e mesmo estruturalmente este desenho do *forfaiting*, que tem por objecto uma cessão de créditos ordinários, por forma a propiciar dessa forma liquidez ao cedente e a transferir para a outra parte os riscos, se aproxima muito do desconto de créditos ordinários e, em especial, da cessão financeira na modalidade de cessão sem recurso e com adiantamento, ou seja, quando o factor antecipa parte do valor nominal do crédito cedido, garante o cumprimento por parte do devedor e realiza a sua cobrança.

---

[73] Cfr. F. GRAF VON WESTPHALEN, *Der Leasingvertrag*, 5.ª ed., Verlag Dr. Otto Schmidt, Colónia, 1998, pp. 757, ss.; M. MARTINEK, *Das Forfaitierungsgeschäft*, cit., pp. 2658, ss.; R. A. SCHÜTZE, *Forfaitierungs-Vertrag*, cit., II. 6, p. 288.

[74] Como se refere em texto, esta adaptação do *forfaiting* no âmbito interno verificou-se na Alemanha como forma de refinanciar as sociedades de locação financeira.

De seguida iremos traçar (abreviadamente) o regime desta modalidade de *forfaiting*, para, depois, a procurarmos distinguir do desconto e, em particular, como se disse, do *factoring*[75]. Só dessa forma se poderá alcançar o objectivo inicialmente traçado de firmar a identidade e autonomia desta figura (quando efectivamente ela exista) no particular quadro contratual em que a estamos a inserir.

3.1. *O regime*

A cessão de créditos constitui um efeito de um negócio base que pode ter uma natureza bastante diversa. O conteúdo global do negócio pela qual se opera a transferência desse direito resulta assim da articulação das disposições da cessão de créditos com as desse particular negócio, neste caso, uma compra.

Efectivamente, as partes pretendem aqui a troca do crédito ou créditos por um preço, que está dependente da avaliação que o *forfaiter* faça desses direitos. Para tal terá que ter em conta, dentre outros elementos, a data do seu vencimento, o risco de incumprimento ou de insolvência do devedor cedido e os custos relativos à sua cobrança. Neste contexto, importa não esquecer que o crédito cedido não está garantido, como sucede, conforme foi referido, na versão internacional deste negócio. O cedente ao ajustar com a outra parte o preço a receber pela transferência dos direitos terá que avaliar o custo de um refinanciamento alternativo, da passagem para outrem, de forma integral, dos referidos riscos, bem como da poupança nas despesas de administração e cobrança dos créditos[76].

---

[75] Sendo comum uma certa confusão entre as duas figuras quando o contrato tenha por objecto a cessão de créditos ordinários. Cfr. G. PANZARINI, *Forfaiting: la funzione specie nel mercato internazionale, le techniche, la qualificazione*, cit., p. 774 ("l'operazione di *forfaiting* è tavolta visibile anche nell'ambito del *factoring*, vale a dire in alcune delle clausule delle convenzione di *factoring*, italiane o straniere, ove è scritto che il factor può acquistare i crediti senza risalva verso il cliente, o se vuolsi *pro soluto*; è naturale che in questo caso il *forfaiting* riguarda quasi sempre crediti domestici a breve o a media scadenza."); M. MARTINEK, *Das Forfaitierungsgeschäft*, cit., p. 2659 ("Die begrifflichen Unschärfen sind in der Praxis beträchtlich.").

[76] Haverá que ter presente também as vantagens de natureza fiscal que para o cedente resultam deste negócio. Sublinhando que o referido ponto foi determinante para a implantação do *forfaiting* no âmbito interno na Alemanha, M. MARTINEK, *Das Forfaitierungsgeschäft*, cit., pp. 2658-2659.

A compra e venda do crédito pecuniário mostra-se apta do prisma do alienante a desempenhar este papel de obtenção de liquidez e garantia. Por um lado, através do preço calculado tendo presente o valor económico do direito, obtém a sua substituição no seu património por fundos de que necessita para prosseguir, e mesmo ampliar, a sua actividade; por outro, a transferência definitiva do crédito para a esfera do adquirente leva a que este passe a correr os particulares riscos ligados à titularidade deste bem. Na verdade, o cedente garante ao cessionário a existência e a exigibilidade do crédito, mas já não a solvência (ou o cumprimento) do devedor cedido, excepto se a tanto expressamente se tiver obrigado, o que não é aqui o caso (art. 587.º ns. 1 e 2).

Os fins visados pelas partes poderiam ter sido alcançados através de um negócio, ou um conjunto de negócios, de crédito e garantia sem se operar a transferência dos créditos. Contudo, não foi esse o instrumento escolhido pelas partes, tendo estas considerado a compra e venda como mais apta para o resultado que pretendem alcançar.

Cedido o crédito, este passa de imediato para a esfera do cessionário, sendo no entanto a transferência ineficaz em relação ao devedor cedido enquanto a cessão não lhe tiver sido notificada, ele não a tenha aceite, ou não tenha, simplesmente, tido conhecimento desta (art. 583.º ns. 1 e 2). Na eventualidade de o transmitente operar uma dupla transmissão do mesmo direito, rege o critério do art. 584.º, prevalecendo a cessão que primeiro tenha sido notificada ou aceite pelo devedor cedido (art. 584.º). Com o crédito transmitem-se, em princípio, igualmente as garantias e os acessórios desse direito, a não ser que sejam inseparáveis da pessoa do cedente (art. 582.º n.º 1).

O alienante garante a existência e a exigibilidade do crédito cedido nos termos aplicáveis ao contrato de compra e venda, seu negócio base (art. 587.º n.º 1). Já não garante a solvência do devedor cedido (art. 587.º n.º 2). Esse é um risco, como se disse, transferido para o comprador/cessionário e tido em conta, entre outros factores, na fixação do preço.

Tratando-se de uma venda, não há, dada a natureza do objecto negociado, qualquer dever de entrega do bem [art. 879.º al. b)], embora tenham que ser entregues os documentos probatórios do crédito (art. 882.º ns. 2 e 3, e art. 586.º). O direito sobre este (o documento probatório do crédito) constitui, de acordo com Menezes Leitão, "um específico direito acessório do direito de crédito"[77].

---

[77] L. Menezes Leitão, *Cessão de créditos*, cit., p. 358.

A principal debilidade da transferência de créditos ordinários, do prisma do adquirente, consiste na tutela do devedor cedido que, antes de lhe ser notificada (ou ele tenha aceite) a cessão, e desde que não tenha de outra forma tido conhecimento da mesma, pode cumprir liberatoriamente perante o cedente ou celebrar com ele qualquer negócio relativo ao crédito cedido (art. 583.º n.º 2). Acresce que o devedor poderá ainda opor ao cessionário todos os meios de defesa que teria podido opor ao cedente, excepto os que provenham de facto posterior ao conhecimento da transferência do direito (art. 585.º)[78].

Os primeiros aspectos, bem como o risco de uma segunda transferência do direito que venha a prevalecer ao ser em primeiro lugar notificada ou aceite pelo devedor cedido (art. 584.º), podem ser afastados por uma notificação atempada.

Mas o mesmo não se passa em relação a outros meios de defesa do devedor cedido, em particular a compensação, e aqueles ligados ao carácter sinalagmático do contrato constitutivo do crédito.

No que diz respeito à estrutura da operação de *forfaiting*, esta poderá ter por objecto um único crédito. Porém, de uma forma paralela ao que acontece com o *factoring*, poderá também ter por objecto uma pluralidade de créditos, estruturando-se de forma dual, através da celebração de um contrato inicial seguido dos contratos de compra e venda dos créditos ou, eventualmente, incidir sobre a transmissão global de um conjunto de créditos presentes e futuros (cessão global).

Nesta última hipótese, estaremos perante um contrato de venda de bens presentes e futuros (art. 880.º). Neste contexto, é importante determinar, caso os referidos direitos venham a emergir de uma relação contratual duradoura já constituída, se, existindo, as partes pretenderam de imediato a transmissão das próprias expectativas. Haveria desta forma uma cessão de créditos (presentes) acompanhada de uma transferência das expectativas de aquisição dos créditos futuros.

Em caso de declaração de insolvência subsequente do vendedor do crédito, a titularidade do direito (venda de crédito presente) já se transmitiu para o comprador não fazendo desta forma parte da massa insol-

---

[78] Cfr. JORGE RIBEIRO DE FARIA, *Direito das obrigações*, vol. II, Almedina, Coimbra, 1990, pp. 501, ss.; JOÃO ANTUNES VARELA, *Das Obrigações em geral*, vol. II, Almedina, Coimbra, 1997, reimpressão, pp. 294, ss.; L. MENEZES LEITÃO, *Cessão de créditos*, cit., pp. 313, ss.; M. PESTANA DE VASCONCELOS, *Dos contratos de cessão financeira (factoring)*, cit., pp. 280, ss..

vente. Se o preço ainda não tiver sido pago, esse direito de crédito (ao preço) pertence à massa. O negócio não poderá, em princípio, ser atacado por via da resolução nos termos dos arts. 121.º (relativos à resolução incondicional) e 120.º CIRE (requisitos gerais da resolução), pelo menos quando o preço de compra corresponder ao valor de mercado do crédito cedido.

3.2. *Distinção das figuras próximas*

3.2.1. *O desconto*

Este contrato pode ter por objecto créditos ordinários, cuja transferência é realizada em função do cumprimento. Daí que, se o devedor cedido não cumprir, o credor poderá exigir ao descontário o pagamento. Por isso, este contrato é simplesmente um negócio de liquidez, mas não de garantia (a não ser de forma indirecta para o descontante, em virtude do reforço da sua posição creditória com a aquisição do direito sobre um terceiro). Não se trata de uma venda, mas de um mútuo com uma dação de um crédito em função do cumprimento. Este aspecto já foi visto aquando da análise do desconto de letras de câmbio.

Diferente é já a celebração de um desconto *à forfait* de um crédito ordinário, o que nos termos do regime da cessão destes direitos significa que o cedente garante tão só a existência e a exigibilidade do crédito, mas não a solvência ou o cumprimento do devedor cedido. Estamos perante uma compra de créditos, sendo também aqui, nos termos apontados, este contrato o núcleo do *forfaiting* interno.

3.2.2. *O contrato de cessão financeira sem recurso e com adiantamento*

Os factores nacionais optaram por estruturar o *factoring* de forma dual, recorrendo à celebração de um contrato-quadro (o contrato de cessão financeira em si) seguido de contratos de segundo grau de natureza diversa entre si (cujo regime, bem como as obrigações de ambas as partes os concluírem, decorrem desse contrato inicial), os quais produzem entre outros efeitos as cessões dos créditos.

Sempre que este direito for cedido sem recurso e com adiantamento, celebra-se o contrato de cessão financeira (de segundo grau) através da qual se concretiza a função de financiamento e de garantia que o *factoring* desempenha[79-80].

Nos termos deste negócio, o factor, adquirente do crédito a curto prazo, adianta ao facturizado cerca de 80% do valor nominal do direito, presta a sua garantia (a denominada garantia "factoring") de cumprimento do devedor cedido e terá que realizar a gestão e cobrança do referido direito. Se o devedor cedido cumprir, o factor entregará à outra parte o montante não adiantado do crédito cedido menos os juros (e comissões). Na eventualidade de não cumprimento, o factor, desde que funcione a garantia *factoring*[81], fará também a entrega dessa quantia após ter decorrido um determinado período de mora previsto nas condições particulares do contrato-quadro. Se a garantia não funcionar e o devedor cedido não

---

[79] Na caracterização em texto estamos a partir do tipo "jurídico-estrutural" (K. LARENZ, *Metodologia da ciência do direito*, cit., pp. 568-571) do *factoring* entre nós. Este, dada a escassa regulamentação legal existente (donde evidentemente se arranca), é apreendido com base nos modelos de contratos de cessão financeira existentes em Portugal (compostos quase integralmente por cláusulas contratuais gerais), que gozam de uma grande uniformidade, estabelecendo desta forma uma disciplina negocial.

É a referida uniformidade destes negócios, a sua enorme relevância na vida mercantil e o tratamento que lhes tem sido concedido pela doutrina e jurisprudência que permitem afirmar a sua tipicidade social. Quanto à tipicidade social, ver: MARIA HELENA BRITO, *O contrato de concessão comercial*, Almedina, Coimbra, 1990, pp. 166, ss.; PEDRO PAIS DE VASCONCELOS, *Contratos atípicos*, Almedina, Coimbra, 1995, pp. 59, ss.. Para a tipicidade social da cessão financeira: A. MENEZES CORDEIRO, *Da cessão financeira (factoring)*, Lex, Lisboa, 1984, p. 84; A. PINTO MONTEIRO/CAROLINA CUNHA, *Sobre o contrato de cessão financeira ou de "factoring"*, in Volume comemorativo do 75.º tomo do Boletim da Faculdade de Direito (BFD), Coimbra, 2003, pp. 521-523.

[80] Não pode falar-se entre nós de uma tipicidade legal do *factoring*, no sentido da existência de um "tipo fechado" (para este, ver: MARIA HELENA BRITO, *O contrato de concessão comercial*, cit., p. 162; GIORGIO DE NOVA, *Il tipo contrattuale*, Cedam Pádua, 1974, pp. 135, ss.) de cessão financeira, à semelhança do que acontece com os contratos regulados no Código Civil e mesmo outros como a locação financeira ou a agência. Todavia, poderá eventualmente falar-se de um tipo aberto, como fazem A. PINTO MONTEIRO/CAROLINA CUNHA, *Sobre o contrato de cessão financeira ou de "factoring"*, cit., p. 525 (estes Autores entendem que os dados legais permitem afirmar a existência entre nós de um tipo legal, "ainda que relativamente aberto, de contrato de factoring").

[81] Destaque-se que os factores nas suas cláusulas contratuais gerais fixam um conjunto de circunstâncias que levam a que cesse a garantia de um crédito anteriormente prestada, passando a cessão a ser com recurso. Algumas dessas limitações são mesmo ilícitas. Ver, em pormenor sobre este ponto, M. PESTANA DE VASCONCELOS, *Dos contratos de cessão financeira (factoring)*, cit., pp. 265-269.

cumprir, o factor retransmite o direito ao facturizado e exige-lhe o pagamento da quantia antecipada, mais os juros[82].

Como contrapartida das suas prestações, o factor tem direito a uma comissão pela cobrança, outra pela garantia e aos juros relativamente ao adiantamento.

A natureza deste contrato é discutida, entendendo a corrente doutrinária dominante na Alemanha (onde é denominado *echtes Factoring*, ou seja, cessão financeira verdadeira ou própria) que se trata de uma venda de créditos[83].

Não nos parece que seja o caso. Da interpretação dos contratos resulta que o crédito não é cedido ao factor como contrapartida de um preço, para o qual seria determinante o valor económico desse direito.

Tal como as partes desenharam o conteúdo deste contrato, resulta que não é fixado qualquer preço. O montante que o factor entrega à outra parte a pedido desta aquando da conclusão do contrato é um simples adiantamento ou antecipação percentualmente fixado sobre o valor nominal do crédito (soma por cuja disponibilidade o facturizado paga juros). Não varia com a maior ou menor extensão do prazo para o vencimento, nem com as eventuais garantias que acompanhem o direito. Não pode ser visto como o preço a pagar pelo crédito.

Se assim fosse, teria que se entrar evidentemente em linha de conta com a consistência económica do direito, o que não se faz. Na verdade, em vez de pagar seja o que for pela aquisição definitiva do direito, é ainda o factor que adquire um conjunto de créditos sobre a outra parte, correspectivo das prestações realizadas: comissões de garantia e cobrança e juros.

---

[82] As comissões são, evidentemente, sempre devidas.

[83] Cfr., p. ex.: KLAUS BETTE, *Das Factoring-Geschäft, Praxis und Rechtsnatur in Deutschland im Vergleich zu anderen Formen der Forderungsfinanzierung*, Forkel-Verlag, Estugarda, Wiesbaden, 1973, p. 36; ROLF SERICK, *Rechtsprobleme des Factoring-Geschäftes*, BB, 1976, pp. 428, ss.; UWE BLAUROCK, *Die Factoring-Zession*, ZHR, 1978, p. 341; M. MARTINEK, *Das Factoringgeschäft*, in *Bankrechts-Handbuch* de SCHIMANSKY//BUNTE/LWOWSKI, *Band 2*, cit., § 102, pp. 2587, ss.. Posição contrária, sustentando a "Darlehenstheorie", C.-W. CANARIS, *Bankvertragsrecht*, cit., pp. 856-857 (este Autor aproxima o *echtes Factoring* do desconto "à forfait"; se estamos em parte de acordo com a qualificação que faz do primeiro, já não podemos seguir este Autor, como foi sublinhado, no que toca à qualificação do desconto "à forfait"). Ver desenvolvidamente quanto à caracterização desta (*rectius*, destas) corrente(s), e sub-correntes, com apoio no BGH (a primeira), e sua crítica, com indicação bibliográfica, M. PESTANA DE VASCONCELOS, *Dos contratos de cessão financeira (factoring)*, cit., pp. 413, ss..

A ligação entre estas retribuições e as prestações realizadas pela instituição de crédito é extremamente clara em termos contratuais (juros/adiantamento, comissão de garantia/garantia e comissão de cobrança/gestão e cobrança).

O crédito é cedido para que o factor possa recorrer ao montante cobrado (evidentemente, se o devedor cedido cumprir) de forma a extinguir a obrigação da outra parte de restituição do adiantamento (bem como do pagamento dos juros). Estamos assim perante uma dação em função do cumprimento.

Se o devedor cedido não cumprir, a instituição de crédito não retransmite o direito ao cedente (como acontece na cessão com recurso e com adiantamento), cobrando-lhe a restituição e os juros (assim como as comissões), obrigações que não foram extintas (tratando-se, como se trata, de uma dação em função do cumprimento). Na verdade, o facturizado continua devedor da outra parte do montante adiantado e dos juros (bem como das comissões). Contudo, agora, uma vez que o devedor cedido não cumpriu e o factor garantiu esse cumprimento, a sua contraparte adquire um crédito no montante do crédito cedido. Da compensação desses créditos recíprocos, resulta o montante a entregar pela instituição de crédito ao facturizado.

Trata-se desta forma de um contrato misto de mútuo, mandato e fiança comerciais. Estamos perante uma estrutura contratual bastante complexa resultante da fusão de elementos desses contratos típicos.

Este negócio é muito semelhante, como se vê, ao *forfaiting*. Distingue-se dele essencialmente por dois aspectos[84]. Em primeiro lugar, por força da lei (art. 2.º n.º 1 do Dec.-Lei n.º 171/95, de 18/7), a cessão financeira só pode ter por objecto créditos a curto prazo derivados da venda de produtos ou da prestação de serviços, nos mercados interno e externo, limitação que se não verifica no *forfaiting*. Depois, porque embora visando desempenhar funções económicas similares, as partes procedem a um

---

[84] Estamos a centrar a nossa análise somente no contrato de cessão financeira sem recurso e com antecipação, individualmente considerado, para o distinguirmos do *forfaiting*. Porém, a verdade é que não se deve perder de vista que este contrato consiste num negócio de execução do contrato-quadro de cessão financeira em si, projectando-o em grande parte funcionalmente. O conteúdo deste contrato inicial, como se referiu, não se limita a prever e impor a celebração de contratos de segundo grau, que podem ter natureza diversa entre si, mas dele decorre também, entre outros efeitos, a obrigação de prestar consultadoria comercial.

diverso, embora muito próximo, arranjo de interesses, recorrendo a diferentes contratos base das transferências de créditos. Que aqui será já, de facto, ao contrário da modalidade de contrato de cessão financeira em análise, uma compra de créditos[85].

Na realidade, aquando da cessão o *forfaiter* entrega à outra parte um montante que corresponde à avaliação que ele faz do valor económico desse direito. Para tal tem em conta a data do vencimento, a consistência económico-financeira e a honorabilidade do devedor cedido, assim como as eventuais garantias de que o crédito esteja dotado. Resulta daqui um determinado valor que oferece como preço. Dito por outras palavras: as partes perspectivam esses aspectos como elementos a ter em conta na fixação do preço, o que justifica ele seja inferior ao valor nominal, não havendo aqui contrapartidas de serviços prestados pelo adquirente. Em particular, o cessionário não presta qualquer garantia.

O lucro do ente financeiro residirá na diferença entre esse montante e aquele que venha a obter com a cobrança do crédito (ou eventualmente a sua retransmissão a outrem, o que, sendo créditos ordinários, será menos comum). A venda desempenha aqui mais uma vez, para o cedente, o papel de um negócio de liquidez e garantia.

Observe-se que na cessão financeira (*rectius*, neste contrato de segundo grau de *factoring*) o cedente/facturizado só estará efectivamente tutelado se se verificar o circunstancialismo que desencadeia a actuação da garantia, enquanto no *forfaiting* o cedente depois de celebrado o contrato transfere o conjunto dos riscos definitivamente para o cessionário.

E este aspecto é sem dúvida importante porque os factores recorrendo a cláusulas contratuais gerais estabelecem um conjunto de casos em que não garantem o cumprimento da outra parte. Ora esta limitação da função de garantia, dada a troca definitiva do direito por dinheiro, não opera na venda/*forfaiting*. A monetarização do crédito é desta forma aqui perfeita[86],

---

[85] A qualificação depende sempre, claro, da interpretação do concreto contrato celebrado entre as partes. Na ausência destes, estamos, para este efeito, a transpor para o âmbito interno e no que respeita a créditos ordinários, a configuração que este contrato tem na sua versão internacional. Isto é, estamos a adaptar a estes elementos (comércio interno, cessão de créditos ordinários) a matriz desta figura.

[86] Esta afirmação tem que ser entendida *cum grano salis* porque, estando nós face a uma cessão de créditos, haverá ainda que contar com uma eventual responsabilização do cedente, uma vez que este garante a exigibilidade do crédito (art. 587.º n.º 1). Assim, p. ex., se o cedente anular o contrato donde emerge o crédito ou der causa a que o devedor cedido o resolva, responderá face ao cessionário/comprador. A posição do cessionário

o que pela razão apontada não sucede (*rectius*, sucede numa menor extensão) na referida modalidade de cessão financeira.

3.2.2.1. *Poderão os factores estruturar o* factoring *de forma idêntica à do* forfaiting *interno?*

A análise anteriormente empreendida teve por base o tipo jurídico-estrutural da cessão financeira entre nós. Este, como referimos, partindo da escassa regulamentação legal existente, decorre essencialmente da disciplina negocial que os modelos contratuais, dotados de uma grande uniformidade, elaborados pelos factores através do recurso na sua quase integralidade a cláusulas contratuais gerais, consagram.

É da actividade de interpretação negocial desses contratos que decorre a qualificação dos mesmos. Daí também a deste contrato de segundo grau pelo qual se projecta a função de financiamento, garantia e gestão e cobrança dos créditos.

Resta saber se as partes não podem, com vista à prestação dos serviços acima apontados, adoptar um outro instrumento contratual, sem que deixemos de estar perante um contrato de *factoring* (de segundo grau).

Cremos que só não o poderiam fazer se o limitado regime legal da cessão financeira o impedisse. O que não é o caso, havendo porém que ter presente a necessidade de estarmos face a créditos que revistam as características previstas no art. 2.° n.° 1 do Dec.-Lei n.° 171/95, de 18/7: serem créditos a curto prazo (i), e decorrerem da venda de produtos ou da prestação de serviços, nos mercados interno e externo (ii).

Desta forma, com esses limites (que excluem os créditos a médio e longo prazo, assim como aqueles, mesmo a curto prazo, que decorram de outros contratos que não da venda de produtos ou da prestação de serviços), nada obsta a que as partes, num desvio daquele que é o tipo negocialmente consagrado de *factoring* ente nós, optem pela venda dos créditos a curto prazo do cedente. Eventualmente até de uma massa de créditos a emergirem dos contratos a celebrar pelo cedente/vendedor com um conjunto de terceiros indicados no contrato.

---

adquirente poderá ser tutelada mediante o recurso a uma garantia. Na Alemanha, as partes no âmbito do *leasing* recorrem, de forma paralela, à transmissão em garantia do locatário financeiro ao cessionário/adquirente do bem dado em locação financeira. Cfr. MARTINEK, *Das Forfaitierungsgeschäft*, cit., p. 2660.

Nesse caso não haveria qualquer adiantamento, mas simplesmente o preço de compra, pago imediatamente, determinado de acordo com o valor económico desse crédito. Para esse cálculo terá que se atender, entre outros elementos, ao tempo que medeia entre a venda e o vencimento e o risco corrido pelo adquirente.

Nesta hipótese, uma vez adquirido o crédito, os diversos riscos a ele ligados, como se apontou, passam para o cessionário, o que, conforme também foi apontado, não se verifica (transmissão integral do risco) na garantia prestada pelos factores que pode cessar em certos casos.

Dessa forma, tanto estaremos perante um contrato de cessão financeira quando, conforme sucede na prática negocial, as partes, para a realização das funções de financiamento, garantia e cobrança, celebram um contrato misto de mútuo, fiança e mandato, como se optarem, desde que os créditos revistam as características apontadas, por uma venda de créditos[87]. Trata-se, no fundo, de importar para o *factoring* o mecanismo técnico do *forfaiting*.

Neste caso, então, o *forfaiting* (que tenha por objecto créditos a curto prazo decorrentes de contratos de venda de produtos ou da prestação de serviços) já não se distinguiria da cessão financeira, sendo meramente uma modalidade de um negócio de segundo grau[88] desta.

A aproximação entre estes contratos que a adaptação do *forfaiting*, nascido, como se referiu, no seio do comércio internacional, ao âmbito interno gerou (em particular, o recurso à cessão de créditos ordinários e a curto prazo, mas também a ausência de garantia prestada por terceiro e a atribuição dos custos da liquidez e transferência do risco ao cedente) acaba por esbater as linhas de distinção entre estas figuras, de tal forma que, como se disse, por vezes, este *forfaiting*, ou melhor o *forfaiting* que revista estas características, se enquadra no *factoring* (embora se distinga do tipo negocial deste contrato entre nós). Nos outros casos, de acordo com as linhas de distinção firmadas, tal não sucede, mantendo a sua autonomia.

Porto, Junho de 2005

---

[87] Recorrendo a um outro instrumento jurídico para melhor alcançar os seus interesses. Ver, sobre este ponto, P. Pais de Vasconcelos, *Contratos atípicos*, cit., p. 246.

[88] Se for adoptada uma estrutura dual. Caso estejamos perante uma estrutura unitária será meramente uma outra modalidade de *factoring*.

DA RENÚNCIA DOS DIREITOS REAIS

Luís Carvalho Fernandes*

SUMÁRIO: *1. Justificação do tema. 2. A renúncia liberatória. 3. A renúncia abdicativa. 4. O abandono. 5. Restrição do âmbito do estudo. Sequência. 6. Da renunciabilidade dos direitos de propriedade e de propriedade horizontal; exposição. 7. Da renunciabilidade dos direitos de propriedade e de propriedade horizontal; posição adoptada. 8. Da renunciabilidade do direito de superfície.*

1. Justificação do tema

I. A renúncia dos direitos reais por vontade do seu titular, vista a sua natureza patrimonial, apresenta-se legitimada, *prima facie*, pelo princípio da autonomia privada que, sem prejuízo das limitações decorrentes do seu *numerus clausus* – e de outras de ordem geral –, preside à categoria. Todavia, a análise da realidade subjacente à questão – dos actos de vontade que são sua fonte – revela que ela assume complexidade que vai muito para além deste enquadramento primário e se projecta no regime de institutos com ela conexos.

Neste plano, torna-se, por isso, necessário estar atento à caracterização e delimitação das figuras do *abandono* e da *renúncia*, sendo que, nesta, há ainda que distinguir consoante se apresenta como *abdicativa* ou *liberatória*.

Para além disso, se a admissibilidade da renúncia dos direitos reais de gozo menores e dos de garantia encontra na lei positiva suporte mais ou menos adequado, que a sua construção dogmática acolhe, o mesmo não se

---

* Professor Auxiliar da Faculdade de Direito da Universidade Católica Portuguesa.

pode já dizer quanto ao direito de propriedade, ao direito de propriedade horizontal, por arrastamento, e, porventura, ao direito de superfície.

Havia, pois, boas razões para *revisitar* um tema que não sendo, de modo algum, ignorado pela doutrina portuguesa, nela não encontra, em geral[1], tratamento muito alongado. Pela nossa parte esta é uma oportunidade de rever, desenvolver e esclarecer posições que sobre ela tivemos já oportunidade de perfilhar[2], mas, sobretudo, de singelamente contribuir para a justa Homenagem ao Prof. Doutor José Dias Marques, que nos iniciou no estudo dos direitos reais.

Aquele objectivo leva-nos a abordar, num primeiro momento, o tema da renunciabilidade dos direitos reais em geral, para mais adequado enquadramento da nossa preocupação dominante, como de resto as observações anteriores indiciam: apurar a renunciabilidade dos direitos de propriedade, de propriedade horizontal e de superfície.

II. Com o propósito de evitar repetições, começamos por identificar e caracterizar a renúncia, distinguindo, nela, as suas modalidades, para, de seguida, a demarcar do abandono.

Todos estes institutos constituem manifestações da faculdade de disposição que é co-natural à generalidade dos direitos reais, só sofrendo limitações, numa das suas expressões mais relevantes – a transmissibilidade –, em casos muito contados: no direito de usufruto, pelo que respeita à disposição por acto *mortis causa* [arts. 1443.º e 1476.º, n.º 1, al. a)], e, quanto aos direitos de uso e de habitação, em termos mais restritivos, porquanto neles prevalece, também, a intransmissibilidade *inter vivos* (art. 1488.º)[3].

---

[1] Para além do tratamento, mais ou menos desenvolvido, que recebe em lições de Direitos Reais, adiante citadas, merece especial referência a atenção alargada que lhe foi dedicada por M. Henrique Mesquita, em função do regime das obrigações reais, na sua tese de doutoramento (*Obrigações Reais e Ónus Reais*, Almedina, Coimbra, 1990, págs. 360--395. Mais recentemente, *vd*. Francisco M. de Brito Pereira Coelho, *A Renúncia Abdicativa no Direito Civil (Algumas Notas Tendentes à Definição do seu Regime)*, Boletim da Faculdade de Direito, Universidade de Coimbra, Coimbra Editora, 1995, estudo de carácter geral, não restrito, pois, aos direitos reais.

[2] Cfr. *Lições de Direitos Reais*, 4.ª ed., 2.ª reimp., Quid Juris, 2005, págs. 246 e segs..

[3] São do Código Civil os preceitos legais citados sem identificação da sua fonte, a menos que algo diferente resulte do contexto.

2. A renúncia liberatória

I. A renúncia liberatória dos direitos reais tem o seu campo de aplicação, por excelência, no domínio das chamadas *obrigações propter rem*, logo, conexas com um direito real de que a pessoa a ela adstrita é titular, nelas surgindo como um aspecto significativo do seu regime[4].

No plano do direito positivo, o Código Civil prevê e regula esta modalidade de renúncia no domínio da compropriedade (art. 1411.° aplicável a outras situações de contitularidade), do direito de usufruto (art. 1472.°, n.° 3, valendo o mesmo regime para os direitos reais de uso e de habitação), e do direito de servidão (art. 1567.°, n.ºs 2 e 4).

Da análise sumária destes casos de renúncia liberatória, quanto ao que no seu regime releva para a matéria deste estudo, extraem-se as seguintes notas.

II. Na compropriedade, a cada um dos consortes é reconhecida a faculdade de se eximir da obrigação de contribuir para as despesas necessárias à conservação ou fruição da coisa comum, quando não as tenha aprovado. A renúncia depende, porém, do consentimento dos demais interessados e, quando válida, aproveita a todos, na proporção das suas quotas (n.ºs 1 e 3 do art. 1411.°).

A renúncia está sujeita à forma exigida para a doação, o que significa que depende da natureza móvel ou imóvel da coisa comum (arts. 1411.°, n.° 3, e 947.° do Código Civil).

Se as despesas que determinaram a renúncia não vierem a ser feitas, a renúncia é revogável (n.° 2 do art. 1411.°).

O regime do art. 1411.° vale para outras formas de comunhão, por força da remissão genérica do art. 1404.°. Como casos específicos de aplicação, referimos as despesas de reparação ou de reconstrução de muro comum (art. 1375.°, n.° 5) e as despesas com obras que o dono do prédio dominante pode fazer no prédio serviente, quando sejam vários os donos dos prédios dominantes e um deles se queira libertar do encargo (arts. 1566.° e 1567.°, n.° 2).

III. O regime da renúncia liberatória no usufruto consta do art. 1472.°, aplicável aos direitos reais de uso e de habitação por força da remissão do art. 1485.°.

---

[4] Sobre os efeitos da renúncia liberatória, nas suas relações com as obrigações *propter rem*, vd. M. Henrique Mesquita, *Obrigações Reais*, págs. 366 e segs..

As obrigações reais de que o usufrutuário se pode eximir, mediante renúncia ao usufruto (n.º 3 do art. 1472.º), são as que têm por objecto:

a) as reparações ordinárias indispensáveis para a conservação da coisa (art. 1472.º, n.º 1);
b) as despesas de administração (art. 1472.º, n.º 1);
c) as reparações extraordinárias quando se tornem necessárias por má administração do usufrutuário (art. 1473.º, n.º 1).

A renúncia não depende, neste caso, de aceitação do proprietário e dá-se, como é manifesto, em benefício dele.

IV. No direito de servidão, para além da hipótese prevista no n.º 2 do art. 1567.º, já acima referenciada, pelo seu *parentesco* com a compropriedade, a renúncia liberatória está prevista no n.º 4 daquele preceito, quanto às despesas com obras relativas à servidão que o proprietário do prédio serviente se tenha obrigado a suportar.

A norma citada permite que este se liberte do encargo com essas obras, renunciando ao seu direito de propriedade em benefício do proprietário do prédio dominante.

A renúncia depende de aceitação deste; todavia, se não for aceite, nem por isso o proprietário do prédio serviente deixa de ficar vinculado a suportar as despesas.

V. Os dados recolhidos nas alíneas anteriores permitem identificar as notas dominantes, uma delas não necessária, da renúncia liberatória.

Primariamente, esta modalidade de renúncia é dirigida à libertação da obrigação *propter rem* imposta ao titular do direito renunciado. Este efeito jurídico verifica-se por mero efeito da renúncia e é acompanhado, como *norma*, do da aquisição deste direito real, a favor de uma pessoa, que é o credor da obrigação real ou alguém que do seu cumprimento retira benefício.

A aquisição do direito renunciado não é, porém, um efeito necessário do instituto, que pode assumir uma feição mais ou menos complexa. Assim, como atrás ficou exposto, casos há em que o efeito liberatório é acompanhado da aquisição do direito de que a obrigação real é conexa, enquanto noutros só o efeito liberatório se verifica.

Quando os efeitos liberatório e aquisitivo ocorrem, este surge como uma contrapartida daquele, o que retira à renúncia liberatória natureza gratuita.

Noutro plano, a renúncia liberatória não depende, em regra, de aceitação; mas nem sempre assim acontece, sendo esta mais uma manifestação do carácter complexo do instituto.

3. A renúncia abdicativa

I. No domínio dos direitos reais, a renúncia abdicativa surge como causa de extinção do correspondente direito subjectivo, sendo como tal prevista no Código Civil em relação às suas modalidades de direitos de gozo, quando limitado, e de garantia. No Código nada se diz quanto aos direitos de propriedade, de propriedade horizontal e de superfície.

Fora do Código Civil, há que atender ao regime do direito real de habitação periódica.

II. Nos direitos reais de garantia o paradigma do regime da renúncia encontra-se no direito de hipoteca, nos arts. 730.°, al. d), e 731.°. Estas normas, por remissão de outros preceitos, são alargadas à consignação de rendimentos (art. 664.°), ao penhor (art. 677.°), aos privilégios creditórios (art. 752.°) e ao direito de retenção (art. 761.°).

A renúncia da hipoteca não depende de aceitação do devedor ou do autor da hipoteca (n.° 1 do art. 731.°).

A declaração de renúncia tem de ser expressa e está sujeita a forma legal, devendo conter-se em documento autenticado. Assim determina o mesmo preceito legal.

III. Nos direitos reais de gozo limitados, a renúncia, como causa da sua extinção, vem prevista, no Código Civil, para o usufruto [art. 1467.°, n.° 1, al. d)] e as servidões prediais [art. 1569.°, n.° 1, al. d)]. O regime do usufruto vale para os direitos reais de uso e de habitação (art. 1485.°).

Em qualquer destes casos, a renúncia não depende de aceitação do proprietário de raiz ou do proprietário do prédio serviente (respectivamente, arts. 1467.°, n.° 2, e 1569.°, n.° 5).

Quanto ao direito real de habitação periódica, o art. 42.°, n.° 1, do Decreto-Lei n.° 275/93, de 5 de Agosto (alterado pelos Decretos-Lei n.° 180/99, de 22 de Maio, n.° 22/2004, de 31 de Janeiro, e n.° 76-A/2006, de 29 de Março), admite expressamente a sua renúncia mediante declaração feita no respectivo certificado predial, previsto no art. 10.° do mesmo diploma legal.

IV. No acto que é fonte da renúncia identifica-se uma vontade dirigida ao efeito jurídico que dele decorre: abdicação pura e simples de certo direito real, extinguindo-o. Este efeito dá-se em atenção a essa vontade, logo, estamos perante uma vontade funcional. Por outras palavras, o acto abdicativo é um negócio jurídico.

Este negócio jurídico, por disposição expressa do art. 940.º, n.º 2, do Código Civil, não constitui uma doação, embora tenha natureza gratuita.

De outro ponto de vista, como acima ficou dito, o acto de renúncia abdicativa não depende, em regra, da aceitação de quem dela beneficia[5], muito embora, como é natural, deva ser levado ao seu conhecimento. É este, na verdade, o regime que se coaduna com os seus efeitos, porquanto, sendo a renúncia relativa a direito real menor, este extingue-se e o direito maior, que aquele comprimia ou onerava, expande-se, segundo o fenómeno conhecido por *aquisição derivada restitutiva*. Correspondentemente, a coisa objecto do direito extinto não fica sem dono, pois sobre ela continua a incidir o direito maior, agora com o seu conteúdo próprio.

Em face das notas expostas, o negócio jurídico que titula a renúncia abdicativa configura-se, pois, normalmente, como unilateral, mas recipiendo.

Quanto à sua forma, salvo disposição especial, há que distinguir consoante a coisa que é objecto do direito renunciado seja imóvel ou móvel. Na primeira hipótese, por exigência do art. 80.º do Código do Notariado, a renúncia deve revestir a forma de escritura pública; na segunda, prevalece o princípio da consensualidade consagrado no art. 219.º do Código Civil.

4. O abandono

I. O abandono (*derelictio*) não encontra tratamento directo no Código Civil, sendo no regime da ocupação que se podem recolher alguns dados relevantes para a identificação dessa figura jurídica. Embora a ocupação surja regulada como um dos modos de aquisição do direito de propriedade, em geral (art. 1318.º), aquele diploma legal faz-lhe ainda referência a propósito do direito sobre águas primariamente públicas (art. 1397.º)[6].

---

[5] Entendemos, na verdade, que o regime do usufruto e das servidões é de generalizar, quanto a direitos reais de gozo menores.

[6] A al. a) do n.º 1 do art. 1386.º refere-se ao abandono das águas que nascerem em prédio particular e das pluviais que nele caírem. Mas não há aqui verdadeiro abandono, no sentido adiante fixado no texto, pois, fundamentalmente, o que está em causa é o não uso da *água corrente* dentro dos limites do prédio em que nasceu ou caiu, ou nos de outro para que o titular do correspondente direito a tenha conduzido. De resto, a nosso ver, a água em causa, quando *abandonada*, deixa de ser particular, independentemente de nesse sentido se dirigir a vontade do seu titular, desde que se verifiquem os requisitos contidos no preceito citado: forme corrente para outra água pública ou para o mar (Pires de Lima e Antunes Varela, *Código Civil Anotado*, vol. III, 2.ª ed., rev. e aum., c/col. de M. Henrique Mesquita, Coimbra Editora, 1984, nota 4 ao art. 1386.º, pág. 291.

Segundo o art. 1318.º, e abstraindo do que nele extravasa do conceito rigoroso de abandono[7], a ocupação pode ter por objecto «animais e outras coisas móveis, que nunca tiveram dono, ou foram abandonadas».

II. A contraposição das coisas abandonadas (*res derelictae*) às que nunca tiveram dono (*res nullius*), de um lado, e às perdidas ou escondidas pelos seus proprietários, do outro, conduz à descoberta de dois elementos relevantes na fixação do conceito de coisas abandonadas e, por via dele, do de abandono.

Para as *res derelictae*, que já tiveram dono, poderem ser objecto de outro direito, adquirido por ocupação – à semelhança das *nullius*, que nunca o tiveram –, não pode deixar de se entender que o *antigo* dono perdeu o seu direito.

Noutro domínio, se as coisas que o seu dono perdeu ou escondeu se contrapõem às abandonadas, e estão sujeitas, na sua aquisição, a um regime particular (art. 1323.º e 1324.º), que se demarca do da ocupação *proprio sensu*, não pode deixar de se entender que os actos jurídicos que constituem o título destas situações têm de revestir características diferentes. E estas hão-de situar-se no plano da vontade que a eles preside.

Conjugando estes dados, torna-se mais claro que o abandono, como causa de perda do direito de propriedade, se traduz no acto (material) pelo qual o seu titular se *demite* dele, *desfazendo-se* da coisa que tem por objecto, pois deixa de ter a sua posse, isto é, quebrando o *nexo de pertença* – titularidade – que a ela o ligava. Por outras palavras, o titular do direito *abdica* dele, mediante um acto material, mas voluntário, dirigido àquele efeito (*animus derelinquendi*)[8].

Identifica-se, pois, no caso, uma vontade dirigida a certo efeito jurídico que em atenção a ela se produz – *vontade funcional* –, logo, um negócio jurídico.

Todavia, neste acto não se verifica uma declaração *proprio sensu*, mas um acto material, o que leva a doutrina a identificar, no abandono, um *negócio de actuação da vontade*, entendimento que também acolhemos. Como escreve sugestivamente I. Galvão Telles, no abandono, a vontade, em atenção à qual se produz o efeito da perda do direito, «*actua, mas não*

---

[7] Estamos a referir-nos às coisas que foram perdidas ou escondidas.
[8] Cfr. Pires de Lima e Antunes Varela, ob. e vol. cits., nota 4 ao art. 1318.º, pág. 125.

declara»[9]. No mesmo sentido se pronuncia M. Henrique Mesquita, que dedica à matéria uma atenção mais desenvolvida[10].

A qualificação do acto de abandono como negócio jurídico, sendo dominante[11], não é, porém, pacífica na doutrina portuguesa.

Assim, Pires de Lima e Antunes Varela, pronunciando-se especificamente sobre a natureza jurídica do acto de abandono, configuram-no como *acto jurídico*, a que é aplicável o art. 295.º do Código Civil[12].

III. Em regra, o acto material a que nos referimos consiste numa conduta *positiva*, pela qual o titular do direito se *desfaz da coisa*, mas não é de excluir que ele assuma uma feição *negativa*, de mera abstenção, desde que ela signifique aquilo que é essencial ao abandono: desinteresse completo e para sempre da coisa – logo, do direito de que é objecto –, implicando a perda da sua posse, ou seja, afinal, o *animus derelinquendi*[13].

Se assim não acontecer, verifica-se *apenas* uma situação de *não uso*, que só actua como causa de extinção dos direitos reais quando qualificada pelo tempo: 20 anos, no seu regime comum [*vd*. arts. 1476.º, n.º 1, al. c), e 1485.º, para os direitos de usufruto, de uso e de habitação, e 1589.º, n.º 1, al. b), para o direito de servidão].

Note-se, a propósito, que neste ponto se manifesta outra das notas qualificativas do abandono e das coisas que tem por objecto, implícita, afinal, na sua contraposição a coisas que nunca tiveram dono.

Se as coisas abandonadas já tiveram dono e o perderam e é nessa qualidade que, por oposição às que nunca o tiveram, podem ser ocupadas, *ergo*, objecto de novo direito, tal implica que a perda do direito antigo se dá, *ipso facto*, por efeito do acto de abandono e não apenas quando ocorrer, no futuro, a sua ocupação. Em suma, segue-se a velha concepção sabiniana, segundo a qual na *derelictio* a coisa deixava imediatamente de pertencer a quem a abandonava, enquanto os proculeianos

---

[9] *Manual dos Contratos em Geral*, ref. e act., 4.ª ed., Coimbra Editora, pág. 127 (os itálicos são do texto).

[10] Ob. cit., págs. 366 e segs., 369-371, em especial.

[11] Neste sentido, I. Galvão Telles, ob. cit., *idem*; afastando expressamente a qualificação de facto jurídico, M. Henrique Mesquita, *Obrigações Reais*, pág. 366, e R. Pinto Duarte, *Curso de Direitos Reais*, Principia, 2002, pág. 52.

[12] Ob. e vol. cits., nota 5 ao art. 1318.º, pág. 125.

[13] Cfr., em sentido equivalente, M. Henrique Mesquita, *Obrigações Reais*, págs. 365-366.

sustentavam que o direito de propriedade só se extinguia quando alguém ocupasse a coisa[14].

IV. O acto de abandono, enquanto negócio jurídico, reveste manifestamente a modalidade de *unilateral*, pois o correspondente efeito jurídico dá-se por mero efeito da vontade do titular do direito.

Segundo outro critério, é um negócio não recipiendo, porquanto a relevância da vontade determinante da perda do direito não depende de o acto ser, sequer, levado ao conhecimento de outrem.

Quanto à forma, sendo um negócio de actuação da vontade a questão não se põe.

V. O abandono, segundo o Código Civil, tem como objecto, por excelência, coisas móveis, afirmação que o art. 1318.º legitima, e é confirmada pela ausência, nesse diploma legal, de qualquer disposição que, com carácter geral, preveja o abandono de coisas imóveis.

Neste domínio só se pode citar, com nítido carácter excepcional, o já referido art. 1397.º, porquanto na situação prevista na al. a) do n.º 1 do art. 1386.º – sem prejuízo do que antes fica dito quanto a saber se existe verdadeiro abandono[15] – sempre se deve entender, como bem assinalam Pires de Lima e Antunes Varela, que, a haver abandono, ele não tem como objecto o «*direito à água*, como coisa imóvel», mas a «água que corre à superfície e, portanto, como coisa móvel»[16].

De qualquer modo, o abandono de coisas imóveis, mesmo se admitido genericamente, sempre teria um regime particular, por força do art. 1345.º do Código Civil, segundo o qual as «coisas imóveis sem dono conhecido consideram-se do património do Estado».

VI. O regime sumariamente exposto nas alíneas anteriores justifica a autonomia do abandono perante a renúncia, em particular a abdicativa. A doutrina demarca os institutos, mas não nos termos que temos por mais adequados.

---

[14] Cfr. A. Santos Justo, *Direito Romano – III (Direitos Reais)*, Boletim da Faculdade de Direito, Universidade de Coimbra, Coimbra Editora, 1997, pág. 91, e Max Kaser, *Direito Privado Romano*, trad. de Samuel Rodrigues e Ferdinand Hämmerle, rev. de M.ª Armanda de Saint-Maurice, Fundação Calouste Gulbenkiam, Lisboa, 1999, pág. 157.
[15] Cfr. ob. e vol. cits., nota (5) ao artigo 1397.º, p. 333.
[16] Ob. e vol. cit., pág. 125 (o itálico é do texto).

Assim, Menezes Cordeiro identifica o abandono como causa de extinção de direitos reais sobre coisas móveis, por vontade do seu titular, e a renúncia como causa de extinção do mesmo tipo, mas de direitos reais sobre coisas imóveis[17]. Cremos que a distinção só tendencialmente se poderá estabelecer na base deste critério, pois o direito de usufruto, que é renunciável, pode ter por objecto tanto coisas imóveis como móveis.

Por seu turno, M. Henrique Mesquita considera o abandono como uma «subespécie ou modalidade de renúncia»[18], não retirando, a nosso ver, todas as consequências das diferentes características do negócio em que se materializa, e que correctamente enuncia em termos sensivelmente coincidentes com os que a exposição anterior revela.

Na base dessas diferenças, sustentamos uma plena autonomia do abandono perante a renúncia, sem prejuízo da manifesta afinidade que entre os institutos existe.

5. Restrição do âmbito do estudo. Sequência

I. Os elementos recolhidos na exposição anterior servem de ponto de partida para a delimitação da controvérsia sobre que nos propomos tomar posição neste estudo.

Deles decorre que a questão da renunciabilidade dos direitos reais se coloca com particular incidência nos direitos reais de gozo que, genericamente, se podem dizer de carácter *dominial*: direitos de propriedade, de propriedade horizontal e de superfície[19].

A análise conjunta destes direitos reais justifica-se, desde logo, por a todos ser comum o facto de o Código Civil não prever a sua extinção por renúncia. Para além disso, ainda quando se sustenta, como é o nosso caso, a autonomia dogmática dos direitos de propriedade horizontal e de superfície em relação à propriedade, nem por isso a solução que quanto a este direito se sustentar – em particular quando dirigida à sua irrenunciabilidade – deixa de interferir com a resposta a dar aos demais.

---

[17] *Direitos Reais*, II vol., Cadernos de Ciência e Técnica Fiscal (114), Imprensa Nacional-Casa da Moeda, 1979, pág. 783.

[18] *Obrigações Reais*, pág. 365.

[19] O silêncio do Código Civil relativamente à renúncia abdicativa dos direitos reais de aquisição coloca quanto a eles, igualmente, o problema da sua admissibilidade. A sua análise implicaria, porém, desenvolvimentos, que ultrapassam o objectivo que preside a este estudo.

II. Por referência a este âmbito restrito da exposição subsequente, a nossa atenção vai dirigir-se a modalidade de renúncia sobre que recaem as dúvidas da doutrina: a abdicativa.

Tal não significa que não se imponham, por vezes, referências à renúncia liberatória e, até, ao abandono, pois, nestes institutos se podem recolher dados que contribuem para esclarecimento da questão acima enunciada.

Noutro plano, a maior afinidade que entre eles subsiste, permite abordar em conjunto o problema da renunciabilidade dos direitos de propriedade e de propriedade horizontal.

Em verdade, mesmo quando se sustente, como é o nosso caso, que o direito de propriedade horizontal constitui um tipo *a se* de direito real de gozo[20], não pode deixar de se reconhecer que, na matéria que aqui interessa, a exclusividade que, como ao direito de propriedade, o caracteriza, suplanta as diferenças que os dividem.

Em suma, a solução que vier a sustentar-se a respeito do direito de propriedade, vale, por paridade de razão, pelo menos, para o direito de propriedade horizontal.

6. Da renunciabilidade dos direitos de propriedade e de propriedade horizontal; exposição

I. A doutrina portuguesa mostra-se dividida quanto à admissibilidade de o proprietário pleno de uma coisa renunciar, pura e simplesmente – logo com carácter abdicativo –, ao seu direito, quando tenha por objecto coisas imóveis.

A questão não se coloca com acuidade quanto às coisas móveis, em vista de o Código Civil admitir quanto a elas o abandono. Ora, dada a proximidade existente entre este instituto e a renúncia, quanto aos seus efeitos, uma vez admitida a extinção do direito de propriedade sobre coisas móveis, por via do abandono, não faria sentido questionar a sua renúncia.

Queremos deixar claro que não é o facto de se sustentar a autonomia do abandono, tal como a concebemos, que põe em causa aquela afirmação.

É renunciável o direito de propriedade sobre imóveis?

---

[20] *Lições* cit., págs. 379-381.

II. A resposta afirmativa é defendida por Oliveira Ascensão que a sustenta com fundamentos de duas ordens.

Desde logo, chama à colação o reconhecimento genérico da faculdade de disposição, enquanto elemento típico do conteúdo dos direitos de natureza patrimonial, como indubitavelmente acontece no direito de propriedade (art. 1305.°).

Reforça esta razão, no seu entendimento, a circunstância de a propriedade constituir um direito subjectivo e não uma função ou um encargo para o proprietário. «Só o proprietário é juiz da conveniência ou inconveniência da manutenção da sua situação, não se distinguindo consoante o objecto é móvel ou imóvel».

Nesta base, se os encargos impostos ao proprietário implicarem para este um intolerável gravame, a faculdade de renúncia ao seu direito constitui a «última defesa que resta ao particular perante o avolumar das exigências legais»[21].

Próxima desta é a posição defendida por Menezes Cordeiro, invocando não só o art. 1305.°, mas também a norma constitucional (art. 62.°), que, «ao permitir a transmissão da propriedade, *maxime* a doação, também permite a pura e simples desistência». Socorre-se, além disso, dos casos (que atrás analisámos) em que o Código Civil admite a renúncia, abdicativa ou liberatória[22].

Se bem entendemos, também Rui Pinto Duarte se mostra favorável à tese que admite a renunciabilidade do direito de propriedade sobre imóveis. Atribui, para tanto, um peso particular ao argumento retirado do art. 1345.°, por dele resultar que a coisa objecto do direito renunciado não se torna *nullius*, uma vez que ingressa no património do Estado[23].

Nesta corrente doutrinária, integra-se ainda Francisco M. Brito Pereira Coelho. Muito embora não considere decisivo, para o efeito, o art. 1345.°, funda a admissão da renúncia do direito de propriedade em soluções de direito comparado e em «uma ou outra indicação legal»[24].

III. Afasta-se desta corrente doutrinária M. Henrique Mesquita. Segundo este A., a consagração da faculdade de renúncia do direito de pro-

---

[21] *Direito Civil. Reais*, 5.ª ed., rev. e ampl., Coimbra Editora, 1993, pág. 406.

[22] *Direitos Reais*, II vol., Cadernos de Ciência e Técnica Fiscal (114), Imprensa Nacional-Casa da Moeda, 1979, págs. 784-785; cfr., também, *Evolução Juscientífica e Direitos Reais*, in R.O.A., ano 45, Abril, 1985, pág. 97.

[23] Ob. cit., pág. 53.

[24] Ob. cit., nota (15) da pág. 17.

priedade é a solução defensável *de iure condendo*, reconhecendo, nesse sentido, como válido, o argumento de Oliveira Ascensão, quanto ao interesse privado que o domina e está na base do seu reconhecimento. O facto de, como assinala, o interesse público não ser ignorado não prejudica este entendimento, porquanto ele «só mediata ou reflexamente poderá ser realizado através do uso ou da exploração que cada um faça dos bens integrados na sua esfera jurídica».

Considera, porém, que esta solução não pode, ser acolhida *de iure condito*, por não se acomodar ao regime vigente, na sua interpretação sistemática. Neste plano, sustenta que o argumento fundado no art. 1305.º é contrariado por «outros preceitos de onde claramente se infere que o legislador não admite a extinção do direito de propriedade sobre imóveis pela via da renúncia». É o caso dos que a prevêem em situações particulares[25] e que não seriam necessários se a lei admitisse a renúncia com carácter geral[26].

Em complemento deste argumento, invoca este A. outro, fundado no art. 89.º da Constituição da República Portuguesa, após a Revisão de 1997 (hoje, art. 88.º). Este preceito, quando prevê a possibilidade de certos bens em situação de abandono serem expropriados, não teria sentido, dado o regime do art. 1345.º, se tivesse havido, por efeito daquele acto, a extinção do correspondente direito[27].

7. Da renunciabilidade dos direitos de propriedade e de propriedade horizontal; posição adoptada

I. Ao tomar posição no diferendo, e com o objectivo de reduzir a exposição ao essencial, fica claro que aderimos à doutrina nacional dominante[28] que, do ponto de vista do direito a constituir, admite a renúncia abdicativa do direito de propriedade sobre coisa imóvel[29].

---

[25] O A. refere-se aos arts. 1476.º, n.º 1, al. d), e 1569.º, n.º 1.

[26] Por outro lado, estes preceitos não podem ser vistos como afloração de um princípio geral, pois, para tanto, devia estar consagrado para todos os direitos reais de gozo limitados.

[27] *Obrigações. Reais*, págs. 375-378 e nota (137) da pág. 379.

[28] Mesmo M. Henrique Mesquita, que levanta objecções à renúncia *de iure condito*, a admite no direito a constituir. Por outro lado, os Autores favoráveis à renúncia, por certo, se a excluíssem no plano dogmático, não deixariam de o manifestar. Ora, não só não o

É, pois, a solução de direito positivo que cumpre apurar. Posta a questão neste plano, a controvérsia doutrinal decorre, a nosso ver, do seguinte quadro geral de considerações.

De um lado, não são, em si mesmos, relevantes os exemplos de consagração, pelo Direito positivo, de renúncia liberatória e de renúncia abdicativa, em geral, e do direito de propriedade, em particular.

De outro, apresentam sinal diferente – e nem sempre definitivo – os elementos normativos a partir dos quais se desenvolvem os argumentos que dividem a doutrina.

Vejamos por ordem.

II. A consagração da figura da renúncia liberatória, nomeadamente quanto ao direito de propriedade que recai sobre imóveis, não se nos afigura argumento decisivo a favor do reconhecimento da renúncia abdicativa nesse mesmo domínio. Pesam, aqui, as particularidades daquela modalidade de renúncia, decorrentes da sua estreita ligação ao regime das obrigações *ob rem*. Para além disso, mesmo quando essa renúncia acarreta a perda do direito pelo renunciante – o que nem sempre ocorre –, a coisa que é seu objecto não passa a *nullius*, pois sobre ela incide, então, a mesma situação jurídica, ou outra, na titularidade da pessoa a favor de quem a renúncia operou.

Algo semelhante se pode dizer do reconhecimento da renúncia abdicativa como causa extintiva dos direitos reais de gozo menores e de garantia.

Pesa aqui, desde logo, a circunstância de esta modalidade de renúncia respeitar a direitos que, contrariamente ao direito de propriedade, não gozam de exclusividade. Por isso, ainda neste caso a extinção do direito renunciado não acarreta a situação de *nullius* para a coisa que tinham por objecto.

III. A restrição, pelo Direito positivo, do abandono às coisas móveis, como causa de extinção, e consequente perda, do direito que sobre elas incide, joga contra a admissibilidade da renúncia abdicativa do direito de propriedade[30]. Na verdade, se é certo que, na sua configuração como con-

---

fazem, como o modo por que formulam a sua posição revela o contrário – se não estamos a entender mal.

[29] Neste plano, admite-se uma solução que Direitos próximos do português consagram expressamente: § 928 do *BGB*, art. 539 do *Code* e art. 827 do *Codice*.

[30] Não prejudica este entendimento o caso muito particular do direito que tem por objecto águas, que a epígrafe do art. 1397.º identifica como «originariamente públicas», ou

duta positiva e instantânea, o abandono se não ajusta às coisas imóveis – o que podia justificar a sua não admissão relativamente a estas –, já o mesmo se não pode dizer dos casos em que se apresenta como abstenção, continuada.

Em suma, não é na sua natureza que se funda a proibição, no sistema jurídico português, do abandono de imóveis.

IV. Vejamos agora os argumentos favoráveis à admissão da renúncia abdicativa do direito de propriedade.

Pelo que respeita ao reconhecimento da faculdade de disposição, alguns reparos se suscitam.

Não se trata, como é manifesto, de pôr em causa essa faculdade, dado o seu reconhecimento pela lei fundamental e pela lei civil. O que temos em mente são imposições, não apenas de direito comum, mas fundadas em princípios estruturantes do sistema jurídico português, logo, de natureza constitucional, condicionantes do direito de propriedade, no seu conteúdo e no seu exercício, traduzidas na sua *função social*, que prevalece sobre o interesse egoístico do seu titular.

Tal como a entendemos[31], uma das suas manifestações verifica-se justamente nas sanções que o art. 88.º da Constituição consagra para o abandono dos meios de produção.

Tendo em conta este preceito, não pode deixar de merecer ponderação se é razoável admitir, por via da renúncia abdicativa, uma situação que a Constituição, em certos casos, sanciona no art. 88.º, se resultar de *abandono*[32]. Para além disso, a renúncia abdicativa, ao envolver a perda absoluta do direito de propriedade, dificilmente se concilia com essa função, porquanto afecta a utilidade da coisa que tem por objecto, enquanto sobre ela não se constitua um novo direito.

Finalmente, ao contrário do que vimos suceder em sede de renúncia liberatória e dos casos de renúncia abdicativa de direitos reais menores e

---

seja, as abrangidas nas als. d), e) e f) do art. 1386.º do mesmo diploma legal, pois as circunstâncias que dominam o seu regime excluem a possibilidade de o alargar a outras situações. Estamos a referir-nos ao facto de essas águas serem em si mesmas de natureza pública; por isso, se abandonadas, não passam a ser *nullius*; revertem, *ipso facto*, para o domínio público, como realça M. Henrique Mesquita [*Obrigações Reais*, nota (138), pág. 379].

[31] Cfr. *Lições*, cit., págs. 195 e segs., 199, em particular.

[32] Ponderação que se justifica independentemente de, para o fim visado no texto, saber se o preceito constitucional aí citado se refere ao abandono *proprio sensu*, como já vimos ser o entendimento de M. Henrique Mesquita, ou ao *não uso*.

de garantia, o carácter exclusivo do direito de propriedade acarreta, tanto no abandono como na renúncia abdicativa, que, por efeito de qualquer destes actos, o seu objecto fica sem dono.

Esta é, sem dúvida, uma consequência que no plano sócio-económico tem de se considerar inconveniente e a que o Direito não pode deixar de obviar. Quanto às coisas móveis, a solução está na possibilidade de as *derelictae* serem adquiridas por ocupação (art. 1318.º). Não sendo este *remédio* admitido para as coisas imóveis, funcionará o regime do art. 1345.º como sucedâneo?

V. A interrogação colocada na alínea anterior merece, na doutrina portuguesa, uma resposta – embora não unânime – que atribui ao art. 1345.º eficácia imediata, *ipso iure*.

Segundo A. Menezes Cordeiro, se as coisas sem dono conhecido se consideram do património do Estado, por maioria de razão, igual regime deve valer para as coisas que se sabe não terem dono, por o direito sobre elas anteriormente incidente ter sido renunciado.

A partir deste entendimento, sustenta este A. o automatismo do funcionamento do preceito. Por outras palavras, as *coisas renunciadas* não são *nullius*, pertencem ao Estado, não por transmissão mas por «*reversão automática*»[33].

A eficácia automática do art. 1345.º é igualmente afirmada por M. Henrique Mesquita[34], R. Pinto Duarte[35] e Francisco M. de Brito Coelho[36].

Diferente é o entendimento de Oliveira Ascensão que afasta expressamente a ideia de reversão automática para o Estado. O art. 1345.º consagra apenas uma presunção, ilidível nos termos gerais, podendo, pois, o verdadeiro titular demonstrar o seu direito sobre a coisa.

O sentido do art. 1345.º é, assim, «o de legitimar os órgãos públicos a englobar no seu património os imóveis sem dono conhecido, procedendo ao seu aproveitamento material e até à sua inscrição no Registo Predial, valendo-se da presunção de que beneficiam». Não se dá, porém, a aquisição da propriedade, a qual só ocorre por usucapião, pressupondo o dito aproveitamento material. Se este não se verificar, a coisa imóvel pode ser adquirida por terceiro, em termos gerais, por via de usucapião.

---

[33] *Direitos Reais*, vol. cit., pág. 786 (em itálico no texto), e *Evolução Jusicientífica*, rev. cit., pág. 97.
[34] *Obrigações Reais*, cit., nota (138), *in fine*, pág. 379.
[35] Ob. cit., pág. 53.
[36] Ob. cit., pág. 17.

Cumpre, porém, acrescentar, para completo desenho do pensamento deste A., que a presunção do art. 1345.º só pode ser afastada «se alguém demonstrar positivamente a sua titularidade», não bastando alegar que a coisa teve dono e foi renunciada por ele[37].

Cremos ser a construção de Oliveira Ascensão a que mais se harmoniza com a letra do art. 1345.º, quando nele se afirma que as coisas imóveis sem dono conhecido «consideram-se» do património do Estado. Assim, em rigor, a coisa imóvel objecto de um direito renunciado torna-se *nullius*.

Introduzimos, porém, um desvio na construção de Oliveira Ascensão. A ser admitida a renúncia – e a menos que se tenha verificado usucapião a favor de um particular –, a presunção do art. 1345.º, em rigor, quanto a ela, não é ilidível, pois, por definição, *ninguém é dono da coisa*. Afirmação que ganha mais consistência se a renúncia, quando admitida – como é o caso de Oliveira Ascensão –, dever ser inscrita no registo predial, por ser um facto extintivo do correspondente direito [art. 2.º, n.º 1, al. x), do Código do Registo Predial][38].

VI. Dispomos agora de todos os elementos para, finalmente, tomar posição no controvertido problema da admissibilidade da renúncia dos direitos de propriedade e de propriedade horizontal.

Partimos, para tanto da ideia, segundo a qual a renúncia abdicativa destes direitos implica, para a coisa que deles é objecto, a situação de *nullius*; à semelhança do que ocorre no abandono e ao contrário do que se verifica na renúncia liberatória e nas hipóteses de renúncia abdicativa expressamente consagradas no Direito positivo.

Contudo, pela via da presunção nele contida, o art. 1345.º estatui uma solução homóloga – embora, porventura, menos eficaz – da ocupação das coisas móveis *nullius* ou *derelictae*: a sua aquisição pelo Estado ou por particular.

Não é, todavia, esta diferença de regime que fundadamente, só por si, pode obstar ao reconhecimento da renúncia abdicativa dos direitos em análise.

Subsistem, contudo, as razões ligadas à sua *função social*, que só por norma directamente dirigida ao reconhecimento expresso da renúncia abdicativa se devem considerar afastadas.

---

[37] *Reais*, págs. 454-455.
[38] Assim o sustenta – e bem – A. Menezes Cordeiro (*Direitos Reais*, vol. cit., pág. 785).

Vimos, pois, a manter a posição antes defendida, que não admite a renúncia abdicativa do direito de propriedade e, por extensão, do direito de propriedade horizontal, *de iure condito*.

8. **Da renunciabilidade do direito de superfície**

I. A renúncia (abdicativa) não consta entre as causas de extinção do direito de superfície enumeradas no art. 1536.º. Segundo informam Pires de Lima e Antunes Varela, esta solução foi intencional e justificada por a situação do superficiário abranger também a propriedade sobre a obra ou a plantação e este ser o objectivo a que tende o direito de construir ou de plantar. Nesta base «não se justifica a admissibilidade de um modo de extinção que é próprio dos direitos sobre coisa alheia», como o usufruto[39].

Contudo, nem por isso a controvérsia aberta em redor da renúncia dos direitos de propriedade e de propriedade horizontal deixou de *contaminar* o direito de superfície. Assume, porém, nele uma feição particular a que não é estranha a maneira de ser deste direito real de gozo.

Desde logo, a questão de saber se é admissível a renúncia abdicativa do direito de superfície coloca-se em termos diferentes relativamente aos dois *momentos* que distinguimos neste direito real[40].

II. No primeiro *momento* – quando exista –, cabe ao superficiário a faculdade potestativa de realizar o implante, obra ou plantação – direito real de aquisição –, sobre o qual vai incidir o direito de superfície, no seu segundo *momento*, dito *dominial*.

Não temos qualquer dúvida em afirmar que, no seu primeiro *momento* – ou modalidade –, o direito de superfície é renunciável. Como bem assinala M. Henrique Mesquita, não se vislumbra razão válida «para que se admita a renúncia a um direito de usufruto ou de servidão e não se consinta a renúncia a um direito de construir ou plantar em terreno alheio. Em qualquer dos casos, o efeito que deriva da renúncia é a extinção de uma relação que comprime o direito de propriedade e a consequente reexpansão dos poderes conferidos por este direito – reexpansão que o legislador

---

[39] Ob. e vol. cits., nota 10 ao art. 1536.º, págs. 606-607. Os AA. assinalam ainda o contraste entre o regime do usufruto e o da enfiteuse (art. 1513.º).

[40] Cfr. *Lições* cit., págs. 413-415.

deve sempre fomentar, pois são conhecidos os inconvenientes que geralmente decorrem das limitações ao domínio»[41].

Embora os termos em que Pires de Lima e Antunes Varela se referem à renúncia ao direito de superfície sugiram que está em causa tanto o direito de implantar como o direito ao implante, pensamos ser este segundo que eles sobretudo têm em mente.

III. Menos *pacífica* é a resposta à questão da renunciabilidade do direito de superfície quanto ao seu *momento* dominial.

Projecta-se aqui, compreensivelmente, a controvérsia sobre a natureza jurídica do direito de superfície, pelo que não podemos deixar de ter presentes as respostas que lhe têm sido dadas.

Domina, na doutrina portuguesa, a concepção que identifica o direito de superfície sobre o implante como um direito de propriedade – a propriedade superficiária – ainda que *limitado*, ou dela próximo[42].

Mas há também quem sustente estarmos perante um tipo autónomo do direito real de gozo: Menezes Cordeiro[43] e nós próprios[44].

Em termos de coerência, quem identifica o direito de superfície com o da propriedade, tenderá a seguir, no que respeita à sua renunciabilidade, uma posição equivalente à que defende para este direito [cfr. Pires de Lima e Antunes Varela, Oliveira Ascensão, M. Henrique Mesquita e R. Pinto Duarte[45]].

Todavia, a questão não se esgota nesta matéria, porquanto, quando seja admitida a renúncia do direito de superfície, há que apurar as consequências que dela resultam, nomeadamente pelo que respeita às relações entre o superficiário e o fundeiro, que é como quem diz, entre os respectivos direitos.

Merece, aqui, uma ponderação especial a posição sustentada por Oliveira Ascensão, em particular nos casos em que o direito de superfície se

---

[41] *Obrigações Reais*, cit., pág. 373.
[42] Cfr. Pires de Lima e Antunes Varela, ob. e vol. cits., pág. 559, M. Henrique Mesquita, *Obrigações Reais*, págs. 373 e 377, Oliveira Ascensão, *Reais*, págs. 532, C. Mota Pinto, *Direitos Reais*, por Álvaro Moreira e Carlos Fraga, segundo as prelecções ao 4.º Ano Jurídico, 1970-1971, Almedina, Coimbra, 1972, págs. 291 e 292, e R. Pinto Duarte, ob. cit., pág. 172.
[43] *Direitos Reais*, vol. cit., pág. 1020.
[44] *Lições* cit., págs. 414-415.
[45] Obs. e locs. cits. na nota (42).

extingue por renúncia, sendo perpétuo ou ocorrendo esta antes do respectivo prazo, se temporário[46].

Em qualquer destas hipóteses, Oliveira Ascensão parte da inexistência de um direito eminente do fundeiro, que justifique a reversão, a seu favor, do implante. Funda-se, ainda, no regime do art. 1541.º, segundo o qual, os direitos reais de terceiros, constituídos sobre a superfície ou sobre o solo, subsistem, quando se tenha verificado a extinção do direito de superfície nos termos nele previstos, como se não tivesse existido extinção.

Nestas bases, sustenta ser aplicável o art. 1345.º e o direito sobre o implante adquirido pelo Estado.

IV. Admitindo, como Oliveira Ascensão, a renunciabilidade do direito de superfície, não o podemos, porém, seguir, na construção exposta, por duas ordens de razões que, todavia, assentam numa base comum: diferente concepção do próprio direito de superfície.

Entendemos, na verdade, que o direito de superfície, não se identifica com o direito de propriedade, constituindo antes um tipo autónomo do direito real de gozo. O elemento distinto decisivo, na delimitação dos dois tipos, é a falta de exclusividade do direito de superfície, porquanto ele não pode ser concebido sem existir, em simultâneo, um direito de propriedade – embora limitado –, sobre o solo ou sobre o subsolo, consoante os casos (cfr. n.os 1 e 2 do art. 1525.º). Aproxima-se, pois, o direito de superfície, por este traço, dos direitos reais de gozo menores[47].

Noutro plano, ainda que em harmonia com esta construção dogmática do instituto, o direito do fundeiro representa, na sua relação com o do superficiário, o direito maior, *proeminente, hoc sensu*.

A favor deste entendimento militam, a nosso ver:

 a) o direito de preferência concedido ao fundeiro, na venda ou dação em cumprimento do direito de superfície, consagrado no art. 1535.º, sem que um direito correspondente seja reconhecido ao superficiário;

 b) a reversão do direito sobre o implante para o fundeiro, quando o direito de superfície temporário se extingue por decurso do prazo (art. 1538.º);

---

[46] *Estudos sobre a superfície e a acessão*, Colecção SCIENTIA IVRIDICA, Livraria Cruz, Braga, 1973, págs. 33-36.

[47] No sentido de qualificação do direito de superfície como um direito real de gozo menor se pronuncia A. Ribeiro Mendes, *O Direito de Superfície*, in R.O.A., Ano 32, Jan.-Junho, 1972, pág. 42.

c) no caso descrito na alínea anterior, a extensão, sobre o implante, dos direitos reais constituídos pelo fundeiro sobre o solo (art. 1540.°);

d) na hipótese descrita na al. b), extinção dos direitos reais constituídos pelo superficiário sobre o implante (art. 1539.°, n.° 1);

e) a reunião, na mesma pessoa, dos direitos de superfície e de propriedade determina a extinção daquele e não deste [al. d) do n.° 1 do art. 1536.°], dando-se, pois, a reunião do implante e do solo «como *objecto* único da propriedade plena do adquirente»[48], o fundeiro.

O regime fixado no art. 1541.° não põe em causa a relevância destes pontos, uma vez que é exclusivamente ditado pela necessidade de tutela dos direitos de terceiros, titulares de direitos reais sobre a superfície, que seriam afectados, nas suas legítimas expectativas, pela extinção *antecipada* do seu direito, corolário da extinção do direito de superfície. Trata-se, porém, de uma ficção legal, revelada, logo, na letra da lei quando nela se afirma que a oneração separada dos dois direitos se dá «como se não tivesse havido extinção». Confirma-o a circunstância de, no direito de superfície temporário, essa oneração em separado cessar logo que decorra o prazo por que o direito de superfície temporário foi constituído[49].

VI. As considerações anteriores conduzem-nos a admitir a renúncia abdicativa como causa de extinção do direito de superfície, enquanto direito real de gozo *a se*, no seu *momento dominial*.

Por seu turno, sendo este um direito não exclusivo, logo análogo aos direitos reais menores e dependente do direito do fundeiro, que é o direito real maior, a extinção do direito de superfície, por renúncia, implica a extensão do direito do fundeiro sobre o implante, que passa, com o solo ou subsolo, a constituir o objecto único do seu direito de propriedade, agora pleno.

Em suma, verifica-se um fenómeno análogo ao que ocorre na renúncia abdicativa dos direitos reais de gozo menores e dos direitos de garan-

---

[48] Como reafirmam Pires de Lima e Antunes Varela, ob. e vol. cits., nota 6 ao art. 1536.°, pág. 605; o itálico é do texto.

[49] Sendo o direito de superfície perpétuo, a oneração em separado do direito do superficiário e do fundeiro cessa quando se extinguirem, segundo o seu regime próprio, os direitos reais que os oneram.

tia, pelo que, com a renúncia, o implante não se constitui como *res nullius*, o que exclui o recurso ao art. 1345.º.

Este enquadramento dogmático da renúncia do direito de superfície não prejudica, porém, o regime excepcional do art. 1541.º, quando se verifique a correspondente previsão e enquanto ela subsistir.

Julho de 2005

A COMPETÊNCIA INTERNACIONAL EXCLUSIVA DOS TRIBUNAIS PORTUGUESES

LUÍS DE LIMA PINHEIRO*

SUMÁRIO: *Introdução. I. Regime comunitário: A) Aspectos gerais; B) Direitos reais sobre imóveis e arrendamento de imóveis; C) Pessoas colectivas; D) Validade de inscrições em registos públicos; E) Inscrição ou validade de direitos de propriedade industrial; F) Execução de decisões. II. Regime interno.*

Introdução

Os tribunais portugueses só podem conhecer de litígio emergente de uma relação transnacional quando forem internacionalmente competentes. A violação das regras de competência internacional legal constitui uma excepção dilatória de conhecimento oficioso (incompetência absoluta) (arts. 101.º, 102.º/1 e 494.º/a CPC) e a decisão proferida por um tribunal em violação de regras de competência internacional é recorrível (art. 678.º/2 CPC).

A competência dos tribunais portugueses é *exclusiva* quando a ordem jurídica portuguesa não admite a privação de competência por pacto de jurisdição nem reconhece decisões proferidas por tribunais estrangeiros que se tenham considerado competentes[1]. A competência exclusiva contrapõe-se à *competência concorrente*, que é aquela que pode ser afastada por um pacto de jurisdição e que não obsta ao reconhecimento de decisões proferidas por tribunais estrangeiros.

---

* Professor Associado da Faculdade de Direito de Lisboa.
[1] Em sentido próximo, à face do Direito alemão, KROPHOLLER [1982 n.º 149]. Como este autor indica o conceito de competência exclusiva não é uniforme nos diferentes sistemas.

Na ordem jurídica portuguesa vigoram dois regimes gerais de competência legal exclusiva: o regime comunitário e o regime interno. O regime interno só é aplicável quando a acção não for abrangida pelo âmbito de aplicação do regime comunitário, que é de fonte hierarquicamente superior[2].

O regime comunitário é definido pelo Regulamento (CE) n.º 44//2001, de 22/12/2000, Relativo à Competência Judiciária, ao Reconhecimento e à Execução de Decisões em Matéria Civil e Comercial[3] (doravante designado Regulamento em matéria civil e comercial).

Os critérios de competência legal exclusiva contidos no Regulamento em matéria civil e comercial são directamente aplicáveis sempre que o respectivo elemento de conexão aponte para um Estado-Membro vinculado pelo Regulamento e que o litígio emirja de uma relação transnacional (proémio do art. 22.º). Não se verificando um dos casos de competência (legal ou convencional) exclusiva previstos no Regulamento, a competência internacional dos tribunais dos Estados-Membros é regulada pelas regras de competência legal não exclusiva contidas no Regulamento se o réu tiver domicílio num Estado-Membro (art. 3.º).

Por conseguinte, o regime interno de competência internacional exclusiva só é aplicável quando não se verifique um dos casos de competência (legal ou convencional) exclusiva previstos no Regulamento e o réu não tenha domicílio num Estado-Membro (art. 4.º/1 do Regulamento).

Procedi a um estudo sistemático da competência internacional no Volume III das minhas lições de Direito Internacional Privado[4]. O presente trabalho, dedicado à memória do Professor José Dias Marques, retoma e desenvolve a matéria relativa à competência internacional exclusiva. Ocupar-me-ei, em primeiro lugar, do regime comunitário, examinando, em seguida, o regime interno. Inclui-se, no final, a bibliografia.

I. Regime comunitário

A) *Aspectos gerais*

Os casos de competência exclusiva encontram-se regulados na Secção VI do Capítulo II do Regulamento, que compreende um só artigo (22.º).

---

[2] Ver LIMA PINHEIRO [2002b: 71].

[3] *JOCE* L 012/1, de 16/1/2001. O Reg. (CE) n.º 1496/2002, de 21/8/2002 [*JOCE* L 225/13, de 22/8/2002], alterou os anexos I e II.

[4] Almedina, Coimbra, 2002.

Este preceito faz sempre referência aos "tribunais do Estado-Membro", formulação que torna claro que apenas é regulada a competência internacional. A competência territorial é regulada pelo Direito interno dos Estados-Membros. Se do Direito interno da jurisdição exclusivamente competente não resultar a competência territorial de um tribunal local, verifica-se uma lacuna do regime da competência, que deve ser integrada com base nos critérios vigentes na respectiva ordem jurídica. Geralmente estes critérios apontarão para a aplicação analógica das regras sobre competência internacional contidas no art. 22.° do Regulamento à determinação da competência territorial[5].

A competência exclusiva dos tribunais de um Estado-Membro afasta o critério geral do domicílio do réu e os critérios especiais de competência legal. A competência exclusiva também não pode ser derrogada nem por um pacto atributivo de competência nem por uma extensão tácita de competência (arts. 23.°/5 e 24.°). O tribunal de um Estado-Membro, perante o qual tiver sido proposta, a título principal, uma acção relativamente à qual tenha competência exclusiva um tribunal de outro Estado-Membro deve declarar-se oficiosamente incompetente (art. 25.°). Se não o fizer, verifica-se um fundamento de recusa de reconhecimento, nos outros Estados-Membros, da decisão que proferir (arts. 35.°/1 e 45.°/1).

No caso, pouco frequente, de uma acção ser da competência exclusiva de vários tribunais, o tribunal a que a acção tenha sido submetida posteriormente deve declarar-se incompetente em favor daquele a que a acção tenha sido submetida em primeiro lugar (art. 29.°).

Como já se observou, os critérios de competência internacional exclusiva contidos no art. 22.° são directamente aplicáveis sempre que o respectivo elemento de conexão aponte para um Estado-Membro vinculado pelo Regulamento e que o litígio emirja de uma relação transnacional. A competência exclusiva dos tribunais de um Estado-Membro não depende de o réu estar domiciliado no território de um Estado-Membro (cf. proémio do art. 22.°). Tão-pouco é necessária uma conexão com outro Estado-Membro[6].

---

[5] Em resultado, também KROPHOLLER [2002 Art. 22 n.° 1], SCHLOSSER [2003 Art. 22 EuGVVO Vorbemerkungen n.° 2] e *MüKoZPO*/GOTTWALD [2001 EuGVÜ Art. 16 n.° 2 e 2002 EuGVO Art. 22 n.° 3]. Diferentemente, GEIMER/SCHÜTZE [2004 Art. 22 n.° 22] defendem a consagração de uma norma uniforme segundo a qual é territorialmente competente o tribunal da capital do Estado a cujos tribunais o art. 22.° atribui competência internacional.

[6] Cf. GOTHOT/HOLLEAUX [1985: 21], GEIMER/SCHÜTZE [2004 Art 22 EuGVVO notes 7-11] e KROPHOLLER [2002 Art 22 EuGVO note 6].

Isto liga-se à justificação genérica das competências legais exclusivas retida pelo TCE: "a existência de um nexo de ligação particularmente estreito entre o litígio e um Estado contratante, independentemente do domicílio tanto do requerente como do requerido"[7].

Em rigor, porém, parece que estas competências exclusivas não são justificadas apenas pela intensidade da ligação, mas também pela circunstância de se tratar de matérias em que vigoram, na generalidade dos sistemas nacionais, regimes imperativos cuja aplicação deve ser assegurada sempre que se verifique uma determinada ligação com o Estado que os editou. Na verdade, os critérios de competência exclusiva coincidem tendencialmente com os elementos de conexão relevantes para a aplicação destes regimes imperativos[8].

O art. 22.º do Regulamento tem como precedente normativo o art. 16.º da Convenção de Bruxelas em que se baseia quase inteiramente. As diferenças de conteúdo, de reduzido alcance, verificam-se apenas em dois casos:

– no 2.º § do n.º 1 (acrescentado à Convenção de Bruxelas pela Convenção de Adesão de Portugal e da Espanha), em matéria de contratos de arrendamento de imóveis, quanto aos pressupostos de competência dos tribunais do Estado-Membro onde o requerido tiver domicílio;
– no n.º 4, em matéria de inscrição ou de validade de direitos de propriedade industrial, com respeito aos direitos regulados por um instrumento comunitário ou pela Convenção relativa à patente europeia.

Estas diferenças serão examinadas quando procedermos ao estudo na especialidade.

Se o elemento de conexão utilizado pela regra de competência legal exclusiva aponta para um terceiro Estado, a competência é regulada pelo Direito interno, se o réu não tiver domicílio num Estado-Membro (art. 4.º/1). Se o réu tiver domicílio num Estado-Membro, as opiniões dividem-se: os Relatores[9], seguidos por uma parte da doutrina[10], entendem que são

---

[7] Cf. ac. 13/7/2000, no caso *Group Josi* [CTCE (2000) I-05925], n.º 46.
[8] Como também observam GAUDEMET-TALLON [2002: 71] e CALVO CARAVACA/ /CARRASCOSA GONZÁLEZ [2004: 109].
[9] Cf. JENARD/MÖLLER [n.º 54] e ALMEIDA CRUZ/DESANTES REAL/JENARD [n.º 25d].
[10] Ver GEIMER/SCHÜTZE [2004 Art. 22 n.º 13] e, entre nós, MOTA DE CAMPOS [1985: 121] e TEIXEIRA DE SOUSA/MOURA VICENTE [1994: 113 e seg., mas cp. 35], com mais referências. Cp. ainda TEIXEIRA DE SOUSA [2003: 321-323].

aplicáveis as outras disposições do Regulamento (ou das Convenções de Bruxelas e de Lugano), designadamente o art. 2.°; alguns autores defendem que corresponde ao sentido do Regulamento (ou das Convenções) que nestas matérias só são adequados os elementos de conexão constantes do art. 22.°, razão por que os tribunais dos Estados-Membros se podem considerar incompetentes[11].

Este segundo entendimento é de preferir quando os tribunais do terceiro Estado se considerarem exclusivamente competentes[12], por várias razões.

Primeiro, é um entendimento coerente com a valoração subjacente ao art. 22.° do Regulamento. Se os Estados-Membros reclamam uma determinada esfera de competência exclusiva também devem reconhecer igual esfera de competência exclusiva a terceiros Estados.

Segundo, este entendimento contribui para uma distribuição harmoniosa de competências. A posição contrária leva a que os tribunais de um Estado-Membro se considerem competentes, ao mesmo tempo que os tribunais de terceiro Estado reclamam competência exclusiva com base em critérios razoáveis.

Terceiro, este entendimento conforma-se com o princípio da relevância da competência exclusiva de tribunais estrangeiros, adiante examinado e justificado (*infra* II)[13].

---

[11] Cf., designadamente, DROZ [1972: 109 e 1990: 14 e seg.] e GOTHOT/HOLLEAUX [1985: 84], mas só quando o Direito interno do Estado do foro o autorize; GAUDEMET-TALLON [1996b: 95 e segs. e 2002: 72 e seg.]; KROPHOLLER [2002 Art. 22 n.° 7]; *MüKoZPO/* /GOTTWALD [2001 EuGVÜ Art. 16 n.° 6]; FERNÁNDEZ ARROYO [2004: 178 e 186].

[12] Cf. JAYME [1988: 110 e seg.] e SCHLOSSER [Art. 22 EuGVVO n.° 14] (relativamente ao art. 22.°/1). CALVO CARAVACA/CARRASCOSA GONZÁLEZ [2004: 114 e seg.] manifestam preferência por uma teoria mista segundo a qual a competência internacional dos tribunais de um Estado-Membro fundada noutras regras do Regulamento só deveria ser afastada quando a decisão só possa ser executada no Estado terceiro; no entanto, assim como o art. 22.° estabelece a competência exclusiva dos tribunais dos Estados-Membros independentemente de a decisão carecer, em caso de necessidade, de ser executada num Estado terceiro, também faz sentido respeitar a competência exclusiva de um Estado terceiro mesmo que a decisão possa, em caso de necessidade, ser executada num Estado--Membro.

[13] À luz deste princípio é indiferente que a decisão que venha a ser proferida pelos tribunais exclusivamente competentes de terceiro Estado esteja ou não em condições de ser reconhecida. A aceitação da competência exclusiva dos tribunais de outro Estado não garante, de per si, que a decisão por eles proferida seja reconhecível no Estado local. Não obstante a diferença de regime aplicável, o problema coloca-se tanto em relação às decisões proferidas em terceiros Estados como em relação às decisões proferidas em Estados-

O Regulamento impõe que o tribunal de um Estado-Membro se declare incompetente quando o tribunal de outro Estado-Membro tenha competência exclusiva (art. 25.°), mas não proíbe o tribunal de um Estado-Membro de se declarar incompetente noutros casos, quando tal seja conforme ao sentido do Regulamento.

Claro é que o Regulamento também não impõe ao tribunal de um Estado-Membro que se declare incompetente quando o elemento de conexão utilizado por uma das regras do art. 22.° aponta para terceiro Estado cujos tribunais reclamem competência exclusiva. Por isso, se, nestas circunstâncias, o tribunal de um Estado-Membro se considerar competente, tal não constitui fundamento de recusa de reconhecimento da decisão noutros Estados-Membros[14].

Do texto do art. 22.° e da sua *ratio* resulta inequivocamente que a enumeração de casos de competência internacional exclusiva aí contida tem natureza taxativa[15]. O Regulamento não admite o alargamento dos casos de competência exclusiva por via da analogia ou com base em qualquer outra técnica.

Os conceitos empregues para delimitar a previsão das regras de competência do art. 22.° devem ser objecto de uma interpretação autónoma[16]. O TCE tem sublinhado que as disposições do art. 16.° da Convenção de Bruxelas – que, conforme já assinalado, constitui o precedente normativo do art. 22.° do Regulamento – não devem ser interpretadas em termos mais amplos do que os requeridos pelo seu objectivo, desde logo porque têm como consequência a privação da liberdade de escolha do foro, bem como, em determinados casos, a submissão das partes a uma jurisdição em que nenhuma delas está domiciliada[17].

-Membros. Pelo menos perante o Direito interno a não reconhecibilidade da decisão proferida pelos tribunais estrangeiros competentes pode fundamentar uma competência de necessidade – cf. LIMA PINHEIRO [2002b: 204].

[14] Ver, em sentido convergente, EUGÉNIA GALVÃO TELES [1996: 152 e seg.].

[15] Cf. KROPHOLLER [2002 Art. 22 n.° 1], GAUDEMET-TALLON [2002: 71] e CALVO CARAVACA/CARRASCOSA GONZÁLEZ [2004: 108].

[16] Cp., porém, SCHLOSSER [1979 n.° 168], que parece apontar no sentido de uma qualificação *lege causae* com respeito ao conceito de direito real sobre imóvel, i.e., uma qualificação com base no Direito do lugar da situação do imóvel. O TCE, porém, pronunciou-se no sentido de uma interpretação autónoma deste conceito, cf. 10/1/1990, no caso *Reichert e Kockler* [CTCE (1990) I-00027], n.° 8.

[17] Cf. ac. 14/12/1977, no caso *Sanders* [CTCE (1977) 00865], n.os 17 e 18, retomado por diversas decisões referidas em TCE 27/1/2000, no caso *Dansommer* [CTCE (2000) I-00393], n.° 21.

Em princípio, as matérias enumeradas no art. 22.º só fundamentam a competência exclusiva quando o tribunal as conhece a título principal (cf. art. 25.º)[18].

B) *Direitos reais sobre imóveis e arrendamento de imóveis*

Em matéria de direitos reais sobre imóveis e de arrendamento de imóveis, têm competência exclusiva os tribunais do Estado-Membro onde o imóvel se encontre situado (n.º 1/§ 1.º).

Todavia, em matéria de arrendamento de imóveis celebrados para uso pessoal temporário por um período máximo de seis meses consecutivos, são igualmente competentes os tribunais do Estado-Membro onde o requerido tiver domicílio, desde que o arrendatário seja uma pessoa singular e o proprietário e o arrendatário tenham domicílio no mesmo Estado-Membro (n.º 1/§ 2.º).

Esta competência exclusiva também se encontra consagrada nas Convenções de Bruxelas e de Lugano (art. 16.º/1), mas regista-se uma divergência entre estas Convenções quanto aos pressupostos da competência dos tribunais do domicílio do requerido. A Convenção de Bruxelas exige que o proprietário e o arrendatário sejam pessoas singulares e estejam domiciliados no mesmo Estado Contratante. Perante a Convenção de Lugano é suficiente que o arrendatário seja uma pessoa singular e que nenhuma das partes esteja domiciliada no Estado Contratante onde o imóvel se encontre situado.

O Regulamento seguiu uma via de algum modo intermédia: é suficiente que o arrendatário seja uma pessoa singular, mas exige-se que ambas as partes tenham domicílio no mesmo Estado-Membro. O proprietário tanto pode ser uma pessoa singular como uma pessoa colectiva[19]. Esta parece ser, à luz da *ratio* do preceito, a melhor solução. Com efeito, justifica-se a possibilidade de instaurar a acção no foro do domicílio comum do proprietário e do arrendatário mesmo que o proprietário seja, como é frequente, uma pessoa colectiva[20].

Exige-se ainda que o arrendamento seja celebrado para uso pessoal temporário por um período máximo de seis meses consecutivos. O con-

---

[18] Cf. JENARD [1979: 152].
[19] Cf. Exposição de Motivos da proposta da Comissão, 18.
[20] No mesmo sentido, GAUDEMET-TALLON [2002: 78].

ceito de "uso pessoal" deve ser entendido à luz do conceito de contrato com consumidor que resulta do art. 15.º/1 do Regulamento. Por conseguinte, o arrendamento não se considera para uso pessoal quando seja celebrado para o exercício de uma actividade económica independente[21].

Verificando-se estes pressupostos, o autor pode escolher entre propor a acção nos tribunais do Estado-Membro em que o imóvel está situado ou nos tribunais do Estado-Membro em que o réu está domiciliado. Segundo o Relatório de JENARD e MÖLLER (relativo à Convenção de Lugano) trata-se de "duas competências exclusivas", que podem ser qualificadas de "competências exclusivas alternativas"[22].

Este desvio à competência exclusiva do *forum rei sitae* permite normalmente evitar que duas pessoas domiciliadas no mesmo Estado-Membro, que são partes de um contrato de arrendamento de curta duração relativo a imóvel situado noutro Estado-Membro, tenham de discutir os litígios daí emergentes nos tribunais deste Estado-Membro, que será, em regra, um foro inconveniente para ambas as partes. Esta hipótese verifica-se frequentemente com respeito ao arrendamento de casas de férias.

O conceito autónomo de direito real é caracterizado pela "faculdade de o seu titular poder reclamar o bem que é objecto desse direito a qualquer pessoa que não possua um direito real hierarquicamente superior"[23].

Quanto à delimitação das acções abrangidas pela competência exclusiva, o TCE atende ao fundamento desta competência: "a circunstância de o tribunal do lugar da situação ser o melhor colocado, em atenção à proximidade, para ter um bom conhecimento das situações de facto e para aplicar as regras e os usos que são, em geral, os do Estado da situação"[24]. Acrescente-se que os direitos imobiliários estão geralmente submetidos à *lex rei sitae* e que as regras aplicáveis têm predominantemente carácter imperativo e um nexo estreito com a constituição económica, por forma que a competência exclusiva do *forum rei sitae* garante a aplicação desses regimes imperativos[25].

---

[21] Ver também RAUSCHER/MANKOWSKI [2003 Art. 22 Brüssel I-VO n.º 26].

[22] N.º 52. Ver também NORTH/FAWCETT [1999: 233] e KROPHOLLER [2002 Art. 22 n.º 32].

[23] Cf. SCHLOSSER [1979 n.º 166].

[24] Cf. TCE 10/1/1990, no caso *Reichert e Kockler* [CTCE (1990) I-00027], n.º 10.

[25] Ver também *Dicey & Morris* [2000: 374] e GAUDEMET-TALLON [2002: 73]. Cp. As considerações críticas de GEIMER/SCHÜTZE [2004 Art. 22 n.ºs 38 e segs.] e FERNÁNDEZ ARROYO [2004: 177 e seg.].

É controverso se o conceito de imóvel deve ser interpretado autonomamente ou com base no Direito da situação do imóvel[26]. A favor desta segunda posição faz-se valer que o preceito tem vista a conexão entre o tribunal competente e a aplicabilidade da *lex rei sitae*. Na verdade, acabámos de ver que a competência da *lex rei sitae* nesta matéria é uma consideração relevante para fundamentar a competência exclusiva. O argumento que daí se pretende retirar para a interpretação do conceito de imóvel, porém, é inconclusivo, uma vez que a competência da *lex rei sitae* é normalmente independente do carácter móvel ou imóvel da coisa.

A competência exclusiva só abrange a acção que se baseie num direito real, e já não uma acção pessoal. Assim, estão excluídas a acção de resolução e/ou de indemnização pelo prejuízo com o incumprimento de contrato de venda de imóvel[27]; a acção baseada em responsabilidade extracontratual por violação de direito imobiliário[28]; a acção de cumprimento das obrigações do vendedor com respeito à transmissão da propriedade, nos sistemas em que esta transmissão não constitui efeito automático do contrato de venda[29]; a acção de restituição de imóvel baseada em incumprimento do contrato de venda[30]; a acção de anulação do contrato de venda[31]; a acção que vise obter o reconhecimento de que o filho possui o apartamento em exclusivo benefício do pai (como *trustee*) e a condenação do filho na preparação dos documentos necessários para transferir a propriedade para o pai[32]; a impugnação pauliana[33]; a acção de indemnização pela fruição de uma habitação na sequência da anulação da respectiva transmissão de propriedade[34].

---

[26] No primeiro sentido, *MüKoZPO*/GOTTWALD [2001 EuGVÜ Art. 16 n.° 8] e GEIMER/SCHÜTZE [2004 Art. 22 n.° 42]; a favor da segunda posição, KROPHOLLER [2002 Art. 22 n.° 11]; SCHLOSSER [Art. 22 EuGVVO n.° 2], que fala a este respeito de uma "qualificação segundo o Direito do Estado da situação"; RAUSCHER/MANKOWSKI [2003 Art. 22 Brüssel I-VO n.° 5].

[27] Cf. TCE 5/4/2001, no caso *Gaillard* [*CTCE* (2001) I-02771], n.os 18 e segs.

[28] Cf. SCHLOSSER [1979 n.° 163].

[29] Cf. SCHLOSSER [1979 n.° 170]. Ver ainda SCHLOSSER [1979 n.° 171] e RAUSCHER/MANKOWSKI [2003 Art. 22 Brüssel I-VO note 8].

[30] Cf. SCHLOSSER [1979 n.° 171] e TCE 5/4/2001, no supracit. caso *Gaillard*, n.° 21.

[31] Cf. GOTHOT/HOLLEAUX [1985: 84 e seg.], GAUDEMET-TALLON [2002: 73] e RLx 24/4/2001 [*CJ* (2001-III) 73].

[32] Cf. TCE 17/5/1994, no caso *Webb* [*CTCE* (1994) I-01717], n.° 15.

[33] Cf. TCE 10/1/1990, no caso *Reichert e Kockler* [*CTCE* (1990) I-00027], n.° 12.

[34] Cf. TCE 9/6/1994, no caso *Lieber* [*CTCE* (1994) I-2535], n.os 13 e segs.

A competência exclusiva não compreende o conjunto das acções que dizem respeito aos direitos reais imobiliários, mas somente àquelas que, simultaneamente, estão dentro do âmbito de aplicação do Regulamento e tendem a determinar a extensão, a consistência, a propriedade, a posse de um bem imobiliário ou a existência de outros direitos reais sobre este bem e a assegurar aos titulares destes direitos a protecção das prerrogativas que estão ligadas ao seu título[35].

A extensão desta competência exclusiva ao arrendamento é justificada, por um lado, pelo nexo estreito que frequentemente existe entre os regimes aplicáveis ao arrendamento e o regime da propriedade imobiliária e, por outro, pela circunstância de os regimes aplicáveis ao arrendamento conterem geralmente normas imperativas protectoras do arrendatário[36].

Por "arrendamento de imóveis" entende-se qualquer tipo de arrendamento: arrendamento para habitação, arrendamento para exercício de profissão liberal, arrendamento comercial e arrendamento rural[37], incluindo arrendamentos de curta duração, designadamente de habitações de férias[38]. Neste último caso, a circunstância de um contrato tendo por objecto a cessão do uso de um alojamento de férias ser celebrado entre uma agência de viagens (que actua como "intermediário" entre o proprietário e o arrendatário) e um cliente e de conter cláusulas acessórias relativas ao seguro em caso de rescisão e à garantia do preço pago pelo cliente não prejudica a sua qualificação como arrendamento de imóvel[39].

O contrato deve ter como função principal a cessão do uso do imóvel[40]. São excluídos os contratos que tenham outra função principal. Assim, não se considera "arrendamento de imóvel" um contrato de cessão de exploração de estabelecimento[41]. Tão-pouco se considera como tal um contrato em que predominam elementos de prestação de serviço, designadamente o acordo celebrado por um organizador profissional de viagens

---

[35] Cf. TCE 10/1/1990, no supracit. caso *Reichert e Kockler*, n.º 11.

[36] Ver também JENARD [1979: 153], GAUDEMET-TALLON [2002: 75], NORTH/FAWCETT [1999: 232] e SCHLOSSER [2003 Art. 22 EuGVVO n.º 1]. Cp. GEIMER/SCHÜTZE [2004 Art. 22 n.os 105 e segs.].

[37] Cf. JENARD [1979: 153].

[38] Cf. TCE 15/1/1985, no caso *Rösler* [*CTCE* (1985) 99], n.os 23 e segs.

[39] Cf. TCE 27/1/2000, no caso *Dansommer* [*CTCE* (2000) I-00393], n.º 38. Cp. a an. crítica de HUET [2000: 553].

[40] Cf. TCE 14/12/1977, no caso *Sanders* [*CTCE* (1977) 865], n.º 16, e RAUSCHER/MANKOWSKI [2003 Art. 22 Brüssel I-VO n.º 15].

[41] Cf. TCE 14/12/1977, no supracit. caso *Sanders*, n.º 19.

que, além de se obrigar a obter para o cliente o uso de um alojamento de férias, de que não é proprietário, se obriga igualmente a um conjunto de prestações de serviços – tais como informações e conselhos sobre o destino de férias, a reserva de um alojamento pelo período escolhido pelo cliente, a reserva de lugares para o transporte, o acolhimento no local e, eventualmente, um seguro para o caso de cancelamento da viagem – por um preço global[42]. Neste caso trata-se normalmente de um contrato com consumidor, subsumível na al. c) do art. 15.º/1 e, eventualmente, na 2.ª parte do art. 15.º/3 do Regulamento.

Quanto à natureza do litígio, deve entender-se que são abrangidos não só os litígios que dizem respeito à existência ou à interpretação desses contratos, à reparação das deteriorações causadas pelo arrendatário e ao despejo do imóvel[43], mas também a generalidade dos litígios relativos às obrigações geradas por esses contratos, incluindo, portanto, os relativos ao pagamento da renda[44]. Já são excluídos os litígios que só indirectamente dizem respeito ao uso do imóvel arrendado, tais como os que concernem à perda do benefício das férias pelo proprietário e às despesas de viagem em que incorreu alegadamente devido ao incumprimento do contrato[45].

A actuação deste critério de competência com respeito a contratos relativos ao uso a tempo parcial de bens imóveis (frequentemente chamados "contratos de *timesharing*") tem suscitado algumas dificuldades nos tribunais dos Estados-Membros. Estas dificuldades são em vasta medida devidas às diferenças entre os Direitos dos Estados-Membros com respeito à qualificação do direito de uso conferido por esses contratos. Tais diferenças foram reconhecidas pela Dir. 94/47/CE do Parlamento Europeu e do Conselho relativa à protecção dos adquirentes quanto a certos aspectos dos contratos de aquisição de um direito de utilização a tempo parcial de bens imóveis[46], que visou apenas estabelecer uma base mínima de regras comuns sobre acordos de *timesharing* que permita assegurar o "bom funcionamento do mercado interno" e a protecção dos adquirentes[47]. Outra

---

[42] Cf. TCE 26/2/1992, no caso *Hacker* [*CTCE* (1992) I-01111], n.º 14 e seg.

[43] Cf. JENARD [1979: 153], seguido pelo TCE 14/12/1977, no supracit. caso *Sanders*, n.º 15.

[44] Cf. TCE 15/1/1985, no caso *Rösler* [*CTCE* (1985) 99], n.ºs 28 e seg., e SCHLOSSER [Art. 22 EuGVVO n.ºs 7 e 12]. Em sentido oposto, JENARD [1979: 153] e GEIMER/SCHÜTZE [2004 Art. 22 n.º 120]. Ver ainda SCHLOSSER [1979 n.º 164].

[45] Cf. TCE 15/1/1985, no supracit. caso *Rösler*, n.º 28.

[46] Terceiro Considerando, *JOCE* L 280/83, de 29/10/1994.

[47] Segundo e Nono Considerandos.

dificuldade resulta da diferença entre os arrendamentos "tradicionais" e os contratos de *timesharing* no que toca ao modo de pagamento[48].

De modo geral, pode dizer-se que cada contrato de *timesharing* deve ser caracterizado à luz dos efeitos que produz perante o Direito ou Direitos aplicáveis por força das regras de conflitos dos Estados-Membros.

É indubitável que as acções em matéria de direitos reais conferidos por contratos de *timesharing* estão sujeitas ao Art. 22.°/1 do Regulamento. Para além disso, os contratos de *timesharing* devem, em princípio, ser tratados como "arrendamentos de imóveis". Isto vale também para relações de *timesharing* que embora formalmente configuradas como "societárias" ou "associativas" são substancialmente equivalentes a relações contratuais de uso de um imóvel[49]. O mesmo entendimento foi seguido pelo Advogado-Geral L. A. GEELHOED nas suas conclusões no caso *Brigitte Klein*[50], relativamente ao Art. 16.°/4 da Convenção de Bruxelas.

Os litígios relativos às obrigações geradas por esses contratos devem considerar-se abrangidos pela mesma competência exclusiva, ainda que esses contratos confiram um direito real ao adquirente. Com efeito, faria pouco sentido que esses litígios fossem abrangidos pela competência exclusiva quando resultassem de "arrendamentos meramente contratuais" e já não quando resultassem de contratos relativos ao uso de imóvel que também conferem um direito real[51].

No caso de uma propriedade imobiliária se situar em dois Estados-Membros, os tribunais de cada um destes Estados são, em princípio, exclusivamente competentes com respeito à propriedade situada no seu território[52]. No entanto, se a parte da propriedade imobiliária situada num Estado-Membro for contígua com a parte situada no outro Estado-Membro e a propriedade se situar quase inteiramente num destes Estados, pode ser apropriado encarar a propriedade como uma unidade inteiramente

---

[48] Quinto Considerando.

[49] Ver também RAUSCHER/MANKOWSKI [2003 Art. 22 Brüssel I-VO n.° 17. Cp. KROPHOLLER [2002 Art. 22 EuGVO n.° 17], SCHLOSSER [2003 Art. 22 EuGVVO n.° 10] e GEIMER/SCHÜTZE [2004 Art. 22 EuGVVO n.° 112].

[50] Proc. C-73/04 *in* http://curia.eu.int, n.os. 27-31.

[51] Pelo contrário, está excluído um litígio relativo ao direito de reembolso de um montante erradamente pago para além do montante pedido em contrapartida do uso de um apartamento, que não se baseia num direito ou obrigação resultante do contrato de *timesharing* mas no enriquecimento sem causa – ver supracit. Conclusões do Advogado-Geral L. A. GEELHOED no caso *Brigitte Klein*, n.°. 39.

[52] Cf. TCE 6/7/1988, no caso *Scherrens* [CTCE (1988) 3791], n.° 13.

situada num destes Estados para efeitos de atribuição de competência exclusiva aos tribunais deste Estado[53].

Deve entender-se que estes princípios de solução, formulados pelo TCE relativamente ao arrendamento de imóveis, são transponíveis para os direitos reais imobiliários[54].

C) *Pessoas colectivas*

Em matéria de validade, de nulidade ou de dissolução das sociedades ou de outras pessoas colectivas que tenham a sua sede no território de um Estado-Membro, ou de validade ou nulidade das decisões dos seus órgãos, têm competência exclusiva os tribunais desse Estado-Membro (n.º 2)[55].

Para determinar essa sede, o tribunal aplicará as regras do seu Direito Internacional Privado (n.º 2/2.ª parte). A razão por que não se atende, neste particular, ao conceito autónomo de domicílio definido no art. 60.º, reside na necessidade de atribuir competência exclusiva a uma só jurisdição[56].

Quanto ao fundamento desta competência exclusiva, JENARD refere três razões[57]. Primeiro, no interesse da segurança jurídica há que evitar que sejam proferidas decisões contraditórias no que se refere à existência das pessoas colectivas e à validade das deliberações dos seus órgãos. Segundo, é no Estado da sede que são cumpridas as formalidades de publicidade da sociedade, razão que justifica a centralização do processo nos tribunais deste Estado. Terceiro, esta solução conduzirá frequentemente à competência do tribunal do domicílio do réu.

A estas razões cabe acrescentar mais duas[58].

Por um lado, esta regra de competência conduzirá frequentemente a uma coincidência entre o foro e o Direito aplicável, porquanto a lei aplicável ao estatuto pessoal da pessoa colectiva é, na maior parte dos casos, a lei em vigor no lugar da sede[59]. Isto é assim mesmo nos sistemas em que

---

[53] *Idem*, n.º 14.
[54] Cf. GAUDEMET-TALLON [2002: 76].
[55] Cf. art. 16.º/2 das Convenções de Bruxelas e de Lugano.
[56] Cf. DROZ/GAUDEMET-TALLON [2001: 641].
[57] 154.
[58] Cf. KROPHOLLER [2002 Art. 22 n.º 33]. Cp. as considerações críticas de GEIMER/SCHÜTZE [2004 Art. 22 n.ºs 141 e segs.].
[59] Ver LIMA PINHEIRO [2002a: 79 e seg.] e SCHLOSSER [2003 Art. 22 EuGVVO n.º 16].

vigora a teoria da constituição, visto que normalmente a pessoa colectiva tem a sua sede estatutária no país em que se constituiu.

À luz desta consideração, e na falta de elementos interpretativos que apontem noutro sentido, o art. 22.°/2/2.ª parte deve ser interpretado por forma que a sede relevante para o estabelecimento da competência seja a mesma que releva para a determinação do estatuto pessoal. Este entendimento harmoniza-se com o entendimento seguido perante o art. 53.° das Convenções de Bruxelas e de Lugano[60].

Assim, nos países que adoptam a teoria da sede releva a sede da administração. Esta teoria é tradicionalmente prevalente na Alemanha e na Áustria mas, devido à jurisprudência do TCE com respeito ao direito de estabelecimento, tem perdido terreno a favor da teoria da constituição relativamente às "sociedades comunitárias"[61]. Os sistemas que seguem a teoria da constituição – tais como o inglês e o holandês –, submetem as pessoas colectivas ao Direito segundo o qual se constituíram. Em regra, as pessoas colectivas têm a sede estatutária no país em que se constituíram e, por conseguinte, poderia pensar-se que nestes sistemas seria apenas relevante a sede estatutária. Perante o Direito inglês, porém, os entes colectivos são para este efeito considerados sedeados em Inglaterra quer tenham sido constituídos em Inglaterra ou tenham a sede da administração no seu território, a menos, nesta segunda hipótese, que o Estado-Membro em que a sociedade se tenha constituído a considere sedeada no seu território (art. 10.° do *Civil Jurisdiction and Judgments Order 2001*).

Também se suscitam dificuldades num sistema como o nosso, que em matéria de sociedades comerciais combina a teoria da sede (da administração) com a relevância da sede estatutária nas relações com terceiros[62]. Caso a sociedade tenha apenas a sede estatutária ou a sede da administração em Portugal, creio que a sede relevante para o estabelecimento da competência dos tribunais portugueses deve ser aquela que constitui o elemento de conexão utilizado para a determinação do Direito aplicável à questão controvertida. A relevância da sede estatutária ou da sede da administração depende, portanto, da natureza da questão.

A determinação da sede relevante não deve depender da sua localização num Estado-Membro ou num terceiro Estado[63]. Se for relevante a

---

[60] Ver LIMA PINHEIRO [2002b: 77 e seg.].

[61] Ver KROPHOLLER [2004: 563-566], com mais referências. Sobre a jurisprudência comunitária em questão ver também LIMA PINHEIRO [2005: 84 e segs.].

[62] Ver LIMA PINHEIRO [2002a: 98 e seg.].

[63] Em sentido diferente, GAUDEMET-TALLON [2002: 80 e seg.].

sede estatutária situada num Estado-Membro os seus tribunais terão competência exclusiva mesmo que a sede da administração esteja situada num Estado terceiro cujos tribunais reclamam igual competência. O mesmo se diga na hipótese inversa.

Por outro lado, em matéria de estatuto das pessoas colectivas há normas imperativas do Estado da sede cuja aplicação deve ser garantida pela competência exclusiva dos respectivos tribunais.

A versão portuguesa do Regulamento, seguindo a versão portuguesa das Convenções de Bruxelas e de Lugano, refere-se a "sociedades ou outras pessoas colectivas". Isto poderia levar a pensar que esta competência exclusiva só diz respeito a sociedades que sejam pessoas colectivas. Neste ponto, porém, a versão portuguesa parece não exprimir correctamente a intenção do legislador comunitário. Com efeito, as versões em línguas francesa e alemã referem-se a "sociedades ou pessoas colectivas" [*sociétés ou personnes morales*/*Gesellschaft oder juristischen Person*], e os comentadores entendem geralmente que as Convenções de Bruxelas e de Lugano, bem como, o Regulamento, quando se referem a "sociedades", abrangem determinadas sociedades sem personalidade jurídica – como a *Offene Handelsgesellschaft* do Direito alemão e o *partnership* dos sistemas do *Common Law* – e, mais em geral, determinadas organizações sem personalidade jurídica[64].

Esta competência exclusiva só abrange as acções relativas à validade, nulidade ou dissolução dos entes colectivos, ou à validade ou nulidade das decisões dos seus órgãos. Ficam excluídas outras questões do âmbito do seu estatuto pessoal[65].

O termo "dissolução" não deve ser interpretado no sentido técnico restrito que lhe atribuem os sistemas jurídicos da família romanogermânica. Este termo abrange igualmente os processos que têm por objectivo a liquidação após a "dissolução" da sociedade. Entre estes processos contam-se os litígios relativos à partilha do activo pelos sócios[66].

---

[64] Ver, especificamente em relação ao art. 16.°/2 da Convenção de Bruxelas, SCHLOSSER [1979 n.° 162] e, em relação ao Regulamento, KROPHOLLER [2002 Art. 22 n.° 35], GAUDEMET-TALLON [2002: 80], LIMA PINHEIRO [2002b: 125], R6 [2003 Art. 22 Brüssel I-VO n.° 28], GEIMER/SCHÜTZE [2004 Art. 22 n.os 146 e segs.] e CALVO CARAVACA/CARRASCOSA GONZÁLEZ [2004: 112]. Cp. *Dicey & Morris* [2000: 375] que suscita a dúvida relativamente aos *partnerships* "ingleses".

[65] Cf. SCHLOSSER [Art. 22 EuGVVO n.° 19].

[66] Cf. SCHLOSSER [1979 n.° 58 e Art. 22 EuGVVO n.° 17], KROPHOLLER [2002 Art. 22 EuGVO n.° 40] e RAUSCHER/MANKOWSKI [2003 Art 22 Brüssel I-VO n.os 35-37].

Poderão surgir dificuldades na delimitação entre acções relativas à "dissolução" e processos de falência ou processos análogos que estão excluídos do âmbito material do Regulamento nos termos do art. 1.º/2/b.

O Relatório de SCHLOSSER afirma, com respeito à Convenção de Bruxelas, que esta competência pode abranger aqueles processos judiciais de *winding-up* (de Direitos inglês e irlandês) que, contrariamente ao que sucede na maioria dos casos, não se fundamentem na insolvência da sociedade[67].

O mesmo Relatório esclarece que, no caso de uma sociedade integrada no "sistema jurídico continental", os processos em que se discuta a admissibilidade da falência ou as modalidades da sua execução não se encontram sujeitos à Convenção. "Pelo contrário, todos os outros processos que têm por objectivo verificar ou provocar a dissolução da sociedade não dependem do direito da falência. É irrelevante verificar se se trata de uma sociedade solvente ou insolvente. O facto de existirem questões prejudiciais sujeitas ao direito da falência também em nada altera a situação. Por exemplo, um litígio relativo à eventual dissolução de uma sociedade justificada pela falência de uma pessoa que dela é sócia não se encontra sujeito ao direito da falência, entrando, por conseguinte, no âmbito de aplicação da Convenção. A Convenção também é aplicável quando, no âmbito de uma dissolução não judicial de uma sociedade, terceiros alegam perante os tribunais a sua qualidade de credores da sociedade e têm por isso uma pretensão de pagamento sobre o património da sociedade"[68].

É possível que com base no art. 22.º/2 sejam competentes os tribunais de dois Estados-Membros quando, perante os respectivos Direitos de Conflitos, o ente colectivo tiver sede em ambos os Estados. Isto pode suceder por duas razões diferentes.

Por um lado, a lei ou leis aplicáveis podem admitir que o ente colectivo tenha duas sedes. Neste caso, o autor pode intentar a acção em qualquer dos Estados em que o ente colectivo tem sede[69]. Não parece, porém, que os principais sistemas de Direito Internacional Privado devam ser entendidos neste sentido.

Por outro lado, a competência dos tribunais de dois Estados-Membros pode decorrer de uma divergência sobre o conceito de sede relevante perante os respectivos Direitos de Conflitos. Por exemplo, quando uma

---

[67] Cf. 1979 n.º 57.
[68] N.º 59.
[69] Em sentido convergente, SCHLOSSER [1979 n.º 162].

sociedade seja considerada sedeada em Inglaterra (por ter sido aí constituída) e tenha sede da administração na Alemanha (onde se segue, em princípio, o critério da sede da administração). Também neste caso o autor pode intentar a acção em qualquer dos Estados.

Na hipótese de a mesma acção ser proposta nos tribunais competentes de dois Estados-Membros diferentes aplica-se o disposto no art. 29.°.

D) Validade de inscrições em registos públicos

Em matéria de validade de inscrições em registos públicos, são exclusivamente competentes os tribunais do Estado-Membro em cujo território esses registos estejam conservados (n.° 3)[70].

O fundamento desta competência exclusiva é evidente: os tribunais de um Estado não podem interferir com o funcionamento de um registo público de outro Estado.

São abrangidas, designadamente, as inscrições no registo predial e no registo comercial. A validade das inscrições no registo civil está, em princípio, excluída do âmbito de aplicação do Regulamento (art. 1.°/2/a)[71].

Esta competência exclusiva abrange só a validade de inscrições em registos públicos e já não os efeitos destas inscrições[72].

E) Inscrição ou validade de direitos de propriedade industrial

Em matéria de inscrição ou de validade de patentes, marcas, desenhos e modelos, e outros direitos análogos sujeitos a depósito ou a registo, são exclusivamente competentes os tribunais do Estado-Membro em cujo território o depósito ou o registo tiver sido requerido, efectuado ou considerado efectuado nos termos de um instrumento comunitário ou de uma Convenção internacional (art. 22.°/4/§ 1.°).

---

[70] Cf. art. 16.°/3 das Convenções de Bruxelas e de Lugano.

[71] Ver também GEIMER/SCHÜTZE [2004 Art. 22 n.° 215], RAUSCHER/MANKOWSKI [2003 Art. 22 Brüssel I-VO n.° 38] e CALVO CARAVACA/CARRASCOSA GONZÁLEZ [2004: 112]. Cp. GAUDEMET-TALLON [2002: 82].

[72] Cf. KROPHOLLER [2002 Art. 22 n.° 42], BÜLOW/BÖCKSTIEGEL/SAFFERLING [Art. 16 n.° 22] e *MüKoZPO*/GOTTWALD [2001 EuGVÜ Art. 16 n.° 25 n. 64]. Cp. JENARD [1979: 154], em que a referência a "validade ou aos efeitos das inscrições" se parece dever a um lapso.

Sem prejuízo da competência do Instituto Europeu de Patentes, nos termos da Convenção Relativa à Emissão de Patentes Europeias (Munique, 1973), os tribunais de cada Estado-Membro são os únicos competentes, sem consideração do domicílio do réu, em matéria de inscrição ou de validade de uma patente europeia emitida para esse Estado (n.° 4/§ 2.°).

Esta competência exclusiva já constava do art. 16.°/4 das Convenções de Bruxelas e de Lugano, mas a redacção dada pelo Regulamento permite abranger os direitos de propriedade industrial cujo depósito ou registo seja regulado por um instrumento comunitário.

O segundo parágrafo do art. 22.°/4 do Regulamento também torna claro que, sem prejuízo da competência do Instituto Europeu de Patentes, nos termos da Convenção sobre a Patente Europeia, a competência exclusiva se estende à patente europeia. Este preceito incorpora o disposto no art. V-D do Protocolo Anexo à Convenção de Bruxelas, salvo no que diz respeito à Convenção do Luxemburgo Relativa à Patente Europeia para o Mercado Comum (1975), que nunca chegou a entrar em vigor[73].

A Convenção sobre a Patente Europeia estabelece um processo unificado de concessão da patente para uma ou mais Estados Contratantes (art. 3.°). Em cada um dos Estados contratantes para os quais é concedida, a patente europeia tem os mesmos efeitos que uma patente nacional concedida nesse Estado (art. 2.°/2). Portanto, quando a patente europeia é concedida para vários Estados surgem vários direitos de propriedade intelectual independentes entre si. Com vista a evitar que as acções relativas à inscrição ou à validade de uma patente concedida para um Estado tenham de ser propostas noutro Estado (do registo), o art. 22.°/4/§ 2 atribui competência exclusiva aos tribunais do Estado para o qual a patente foi emitida[74].

O art. 16.°/4 da Convenção de Bruxelas, quando se refere ao "registo (...) considerado efectuado nos termos de uma convenção internacional", tem em vista, em primeira linha, o sistema instituído pelo Acordo de Madrid Relativo ao Registo Internacional de Marcas de Fábrica ou de

---

[73] Nos termos do art. 57.°/1 da Convenção de Bruxelas é ressalvada a aplicabilidade de regras especiais de competência internacional contidas em Convenções em matéria de patentes. Por força do art. V-D do Protocolo Anexo à Convenção de Bruxelas são exclusivamente competentes, em matéria de inscrição ou de validade de uma patente europeia, os tribunais do Estado para que foi emitida a patente.

[74] Cf. KROPHOLLER [2002 Art. 22 EuGVO n.° 56] e RAUSCHER/MANKOWSKI [2003 Art 22 Brüssel I-VO n.° 49].

Comércio (1981, com várias revisões e com um Protocolo de 1989), e o Acordo da Haia Relativo ao Depósito Internacional de Desenhos e Modelos Industriais (1925, revisto em 1934)[75]. Segundo este sistema, o registo ou depósito feito na secretaria internacional, por intermédio da Administração do país de origem, produz os mesmos efeitos nos outros Estados contratantes que o registo ou depósito directo das marcas, desenhos e modelos nestes Estados. O Tratado de Cooperação em Matéria de Patentes (Washington, 1970, alterado em 1979 e modificado em 1984 e 2001) institui um sistema semelhante.

O art. 22.°/4 do Regulamento estende esta previsão ao "registo (…) considerado efectuado nos termos de um instrumento comunitário". Poderia pensar-se que esta extensão visa especialmente o Reg. CE n.° 40/94, do Conselho, de 20/12/93, sobre a marca comunitária[76]. Tendo em conta o regime instituído por este Regulamento, porém, é muito duvidoso que o preceito seja aplicável à marca comunitária[77].

O fundamento desta competência exclusiva está, em primeiro lugar, na conexão de certas acções com o processo de concessão do direito e com a organização do registo. Por acréscimo, como o direito de propriedade industrial só é protegido, em princípio, no território do Estado do depósito ou registo, esta competência exclusiva conduz geralmente a uma coincidência entre o foro e o Direito aplicável[78].

O conceito de "matéria de inscrição ou de validade de patentes, marcas, desenhos e modelos, e outros direitos análogos sujeitos a depósito ou a registo" deve ser interpretado autonomamente em relação aos Direitos dos Estados-Membros e de modo restritivo[79].

Assim, dizem respeito à *inscrição* os litígios sobre a regularidade da inscrição e à *validade* os litígios sobre a validade do direito ou a própria existência do depósito ou do registo.

A competência exclusiva já não abrange os litígios sobre a titularidade do direito à protecção da propriedade industrial ou que resultem de contratos tendo por objecto direitos de propriedade industrial[80]. Assim,

---

[75] Cf. JENARD [154]. Portugal não é parte deste segundo Acordo.
[76] *JOCE* 1994 L 011/1. Cf. KROPHOLLER [2002 Art. 22 EuGVO n.° 54].
[77] Ver KOHLER [1995: 656-657] e RAUSCHER/MANKOWSKI [2003 Art. 22 Brüssel I-VO n.° 52].
[78] Ver, sobre o Direito aplicável, LIMA PINHEIRO [2001c: 70 e segs.].
[79] Ver TCE 15/11/1983, no caso *Duijnstee* [*CTCE*. (1983) 3663].
[80] Cf. KROPHOLLER [2002 Art. 22 n.° 48], GAUDEMET-TALLON [1996a: 68 e 2002: 82], TEIXEIRA DE SOUSA/MOURA VICENTE [1994: 116] e FAWCETT/TORREMANS [1998: 19 e seg.].

o TCE decidiu que o art. 16.º/4 da Convenção de Bruxelas não se aplica ao "...diferendo entre um trabalhador, autor de uma invenção para a qual foi pedida ou obtida uma patente, e a sua entidade patronal, quando o litígio respeita aos seus direitos respectivos sobre esta patente decorrentes da sua relação de trabalho"[81].

Excluídas desta competência exclusiva estão igualmente, em princípio, as acções de responsabilidade extracontratual por violação de direitos de propriedade industrial e as acções de abstenção de condutas lesivas[82], bem como as acções relativas à concessão, revogação ou remuneração de licenças obrigatórias, uma vez que não dizem respeito à inscrição ou à validade do direito mas a uma intervenção pública que limita o poder exclusivo de exploração do direito conferido ao seu titular[83].

Uma questão em aberto, que já foi objecto de um pedido de decisão prejudicial apresentado ao TCE[84], é a de saber se a competência exclusiva do art. 22.º/4 do Regulamento (ou do art. 16.º/4 da Convenção de Bruxelas) é extensível às acções de responsabilidade extracontratual por violação de direitos de propriedade industrial quando o réu deduza a excepção de invalidade do direito, bem como às acções de declaração de inexistência de violação quando o autor invoque a invalidade do direito[85].

No caso *GAT*, as Conclusões do Advogado-Geral L. A. GEELHOED[86], dão conta de três posições diferentes defendidas por cada uma das partes, pelos governos envolvidos e pela Comissão.

Segundo um primeiro entendimento, baseado numa "interpretação restrita" do art. 16.º/4 da Convenção de Bruxelas, este preceito só é aplicável a um litígio sobre a validade de patente se este litígio constituir a principal causa de pedir do processo[87].

---

[81] Ac. 15/11/1983, no supracit. caso *Duijnstee*.

[82] Cf. KROPHOLLER [2002 Art. 22 n.º 50], *Dicey & Morris* [2000: 377 e seg.] e SCHLOSSER [Art. 22 EuGVVO n.º 22].

[83] Cf. KROPHOLLER [2002 Art. 22 n.º 49]. Segundo este autor, estas acções estarão mesmo excluídas do âmbito de aplicação do Regulamento, por não constituírem "matéria civil e comercial". Cf. também SCHLOSSER [2003 Art. 22 EuGVVO n.º 22] e RAUSCHER/MANKOWSKI [2003 Art. 22 Brüssel I-VO n.º 44].

[84] Proc. n.º 4/03, no caso *GAT*.

[85] Em geral, sobre esta questão, ver FAWCETT/TORREMANS [1998: 201 e segs.] e *Dicey & Morris* [2000: 378].

[86] *In* http://curia.eu.int/pt/content/juris/index.htm.

[87] Ver também FAWCETT/TORREMANS [1998: 203]; KROPHOLLER [2002 Art. 22 n.º 50]; GEIMER/SCHÜTZE [2004 Art. 22 n.ºs 19, 231 e 237 e seg.], assinalando que alguns sistemas

A posição oposta, fundada numa "interpretação ampla" do mesmo preceito, defende a sua aplicação às acções respeitantes à violação de patentes.

Enfim, de acordo com uma posição intermédia, acolhida pelo Advogado-Geral, verifica-se a competência exclusiva sempre que for invocada a questão da validade ou da nulidade de uma patente ou de outro direito de propriedade industrial referido nesta disposição; por conseguinte, o art. 16.°/4 da Convenção de Bruxelas será aplicável quando o réu num processo por violação de patente ou o autor num processo de declaração de inexistência de violação de patente aleguem a invalidade dessa patente. Se a acção de violação tiver sido proposta noutra jurisdição e o réu deduzir esta excepção, o tribunal pode "reenviar integralmente o processo, pode suspendê-lo até que o órgão jurisdicional competente de outro Estado-Membro, nos termos do artigo 16.°, n.° 4, decida da validade da patente e pode ele próprio apreciar essa validade em caso de má fé do demandado".

Este terceiro entendimento parece ser o mais equilibrado. A decisão do TCE é ansiosamente aguardada.

Os "direitos análogos sujeitos a depósito ou a registo" são outros direitos de propriedade industrial[88], como, por exemplo, o direito ao uso exclusivo do nome e insígnia do estabelecimento que seja garantido pelo registo.

As regras gerais de competência contidas no Regulamento são aplicáveis às acções em matéria civil e comercial relativas a direitos de propriedade industrial que não sejam abrangidas por esta competência exclusiva[89].

Nos termos gerais, prevalecem sobre as regras do Regulamento as regras especiais contidas em actos comunitários ou nas leis nacionais harmonizadas nos termos desses actos (art. 67.°) ou em Convenções internacionais em que os Estados-Membros fossem partes no momento da entrada em vigor do Regulamento (art. 71.°).

Assim, há que atender às regras especiais de competência internacional contidas no Reg. CE n.° 40/94, do Conselho, de 20/12/93, sobre a

---

não admitem que a nulidade da patente se faça valer mediante excepção na acção de violação; RAUSCHER/MANKOWSKI [2003 Art. 22 Brüssel I-VO n.° 47], mas distinguindo o caso em que, segundo o Direito processual do foro, o efeito de caso julgado se estenda à questão prévia da validade da patente.

[88] Cf. GEIMER/SCHÜTZE [2004 Art. 22 n.os 240 e segs.].

[89] Cf. JENARD [1979: 154].

marca comunitária (designadamente nos arts. 92.º a 94.º)[90], e no Reg. CE n.º 6/2002, do Conselho, de 12/12/2001, relativo aos desenhos ou modelos comunitários (arts. 81.º e segs.).

No que toca a Convenções internacionais, prevalecem sobre o Regulamento as regras de competência internacional (bem como as regras de reconhecimento) contidas no Protocolo de Reconhecimento que faz parte integrante da Convenção de Munique sobre a Patente Europeia (art. 164.º/1) (1973)[91]. Este Protocolo contém regras de competência internacional com respeito às acções, intentadas contra o requerente, relativamente ao direito à obtenção de uma patente europeia[92].

F) *Execução de decisões*

Em matéria de execução de decisões, são exclusivamente competentes os tribunais do Estado-Membro do lugar da execução (n.º 5)[93].

Trata-se de uma verdadeira competência exclusiva: só podem praticar actos de execução no território de um Estado os tribunais deste Estado[94]. Esta competência exclusiva já decorre do Direito Internacional Público[95]: por força do Direito Internacional Público geral, os tribunais de um Estado só têm jurisdição para a realização de actos de coerção material no seu território. Mas a dúvida pode suscitar-se com respeito à inclusão nesta competência exclusiva de certos meios processuais ligados à execução, tais como os embargos de executado e os embargos de terceiro.

Segundo o Relatório de JENARD, constituem "matéria de execução de decisões" os "diferendos a que podem dar lugar 'o recurso à força, à coerção ou ao desapossamento de bens móveis e imóveis para assegurar a execução material de decisões e actos'"[96].

---

[90] Sobre estas regras ver HUET [1994: 656 e segs.] e KOHLER [1995: 656 e segs.].

[91] Ver KROPHOLLER [2003 Art 22 EuGVO n.º 56], RAUSCHER/MANKOWSKI [2003 Art. 22 Brüssels I-VO n.º 49] e GEIMER/SCHÜTZE [2004 Art. 22 n.ºs 250 e segs.].

[92] Arts. 2.º-6.º.

[93] Cf. arts. 16.º/5 das Convenções de Bruxelas e de Lugano. Sobre a penhora de créditos internacionais ver SCHLOSSER [1979 n.º 207].

[94] Cf. KROPHOLLER [2002 Art. 22 n.ºs 59 e segs.], GAUDEMET-TALLON [2002: 86 e segs.], SCHLOSSER [2003 Art. 22 EuGVVO n.º 24] e GEIMER/SCHÜTZE [2004 Art. 22 n.º 262]. Cp. TEIXEIRA DE SOUSA [2004: 53 e segs.].

[95] Ver também GEIMER/SCHÜTZE [2004 Art. 22 n.ºs 4 e 264].

[96] 1979: 154.

Isto é geralmente entendido no sentido de abranger os procedimentos contraditórios que apresentam um laço estreito com a execução, tais como os embargos de executado[97] e os embargos de terceiro[98].

Já está excluída a impugnação pauliana, que não visa a resolução de um litígio relativo à execução[99]. O mesmo entendimento deve ser seguido com respeito às acções de indemnização por prejuízo causado por execução indevida, em que a regularidade da execução se suscita apenas como questão prévia, bem como relativamente às acções de restituição por enriquecimento sem causa obtido por meio da execução[100].

A jurisprudência comunitária também sugere a exclusão das medidas provisórias ou cautelares, mesmo que autorizem ou ordenem actos de execução. Primeiro, porquanto admite genericamente que tais medidas podem ser decretadas pelo tribunal competente para conhecer do mérito da causa[101], bem como por outro tribunal que tenha uma "conexão real entre o objecto das medidas requeridas e a competência territorial do Estado contratante do juiz a quem são pedidas"[102]. Segundo, uma vez que os tribunais de outros Estados-Membros (designadamente aqueles que devam praticar os actos de execução) estão, em princípio, obrigados a reconhecer, nos termos dos arts. 33.º e segs. e 38.º e segs., pelo menos as providências provisórias decretadas por tribunais competentes com base nas regras de competência do Regulamento[103].

A inclusão dos embargos de executado no âmbito desta competência exclusiva não significa que perante os tribunais do lugar de execução possam ser deduzidas todas excepções admitidas pelo Direito do foro. O TCE

---

[97] Cf. TCE 4/7/1985, no caso *AS-Autoteile Service* [*CTCE* (1985) 2267], n.º 12.

[98] Cf. KROPHOLLER [2002 Art. 22 n.º 61], TEIXEIRA DE SOUSA/MOURA VICENTE [118] e SCHLOSSER [Art. 22 EuGVVO n.º 25].

[99] Cf. TCE 26/3/1992, no caso *Reichert* [*CTCE* (1992) I-02149], n.º 28.

[100] Cf. GEIMER/SCHÜTZE [2004 Art.22 EuGVVO n.º 272], KROPHOLLER [2002 Art. 22 EuGVO n.º 62] e RAUSCHER/MANKOWSKI [2003 Art. 22 Brüssel I-VO n.º 59].

[101] TCE 17/11/1998, no caso *Van Uden* [*CTCE* (1998) I-07091], n.º 19. Ver também *MüKoZPO*/GOTTWALD [2001 EuGVÜ Art. 16 n.º 39] e CALVO CARAVACA/CARRASCOSA GONZÁLEZ [2004: 113].

[102] TCE 17/11/1998, no caso *Van Uden*, supracit., n.º 40. Sobre as dúvidas suscitadas por esta formulação, ver GAUDEMET-TALLON [1999b: 164]. Ver também TCE 21/5/1980, no caso *Denilauler* [*CTCE* (1980) 1553], n.º 15 e seg.

[103] Parece que já não há tal obrigação de reconhecimento quanto às providências decretadas com base no art. 31.º do Regulamento – cf. KROPHOLLER [2002 Art. 31 n.º 24], com mais referências. Cp. SCHULZ [824 e segs.]. Ver ainda GAUDEMET-TALLON [2002: 86].

teve ocasião de decidir que o art. 16.°/5 da Convenção de Bruxelas não permite invocar perante os tribunais do lugar de execução a compensação entre o direito em que se baseia a execução e um crédito que estes tribunais não teriam competência para apreciar caso fosse objecto de uma acção autónoma[104].

Como parece óbvio, esta competência exclusiva não se refere à declaração de executoriedade de decisões estrangeiras, a respeito da qual se fala de "execução" noutro sentido, aliás impróprio[105]. O art. 22.°/5 não se aplica aos processos que se destinam a declarar exequíveis as sentenças proferidas em matéria civil e comercial noutro Estado-Membro ou num Estado terceiro[106].

II. Regime interno

A principal *ratio* dos casos de competência exclusiva contidos no art. 65.°-A CPC parece ser a salvaguarda da aplicação de certos regimes imperativos contidos no Direito material português[107]. Com efeito, nestes casos, o Direito material competente segundo o nosso Direito de Conflitos, será, em regra, o português.

A maior parte destes casos corresponde aos estabelecidos pelo Regulamento em matéria civil e comercial. O legislador português de 1995 teve a intenção de alinhar tanto quanto possível o regime interno da competência internacional com o disposto nas Convenções de Bruxelas e de Lugano[108]. A recente intervenção do legislador português em matéria de competência exclusiva, que ocorreu com o DL n.° 38/2003, de 8/3, teve expressamente em vista reforçar o alinhamento do art. 65.°-A com o Regulamento em matéria civil e comercial, como resulta do Preâmbulo desse diploma.

---

[104] Cf. TCE 4/7/1985, no supracit. caso *AS-Autoteile Service*, n.os 12 e 19. Ver, sobre a bondade desta decisão, GAUDEMET-TALLON [2002: 87 e seg.] com mais referências.

[105] Ver LIMA PINHEIRO [2002b: 232].

[106] Cf. TCE 20/1/1994, no caso *Owens Bank* [*CTCE* (1994) I-00117], n.os 24 e seg.

[107] Em sentido convergente, TEIXEIRA DE SOUSA [1993: 58]. Já merece reserva a afirmação, feita pelo mesmo autor, que o legislador visa a "protecção de interesses económicos nacionais"; com efeito, boa parte dos regimes imperativos em causa destina-se à protecção de interesses particulares, sejam eles nacionais ou estrangeiros.

[108] Cf. MOURA RAMOS [1998: 9 e 34].

Por conseguinte, na falta de indicação clara em sentido diferente que resulte do texto legal, *os preceitos do art. 65.°-A CPC devem ser interpretados em conformidade com o Regulamento*.

Na nossa ordem jurídica, as competências internacionais legais são, em regra, concorrentes. *Os casos de competência legal exclusiva são excepcionais*. À semelhança do que se verifica perante o Regulamento em matéria civil e comercial (*supra* I.A), a enumeração de casos de competência internacional exclusiva contida no art. 65.°-A tem *natureza taxativa*. O intérprete não pode alargar os casos de competência exclusiva legalmente estabelecidos por via da analogia ou com base em qualquer outra técnica.

O primeiro caso de competência exclusiva é o das *acções relativas a direitos reais ou pessoais de gozo sobre imóveis sitos em território português* (art. 65.°-A/a)[109].

Esta matéria é regulada pelas Convenções de Bruxelas e de Lugano (art. 16.°/1) e pelo Regulamento comunitário em matéria civil e comercial (art. 22.°/1). Estas fontes contêm uma ressalva em matéria de contratos de arrendamento de imóveis para uso pessoal temporário por um período máximo de seis meses consecutivos que não consta do art. 65.°--A/a (*supra* I.B).

Este preceito só releva para efeitos de determinação da competência internacional indirecta no reconhecimento de decisões proferidas num Estado que não seja vinculado por esse Regulamento comunitário nem parte contratante nessas Convenções[110].

Em segundo lugar, temos os *processos especiais de recuperação da empresa e de falência*, relativamente a pessoas domiciliadas em Portugal ou a pessoas colectivas ou sociedades cuja sede esteja situada em território português (art. 65.°-A/b).

Esta competência exclusiva não abrange a instauração destes processos com respeito a sucursal ou outra forma de representação local de sociedade com sede no estrangeiro, que se encontrava prevista no n.° 2 do art. 82.° CPC e é actualmente permitida no quadro definido pelo art. 294.° C. Insolv./Rec. Emp.[111].

---

[109] À face ao art. 65.°A/a antigo TEIXEIRA DE SOUSA [1993: 58] defendia que não são abrangidas as acções de despejo e de preferência sobre imóveis. O ponto é duvidoso, em particular quanto às acções de despejo, que são relativas a direitos pessoais de gozo.

[110] Cf. TEIXEIRA DE SOUSA [1997: 102].

[111] No mesmo sentido, face ao art. 65.°A/b antigo, TEIXEIRA DE SOUSA [1993: 49].

É de supor que o legislador quis estabelecer esta competência exclusiva para as pessoas colectivas ou entes equiparados que tenham estatuto pessoal português. Como já foi assinalado a respeito do Regulamento em matéria civil e comercial (*supra* I.C), isto suscita dificuldades num sistema como o nosso, que em matéria de sociedades comerciais combina a teoria da sede (da administração) com a relevância da sede estatutária nas relações com terceiros. Caso a sociedade tenha apenas a sede estatutária ou a sede da administração em Portugal, creio que a sede relevante para o estabelecimento da competência dos tribunais portugueses deve ser aquela que constitui o elemento de conexão utilizado para a determinação do Direito aplicável à questão controvertida. A relevância da sede estatutária ou da sede da administração depende, portanto, da natureza da questão.

A competência nesta matéria é hoje regida principalmente pelo Regulamento Relativo aos Processos de Insolvência[112].

Terceiro, *as acções referentes à apreciação da validade do acto constitutivo ou ao decretamento da dissolução de pessoas colectivas ou sociedades que tenham a sua sede em território português, bem como as destinadas a apreciar a validade das deliberações dos respectivos órgãos* (art. 65.°-A/c).

Esta matéria é regulada pelas Convenções de Bruxelas e de Lugano (art. 16.°/2) e pelo Regulamento comunitário em matéria civil e comercial (art. 22.°/2) (*supra* I.D).

Quarto, temos *as acções que tenham como objecto principal a apreciação da validade da inscrição em registos públicos de quaisquer direitos sujeitos a registo em Portugal* (art. 65.°-A/d).

A formulação dada a esta alínea dá azo a diversas dúvidas, desde logo porque os principais registos públicos têm por objecto factos e não direitos. Parece que o preceito deve ser entendido em sintonia com os n.os 3 e 4 do art. 16.° das Convenções de Bruxelas e de Lugano e do art. 22.° do Regulamento em matéria civil e comercial (*supra* I.D e E). Assim, o art. 65.°-A/d abrangerá quer a validade da generalidade das inscrições em registos públicos quer a regularidade da inscrição ou a validade de direitos sujeitos a registo[113].

O art. 65.°-A CPC será aplicável às acções relativas aos registos públicos de factos ou de direitos que se encontrem fora do âmbito de apli-

---

[112] Ver LIMA PINHEIRO [2002a: 273 e seg. e 2002b § 87 B].
[113] Ver, em sentido convergente, MOURA RAMOS [1998: 34 e seg.].

cação das Convenções de Bruxelas e de Lugano e do Regulamento em matéria civil e comercial (designadamente as inscrições no registo civil)[114].

Por último, referem-se *as execuções sobre bens existentes em território português*. Embora a redacção deste preceito suscite algumas dificuldades interpretativas[115], parece que deve ser entendido à luz do art. 16.º/5 das Convenções de Bruxelas e de Lugano e do art. 22.º/5 do Regulamento em matéria civil e comercial. Como ficou atrás assinalado (*supra* I.F), a exclusividade da competência de execução já decorre do Direito Internacional Público, mas o preceito das Convenções e do Regulamento tem pelo menos a utilidade de tornar claro que certos meios processuais ligados directamente à execução, tais como os embargos de executado e os embargos de terceiro, estão abrangidos pela competência exclusiva.

Porquanto o art. 16.º das Convenções de Bruxelas e de Lugano e o art. 22.º do Regulamento comunitário em matéria civil e comercial são aplicáveis mesmo que o requerido não tenha domicílio num Estado contratante, as competências exclusivas estabelecidas pelo art. 65.º-A CPC só não são redundantes quando estejam para além do disposto naquele preceito. É o que se verifica com a al. b) e, só parcialmente, com as als. a) e d) do art. 65.º-A.

A *relevância da competência exclusiva de tribunais estrangeiros*, por forma a afastar a competência legal concorrente ou a competência convencional dos tribunais portugueses, é questão que não tem sido suscitada entre nós. A falta de base legal não encerra a questão, uma vez que há valores e princípios da ordem jurídica que apontam para a relevância da competência exclusiva de tribunais estrangeiros. É o que se verifica com a igualdade, com o bem comum e com o princípio da harmonia internacional de soluções[116].

Quando a principal *ratio* dos casos de competência exclusiva seja a salvaguarda da aplicação de regimes imperativos contidos no Direito material do foro há um nexo estreito entre o Direito da Competência Internacional e o Direito de Conflitos. A igualdade de tratamento das situações internas e das situações transnacionais, designadamente quanto à incidên-

---

[114] LEBRE DE FREITAS/JOÃO REDINHA/RUI PINTO [1999 Art. 65.º-A an. 5], seguindo sugestão feita anteriormente por LEBRE DE FREITAS [1995: 443], sugerem que a al. d), ao limitar a competência exclusiva às acções que têm como objecto principal a validade da inscrição em registos públicos, exclui aquelas em que essa apreciação seja feita acessoriamente.

[115] Ver TEIXEIRA DE SOUSA [2004: 53 e segs.].

[116] Ver, relativamente ao Direito de Conflitos, LIMA PINHEIRO [2001 §§ 16 e 17 B].

cia de normas imperativas e à eliminação de conflitos de deveres, também justifica a relevância da competência exclusiva estrangeira. O respeito da competência exclusiva estrangeira, quando prossiga fins colectivos comuns às normas de competência exclusiva do Estado do foro, também é postulado pelo bem comum universal. Enfim, o respeito da competência exclusiva estrangeira evita até certo ponto o surgimento de decisões contraditórias e de decisões não reconhecíveis noutro Estado em contacto com a situação, contribuindo para a harmonia internacional de soluções.

Sem pretender ser conclusivo neste ponto, direi apenas que, em minha opinião, só pode relevar a competência estrangeira exclusiva que, além de estabelecida com base no Direito da Competência Internacional do respectivo Estado, se baseie num critério atributivo de competência exclusiva consagrado no Direito português[117].

BIBLIOGRAFIA

ARROYO, Diego FERNÁNDEZ
    2004 – "Exorbitant and Exclusive Grounds of Jurisdiction in European Private International Law: Will They Ever Survive?", *in FS Erik Jayme*, vol. I, 169-186, Munique.

BATIFFOL, Henri e Paul LAGARDE
    1983/1993 – *Droit international privé*, vol. I – 8.ª ed., vol. II – 7.ª ed., Paris.

BÜLOW, Arthur, Karl-Heinz BÖCKSTIEGEL, Reinhold GEIMER e Rolf SCHÜTZE (org.)
    1989 – *Das internationale Rechtsverkehr in Zivil- und Handelssachen*, vol. II, B I 1e por Stefan AUER, Christiane SAFFERLING e Christian WOLF, Munique.

CAMPOS, J. MOTA DE
    1985 – "Um instrumento jurídico de integração europeia. A Convenção de Bruxelas de 27 de Setembro de 1968 sobre Competência Judiciária, Reconhecimento e Execução das Sentenças", *DDC (BMJ)* 22 (1985) 73-235

CARAVACA, Alfonso-Luis CALVO e Javier CARRASCOSA GONZÁLEZ
    2004 – *Derecho Internacional Privado*, vol. I, 5.ª ed., Granada.

CRUZ, ALMEIDA, DESANTES REAL e P. JENARD
    1990 – "Relatório relativo à Convenção de Adesão do Reino de Espanha e da República Portuguesa à Convenção de Bruxelas relativa à competência judiciária e à execução de decisões em matéria civil e comercial de 1968", *JOCE* C 189, 28/7, 35-56.

Dicey and Morris on the Conflict of Laws
    2000 – 13.ª ed. por Lawrence COLLINS (ed. geral), Adrian BRIGGS, Jonathan HILL, J. MCCLEAN e C. MORSE, Londres.

---

[117] Ver também KROPHOLLER [1982 n.º 156], que, porém, parece determinar a competência exclusiva estrangeira somente com base no Direito da Competência Internacional interno.

DROZ, Georges
   1972 – *Compétence judiciaire et effets des jugements dans le Marché Commun*, Paris.
DROZ, Georges e Hélène GAUDEMET-TALLON
   2001 – "La transformation de la Convention de Bruxelles du 27 septembre 1968 en Règlement du Conseil concernant la compétence judiciaire, la reconnaissance e t l'exécution des décisions en matière civile et commerciale", *R. crit.* 90: 601-652.
FAWCETT, James e Paul TORREMANS
   1998 – *Intellectual Property and Private International Law*, Oxford.
FREITAS, José LEBRE DE
   1995 – "Revisão do processo civil", *ROA* 55: 417-518.
FREITAS, José LEBRE DE, JOÃO REDINHA e RUI PINTO
   1999 – *Código de Processo Civil Anotado*, vol. I, Coimbra.
GAUDEMET-TALLON, Hélène
   1996a – *Les conventions de Bruxelles et de Lugano. Compétence internationale, reconnaissance et exécution des jugements en Europe*, 2.ª ed., Paris.
   1996b – "Les fontières extérieures de l'espace judiciaire européen: quelques repères", *in E Pluribus Unum. Liber Amicorum Georges A. L. Droz*, 85-104, A Haia, Boston e Londres.
   2002 – *Compétence et exécution des jugements en Europe*, 3.ª ed., Paris.
GEIMER, Reinhold e Rolf SCHÜTZE
   2004 – *Europäisches Zivilverfahrensrecht*, 2.ª ed., Munique.
GOTHOT, Pierre e Dominique HOLLEAUX
   1985 – *La Convention de Bruxelles du 27 Septembre 1968*, Paris.
GOTTWALD, Peter
   2001/2002 – "Internationales Zivilprozeßrecht", *in Münchener Kommentar zur Zivilprozeßordnung*, vol. III, 2.ª ed. (2001); *Aktualisierungsband*, 2.ª ed. (2002), Munique.
HUET, André
   1994 –"La marque communautaire: la compétence des juridictions des Etats membres pour connaître de sa validité et de sa contrefaçon", *Clunet* 121 (1994) 623.
JAYME, Erik
   1988 – "Das europäische Gerichtsstands-und Vollstreckungsübereikommen und die Drittländer – das Beispiel Österreich", *in* Fritz SCHWIND (org.) – *Europarecht, IPR, Rechtsvergleichung*, 97-123, Viena.
JENARD, P.
   1979 – "Relatório sobre a Convenção, de 27 de Setembro de 1968, relativa à competência judiciária e à execução de decisões em matéria civil e comercial", *JOCE* C 189, 28/7/90, 122-179.
JENARD, P. e G. MÖLLER
   1989 – "Relatório sobre a Convenção relativa à competência judiciária e à execução de decisões em matéria civil e comercial, celebrada em Lugano em 16 de Setembro de 1988", *JOCE* C 189, 28/7/90, 57-121.
KOHLER, Christian
   1995 – "Kollisionsrechtliche Anmerkungen zur Verordnung über die Gemeinschaftsmarke", *in FS Ulrich Everling*, org. por Marcus LUTTER e Jürgen SCHWARZE, Baden-Baden, 651-667.

KROPHOLLER, Jan
    1982 – "Internationale Zuständigkeit", in Handbuch des Internationalen Zivilverfahrensrechts, vol. I, Tubinga.
    2002 – Europäisches Zivilprozeßrecht. Kommentar zum EuGVO und Lugano-Übereinkommen, 7.ª ed., Heidelberga.
    2004 – Internationales Privatrecht, 5.ª ed., Tubinga.
MAYER, Pierre e Vincent HEUZÉ
    2004 – Droit international privé, 8.ª ed., Paris.
NORTH, Peter e J. FAWCETT
    1999 – Cheshire and North's Private International Law, 13.ª ed., Londres.
PINHEIRO, Luís de LIMA
    2001/2002 – Direito Internacional Privado, vol. I – Introdução e Direito de Conflitos/Parte Geral (2001); vol. II – Direito de Conflitos/Parte Especial, 2.ª ed. (2002a); vol. III – Competência Internacional e Reconhecimento de Decisões Estrangeiras (2002b), Almedina, Coimbra.
    2005 – "O Direito de Conflitos e as liberdades comunitárias de estabelecimento e de prestação de serviços", in Seminário Internacional sobre a Comunitarização do Direito Internacional Privado, org. por LIMA PINHEIRO, 79-109.
RAMOS, Rui MOURA
    1998 – A Reforma do Direito Processual Civil Internacional, Coimbra.
RÄUSCHER, Thomas (org.)
    2003 – Europäisches Zivilprozeßrecht, "Art. 22 Brüssel I-VO", por Peter MANKOWSKI, Munique.
SCHLOSSER, Peter
    1977 – "Der EuGH und das Europäische Gerichtsstands- und Vollstreckungsübereikommen", NJW 30 (1977) 457-463.
    1979 – "Relatório sobre a Convenção, de 9 de Outubro de 1978, relativa à Adesão do Reino da Dinamarca, da Irlanda e do Reino Unido da Gra-Bretanha e da Irlanda do Norte à Convenção relativa à competência judiciária e à execução de decisões em matéria civil e comercial, bem como ao Protocolo Relativo à sua interpretação pelo Tribunal de Justiça", JOCE C 189, 28/7/90, 184-256.
    2003 – EU-Zivilprozessrecht, 2.ª ed., Munique.
SCHULZ, Andrea
    2001 – "Einstweilige Maßnahmen nach dem Brüsseler Gerichtsstands- und Vollstreckungsübereikommen in der Rechtsprechung des Gerichtshofs der Europäischen Gemeinschaften", ZeuP 9: 805-836.
SOUSA, Miguel TEIXEIRA DE
    1993 – A Competência Declarativa dos Tribunais Comuns, Lisboa.
    1997 – "Die neue internationale Zuständigkeitregelung im portugiesischen Zivilprozeßgesetzbuch und die Brüsseler und Luganer Übereinkommen: Einige vergleichende Bemerkungen", IPRax: 352-360.
    2003 – "Der Anwendungsbereich von Art. 22 Nr. 1 S. 2 EuGVVO", IPRax (2003) 320-323.
    2004 – "A competência internacional executiva dos tribunais portugueses: alguns equívocos", Cadernos de Direito Privado 5/2004: 49-57.

SOUSA, Miguel TEIXEIRA DE e Dário MOURA VICENTE
  1994 – *Comentário à Convenção de Bruxelas de 27 de Stembro de 1968 Relativa à Competência Judiciária e à Execução de Decisões em Matéria Civil e Comercial*, Lisboa.

TELES, EUGÉNIA GALVÃO
  1996 – "Reconhecimento de sentenças estrangeiras: o controle de competência do tribunal de origem pelo tribunal requerido na Convenção de Bruxelas de 27 de Setembro de 1968", *Revista da Faculdade de Direito da Universidade de Lisboa* 37: 119-169.

FALÊNCIAS INTERNACIONAIS*

MARIA HELENA BRITO**

SUMÁRIO: *I. Introdução: 1. Considerações preliminares. 2. Algumas questões de terminologia. II. Apresentação do Regulamento (CE) n.º 1346/2000, de 29 de Maio de 2000, sobre os processos de insolvência: 1. Aspectos gerais: 1.1. Antecedentes. Referência breve à Convenção de Bruxelas, de 23 de Novembro de 1995, relativa aos processos de insolvência; 1.2. Objectivo; 1.3. Base jurídica; 1.4. Estrutura. 2. Delimitação do âmbito de aplicação do Regulamento (CE) n.º 1346/2000: 2.1. Âmbito material de aplicação; 2.2. Âmbito espacial de aplicação; 2.3. Âmbito temporal de aplicação. 3. Competência internacional. 4. Direito aplicável: 4.1. Princípio geral; 4.2. Regras especiais. 5. Reconhecimento e execução do processo de insolvência. 6. Processos secundários de insolvência. III. Análise dos Títulos XIV e XV do Código da Insolvência e da Recuperação de Empresas: 1. Delimitação do âmbito de aplicação do regime constante do Código: 1.1. Âmbito material de aplicação; 1.2. Âmbito espacial de aplicação. 2. Competência internacional. 3. Direito aplicável: 3.1. Princípio geral; 3.2. Regras especiais. 4. Processo de insolvência estrangeiro. Regras sobre reconhecimento e execução. 5. Processo particular de insolvência. IV. Observações finais.*

---

* Texto desenvolvido da comunicação apresentada no Seminário sobre "O Novo Direito da Insolvência", organizado pela JURISNOVA – Associação da Faculdade de Direito da Universidade Nova de Lisboa, que decorreu em Lisboa, em 6 e 7 de Maio de 2005 (cfr. *Themis*, edição especial, 2005, p. 183 ss.). Em Agosto de 2006 foram feitas algumas actualizações de pormenor.

** Professora Associada da Faculdade de Direito da Universidade Nova de Lisboa; Juíza do Tribunal Constitucional.

Conheci o Professor José Dias Marques nas provas públicas de discussão da minha dissertação de mestrado, na Faculdade de Direito da Universidade de Lisboa. Revelou-se um arguente temível! Surpreendeu-me com a sua crítica arguta e incisiva, dirigida principalmente à metodologia seguida no trabalho. Senti então que tinha de ser veemente na resposta. Conta-me quem assistiu que fui dura. Mas tive a satisfação de ouvir dizer que "a defesa foi eficaz" e tive o grande gosto e a enorme honra de ganhar um amigo. Encontrámo-nos novamente no meu doutoramento e, depois, em algumas ocasiões, em agradável convívio com a Professora Isabel de Magalhães Collaço. Mais recentemente tive o privilégio de, na minha qualidade de membro da comissão organizadora dos estudos em homenagem à Professora Isabel de Magalhães Collaço, contar com a colaboração do Professor José Dias Marques na preparação da sessão pública de apresentação da obra. Em todos os momentos me impressionou a sua vivacidade e inteligência crítica, assim como o seu bom humor.

Aqui fica a minha modesta homenagem e a expressão de todo o meu respeito e da minha mais sincera admiração.

I. INTRODUÇÃO

1. Considerações preliminares

O desenvolvimento das relações comerciais entre diferentes países e entre operadores económicos localizados em diferentes países conduziu ao que pode designar-se a "internacionalização dos problemas das empresas em dificuldade"[1].

Este fenómeno, que aumentou a partir dos anos 60 do século XX[2], afectando especialmente instituições financeiras internacionais[3], está na

---

[1] Arlette MARTIN-SERF, "La faillite internationale: Une réalité économique pressante, un enchevêtrement juridique croissant", *Clunet*, 1995, p. 31 ss (p. 31).

[2] Para uma referência a dados estatísticos em França, cfr. Jean-Pierre RÉMERY, *La faillite internationale*, Paris, 1996, p. 5 ss.

[3] Veja-se a descrição de dois casos de falência internacional ocorridos nos anos 90 (os casos Maxwell e BCCI), em Peter SCHLOSSER, *Recent Developments in Transit-border Insolvency*, Roma, 1999, p. 19 ss. Sobre o caso BCCI, cfr. ainda a decisão da *Cour d'appel de Paris*, de 15 de Junho de 1994, em *Clunet*, 1994, p. 1011 ss (com anotação de A. JACQUEMONT).

origem de várias tentativas de aproximação ou de harmonização do direito internacional privado da falência, tendo em vista reduzir as disparidades dos direitos nacionais.

Trata-se todavia de um domínio em que as dificuldades de unificação se têm revelado particularmente numerosas e evidentes[4]. As legislações nacionais, influenciadas por condições sociológicas e económicas distintas, consagram, em numerosos aspectos, soluções inspiradas em concepções muito diferentes umas das outras[5]. Além disso, o direito da falência encontra-se na fronteira entre o direito das pessoas, o direito das sociedades, o direito dos contratos, o direito das coisas, o que desde logo suscita múltiplas conexões.

Por outro lado, tendo em conta a natureza jurisdicional do instituto da falência, não pode o mesmo escapar a uma relação estreita entre o problema dos conflitos de leis e o dos conflitos de jurisdições. Na verdade, as questões suscitadas prendem-se com a determinação do tribunal competente, com a individualização do direito aplicável e com o reconhecimento de sentenças estrangeiras.

Ora, uma primeira dificuldade diz respeito ao *objectivo* do processo de falência: liquidação patrimonial, tendo em vista a garantia da igualdade entre os credores, ou recuperação da empresa? A esta acrescem as questões relacionadas com a determinação dos *efeitos* do processo de falência, e que podem reconduzir-se a "três grandes dicotomias"[6]: universalidade/ /territorialidade da falência; unidade/pluralidade da falência; falência dita principal/falências secundárias ou satélites.

---

[4] Paul DIDIER, "La problématique du droit de la faillite internationale", *RDAI*, 1989, p. 201 ss.

[5] Vejam-se, a título de exemplo, os estudos sobre o direito internacional privado da falência em diversos países, incluídos no n.º 3, de 1989, da *Revue de Droit des Affaires Internationales,* p. 207 ss. Consultem-se também as sínteses comparativas apresentadas por Philip R. WOOD, *Principles of International Insolvency*, London, 1995, p. 234 ss, 250 ss, 283 ss, e, na literatura mais antiga, o estudo de direito internacional privado comparado de J. A. PASTOR RIDRUEJO, "La faillite en droit international privé", *Recueil des Cours*, 1971- -II, p. 135 ss (p. 146 ss). Cfr. ainda Maria João G. P. FELGUEIRAS MACHADO, *Da falência em direito internacional privado. Introdução aos seus problemas fundamentais*, Porto, 2000, p. 16 ss.

[6] Paul VOLKEN, "L'harmonisation du droit international privé de la faillite", *Recueil des Cours*, 1991-V, p. 343 ss (p. 371 ss).

Por isso, e não obstante a importância e a utilidade de que poderia revestir-se a adopção de regras uniformes sobre a matéria[7], o direito da falência tem permanecido "uma ilha de resistência à internacionalização"[8].

Assim se explica, em primeiro lugar, que duas das mais relevantes convenções internacionais multilaterais em matéria de processo civil internacional excluam a falência do seu âmbito material de aplicação: a Convenção de Bruxelas, de 27 de Setembro de 1968, sobre a competência judiciária e a execução de decisões em matéria civil e comercial (artigo 1.°, n.° 2)[9] e a Convenção da Haia, de 1 de Fevereiro de 1971, sobre o reconhecimento e a execução de sentenças estrangeiras em matéria civil e comercial (artigo 1.°, n.° 5).

E assim se compreende também que os projectos de convenções multilaterais incidindo sobre o direito da falência tenham, nuns casos, sido abandonados e, noutros casos, tenham sido negociados, durante dezenas de anos, sem grande sucesso[10].

---

[7] Yvon LOUSSOUARN, Jean-Denis BREDIN, *Droit du commerce international*, Paris, 1969, p. 771; Carlos ESPLUGUES MOTA, "Procedimientos concursales", in *Derecho del comercio internacional* (ed. José Carlos Fernández Rozas), Madrid, 1996, p. 449 ss (p. 453).

[8] Jacques BÉGUIN, "Un îlot de résistance à l'internationalisation: Le droit international des procédures collectives", in *L'internationalisation du droit. Mélanges en l'honneur de Yvon Loussouarn*, Paris, 1994, p. 31 ss.

[9] Assim como, naturalmente, a Convenção paralela à Convenção de Bruxelas – Convenção de Lugano, de 16 de Setembro de 1988, sobre a competência judiciária e a execução de decisões em matéria civil e comercial (artigo 1.°, n.° 2) – e as diversas convenções de adesão à Convenção de Bruxelas.

[10] Diferentemente, são em número significativo, a partir do século XIX, as convenções bilaterais que abrangem a matéria da falência (cfr. Paul VOLKEN, "L'harmonisation du droit international privé de la faillite", cit., p. 367). Segundo Philip R. WOOD, a história das convenções (bilaterais) em matéria de falência remonta aos séculos XIII e XIV e aos primeiros tratados celebrados entre cidades do norte da Itália (cfr. *Principles of International Insolvency*, cit., p. 291). Para a indicação de convenções bilaterais em que intervém a França, vejam-se: Yvon LOUSSOUARN, Jean-Denis BREDIN, *Droit du commerce international*, cit., p. 773 ss; Arlette MARTIN-SERF, "La faillite internationale...", cit., p. 57 ss; Philip R. WOOD, *Principles of International Insolvency*, cit., p. 292; Jean-Pierre RÉMERY, *La faillite internationale*, cit., p. 10 ss; Jean-Michel JACQUET, Philippe DELEBECQUE, *Droit du commerce international*, 3.ª ed., Paris, 2002, p. 291. Sobre as convenções bilaterais em que intervém a Bélgica, cfr. François RIGAUX, Marc FALLON, *Droit international privé*, II – *Droit positif belge*, 2.ª ed., Bruxelles, 1993, p. 494 s. Sobre as convenções bilaterais em que intervém a Itália, cfr. Luigi FUMAGALLI, "Il regolamento comunitario sulle procedure di insolvenza", *Rdproc.*, 2001, p. 677 ss (p. 678). Em J. A. PASTOR RIDRUEJO, "La faillite en droit international privé", cit., p. 178 ss, pode ver-se uma referência à discussão tradicional quanto à opção entre tratados bilaterais e tratados multilaterais no domínio do direito internacional privado da falência.

Estou, como é natural, a pensar no trabalho de unificação desenvolvido no âmbito de organizações internacionais em que Portugal se integra: um projecto elaborado pela Conferência da Haia de Direito Internacional Privado, em 1925, não chegou a ser aprovado; a Convenção Europeia sobre certos aspectos internacionais da falência, celebrada em Istambul, em 5 de Junho de 1990, sob a égide do Conselho da Europa, ainda não está em vigor[11]; a Convenção comunitária relativa aos processos de insolvência, concluída em Bruxelas, em 23 de Novembro de 1995, não chegou a entrar em vigor.

Mas, se se tiverem em conta os resultados obtidos sob a égide de outras organizações internacionais que actuam a nível regional, o comentário não será muito diferente[12-13].

---

[11] Sobre a Convenção de Istambul, ou sobre os projectos que a antecederam, cfr.: *Convention européenne sur certains aspects internationaux de la faillite. Rapport explicatif* (disponível em http://conventions.coe.int/Treaty/fr/Reports); Jacqueline GUILLENSCHMIDT, "Projet de Convention du Conseil de l'Europe sur certains aspects internationaux de la faillite", *Banque & Droit*, 1989, p. 191 ss; Paul VOLKEN, "L'harmonisation du droit international privé de la faillite", cit., p. 421 ss; Dusan KITIC, "Harmonisation du droit international privé de la faillite en Europe", in *Perméabilité des ordres juridiques. Rapports présentés à l'occasion du colloque-anniversaire de l'Institut suisse de droit comparé*, Zürich, 1992, p. 343 ss (p. 350 ss); Claudio DORDI, "La Convenzione europea su alcuni aspetti internazionali del fallimento: la consacrazione dell'universalità limitata degli effetti delle procedure concorsuali", *Dcomm.int.*, 1993, p. 617 ss; Jean-Luc VALLENS, "La Convention du Conseil de l'Europe sur certains aspects internationaux de la faillite", *Rev. crit.*, 1993, p. 136 ss; Luigi DANIELE, "La convenzione europea su alcuni aspetti internazionali del fallimento: prime riflessioni", *Rdintpriv.proc.*, 1994, p. 499 ss; Jacques BÉGUIN, "Un îlot de résistance à l'internationalisation…", cit., p. 35 ss; Arlette MARTIN-SERF, "La faillite internationale…", cit., p. 72 ss, 94 ss; Maria João G. P. FELGUEIRAS MACHADO, *Da falência em direito internacional privado…*, cit., p. 161 ss; Ian F. FLETCHER, *The Law of Insolvency*, London, 1996, p. 777 ss; Hans van HOUTTE, *The Law of International Trade*, 2.ª ed., London, 2002, p. 378; Luis FERNÁNDEZ DE LA GÁNDARA, Alfonso-Luis CALVO CARAVACA, *Derecho mercantil internacional. Estudios sobre derecho comunitario y del comercio internacional*, 2.ª ed., Madrid, 1995, p. 684 ss; Jean-Michel JACQUET, Philippe DELEBECQUE, *Droit du commerce international*, cit., p. 292.

[12] Nos países do Benelux, sob a égide da Comissão Benelux para a Unificação do Direito Privado, foi concluído, em 1961, um projecto de tratado sobre competência dos tribunais, falência e execução de decisões e sentenças arbitrais, que não chegou a entrar em vigor. Não pode porém esquecer-se que, no âmbito da Organização para a Harmonização em África do Direito Comercial (*Organisation pour l'Harmonisation en Afrique du Droit des Affaires – OHADA*), foi adoptado, em 1998, um "acto uniforme sobre a "organização de procedimentos colectivos de apuramento do passivo" (em vigor desde Janeiro de 1999).

[13] Para a referência a outras convenções preparadas a nível regional (Convenção Nórdica, e, na América Latina, Tratado de Montevideo e Código de Bustamante), cfr. Philip R. WOOD, *Principles of International Insolvency*, cit., p. 293 ss.

Mesmo no domínio do *soft law* o sucesso é relativamente limitado. A Comissão das Nações Unidas para o Direito Comercial Internacional (CNUDCI/UNCITRAL) aprovou, em 1997, uma "Lei-modelo sobre a insolvência internacional" e um "Guia relativo à lei-modelo sobre a insolvência internacional"; até agora, porém, essa lei-modelo inspirou a legislação de um número relativamente reduzido de países[14-15]. Apesar de

---

[14] Reconhecendo o grande progresso alcançado com a lei-modelo da CNUDCI, Peter SCHLOSSER, *Recent Developments in Transit-border Insolvency*, cit., p. 26 ss. Sobre os problemas suscitados em alguns dos países que adoptaram esta lei-modelo, cfr. Ron W. HARMER, "UNCITRAL projects: INSOL International", in *Foundations and Perspectives of International Trade Law* (ed. Ian Fletcher, Loukas Mistelis, Marise Cremona), London, 2001, p. 480 ss. Em geral sobre o papel da CNUDCI na adopção de actos normativos com relevância em diversos domínios do direito do comércio internacional, cfr. G. HERRMANN, "The Contribution of the UNCITRAL to the Development of International Trade Law", in *The Transnational Law of International Commercial Transactions* (ed. Norbert Horn, Clive M. Schmitthoff), vol. 2 – *Studies in Transnational Economic Law*, Antwerp, Boston, London, Frankfurt, 1982, p. 35 ss; ID., "The Role of UNCITRAL", in *Foundations and Perspectives of International Trade Law*, cit., p. 28 ss; Paolo BERTOLI, "L'unificazione del diritto del commercio internazionale: i lavori dell'UNCITRAL dal 1997 al 2002", *Rdintpriv.proc.*, 2003, p. 398 ss; Maria Helena BRITO, *Direito do Comércio Internacional*, Coimbra, 2004, p. 31 s, 101 ss, 105 ss.

[15] Refira-se ainda o trabalho realizado no âmbito da *INSOL International – International Association of Restructuring, Insolvency & Bankruptcy Professionals* (federação mundial de associações nacionais de contabilistas e advogados especializados em reestruturação de empresas e insolvência, com sede em Londres), de que resultou a publicação, em 2000, de uma "Declaração de princípios", com o objectivo de contribuir para a reorganização de empresas em situação financeira difícil, assim como de um "Guia para o reconhecimento e execução – Insolvência internacional", tendo em vista a colaboração entre países e tribunais na assistência aos profissionais que lidem com processos de insolvência em contacto com diversas ordens jurídicas (informação recolhida em www.insol.org/). Sobre o impulso dado pela *INSOL* para o projecto da lei-modelo da CNUDCI, cfr. Ron W. HARMER, "UNCITRAL projects: INSOL International", cit., p. 495. Também a *International Bar Association (IBA)* aprovou, em 1996, uma "Concordata relativa à insolvência internacional", com a finalidade de "sugerir princípios gerais que os técnicos ou as jurisdições nacionais poderão adaptar segundo as circunstâncias particulares e adoptar, deste modo, uma aproximação prática no tratamento do processo" (o texto da "Concordata" encontra-se disponível em www.iiiglobal.org/; veja-se o comentário de Maria João G. P. FELGUEIRAS MACHADO, *Da falência em direito internacional privado...*, cit., p. 33 ss). Mais recentemente (em 2003), sob a responsabilidade do *American Law Institute (ALI)*, foram publicados quatro volumes, integrados na série *Transnational Insolvency Project: Cooperation Among the NAFTA Countries*, o primeiro dos quais contém uma compilação de *Principles of Cooperation Among the NAFTA Countries*, sendo os outros três volumes dedicados ao direito internacional privado da falência em vigor, respectivamente, nos Estados Unidos,

tudo, o tema tem continuado na ordem do dia da Comissão, como demonstra a conclusão, em 2004, dos trabalhos de organização de um "Guia legislativo sobre o direito da insolvência"[16], que contou com a colaboração da Conferência da Haia de Direito Internacional Privado e da *International Bar Association*.

Na União Europeia, como se sabe, só as alterações emergentes do Tratado de Amesterdão, de 2 de Outubro de 1997, permitiram resolver o impasse (recordem-se os artigos 61.° e 65.° do Tratado CE, na nova redacção introduzida pelo Tratado de Amesterdão), através da aprovação do Regulamento (CE) n.° 1346/2000 do Conselho, de 29 de Maio de 2000, sobre os processos de insolvência (JO L 160, de 30 de Junho de 2000, p. 1)[17].

2. Algumas questões de terminologia

Em Portugal, "o novo direito da insolvência" eliminou o termo "falência", passando a utilizar unicamente a designação "insolvência". A opção prende-se desde logo com a "supressão da dicotomia recupera-

---

no Canadá e no México (informação recolhida em www.ali.org/). Sobre o projecto promovido pelo *NAFTA*, consulte-se Jay Lawrence WESTBROOK, "Managing defaulting multinationals within NAFTA", in *Foundations and Perspectives of International Trade Law*, cit., p. 465 ss (p. 466 ss).

[16] O "Guia legislativo sobre o direito da insolvência" foi adoptado pela Comissão das Nações Unidas para o Direito Comercial Internacional, na sua 37.ª sessão, em 25 de Junho de 2004; através da resolução n.° 59/40, de 2 de Dezembro do mesmo ano, a Assembleia Geral das Nações Unidas congratulou-se com a adopção do documento e recomendou a todos os Estados, por um lado, que tenham em conta o Guia "quando avaliarem a eficiência económica do seu regime de insolvência ou quando revirem ou adoptarem legislação relativa à insolvência" e, por outro lado, que "continuem a considerar a possibilidade de aplicarem a Lei-modelo da CNUDCI sobre a insolvência internacional". O "Guia legislativo sobre o direito da insolvência" pretende assim servir de referência às autoridades nacionais no momento da adopção de novos actos legislativos ou no momento da avaliação da "eficiência económica" dos regimes existentes; todavia, diferentemente da lei-modelo, o guia não fornece um conjunto único de soluções, antes permite ao leitor avaliar as diferentes abordagens possíveis e escolher aquela que considerar mais adequada ao respectivo contexto nacional. O texto do guia pode consultar-se em www.uncitral.org/.

[17] Observe-se o título sugestivo escolhido por Dominique BUREAU, "La fin d'un îlot de résistance. Le Règlement du Conseil relatif aux procédures d'insolvabilité", *Rev. crit.*, 2002, p. 613 ss – a propósito da aprovação do Regulamento (CE) n.° 1346/2000 –, como contraponto às reflexões de Jacques BÉGUIN, "Un îlot de résistance à l'internationalisation: Le droit international des procédures collectives", cit..

ção/falência" e com a "configuração da situação de insolvência como pressuposto objectivo único do processo". Como se afirma no preâmbulo do diploma que aprovou o Código da Insolvência e da Recuperação de Empresas, "a insolvência não se confunde com a «falência», tal como actualmente entendida, dado que a impossibilidade de cumprir obrigações vencidas, em que a primeira noção fundamentalmente consiste, não implica a inviabilidade económica da empresa ou a irrecuperabilidade financeira postuladas pela segunda" (cfr. n.º 7 do preâmbulo do Decreto--Lei n.º 53/2004, de 18 de Março)[18].

Apesar disso, tenho usado, no âmbito do Direito Internacional Privado, o termo "falência". Como foi já afirmado[19], trata-se de um vocábulo comum, que simplifica a expressão; uma vez que tem sido utilizado na legislação de múltiplos países, pode facilitar a redacção de convenções internacionais dedicadas ao direito das empresas em dificuldade; acresce que uma perspectiva de liquidação, porventura implícita nesta designação, é mais adequada ao Direito Internacional Privado, sendo certo que os objectivos relacionados com a recuperação da empresa são, na prática, prosseguidos no âmbito das legislações nacionais.

Claro que utilizarei o termo "insolvência" quando me referir ao Regulamento comunitário e ao novo Código da Insolvência, já que é este o termo aí referido.

Seja como for, aos termos "falência" e "insolvência" atribuirei, no âmbito do Direito Internacional Privado, um sentido amplo, susceptível de abranger os processos colectivos de liquidação do passivo regulados em diversas ordens jurídicas, independentemente da natureza própria que tais processos assumam em cada ordem jurídica[20].

Por outro lado, e em termos gerais, a falência é internacional quando, em razão das pessoas envolvidas ou dos bens abrangidos ou dos dois fac-

---

[18] Sobre a questão, cfr. Catarina SERRA, *O novo regime português da insolvência*, Coimbra, 2004, p. 7 ss.

[19] Jean-Pierre RÉMERY, *La faillite internationale*, cit., p. 3.

[20] De acordo com a definição do Tribunal de Justiça das Comunidades Europeias, em acórdão proferido a propósito da interpretação da Convenção de Bruxelas de 1968, estão em causa os "processos fundados, segundo as diversas legislações dos Estados contratantes, no estado de cessação de pagamentos, na insolvência ou na diminuição da garantia patrimonial do crédito do devedor, susceptível de implicar uma intervenção da autoridade judiciária conducente à liquidação forçada e colectiva dos bens ou, pelo menos, ao controlo por essa autoridade". Cfr. acórdão *Gourdain c/ Nadler* (proc. 133/78), de 22 de Fevereiro de 1979 (n.º 4, 1.ª parte).

tores conjuntamente, apresenta contactos com diversas ordens jurídicas[21]. Evidentemente que os elementos de estraneidade não são equivalentes e não são portanto igualmente determinantes do carácter internacional da falência: por exemplo, a nacionalidade estrangeira do devedor não tem sido utilizada para qualificar uma falência como internacional. Além do mais, pode sempre colocar-se a questão de saber se a caracterização de uma falência como internacional não deveria reservar-se aos casos em que, existindo um "elemento de estraneidade" (critério jurídico), estão em jogo "interesses do comércio internacional" (critério económico). Tudo depende, como é óbvio, da ordem jurídica que se tome como ponto de partida. A este aspecto voltarei oportunamente, sempre que tal se justifique, a propósito dos actos normativos que analisar.

Importa também explicitar o sentido em que devem entender-se certas noções tradicionalmente utilizadas no âmbito do direito internacional privado da falência.

De acordo com o *princípio da universalidade* da falência, os efeitos da falência não se limitam ao território do Estado em que é declarada, estendendo-se ao conjunto dos Estados em que o devedor tenha bens. Inversamente, o *princípio da territorialidade* significa que os efeitos da falência se limitam ao território do Estado em que foi declarada.

As noções de universalidade e de territorialidade dizem respeito ao âmbito de aplicação dos *efeitos* da falência. Podem também ser utilizadas para indicar a amplitude da *competência* do tribunal a que a falência é submetida: o princípio da territorialidade significaria que a competência do tribunal se limita ao território do Estado de abertura da falência, enquanto o princípio da universalidade implicaria que a competência do tribunal ultrapassa as fronteiras nacionais e que as suas decisões produzem efeitos noutros Estados.

Para determinar se se está perante uma autêntica universalidade ou perante uma pura territorialidade há que averiguar não só a posição do Estado da falência, mas também a do Estado ou dos Estados em que se situam os bens. Só existirá universalidade completa se todos esses Estados adoptarem o sistema da universalidade.

---

[21] Para a discussão sobre o carácter internacional de uma falência, vejam-se, por exemplo: Paul VOLKEN, "L'harmonisation du droit international privé de la faillite", cit., p. 372; Jean-Pierre RÉMERY, *La faillite internationale*, cit., p. 4 s; Arlette MARTIN-SERF, "La faillite internationale...", cit., p. 32, 34; Look CHAN HO, "Anti-Suit Injections in Cross-Border Insolvency: a Restatement" *ICLQ*, 2003, p. 697 ss (p. 697).

As noções de *unidade* e de *pluralidade* da falência são frequentemente utilizadas como *sinónimos* de universalidade e de territorialidade; por vezes, relacionam-se com o *número de falências abertas* em dado momento contra uma pessoa; principalmente, indicam se a falência deve ser regida por *uma* ou por *várias leis*. É sobretudo neste último sentido que aqui vou referir-me à dicotomia unidade ou pluralidade da falência.

Não existem, na prática, modelos "puros" de universalidade ou territorialidade nem de unidade ou pluralidade. As soluções positivas são frequentemente intermédias ou mistas.

II. APRESENTAÇÃO DO REGULAMENTO (CE) N.º 1346/2000, DE 29 DE MAIO DE 2000, SOBRE OS PROCESSOS DE INSOLVÊNCIA

1. Aspectos gerais

1.1. *Antecedentes. Referência à Convenção de Bruxelas, de 23 de Novembro de 1995, relativa aos processos de insolvência*

O Regulamento (CE) n.º 1346/2000 teve a sua fonte próxima na Convenção de Bruxelas, de 23 de Novembro de 1995, relativa aos processos de insolvência[22].

---

[22] Sobre o texto final do projecto de Convenção ou sobre os diversos anteprojectos que o antecederam, cfr.: Miguel VIRGÓS, Etienne SCHMIT, *Report on the Convention on Insolvency Proceedings*, doc. 6500/96, DRS 8 (CFC); Jacques LEMONTEY, "Vers un droit européen de la faillite", *Travaux du Comité Français de Droit International Privé*, 1971--1973, p. 11 ss (p. 15 ss); J. A. PASTOR RIDRUEJO, "La faillite en droit international privé", cit., p. 179 ss; Ian F. FLETCHER, *Conflict of laws and European Community law. With special reference to the Community Conventions on private international law*, Oxford, 1982, p. 187 ss, 325 ss; ID., *The Law of Insolvency*, cit., p. 769 ss; Louis F. GANSHOF, "Le projet de convention CEE relative à la faillite", *Cahiers de droit européen*, 1983, p. 163 ss; Alegría BORRÁS RODRÍGUEZ, "Proyecto de convenio sobre quiebras, convenios de quiebra y procedimientos análogos", in *Tratado de derecho comunitario europeo (Estudio sistematico desde el derecho español)* (ed. Eduardo Garcia de Enterría, Julio D. González Campos, Santiago Muñoz Machado), t. III, Madrid, 1986, p. 827 ss; Luigi DANIELE, "Les problèmes internationaux de la faillite: heur et malheur du projet de convention communautaire", *Cahiers de droit européen*, 1987, p. 512 ss; Nicholas AMINOFF, "The EEC Draft Bankruptcy Convention – an Exercise in Harmonizing Private International

Tendo sido preparado durante mais de trinta anos[23], o texto final do projecto de Convenção não foi assinado pelo Reino Unido, fundamentalmente como medida de represália em relação às decisões comunitárias que haviam proibido a importação de carne bovina proveniente daquele país, na sequência da manifestação do vírus da BSE, e também por razões ligadas ao estatuto de Gibraltar.

A Convenção invocava como base jurídica o artigo 220.° do Tratado que institui a Comunidade Europeia (a que actualmente corresponde o

---

Law", *Legal Issues of European Integration*, 1990/1, p. 121 ss; Paul VOLKEN, "L'harmonisation du droit international privé de la faillite", cit., p. 401 ss; Dusan KITIC, "Harmonisation du droit international privé de la faillite en Europe", cit., p. 344 ss; Jacques BÉGUIN, "Un îlot de résistance à l'internationalisation...", cit., p. 34 ss; Arlette MARTIN-SERF, "La faillite internationale...", cit., p. 67 ss, 92 ss; Peter FIDLER, "A Small Step Forward? The Draft EU Bankruptcy Convention", *JIBL*, 1996, p. 3 ss; BORCH, "EU Convention on Insolvency Proceedings: a Major Step Forward?", *IBL*, 1996, p. 224 ss; Donna McKENZIE, "The EU Convention on Insolvency Proceedings", *ERPL*, 1996, p. 181 ss; Carlos ESPLUGUES MOTA, "Procedimientos concursales", cit., p. 463 ss; Claudio DORDI, "La Convenzione dell'Unione Europea sulle procedure di insolvenza", *Rdintpriv.proc.*, 1997, p. 333 ss; Sylvaine POILLOT-PERUZZETTO, "Le créancier et la «faillite européenne»: commentaire de la Convention des Communautés européennes relative aux procédures d'insolvabilité", *Clunet*, 1997, p. 757 ss; Peter SCHLOSSER, *Recent Developments in Transit-border Insolvency*, cit., p. 24 ss; Maria João G. P. FELGUEIRAS MACHADO, *Da falência em direito internacional privado...*, cit., p. 66 ss, 89 ss, 140 ss; Luis FERNÁNDEZ DE LA GÁNDARA, Alfonso-Luis CALVO CARAVACA, *Derecho mercantil internacional*, cit., p. 663 ss (*passim*, em paralelo com a exposição do direito internacional privado espanhol e com referências de direito comparado); Jean-Michel JACQUET, Philippe DELEBECQUE, *Droit du commerce international*, cit., p. 291 s. A Convenção de Bruxelas de 1995 relativa aos processos de insolvência foi o tema do seminário "O direito da insolvência na União Europeia", organizado pela Academia de Direito Europeu de Trier, que decorreu em Viena, em 20 e 21 de Outubro de 1997, e em que tive a oportunidade de participar. Os documentos de trabalho desse seminário são naturalmente relevantes para o estudo da Convenção.

[23] Na verdade, o primeiro grupo de peritos foi designado em 1960, tendo apresentado um anteprojecto em 1970. O texto teve de ser logo em seguida renegociado, na sequência do primeiro alargamento da Comunidade. Os trabalhos desenvolvidos em torno do novo projecto apresentado no início dos anos 80 foram abandonados em 1985. As negociações só foram retomadas em 1989, sob inspiração dos trabalhos que conduziram à aprovação, em 1990, da Convenção do Conselho da Europa. Sobre a história da Convenção, vejam-se, por exemplo: J. A. PASTOR RIDRUEJO, "La faillite en droit international privé", cit., p. 181 s; Arlette MARTIN-SERF, "La faillite internationale...", cit., p. 67 ss; Sylvaine POILLOT-PERUZZETTO, "Le créancier et la «faillite européenne»...", cit., p. 758, nota (3); Claudio DORDI, "La Convenzione dell'Unione Europea sulle procedure di insolvenza", cit., p. 338 s; Maria João G. P. FELGUEIRAS MACHADO, *Da falência em direito internacional privado...*, cit., p. 66 ss.

artigo 293.º), e definia como seu objectivo "reforçar na Comunidade a protecção jurídica das pessoas que aí se encontram estabelecidas", para o que se considerou ser necessário "determinar a competência dos tribunais ou das autoridades dos Estados contratantes no que se refere aos efeitos intracomunitários dos processos de insolvência, instituir regras de conflitos uniformes para tais processos, garantir o reconhecimento e a execução de decisões proferidas nesta matéria, prever a possibilidade de abrir processos secundários de insolvência e assegurar a informação dos credores bem como o seu direito de reclamar os créditos" (cfr. texto do preâmbulo da Convenção).

Tal como a Convenção do Conselho da Europa, a Convenção comunitária renunciava a impor aos direitos nacionais a universalidade e a unidade da falência internacional. Na verdade, o regime instituído assentava no princípio da pluralidade das falências. O esforço de internacionalização e de unificação era assim assumidamente restringido, limitando-se a dois aspectos fundamentais: a organização parcial da pluralidade dos processos e a ordenação da sua interacção[24].

Determinando a sua aplicabilidade aos "processos de insolvência" – entendidos como processos colectivos fundados na insolvência do devedor que impliquem o desapossamento total ou parcial desse devedor e a designação de um administrador da insolvência (artigo 1.º, n.º 1, e artigo 2.º, alínea a)[25]) –, a Convenção excluía do respectivo âmbito de aplicação os processos de insolvência relativos às empresas de seguros ou a instituições de crédito, às empresas de investimento prestadoras de serviços que impliquem a detenção de fundos ou de valores mobiliários de terceiros, aos organismos de investimento colectivo (artigo 1.º, n.º 2)[26].

As regras de competência jurisdicional da Convenção inspiravam-se num princípio de "universalidade limitada" do processo de insolvência.

Em regra, atribuía-se competência aos tribunais do Estado contratante em cujo território se encontrasse situado o centro dos interesses principais do devedor (artigo 3.º, n.º 1); os tribunais de outro Estado contra-

---

[24] Jacques BÉGUIN, "Un îlot de résistance à l'internationalisation...", cit., p. 36.

[25] No Anexo A eram enumerados os processos abrangidos nos diversos Estados contratantes. Em relação a Portugal, indicavam-se: o processo de falência e os processos especiais de recuperação de empresa, ou seja, a concordata, o acordo de credores, a reestruturação financeira e a gestão controlada.

[26] Trata-se de sectores relativamente aos quais, ao tempo da assinatura da Convenção, se encontrava em preparação legislação especial ao nível comunitário. Ver *infra*, nota (33).

tante só teriam competência para abrir um processo de insolvência em relação ao devedor se ele tivesse um estabelecimento no território desse outro Estado contratante, mas os efeitos de tal processo seriam limitados aos bens do devedor que se encontrassem nesse território (artigos 3.º, n.º 2, e 27.º).

Por outro lado, determinava-se que, salvo disposição em contrário da própria Convenção, seria aplicável ao processo de insolvência e aos seus efeitos a lei do Estado contratante em cujo território é aberto o processo (o "Estado de abertura") – a *lex fori concursus* (artigo 4.º). No entanto, e de acordo com a ideia segundo a qual o processo principal era susceptível de vir a produzir efeitos em todos os outros Estados contraentes da Convenção (inerente ao princípio da universalidade), introduziram-se limites ao âmbito de aplicação da *lex fori concursus*, traduzidos na atendibilidade de outras leis em contacto com a situação. A solução adoptada, justificada pela subsistência de regimes nacionais divergentes em matéria de insolvência nos vários países europeus, destinava-se a criar nos Estados contratantes uma atitude favorável ao reconhecimento automático, em todos eles, dos processos de insolvência abertos num Estado contratante.

Tendo em conta o objectivo último da Convenção de garantir o reconhecimento e a execução de decisões proferidas no âmbito dos processos de insolvência por ela abrangidos, determinava-se o reconhecimento, "sem mais formalidades", de tais decisões e disciplinava-se o regime aplicável à respectiva execução.

A Convenção regulava ainda os processos secundários de insolvência, estabelecendo a coordenação entre tais processos e o processo principal.

Finalmente, atribuía-se competência ao Tribunal de Justiça das Comunidades Europeias para interpretar a Convenção e definia-se, em linhas gerais, o respectivo processo.

Como se referiu, a Convenção de Bruxelas de 1995 não chegou a vigorar. Alguns anos mais tarde, porém, no quadro da cooperação judiciária em matéria civil, instituída pelo Tratado de Amesterdão, foi aprovado o Regulamento (CE) n.º 1346/2000, de 29 de Maio de 2000, sobre os processos de insolvência, agora em análise.

1.2. *Objectivo*

O Regulamento (CE) n.º 1346/2000 veio assim de algum modo completar a Convenção de Bruxelas de 1968 relativa à competência judiciária e à execução de decisões em matéria civil e comercial[27], regulando matérias dela excluídas (artigo 1.°, segundo parágrafo, n.° 2) – "as falências, as concordatas e outros processos análogos".

Este Regulamento tem por objectivo fundamental conferir eficácia aos processos de insolvência transfronteiriços, como modo de contribuir para o bom funcionamento do mercado interno, e – usando as palavras do respectivo preâmbulo (considerando (4)) – "evitar quaisquer incentivos que levem as partes a transferir bens ou acções judiciais de um Estado membro para outro, no intuito de obter uma posição legal mais favorável (*forum shopping*)"[28].

---

[27] Agora substituída pelo Regulamento (CE) n.° 44/2001 do Conselho, de 22 de Dezembro de 2000, sobre a competência judiciária e a execução de decisões em matéria civil e comercial (JO L 12, de 16 de Janeiro de 2001, p. 1).

[28] É já vasta a bibliografia sobre o Regulamento. Para além do comentário de Luís A. CARVALHO FERNANDES, João LABAREDA, *Insolvências transfronteiriças. Regulamento (CE) n.° 1346/2000 do Conselho, de 29 de Maio de 2000. Anotado*, Lisboa, 2003, vejam-se, designadamente: Luís LIMA PINHEIRO, *Direito internacional privado*, vol. II – *Direito de conflitos. Parte especial*, 2.ª ed., Coimbra, 2002, p. 273 s; Maria Helena BRITO, "Falências internacionais. Algumas considerações a propósito do Código da Insolvência e da Recuperação de Empresas", *Themis*, edição especial, 2005, p. 183 ss (p. 187 ss); Horst EIDENMÜLLER, "Europäische Verordnung über Insolvenzverfahren und zukünftiges deutsches internationales Insolvenzrecht", *IPRax*, 2001, p. 2 ss; Peter HUBER, "Internationales Insolvenzrecht in Europa", *Zeitschrift für Zivilprozess*, 2001, p. 133 ss; Ian F. FLETCHER, "International insolvency at the crossroads – a critical appraisal of current trends", in *Foundations and Perspectives of International Trade Law*, cit., p. 496 ss (p. 497 ss); Luigi FUMAGALLI, "Il regolamento comunitario sulle procedure di insolvenza", cit., p. 677 ss; Stephan KOLMANN, "European international insolvency law – Council Regulation (EC) No. 1346/2000 on insolvency proceedings", *The European Legal Forum*, 2002, p. 167 ss; Jens HAUBOLD, "Europäisches Zivilverfahrensrecht und Ansprüche im Zusammenhang mit Insolvenzverfahren. Zum Abgrenzung zwischen Europäische Insolvenzverordnung und EuGVO, EuGVÜ und LugÜ", *IPRax*, 2002, p. 157 ss; Luigi DANIELE, "Legge applicabile e diritto uniforme nel regolamento comunitario relativo alle procedure di insolvenza", *Rdintpriv.proc.*, 2002, p. 33 ss; Peter BURBIDGE, "Cross Border Insolvency within the European Union: Dawn of a New Era", *E.L.Rev.*, 2002, p. 589 ss; Dominique BUREAU, "La fin d'un îlot de résistance. Le Règlement du Conseil relatif aux procédures d'insolvabilité", cit.; Ulrich EHRICKE, Julian RIES, "Die neue Europäische Insolvenzverordnung", *JuS*, 2003, p. 313 ss; Patrizia DE CESARI, "Giurisdizione, riconoscimento ed esecuzione delle decisioni nel regolamento comunitario relativo alle procedure di insolvenza", *Rdintpriv.proc.*, 2003, p. 55 ss; Titia M. BOS, "The European Insolvency Regulation and the Harmonization of Private International Law in Europe", *NILR*, 2003, p. 31 ss; Henriette C. DUURSMA--KEPPLINGER, Dieter DUURSMA, "Der Anwendungsbereich der Insolvenzverordnung unter Berücksichtigung der Bereichausnahmen, von Konzernsachverhalten und der von den Mitgliedstaaten abgeschlossenen Konkursverträge", *IPRax*, 2003, p. 505 ss; Carmine PUNZI,

Para alcançar o objectivo enunciado, considerou-se necessário e oportuno que as disposições em matéria de competência, reconhecimento e direito aplicável neste domínio constem de um acto normativo da Comunidade, vinculativo e directamente aplicável nos Estados membros.

Todavia, reconheceu-se que "não é praticável instituir um processo de insolvência de alcance universal em toda a Comunidade, tendo em conta a grande variedade de legislações de natureza substantiva existentes", e que "a aplicabilidade exclusiva do direito do Estado de abertura do processo levantaria frequentemente dificuldades", em consequência da diversidade das legislações em vigor nos Estados membros, por exemplo, em matéria de garantias e de privilégios creditórios de que beneficiam alguns credores no processo de insolvência.

Com o intuito de ultrapassar os problemas detectados, o Regulamento adopta dois procedimentos:

– por um lado, admite, a par de um processo de insolvência principal, de alcance universal, processos nacionais que incidam apenas sobre os bens situados no território do Estado de abertura do processo;
– por outro lado, inclui normas de conflitos específicas designando o direito aplicável quanto a certos "direitos e relações jurídicas particularmente significativos (por exemplo, direitos reais e contratos de trabalho)".

1.3. Base jurídica

O Regulamento (CE) n.º 1346/2000 foi adoptado com fundamento nos artigos 61.º, alínea c), e 67.º, n.º 1, do Tratado que institui a Comunidade Europeia, na redacção dada pelo Tratado de Amesterdão.

"Le procedure d'insolvenza transfrontaliere nell'Unione Europea", *Rdproc.*, 2003, p. 997 ss; Simonetta VINCRE, "Il Regolamento CE sulle procedure d'insolvenza e il diritto italiano", *Rdproc.*, 2004, p. 213 ss; Miguel VIRGÓS, "Regulamento (CE) n.º 1346/2000 do Conselho, de 29 de Maio de 2000, relativo aos processos de insolvência", in *Direito civil. Cooperação judiciária europeia* (org. Conselho da União Europeia), Luxemburgo, 2005, p. 92 ss; Michael STÜRNER, "Gerichtsstandvereinbarungen und Europäischen Insolvenzrecht. Zugleich ein Beitrag zur internationalen Zuständigkeit bei insolvenzbezogenen Annexverfahren", *IPRax*, 2005, p. 416 ss; Haimo SCHACK, *Internationales Zivilverfahrensrecht*, 3.ª ed., München, 2002, p. 433 ss; Hans van HOUTTE, *The Law of International Trade*, cit., p. 378, 380, 381 s; Jean-Michel JACQUET, Philippe DELEBECQUE, *Droit du commerce international*, cit., p. 296; Francesco GALGANO, Fabrizio MARRELLA, *Diritto del commercio internazionale*, Padova, 2004, p. 590 ss.

Consequências imediatas da base jurídica adoptada são, por um lado, a aplicação directa e imediata das regras contidas no Regulamento com prevalência relativamente às normas correspondentes de fonte interna e, por outro lado, a competência do Tribunal de Justiça para a interpretação do Regulamento, nos termos dos artigos 68.° e 234.° do Tratado que institui a Comunidade Europeia.

1.4. *Estrutura*

O Regulamento retoma em grande medida o texto da Convenção de Bruxelas, de 23 de Novembro de 1995, relativa aos processos de insolvência e tem uma estrutura muito semelhante à dessa Convenção.

As regras do Regulamento constam de quarenta e sete artigos, distribuídos por cinco capítulos[29]:

– o capítulo I inclui as disposições gerais: regras de delimitação do âmbito material de aplicação do Regulamento (artigo 1.°); um elenco de definições dos termos e expressões nele utilizados (artigo 2.°[30]); regras de competência internacional (artigo 3.°); regras sobre a lei aplicável (artigos 4.° a 15.°);

– o capítulo II contém o regime do reconhecimento do processo de insolvência (artigos 16.° a 26.°);

– o capítulo III inclui regras sobre processos de insolvência secundários (artigos 27.° a 38.°);

– o capítulo IV refere-se à informação dos credores e reclamação dos respectivos créditos (artigos 39.° a 42.°);

– o capítulo IV contém as disposições transitórias e finais (artigos 43.° a 47.°).

---

[29] No presente trabalho, utiliza-se, sempre que possível, a versão oficial portuguesa do Regulamento. Foi por vezes necessário recorrer a outras versões linguísticas, para melhor apreender o sentido do texto e para corrigir certas imprecisões ou insuficiências da versão portuguesa.

[30] Nas diversas alíneas do artigo 2.°, são definidos: "processo de insolvência", "síndico", "processo de liquidação", "órgão jurisdicional", "decisão", "momento de abertura do processo", "Estado membro onde se encontra um bem", "estabelecimento". Quando utilizados no contexto do Regulamento, tais termos e expressões deverão ser entendidos com o sentido que lhes é atribuído neste artigo 2.°.

O Regulamento inclui ainda três anexos, com elementos relativos ao direito dos vários Estados membros: o Anexo A indica os "processos de insolvência" a que se refere a alínea a) do artigo 2.º; o Anexo B enumera os "processos de liquidação" a que se refere a alínea c) do artigo 2.º; o Anexo C contém a lista dos "síndicos" a que se refere a alínea b) do artigo 2.º (estes Anexos foram alterados, por último, pelo Regulamento (CE) n.º 694/2006 do Conselho, de 27 de Abril de 2006, JO L 121, de 6 de Maio de 2006, p. 1).

2. Delimitação do âmbito de aplicação do Regulamento (CE) n.º 1346/2000

2.1. Âmbito material de aplicação

Tal como a Convenção comunitária que o antecedeu e em que se inspirou, o Regulamento é aplicável aos processos colectivos em matéria de insolvência do devedor que determinem a inibição parcial ou total desse devedor da administração ou disposição de bens e a designação de um síndico (artigo 1.º, n.º 1).

A definição de "processos de insolvência" constante do artigo 2.º, alínea a), limita-se a remeter para a lista incluída no Anexo A ao Regulamento, em que se enumeram os processos abrangidos nos diversos Estados membros[31].

Os processos de insolvência abrangidos devem obedecer às seguintes características: ser processos colectivos; basear-se na insolvência do devedor; determinar a inibição, pelo menos parcial, do devedor da administração ou disposição de bens; determinar a designação de um síndico[32].

---

[31] Em relação a Portugal, indicam-se no Anexo A: o processo de insolvência, o processo de falência e os processos especiais de recuperação de empresa, ou seja, a concordata, a reconstituição empresarial, a reestruturação financeira e a gestão controlada. A dicotomia falência/recuperação da empresa desapareceu no novo Código da Insolvência e da Recuperação de Empresas. Cfr. *infra*, nota (64).

[32] No artigo 2.º, alínea b), do Regulamento, "síndico" é definido como "qualquer pessoa ou órgão cuja função seja administrar ou liquidar os bens de cuja administração ou disposição o devedor esteja inibido ou fiscalizar a gestão dos negócios do devedor". A lista de tais pessoas e órgãos consta do Anexo C. Em relação a Portugal, indicam-se: o administrador da insolvência, o gestor judicial, o liquidatário judicial e a comissão de credores. As três últimas designações desapareceram no Código da Insolvência e da Recuperação de Empresas. Cfr. *infra*, nota (66).

O Regulamento não é aplicável aos processos de insolvência referentes a empresas de seguros e instituições de crédito, a empresas de investimento que prestem serviços que impliquem a detenção de fundos ou de valores mobiliários de terceiros, nem aos organismos de investimento colectivo (artigo 1.º, n.º 2[33]).

Na determinação do sentido a atribuir aos conceitos utilizados pelo Regulamento para delimitar o seu âmbito de aplicação – e, em geral, na determinação do sentido a atribuir a todos os conceitos utilizados pelo Regulamento –, sempre que não estejam expressamente definidos, deve, de acordo com a jurisprudência do Tribunal de Justiça, ter-se em conta que se trata de "noções autónomas", que não têm a função de remeter para o direito interno de um ou de outro dos Estados em causa; por outras palavras, deve proceder-se a uma "interpretação autónoma", assente, por um lado, nos objectivos e no sistema do acto normativo em que tais noções se inserem e, por outro lado, nos princípios gerais que inspiram o conjunto dos sistemas jurídicos nacionais.

O regime do Regulamento é aplicável aos processos de insolvência, independentemente de o devedor ser uma pessoa singular ou colectiva, um comerciante ou um não comerciante[34].

O Regulamento contém regras uniformes sobre competência internacional, direito aplicável, bem como sobre reconhecimento e declaração de executoriedade de decisões.

---

[33] Corresponde ao artigo 1.º, n.º 2, da Convenção de 1995 (cfr. *supra*, II, 1.1.). Explica-se agora no preâmbulo do Regulamento (considerando (9)) que "essas empresas não devem ficar abrangidas pelo presente regulamento por estarem sujeitas a um regime específico e dado que, em certa medida, as autoridades nacionais de fiscalização dispõem de extensos poderes de intervenção". Foram entretanto aprovadas regras especiais, ao nível comunitário, aplicáveis nos sectores excluídos do âmbito de aplicação material da Convenção e do Regulamento. Referem-se, como mais significativas, respectivamente: a Directiva 2001/17/CE do Parlamento Europeu e do Conselho, de 19 de Março de 2001, relativa ao saneamento e à liquidação das empresas de seguros (JO L 110, de 20 de Abril de 2001, p. 28); a Directiva 2001/24/CE do Parlamento Europeu e do Conselho, de 4 de Abril de 2001, relativa ao saneamento e à liquidação das instituições de crédito (JO L 125, de 5 de Maio de 2001, p. 15); a Directiva 98/26/CE do Parlamento Europeu e do Conselho, de 19 de Maio 1998, relativa ao carácter definitivo da liquidação nos sistemas de pagamentos e de liquidação de valores mobiliários (JO L 166, de 11 de Junho de 1998, p. 45); a Directiva 2002/47/CE do Parlamento Europeu e do Conselho, de 6 de Junho de 2002, relativa aos acordos de garantia financeira (JO L 168, de 27 de Junho de 2002, p. 43).

[34] Defendendo a conveniência de aplicar o Regulamento comunitário ao processo de sobreendividamento dos particulares, regulado no direito francês, Marie-Noelle JOBARD-BACHELIER, "Les procédures de surendettement et de faillite internationales ouvertes dans la communauté européenne", *Rev. crit.*, 2002, p. 491 ss.

Para a completa delimitação do âmbito de aplicação do Regulamento, há que ter em conta não apenas o que consta das disposições incluídas no capítulo I (disposições gerais), mas ainda o enunciado das decisões abrangidas pelas regras relativas ao reconhecimento automático e à declaração de executoriedade, a que se refere o capítulo II (cfr. o artigo 25.°, n.° 1 – *infra*, II. 5.).

2.2. Âmbito espacial de aplicação

Tal como aconteceu com outros regulamentos comunitários em matéria de competência judiciária, o Reino Unido e a Irlanda, nos termos do artigo 3.° do "Protocolo relativo à posição do Reino Unido e da Irlanda" anexo ao Tratado da União Europeia e ao Tratado que institui a Comunidade Europeia, manifestaram o desejo de participar na aprovação e aplicação do Regulamento (CE) n.° 1346/2000, enquanto a Dinamarca, nos termos dos artigos 1.° e 2.° do "Protocolo relativo à posição da Dinamarca" anexo àqueles Tratados, não participou na aprovação do Regulamento (cfr. considerandos (32) e (33)).

Nestes termos, o Regulamento é aplicável por tribunais de todos os Estados membros da União Europeia, com excepção da Dinamarca, que, não tendo participado na respectiva aprovação, não está por ele vinculada nem se encontra sujeita à sua aplicação.

O regime do Regulamento aplica-se a processos respeitantes a situações internacionais. O elemento de estraneidade relevante não é definido; não tem de traduzir necessariamente a ligação da situação a um Estado membro da União Europeia.

Todavia, o Regulamento estabelece um limite à aplicabilidade territorial das regras sobre competência internacional em função de um determinado critério de conexão: na verdade, tais regras aplicam-se exclusivamente aos processos em que o *centro dos interesses principais do devedor* esteja situado na União Europeia.

2.3. Âmbito temporal de aplicação

Nos termos do artigo 47.°, o Regulamento entrou em vigor em 31 de Maio de 2002.

O regime constante do Regulamento é aplicável apenas aos processos de insolvência abertos posteriormente à sua entrada em vigor, por força do disposto no artigo 43.°, primeira parte.

Tendo em conta a parte final deste artigo 43.º, os actos realizados pelo devedor antes da entrada em vigor do Regulamento continuam a reger-se pela legislação que lhes era aplicável no momento em que foram praticados.

3. Competência internacional[35]

Em princípio, atribui-se competência para abrir o processo de insolvência aos tribunais do Estado membro em cujo território se situa o centro dos interesses principais do devedor[36], precisando-se que, em relação às sociedades e pessoas jurídicas, o centro dos interesses principais coincide, salvo prova em contrário, com o lugar da respectiva sede estatutária (artigo 3.º, n.º 1)[37].

Os processos de insolvência não implicam necessariamente, em todos os Estados membros, a intervenção de uma autoridade judicial. Daí que o termo "tribunal" ou a expressão "órgão jurisdicional" devam, no contexto do regulamento, ser interpretados em sentido lato, abrangendo pessoas ou entidades habilitadas pela legislação nacional a abrir processos de insolvência[38].

Não existe no articulado do Regulamento (tal como não existia no texto da Convenção de 1995) qualquer referência à concretização do centro dos interesses principais do devedor no caso de empresas individuais.

---

[35] As normas de competência incluídas no Regulamento regulam, exclusivamente, a competência internacional, isto é, determinam o Estado membro cujos órgãos jurisdicionais estão habilitados a abrir processos de insolvência; cabe, em princípio, ao direito interno do Estado membro em questão determinar a competência territorial interna (cfr. considerando (15)).

[36] O critério utilizado – centro dos interesses principais do devedor – já constava do texto da Convenção de 1995, mas traduziu uma inovação em relação aos anteprojectos de convenção elaborados no âmbito da Comunidade Europeia, que atribuíam competência jurisdicional com base no "centro de negócios do devedor".

[37] Recorde-se que, para efeitos da aplicação da Convenção de Bruxelas de 1968, "a sede das sociedades e das pessoas colectivas é equiparada ao domicílio" (artigo 53.º); já o Regulamento (CE) n.º 44/2001 permite atender a múltiplos critérios para a concretização do domicílio da "sociedade ou outra pessoa colectiva ou associação de pessoas singulares ou colectivas": sede social, administração central, estabelecimento principal (artigo 60.º, n.º 1) e ainda, no que respeita ao Reino Unido e à Irlanda, "registered office", "place of incorporation" ou "lugar sob cuja lei ocorreu a «formation»" (artigo 60.º, n.º 2).

[38] No artigo 2.º, alínea d), do Regulamento, "órgão jurisdicional" é definido como "o órgão judicial ou qualquer outra autoridade competente de um Estado membro habilitado a abrir um processo de insolvência ou a tomar decisões durante a tramitação do processo".

Na verdade, o artigo 2.º – a disposição que contém as diversas definições dos termos e expressões utilizados no Regulamento – não oferece uma definição dessa expressão.

Lê-se, porém, no preâmbulo, que o "centro dos interesses principais" do devedor "deve corresponder ao local onde o devedor exerce habitualmente a administração dos seus interesses, sendo, assim, determinável por terceiros" (considerando (13)).

Segundo o entendimento do Tribunal da Justiça das Comunidades Europeias, o conceito de centro dos interesses principais "é específico do Regulamento", "reveste-se de um significado autónomo e deve, por conseguinte, ser interpretado de modo uniforme e independente das legislações nacionais" e "identificado em função de critérios simultaneamente objectivos e determináveis por terceiros". A objectividade e a possibilidade de determinação por terceiros, necessárias para garantir a segurança jurídica e a previsibilidade na identificação do tribunal competente para abrir o processo de insolvência, justificam-se tanto mais quanto a determinação do tribunal competente acarreta, nos termos do artigo 4.º, n.º 1, do Regulamento, a da lei aplicável[39-40].

Por outro lado, o Tribunal de Justiça também já considerou que o tribunal do Estado membro em cujo território se situa o centro dos interesses principais do devedor no momento da apresentação por este último do requerimento de abertura do processo de insolvência continua a ser competente para abrir o referido processo quando o devedor transfira o centro

---

[39] Cfr. acórdão *Eurofood IFSC Ltd* (proc. C-341/04), de 2 de Maio de 2006 (n.ºs 31 e 33). Como consequência dos requisitos invocados para a concretização do centro dos interesses principais do devedor no caso de este ser uma sociedade, o Tribunal de Justiça afirmou que "a presunção simples prevista pelo legislador comunitário em favor da sede estatutária dessa sociedade só pode ser ilidida se elementos objectivos e determináveis por terceiros permitirem concluir pela existência de uma situação real diferente daquela que a localização da referida sede é suposto reflectir", pelo que "quando uma sociedade exerça a sua actividade no território do Estado membro onde se situa a respectiva sede social, o simples facto de as suas decisões económicas serem ou poderem ser controladas por uma sociedade-mãe noutro Estado membro não é suficiente para ilidir a presunção prevista no Regulamento" (cfr. acórdão cit., n.ºs 34 a 37).

[40] Sustentando a concretização *lege fori* da noção de "centro dos interesses principais" do devedor – e ao mesmo tempo alertando para os riscos de *forum shopping* inerentes a tal tese –, Massimo V. BENEDETTELLI, "«Centro degli interessi principali» del debitore e *forum shopping* nella disciplina comunitaria delle procedure di insolvenza transfrontaliera", *Rdintpriv.proc.*, 2004, p. 499 ss. O autor analisa e critica as soluções adoptadas nas primeiras decisões proferidas por tribunais dos Estados membros sobre esta matéria.

dos seus interesses principais para o território de outro Estado membro após a apresentação do requerimento mas antes da abertura do processo[41].

Se o centro dos interesses principais do devedor se situar num Estado membro, os tribunais de outro Estado membro só têm competência para abrir um processo de insolvência em relação ao devedor se ele tiver um estabelecimento no território desse outro Estado membro (artigo 3.°, n.° 2, primeira parte). Tal como dispõe o artigo 2.°, alínea h), "estabelecimento" é o "local de operações em que o devedor exerça de maneira estável uma actividade económica com recurso a meios humanos e a bens materiais".

Não basta assim para a abertura de um processo secundário, nos termos do Regulamento, a localização de bens do devedor num Estado membro se tais bens não estiverem ligados ao exercício de uma actividade económica.

Determina-se que, se o processo de insolvência for instaurado no Estado membro em que se localize um estabelecimento do devedor, os efeitos de tal processo serão limitados aos bens do devedor que se encontrem nesse território (artigo 3.°, n.° 2, segunda parte).

Consequentemente, quando for aberto um processo de insolvência nos termos do n.° 1, qualquer processo de insolvência aberto *posteriormente* nos termos do n.° 2 é um *processo secundário* e, obrigatoriamente, um *processo de liquidação* (artigo 3.°, n.° 3).

A possibilidade de abertura de um processo territorial de insolvência (processo secundário) *antes da abertura do processo principal* é limitada a duas hipóteses taxativamente enunciadas no artigo 3.°, n.° 4, alíneas a) e b):

– no caso de as exigências estabelecidas pela legislação do Estado membro em cujo território se situa o centro dos interesses principais do devedor não permitirem a abertura do processo de insolvência;

---

[41] Cfr. acórdão *Susanne Staubitz-Schreiber* (proc. C-1/04), de 17 de Janeiro de 2006 (n.° 29). A transferência de competência do tribunal a que inicialmente se recorreu para um tribunal de outro Estado membro, num caso como o discutido no processo, seria "contrária aos objectivos prosseguidos pelo Regulamento". A solução adoptada pelo Tribunal de Justiça, no sentido da manutenção da competência, é a que mais convém à segurança jurídica dos credores, a que previne eventuais transferências de bens ou acções judiciais de um Estado membro para outro com o intuito de obter "posição legal mais favorável" e a que permite o funcionamento eficaz, melhorado e acelerado dos processos transfronteiriços (cfr. acórdão cit, n.°s 24 a 27). Para o comentário desta decisão, veja-se Peter KINDLER, "Sitzverlegung und internationales Insolvenzrecht (zu EuGH, 17.1.2006 – Rs. C-1/04 – Staubitz-Schreiber)", *IPRax*, 2006, p. 114 ss.

– no caso de a abertura do processo territorial de insolvência (processo secundário) ter sido requerida por um credor cujo domicílio, residência habitual ou sede se situe no Estado membro onde se encontra o estabelecimento em causa ou cujo crédito derive da exploração de tal estabelecimento.

Existe, assim, um processo principal – e um só. Qualquer outro processo apenas pode ter a natureza de processo secundário.

As regras de competência jurisdicional do Regulamento inspiram-se portanto num princípio de "universalidade limitada" do processo de insolvência.

Em síntese:

O Regulamento determina que o processo de insolvência principal seja aberto no Estado membro em que se situa o centro dos interesses principais do devedor. O processo tem alcance universal, visando abarcar todo o património do devedor.

Tomando em consideração a existência de outros interesses, o Regulamento permite que os processos secundários eventualmente instaurados corram paralelamente ao processo principal. Assim, é possível instaurar um processo secundário no Estado membro em que o devedor tenha um estabelecimento; simplesmente os efeitos dos processos secundários limitam-se aos bens situados no território desse Estado.

Todavia, importa ainda ter em conta o âmbito da competência atribuída aos tribunais do Estado membro em que se situa o centro dos interesses principais do devedor.

Na verdade, a limitação da competência do tribunal em que é instaurado o processo principal às fases da abertura, da tramitação e do encerramento do processo (que resulta da conjugação entre os artigos 3.º e 4.º) implica que, em relação às acções directamente decorrentes do processo de insolvência[42], quando existam elementos de estraneidade, a competência internacional não decorre da aplicação dos critérios do Regulamento. Ora, estando também excluídas do âmbito de aplicação da Convenção de Bruxelas (ou do Regulamento (CE) n.º 44/2001), de acordo com a jurisprudência do Tribunal de Justiça[43], as acções directamente decorrentes do

---

[42] Estão em causa, por exemplo, acções tendentes à restituição de bens como consequência da resolução em benefício da massa insolvente.

[43] A propósito da interpretação das noções de "falências, concordatas e outros processos análogos", a que se refere o artigo 1.º, segundo parágrafo, n.º 2, da Convenção de

processo de insolvência ficarão sujeitas, no que se refere à determinação da competência, às regras de processo civil internacional de fonte interna vigentes em cada Estado membro[44].

Será deste modo possível que órgãos jurisdicionais de Estados membros diferentes sejam chamados a pronunciar-se sobre questões distintas, atinentes a um mesmo processo de insolvência.

4. Direito aplicável

O Regulamento estabelece, quanto aos processos de insolvência abrangidos no seu âmbito de aplicação, normas de conflitos uniformes, que, nos termos gerais, prevalecem sobre as normas de direito internacional privado em vigor em cada Estado membro sobre a matéria considerada.

A par dessas, o Regulamento inclui igualmente normas materiais uniformes aplicáveis aos processos de insolvência (por exemplo, as normas dos artigos 21.° e 22.°, sobre medidas de publicidade da decisão de abertura do processo de insolvência, ou as normas contidas no capítulo IV, artigos 39.° a 42.°, sobre "informação dos credores e reclamação dos respectivos créditos").

Vou referir-me em especial às normas de conflitos de leis.

4.1. *Princípio geral*

Estabelece-se que, salvo disposição em contrário do próprio Regulamento, é aplicável ao processo de insolvência e aos seus efeitos a lei do

---

Bruxelas de 1968, o Tribunal de Justiça das Comunidades Europeias considerou que, para que as decisões relativas a uma falência sejam excluídas do âmbito de aplicação da Convenção, "é necessário que elas derivem directamente da falência e se insiram estreitamente no quadro de um processo de liquidação de bens ou de uma administração controlada", tal como caracterizados pelo Tribunal. Cfr. acórdão *Gourdain c/ Nadler* (proc. 133/78), de 22 de Fevereiro de 1979 (n.° 4, 2.ª parte).

[44] No mesmo sentido, comentando o Regulamento aqui em análise: Luigi FUMAGALLI, "Il regolamento comunitario sulle procedure di insolvenza", cit., p. 689 s; Carmine PUNZI, "Le procedure d'insolvenza transfrontaliere nell'Unione Europea", cit. p. 1020 s, nota (50). Este era também o entendimento de Claudio DORDI, "La Convenzione dell'Unione Europea sulle procedure di insolvenza", cit., p. 348 s, a propósito da Convenção de Bruxelas de 1995.

Estado membro em cujo território é aberto o processo (o "Estado de abertura") – a *lex fori concursus* (artigo 4.º, n.º 1).

A solução consagrada corresponde a um princípio tradicional em matéria de falência, que liga indissociavelmente a competência judiciária e a competência legislativa[45].

Nos termos do artigo 4.º, n.º 2, a lei do "Estado de abertura" rege as "condições de abertura, tramitação e encerramento do processo de insolvência". Segue-se, nas diversas alíneas desta disposição, um elenco exemplificativo de matérias abrangidas na competência da *lex fori concursus*:

- os devedores que, em razão da sua qualidade, podem ser sujeitos a um processo de insolvência (alínea a));
- os bens de cuja administração ou disposição o devedor está inibido e o destino a dar aos bens adquiridos pelo devedor após a abertura do processo de insolvência (alínea b));
- os poderes respectivos do devedor e do síndico (alínea c));
- os pressupostos de oponibilidade da compensação (alínea d));
- os efeitos do processo de insolvência em relação aos contratos em curso em que o devedor seja parte (alínea e));
- os efeitos do processo de insolvência em relação às acções judiciais individuais, com excepção dos processos pendentes (alínea f));
- os créditos a reclamar no passivo do devedor e o destino a dar aos créditos nascidos após a abertura do processo de insolvência (alínea g));
- as regras relativas à reclamação, verificação e aprovação dos créditos (alínea h));
- as regras relativas à distribuição do produto da liquidação dos bens, a graduação dos créditos e os direitos dos credores que tenham sido parcialmente satisfeitos, após a abertura do processo de insolvência, por força de um direito real ou em consequência de uma compensação (alínea i));
- os pressupostos e os efeitos do encerramento do processo de insolvência, designadamente através de concordata (alínea j));
- os direitos dos credores após o encerramento do processo de insolvência (alínea k));

---

[45] J. A. PASTOR RIDRUEJO, "La faillite en droit international privé", cit., p. 187 ss, descreve alguns dos marcos que considera mais significativos na evolução da doutrina a este propósito.

– a imputação das custas e despesas do processo de insolvência (alínea l));
– as regras relativas à nulidade, à anulação e à inoponibilidade dos actos prejudiciais ao conjunto dos credores (alínea m)).

Daqui resulta que – apesar de circunscrito, no proémio do n.º 2 do artigo 4.º, às "condições de abertura, tramitação e encerramento do processo de insolvência" – é muito vasto o âmbito de aplicação da *lex fori concursus*, abrangendo não apenas questões meramente processuais, mas também matérias de natureza substantiva.

4.2. *Regras especiais*

Todavia, porque se pretende que o processo principal venha a produzir efeitos em todos os outros Estados membros, estabelecem-se, nos artigos 5.º a 15.º, limites ao âmbito de aplicação da *lex fori concursus*; impõe-se nesses preceitos a aplicação ou a atendibilidade de outras leis em contacto com a situação, com o objectivo de facilitar o reconhecimento automático, em todos os Estados membros, dos processos de insolvência abertos num Estado membro.

As limitações são fundamentalmente de dois tipos[46]:

– nuns casos, trata-se de questões que não são afectadas pela existência de um processo de insolvência, ou seja, de questões que ficam fora da esfera do processo e que permanecem sujeitas às regras comuns do direito internacional privado do foro; é o que acontece com as matérias referidas nos artigos 5.º, 6.º e 7.º;
– noutros casos, trata-se de questões para as quais o Regulamento estabelece directamente a competência de uma lei diferente da lei do foro, por estarem em causa excepções clássicas quanto à lei aplicável aos efeitos do processo; é o que se passa com as regras constantes dos artigos 8.º a 15.º.

---

[46] Para a análise pormenorizada das regras contidas nos artigos 5.º a 15.º do Regulamento, vejam-se as anotações de Luís A. CARVALHO FERNANDES, João LABAREDA, *Insolvências transfronteiriças*, cit, p. 45 ss, e, por último, Simonetta VINCRE, "Il Regolamento CE sulle procedure d'insolvenza e il diritto italiano", cit., p. 217 ss.

Vejamos então as mais significativas limitações à competência da *lex fori concursus*:

1.º Direitos reais de terceiros (artigo 5.º)

Nos termos do artigo 5.º, n.º 1, a abertura do processo de insolvência não prejudica o direito real de um credor ou de um terceiro sobre bens corpóreos ou incorpóreos, móveis ou imóveis, pertencentes ao devedor, que, no momento da abertura do processo, se situem no território de outro Estado membro[47].

2.º Compensação (artigo 6.º)

Nos termos do artigo 6.º, n.º 1, a abertura do processo de insolvência não prejudica o direito de um credor a invocar a compensação do seu crédito com o crédito do devedor, quando a compensação for permitida pela lei aplicável ao crédito do devedor insolvente.

3.º Reserva de propriedade (artigo 7.º)

Nos termos do artigo 7.º, n.º 1, a abertura do processo de insolvência contra o adquirente de um bem não prejudica os direitos do vendedor fundados na reserva de propriedade, quando esse bem se situar, no momento da abertura do processo, no território de um Estado membro diferente do Estado de abertura do processo.

Por sua vez, dispõe o artigo 7.º, n.º 2, que a abertura do processo de insolvência contra o vendedor de um bem após a entrega desse bem não constitui causa de resolução do contrato de venda nem impede o comprador de adquirir a propriedade do bem, quando tal bem se situar, no momento da abertura do processo, no território de um Estado membro diferente do Estado de abertura do processo.

4.º Contratos relativos a bens imóveis (artigo 8.º)

Por força do disposto no artigo 8.º, os efeitos do processo de insolvência relativamente a um contrato que confira o direito de adquirir um

---

[47] Sobre a articulação entre o regime estabelecido pelo Regulamento, neste ponto, e o que decorre da Directiva 2002/47/CE do Parlamento Europeu e do Conselho, de 6 de Junho de 2002, relativa aos acordos de garantia financeira (JO L 168, de 27 de Junho de 2002, p. 43), cfr. Stefania BARIATTI, "Le garanzie finanziarie nell'insolvenza transnazionale: l'attuazione della Direttiva 2002/47/CE", *Rdintpriv.proc.*, 2004, p. 841 ss.

bem imóvel ou o direito de gozo sobre um bem imóvel regem-se exclusivamente pela lei do Estado membro em cujo território se situa esse bem.

5.º Sistemas de pagamentos e mercados financeiros (artigo 9.º)

Determina o artigo 9.º, n.º 1, que, sem prejuízo do artigo 5.º, os efeitos do processo de insolvência relativamente aos direitos e obrigações dos participantes num sistema de pagamentos ou de liquidação ou num mercado financeiro se regem exclusivamente pela lei do Estado membro que for aplicável a tal sistema ou mercado.

6.º Contratos de trabalho (artigo 10.º)

Por força do disposto no artigo 10.º, os efeitos do processo de insolvência relativamente a um contrato de trabalho e relativamente à relação de trabalho regem-se exclusivamente pela lei do Estado membro que for aplicável ao contrato de trabalho.

7.º Efeitos em relação a certos bens sujeitos a registo (artigo 11.º)

Determina o artigo 11.º que os efeitos do processo de insolvência relativamente aos direitos do devedor sobre um bem imóvel, um navio ou uma aeronave, sujeitos a inscrição num registo público, são disciplinados pela lei do Estado membro sob cuja autoridade é mantido o registo.

8.º Actos prejudiciais (artigo 13.º)

O artigo 13.º estabelece um desvio à regra contida no artigo 4.º, relativamente à delimitação de matérias abrangidas pela lei primariamente competente, ao dispor que a alínea m) do n.º 2 desse artigo 4.º não é aplicável se quem tiver beneficiado de um acto prejudicial a todos os credores fizer prova de que:
– esse acto se rege pela lei de um Estado membro que não o Estado de abertura do processo, e
– no caso em apreço, essa mesma lei não permite a impugnação do acto por qualquer meio.

9.º Protecção do terceiro adquirente (artigo 14.º)

De acordo com o artigo 14.º, a validade de um acto celebrado após a abertura do processo de insolvência e pelo qual o devedor disponha, a título oneroso, de bem imóvel, de navio ou de aeronave cuja inscrição num registo público seja obrigatória, ou de valores mobiliários cuja existência pressuponha a respectiva inscrição num registo previsto pela lei, rege-se pela lei do Estado em cujo território está situado o referido bem imóvel ou sob cuja autoridade é mantido esse registo.

10.º Efeitos do processo de insolvência em relação a acções pendentes (artigo 15.º)

Nos termos do artigo 15.º, os efeitos do processo de insolvência relativamente a uma acção pendente que diga respeito a um bem ou a um direito do qual o devedor tenha sido desapossado são disciplinados exclusivamente pela lei do Estado membro em que tal acção se encontre pendente.

5. Reconhecimento e execução do processo de insolvência

O Regulamento não trata do reconhecimento do "processo de insolvência", em si mesmo considerado; por isso a epígrafe do capítulo II pode ser enganadora.

Aliás, este capítulo do Regulamento dedicado ao "reconhecimento" tem, como se verá, um âmbito muito amplo, regulando, em múltiplos aspectos, a atribuição de efeitos extraterritoriais a diversos actos praticados no decurso do processo ou a poderes conferidos pela lei do Estado de abertura do processo.

A regra fundamental consta do artigo 16.º. A excepção geral fundada na invocação da ordem pública encontra-se prevista no artigo 26.º.

Determina-se no n.º 1 do artigo 16.º que qualquer decisão que determine a *abertura* de um processo de insolvência[48], proferida por um órgão jurisdicional de um Estado membro competente por força do artigo 3.º, é reconhecida em todos os outros Estados membros logo que produza efeitos no Estado de abertura do processo[49]. A mesma regra é aplicável no

---

[48] Deve considerar-se "decisão que determina a abertura de um processo de insolvência" não apenas a decisão formalmente qualificada como tal pela lei do Estado membro cujo tribunal a profere mas também "a decisão proferida na sequência de um pedido, baseado na insolvência do devedor, quando essa decisão implique a inibição do devedor e nomeie um síndico", ainda que tal nomeação seja feita "a título provisório". Cfr. acórdão *Eurofood IFSC Ltd* (proc. C-341/04), cit. (n.ºs 54, 55 e 58).

[49] O princípio da confiança mútua exige que os tribunais dos outros Estados membros reconheçam a decisão que abre um processo principal de insolvência, sem fiscaliza-

caso de o devedor, em virtude da sua qualidade, não poder ser sujeito a um processo de insolvência nos restantes Estados membros[50].

O n.º 2 do artigo 16.º esclarece, em consonância com as regras estabelecidas no artigo 3.º, que o reconhecimento de um processo referido no n.º 1 do artigo 3.º (processo principal) não obsta à abertura de um processo referido no n.º 2 do artigo 3.º por um órgão jurisdicional de outro Estado membro (processo secundário).

No artigo 17.º do Regulamento explicitam-se, em geral, os efeitos do reconhecimento da decisão de *abertura* de um processo de insolvência.

Determina o artigo 17.º, n.º 1, que a decisão de *abertura* de um processo referido no n.º 1 do artigo 3.º (processo principal) produz, sem mais formalidades, em qualquer dos demais Estados membros, os efeitos que lhe são atribuídos pela lei do Estado de abertura do processo, salvo disposição em contrário do próprio Regulamento e enquanto não tiver sido aberto nesse outro Estado membro um processo referido no n.º 2 do artigo 3.º (processo secundário).

Nos termos do artigo 17.º, n.º 2, os efeitos de um processo referido no n.º 2 do artigo 3.º (processo secundário) não podem ser impugnados nos outros Estados membros. Qualquer limitação dos direitos dos credores, nomeadamente uma moratória ou um perdão de dívida resultante desse processo, só é oponível, relativamente aos bens situados no território de outro Estado membro, aos credores que tiverem concordado com essa limitação.

Nos artigos 18.º a 24.º, disciplinam-se certos aspectos particulares (poderes do síndico, prova da nomeação do síndico, restituição e imputação de créditos, publicidade e inscrição num registo público da decisão de abertura do processo e respectivos encargos, execução a favor do devedor).

Sublinho em especial o regime constante dos artigos 21.º e 22.º, em matéria de publicidade da decisão de abertura do processo.

Assim, por um lado:

– admite-se, no n.º 1 do artigo 21.º, que o síndico solicite ao tribunal que o conteúdo essencial da decisão de abertura do processo de insolvência, bem como, se for caso disso, da decisão que o nomeia,

---

rem a apreciação que o primeiro tribunal levou a cabo sobre a sua própria competência. Cfr. acórdão *Eurofood IFSC Ltd* (proc. C-341/04), cit. (n.ºs 42 e 44).

[50] Será o caso, no direito português, das pessoas colectivas públicas e das entidades públicas empresariais, por força do que estabelece o artigo 2.º, n.º 2, alínea a), do Código da Insolvência e da Recuperação de Empresas.

seja publicado em todos os demais Estados membros, de acordo com as regras de publicidade previstas nesse Estado; as medidas de publicidade devem, além disso, identificar o síndico designado e indicar se a regra de competência aplicada é a do n.º 1 ou a do n.º 2 do artigo 3.º do Regulamento;
– prevê-se, ainda, no n.º 2 do mesmo artigo 21.º, que qualquer Estado membro em cujo território o devedor tenha um estabelecimento determine a obrigatoriedade de tal publicação; nesse caso, o síndico, ou qualquer autoridade habilitada para o efeito no Estado membro em que o processo referido no n.º 1 do artigo 3.º tenha sido aberto, deve tomar as medidas necessárias para assegurar a publicação.

Ao mesmo tempo:

– admite-se, no n.º 1 do artigo 22.º, que o síndico solicite ao tribunal que seja inscrita no registo predial, no registo comercial e em qualquer outro registo público dos outros Estados membros a decisão de abertura de um processo referido no n.º 1 do artigo 3.º;
– prevê-se, ainda, no n.º 2 do mesmo artigo 22.º, que qualquer Estado membro determine a obrigatoriedade de tal inscrição; nesse caso, o síndico, ou qualquer autoridade habilitada para o efeito no Estado membro em que o processo referido no n.º 1 do artigo 3.º tenha sido aberto, deve tomar as medidas necessárias para assegurar a inscrição.

O artigo 25.º refere-se ao reconhecimento e ao carácter executório de *outras decisões*. Prescreve, antes de mais, o artigo 25.º que "as decisões relativas à *tramitação* e ao *encerramento* de um processo de insolvência proferidas por um órgão jurisdicional cuja decisão de abertura do processo seja reconhecida por força do artigo 16.º, bem como qualquer *acordo homologado* por esse órgão jurisdicional, são igualmente reconhecidos sem mais formalidades" (n.º 1, primeiro parágrafo, primeira parte).

Tais decisões serão, por força do mesmo artigo 25.º, declaradas executórias em conformidade com as regras constantes da Convenção de Bruxelas relativa à competência judiciária e à execução de decisões em matéria civil e comercial (n.º 1, primeiro parágrafo, segunda parte).

Este regime, definido no n.º 1 do artigo 25.º, é igualmente aplicável às *decisões directamente decorrentes do processo de insolvência* e que com este se encontrem estreitamente relacionadas, mesmo que proferidas por outro órgão jurisdicional (n.º 1, segundo parágrafo[51]), bem como às decisões relativas às *medidas cautelares* tomadas após a apresentação do requerimento de abertura de um processo de insolvência (n.º 1, terceiro parágrafo).

Quanto ao reconhecimento e à execução das *restantes decisões*, que não as referidas no n.º 1, determina o n.º 2 do mesmo artigo 25.º que elas se regem pela Convenção de Bruxelas, na medida em que esta for aplicável.

Verifica-se assim que o Regulamento distingue três categorias de decisões para efeitos de reconhecimento e declaração de executoriedade:

– as decisões de *abertura* do processo – que serão automaticamente reconhecidas nos termos do Regulamento;
– as decisões relativas à *tramitação* e ao *encerramento* do processo, a homologação de concordatas, as decisões directamente decorrentes do processo de insolvência (mesmo que proferidas por outro órgão jurisdicional), as decisões relativas às medidas cautelares – que serão reconhecidas desde que a decisão de abertura do processo tenha sido reconhecida; serão declaradas executórias nos termos da Convenção de Bruxelas (ou do Regulamento (CE) n.º 44/2001[52]);
– as *restantes decisões* – cujo reconhecimento e execução ficarão sujeitos às regras da Convenção de Bruxelas (ou do Regulamento (CE) n.º 44/2001), se forem abrangidas pelo respectivo âmbito de aplicação.

Confirma-se deste modo a possibilidade, já antes referida, de órgãos jurisdicionais de Estados membros diferentes serem chamados a pronunciar-se sobre questões atinentes a um mesmo processo de insolvência; o Regulamento estende o reconhecimento automático às "decisões directamente decorrentes do processo de insolvência e que com este se encontrem estreitamente relacionadas", "mesmo que proferidas por outro órgão jurisdicional"[53].

---

[51] Cfr. *supra*, notas (42) e (43) e texto correspondente.

[52] Devem, com efeito, entender-se como dirigidas às normas do Regulamento (CE) n.º 44/2001 as referências feitas à Convenção de Bruxelas, tendo em conta o disposto no artigo 68.º, n.º 2, do próprio Regulamento (CE) n.º 44/2001.

[53] Sendo certo que a competência para tais acções se afere pelas regras nacionais de direito processual civil internacional (cfr. *supra*, II, 3.).

Na sequência do princípio consagrado na Convenção de Bruxelas relativa à competência judiciária e à execução de decisões em matéria civil e comercial (e repetido nos outros regulamentos comunitários da mesma natureza, designadamente no Regulamento (CE) n.º 44/2001), o artigo 26.º do Regulamento dispõe que um Estado contratante só pode recusar o reconhecimento de um processo de insolvência aberto noutro Estado contratante ou a declaração de executoriedade de uma decisão proferida no âmbito de um processo dessa natureza, se o reconhecimento ou a declaração de executoriedade produzir efeitos manifestamente contrários à ordem pública desse Estado, em especial aos seus princípios fundamentais ou aos direitos e liberdades individuais garantidos pela sua Constituição[54-55].

Em qualquer caso, a execução propriamente dita permanece submetida ao direito interno do país a que pertence o tribunal requerido[56].

6. Processos secundários de insolvência

O Regulamento, inspirado por um princípio de "universalidade limitada" – que já caracterizava a Convenção da União Europeia, de 1995 –, permite, como se viu, a abertura, no Estado membro onde se situe um esta-

---

[54] No acórdão *Eurofood IFSC Ltd* (proc. C-341/04), cit. (n.ºs 60 a 68), o Tribunal de Justiça considerou transponível para a interpretação do artigo 26.º deste Regulamento a jurisprudência firmada a propósito do artigo 27.º da Convenção de Bruxelas, evocando a propósito certas considerações do acórdão *Krombach* (proc. C-7/98), de 28 de Março de 2000: "o recurso à cláusula de ordem pública, que figura no artigo 27.º, n.º 1, dessa Convenção, na medida em que constitui um obstáculo à realização de um dos seus objectivos fundamentais, deve intervir apenas em casos excepcionais", pelo que o recurso a essa cláusula "só é concebível quando o reconhecimento ou a execução da decisão proferida noutro Estado contratante viole de uma forma inaceitável a ordem jurídica do Estado requerido, por desrespeitar um princípio fundamental"; "esse desrespeito deve constituir uma violação manifesta de uma norma jurídica considerada essencial no ordenamento jurídico do Estado requerido ou de um direito nesse ordenamento reconhecido como fundamental".

[55] Portugal fez uma declaração "relativa à aplicação dos artigos 26.º e 37.º do Regulamento (CE) n.º 1346/2000, de 29 de Maio de 2000, sobre os processos de insolvência", nos termos da qual "o artigo 37.º do Regulamento [...], que refere a possibilidade de converter em processo de liquidação um processo aberto antes do processo principal, deve ser interpretado no sentido de que essa conversão não exclui a apreciação judicial da situação do processo local (como é o caso do artigo 36.º) ou da aplicação dos interesses de ordem pública mencionados no artigo 26.º'" (JO C 183, de 30 de Junho de 2000, p. 1).

[56] Cfr. acórdão *Coursier* (proc. 267/97), de 29 de Abril de 1999, do Tribunal de Justiça (n.º 28).

belecimento do devedor[57], de um processo secundário, com efeitos meramente territoriais, isto é, com efeitos restritos aos bens do devedor situados no território do Estado membro em que é instaurado esse processo secundário de insolvência (artigos 3.º, n.º 2, e 27.º).

O processo secundário de insolvência aberto nestes termos não pode, em regra, ser um processo de recuperação da empresa: por força do artigo 27.º, tem de tratar-se de um dos processos indicados no Anexo B, isto é, tem de tratar-se de um processo de liquidação[58]. Só assim não será se o processo for aberto nos termos previstos no n.º 4 do artigo 3.º, caso em que o processo territorial pode dirigir-se à recuperação da empresa insolvente (de todo o modo, esta excepção não tem actualmente aplicação em Portugal, visto ter desaparecido, com o novo Código da Insolvência, o processo de recuperação da empresa).

Uma vez que o pressuposto para a abertura do processo secundário é a existência do processo principal, instaurado, nos termos do artigo 3.º, n.º 1, num Estado membro, o tribunal do Estado em que é aberto o processo secundário fica dispensado de verificar a insolvência do devedor (cfr. artigo 27.º).

A lei aplicável ao processo secundário é, em princípio, a lei do Estado contratante em cujo território é aberto o processo secundário (artigo 28.º).

A norma de conflitos que determina a aplicabilidade da *lex fori concursus* vale portanto não apenas para os processos principais como também para os processos secundários ou locais.

Nos termos do artigo 29.º, a abertura de um processo secundário pode ser requerida:

– pelo síndico do processo principal;
– por qualquer outra pessoa ou autoridade habilitada a requerer a abertura de um processo de insolvência pela lei do Estado membro em cujo território seja requerida a abertura do processo secundário.

---

[57] Recorde-se que o "estabelecimento" é definido, no artigo 2.º, alínea h), do Regulamento, como "o local de operações em que o devedor exerça de maneira estável uma actividade económica com recurso a meios humanos e a bens materiais".

[58] No Anexo B são enumerados os processos que podem ser instaurados como processos secundários nos diversos Estados contratantes (processos de liquidação). Em relação a Portugal, indicam-se o processo de insolvência e o processo de falência (compare-se com os constantes do Anexo A). Cfr., porém, notas (31), (64) e (65).

O artigo 31.º refere-se ao dever de cooperação e de informação que incumbe ao síndico do processo principal e aos síndicos dos processos secundários: ressalvadas as regras aplicáveis a cada um dos processos, o síndico do processo principal e os síndicos dos processos secundários devem comunicar, sem demora, quaisquer informações que possam ser úteis para o outro processo, nomeadamente as respeitantes à reclamação e verificação dos créditos e às medidas destinadas a pôr termo ao processo (n.º 1); estão sujeitos a um dever de cooperação recíproca (n.º 2); o síndico de um processo secundário deve dar atempadamente ao síndico do processo principal a possibilidade de apresentar propostas relativas à liquidação ou à utilização dos activos do processo secundário (n.º 3).

Do regime estabelecido no Regulamento para o processo secundário de insolvência decorre que este é, em diversos aspectos, subordinado ou dependente em relação ao processo principal. Assim:

- a abertura do processo secundário de insolvência tem, em regra, como pressuposto a abertura do processo principal (cfr. artigos 27.º e 3.º, n.º 2);
- o síndico do processo principal tem legitimidade para requerer a abertura do processo secundário de insolvência (cfr. artigo 29.º, alínea a));
- o síndico do processo principal pode requerer ao tribunal onde tiver sido aberto o processo secundário a suspensão total ou parcial das operações de liquidação e pode pedir ao tribunal que ponha termo à suspensão que tenha sido decretada (cfr. artigo 33.º, n.ºs 1 e 2);
- o síndico do processo principal pode propor a aplicação de medidas, previstas na lei aplicável ao processo secundário, que permitam pôr termo ao processo secundário de insolvência, sem liquidação (por exemplo, através de um plano de recuperação, de uma concordata ou de qualquer medida análoga); de qualquer modo, o encerramento do processo secundário através de uma dessas medidas apenas se torna definitivo com o acordo do síndico do processo principal ou, na falta do seu acordo, se a medida proposta não afectar os interesses financeiros dos credores do processo principal (cfr. artigo 34.º);
- se a liquidação dos activos do processo secundário permitir o pagamento de todos os créditos aprovados nesse processo, o síndico designado para esse processo transfere sem demora o activo remanescente para o síndico do processo principal (cfr. artigo 35.º);

– o síndico do processo principal pode requerer a conversão de um processo referido no Anexo A (isto é, um processo de insolvência) anteriormente aberto noutro Estado membro num processo de liquidação, se a conversão se revelar útil aos interesses dos credores do processo principal, cabendo então ao órgão jurisdicional competente por força do n.º 2 do artigo 3.º decidir sobre a conversão num dos processos referidos no Anexo B (isto é, um processo de liquidação) (cfr. artigo 37.º[59]).

III. ANÁLISE DOS TÍTULOS XIV E XV DO CÓDIGO DA INSOLVÊNCIA E DA RECUPERAÇÃO DE EMPRESAS

O recente Código da Insolvência e da Recuperação de Empresas (adiante, Código da Insolvência ou, simplesmente, Código[60]) dedicou particular atenção aos processos de insolvência em que existem elementos de estraneidade.

Diferentemente do anterior Código dos Processos Especiais de Recuperação da Empresa e de Falência[61], que apenas a respeito da determinação do tribunal competente para os processos de recuperação da empresa ou de falência continha uma regra aplicável a processos relativos a devedor com sede ou domicílio no estrangeiro (o artigo 13.º, n.º 3[62]), o novo Código da Insolvência dedica à problemática da insolvência internacional dois títulos (os Títulos XIV e XV, artigos 271.º a 296.º).

No preâmbulo do Decreto-Lei que aprovou o Código, começa por se afirmar, quanto a esta problemática, que "a presente reforma teve também

---

[59] Note-se a declaração de Portugal relativa à aplicação dos artigos 26.º e 37.º do Regulamento, referida *supra*, nota (55).

[60] Aprovado pelo Decreto-Lei n.º 53/2004, de 18 de Março, e alterado pelo Decreto-Lei n.º 200/2004, de 18 de Agosto.

[61] Aprovado pelo Decreto-Lei n.º 132/93, de 23 de Abril, com diversas alterações posteriores.

[62] O artigo 13.º, n.º 3, do Código dos Processos Especiais de Recuperação da Empresa e de Falência dispunha: "Sempre que o devedor tenha sede ou domicílio no estrangeiro e actividade em Portugal, é competente o tribunal em cuja área se situe a sua representação permanente ou, não a tendo, qualquer espécie de representação ou o centro dos seus principais interesses, relativamente aos processos que derivem de operações contraídas em Portugal, ou que aqui devessem ser cumpridas, sendo a liquidação restrita, porém, aos bens existentes em território português".

por objectivo proceder à harmonização do direito nacional da falência com o Regulamento (CE) n.º 1346/2000, de 29 de Maio, relativo às insolvências transfronteiriças, e com algumas directivas comunitárias relevantes em matéria de insolvência". E acrescenta-se que se estabelece "ainda um conjunto de regras de direito internacional privado, destinadas a dirimir conflitos de leis no que respeita a matérias conexas com a insolvência" (cfr. n.º 48).

A sistematização utilizada no Código reflecte os objectivos enunciados no preâmbulo: o Título XIV tem como objecto a "execução do Regulamento (CE) n.º 1346/2000 do Conselho, de 29 de Maio de 2000" e o Título XIV contém as "normas de conflitos".

Vejamos então como o Código deu sequência a tais propósitos.

Na exposição subsequente não vou seguir necessariamente a ordem das disposições incluídas no Código, antes adoptarei uma sistematização correspondente à que utilizei na parte II deste trabalho, para a apresentação do Regulamento comunitário.

1. Delimitação do âmbito de aplicação do regime constante do Código

Perante o disposto no artigo 8.º, n.º 3, da Constituição da República Portuguesa e tendo em conta o artigo 249.º, segundo parágrafo, do Tratado que institui a Comunidade Europeia, o Regulamento (CE) n.º 1346/2000, como acto normativo obrigatório em todos os seus elementos e directamente aplicável em todos os Estados membros, prevalece sobre o regime de fonte interna relativo à competência internacional e ao reconhecimento de decisões estrangeiras, no âmbito de matérias por ele abrangidas.

Daqui resulta que o regime de fonte interna é aplicável aos processos de insolvência a que não se aplique o Regulamento – ressalvado obviamente o que, no Código, se apresenta como "execução do Regulamento (CE) n.º 1346/2000 do Conselho, de 29 de Maio de 2000".

1.1. *Âmbito material de aplicação*

Considerando o âmbito *material* de aplicação do Regulamento, o regime de fonte interna é aplicável:

1 – aos *processos de insolvência* excluídos do âmbito material de aplicação do Regulamento (CE) n.º 1346/2000, ou seja, aos processos relativos a:

* empresas de seguros;

* instituições de crédito;
* empresas de investimento que prestem serviços que impliquem a detenção de fundos ou de valores mobiliários de terceiros;
* organismos de investimento colectivo;

2 – à determinação da *competência internacional* para as acções derivadas directamente da falência[63], como são, por exemplo:

* as acções tendentes à restituição de bens como consequência da resolução em benefício da massa insolvente (cfr., no direito português, artigos 120.º e seguintes do Código, concretamente, artigo 126.º, n.º 2);

3 – à determinação da *competência territorial interna*, matéria que não é regida pelo Regulamento;

4 – aos aspectos em que o próprio Regulamento remeta para o direito interno (ou pressuponha a aplicação do direito interno), por exemplo:

* os "tribunais" ou "órgãos jurisdicionais" a que se refere o Regulamento – definidos no artigo 2.º, alínea d) – são as entidades habilitadas pela legislação nacional a abrir processos de insolvência;
* os "processos de insolvência" regidos pelo Regulamento – que, por força do disposto no artigo 1.º, n.º 1, têm de corresponder à noção de "processos colectivos de insolvência que determinem a inibição parcial ou total do devedor da administração ou disposição de bens e a designação de um síndico" – são os processos previstos na legislação interna (e elencados no Anexo A[64]);

---

[63] Recorde-se que, de acordo com a jurisprudência do Tribunal de Justiça, tais acções têm sido consideradas igualmente excluídas das regras de *competência* constantes da Convenção de Bruxelas (agora, do Regulamento (CE) n.º 44/2001). São todavia abrangidas pelo regime de *reconhecimento automático* que decorre do Regulamento (CE) n.º 1346/2000 (artigo 25.º, n.º 1, segundo parágrafo). Cfr. *supra*, II, 3. e 5..

[64] Como se sabe, o Anexo A do Regulamento indica, em relação a Portugal, "o processo de insolvência", "o processo de falência" e "os processos especiais de recuperação de empresa", ou seja, "a concordata", "a reconstituição empresarial", "a reestruturação financeira" e "a gestão controlada". A dicotomia falência/recuperação desapareceu no novo Código da Insolvência. Tendo os processos especiais de recuperação de empresa e de falência sido substituídos pelo "processo de insolvência", só este poderá estar agora em causa.

* os "processos de liquidação" referidos no Regulamento – definidos no artigo 2.º, alínea c), como os processos de insolvência "que determinem a liquidação dos bens do devedor, incluindo os casos em que o processo for encerrado através de concordata ou de qualquer outra medida que ponha fim à situação de insolvência, ou em virtude da insuficiência do activo" – são os processos previstos na legislação interna (e mencionados no Anexo B[65]);
* os "síndicos" mencionados no Regulamento – definidos no artigo 2.º, alínea b), como as pessoas ou órgãos "cuja função seja administrar ou liquidar os bens de cuja administração ou disposição o devedor esteja inibido ou fiscalizar a gestão dos negócios do devedor" – são as entidades previstas na legislação interna (e referidas no Anexo C[66]);
* as entidades a que se reconhece legitimidade para requerer a abertura de um processo de insolvência secundário no Estado membro em que se situe um estabelecimento do devedor são, não apenas o síndico do processo principal, mas também as pessoas habilitadas pela legislação nacional do Estado membro em cujo território seja requerida a abertura do processo secundário;
* os actos e formalidades do processo estão sujeitos ao disposto no Regulamento mas devem também ser oficialmente reconhecidos e legalmente eficazes no Estado membro de abertura do processo colectivo de insolvência.

Note-se porém que a alguns dos processos que referi como estando excluídos do Regulamento não é também aplicável o Código da Insolvência, por força do que dispõe o artigo 2.º, n.º 2, do Código. Tais processos são, em princípio, regidos por legislação interna especial. Ainda assim, o regime do Código só não se aplica às empresas de seguros, às instituições de crédito, às sociedades financeiras, às empresas de investimento que prestem serviços que impliquem a detenção de fundos ou de valores mobiliários de terceiros e aos organismos de investimento colectivo, "na

---

[65] Em relação a Portugal, o Anexo B do Regulamento indica "o processo de insolvência" e "o processo de falência". Tendo em conta a alteração operada pelo Código da Insolvência, deve entender-se agora como "o processo de insolvência".

[66] No Anexo C, indicam-se, em relação a Portugal, "o administrador da insolvência", "o gestor judicial", "o liquidatário judicial" e "a comissão de credores". As três últimas designações desapareceram no Código da Insolvência. Existe actualmente a figura única do "administrador da insolvência".

medida em que a sujeição a processo de insolvência seja incompatível com os regimes especiais previstos para tais entidades".

1.2. Âmbito espacial de aplicação

Como se verificou, o Regulamento aplica-se a processos emergentes de relações internacionais. Não definindo o elemento de estraneidade relevante, o Regulamento estabelece, em todo o caso, um limite à aplicabilidade territorial das regras sobre *competência internacional* em função de um determinado critério de conexão: tais regras aplicam-se exclusivamente aos processos em que o *centro dos interesses principais do devedor* esteja situado *na União Europeia*.

O regime de fonte interna é aplicável aos processos de insolvência internacional excluídos do âmbito espacial de aplicação do Regulamento (CE) n.° 1346/2000, ou seja, aos processos de insolvência internacional relativos a devedor cujo *centro dos interesses principais* se situe *fora da União Europeia*.

É a luz destas considerações e desta conclusão que devem interpretar-se as regras do direito português relativas à *competência internacional* dos tribunais portugueses – e também, como se verá, as relativas ao *reconhecimento* de decisões estrangeiras –, sob pena, em alguns casos, de incompatibilidade com o regime constante do Regulamento (CE) n.° 1346/2000.

2. Competência internacional

2.1. Uma referência, antes de mais, ao artigo 65.°-A, alínea b), do Código de Processo Civil, na redacção emergente do Decreto-Lei n.° 38/2003, de 8 de Março.

Essa disposição regula a *competência internacional exclusiva* dos tribunais portugueses para o processo de insolvência nos seguintes termos: "sem prejuízo do que se ache estabelecido em tratados, convenções, regulamentos comunitários e leis especiais, os tribunais portugueses têm competência exclusiva para [...] os processos especiais de recuperação de empresa e de falência, relativos a pessoas domiciliadas em Portugal ou a pessoas colectivas ou sociedades cuja sede esteja situada em território português".

Tendo os processos especiais de recuperação de empresa e de falência sido substituídos pelo processo de insolvência, a referência a tais processos no artigo 65.º-A, alínea b), do Código de Processo Civil deverá entender-se como uma referência ao "processo de insolvência".

Tal norma não pode porém contrariar o disposto no Regulamento comunitário – como de resto nela própria se esclarece. Tem assim de entender-se que o artigo 65.º-A, alínea b), do CPC dispõe apenas para os casos em que o *centro dos interesses principais do devedor* se situe *fora da União Europeia*.

Restrição de alcance semelhante terá de ser feita relativamente a algumas disposições constantes do Código da Insolvência, como resulta do que a seguir se dirá.

2.2. O Código parece assentar numa noção estrita de insolvência internacional – a que diz respeito a devedor cujos bens se situam em diversos países (cfr. primeira frase do artigo 271.º).

Embora se trate porventura da situação paradigmática e mais frequente, não deve excluir-se a relevância de outros elementos de estraneidade, como ficou subjacente à noção de que parti no início deste trabalho.

De todo o modo – e é este o aspecto que agora releva – o que o Código não pode fazer, sob pena de contrariar o Regulamento comunitário, é estabelecer, para efeitos de "fundamentação da competência internacional", em "execução do Regulamento (CE) n.º 1346/2000 do Conselho, de 29 de Maio de 2000", um critério diferente daquele que resulta do próprio Regulamento.

No artigo 271.º determina-se que, sempre que do processo resulte a existência de bens do devedor situados noutro Estado membro da União Europeia, a sentença de declaração de insolvência indica sumariamente as razões de facto e de direito que justificam a competência dos tribunais portugueses, tendo em conta o disposto no n.º 1 do artigo 3.º do Regulamento (CE) n.º 1346/2000.

A competência internacional dos tribunais portugueses para um processo de insolvência abrangido pelo Regulamento resulta *directamente* das regras estabelecidas pelo próprio Regulamento. Ora, o Regulamento é aplicável sempre que o *centro dos interesses principais do devedor* se situe num Estado membro da União Europeia. Assim, os tribunais portugueses têm competência internacional para um processo de insolvência *principal*, nos termos do artigo 3.º, n.º 1, do Regulamento, se estiver situado em Portugal o *centro dos interesses principais do devedor*.

O artigo 271.º não pode portanto ser interpretado no sentido de admitir, em relação aos processos de insolvência abrangidos no âmbito de aplicação do Regulamento, a relevância de critérios de competência diferentes dos estabelecidos pelo Regulamento.

2.3. O Código inclui em seguida uma norma relativa à "prevenção de conflitos de competência" (artigo 272.º).

Determina o n.º 1 do artigo 272.º que, uma vez aberto um processo de insolvência principal noutro Estado membro da União Europeia, "apenas é admissível a instauração ou prosseguimento em Portugal de processo secundário, nos termos do capítulo III do título XV".

Na realidade, a abertura, em Portugal, de um processo de insolvência secundário depois de aberto um processo de insolvência principal noutro Estado membro da União Europeia depende da verificação dos pressupostos definidos pelo Regulamento e não da verificação dos pressupostos definidos pelo Código.

Ora, quanto a este aspecto, existem também divergências entre os dois actos normativos, como se verificará (*infra*, III. 5.)

Prevê-se depois no n.º 2 do artigo 272.º que "o administrador da insolvência do processo principal tem legitimidade para recorrer de decisões que contrariem o disposto no número anterior" – o que, só por si, não está em oposição com o Regulamento comunitário.

Já o n.º 3 do mesmo artigo inclui uma regra dificilmente compatível com o Regulamento. Dispõe esse preceito que "se a abertura de um processo de insolvência for recusada por tribunal de um Estado membro da União Europeia em virtude de a competência caber aos tribunais portugueses, nos termos do n.º 1 do artigo 3.º do Regulamento, não podem estes indeferir o pedido de declaração de insolvência com fundamento no facto de a competência pertencer aos tribunais desse outro Estado".

Diferentemente da Convenção de Bruxelas e do Regulamento em matéria civil e comercial, o Regulamento (CE) n.º 1346/2000 não contém regras destinadas a resolver eventuais conflitos de competência (quer positivos, quer negativos) entre tribunais dos Estados membros – salvo, obviamente, no que se refere à articulação entre a competência para o processo principal e a competência para os processos secundários de insolvência.

Nestas circunstâncias – e apesar de o Regulamento o não dizer expressamente –, entendo que o tribunal perante o qual seja apresentado um pedido de declaração de insolvência deve verificar a sua competência, ou seja, deve verificar se as regras do Regulamento foram respeitadas.

Ou seja, é de admitir que o tribunal incompetente tem competência para declarar a sua incompetência: o tribunal de um Estado membro perante o qual seja apresentado um pedido de declaração de insolvência para o qual não tenha competência nos termos do artigo 3.º, n.º 1, do Regulamento e para o qual o tribunal de outro Estado membro seja competente por força da mesma disposição do Regulamento deve declarar-se oficiosamente incompetente.

É certo que o n.º 3 do artigo 272.º do Código parte da verificação de que a abertura de um processo de insolvência já foi recusada por um tribunal de um Estado membro da União Europeia por ter considerado que a competência cabe aos tribunais portugueses. É por isso compreensível o objectivo do preceito de evitar um conflito negativo de competência. Ainda assim, se o tribunal português entender que não está verificado o pressuposto estabelecido no n.º 1 do artigo 3.º do Regulamento para a sua competência – porque não se situa em Portugal o *centro dos interesses principais do devedor* – deve declarar-se oficiosamente incompetente. Na verdade, pode acontecer que, não sendo competentes "os tribunais desse outro Estado" nem os tribunais portugueses, sejam afinal competentes para o processo de insolvência principal os tribunais de *um outro Estado membro* da União Europeia.

3. Direito aplicável

3.1. *Princípio geral*

O artigo 276.º enuncia o princípio geral nesta matéria, determinando que, "na falta de disposição em contrário, o processo de insolvência e os respectivos efeitos regem-se pelo direito do Estado em que o processo tenha sido instaurado".

Segue-se aqui a regra geral do Regulamento (artigo 4.º) e a solução tradicional da aplicação da *lex fori concursus*.

3.2. *Regras especiais*

Estabelecem-se depois normas especiais, aplicáveis a relações jurídicas específicas, na linha geral do que é preceituado no Regulamento.

Subjacente ao regime especial contido nos artigos 277.º a 287.º está o objectivo de facilitar o reconhecimento automático, nos outros Estados, dos processos de insolvência abertos em Portugal.

Determina-se nesses preceitos a aplicação – ou, pelo menos, a atendibilidade – de outras leis em contacto com a situação. Em alguns casos, esta-

belecem-se regras de direito material especial que directamente regulam a questão a que se reportam (por exemplo, artigos 280.º, n.ºs 2 e 3, e 284.º).
Assim:

1.º Relações laborais (artigo 277.º)

Os efeitos da declaração de insolvência relativamente a contratos de trabalho e à relação laboral regem-se exclusivamente pela *lei aplicável ao contrato de trabalho*.

Corresponde ao artigo 10.º do Regulamento. Note-se que, enquanto o Regulamento se refere aos "efeitos do processo de insolvência", o Código trata dos "efeitos da declaração de insolvência".

2.º Direitos do devedor sobre imóveis e outros bens sujeitos a registo (artigo 278.º)

Os efeitos da declaração de insolvência relativamente aos direitos do devedor sobre um bem imóvel, um navio ou uma aeronave, cuja inscrição num registo público seja obrigatória, regem-se pela *lei do Estado sob cuja autoridade é mantido esse registo*.

Corresponde ao artigo 11.º do Regulamento. Uma vez mais, enquanto o Regulamento menciona os "efeitos do processo de insolvência", o Código ocupa-se dos "efeitos da declaração de insolvência".

3.º Contratos sobre imóveis e móveis sujeitos a registo (artigo 279.º)

Estabelece o n.º 1 que os efeitos da declaração de insolvência relativamente aos contratos que conferem o direito de adquirir direitos reais sobre bem imóvel, ou o direito de o usar, se regem exclusivamente pela *lei do Estado em cujo território está situado esse bem*.

E o n.º 2 determina que, respeitando o contrato a um navio ou a uma aeronave cuja inscrição num registo público seja obrigatória, é aplicável a *lei do Estado sob cuja autoridade é mantido esse registo*.

O disposto no n.º 1 corresponde ao artigo 8.º do Regulamento. Vale aqui também a observação feita a respeito dos dois artigos anteriores.

O n.º 2 tem em vista aplicar aos contratos relativos a bens móveis sujeitos a registo a lei do país onde o registo tiver sido efectuado (que é afinal também a solução consagrada no n.º 1, já que, em princípio, os bens imóveis estão inscritos no registo do país em que se encontram situados).

4.º Direitos reais e reserva de propriedade (artigo 280.º)

Preceitua o n.º 1 do artigo 280.º que os efeitos da declaração de insolvência relativamente a *direitos reais de credores ou de terceiros* sobre bens corpóreos ou incorpóreos, móveis ou imóveis, quer sejam bens específicos, quer sejam conjuntos de bens indeterminados considerados como um todo, cuja composição pode sofrer alterações ao longo do tempo, pertencentes ao devedor, e que, no momento da abertura do processo, se encontrem no território de *outro Estado*, se regem exclusivamente pela lei deste outro Estado; o mesmo se aplica aos direitos do vendedor relativos a bens vendidos ao devedor insolvente com *reserva de propriedade*.

Estabelece o n.º 2 do mesmo artigo que a declaração de insolvência do vendedor de um bem, após a entrega do mesmo, não constitui por si só fundamento de resolução ou de rescisão da venda nem obsta à aquisição pelo comprador da propriedade do bem vendido, desde que, no momento da abertura do processo, esse bem se encontre no território de outro Estado.

Por força do n.º 3, o regime constante dos números anteriores não prejudica a possibilidade de resolução em benefício da massa insolvente, nos termos gerais.

O artigo 280.º tem correspondência no Regulamento – artigo 5.º (direitos reais de terceiros) e artigo 7.º (reserva de propriedade).

Note-se agora que, enquanto o Regulamento se ocupa, nos artigos 5.º e 7.º, dos "efeitos da abertura do processo de insolvência", o Código rege os "efeitos da declaração de insolvência".

5.º Terceiros adquirentes (artigo 281.º)

Tendo em vista a protecção de terceiros adquirentes, o artigo 281.º determina que a *validade de um acto* celebrado após a declaração de insolvência pelo qual o devedor disponha, a título oneroso, de bem imóvel ou de navio ou de aeronave cuja inscrição num registo público seja obrigatória se rege pela *lei do Estado em cujo território está situado o referido bem imóvel ou sob cuja autoridade é mantido esse registo.*

Corresponde ao artigo 14.º do Regulamento. Todavia, o momento relevante é, no artigo 14.º do Regulamento, o da "abertura do processo de insolvência" e, no artigo 281.º do Código, o da "declaração de insolvência".

6.º Direitos sobre valores mobiliários e sistemas de pagamentos e mercados financeiros (artigo 282.º)

Nos termos do n.º 1 do artigo 282.º, os efeitos da declaração de insolvência sobre direitos relativos a valores mobiliários registados ou depositados regem-se pela *lei aplicável à respectiva transmissão*, nos termos do *artigo 41.° do Código dos Valores Mobiliários*[67].

Por sua vez, o n.° 2 do mesmo artigo dispõe que a determinação da lei aplicável aos efeitos da declaração de insolvência sobre os direitos e as obrigações dos participantes num mercado financeiro ou num sistema de pagamentos, tal como definido pela alínea a) do artigo 2.° da Directiva n.° 98/26/CE, do Parlamento Europeu e do Conselho, de 19 de Maio[68],

---

[67] O artigo 41.° do Código dos Valores Mobiliários determina que a transmissão de direitos e a constituição de garantias sobre valores mobiliários se regem: – em relação a valores mobiliários integrados em sistema centralizado, pelo direito do Estado onde se situa o estabelecimento da entidade gestora desse sistema (alínea a)); – em relação a valores mobiliários registados ou depositados não integrados em sistema centralizado, pelo direito do Estado em que se situa o estabelecimento onde estão registados ou depositados os valores mobiliários (alínea b)); – em relação a valores mobiliários não abrangidos nas alíneas anteriores, pela lei pessoal do emitente (alínea c)). A propósito do artigo 41.° do CVM, cfr. Maria Helena BRITO, "Sobre a aplicação no espaço do novo Código dos Valores Mobiliários", *Direito dos Valores Mobiliários*, vol. IV, Coimbra, 2003, p. 85 ss (p. 98 ss).

[68] A Directiva 98/26/CE do Parlamento Europeu e do Conselho, de 19 de Maio 1998, relativa ao carácter definitivo da liquidação nos sistemas de pagamentos e de liquidação de valores mobiliários (JO L 166, de 11 de Junho de 1998, p. 45), já anteriormente referida, é aplicável, tal como dispõe o seu artigo 1.°, "a qualquer sistema, definido no artigo 2.°, alínea a), regulado pela legislação de um Estado membro, que realize operações em qualquer moeda, em ecus ou em várias moedas que o sistema converta entre si". O artigo 2.°, alínea a), da Directiva define "sistema" como "um acordo formal: – entre três ou mais participantes, sem contar com um eventual agente de liquidação, uma eventual contraparte central, uma eventual câmara de compensação ou um eventual participante indirecto, com regras comuns e procedimentos padronizados para a execução de ordens de transferência entre os participantes; – regulado pela legislação de um Estado membro escolhida pelos participantes; contudo, os participantes apenas podem escolher a legislação de um Estado membro em que pelo menos um deles tenha a sua sede; e – designado, sem prejuízo de outras condições mais rigorosas de aplicação geral previstas na legislação nacional, como sistema e notificado à Comissão pelo Estado membro cuja legislação é aplicável, depois de esse Estado membro se ter certificado da adequação das regras do sistema". Admite-se, no artigo 2.°, alínea a), que os Estados membros possam "designar como sistema de pagamentos um acordo formal, cuja actividade consista na execução de ordens de transferência tal como definidas no segundo travessão da alínea i) e que, em medida limitada, execute ordens relacionadas com outros instrumentos financeiros, quando os Estados membros considerarem que essa designação se justifica em termos de risco sistémico" ou ainda, "caso a caso, designar como sistema um dos referidos acordos formais entre dois participantes, sem contar com um eventual agente de liquidação, uma eventual contraparte central, uma eventual câmara de compensação ou um eventual participante indirecto, quando considerarem que essa designação se justifica em termos de risco sistémico".

ou equiparável, se rege pelo disposto no artigo 285.° do Código dos Valores Mobiliários[69-70].

A solução consagrada no Código é afinal, em regra, a mesma que resulta do artigo 9.° do Regulamento – a aplicação da lei do Estado membro que rege o sistema de pagamentos ou o mercado financeiro em causa. No artigo 9.°, n.° 1, do Regulamento, alude-se aos "efeitos do processo de insolvência"; no Código mencionam-se uma vez mais os "efeitos da declaração de insolvência" (e no artigo 285.° do CVM tem-se em conta a abertura do processo de falência).

7.° Operações de venda com base em acordos de recompra (artigo 283.°)

Os efeitos da declaração de insolvência sobre operações de venda com base em acordos de recompra, na acepção do artigo 12.° da Directiva n.° 86/635/CEE do Conselho, de 8 de Dezembro[71], regem-se pela *lei aplicável a tais contratos*.

O artigo 12.° da Directiva 86/635/CEE define "operações de venda com base em acordos de recompra" como "as operações pelas quais uma instituição de crédito ou um cliente (o cedente) cede a outra instituição ou cliente (o cessionário) elementos do activo que lhe pertençam, como, por exemplo, efeitos, créditos ou valores mobiliários sob reserva de um acordo que preveja que os mesmos elementos do activo serão posteriormente retrocedidos para o cedente a um preço estabelecido".

---

[69] O artigo 285.° do Código dos Valores Mobiliários, inserido no capítulo relativo à insolvência dos participantes nos sistemas de liquidação, define o "direito aplicável", nos seguintes termos: "aberto um processo de falência, de recuperação de empresa ou de saneamento de um participante [num sistema de liquidação], os direitos e as obrigações decorrentes da participação ou a ela associados regem-se pelo direito aplicável ao sistema".

[70] Quanto a algumas das questões reguladas no artigo 282.° do Código pode igualmente, no futuro, vir a interferir a disciplina estabelecida pela Convenção concluída em 13 de Dezembro de 2002, no âmbito da Conferência da Haia de Direito Internacional Privado, sobre a lei aplicável a certos direitos respeitantes a valores mobiliários depositados num intermediário (veja-se, em especial, o artigo 8.° da Convenção). Cfr. Maria Helena BRITO, "A Convenção da Haia sobre a lei aplicável a certos direitos respeitantes a valores mobiliários depositados num intermediário", *Direito dos Valores Mobiliários*, vol. V, Coimbra, 2004, p. 91 ss (p. 106, 122, 126).

[71] Directiva 86/635/CEE do Conselho, de 8 de Dezembro de 1986, relativa às contas anuais e às contas consolidadas dos bancos e outras instituições financeiras (JO L 372, de 31 de Dezembro de 1986, p. 1).

O Código determina a sujeição dos efeitos da declaração de insolvência sobre operações de venda com base em acordos de recompra à lei reguladora de tais acordos.

8.º Exercício dos direitos dos credores (artigo 284.º)

No n.º 1 do artigo 284.º determina-se que qualquer credor pode exercer os seus direitos tanto no processo principal de insolvência como em quaisquer processos secundários.

Por outro lado, dispõe o n.º 2 do mesmo artigo que, na medida em que tal seja admissível segundo a lei aplicável a processo estrangeiro, o administrador da insolvência designado nesse processo pode:

a) reclamar em Portugal os créditos reconhecidos no processo estrangeiro;
b) exercer na assembleia de credores os votos inerentes a tais créditos, salvo se a tanto se opuserem os respectivos titulares.

Por último, estabelece o n.º 3 que o credor que obtenha pagamento em processo estrangeiro de insolvência não pode ser pago no processo pendente em Portugal enquanto os credores do mesmo grau não obtiverem neste satisfação equivalente.

A solução contida nos n.ºs 1 e 2 tem paralelo no artigo 32.º do Regulamento.

9.º Acções pendentes (artigo 285.º)

Os efeitos da declaração de insolvência sobre acção pendente relativa a um bem ou um direito integrante da massa insolvente regem-se exclusivamente pela *lei do Estado em que a referida acção corra os seus termos*.

Corresponde ao artigo 15.º do Regulamento. No artigo 15.º do Regulamento, mencionam-se os "efeitos do processo de insolvência"; no Código referem-se novamente os "efeitos da declaração de insolvência".

10.º Compensação (artigo 286.º)

De acordo com o artigo 286.º, a declaração de insolvência não afecta o direito do credor da insolvência à compensação, se esta for permitida pela lei aplicável ao contra-crédito do devedor.

A solução tem paralelo no artigo 6.º do Regulamento. Refira-se no entanto que, no Regulamento, se tem em conta a "abertura do processo de insolvência" (a abertura do processo de insolvência não afecta o direito de um credor a invocar a compensação do seu crédito com o crédito do devedor), enquanto, no Código, se toma em consideração a "declaração de insolvência" (a declaração de insolvência não afecta o direito do credor da insolvência à compensação).

11.º Resolução em benefício da massa insolvente (artigo 287.º)

Determina o artigo 287.º que a resolução de actos em benefício da massa insolvente é inadmissível se o terceiro demonstrar que o acto se encontra sujeito a lei que não permita a sua impugnação por nenhum meio.

Trata-se de regime correspondente ao do artigo 13.º do Regulamento.

4. **Processo de insolvência estrangeiro. Regras sobre reconhecimento e execução**

O Código da Insolvência disciplina seguidamente, no Capítulo II deste Título XV, o "processo de insolvência estrangeiro".

É no âmbito deste capítulo que vem regulada a matéria do reconhecimento e execução do processo de insolvência estrangeiro.

Importa todavia ter também em conta, para a definição do regime aplicável ao reconhecimento do processo de insolvência estrangeiro – no caso de processo instaurado noutro Estado membro da União Europeia –, o disposto nos artigos 273.º e 274.º do Código, incluídos no Título relativo à execução do Regulamento (CE) n.º 1346/2000 (e que dizem respeito ao sentido amplo de "reconhecimento" aceite pelo Regulamento, conforme se assinalou *supra*, II.5.).

Começarei precisamente por uma referência a estes dois preceitos.

4.1. O artigo 273.º refere-se aos "efeitos do encerramento" – entenda-se, "efeitos do encerramento do processo principal de insolvência instaurado noutro Estado membro da União Europeia".

Dispõe o n.º 1 do artigo 273.º que o encerramento do processo por aplicação do n.º 1 do artigo anterior – isto é, o encerramento do processo principal de insolvência instaurado noutro Estado membro da União Europeia – "não afecta os efeitos já produzidos que não se circunscrevam à duração do processo, inclusive os decorrentes de actos praticados pelo administrador da insolvência ou perante este, no exercício das suas funções".

Acrescenta-se no n.º 2 que, na hipótese prevista no número anterior, é aplicável o disposto no n.º 2 do artigo 233.º[72], extinguindo-se a instância de todos os processos que corram por apenso ao processo de insolvência[73].

Não é claro o alcance desta norma: estando em causa os "efeitos do encerramento do processo principal de insolvência instaurado noutro Estado membro da União Europeia", trata-se indubitavelmente de matéria regida pelo Regulamento comunitário.

Como se sabe, é o artigo 25.º do Regulamento que se refere ao reconhecimento e ao carácter executório de *outras decisões* que não a decisão

---

[72] O artigo 233.º dispõe sobre os efeitos do encerramento do processo de insolvência. No n.º 2 estabelece-se que o encerramento do processo de insolvência antes do rateio final determina: a) A ineficácia das resoluções de actos em benefício da massa insolvente, excepto se o plano de insolvência atribuir ao administrador da insolvência competência para a defesa nas acções dirigidas à respectiva impugnação, bem como nos casos em que as mesmas não possam já ser impugnadas em virtude do decurso do prazo previsto no artigo 125.º, ou em que a impugnação deduzida haja já sido julgada improcedente por decisão com trânsito em julgado; b) A extinção da instância dos processos de verificação de créditos e de restituição e separação de bens já liquidados que se encontrem pendentes, excepto se tiver já sido proferida a sentença de verificação e graduação de créditos prevista no artigo 140.º, ou se o encerramento decorrer da aprovação de plano de insolvência, caso em que prosseguem até final os recursos interpostos dessa sentença e as acções cujos autores assim o requeiram, no prazo de 30 dias; c) A extinção da instância das acções pendentes contra os responsáveis legais pelas dívidas do insolvente propostas pelo administrador da insolvência, excepto se o plano de insolvência atribuir ao administrador da insolvência competência para o seu prosseguimento.

[73] No direito português, e nos termos do Código da Insolvência, correm por apenso ao processo de insolvência, designadamente: A) Os embargos à sentença declaratória da insolvência (artigo 41.º); B) As acções propostas pelo administrador da insolvência, durante a pendência do processo de insolvência, nos termos do artigo 82.º, n.º 2, a saber: a) as acções de responsabilidade que legalmente couberem, em favor do próprio devedor, contra os fundadores, administradores de direito e de facto, membros do órgão de fiscalização do devedor e sócios, associados ou membros, independentemente do acordo do devedor ou dos seus órgãos sociais, sócios, associados ou membros; b) as acções destinadas à indemnização dos prejuízos causados à generalidade dos credores da insolvência pela diminuição do património integrante da massa insolvente, tanto anteriormente como posteriormente à declaração de insolvência; c) as acções contra os responsáveis legais pelas dívidas do insolvente; C) As acções a que se refere o artigo 82.º, n.º 3, dirigidas contra o administrador da insolvência com a finalidade prevista na alínea b) do n.º 2 do mesmo artigo; D) As acções, incluindo as executivas, relativas às dívidas da massa insolvente, com excepção das execuções por dívidas de natureza tributária (artigo 89.º); E) As acções para a verificação ulterior de créditos ou de outros direitos (artigo 148.º); F) O processado relativo à liquidação (artigo 170.º); G) O incidente de aprovação do plano de pagamentos (artigo 263.º).

de abertura do processo de insolvência. De acordo com o n.º 1, primeiro parágrafo, primeira parte, do artigo 25.º, "as decisões relativas ao *encerramento* de um processo de insolvência proferidas por um órgão jurisdicional cuja decisão de abertura do processo seja reconhecida por força do artigo 16.º são reconhecidas sem mais formalidades".

O encerramento do processo principal de insolvência instaurado noutro Estado membro da União Europeia terá, em princípio, os efeitos que lhe são atribuídos pela lei do Estado de abertura de tal processo. Aparentemente, o artigo 273.º vem salvaguardar alguns dos efeitos já produzidos em processo secundário instaurado em Portugal.

4.2. O artigo 274.º trata da "publicidade de decisão estrangeira" – entenda-se, também, face à inserção sistemática do preceito e ao seu próprio conteúdo, "publicidade de decisão proferida por tribunal de outro Estado membro da União Europeia".

A disposição tem em vista, como expressamente se indica, dar execução aos artigos 21.º e 22.º do Regulamento.

No n.º 1, determina-se o tribunal português perante o qual devem ser solicitadas "a publicação e a inscrição em registo público da decisão de abertura de um processo" – que é o tribunal em cuja área se situe um estabelecimento do devedor, ou, não sendo esse o caso, o Tribunal de Comércio de Lisboa ou o Tribunal Cível de Lisboa, consoante a massa insolvente integre ou não uma empresa.

Admite-se na parte final desse n.º 1 que o tribunal português possa "exigir tradução certificada por pessoa que para o efeito seja competente segundo o direito de um Estado membro da União Europeia"[74].

Prevendo a eventualidade de o direito do Estado do processo de insolvência impor a efectivação de um registo desconhecido do direito português, o n.º 2 do artigo 274.º estabelece que será "determinado o registo que com ele apresente maiores semelhanças".

O n.º 3 do mesmo artigo 274.º estabelece que, se o devedor for titular de estabelecimento situado em Portugal, a publicação prevista no n.º 1 do artigo 21.º do Regulamento será determinada oficiosamente.

---

[74] A possibilidade de ser exigida uma tradução na língua oficial do Estado membro requerido encontra-se prevista no Regulamento a propósito da prova da nomeação de um síndico (artigo 19.º, segundo parágrafo).

4.3. Passemos então às regras sobre o reconhecimento incluídas no Capítulo II deste Título XV (respeitante, como se disse, ao "processo de insolvência estrangeiro").

O artigo 288.° define o âmbito e os pressupostos do reconhecimento, nos seguintes termos:

> 1 – A declaração de insolvência em processo estrangeiro é reconhecida em Portugal, salvo se:
> a) A competência do tribunal ou autoridade estrangeira não se fundar em algum dos critérios referidos no artigo 7.° ou em conexão equivalente;
> b) O reconhecimento conduzir a resultado manifestamente contrário aos princípios fundamentais da ordem jurídica portuguesa.
>
> 2 – O disposto no número anterior é aplicável às providências de conservação adoptadas posteriormente à declaração de insolvência, bem como a quaisquer decisões tomadas com vista à execução ou encerramento do processo.

O reconhecimento abrange, portanto, nos termos do artigo 288.°:
– a declaração de insolvência em processo estrangeiro;
– as providências de conservação adoptadas posteriormente à declaração de insolvência;
– as decisões tomadas com vista à execução ou encerramento do processo.

As decisões estrangeiras não serão reconhecidas, por força do n.° 1 do artigo 288.°:
– se tiverem sido proferidas por tribunal cuja competência não se funde em algum dos critérios estabelecidos pelo próprio Código, no artigo 7.°, ou em conexão equivalente;
– se o reconhecimento conduzir a um resultado manifestamente contrário aos princípios fundamentais da ordem jurídica portuguesa.

Este preceito consagra uma solução de reconhecimento automático, à semelhança do que resulta dos artigos 16.° e 17.° do Regulamento[75].

---

[75] Mas recorde-se que, segundo o entendimento do Tribunal da Justiça das Comunidades Europeias, "o processo principal de insolvência aberto por um tribunal de um Estado membro deve ser reconhecido pelos tribunais dos outros Estados membros, *sem que estes possam fiscalizar a competência do tribunal do Estado de abertura*" [itálico aditado agora]. Cfr. acórdão *Eurofood IFSC Ltd* (proc. C-341/04), cit. (n.° 44) e *supra*, nota (49).

Algumas observações sobre o regime contido no artigo 288.º:

A primeira, para referir que o artigo 7.º do Código da Insolvência é a norma que define os critérios de *competência interna* para o processo de insolvência[76]; não trata da *competência internacional*. Do artigo 288.º resulta portanto uma aplicação analógica, quanto à verificação da *competência internacional* do tribunal de origem, dos critérios definidos para a *competência interna*.

Em segundo lugar, confrontando os critérios de competência definidos no Regulamento e no Código, conclui-se que eles não são inteiramente coincidentes.

Sublinho ainda que o fundamento de não reconhecimento previsto no n.º 1, alínea b), deve entender-se como referido aos "princípios fundamentais da *ordem pública internacional* do Estado português".

Depois, note-se que, enquanto o Regulamento contém regimes distintos quanto ao reconhecimento, por um lado, da decisão de *abertura* de um processo de insolvência (artigo 16.º), e, por outro lado, de *outras decisões* (artigo 25.º, sendo certo que, neste caso, ainda se estabelecem distinções), o Código prevê um regime único aplicável às decisões que enumera.

Por último, não pode deixar de se mencionar que no Código não é expressamente previsto o reconhecimento da "decisão de *abertura* de um processo de insolvência", a que, só por si, o Regulamento atribui determinados efeitos.

4.4. Nos artigos 289.º a 292.º do Código, disciplinam-se certos aspectos particulares do "processo de insolvência estrangeiro": poderes do administrador provisório designado em processo de insolvência estrangeiro para requerer medidas cautelares, tendo em vista a conservação de bens do devedor situados em Portugal (artigo 289.º); publicidade, em Portugal, de certas decisões proferidas no estrangeiro (artigo 290.º); determinação do tribunal português competente para a prática dos actos referidos

---

[76] Dispõe o artigo 7.º, subordinado à epígrafe "tribunal competente":

1 – É competente para o processo de insolvência o tribunal da sede ou do domicílio do devedor ou do autor da herança à data da morte, consoante os casos.

2 – É igualmente competente o tribunal do lugar em que o devedor tenha o centro dos seus principais interesses, entendendo-se por tal aquele em que ele os administre, de forma habitual e cognoscível por terceiros.

3 – A instrução e decisão de todos os termos do processo de insolvência, bem como dos seus incidentes e apensos, compete sempre ao juiz singular.

nos dois artigos anteriores (artigo 291.º); definição dos efeitos do cumprimento efectuado em Portugal a favor do devedor (artigo 292.º).

Estão em causa disposições que, pelo menos em parte, têm correspondência em disposições do Regulamento (concretamente, nos artigos 18.º, 19.º, 38.º, 21.º e 24.º).

Nos termos do artigo 289.º, o administrador provisório designado anteriormente à declaração de insolvência pode solicitar a adopção das medidas cautelares referidas no artigo 31.º do Código para efeitos da conservação de bens do devedor situados em Portugal. Tais medidas cautelares podem designadamente consistir na nomeação de um administrador judicial provisório com poderes exclusivos para a administração do património do devedor, ou para assistir o devedor nessa administração.

O artigo 290.º, subordinado à epígrafe "publicidade", dispõe:

    1 – Verificando-se os pressupostos do reconhecimento da declaração de insolvência, o tribunal português ordena, a requerimento do administrador da insolvência estrangeiro, a publicidade do conteúdo essencial da decisão de *declaração de insolvência*, da decisão de *designação do administrador de insolvência* e da decisão de *encerramento do processo*, nos termos do artigo 38.º, aplicável com as devidas adaptações, podendo o tribunal exigir tradução certificada por pessoa que para o efeito seja competente segundo o direito do Estado do processo.

    2 – As publicações referidas no número anterior são determinadas oficiosamente se o devedor tiver estabelecimento em Portugal.

Refere-se esta disposição à publicidade das decisões de declaração de insolvência, de designação do administrador de insolvência e de encerramento do processo – de entre estas, o Regulamento só contempla em especial a decisão de nomeação do síndico (artigo 19.º).

O artigo 291.º tem como objecto a determinação do tribunal português competente para a prática dos actos referidos nos artigos 289.º e 290.º, remetendo para o n.º 1 do artigo 274.º, que considera competente o tribunal português em cuja área se situe um estabelecimento do devedor, ou, não sendo esse o caso, o Tribunal de Comércio de Lisboa ou o Tribunal Cível de Lisboa, consoante a massa insolvente integre ou não uma empresa.

O artigo 292.º diz respeito ao cumprimento a favor do devedor: é liberatório o pagamento efectuado em Portugal ao devedor na ignorância da declaração de insolvência, presumindo-se o conhecimento da declaração de insolvência à qual tenha sido dada publicidade, nos termos do artigo 290.°.

4.5. Finalmente, o artigo 293.° regula a "exequibilidade".

Determina-se que as decisões tomadas em processo de insolvência estrangeiro só se podem executar em Portugal depois de revistas e confirmadas, não sendo, porém, requisito da confirmação o respectivo trânsito em julgado.

Não se refere qual o regime a que fica sujeita "a revisão e a confirmação" de decisões tomadas em processo de insolvência estrangeiro.

Quando se tratar de decisões proferidas ao abrigo do Regulamento (CE) n.° 1346/2000, a *declaração de executoriedade* rege-se pelo disposto na Convenção de Bruxelas (ou no Regulamento (CE) n.° 44/2001), por força do que estabelece o artigo 25.° do próprio Regulamento em matéria de insolvência.

Fora desses casos, será aplicável o regime constante do Código de Processo Civil (artigos 1094.° e seguintes).

5. Processo particular de insolvência

Como ficou referido, o Regulamento não restringe a possibilidade de requerer, em princípio *na sequência da abertura do processo de insolvência principal*, a abertura de um processo de insolvência no Estado membro em que o devedor tenha um *estabelecimento*: o síndico do processo principal ou qualquer outra pessoa habilitada pela legislação nacional desse Estado membro pode requerer a abertura de um *processo de insolvência secundário*. Os efeitos dos processos secundários limitar-se-ão, porém, aos activos situados no território desse Estado.

De acordo com o Regulamento, a competência para a abertura de um processo de insolvência secundário assenta portanto no critério do *estabelecimento*. Os pressupostos para a abertura de tal processo constam dos artigos 3.°, n.° 2, e 27.° do Regulamento (e ainda do artigo 3.°, n.° 4, no que diz respeito ao caso excepcional de abertura de um processo secundário antes da abertura de um processo principal de insolvência).

O Código da Insolvência regula no Capítulo III do Título XV o que designa "processo particular de insolvência".

5.1. O artigo 294.º tem como epígrafe "pressupostos de um processo particular".

Todavia, mais do que a definição geral dos pressupostos de um processo particular de insolvência, encontramos nessa norma, por um lado, uma indicação dos critérios de competência dos tribunais portugueses para um processo particular de insolvência e, por outro lado, uma referência aos bens que serão objecto de tal processo.

Começando por este último ponto: nos termos do n.º 1 do artigo 294.º, o processo particular de insolvência abrange apenas os bens do devedor situados em território português.

Quanto ao problema dos critérios de competência:

Da conjugação dos n.ºs 1 e 2 do artigo 294.º parece resultar que o critério primário de competência dos tribunais portugueses para o processo particular de insolvência – se o devedor não tiver em Portugal a sua sede ou domicílio, nem o "centro dos principais interesses" [77] – é o do lugar do estabelecimento que o devedor tenha em Portugal.

Estabelece o n.º 2 do artigo 294.º que, se o devedor não tiver estabelecimento em Portugal, a competência internacional dos tribunais portugueses depende da verificação dos requisitos impostos pela alínea d) do n.º 1 do artigo 65.º do Código de Processo Civil – isto é, depende da verificação de "não poder o direito invocado tornar-se efectivo senão por meio de acção proposta em território português, ou não ser exigível ao autor a sua propositura no estrangeiro, desde que entre o objecto do litígio e a ordem jurídica nacional haja algum elemento ponderoso de conexão, pessoal ou real".

Recordem-se os critérios de competência constantes do Regulamento comunitário:

1.º em relação ao processo de insolvência principal, são competentes os tribunais do Estado membro em cujo território se situa o centro dos interesses principais do devedor (em relação às sociedades e pessoas jurídicas, o centro dos interesses principais do devedor coincide com o lugar da respectiva sede estatutária; em qualquer caso, o local onde o devedor exerce habitualmente a administração dos seus interesses) – artigo 3.º, n.º 1;

---

[77] Os critérios aqui mencionados são os que constam dos n.ºs 1 e 2 do artigo 7.º do Código, que define o "tribunal competente" (o tribunal *territorialmente* competente, recorde-se, embora do artigo 288.º, relativo ao reconhecimento de decisões estrangeiras, resulte uma aplicação analógica, quanto à verificação da competência internacional do tribunal de origem, dos critérios definidos para a competência interna).

2.º em relação aos processos de insolvência secundários, são competentes os tribunais do Estado membro em cujo território se situe um estabelecimento do devedor – artigo 3.º, n.º 2, primeira parte.

A transposição destes critérios levaria a considerar, quanto à competência dos tribunais portugueses, a localização em território português, respectivamente, do "centro dos interesses principais do devedor" e de "um estabelecimento" do devedor.
Tendo em conta as características e os efeitos do processo particular de insolvência, não se vê qual a relevância da remissão operada pelo n.º 2 do artigo 294.º para os requisitos da alínea d) do n.º 1 do artigo 65.º do Código de Processo Civil.
Seja como for, a norma só pode aplicar-se a um processo particular de insolvência excluído do âmbito de aplicação do Regulamento.

5.2. O artigo 295.º regula as especialidades de regime do processo particular de insolvência:
a) O plano de insolvência ou de pagamentos só pode ser homologado pelo juiz se for aprovado por todos os credores afectados, caso preveja uma dação em pagamento, uma moratória, um perdão ou outras modificações de créditos sobre a insolvência (cfr. Título IX, sobre o "plano de insolvência", artigos 192.º e seguintes); – veja-se o artigo 17.º, n.º 2, segunda parte, do Regulamento;
b) A insolvência não é objecto de qualificação como fortuita ou culposa (cfr., para os processos meramente internos, os artigos 185.º e 189.º);
c) Não são aplicáveis as disposições sobre exoneração do passivo restante (cfr. Título XII, "disposições específicas da insolvência de pessoas singulares", Capítulo I, sobre "exoneração do passivo restante", artigos 235.º e seguintes).

5.3. Um pouco supreendentemente, surge então no Código o artigo 296.º, com a epígrafe "processo secundário".
Começa por se afirmar no n.º 1 que o *reconhecimento* de um processo principal de insolvência estrangeiro não obsta à instauração em Portugal de um processo particular, designado processo secundário.

Do n.º 1 do artigo 272.º já decorre – em consonância aliás com o disposto no artigo 3.º, n.º 3, do Regulamento –, que, uma vez "*aberto* um processo principal de insolvência noutro Estado membro da União Europeia, apenas é admissível a instauração ou prosseguimento em Portugal de processo secundário".

As regras incluídas nos restantes números do artigo 296.º têm correspondência no regime estabelecido pelo Regulamento relativamente ao processo secundário de insolvência:

– o administrador de insolvência estrangeiro tem legitimidade para requerer a instauração de um processo secundário (n.º 2 do artigo 296.º) – cfr. artigo 29.º, alínea), do Regulamento;
– no processo secundário é dispensada a comprovação da situação de insolvência (n.º 3 do artigo 296.º) – cfr. artigo 27.º do Regulamento;
– o administrador da insolvência deve comunicar prontamente ao administrador estrangeiro todas as circunstâncias relevantes para o desenvolvimento do processo estrangeiro (n.º 4 do artigo 296.º) – cfr. artigo 31.º do Regulamento;
– o administrador estrangeiro tem legitimidade para participar na assembleia de credores e para a apresentação de um plano de insolvência (n.º 5 do artigo 296.º) – cfr. artigos 32.º e 34.º do Regulamento;
– satisfeitos integralmente os créditos sobre a insolvência, a importância remanescente é remetida ao administrador do processo principal (n.º 6 do artigo 296.º) – cfr. artigo 35.º do Regulamento.

IV. OBSERVAÇÕES FINAIS

1. Na parte relativa à insolvência internacional, o Código assume, como se viu, dois objectivos fundamentais: dar execução ao Regulamento (CE) n.º 1346/2000 do Conselho, de 29 de Maio de 2000, e estabelecer um conjunto de regras de direito internacional privado, destinadas a dirimir conflitos de leis no que respeita a matérias conexas com a insolvência.

1.1. Não obstante ser de aplicabilidade directa em Portugal, certo é que, em diversos pontos, o Regulamento remete para o direito interno (ou pressupõe a aplicação do direito interno). Já tive a oportunidade de me referir a este aspecto (*supra*, III, 1.1. (4)).

1.2. Além disso, existem disposições do Regulamento, que, estabelecendo um regime próprio aplicável às questões abrangidas no seu âmbito material de aplicação, admitem regimes nacionais diferentes.

Assim:

1.º – em matéria de publicidade da decisão de abertura do processo de insolvência: o Regulamento prevê que o síndico pode solicitar que o conteúdo essencial da decisão de abertura do processo de insolvência, bem como da decisão que o nomeia, seja publicado em todos os demais Estados membros (artigo 21.º, n.º 1); mas admite-se que qualquer Estado membro em cujo território o devedor tenha um estabelecimento determine a publicação obrigatória de tal decisão, competindo ao síndico ou a qualquer autoridade habilitada para o efeito no Estado membro em que tenha sido aberto o processo principal tomar as medidas necessárias para assegurar a publicação (artigo 21.º, n.º 2);

2.º – em matéria de inscrição num registo público da decisão de abertura do processo de insolvência: o Regulamento prevê que o síndico pode solicitar que seja inscrita no registo predial, no registo comercial e em qualquer outro registo público dos outros Estados membros a decisão de abertura de um processo de insolvência principal (artigo 22.º, n.º 1); mas admite-se que qualquer Estado membro pode prever a inscrição obrigatória, competindo ao síndico ou a qualquer autoridade habilitada para o efeito no Estado membro em que tenha sido aberto o processo principal tomar as medidas necessárias para assegurar a inscrição (artigo 22.º, n.º 2).

No n.º 1 do artigo 274.º do Código, indica-se o tribunal português perante o qual devem ser solicitadas "a *publicação* e a *inscrição em registo público* da decisão de *abertura* de um processo" – o tribunal em cuja área se situe um estabelecimento do devedor, ou, não sendo esse o caso, o Tribunal de Comércio de Lisboa ou o Tribunal Cível de Lisboa, consoante a massa insolvente integre ou não uma empresa.

O n.º 3 do mesmo artigo 274.º dispõe que, se o devedor for titular de estabelecimento situado em Portugal, a publicação prevista no n.º 1 do artigo 21.º do Regulamento será determinada oficiosamente. O n.º 2 do artigo 290.º aplica o mesmo regime relativamente à publicidade das decisões de *declaração de insolvência*, de *designação do administrador de insolvência* e de *encerramento* de qualquer processo de insolvência estrangeiro.

Quanto à eventual inscrição obrigatória num registo público da decisão de abertura do processo de insolvência estrangeiro nada se determina no Código.

1.3. Existem também casos em que o Regulamento define um regime próprio aplicável às questões abrangidas no seu âmbito material de aplicação, no pressuposto de que exista uma determinada estatuição na lei normalmente competente.

Por exemplo:

O artigo 34.º do Regulamento – que se refere às medidas que põem termo ao processo secundário de insolvência –, e admitindo a hipótese de a lei aplicável ao processo secundário prever a possibilidade de pôr termo a esse processo sem liquidação, através de um plano de recuperação, de uma concordata ou de qualquer medida análoga, confere legitimidade ao síndico do processo principal para propor tal medida; estabelecem-se em seguida os termos em que pode verificar-se o encerramento do processo secundário através de uma dessas medidas.

Ao disciplinar o "processo particular de insolvência", o Código da Insolvência dispõe que o administrador estrangeiro tem legitimidade para participar na assembleia de credores e para a apresentação de um plano de insolvência (n.º 5 do artigo 296.º). Não está já em causa a execução ao Regulamento (CE) n.º 1346/2000 do Conselho, de 29 de Maio de 2000, como se vê pela própria inserção sistemática do preceito, mas não pode deixar de reconhecer-se que neste, como noutros pontos, o regime estabelecido pelo Código em matéria de insolvência internacional é inspirado pelo Regulamento. Penso que isso mesmo decorre da exposição precedente, em que procurei, sempre que tal se justificava, estabelecer o paralelo entre os dois actos normativos.

Concluo assim que, no Título XIV, o Código da Insolvência dá execução a certas normas do Regulamento (CE) n.º 1346/2000 do Conselho, de 29 de Maio de 2000. No Título XV, inclui numerosas disposições inspiradas pelo Regulamento – mas o âmbito de aplicação de tal título diz respeito precisamente aos processos de insolvência não abrangidos pelo Regulamento comunitário.

2. Em minha opinião, o aspecto que – na parte do Código dedicada à disciplina da insolvência internacional – merece algumas reticências prende-se com certas opções tomadas quanto aos critérios de competência.

2.1. O problema coloca-se desde logo a propósito do artigo 271.º e do que o Código designa a "fundamentação da competência internacional".

Como oportunamente referi, a competência internacional dos tribunais portugueses para um processo de insolvência abrangido pelo Regulamento comunitário resulta *directamente* das regras estabelecidas no próprio Regulamento. Ora, o Regulamento é aplicável sempre que o *centro dos interesses principais do devedor* se situe num Estado membro da União Europeia. Assim, os tribunais portugueses têm competência internacional para um processo de insolvência *principal*, nos termos do artigo 3.º, n.º 1, do Regulamento, se estiver situado em Portugal o *centro dos interesses principais do devedor*.

Não vejo por isso que outra fundamentação possa existir para a competência internacional dos tribunais portugueses relativamente a um processo de insolvência principal abrangido no âmbito de aplicação do Regulamento.

2.2. Por outro lado, o n.º 3 do artigo 272.º inclui uma regra dificilmente compatível com o Regulamento, ao dispor que, "se a abertura de um processo de insolvência for recusada por tribunal de um Estado membro da União Europeia em virtude de a competência caber aos tribunais portugueses, nos termos do n.º 1 do artigo 3.º do Regulamento, não podem estes indeferir o pedido de declaração de insolvência com fundamento no facto de a competência pertencer aos tribunais desse outro Estado".

Penso que, no caso contemplado neste preceito, se o tribunal português entender que não está verificado o pressuposto estabelecido no n.º 1 do artigo 3.º do Regulamento para a sua competência – porque não se situa em Portugal o *centro dos interesses principais do devedor* – deve declarar-se oficiosamente incompetente.

2.3. O artigo 288.º do Código determina o não reconhecimento de decisões estrangeiras se tiverem sido proferidas por tribunal cuja competência não se funde em algum dos critérios estabelecidos pelo próprio Código, no artigo 7.º, ou em conexão equivalente.

Não existindo coincidência entre os critérios de competência estabelecidos pelo Código e pelo Regulamento comunitário, esse fundamento de não reconhecimento só pode obviamente aplicar-se a decisões proferidas em processos de insolvência não abrangidos pelo Regulamento.

2.4. Finalmente, estabelece o n.º 2 do artigo 294.º, em relação ao processo particular de insolvência, que, se o devedor não tiver estabelecimento em Portugal, a competência internacional dos tribunais portugueses depende da verificação dos requisitos impostos pela alínea d) do n.º 1 do artigo 65.º do Código de Processo Civil – isto é, depende da verificação de "não poder o direito invocado tornar-se efectivo senão por meio de acção proposta em território português, ou não ser exigível ao autor a sua propositura no estrangeiro, desde que entre o objecto do litígio e a ordem jurídica nacional haja algum elemento ponderoso de conexão, pessoal ou real".

De acordo com o disposto no Regulamento, em relação aos processos de insolvência secundários, são competentes os tribunais do Estado membro em cujo território se situe *um estabelecimento do devedor* – artigo 3.º, n.º 2, primeira parte.

Uma vez mais concluo, portanto, que esta norma do Código só pode aplicar-se a um processo particular de insolvência excluído do âmbito de aplicação do Regulamento.

ASPECTOS LABORAIS DA INSOLVÊNCIA.
Notas breves sobre as implicações laborais do regime do Código da Insolvência e da Recuperação de Empresas[*]

Maria do Rosário Palma Ramalho[**]

> Sumário: *1. Delimitação geral do tema. 2. Delimitação do objecto da reflexão: a insolvência do empregador ou da empresa. Brevíssima nota sobre a insolvência do trabalhador. 3. A participação colectiva dos trabalhadores no processo de insolvência. 4. Reflexos da insolvência nos contratos de trabalho: 4.1. Efeitos da insolvência nos contratos de trabalho vigentes na empresa; 4.2. Contratação de novos trabalhadores durante o processo de insolvência. 5. Insolvência e protecção dos créditos dos trabalhadores.*

1. Delimitação geral do tema

I. A publicação e entrada em vigor do novo regime da insolvência – aprovado pelo DL n.º 35/2004, de 18 de Março, com as modificações introduzidas pela DL n.º 200/2004, de 18 de Agosto – proporciona a oportunidade para reflectir sobre as implicações da situação de insolvência e do processo de insolvência no domínio laboral.

---

[*] O presente estudo teve como base a comunicação apresentada pela autora por ocasião do Seminário sobre o tema «*O Novo Regime da Insolvência*» (que teve lugar na Faculdade de Direito de Lisboa, em Maio de 2005). Com ele prestamos homenagem ao Professor Doutor José Dias Marques, que recordamos em especial por ter sido sob a sua orientação que elaborámos a nossa dissertação de Mestrado, tendo tido o ensejo de, a esse propósito, beneficiar dos seus conselhos sagazes e da amabilidade com que nos acolheu e que, desde então, sempre manteve para connosco e que não esqueceremos.

[**] Doutora em Direito. Professora Associada da Faculdade de Direito de Lisboa.

Esta reflexão é tanto mais oportuna porquanto as normas laborais com incidência directa ou indirecta na solvência do empregador – com destaque para as normas sobre incumprimento do dever retributivo, sobre as garantias dos trabalhadores em matéria de créditos laborais e sobre os efeitos da declaração de insolvência nos contratos de trabalho – foram objecto de alteração no Código do Trabalho (aprovado pela L. n.º 99/2003, de 27 de Agosto) e na respectiva Regulamentação (aprovada pela L. n.º 35/2004, de 29 de Julho).

O cotejo das soluções contidas em cada um destes diplomas com as soluções anteriores e o cotejo do CIRE com as normas do CT e da RCT é, pois, o objectivo do presente estudo.

II. A reflexão que vamos empreender passa por uma delimitação prévia do objecto do estudo. Feita esta, desenvolveremos o tema em três vertentes.

A delimitação prévia prende-se com a circunscrição do âmbito das reflexões à situação de insolvência do empregador, deixando-se pois de fora a questão da insolvência do trabalhador. É que, embora o CIRE dedique uma norma à insolvência do trabalhador (art. 113.º), do ponto de vista laboral é a insolvência do empregador que reveste maior interesse e levanta mais problemas.

Fixado o objecto do estudo na insolvência do empregador, desenvolveremos os seguintes tópicos, que correspondem aos mais significativos reflexos laborais da situação de insolvência: a participação dos trabalhadores no processo de insolvência; a situação de insolvência e o destino dos contratos de trabalho do empregador insolvente; a posição dos trabalhadores enquanto credores da massa insolvente.

2. Delimitação do objecto da reflexão: a insolvência do empregador ou da empresa. Brevíssima nota sobre a insolvência do trabalhador

I. Justifica-se uma referência especial na delimitação do objecto das reflexões à insolvência do empregador porque, contrariamente ao CREF, que dedicava uma secção aos efeitos da falência do empregador nos contratos de trabalho (arts. 172.º a 174.º), o CIRE não contém uma norma de idêntico teor. Em compensação, o art. 113.º do CIRE é dedicado à insolvência do trabalhador, e estabelece duas regras: a regra segundo a qual a insolvência do trabalhador não suspende o seu contrato de trabalho (n.º 1);

e a regra segundo a qual o ressarcimento dos prejuízos decorrentes de uma eventual violação dos deveres contratuais apenas pode ser reclamado ao próprio insolvente (n.º 2).

A regra do n.º 1 do art. 113.º do CIRE é, segundo julgamos, uma evidência. Embora o CREF não o referisse expressamente, a manutenção do contrato de trabalho do trabalhador insolvente resultava já quer da disposição constitucional que consagra o direito ao trabalho (art. 58.º n.º 1 da CRP), quer das regras de processo civil relativas à impenhorabilidade parcial da retribuição (art. 824.º n.º 1 a) e n.ºs 2 e 3 do CPC, com as alterações introduzidas pelo DL n.º 38/2003, de 8 de Março), que, naturalmente, pressupõem a possibilidade de trabalhar.

A regra do n.º 2 – cuja redacção é, aliás, pouco clara e tem inclusivamente uma gralha – é, segundo supomos, uma regra cautelar, destinada a impedir a comunicação das responsabilidades com a solvência do trabalhador para o seu empregador. O sentido útil desta regra será esclarecer que, se, por hipótese, o trabalhador deixar de receber a retribuição, não pode a parte penhorável ser exigida directamente ao empregador, que é alheio à situação de insolvência do trabalhador, independentemente de a falta de pagamento da retribuição ser devida a culpa do empregador.

A nosso ver, esta independência das obrigações do trabalhador e do empregador, nas respectivas qualidades, e das obrigações do trabalhador enquanto sujeito insolvente já resultava das regras gerais, mas fica agora, porventura, mais clara.

Uma última reflexão que esta disposição do CIRE nos suscita é de índole sistemática: de facto, incidindo a norma sobre a insolvência do trabalhador subordinado[1], não se percebe a sua inserção nesta parte do Código. É que, sendo este um caso típico de insolvência de uma pessoa singular, na medida em que o trabalhador subordinado é, por natureza e necessariamente, um ente jurídico singular[2], e tendo o Código um título especialmente dedicado à insolvência das pessoas singulares (Título XII, arts. 235.º e ss.), esta disposição ganharia em estar integrada nessa parte da Lei.

II. Feitas estas observações, passemos então à apreciação da insolvência do empregador, na perspectiva dos seus reflexos laborais.

---

[1] Embora a epígrafe do artigo se refira genericamente ao «trabalhador», o texto do n.º 1 remete-nos directamente para o contrato de trabalho, logo para um trabalhador subordinado.

[2] Neste sentido, vd M. ROSÁRIO PALMA RAMALHO, *Direito do Trabalho I – Dogmática Geral*, Coimbra, 2005, 305 s.

Antes de desenvolver estes aspectos cabe apenas referir, em termos gerais, que falaremos indiferentemente da insolvência do empregador ou da empresa laboral, não tomando, designadamente, em conta a regulamentação específica da insolvência das pessoas singulares prevista no CIRE, pelos seguintes motivos: os efeitos da insolvência sobre os contratos de trabalho decorrem da qualidade de empregador do insolvente e são idênticos, seja ele uma pessoa singular ou uma pessoa colectiva; as disposições especiais do CIRE sobre a insolvência de pessoas singulares ou de pequenas empresas não serão aplicadas em caso de existência de dívidas laborais (art. 249.° n.° 1 b) i) do CIRE), o que afastará a maior parte dos casos com relevo laboral; a própria noção de empresa, que consta do art. 5.° do CIRE, é muito ampla, pelo que abrangerá a maioria dos empregadores laborais.

3. A participação colectiva dos trabalhadores no processo de insolvência

I. No CIRE, como na legislação anterior, a situação de insolvência desencadeia um processo. Este processo destina-se, em primeiro lugar, à declaração judicial da insolvência e, depois, à decisão sobre o destino final da empresa ou do património insolvente, que pode envolver a sua recuperação ou não, mas cujo objectivo é, em primeira mão, a satisfação dos credores.

Ora, quando esteja em causa a insolvência de uma entidade que é também empregador é de toda a conveniência equacionar a participação dos respectivos trabalhadores (quer directamente, quer através das respectivas estruturas representativas) na tramitação do processo de insolvência. Esta participação justifica-se pelos seguintes motivos:

i) Em primeiro lugar, porque os trabalhadores integram os activos da empresa e, sendo concebível que a declaração judicial de insolvência não encaminhe a empresa para a extinção mas para a recuperação (embora, deva dizer-se quanto a este aspecto que a filosofia do CIRE é muito mais «extintiva» do que «recuperadora» das empresas, em comparação com o CREF), os trabalhadores são, obviamente, um elemento importante a ter em conta no processo de recuperação. Na verdade, eles serão, em muitos casos, indispensáveis à recuperação da empresa.

ii) Em segundo lugar, os trabalhadores são também, na maioria dos casos, credores das empresas insolventes; neste contexto, devem ser chamados a intervir no processo de insolvência para garantir a sua posição e defender os seus interesses na qualidade de credores.

II. Assente a essencialidade da intervenção dos trabalhadores no processo de insolvência, cabe verificar como é que ela se processa.

Nesta matéria, o CIRE não se afastou da orientação que já vinha do CREF, atribuindo às comissões de trabalhadores o papel de representante geral dos interesses dos trabalhadores no processo de insolvência. Subsidiariamente, os trabalhadores são chamados a intervir directamente no processo.

Exemplificam esta participação da comissão de trabalhadores no processo de insolvência as seguintes normas do CIRE:

- o art. 37.º n.º 7 estabelece o dever de comunicação da sentença de declaração de insolvência à comissão de trabalhadores; na falta de comissão de trabalhadores, a sentença é publicitada através da afixação de editais na sede e nos estabelecimentos da empresa;
- o art. 66.º n.º 3[3], sobre a composição de comissão de credores, estabelece que um dos membros desta comissão deve representar os trabalhadores; este membro é designado pela comissão de trabalhadores ou, na sua falta, directamente pelos trabalhadores;
- o art. 72.º n.º 6[4] confere aos trabalhadores o direito a serem representados na assembleia de credores por três membros; estes membros pertencem à comissão de trabalhadores ou, na falta desta, são designados pelos próprios trabalhadores;
- o art. 75.º n.º 3 confere à comissão de trabalhadores o direito a ser notificada da realização da assembleia de credores;
- o art. 156.º n.º 1 defere à comissão de trabalhadores o direito de se pronunciar (em moldes consultivos) sobre o relatório da contabilidade do insolvente e sobre o plano de insolvência elaborado pelo administrador da insolvência.

Como decorre do exposto, o CIRE prevê alguma participação colectiva dos trabalhadores no processo de insolvência, cometendo essa participação essencialmente às comissões de trabalhadores e, subsidiariamente, aos próprios trabalhadores.

III. Apresentado o quadro legal na matéria cabe apreciar.

O papel preponderante das comissões de trabalhadores no processo de insolvência corresponde a uma visão tradicional no nosso sistema jurí-

---

[3] Esta norma corresponde à orientação do CREF – art. 41.º n.º 1 *in fine*.
[4] Norma correspondente ao art. 47.º n.º 4 do CREF.

dico, que tem em conta as atribuições constitucionais e legais destas comissões – neste sentido, o art. 54.º n.º 5 da CRP atribui às comissões de trabalhadores o direito de participarem nos processos de reestruturação das empresas, e os arts. 363.º e 364.º da RCT desenvolvem esta matéria – e o facto de serem o ente laboral colectivo de representação dos trabalhadores no seio das empresas. No entanto, deve salientar-se que esta não teria sido a única opção da Lei nesta matéria, uma vez que a Constituição também confere às associações sindicais o poder de intervenção nos processos de reestruturação das empresas (art. 56.º n.º 1 e) da CRP).

Não tendo inovado nesta matéria em relação ao regime anterior, o CIRE presta-se à crítica que já era feita ao CREF nesta matéria e que apontava a falta de eficácia desta solução[5].

Assim, por um lado, esta solução não tem em conta a realidade actual das empresas e, designadamente, o fraco peso das comissões de trabalhadores na maioria dos casos. É, assim, uma solução pouco eficaz do ponto de vista de assegurar a adequada defesa dos interesses dos trabalhadores no processo de insolvência.

Por outro lado, esta solução não tem em conta o facto de que a recuperação das empresas insolventes passa, com frequência, pela alteração das condições de trabalho, e esta alteração não pode ser arquitectada pelas comissões de trabalhadores, porque se joga quase sempre na negociação colectiva e esta é da competência exclusiva das associações sindicais (art. 56.º n.º 3 da CRP). Assim, também do ponto de vista dos interesses empresariais e dos interesses dos próprios credores, designadamente quando se conceba a possibilidade de recuperação da empresa insolvente, esta é uma solução pouco eficaz.

Em suma e pelos motivos apontados, esta matéria deveria ter merecido uma maior atenção do CIRE, uma vez que se teria justificado o reconhecimento de um papel às associações sindicais representadas na empresa insolvente.

---

[5] Neste sentido crítico, A. NUNES DE CARVALHO, *Reflexos laborais do Código dos Processos Especiais de Recuperação da Empresa e de Falência*, RDES, 1995, 1/2/3, 55-88, e 4, 319-349 (63 ss.).

4. Reflexos da insolvência nos contratos de trabalho

I. Relativamente a esta valência laboral do processo de insolvência, devem ter-se em conta as alterações introduzidas pelo CIRE na secção relativa aos efeitos da insolvência e, por outro lado, o tratamento desta matéria no Código do Trabalho, que não coincide totalmente com o anterior regime laboral sobre esta questão, que constava da LCCT.

Por outro lado, deve distinguir-se a questão dos efeitos da insolvência nos contratos de trabalho em execução à data da declaração de insolvência e a questão da possibilidade de celebração de novos contratos de trabalho após a declaração de insolvência.

II. Como é sabido, o CREF dedicava uma secção da parte relativa ao processo de falência, ao tema dos «Efeitos em relação aos trabalhadores do falido». Esta secção compreendia três artigos:

i) No art. 172.º remetia-se o destino dos contratos de trabalho vigentes na empresa falida para o regime da cessação do contrato de trabalho; esta norma foi alterada pelo DL n.º 315/98, de 15 de Outubro, que ressalvou da aplicação do regime da cessação do contrato de trabalho os casos em que o estabelecimento do falido fosse transmitido. Por força desta norma de remissão caía-se no âmbito de aplicação da LCCT (ao tempo o diploma regulador da cessação do contrato de trabalho – DL n.º 64-A/89, de 27 de Fevereiro). Este diploma dispunha especificamente sobre esta matéria no art. 56.º.

ii) O art. 173.º previa a possibilidade de contratação, pelo administrador da falência, dos trabalhadores necessários à liquidação da massa falida; estes contratos seriam celebrados a termo e caducariam aquando do encerramento do estabelecimento onde os trabalhadores estivessem a prestar serviço.
Não tendo esta norma correspondência na lei laboral, ela é de entender como mais uma possibilidade legal de contratação laboral a termo, a acrescer às situações previstas na lei (ao tempo, no art. 41.º, n.º 1 da LCCT) e sujeita a um regime especial de caducidade.

iii) Por fim, o art. 174.º estabelecia a regra da perda imediata do direito à remuneração por parte de sócios ou membros dos corpos sociais que exercessem funções na empresa do falido, a partir da declaração de falência.

III. Apreciando os temas relativos às duas primeiras regras referidas – a terceira regra tem menos interesse, do ponto de vista laboral, uma vez que os titulares dos órgãos sociais das empresas não são trabalhadores subordinados[6] – cabe analisar o seu tratamento perante o sistema actual, através da conjugação do CIRE com o CT.

4.1. *Efeitos da insolvência nos contratos de trabalho vigentes na empresa*

I. O ponto de partida para a apreciação deste problema é a verificação da ausência no CIRE de uma disposição correspondente ao art. 172.º do CREF, dando formalmente razão àqueles autores que entendiam que aquela disposição era inútil[7]. Já o CT manteve o regime que constava do art. 56.º da LCCT (norma que corresponde ao actual art. 391.º do CT), com algumas alterações.

Perante a ausência de norma com correspondência directa no regime anterior sobre este ponto, duas outras normas do CIRE foram já apontadas como substitutivas daquele preceito do CREF e aplicáveis à situação em análise.

Para alguns autores, a norma geral do art. 111.º do CIRE, relativa aos contratos envolvendo uma prestação duradoura de serviços com o insolvente, é aplicável aos contratos de trabalho. Assim, por força desta norma, os contratos de trabalho não se suspendem, mas o administrador judicial da insolvência pode, no prazo de sessenta dias sobre a declaração judicial de insolvência, denunciar estes contratos. Em tudo o mais será aplicável o regime constante do art. 391.º do CT[8].

Para outros autores, deve ter-se em conta o art. 277.º do CIRE, que manda aplicar a lei laboral à matéria dos efeitos da insolvência relativamente aos trabalhadores do insolvente em caso de conflito de normas.

---

[6] No CIRE, esta norma tem correspondência parcial no art. 110.º, que estabelece a caducidade dos contratos de mandato e dos contratos de gestão da empresa insolvente com a declaração judicial de insolvência.

[7] Neste sentido, por exemplo, CATARINA SERRA, *O Novo Regime Português da Insolvência. Uma Introdução*, Coimbra, 2004, 23 s.

[8] Neste sentido se pronunciou P. ROMANO MARTINEZ, *Da Cessação do Contrato*, Coimbra, 2005, 417, *Apontamentos sobre a Cessação do Contrato de Trabalho à Luz do Código do Trabalho*, Lisboa, 2004, 51 s., e ainda no mesmo sentido, em anotação ao art. 391.º do CT, P. ROMANO MARTINEZ/L. M. MONTEIRO/JOANA VASCONCELOS/P. MADEIRA DE BRITO/ /G. DRAY/L. GONÇALVES DA SILVA, *Código do Trabalho Anotado*, 4.ª ed., Coimbra, 2005, 645 s.

Tomando-se esta norma como uma regra remissiva geral, ela substituirá o art. 172.º do CREF[9].

Do nosso ponto de vista, nenhuma destas soluções é adequada, porque as duas normas referidas têm um âmbito de aplicação diferente.

Assim, no que toca ao art. 277.º, trata-se de uma norma de conflitos (como é sugerido não apenas pelo seu conteúdo como também pela sua inserção sistemática no diploma) e não de uma norma de remissão geral: ou seja, em caso de conflito sobre a lei aplicável num processo de insolvência conexo com mais do que um ordenamento jurídico, os aspectos laborais desse processo regem-se pela lei laboral aplicável à situação. Em suma, desta norma não parece poder extrair-se um princípio geral de remissão.

No que toca ao art. 111.º, entendemos que ele visa directamente os contratos de prestação de serviço e não os contratos de trabalho. Independentemente da discussão sobre a utilidade geral deste preceito (que já foi questionada[10]), o que nos parece seguro é que ele não é aplicável aos contratos de trabalho. Alicerçamos este entendimento num argumento literal, num argumento dogmático, num argumento de índole constitucional, e num argumento teleológico.

Do ponto de vista dogmático, o contrato de trabalho não se reconduz a um contrato de prestação de serviço (ainda que envolva uma actividade humana produtiva), sendo deste claramente delimitado na lei (arts. 1152.º e 1154.º do CC); não se vislumbra assim qualquer razão para que o CIRE se afaste desta orientação geral do sistema.

Do ponto de vista literal, o próprio CIRE distingue entre contratos de prestação de serviço e contrato de trabalho, referindo-se ao segundo em diversas disposições (o art. 113.º e o art. 277.º), o que também depõe quanto à inclusão do contrato de trabalho na norma que se refere aos contratos de serviço.

Por outro lado, temos que a atribuição de uma possibilidade livre de denúncia dos contratos de trabalho ao administrador da insolvência, possa configurar um problema de inconstitucionalidade, por contornar o princípio da proibição dos despedimentos sem justa causa (art. 53.º da CRP), que circunscrevem a faculdade de cessação do contrato de trabalho

---

[9] Neste sentido, CATARINA SERRA, *O Novo Regime Português da Insolvência...cit.*, 24.

[10] Neste sentido, L. MENEZES LEITÃO, *Os efeitos da declaração de insolvência sobre os negócios em curso*, in *Código da Insolvência e da Recuperação de Empresas* (ed. do Ministério da Justiça), Coimbra, 2004, 66 s., em comentário à norma correspondente do Anteprojecto.

às situações tipificadas na lei laboral. Assim, também do ponto de vista constitucional esta solução nos parece desaconselhável.

Por fim, do ponto de vista teleológico, esta solução não vai ao encontro da possibilidade de recuperação da empresa insolvente, que também pode resultar da declaração judicial de insolvência. Ora, estabelecendo o CIRE, como dever do administrador da insolvência, o dever de continuar a exploração da empresa (art. 55.º n.º 1 b)), tal dever seria contraditado pela atribuição de um direito incondicionado de denúncia dos contratos de trabalho nos sessenta dias subsequentes à declaração judicial da insolvência.

Afastada a aplicabilidade dos dois preceitos referidos para resolver a questão dos efeitos da declaração de insolvência nos contratos de trabalho em vigor, resta concluir que estamos perante uma lacuna do CIRE, lacuna esta que evidencia o desinteresse do regime jurídico da insolvência pelos efeitos laborais da mesma[11]. Esta constatação não pode deixar de causar perplexidade, tendo em conta a importância dos trabalhadores como activo da empresa e na perspectiva da recuperação desta, que é contemplada pelo Código.

II. A lacuna do CIRE sobre esta matéria remete-nos para o Código do Trabalho, que trata esta matéria no art. 391.º.

Esta norma estabelece um princípio geral de manutenção dos contratos de trabalho após a declaração judicial de insolvência (n.º 1); não obstante este princípio geral, atribui competência ao administrador da insolvência para fazer cessar alguns desses contratos, com os fundamentos previstos no n.º 2; e estabelece ainda algumas regras quanto ao processo de cessação destes contratos (n.ºs 3 e 4).

Justifica-se um breve desenvolvimento destas regras.

III. O princípio geral nesta matéria é o da intangibilidade dos contratos de trabalho em vigor na empresa pela declaração judicial de insolvência. Assim, nos termos do art. 391.º n.º 1 do CT, estes contratos não se suspendem nem cessam, e o administrador da insolvência deve continuar a cumpri-los até ao encerramento definitivo da empresa ou do estabelecimento[12-13].

---

[11] Este desinteresse era já imputado ao CREF. Neste sentido, entre outros, CARVALHO FERNANDES, *Repercussões da falência na cessação do contrato de trabalho*, in *Estudos do Instituto de Direito do Trabalho*, I, Coimbra, 2001, 411-440 (411 s.), e NUNES DE CARVALHO, *Reflexos laborais... cit.*, 58 s.

[12] Esta norma corresponde ao art. 56.º n.º 1 da LCCT.

[13] Neste sentido, alguma doutrina acentua o facto de a declaração de insolvência não produzir efeitos nos contratos de trabalho do insolvente – assim, por exemplo, BERNARDO

Deste princípio decorre, pois, que o facto extintivo dos contratos em vigor na empresa insolvente não é a insolvência mas um facto autónomo e posterior: o encerramento definitivo do estabelecimento onde o trabalhador presta serviço. Neste caso, e por força das regras laborais gerais, o contrato de trabalho cessa por caducidade, motivada pela impossibilidade superveniente absoluta de o empregador continuar a receber a prestação de trabalho (art. 390.° n.° 2 do CT). Para a configuração desta impossibilidade é ainda necessário que o estabelecimento em que o trabalhador presta o serviço encerre efectivamente, ou seja, que não tenha sido transmitido, já que, nesta segunda hipótese, os contratos seguem o estabelecimento, de acordo com o regime geral da transmissão do estabelecimento, estabelecido no art. 318.° do CT.

Este princípio geral de intangibilidade dos contratos de trabalho pela declaração judicial de insolvência não deixa de projectar a exigência constante do art. 33.° n.° 1 e do art. 55.° n.° 1 b) do CIRE, respectivamente quanto ao administrador provisório e quanto ao administrador da insolvência, de continuarem a exploração da empresa. O fundamento último deste princípio será ainda a possibilidade de recuperação da empresa insolvente.

Por outro lado, este princípio de intangibilidade reforça o entendimento que sufragámos quanto à não aplicação do art. 111.° do CIRE a esta situação – a denúncia no prazo de sessenta dias sobre a declaração de insolvência não é causa extintiva do contrato de trabalho.

A manutenção dos contratos de trabalho após a declaração judicial de insolvência determina que os poderes laborais de direcção e disciplina passem a ser exercidos pelo administrador da insolvência.

Por outro lado, durante esta fase, os trabalhadores têm o dever de prestação das informações solicitadas pelo administrador da insolvência, pela assembleia ou pela comissão de credores e pelo juiz (art. 83.° n.° 1 e 5 do CIRE). Este dever é mesmo extensível aos antigos trabalhadores da empresa.

IV. Não obstante o princípio geral do art. 391.° n.° 1 do CT, o n.° 2 deste artigo permite ao administrador judicial da insolvência promover

---

XAVIER, *Curso de Direito do Trabalho*, 2.ª ed., 1993, 464, e P. ROMANO MARTINEZ, *Direito do Trabalho*, Coimbra, 2002, 828 s., e ainda *Repercussões da falência nas relações laborais*, RFDUL, 1995, XXXVI, 417-424 (419 s.).

a cessação de contratos de trabalho antes do encerramento definitivo do estabelecimento[14].

Com efeito, a possibilidade de fazer cessar os contratos de trabalho no decurso do processo de insolvência pode corresponder a uma boa gestão, quer a insolvência determine a extinção da empresa, quer se configure a possibilidade da sua recuperação, já que a empresa recuperada poderá ser viável com menos trabalhadores.

Relativamente ao alcance desta possibilidade em concreto, suscitam-se as seguintes observações:

i) No que toca à legitimidade para promover a cessação dos contratos, parece-nos que só o administrador judicial pode promover a cessação dos contratos ao abrigo desta norma, porque ela pressupõe a declaração judicial da insolvência; o administrador provisório não dispõe, pois, de idêntica faculdade.

No âmbito do sistema anterior ao CIRE, discutia-se se este poder do administrador era livre ou vinculado, sustentando um sector da doutrina e alguma jurisprudência a necessidade de fazer preceder a decisão de cessação dos contratos de trabalho, ao abrigo desta norma, da autorização da comissão de credores ou da assembleia de credores[15]. Na nossa opinião, perante o CIRE este entendimento não é sustentável, na medida em que a lei limita claramente as decisões do administrador que dependem da anuência da assembleia ou da comissão de credores – art. 156.° n.° 2 e art. 161.° n.° 3. Ora, conjugando estas normas com o art. 391.° do CT, parece que a competência para fazer cessar os contratos de trabalho neste contexto cabe directamente ao administrador, o que não exclui, obviamente, a apreciação do grau de diligência com que o administrador exerce este poder pelos órgãos da insolvência.

ii) No que toca ao fundamento para a cessação, a lei refere a «dispensabilidade dos trabalhadores para a manutenção do funcionamento da empresa e ainda «o encerramento do estabelecimento».

---

[14] Esta norma corresponde ao art. 56.° n.° 2 da LCCT, tendo-se autonomizado as regras processuais para esta cessação, que constavam desta mesma norma e que constam agora dos n.os 3 e 4 do art. 391.° do CT.

[15] Sobre o ponto, por exemplo, CARVALHO FERNANDES, *Repercussões da falência...cit.*, 416 s., e também o Ac. STJ de 23/09/1998, BMJ 479-344.

A dispensabilidade dos trabalhadores constitui, pois, um fundamento específico da cessação dos contratos de trabalho por iniciativa do administrador da insolvência em contexto de insolvência; tal fundamento substitui os fundamentos comuns de resolução do contrato de trabalho por iniciativa do empregador. Este fundamento é apreciado com alguma discricionariedade pelo administrador da insolvência e variará consoante o destino final previsível da empresa seja o encerramento ou a recuperação. Além disso, é um fundamento sindicável e controlável pelos trabalhadores, através dos seus representantes no processo de insolvência.

Já o fundamento do encerramento do estabelecimento (art. 391.º n.º 4 do CT) viabilizará a cessação dos contratos de todos os trabalhadores daquele estabelecimento, sendo também controlável pelos trabalhadores e sindicável nos termos indicados.

iii) No que toca ao procedimento a adoptar na cessação destes contratos, regem os n.º 3 e 4 deste artigo, que determinam a aplicação das regras procedimentais previstas para o despedimento colectivo (arts. 419.º do CT), com as necessárias adaptações, e com a excepção das micro-empresas (i.e., das empresas até 10 trabalhadores – art. 91.º do CT).

Por força destes preceitos, o procedimento previsto para o despedimento colectivo é aplicável à cessação dos contratos dos trabalhadores dispensáveis e à cessação dos contratos dos trabalhadores cujo estabelecimento seja encerrado.

As adaptações que o processo de despedimento colectivo exige na sua aplicação a esta situação têm, essencialmente, a ver com duas fases do processo: a fase das comunicações aos trabalhadores e à comissão de trabalhadores da intenção de fazer cessar o contrato (art. 419.º do CT), em que o fundamento a indicar é um dos fundamentos específicos do contexto da insolvência; e a fase das negociações com os representantes dos trabalhadores (art. 420.º do CT), que será neste caso simplificada, porque não fazem sentido as medidas alternativas à cessação do contrato, que a lei prevê[16].

iv) Por fim, no que toca aos efeitos da cessação do contrato de trabalho no contexto da insolvência, cremos não se suscitarem dúvi-

---

[16] Neste sentido, expressamente, CARVALHO FERNANDES, *Repercussões da falência...cit.*, 430 s.

das sobre o direito destes trabalhadores a uma indemnização compensatória pela cessação, a calcular nos termos do art. 401.º n.º 1 do CT.

É certo que a remissão feita pelo art. 391.º n.º 3 e 4 do CT apenas se refere ao procedimento de despedimento colectivo e não a outros aspectos desta forma de cessação do contrato de trabalho. Contudo, certo é também que a causa da cessação dos contratos é ainda a impossibilidade absoluta do o empregador continuar a receber a prestação, pelo que é arbitrável a indemnização prevista para estas situações no art. 390.º n.º 5 do CT.

Um último problema que se prende com a cessação dos contratos de trabalho no contexto da insolvência – e que a doutrina já colocava no contexto da LCCT – é o de saber se o administrador da insolvência pode lançar mão de outras formas de cessação do contrato de trabalho para além do despedimento colectivo – assim, por exemplo, o despedimento por extinção do posto de trabalho ou a cessação do contrato por acordo[17].

Do nosso ponto de vista, a questão não tem actualmente um grande alcance prático, por duas razões: há um fundamento específico para a cessação, que dispensa o recurso aos fundamentos das outras figuras; e o art. 391.º do CT manda sempre aplicar o procedimento do despedimento colectivo, o que não faz sentido se se recorrer a outras formas de cessação.

Evidentemente, esta conclusão não obsta à cessação do contrato por outras vias, mas fora do contexto da insolvência ou com fundamento na insolvência.

4.2. *Contratação de novos trabalhadores durante o processo de insolvência*

I. A possibilidade de contratação de novos trabalhadores pelo administrador judicial da insolvência, em regime de contrato a termo, era já

---

[17] No âmbito do regime anterior ao Código do Trabalho, alguns autores entenderam que sim, advogando a adopção do processo respectivo – CARVALHO FERNANDES, *Repercussões da falência...cit.*, 419. Já na vigência do CT, é este o entendimento sufragado por ROMANO MARTINEZ, *in* P. ROMANO MARTINEZ/L. M. MONTEIRO/JOANA VASCONCELOS/P. MADEIRA DE BRITO/G. DRAY/L. GONÇALVES DA SILVA, *Código do Trabalho Anotado cit.*, 646, que considera que a remissão para o despedimento colectivo tem apenas um alcance processual.

prevista em relação ao liquidatário judicial no art. 173.º do CREF e consta agora do art. 55.º n.º 4 do CIRE.

Trata-se de matéria não prevista na lei laboral, designadamente nas disposições do Código do Trabalho dedicadas ao contrato a termo resolutivo (art. 129.º ss. do CT). Assim, estes contratos constituem mais uma modalidade de contrato a termo, tipificado na lei, a acrescentar às hipóteses contempladas no CT.

II. O regime jurídico aplicável a estes contratos caracteriza-se pelos seguintes aspectos, alguns dos quais apresentam desvios em relação ao regime laboral geral:

  i) Estes contratos podem ser a termo certo ou incerto. Contudo, em termos práticos, é desejável que sejam a termo incerto, porque se torna mais fácil operar a sua caducidade.

  ii) O fundamento destes contratos é a necessidade de novos trabalhadores para liquidar a massa insolvente ou para continuar a exploração da empresa.
  A avaliação concreta desta necessidade dependerá, obviamente, dos trabalhadores existentes na empresa e das respectivas qualificações, mas, sendo o fundamento destes contratos sindicável nos termos gerais, ele deve ser cuidadosamente indicado no contrato, não apenas através da referência à necessidade concreta daquele trabalhador como também indicando o contexto de insolvência em que surge a contratação.

  iii) As regras do CT em matéria de forma e demais requisitos do contrato a termo (arts. 131.º ss. do CT), bem como as regras de duração e renovação, no caso de se tratar de contrato a termo certo (arts. 139.º ss. do CT), são aplicáveis a estes contratos.

  iv) O regime de caducidade destes contratos é o que consta do art. 55.º n.º 4 do CIRE: os contratos caducam tanto no caso do encerramento definitivo do estabelecimento onde os trabalhadores prestam serviço como no caso da transmissão desse estabelecimento, salvo convenção em contrário.
  Este último aspecto constitui um desvio às regras laborais gerais em matéria de transmissão do estabelecimento (art. 318.º do CT). Este desvio encontra, todavia, justificação no fundamento e no contexto específicos destes contratos (o contexto da insolvência

e a necessidade de fazer face à gestão dessa situação), que desaparecem quando o estabelecimento é transmitido, já que, por esta via, ele escapa à massa insolvente.

5. Insolvência e protecção dos créditos dos trabalhadores

I. A terceira e última dimensão laboral do processo de insolvência tem a ver com a posição dos trabalhadores enquanto credores da massa insolvente e com a protecção dos seus créditos.

Relativamente a esta dimensão, deve ter-se em conta a Dir. 80/987//CEE, do Conselho, alterada pela Dir. 2002/74, do Parlamento e do Conselho, de 23/09/2002, referente à protecção dos trabalhadores em caso de insolvência do empregador. A RCT (L. n.º 35/2004, de 29 de Julho) esclarece, no seu art. 2.º c), que procedeu à transposição desta Directiva.

II. A questão essencial que se coloca, quanto a esta dimensão do processo de insolvência, é que, na eventualidade de os trabalhadores serem credores da empresa insolvente, o direito comunitário e a legislação laboral estabelecem algumas medidas de protecção dos créditos laborais, cujo fundamento último é a necessidade do salário para a subsistência do trabalhador e da sua família (ou seja, a denominada função alimentar do salário). Tais regras devem ser observadas no processo de insolvência.

III. Os aspectos mais relevantes do regime de tutela dos créditos dos trabalhadores têm a ver com a graduação dos créditos laborais e com o sistema de antecipação do respectivo pagamento pelo Fundo de Garantia Salarial.

No que toca à graduação dos créditos à massa insolvente, os créditos laborais são créditos privilegiados (art. 47.º n.º 4 a) do CIRE), porque gozam dos privilégios creditórios descritos no art. 377.º do CT:

– privilégio mobiliário geral, nos termos do art. 737.º do CC, que determina a graduação destes créditos antes dos créditos previstos no art. 747.º do CC;
– privilégio imobiliário especial sobre os bens imóveis do empregador nos quais o trabalhador preste a sua actividade, que determina a graduação do crédito antes dos créditos previstos no art. 748.º do CC e dos créditos de contribuições para a segurança social.

Acresce que, ao contrário do que sucede com outros privilégios, os privilégios dos créditos laborais não caem com a declaração judicial da insolvência – art. 97.º do CIRE.

Contudo, cotejando o regime do art. 377.º do CT com o regime laboral anterior nesta matéria, que se distribuía entre o art. 25.º da LCT, o art. 12.º da LSA (regime jurídico dos salários em atraso, aprovado pela L. 17/86, de 14 de Junho) e o art. 4.º da L. 96/2001, de 20 de Agosto, observa-se que a tutela concedida aos trabalhadores se reforçou e se atenuou ao mesmo tempo: assim, gozam destes privilégios não apenas os créditos salariais mas também os decorrentes da violação do contrato e da sua cessação; mas, em contrapartida, o privilégio imobiliário especial sobre os imóveis do empregador fica reduzido ao imóvel no qual o trabalhador desenvolva a sua actividade, o que afasta automaticamente o privilégio sempre que, por exemplo, o trabalhador preste a sua actividade em instalações arrendadas ou cedidas ao empregador.

Dado o grande alcance prático que esta última alteração pode ter, crê-se que a posição do trabalhador, enquanto credor no processo de insolvência, ficou enfraquecida com o Código do Trabalho.

IV. Por outro lado, em consonância com o direito comunitário, foi instituído um fundo autónomo para garantir e antecipar o pagamento dos créditos laborais, que, por motivo de insolvência ou de situação económica difícil da empresa, não possam ser pagos pelo empregador: é o Fundo de Garantia Salarial, previsto no art. 380.º do CT.

Este Fundo é actualmente regulado pelos arts. 316.º a 326.º da RCT, destacando-se no seu regime as seguintes normas com incidência directa na situação de insolvência do empregador:

– o Fundo assegura o pagamento dos créditos quando o empregador seja declarado judicialmente insolvente ou nos casos em que se tenha iniciado o processo de conciliação para viabilização de empresas em situação de insolvência ou em situação económica difícil, previsto no DL n.º 316/98, de 20 de Outubro, com as alterações introduzidas pelo DL n.º 201/2004, de 18 de Agosto (art. 318.º n.ᵒˢ 1 e 2 da RCT);
– os créditos abrangidos são os que resultam da execução do contrato de trabalho (*maxime*, retribuição e outras prestações remuneratórias) e da sua violação ou cessação (*maxime*, indemnizações

por cessação) – arts. 317.º e 318.º n.º 1 do CT; mas só são contemplados os créditos vencidos nos seis meses anteriores à declaração da insolvência ou à instauração do processo especial de conciliação (art. 319.º n.º 1) e na condição de serem reclamados pelo trabalhador em requerimento devidamente instruído (arts. 323.º e 324.º do CT) até três meses antes da respectiva prescrição (art. 319.º n.º 3);
– os créditos são pagos até ao montante máximo equivalente a seis meses de retribuição, com um tecto de três vezes o valor da retribuição mínima mensal e com as deduções fiscais e para a segurança social (art. 320.º do CT);
– em caso de pagamento dos créditos, o Fundo de Garantia Salarial fica subrogado nos direitos dos trabalhadores sobre a massa insolvente e nos respectivos privilégios creditórios, que actuará junto da massa insolvente em devido tempo (art. 322.º do CT).

Do nosso ponto de vista, este regime é globalmente consentâneo com a directiva comunitária sobre a matéria, indo até mais além do que o exigido pela Directiva quanto aos limites dos créditos e quanto à sua qualificação.

V. Para além destes aspectos de protecção específica dos créditos laborais, resta dizer que os trabalhadores concorrem com os demais credores da massa insolvente, e podem intervir no processo de insolvência nos mesmos termos, ainda que disponham também do recurso específico da comissão de trabalhadores.

Contudo, a protecção que a lei laboral confere aos seus créditos – e que os colocam numa posição privilegiada enquanto credores – faz com que, deste ponto de vista, a intervenção directa dos trabalhadores no processo de insolvência possa ser dispensável.

Resta referir que alguns dos problemas que se colocavam no âmbito do CREF, pela necessidade de conjugação de certas providências de recuperação das empresas com as garantias de intangibilidade e irrenunciabilidade da retribuição (assim, por exemplo, as providências de redução de créditos), resultam atenuados no CIRE, uma vez que as medidas de recuperação têm hoje um menor significado na lei e se reconduzem ao plano de insolvência.

Ainda assim, sempre diremos que, se o plano de insolvência (ou o processo de conciliação extra-judicial) passarem por medidas que tenham como efeito a restrição, alteração ou conversão dos créditos laborais (*verbi gratia*, dos créditos salariais), não podem tais medidas ser tomadas sem o acordo expresso dos trabalhadores.

VI. Deixamos uma última referência à medida suplementar de tutela dos trabalhadores no processo de insolvência, que consta do art. 84.º do CIRE, e que configura um direito de alimentos ao trabalhador da empresa insolvente à custa da massa insolvente e em termos semelhantes ao direito a alimentos do devedor insolvente.

Este subsídio de alimentos (que será, a final, deduzido no valor do crédito do trabalhador) pode ser arbitrado pelo administrador da insolvência com o acordo da comissão de credores ou da assembleia de credores, nas seguintes condições:

– os trabalhadores serem titulares de créditos sobre a massa insolvente emergentes do contrato de trabalho, da sua violação ou cessação;
– os trabalhadores carecerem em absoluto de meios de subsistência;
– os trabalhadores não poderem angariar esses meios pelo seu trabalho.

A nosso ver, esta disposição configura um direito absolutamente excepcional dos trabalhadores, tanto mais que os meios de subsistência lhes serão, por norma, assegurados pelo Fundo de Garantia Salarial, nos termos expostos.

Abreviaturas utilizadas

CC	– Código Civil
CIRE	– Código da Insolvência e da Recuperação de Empresas
CPC	– Código de Processo Civil
CREF	– Código dos Processos de Recuperação de Empresas e da Falência
CRP	– Constituição da República Portuguesa
CT	– Código do Trabalho
LCCT	– Regime Jurídico da Cessação do Contrato de Trabalho e do Trabalho a Termo
RCT	– Regulamentação do Código do Trabalho
RFDUL	– Revista da Faculdade de Direito da Universidade de Lisboa

AS GARANTIAS DE CUMPRIMENTO DAS OBRIGAÇÕES DOS ESTADOS-MEMBROS NO ESPAÇO DE LIBERDADE, SEGURANÇA E JUSTIÇA. A AVALIAÇÃO MÚTUA

Nuno Piçarra[*]

Sumário: *I. Introdução. II. O sistema de garantia do cumprimento das obrigações assumidas pelos Estados-Membros no Tratado da Comunidade Europeia. III. A fiscalização do cumprimento das obrigações assumidas pelas Partes Contratantes no quadro dos acordos de Schengen. IV. A fiscalização do cumprimento das obrigações assumidas pelos Estados-Membros no III Pilar da União Europeia. V. A controvérsia em torno da integração da Comissão Permanente de Schengen no quadro institucional da Comunidade Europeia. VI. As directrizes do Programa da Haia em matéria de avaliação mútua e as dificuldades da sua implementação. VII. O contributo da Convenção de Laeken para o debate em torno da avaliação mútua. Sua expressão no Tratado que estabelece uma Constituição para a Europa. VIII. Conclusões.*

I. Introdução

1. O Espaço de Liberdade, Segurança e Justiça (ELSJ), pela sua natureza e implicações – entre as quais avultam, por um lado, a "colocação em comum" dos territórios dos Estados-Membros, decorrente da supressão dos controlos nas fronteiras entre eles, e, por outro lado, a eficácia extraterritorial, baseada no princípio do reconhecimento mútuo, de uma série de

---

[*] Professor Auxiliar da Faculdade de Direito da Universidade Nova de Lisboa.

actos de autoridade dos respectivos órgãos –, confere particular relevância à fiscalização do cumprimento das obrigações assumidas por esses Estados. A União Europeia (UE) só pode, de resto, manter-se e desenvolver-se como ELSJ – "em que seja assegurada a livre circulação de pessoas, em conjugação com medidas adequadas em matéria de controlos na fronteira externa, asilo e imigração, bem como de prevenção e combate à criminalidade" [artigo 2.º, quarto travessão, do Tratado da União Europeia (TUE)] – na base da confiança mútua entre os Estados-Membros relativamente ao cumprimento efectivo dessas pesadas obrigações, essencial à segurança e à funcionalidade do conjunto.

O sistema específico de fiscalização estabelecido para o efeito distingue-se do sistema geral, de carácter supranacional, instituído pelo Tratado da Comunidade Europeia (TCE). Concretamente, na parte em que o ELSJ se rege pelo Título IV da Parte III do TCE ("Vistos, asilo, imigração e outras políticas relativas à livre circulação de pessoas"), a Comissão Europeia e o Tribunal de Justiça (TJ), "guardiães" deste Tratado, "coabitam" com uma instância de avaliação mútua independente deles – a denominada Comissão Permanente de Avaliação e de Aplicação de Schengen (CPS) – que releva de uma lógica intergovernamental.

Esta particularidade não se explica apenas pela circunstância de o ELSJ ter antecedentes que nasceram e prosperaram num enquadramento institucional e jurídico de direito internacional público, à margem, portanto, da Comunidade Europeia, entre 14 de Junho de 1985 (data da assinatura do primeiro acordo de Schengen) e 1 de Maio de 1999 (data da entrada em vigor do Tratado de Amesterdão e, com ela, da integração do acervo de Schengen na UE[1] e da sua transformação em parte em direito comunitário e em parte em direito do seu III Pilar[2]). O facto de, também na vertente do ELSJ sujeita ao TCE, o sistema de garantia que este consagra se complementar com um mecanismo de "avaliação mútua" ou de "fis-

---

[1] Cfr. o Protocolo que integra o acervo de Schengen no âmbito da UE, anexado pelo Tratado de Amesterdão ao TUE e ao TCE.

[2] O artigo 2.º, n.º 1, segundo parágrafo, *in fine*, do Protocolo citado na nota anterior incumbiu o Conselho de determinar, nos termos das disposições pertinentes do TCE ou do TUE, "a base jurídica de cada uma das disposições ou decisões que constituem o acervo de Schengen". Em cumprimento dessa incumbência, o Conselho adoptou a Decisão 1999//436/CE, de 20 de Maio de 1999, publicada no *Jornal Oficial das Comunidades Europeias* (*JO*), L 176, de 10-7-1999, p. 17 ss.

calização entre pares" explica-se, sobretudo, pela constatação de que tal sistema, originariamente pensado para domínios de integração de natureza económica e assentando na "dupla institucional" Comissão/TJ, não se afigura inteiramente adequado, ou pelo menos torna-se incompleto, em domínios tão ligados ao "núcleo duro" da responsabilidade dos Estados, e com uma dimensão operacional tão forte, como o controlo de pessoas nas fronteiras e a gestão dos fluxos migratórios, para já não falar da cooperação policial ou da cooperação judiciária em matéria penal. Só que esta vertente do ELSJ continua a reger-se pelo Título VI do TUE, predominantemente marcado pelo paradigma intergovernamental – e incluindo já instâncias de avaliação mútua afins da CPS, anteriormente à integração do acervo de Schengen na UE.

2. Para determinar o sentido e o alcance do instituto da avaliação mútua ou da fiscalização entre pares no ELSJ, convém recordar preliminarmente o sistema de garantia das obrigações assumidas pelos Estados-Membros estabelecido pelo TCE (II), para o confrontar com o estabelecido, primeiro, no quadro dos Acordos de Schengen, ao abrigo dos quais foi instituída a CPS – cuja composição, competência e funcionamento serão neste contexto recordados – (III), e depois no âmbito do Título VI do TUE (IV). Caberá em seguida recordar os termos da controvérsia que rodeou a integração da CPS no quadro institucional do TCE, bastante elucidativos acerca do que está em causa a seu respeito (V).

Prosseguir-se-á analisando, por um lado, as directrizes no sentido da reforma da CPS e dos mecanismos da avaliação mútua contidas no Programa da Haia, aprovado pelo Conselho Europeu de 4 e 5 de Novembro de 2004, igualmente elucidativas acerca das potencialidades e dos limites do instituto (VI), e, por outro lado, o contributo da Convenção Constitucional Europeia, instituída pelo Conselho Europeu de Laeken, para o tema da avaliação mútua, bem como o seu acolhimento pelo Tratado que estabelece uma Constituição para a Europa, de 29 de Outubro de 2004, sem prejuízo de a sua entrada em vigor se afigurar seriamente comprometida na sequência da rejeição em referendos realizados em 2005 em França e na Holanda (VII).

II. O sistema de garantia do cumprimento das obrigações assumidas pelos Estados-Membros no Tratado da Comunidade Europeia

3. O sistema de garantia do cumprimento das obrigações decorrentes, para os Estados-Membros, da sua vinculação ao TCE caracteriza-se facilmente: nos termos do artigo 211.°, cabe à Comissão velar pela boa execução do mesmo tratado e do direito adoptado com base nele. Na sua qualidade de "guardiã do Tratado", a Comissão dispõe de uma série de instrumentos dentre os quais se destaca o meio processual que dá pelo nome de acção por incumprimento.

No termo de um processo pré-contencioso, esta acção permite-lhe recorrer ao TJ para que este declare, sendo caso disso, que um Estado--Membro não cumpriu as obrigações que lhe incumbem por força do direito comunitário, designadamente por ter adoptado ou mantido leis, regulamentos ou práticas administrativas desconformes, ou, mais genericamente, por não ter adaptado o seu ordenamento jurídico às exigências do direito comunitário. Além disso, por iniciativa da Comissão, o TJ pode vir a condenar o Estado-Membro que não tenha *executado* um acórdão proferido no quadro de uma acção por incumprimento ao pagamento de uma quantia fixa ou progressiva correspondente a uma sanção pecuniária[3]. É, como se sabe, o que resulta das disposições conjugadas dos artigos 226.° e 228.° do TCE.

4. É certo que, nos termos do artigo 227.°, também qualquer Estado--Membro pode recorrer ao TJ, se considerar que outro não cumpriu obrigações que lhe incumbem por força do direito comunitário. Mas antes de o fazer "deve submeter o assunto à apreciação da Comissão".

É bem conhecida, no entanto, a quase total inaplicação prática deste artigo. Com efeito, os Estados-Membros têm sistematicamente deixado à Comissão a responsabilidade pela instauração da acção por incumpri-

---

[3] Ver o acórdão de 12 de Julho de 2005, Comissão Europeia contra República Francesa, processo C-304/02, em que este Estado-Membro, por não ter tomado "todas as medidas que comporta a execução do acórdão de 11 de Junho de 1991, Comissão/França, (C-64/88), e, deste modo não [ter cumprido] as obrigações que lhe incumbem por força do artigo 228.° CE", foi condenado a pagar à Comissão uma sanção pecuniária de montante progressivo (57 761 250 euros por cada período de seis meses) e uma sanção pecuniária de montante fixo (20 000 000 euros); cfr. Maria José Mesquita, "*«Não há dois sem três»*: o acórdão *Comissão contra França* e o seu contributo para a consolidação do poder sancionatório da União e das Comunidades Europeias sobre os Estados-Membros", in *Homenagem ao Prof. Doutor André Gonçalves Pereira*, Coimbra, 2006, p. 955 ss.

mento, só recorrendo a este meio processual em casos com contornos políticos muito excepcionais. Atesta-o, por último, a acção por incumprimento intentada pela Espanha contra o Reino Unido, por alegada violação do direito comunitário causada pelo modo de organização das eleições para o Parlamento Europeu em Gibraltar[4]. É bem conhecido o conflito que opõe os dois Estados-Membros relativamente a este território.

5. O sistema de garantia descrito tem carácter essencialmente jurisdicional, sendo os seus protagonistas a Comissão e o TJ[5]. Este tribunal, aliás, cedo se encarregou de proscrever quaisquer actuações de um Estado-Membro com vista a sancionar eventuais violações de obrigações comunitárias por parte de outro, no conhecido acórdão de 13 de Novembro de 1964, Comissão Europeia contra Bélgica e Luxemburgo[6]. Segundo este aresto, os Estados-Membros não podem agir à margem do Tratado, sendo-lhe vedado fazer justiça por eles próprios, ou responder a uma violação do TCE cometida por um Estado-Membro com outra violação. Ficou assim excluída do âmbito deste tratado qualquer modalidade de garantia não jurisdicional do cumprimento do direito comunitário susceptível de ser accionada pelos Estados-Membros[7].

---

[4] Ver o acórdão de 12 de Setembro de 2006, Espanha contra Reino Unido, processo C-145/04.

[5] Sobre a acção por incumprimento ver, entre tantos, Paola Mori, "Le sanzioni previste dall'art. 171 del Trattato CE: i primi criteri applicativi", in *Il Diritto dell'Unione Europea*, n.º 4, 1996, p. 1015 ss.; Maria José Rangel de Mesquita, *Efeitos dos acórdãos do Tribunal de Justiça das Comunidades Europeias proferidos no âmbito de uma acção por incumprimento*, Coimbra, 1997; Maria A. Theodossiu, "An analysis of the recent response of the Community to non-compliance with Court of Justice judgments: Article 228(2) E. C.", in *European Law Review*, n.º 27, 2002, p. 25 ss.; María Dolores Blásquez Peinado, *El Procedimiento contra los Estados Miembros, por Incumplimiento del Derecho Comunitario*, Barcelona, 2002.

[6] Proferido nos processos apensos 90/63 e 91/63.

[7] Note-se que o Protocolo relativo ao *opt-out* da Dinamarca quanto ao Título IV da Parte III do TCE contém uma disposição que se afasta da lógica do sistema jurisdicional de garantia descrito. O artigo 5.º, n.º 1, desse protocolo habilita a Dinamarca a decidir se se vinculará aos actos adoptados pelo Conselho com base naquele título, destinados a desenvolver o acervo de Schengen. Nos termos do n.º 2, se a Dinamarca decidir não se vincular, caberá aos restantes Estados-Membros analisar as medidas a tomar nesse caso, sendo-lhes aparentemente legítima a adopção de medidas "retaliatórias". Neste contexto, não seria de excluir que os outros Estados-Membros optassem por restaurar os controlos de pessoas nas suas fronteiras comuns com a Dinamarca, por este Estado-Membro ter deci-

III. A fiscalização do cumprimento das obrigações assumidas pelas Partes Contratantes no quadro dos acordos de Schengen

6. As soluções foram bem diferentes no âmbito dos acordos de Schengen, com base nos quais sete Estados-Membros da UE suprimiram, em 26 de Março de 1995, os controlos de pessoas nas suas fronteiras internas, pondo assim em comum os respectivos territórios e responsabilizando-se mutuamente pela segurança do todo. Tal exigiu nomeadamente a harmonização, ou mesmo a uniformização, das chamadas medidas compensatórias, a pôr em prática por aqueles Estados, como a política comum em matéria de passagem das fronteiras externas, a política comum de vistos, ou o aprofundamento da cooperação policial e judiciária em matéria penal.

O sistema apontava para o reconhecimento, por todos os Estados Schengen, das decisões tomadas por cada um em matéria de admissão ou não admissão de nacionais de Estados terceiros e de concessão ou não concessão de visto uniforme de curta duração, condição necessária mas não suficiente para permitir a livre circulação do seu titular em todo o Espaço Schengen por um período máximo de três meses[8].

---

dido não se vincular a medidas de desenvolvimento do acervo de Schengen adoptadas com base naquele Título do TCE, consideradas imprescindíveis para a manutenção da supressão de tais controlos dentro de "níveis de protecção e segurança" adequados. Cf. também a Declaração n.º 15 adoptada pela conferência intergovernamental que aprovou o Tratado de Amesterdão.

[8] Não se afigura inteiramente exacta a afirmação de Ferruccio Pastore, "Visa, Borders, Immigration: Formation, Structure, and Current Evolution of the EU Entry Control System", in Neil Walker (edit.), *Europe's Area of Freedom, Security and Justice*, Oxford, 2004, p. 105, segundo a qual o "método regulador" utilizado em Schengen "caracteriza-se por uma combinação original de reconhecimento mútuo e de normas mínimas". Na realidade, em Schengen o reconhecimento mútuo de uma série de decisões dos Estados-Membros assenta desde o início num grau significativo, tendencialmente máximo, de uniformização dos regimes aplicáveis pelos autores dessas decisões e não apenas em "normas mínimas". Assim o atesta, por exemplo, o regime das "decisões nacionais de admissão formalizadas pela concessão de um visto para um período não superior a três meses", reguladas por uma Instrução Consular Comum e também por um Manual Comum relativo aos controlos de pessoas nas fronteiras externas, progressivamente revistos naquele sentido. Este manual comum foi entretanto revogado e substituído pelo Regulamento (CE) n.º 562//2006 do Parlamento Europeu e do Conselho, de 15 de Março, que estabelece o código comunitário relativo ao regime de passagem de pessoas nas fronteiras (Código das Fronteiras Schengen). Este diploma, que entrou em vigor em 13 de Outubro de 2006, confirma amplamente a conclusão aqui avançada.

Os litígios que surgissem entre as Partes Contratantes quanto ao eventual incumprimento das disposições de Schengen deveriam ser resolvidos por um Comité Executivo, composto por um representante do governo de cada uma e tendo por missão "velar pela aplicação correcta" dessas disposições. Mas percebeu-se de imediato que um programa tão ambicioso e tão "revolucionário" como o de Schengen só poderia consolidar-se na prática com base na confiança mútua quanto à capacidade de cada Estado-Membro cumprir as obrigações que lhe incumbem com vista à manutenção da segurança e da funcionalidade do todo.

Para responder a essas necessidades, o Comité Executivo criou as chamadas *comissões de visita às fronteiras externas*, primeira e embrionária expressão que assumiu o controlo assente na lógica da avaliação mútua ou da fiscalização entre pares. Estas comissões, compostas por peritos das Partes Contratantes, tinham por missão "recolher informação sobre a organização geral dos controlos nas fronteiras externas, assim como sobre os meios implementados e os principais problemas que se colocam por ocasião desses controlos", devendo depois em relatório "propor soluções concretas para os problemas assinalados". O objectivo era o de determinar se o Estado visitado reunia ou não todas as condições prévias necessárias para os controlos nas fronteiras com os outros parceiros poderem ser suprimidos.

7. Tendo em conta o papel desempenhado pelas comissões de visita na manutenção e no reforço da confiança mútua entre os Estados Schengen, entendeu-se necessário transformá-las num instrumento de acompanhamento e avaliação mais fiável e eficaz e também dotado de uma competência mais abrangente – instrumento esse que constaria do acervo a integrar na UE nos termos do já citado protocolo.

Assim, por decisão de 16 de Setembro de 1998, o Comité Executivo instituiu a CPS[9], composta por um representante de cada Estado Schengen, atribuindo-lhe competência para: (1) verificar se cada Estado candidato preenche as condições prévias para que os controlos de pessoas nas suas fronteiras comuns possam ser suprimidos; (2) verificar se cada Estado-Membro, em cujas fronteiras comuns os controlos de pessoas já foram suprimidos, aplica correctamente o acervo de Schengen. Tal competência exerce-se através de visitas ao território de cada um dos Estados em causa, segundo uma ordem e com uma frequência a definir pelo

---

[9] Ver *JO* de 22-9-2000, p. 138 ss.

Comité Executivo e, desde 1 de Maio de 1999, pelo Conselho da União Europeia. Os locais a visitar e as informações a recolher são seleccionados, caso a caso, pela CPS. As autoridades do Estado visitado devem prestar-lhe a necessária colaboração e assistência.

O objectivo da visita de cada grupo de peritos nomeados pela CPS para os diferentes domínios de avaliação é o de se assegurar *in loco* da conformidade das medidas estaduais adoptadas em cada um desses domínios com "o nível de controlo Schengen" definido pelas disposições e decisões que constituem o correspondente acervo e, após a sua integração na UE, pelos actos de desenvolvimento de que este acervo seja objecto.

8. Tratando-se dos Estados candidatos à integração no Espaço Schengen mediante a supressão dos controlos nas fronteiras comuns com os Estados que já fazem parte desse espaço, a Decisão de 16 de Setembro de 1998 define a CPS como "a única competente" para elaborar os relatórios globais, "circunstanciados e exaustivos", que visam avaliar a preparação daqueles Estados para o efeito. Aqui, segundo a própria decisão do Comité Executivo, a CPS será denominada Comissão de Avaliação, cabendo-lhe elaborar, antes de mais nada, "a lista de critérios a preencher pelos Estados candidatos", lista actualmente aprovada pelo Conselho da UE desde 1 de Maio de 1999. Os principais domínios de avaliação, cada um objecto de relatório parcial, são os seguintes:

– controlo das fronteiras externas e dos fluxos migratórios, incluindo a cooperação bilateral e multilateral com os países terceiros, em particular no domínio da readmissão, por estes últimos, das pessoas deles provenientes que entram ilegalmente no território dos Estados candidatos;
– cooperação nas fronteiras comuns como os Estados que integram o Espaço Schengen, principalmente a nível da cooperação policial e judiciária penal e, em especial, da conclusão de acordos bilaterais e do envio de oficiais de ligação;
– ligação operacional ao Sistema de Informação Schengen (SIS), incluindo a protecção das instalações e dos dados pessoais constantes daquele sistema;
– concessão de vistos.

9. Tratando-se, em contrapartida, dos Estados em cujas fronteiras internas não se efectuam controlos de pessoas, cabe à CPS, agora denomi-

nada Comissão de Aplicação, a missão de, por um lado, detectar eventuais problemas nas fronteiras externas e outras situações que não correspondam ao nível de segurança fixado pelo acervo de Schengen e, por outro lado, fazer propostas técnicas a fim de optimizar os controlos, a cooperação policial, a cooperação judiciária, incluindo a extradição, e o funcionamento do SIS. Os domínios susceptíveis de serem avaliados pela CPS abrangem, pois, o acervo de Schengen na sua totalidade. De acordo com a decisão de 16 de Setembro de 1998, a fiscalização entre pares deve centrar-se prioritariamente nos seguintes aspectos:

– controlo e fiscalização das fronteiras externas;
– condições de concessão de vistos Schengen;
– cooperação policial nas regiões fronteiriças;
– funcionamento do SIS.

No que respeita, em primeiro lugar, ao controlo e fiscalização das fronteiras externas, a CPS deve examinar: (1) o modo de realização de ambos nos pontos de passagem autorizados e nas zonas situadas entre tais pontos; (2) os meios técnicos disponíveis nas fronteiras externas, nomeadamente para a detecção de documentos falsos; (3) a adequação do número de agentes às especificidades das fronteiras visitadas; (4) a articulação entre controlos móveis e controlos fixos; (5) a formação dos agentes, nomeadamente no domínio da detecção de documentos falsos; (6) as medidas tomadas nas fronteiras externas contra a imigração ilegal e, mais genericamente, contra a criminalidade; (7) as medidas tomadas contra as pessoas não admitidas na fronteira ou em situação irregular; (8) os recursos disponíveis em matéria de luta contra as redes de imigração ilegal; (9) a cooperação mantida com os Estados fronteiriços; (10) a organização administrativa dos serviços da luta contra a imigração ilegal e coordenação entre os mesmos a nível nacional e local; (11) a utilização do SIS nos postos fronteiriços.

Em segundo lugar, quanto às condições de concessão de vistos Schengen, a CPS deve examinar como se processam: (1) a consulta prévia aos outros parceiros para a concessão do visto uniforme a cidadãos de nacionalidades sensíveis; (2) a consulta ao SIS antes da concessão de um visto Schengen; (3) a concessão de vistos excepcionais e nomeadamente de vistos de validade territorial limitada; (4) o abastecimento de vinhetas de visto uniforme Schengen e as condições da sua conservação.

Em terceiro lugar, no que respeita à cooperação policial nas regiões fronteiriças, a CPS deve verificar: (1) a existência de acordos bilaterais; (2) a aplicação do direito de perseguição e de vigilância transfronteiriças; (3) a estrutura de cooperação fronteiriça; (4) a cooperação directa entre serviços; (5) os recursos materiais e humanos que concorrem para a segurança da zona transfronteiriça; (6) a cooperação através de oficiais de ligação.

Finalmente, no que diz respeito ao SIS, cabe à CPS verificar: (1) a alimentação deste a partir dos sistemas nacionais; (2) a disponibilidade técnica das partes nacionais e dos respectivos gabinetes SIRENE (as interfaces humanas do SIS); (3) o acesso aos dados pelos utilizadores finais; (4) as condições de eliminação das indicações caducadas; (5) a utilização das diferentes possibilidades de indicações; (6) a capacidade operacional dos gabinetes SIRENE.

10. Nos termos da decisão de 16 de Setembro de 1998, os relatórios confidenciais elaborados pela CPS, na sua qualidade tanto de Comissão de Avaliação como de Comissão de Aplicação, a partir de um primeiro projecto actualmente redigido pela presidência do Conselho[10], devem "mostrar claramente quais os domínios em que os objectivos fixados foram alcançados e aqueles em que o não foram, e apresentar propostas concretas de medidas a tomar com vista a resolver ou melhorar a situação". A obrigação de o relatório da CPS incluir também a posição do Estado avaliado, "quanto aos pontos em relação aos quais continua a existir litígio" com a própria CPS, redunda em conceder a tal Estado uma espécie de "direito de resposta", congruente com o direito ao contraditório e à defesa que, neste contexto, não podem deixar de ser atribuídos aos Estados objecto de fiscalização entre pares.

A CPS visitou num primeiro momento a Grécia e posteriormente a Dinamarca, a Finlândia e a Suécia, bem como a Islândia e a Noruega, na sua qualidade de Comissão de Avaliação, com a missão de verificar se

---

[10] À presidência do Conselho cabe, mais concretamente, elaborar um primeiro projecto de relatório das missões de peritos, a submeter ao correspondente grupo. Este procurará obter um consenso quanto ao teor do mesmo projecto. No âmbito desse grupo, o Estado visitado tem o estatuto de observador. Uma vez elaborado, o relatório é transmitido ao Estado visitado que poderá então emitir parecer. Ambos os documentos serão submetidos à CPS, que procurará obter um consenso a seu respeito. Se tal consenso não for alcançado, o relatório reproduzirá as posições divergentes, cabendo ao Conselho a decisão final.

estes Estados preenchiam as condições prévias para a supressão dos controlos nas suas fronteiras internas. A Alemanha foi o primeiro Estado-Membro visitado pela CPS na sua qualidade de Comissão de Aplicação, com a missão de verificar se o acervo de Schengen é aí correctamente levado à prática, sem riscos incomportáveis para a segurança do conjunto.

Portugal veio a ser objecto de visita da CPS em 2003, datando o relatório de 5 de Novembro desse ano. Ao tomar conhecimento desse relatório, o Conselho convidou Portugal a informá-lo, no prazo de seis meses, do seguimento dado às recomendações nele contidas e reservou-se a faculdade de determinar uma nova visita da CPS, "limitada ao estritamente indispensável", no tocante aos domínios a avaliar, à duração da avaliação e à composição daquela comissão. Os "pontos fracos"detectados prendem-se nomeadamente com a concessão de vistos nalguns postos consulares e com a insuficiente utilização do SIS por algumas das entidades que a ele têm acesso.

IV. **A fiscalização do cumprimento das obrigações assumidas pelos Estados-Membros no III Pilar da União Europeia**

11. O III Pilar da UE, talhado pelo método da cooperação intergovernamental e não pelo método comunitário, cedo veio a conhecer mecanismos de avaliação mútua ou de fiscalização entre pares, inspirados, de algum modo, nas comissões de visitas às fronteiras externas criadas pelo Comité Executivo de Schengen. Dificilmente poderia ser de outra maneira, tanto mais que a Comissão Europeia e o TJ estão longe de dispor neste pilar de poderes de fiscalização análogos aos que lhes são atribuídos pelo TCE. Basta dizer que a acção por incumprimento está dele ausente[11].

O primeiro a assinalar neste contexto consta da Acção Comum 97/827/JAI, de 5 de Dezembro de 1997, que cria um mecanismo de avaliação da aplicação e concretização pelos Estados-Membros dos compromissos internacionais em matéria de luta contra o crime organizado[12].

---

[11] Sobre o tema ver por exemplo Constança Urbano de Sousa, "O "novo" terceiro pilar da União Europeia: a cooperação policial e judiciária em matéria penal", in *Estudos em Homenagem a Cunha Rodrigues – I*, Coimbra, 2001, especialmente pp. 903-905.

[12] Ver *JO* L 344, de 15-12-1997, p. 7 ss.

Aquele acto jurídico habilita o Conselho a constituir equipas, compostas por representantes de cada Estado-Membro, com a missão de avaliar, por uma ordem a definir, pelo menos cinco Estados-Membros por ano. Tal avaliação tem dois vectores principais: num primeiro momento, o Estado avaliado responde a um questionário elaborado pela presidência, assistida pelo secretariado-geral do Conselho; num segundo momento, após ter recebido a resposta ao questionário, a equipa desloca-se ao Estado-Membro avaliado para contactar as autoridades políticas, administrativas, policiais, aduaneiras, judiciais, ou qualquer outra instância pertinente, de acordo com um programa estabelecido pelo Estado-Membro visitado, tendo em conta a vontade manifestada pela equipa de avaliação. Feita a visita, esta elabora um projecto de relatório, posteriormente discutido no seio do Conselho, ouvido o Estado-Membro avaliado. As conclusões do relatório são adoptadas por consenso. O Conselho pode, se o considerar necessário, dirigir recomendações ao Estado-Membro avaliado e convidá-lo a comunicar-lhe os progressos realizados nos prazos por si fixados.

Em cumprimento da Acção Comum 97/827/JAI, foram já efectuadas avaliações no âmbito do auxílio judiciário, do combate ao tráfico de droga e da troca de informações entre as autoridades policiais dos Estados-Membros e a Europol, que culminaram nalguns casos na formulação de recomendações àqueles[13].

Ulteriormente, já depois de a CPS ter passado a fazer parte do quadro institucional do III Pilar, a Decisão do Conselho de 28 de Novembro de 2002 veio estabelecer também um mecanismo de avaliação mútua incidente sobre os regimes jurídicos dos Estados-Membros contra o terrorismo e o modo como são aplicados na prática. A decisão define o novo mecanismo como "uma variante mais ligeira e mais rápida" do mecanismo de avaliação previsto pela Acção Comum de 5 de Dezembro de 1997[14].

12. A actuação destes mecanismos no âmbito de aplicação do Título VI do TUE, relativo à cooperação policial e à cooperação judiciária em matéria penal, assume tanto mais relevância quanto, como já se disse, não é nele conferido à Comissão o papel de guardiã do Tratado, nem se prevê

---

[13] Cfr. Mariana Sotto Maior e. a., "Reforçar a justiça na União Europeia. Concretização do espaço de liberdade, segurança e justiça no âmbito penal e de cooperação judiciária penal: programas de Tampere (1999) e Haia (2004)", in *Polícia e Justiça*, n.º 5, 2005, p. 74.

[14] Ver *JO* L 349, de 24-12-2002, p. 1 ss.

nenhuma via processual assimilável à acção por incumprimento. Apenas se atribui ao TJ, nos termos do artigo 35.º, n.º 7, do TUE, competência para decidir (1) qualquer litígio entre Estados-Membros decorrente da interpretação ou da execução dos actos adoptados ao abrigo do Título VI, sempre que o litígio não tenha sido resolvido pelo Conselho no prazo de seis meses, a contar da data em que lhe foi submetido por um dos seus membros e (2) qualquer litígio entre os Estados-Membros e a Comissão, circunscrito à interpretação ou aplicação das *convenções* elaboradas ao abrigo do mesmo Título e, por conseguinte, não extensivo às *decisões-quadro*, carecidas de transposição para o direito interno.

É por tudo isso, aliás, que as decisões-quadro, actos do III Pilar com algumas afinidades com a directiva comunitária contemplada pelo artigo 249.º, terceiro parágrafo, do TCE[15], contêm sistematicamente uma disposição impensável no articulado de uma directiva, a atestar que o controlo do seu cumprimento por parte dos Estados-Membros é essencialmente político e não jurídico. Pode citar-se, entre várias, a que figura no artigo 11.º, n.º 2, *in fine*, da Decisão-Quadro do Conselho, de 13 de Junho de 2002[16], relativa à luta contra o terrorismo, nos termos do qual é ao próprio Conselho, e não à Comissão, que cabe verificar se os Estados-Membros "tomaram todas as medidas necessária para dar cumprimento à presente decisão-quadro".

---

[15] Em acórdão de 16 de Junho de 2005, Pupino, processo C-105/03, o TJ reforçou as afinidades entre a decisão-quadro e a directiva, ao declarar que o carácter vinculativo da primeira, "formulado em termos idênticos aos do artigo 249.º, terceiro parágrafo, CE, cria para as autoridades nacionais, e em especial para os órgãos jurisdicionais nacionais, uma obrigação de interpretação conforme do direito nacional" (ponto 34). Com se sabe, a obrigação de interpretação do direito nacional em conformidade com a directiva constitui, de há muito, jurisprudência constante. A extensão desta obrigação à decisão-quadro atenua consideravelmente, por sua vez, a diferença que o TUE estabelece entre os dois actos jurídicos, ao negar expressamente efeito directo à decisão-quadro, isto é, a susceptibilidade de ela ser directamente invocada pelos particulares em juízo. Com efeito, a obrigação de interpretação conforme conduz na generalidade dos casos ao chamado efeito directo indirecto.

[16] Ver *JO* L 164, de 22-6-2002, p. 3 ss.

V. A controvérsia em torno da integração da Comissão Permanente de Schengen no quadro institucional da Comunidade Europeia

13. Apesar de a iniciativa de criação da CPS ainda no quadro dos acordos de Schengen se inscrever "numa perspectiva de complementaridade em relação aos instrumentos existentes no quadro da União Europeia"[17], a integração desta instância na UE e a recondução da decisão do Comité Executivo que a criou a uma base jurídica nos Tratados constitutivos não foram isentas de controvérsia. Teve-se bem a noção de que a CPS bulia, de algum modo, com o sistema de garantia do cumprimento das obrigações dos Estados-Membros estabelecido pelo TCE.

A citada Decisão do Conselho 1999/436/CE acabou por atribuir à CPS uma dupla base jurídica: por um lado, no artigo 66.º do TCE, constante do Título IV da Parte III e relativo à cooperação administrativa "entre os serviços competentes das Administrações dos Estados-Membros nos domínios abrangidos pelo Presente Título, bem como entre esses serviços e a Comissão"; por outro lado, nos artigos 30.º e 31.º do Título VI do TUE, relativos à cooperação policial e judiciária em matéria penal.

Se estes dois últimos artigos se configuram como base jurídica incontroversa para a CPS, o mesmo já não pode dizer-se com tanta certeza do artigo 66.º do TCE. Com efeito, não é claro que um tal preceito constitua uma base jurídica adequada para aquela instância de avaliação, a qual está longe de constituir uma simples modalidade de cooperação administrativa na acepção do preceito do artigo 66.º. Mas a verdade é que, naquela data, não se encontrou outra melhor no articulado do TCE.

Compreende-se que a Comissão Europeia tenha emitido a este propósito uma declaração, anexada à Decisão 1999/436/CE, nos termos da qual a integração da CPS no quadro institucional da UE "em nada afecta as competências que lhe são atribuídas pelos Tratados, nomeadamente a sua responsabilidade enquanto guardiã do Tratado de Roma". Mas é manifesto que a acção da CPS no âmbito do Título IV da Parte III do TCE não pode deixar de afectar, de alguma maneira, a competência da Comissão para fiscalizar, nos termos do artigo 211.º, o cumprimento pelos Estados--Membros das obrigações impostas por esses título e pelo direito comuni-

---

[17] Cfr. o quarto considerando da Decisão do Comité Executivo de 16 de Setembro de 1998. O sexto considerando refere expressamente a eventualidade da adaptação da CPS, "tendo em conta o quadro funcional da União Europeia".

tário adoptado em sua execução. A Comissão Europeia tem de "coabitar" com a CPS, encontrando um *modus vivendi* com ela, capaz de evitar duplicação de esforços e conflitos de competência.

O simples facto de a Comissão ter de delimitar a sua competência de guardiã do TCE face a uma outra instância nele não prevista, afecta *ipso facto* o seu papel no âmbito específico do Título IV da Parte III. Só que, no contexto do ELSJ, as vantagens afiguram-se superiores aos inconvenientes.

14. A Comissão terá nomeadamente que decidir em que medida as apreciações efectuadas pela CPS reveladoras de incumprimento, por um Estado-Membro, das obrigações que lhe incumbem por força daquele Título deverá, ou não, levá-la a instaurar uma acção por incumprimento contra esse Estado. Assim como haverá a dilucidar em que medida é que uma avaliação globalmente positiva da CPS relativamente a um Estado--Membro preclude a instauração de uma acção por incumprimento contra o mesmo Estado no âmbito do Título IV da Parte III do TCE.

A resposta a estas questões obtém-se a partir da ponderação concreta, por um lado, do carácter juridicamente não vinculativo dos relatórios da CPS e, por outro, do princípio do equilíbrio institucional[18] e de um dos seus corolários que é o princípio da independência da Comissão e do TJ. Tais critérios apenas admitem a tomada em consideração, por estes dois órgãos, da mera existência de facto dos relatórios e conclusões da CPS, excluindo portanto, em qualquer caso, a sua vinculação ao conteúdo e, nomeadamente, às verificações ou apreciações neles contidas. Por conseguinte, a existência de uma avaliação da CPS não deverá nem obrigar nem proibir a Comissão de lançar mão de uma acção por incumprimento contra o Estado-Membro avaliado. Além disso, a acção por incumprimento instaurada devido a factos que já foram objecto de avaliação pela CPS deverá tramitar como se esta não se tivesse pronunciado[19].

---

[18] Sobre este princípio ver na doutrina portuguesa Miguel Moura e Silva, *O princípio do equilíbrio institucional na Comunidade Europeia. Conflito e cooperação interinstitucionais*, Lisboa, 1998.

[19] Sob este prisma, os relatórios e conclusões da CPS revelam algumas afinidades com os relatórios e conclusões das comissões parlamentares de inquérito. Sobre o tema da relevância probatória dos relatórios e conclusões das comissões parlamentares de inquérito perante os tribunais, ver Nuno Piçarra, *O Inquérito Parlamentar e os seus Modelos Constitucionais. O Caso Português*, Lisboa, 2004, p. 239-248 e p. 356-358.

Até à data, com vista a delimitar a sua esfera de competência fiscalizadora da da CPS no âmbito do Título IV da Parte III do TCE, a Comissão parece seguir a prática de se concentrar na garantia da transposição, pelos Estados-Membros, das diversas directivas comunitárias progressivamente adoptadas em cumprimento do programa legislativo do ELSJ, através da acção por incumprimento[20].

VI. As directrizes do Programa da Haia em matéria de avaliação mútua e as dificuldades da sua implementação

15. Não se pense que o mecanismo de avaliação mútua ou de fiscalização entre pares não revelou já, ao longo de dez anos de aplicação prática, vulnerabilidades e disfunções, a confirmar que os Estados-Membros, pelo menos ao nível político, podem ser mutuamente complacentes com os seus próprios incumprimentos – e isto mesmo num domínio tão sensível como o ELSJ. Com efeito, têm sido notórias as diferenças entre os relatórios dos grupos de peritos que procedem a avaliações *in loco*, os relatórios finais da CPS e as conclusões do Conselho JAI sobre eles, no que toca à apreciação do cumprimento, pelos Estados avaliados, das obrigações que lhe incumbem por força da sua integração no ELSJ. A tendência geral vai no sentido do "branqueamento" ou da "suavização" pelo Conselho das apreciações mais críticas dos relatórios dos grupos de peritos que compõem a CPS.

Prova eloquente de que o sistema de avaliação mútua conhece actualmente algum descrédito são os pontos que lhe dedica o Programa da Haia, em cuja parte relativa às orientações gerais se aponta para que "as avaliações efectuadas a partir de 1 de Julho de 2005 devem ser sistemáticas, objectivas, imparciais e eficazes", deixando de alguma forma subentendido que o não foram sempre as levadas a cabo antes dessa data. Ainda mais eloquente quanto à eficácia limitada do actual sistema de avaliação

---

[20] A título de exemplo, a Comissão intentou acções por incumprimento por não transposição da Directiva 2001/40/CE do Conselho de 28 de Maio de 2001, baseada no artigo 63.º, n.º 3, do TCE e relativa ao reconhecimento mútuo de decisões de afastamento de nacionais de países terceiros, contra o Luxemburgo (processo 448/04), a França (processo 450/04), a Itália (processo 462/04) e a Grécia (processo 474/04). Os acórdãos do TJ nos processos 448/04 e 462/04 datam de 8 de Setembro de 2005.

mútua[21] é o convite dirigido à Comissão, já na parte em que o Programa da Haia versa sobre as orientações específicas, no sentido de apresentar uma proposta destinada a completar o mecanismo de avaliação de Schengen com "um mecanismo de supervisão que garanta a plena participação de peritos dos Estados-Membros e que inclua a realização de inspecções sem aviso prévio".

Tudo isto só confirma que a garantia do cumprimento das obrigações impostas aos Estados-Membros pelo ELSJ será tanto mais eficaz e completa quanto conjugar as duas modalidades analisadas[22]: uma fiscalização essencialmente jurídica e jurisdicional, protagonizada pela Comissão e pelo TJ, e uma fiscalização essencialmente político-administrativa, protagonizada pelos Estados-Membros e pelo Conselho, integrando uma instância como a CPS, reformada nos termos propostos pelo Programa da Haia[23].

Se é verdade que a manutenção e o desenvolvimento da União Europeia enquanto ELSJ não poderão dispensar a modalidade de fiscalização político-administrativa assim caracterizada, esta no entanto, por mais abrangente que se torne, não bastará por si só para sancionar eficazmente todos os incumprimentos dos Estados-Membros e, em particular, aqueles que se traduzem na não transposição atempada ou na transposição incorrecta das diversas directivas e decisões-quadro adoptadas para o aprofundamento e a consolidação daquele espaço.

16. Resta acrescentar que a revisão do acto jurídico que contempla a CPS no sentido pretendido pelo programa da Haia não se afigura simples. Com efeito, quando a supracitada Decisão 1999/436/CE do Conselho atri-

---

[21] Cfr. Steve Peers, "Migration Policy: A Missed Opportunity?", in *The Hague Programm. Strengthening Freedom, Security and Justice in the EU*, Working Paper n.º 15, European Policy Centre, Bruxelas, 2005, p. 21.

[22] Neste sentido, cfr. Jörg Monar, "Justice and Home Affairs in the EU Constitutional Treaty. What Added Value for the 'Area of Freedom, Security and Justice'?", in *European Constitutional Law Review*, 2005, p. 242-243; Maria Luísa Duarte, "A Constituição Europeia e os direitos de soberania dos Estados-membros – elementos de um aparente paradoxo", in *O Direito*, ano 137.º, IV-V, 2005, p. 856.

[23] Note-se que o Programa da Haia preconiza ainda a criação de um mecanismo de avaliação sobre a forma como as políticas da União no domínio da justiça são implementadas, no respeito pela independência dos tribunais. Cabe ao Conselho decidir se tal implicará a criação de um novo mecanismo de avaliação mútua semelhante aos analisados, eventualmente em articulação com uma entidade independente; sobre o tema ver Mariana Sotto Maior *e. a.*, "Reforçar a justiça", cit., p. 98-99.

buiu ao acto do Comité Executivo de Schengen que cria a CPS uma dupla base jurídica no artigo 66.º do TCE, por um lado, e nos artigos 30.º e 31.º do TUE, por outro lado, estes artigos estabeleciam um procedimento decisório em que o Conselho delibera por *unanimidade*, por iniciativa da Comissão ou de qualquer Estado-Membro e após consulta do Parlamento Europeu. Ulteriormente porém, o Tratado de Nice anexou ao TCE um protocolo relativo ao artigo 67.º, nos termos do qual, a partir de 1 de Maio de 2004, o Conselho delibera por *maioria qualificada*, sob proposta da Comissão e após consulta ao Parlamento Europeu, tratando-se da adopção (ou da alteração) dos actos a que se refere o artigo 66.º do TCE – entre os quais se encontra precisamente o que cria a CPS. Em contrapartida, no âmbito dos artigos 30.º e 31.º, o Conselho continua a deliberar por *unanimidade*.

Tendo em conta que não é possível cindir materialmente o acto que institui a CPS, pelo menos tratando-se de disciplinar a composição, a competência e o funcionamento daquela instância, reconduzindo uma parte dele à base do artigo 66.º do TCE e a outra aos artigos 30.º e 31.º do TUE, o Conselho depara com normas incompatíveis quanto ao procedimento a seguir para a revisão daquele acto. Além do mais, sob o prisma do conteúdo de um novo acto jurídico relativo à CPS, não é de modo algum indiferente que a sua aprovação deva ter lugar por unanimidade no Conselho ou possa fazer-se por maioria qualificada.

Se se considerasse aplicável ao caso concreto a jurisprudência do TJ relativa à escolha da base jurídica dos actos adoptados no âmbito do TCE, haveria que considerar ilegal a dupla base jurídica atribuída ao acto que criou a CPS, devido precisamente à circunstância de as respectivas disposições preverem procedimentos decisórios incompatíveis: como o artigo 66.º do TCE prevê que o Conselho delibere por maioria qualificada, a circunstância de os artigos 30.º e 31.º do TUE remeterem para um procedimento decisório que exige a unanimidade no Conselho "priva da própria essência" o primeiro procedimento, comprometendo o seu "elemento essencial"[24].

17. Por todas estas razões, a revisão da Decisão do Comité Executivo de 16 de Setembro de 1998 terá que passar pela aprovação de dois

---

[24] Esta regra de origem jurisprudencial tem por *leading case* o acórdão do TJ de 11 de Junho de 1991, Comissão contra Conselho, processo C-300/89.

actos jurídicos, um baseado no artigo 66.º do TCE[25] e o outro, nos artigos 30.º e 31.º do TUE, sem prejuízo de cada um deles dever ser formalmente aprovado através de um procedimento decisório tão diferente como o que confere um direito de veto aos Estados-Membros no Conselho e aquele que culmina na vinculação dos Estados-Membros a um acto do Conselho contra o qual votaram. O regulamento adoptado com base nos artigos 62.º, ponto 2, e 63.º, ponto 3, alínea b), do TCE (em vez do artigo 66.º) e a decisão adoptada com base nos artigos 30.º e 31.º do TUE deverão ter um conteúdo idêntico no que toca à formação, à composição e ao funcionamento da CPS ou da instância de avaliação mútua que lhe venha a suceder. Do ponto de vista do conteúdo, os dois actos jurídicos só diferirão no que toca à competência da dita instância: o regulamento contemplará a competência fiscalizadora a exercer nos domínios das políticas comuns de gestão das fronteiras externas, de vistos e de combate à imigração ilegal, abrangidos pelo Título IV da Parte III do TCE, e a decisão, a competência fiscalizadora a exercer nos domínios da cooperação policial e judiciária em matéria penal, abrangidos pelo Título VI do TUE.

Esta estranha solução, que tem como precedente mais próximo os actos de revisão do dispositivo relativo ao SIS ainda em procedimento de aprovação[26], é uma inevitável decorrência do facto de o ELSJ continuar a

---

[25] Ou, talvez melhor, baseado nos artigos 62.º, ponto 2, e 63.º, ponto 3, alínea b), do TCE, tendo em conta as amplas competências fiscalizadoras da CPS em matéria de política comum de gestão das fronteiras externas, de vistos e de combate à imigração ilegal; cf. supra, n.ºs 8 e 9.

[26] Encontram-se ainda em negociação, por um lado, uma proposta de regulamento do Parlamento Europeu e do Conselho relativo ao estabelecimento, funcionamento e utilização da segunda geração do Sistema de Informação Schengen (SIS II), baseada nos artigos 62.º, ponto 2, alínea a) e 63.º, ponto 3, alínea b), do TCE e, por outro lado, uma proposta de decisão do Conselho baseada nos artigos 31.º, n.º 1, alíneas a) e b), e 34.º, n.º 2, alínea c), do TUE, exactamente com a mesma epígrafe. As disposições constantes de uma série de capítulos da proposta de regulamento e da proposta de decisão (relativos às disposições gerais sobre o SIS II, às responsabilidades dos Estados-Membros e do órgão de gestão, ao tratamento e à protecção de dados) são de teor idêntico. Em contrapartida, enquanto a proposta de regulamento versa sobre as indicações, a inserir no SIS II, relativamente aos nacionais de países terceiros para efeitos de recusa de entrada e de permanência no território dos Estados-Membros (Capítulo IV), a proposta de decisão versa sobre as indicações relativas às pessoas procuradas para detenção para efeitos de entrega ou de extradição (Capítulo IV), às pessoas desaparecidas (Capítulo V), às pessoas procuradas no âmbito de processos judiciais (Capítulo VI), às pessoas e objectos sob vigilância discreta ou controlo específico (Capítulo VII) e, por fim, aos objectos a apreender ou susceptíveis de utilização como prova em processo criminal (Capítulo VIII). Ver ainda, como exemplos de "actos

ver o seu regime jurídico fragmentado entre dois tratados com lógicas substancialmente divergentes, como o são o TCE e o TUE.

VII. O contributo da Convenção de Laeken para o debate em torno da avaliação mútua. Sua expressão no Tratado que estabelece uma Constituição para a Europa

18. A dualidade de mecanismos de garantia do cumprimento das obrigações decorrentes para os Estados-Membros da sua integração no ELSJ foi discutida pelo Grupo de Trabalho X, criado pela Convenção Constitucional Europeia[27], no contexto da proposta, avançada no seu relatório, de pôr fim à fragmentação do regime jurídico a que aquele espaço está submetido. Tal proposta viria, de resto, a ser acolhida pelo Tratado que estabelece uma Constituição para a Europa (TC) – o qual engloba num único Título o regime que actualmente se encontra disperso pelo Título IV da Parte III do TCE e pelo Título VI do TUE[28].

Para o grupo de trabalho, a ideia de disciplinar o ELSJ num único capítulo do TC, pautado por princípios mais próximos do modelo de integração supranacional do que do modelo de cooperação intergovernamental, não implica a supressão da modalidade de garantia político-administrativa denominada avaliação mútua ou, o que é o mesmo, não implica a

---

duplos" relativos ao SIS, (1) o Regulamento (CE) n.º 2424/2001 do Conselho, de 6 de Dezembro, relativo ao desenvolvimento da segunda geração do Sistema de Informação Schengen (SIS II), e a Decisão 2001/886/JAI, da mesma data e sobre a mesma matéria (*JO* L 328, de 13-12-2001, p. 1 e p. 4); (2) o Regulamento (CE) n.º 378/2004 do Conselho, de 19 de Fevereiro, relativo ao processo de alteração do Manual SIRENE, e a Decisão 2004/201/JAI do Conselho, da mesma data e sobre a mesma (*JO* L 64, de 2-3-2004, p. 5 e p. 45).

[27] Sobre a Convenção Constitucional Europeia, os seus antecedentes e resultados, ver por exemplo Rogelio Pérez-Bustamante e Juan Manuel Uruburu Colsa, *História da União Europeia*, Coimbra, 2004, p. 251 ss. O Grupo de Trabalho X foi constituído em Setembro de 2002, na segunda fase dos trabalhos da Convenção Constitucional Europeia, e mandatado para aprofundar as questões relativas ao ELSJ. Apresentou o seu relatório final no princípio de Dezembro de 2002.

[28] Sobre o tema ver por último Nuno Piçarra, "O espaço de liberdade, segurança e justiça no Tratado que estabelece uma Constituição para a Europa: unificação e aprofundamento", in *O Direito*, ano 137, IV-V, 2005, especialmente p. 992 ss.

opção apenas pelo sistema de garantia essencialmente jurisdicional que continua a ser a regra no quadro do TCE – embora excepcionada no âmbito do Título IV da sua Parte III, nos termos atrás assinalados.

Dando-se bem conta de que o desenvolvimento da União Europeia enquanto ELSJ não pode dispensar a modalidade de controlo político-administrativo em questão e simultaneamente de que ela, por si só, não basta para sancionar eficazmente certos incumprimentos por parte dos Estados-Membros, o grupo faz duas recomendações.

A primeira, no sentido de que os mecanismos de avaliação mútua ou de fiscalização entre pares, postos em prática no domínio da luta contra o crime organizado e da aplicação do acervo de Schengen, sejam encorajados e aplicados mais extensivamente. De acordo com o relatório, esta técnica demonstrou ser um poderoso instrumento de acompanhamento da execução *prática* eficaz de políticas da UE pelas autoridades administrativas e judiciárias dos Estados-Membros, ajudando a consolidar a confiança nos sistemas policiais e judiciários uns dos outros. O grupo considerou útil consagrar expressamente no TC o mecanismo de avaliação mútua.

A segunda recomendação vai no sentido de que, no respeitante às *obrigações jurídicas* dos Estados-Membros impostas pela UE, a Comissão desempenhe plenamente o seu papel de guardiã do Tratado e disponha de competência para intentar acções por incumprimento perante o TJ, em todos os domínios abrangidos pelo ELSJ.

19. Pode duvidar-se do bem-fundado, neste contexto, da contraposição operada pelo relatório entre "implementação prática" das políticas da União e "cumprimento das obrigações jurídicas". Tais realidades apresentarão certamente muitas zonas de confluência ou mesmo de sobreposição, cuja delimitação não é evidente. Mas é incontestável que releva do "cumprimento das obrigações jurídicas" a transposição, para o ordenamento de cada Estado-Membro, das directivas e das decisões-quadro adoptadas em desenvolvimento do ELSJ.

Por todas estas razões, a fiscalização do cumprimento das obrigações assumidas pelos Estados-Membros com vista à manutenção e ao desenvolvimento do ELSJ deve constituir um domínio de competência partilhada entre a Comissão Europeia e os próprios Estados-Membros, organizados em instâncias de avaliação mútua compostas por representantes seus. Tal encontra-se, além do mais, em perfeita congruência com o disposto no artigo I-14.°, n.° 2, alínea *j)*, do TC, que inclui o ELSJ entre os domínios de competência partilhada entre a UE e os Estados--Membros.

20. O TC acolheu, no essencial as propostas do Grupo X. Com efeito, o artigo III-260.° determina que, sem prejuízo das disposições relativas à acção por incumprimento (artigos III-360.° a III-362.°), cabe ao Conselho, sob proposta da Comissão, adoptar as regras "através das quais os *Estados-Membros, em colaboração com a Comissão*, procedem a uma avaliação objectiva e imparcial da execução, por parte das autoridades do Estados-Membros", das obrigações que lhes incumbem por força da sua integração no ELSJ, "especialmente para incentivar a aplicação plena do princípio do *reconhecimento mútuo*. O Parlamento Europeu e os parlamentos nacionais são informados do teor e dos resultados dessa avaliação" (ênfase acrescentada).

VIII. Conclusões

21. Assentando na livre circulação de pessoas e implicando a supressão dos controlos nas fronteiras comuns entre os Estados-Membros, o ELSJ traduz-se na colocação em comum dos respectivos territórios e também da segurança a eles relativa. Por isso mesmo, exige um alto grau de confiança mútua entre os Estados-Membros quanto ao cumprimento das "medidas compensatórias" que preconiza.

As exigências de confiança mútua levaram à criação de mecanismos de fiscalização político-administrativa que se traduz na avaliação recíproca desse cumprimento pelos próprios Estados-Membros. Tais mecanismos divergem do sistema de controlo essencialmente jurisdicional inerente à Comunidade Europeia, o qual culmina na possibilidade de o TJ condenar os Estados-Membros faltosos ao pagamento de sanções pecuniárias.

Esta dualidade de controlos, que se verifica desde a entrada em vigor do Tratado de Amesterdão, deve ser mantida e aprofundada, de modo a que também os Estados-Membros e o Conselho – e não apenas a Comissão e o TJ – desempenhem um papel essencial como guardiães do ELSJ. Só assim se conseguirá um sistema verdadeiramente adaptado às necessidades próprias deste espaço.

O relatório final do Grupo de Trabalho X da Convenção de Laeken e o artigo III-260.º do TC confortam a tese segundo a qual, mesmo que o ELSJ passe a ser globalmente disciplinado segundo o modelo da integração supranacional ("método comunitário")[29], pelo menos o sistema de garantia do cumprimento das obrigações dos Estados-Membros não deverá ter como únicos protagonistas a Comissão e o TJ. No exercício da fiscalização, os próprios Estados-Membros, inclusive através dos seus parlamentos, por um lado, e o Conselho, na qualidade de representante daqueles, por outro, deverão desempenhar um papel de idêntica relevância.

---

[29] Assim o prevê, com algumas modulações, o TC, cuja entrada em vigor está porém comprometida nos termos atrás referidos. A possibilidade de o ELSJ vir a ser globalmente regulado através do "método comunitário" é também viável no quadro dos actuais tratados mediante a aplicação do artigo do artigo 42.º do TUE. Para maiores desenvolvimentos, ver Nuno Piçarra, "O espaço de liberdade, segurança e justiça no Tratado que estabelece uma Constituição para a Europa: unificação e aprofundamento", cit., p. 1009 ss.

REDUÇÃO POR INOFICIOSIDADE E EXPURGAÇÃO DA HIPOTECA:
Reflexões sobre os arts. 722.º e 2175.º do Código Civil

PAULO FERNANDO MODESTO SOBRAL SOARES DO NASCIMENTO[*]

SUMÁRIO: *Considerações prévias. § 1.º – Expurgação da hipoteca – regime geral dos arts. 721.º – 723.º: I. Aspectos essenciais sobre a hipoteca; II. A aquisição de um bem hipotecado; III. A expurgação da hipoteca por parte do terceiro adquirente; IV. A expurgação da hipoteca por parte do sucessor do devedor; V. As modalidades de expurgação; VI. A transmissão do crédito por sub-rogação; VII. A tempestividade da expurgação. § 2.º – A expurgação da hipoteca pelo herdeiro legitimário: I. Aspectos gerais; II. Valor do bem doado e cálculo da herança (art. 2162.º); III. Cont.: o perecimento fortuito do bem doado; IV. Articulação entre os arts. 722.º e 2175.º; V. Consequências da expurgação: a sub-rogação legal; VI. Conjugação das soluções apresentadas; VII. A posição do herdeiro como credor quirografário. Conclusões.*

Considerações prévias[1]

É sabido que a posição do sucessível legitimário[2], em vida do *de cujus*, já é meritória de alguma protecção jurídica. Pensemos na possibili-

---

[*] Assistente da Faculdade de Direito da Universidade de Lisboa. Advogado.

Agradeço ao Professor Doutor António Menezes Cordeiro a oportunidade que me concedeu em prestar esta singela homenagem ao Professor Doutor JOSÉ DIAS MARQUES, Catedrático Jubilado da Faculdade de Direito de Lisboa.

[1] Pertencem ao Código Civil Português de 1966, aprovado pelo Decreto-Lei n.º 47344, de 25/11/1966, com as alterações subsequentes, todas as citações normativas sem indicação de fonte.

dade de o mesmo pedir a declaração de nulidade de negócios jurídicos simulados, feitos pelo progenitor (art. 242.º/2; sendo procedente a nulidade do negócio de compra e venda simulado, e valendo a disposição como liberalidade, há-de ser computado para efeitos do art. 2162.º/1)[3]; na possibilidade de requerer a inabilitação por prodigalidade do progenitor[4], em face das liberalidades que este realize; ou de pedir a anulação da compra e venda feita pelo progenitor aos filhos, ou netos, sem o consentimento dos outros (art. 877.º)[5]. Acrescente-se ainda a possibilidade de, tendo havido partilha em vida em que o sucessível legitimário foi preterido (art. 2029.º), o mesmo exigir a composição da sua parte em dinheiro (n.º 2 do mesmo preceito)[6].

Porém, só após a abertura da sucessão, é visível a verdadeira dimensão do direito do herdeiro legitimário à legítima ou quota indisponível do autor da sucessão. Com efeito, os princípios da *intangibilidade* da legítima

---

[2] Utilizamos o termo *sucessível* na sua própria acepção – indivíduo que beneficia de um facto designativo, embora ainda não chamado à sucessão. *Vide* JORGE DUARTE PINHEIRO, *Direito da Família e das Sucessões*, III, A.A.F.D.L., Lisboa, 2005, p. 23, precisando que, mesmo o chamado que ainda não aceitou deve ser qualificado de *sucessível*. Diferentemente, CARLOS PAMPLONA CORTE-REAL, *Direito da Família e das Sucessões, II, Sucessões*, Lisboa, Lex, 1995 p. 65 (que prescinde da aceitação para a qualificação como *sucessor*).

[3] DUARTE PINHEIRO, ob. cit., III, p. 46.

[4] Art. 152.º. De referir que a legitimidade para tal é deferida a qualquer parente sucessível (cfr. art. 141.º e 156.º).

[5] Quanto à *ratio* desta norma (evitar simulações que pusessem em causa o instituto da colação), *vide* LUÍS MENEZES LEITÃO, *Direito das Obrigações*, III, Almedina, Coimbra, 2002, pp. 45-47.

[6] A faculdade consagrada no art. 2029.º/2 pode ser exercida em vida do doador partilhante, ou só após a abertura da respectiva sucessão? No primeiro sentido, RABINDRANATH CAPELO DE SOUSA, *Lições de Direito das Sucessões*, I, Coimbra Editora, 2000, p. 38, e ESPERANÇA MEALHA, "Partilha em vida e seus efeitos sucessórios" in *Estudos em Homenagem ao Prof. Doutor INOCÊNCIO GALVÃO TELLES*, I Vol., p. 540 (com doutrina citada). Contra, JOSÉ DE OLIVEIRA ASCENSÃO, *Direito Civil – Sucessões,* Coimbra Editora, 2000, p. 542. Fica-nos a dúvida sobre se a circunstância de um sucessível legitimário preterido pelo doador partilhante (por sinal, *voluntaria e conscientemente* preterido – o que levanta, só por si, a questão da *validade* da própria partilha como tal [DUARTE PINHEIRO, ob. cit., III, pp. 46 e 50], uma vez que o art. 2029.º/1 exige o "consentimento dos outros"), fica com um direito de crédito sobre os demais herdeiros partilhantes. Tal constituiria um encargo (não pretendido) instituído sobre as partes atribuídas a estes, para além de conferir ao preterido um direito que, de outra forma, não teria *naquele momento*, mas tão-somente no momento da abertura da sucessão.

(na sua vertente *quantitativa* e *qualitativa*), permitem ao herdeiro, consoante o caso concreto:

a) Requerer a redução de liberalidades feitas pelo *de cujus*, em vida ou por morte, que sejam inoficiosas, i.e., que excedam o montante da quota disponível (art. 2168.° ss.). O instituto da redução das liberalidades inoficiosas abrange, em primeiro lugar, as liberalidades testamentárias feitas pelo *de cujus* e, seguidamente, as liberalidades contratuais (seja a título de doação *inter vivos*, seja por via de um pacto sucessório, também identificadas como doações *mortis causa*[7]; e, neste último caso, quer deixas contratuais por morte a título de herança[8], quer deixas contratuais a título de legado[9]). No que respeita às liberalidades feitas em vida do *de cujus*, e para o caso de o donatário já haver alienado o bem a terceiros, ou onerado, ou de o bem ter perecido "por qualquer causa", determina a lei (art. 2175.°) que o donatário, ou os seus sucessores, são responsáveis pelo preenchimento, em dinheiro, da legítima dos herdeiros do *de cujus*, até ao valor desses bens;

b) invocar a cautela sociniana, nos termos do art. 2164.°, impedindo o cumprimento da plena vontade do *de cujus*[10];

---

[7] A ordem da redução é, no confronto entre doações *inter vivos* e *mortis causa*, da mais recente para a mais antiga (DUARTE PINHEIRO, ob. cit., IV, p. 44). Na verdade, nem outra situação seria possível, se é a própria lei que, no art. 1702.°/1, determina que, para cálculo da quota em que é instituído o herdeiro contratual, sejam aditadas, ao *relictum*, as doações *posteriores* ao pacto sucessório – numa clara tutela da posição do herdeiro contratual face aos donatários posteriores. O art. 2173.° é assim aplicável às doações *mortis causa*.

[8] Não pode uma doação *inter vivos* recair sobre uma quota, a totalidade ou o remanescente do património do doador, embora tal já seja possível nas doações *mortis causa* (art. 1700.°/1 e 2). As doações *inter vivos* recaem sempre (quando reais *quoad effectum*) sobre bens certos e determinados (incluindo universalidades de facto – art. 942.°/2 e 206.°).

[9] No confronto entre estes dois tipos de liberalidades admitidas na doação por morte, julgamos que a ordem de redução deverá ser a que a lei prescreve, no art. 2172.°, para as liberalidades testamentárias: primeiro as deixas contratuais a título de herança e, seguidamente, as deixas contratuais a título de legado.

[10] A cautela sociniana é um instituto de contornos complexos, que, nomeadamente, permite ao herdeiro legitimário a transmutação de uma liberalidade testamentária de *legado* (pense-se no caso de o *de cujus* deixar um usufruto sobre toda a herança a um terceiro: cfr. art. 2030.°/4) em *herança* (entregando ao contemplado a quota disponível). Quanto à complexidade da figura, remetemos para OLIVEIRA ASCENSÃO, *Sucessões*, pp. 380-381; PAMPLONA CORTE-REAL, ob. cit., pp. 330-334; LUÍS CARVALHO FERNANDES, *Lições de Direito das Sucessões*, Quid iuris, Lisboa, 2001, p. 406; DUARTE PINHEIRO, ob. cit., IV, pp. 128-129.

c) aceitar a vocação legitimária e repudiar a testamentária (art. 2055.º/2), em claro afastamento ao princípio da indivisibilidade da vocação (art. 2054.º), independentemente de conhecer ou não a existência do testamento[11];

d) nas situações de legado por conta da legítima ou de legado em substituição da legítima (cfr. arts. 2163.º e 2165.º), o herdeiro pode repudiar o legado, sem que tal repúdio importe a perda do direito à legítima, que conserva intacta[12];

e) impugnar a deserdação levada a cabo pelo *de cujus*, quer quando a mesma seja desprovida de causa, quer quando a causa invocada pelo *de cujus* não corresponde à realidade (arts. 2166.º e 2167.º)[13];

---

[11] Vide CAPELO DE SOUSA, ob. cit., II., pp. 15-16, n. 31. Expressamente afirma que o art. 2055.º/2 contém uma *norma excepcional* face ao regime do art. 2054.º (a propósito de averiguar se, na ausência de testamento, o herdeiro legitimário também chamado à quota disponível, poderá aceitar a vocação legitimária e repudiar a vocação legítima – concluindo pela negativa, negando a analogia, uma vez que o preceito [art. 2055.º/2] só é aplicável se o chamamento à quota disponível se fizer por intermédio do título testamentário).

A questão que podemos, *en passant*, colocar, é a seguinte: o herdeiro legitimário que repudia a quota disponível (à qual foi chamado como herdeiro testamentário) concorre, a essa mesma quota, como *herdeiro legítimo* (uma vez caducada a deixa testamentária *ex vi* art. 2317.º/e) ? O princípio da indivisibilidade da vocação impõe este resultado ? Julgamos que o chamamento do herdeiro configura, neste caso, uma solução incoerente com o repúdio anterior.

[12] Mas pode aceitar o legado, naturalmente. Neste caso, ocorrerá a imputação do respectivo valor na legítima subjectiva, embora o regime seja diferente, consoante estejamos perante um legado por conta ou um legado em substituição (revelando-se a diferença quando o valor do legado não coincida com o da legítima). Abreviando soluções, por este não ser o nosso tema e por se encontrar tratado por reputados Autores, diremos: no primeiro caso (legado por conta), a imputação na quota disponível não impede o legitimário de concorrer tanto à quota indisponível (caso o legado valha menos) como à disponível (embora aqui em regime de igualação com os demais herdeiros legitimários do *de cujus*, à semelhança do que ocorre na colação; contra, nomeadamente, GALVÃO TELLES, *Direito das Sucessões. Noções Fundamentais*, Coimbra, 1996, p. 205, por entender que tal excesso vale como pré-legado e, como tal, não sujeito à igualação).

Tratando-se de um legado em substituição da legítima (art. 2165.º), o défice do mesmo face à legítima importa a perda da diferença, a favor do acrescer (não decrescer) para os demais co-legitimários (ou para a quota disponível, não havendo mais legitimários). Mas, correlativamente, havendo excesso, o mesmo valerá, na quota disponível, como um benefício a favor do legitimário, que não terá de conferir o valor para efeitos de igualação. Quanto a este ponto, PAMPLONA CORTE-REAL, ob. cit., p. 302 e ss.; DUARTE PINHEIRO, ob. cit., IV, pp. 113-116, e *Legado em substituição da legítima*, Lisboa, Cosmos, 1996, pp. 285 ss..

[13] PAMPLONA CORTE-REAL, ob. cit., p. 214, afirma que quando a causa se não reconduzir a nenhum dos tipos do art. 2166.º, a deserdação é inexistente, motivo pelo qual não

f) exigir, dos demais co-herdeiros legitimários que concorram à sucessão, a colação ou conferência dos bens que a estes hajam sido doados em vida do autor da sucessão (salvo dispensa por este realizada ou não submissão das doações à colação), o que determina a imputação do valor de tais liberalidades nas respectivas legítimas subjectivas e, caso haja excesso, uma igualação a nível da quota disponível (cfr. art. 2104.º ss.)[14];

g) requerer a revogação da doação por ingratidão do donatário, quando a causa da ingratidão é o homicídio da pessoa do doador (art. 976.º/3)[15];

h) requerer a expurgação da hipoteca constituída pelo donatário, sobre o bem que a este foi doado pelo *de cujus* e que, por virtude da redução por inoficiosidade, regressou à massa hereditária (art. 721.º e 722.º)[16].

---

carecerá de ser impugnada; diferentemente, DUARTE PINHEIRO, *Direito da Família e das Sucessões*, cit., IV, p. 24, que sustenta haver uma nulidade da cláusula testamentária, invocável nos termos do art. 2308.º.

[14] Em princípio, só estão sujeitos à colação os descendentes do *de cujus* que, à data da liberalidade, eram presuntivos herdeiros legitimários deste, embora haja, na doutrina, quem defenda que a Reforma do Código operada em 1977 (que elevou o cônjuge supérstite a herdeiro legitimário) terá sido lacunar neste ponto, sustentando, pois, a submissão do cônjuge à colação (posição de OLIVEIRA ASCENSÃO, *Sucessões*, pp. 532-533). A posição intermédia de PAMPLONA CORTE-REAL sustenta que o cônjuge, não estando obrigado a conferir, está porém sujeito à imputação, sem igualação a nível da quota disponível (ob. cit., p. 309). Em sentido diferente, sustentando que o cônjuge não está sujeito à colação, CARVALHO FERNANDES, *Sucessões*, p. 392.

[15] Faculdade não exclusiva do herdeiro legitimário, como decorre da leitura do referido preceito.

[16] Não vamos aqui esmiuçar toda a fundamentação em torno da prevalência da posição do herdeiro legitimário face aos terceiros, beneficiários de liberalidades feitas em vida ou por morte do *de cujus*. Salientamos que, por detrás de tal prevalência, estão razões ligadas à tutela de determinados laços jus-familiares (parentesco na linha recta e casamento, para além da adopção plena).

Claro que a fundamentação desta prevalência encontra-se a jusante da fundamentação do próprio fenómeno sucessório (a transmissão da riqueza *mortis causa*). Para uma análise das críticas apontadas ao sistema sucessório, onde se afirma que a função social do mesmo é reduzida (porque permite a transmissão da riqueza por morte, sem se fundar trabalho e/ou poupança), vide PIETRO RESCIGNO, *Trattato di Diritto Privato (diretto da Rescigno)*, 5, *Sucessioni*, T. I, Turim, UTET, 1982, p. 6 (VI). Sem se concordar, diremos que há, contudo, claras manifestações de uma verdadeira função social da sucessão *mortis causa*, fundada na necessidade do beneficiário (é o caso da transmissão por morte da posição locatícia, ou da atribuição do direito real de habitação da casa de morada comum ao unido de facto, situações que encontramos previstas na nossa legislação – respectivamente,

É precisamente sobre este último ponto – a possibilidade de pedir a expurgação da hipoteca – que vai recair esta análise. Antes de aprofundarmos esta faculdade atribuída ao herdeiro, porém, teremos de analisar, ainda que brevemente, os aspectos essenciais da expurgação da hipoteca, figura regulada no art. 721.º e ss..

§ 1.º
EXPURGAÇÃO DA HIPOTECA
– REGIME GERAL DOS ARTS. 721.º E 723.º

I. **Aspectos essenciais sobre a hipoteca**

A hipoteca[17], como direito real de garantia previsto nos art. 686.º e ss., confere ao credor titular da mesma – o credor hipotecário[18] – uma "causa legítima de preferência"[19] no confronto com os demais credores do mesmo devedor. Tal preferência consiste na possibilidade de o credor hipotecário, em caso de incumprimento da obrigação garantida, se fazer pagar por via do produto da venda (judicial) do bem, com prioridade sobre

---

art. 1106.º (com a redacção atribuída pela Lei n.º 6/2006, de 27 de Fevereiro), e art. 4.º/1 da Lei n.º 7/2001 de 11 de Maio). *Vide*, a este respeito, OLIVEIRA ASCENSÃO, "O Herdeiro Legitimário", in *Revista da Ordem dos Advogados,* ano 57, Vol. I (Janeiro de 1997), pp. 5-25).

[17] Para uma análise aprofundada do tema da hipoteca, MARIA ISABEL CAMPOS, *Da Hipoteca – Caracterização, Constituição e Efeitos*, Almedina, Coimbra, 2003. Esta obra não aborda, contudo, a temática da expurgação da hipoteca (cfr. explica a p. 126, n. 376).

Advertimos para o facto de não analisarmos aqui todo o regime da Subsecção VI ("transmissão de bens hipotecados"), que abrange os art. 721.º a 726.º (*vide* também o art. 730.º/b). Para a matéria da expurgação, só interessam os art. 721.º – 723.º (sendo este último uma norma eminentemente adjectiva). A matéria de toda a Secção VI teria certamente interesse, numa análise mais abrangente, sobre a posição jurídica do adquirente de bens hipotecados.

[18] Não há dúvida que o titular da hipoteca tem de ser um credor do devedor, cuja dívida é garantia com tal direito real (seja tal devedor um terceiro não titular do bem – *rectius*, do direito – hipotecado). Esta conclusão deriva do princípio da acessoriedade das garantias, proclamado, ainda que implicitamente, no art. 730.º/a), e da impossibilidade de se ceder a hipoteca a outrem que não seja credor daquele devedor (art. 727.º).

[19] Parafraseamos aqui o art. 604.º/2, ao aludir às garantias reais, como excepção ao princípio da *par conditio creditorum*. De resto, é o próprio art. 687.º/1 que alude a uma *preferência*.

os demais credores daquele devedor que não gozem de garantia real anterior à hipoteca, ou, pelo menos, oponível a esta (art. 686.°/1)[20].

Como garantia de uma obrigação, a hipoteca acompanha a evolução daquela. A oneração do bem subsiste enquanto subsistir a obrigação (art. 730.°/a), pelo que a hipoteca pode perdurar um considerável lapso de tempo[21]. Atendendo ao facto de a lei não coarctar a faculdade de disposição do bem[22], por parte do devedor/autor da hipoteca[23], pode dar-se o caso de o bem ser alienado a um terceiro[24]. É à posição desse terceiro, no confronto com o credor hipotecário – e, possivelmente, no confronto também com o devedor da obrigação garantida –, que a lei vem, nos art. 721.° ss., dar guarida, estabelecendo o 722.° a equiparação, ao mesmo, dos herdeiros do doador[25].

II. A aquisição de um bem hipotecado

A hipoteca, como é do conhecimento geral, está sujeita à publicidade constitutiva, i.e., ao registo constitutivo (art. 687.°; também o art. 4.°/2 do

---

[20] Pensemos, neste último caso, no direito de retenção do art. 759.°/2 (direito de retenção a favor do promitente adquirente que tenha beneficiado da tradição da coisa), que faz, neste caso, "tremer a hipoteca nos seus alicerces" (MENEZES CORDEIRO, *Estudos de Direito Civil*, I, Almedina, 1991, p. 87).

[21] Basta pensarmos na aquisição de habitação com recurso ao crédito bancário, sendo que as instituições mutuantes permanecem credoras hipotecárias até ao integral pagamento do empréstimo, durante um lapso de tempo normalmente longo.

[22] Sintomática é a proibição das cláusulas de inalienabilidade (art. 695.°). A referida proibição tem o seu fundamento no princípio de ordem pública de livre circulação dos bens (*vide*, quanto a este aspecto, MÁRIO JÚLIO ALMEIDA COSTA, *Cláusulas de Inalienabilidade*, Coimbra Editora, Coimbra, 1992, pp. 20 ss.).

[23] Estamos a pensar nos casos em que a hipoteca é constituída pelo devedor, i.e., sobre seus bens próprios. Contudo, a lei não impede que a hipoteca seja constituída por um terceiro, sobre bens deste, para garantia de dívida de outrem, passando então este a ter uma posição jurídica também algo complexa: sujeito à execução, ele pode, nesses casos, ficar sub-rogado nos direitos do credor contra o devedor (art. 592.°; cfr. art. 717.°). De referir, porém, que este terceiro não se confunde com o adquirente de bens hipotecados (sendo que este último goza de uma posição mais vantajosa do que o primeiro, como veremos).

[24] Por comodidade de exposição, falaremos na *alienação do bem hipotecado*. Contudo, visamos a *alienação do direito real de gozo sobre o qual recai a hipoteca*.

[25] Reservamos para o § 2.° desta exposição, a análise e as consequências do art. 722.°.

Código de Registo Predial [C.R.P.])[26]. Daí que o funcionamento do princípio da *legitimação registal* (art. 9.º C.R.P.[27]) faculte ao adquirente de um bem, pelo menos, a *possibilidade* de conhecer a situação jurídica desse mesmo bem, i.e., a possibilidade de saber da existência de uma hipoteca ou de outros encargos, antes de consumada a alienação[28]. Assim sendo, pode afirmar-se que o adquirente, conhecedor da existência da hipoteca[29], estará disposto a pagar, pelo bem, um valor inferior ao seu real valor de mercado[30-31].

---

[26] MENEZES CORDEIRO, *Direitos Reais* (Sumários), A.A.F.D.L., Lisboa, 2000, p. 96; embora manifestando alguma oposição à qualificação legal, OLIVEIRA ASCENSÃO, *Direito Civil – Reais*, Coimbra Editora, 1993, p. 358 (sendo contudo que, a p. 546, o Autor afirma que a posse, no direito de penhor e no direito de retenção, tem uma função constitutiva análoga [*sic*] à do registo na hipoteca); CARVALHO FERNANDES, *Lições de Direitos Reais*, Quid Iuris, Lisboa, 1997 p. 123.
Julgamos que um argumento importante em defesa da natureza constitutiva da inscrição da hipoteca, reside, também, no art. 732.º (renascimento da hipoteca): se a causa extintiva da obrigação (que, no seu tempo, levou à extinção da hipoteca, pelo cancelamento do registo), for declarada nula, ou anulada, a lei vem afirmar, em protecção de terceiros, que a hipoteca só renasce desde a data da nova inscrição. O que significa que este "renascimento" da hipoteca não é retroactivo (à data do cancelamento anterior). *Vide* PIRES DE LIMA/ANTUNES VARELA, *Código Civil Anotado*, I, Coimbra Editora, 1987, p. 753.
[27] *Vide* ainda o art. 54.º do Código do Notariado.
[28] Efectivamente, este princípio vem dizer-nos que só é possível proceder à outorga da escritura de hipoteca se se demonstrar a inscrição predial, a favor do autor da mesma, do direito real a onerar. Compulsado o registo, o adquirente pode constatar a existência do ónus. Por todos, CARVALHO FERNANDES, *Reais*, pp. 117 ss.. Note-se que, a par do princípio da legitimação, temos o do *trato sucessivo* (art. 34.º C.R.P.), que impede a inscrição do título da hipoteca sem que se encontre também inscrito o título respeitante ao direito a onerar. Ambos os princípios têm, assim, comandos dirigidos a diferentes fases do *iter* constitutivo da hipoteca, sendo comummente afirmado que a legitimação actua como *guarda avançada* do trato sucessivo.
[29] OLIVEIRA ASCENSÃO/MENEZES CORDEIRO, "Expurgação de Hipoteca" (Parecer), *Colectânea de Jurisprudência*, ano XI, Tomo V, Coimbra, 1986, p. 42.
[30] Caso não conheça a existência da hipoteca, o adquirente poderá, eventualmente, recorrer aos mecanismos que lhe são facultados pelo regime da venda de bens onerados (art. 905.º ss.)
Quanto à utilidade da expurgação num sistema de ónus ocultos (que não num sistema de publicidade registal), *vide* GINO GORLA, "Del pegno – Delle ipoteche" in *Commentario del Codice Civile a cura di António Scialoja e Giuseppe Branca – Libro Sesto – Della Tutela Dei Diritti*, Nicola Zanichelli Editore, Bolonha, 1966 p. 455.
[31] Vamos limitar a análise aos casos em que o adquirente obteve o bem hipotecado por via de negócio jurídico. Veremos depois (*infra*, § 2.º) a aquisição em que se baseia o art. 722.º (que tem a sua causa na sucessão legitimária).

De qualquer forma, do ponto de vista jurídico, a venda do bem hipotecado, pelo respectivo proprietário, em nada afecta os direitos do credor hipotecário. Este pode, na medida em que a hipoteca é oponível ao adquirente, executar o bem alienado, uma vez que não seja, pelo devedor, cumprida a obrigação garantida. E, juridicamente, a posição do adquirente do bem onerado apresenta-se frágil, uma vez que o seu direito caducará em virtude da venda judicial que o credor hipotecário lograr promover, em sede de acção executiva[32].

A lei, porém, confere a este terceiro adquirente todo um regime favorável, que vai da possibilidade de proceder à expurgação da hipoteca (art. 721.º e art. 998.º e ss. C.P.C.) e de invocar a prescrição da mesma (art. 730.º/b)[33], até à equiparação a possuidor de boa fé (art. 726.º), à aplicação do regime especial de extinção, por confusão, de direitos reais (art. 724.º) e à concessão de determinados meios de defesa contra o credor hipotecário (art. 698.º).

Temos de referir, igualmente, a existência de normas que disciplinam a celebração do contrato de compra e venda de bens onerados (art. 905.º ss.), normas essas que estabelecem a anulabilidade do mesmo quando tenha havido erro ou dolo. Resta-nos acrescentar que esta disciplina é aplicável, como refere a lei, nos casos em que houve erro do comprador, simples (art. 251.º e 247.º), ou motivado por dolo do vendedor (art. 254.º). E, entre as soluções apresentadas pela lei para a compra e venda de bens onerados, encontramos a obrigação de fazer convalescer o contrato e a obrigação de cancelamento dos registos (art. 907.º/1). Obviamente que se trata de um caso pensado para a situação da hipoteca, aludindo-se, inclusive, à *expurgação do ónus*.

---

[32] Art. 824.º. Se o bem for alienado judicialmente, para pagamento ao credor hipotecário, o adquirente na venda judicial passa a ter um direito livre, quer da hipoteca, quer do direito real de gozo posterior à mesma.
Não assumindo o terceiro adquirente a posição de devedor do vínculo obrigacional (salvo, claro está, se, a par da alienação do bem hipotecado, houver uma assunção de dívidas, eficaz perante o credor [art. 595.º/2]), ele (terceiro adquirente) suporta, na sua esfera jurídica, a execução forçada realizada pelo credor (hipotecário) do devedor alienante. *Vide* MARIA ISABEL CAMPOS, ob. cit., pp. 40 ss; OLIVEIRA ASCENSÃO/MENEZES CORDEIRO, ob. cit., p. 39; GORLA, ob. cit., p. 453.

[33] OLIVEIRA ASCENSÃO/MENEZES CORDEIRO, ob. cit., p. 44, este preceito trata da única repercussão do tempo sobre o direito de hipoteca. De resto, no que tange aos direitos reais de gozo, os mesmos não prescrevem, embora possam extinguir-se por *não uso* (art. 298.º/3), aplicando-se as regras da caducidade (idem), salvo o regime do direito de superfície, em que o prazo do *não uso* segue as regras da prescrição (art. 1536.º/1 a), b), e n.º 3).

Em que medida este regime se articula o regime da venda de bens onerados, com o regime dos art. 721.º ss., quando tenha havido erro ou dolo ? Julgamos que os mesmos se complementam. A obrigação de fazer convalescer o contrato (pela expurgação da hipoteca) pode não ser cumprida pelo devedor da mesma, motivo pelo qual o adquirente do bem onerado poderá levá-la a cabo[34]. E aí surge então a aplicação da figura que vamos analisar – a expurgação da hipoteca levada a cabo pelo adquirente do bem. Note-se, porém, que o regime dos art. 721.º ss. não depende da anulabilidade do contrato de compra e venda, porque o comprador pode não estar em erro quanto à existência da hipoteca; ou poder estar em erro, mas os requisitos do mesmo se não verificarem no caso concreto[35].

III. A expurgação da hipoteca por parte do terceiro adquirente

É desnecessário afirmar, em primeiro lugar, que o adquirente do bem hipotecado não fica, por tal forma, na posição jurídica de devedor do credor hipotecário; a posição passiva do vínculo obrigacional não se transmite com a alienação do bem hipotecado. Esta afirmação (que é, digamos, apodíctica), já foi confirmada pela jurisprudência, num caso em que o credor hipotecário requereu a falência de uma instituição que adquirira bens hipotecados dos devedores originários: o Supremo, assim como as instâncias, decidiram pela procedência da excepção da *ilegitimidade*, excepção essa invocada pela entidade requerida, que não era titular da relação controvertida por, *sic et simpliciter*, não ser devedora. A entidade transmitente dos bens hipotecados, note-se, não era requerida nos autos falimentares[36].

Segundo o art. 721.º, exige-se que o adquirente dos bens hipotecados não seja responsável pela obrigação garantida, e que, tendo em vista tornar oponível aos credores hipotecários a sua posição de "terceiro adqui-

---

[34] MENEZES LEITÃO, ob. cit., p. 128.

[35] De referir que a nossa análise não vai recair sobre o regime dos art. 905.º ss.. De resto, julgamos que, considerando a publicidade constitutiva do direito de hipoteca, e aos princípios da legitimação e do trato sucessivo, de que trataremos *infra*, será bastante difícil, na prática, um comprador encontrar-se em erro sobre a existência da hipoteca. Acresce a isto a possibilidade de se poder requerer a inscrição registal provisória (por natureza) de uma aquisição imobiliária – art. 92.º/1-g) do C.R.P..

[36] Ac. do S.T.J. de 06/04/2000, in *Boletim do Ministério da Justiça (B.M.J.)* n.º 496, Maio de 2000, pp. 224-227. Tal como era configurada pelo requerente da falência, a relação material controvertida nestes autos denunciava a ilegitimidade da requerida.

rente"[37], o mesmo haja procedido à inscrição do seu título de aquisição[38]. A expurgação da hipoteca pode dar-se quer pelo pagamento das dívidas aos credores hipotecários[39], quer pelo entrega, aos mesmos, de uma soma que tem como limite máximo, o preço da aquisição dos bens, ou do valor dos mesmos, nos termos prescritos nas al. a) e b) do art. 721.º[40].

Podemos colocar a questão de saber se, recaindo a hipoteca sobre um direito real menor, o adquirente do mesmo poderá recorrer à expurgação[41]. Considerando que o escopo do instituto da expurgação é facilitar a circulação dos bens, ainda que hipotecados, julgamos que a resposta deve ser afirmativa[42]. Aliás, encontram-se excluídos do leque dos potenciais expur-

---

[37] Assim, GORLA, ob. cit., p. 457.

[38] De referir que este adquirente de bens hipotecados não se confunde, de todo, com o terceiro que constituiu uma hipoteca sobre bens próprios para garantir dívida de terceiro, como se referiu. De facto, ele não é pessoalmente responsável pela dívida; mas não é adquirente, nem a lei o equipara a tal. Em Itália, distingue-se, para este efeito (hipoteca que onera bens de terceiro), o "terzo datore" do "terzo acquirente", considerando-se que o direito de expurgar só se aplica a este último (GORLA, ob. cit., p. 347).

VAZ SERRA analisou a situação daquele que, com bens próprios, constitui uma hipoteca para garantir uma dívida de terceiro, e questiona se o mesmo pode ser equiparado ao terceiro adquirente, facultando-se-lhe, assim, o recurso à expurgação. Conclui pela negativa, por entender que, ao constituir a hipoteca, o *hipotecador* (que não é *pessoalmente* responsável pela obrigação), obrigou-se implicitamente a respeitar a hipoteca, pelo que está impedido de realizar o pagamento antecipado (ADRIANO VAZ SERRA, "Hipoteca", in *B.M.J.*, n.º 63, Fevereiro de 1957, p. 256). De resto, julgamos pacífico que o instituto dos art. 721.º ss. somente se aplica ao adquirente do autor da hipoteca (a letra do art. 721.º exige que a hipoteca seja *anterior* ao registo da aquisição pelo terceiro – o terceiro que pode requerer a expurgação).

[39] Relativamente à realização da prestação por terceiro, *vide* art. 767.º/1.

[40] Nos termos do art. 830.º/4, o promitente adquirente que requeira a execução específica de contrato-promessa sobre um bem referido no art. 410.º/3 pode pedir, na referida acção, o montante necessário para proceder à expurgação da hipoteca sobre o mesmo.

[41] Pensamos no adquirente do do usufruto ou da superfície (cfr. art. 688.º/1-c) e), 699.º e 1539.º). Os demais direitos reais menores (a servidão e direito de uso e habitação), encontram-se, naturalmente, excluídos da hipoteca, por não poderem ser alienados. Quanto ao direito real de habitação periódica, o regime deste (art. 12.º/1 do diploma anexo ao Decreto-Lei n.º 180/99, de 22 de Maio, alterado pelo Decreto-Lei n.º 22/2002 de 31 de Janeiro), alude à "oneração", o que permite concluir pela possibilidade de se constituírem hipotecas sobre tais direitos. Esta possibilidade já fora admitida, no passado, por MANUEL HENRIQUE MESQUITA, "Um nova figura real: o direito real de habitação periódica" in *Revista de Direito e Economia*, Ano 8, 1982, n.º 1, pp. 39 ss..

[42] Expressamente, GORLA, ob. cit., p. 457. Entre nós, OLIVEIRA ASCENSÃO/MENEZES CORDEIRO, ob. cit., p. 43.

gadores os que não adquiram direitos reais de gozo posteriormente à constituição da hipoteca. Estão assim afastados os credores hipotecários com inscrição registal posterior, que não podem requerer a expurgação da hipoteca prioritária (embora, por acordo com o outro credor, possam chegar a uma cessão do grau hipotecário – cfr. art. 729.º).

A situação a que nos reportamos consiste num direito subjectivo potestativo de exercício judicial, uma vez que tem a consequência inexorável de determinar a extinção de um direito real – a hipoteca (ainda que um dos desfechos possíveis do processo de expurgação seja a alienação judicial do bem)[43]; o credor hipotecário, esse, fica colocado numa posição de sujeição, uma vez que, independentemente da sua vontade, pode ver extinta a dívida e a garantia, antes do prazo. Nada impede, claro está, de, extrajudicialmente, os interessados, por acordo, resolverem a situação, mediante expurgação amigável, embora o insucesso dessa situação não precluda a possibilidade de ulterior exercício judicial[44].

A circunstância de a dívida poder não se encontrar vencida não pode causar embaraço algum ao adquirente, na perspectiva do benefício do prazo. Na verdade, a maior parte das hipotecas encontra-se a garantir contratos de mútuo, tipo contratual cujo prazo é estabelecido, normalmente, no interesse de ambas as partes, mutuante e mutuário (art. 1147.º)[45]. Daqui decorre que o mutuário, caso pretenda antecipar o cumprimento, deve pagar os juros por inteiro. Contudo, tal princípio não deve ser aplicado ao terceiro adquirente que recorra ao direito de expurgação ao abrigo da al. a) do art. 721.º. O adquirente do bem hipotecado pode, ao abrigo do art. 721.º al. a), pagar ao credor hipotecário todo o

---

[43] Neste sentido, DOMENICO RUBINO, "L'Ipoteca Immobiliare e Mobiliare" in *Trattato di Diritto Civile e Commerciale (Diretto dai Professor ANTONIO CICU e FRANCESCO MESSINEO)*, Vol. XIX, Milão, Giuffrè Editore, 1956, p. 450.

[44] RUBINO coloca a questão de saber se a proposta de pagamento (por via extrajudicial), do adquirente ao credor hipotecário, tem o efeito de dar origem, em caso de recusa deste, a *mora credendi* (ob. cit., p. 451, n. 184). Julgamos que, por se tratar de um direito de exercício judicial (e isso parece resultar do próprio art. 722.º), a resposta deverá ser, entre nós, negativa. Efectivamente, apesar do disposto nos art. 767.º e 768.º/1, o art. 813.º estipula que a *mora creditoris* só existe quando o credor recusa a prestação que lhe é oferecida *nos termos legais* (o que pressupõe, no nosso caso, o processo judicial de expurgação). Só no processo de expurgação se afere da *legitimidade* do terceiro para a realização da prestação, considerando as especiais exigências da lei (art. 721.º) e a circunstância de a actuação do terceiro poder determinar a extinção de um direito real – a hipoteca.

[45] Pensamos obviamente no caso do mútuo oneroso.

montante da dívida garantida, sem ter de pagar os juros que forem devidos até ao termo do contrato[46].

Esta solução, salientada pela doutrina, vai entrar em conflito com o interesse do credor hipotecário, que perde o benefício do prazo e bem assim o juro que poderia obter até ao termo do mesmo[47]. Contudo, como salienta VAZ SERRA, não é menos verdade que, se o bem for nomeado à penhora por outro credor, o credor hipotecário, ainda que com inscrição hipotecária anterior a tal penhora (e, como tal, chamado à reclamação e graduação de créditos, com prioridade sobre o exequente), também perde o benefício do prazo[48].

Julgamos que, em contrapeso da situação desfavorável que pode advir para o credor por virtude do processo de expurgação, a lei confere-lhe um meio para se precaver desse processo: mediante uma cláusula em que se estabelece que, no caso de venda do bem hipotecado, ocorrerá o vencimento antecipado da obrigação garantida (art. 695.º), cláusula que, de certa forma, surge como dissuasora da alienação[49].

---

[46] Vide VAZ SERRA, ob. cit., p. 250; GORLA, ob. cit., p. 454. Já não julgamos que o adquirente possa, invocando o *benefício da antecipação* que o credor hipotecário terá em virtude do cumprimento antecipado, deduzir, ao montante do capital, os juros. Quanto a este ponto, *vide* PIRES DE LIMA/ANTUNES VARELA, ob. cit., I, p. 742.

[47] Por esse motivo a lei só confere legitimidade para a expurgação ao adquirente que não seja pessoalmente responsável pelo cumprimento; é que, se for responsável, terá de respeitar o interesse do credor na manutenção do benefício do prazo. Vide VAZ SERRA, ob. cit., pp. 255-256. Afastados estão assim os herdeiros do devedor autor da hipoteca (como veremos *infra*), e o fiador, nomeadamente.

[48] Ob. cit., p. 250. Vide, actualmente, os art. 865.º/1 e 868.º/3, ambos do Código de Processo Civil.

[49] Relativamente à renúncia à expurgação, VAZ SERRA admite-a (ob. cit., p. 258), embora a mesma se funde em motivos de ordem pública; no mesmo sentido, RUBINO, ob. cit., pp. 456-457, alertando para a circunstância de a renúncia ou o pacto (entre alienante e adquirente) de não exercício durante um determinado prazo (dilatório), pode ser útil para o alienante, que evitará o exercício sub-rogatório dos direitos do credor hipotecário antes do decurso normal do prazo.

Julgamos que esta renúncia é perfeitamente possível, e a mesma deverá, para ser eficaz, ter a aceitação do credor hipotecário.

IV. **A expurgação da hipoteca por parte do sucessor do devedor**

Vejamos agora se fará sentido permitir, ao adquirente *mortis causa* do bem doado, o recurso à figura da expurgação[50]. Notemos que nada impede que, por acordo das partes, adquirente e credor hipotecário se decidam pela expurgação do ónus, sem que haja recurso às regras dos art. 721.º--723.º (e 998.º ss. C.P.C.), como vimos *supra*. Mas a questão que ora levantamos é a de saber se, na falta de acordo, o herdeiro ou legatário do devedor falecido, que sucedeu na titularidade do bem, pode recorrer à expurgação (necessariamente judicial).

Não haja dúvidas que o adquirente a título gratuito pode recorrer à expurgação. Genericamente, o art. 721.º/b), como veremos *infra*, alude a tal situação, facultando-lhe a expurgação. Mas essa situação contemplará somente a doação, ou também a aquisição por via sucessória?

VAZ SERRA afirma que o herdeiro, "representando o autor da herança, responde pelas obrigações derivadas do acto constitutivo da hipoteca", pelo que, nessa perspectiva, ficando investido na situação que o *de cujus* ocupava, terá de respeitar o direito do credor hipotecário[51]. Ou seja, não pode recorrer à expurgação.

A situação não se afigura líquida, segundo julgamos. O art. 721.º/b) permite que o donatário proceda à expurgação, e, embora cientes das diferenças existentes entre ambas as figuras (diferenças que ainda mais se esbatem quando o sucessível recebe o bem, *inter vivos*, por conta da sua porção hereditária), julgamos que as mesmas não constituiriam um obstáculo intransponível à atribuição do direito de expurgação da hipoteca ao herdeiro.

Convém afirmar, porém, que o herdeiro é responsável pelas dívidas da herança (cfr. art. 2071.º); perante os credores da herança, está "implícita a ideia de que se comportam [os herdeiros] como seus devedores" [52],

---

[50] Advertimos que este ponto não se confunde com o tema fundamental da exposição. O nosso tema versa sobre a expurgação, levada a cabo pelo herdeiro legitimário, da hipoteca constituída pelo donatário (*infra*, § 2).

[51] Ob. cit., p. 257.

[52] CARVALHO FERNANDES, *Sucessões*, p. 317; PIRES DE LIMA/ANTUNES VARELA, ob. cit., VI, pp. 6-7 e 123 (v.g.); também JOÃO GOMES DA SILVA, *Herança e sucessão por morte – a sujeição do património do de cujus a um regime unitário no Livro V do Código Civil*, Universidade Católica Editora, 2002 p. 91: "(...) onde o autor da sucessão fosse credor ou devedor, assim o serão também os seus herdeiros". Na verdade, o orientação do Código Civil de 1966 foi a de determinar a sucessão no *património*, entendido este como o con-

embora a sua responsabilidade se encontre limitada aos bens que adquire por via sucessória (*intra vires hereditatis*)[53]. Por esse motivo, concordamos com a posição sustentada por VAZ SERRA, segundo o qual o herdeiro do devedor, ao qual coube o bem hipotecado, não pode recorrer à expurgação da hipoteca[54].

Relativamente ao legatário, julgamos que o mesmo pode recorrer à expurgação. Efectivamente, o legatário não é um devedor do passivo hereditário (sendo antes um credor da herança). Só assim não será se, ao legar-lhe o bem hipotecado, o *de cujus* houver instituído o encargo de o mesmo liquidar a dívida respeitante a tal hipoteca (art. 2244.° e 2276.°). Nesses casos, julgamos que o legatário deve ser considerado responsável pessoalmente pela dívida, e, como tal, não poderá proceder à expurgação[55]. Mas, fora tais situações, poderá recorrer à expurgação.

V. As modalidades de expurgação

Conforme o determina a lei, a primeira modalidade de expurgação pode ocorrer mediante o pagamento *integral*, aos credores hipotecários[56],

---

junto de direitos e obrigações do *de cujus* (art. 2024.°), embora o vocábulo "dívidas" não se encontre inserido no preceito, e o próprio art. 2024.° aluda, a seguir, à devolução dos *bens*, o que poderia inculcar a ideia de que a sucessão abrange somente o activo hereditário. Mas é ponto assente que a sucessão abrange também as dívidas do *de cujus*.

[53] Embora, na prática, a modalidade de aceitação da sucessão (pura e simples, ou a benefício de inventário) possa ter consequências ao nível do património do próprio herdeiro (art. 2068.° e 2071.° e art. 827.°/3-b C.P.C.). *Vide*, quanto a este aspecto, JOÃO GOMES DA SILVA, ob. cit., p. 158, afirmando que a única maneira de provar o activo que compõe a massa hereditária é, realmente, no inventário.

[54] No mesmo sentido, GORLA, ob. cit., p. 347, afirmando que o herdeiro é pessoalmente responsável pelas obrigações do *de cujus*, não podendo ser considerado terceiro adquirente.

[55] Assim, GORLA, ob. cit., p. 347.

[56] A lei toma em consideração a possibilidade de existirem várias hipotecas a onerar o mesmo bem, a favor de credores diferentes. Naturalmente que isso só fará sentido se as hipotecas forem oponíveis ao adquirente do bem, i.e., se forem constituídas e registadas antes da aquisição. Pode contudo dar-se o caso de serem registadas após a aquisição pelo terceiro. Esta situação só releva se a aquisição por este não tiver ainda sido levada a registo – nesses casos, o registo da hipoteca, além de constitutivo, é igualmente atributivo (art. 5.°/1 e 4 C.R.P.). Se a hipoteca, constituída pelo alienante, for registada após o registo da aquisição do adquirente, o registo da mesma é nulo, por violação do princípio do trato sucessivo – cfr. art. 16.°/*e)* e 34.° C.R.P..

das dívidas a que os bens estão hipotecados (art. 721.º/a). A utilização do advérbio "integralmente" não pode fazer olvidar que parte da dívida já pode ter sido paga pelo próprio alienante do bem hipotecado, nos casos em que a mesma é liquidável em prestações. Nesses casos, naturalmente, a expurgação dá-se pelo remanescente ainda não liquidado.

Em termos de direito adjectivo, a expurgação da hipoteca corresponde a um processo especial, regulado nos art. 998.º ss. C.P.C. A primeira modalidade de expurgação – por via do pagamento integral das obrigações garantidas – encontra a sua regulamentação nos art. 998.º – 1000.º C.P.C..

Determina a lei que serão citados para o processo de expurgação os credores hipotecários com inscrição registal anterior ao registo da transmissão a favor do adquirente do bem (art. 999.º – parte final C.P.C.). Na verdade, são somente estas hipotecas que se mostram oponíveis ao adquirente dos bens[57]. Caso tais credores não compareçam, as quantias que lhes sejam devidas serão depositadas, mas, em caso algum os mesmos ficam prejudicados (art. 723.º/2). Daqui decorre que a eventual revelia dos credores hipotecários, na primeira modalidade de expurgação da hipoteca, não lhes traz quaisquer malefícios[58].

Esta primeira modalidade de expurgação impõe ao adquirente, como vimos, o pagamento *integral* da dívida (ou do que resta dela)[59]. A propósito desta precisão da lei – a utilização do advérbio *integralmente* na al. a) do art. 721.º –, a Relação de Coimbra decidiu que "constituído em propriedade horizontal um prédio previamente hipotecado, não pode cada condómino expurgar a sua fracção pagando a percentagem correspondente à sua fracção no título constitutivo; por força do *princípio da indivisibilidade* (art. 696.º), mesmo após a constituição da propriedade horizontal, continua cada fracção a responder pela totalidade da hipoteca [i.e., pela totalidade da dívida garantida pela hipoteca]" (itálico nosso)[60]. Trata-se,

---

[57] *Vide* nota anterior.

[58] *Vide* quanto a este ponto, PIRES DE LIMA/ANTUNES VARELA, ob. cit., I, p. 744, asseverando que a circunstância de a lei processual impor a junção, aos autos, da certidão de registo predial da qual constem as inscrições hipotecárias, permitirá que todos os credores hipotecários sejam conhecidos no processo. Nestes termos, a respectiva citação é algo que dificilmente deixará de ocorrer.

[59] *Vide* ainda os art. 998.º – 1000.º C.P.C..

[60] Acórdão de 21/01/1997 in *Colectânea de Jurisprudência* 1997, I, pp. 14 ss.. Esta posição, aliás, unânime, foi sustentada em jurisprudência posterior (nomeadamente o Ac. STJ obtido em http://www.stj.pt, com o n.º 97A119, datado de 22/04/97 [relator FERNANDES MAGALHÃES]).

como se disse, de uma consequência do princípio da *indivisibilidade* da hipoteca, previsto no art. 696.°, que determina que, salvo convenção contrária, a hipoteca, independentemente das mutações do crédito garantido, permanece a onerar *por inteiro* cada uma das coisas ou cada uma das partes da coisa dividida. O que significa que, no caso daqueles autos, a divisão jurídica da coisa onerada (de propriedade singular de um só edifício em fracções autónomas) não determinava a divisão da hipoteca. Esta posição já foi, aliás, sustentada por OLIVEIRA ASCENSÃO e MENEZES CORDEIRO, em douto parecer publicado anteriormente ao dito aresto[61].

A hipoteca subsiste, assim, *por inteiro*, sobre a totalidade das coisas (fracções autónomas), resultantes da constituição do edifício em propriedade horizontal. E a solução é a mesma se a hipoteca for constituída, *ab initio*, sobre vários bens imóveis pertencentes ao mesmo devedor, e este, seguidamente, alienar um ou alguns desses bens. Cada um dos bens hipotecados continua a "responder" pela totalidade da dívida; o adquirente de um desses bens poderá proceder à expurgação da hipoteca, segundo o art. 721.°/a), pagando... a totalidade da dívida[62]. De outra forma, caso fosse

---

[61] OLIVEIRA ASCENSÃO/MENEZES CORDEIRO, ob. cit., pp. 36 ss.. A regra da indivisibilidade (supletiva, visto poder ser afastada por vontade das partes, i.e., o credor hipotecário e autor da hipoteca), impõe que, sendo dividida a coisa hipotecada (mesmo pertencente a um só titular, como é o caso do edifício que se constitui em propriedade horizontal, através de negócio jurídico unilateral – cfr. art. 1417.°/1), a hipoteca continua a onerar, pela totalidade da dívida, todas as coisas (fracções autónomas) resultantes da divisão. Daí que cada uma delas não responda por *parte* da dívida, mas por *toda* a dívida; sendo que o credor hipotecário pode exercer a acção hipotecária sobre qualquer das coisas resultantes da divisão, pela totalidade (e, como tal, só pela totalidade pode ocorrer a expurgação). Isto só confirma a *sequela* e a *inerência*, características dos direitos reais, que afirmam a inoponibilidade do acto de divisão relativamente ao credor hipotecário (ou a irrelevância, para o mesmo, das modificações reais posteriores à hipoteca). Um princípio muito semelhante encontra-se consagrado no art. 689.° (n.° 2, *a contrario*): se for hipotecada uma quota na compropriedade, e, seguidamente, efectuada a divisão da coisa comum (art. 1412.°), a falta de consentimento do credor hipotecário nessa divisão determina a inoponibilidade, a este, do resultado da mesma. A eventual execução hipotecária recairá sobre aquela quota, independentemente da parcela efectivamente atribuída, na divisão, ao autor da hipoteca (devedor). Na verdade, a divisão foi de todo ineficaz face ao credor hipotecário. *Vide* também PIRES DE LIMA/ANTUNES VARELA, ob. cit., I, p. 711; MARIA ISABEL CAMPOS, ob. cit., pp. 58-59 e 124 ss..

[62] O art. 697.° permite que, havendo hipoteca de vários bens para garantia da mesma obrigação, *o devedor que seja dono das coisas hipotecadas* se oponha à penhora dos que excedam o montante da dívida exequenda. Efectivamente, a penhora não poderá estender-se para além do necessário. Contudo, este preceito não é aplicável ao terceiro (dono da coisa onerada) que não seja devedor. Trata-se da *hipoteca solidária*, assim apelidada

possível ao adquirente "fraccionar" a hipoteca, como salientam OLIVEIRA ASCENSÃO e MENEZES CORDEIRO, ficaria sem sentido o princípio da indivisibilidade[63].

A segunda modalidade de expurgação consiste na possibilidade de o adquirente declarar que está pronto a entregar aos credores até à quantia pela qual obteve os bens "ou aquela em que os estima, quando a aquisição tenha sido feita por título gratuito ou não tenha havido fixação de preço" (art. 721.º/b; *vide* também o art. 1002.º C.P.C). Nestes casos, o adquirente não se propõe pagar a dívida garantida, mas tão-somente a entregar aos credores um montante limitado pelo valor do bem, ou pelo preço mediante o qual obteve o bem. Naturalmente que só convirá ao expurgador o recurso a esta modalidade de expurgação nos casos em que o valor do bem ou o preço de aquisição fiquem aquém do valor da dívida (o que pode ocorrer quando o bem foi adquirido gratuitamente ou por meio de permuta, situação aliás prevista na parte final do art. 721.º/b).

A fim de prevenir casos em que o bem foi adquirido por um preço bastante baixo, a lei confere aos credores hipotecários a possibilidade de impugnarem o valor declarado pelo adquirente – art. 1002.º e 1003.º C.P.C.. Nestes termos, os credores hipotecários podem, no prazo prescrito – 15 dias –, impugnar o valor declarado pelo adquirente, mostrando que tal valor é inferior à importância dos créditos hipotecários e dos créditos privilegiados (art. 1003.º/1 C.P.C.). Esta situação pode mostrar-se frequente na medida em que o recurso à modalidade de expurgação prevista na al. b) do art. 721.º ocorrerá, normalmente, nos casos em que, precisamente, o valor do crédito garantido suplanta o valor declarado pelo adquirente. Na verdade, se o crédito garantido for inferior ao valor de aquisição, mostrar-se-á mais oportuno ao adquirente recorrer à modalidade de expurgação prevista na al. a) do art. 721.º.

---

porque qualquer um dos bens garante a totalidade da obrigação. Quanto às virtudes e defeitos deste ónus (para o devedor/autor da hipoteca), *vide* MARIA ISABEL CAMPOS, ob. cit., pp. 118 ss..

Admitindo uma coligação de titulares das diversas fracções autónomas no exercício do direito de expurgação (oferecendo, todos, o pagamento integral), *vide* OLIVEIRA ASCENSÃO/MENEZES CORDEIRO, ob. cit., p. 44.

[63] Criticando o sistema instituído, MARIA ISABEL CAMPOS, ob. cit., p. 130. É óbvio que o princípio da indivisibilidade é supletivo, podendo o credor hipotecário renunciar ao mesmo. *Vide*, quanto ao direito italiano, o art. 2809.º/2 do *Codice*, e RUBINO, ob. cit., pp. 91-100.

Julgamos que a circunstância de a lei permitir aos credores hipotecários a impugnação do valor nos termos atrás prescritos visa, precisamente, evitar a simulação do preço do bem para efeitos da al. b). É verdade que os credores, alheios à simulação do preço, dispõem de legitimidade para arguir a nulidade da mesma (art. 286.°). A lei, no art. 1003.°/1 C.P.C., vem precisamente determinar a irrelevância, para o credor hipotecário, do negócio simulado entre as partes. Imagine-se que o autor da hipoteca, através de compra e venda simulada, vende o bem a terceiro, por preço declarado bastante baixo (sendo o preço real muito superior). Recorrendo ao art. 721.°/b, o adquirente declara o preço de aquisição baixo (inferior ao da dívida), na tentativa de expurgar a hipoteca dessa forma. Mas ao credor hipotecário não se exige que prove a simulação e a nulidade do negócio, nem que pretenda que a declaração do art. 721.°/b valha pelo preço real (superior); basta-lhe impugnar o valor declarado, através da demonstração de que tal valor é inferior aos créditos. O art. 1003.°/1 C.P.C. vem dispensar os credores do fardo de arguição e prova da simulação. Para isso, basta que impugnem o valor declarado.

A circunstância de os credores poderem impugnar o valor declarado pelo adquirente determina o recurso à venda do bem hipotecado, sem, naturalmente, prejuízo para os credores hipotecários (art. 1003.°/2 C.P.C). Estes verão o seu interesse satisfeito com prioridade sobre o direito do adquirente, através do produto obtido com a venda judicial do bem. Contudo, como revela GORLA, a venda dos bens hipotecados, nesta segunda modalidade de expurgação, pode mostrar-se contrária aos interesses do credor hipotecário. É que, nestes casos, a venda (ou melhor, a *época* da venda), é determinada pela actuação e pela vontade de um terceiro (o terceiro adquirente dos bens), e não pela vontade do credor hipotecário. Pode tal momento não ser o mais oportuno, de acordo com as regras de mercado, para a realização da venda (uma vez que os bens não atingem, nesse momento, valores aceitáveis), na perspectiva dos credores hipotecários[64].

Caso não surjam, na venda judicial que se segue à impugnação, propostas superiores ao valor declarado pelo requerente da mesma (art. 721.°/b), tal valor subsiste (art. 1003.°/3 C.P.C.), o que determina o êxito do adquirente sobre o credor hipotecário. O valor declarado pelo requerente, mesmo que inferior aos créditos, é depositado e o registo da hipo-

---

[64] GORLA, ob. cit., p. 454. De referir que, perante o art. 2891.° do *Codice*, a impugnação pelo credor hipotecário só é admissível se o mesmo aumentar em 1/10 o valor declarado pelo requerente (entre outras condições).

teca é cancelado (art. 1002.°/3 C.P.C.), transferindo-se os direitos dos credores para o depósito efectuado[65].

É verdade que esta segunda modalidade de expurgação, porque não passa forçosamente pelo pagamento *integral* das dívidas, mas pela entrega de um valor que àquelas não respeita, pode não satisfazer, na sua totalidade, os direitos dos credores hipotecários. Continua, porém, garantido aos credores, o recurso aos meios comuns, contra o devedor, para satisfação dos seus direitos – embora, agora, desprovidos da garantia real, que foi extinta.

Resta-nos afirmar que, perante um processo de expurgação de hipoteca ao abrigo do art. 721.°/b, em que se recorre à venda judicial dos bens em virtude da impugnação pelos credores, é do interesse destes a divulgação do processo, a fim de se obter, na dita venda, o melhor preço possível, sob pena de prevalecer o valor declarado pelo terceiro adquirente.

VI. A transmissão do crédito por sub-rogação

O direito de expurgação configura pois uma situação em que o adquirente do bem hipotecado procede à realização da prestação a favor do credor hipotecário, extinguindo dessa forma, o direito de crédito. E isto leva-nos a concluir que o terceiro, interessado no *cumprimento* (modo típico de satisfação do interesse do credor), fica sub-rogado nos direitos deste contra o devedor, ao abrigo do art. 592.°. Contra o *devedor*, note-se, e não contra o alienante do bem (que pode, como sabemos, não ser o mesmo – basta pensarmos na hipoteca constituída por terceiro, que amiúde referimos). Efectivamente, e embora os Autores nacionais não se pronunciem sobre este ponto, julgamos que convém esclarecer esta situação, uma vez que a mesma tem interesse nas situações em que devedor e alienante (autor da hipoteca) não são os mesmos (art. 717.°). O adquirente do bem hipotecado, ao expurgar a hipoteca, libera o devedor para com o credor hipotecário, não libera o alienante. Embora o accionar da hipoteca, no processo executivo, determinasse a responsabilização do autor da hipoteca – seria este o executado (art. 56.°/2 C.P.C.) –, o devedor continua a ser outrem[66].

---

[65] Os credores hipotecários serão pagos, com recurso a tal quantia depositada, de acordo com a prioridade que lhes era concedida pelos respectivos graus hipotecários. Estamos perante uma figura de *sub-rogação real*.

[66] PIRES DE LIMA/ANTUNES VARELA, ob. cit., I, p. 608, e OLIVEIRA ASCENSÃO/MENEZES CORDEIRO, ob. cit., p. 44, concordando com a sub-rogação, não esclarecem se o direito

Por isso julgamos que o adquirente expurgador fica sub-rogado nos direitos do credor contra o devedor.

Funciona, pois, num segundo plano, a sub-rogação legal do art. 592.º, a favor do mesmo adquirente. Obviamente que só fará sentido o recurso a tal mecanismo de transmissão do crédito, nos casos em que, na fixação do preço de alienação do bem, não foi tido em conta o crédito hipotecário. Se tal crédito foi tido em conta, o preço de aquisição terá sido muito inferior, visto ao mesmo haver sido deduzido o montante da obrigação garantida (e eventualmente outros encargos). Nestes casos, não fará sentido permitir a sub-rogação do adquirente nos direitos do credor hipotecário – a ser admitida, tal solução daria origem a um enriquecimento injustificado do adquirente. Por esse motivo, até será conveniente que o alienante devedor acautele a sua posição, fazendo exarar na escritura pública de compra e venda do bem hipotecado que, em virtude do ónus existente sobre o mesmo, o adquirente ficará inteiramente responsável pela sua expurgação, nada podendo exigir, depois, do alienante, a nível sub-rogatório[67].

De referir que a transmissão do crédito garantido por sub-rogação não é, porém, acompanhada da transmissão da garantia. Efectivamente, embora a regra geral seja a de que a garantia acompanha o crédito cedido, inclusive por via da sub-rogação (art. 582.º/1 e 594.º), o adquirente que expurga a hipoteca e fica, nessa medida, sub-rogado nos direitos do credor contra o devedor, acabou, com a expurgação, com a garantia de que o credor dispunha, motivo pelo qual, logicamente, terá uma posição de credor quirografário[68].

Podemos colocar a questão de saber se o próprio adquirente a título gratuito do bem hipotecado, que procede à expurgação da hipoteca, fica

---

de crédito será, nessa medida, exercido contra o devedor se contra o alienante (nos casos, claro está, em que a hipoteca fora constituída por um terceiro).

Na doutrina italiana, entende-se que o direito de regresso a exercer pelo adquirente é contra o *autor da hipoteca*, mesmo não sendo este o devedor (assim, GORLA, p. 454, baseando-se na discrepância entre a epígrafe e o texto do art. 2866.º – a primeira respeita ao devedor, ao passo que o texto se reporta ao autor). Entre nós, o art. 2866.º do *Codice* não tem correspondência.

[67] Solução que parecem propor PEDRO ROMANO MARTINEZ/PEDRO FUZETA DA PONTE, *Garantias de Cumprimento*, Almedina, Coimbra, 2003, p. 199.

[68] A solução do *Codice*, aqui, é mais completa (e complexa): o art. 2866.º permite que o terceiro que expurga a hipoteca (seja um "terzo datore", seja um "terzo acquirente"), e por essa via fica sub-rogado, passará a beneficiar de outras hipotecas constituídas a favor do *solvens*, sobre bens do devedor.

sub-rogado nos direitos do credor contra o disponente devedor[69]. O Código Civil Italiano estabelece, no art. 2866.°, uma solução afirmativa para esta questão, mas julgamos que deverá valer, acima de tudo, nestes casos, a vontade das partes. Recordemos que, no que respeita aos efeitos da doação de bens onerados, o art. 957.° vem estabelecer, como regra, a irresponsabilidade do doador neste âmbito, a menos que este se haja expressamente responsabilizado, ou haja o mesmo procedido com dolo[70]. Julgamos não fazer sentido impor ao doador uma responsabilidade pela expurgação da hipoteca, quando a mesma é conhecida pelo donatário, em virtude da inscrição registal[71].

VII. A tempestividade da expurgação

Com a expurgação, o adquirente do bem hipotecado visa evitar a execução forçada do bem. Quererá isso dizer que a expurgação só pode ser requerida quando se encontrar pendente um processo de execução, ou é independente desta situação? Ou, pelo contrário, ela não pode nunca ser requerida estando já pendente uma acção executiva (que, note-se, visando a execução do bem hipotecado[72], segue necessariamente contra o titular do mesmo, seja ou não devedor – cfr. art. 56.°/2 e 821.°/2 C.P.C) ?

A expurgação da hipoteca é independente do processo executivo. O terceiro adquirente pode, logo após a aquisição, proceder à expurgação judicial, preenchidos que estejam os requisitos do art. 721.°.

Já relativamente à questão de saber se a expurgação pode ser levada a cabo pelo adquirente, após o início da acção executiva, VAZ SERRA responde afirmativamente, referindo que aquele deverá iniciar o respectivo processo no prazo de dedução de embargos[73]. Refira-se, porém, que só tem interesse a colocação deste problema (se a expurgação da hipoteca pode ser levada a cabo no decurso da acção executiva), na medida em que os resultados *quantitativos*, para o credor, não sejam os mesmos, con-

---

[69] A possibilidade do adquirente a título gratuito poder expurgar a hipoteca já foi por nós analisada (cfr. *supra*, n.° IV).

[70] MENEZES LEITÃO, ob. cit., III, p. 256.

[71] VAZ SERRA, ob. cit., pp. 279-280, que admite convenção das partes em sentido diferente.

[72] E penhorado, naturalmente

[73] Ob cit., pp. 258-259.

soante estejamos perante a expurgação ou perante uma execução. E já sabemos que, na expurgação, o requerente pode obter o cancelamento do registo da hipoteca por um valor declarado *inferior* ao da dívida garantida[74]. Já na execução, porém, o executado só pode evitar a mesma pagando a *totalidade* da dívida exequenda e as custas processuais (art. 916.º C.P.C.). Por isso, julgamos que a questão tem sentido.

Admitir a expurgação no processo executivo seria permitir ao executado fazer gorar, a qualquer momento, a expectativa do credor exequente em obter a totalidade do seu crédito. Refira-se, por outro lado, que o próprio credor exequente tem, no processo executivo, o direito de adjudicação dos bens (art. 875.º C.P.C.), situação que seria, de todo, afastada se se reconhecesse, ao executado, a possibilidade de recorrer, nesse momento, ao processo dos art. 998.º ss. C.P.C., por serem incompatíveis tais situações. Por último, um argumento literal: o processo dos art. 998.º ss. C.P.C. pressupõe a existência de uma hipoteca; no processo de execução, estamos (já) perante a existência de uma penhora. A penhora encontra-se lógica e cronologicamente a jusante da hipoteca[75], e o legislador, no art. 998.º e ss., segundo nos parece, quis limitar a expurgação à *hipoteca*. Por estes argumentos, temos dúvidas em aceitar a posição de VAZ SERRA; segundo nos parece, efectuada a penhora sobre o bem, não mais é possível recorrer à expurgação[76-77].

---

[74] Desde que não tenha havido impugnação do valor declarado, ou, tendo havido impugnação, não hajam surgido, na venda judicial, propostas de compra superiores ao valor declarado (art. 1003.º/3 C.P.C.).

[75] O que afirmamos não contunde com a eficácia retroactiva da penhora (art. 822.º; art. 2.º/1-o) Cod. Reg. Predial), que conserva a prioridade dada pela hipoteca. *Vide* MARIA ISABEL CAMPOS, ob. cit., pp. 204-205.

[76] A solução dada pelo Código Civil Italiano é expressa ao admitir a expurgação mesmo após a realização da penhora, dispondo o executado do prazo de 30 dias para proceder à expurgação. Esta correrá no processo executivo (art. 2889.º/2 do *Codice*).

[77] O direito italiano conhece uma outra modalidade de expurgação: a *purgazione coattiva* (art. 2867.º do *Codice*), com um objectivo diferente daquele que temos vindo a analisar. A "purgazione coattiva" visa satisfazer o direito dos credores hipotecários, perante a venda do bem onerado, realizada pelo autor da hipoteca a um terceiro. O art. 2867.º do *Codice* permite que os credores hipotecários se sub-roguem ao vendedor, no exercício do direito ao preço de venda, através do qual satisfarão os seus créditos. Esta modalidade de sub-rogação no exercício de direitos de crédito não se encontra na dependência dos condicionalismos do art. 2900.º do *Codice* (a sub-rogação do credor ao devedor, também conhecida como *acção sub-rogatória*) (e do nosso art. 606.º). *Vide* RUBINO, ob. cit., p. 467 ss.).

§ 2.º
A EXPURGAÇÃO DA HIPOTECA
PELO HERDEIRO LEGITIMÁRIO

I. Aspectos gerais

Segundo o art. 722.º, "o direito de expurgação é extensivo ao doador ou aos seus herdeiros, relativamente aos bens hipotecados pelo donatário que venham ao poder daqueles em consequência da revogação da liberalidade por ingratidão do donatário, ou da sua redução por inoficiosidade"[78]. A função do preceito é, assim, estender ao herdeiro legitimário, que consegue trazer de volta à herança o bem de que o *de cujus* dispôs, a faculdade atribuída ao que adquire o bem mediante negócio jurídico *inter vivos*.

Em primeiro lugar, há a dizer que esta situação só abrange, compreensivelmente, as liberalidades feitas em vida do autor da sucessão, i.e., as doações feitas em vida – só quanto aos bens objecto dessas liberalidades faz sentido afirmar que o donatário *constituiu* hipotecas. Não abrange, pois, as doações por morte (legados) instituídas em pactos sucessórios. Os bens legados por via de um pacto sucessório (art. 1702.º) só aquando da abertura da sucessão passarão a pertencer ao donatário *mortis causa*, motivo pelo qual até essa data, ele não pode proceder a onerações dos mesmos[79]. Também não engloba, obviamente, os legados testamentários, pelo mesmo motivo que apontámos[80].

---

[78] A versão actual é diferente da que este artigo possuía até à Reforma do Código operada pelo Decreto-Lei n.º 496/77 de 25/11. Até então, ainda se previa a possibilidade de a revogação das doações ser efectuada pelo doador, não só nos casos de ingratidão do donatário, mas igualmente nos casos de superveniência de filhos *legítimos* do doador (cfr. os revogados art. 971.º a 973.º). Tal fundamento de revogação foi erradicado do Código, na senda da eliminação das diferenças entre filhos nascidos dentro e fora do casamento; em consequência, foi igualmente alterado o art. 722.º.

Julgamos que o legislador poderia ter erradicado a distinção entre os filhos, mas mantido o fundamento da revogação das doações (à semelhança do que ocorre noutras ordens jurídicas, como a Espanha, França e Itália). Basta recordarmos que os filhos, mesmo nascidos após a doação, podem, na qualidade de herdeiros legitimários e após a abertura da sucessão do doador, requerer a redução, por inoficiosidade daquela doação. Aplaudindo a solução do legislador em erradicar este fundamento de revogação, MENEZES LEITÃO, ob. cit., III, p. 257, n. 478.

[79] É um dado que a titularidade dos bens legados no pacto sucessório permanece na esfera jurídica do autor da liberalidade, até à abertura da sucessão. Contudo, isso não impede que o donatário, ainda em vida do *de cujus*, disponha de alguns poderes respeitan-

Em segundo lugar, e pressupondo a existência de uma inoficiosidade que abranja tais doações, nos termos da ordem de redução prevista nos art. 2171.º e 2173.º, é necessário que, nos termos do art. 2174.º, a redução abranja todo o bem doado[81] ou, pelo menos, a redução abranja mais de metade do valor do mesmo[82].

Nos termos do art. 722.º, os herdeiros do doador são equiparados aos terceiros adquirentes do prédio, para efeitos de redução. Efectivamente, nem seria, porventura, necessário, que a lei viesse a determinar que o herdeiro legitimário é equiparado a um adquirente dos bens submetidos à redução, porque a situação, em si mesma, ultrapassa, em termos valorativos, a previsão do art. 721.º[83].

Na verdade, na situação prevista neste último preceito (art. 721.º), a lei aplica um regime "de favor" ao adquirente (a título gratuito ou one-

---

tes à tutela do seu direito – nomeadamente, agindo judicialmente em defesa dos mesmos, quando o doador o prejudique por via de actos gratuitos de disposição (art. 1701.º/1). *Vide* a este respeito, PAMPLONA CORTE-REAL, ob. cit., p. 85; CAPELO DE SOUSA, ob. cit., I, p. 49.

[80] Escusado será dizer que também não abrange as deixas testamentárias a título de herança... Recaindo a hipoteca sobre um bem *certo e determinado* que se encontra no património do autor da mesma, a hipótese nem faz sentido, por a herança testamentária recair sobre uma quota, sobre a totalidade ou o remanescente do património do *de cujus* (art. 2030.º/2).

[81] Se o valor a reduzir for igual a metade do valor do bem, o herdeiro haverá em dinheiro a importância da redução (art. 2174.º/2 – 2.ª parte). Naturalmente (e embora não haja preceito legal expresso), se o montante da inoficiosidade for *superior ao valor do bem*, todo ele regressa à herança. O art. 2174.º nunca o afirma, mas pressupõe-no. Quanto a este ponto, *vide* OLIVEIRA ASCENSÃO, *Sucessões*, p. 390, afirmando (a propósito dos legados testamentários) que todo o legado "for atingido, não se dá uma mera redução, mas a *caducidade* da instituição de legatários, e por isso se passa às liberalidades feitas em vida" (itálico nosso). Já quanto às liberalidades feitas em vida, este Autor sugere tratar-se de uma questão de *prevalência* do direito do herdeiro legitimário, face à posição do donatário. PIRES DE LIMA/ANTUNES VARELA, ob. cit., VI, 1998, p. 274, afirmam que " a *redução* pode converter-se em *revogação*, quando a *mancha da inoficiosidade* cubra a liberalidade afectada em toda a sua extensão" (itálicos dos próprios Autores). Já CARVALHO FERNANDES fala de uma "eliminação" (*Sucessões*, p. 413).

[82] Nestes casos, a redução opera da seguinte forma: o bem *retorna* à massa hereditária (JOÃO GOMES DA SILVA, ob. cit., p. 104), embora o donatário tenha direito a receber, da herança, o remanescente em dinheiro (art. 2174.º/1 – 1.ª parte).

[83] A afirmação de PIRES DE LIMA/ANTUNES VARELA, ob. cit., I, p. 741 ("houve necessidade de mencionar este caso, como caso especial, já que a revogação ou redução não afecta terceiros que hajam adquirido, anteriormente à demanda, direitos reais sobre os bens doados (cfr. art. 979.º e 2175.º)"), não parece contradizer o que afirmamos no texto.

roso), permitindo-lhe a expurgação de uma hipoteca sobre um bem que o mesmo, *caso quisesse*, podia nem sequer ter adquirido – ciente, como supostamente estaria, do ónus hipotecário (que consta do registo, como vimos *supra*).

O caso do art. 722.º é diferente: aqui, o legitimário que queira ver respeitado o seu direito à legítima, pretendendo o bem doado pelo *de cujus*, não tem outra alternativa senão recorrer àquele bem concreto, reduzindo a liberalidade e havendo o mesmo de regresso à herança (salvo naturalmente a solução que o art. 2175.º também aponta e que analisaremos *infra*)[84]. Mais se justifica a admissibilidade da expurgação nestes casos, porque o recurso à redução das liberalidades inoficiosas (neste caso, *àquela* concreta liberalidade) é o único meio que o herdeiro tem ao seu dispor para tutelar a sua legítima. Redução essa que é pressuposta pelo art. 722.º[85].

II. Valor do bem doado e cálculo da herança (art. 2162.º)

Cumpre referir que o valor relevante dos bens, para efeitos de cômputo da herança da sucessão legitimária, é o valor que possuem no momento da abertura da sucessão (art. 2162.º/1). Tal momento respeita tanto aos bens que compõem o *relictum*, quanto aos bens que integram o *donatum*[86]. Nestes termos, é irrelevante, para efeitos de inoficiosidade, o valor que os bens venham a sofrer no momento posterior à abertura, uma vez que, determinante, para a lei, é o valor no momento da abertura da sucessão.

---

[84] Os legitimários não adquirem do donatário, mas do *de cujus*: é que a procedência da acção de redução determina que os bens regressam à herança, onde passarão a ficar submetidos também à responsabilidade pelas dívidas do falecido. Assim, OLIVEIRA ASCENSÃO, *Sucessões*, p. 390 (reportando-se, mais uma vez, às deixas testamentárias).

[85] Embora o *de cujus* haja realizado várias liberalidades em vida, a ordem da redução encontra-se imperativamente prevista no art. 2173.º/1 (da mais recente para a mais antiga). E não é, seguramente, possível (devido ao princípio da contratualidade das doações) que o doador declare, em testamento, que uma doação mais recente prevalece, na hipótese (eventual) de inoficiosidade, sobre outra doação mais antiga (ou seja, não nos parece possível ao doador alterar, pelo menos unilateralmente, a ordem de redução prevista no art. 2173.º, ao contrário da liberdade que lhe é deferida em sede do art. 2172.º/2).

[86] Em bom rigor, o art. 2162.º/1 alude somente ao valor dos bens que compõem o *relictum*, omitindo o valor relevante para os bens que integram o *donatum*. Mas é posição unânime que, também para estes, releva o valor no momento da abertura da sucessão: veja-se o art. 2109.º/1, a propósito dos bens submetidos à colação.

Mas aqui depara-se-nos logo um óbice: quando o art. 2162.º/1 alude ao valor dos bens no momento da abertura da sucessão, tem em conta hipotéticas onerações que o donatário haja levado a cabo ?

Já atrás afirmámos, ainda que implicitamente, que o bem onerado (*rectius*: o direito), através, v.g., de uma hipoteca, sofre uma diminuição do seu valor, em virtude da sujeição que passa a ter para com o titular da hipoteca. E, verificamos que a constituição de hipotecas, por parte do donatário (ainda que, depois, venha a ser submetido à redução por inoficiosidade), é um acto lícito: assim o afirmam, ainda que implicitamente, o art. 722.º, o art. 2175.º e, por último, o art. 2177.º[87-88].

Naturalmente que terá de ser o valor do bem, *como se o encargo não existisse* – em bom rigor, diremos: é o valor do direito real que foi doado, como se o encargo sobre o mesmo não existisse. Só assim se evita o defraudar do instituto da legítima e da redução por inoficiosidade, uma vez que a solução inversa seria permitir que o donatário, por via de onerações voluntárias realizadas antes da abertura da sucessão, reduzisse o valor do bem, ao ponto de o mesmo se mostrar insignificante para efeitos do art. 2162.º (e, nessa medida, a inoficiosidade poder nem existir)[89]. Aliás, é a própria lei, no art. 2175.º, que manda que o donatário responda pelo preenchimento da legítima em dinheiro, até ao valor do bem, se o mesmo tiver entretanto sido alienado, *onerado* (sic) ou destruído por qualquer causa.

A solução legal pode apresentar-se gravosa para o donatário, nos casos em que o bem sofre uma valorização excessiva no momento da abertura da sucessão (como aliás é salientado por toda a doutrina), mas justifica-se pela posição de supremacia, ou *prevalência*, em que se encontram os sucessíveis legitimários do doador face à tutela da posição do donatário (que, como se sabe, adquiriu o bem gratuitamente, sem ter de efectuar esforço ou investimento algum)[90].

---

[87] O art. 2177.º tem aplicação restrita: afirma que "o donatário é considerado, quanto a frutos e benfeitorias, possuidor de boa fé até à data do pedido de redução". A afirmação seria despicienda se a lei não esclarecesse que, afinal, a equiparação dá-se para efeitos de frutos e benfeitorias. Na verdade, até à redução, o *donatário é titular do direito real que lhe foi transmitido pelo doador*.

[88] A interpretação destes preceitos permite concluir que o acto de oneração ou disposição do bem, por parte do donatário, é um acto válido e eficaz. Esta conclusão é naturalmente apodíctica, já que o donatário é titular do direito de propriedade sobre o bem. Mas foi de propósito que a realçámos no texto.

[89] Em sede de colação, o art. 2109.º/2 afirma precisamente este princípio.

[90] Também o herdeiro legal adquire o bem gratuitamente, sem ter de efectuar esforço patrimonial. O que se protege é a família, atribuindo-se aos herdeiros legitimários

III. Cont.: o perecimento fortuito do bem doado

Como dissemos, o art. 2175.º dá guarida a esta interpretação, que surge como a melhor na salvaguarda dos valores em confronto.

Podemos até ir um pouco mais longe e questionar: e se o bem, entre o momento da doação e o momento da abertura da sucessão, ao invés de onerado, tiver sido destruído? Contará o valor do mesmo como se a destruição não tivesse ocorrido, ou é necessário distinguir consoante a destruição tenha ficado a dever-se a facto imputável ao donatário, ou não?

O art. 2162.º/2 determina que, para efeitos de cálculo da legítima, não se atende aos valores dos bens que, nos termos do art. 2112.º, não são objecto de colação. E, nos termos deste preceito, não estão sujeitos à colação os bens doados que pereceram em vida do doador, mas por facto não imputável ao donatário (na mesma filosofia, o art. 2109.º/2, ao aludir aos bens que pereçam por culpa do donatário). Parece-nos que, assim, os bens que perecem, antes da abertura da sucessão, por facto não imputável ao donatário, não entram no cálculo da legítima (como aliás o determina a remissão feita pelo art. 2162.º/2), motivo pelo qual a expressão "por qualquer causa" contido no art. 2175.º deve ser entendida *cum grano salis*.

Posição inversa parece ter CAPELO DE SOUSA, ao afirmar que "é errónea a redacção do art. 2162.º'", sustentando que, não obstante perecidos os bens (e por isso não submetidos à colação, mesmo doados a um herdeiro legitimário), devem ser contabilizados para efeitos de cálculo da herança e, eventualmente, redução[91]. PAMPLONA CORTE-REAL, sem se pronunciar expressamente sobre esta discrepância, dá a notar a exuberante protecção conferida ao herdeiro legitimário pelo art. 2175.º[92]. CARVALHO FERNANDES[93], por seu lado, parece ir de acordo com a letra da lei e excluir, do cálculo do art. 2162.º, as liberalidades excluídas também pelo art. 2112.º.

Julgamos que há razões que militam a favor da exclusão, para efeitos de cálculo da herança legitimária, do valor dos bens perecidos por facto *não imputável* ao donatário, antes da abertura da sucessão. Efectivamente, se bem analisarmos a situação, nem o *possuidor de má fé* responde objec-

---

uma quota no património (alargado) do *de cujus*. O fundamento consiste na presunção, não declarada pelo legislador, de que os parentes na linha recta e o cônjuge contribuíram, em vida do *de cujus*, através da vivência familiar, para o engrandecimento do património deste; e que, como tal, deverão prevalecer sobre os terceiros donatários.

[91] Ob. cit., II, 2002, p. 192, n. 492.
[92] Ob. cit., p. 330.
[93] *Sucessões*, p. 384.

tivamente pela perda ou destruição da coisa possuída, se provar a relevância negativa da causa virtual. Esta posição é defendida por HENRIQUE MESQUITA a propósito do art. 1269.°, propondo este Autor a aplicação *directa* do art. 807.°/2 à posse, a fim de evitar, para o possuidor de má fé, consequências injustas que nem o próprio poderia controlar[94].

Ora, se o próprio possuidor de má fé pode lançar mão da relevância negativa da causa virtual, não se vê razão para aplicar um regime mais gravoso ao donatário (que, além de possuir de boa fé, tem uma posse *causal*, correspondente ao direito de propriedade de que é titular). A posição de CAPELO DE SOUSA permitiria soluções injustificadas, excessivamente favoráveis aos herdeiros legitimários, que, por terem a sorte de o *de cujus* haver doado o bem a um terceiro (bem que, antes da abertura da sucessão, foi destruído por facto não imputável ao donatário), veriam agora tal bem ser computado, como se a destruição não tivesse ocorrido, e, desta forma, acrescido o respectivo valor à herança – quando é certo que, *se o bem não tivesse sido doado pelo de cujus, seria destruído na mesma e não entraria para tal cômputo*. Logo, sustentamos: a expressão "por qualquer causa", ínsita no art. 2175.°, não há-de impor ao donatário uma responsabilidade mais gravosa do que a consagrada, pelo ordenamento jurídico, ao possuidor de má fé (art. 1269.° e 807.°/2, nas posições sustentadas por MENEZES CORDEIRO e HENRIQUE MESQUITA, que referimos *supra*). Repare-se que o donatário sujeito à redução é equiparado, até à dedução do pedido de redução, ao possuidor de *boa fé* (art. 2177.°).

Há um outro argumento que permite a leitura art. 2175.° como sugerimos: o art. 978.°/3 determina que, havendo revogação da doação[95], o donatário responde perante o doador se já tiver alienado o bem, ou se a restituição não for possível por *causa imputável àquele*. Ou seja, o donatário ingrato não responde objectivamente pela destruição fortuita do bem – só responde se tiver procedido com culpa.

---

[94] MANUEL HENRIQUE MESQUITA, *Direitos Reais*, 1967, p. 119. A solução é expressamente desenvolvida e sustentada por MENEZES CORDEIRO, *A posse: perspectivas dogmáticas actuais*, 3.ª Ed., Almedina, Coimbra, 2000, pp. 125-126. Na verdade, se o bem, ao invés de possuído por um sujeito de má fé, se encontrasse na posse do titular do direito, e fosse destruído por uma catástrofe natural, este último suportaria na sua esfera jurídica o dano: *sibi imputet*. Porque motivo, então, responsabilizar objectivamente o possuidor de má fé? Repare-se que a solução consagrada no art. 496.° do Código de SEABRA estabelecia que o possuidor de má fé só respondia pelas perdas e danos na coisa possuída decorrentes da sua actuação voluntária (*vide* MANUEL RODRIGUES, *A Posse*, Coimbra Editora, 1940, p. 366).

[95] Por, naturalmente, ingratidão do donatário.

Não faz sentido afirmar que o donatário ingrato só responde se a destruição do bem lhe for imputável (como decorre do art. 978.º/3), e, simultaneamente, afirmar que o donatário, só pelo facto de a doação ser inoficiosa, responde objectivamente pela destruição fortuita do bem (como uma interpretação literal do art. 2175.º parece sugerir). Ao contrário da ingratidão, a inoficiosidade não envolve nenhum juízo de censura, lançado pela ordem jurídica, sobre uma determinada conduta do donatário, motivo pelo qual este não pode merecer um tratamento mais desfavorável.

Assim, parece fazer todo o sentido a ressalva do art. 2162.º/2, em impedir que entrem, no cálculo da legítima, os bens que perecerem em vida do *de cujus* por facto não imputável ao donatário, sendo necessário, em consequência, interpretar restritivamente a expressão "por qualquer causa" do art. 2175.º[96].

IV. A articulação entre os arts. 722.º e o 2175.º

Vista esta situação da destruição do bem doado, regressemos aos encargos constituídos pelo donatário sobre o mesmo[97]. A solução de calcular o valor do bem (para efeitos do art. 2162.º) como se o encargo não existisse, que atrás afirmámos, não é incompatível com o "retorno" do bem à herança, *com esse mesmo encargo*. Na verdade – e ao contrário do que acontece com o despoletar da *cláusula de reversão* (art. 961.º)[98] –, os

---

[96] PIRES DE LIMA/ANTUNES VARELA, ob. cit., VI, 1998, pp. 282-283, afirmam que a solução consagrada no art. 2175.º é gravosa para o donatário, e tem a sua génese no 1502.º do Código de SEABRA. Na altura, a responsabilidade do donatário justificava-se, mesmo objectivamente, devido ao facto de o "beneficiário não ter evitado a realização de uma liberalidade inoficiosa". Como afirmamos no texto, não cremos existir nenhuma censurabilidade da parte do donatário que aceita a doação, não só pelo facto de o mesmo poder desconhecer que o doador tem sucessíveis legitimários, mas também porque, no *momento da doação* (momento que seria logicamente relevante para se aferir a *suposta* censurabilidade), *não há, por natureza, nenhuma inoficiosidade*. Esta só existe no momento da abertura da sucessão.

[97] Que só aqui abordámos devido ao facto de tratarmos o art. 2175.º. A temática da destruição fortuita do bem doado não é articulável com a matéria da expurgação da hipoteca.

[98] A cláusula de reversão está, naturalmente, submetida a registo (art. 960.º/3), fazendo, por isso, sentido a natureza real de tal cláusula (MENEZES LEITÃO, ob. cit., III, p. 222). Já a redutibilidade das doações por inoficiosidade não está (pelo menos, não o está enquanto a acção de redução não tiver sido proposta): é que, quando é celebrada a doação

ónus e encargos constituídos, neste caso, pelo donatário, mantêm-se, e, em homenagem à característica da *sequela*, atrás salientada, vão onerar o património hereditário. Daí o sentido do art. 722.º – permitir que os legitimários se livrem do ónus, expurgando a hipoteca e havendo o bem livre da mesma.

Surge-nos, porém, uma questão: o art. 2175.º determina que, tendo os bens doados (sendo a doação inoficiosa) sido onerados pelo donatário, o mesmo comporá a legítima do herdeiro em dinheiro, até ao valor desses bens – *dando assim a entender que a redução opera em dinheiro*; contudo, o art. 722.º determina que o herdeiro legitimário pode expurgar hipotecas dos bens doados mas que regressaram ao seu património por via da redução – *dando assim a entender que a redução operou em espécie*. Como articular a *estatuição* do art. 2175.º, com a *previsão* do art. 722.º ? O art. 722.º pressupõe que a redução operou em espécie; o art. 2175.º determina que a redução se faça em valor.

E a questão que ora colocamos é a de saber se o herdeiro pode optar por qualquer uma das vias[99] ou, se, perante a existência de uma hipoteca sobre o bem submetido à redução, não haverá que atender à solução consagrado no art. 2175.º, por ser geral, mas antes aplicar a redução sobre o mesmo (nos termos, se necessário, do art. 2174.º e, seguidamente, recorrer ao art. 722.º, para obter a expurgação), por se tratar de uma norma especial, que afasta a aplicação do art. 2175.º?

Afirmar que o art. 722.º é uma norma especial e que, como tal, em face da oneração hipotecária pelo donatário, não será de aplicar o art. 2175.º, tendo o legitimário, como único meio de tutelar a legítima, de aceitar o retorno do bem à massa da herança e, depois, levar a cabo a expurgação da hipoteca, implicará impor ao mesmo um encargo muito forte. A exposição subsequente vai tentar demonstrar essa situação. Vejamos, por ora, algumas hipóteses:

> A, em vida, doa a X um determinado imóvel; X, *proprietário pleno* do mesmo, decide constituir um *usufruto* vitalício a favor de Z. Algum tempo

---

(logo, antes da abertura da sucessão), não é possível aferir da existência de qualquer inoficiosidade. Por natureza, só há herança *após* a abertura da sucessão (*vide* JOÃO GOMES DA SILVA, ob. cit., p. 86).

[99] Não se trata, obviamente, de saber se o preceito pode ser afastado por acordo entre as partes (legitimário e donatário). Quanto a isso, julgamos não haver dúvidas que a resposta é positiva. *Vide*, a este respeito, PIRES DE LIMA/ANTUNES VARELA, ob. cit., Vol. VI, pp. 274-275.

depois, A morre, e B, seu filho e único herdeiro legitimário, constata que o valor do bem (*como se o usufruto não existisse*), de acordo com o cálculo do art. 2162.° e 2159.°/2, ofende a legítima[100].

Não obstante o direito constituído a favor de Z (que é uma oneração, subsumível, portanto, ao art. 2175.°) ser um direito temporário, que tem como limite máximo a vida do usufrutuário[101], B só pode exigir de X a composição da legítima em dinheiro, até ao valor do bem (calculado sem o encargo). Isto, repita-se, mesmo considerando que o direito de usufruto caduca com a morte do usufrutuário. Ou seja, para a lei é irrelevante a duração do encargo sobre o bem – basta que o encargo exista (mesmo sendo temporário) para que o legitimário *só* tenha direito a recorrer ao preenchimento da legítima em dinheiro[102].

Mas se assim é, i.e., se a possibilidade de exigir a composição da legítima em dinheiro existe para os encargos temporários (como é o caso do usufruto), então, por maioria de razão, há-de igualmente ser aplicável aos encargos de duração mais longa e mais gravosos – é o caso da hipoteca[103].

---

[100] Repare-se que o usufruto não foi constituído pelo *de cujus*, por via testamentária (art. 1440.°, 2030.°/4 e 2258.°), pois que, nesse caso, poderíamos estar perante uma solução que passaria pela aplicação da *cautela sociniana* (art. 2164.°); foi, sim, constituído pelo donatário, titular da propriedade plena.

[101] Art. 1443.° e 2258.°.

[102] Uma solução seria afirmar que o direito de usufruto se extinguiria com a redução por inoficiosidade, por ter cessado o direito real maior (de propriedade) sobre o qual o mesmo direito real menor (de usufruto) foi constituído. Esta solução (que vigora nos direitos reais), contudo, parece ser de afastar por duas ordens de razão: a primeira, é a de que o direito de propriedade não deixou de existir – simplesmente *muda de titular* em virtude da procedência da acção de redução (passa do donatário para os herdeiros legitimários do doador); a segunda, é que, se assim fosse (e tendo em conta que o princípio afirmado vigora nos direitos reais), ficaria incompreensível o sentido da "oneração" a que se refere o art. 2175.°. Veja-se, neste ponto, DUARTE PINHEIRO, ob. cit., IV, p. 127, onde afirma que os actos de alienação praticados pelo donatário não são prejudicados; nem são demandados, na acção de redução, os terceiros adquirentes de direitos reais sobre o bem. Em suma, a acção de redução é uma acção *pessoal* e não *real*.

[103] Em certa medida, o usufruto pode configurar-se como menos gravoso que uma hipoteca: basta pensarmos que a extinção do mesmo determina o "regresso" da propriedade à plenitude máxima, abrangendo todos os poderes de gozo; ao passo que a extinção da hipoteca pode ser uma consequência (necessária) da execução da garantia, com a venda do bem a terceiro. E o usufrutuário, embora gozando de um direito que lhe permite afectar a plenitude dos poderes de gozo, tem de respeitar o destino económico do bem, numa clara

A doa a X um imóvel, sendo que X (proprietário pleno), seguidamente, constitui uma hipoteca a favor de Z, para garantia de uma obrigação. Após a morte de A, B, herdeiro deste, constata a inoficiosidade, por o valor do bem doado a X (*como se a hipoteca não existisse*) exceder a quota disponível.

Estará, neste caso, o herdeiro legitimário, limitado à solução apresentada pelo art. 722.º?

Parece-nos que as soluções legais não podem ser senão alternativas. A tutela do herdeiro exige que se lhe permita optar por uma de duas soluções: em alternativa ao recurso ao art. 2175.º (exigir que a legítima seja composta em dinheiro), pode o herdeiro promover o retorno do bem ao património da herança e, seguidamente, proceder à expurgação (art. 722.º)[104]. Repare-se que a solução de considerar que ambos os normativos são aplicáveis, passa pela tutela do herdeiro legitimário, que não pode, numa situação mais gravosa do que o usufruto, ficar numa situação de menor protecção. O legitimário pode não ter interesse em recorrer ao art. 722.º, pretendendo, antes, a aplicação do art. 2175.º.

Retomando as situações acima descritas: na primeira hipótese (usufruto), se o herdeiro recorrer ao art. 2175.º, será o valor do bem – como se o usufruto não tivesse sido constituído, frise-se[105] – que será computado para efeitos do art. 2162.º. Havendo o preenchimento da legítima em dinheiro, o donatário manter-se-á como titular do direito de nua-propriedade sobre o bem, retomando este direito a sua extensão máxima quando se der a extinção do usufruto. O herdeiro não haverá o bem, mas somente o valor da sua legítima, em dinheiro.

No segundo exemplo (hipoteca), a lei tanto permite ao herdeiro o recurso ao art. 2175.º (sendo o donatário obrigado a compor a legítima em dinheiro, mantendo-se a solução acima descrita[106]), como ao art. 722.º.

---

tutela da posição do radiciário, que conserva o direito à raiz e à expectativa da consolidação. *Vide* art. 1439.º e 1446.º; na doutrina, MENEZES CORDEIRO, *Direitos Reais*, Lisboa, Lex, 1993 (*Reprint* de 1979), pp. 650-655 (que articula as limitações constantes dos dois referidos preceitos).

[104] Tratando-se de uma penhora (que poderia, ou não, recair sobre um bem já hipotecado), já a situação não seria enquadrável no art. 722.º, mas seria subsumível art. 2175.º.

[105] Logo, o valor da propriedade plena.

[106] I.e., o donatário permanece titular do direito de propriedade sobre o bem, mantendo-se também a hipoteca; quando esta se extinguir, o donatário retoma a plenitude do seu direito.

Neste último caso, o donatário perde o direito de propriedade sobre o bem (que retorna à massa hereditária) e, subsequentemente, o herdeiro pode proceder à expurgação da hipoteca, através dos meios consagrados no art. 721.º.

Vejamos agora um exemplo diferente:

>Imaginemos que, ao contrário do usufruto (que é, por natureza, um direito real temporário), é constituído um direito real perpétuo: assim, A doa a X um imóvel, sendo que X (proprietário pleno), seguidamente, constitui um *direito de superfície perpétuo* a favor de Z, para que o mesmo aí realize uma edificação. Mais uma vez, após a morte de A, ocorrida anos depois, B, herdeiro deste, constata a inoficiosidade, por o valor do bem doado a X (*como se a oneração não existisse*) exceder a quota disponível[107].

Este exemplo trata de um caso mais gravoso do que a hipoteca. O direito de superfície (art. 1524.º ss.) confere ao titular o direito de alterar substancialmente a coisa onerada, mediante a realização do implante. A duração perpétua deste direito[108], só vem confirmar a gravidade da situação, face à hipoteca e ao usufruto.

Mas este caso não difere da solução apresentada para o usufruto (art. 2175.º): o herdeiro haverá o direito à legítima composta em dinheiro, às expensas do património do donatário.

A solução da expurgação é somente aplicável à oneração hipotecária, o que se compreende, devido à circunstância de a hipoteca ser um direito real de garantia, acessório de um crédito e, como tal, um direito crismado de transitoriedade. A extinção da hipoteca, pela satisfação do interesse do credor, cumpre a missão de garantia que lhe foi destinada. Da aplicação do art. 722.º, tal satisfação obtém-se pela satisfação do interesse do credor por um terceiro (o herdeiro).

Poderíamos, é certo, questionar a razão pela qual a solução apresentada pelo art. 722.º (expurgação da hipoteca) não pode ser aplicável a outras onerações (onerações que se traduzam *direitos reais de gozo* menores). Mas a tutela *qualitativa* da legítima só é levada ao extremo no caso

---

[107] Podíamos igualmente apontar uma servidão, por natureza, um direito real não temporário (cfr. art. 1543.º ss.).

[108] Admitida expressamente pelos art. 1524.º e 1541.º. OLIVEIRA ASCENSÃO critica a posição do legislador, por não ter estabelecido, a favor do fundeiro, uma preferência para os casos de alienação do direito de superfície, de forma a permitir "o desenlace desta situação destituída de função social" (*Reais*, p. 533).

de existir uma hipoteca, e não qualquer outro encargo. Perante direitos reais de gozo menores constituídos, pelo donatário, sobre o bem doado, a opção do legislador foi, nitidamente, de os manter (art. 2175.º). Uma solução idêntica ao art. 722.º para esses casos (v.g., uma remição atribuída ao herdeiro legitimário, que lhe permitisse extinguir direitos reais menores constituídos pelo donatário, à semelhança do que ocorria em sede da extinta enfiteuse[109]), afectaria a estabilidade das situações jurídicas reais[110].

Mas essa estabilidade já não é característica das garantias reais, *maxime*, da hipoteca, que se extingue, como vimos, com a extinção do crédito garantido[111]. E, ao contrário da imobilidade e perenidade que caracterizam os direitos reais de gozo, já os direitos de crédito (e, por via da acessoriedade, as garantias reais), têm um fim assinalado neles mesmos – a extinção, pela satisfação do interesse do credor. Logo, a função do art. 722.º (que, afinal, permite essa mesma extinção[112]) não prejudica essa característica de transitoriedade.

Podemos afirmar que solução consagrada no art. 722.º (que pressupõe o operar da redução por inoficiosidade em espécie), é a que está conforme ao princípio da intangibilidade qualitativa da legítima, e que, como tal, deverá excluir a aplicação do art. 2175.º? Ou seja, que, perante uma oneração hipotecária, estará o herdeiro confinado ao art. 722.º, não podendo recorrer ao art. 2175.º?

Reparemos, em primeiro lugar, que a intangibilidade qualitativa da legítima não é levada ao extremo. Basta pensarmos que o *de cujus* pode, mediante liberalidades *inter vivos* ou *mortis causa*, dispor gratuitamente de uma grande parte do património, deixando permanecer no *relictum* somente os bens suficientes para integrarem aquela que, um dia, será a legítima objectiva dos seus herdeiros legitimários[113]; ou que institui um

---

[109] Cfr. o revogado art. 1511.º, que concedia o direito de remição a favor do enfiteuta.

[110] Estabilidade essa que é pretendida pelo legislador, como se depreende de alguns preceitos (v.g., art. 1541.º)

[111] "O carácter de dependência da hipoteca manifesta-se 'quando se desmorona a relação obrigacional'. Um direito rigorosamente acessório fica desprovido de toda a finalidade a partir do pagamento" (MARIA ISABEL CAMPOS, ob. cit., p. 92).

[112] Sem prejuízo do nascimento do crédito na esfera do legitimário, como veremos *infra*.

[113] Trata-se, claro está, de uma situação bastante aleatória, considerando a variabilidade do valor dos bens.

encargo que onere a legítima, em termos de ser chamada a aplicação do instituto da cautela sociniana (art. 2164.°)[114]; ou que o doador procede à revogação unilateral da dispensa de colação, o que determinaria a necessária imputação do valor do bem doado na legítima do herdeiro donatário (art. 2108.°), podendo o mesmo, eventualmente, esgotar a sua posição legitimária, nada mais recebendo a esse título[115]. Pensemos ainda no art. 2174.°, ao atribuir ao herdeiro legitimário, em determinados casos (n.° 2, 2.ª parte), um valor, mas não o bem objecto da liberalidade inoficiosa. Em todos esses casos, a tutela qualitativa da legítima aparece fragilizada[116].

Mas reparemos sobretudo que a tutela qualitativa da legítima é estabelecida no *exclusivo interesse do herdeiro legitimário*: assim o atestam os institutos dos legados por conta e em substituição da legítima (art. 2163.° e 2165.°), a doação não dispensada de colação (art. 2108.°)[117], e a própria cautela sociniana (art. 2163.°). Em todos estes casos, estamos perante alternativas conferidas ao herdeiro legitimário. Ao afirmarmos que os art. 722.° e 2175.° surgem, também, como alternativos, estamos a permitir ao herdeiro legitimário, perante a oneração hipotecária, que opte por uma das figuras em confronto[118].

---

[114] Em sede de aplicação da cautela sociniana, refere OLIVEIRA ASCENSÃO, *Sucessões*, p. 390, "a situação dos legitimários é bem mais desfavorável que a que resultaria do art. 2163.°". O que demonstra a fragilidade da tutela qualitativa.

[115] Trata-se, seguramente, de uma situação controversa. A dispensa de colação, quando conste da doação, não pode ser unilateralmente revogada pelo doador, devido ao carácter contratual de tal cláusula (art. 406.°). Mas, se a dispensa constar de negócio jurídico unilateral, também poderá, mediante novo negócio unilateral, ser revogada. Mas nesses casos, a expectativa do sucessível legitimário foi sobejamente acautelada no momento em que recebeu e aceitou a doação (em que a dispensa não estava em causa). Concordamos, nesta matéria, integralmente com a posição de CAPELO DE SOUSA, ob. cit., II. p. 179, n. 459.

[116] DUARTE PINHEIRO, ob. cit., IV, p. 130, afirma que "o direito positivo português consagra uma fórmula moderada do princípio da intangibilidade qualitativa [da legítima]".

[117] Como contrato que é, a doação, para ser perfeita, carece da aceitação do declaratário. Este poderá não aceitar a proposta de doação a não ser que a mesma venha acompanhada de dispensa de colação, a única forma de deixar a legítima livre, a fim de ser integrada, mais tarde, por bens hereditários.

[118] Poderá o legitimário pretender a composição da legítima em dinheiro (art. 2175.°), ao invés de obter a expurgação da hipoteca. Mesmo nos casos em que a hipoteca tem um valor muito reduzido (v.g., garante um crédito equivalente a 1/10 do valor do bem), o legitimário pode ter interesse em não se envolver num processo de expurgação e exigir, directamente, do donatário, a composição da legítima em dinheiro. Já vimos que a expurgação envolve necessariamente um processo judicial. Mas a intromissão do instituto da

Um último argumento: o regime da expurgação da hipoteca teve em vista, não a tutela qualitativa da legítima, mas, antes, favorecer a circulação dos bens[119]. Logo, julgamos que não deve ser invocada a tutela da legítima, a nível qualitativo, para impedir a conjugação de duas soluções alternativas, ambas ao dispor do herdeiro legitimário.

V. Consequências da expurgação: a sub-rogação legal

Qualquer dos meios previstos no art. 722.° exige, porém, um esforço económico do herdeiro legitimário. Seja porque procede ao pagamento integral da dívida garantida pela hipoteca, seja porque procede à entrega, ao credor hipotecário, de um valor que tem, como limite, o dos bens em causa. Naturalmente que qualquer das soluções apontadas tem graves inconvenientes, que colocam em causa a efectiva tutela da legítima. Se o herdeiro opta pela solução que lhe é conferia pelo art. 722.°, fica realmente com o bem (aquele bem, que pertencera, em tempos, ao *de cujus*), e livre dos ónus constituídos pelo donatário; mas, considerando o que teve de despender na expurgação, valer-lhe-á de algo?

Como atrás salientámos, o recurso à expurgação pelo herdeiro acarreta despesas da parte deste, seja qual for a modalidade de expurgação a que recorre. Motivo pelo qual se pode afirmar que o recurso ao art. 722.° não confere ao herdeiro a plena tutela do direito à legítima, uma vez que este fica obrigado (ou pelo menos com o ónus) de expurgar a hipoteca, pagando uma soma ao credor hipotecário. Dito por outras palavras: em sede de tutela da legítima, o art. 722.° é incompleto – não fornece toda a solução.

A solução integral passa pela aplicação da sub-rogação do art. 592.° (sub-rogação legal) no confronto entre o herdeiro e o donatário, quando o primeiro procede à expurgação da hipoteca constituída pelo segundo. Esta solução é aplicável à expurgação levada a cabo pelo terceiro adquirente do bem, nos termos gerais do art. 721.°, como vimos *supra*, e, em sede de expurgação pelo herdeiro, terá a sua aplicação reforçada por motivos relacionados com a tutela da legítima. Seria incompreensível que o donatário pudesse obter uma garantia real, para assegurar o cumprimento de uma dívida própria perante um terceiro, às custas do herdeiro.

---

sub-rogação (art. 592.°), como veremos *infra*, vem envolver o caso em algo mais complexo.

[119] GORLA, ob. cit., p. 453.

Na verdade, o herdeiro legitimário que procede à expurgação da hipoteca, seja pelo pagamento integral da dívida garantida (art. 721.°/a), seja pela entrega de uma soma cujo limite máximo é o valor do bem (art. 721.°/b), acaba, sempre, por, perante o credor hipotecário, satisfazer o interesse do credor (ainda que, eventualmente, só a título parcial, se houver recurso ao art. 721.°/b). Daí resulta que haverá, concomitantemente, uma redução, ou mesmo extinção, da dívida garantida, extinção essa em benefício do autor da hipoteca (donatário que sofreu a redução). Por outro lado, não é demais afirmar que o herdeiro que procede à expurgação é um terceiro que se encontra *directamente interessado* na satisfação do crédito (cfr. art. 592.°/2)[120].

Esse interesse directo do herdeiro na satisfação do crédito garantido pela hipoteca, afirmamos, não é menor do que o interesse do terceiro que garante, com hipoteca sobre bens próprios, uma dívida alheia. Mas esse caso encontra-se expressamente previsto no art. 592.°, ao passo que o do adquirente da "coisa empenhada ou hipotecada, que cumpre pelo devedor, na mera intenção de prevenir a venda e adjudicação do penhor ou a execução do crédito hipotecário", já verá a sua situação coberta pela existência de um "interesse directo"[121]. Portanto, também o herdeiro fica sub-rogado, por via do art. 592.°, nos direitos do credor hipotecário, contra o devedor.

VI. Conjugação das soluções apresentadas

Segundo PIRES DE LIMA/ANTUNES VARELA, "embora o donatário deva indemnizar o doador ou *preencher a legítima* (...) este, para se livrar das hipotecas constituídas por aquele, terá, pois, de as expurgar, como se fosse um adquirente de novo" (itálico nosso)[122]. Vamos ilustrar a afirmação destes Professores, com um exemplo:

A doou a X um prédio, que este logo hipotecou para garantir uma dívida própria para com Z, seu credor. No momento da abertura da suces-

---

[120] Seria curioso indagar se a situação prevista no art. 730.°/b – prescrição da hipoteca, a favor do terceiro adquirente – seria aplicável em benefício do herdeiro legitimário (quando o autor da hipoteca fora o *de cujus*). Atendendo ao silêncio da lei neste campo e ao facto de o herdeiro poder ser visto como um continuador do defunto (cfr., v.g., art. 1255.°), julgamos que a resposta negativa se impõe.
[121] PIRES DE LIMA/ANTUNES VARELA, ob. cit., I, p. 608;
[122] PIRES DE LIMA/ANTUNES VARELA, ob. cit., I, p. 743

são de **A** (que tem como sucessíveis legitimários os filhos **B** e **C**), tal prédio tem o valor de 500 000 € (como se a hipoteca não existisse). **A** deixa ainda outros bens, no valor de 100 000 €. A herança legitimária ascende a 600 000 € (art. 2162.°). A quota indisponível será de 400 000 € (art. 2159.°/2, sendo de 200 000 € a legítima subjectiva de cada um – cfr. art. 2136.° e 2139.°/2), e a quota disponível, igualmente de 200 000 €. Não havendo mais liberalidades, e tendo sido imputado o valor do prédio doado na quota disponível, há uma inoficiosidade no valor de 300 000 €, que será reduzida nos termos dos art. 2168.° ss. (art. 2173.°); aplicando-se o art. 2174.°/2 (por se tratar de um bem indivisível), os herdeiros haverão o bem na íntegra e pagarão ao donatário o valor de 200 000€, uma vez que a importância a reduzir (300 000 €) excede metade do valor do bem (500 000 / 2 = 250 000).

Se a dívida por solver (e que se encontra garantida pela hipoteca), ascender, nessa altura, a 300 000 €, os herdeiros poderão então expurgá-la (art. 721.°/a e 722.°), e, após pagarem tal valor a Z, ficarão, pelo mesmo, sub-rogados nos direitos do credor hipotecário contra o devedor (art. 592.°), podendo exigir do mesmo esse pagamento.

Somados os valores, temos que os herdeiros legitimários receberão: 100 000 € de *relictum*; um bem submetido à redução no valor de 500 000 € (tudo somado, 600 000 €). Pagaram ao donatário o valor de 200 000 € (art. 2174.°/2) e ao credor hipotecário o valor de 300 000 € (art. 721.°/a), o que perfaz 500 000 €. Ficam sub-rogados no valor de 300 000 € contra o donatário, por virtude desse pagamento. Não excluímos, naturalmente, a possibilidade de existir uma compensação, ainda que parcial, entre o crédito que o donatário possui sobre os herdeiros (por via do art. 2174.°) e o crédito destes sobre aquele, derivado da sub-rogação (art. 847.°/2).

Assim, e resumidamente: **B** e **C** têm a haver: 100 000 + 500 000 + 300 000 = 900 000 €; têm a pagar: 200 000 + 300 000 = 500 000 €. Logo, 900 000 – 500 000 = 400 000 (valor da quota indisponível). Verifica-se que os **B** e **C** conseguem, por via destas operações, compor as respectivas legítimas.

VII. A posição do herdeiro como credor quirografário

Uma questão derradeira, nesta sede, prende-se com o art. 582.°, segundo o qual, na falta de convenção, a transmissão do crédito importa a transmissão, para o cessionário, das garantias e outros acessórios do direito garantido. Ora, por via da remissão expressa do art. 594.°, o herdeiro, sub-rogado nos termos do art. 592.°, ficaria investido nessas tais garantias. No caso concreto, porém, *a garantia do crédito era a própria hipoteca*, que o herdeiro, por força do art. 722.º, extinguiu (para além de a garantia recair sobre um bem que, afinal, pertence, agora, ao herdeiro, procedente que foi a acção de redução). Fica assim o herdeiro com um crédito sobre o donatário, embora desprovido de garantia real, com as características do crédito quirografário: como vimos *supra*, § 1, VI.

Esta solução frágil, na perspectiva do herdeiro, não se afasta da solução que, afinal, é consagrada no art. 2176.º. Aqui se prescreve que, se ao donatário for exigido o preenchimento da legítima em dinheiro (*ex vi* art. 2175.º), e o mesmo for insolvente, não pode o herdeiro legitimário responsabilizar terceiros (nomeadamente, os que adquiriram, do donatário, direitos reais menores, nem os demais que não sejam prioritários na ordem da redução de liberalidades): "a insolvabilidade do donatário é, assim, suportada pelo legitimário"[123]. Este é o limite da tutela da legítima, concedida por lei ao herdeiro: ele reage contra o donatário, mas não goza de nenhuma preferência sobre bens deste, nem goza de nenhuma esfera jurídica adicional de responsabilidade. Ou seja: não goza de nenhuma garantia real, nem pessoal (*ex lege*), para tutela da legítima.

Conclusões

1) a expurgação da hipoteca pelo herdeiro legitimário não impede o mesmo de recorrer à composição da sua legítima em dinheiro, de acordo com os ditames gerais do art. 2175.º, pelo que as soluções destes preceitos surgem como alternativas;
2) o art. 722.º é aplicável quando o legitimário procede previamente à redução das liberalidades inoficiosas, obtendo o bem de regresso à massa hereditária;
3) o valor, para efeitos do art. 2162.º/1, do bem hipotecado pelo donatário, é o valor que o bem teria se não tivesse sido constituído o encargo;
4) a expurgação da hipoteca pelo donatário confere-lhe o direito de se sub-rogar nos direitos do credor hipotecário contra o donatário, por força do art. 592.º/1.
5) Essa sub-rogação, derivada do cumprimento associado à expurgação da hipoteca, impede o funcionamento da transmissão da

---

[123] Expressamente, CAPELO DE SOUSA, ob. cit., II, p. 129.

garantia acessória do crédito (ex. vi art. 582.º e 594.º), uma vez que a hipoteca se extinguiu por virtude da expurgação;
6) O recurso ao art. 722.º confere ao legitimário uma plena tutela qualitativa (e quantitativa, como vimos através das operações atrás analisadas) da legítima, ao passo que o recurso ao art. 2175.º confere ao herdeiro somente uma tutela quantitativa.

Assim se obtém a justa composição dos interesses em conflito, mediante o mecanismo do art. 722.º: em primeiro lugar, está o interesse do credor hipotecário, que vê satisfeito o seu direito de crédito, ao receber a prestação (ainda que de terceiro, por se tratar de uma prestação fungível); em segundo lugar, o interesse do herdeiro legitimário, que obtém o bem hereditário, em satisfação do seu direito à legítima subjectiva. O interesse do donatário encontra-se posicionado em último lugar, devido ao facto de o mesmo não ter realizado qualquer esforço económico na aquisição do bem e de não ter, para com o *de cujus*, nenhum laço jus-familiar, ou outro, que lhe confira alguma da protecção de que só o herdeiro legitimário beneficia[124].

Mas da aplicação do art. 2175.º igualmente se obtém uma justa composição dos interesses: o credor do donatário é protegido, de novo em primeiro lugar, na medida em que conserva a hipoteca sobre o bem (que, como se disse, permanece na esfera jurídica do donatário)[125]. O herdeiro legitimário obtém o valor correspondente à sua legítima, à custa do esforço financeiro que o donatário terá, agora, de realizar, para a composição da mesma em dinheiro.

A nível adjectivo encontramos diferenças não despiciendas. Pressupondo sempre a patologia da situação (ou seja, a necessidade de recorrer à via judicial para a composição dos interesses em conflito), temos que: se o herdeiro adoptar a via do art. 2175.º, poderá, *numa só acção*, pedir a declaração da inoficiosidade da doação, provar o ónus sobre o bem e pedir

---

[124] Pensamos, naturalmente, nas situações em que a operação de imputação impede a redução da liberalidade: nomeadamente, o fenómeno da imputação subsidiária (doação feita a um sucessível legitimário prioritário, dispensada de colação e parcialmente imputada na sua legítima subjectiva), ou o caso da doação remuneratória (art. 2173.º/2). O caso sobre o qual nos debruçamos, nesta exposição, não é nenhum desses.

[125] Não há nenhum privilégio creditório, a favor do herdeiro legitimário, a garantir o crédito do mesmo sobre o donatário, crédito esse nascido *ex vi* art. 2175.º. Caso houvesse, poderíamos então questionar se a aplicação do art. 2175.º em alternativa com o art. 722.º, não acabaria então por constituir uma fragilização da garantia do credor hipotecário.

a condenação do donatário no preenchimento da legítima em dinheiro. Mas se recorrer ao art. 722.º, terá de mover uma acção de redução de liberalidades inoficiosas (contra o donatário); seguidamente, terá de recorrer ao processo especial dos art. 998.º ss. CPC (contra o credor hipotecário; de referir que o herdeiro terá, neste caso, de proceder ao pagamento ou depósito das quantias destinadas à expurgação); e, ficando sub-rogado contra o donatário nesses montantes, caso este último não queira proceder ao pagamento ao herdeiro, terá de ser, de novo, demandado judicialmente numa acção de cumprimento.

Eis mais um argumento para considerar as soluções dos art. 722.º e 2175.º como alternativas: mesmo a nível adjectivo, há um benefício conferido ao herdeiro legitimário que, numa só acção, logra obter o *quantum* equivalente à sua legítima.

A DECLARAÇÃO DA SITUAÇÃO DE INSOLVÊNCIA
(ALGUNS ASPECTOS DO SEU PROCESSO)

Pedro de Albuquerque [*]

SUMÁRIO: § 1 – Introdução. § 2 – A insolvência como pressuposto objectivo único. § 3 – O pedido de declaração de insolvência (a legitimidade para solicitar a declaração de insolvência, desistência, petição inicial e seus requisitos). § 4 – Apreciação liminar do pedido e medidas cautelares. § 5 – Audiência de discussão e julgamento. § 6 – Sentença de declaração de insolvência e sua impugnação. § 7 – Sentença de indeferimento. Recurso e responsabilidade por pedido infundado.

§ 1 – **Introdução**[1]

I – O objecto do presente trabalho é a declaração da situação de insolvência. O tratamento deste tema obriga, porém, à realização de algumas considerações prévias.

Uma das grandes novidades do CIRE[2], por confronto com a legislação anteriormente em vigor, é a supressão da bifurcação recuperação/

---

[*] Professor Auxiliar da Faculdade de Direito de Lisboa.
[1] Utilizou-se como base o texto publicado na revista o Direito com o título *A declaração da situação de insolvência*.
[2] Apesar de se não ignorar a dimensão histórica (sublinhando a dimensão histórico-cultural do direito, do pensamento e da metodologia jurídicas pode ver-se, por exemplo, entre nós, CASTANHEIRA NEVES, *O direito hoje e com que sentido? O problema actual da autonomia do direito*, Lisboa, 2002, 53 e ss.; *Metodologia jurídica. Problemas fundamentais*, Coimbra, 1993, 12 e ss.; MENEZES CORDEIRO, *Tratado de direito civil português*, I,

/falência. O processo é na nova legislação único. Trata-se de um processo de execução universal cuja finalidade é a satisfação do interesse dos credores através, ou da liquidação do património de um devedor insolvente e repartição do produto obtido pelos credores, ou mediante um plano de insolvência, que nomeadamente se baseie na recuperação da empresa compreendida na massa insolvente[3-4]. E por aqui já se nota um aspecto de

---

Parte geral, 3.ª ed., 2005, 133 e ss.; PEDRO DE ALBUQUERQUE, *A representação voluntária em direito civil (Ensaio de reconstrução dogmática)*, Coimbra, 2004, 22, nota 17) não iremos, por não ser compatível com os limites impostos a esta conferência, estudar o processo histórico-jurídico que conduziu até ao CIRE. Mas v., MENEZES CORDEIRO, *Litigância de má fé, abuso de direito e culpa* in agendo, Coimbra, 2006, 165 e ss.. Na literatura jurídica alemã, v., recentemente, com uma breve análise da matéria desde o direito romano até aos nossos dias, passando pelo direito estatutário italiano, a recepção alemã e o direito comum alemão, as origens do direito francês, a *Konkursordnung* prussiana de 1855, a *Konkursordnung* de 1877, os desenvolvimentos subsequentes à I Guerra Mundial e legislação posterior, STÜRNER, *Münchener Kommentar zur Insolvenzodnung*, por KIRCHHOF, Munique, 2001, I, comentário aos §§ 1 a 102, introdução, 8 e ss., com indicações.

[3] No mesmo sentido v. JOÃO LABAREDA, *O novo Código da Insolvência e da recuperação de empresas. Alguns aspectos mais controversos*, in *Miscelâneas (Instituto de Direito das Empresas e do Trabalho)*, 2, Coimbra, 2004, 18 e 23, sublinhando embora a aparente diversidade literal do preceito relativamente ao entendimento proposto. Trata-se, contudo, este de um elemento que numa adequada e actualizada perspectiva metodológica não pode estabelecer limites prévios à interpretação-aplicação. Na verdade, é cada vez mais sublinhada a insuficiência da letra da lei enquanto factor hermenêutico predeterminante da interpretação jurídica e como critério dos respectivos limites, tendo sido ultrapassadas, em grande parte, as orientações interpretativas que amarravam o aplicador do direito à letra da lei – inclusivamente apenas ao limite negativo dos seus possíveis sentidos. Para uma análise acerca do modo como a doutrina de ponta vem encarando o actual problema metodológico da interpretação jurídica cfr., entre nós, CASTANHEIRA NEVES, *Questão-de-facto-questão-de-direito ou o problema metodológico da juridicidade (Ensaio de uma reposição crítica)*, I, *A crise*, Coimbra, 1967, *passim*, e por exemplo 214 e ss.; *O princípio da legalidade criminal*, in *Digesta. Escritos acerca do direito, do pensamento jurídico, da sua metodologia e outros*, Coimbra, 1995, I, 428 e ss.; *Interpretação jurídica* in *Idem*, II, 337 e ss.; *O actual problema metodológico da realização do direito*, in *Idem*, II, 249 e ss.; *O método jurídico* in *Idem*, II, 283 e ss.; *Metodologia jurídica...*, *passim* e 83 e ss.; *O actual problema metodológico da interpretação jurídica*, Coimbra, 2003, I, *per totum*; *O sentido actual da metodologia jurídica*, in *Boletim da Faculdade de Direito de Coimbra. Volume Comemorativo*, 2003, 115 e ss., *maxime* 134 e ss.; e JOSÉ BRONZE, *Lições de introdução ao direito*, 2.ª ed., Coimbra, 2006, 875 e ss. V., também, MENEZES CORDEIRO, *Lei (Aplicação da)*, in *Pólis, Enciclopédia Verbo da Sociedade e do Estado*, Lisboa-São Paulo, III, 1985, 1046 e ss.. Sobre o tema pode ainda consultar-se PAULO MOTA PINTO, *Aparência de poderes de representação e tutela de terceiros, reflexão a propósito do artigo 23.º do Decreto-Lei n.º 178/86, de 3 de Julho*, in *Boletim da Faculdade de Direito*, 1993, LXIX,

primeiro relevo: o processo deixa de ter por finalidade a recuperação da empresa, agora meramente instrumental, para passar a ter outro escopo[5].

Além disso, cumpre salientar algumas linhas importantes do novo diploma. Entre elas contam-se a prevalência da vontade dos credores, a desjudicialização parcial do processo; a preocupação com a celeridade do mesmo e com a publicitação dos actos e a flexibilidade[6].

II – A desjudicialização manifesta-se em diversos níveis que não iremos aqui abordar[7]. Interessa agora apenas sublinhar a circunstância de jus-

---

614; PEDRO DE ALBUQUERQUE, *A representação...*, 1000; e *Direito ao cumprimento de prestação de facto, o dever de a cumprir e o princípio* nemo ad factum cogi potest. *Providência cautelar, sanção pecuniária compulsória e prestação de facto*, in Revista da Ordem dos Advogados, 2005, 65, II, 477 e ss.; *Anotação ao Acórdão do STJ de 2-3-2004. Contrato-promessa, procuração irrevogável e acção de preferência*, in CDP, 2006, Janeiro-Março, 13, 20, notas 29 e ss.; *Responsabilidade processual por litigância de má fé, abuso de direito e responsabilidade civil em virtude de actos praticados no processo*, Coimbra, 2006, 159 e ss.; e *Os limites à pluriocupação dos membros do conselho geral e de supervisão e do conselho fiscal*, no prelo; PEDRO DE ALBUQUERQUE e MARIA DE LURDES PEREIRA, *A responsabilidade civil das autoridades reguladoras e de supervisão por danos causados a agentes económicos e investidores no exercício de actividades de fiscalização ou investigação*, in Regulação e concorrência. Perspectivas e limites da defesa da concorrência, Coimbra, 2005, 227.

4 O artigo 1.° do CIRE encontra-se claramente inspirado pelo nada pacífico § 1 da Insolvenzordnung alemã, de 5 de Outubro de 1994. Para uma análise de como este preceito vem sendo encarado pela doutrina tudesca pode ver-se, entre outros BRAUEN-GANTER, *Münchener...*, I, comentário ao § 1, 31 e ss.; BRAUN-KIESSNER, *Insolvenzordnung Kommentar*, 2.ª ed., Munique, 2004, comentário ao § 1, 17 e ss.; NERLICH-RÖMERMANN, *Insolvenzordnung Kommentar*, Munique, 2005, comentário ao § 1, 1 e ss.; HESS-WEIS, *Insolvenzrecht*, 3.ª ed., Heidelberga, 2005, 3; GOGGER, *Insolvenzrecht*, Munique, 2005, 1.

5 LUÍS MENEZES LEITÃO, *Código da insolvência e da recuperação anotado*, 3.ª ed., Coimbra, 2004, anotação ao artigo 1.°, 45.

6 Para ulteriores desenvolvimentos a este respeito cfr., entre outros, SALAZAR CASANOVA, *Abordagem dos aspectos mais relevantes da marcha processual no novo Código da Insolvência e da Recuperação de Empresas*, in http://www.asjp.pt/estudos/salazarcasanova_insolvencia2004.pdf, 1 e ss..

7 Deixam-se aqui apenas as seguintes notas: o juiz não intervém no que diz respeito à recuperabilidade, ou não, da empresa; desaparece a possibilidade de impugnação das deliberações da comissão de credores; cessa a faculdade de impugnação judicial dos actos do administrador da insolvência – embora os seus poderes sejam, nos termos do artigo 58.° exercidos sobre fiscalização do juiz, e se possa assistir à destituição por justa causa conforme disposto nos artigos 56.° e 169.° – os quais serão objecto de apreciação por parte da comissão de credores cujas deliberações são comunicadas ao juiz, sem lugar a reclamação para o tribunal (artigo 69.°/5), embora possam ser revogadas pela assembleia de credores (artigo 80.°).

tamente, e por contraponto, a intervenção judicial se concretizar, entre outras[8], particularmente na fase da declaração de insolvência (artigos 18.º a 40.º, 44.º e 45.º[9]).

Processualmente o artigo 11.º consagra o princípio do inquisitório no processo de insolvência, embargos e incidente de qualificação, ao admitir que a decisão se funde em factos não alegados pelas partes.

III – A preocupação com a celeridade traduz-se quer no desencadeamento do processo quer na respectiva tramitação[10].

No desencadeamento, nomeadamente e evidenciando agora apenas o que nos interessa, pelo sublinhar do dever de apresentação à falência (artigo 18.º), pela presunção de culpa grave dos administradores, de direito ou de facto, que tenham incumprido esse dever [artigo 186.º/3/*a*)], pelo alargamento dos factos índice ou tipo que podem servir de base ao pedido de declaração de insolvência por parte de quem não seja devedor (artigo 20.º); pela concessão de um incompreensível privilégio mobiliário geral ao credor requerente da declaração (artigo 98.º), e pela consagração do regime da extinção parcial de hipotecas legais e privilégios creditórios acessórios de créditos do Estado, de instituições de segurança social e pelas autarquias locais [artigo 97.º/1/*a*), *b*) e *c*)].

Na tramitação do processo o desejo de celeridade manifesta-se a diversos níveis que não poderemos abordar aqui na sua totalidade[11]. Sublinhamos apenas, a par com a mais ou menos óbvia atribuição do carácter urgente ao processo de insolvência e às notificações de diversos actos nele praticados (artigo 9.º. Cfr., também, o artigo 85.º):

– Só o devedor é citado para se opor à declaração de insolvência (artigo 29.º/1), podendo contudo os credores e outros interessados impugnarem a sentença que defira o pedido[12].

---

[8] O mesmo vale para a fase do concurso de credores (artigos 128.º a 140.º).

[9] A indicação de quaisquer preceitos legais sem menção do diploma donde constam corresponde ao CIRE.

[10] SALAZAR CASANOVA, *Abordagem...*, in *http://www.asjp.pt/estudos*, 2 e ss.. Cfr., também, FÁTIMA REIS SILVA, *Algumas questões processuais no novo Código de insolvência*, in *Miscelâneas*, 2, 2004, 58 e ss..

[11] Mas v., para mais pormenores, SALAZAR CASANOVA, *Abordagem...*, in *http://www.asjp.pt/estudos*, 2 e ss.; e também, mas agora numa perspectiva crítica, sublinhado, com razão, o carácter fruste de várias das soluções consagradas para assegurar a celeridade do processo de insolvência, FÁTIMA REIS SILVA, *Algumas...*, in *Miscelâneas...*, 2 , 53 e ss..

[12] Da sentença que indefira o pedido de declaração de insolvência apenas o próprio requerente pode reagir e tão-só através de recurso [artigos 40.º/1, *d*) 42.º/1 e 45.º].

– A não suspensão do processo de insolvência (artigo 8.º/1), salvo nos casos expressamente previstos no CIRE[13].

– A circunscrição do direito de recurso a apenas um grau, excepto se o recorrente demonstrar que o acórdão de que pretende recorrer se encontra em oposição com outro nos termos do artigo 14.º do CIRE.

IV – Do ponto de vista da flexibilidade, na perspectiva em que nos colocamos, interessa agora sublinhar apenas[14] a possibilidade de dispensa de audiência do devedor, com inclusão da citação, quando isso traga demora excessiva devido à circunstância de, sendo este uma pessoa singular, residir no estrangeiro ou por ser desconhecido o seu paradeiro.

V – Dito isto, iremos analisar de seguida, e sucessivamente: os pressupostos que podem conduzir à declaração da situação de insolvência; os sujeitos passivos da declaração de insolvência; o pedido de declaração de insolvência; apreciação liminar do pedido e medidas cautelares; audiência de discussão e julgamento; sentença de declaração de insolvência e impugnação; sentença de indeferimento, recurso e responsabilidade por pedido infundado.

§ 2 – A insolvência como pressuposto objectivo único

I – A situação de insolvência consiste em geral na impossibilidade de o devedor cumprir as suas obrigações vencidas (artigo 3.º/1). Trata-se de uma fórmula com algum paralelo no § 17 da *Insolvenzordnung,* e com larga tradição no ordenamento jurídico português[15]. A impossibilidade aqui em causa não pode ser entendida em sentido técnico-jurídico rigoroso. A impossibilidade objectiva importa na extinção das obrigações (artigo 790.º do Código Civil). A impossibilidade subjectiva relativa à

---

[13] Um dos casos de suspensão do processo de insolvência que pode ser apontado é o contemplado no artigo 255.º do CIRE.

[14] Para ulteriores desenvolvimentos remetemos, uma vez mais, para SALAZAR CASANOVA, *Abordagem...*, in *http://www.asjp.pt/estudos*, 5 e 6.

[15] V. PEDRO DE ALBUQUERQUE, *Falência por cessação de pagamentos*, separata de *Estudos de Direito Comercial*, Coimbra, 1989, 182 e ss., e as indicações aí fornecidas. Sublinhe-se aqui apenas, e de entre os vários diplomas susceptíveis de serem referidos, a título meramente exemplificativo, o revogado artigo 1135.º do CPC.

pessoa do devedor importará igualmente a extinção da obrigação, se o devedor no cumprimento desta se não puder fazer substituir por terceiro. Terá, pois, de se entender, que a situação de insolvência, pressuposto da declaração de insolvência, terá de corresponder a uma impossibilidade de cumprir pontualmente as respectivas obrigações por carência de meios próprios e por falta de crédito, como de resto se indicava na definição de insolvência empresarial constante do CPREF[16-17].

Tratando-se de pessoas jurídicas ou patrimónios autónomos, por cujas dívidas nenhuma pessoa singular responde pessoal e ilimitadamente, insolvência é, também, de acordo com o artigo 3.º/2, a situação de superioridade manifesta do passivo sobre o activo avaliado segundo as normas contabilísticas aplicáveis[18]. Muitas críticas têm sido feitas a este preceito e à limitação que lhe é imposta pelo n.º 3 do artigo em análise. Mas sem razão. Não partilhamos – muito ao contrário – da suspeição relativamente à utilização feita nas várias alíneas do artigo 3.º/3 de conceitos indetermi-

---

[16] O que não quer dizer que essa impossibilidade não deva ser medida de acordo com critérios mais ou menos objectivos [aspectos subjectivos ou volitivos ou não assumem relevância ou têm-na meramente marginal através de preceitos como o artigo 20.º/1/c)] como o da existência de obrigações ou deveres vencidos por realizar, inexistência de excepções ou impugnações desses créditos, ponderação das dívidas vencidas com o cenário global nas quais se incluam também dívidas a vencer, importância e quantidade dos incumprimentos. Neste sentido e com ulteriores desenvolvimentos, v., a este respeito, BRAUEN-EILENBERGER, *Münchener...*, I, comentário ao § 17, 311 e ss.; NERLICH-RÖMERMANN, *Insolvenzordnung...*, comentário ao § 17, 1 e ss.; cfr., também, BRAUN-KIND, *Insolvenzordnung...*, comentário ao § 17, 126 e ss.; HESS-WEIS, *Insolvenzrecht*, cit., 5 e s., 52 e ss.; GOGGER, *Insolvenzrecht*, cit., 25 e s.. Cfr., também, antes da entrada em vigor da actual *Insolvenzordnung*, BGH, 30-4-1992, in *NJW*, 1992, 1960 e ss.. No essencial, e durante algum tempo, considerou-se a incapacidade para cumprir as obrigações vencidas uma prolongada ausência de meios de pagamento que impede o devedor de satisfazer parcial ou totalmente as dívidas exigidas. A doutrina e jurisprudência alemãs têm vindo, contudo, a prescindir, na sequência da entrada em vigor da actual legislação, de que a incapacidade seja prolongada. Discute-se se outros requisitos como a seriedade da exigência se devem manter. Quebras pontuais de liquidez não são consideradas relevantes. Entre nós, pode ver-se acerca do artigo 3.º e algumas das dificuldades por ele colocadas, CARVALHO FERNANDES e JOÃO LABAREDA, *Código da insolvência e da recuperação de empresas anotado*, reimpressão, Lisboa, 2006, I, comentário ao artigo 3.º, 68 e ss..

[17] A respeito da noção de insolvência no âmbito do CPREF v., com carácter exemplificativo, CATARINA SERRA, *Falências derivadas e âmbito subjectivo da falência*, Coimbra, 1999, 42 e ss., e 279.

[18] V. JOÃO LABAREDA, *O novo...*, in *Miscelâneas...*, 2, 29 e ss.; CATARINA SERRA, *O novo regime jurídico aplicável à insolvência (uma introdução)*, Coimbra, 13 e ss..

nados ou cláusulas gerais[19], porventura própria de alguns espíritos que parecem mais ou menos influenciados por considerações positivistas[20]. E também não se nos afigura aceitável a afirmação de Lebre de Freitas de que, perante a disciplina do artigo 3.º/3, rara será a sociedade que não esteja em situação de insolvência logo no dia da sua constituição e durante os seus primeiros anos de vida, por supostamente constituir o capital um elemento do passivo da sociedade. Sucede, contudo, que o capital só será passivo se a sociedade entrar em liquidação. Até lá ele figurará como capital próprio[21].

II – Equipara-se ainda (artigo 3.º/4) à situação de insolvência a insolvência iminente em caso de apresentação por parte do próprio devedor. A diferença está que neste caso se não exige a impossibilidade de cumprimento de dívidas vencidas. Bastará a sua iminência[22]. Perguntar-se-á

---

[19] A este respeito v., por todos, MENEZES CORDEIRO, *Da boa fé no direito civil*, Lisboa, 1984, II, 1116 e ss..

[20] V., por exemplo, quanto escreve a este respeito JOÃO LABAREDA, *O novo...*, in *Miscelâneas...*, 2, 9 e ss..

[21] Outra afirmação que não acompanhamos é a de que se não conseguiria vislumbrar qual o critério para fundar a ideia de continuidade, ou não, da empresa para qual apela o artigo 3.º/3 b) do CIRE (é essa a opinião de JOÃO LABAREDA, *O novo...*, in *Miscelâneas...*, 2, 34). Por exemplo, um caso claro em que se deve considerar existir sérias perspectivas de continuidade é o de, apesar da superioridade do passivo relativamente ao activo, o devedor estar a libertar de forma continuada e sustentada meios financeiros para fazer face ao serviço da dívida.

[22] O artigo 3.º/3 do CIRE corresponde ao § 18 da *Insolvenzordnung*. Várias são as questões que este preceito suscita ou pode suscitar. Põe-se desde logo a questão de saber o que entender por iminência. Não bastará obviamente uma mera probabilidade ou plausibilidade. Exige-se praticamente uma certeza. Outro problema consiste em saber qual o horizonte temporal do prognóstico. Para alguns será de uns meses, no máximo de dois ou três anos, ou mesmo mais, para outros. Sustenta-se, também, dever tomar-se em consideração o horizonte temporal mais amplo possível de forma a contemplar o momento do vencimento da última dívida já existente. Parece, contudo, que a boa solução passa por não estabelecer quaisquer limites rígidos neste âmbito. Deverá nomeadamente resolver-se este assunto considerando o tipo de actividade do devedor, em particular, se tratar de uma sociedade ou empresa, se a sua produção é a curto ou longo prazo, se é ou não sazonal, etc.. Quanto à interrogação de saber se neste caso de mera iminência também existe um dever de apresentação à insolvência ou se se trata de mera faculdade para a qual não se aplica o artigo 18.º do CIRE, parece-nos melhor o segundo termo da alternativa, conforme é defendido também na Alemanha, uma vez que se não está ainda diante de uma situação consumada e não será de excluir uma alteração da situação. Em contrapartida julga-se dever

se a exigência de que a dívida vencida esteja vencida não é afinal, e sempre, irrelevante face ao artigo 780.º do Código Civil. Parece-nos que não. O artigo 780.º do Código Civil só traz a perda do benefício do prazo em caso de existência de uma efectiva situação de insolvência, ainda que não judicialmente declarada. Ele não antecipa a própria condição de insolvência, permitindo considerá-la ainda antes de se assistir a uma efectiva impossibilidade de cumprir débitos vencidos[23]. O justo receio de insolvência determinava a perda do benefício do prazo no Código de Seabra mas não é essa a solução do Código Civil actual[24].

III – Os factos enunciados no artigo 20.º/1 do CIRE, esses são meros indícios ou presunções de insolvência, podendo demonstrar-se que não obstante a respectiva verificação se não está perante uma hipótese de insolvência (artigo 3.º/3 do CIRE).

§ 3 – **O pedido de declaração de insolvência (a legitimidade para solicitar a declaração de insolvência, desistência, petição inicial e seus requisitos)**

I – Os sujeitos passivos da declaração de insolvência são os mencionados no artigo 2.º/1 e 2, com a nota de para além das pessoas jurídicas ou colectivas se incluírem agora os patrimónios autónomos[25].

Uma menção também aqui para a noção de empresa, relevante a vários títulos mas agora em razão do disposto no artigo 3.º/2/*b*). Nos

---

ponderar, neste caso, não apenas as dívidas vencidas mas também da capacidade do devedor para, no momento do respectivo vencimento, honrar as obrigações futuras. Na direcção aqui agora proposta a respeito de cada um dos temas abordados nesta nota pode ver-se, por exemplo, BRAUN-KIND, *Insolvenzordnung*..., comentário ao § 18, 135 e ss.. Para ulteriores desenvolvimentos v. BRAUEN-DRUKARCZYK, *Münchener*..., I, comentário ao § 18, 318 e ss.; NERLICH-RÖMERMANN, *Insolvenzordnung*..., comentário ao § 18, 5 e ss..

[23] Parece ser contudo outra a opinião de LUÍS MENEZES LEITÃO, *Código*..., anotação ao artigo 3.º, 47 e 48.

[24] Mas há muito que se admitia a aplicação da perda do benefício do prazo em caso de insolvência a todos os devedores, incluindo aqueles que estavam anteriormente sujeitos ao processo de falência por contraposição à insolvência. Cfr. PEDRO DE ALBUQUERQUE, *Falência*..., 207 e 208, e as indicações aí dadas.

[25] A este respeito v. CATARINA SERRA, *O novo*..., 12 e 13. V., também, CARVALHO FERNANDES e JOÃO LABAREDA, *Código*..., I, comentário ao artigo 2.º, 63 e ss..

termos do artigo 5.º para efeitos do CIRE considera-se empresa toda a organização de capital e de trabalho destinada ao exercício de qualquer actividade económica. Trata-se da definição do artigo 2.º do CPREF, simplificada[26]. Empresa, para efeitos de aplicação do CIRE será toda a organização de capital e de trabalho destinada ao exercício de qualquer actividade económica. Não se exige, pois, nem a comercialidade, nem o profissionalismo ou o seu carácter continuado. Também se não mostra necessário a existência de intuito lucrativo, cabendo, portanto no conceito, entre outras, unidades de autoconsumo ou de fim altruístico[27].

II – A legitimidade processual activa é conferida, antes de mais, ao devedor, ou na eventualidade de ele não ser uma pessoa singular capaz a iniciativa pertencerá ao órgão social incumbido da sua administração ou qualquer um dos seus administradores, aos responsáveis legalmente pelas suas dívidas, aos credores qualquer que seja a natureza do crédito e mesmo se condicional e ao Ministério Público (artigos 18.º e 19.º do CIRE)[28]. Os

---

[26] É conhecido o sentido polissémico da noção de empresa e a diferente configuração e relevância que esta tem vindo a assumir nos mais diversos quadros. A este respeito cfr., por exemplo, ORLANDO DE CARVALHO, *Critério e Estrutura do Estabelecimento Comercial*, I – *O problema da Empresa como Objecto de Negócios*, Coimbra, 1967, l, *per totum*, e por exemplo 293 e ss.; FERRER CORREIA, *Lições de direito comercial*, reimpressão, com a colaboração de HENRIQUE MESQUITA e ANTÓNIO CAEIRO, Lisboa, 1994, 117 e ss.; MENEZES CORDEIRO, *Direito da economia*, Lisboa, 1986, 234; *Manual de Direito do Trabalho*, Coimbra, 1994, 117 e 118; I; *Da Responsabilidade Civil dos Administradores das Sociedades Comerciais*, Lisboa 1996, 498 e ss., 55 e 516; *Manual de Direito Comercial*, I, Coimbra, 2001, 232 e ss.; PEDRO DE ALBUQUERQUE, *Direito português da concorrência (análise breve do Dec.-Lei 422/83)*, separata de *ROA*, 1990, ano 50, III, 577 e ss.; CATARINA SERRA, *Falências derivadas...*, 47 e ss.; OLIVEIRA ASCENSÃO, *Direito comercial*, I, *Institutos gerais*, Lisboa, 1998-1999, 137 e ss., e 405 e ss.; ROSÁRIO PALMA RAMALHO, *Do Fundamento do Poder Disciplinar Laboral*, Coimbra, 1993, 356 e ss.; Id., *Da autonomia dogmática do direito do trabalho*, Coimbra, 2001, 315; Id., *Direito do trabalho*, I *Dogmática geral*, Coimbra, 2005, 313 e ss.; COUTINHO DE ABREU, *Da empresarialidade (as empresas no Direito)*, Coimbra, 1996, 4 e ss.. Note-se a circunstância de subjacente à empresa poder encontrar-se um sujeito individual. Cfr. PEDRO DE ALBUQUERQUE e MARIA DE LURDES PEREIRA, *Responsabilidade...*, in *Regulação...*, 224, nota 52, com indicações.

[27] Para mais pormenores cfr. CATARINA SERRA, *O novo...*, 13.

[28] Cfr., ISABEL ALEXANDRE, *O processo de insolvência: pressupostos processuais, tramitação, medidas cautelares e impugnação de sentença*, separata da *Revista do Ministério Público*, 2005, Julho-Setembro, ano 26, n.º 103, 122 e ss.; e CARVALHO FERNANDES e JOÃO LABAREDA, *Código...*, I, comentários aos artigos 18.º e ss, 121 e ss..

três últimos, porém, apenas no caso de se verificar algum dos factos mencionados no artigo 20.º/1.

O devedor tem aliás, e excepto se for uma pessoa singular não titular de empresa à data da situação de insolvência, o dever de se apresentar dentro do prazo estipulado no artigo 18.º/1, sob pena de a insolvência ser declarada culposa [186.º/1 e 3/*a*)] e de aplicação de sanções de natureza penal[29] e civil [artigo 189.º/2/*b*), *c*) e *d*)[30]].

Quando o devedor seja titular de uma empresa, estabelece-se presunção inilidível de conhecimento da situação de insolvência decorridos pelo menos três meses sobre o incumprimento generalizado de obrigações que justificam a concessão de legitimidade aos credores para requererem a declaração de insolvência (artigos 18.º/3 e 20.º).

A apresentação do devedor à insolvência implica o reconhecimento, por parte deste, da sua situação de insolvência (artigo 28.º). Isto quer dizer que ela deve ser declarada sem se tornar necessária a citação dos credores ou a continuação dos autos com vista ao Ministério Público[31].

III – A desistência do pedido apenas pode ser exercida até ao proferimento da declaração de insolvência (artigo 21.º), mas não parece permitida ao devedor pois a sua simples apresentação já implica o reconhecimento da situação de insolvência[32]. Por isso mesmo, e para evitar resultados idênticos alcançados pelo apresentante que não aceite corrigir, a convite do tribunal, as deficiências de instrução documental, e salvo o caso em que não foram juntos os documentos comprovativos dos poderes dos administradores [artigo 24.º/2/*a*)], o indeferimento liminar em virtude

---

[29] O incumprimento do dever de apresentação à insolvência tem como consequência a sujeição a prisão até 1 ano ou uma pena de multa até 120 dias, que pode ser agravada em 1/3, nos seus limites (mínimo e máximo) se em consequência dos factos resultarem frustrados créditos de natureza laboral (v. nova redacção do artigo 228.º, n.º 1, e novo artigo 229.º-A do Código Penal, introduzidos, respectivamente, pelos artigos 2.º e 3.º do Decreto-Lei n.º 53/2004, de 18 de Março).

[30] A saber, a inabilitação e a inibição para o exercício do comércio, por um período de 2 a 10 anos e a perda dos créditos sobre a insolvência ou sobre a massa insolvente assim como a condenação na obrigação de restituir os bens ou direitos recebidos em pagamento desses créditos.

[31] A este respeito, v., a título exemplificativo, SALAZAR CASANOVA, A*bordagem*..., in *http://www. asjp.pt/estudos*, 6.

[32] *Idem.*

de falta de junção de documentos que o apresentante devia produzir, será objecto de publicidade[33] (artigos 27.º/2 e 38.º/1)[34].

A benefício da celeridade processual deve pois o apresentante juntar todos os documentos e elementos exigidos pelo artigo 24.º, para o devedor apresentante, e pelo artigo 25.º, para outros legitimados.

IV – Não falta quem considere que, sendo o devedor uma sociedade, para além das exigências constantes do artigo 24.º/2/*a*), se mostraria ainda necessária a apresentação de uma acta da assembleia geral[35]. Por não ser uma actividade de gestão corrente a decisão de apresentação à insolvência deveria ser tomada pelo colégio dos sócios, pelo que a documentação dessa decisão seria também ela essencial. E isto porque a dissolução da sociedade depende de deliberação dos sócios [artigos 1007.º e 1008.º do Código Civil e 246.º/1/*i*) e artigo 383.º/2 do CSC). Ora sendo, alega-se, a falência uma causa de dissolução das sociedades, nos termos do artigo 141.º/1/*e*) do CSC não se veria como a iniciativa à apresentação à insolvência não tenha que ser deliberada pelos sócios[36]. Tudo num entendimento ainda, alegadamente, confortado pelo artigo

---

[33] *Idem*.

[34] Parece de facto ser de sustentar não deverem os documentos ser apresentados na audiência de discussão e julgamento pois os meios de prova devem ser oferecidos com a petição inicial ou com a oposição [artigos 24.º/2/*c* e 25.º/*c*)]. Outro entendimento permitiria, conforme refere SALAZAR CASANOVA, A*bordagem*..., in *http://www.asjp.pt/estudos*, 13, às partes obstarem a um julgamento célere inundando o tribunal, no momento da audiência, com um vasto rol de documentos impondo-se a suspensão de trabalhos por tempo certamente não negligenciável [artigo 651.º/1/*b*) do CPC]. Esta interpretação não parece contudo obstar à apresentação de documentos que a parte, com justificação, tenha declarado protestar apresentar em momento posterior, ou que tragam ao tribunal conhecimento de uma situação superveniente ou contraditar factos novos não alegados mas introduzidos pelo tribunal. Parece-nos mesmo, com SALAZAR CASANOVA, de admitir a junção de documentos até ao encerramento da audiência de discussão e julgamento nos termos do artigo 23.º/1 do CPC visto que a lei admite a oposição por embargos à sentença declaratória de insolvência não apenas quando são alegados factos que o tribunal não teve em conta, mas também quando sejam requeridos meios de prova que o tribunal não considerou, que possam afastar os fundamentos da declaração de insolvência (artigo 40.º/2). A celeridade não pode, na verdade, fazer vergar completamente a apreciação da realidade material que se encontra em jogo.

[35] É essa a posição defendida por FÁTIMA REIS SILVA, *Algumas*..., in *Miscelâneas*..., 265 e 266.

[36] Assim FÁTIMA REIS SILVA, *Algumas*..., in *Miscelâneas*..., 265 e 266.

234.º/3 do CIRE, ao prever a extinção da sociedade comercial com o registo do encerramento da liquidação.

Com a devida vénia não se vê como acompanhar semelhante exigência. O artigo 234.º/3 do CIRE é a este respeito completamente mudo. Quanto ao mais a tese, peca, a nosso ver, por excesso e por desconsiderar aspectos importantes do regime da apresentação à insolvência pelo devedor. Levada às suas naturais consequências a construção em referência redundaria em exigir uma deliberação dos sócios em todos os casos de dissolução, o que é inaceitável. Aliás, o artigo 141.º/1 do CSC é claro ao contrapor e distinguir a dissolução por efeito da falência da dissolução por deliberação dos sócios. Quer no caso do 141.º/1/e) do CSC quer no do 1007.º/e) do Código Civil a dissolução da sociedade perde a sua relevância autónoma, apresentando-se, como refere a propósito do último destes dois preceitos MENEZES LEITÃO[37], como um simples efeito colateral de um processo judicial, não se lhes aplicando o regime dos artigos 1010.º e seguintes do Código Civil ou dos artigos 146.º e seguintes do CSC.

Acresce não se vislumbrar por que razão se deveria exigir a deliberação dos sócios no caso de apresentação, e se não devesse exigir idêntica deliberação nos casos em que o processo é desencadeado por outros legitimados. Se essa exigência pode faltar nuns casos também o pode nos outros. Nada impõe outro entendimento. Tanto mais quanto é certa a circunstância de no caso das sociedades recair sobre os gestores um dever de apresentação (inexiste para os sócios das sociedades), cujo cumprimento não pode nem deve ficar condicionado por deliberação dos sócios, pela sua diferente leitura da situação ou sequer pelas dificuldades de convocar imediatamente assembleias gerais ou de cumprir o respectivo quórum.

§ 4 – Apreciação liminar do pedido e medidas cautelares[38]

I – A apreciação da petição de declaração de insolvência deve realizar-se no próprio dia da distribuição, ou pelo menos, até ao 3.º dia útil subse-

---

[37] *Direito das obrigações*, 3.ª ed., Coimbra, 2005, III, 291.
[38] Cfr., também, sobre estes temas ISABEL ALEXANDRE, *O processo...*, 131 e ss., e 142 e ss.; e CARVALHO FERNANDES e JOÃO LABAREDA, *Código...*, I, comentário ao artigo 27.º, 159 e ss.; e comentário ao artigo 31, 171 e ss..

quente (artigo 27.º/1). Após o requerimento inicial o juiz profere, consoante os casos, despacho liminar de aperfeiçoamento[39], de indeferimento ou de citação no caso de insolvência requerida, ou, e esta é uma das novidades do CIRE, sentença de declaração imediata da situação de insolvência em caso de apresentação pelo devedor[40]. Na eventualidade de falta de documentos ser justificada não haverá motivo para indeferimento [artigo 27.º/1/*b*)].

Relativamente à declaração da situação de insolvência em caso de não dedução de oposição por parte do devedor haverá que ter em consideração o disposto nos artigos 145.º, 150.º e 486.º/2, este com as necessárias adaptações, pelo que só decorridos três dias úteis após o fim do prazo se pode declarar a situação de insolvência[41].

II – Já se levantou a interrogação sobre se o juiz pode convidar o requerente a suprir insuficiências ou imprecisões na exposição ou concretização da matéria de facto. Isso não será claramente possível no caso do artigo 27.º/1/*a*)[42].

Uma leitura admissível consiste em entender que, em casos intermédios, não tem lugar o indeferimento mas haverá um pedido improcedente por se entender que os factos alegados na petição não se enquadram no artigo 20.º/1.

Diversamente, numa outra interpretação o juiz poderá convidar o requerente a aperfeiçoar a petição, que sofra de insuficiências ou imprecisões, com base no princípio da cooperação (artigo 266.º/2 do CPC) da boa fé processual, da consideração da inaplicabilidade ao caso do artigo 27.º/1/*a*) e na ponderação de que a decisão do juiz pode, nos termos do artigo 11.º do CIRE, ser fundada em factos não alegados pelas partes. E se os factos novos não podem deixar de ser submetidos ao princípio do contraditório estabelecido no artigo 3.º/3 do CPC, coisa diferente seria a da suficiência factual da matéria que foi alegada. Ora se o tribunal pode oficiosamente preencher os factos insuficientemente alegados na fase de julgamento também o deveria poder fazer num momento inicial[43].

---

[39] Acerca da admissibilidade ou não do recurso do despacho de aperfeiçoamento, cfr. SALAZAR CASANOVA, A*bordagem*..., in *http://www.asjp.pt/estudos*, 8, para quem o recurso a existir deve ser sim do despacho de indeferimento.

[40] FÁTIMA REIS SILVA, *Algumas*..., in *Miscelâneas*..., 265 e 266.

[41] *Idem*, 67.

[42] SALAZAR CASANOVA, A*bordagem*..., in *http://www.asjp.pt/estudos*, 9 e ss.

[43] É essa a posição sufragada por SALAZAR CASANOVA, *Abordagem*..., in *http://www.asjp.pt/estudos*, 11.

III – Se a petição não tiver sido apresentada pelo próprio devedor, e não existir motivo para indeferimento liminar, sem prejuízo do disposto no artigo 31.º/3, para as medidas cautelares, o juiz mandará citar pessoalmente o devedor, para este deduzir oposição à declaração de sentença.

A citação será ordenada sem prejuízo das medidas cautelares que forem consideradas convenientes (artigo 29.º/1), susceptíveis de serem ordenadas antes da declaração de insolvência (artigo 31.º/1) e mesmo antes da citação do devedor (artigo 31.º/3) ou da distribuição da petição de declaração da situação de insolvência (artigo 31.º/4). No caso de adopção de medidas cautelares antes da citação não poderá haver retardamento da referida citação mais de 10 dias relativamente ao prazo que de outro modo interviria. Essas medidas visam obviar à prática de actos de má gestão e poderão compreender a privação do devedor dos poderes de administração e de disposição dos respectivos bens e a nomeação de um administrador judicial provisório (artigo 31.º/2, artigos 32.º a 34.º do CIRE)[44] susceptível de ter poderes exclusivos de administração ou de assistência (artigo 31.º/2). As medidas cautelares estão subordinadas à consideração da viabilidade do direito acautelado razão pela qual não deverão ser decretadas se a petição não estiver em condições de ser proferido despacho de citação (artigo 381.º do CPC)[45].

Após a citação poderá suceder que:

– o devedor não deduza oposição, considerando-se então fixados os factos e é declarada a insolvência (artigo 30.º/5);
– ou o devedor deduz oposição, hipótese em que deverá alegar a inexistência do facto índice ou a inexistência da situação de insolvência.

IV – Na hipótese de indeferimento liminar, o requerente pode apresentar nova petição (artigo 476.º do CPC) ou pode agravar em princípio apenas para a Relação (artigo 14.º do CIRE e 7.º da Lei de autorização legislativa)[46].

---

[44] A este respeito cfr., nos mesmos termos, CATARINA SERRA, *O novo...*, 51.

[45] Da mesma forma, como não podia aliás deixar de ser, v., por exemplo, SALAZAR CASANOVA, *Abordagem...*, in http://www.asjp.pt/estudos, 12.

[46] SALAZAR CASANOVA, *Abordagem...*, in http://www.asjp.pt/estudos, sublinhando impor-se a citação do devedor tanto para os termos do recurso como da causa (artigo 243.º/3 do CPC).

§ 5 – Audiência de discussão e julgamento[47]

I – Tendo sido deduzida oposição realizar-se-á a audiência de discussão e julgamento[48], notificando-se o devedor e o requerente para comparecerem (artigo 35.º/1), sendo então susceptíveis de ocorrerem uma de três situações:

- nem o devedor nem o seu representante compareçam, julgando-se confessados os factos alegados na petição (artigo 35.º/2) e, sendo estes correspondentes[49] aos do artigo 20.º/1, é proferida sentença de declaração de insolvência (artigo 35.º/4);
- ou comparece o devedor ou um seu representante mas não o requerente ou seu representante, hipótese na qual se considerará existir desistência do pedido (artigo 35.º/3), sendo proferida sentença homologatória da desistência do pedido (artigo 35.º/4);
- ou estão presentes ambas as partes, situação em que o juiz selecciona e decide a matéria de facto proferindo de imediato, ou no prazo de cinco dias, sentença (artigo 35.º/5 a 8).

II – Na hipótese excepcional de ter sido dispensada a citação do devedor (artigo 12.º/1) há sempre audiência de discussão e julgamento quer estejam presentes ambas as partes quer compareça apenas o requerente ou

---

[47] V., uma vez mais, ISABEL ALEXANDRE, *O processo*..., 136 e 137; e CARVALHO FERNANDES e JOÃO LABAREDA, *Código*..., I, comentário ao artigo 35.º, 181 e ss..

[48] A instrução e decisão de todos os termos do processo de insolvência, bem como dos seus incidentes e apensos, compete sempre ao juiz singular.

[49] A expressão da lei é «*sendo estes subsumíveis*». Trata-se, contudo, de uma terminologia comprometida com uma concepção metodológica e (in)compreensão do direito hoje totalmente ultrapassadas. A aplicação do direito não passa por uma questão cognitiva mas sim por um problema normativo, no qual está necessariamente presente um momento volitivo e em que a relação entre os factos e as normas não é de subsunção mas sim de analogia. Rejeita-se, por isso, vivamente a utilização legal deste tipo de nomenclatura que apenas traduz o pernicioso e penoso arrastar, entre nós, de esquemas e quadros mentais há muito sabidamente indefensáveis. Ao legislador deveria, pois, ter cabido maior cuidado nesta matéria. Acerca da superação do modelo subsuntivo, cfr., por exemplo, CASTANHEIRA NEVES, *A questão*..., I, 422 e ss.; *O princípio da legalidade*..., in *Digesta*..., I, e por exemplo, 448 e ss., 457 e ss.; *Metodologia*..., 238 e ss.; JOSÉ BRONZE, *A metodonomologia entre a semelhança e a diferença (reflexão problematizante dos pólos da radical matriz analógica do discurso jurídico)*, Coimbra, 1994; *Lições*..., 862 e ss..

seu representante; e o juiz decide a matéria de facto com base nos elementos de prova produzidos e nas alegações feitas, proferindo sentença (artigo 35.º/5 a 8)[50].

III – A notificação está sujeita ao disposto no artigo 253.º/2 do CPC, pelo que não sendo o devedor ou requerente notificados (devolução do aviso expedido com antecedência bastante para o domicílio correcto), o tribunal não procederá ao adiamento da audiência de discussão e julgamento, mas também não dará por confessados os factos alegados na petição inicial. Esta hipótese não está prevista como causa de adiamento, mas deve entender-se que a cominação pressupõe sempre uma notificação efectiva[51-52].

A oposição do devedor à declaração de insolvência tanto se pode basear na inexistência do facto em que se fundamenta o pedido como na situação de solvência (artigo 30.º/2), cabendo ao devedor provar a respectiva solvência (artigo 30.º/4). À contestação na qual se encontre contida matéria de excepção é possível responder, de acordo com o artigo 4.º/3 do CPC, no início da audiência de julgamento.

§ 6 – Sentença de declaração de insolvência e sua impugnação[53]

I – A sentença de insolvência (v. artigo 36.º do CIRE) designará nomeadamente administrador da insolvência [artigo 36.º/*d*)], o prazo (até

---

[50] CATARINA SERRA, *O novo*…, 51.

[51] SALAZAR CASANOVA, *Abordagem*…, in *http://www.asjp.pt/estudos*, 12.

[52] SALAZAR CASANOVA, *Abordagem*…, in *http://www.asjp.pt/estudos*, 13, sublinha ainda como, dizendo-se isto, se pressupõe não se estar «(…) *perante um caso de notificação pessoal (artigo 56.º do C.P.C.) mas apenas perante um caso em que a notificação se destina a chamar a parte requerente e devedor para a prática de um acto pessoal (comparência em audiência por si ou por representante com poderes para transigir: artigo 35.º/1); mas também, a entender-se que a notificação é pessoal, o mesmo tipo de problema se pode suscitar. A diferença está em que esta (a notificação pessoal) é mais garantística visto que se lhe aplicam as disposições dativas à realização da citação pessoal (artigo 256.º do C.P.C.).* (…) *Para que assim não fosse impor-se-ia que, no acto de citação, o devedor fosse advertido de que deveria comparecer à audiência designada sob aludida cominação e que, para o efeito, seria notificado para comparecer pessoalmente na data a designar em julgamento, notificação a dirigir para aquela morada a realizar dentro de um prazo máximo estipulado»*.

[53] Voltamos a referir, *colorandi causa*, ISABEL ALEXANDRE, *O processo*…, 137 e ss.; e CARVALHO FERNANDES e JOÃO LABAREDA, *Código*…, I, comentário aos artigos 36.º e ss., 188 e ss..

30 dias) para reclamação de créditos [36.º/*j*)] e a data (entre os 45 e os 75 dias subsequentes) para a assembleia de credores de apreciação do relatório [36.º/*n*), 75.º, 155.º e 156.º]. Nela se estabelecem igualmente algumas das mais importantes providências instrumentais do processo, como a apreensão, para entrega ao administrador da insolvência, de todos os bens do devedor [artigo 36.º/*g*), 149.º e 150.º/1], o dever de respeitar a residência fixada na sentença [36.º/*c*)] e o dever de entrega imediata de documentos relevantes para o curso do processo [36.º/*f*)][54]. Na sentença declaratória de insolvência, quando na massa insolvente esteja compreendida uma empresa, o juiz pode determinar que a administração da massa seja assegurada pelo próprio devedor [artigos 36.º/1/*e*) e 223.º a 229.º] o que obstará em princípio ao início da liquidação (artigo 225.º). Sendo caso disso, nomeia-se a comissão de credores (artigo 66.º), sem prejuízo dos poderes da assembleia de credores que pode até alterar a composição da comissão designada ou mesmo dispensá-la ou, na eventualidade de ela não ter sido nomeada anteriormente, constituir ela própria uma comissão, assim assumida como órgão facultativo da insolvência (artigo 5.º/4 da Lei de autorização legislativa e artigo 67.º do CIRE)[55]. Na sentença pode desde logo estabelecer-se a remessa, para efeitos de apensação aos autos de insolvência, de todos os processos em que se tenha efectuado qualquer acto de apreensão ou detenção dos bens do insolvente. O incidente de qualificação da insolvência será o limitado (artigo 191.º) quando o juiz, na sentença declaratória de insolvência, considerar o património do devedor insuficiente para satisfação das custas do processo e dívidas visíveis da massa falida [artigos 36.º/1/*i*) e 39.º/1]. O incidente prossegue como limitado se, no decurso da liquidação, o administrador da insolvência, encerrar o processo de insolvência por insuficiência de massa (artigo 232.º/5)[56].

II – A sentença deverá ser notificada aos administradores do devedor a quem tenha sido fixada residência, ao requerente da declaração de insolvência e ao devedor (cfr. artigo 37.º/1 e 2). Os primeiros serão notificados pessoalmente (37.º/1). O requerente é notificado nos termos por que se disciplinam as notificações em processos pendentes e o devedor, se não

---

[54] Cfr. CATARINA SERRA, *O novo*..., 52 e ss..
[55] SALAZAR CASANOVA, *Abordagem*..., in *http://www.asjp.pt/estudos*, 14 e ss..
[56] *Idem*, 15.

consistir no próprio requerente, é notificado como o requerente, sendo notificado pessoalmente apenas quando ainda não tenha sido pessoalmente citado para os termos do processo (37.º/2)[57].

A sentença é igualmente notificada ao Ministério Público e, se o devedor for titular de uma empresa, à comissão de trabalhadores ou, na ausência de comissão de trabalhadores, objecto de publicação através da afixação de editais na sede e nos estabelecimentos da empresa (37.º/7)[58].

III – Os cinco maiores credores conhecidos, com exclusão do que tiver sido requerente, serão citados pessoalmente ou, na falta de residência habitual, domicílio ou sede em Portugal, por carta registada (artigo 37.º/3). Os credores conhecidos com residência habitual, domicílio ou sede noutros Estados-membros da União Europeia são citados por carta registada, em conformidade com os artigos 40.º e 42.º do Regulamento (CE) n.º 1346/2000 do Conselho, de 29 de Maio (37.º/4). Na eventualidade de existirem créditos do Estado, de institutos públicos sem a natureza de empresas públicas ou de instituições de segurança social, a citação de tais entidades será feita por carta registada (artigo 37.º/5). Os demais credores e interessados são citados por edital, com as formalidades ditadas pela incerteza das pessoas, e com anúncios no *Diário da República* e num jornal diário de grande circulação nacional (37.º/6).

A publicidade da sentença é garantida mediante a publicação de anúncio no *Diário da República*, de que constem os elementos enunciados no artigo 36.º/*a*), *b*), *d*) e *m*), bem como por afixação de edital, com as mesmas informações, à porta da sede e das sucursais do insolvente ou do local da sua actividade e, consoante os casos, e, ainda, no lugar próprio do tribunal (cfr. artigo 38.º/1). A declaração de insolvência é, além disso, registada oficiosamente na Conservatória de Registo Civil, se o devedor for uma pessoa singular; e na Conservatória de Registo Comercial, se houver factos relativos ao devedor a isso sujeitos [artigo 38.º/2/*a*) e *b*)]. A secretaria deve registar oficiosamente a declaração de insolvência no registo informático de execuções estabelecido pelo CPC, promover a inclusão das informações na página informática do tribunal [38.º/3/*b*)] e comunicar a insolvência ao Banco de Portugal para inscrição na central de riscos de crédito [artigo 38.º/3/*e*)][59]. Pode ocorrer o encerramento do pro-

---

[57] Catarina Serra, *O novo...*, 53.
[58] *Idem*.
[59] Sobre tudo isto v., novamente, Catarina Serra, *O novo...*, 54.

cesso logo após o trânsito em julgado da sentença de declaração de insolvência, por insuficiência da massa insolvente devido ao facto de o juiz ter concluído que o património do devedor não é presumivelmente suficiente para a satisfação das custas e das dívidas previsíveis da massa [artigos 39.°, 230.°/1/d) e 232.°]. O processo é, então, declarado findo logo que a sentença transite em julgado, sem prejuízo da tramitação, até final, do incidente limitado de qualificação de insolvência [39.°/7/b), 191.° e 232.°/5][60].

IV – A sentença pode fundamentar-se em factos não alegados em consequência do disposto no artigo 11.° do CIRE[61].

§ 7 – Sentença de indeferimento. Recurso e responsabilidade por pedido infundado

I – A sentença de indeferimento do pedido de declaração de insolvência é notificada tão-só ao requerente e ao devedor e apenas se mostra susceptível de recurso por iniciativa do querente (artigos 44.° e 45.°).

Quanto à impugnação da sentença de declaração de insolvência consagra-se uma dualidade dos meios de reacção: embargos e recurso.

Na verdade, a sentença pode ser impugnada, alternativa ou cumulativamente, através de embargos e de recurso (artigos 40.° e 42.°). No caso de a impugnação se fazer através de embargos, terá lugar uma audiência de julgamento, nos termos dos artigos 41.°/1 e 35.°/5 a 8 (cfr. artigo 41.°). A oposição de embargos à sentença declaratória de insolvência, bem como o recurso da decisão de declaração de falência, suspende a liquidação e a partilha do activo (artigos 40.°/3, e 42.°/3). Do acórdão proferido pelo Tribunal da Relação não será, em regra, admitido recurso (artigo 14.°)[62].

---

[60] Idem.

[61] Cfr., também, SALAZAR CASANOVA, Abordagem..., in http://www.asjp.pt/estudos, 14, o qual sublinha o seguinte modo de actuar, a respeitar nessa eventualidade: aditamento à base instrutória; contraditório a exercer pelo requerido com possibilidade de oferecimento de prova complementar (artigos 264.°/3, 265.°-A e 506.°/5); se a parte prescindir da possibilidade do exercício do contraditório ser-lhe-á facultado indicar as respectivas provas (artigo 650.°/3) que, no tocante aos factos novos e tratando-se de prova testemunhal, não podem exceder os limites previstos no artigo 789.° do CPC.

[62] Para mais desenvolvimentos a propósito da impugnação da sentença cfr., entre nós, FÁTIMA REIS, Algumas..., in Misceláneas..., 2, 69 e ss.

II – Sendo o pedido de declaração de insolvência considerado infundado estabelece o artigo 22.º uma responsabilidade pelos prejuízos causados ao devedor e ao credor mas apenas em caso de dolo. Trata-se de uma norma que parece dificilmente compreensível.

Menezes Leitão[63] veio já propor a responsabilização com base em culpa grosseira alicerçada no princípio proveniente do Digesto[64] segundo o qual *culpa lata dolo aequiparitur*[65].

Fátima Reis entende que a responsabilidade, no que exceda a má fé processual, terá de se fazer valer em processo autónomo, de natureza cível, pois excede por completo o fim e a tramitação do processo de insolvência[66]. Concordamos com as duas posições. Mas é necessário ir bem mais longe. O artigo 22.º, deve ser cuidadosamente pensado à luz do regime global do CIRE, para verificar se ele não conduz a contradições valorativas, no confronto com os incidentes de qualificação da insolvência. Deve considerar-se também a disciplina dos direitos fundamentais e de personalidade com os quais o pedido de insolvência pode colidir, sem esquecer a interpretação conforme à Constituição e os princípios gerais de direito. No final deste processo o alcance do artigo 22.º, no tocante à limitação da responsabilidade pelo dolo, é bem mais restrito do que aquilo que pode à vista desarmada parecer. O tema da responsabilidade do credor por pedido infundado de declaração de falência mostrava-se pouco tratado na doutrina nacional[67]

---

[63] *Código...*, 63 e 64.

[64] D., 11, 6, 1, 1. São variantes da expressão, entre outras, *culpa lata dolo comparabitur* ou *culpa lata dolus est*.

[65] Contra esta equiparação não vale a pena invocar a letra da lei e o facto de ela apenas se referir ao dolo. Tratar-se-ia de uma posição ou orientação metodologicamente superada. Cfr. a bibliografia citada *supra* nota 3, onde se sublinha insuficiência da letra da lei enquanto factor hermenêutico predeterminante da interpretação jurídica e como critério dos respectivos limites, tendo sido ultrapassadas as orientações interpretativas que amarravam o aplicador do direito à letra da lei – inclusivamente apenas ao limite negativo dos seus possíveis sentidos.

[66] *Algumas...*, in *Miscelâneas...*, 2, 64.

[67] Para além das duas referências aqui feitas existe, entre nós, um estudo de Leite de Campos, *A responsabilidade do credor na fase do incumprimento*, in *ROA*, 1992, 52, 853 e ss., *maxime*, 867 e ss.. Trata-se, porém, de matéria largamente analisada além-fronteiras. Por ora, limitamo-nos a remeter para Kilger-Schmidt, *Insolvenzgesetze, KO/Vglo/GeSO*, 17.ª ed., Munique, 1997, comentário ao § 103 KO, 401; e Schmahl, *Münchener...*, I, comentário ao § 14, 274 e 275. A propósito do tema de algum modo conexo, da responsabilidade do exequente v., na nossa doutrina, Ana Paula Costa e Silva, *A Reforma da acção Executiva*, 3.ª ed., Coimbra, 2003, 75 e ss.; Teixeira de Sousa, *Aspectos gerais da Reforma da acção executiva*, in *CDP*, 15 e ss.; Id., *A reforma da acção exe-*

e, pela sua especificidade, foi objecto de um outro trabalho por nós realizado autonomamente[68] e que não podemos retomar nos quadros apertados deste estudo. Remetemos, pois, para a obra que dedicamos a este problema da responsabilidade por pedido infundado de declaração de falência. Em qualquer caso sempre se dirá como a verificação de existência de culpa de quem pede a declaração de falência deverá ser aferida face ao comportamento do requerente em cada momento relevante do processo e não apenas no momento da formulação do pedido. Quer isto dizer poder perfeitamente assistir-se a situações nas quais uma ausência de culpa inicial pode redundar, em momento posterior, em negligência grosseira ou dolo devido à circunstância de, após a contestação do devedor, o requerente insistir no pedido de declaração de insolvência. Pode até acontecer que a culpa apenas se manifeste em sede de recurso[69].

---

cutiva, Lisboa, 2004, 30 e 31; MARIA OLINDA GARCIA, *A responsabilidade do exequente e de outros intervenientes processuais*, Coimbra, 2004; CATARINA PIRES CORDEIRO, *A responsabilidade do exequente na nova acção executiva: sentido, fundamento e limites*, in *CDP*, 2005, Abril-Junho, 10, 13 e ss..

[68] V. O nosso *Responsabilidade processual por litigância de má fé...., per totum*. V., também, MENEZES CORDEIRO, *Litigância..., per totum*.

[69] Note-se, também, não passar a solução por proposta no nosso *Responsabilidade processual por litigância de má fé..., per totum*, numa simples aplicação analógica do artigo 22.º do CIRE às hipóteses de negligência grosseira. A solução sugerida vai muito mais longe e passa, desde logo, pela separação da responsabilidade civil por actos cometidos no processo, de um lado, da litigância de má fé, do outro. Na nossa perspectiva, o artigo 22.º do CIRE apenas se aplica à segunda e não à primeira, sujeita às regras gerais. Por isso, perante uma situação de responsabilidade civil por pedido infundado de insolvência valem as regras dos artigos 483.º e seguintes do Código Civil ou as pertinentes à responsabilidade contratual se for o caso. O artigo 22.º tem o seu alcance limitado à litigância de má fé e cobre também, pelas razões que se expusemos (*op. loc. cit.*), as situações de negligência grosseira. Limitando, também, embora apenas implicitamente, a aplicação do artigo 22.º à litigância de má fé cfr. CARVALHO FERNANDES e JOÃO LABAREDA, *Código...*, I, comentário ao artigo 22.º, 142 e ss., e propondo, ainda, o seu alargamento à negligência grosseira. Não acompanhamos, todavia, a posição expressa por estes autores no sentido segundo o qual esta responsabilidade por litigância de má fé se deve fazer valer, como regra, no próprio processo de insolvência. Existe de facto a faculdade para exercer aí essa responsabilidade mas não qualquer tipo de obrigatoriedade. A este respeito cfr. novamente o nosso *Responsabilidade processual por litigância de má fé...., per totum*, e 65 e s.; e ainda a nossa anotação ao *Acórdão da Relação do Porto de 13-7-2006*, a ser publicado na *Revista da Ordem dos Advogados* e actualmente no prelo.

ARS NOTARIAE

Rui Manuel de Figueiredo Marcos*

1. O instituto moderno do notariado, como não se ignora, continua basicamente a corresponder, sem grandes sobressaltos, ao instituto medievo. Trata-se de uma faceta original que não encontra paralelo modelar na Antiguidade.

Não há vislumbre de um verdadeiro precedente em Roma. O *notarius*, de início, não passava de um mero estenógrafo, que recebia o encargo de elaborar actos por conta dos particulares. Importa, porém, explicar um contraste. É que outros povos da Antiguidade não desconheceram a existência de um corpo profissional de funcionários encarregado da redacção de documentos.

No princípio da oralidade que dominava a negociação jurídica romana encontra-se o fundamento para tamanha ausência. Analisemos, com mais detença, a *stipulatio*, como negócio tipicamente obrigacional, isto é, como negócio jurídico que se destinava, essencialmente, a criar obrigações.

2. Importa não perder de vista as suas principais características. A *stipulatio* afirmava-se como um negócio jurídico solene, formal, abstracto e verbal-oral.

Era solene, porquanto se realizava com a invocação e a presença espiritual dos deuses, tanto dos admitidos pela *stipulatio*, como os acarinhados pelo *promissor*. Destaca-se, em matéria negocial, a deusa *fides*. Representava uma divindade aceite, quer por *cives*, quer por *non-cives*, merecendo ser chamada na celebração dos negócios entre peregrinos e cidadãos romanos.

---

* Professor Catedrático da Faculdade de Direito de Coimbra.

A deusa velava pelo cumprimento pontual dos contratos. Castigava os inadimplentes e protegia os respeitadores do conteúdo dos negócios jurídicos. A deusa *fides* tinha a sua sede na palma da mão direita. Daí que os contraentes dessem um aperto de mão direita, de molde a conferir solenidade à promessa.

Era também formal a *stipulatio*, uma vez que obedecia a uma forma jurídica, mas, sobretudo, porque devia ser empregue uma fórmula, própria, sacramental – *spondes mihi dare certum? Spondeo*. Se se alterasse uma palavra ou a sua ordem, o negócio virava nulo.

Era abstracto, já que constituía um negócio em que não se relevava a sua causa jurídica. Não se pretendia significar que o negócio jurídico abstracto não tivesse causa jurídica, nem até que se tornasse completamente indiferente a ela. Longe disso. Apenas se quer dizer que se abstraía dessa mesma causa.

Era, por último, verbal-oral. Deviam utilizar-se palavras não escritas, mas orais. Correspondia ao tipo dos negócios verbais – *verbis contrahere*. Como corolário inevitável de ser a *stipulatio* um negócio verbal-oral e de afirmar uma *unitas actus*, o acto postulava a exigência de se celebrar *inter praesentes*, isto é, com a presença simultânea das partes.

Diante do quadro traçado, em que preponderava a oralidade negocial, não admira que se dispensasse o gesto interventivo dos notários. O papel afiançador e certificativo ficava reservado aos deuses.

3. Mas os deuses pagãos começaram a fraquejar na sua missão tutelar da vida contratual. Para o esboço da construção do notariado em Roma, muito contribuiu a influência exercida por outros povos que Roma absorveu, sobretudo quando decidiu conceder o *status civitatis* a todos os habitantes à escala do Império. Sabe-se que as gentes do Oriente faziam largo uso da documentação escrita, saída da pena de um notariado público, a qual se revestia de eficácia constitutiva ou, ao menos, exibia um valor probatório por excelência.

Assim é que se começou a falar de uma nova denominação, tendo surgido, à luz morna do dia, o termo *tabelliones*. O seu uso remonta, pelo menos, a Ulpiano. Ficou, então, praticamente cativo das fontes jurídicas.

O fragmento ulpinianeu assume um especial relevo, na medida em que encerrava uma explanação dos deveres dos *tabelliones*, os quais se concebiam como *instrumenta formare, libellos concipere, testationes consignare*, a que se acrescentou *testamenta ordinare vel scribere vel signare*.

Depois de um rescrito de Antonino Pio, reconheceu-se-lhes o direito a um *salarium*, que se fazia valer *extra ordinem*. Atesta-o o fragmento D. 50, 13, 4.

4. No Dominado, entre os aspectos que sulcavam o seu rosto, avultaram o absolutismo imperial, o triunfo do Cristiansmo e o assalto de fenómenos vulgarísticos que viria a culminar no chamado *Vulgarrecht*. Há dois, porém, que marcaram especialmente o *iter evolutionis* do notariado. Foram eles a tendência para a burocratização e a organização corporativa.

Os *notarii*, antigos estenógrafos, não tardaram em afivelar a máscara de secretários de personagens ilustres, a cujo serviços emprestavam a pena, *maxime* em relação ao imperador. Deles se esperava, naturalmente, que se comportassem *a secretis*, ou seja, que ouvissem, escrevessem e calassem.

Imersos num movimento geral de burocratização, os notários surgem funcionalizados, perdendo-se de vista o seu sentido originário. Depois do século IV, os notários ao serviço do imperador organizaram-se numa *schola*, uma das mais importantes do palácio.

Também a Igreja passou a contar com um corpo próprio de *notarii*. A bem dizer, notários laicos e eclesiásticos lançavam-se à tarefa de compor documentos negociais, na medida em que se inscreviam no respectivo âmbito funcional.

No direito romano da época post-clássica, registou-se um engrandecimento do valor da documentação escrita. A legislação que se foi promulgando reconheceu ao documento uma força probatória vinculante contra a qual não restava senão promover a arguição de falsidade. Aquele que produzia o documento devia *imponere fidem* através de um expediente certificativo. Neste sentido, não raro se recorria à *comparatio litterarum*.

5. A reforma Justinianeia, que encheu o século VI romano, proporcionou uma inédita sistematização orgânica à profissão de *tabellio*, além de estabelecer uma disciplina clara quanto à forma e eficácia jurídica do documento. A este propósito, identificam-se, sem hesitação, três providências fundamentais.

A primeira remonta a 528 e foi incorporada no *Codex Iustinianus*. Respeitava à forma do documento tabeliónico. Como requisitos inamovíveis, reluziam agora a *completio* e a *absolutio*.

Aquela representava a leitura do documento por parte do notário, seguida da pergunta dirigida às partes se o respectivo conteúdo correspondia ou não à sua vontade. Do ponto de vista formal, traduzia-se numa declaração, aposta pelo notário no final do documento, de haver cumprido o dever de *completio*. Procedendo assim, o tabelião assumia-se, diante das partes, como responsável pela forma e conteúdo do documento.

Muito discutido, ao invés, se apresentou o significado da *absolutio*. No entanto, segundo a doutrina preponderante, devia entender-se como o dever do notário passar uma certidão depois da *completio* às partes. Se a *completio* se transformava, invariavelmente, na última cláusula, a *absolutio* encerrava a derradeira menção certificativa do notário.

A segunda intervenção legislativa que incidiu sobre a actividade notarial, a Novela 44, de 537, regulava os deveres dos notários. No seu espírito, reluzia o intuito de reprimir a escandalosa ausência dos notários, punindo as faltas injustificadas. Do mesmo passo, vinha entretecer uma disciplina segura no capítulo do recurso a notários substitutos.

Para o regramento completo do notariado, faltava a abordagem ao problema da eficácia do documento. Ao tema dedicou Justiniano a Novela 73, de 538. Sem entrar em minúcias extravagantes, convém salientar que a providência, visando a *impositio fidei*, mostrava-se avessa à *comparatio litterarum* e acarinhava a prova por testemunhas. Nesta óptica, o *instrumentum publice confectum* valia sempre mais do que um documento particular puro, ainda que interviessem testemunhas.

6. Não entraremos a descrever as peripécias que sobressaltaram o notariado ao longo da Alta Idade Média. Melhor será incidir a nossa atenção na afirmação científica da instituição notarial inscrita no arco medievo. Para isso, muito contribuiram dois factos, não inteiramente divorciados.

Um respeita à tendência associativa que emergiu no seio dos notários. Na verdade, desde o século XII, que há notícias, em importantes cidades italianas, como Bolonha, Pisa, Siena, Génova, Pavia, de colégios de notários. Os seus estatutos não só regulavam a própria vida privada dos notários, mas também versavam, em alardes de minúcia, as modalidades dos diversos actos e intervenções notariais.

O outro factor que reforçou o primeiro na mira de alicerçar o múnus notarial prendeu-se com o lançamento das bases doutrinais de uma nova disciplina. Do simples ensino tradicional sustentado por um tirocínio prático junto dos mais velhos e da preparação empírica oferecida pelos colégios profissionais, passou-se para a benévola aceitação da *ars notariae* na cerca do claustro universitário. Um salto que significava um acréscimo de prestígio sem precedentes.

O gesto de acolhimento verificou-se na Universidade de Perusia e na famosa Universidade de Bolonha. Paralelamente, floresceu um notável apuro doutrinal da *ars notariae* que permitiu a urdidura dos mais destacados formulários notariais, entre os quais se elevaram, pela sua imensa difusão e quilate intrínseco, os de Salatiele, de Raniero de Perugia e a conhecidíssima *Summa* de Rolandino. Todos eles configuravam expressões de sabedoria jurídica aliada à perícia do prático.

7. O percurso evolutivo da elaboração dos textos de índole notarial encerra diversos lances que tocavam as artes medievais. De início, no seio de *trivium*, destacou-se a *ars dictandi* como disciplina que acarinhava a técnica de redacção *(dictare)*, de acordo com o regramento gramatical, lógico e estilístico, imperante nas composições escritas. A *ars dictandi* velava, escorada numa base teórica, pelo rigor e propriedade linguística dos *scripta*.

Como a avalanche de documentos jurídicos se afigurava torrencial, a arte de bem escrever *(ars dictaminis)* passou a visar, de forma dilecta, o notariado. O empirismo das fórmulas notariais foi-se enriquecendo com um perfume jurídico cada vez mais intenso. Os mestres do ensino notarial, a par do florilégio exuberante de uma tipologia formular e dos conhecimentos fundamentais de gramática e de retórica, não descuravam agora um quadro elementar de noções de direito, com especial relevo para o direito processual. Convirá lembrar, a este propósito, que pertenceu aos processualistas a missão de abordar temas notariais, em resultado de os notários haverem recebido funções coadjuvantes dos juízes.

Notariado e *ars dictaminis* afluíram ao mesmo rio revolto. A importante renovação medieva deixou de se compadecer com esquemas petrificados. A *ars inveniendi* apossou-se dos notários que se viram arrojados para a prática de actos que transcendiam, necessariamente, o empirismo pretérito e o ténue empenho das indagações processualistas.

O movimento encontrou um berço benévolo na Escola de Bolonha, ao expirar do primeiro quartel do século XIII. Obteve consagração formal quando a *ars notariae* conheceu as luzes da ribalta, lançando um rútilo manto específico sobre o notariado em relação às diversas artes medievais.

Pertenceu a Rainerio de Perusia a honra, conforme bem salientaram Ruy de Albuquerque e Martim de Albuquerque, de ter afirmado, pela primeira vez, a substantividade do notariado. Uma tese que acolheu na sua *Ars Notariae* (1224-1234). Esculpiu-a não só como *scientia* da formulação dos *negotia* em harmonia com a lei, mas também como prática. Neste entendimento, a ciência notarial reclamava, a um tempo, quer o estudo doutrinalmente fundamentado da escrituração dos negócios jurídicos, quer a abordagem prática, *in cartis*, a qual não se cumpriria sem o exame de formulários.

Com Salatiele, o avanço traduziu-se na passagem para o imaterial. A significar que se transitava do instrumento à *forma instrumenti* enquanto esquema abstracto individualizado pela causa, função ou *negotium*.

Através desta fenda teórica, penetrou a argúcia de Rolandino, o qual viria a admitir, expressamente, que a arte notarial, teórica e prática, nunca dispensaria uma ponderação filosófica, pelos ângulos da causa, do fundamento e dos materiais que lhe correspondiam. Na mira de afeiçoar a prática e a teoria do notariado à ciência do direito chegou-se a proclamar a *ars notariae*. Foi a *ars notariae* que ofereceu ao notariado a grandeza científica suficiente para ser aceite nas escolas jurídicas que viviam no claustro universitário.

8. A instituição notarial floresceu rodeada de cautelas, uma vez afirmadas as ideias de notário como *persona publica* e do seu cargo como *publicum officium*. O poder autenticador do notário, em que os documentos saídos da sua lavra aparecem dotados de *plena et indubitata fides*, repousa na *auctoritas* que cedo lhes foi confiada. Recorda-se que a presença segura do notariado público em Portugal recua ao reinado de D. Afonso II.

Para a atribuição da *auctoritas* notorial, carecia-se do preenchimento de um conjunto de requisitos, uns de ordem pessoal, como a idade, aptidão física e sexo, outros mais ligados ao *status libertatis*, à religião, à secularidade e ao carácter vicinal entre o domicílio do notário e o local do *officium notariae*. Um requisito que preponderava era o da moralidade que a *boa fama*, ou melhor a *integra fama* nos termos da *ars notariae*, atestaria. Ao invés, a infâmia impedia o exercício do notariado.

A competência material para o cargo também não se descurava. De tal sorte que só o candidato *sufficient en scientia* o poderia assumir. O ensino do notariado formava um pecúlio precioso para esse desígnio.

À *examinatio* de teor notarial seguia-se a matrícula. O juramento apresentava-se fundante da credibilidade ou *publica fides* do notário. Todas as formalidades constitutivas do *officium* acabavam por ficar expressas num documento solene: o título. Ao abrigo desta base titulada, a investidura prática no cargo culminava numa *litentia exercendi*.

Conquistada a condição jurídica de *publicus notarius*, o titular só se veria privado dela se incorresse num crime que acarretasse a perda do *offi-*

cium notariae. No plano jurídico, o notário público assumia um direito de verdadeiro domínio sobre o seu ofício, o qual se revelava transmissível, quer *inter vivos*, quer *mortis causa*. A prerrogativa de disfrute do *officium notariae* e até a possibilidade de desmembramento do domínio de índole enfiteutica não causavam assombro. De igual modo, uma manifestação unilateral e abdicativa do *officium notariae* não soava estranha. Em mente, temos a renúncia ao cargo. Um acto de vontade com pouca disseminação ao longo do arco temporal em apreço.

9. O ministério notarial exercitava-se de modo vinculado a um largo espectro de deveres. Entre eles, na óptica medieva, destacavam-se os deveres de obediência à lei, de imparcialidade no tratamento de cada uma das partes outorgantes, e de zelo pela *veritas*. Num aprofundamento específico de tais obrigações, vislumbravam-se, certeiramente, os deveres de sigilo, de assistência às partes, de registo em *publica forma*, e, de modo não incontroverso, o de residência.

O princípio *quod sunt servanda per notarios* desencadeava a responsabilidade pela função notarial. Ia desde a responsabilidade penal, preenchidos os diferentes pressupostos da infracção, o que podia levar à imposição de sanções criminais, como eram, em crescendo de gravame, a multa, a confiscação de bens, a perda de mão e a morte, passando por penas acessórias, como a privação e suspensão de ofício, até à simples obrigação de indemnizar.

Do notário esperava-se, no mínimo, que se abstivesse de praticar actos ilícitos ou impulsionados pela *falsitas*. Uma adulteração do documento convertia-o em falsário. Dada a *immutatio veritas* de índole notarial, qualquer retoque na verdade preenchia o delito de falsidade.

A tudo isto acrescia a responsabilidade dos notários por incumprimento das formalidades ditadas pela lei e a responsabilidade por honorários indevidamente exigidos. Uma nota conclusiva se pode já extrair. A moldura ordenadora do múnus notarial não era tão permissiva como, ao primeiro voo de pensamento, se poderia vaticinar.

10. Não tencionamos omitir um breve apontamento acerca da história da legislação portuguesa atinente ao notariado. As fontes antigas revelam um leque de notários de diversas espécies. A par dos notários apostólicos, verifica-se a presença de notários públicos de nomeação régia.

O florilégio destes funcionários não ficava por aqui. Irradiava para os chamados tabeliães das notas, ou do paço e para os tabeliães das audiências ou judiciais. Mereciam a designação de tabeliães do paço aqueles que tivessem paço em ordem ao exercício do cargo. Numa outra direcção catalogadora, importa distinguir os notários gerais das cidades, vilas e lugares. O seu respectivo raio de actuação confinava-se a certos limites territoriais.

No reinado de D. Afonso II, regista-se o aparecimento do notariado público. O poder régio procurou deter o senhorio exclusivo no capítulo da criação e controlo da actividade notarial. D. Dinis determinou aos tabeliães o preceito de prestarem juramento na chancelaria de corte, do mesmo passo que pretendeu chamar a si a prerrogativa de os nomear junto das audiências eclesiais. Mais tarde, D. Fernando viria a enfileirar por idêntica doutrina, encerrando a Lei de 13 de Dezembro de 1375, a proclama legislativa de que cabia ao soberano o direito de «acrescentar ou fazer tabeliães». Uma norma que as Ordenações Afonsinas não hesitaram em acolher.

Os tabeliães tinham de submeter-se a um exame de aptidão na corte. Uma exigência que nada tem de assombroso, se pensarmos que os pretendentes aprovados exerciam o *officium notariae* em nome do rei e compunham as escrituras por força da autoridade régia que sobre eles se derramava. Quem se atrevesse a tal múnus sem autorização do monarca corria risco de morte.

O espectro dos deveres funcionais assinalados aos notários não podia ficar esquecido. Ao ponto dedicou-se a Lei de 12 de Janeiro de 1305 que, além de constituir um regulamento disciplinar aplicável aos tabeliães, estabeleceu que as notas se lançassem em livros, abandonando o perigoso sistema das cédulas avulsas. O diploma ordenava que os instrumentos notariais fossem lavrados pelas notas, lidos aos outorgantes e confirmados por eles. As infracções puniam-se com pena de morte.

Aos olhos dos tabeliães, o Regimento de 15 de Janeiro de 1305 faiscava bem mais disciplinador, o que não admira, porquanto, na sua origem, estiveram vários agravos. Retomava-se a imposição de os notários escreverem em livro de papel as notas das escrituras ou documentos. Lembrando a velha *completio*, forcejava-se a leitura das notas perante as testemunhas e às partes intervenientes, antes da *traditio* das escrituras. A prova testemunhal deveria ainda utilizar-se para o reconhecimento dos outorgantes desconhecidos. Datar e localizar documentos, mencionar, com clareza, o objecto negocial do contrato e identificar os outorgantes constituíam outras tantas obrigações dos tabeliães, agora flagrantemente instituídas. Completou o mencionado diploma um Regimento de 1340, cuja principal novidade residiu em prescrever a fiscalização dos notários pelos corregedores.

As sanções que impendiam sobre os notários revelavam, em sinal evidente da importância do ofício, uma agreste severidade. A pena de morte surge cominada, não raras vezes, designadamente para o delito de omissão de formalidades ou no caso de ocorrência do crime de falsidade. Assim é que D. Dinis qualificava de crime de *falsitas* a conduta dos notários que esquecessem o dever de fazerem as partes jurar antes da outorga das escrituras, com o não oculto intuito de evitar fugas de bens para o domínio dos clérigos.

Também a pena de morte sancionava a obrigação dos notários garantirem, através da prática de uma *intercessio* afiançadora, o cumprimento das prestações fiscais a que as partes se encontrassem adstritas. Não prosseguiremos a análise da legislação que tocava a actividade notarial, anterior às Ordenações Afonsinas. Tanto basta para que possamos concluir, em gesto tranquilo, que a actividade tabeliónica repousava sob o manto tutelar e sufocante da coroa.

11. A nossa derradeira ponderação inscreve-se no plano material da acção tabeliónica. É bem de ver que, no chamado período da individualização do direito português, que decorreu entre meados do século XII e meados do século XIII, era reinante um certo empirismo jurídico. A reprodução translatícia de clausulados uniformes ia triunfando. Os tabeliães, nas suas escrituras, redigidas de acordo com a vontade concreta dos outorgantes, acabavam por modelar os vários negócios jurídicos. A definição conceitual e a perfeita autonomia de algumas instituições de direito privado só vieram a operar-se à medida que se deu a penetração das normas e da ciência do direito romano renascido e do direito canónico renovado.

Mas a missão mais nobre dos tabeliães não se circunscreveu à repetição pouco reflectida de instrumentos públicos. Longe disso. Aparece rodeada, de uma grande efervescência de paixões criativas, em domínios do direito e em circunstâncias históricas em que a prática negocial vai muito à frente da fantasia do legislador. Um desses universos é o direito comercial e o seu *iter evolutionis*.

Instituições jurídicas houve que não surgiram como a Deusa Atena, que nasceu já completamente armada do crânio fendido de Zeus por um golpe de machado. Com isto pretende-se significar o seu afastamento originário de uma bem urdida elaboração intelectual.

Acode-me à lembrança um exemplo retumbante. Em mente conservo as sociedades por acções que, à imagem de outros institutos de direito comercial, não despontaram fruto de um genial acto criativo do legislador.

E também não irromperam afeiçoadas pelas mãos sabedoras dos juristas. Pelo contrário, construíram-se, a pouco a pouco, a partir de exigências que a realidade espontaneamente foi postulando. Daí o primor de alguns contributos que a marcha da história tabeliónica lhes infundiu.

A fantasia dos notários corre à medida do pulsar da vida prática. Assim, em certos domínios, acabava por voar demasiado alto relativamente à pachorrenta e reactiva previsão do legislador. É certo que, num caso como noutro, *quod non est in actis non est in mundo*.

TRANSMISSÃO DAS OBRIGAÇÕES[*]

FERNANDO AUGUSTO CUNHA DE SÁ[**]

SUMÁRIO: *Secção I – Princípios gerais: 1. Modalidades de transmissão das obrigações; 2. Razão de ordem. Secção II – Cessão de créditos: 3. Noção; 4. Forma; 5. Admissibilidade genérica da cessão de créditos; 6. Inadmissibilidade da cessão de crédito por determinação da lei; 7. Inadmissibilidade da cessão de crédito por convenção entre as partes; 8. Inadmissibilidade da cessão de crédito pela natureza do crédito; 9. Efeitos da cessão de crédito em relação ao cedente e ao cessionário; 10. Efeitos da cessão de crédito em relação ao devedor. Secção III – Sub-rogação no crédito: 11. Noção e natureza da sub-rogação. Cumprimento por terceiro e extinção da obrigação ou sub-rogação do terceiro nos direitos do credor; 12. Modalidades da sub-rogação; 13. Sub-rogação pelo credor; 14. Sub-rogação pelo devedor; 15. Sub-rogação legal; 16. Efeitos da sub-rogação. Secção IV – Assunção de dívidas: 17. Noção; 18. Modalidades da assunção de dívidas: A) Assunção de dívida por contrato entre o antigo e o novo devedor, ratificado pelo credor; B) Assunção de dívida por contrato entre o novo devedor e o credor; 19. Natureza da assunção de dívida; 20. Efeitos da assunção de dívidas; 21. Assunção de dívida, adesão à dívida e promessa de liberação. Secção V – Cessão da posição contratual: 22. O problema da cessão da posição contratual; 23. Requisitos da cessão da posição contratual; 24. Relações entre o cedente e o cessionário; 25. Relações entre o cessionário e o contraente cedido; 26. Figuras próximas: A) Cessão da posição contratual e contrato para pessoa a nomear; B) Cessão da posição contratual e subcontrato; C) Cessão da posição contratual, contrato em branco e contrato com a cláusula "à ordem".*

---

[*] O presente texto advém das lições que o autor proferiu na Faculdade de Direito de Lisboa, como encarregado de regência da cadeira de Direito das Obrigações.
[**] Advogado

SECÇÃO I
PRINCÍPIOS GERAIS

1. Modalidades de transmissão das obrigações

A relação jurídica obrigacional, como qualquer outra relação jurídica, pode modificar-se. As modificações dizem respeito aos sujeitos, ao objecto ou até à própria natureza do vínculo.

Neste último aspecto podem apresentar-se diversos exemplos de transformação de uma obrigação civil numa obrigação natural; e não será difícil imaginar a hipótese contrária, como se o devedor de uma dívida prescrita reconhece o crédito perante o respectivo titular.

Outras modificações verificam-se quanto ao objecto da obrigação. A dação em cumprimento, *v.g.*, envolve um acordo modificativo da prestação[1]; o devedor de obrigação pecuniária retarda o cumprimento e, por isso, à prestação inicial acrescem os respectivos juros moratórios; a impossibilidade da prestação por causa imputável ao devedor dá lugar à sua substituição por uma indemnização compensatória, etc.

No presente estudo vamos considerar apenas as modificações subjectivas, isto é, aquelas que se verificam nos sujeitos do vínculo obrigacional.

Exemplos:

Uma obrigação singular transforma-se numa obrigação plural (de um só devedor passa a haver vários ou de um só credor passa a haver vários). O herdeiro aliena a herança. O credor vende ou doa o seu crédito. O devedor exonera-se porque uma outra pessoa vem ocupar o seu lugar.

Todos estes casos reflectem uma modificação da obrigação ou pelo lado activo, ou pelo lado passivo ou, simultaneamente, pelos lados activo e passivo. Não vamos ocuparmo-nos, porém, de todas as hipóteses em que há uma alteração dos sujeitos do vínculo obrigacional; algumas costumam até ter lugar a propósito de outras matérias [é o caso, nomeadamente, da novação subjectiva[2]]. Interessam-nos apenas aquelas que determinam a transmissão do vínculo.

Para haver transmissão ou sucessão[3] é, evidentemente, necessária a permanência do vínculo no seu aspecto objectivo e que haja a substituição

---

[1] F. A. Cunha de Sá, *Modos de extinção das obrigações*, in Estudos em Homenagem ao Prof. Doutor Inocêncio Galvão Telles, vol. I, 2002, pp. 195 e ss.

[2] F. A. Cunha de Sá, ob. e vol. cits., pp. 229 e ss.

[3] *Transmissão* ou *sucessão* são palavras sinónimas, tanto na linguagem da lei, como

de algum dos sujeitos. Ou do sujeito activo ou do sujeito passivo. Ali transmite-se o crédito; aqui transmite-se a dívida.

Dito por outras palavras: dá-se a transmissão do lado activo ou do lado passivo de certo vínculo obrigacional quando alguém assume o crédito ou o débito, respectivamente, que anteriormente pertencia a outrem, sendo esse crédito ou débito considerado e tratado nas mãos do novo titular tal como nas do sujeito anterior.

Há, assim, como característica essencial da transmissão a ideia de *identidade* do crédito ou da dívida, a qual engloba também a identidade do respectivo regime: não só o crédito ou a dívida permanecem os mesmos, mau grado a mudança de sujeito, como se mantém o respectivo regime, quanto a garantias, direitos acessórios e meios de defesa. Assim, se o crédito depende de um termo final, é transmitido como crédito a termo; se o crédito é garantido por um penhor, conserva essa garantia real; se ao antigo credor podia ser oposta a excepção de não cumprimento do contrato, também ao novo credor pode o devedor opor tal meio de defesa.

Isto não quer dizer, porém, que tenha forçosamente de haver uma coincidência absoluta entre o crédito ou a dívida *antes* da transmissão e o crédito ou a dívida *depois* da transmissão. Na verdade, para apurar a existência, conteúdo e regime de qualquer direito ou obrigação, há que ter em conta não só o facto que lhe deu origem, mas também todos os factos que posteriormente se verificaram com projecção na identidade objectiva ou subjectiva do vínculo obrigacional.

Ora do facto translativo podem decorrer certas alterações para o vínculo em si ou para o respectivo regime. Por exemplo: transmite-se apenas a titularidade do crédito, reservando-se o usufruto para o transmitente; ou transmite-se parte do crédito; ou transmite-se um crédito singular a várias pessoas; ou transmite-se um crédito hipotecário sem a forma para tal exigida (art. 578.º, n.º 2), o que determina que o transmissário receba o crédito afectado pela nulidade da transmissão. Todas estas alterações podem ser mais ou menos importantes, mas o que não podem é acarretar que o crédito ou o débito deixem de ser os mesmos, ou que o seu regime passe a ser estruturalmente diverso do que era nas mãos do anterior titular.

A transmissão das obrigações pode verificar-se ou pelo lado activo (créditos) ou pelo lado passivo (dívidas).

---

na linguagem corrente, embora nesta seja frequente utilizar o termo "sucessão" para referir apenas um das espécies de transmissão (a transmissão por morte).

Na transmissão activa ou transmissão do crédito, o antigo credor deixa de ser titular do direito, mas este continua a existir, agora com um novo sujeito. Numa imagem sugestiva, poderá dizer-se que o antigo credor *sai* e o novo credor *ingressa* no vínculo obrigacional, que em si mesmo continua. A complementaridade entre estas duas facetas da realidade resulta de ambas serem originadas pelo mesmo facto (*v.g.*, a venda do crédito, a morte do credor, etc.).

Na transmissão passiva ou transmissão do débito, o antigo devedor exonera-se, mas não há extinção do vínculo obrigacional porquanto um novo devedor passa a ficar submetido à obrigação que impendia sobre o precedente titular. A inter-relacionação destes dois aspectos do mesmo fenómeno traduz-se em que cada um tira a sua razão de ser do outro.

A transmissão do vínculo pelo lado passivo demonstra que o comportamento devido (ou prestação) prescinde da pessoa concreta do devedor primitivo e faz salientar a analogia material (que não já formal) existente entre a assunção de dívida seguida de cumprimento pelo novo devedor e a realização da prestação por terceiro[4].

Tanto a transmissão activa como a transmissão passiva podem dar-se *mortis causa* ou *inter vivos*. A distinção não implica desigualdade de essência entre uma e outra; atende apenas à fonte geradora da transmissão do crédito ou da dívida. Se o facto translativo é a morte do credor ou do devedor estamos perante uma transmissão por morte do crédito ou da dívida. Se a causa da transmissão é um facto diverso da morte, verifica-se a transmissão em vida: este facto, aliás, tanto pode ser um acto jurídico, do titular[5] ou de terceiro[6], como um facto jurídico em sentido restrito[7] e pode, inclusivamente, a sua eficácia estar condicionada ao termo suspensivo que é a morte de alguém.

A transmissão em vida das obrigações pode ser onerosa ou gratuita, consoante quem adquire o crédito tem ou não de dar uma contrapartida

---

[4] Assim afirmei em *Direito ao cumprimento e direito a cumprir*, 1997, pp. 17-18.

[5] Por ex., o credor doa ou troca o crédito.

[6] Por ex., o crédito é vendido judicialmente, por meio de propostas em carta fechada (art. 886.º, n.º 1 CPC).

[7] Entende-se por facto jurídico *stricto sensu* não só o evento da natureza ou o evento involuntário, mas também o facto voluntário a que a ordem jurídica atribui efeitos de direito abstraindo da voluntariedade que nele ocorre. É o caso da sub-rogação legal: aquele que paga a dívida que garantiu torna-se credor nos termos do art. 592.º.

para ver a sua esfera patrimonial enriquecida com ele. A transmissão por morte das obrigações só pode ser gratuita, caso seja admissível aplicar tal qualificação a todo os factos jurídicos.

As obrigações podem transmitir-se a título singular ou a título universal. A transmissão singular ou a título singular verifica-se quando se trata de créditos ou débitos destacados do património de que são elementos. A transmissão universal ou a título universal respeita a todo o património enquanto unidade e do qual fazem parte, nomeadamente, créditos e dívidas, ou a uma parte abstracta desse todo unitário. Sendo o caso de transmissão por morte, o título é singular quando, por ex., o crédito é legado, é universal quando o herdeiro sucede nos bens e nas dívidas.

2. Razão de ordem

Ocupar-nos-emos apenas da transmissão em vida e a título singular das obrigações. É esse precisamente o âmbito do capítulo que o Código Civil dedica à transmissão de créditos e de dívidas (arts. 577.° e ss.).

Começaremos pela transmissão de créditos, que pode revestir duas modalidades: a *cessão de créditos* e a *sub-rogação*. Com a sub-rogação *no crédito*, que é uma das espécies de transmissão do lado activo do vínculo obrigacional, importa não confundir a sub-rogação do *credor ao devedor*, que é um meio de conservação da garantia patrimonial.

Em seguida, far-se-á a análise da transmissão singular dos débitos, a que se dá a designação de *assunção de dívidas*.

Por último, alargar-se-á o nosso campo de observação à *cessão da posição contratual*, isto é, à transmissão conjunta dos créditos e débitos de uma das partes dum contrato sinalagmático.

Todas estas figuras apresentam enorme interesse prático, porquanto veiculam a circulação da riqueza mobiliária que, nos nossos dias, reveste valor tão grande como a riqueza imobiliária – senão até, as mais das vezes, muito superior ao dela.

SECÇÃO II
CESSÃO DE CRÉDITOS

3. Noção

A transmissão entre vivos e a título singular do direito de crédito pode ser voluntária, legal ou judicial. Quando a transmissão do crédito é voluntária fala-se de cessão de crédito[8]. Desta nos ocuparemos em primeiro lugar, até porque são as suas regras que, fundamentalmente, regem a transferência legal ou judicial de créditos, bem como, aliás, a cessão de outros direitos não exceptuados por lei (art. 588.°); e, atenta, a remissão do art. 3.° do Código Comercial para a legislação civil, a sua regulamentação é ainda paradigmática para a transmissão dos títulos de crédito.

O instituto da cessão de créditos é o resultado de uma lenta reacção entre as necessidades práticas de circulação da riqueza mobiliária e as principais concepções do direito romano sobre a natureza do crédito. Muito longe ainda dos teorizadores do direito subjectivo como um poder de vontade em sentido psicológico e, portanto, inerente à pessoa concreta do seu titular, o espírito romano, no entanto, mostrou-se avesso à possibilidade de o crédito transitar, em vida do credor, como qualquer outro bem: mudando o credor, mudaria forçosamente o próprio crédito.

Simplesmente, para satisfazer os imperativos do comércio jurídico-privado e não inutilizar praticamente o crédito enquanto tal, como valor patrimonial, recorria o direito romano à novação subjectiva activa: o crédito era extinto e, em sua substituição, criado um novo crédito, em tudo igual ao anterior excepto quanto ao respectivo titular.

Não obstante, se a novação por substituição do credor lograva, de certo modo, alcançar resultado semelhante ao da cessão do crédito, o seu regime implicava diferenças de ordem substancial que não eram de desprezar. Antes de mais, porque não prescindia da concordância do devedor em ficar obrigado para com o novo credor; depois, porque, tratando-se de uma obrigação diversa da antiga, as garantias que existissem para

---

[8] Se a transmissão do crédito é voluntária, mas tem na sua base o cumprimento da própria obrigação, estamos perante uma sub-rogação (pelo devedor ou pelo credor). É este aspecto, aliás, que permite distinguir a sub-rogação convencional da cessão de crédito, ainda que onerosa, pois uma coisa é o preço do crédito, outra o cumprimento da obrigação. O que não significa, evidentemente, que por vezes não se torne difícil distinguir, na prática, as duas figuras.

o cumprimento desta extinguiam-se com ela, não transitando para a obrigação que a substituía.

Procurou-se, por isso, criar um outro expediente, que, sendo sucedâneo da cessão, evitasse não só a dependência da vontade do devedor como também a extinção do próprio vínculo obrigacional. Consistiu ele em admitir que o credor autorizasse aquele a quem queria transmitir o crédito a exigir, judicial ou extrajudicialmente, a prestação que lhe era devida (*mandatum agendi*) e, bem assim, a reter o que lhe fosse entregue em pagamento do crédito; reclamado judicialmente o crédito, o devedor era obrigado a pagar ao representante. O terceiro actuava em nome do credor como representante deste, mas com um interesse próprio (*procurator in rem suam*) e daí justificar-se que a retenção do pagamento por ele obtido valesse mesmo contra o próprio representado[9].

Ora, configurando-se a relação entre o credor e o terceiro como um mandato, vinha daí que tal contrato ficava na dependência da vida de ambos[10] e da vontade do mandante ou do mandatário[11]. O terceiro estava, assim, à mercê de um credor menos honesto, que revogasse o mandato antes de pago o crédito e à mercê do devedor, para quem tal contrato se configurava como *res inter alios acta* e que, portanto, poderia pagar validamente ao credor antes de iniciada a lide processual, frustrando as expectativas do mandatário.

Para obviar a estes riscos, passou a reconhecer-se ao mandatário um direito autónomo ao exercício do crédito, cuja oponibilidade ao devedor dependia de lhe ser notificado o mandato; feita a notificação, o devedor só poderia exonerar-se mediante o pagamento ao mandatário. Como este direito era desintegrado do direito do mandante, embora este continuasse a ser o titular do crédito, deixava de poder exercê-lo e, nomeadamente, de poder dispor dele. E, porque independente do direito do mandante, sobrestaria mesmo após a caducidade ou a revogação do mandato.

Simplesmente, esta última evolução, operada no seio do direito romano clássico, veio pôr a claro o formalismo do expediente encontrado

---

[9] Tratar-se-ia de um mandato com a cláusula *in rem suam*, que surgiria também, segundo certa concepção, na dação em função do cumprimento: cfr. F. A. Cunha de Sá, ob. e loc. cits., p. 209.

[10] Cfr., hoje, o art. 1174.°. al. a).

[11] Cfr. ainda, actualmente, o art. 1170.°, n.° 1; mas o n.° 2 contempla precisamente o caso de o mandato ser conferido no interesse conjunto de mandante e mandatário ou daquele e de terceiro.

e como não fazia sentido a inadmissibilidade da transmissão entre vivos do próprio crédito. O resultado prático, alcançado pela fragmentação do crédito num direito à titularidade, encabeçado pelo credor e num direito ao exercício, conferido a um terceiro, não anda longe da cessão do próprio crédito; mas parece preferível entender que é o direito que se transmite como tal, integralmente e não apenas uma ou mais das suas faculdades. Aliás, de convencionalista se poderá também apodar a posição daqueles autores que, considerando ilegítimo o conceito de transmissão de direitos, falam de uma substituição de direitos e não apenas de sujeitos, embora sustentando a equiparação do direito substitutivo ao direito substituído.

E daí que a cessão, cuja importância na actual vida económica se revela muito grande, tenha aparecido admitida de há longa data e nos mais diversos ordenamentos jurídicos, como forma de transmissão do crédito, o qual, mudando embora de titular, permanece idêntico a si mesmo.

Pode, pois, afirmar-se que a cessão do crédito (*cession de créance*, *die Abtretung von Forderungen*) é o negócio jurídico pelo qual o credor transmite, a título gratuito ou oneroso, todo ou parte do seu direito a outra pessoa.

Mais frequentemente este negócio jurídico configura-se como um contrato; mas pode tratar-se também de um negócio jurídico unilateral, como se o credor doa o crédito a um menor, sem quaisquer encargos[12].

E será este negócio jurídico, bi- ou unilateral, um negócio abstracto ou um negócio causal?

Esta pergunta pode equivaler à questão de saber se a cessão do crédito tem de desempenhar sempre uma certa e determinada causa, isto é, uma *função social típica*. Ou pode referir-se por ela o problema de a cessão de crédito prescindir, ou não, de uma causa, a qual, no entanto, a ter de existir sempre, não careceria de ser sempre a mesma. Em princípio, seriam possíveis três respostas: a cessão de créditos não tem causa; a cessão de créditos tem sempre a mesma causa; a cessão de créditos prossegue várias causas.

É errado supor que há negócios sem causa. Todos os negócios – quer os contratos, quer os negócios jurídicos unilaterais – desempenham forço-

---

[12] A doação pura feita a incapaz é, efectivamente, um negócio jurídico unilateral, na medida em que prescinde da aceitação do representante legal do incapaz (art. 951.º, n.º 2).

samente uma função socialmente útil. Assim, quando se fala de negócios causais e de negócios abstractos não se tem em vista a existência ou inexistência, respectivamente, de uma função social constante, mas, diferentemente, se a estrutura do negócio é, ou não, modelada pela função social que o mesmo actua. Os negócios abstractos podem servir diversas funções práticas exactamente porque estas não se projectam no seu conteúdo específico.

A cessão de crédito é um *negócio casual*, porque a sua estrutura, validade e eficácia são sempre influenciadas pela função económico-social concretamente prosseguida; mas esta função económico-social, que outra coisa não constitui senão a *causa* da cessão, não é *constante*. Pode o credor, movido por espírito de liberalidade e à custa do seu património, dispor gratuitamente do crédito em benefício de um terceiro. Como pode transmitir a alguém o seu crédito, mediante um preço. Ou até acordar na troca do seu crédito com um crédito alheio ou com a propriedade de uma coisa ou com outro direito de um terceiro. Ou ainda transmitir o crédito para extinguir uma dívida. Na primeira hipótese, a cessão do crédito integra uma doação; na segunda, uma venda; na terceira, um contrato de escambo ou troca; na última, finalmente, depara-se-nos uma dação em cumprimento ou uma dação em função do cumprimento. Todos estes contratos têm a sua causa própria, que é actuada pela cessão de créditos. O que vale por dizer que a cessão de créditos não tem uma causa constante, mas que pode prosseguir múltiplas funções sociais típicas. E isto é verdade tanto quando a estrutura da cessão é contratual, como quando integra um negócio jurídico unilateral.

Por isso, o art. 578.º, ao fixar o regime aplicável à cessão, determina expressamente no seu n.º 1 que os requisitos e efeitos da cessão entre as partes se definem em função do tipo de negócio que lhe serve de base[13]. Consequentemente, a regulamentação dos arts. 577.º e ss. não é a regulamentação genérica de um negócio abstracto, mas sim e apenas a regulamentação genérica de elementos ou aspectos comuns a vários negócios casuais.

Assim, o regime aplicável a uma concreta cessão de créditos resultará das normas que disciplinam genericamente toda e qualquer cessão de créditos e das normas que especificamente regulam o tipo de negó-

---

[13] Encontraremos disposição paralela a propósito da cessão da posição contratual: art. 425.º.

cio que tal cessão integra. E vem daí que a validade da cessão não se contenta com a mera existência de uma vontade abstracta de transmitir o crédito e de o adquirir, antes exige que se realize na hipótese a causa objectiva do negócio jurídico celebrado e que, só ela, lhe determina axiologicamente a estrutura e modela a fisionomia. Não quer isto dizer que se tenha de provar autonomamente a causa da cessão, nem tão pouco que tenha de haver uma formulação (ou, quando menos, uma referência) expressa à concreta causa de cada cessão: basta provar e referir expressamente – isso sim – os elementos específicos do negócio, como fórmula ou perspectiva sintética do carácter negocial específico de cada cessão.

Assente, pois, que a cessão de créditos é um negócio causal e considerando a hipótese mais frequente de se tratar de um contrato, vejamos agora entre quem deve ser celebrada.

O transmitente do crédito chama-se *cedente*; o terceiro para quem o crédito é transmitido e que, consequentemente, passa a figurar na relação jurídica modificada como credor diz-se *cessionário*. Partes na cessão, são, assim, o antigo credor e o novo credor.

Há quem fale, também, de *cedido* ou de *devedor cedido* para referir o titular do lado passivo da relação obrigacional em que se verificou a cessão do respectivo crédito. Todavia, o devedor não é parte – ou pelo menos, não é, forçosamente, parte – no negócio jurídico que tem a cessão do crédito por conteúdo. O art. 577.º, n.º 1 é bem claro a este respeito, ao determinar que o credor pode ceder a terceiro uma parte ou a totalidade do crédito, *independentemente do consentimento do devedor*. Isto não significa, no entanto, que a cessão não tenha de ser levada ao conhecimento do devedor, nem que o consentimento deste, quando exista, seja irrelevante; melhor apreciaremos estes aspectos quando nos ocuparmos dos efeitos da cessão em relação ao devedor.

O efeito principal da cessão é a transmissão entre vivos e a título singular de um crédito, ou apenas de uma parte ou fracção de um crédito: na primeira hipótese, a cessão é *total*; na segunda, trata-se de uma cessão *parcial*.

Esta tem de particular produzir uma modificação mais acentuada no crédito, que vem a ser objecto de uma comunhão ou contitularidade entre o credor primitivo e o cessionário, ou entre os vários cessionários, mantendo-se, quanto ao mais, a identidade de direito e de regime que apontámos como nota essencial ao conceito de transmissão. Algo de semelhante se passa, aliás, nos casos em que um terceiro vem satisfazer só em parte o direito do credor e fica nessa medida sub-rogado no crédito: o devedor permanece vinculado ao credor originário e fica simultaneamente vinculado para com o sub-rogado parcialmente[14].

4. Forma

Integrando a cessão de créditos um negócio jurídico por cujo regime se definem os seus requisitos, é lógico que o aspecto formal obedeça também à mesma regra. Assim, a forma da cessão tem de ser a forma do negócio que lhe serve de base: se tal negócio é formal, a cessão estará sujeita à forma para ele exigida; se o negócio é consensual, a cessão não carecerá de qualquer forma em especial.

Por exemplo: a venda, a troca ou a dação em pagamento de um crédito pode ser feita por qualquer forma; mas já a doação de um crédito deve ser feita por escrito.

Resulta isto, claramente, da conjugação do art. 578.°, n.° 1 com o art. 219.°, que fixa o princípio geral da liberdade de forma.

À regra de que a cessão de créditos, como qualquer outro negócio jurídico, não está, em princípio, sujeita a forma determinada abre-se, no entanto, uma excepção. Advém ela do n.° 2 do art. 578.°: a cessão de créditos hipotecários, quando a hipoteca recaia sobre bens imóveis, deve constar necessariamente de escritura pública. O comando é repetido pelo art. 80.°, n.° 2, al. h) do Código do Notariado e completado pelo art. 2.°, n.° 1, al. i) do Código do Registo Predial, que sujeita a registo a transmissão de créditos garantidos por hipoteca quando importe transmissão da garantia. A verdade, porém, é que a cessão do crédito acarreta sempre a transmissão da própria hipoteca, como direito real de garantia do crédito cedido.

Referimo-nos apenas – como logo de início advertimos – à transmissão de créditos *inter vivos*. Por isso, o que antecede não põe de lado a admissibilidade da cessão *mortis causa* de créditos hipotecários, a qual, constituindo um legado, se fará validamente em testamento (cit. art. 578.° n.° 2).

---

[14] Não obstante, com a seguinte diferença, que resulta de preceito expresso (art. 593.°, n.° 2): o credor originário – ou, aliás, o seu cessionário – goza, em princípio, de preferência sobre o sub-rogado parcialmente. Mas a regra *nemo contra se subrogasse censetur* pode ser afastada por estipulação em contrário ou renunciada pelo credor.

E recaindo a hipoteca sobre coisas equiparadas a imóveis (arts. 686.º, n.º 1 a 688.º), como são os navios, os aviões e os veículos automóveis, já a cessão do respectivo crédito hipotecário entrará no princípio geral da consensualidade.

5. Admissibilidade genérica da cessão de créditos

Em princípio, todos os créditos podem ser cedidos, independentemente do consentimento do devedor.

Esta regra é válida mesmo quando o crédito não é puro ou simples, mas condicional, futuro ou até incerto.

Sendo a cessão a título oneroso e tratando-se de um crédito futuro, aplica-se o regime do art. 880.º: se nada se estipular em contrário, o contrato é comutatitvo e sujeito à condição suspensiva do nascimento do crédito; mas pode clasular-se a aleatoridade do negócio e, nesta hipótese, será devida a contraprestação (*v.g.* o preço) ainda que o crédito não surja.

Sendo a cessão a título oneroso e reportada a um crédito de existência ou titularidade incerta, rege o art. 881.º: a cessão é aleatória sempre que no contrato se mencione a incerteza e a menos que haja convenção expressa em contrário.

A diferença de regime entre a cessão onerosa de créditos futuros e a cessão onerosa de créditos de existência ou titularidade incerta fundamenta-se em que a futuridade é de ordem objectiva e a incerteza é de cariz subjectivo; sendo assim, a presunção é a de que, na primeira hipótese, as partes quiseram sujeitar todo o negócio à verificação da condição, por forma que se ela não se verificar o contrato caduca e, na segunda hipótese, a presunção é já a de que, conhecedoras daquela incerteza, as partes quiseram sujeitar apenas a possibilidade de ganhar ou perder (isto é, a realização de uma das prestações) à solução da dúvida.

Sendo a cessão a título gratuito, não pode ela ter por objecto créditos futuros (art. 942.º, n.º 1), o que razoavelmente se explica pela necessidade de evitar doações irreflectidas, muito mais fáceis de ocorrer quando o bem doado ainda não é presente.

À regra da cedibilidade dos créditos abre, no entanto, o n.º 1 do art. 577.º três excepções:

a) ser a cessão interdita por determinação da lei;
b) haver convenção entre o credor e o devedor a proibir a cessão do crédito;

c) estar o crédito ligado, pela própria natureza da prestação, à pessoa do credor.

Vejamo-las.

6. Inadmissibilidade da cessão de crédito por determinação da lei

Há casos em que a lei faz impender sobre o credor a obrigação de ceder os seus direitos, nomeadamente créditos: assim, o credor de indemnização resultante da perda de qualquer coisa ou direito deve ceder ao devedor da indemnização os direitos que porventura tenha contra terceiros, sempre que este lho exija no acto do pagamento da indemnização ou em momento posterior (art. 568.°).

Esta obrigação legal de cessão, cuja violação constituirá o credor em responsabilidade civil, representa uma limitação à liberdade contratual equiparável às hipóteses, que agora nos interessam directamente, de o credor não poder transmitir o seu crédito a terceiros. Trata-se, ainda aqui, de um dos "limites da lei" em que o art. 405.°, n.° 1 encerra a liberdade de contratação e cuja excepcionalidade não pode, por isso, suscitar dúvidas.

Sirvam de exemplos: o n.° 1 do art. 2008.°, que proíbe a cessão do direito a alimentos; o art. 1937.°, al. b), que veda ao tutor tornar-se cessionário de créditos – ou, aliás, de outros direitos – contra o menor, excepto na hipótese de licitação em processo de inventário (ou contra o interdito, por força do art. 139.°)[15]; o art. 420.°, que impede a transmissibilidade do direito de preferência convencional[16], etc.

Hipótese especialmente regulamentada é a que respeita à cessão de créditos (ou outros direitos) litigiosos, isto é, que sejam contestados em juízo contencioso, ainda que arbitral, por qualquer interessado e enquanto estiver pendente o respectivo processo (cfr. art. 579.°, n.° 3).

---

[15] Pode verificar-se ainda a transmissão de um crédito do menor ou do interdito para o tutor desde que este cumpra a obrigação de que é garante ou quando se verifique qualquer outro caso de sub-rogação legal (cit. al. b) do art. 1937.°).

[16] Este último preceito, porém é supletivo, como resulta expressamente da sua parte final. O art. 231.°, n.° 2 determina também a intransmissibilidade *inter vivos* do direito do destinatário de uma proposta contratual a aceitar em caso de este se tornar incapaz, mas tal direito parece dever configurar-se como um direito potestativo; isto não significa, porém, que, em princípio, não possam ceder-se direitos potestativos (cfr. art. 588.°).

A proibição da cessão de direitos litigiosos não é, porém, absoluta, mas apenas relativa a certas categorias de pessoas e a determinadas hipóteses. Com efeito, diz o n.º 1 do art. 579.º que a cessão de créditos ou outros direitos litigiosos feita, directamente ou por interposta pessoa[17], a juízes ou magistrados do Ministério Público, funcionários de justiça[18] ou mandatários judiciais[19] é nula, se o processo decorrer na área em que exercem habitualmente a sua actividade ou profissão e que é igualmente nula a cessão desses créditos ou direitos feita a peritos ou outros auxiliares da justiça[20] que tenham intervenção no respectivo processo. Esta nulidade, todavia, não pode ser invocada pelo cessionário, que fica ainda sujeito a reparar as consequências danosas nos termos gerais (art. 580.º).

Não obstante, mesmo nos casos em que vigora a proibição da cessão de créditos ou direitos litigiosos, ela é levantada nos casos seguintes (arts. 581.º):

– quando a cessão for feita ao titular de um direito de preferência ou de remição[21] relativo ao direito cedido;
– quando a cessão se realizar para defesa de bens possuídos pelo cessionário;
– quando a cessão se fizer ao credor em cumprimento do que lhe é devido.

---

[17] A lei presume, *iuris et de iure*, que a cessão é efectuada por interposta pessoa quando é feita ao cônjuge do inibido ou a pessoa de quem este seja herdeiro presumido, ou quando é feita a terceiro, de acordo com o inibido, para o cessionário transmitir a este a coisa ou o direito cedido (art. 579.º, n.º 2).

[18] Escrivães auxiliares, escrivães adjuntos, escrivães de direito e secretários de justiça.

[19] Advogados e solicitadores.

[20] Nomeadamente, os árbitros e as pessoas que, em relação ao tribunal arbitral, servem como funcionários judiciais.

[21] Este direito de *remição*, de que agora se fala, não se confunde com a *remissão* (F. A. Cunha de Sá, *Modos de extinção das obrigações*, cit., pp. 234 e ss.), mau grado a homofonia. A remição cabe no processo executivo e consiste no direito que se reconhece ao cônjuge que não esteja separado judicialmente de pessoas e bens e aos descendentes ou ascendentes do executado de resgatar todos ou parte dos bens que, tendo sido penhorados, houverem sido adjudicados ou vendidos, pelo preço por que tiver sido feita a adjudicação ou a venda (CPC, art. 912.º; CC, art. 826.º).

7. Inadmissibilidade da cessão de crédito por convenção entre as partes

A interdição da cessão pode resultar, não já de um comando legal, mas de uma convenção entre as partes (pacto *de non cedendo*).

A lei, ao falar em *partes*, não tem em vista – nem logicamente poderia ter – as partes do contrato da cessão de crédito, pois é este negócio que se visa precisamente proibir. Refere-se, isso sim, a quem é parte do negócio jurídico constitutivo do crédito de cuja cessão se trataria.

No entanto, não resulta do art. 577.°, n.° 1 qualquer exigência quanto à contemporaneidade desta convenção e do negócio que é fonte da relação obrigacional: o devedor e o credor podem pôr-se de acordo quanto à interdição da cessão posteriormente ao nascimento do crédito. E também não cremos possível interpretar restritivamente o termo "partes" por forma a afastar a admissibilidade do pacto *de non cedendo* em relação às obrigações de fonte não negocial[22].

Esta convenção tanto pode ter por objecto proibir a cessão do crédito, como restringir a sua admissibilidade apenas a certas hipóteses. Trate-se de proibição absoluta ou de proibição relativa, é ela sempre convencionada no interesse do devedor e, por isso, poderá este renunciar a tal benefício e consentir na cessão do crédito.

Dir-se-á que, não estando esta convenção sujeita a qualquer exigência formal e podendo celebrar-se posteriormente à constituição do crédito, ficam completamente desprotegidos os interesses do cessionário, a quem só caberia o direito de ser ressarcido nos termos gerais ou, quando menos, de lançar mão da acção *de in rem verso* contra o cedente.

Esta solução, admissível em si mesma e que reflectiria um efeito externo da obrigação de não ceder, não é, porém, a consagrada pela nossa lei, que se orienta no sentido da inoponibilidade ou da oponibilidade ao cessionário da convenção pela qual se proíba ou restrinja a possibilidade da cessão, consoante o cessionário se encontre de boa ou de má fé, respectivamente, no momento da própria cessão (art. 577.°, n.° 2).

Assim:

1.ª Hipótese – o cessionário não tinha conhecimento do pacto *de non cedendo* quando lhe foi transmitido pelo credor todo ou apenas uma parte

---

[22] O que já não parece defensável é entender que o pacto *de non cedendo* determine a intransmissibilidade *mortis causa* do crédito.

do crédito (e ainda que venha a adquirir tal conhecimento em momento posterior):

    A convenção de proibição da cessão é válida, mas inoponível ao cessionário, pelo que o devedor haverá de pagar ao cessionário e poderá exigir do cedente indemnização pelos prejuízos que a cessão porventura lhe cause.

2.ª Hipótese – o cessionário tinha conhecimento da convenção proibitiva da cessão em momento anterior ou no próprio momento em que lhe foi cedido o crédito:

    A convenção de proibição é válida e oponível ao cessionário, pelo que o devedor poderá cumprir para com o cedente; sendo a cessão a título oneroso e tendo o cedente recebido o preço do crédito, deverá ele restituí-lo ao cessionário, nos termos do enriquecimento sem causa.

8. Inadmissibilidade da cessão de crédito pela natureza do crédito

Finalmente, casos há em que o credor não pode ceder a terceiro o seu crédito porque este se encontra ligado à sua pessoa, pela própria natureza da prestação.

Trata-se, de certo modo, de uma realidade equivalente à da chamada infungibilidade natural da prestação; mas agora não é a posição do devedor em relação ao cumprimento que importa – é sim a posição do próprio titular do direito em relação ao crédito. Este está-lhe ligado por forma tal que torna impossível a sua transmissão.

Em que casos é que a natureza do crédito se opõe à mudança do titular? Em dois tipos de casos.

O primeiro é constituído por aquelas hipóteses em que a mudança do titular implicaria a destruição da identidade do direito: o conteúdo deste é um nas mãos de certa pessoa; seria forçosamente outro nas mãos de pessoa diversa. Sirvam de exemplo os créditos a prestações de serviços pessoais ou o direito à concessão de crédito bancário.

Deve notar-se, aliás, que nem sempre a incedibilidade natural deste tipo de créditos é absoluta. Por vezes é apenas relativa. Quer dizer: o crédito não poderá ser cedido isoladamente, mas já será possível a sua cessão quando ela for acompanhada pela transmissão de toda a posição complexa de que o crédito faz parte.

Pense-se, nomeadamente, no direito derivado de um pacto de não concorrência, que tenha por objecto a não constituição de uma empresa congénere na mesma cidade ou na mesma região: o empresário, credor deste direito, só poderá cedê-lo a quem adquirir a sua empresa.

Pense-se na hipótese de o proprietário de certo prédio, *A*, ser credor da promessa de *C*, dono de um prédio vizinho, de constituir a favor daquele um direito de servidão: *A* só poderá ceder tal crédito com a própria transmissão do seu prédio.

A explicação da incedibilidade relativa está em que o crédito só mantém a sua identidade quando é transmitido a quem ingresse na relação jurídica em que o mesmo se integra.

Saliente-se até que a inadmissibilidade da cessão pela natureza pessoal do crédito anda frequentemente acompanhada pela sua proibição legal. Esta fundamenta-se nessa mesma ligação do direito à pessoa do credor. Referimos atrás o caso do art. 2008.°: a indisponibilidade do direito a alimentos deriva de que a sua medida é resultante não só das possibilidades daquele que houver de prestá-los, mas também das necessidades daquele que houver de recebê-los (art. 2004.°, n.° 1); por isso, mudando o credor dos alimentos, mudaria forçosamente o conteúdo da obrigação alimentar.

O segundo tipo de casos de interdição legal da cessão de créditos é implicado pela sua acessoriedade ou dependência de outro direito.

O crédito de juros, nomeadamente, só é autónomo do crédito principal desde que se constitui (art. 561.°). E, assim, de duas uma: ou o direito a juros é transmitido com a relação principal (incedibilidade relativa) ou só pode ser transmitido separadamente depois de estar vencido.

A fonte da proibição da cessão tem a maior importância para o problema das consequências sancionatórias de uma transmissão do crédito que com ela se rebele.

Sendo a interdição de origem convencional, a cessão é *ineficaz* perante o devedor. Resultando a inadmissibilidade da lei ou da natureza do crédito, a cessão é *nula* (podendo ainda dar lugar a outros efeitos, nomeadamente à obrigação de indemnizar: recorde-se o art. 580.°).

Mas releva também para o problema de saber se o consentimento do devedor pode tornar admissível a cessão.

Vimos já que é possível o devedor renunciar ao benefício para si derivado do pacto *de non cedendo*; esta conclusão, que se impõe através da contemplação de quem seja beneficiado pela proibição, já deverá ser afastada sempre que a incedibilidade do crédito resulte da sua ligação à pessoa do credor e, no caso de ser imposta pela lei, sempre que esta não vise beneficiar apenas o devedor ou não determine expressamente qualquer outra solução.

9. Efeitos da cessão de créditos em relação ao cedente e ao cessionário

A consideração dos efeitos da cessão de créditos deve fazer-se num duplo plano: por um lado, quanto às próprias partes do negócio pelo qual se cede o crédito; por outro lado, quanto ao devedor, para quem a cessão do crédito é, como tal, *res inter alios acta*.

O principal efeito no plano das relações entre o cedente e o cessionário é, como dissemos já, a transmissão do crédito daquele para este.

Com a cessão e, em regra, no próprio momento desta é o cessionário que passa a ser o credor. Por isso, o cedente é obrigado a entregar ao cessionário os documentos e outros meios probatório do crédito, que estejam na sua posse e em cuja conservação não tenha interesse legítimo (art. 586.º)[23]; verificando-se esta última hipótese, o cessionário poderá exigir ao cedente, além de todas as informações necessárias sobre a existência e o conteúdo do crédito, a própria apresentação daqueles documentos e obter a sua reprodução por meio de cópias ou fotocópias (arts. 573.º, 575.º e 576.º). Aliás, mesmo na falta destes preceitos legais, já assim se deveria entender por força do fundamental princípio da boa fé no cumprimento das obrigações (art. 762.º, n.º 2).

Com a transmissão do crédito transmitem-se igualmente para o cessionário as garantias e outros acessórios do crédito cedido, excepto quando estes sejam inseparáveis da pessoa do cedente ou quando se convencione o contrário (art. 582.º, n.º 1). É esta uma clara consequência da regra de que *accessorium principale sequitur*, determinada, aliás, pela manutenção da identidade do direito nas mãos do novo titular.

As garantias especiais pessoais são, em princípio, separáveis da pessoa do cedente; nomeadamente, a fiança acompanha o crédito na mudança de titular, tal como qualquer garantia especial real (a consignação de rendimentos, o penhor, a hipoteca, etc.) e, quanto a estas, quer recaiam sobre bens do devedor, quer de terceiro.

---

[23] A obrigação de entrega de documentos é, assim, uma consequência ou efeito da cessão, não sua condição ou formalidade.

Isto é assim porque todas as garantias especiais são *auxiliares* do crédito, cuja realização se destinam a facilitar e assegurar.

Os direitos acessórios são as faculdades que, para além do direito à prestação, integram a posição do credor. Será o caso do direito de especificação nas obrigações genéricas, do direito de escolha nas obrigações alternativas, do direito de interpelar o devedor, do direito ao pagamento de despesas ou a juros, etc. Quanto a este último aspecto, porém, é preciso não esquecer a autonomia do crédito de juros nos termos em que o art. 561.º a consagra: dela resulta que só os juros vincendos acompanham, por princípio, a transmissão do crédito principal, mas nada impede que se convencione a transmissão para o cessionário dos juros já vencidos e ainda não pagos.

Todos os demais efeitos *inter partes* se definem em função do tipo de negócio que serve de base à cessão.

Nomeadamente, o cedente garante ao cessionário a existência e a exigibilidade do crédito ao tempo da cessão, nos termos aplicáveis ao negócio, gratuito ou oneroso, em que a cessão se integra (art. 587.º, n.º 1). Esta garantia abrange, obviamente, a relativa à legitimidade do cedente para dispor do crédito, ou porque é seu titular ou porque para tal está autorizado.

A existência e a exigibilidade do crédito (*veritas*) são requisitos do objecto negocial, entendido em sentido restrito, pelo que a falta de qualquer um deles dará lugar à invalidade da cessão e à responsabilidade do cedente pelos danos negativos, resultantes da nulidade da cessão por o crédito não existir ou não lhe pertencer, ou provenientes da inexistência ou da nulidade das garantias do crédito.

A lei reporta a garantia da existência e da exigibilidade do crédito ao momento da cessão mas isto tem de ser entendido em termos hábeis, pois não se pretende excluir em absoluto a cessão de créditos futuros. A solução é dada, em definitivo, pelos preceitos próprios do negócio causal em que a cessão se integra.

Tratando-se da venda ou de outra cessão onerosa de um crédito alheio como próprio, a cessão é nula e dará lugar à evicção, nos termos dos arts. 892.º e ss. Tratando-se da venda ou de outra cessão onerosa de um crédito alheio como alheio, a cessão é válida mas fica sujeita ao regime da venda de bens futuros (art. 893.º, que assim remete para o art. 880.º). Tratando-se da cessão onerosa de um crédito que apresente ónus ou limitações relativamente aos quais o cessionário está em erro simples ou provocado, a cessão é anulável, produzindo-se os demais efeitos previstos nos arts. 905.º e ss.

Sendo a cessão a título gratuito e tendo por objecto um crédito alheio, a consequência é a nulidade, não respondendo o cedente em princípio pela evicção (art. 956.º). Tratando-se de cessão a título gratuito de um crédito que apresente ónus ou limitações, a cessão é anulável mas não dá lugar em princípio a responsabilidade do cedente (art. 957.º).

A garantia da existência e da exigibilidade do crédito ao tempo da cessão é uma garantia legal. A garantia da solvência do devedor (*bonitas*) é já uma garantia contratual – ou, como diz o art. 587.º, n.º 2, o cedente só garante a solvência do devedor se a tanto expressamente se tiver obrigado.

Existindo tal convenção, que não está sujeita a forma especial, a questão dos seus limites será função de interpretação da vontade das partes. Na dúvida, deve entender-se que a garantia do *bonum nomen* se reporta ao momento do vencimento da obrigação e não ao momento da cessão; com efeito, ao cessionário o que importa não é a solvabilidade actual do devedor, mas a sua solvência na ocasião em que o crédito deve ser satisfeito.

De igual modo, deve entender-se que, na dúvida, a garantia da solvabilidade do devedor cobre todo o montante nominal do crédito (ou o montante da parte cedida, tratando-se de cessão parcial) e não apenas o preço da cessão, que normalmente, dado o seu carácter especulativo, será inferior àquele. Nisto, aliás, se verifica também um dos pontos diferenciais entre a posição do cessionário e a do sub-rogado no crédito, pois que este não só não goza de qualquer garantia sobre a existência do crédito que pagou, nem relativamente à solvabilidade do devedor, como também só pode reclamar aquilo que efectivamente pagou.

Não existindo a garantia do *bonum nomen* e verificando-se a impossibilidade total ou parcial da cobrança do crédito por insolvência do devedor, o cessionário nada poderá reclamar do cedente[24]. Ainda assim, não será lícito afirmar que a cessão a título oneroso reveste nesta hipótese carácter puramente aleatório, porque o risco do cessionário não faz parte da própria causa da cessão.

---

[24] Embora, porventura, possa reclamar ao fiador a satisfação do crédito cedido, caso este esteja garantido por fiança que haja acompanhado a transmissão da obrigação principal.

10. Efeitos da cessão de créditos em relação ao devedor

Transmitindo-se o crédito para o cessionário, é este, como dissemos, quem fica com o poder de exigir, de receber e de reter a prestação devida. Na verdade, é ele o novo credor e, por isso, é ele que tem o direito à prestação.

Mas o devedor, conforme vimos também, não é necessariamente parte no negócio causal em que a cessão se integra; pode até, inclusivamente, desconhecê-lo e ter assim todas as razões para crer que o seu credor é o cedente e, em consequência, recusar-se a cumprir para com o cessionário.

Os problemas daqui decorrentes resolvem-se numa questão de eficácia da cessão do crédito em relação ao devedor.

Se a cessão produzir efeitos – e quando produzir efeitos – em relação ao devedor, este só se exonera pagando ao cessionário; a realização da prestação feita ao cedente deverá, então, ser tratada como qualquer pagamento feito a terceiro; é o cessionário, e não o cedente, que pode validamente interpelar o devedor, fazendo vencer a obrigação, escolher ou especificar a prestação se se trata, respectivamente, de obrigação alternativa ou genérica, etc.

Se, pelo contrário, a cessão for ineficaz em relação ao devedor, é o cedente que perante ele continua a aparecer como credor, com todas as faculdades ou poderes que integram a titularidade do crédito, por forma que o devedor só pode liberar-se da obrigação se realizar a prestação ao cedente e o cessionário só deste poderá, eventualmente, reclamar a reparação dos danos daí decorrentes ou, subsidiariamente, lançar mão da acção de enriquecimento sem causa.

A este propósito, prescreve o art. 583.º que a cessão produz efeitos em relação ao devedor desde que lhe seja notificada, ainda que extrajudicialmente, ou desde que ele a aceite. Se, porém, antes da notificação ou aceitação, o devedor pagar ao cedente ou celebrar com ele algum negócio jurídico relativo ao crédito, nem o pagamento nem o negócio é oponível ao cessionário, se este provar que o devedor tinha conhecimento da cessão.

A solução legal é o resultado do equilíbrio tentado entre os interesses de quem é parte no negócio pelo qual se cedeu o crédito – mas, sobretudo, do cessionário – e os interesses do devedor. Em princípio, confere-se predominância à posição deste, exigindo-se que a cessão seja por ele aceite ou dele conhecida[25].

---

[25] Não já, porém, quando se trata de legado do crédito ou quando a cessão se reporte a um título de crédito (à ordem, nominativo ou ao portador). Neste último caso, a trans-

A *aceitação* do devedor, como qualquer outra declaração negocial, pode ser expressa ou tácita. Por ex: numa dívida de capital, o devedor vem pagar os juros ao cessionário. E ainda que a cessão faça parte de um negócio formal, aplica-se de pleno à aceitação do devedor o princípio da liberdade de forma. A aceitação do devedor configura-se tecnicamente como consentimento quando só com a sua anuência o credor pode ceder o crédito – e nesta hipótese é que cabe dizer-se que o devedor é parte no negócio casual em que se integra a cessão. Sendo a cessão admissível independentemente do consentimento do devedor, mas intervindo este no negócio, a sua aceitação não participa do acordo contratual, vale apenas como condição de eficácia em relação a ele.

O *conhecimento* do devedor, por seu turno, releva por modos diferentes.

Em princípio a lei exige que este conhecimento seja provocado por notificação judicial ou extrajudicial do devedor; a iniciativa de levar a cessão, por qualquer destes meios, ao conhecimento do devedor tanto cabe ao cedente como ao cessionário, embora este, pela sua própria posição de adquirente do crédito, esteja porventura mais interessado, na prática, em efectivar a notificação.

Se o conhecimento da cessão pelo devedor não foi obtido pela sua notificação judicial ou extrajudicial, mas sim por qualquer outro meio, entende a lei que o interesse do cessionário deve predominar sobre o interesse do devedor que, de má fé, veio pagar ao cedente ou celebrar com ele algum negócio jurídico relativo ao crédito (*v.g.*, uma dação em função do cumprimento, uma novação objectiva, uma compensação contratual ou uma remissão). Em tal caso, tanto o pagamento como o negócio são inoponíveis ao cessionário desde que ele prove a má fé do devedor, isto é, que este conhecia a cessão quando pagou ao cedente (sem aparência, portanto, de credor) ou negociou com ele relativamente ao crédito cedido. E o mesmo se dirá de qualquer decisão judicial proferida em acção que tenha como partes o cedente e o devedor.

Constata-se assim que o conhecimento da cessão pelo devedor dá lugar, na primeira hipótese, à nulidade do cumprimento ou do negócio modificativo e (ou) extintivo do crédito, que aquele faça ou celebre com o cedente e, na segunda hipótese, à sua mera inoponibilidade ao cessionário.

---

missão segue processos próprios que asseguram a sua publicidade tanto entre as partes, como relativamente a terceiros: o endosso quanto aos títulos à ordem; o registo das sociedades para os títulos nominativos; a sua entrega material quanto aos títulos ao portador.

E, mais ainda, que também nesta segunda hipótese se faz recair sobre o cessionário o ónus da prova sobre o conhecimento da cessão pelo devedor.

Tratando-se de uma obrigação solidária[26], é evidente que a eficácia da cessão em relação aos respectivos devedores depende ou da sua aceitação por todos ou de todos terem conhecimento dela, por notificação judicial ou extrajudicial ou por qualquer outro meio. Não sendo esse o caso, verificar-se-á a ineficácia da cessão ou a inoponibilidade do cumprimento ou do negócio feito com o cedente apenas em relação àqueles dos devedores solidários que estiverem de boa fé.

É de notar que todo este regime se aplica somente ao problema da eficácia da cessão relativamente ao devedor e não em relação a quaisquer outros terceiros, como sejam os credores do cedente ou do cessionário.

Com efeito, a lei não faz depender a eficácia da cessão relativamente a terceiros da circunstância de estes serem notificados, ainda que extrajudicialmente, da sua realização. A protecção dos interesses de terceiros far-se-á, assim, nos termos gerais da eficácia dos negócios jurídicos em relação a terceiros: nomeadamente, os credores do cedente só poderão impugnar a cessão se, verificando-se os pressupostos da acção pauliana, ainda não tiverem decorrido cinco anos sobre a data da cessão (cfr. art. 618.º).

É errado pensar que se aplique a este problema o art. 584.º, segundo o qual, sendo o mesmo crédito cedido a várias pessoas, prevalece a cessão que primeiro for notificada ao devedor ou que por este tiver sido aceite. É certo que, se o credor ceder o seu crédito sucessivamente a diversas pessoas, cada cessionário é terceiro em relação às demais cessões. Mas o que este preceito tem em vista é a eficácia da cessão *inter partes*, isto é, entre o cedente e cada um dos vários cessionários sucessivos, resolvendo a questão da incompatibilidade entre as diversas cessões através do mesmo meio por que solucionou a questão da eficácia da cessão em relação ao devedor: vale e produz efeitos, não a cessão mais antiga em data, mas aquela que primeiro for levada ao conhecimento do devedor[27] ou que por ele for aceite.

Tornada eficaz a cessão do crédito em relação ao devedor, pode este opor ao cessionário todos os meios de defesa que lhe seria lícito invocar

---

[26] F. A. Cunha de Sá, *Modalidades das obrigações quanto aos sujeitos*, n.º s 8 e ss.
[27] Agora, no entanto, só interessa o conhecimento provocado pela notificação do devedor.

contra o cedente, com ressalva dos que provenham de facto posterior ao conhecimento da cessão. Sendo o meio de defesa gerado por facto anterior ao conhecimento da cessão – e não à própria cessão, note-se bem[28] – é irrelevante para a sua oponibilidade ao cessionário a circunstância de este o ignorar ou conhecer (art. 585.º).

Trata-se nem mais nem menos do que de um natural corolário da identidade do direito cedido: o crédito é o mesmo, em si próprio e no seu regime, nas mãos do cedente ou nas do cessionário; e assim como se transmitem para o cessionário, em regra, todas as garantias e outros acessórios do crédito, assim também o cessionário adquire todas as virtudes e todos os defeitos do crédito. Por isso, se o devedor se podia defender perante o cedente, é lógico que possa continuar a fazê-lo perante o cessionário. Assim, nomeadamente: o devedor pode opor a excepção de dolo (embora o cessionário estivesse de boa fé quando adquiriu o crédito); pode recusar-se a cumprir enquanto o cedente não cumpra, por seu turno, a prestação sinalagmática do crédito cedido; pode invocar a nulidade por simulação do negócio jurídico constitutivo do direito cedido ou qualquer outro facto extintivo do crédito, etc.

Pela sua razão de ser, no entanto, esta faculdade não se estende aos vícios próprios da cessão que interessem apenas ao âmbito das relações entre cedente e cessionário. Pelo facto da cessão, o devedor mantém intacta a sua posição, mas não lhe acrescem faculdades que apenas derivem do negócio transmissivo do crédito e para qualquer uma das partes deste.

A cessão não produzir efeitos em relação ao devedor, porque este não a aceitou nem ela lhe foi notificada, nem tão pouco teve conhecimento dela, significa apenas que o devedor pode liberar-se da obrigação, pagando ao cedente, ou opor procedentemente ao cessionário qualquer negócio relativo ao crédito que tenha celebrado com o cedente.

Em rigor, não se trata aqui de uma legitimidade, ainda que aparente, do cedente para receber o pagamento ou para dispor do crédito após a cessão. Nomeadamente, repugna aceitar que o cedente possa vir exigir ao devedor que cumpra para com ele, sob pretexto da relatividade da cessão

---

[28] Por ex: o crédito cedido torna-se compensável depois de efectuada a cessão mas antes da notificação do devedor. No entanto, se o devedor aceitou a cessão sem qualquer reserva, deve entender-se que renunciou tacitamente, em benefício do cessionário, a operar a compensação com um crédito sobre o cedente, ainda que a situação de compensabilidade se verifique antes da própria cessão. Sobre a compensação v. F. A. Cunha de Sá, *Modos de extinção das obrigações*, cit., pp. 214 e ss.

que efectuou anteriormente. Isto porque, após a cessão, verdadeiro credor é o cessionário e a paralização da sua posição só pode justificar-se em benefício do devedor de boa fé e não em atenção ao cedente; ora, para tal basta que a lei consagre a oponibilidade *pelo devedor* ao cessionário do pagamento que tenha efectuado ao cedente (credor aparente) ou de um negócio relativo ao crédito que com este tenha realizado. Não pode admitir-se que seja lícito ao próprio cedente, necessariamente de má fé, invocar contra o cessionário o pagamento que recebeu do devedor ou o negócio que com ele celebrou relativamente ao crédito cedido.

Não sendo a cessão eficaz em relação ao devedor e sendo o cessionário despojado praticamente do crédito que adquiriu, só contra o cedente o cessionário poderá actuar, ou através da responsabilidade civil ou, quando menos, fundado no seu enriquecimento sem causa.

SECÇÃO III
SUB-ROGAÇÃO NO CRÉDITO

11. **Noção e natureza da sub-rogação. Cumprimento por terceiro e extinção da obrigação ou sub-rogação do terceiro nos direitos do credor**

A prestação deve ser realizada pelo devedor mas tanto pode ser feita por ele como por terceiro, interessado ou não no cumprimento da obrigação (art. 767.°, n.° 1)[29].

Isto é assim porque o interesse do credor é normalmente satisfeito com a realização daquilo que lhe é devido, independentemente de quem faça a prestação[30]. Por isso, o credor só pode opor-se a receber de terceiro a prestação quando seja prejudicado pela substituição do devedor por esse terceiro, ou quando haja sido acordado expressamente em que a prestação só deva ser feita pelo devedor e por ninguém mais (art. 767.°, n.° 2).

---

[29] O interesse do terceiro na realização da prestação pode, aliás, ser apenas mediato ou indirecto e não já imediato ou directo. De todo o modo, ainda que o terceiro não esteja interessado na realização da prestação, é indispensável que saiba que está a cumprir uma obrigação alheia (cfr. arts. 477.° e 478.°).

[30] Neste sentido, costuma falar-se de fungibilidade da prestação, mas do que se trata verdadeiramente é de fungibilidade do cumprimento: F. A. Cunha de Sá, *Direito ao cumprimento e direito a cumprir*, cit., p. 11.

O credor pode aceitar validamente a prestação feita por terceiro mesmo que o devedor se oponha ao cumprimento (art. 768.°, n.° 2, in fine).

Mas pode recusar a prestação que lhe é oferecida por terceiro, nos casos em que a este é lícito fazer a prestação, desde que o devedor se oponha ao cumprimento e o terceiro não possa ficar sub-rogado nos termos do art. 592.°.

Se o credor recusa a prestação que lhe é oferecida por terceiro, a quem é lícito efectuá-la, incorre em mora perante o devedor (art. 768.°, n.° 1), ainda que o devedor se oponha ao cumprimento mas o terceiro possa ficar sub-rogado nos direitos do credor.

Em regra, a prestação feita por terceiro extingue a obrigação. Presume-se que a realização da prestação por terceiro é determinada pelo propósito de cumprir a obrigação, isto é, de a fazer extinguir. Mas há casos em que o cumprimento por terceiro dá lugar à sub-rogação deste nos direitos do credor. O credor primitivo fica pago e deixa de ser credor. O terceiro que pagou ou que facultou os meios para o pagamento passa a ser o novo credor (sub-rogado), ingressando no lado activo daquela relação obrigacional, que subsiste: o crédito transmite-se para o *solvens* ou mutuante.

A sub-rogação é a transmissão do crédito para o terceiro que cumpre a obrigação em vez do próprio devedor, ou que fornece a este, por meio de empréstimo, os meios para o cumprimento da obrigação. A transmissão do crédito verifica-se a título oneroso, porque implica sempre um sacrifício patrimonial (a realização da prestação ou facultar os meios necessários para tal realização) de que a transmissão é a contrapartida.

E porque se trata da transmissão do próprio crédito e não da criação de um novo crédito, o sub-rogado adquire o direito não só com todos os vícios que porventura o afectem, mas também com todas as garantias pessoais ou reais e demais acessórios que o acompanhem.

12. Modalidades da sub-rogação

A sub-rogação é um modo de transmissão do crédito que só ocorre no caso de a prestação ser realizada ao primitivo credor por um terceiro, ou pelo próprio devedor que utilize para o cumprimento dinheiro ou outra coisa fungível emprestada por terceiro (art. 591.°, n.° 1).

A sub-rogação do credor nada tem a ver, pois, com a chamada sub-rogação real (ou substituição de uma coisa por outra coisa, *v.g.* no caso do art. 1723.º) ou com a sub-rogação do credor ao devedor nos termos dos arts. 606.º e ss. Distingue-se também do direito de regresso, que é um direito novo nascido do cumprimento, sem as garantias pessoais ou reais ou outras acessórias do crédito extinto (por ex., cláusulas penais ou de juros), como sucede em hipóteses de solidariedade passiva ou activa da obrigação (arts. 524.º e 533.º).

Para que ocorra a sub-rogação é ainda indispensável que ela resulte directamente da lei ou da vontade de um dos sujeitos da relação obrigacional. Em caso de sub-rogação, o devedor continua vinculado a realizar a prestação, mas agora perante o terceiro que satisfez o interesse do primitivo credor ou que forneceu os meios para essa satisfação.

O terceiro (*solvens* ou mutuante) pode ser sub-rogado pelo credor ou pelo devedor ou por força da lei. Costuma falar-se só para este último caso de sub-rogação legal, mas não repugna ver a sub-rogação sempre como uma transmissão legal do crédito: a transmissão da posição do credor primitivo para o terceiro opera-se por força da lei logo que estejam preenchidos os pressupostos de facto nela fixados, um dos quais pode ser a declaração da vontade do credor ou do devedor de sub-rogar o terceiro nos direitos do credor; em rigor, o devedor nunca pode dispor do crédito porque não é seu titular e o credor tão pouco tem legitimidade para afectar os terceiros que a sub-rogação atinge (por ex., os garantes que respondem pelo pagamento do crédito com o seu património ou com determinados bens continuam responsáveis mas agora perante o novo credor).

De comum a todas as formas de sub-rogação encontramos o cumprimento da obrigação, ou por um terceiro ou pelo próprio devedor com meios fornecidos por um terceiro[31]. E daí que os efeitos da sub-rogação seja moldados ou medidos pelo grau da satisfação dada à obrigação alheia.

Ao cumprimento é de equiparar qualquer outro modo de satisfação do crédito compatível com a sua transmissão, como a consignação em depósito ou a dação em cumprimento.

---

[31] Referimo-nos ao conceito amplo de cumprimento (realização da prestação) e não ao cumprimento em sentido restrito (realização pontual da prestação pelo devedor ao credor): v. F. A. Cunha de Sá, *Direito ao cumprimento e direito a cumprir*, cit., pp. 9 a 27.

13. Sub-rogação pelo credor

O credor que recebe a prestação de terceiro pode sub-rogá-lo nos seus direitos (art. 589.°).

A vontade de sub-rogar deve ser expressamente manifestada pelo credor até ao momento de cumprimento da obrigação. A declaração expressa é a que é feita por palavras, escrito ou qualquer outro meio directo de manifestação da vontade; exclui-se a dedução de factos ainda que reveladores, com toda a probabilidade, da vontade de sub-rogar (art. 217.°, n.° 1).

Como declaração negocial, rege-se pelo princípio da liberdade de forma que o art. 219.° consagra.

Deve entender-se que o declaratário é o próprio terceiro que realiza a prestação e não o devedor. Mas nada impede que o credor declare também ao devedor a vontade de sub-rogar o *solvens* no crédito. Aliás, para que a sub-rogação produza efeitos em relação ao devedor é necessário que o credor lhe notifique, ainda que extrajudicialmente, a sub-rogação, a menos que o próprio devedor a aceite (art. 583.°, n.° 1, *ex vi* art. 594.°).

A lei fixa até quando pode haver sub-rogação pelo credor: é indispensável que a declaração expressa de sub-rogação seja feita antes do cumprimento da obrigação ou simultaneamente com a realização e aceitação da prestação.

Se a declaração de sub-rogar for feita posteriormente ao cumprimento, já não provoca a transmissão do crédito, porque a obrigação se extinguiu com o cumprimento, como é normal.

14. Sub-rogação pelo devedor

Também o devedor pode sub-rogar o terceiro que cumpre a obrigação na posição do credor (art. 590.°).

Para que se opere a transmissão do crédito para o *solvens* é igualmente necessário que a vontade do devedor nesse sentido seja expressamente manifestada até ao momento do cumprimento; não vale como tal o mero consentimento do devedor, ainda que expresso, para que a sua obrigação seja cumprida pelo terceiro – é indispensável que o devedor declare expressamente a vontade de que o terceiro fique sub-rogado nos direitos do credor, embora tal declaração expressa possa ser verbal. Aplica-se a este propósito tudo o que dissemos sobre a sub-rogação pelo credor.

Acrescentar-se-á apenas que a sub-rogação pelo devedor não carece do consentimento do credor. Isto faz sentido porque se a prestação puder ser efectuada por terceiro, o credor não pode sequer recusá-la (art. 768.°, n.° 1) e, se aceitou a prestação das mãos do *solvens*, nenhum interesse legítimo do credor haveria a lei de proteger através da necessidade do seu consentimento para a sub-rogação; basta que o devedor considere expressamente o *solvens* como seu credor, até ao momento em que este cumpre a obrigação.

Se é o próprio devedor que cumpre a obrigação com dinheiro ou outra coisa fungível emprestada por terceiro, o crédito transmite-se para este quando, no documento do empréstimo, houver declaração expressa do devedor de que a coisa se destina ao cumprimento da obrigação e de que o mutuante fica sub-rogado nos direitos do credor (art. 591.°, n.° 2). Também aqui a sub-rogação não depende de consentimento do credor.

No caso da sub-rogação a favor do mutuante, este fica com dois créditos concorrentes à satisfação do mesmo interesse: o crédito em que se opera a sub-rogação e o crédito emergente do mútuo. Satisfeito um deles, o outro extingue-se automaticamente.

15. Sub-rogação legal

A sub-rogação dita legal está contemplada no art. 592.° como sendo aquela que, fora dos casos previstos nos artigos anteriores ou noutras disposições da lei[32], ocorre quando o terceiro que cumpre a obrigação tiver garantido o cumprimento ou, por outra causa, estiver directamente interessado na satisfação do crédito.

Não é, pois, necessária a manifestação de vontade de um dos titulares da relação obrigacional para se verificar a transmissão do crédito para o *solvens*; a sub-rogação não fica dependente da vontade de quem quer que seja, designadamente do credor, único que tem legitimidade para transmitir o crédito.

Exemplos:

O terceiro garante a satisfação do direito de crédito porque é fiador do devedor e, assim, está pessoalmente obrigado perante o credor. Se o fia-

---

[32] O que, por erro desculpável, cumpre obrigação alheia na convicção de que é própria mas não goze do direito de repetição fica sub-rogado nos direitos do credor (art. 477.°, n.° 2).

dor cumprir a obrigação fica sub-rogado nos direitos do credor, na medida em que estes forem por ele satisfeitos (art. 644.°). Se forem vários os fiadores, e respondendo cada um deles pela totalidade da prestação, o que tiver cumprido fica sub-rogado nos direitos do credor contra o devedor e, de harmonia com as regras das obrigações solidárias, contra os outros fiadores (arts. 650.°, n.° 1 e 524.° e ss.)[33].

O *solvens* é subfiador porque afiançou o fiador perante o credor e o seu afiançado mostra-se insolvente (art. 630.°).

O *solvens* encarregou outrem de dar crédito a terceiro, em nome e por conta do encarregado – mandato de crédito – e, tendo o encargo sido aceite, responde como fiador (art. 629.°).

O *solvens* não garantiu o cumprimento da obrigação mas está directamente interessado na satisfação do crédito porque adquiriu a coisa que está hipotecada ou que é objecto de penhor.

O *solvens* é credor com hipoteca de grau inferior à do crédito que satisfaz.

O *solvens* é dono da coisa retida e paga ao retentor dessa coisa o crédito que resulta de despesas feitas por causa dela ou de danos por ela causados (art. 754.°). Ou é dono da coisa que outrem fez transportar e paga ao transportador o crédito resultante do transporte – art. 755.°, n.° 1. al. a).

O sublocatário paga ao senhorio a renda ou aluguer devido pelo contrato de locação.

Em todos estes exemplos pressupomos que o terceiro realiza a própria prestação. Mas a sub-rogação legal verifica-se tanto no caso de cumprimento por terceiro como nas hipóteses de dação em cumprimento ou em função do cumprimento, consignação em depósito, compensação ou outra causa de satisfação do crédito compatível com a sub-rogação (art. 592.°, n.° 2)[34].

Algumas questões poderão colocar-se adicionalmente quando o *solvens* realiza, para a satisfação do interesse do credor, uma prestação de coisa diversa da que lhe era devida e o valor daquela é superior ao valor desta. Nesta hipótese, não poderá resultar da sub-rogação o aumento do

---

[33] F. A. Cunha de Sá, *Modalidades das obrigações quanto aos sujeitos*, cit., n.° s 8 e ss.

[34] Não é compatível com a sub-rogação, designadamente, a remissão com carácter de liberalidade: F. A. Cunha de Sá, *Modos de extinção das obrigações*, cit. pp. 234 e ss. A prescrição do crédito continua a correr após a sub-rogação, a menos que o devedor interrompa a prescrição.

crédito nas mãos do *solvens*, mas em bom rigor nada impede que, sendo a coisa por este dada em pagamento de valor inferior ao da prestação devida, o *solvens* adquira os direitos do credor para lá do valor da coisa dada em pagamento mas sempre dentro do limite da importância do crédito: o devedor continua obrigado nos mesmos termos em que estava perante o credor primitivo, substituindo-se o *solvens* ao credor na titularidade do próprio crédito.

Esta conclusão impõe-se porque também neste caso a sub-rogação resulta directa e automaticamente da lei, i.é, da mera ocorrência dos pressupostos fixados no art. 592.º, prescindindo de qualquer manifestação de vontade seja do devedor, seja do credor, seja do *solvens* sub-rogado. Mas nada impede que o acordo estabelecido entre este e o devedor limite a transmissão dos direitos do credor ao mero valor da diversa prestação que o *solvens* efectuou em cumprimento da obrigação alheia.

16. Efeitos da sub-rogação

A sub-rogação é, como dissemos, um dos modos de transmissão singular e não gratuita de créditos. O efeito principal da sub-rogação é, pois, o efeito translativo do crédito, respectivas garantias e outros acessórios, das mãos do credor primitivo para as mãos do *solvens* ou do mutante do dinheiro ou de outra coisa fungível com que a obrigação é cumprida.

Os poderes que competiam ao credor são adquiridos pelo sub-rogado, na medida da satisfação dada ao direito daquele (art. 593.º, n.º 1). Com efeito, o terceiro pode cumprir só parcialmente a obrigação: embora a prestação deva ser realizada integralmente e não por partes, nada impede que, sendo a prestação divisível, tenha sido convencionado o pagamento parcial ou que a lei[35] ou até os usos imponham outro regime (art. 763.º, n.º 1) e, assim, que o credor exija ou aceite uma parte da prestação que o terceiro realiza.

---

[35] É o caso, por ex., da compensação legal parcial, considerada no n.º 2 do art. 847.º: o crédito de menor montante extingue-se completamente e o crédito de maior montante subsiste pela diferença – cfr. F. A. Cunha de Sá, *Modos de extinção das obrigações*, cit., pp. 214 e ss. Não é o caso de haver um crédito principal e um crédito de juros pois este é autónomo daquele (art. 561.º) e por isso, sendo o pagamento realizado por terceiro insuficiente para a realização integral de ambos mas suficiente para a realização integral de um dos créditos, um deles pode transmitir-se totalmente sem o outro.

No caso de satisfação parcial do direito do credor e consequente sub-rogação parcial, esta não prejudica os direitos do credor primitivo ou do seu cessionário ou sucessor *mortis causa*, a menos que outra coisa tenha sido estipulada (art. 593.°, n.° 2).

A regra *nemo contra se subrogasse censetur* significa que o sub-rogado parcialmente sofre a preferência tanto do credor primitivo como do seu cessionário na parte restante do crédito. Mas já se houver vários sub-rogados, ainda que em momentos sucessivos, ou distintos, por satisfações parciais do crédito, nenhum deles tem preferência sobre os demais relativamente à garantia geral do património do devedor (art. 593.°, n.° 3).

O sub-rogado passa a dispor de acção sub-rogatória contra o devedor, i. é., tem o direito de lhe exigir judicialmente o cumprimento da obrigação, desde que este não ocorra voluntariamente, e de executar o património do devedor (arts. 817.° e 601.° e ss.), nos mesmos termos em que o credor primitivo ou o seu cessionário o poderia fazer.

Mas o credor não garante ao *solvens* a existência e a exigibilidade do crédito ao tempo da sub-rogação, que, em verdade, compete ao devedor ou ao *solvens* apurar antes do cumprimento. Por isso, se o terceiro paga uma dívida inexistente no momento da prestação[36] não fica sub-rogado e não lhe restará outro recurso senão o de recorrer à acção para repetição do indevido (art. 476.°).

À sub-rogação são aplicáveis, com as necessárias adaptações, por força da remissão do art. 594.°, as regras próprias da cessão de créditos em matéria de transmissão de garantias reais ou pessoais e outros acessórios do crédito (art. 582.°), efeitos em relação ao devedor (art. 583.°) e transmissão a várias pessoas do mesmo crédito. Remetemos para o que dissemos sobre estes temas.

Aqui apenas acrescentamos que deve entender-se, sem necessidade de preceito expresso, que o devedor, que aceitou a sub-rogação ou a quem a sub-rogação foi notificada, ainda que extrajudicialmente, pode opor ao sub-rogado todos os meios de defesa que lhe seria lícito invocar contra o credor primitivo, ainda que aquele os ignorasse. Esta oponibilidade, porém, deve cessar quando se trate de meios de defesa que provenham de facto posterior ao conhecimento da sub-rogação.

A notificação da sub-rogação ao devedor só é condição da eficácia da transmissão do crédito relativamente ao devedor quando a hipótese seja de

---

[36] A sub-rogação não se verifica em relação a prestações futuras – assento 2/78 do STJ de 09.11.1977 (DR, I s, de 22.03.1978).

sub-rogação pelo próprio credor ou se trate de transmissão do crédito resultante de acto ou contrato em que não haja participado o devedor e que, assim, ele não a tenha já conhecido e aceite. Se o devedor desconhecer sem culpa a sub-rogação e ela não lhe for notificada, o cumprimento que ele faça ao credor primitivo é oponível ao sub-rogado.

SECÇÃO IV
ASSUNÇÃO DE DÍVIDAS

17. **Noção**

Tal como os créditos podem ser transmitidos entre vivos e a título singular, também se pode verificar a transmissão pelo mesmo modo e título dos débitos. Há até quem fale, a este propósito, de cessão de débitos, mas parece preferível e tem sido consagrada pela doutrina e pela generalidade das legislações que se ocupam expressamente do problema[37] a designação de *assunção de dívidas*.

A transmissão singular de dívidas é, porém, uma conquista mais recente do que a cessão de créditos. A pessoalidade do vínculo obrigacional, que durante muito tempo se pretendeu constituir carácter co-natural e mesmo até essencial da obrigação, foi apresentada como obstáculo intransponível à substituição de um devedor por outro devedor, mantendo-se a relação jurídica a mesma. A obrigação estaria indissoluvelmente ligada à pessoa do devedor, pois a prestação ou comportamento devido consistiria na realização de um acto do próprio devedor; mudando o devedor, seria impossível que outrem realizasse o acto pessoal daquele e seria forçosamente modificado o crédito. Por outro lado, as pressões derivadas das necessidades do comércio jurídico-privado faziam-se sentir mais fortemente quanto à transmissão do lado activo do vínculo obrigacional do que em relação à transmissão do lado passivo: a dívida não seria economicamente um bem, mas um puro encargo, pelo que dificilmente se compreenderia a sua circulação.

O direito romano foi por igual avesso à cessão de créditos e à transmissão singular de dívidas. Mas, assim como se recorreu à novação sub-

---

[37] É o caso, nomeadamente, do Código Civil alemão (*Bürgerliches Gezetsbuch*, mais normalmente referido pelas inicias B.G.B.), do Código civil italiano, do suíço, do brasileiro ou do grego.

jectiva activa como sucedâneo da transmissão singular do crédito, igualmente se lançou mão da novação subjectiva passiva ou por substituição do devedor para obter resultado económico semelhante ao da assunção da dívida. Não haveria, assim, transmissão do lado passivo, mas simplesmente a extinção da obrigação e a sua substituição por uma outra, em tudo igual à obrigação novada excepto quanto ao respectivo devedor.

A primeira brecha no pretenso carácter pessoal da obrigação adveio da aceitação da sua transmissibilidade *mortis causa*[38]. Entendeu-se como desrazoável que, falecendo o devedor, viesse a extinguir-se a generalidade das obrigações por ele assumidas, frustrando os direitos dos respectivos credores. E ponderou-se, por outro lado, que, beneficiando os sucessores dos elementos activos do património hereditário, seria injustificável que não suportassem também os seus elementos passivos. As dívidas transmitir-se-iam, pois, mas só porque integradas num património que se transmitia, como um todo (*universitas*), para um novo titular.

A admissão da execução específica da prestação e do pagamento por terceiro (ali, pertencendo a iniciativa ao próprio credor, aqui, ao terceiro, prescindindo-se inclusive da concordância daquele) vieram demonstrar o desrazoado da concepção que aponta ao vínculo obrigacional a característica da pessoalidade.

Completou-se a evolução com a aceitação da ideia de transmissão *inter vivos* e a título singular do débito. O Código de Seabra não contemplava expressamente a figura, mas era opinião doutrinal quase pacífica que também não a repudiava[39]. Aliás, o primeiro código do sistema jurídico ocidental a consagrá-la foi o Código Civil alemão, de 1900.

Com efeito, de um ponto de vista substancial nada impedia afastar o preconceito de raiz romana: nem os interesses do devedor originário (que, transmitindo a dívida, dela fica liberto), nem os do terceiro que voluntariamente a assume, nem sequer os do credor. A posição deste último impõe apenas que se lhe reserve a possibilidade de actuar tal como na novação por substituição do devedor (cfr. art. 858.º, *in fine*): tornado indispensável o seu consentimento para que a transmissão da dívida produza efeitos, a posição do credor fica salvaguardada por inteiro e não traz qualquer impedimento, teórico ou prático, à admissibilidade da assunção de dívida.

---

[38] Cfr. arts. 2024.º e 2068.º.

[39] Argumentava-se com o art. 703.º deste diploma, onde se declarava que "os direitos e obrigações resultantes dos contratos podem ser transmitidos entre vivos ou por morte".

Na esteira das codificações estrangeiras com que mantém mais estreito contacto, o nosso Código Civil disciplina autonomamente o instituto. Estabelece o art. 595.º que a transmissão a título singular de uma dívida pode verificar-se por contrato entre o antigo e o novo devedor, ratificado pelo credor ou por contrato entre o novo devedor e o credor, com ou sem consentimento do antigo devedor. Em qualquer dos casos a transmissão só exonera o antigo devedor havendo declaração expressa do credor; de contrário, o antigo devedor responde solidariamente com o novo obrigado.

A redacção deste preceito não é inteiramente feliz, pois parece dar a entender que, uma vez celebrado o contrato previsto na al. a) ou o contrato previsto na al. b), há sempre a transmissão a título singular do débito, embora tal transmissão seja umas vezes acompanhada pela exoneração do antigo devedor e outras vezes este permaneça vinculado, consoante, respectivamente, haja ou não haja declaração expressa do credor naquele primeiro sentido.

Ora não é assim. Não faz sentido falar de transmissão do débito quando o antigo devedor não é substituído por uma outra pessoa, permanecendo na relação jurídica creditícia, vendo embora a sua posição partilhada, em termos de solidariedade, por um novo obrigado. Só há verdadeira transmissão da dívida quando o antigo devedor perde a sua qualidade de titular do lado passivo do vínculo e o seu lugar vem a ser ocupado por uma outra pessoa[40]. A assunção de dívida implica a *liberação relativa* do antigo devedor e a *vinculação derivada* do novo devedor.

Diremos assim que a assunção de dívida é o contrato pelo qual uma pessoa toma sobre si uma dívida já existente, em substituição do devedor precedente, que fica exonerado.

18. Modalidades da assunção de dívidas

A transmissão a título singular de uma dívida é sempre efeito de um contrato. Só que tal contrato pode ser celebrado pelo novo obrigado ou com o antigo devedor ou com o credor.

Iremos ocupar-nos sucessivamente destas duas modalidades.

---

[40] Diversamente, há quem pretenda que a assunção nunca dá lugar a uma verdadeira transmissão da dívida, porque o devedor não pode, só por si, transferir para outrem a sua obrigação.

A) **Assunção de dívida por contrato entre o antigo e o novo devedor, ratificado pelo credor**

Neste caso é que se torna necessário considerar de modo especial a posição do credor, para quem não são de modo algum indiferentes as qualidades pessoais do seu devedor e a situação patrimonial deste: o credor seria prejudicado se não pudesse obviar a que o seu devedor, por hipótese honesto, diligente e solvente, fosse substituído por quem se revele como desonesto, pouco diligente, ou com património sem perspectivas de solvabilidade.

A solução da lei consiste em exigir que a assunção da dívida fique dependente, antes de mais, da ratificação pelo credor do contrato celebrado entre o antigo e o novo devedor (art. 595.°, n.° 1, al. a) *in fine*). Mas tal não basta, como vimos, para que haja verdadeira transmissão do débito, com a inerente exoneração do antigo devedor: é necessário ainda que haja declaração expressa do credor neste sentido (art. 595.°, n.° 2, primeira parte).

A ratificação pelo credor não significa, assim, de per si, a aceitação da mudança do devedor, mas tão só a aceitação pelo credor de uma modificação do vínculo, a qual pode consistir ou na autêntica substituição do sujeito passivo ou na entrada para o lado passivo de mais um obrigado, que passa a responder em termos de solidariedade com o antigo devedor.

A ratificação, que não reveste carácter formal, é uma declaração recipienda, cujo destinatário é o novo devedor, mas que tanto pode ser expressa como tácita. Já, pelo contrário, a exoneração do antigo devedor depende de uma declaração expressa do credor a este. Assim, por ex., se o mutuário *A* celebrar com o terceiro *C* um contrato de assunção da dívida de mútuo oneroso e o mutante *B* se limitar a aceitar de *C* – e em nome deste[41] – o pagamento dos juros entretanto vencidos, tem de entender-se que o contrato foi ratificado tacitamente por *B*, mas que *A* não deixa de ser devedor, continuando a responder pelo cumprimento das obrigações derivadas do mútuo, embora solidariamente com *C*.

Depois de celebrado o contrato entre o antigo e o novo devedor, a sua ratificação pelo credor pode, em princípio, ocorrer em qualquer altura[42].

---

[41] Se o pagamento for aceite em nome do devedor, tratar-se-á de um pagamento por terceiro e não caberá presumir a ratificação.

[42] Poderá pôr-se aqui, evidentemente, uma hipótese de abuso do direito. Sobre esta figura, v. F. A. Cunha de Sá, *Abuso do direito*, 1973, especialmente pp. 465 e ss.

Simplesmente, a dúvida sobre a eficácia do contrato, que desta pendência necessariamente resulta, é desvantajosa sob o ponto de vista dos contratantes. Por isso, a lei concede a qualquer deles o direito de fixar ao credor um prazo para a ratificação, findo o qual esta se considera recusada (art. 596.º, n.º 2). De qualquer modo, com ou sem fixação de prazo para a ratificação, mas enquanto esta não ocorrer, podem as partes distratar o contrato (art. 596.º, n.º 1).

As coisas passam-se, pois, da seguinte maneira: celebrado o contrato de assunção de dívida "entre o antigo e o novo devedor" (a expressão é da lei mas, pelas razões atrás invocadas, releva-se incorrecta), surge para o credor um *direito potestativo*.

Definimos o direito potestativo como a faculdade de, por iniciativa própria, isolada ou mediante intervenção jurisdicional, introduzir uma alteração na ordem jurídica. Ora, o credor fica com o direito de ratificar o contrato e de exonerar o antigo devedor: com a ratificação, passa a haver um novo obrigado; com a declaração de exoneração do antigo devedor, dá-se a transmissão da dívida deste para aquele.

Ao direito do credor corresponde uma verdadeira sujeição das partes contraentes; tal não é prejudicado pela faculdade que estas têm de distratar o contrato, pois ela só existe enquanto não ocorrer a ratificação.

Após a ratificação, o credor pode exigir o cumprimento da obrigação ou só ao antigo devedor, ou só ao novo devedor, ou, simultaneamente, a um e a outro; se ratificar e exonerar expressamente o antigo devedor, só do novo obrigado pode reclamar a prestação.

Os contraentes não podem, assim, impor ao credor a transmissão singular da dívida, nem sequer qualquer outra modificação no lado passivo do vínculo. Quer dizer: não só não podem impor-lhe a mudança de devedor, como não podem impor-lhe um novo devedor ao lado do antigo[43]. Tudo quanto podem fazer é fixar um prazo para o credor vir ratificar o contrato.

O direito de fixar um prazo para a ratificação tanto cabe ao antigo devedor como àquele que pretende obrigar-se em seu lugar. Com duas limitações, porém: a primeira é a de que, se uma das partes já fixou prazo ao credor, não pode a outra pretender assinalar-lhe prazo mais longo ou mais curto; a segunda é a de que, na fixação do prazo, deve a parte com-

---

[43] O que de algum modo parece desrazoável, porque qualquer terceiro pode cumprir a obrigação quando não se tenha acordado expressamente em que a prestação deva ser feita pelo devedor, ou quando a substituição não prejudique o credor.

portar-se segundo as regras da boa fé, concedendo ao credor um período de tempo razoável para, de acordo com as circunstâncias concretas do caso, decidir fundadamente se há-de ratificar ou não, sob pena de não se considerar aplicável a parte final do n.º 2 do art. 596.º e de se admitir que a outra parte possa vir a fixar procedentemente um prazo diverso.

O prazo para a ratificação é um prazo de caducidade (art. 298.º, n.º 2). O art. 596.º, n.º 2 parece apontar em sentido diverso, ao determinar que, uma vez findo o prazo fixado ao credor para a ratificação, esta se considera recusada. Todavia, não há aqui qualquer declaração negocial tácita ficta; decorrido o prazo fixado, o credor não recusa tacitamente ratificar, deixa pura e simplesmente de ter o direito de ratificar, o que significa que este se extinguiu por caducidade[44].

Se o credor declarar expressamente que não ratifica o contrato ou deixar passar o prazo que lhe foi fixado para o efeito, o contrato é inválido ou ineficaz?

Tudo depende, antes de mais, da opinião que se formar sobre a natureza própria do contrato assumptivo. Parece preferível, no entanto, entender que a transmissão a título singular de uma dívida envolve a *disposição do crédito*[45], pois, mudando o devedor, surge modificado o vínculo pelo lado passivo. Esta alteração versa sobre um aspecto essencial para a posição do credor, como já salientámos e daí a necessidade da ratificação. Longe já da concepção personalista da obrigação, mas afastando por igual o entendimento que a traduz numa mera relação entre patrimónios, a teoria da disposição, que perfilhamos, não impede a objectivação do vínculo, que vai ínsita na ideia da sua transmissão pelo lado activo ou pelo lado passivo. Simplesmente reconhece, quanto a este último, que a mudança do devedor pode influir no próprio valor económico do crédito e que, em todo o caso, pode alterar aspectos fundamentais para os interesses do credor.

Do que se deduz que, apesar de o credor não ser parte no contrato assumptivo, este disciplina (não só, mas também) interesses do credor.

O contrato assumptivo é, no entanto, susceptível de qualificações diversas, consoante o ângulo de perspectiva em que nos colocarmos. Com efeito, do ponto de vista do "novo obrigado", trata-se de um *acto vinculativo*, pois, a ser válido e eficaz o contrato, vem a recair sobre ele uma obri-

---

[44] De idêntica incorrecção padece o art. 268.º, n.º 3, a propósito do qual pode aplicar-se, *mutatis mutandis*, o que se diz para o art. 596.º, n.º 2.

[45] Não confundir *disposição* com *alienação*. Pela mudança de devedor o credor não aliena o crédito, mas dispõe dele.

gação (aliás, já existente e até aí alheia). Do lado do "antigo devedor", ainda na hipótese da eficácia do contrato, este configura-se como um *acto liberativo*, porque através dele se produz a sua exoneração. Mas, encarando o problema pelo lado do credor, trata-se de uma *acto dispositivo*, porque o credor deixa de poder exercer o crédito contra o antigo devedor. Ora, é esta última qualificação que importa salientar para o problema que nos traz ocupados. Assim, o vício que se verifica é o da *ilegitimidade*, pois que do contrato pretendem as respectivas partes fazer derivar efeitos para o credor, que não intervém no negócio: a faculdade de disposição do crédito está ínsita neste, não integra o débito. A ratificação do credor configura-se, portanto, como uma legitimação subsequente. Não obstante, a circunstância da legitimidade ser atribuída *ex post*, através da ratificação do negócio, não significa que não vá actuar retroactivamente, com ressalva, ainda assim, dos actos entretanto praticados pelo credor em relação ao antigo devedor.

Não sobrevindo ratificação, a ilegitimidade das partes para dispor do crédito acarreta a nulidade do contrato assumptivo. Isto sem prejuízo de tal contrato se poder converter numa promessa de liberação, se porventura se verificarem os requisitos próprios da conversão (art. 293.°), ou até de uma das partes se tornar responsável para com a outra se se obrigou para com esta a obter a ratificação do credor[46].

É certo que a falta de legitimidade não é sempre sancionada da mesma forma pelo Código Civil. Há hipóteses em que a consequência sancionatória, expressa pela lei, é a anulabilidade (cfr., *v.g.*, arts. 261.°, 877.° e 1893.°); outras, a nulidade (art. 892.°). E acontece até o Código falar de ineficácia, sem se preocupar em esclarecer se utiliza o termo num sentido restrito, ou num sentido amplo, de que a invalidade seria uma das espécies ou modalidades (assim, por exemplo, no art. 268.°, n.° 1). Consequentemente, não pode pretender-se que a ilegitimidade recebe, em todos os casos, o mesmo tratamento legal. Mas a questão só surge para aquelas hipóteses em que a lei não fixa claramente a sanção da falta de legitimidade. Poderá então falar-se para esses casos de um tipo geral de sanção?

Cremos que sim. A regulamentação de interesses privados depende dos autores da regulamentação serem os titulares dos interesses regulamentados (legitimidade directa) ou de interesses conexos àqueles cuja

---

[46] É este um exemplo da incorrecta mas expressivamente chamada *prestação de facto de outrem*. Há também quem refira, a este propósito, o *contrato de prestação por terceiro*.

regulamentação forma o conteúdo do negócio (legitimidade indirecta). Consequentemente, a legitimidade é um requisito de validade do negócio jurídico, porque respeita à posição dos sujeitos face ao seu conteúdo concreto e não a qualquer outra circunstância externa em relação aos elementos constitutivos do negócio ou aos seus sujeitos e objecto. Ora, de entre as formas de invalidade de um negócio jurídico (que são, como sabemos, a nulidade e a anulabilidade), é de presumir aquela e não esta. O art. 294.º orienta desde logo neste sentido, ao determinar que os negócios jurídicos celebrados contra disposição legal de carácter imperativo são nulos, salvo nos casos em que outra solução resulte da lei. A regra é, pois, a de só haver anulabilidade nos casos em que, não estando reunidos os requisitos de validade do negócio, a lei o disser. Não é necessário, no entanto, que o diga expressamente. Pode essa conclusão impor-se através do regime traçado, como se se delimita o círculo das pessoas que podem arguir o vício ou se se estabelece um prazo para o fazerem.

Ora, o art. 596.º não impõe tal tratamento para o contrato assumptivo celebrado entre o terceiro e o devedor. E não se diga que o contrato é válido, mas ineficaz, porque as partes o podem distratar enquanto não for ratificado pelo credor (art. 596.º, n.º 1): o mútuo consenso das partes para a revogação implicaria a validade (com ou sem ineficácia) do contrato, porque só pode logicamente revogar-se, isto é, extinguir-se, um contrato válido.

Saber se no caso cabe ou não cabe a revogação depende, precisamente, da questão prévia de estarmos perante um contrato válido ou perante um contrato nulo. E a resposta a tal questão é função da natureza própria da ratificação.

Dissemos que a ratificação do contrato pelo credor representa uma forma de legitimação superveniente. Porque falta originariamente a legitimidade ao devedor e ao terceiro para disporem do crédito, o contrato nasce nulo. Mas o valor em definitivo do contrato fica em suspenso até se apurar qual a atitude do credor a seu respeito: se o credor declarar expressamente que não o ratifica ou se, tendo-lhe sido fixado um prazo para a ratificação, o credor deixar decorrer esse prazo sem nada fazer, o contrato permanece nulo, mas agora definitiva e incondicionalmente; se, pelo contrário, o credor vem ratificar o contrato, surge supervenientemente o requisito até aí em falta e a nulidade desaparece, aliás retroactivamente, pelo que o contrato se torna válido *ab initio*.

Ora foi a pensar naquele período de pendência, que se coloca após a celebração do contrato e até à sua ratificação pelo credor, que o legislador veio falar de *distrate*. É que, em tal período, ocorre um caso de *nulidade resolúvel* ou *validade suspensa* e, arrastado talvez por esta última perspectiva, apelidou de *distrate* a destruição pelas próprias partes da faculdade de ratificação.

B) *Assunção de dívida por contrato entre o novo devedor e o credor*

A segunda modalidade pela qual se pode verificar a transmissão a título singular de uma dívida consiste, como dissemos já, em o terceiro vir contratar com o credor.

Porque este é agora parte no próprio contrato assumptivo, não se colocam, deste ângulo de análise, quaisquer problemas quanto à validade do negócio. Dúvidas poder-se-iam levantar – isso sim – sobre a necessidade da intervenção ou do consentimento do devedor para a perfeição do negócio. A lei apressa-se, no entanto, a esclarecê-las, admitindo que o contrato seja celebrado tanto com consentimento do antigo devedor, como sem ele (art. 595.°, n.° 1, al. b) *in fine*).

Nesta última hipótese jogam considerações paralelas àquelas que determinaram a dispensa ou, se preferir, a concessão genérica de legitimidade para efectuar o cumprimento. Assim como, em princípio, qualquer terceiro pode realizar a prestação, mesmo que não seja interessado no cumprimento da obrigação e ainda que o devedor se oponha a tal, assim também qualquer terceiro pode acordar com o credor assumir uma dívida alheia, independentemente do consentimento do devedor. Quem pode o mais, pode o menos: solver uma dívida alheia é mais do que ficar obrigado a solvê-la.

Acentua-se até por aqui a verdadeira natureza da assunção de dívida como acto dispositivo do crédito. Porque a transmissão a título singular de uma dívida implica a disposição do direito correspectivo é que o contrato pelo qual ela se opera pode ser celebrado apenas com o credor.

Se o devedor consente que o terceiro assuma para com o credor a sua dívida, cabe falar de delegação (*delegatio*). Costuma aludir-se a esta figura a propósito da novação subjectiva passiva, referindo que a extinção da obrigação por esta via pode ser um efeito da delegação[47].

Ora, o devedor tanto pode autorizar o terceiro a novar a obrigação (delegação perfeita), como a assumir o dever de realizar a prestação de

---

[47] F. A. Cunha de Sá, *Modos de extinção das obrigações*, cit., pp. 232-233.

uma obrigação que, no essencial, se mantém a mesma (delegação imperfeita). Em qualquer dos casos, o terceiro (delegado) actua por conta do devedor (delegante); o credor (delegatário) aceita o convite do delegante para que o delegado fique no lugar daquele como devedor, ou de dívida já existente ou de uma nova obrigação em substituição de outra anterior.

Claro está que o delegado só cumprirá o *iussum* do delegante se para tal houver uma razão justificativa. Nomeadamente, pode acontecer que o delegado seja devedor do delegante e que, assumindo a obrigação daquele para com o delegatário, ou ocupando em substituição desta obrigação o lado passivo de um novo vínculo, de que o delegatário continua a ser credor, pretenda com isso extinguir a sua própria dívida para com o delegante[48].

Se a transmissão da dívida para o terceiro é feita independentemente do consentimento do devedor, fala-se de expromissão (*expromissio*). Referimos igualmente este instituto quando tratámos da novação subjectiva por substituição do devedor[49]. Na ausência de vontade de novar, ou não havendo manifestação expressa da vontade de contrair nova obrigação em substituição da antiga, cabe presumir a assunção de dívida.

Porque aquele que assume a dívida actua por sua própria iniciativa, sem qualquer ordem do devedor, o contrato assumptivo vem agora a representar uma liberalidade que aquele faz a este[50]. Todavia, apesar de o devedor ser um terceiro em relação a este contrato, não pode afirmar-se, actualmente, que estamos perante um contrato a favor de terceiro. É que o contrato a favor de terceiro destina-se apenas, por aquilo que respeita às dívidas, à sua remissão (art. 443.°, n.° 2)[51]. Ademais, na presente hipótese, o devedor não fica com qualquer direito surgido do contrato translativo, ao contrário do que acontece com o beneficiário, que pode exigir do promitente o cumprimento da promessa, mesmo que a não tenha

---

[48] Poderá dar-se, também, a hipótese de a delegação não ser precedida por qualquer relação jurídica entre o delegante e o delegatário, mas aquele pretender fazer a este uma doação por intermédio do delegado, de quem é credor. Tal hipótese, porém, está fora do enfocamento que nos interessa de momento.

[49] F. A. Cunha de Sá, ob. e loc. cits.

[50] Na vigência do antigo Código Civil, que reportava a doação apenas à transferência gratuita de bens do doador para o donatário (art. 1452.°), falava-se de *liberalidades indirectas* a propósito de todos aqueles casos em que, espontaneamente e por espírito de generosidade, havia um enriquecimento do património de alguém à custa do património de outrem, a fim de os sujeitar às regras próprias do contrato de doação.

[51] F. A. Cunha de Sá, ob. cit., pp. 234 e ss.

aceitado. Só o credor pode exigir o pagamento da dívida à outra parte, não o antigo devedor.

Claro está que cabe no âmbito do princípio da liberdade contratual o terceiro prometer ao devedor – e não já ao credor – que o substituirá no cumprimento da sua obrigação. A lei contempla esta hipótese, a propósito do contrato a favor de terceiro, no n.º 3 do art. 444.º: quando se trate da promessa de exonerar o promissário de uma dívida para com terceiro, só àquele é lícito exigir o cumprimento da promessa. Mas aqui já não se estará perante uma assunção de dívida e sim face a uma promessa de liberação, conforme melhor se verá adiante. E, rigorosamente, nem esta promessa é um contrato a favor de terceiro, pois, como resulta expressamente do preceito citado, o credor não pode exigir o seu cumprimento ao promitente, pelo que não é beneficiário da promessa.

Quando a transmissão a título singular de uma dívida é feita por contrato entre o credor e o novo devedor, que actua por espírito de liberalidade para com o antigo devedor e sem qualquer correspectivo patrimonial da parte deste, parece haver contradição entre a dispensa de consentimento do antigo devedor e a caracterização de tal contrato como doação. A assunção de obrigação pode, com efeito, ser objecto de doação e será até, nesta hipótese, um efeito essencial de tal contrato (al. c) do art. 954.º)[52].

Esta aparente contradição tem que ser resolvida nos mesmo termos que se adoptaram para o pagamento feito por terceiro, à custa do seu património e por espírito de liberalidade. Só que o pagamento se configura, em si mesmo, como um acto jurídico não negocial, enquanto que a assunção de dívida reveste natureza contratual.

Mas esta mesma diferença permite-nos compreender que importa distinguir dois planos: o das relações entre o terceiro (que assume ou paga a dívida) e o credor; e o das relações entre o terceiro e o devedor. Ali, atende-se ao *favor creditoris* e, por isso, permite-se que o credor aceite o pagamento ou dê o seu acordo à transmissão da dívida, independentemente do consentimento do devedor; em qualquer das hipóteses, o devedor fica exonerado para com o credor. Aqui, por obediência ao princípio de que a ninguém pode ser imposto um benefício, exige-se o acordo do devedor para que o pagamento ou a assunção da dívida se configure como uma doação; enquanto não houver a aceitação do devedor, há apenas uma

---

[52] Pode também haver *doação liberatória*, que tem por efeito característico, mais do que a exoneração imediata do devedor, a própria extinção da dívida. É o perdão, que o art. 863.º, n.º 2 expressamente qualifica como doação. Cfr. F. A. Cunha de Sá, ob. e loc. cits.

proposta de doação, que pode caducar pela morte do proponente (art. 945.°, n.° 1) ou ser rejeitada pelo devedor. Nesta última hipótese, o proponente terá acção contra o devedor para se reembolsar, nos termos do enriquecimento sem causa, do pagamento que efectuou e que, por atenção aos interesses do credor, permanece válido.

Importa notar, por último, que o contrato entre aquele que assume a dívida e o credor, haja ou não consentimento do devedor, não determina automaticamente a transmissão da dívida. Para tanto é necessário que o credor declare expressamente que exonera o antigo devedor. Esta declaração, tal como já vimos para a hipótese de o contrato assumptivo ser celebrado entre os devedores e ratificado pelo credor, não está sujeita a qualquer forma especial e pode ser contemporânea ou posterior à celebração do contrato. Na sua falta, porém, o antigo devedor permanece vinculado e o novo obrigado responde solidariamente com ele pela dívida (art. 595.°, n.° 2).

19. Natureza da assunção de dívida

Do exposto resulta com meridiana clareza que a assunção de dívida reveste sempre estrutura contratual.

O contrato translativo de uma dívida, seja a título oneroso, seja a título gratuito, é sempre causal. Valem a seu respeito, *mutatis mutandis*, as observações atrás produzidas sobre a cessão de créditos, quer pelo que respeita aos requisitos de substância ou de forma, quer quanto aos efeitos não genéricos, de que iremos ocupar-nos de seguida.

Diz-se, no entanto, por vezes, que a assunção de dívidas é um negócio jurídico abstracto, mas esta afirmação é feita com um sentido diversos do que se considera na qualificação dos actos em causais ou abstractos. Por ela pretende-se significar apenas que a assunção não depende das relações entre o antigo e o novo devedor, pelo que não pode este opor ao credor qualquer defesa baseada em tais relações (art. 598.°, primeira parte).

20. Efeitos da assunção de dívidas

O efeito principal da assunção de dívida é a transmissão a título singular do débito.

Tal como é próprio da ideia de transmissão, a dívida permanece idêntica a si mesma. Só a pessoa do devedor é que muda: o antigo devedor fica liberto da dívida, que passa a impender exclusivamente sobre o novo obrigado. Consequentemente, o credor fica impedido de exercer contra aquele o crédito ou qualquer direito de garantia[53], mesmo que o novo devedor se mostre insolvente (art. 600.°). Todavia, assim como a exoneração do antigo devedor depende de declaração expressa do credor – o credor só exonera se quiser – assim também a lei lhe permite que ressalve, também expressamente, a responsabilidade daquele pela solvência do novo devedor (cit. art. 600.°, parte final). Em tal hipótese e apesar dos termos defeituosos da lei, recairá sobre o antigo devedor uma nova obrigação: a de garantia da solvabilidade do actual devedor.

A hipótese é, portanto, diferente da prevista no art. 597.°. Determina ele que, sendo o contrato de transmissão da dívida declarado nulo ou anulado, renasce a obrigação do antigo devedor (*rectius*: o antigo devedor volta a ficar obrigado), embora se considerem extintas as garantias prestadas por terceiros de boa fé. É que neste caso a obrigação é a mesma que se intentara transmitir e não um vínculo diverso.

Com a dívida transmitem-se para o novo devedor, em princípio, todas as obrigações acessórias do antigo devedor; só assim não sucederá em duas hipóteses (art. 599, n.° 1):

a) tratar-se de obrigações acessórias que sejam inseparáveis da pessoa do antigo devedor;
b) haver convenção em contrário.

A lei não distingue, a este respeito, se a assunção da dívida provém de contrato entre o novo devedor e o credor ou de contrato entre os devedores, pelo que a convenção sobre a intransmissibilidade das obrigações acessórias do antigo devedor tanto pode constar de um como de outro. Nem qualquer razão substancial pode ser invocada em contrário: se se trata de contrato em que o credor é parte, bem pode renunciar à posição favorável que para ele decorreria dos deveres acessórios; se o contrato translativo da dívida for celebrado entre o antigo e o novo devedor, torna-se necessária a ratificação do credor, a qual abrangerá a convenção sobre a intransmissibilidade das obrigações acessórias.

---

[53] Veremos, adiante, no entanto, que há garantias do crédito constituídas pelo antigo devedor que, em princípio, se transmitem com a dívida. Não são estas, evidentemente, que a lei tem agora em vista.

Quanto às garantias, a regra é a fixada pelo n.º 2 do art. 599.º: mantêm-se nos mesmos termos as garantias do crédito, com excepção das que tiverem sido constituídas por terceiro ou pelo antigo devedor, que não haja consentido na transmissão da dívida.

A primeira excepção ao princípio da transmissibilidade das garantias é facilmente compreensível: ao garantir o cumprimento de certa obrigação alheia, o terceiro não pôde deixar de ter em consideração as qualidades pessoais do devedor. Se a dívida se transmite independentemente do consentimento do terceiro, bem é que caduquem as garantias por ele constituídas. Mas nada força a entender o preceito como imperativo: o garante (*v.g.*, o fiador ou o proprietário da coisa dada em penhor ou hipotecada) pode até vir a ser beneficiado pela mudança de devedor, como se o novo obrigado goza de melhor situação patrimonial do que o antigo devedor e, por isso, consentir na própria transmissão da garantia. Tratar-se-ia, no fundo, de uma renúncia à caducidade, relativamente à qual se não encontra qualquer razão que obste à sua validade (cfr. art. 330.º, n.º 1).

Se as garantias forem prestadas pelo próprio devedor, há que distinguir. Ou o contrato translativo da dívida foi celebrado por ele próprio ou foi celebrado entre o novo obrigado e o credor, mas com o seu consentimento – as garantias acompanham a transmissão da dívida; mas também nada impede, a nosso ver, que se convencione expressamente a sua caducidade. Ou a assunção da dívida resulta de contrato celebrado entre o novo obrigado e o credor, sem o consentimento do antigo devedor – e as garantias especiais constituídas por este não se transmitem com a dívida, já que deixa de haver qualquer base para entender que há um consentimento implícito à sua transmissão.

Continuando a dívida a ser a mesma, pode o novo devedor opor ao credor todos os meios de defesa de que se poderia valer o seu antecessor, com excepção daqueles cujo fundamento seja posterior à assunção da dívida ou que constituíssem meios de defesa pessoais do antigo devedor (art. 598.º, segunda parte); logicamente, o novo obrigado não poderá invocar contra o credor qualquer aspecto que derive apenas das relações entre ele e o antigo devedor (art. 598.º, primeira parte). Assim, são inoponíveis ao credor, por ex., a incapacidade do antigo devedor ou, integrando-se a assunção da dívida num contrato oneroso, a falta de realização da contraprestação pelo antigo devedor. São oponíveis ao credor, por ex., a excepção de não cumprimento ou de cumprimento defeituoso por parte deste do contrato de que nasceu a dívida assumida, a nulidade ou a anulabilidade por erro ou coacção deste negócio, ou a prescrição da dívida.

Tal como está redigido, o art. 598.º é um preceito supletivo: tanto o regime da primeira parte, como o da segunda só vigora na falta de convenção em contrário. Existindo convenção que permita ao novo obrigado opor meios de defesa provenientes das suas relações com o antigo devedor, ou cujo fundamento seja posterior à transmissão da dívida ou, ainda, que sejam pessoais do antigo devedor, estamos perante uma renúncia do credor. Se a convenção impede o novo devedor de invocar os meios de defesa que se baseiem nas relações do credor com o antigo devedor, a renúncia é agora do novo obrigado.

Além dos efeitos genéricos de toda e qualquer assunção de dívidas, temos ainda que contar com os efeitos específicos do contrato causal em que determinada assunção se integra (compra e venda, troca, doação, dação em cumprimento ou em função do cumprimento). De facto, assim como a causa de cada assunção lhe define os requisitos, assim também lhe modela os efeitos.

21. Assunção de dívida, adesão à dívida e promessa de liberação

Em sentido técnico, a assunção de dívida é um contrato translativo. Como dissemos, o efeito principal e essencial deste contrato é a transmissão a título singular de uma dívida. Transmissão quer dizer que a dívida se transfere de um devedor para outro, ficando aquele exonerado e este – apenas este – o único obrigado.

Mas a assunção surge confundida com outros negócios jurídicos que dela andam muito próximos. A confusão é tão frequente que nem mesmo o legislador se lhe conseguiu subtrair por completo. Já atrás salientámos, a este propósito, a incorrecção do art. 595.º, cujo n.º 2 aponta para uma transmissão sem exoneração do antigo devedor. O defeito não é, aliás, episódico. Um pouco mais adiante, o art. 597.º volta a repisar a ideia de o contrato de transmissão ser acompanhado pela exoneração do anterior obrigado, o que, *a contrario sensu*, parece, uma vez mais, admitir a transmissão da dívida sem tal exoneração. Trata-se, todavia, como procurámos demonstrar, de uma contradição nos próprios termos.

Estamos aí perante uma nova figura, a que se dá o nome de *adesão à dívida*: alguém ingressa na dívida ao lado do devedor precedente, que conserva esta qualidade. A dívida tinha um só devedor e, com a adesão, passa a ter pelo menos dois, em regime de solidariedade passiva (art. 595.º, n.º 2).

Este resultado não é de modo algum indiferente para o credor, que, em vez de poder demandar o antigo devedor, ou apenas o novo obrigado, passa a dispor de dois ou mais patrimónios, *pede aequo*, como garantia da satisfação do seu crédito – o património do antigo devedor, que não é exonerado e o património do aderente.

Não é legítimo, aliás, confundir esta situação com a derivada da fiança. O fiador responde também perante o credor, pessoalmente, pelo cumprimento de obrigação alheia. Não obstante, a obrigação do fiador caracteriza-se pela sua acessoriedade em relação à obrigação que recai sobre o principal devedor (art. 627, n.° 2); não há uma única obrigação, com dois devedores em pé de igualdade, tal como acontece na adesão à dívida, mas duas obrigações distintas, uma própria do devedor principal, outra própria do fiador, embora esta seja acessória daquela. Ora, deste aspecto acessório de uma obrigação (a de garantia) em relação a outra (a principal) resultam corolários muito importantes, que não podem aplicar-se à situação de adesão à dívida (cfr., nomeadamente, os arts. 631.°, 632.°, 637.°). Um deles, porém, servirá até para distinguir praticamente em muitos casos o contrato de fiança do contrato de adesão à dívida: é que este é um contrato consensual, mas aquele tem de obedecer já à forma exigida para a obrigação principal (art. 628.°, n.° 1)[54].

O terceiro pode aderir à dívida ou por contrato celebrado com o devedor e ratificado pelo credor, ou por contrato celebrado apenas com o credor e independentemente de consentimento do devedor.

O contrato de adesão a uma dívida alheia tem, pois, as mesmas partes que o contrato de assunção de dívida. Quando haja necessidade de ratificação pelo credor, valem igualmente para aquele as observações que atrás fizemos, a tal propósito, para este; coloca-se também nos mesmos termos a necessidade ou a desnecessidade de consentimento do devedor.

Na prática, porém, é muito fácil distinguir os dois contratos através da existência ou da inexistência de declaração expressa do credor a exonerar o antigo devedor. Havendo tal declaração, o contrato é de assunção de dívida; faltando ela, o contrato é de adesão à dívida.

Ponderadas as semelhanças e as diferenças, há quem fale, no primeiro caso, de assunção translativa ou liberatória e, no segundo, de assunção cumulativa ou de reforço. No entanto, a terminologia não é inteira-

---

[54] Nada impede, aliás, que, tratando-se de verdadeira assunção de dívida, o antigo devedor se exonere da dívida transmitida mas preste voluntariamente fiança ao novo devedor ou se torne legalmente responsável pela solvabilidade deste (art. 600.°).

mente de aplaudir, por não contribuir para um melhor esclarecimento da natureza própria e das consequências de cada uma das figuras.

Distinto ainda da assunção de dívida é o contrato pelo qual uma pessoa se obriga para com o devedor a cumprir a obrigação dele. Chama-se a este contrato *promessa de liberação*.

Há ainda quem fale de assunção de cumprimento, mas a terminologia estabelece a confusão e é errónea porque, embora próximas, a promessa de liberação e a assunção de dívida não são duas espécies do mesmo género.

Com efeito, obrigando-se o terceiro em face do devedor a cumprir no lugar dele, a dívida não se transmite e nem sequer sofre qualquer modificação semelhante à que ocorre na adesão à dívida: o credor só pode exigir o cumprimento da obrigação ao devedor e não ao terceiro promitente, contra o qual não adquire nenhum direito (art. 444.°, n.° 3). Este apenas se vinculou para com o devedor, nada prometeu ao credor; consequentemente, só o devedor lhe pode exigir o cumprimento da promessa, isto é, que se lhe substitua no pagamento da dívida para com o credor e, assim, o exonere.

SECÇÃO V
CESSÃO DA POSIÇÃO CONTRATUAL

22. O problema da cessão da posição contratual

Analisámos nas secções anteriores a transmissão *inter vivos* e a título singular dos créditos e dos débitos. Pergunta-se agora se se pode transmitir a outrem o complexo de direitos e obrigações derivados de certo contrato.

Fala-se, a este propósito, de *cessão de contrato* ou de *cessão da posição contratual*. Foi esta última designação que o Código Civil adoptou ao disciplinar inovatoriamente o instituto. E com razão: não se cede o contrato, como facto jurídico em si, mas os efeitos jurídicos do contrato; ora, os efeitos jurídicos do contrato constituem para cada uma das partes a sua posição contratual. Guardada esta perspectiva, não se vê, porém, inconveniente de maior em utilizar uma terminologia que alia à expressividade uma generalizada aceitação.

Se, por ex., o comprador transmite a terceiro o direito à entrega da coisa, estamos perante uma cessão de crédito. Se, pelo contrário, é a obrigação de pagar o preço que passa a recair sobre outrem, depara-se-nos uma assunção de dívida. Mas o comprador pode querer transferir todos os efeitos jurídicos que para si resultam do contrato de compra e venda.

O problema da cessão da posição contratual só se coloca com autonomia relativamente aos contratos sinalagmáticos. Aí é que a posição contratual de cada uma das partes é complexa, englobando simultaneamente para cada uma delas direitos e obrigações que se contrapõem aos direitos e obrigações da outra parte. Se o contrato não é sinalagmático, a posição contratual de cada parte é preenchida ou só por direitos ou só por obrigações, de modo que a sua transmissão se reduz, respectivamente, a uma vulgar cessão de créditos ou a uma assunção de dívidas.

Aliás, o exemplo apresentado serve-nos ainda para compreender que não basta estarmos perante um contrato sinalagmático para haver cessão da posição contratual. No contrato sinalagmático ou bilateral pode haver cessão da posição contratual, como pode também ter lugar a cessão de créditos ou a assunção de dívidas. Tudo depende da vontade negocial que der origem à transmissão e à circunstância de o contrato ainda não estar executado integralmente: assim, se o comprador já pagou o preço, só pode ceder o direito à entrega da coisa; não faz então sentido falar da transferência da sua posição contratual.

Essa transferência tanto pode resultar da lei como ser voluntária e ocorrer entre vivos ou por morte, a título singular ou universal.

Nomeadamente, os herdeiros são chamados à titularidade das relações jurídicas contratuais da pessoa falecida (art. 2024.°), o que significa que para eles se transferem globalmente os contratos do *de cuius* – é um caso de transmissão legal *mortis causa* e a título universal.

Se, num contrato de arrendamento para habitação, o arrendatário falecer, a sua posição de inquilino defere-se, designadamente, ao cônjuge sobrevivo ou aos seus parentes ou afins na linha recta, preenchidos certos requisitos (art. 1106.°) – trata-se de uma transmissão legal *mortis causa* e a título singular. Se o senhorio alienar o prédio locado, o adquirente sucede nos respectivos direitos e obrigações (art. 1057.°) – é um caso de transmissão legal *inter vivos* e a título singular do contrato de arrendamento.

Transmitindo-se por qualquer título, a empresa, o estabelecimento comercial ou industrial, ou parte da empresa ou estabelecimento que constitua uma unidade económica, transmite-se para o adquirente a posição jurídica de empregador nos contratos de trabalho dos respectivos trabalhadores (art. 318.°, n.° 1 do Código do Trabalho, aprovado pela Lei n.° 99//2003, de 27 de Agosto) – trata-se da transmissão legal *inter vivos* e a título universal da posição da entidade patronal.

Das diversas modalidades que apresenta a transmissão da posição contratual interessa-nos apenas a transmissão voluntária, *inter vivos* e a título singular. É a essa que o Código Civil chama cessão da posição contratual e se reporta nos arts. 424.° e ss.[55].

A doutrina, porém, não foi sempre favorável à admissibilidade da transmissão conjunta dos direitos e obrigações. A razão estaria, ao fim e ao cabo, em não se admitir a transmissão das dívidas. Por isso, haveria que cindir a posição contratual nos seus aspectos activos e passivos. Só os créditos poderiam ser transmitidos como tais. As dívidas teriam de ser novadas por outras obrigações de igual conteúdo mas com diferente devedor. Através da cessão dos créditos e da novação subjectiva passiva das obrigações, obter-se-ia, assim, resultado prático semelhante ao da cessão da posição contratual.

Todavia, esta solução só em parte se aproxima da ideia da cessão do contrato. A novação das obrigações é, sem dúvida nenhuma, possível, mesmo quando resultem de um contrato bilateral, mas apresenta o inconveniente de destruir a unidade e a continuidade do contrato e, por aí, todas as faculdades que resultam do sinalagma que a ele preside. Nomeadamente, deixa de ser lícito ao adquirente dos créditos e obrigado às novas dívidas prevalecer-se da excepção de não cumprimento do contrato ou proceder à sua resolução com base no incumprimento da outra parte.

Para obviar a este inconveniente, procurou-se uma solução que não só garantisse a reciprocidade de posições, como também obviasse à pulverização ou fragmentação do contrato. Consistiria ela em extinguir o contrato em relação ao qual se pretende que um dos contraentes seja substituído por terceiro e celebrar um outro contrato, de conteúdo igual ao primitivo; a outra parte deste contrato reproduziria em face do terceiro a sua originária declaração de vontade e, assim, ambos se tornariam reciprocamente credores e devedores de um novo contrato bilateral.

Os direitos e as obrigações resultantes do novo contrato seriam juridicamente distintos dos direitos e das obrigações nascidos do contrato primitivo, na medida em que é diversa a respectiva fonte, mas permaneceriam não só economicamente idênticos aos primeiros, por terem o

---

[55] Trata-se aí da regulamentação genérica da cessão da posição contratual. A propósito de certos contratos sinalagmáticos, no entanto, fixam-se regras específicas para a sua cessão: sirvam de exemplos o contrato de locação (arts. 1057.° e ss.) e o contrato de mandato (art. 1165.°, com remissão para o art. 264.°, n.° s 1, 2 e 3).

mesmo conteúdo, como também igualmente sinalagmáticos dada a sua origem comum.

Implicando a extinção de uma relação contratual e a simultânea criação de outra relação contratual, que reproduz ou renova aquela, ficou esta posição conhecida pela teoria da renovação do contrato. Ao cabo e ao resto, falar-se-ia com maior rigor de novação do contrato, porque haveria uma dupla novação dos direitos e das obrigações provenientes do anterior contrato sinalagmático.

Este expediente, porém, comungava do mesmo preconceito negativista da solução anteriormente apresentada – qual seja a inadmissibilidade da transmissão dos débitos entre vivos e a título singular. Ora, já atrás tivemos ocasião de comprovar a falsidade desta premissa, ao estudar a assunção de dívidas. As obrigações, tenham elas fonte legal ou contratual e, neste caso, provenham de um contrato sinalagmático ou não sinalagmático, podem transmitir-se tal como os créditos podem ser cedidos; só os requisitos para tal diferem. Não existe, pois, deste ângulo, qualquer óbice teórico à aceitação da cessão da posição contratual.

Mas a teoria da renovação do contrato era ainda passível de duas críticas autónomas. A primeira é a de que, sendo certo que lograva evitar a perda de carácter sinalagmático entre a posição do primitivo contraente e a do novo contraente, conseguia esta unidade de efeitos à custa de uma maior separação entre as duas relações contratuais: não se trataria apenas de novas obrigações, tal como na teoria da cessão de créditos e novação de dívidas, mas de novas obrigações e de novos créditos.

A outra objecção resulta de que para haver verdadeira renovação seria indispensável que o negócio se mantivesse inalterado, ou seja, tal como existia anteriormente à própria renovação. Repete-se o contrato quando se pretende unificar a sua expressão material, submetê-lo a forma mais solene, ou esclarecer quaisquer dúvidas que a sua interpretação tenha suscitado. Não já quando se extingue o contrato e se celebra outro contrato no lugar do anterior, embora com efeitos idênticos e com um novo titular: o contrato fechado em segundo lugar é um novo contrato, não é a repetição do primeiro.

Acresce, por último, que apesar de ser possível o acordo novatório global sobre certo contrato, ele não é de presumir, à semelhança do que acontece com a vulgar novação de obrigações[56]. Tornar-se-ia então neces-

---

[56] F. A. Cunha de Sá, *Modos de extinção das obrigações*, cit., p. 230.

sária uma declaração expressa das partes em tal sentido. Só que, existindo ela, o contrato não circularia de um património a outro: extingue-se e seria substituído por outra relação contratual, embora idêntica à primeira. Ora, o intuito das partes não é normalmente o de celebrarem um novo contrato, mas o de, mantendo o contrato primitivo, transmitirem para outrem o complexo dos direitos e obrigações dele resultantes para uma das partes.

Como já salientámos, o nosso legislador tomou posição expressa no sentido da admissibilidade da cessão da posição contratual. Com efeito, diz o n.º 1 do art. 424.º que no contrato com prestações recíprocas, qualquer das partes tem a faculdade de transmitir a terceiro a sua posição contratual, desde que o outro contraente, antes ou depois da celebração do contrato, consinta na transmissão.

Esta disposição representa o reconhecimento legal do interesse económico e jurídico da cessão do contrato e consagrou a orientação doutrinária dominante sobre a sua admissibilidade.

Todavia, dela não se infere qualquer opção entre as teorias que procuram explicar dogmaticamente o instituto e que se podem reconduzir, fundamentalmente, a duas: a teoria da cessão unitária do contrato e a teoria da cessão de créditos e assunção de dívidas.

A primeira arranca da consideração de que a autonomia conceitual da cessão da posição contratual em relação à cessão de créditos e à assunção de dívidas resulta precisamente de se transmitir a totalidade dos direitos e obrigações que integram a qualidade de parte num contrato.

Essa transmissão constituiria, por isso mesmo, o objecto de um acordo unitário que visaria efeitos igualmente unitários. Decompor a posição contratual, por um lado, nos direitos e, por outro, nas obrigações, seria contrário ao princípio da interdependência que liga intimamente aqueles e estas e resultaria numa explicação artificial da realidade.

Claro está que a posição contratual se analisa em elementos activos e em elementos passivos e que uns e outros se podem transmitir isoladamente. A sua transmissão conjunta tem por objecto, no entanto, mais do que a simples soma de créditos e débitos; pressupõe e exige que todos os direitos e obrigações transitem concertadamente, na sua interdependência recíproca, do património do alienante para o património do adquirente.

A cessão da posição contratual consiste, assim, num processo de transmissão distinto da cessão dos créditos e da assunção das dívidas: é o próprio contrato que é alienado globalmente, na sua complexidade unitária. Cada parte num contrato com prestações recíprocas poderia dispor da sua posição contratual tal como de qualquer outra coisa: nomeadamente, doá-la, vendê-la, trocá-la ou dá-la em pagamento.

A teoria da cessão de créditos e assunção de dívidas, por seu turno, não nega que o contrato translativo da posição contratual seja um só. Mas descobre nele uma natureza mista, resultante da adequada combinação da transmissão dos direitos e das obrigações que compõem a posição de parte; esta combinação seria, por si só, suficiente para manter o contrato como um todo coeso, não obstante a sua transferência de um património para outro.

A interdependência orgânica entre os direitos e as obrigações, assim como não obsta à sua transmissão separada, também não imporia a criação – essa, sim, artificial – de uma coisa incorpórea, distinta dos próprios créditos e débitos e a eles superior, a qual constituiria, em si mesma, o objecto de uma venda, de uma troca, de uma doação, etc. Afirmá-lo seria esquecer a natureza específica da cessão de créditos e da assunção de dívidas: o credor pode dispor do seu crédito, mas o devedor não pode liberar-se, isoladamente, da obrigação, pela sua transmissão a terceiro; se os créditos são alienados pelo respectivo titular, já na assunção de dívidas o acto de disposição provém do credor, na medida em que é este que autoriza a mudança do devedor.

E, sendo assim, não cabe falar da alienação da posição contratual pela própria parte. A parte poderá alienar os seus direitos, mas não pode dispor, só por si, das suas obrigações. A transmissão daqueles seguirá o regime próprio da cessão de créditos, a transmissão destas obedecerá às regras próprias da assunção de dívidas.

Mas, se não pode dizer-se que haja uma alienação unitária da relação contratual, também não deixa de admitir-se uma transmissão coordenada e simultânea dos direitos e das obrigações que formam cada uma das posições contratuais de um contrato bilateral. O acordo translativo terá natureza dupla, participando adequadamente do regime específico da cessão de créditos e da assunção de dívidas. O carácter misto da cessão da posição contratual, que resulta da transmissão dos créditos ser contrapartida da transmissão dos débitos e esta daquela, será suficiente para preservar o equilíbrio sinalagmático dos direitos e das obrigações transmitidos.

Aliás, o que ressalta das disposições próprias da cessão do contrato é o seu paralelismo, nuns casos, com as leis próprias da circulação dos créditos (cfr. o art. 424.º, n.º 2 com o art. 583.º, n.º 1; o art. 425.º com o art. 578.º, n.º 1; o art. 426.º com o art. 587.º; o art. 427.º com o art. 585.º), noutros casos, com as regras específicas da circulação dos débitos (cfr. o art. 424.º, n.º 1 com o art. 595.º, n.º 1, al. a); o art. 427.º com o art. 598.º).

Este paralelismo, embora compatível com a teoria da alienação unitária do contrato, reconduz-nos em última análise, para alcançar a *ratio legis* da regulamentação genérica da cessão da posição contratual, a decompor tal cessão numa cessão de créditos e numa assunção de dívidas. A questão fica então reduzida a saber se o entrelaçamento destas duas figuras dará ou não lugar à criação de uma coisa autónoma que seria, em si mesma, objecto de alienação pelo respectivo titular. A resposta negativa a esta questão acaba por ser imposta pela natureza própria dos débitos: estes são valores negativos e, como tais, não se compadecem com a ideia de alienação, sob qualquer forma.

Pelo contrário, a solução de ver na cessão da posição contratual simultaneamente uma cessão dos créditos e uma assunção das dívidas provenientes do contrato sinalagmático não só explica a transmissão concertada desses direitos e obrigações sem recorrer à criação artificiosa de uma nova realidade, distinta de uns e de outros, como se revela mais directamente adequada a um regime legal resultante da combinação das normas próprias da cessão de créditos e da assunção de dívidas.

23. Requisitos da cessão da posição contratual

A cessão da posição contratual só cabe a propósito dos contratos sinalagmáticos que ainda não estejam integralmente executados ou que tenham eficácia duradoura. Sendo esse o caso, qualquer das partes pode transmitir a terceiro a sua posição no contrato desde que a outra parte consinta em tal transmissão.

Este requisito compreende-se em função do carácter complexo da posição contratual. Formam-na não só créditos como débitos. Por isso, se o cedente, enquanto credor, poderia transmitir por si só os seus direitos, já enquanto devedor não lhe seria lícito liberar-se das obrigações sem o consentimento da outra parte, que delas é credora. A exigência de consentimento do outro contraente para a cessão da posição contratual explica-se, assim, pela assunção de dívidas que aquela envolve, mas, ao contrário da vulgar assunção de dívidas, tem sempre por efeito a exoneração do cedente[57].

---

[57] E poderá haver declaração expressa do outro contraente no sentido de o cedente continuar a responder solidariamente com o cessionário pelo cumprimento das obrigações

Este consentimento, diz o art. 424.º, n.º 1, tanto pode ser dado antes como depois da "celebração do contrato". Qual contrato?

Em princípio, tanto pode ser o contrato de que se pretende ceder uma das posições contratuais, como o próprio contrato pelo qual se opera a cessão. O art. 424.º não é perfeitamente claro a este respeito. Do seu n.º 1 parece dever inferir-se que o legislador se reportou ao mesmo contrato e que este é o contrato em relação ao qual se coloca o problema da cessão e não o contrato translativo da própria posição contratual. Expressões como "qualquer das partes" ou "outro contraente" só fazem sentido quando referidas ao "contrato com prestações recíprocas"; de igual modo, o contrato cuja celebração se prevê como antecedente ou subsequente ao consentimento para a cessão só parece poder ser o contrato sinalagmático cujos direitos e obrigações para uma das partes se pretendem transmitir.

Todavia, o n.º 2 do art. 424.º prevê já expressamente a hipótese de o consentimento do outro contraente ser anterior à cessão, parecendo assim reportar o problema ao contrato translativo e não ao contrato cedido.

Pensamos que a contradição é apenas aparente. O que a lei pretende, afinal, é preservar os interesses de quem celebrou um contrato pelo qual veio a ficar simultaneamente credor e devedor de certa pessoa; a mudança desta pessoa de modo algum pode ser indiferente à outra parte, na sua posição de credora. Quem entra na relação sinalagmática em substituição do contraente inicial pode ter menos solvabilidade ou até menor honestidade ou diligência do que este. E se a possível alteração de qualidade do credor não acarreta qualquer inconveniente para o devedor, já o mesmo se não dirá quando é este que muda. Por isso se exige o consentimento do contraente para que o outro ceda a sua posição no contrato.

Ora, sendo assim, o que interessa à parte que permanece na relação contratual é que qualquer cessão que a outra parte faça da sua posição não lhe venha a ser oposta sem que lhe seja possível fazer um juízo sobre a existência ou inexistência de desvantagens decorrentes da mudança do outro contraente.

---

transmitidas? Sem embargo do silêncio da lei a este respeito, julgamos que tal convenção cabe no âmbito do princípio da liberdade contratual. Ademais, o art. 427.º prevê uma hipótese – embora diversa daquela que temos em vista – em que o consentimento para a cessão poder ser condicionado; ora nada impede que o condicionamento estabelecido venha a ser o da responsabilidade solidária entre cedente e cessionário pela satisfação dos direitos do autorizante.

Por isso, nenhum problema existirá quando o consentimento é dado posteriormente à própria cessão; não já assim se o consentimento ocorre previamente à cessão. Claro está que nada o impede: se a própria parte autoriza a outra a ceder o contrato a terceiro é porque não vê, em princípio, qualquer inconveniente na mudança do seu co-contratante. Então torna-se apenas necessário levar ao seu conhecimento quem deve em concreto realizar a prestação a que tem direito e perante quem tem ela de cumprir as suas obrigações. É esta última questão que o n.° 2 do art. 424.° vem resolver, fazendo depender a eficácia da cessão em relação ao contraente que a autorizou previamente do seu reconhecimento por este ou de ela lhe ter sido notificada judicial ou extrajudicialmente.

Deste modo, fica a claro que os dois números do art. 424.° têm âmbitos de aplicação distintos: o n.° 1 fixa o requisito de validade da cessão da posição contratual; o n.° 2 refere-se à sua eficácia perante o contraente cedido. E, assim, torna-se evidente que aquele primeiro requisito tanto pode constituir um acordo prévio à celebração do contrato sinalagmático, como ocorrer posteriormente ao seu fecho e, neste caso, ser anterior à própria cessão ou verificar-se depois dela.

As coisas passam-se da seguinte maneira:

Se o contraente cedido não consente na transmissão da posição contratual da outra parte, qualquer cessão que esta venha a fazer é nula.

Se a cessão do contrato se efectua sem consentimento prévio do outro contraente mas este vem a ratificá-la, a cessão torna-se válida *ab initio* mas só produz efeitos em relação ao contraente cedido a partir do momento da própria ratificação, visto que o consentimento deste implica em tal caso reconhecimento da cessão.

Se a cessão do contrato é precedida pelo consentimento expresso ou tácito da outra parte, quer este seja prestado antes quer depois da celebração do contrato cedido, a cessão é válida mas ineficaz em relação àquela parte até ao momento de lhe ser notificada ou de esta a reconhecer.

Além destes requisitos genéricos de validade e de eficácia, cada cessão da posição contratual depende ainda dos requisitos específicos do negócio em que se integra. Como diz o art. 425.°, a forma da transmissão, a capacidade de dispor e de receber, a falta e vícios da vontade e as relações entre as partes definem-se em função do tipo de negócio que serve de base à cessão.

A cessão do contrato reveste sempre estrutura contratual. Nomeadamente, pode vender-se ou trocar-se a posição contratual – e o contrato translativo será oneroso. Se, pelo contrário, o cedente nada recebe do cessionário pela transmissão do contrato e actua com espírito de liberalidade, o negócio em que a cessão se integra não é propriamente uma doação, porque o cessionário tem de cumprir as obrigações em que sucede; em bom rigor, a cessão configura-se antes como um *negotium mixtum cum donatione*.

Não é o contrato translativo em si mesmo que é oneroso ou gratuito, mas sim a atribuição patrimonial que dele deriva para uma das partes ou para terceiro que se pode qualificar a um ou outro título, consoante o beneficiário tem ou não de suportar um correlativo sacrifício patrimonial que vá aproveitar ao outro contraente. Ora, se o cessionário se empobrece com o aumento do seu passivo, operando-se o correlativo enriquecimento do cedente, através da diminuição da passivo deste, a verdade é que o cedente nada recebe do cessionário em contrapartida dos créditos que lhe transmite – e nesta medida se insere na cessão um elemento de gratuitidade. A cessão da posição contratual é na sua configuração exterior um acto oneroso, mas cumula uma função gratuita que lhe imprime o acento tónico e que, dentro da teoria da absorção que perfilhamos para a regulamentação dos contratos cumulativos, leva a aplicar-lhe fundamentalmente as regras próprias da doação, como tipo contratual a que a sua parte preponderante pertence.

24. Relações entre o cedente e o cessionário

Os efeitos da cessão da posição contratual hão-de considerar-se em dois planos: o das relações entre o cedente e o cessionário e o das relações entre este e o contraente cedido (*ceduto*, na terminologia italiana).

Naquele primeiro plano, o efeito principal é a substituição completa do cedente pelo cessionário: todos os direitos e obrigações provenientes do contrato sinalagmático transitam, na sua unidade interdependente, das mãos daquele para as deste. O cedente sai do contrato e, no seu lugar, entra o cessionário[58].

---

[58] O cedente poderá, no entanto, prestar fiança a favor do cessionário. Tratar-se-á de uma nova obrigação, distinta pela fonte de qualquer uma das obrigações transmitidas.

E, integrando-se a cessão da posição contratual, tal como a cessão de créditos ou a assunção de dívidas, num contrato causal, todas as demais relações entre o cedente e o cessionário são definidas e modeladas pelo tipo de contrato que, em concreto, serve de base à cessão (art. 425.º).

Nomeadamente, o cedente garante ao cessionário, no momento da cessão, a existência da posição contratual transmitida, nos termos aplicáveis ao negócio, gratuito ou oneroso, em que a cessão se integra (art. 426.º, n.º 1).

Trata-se de uma garantia legal, equiparável à garantia do *verum nomen* que o art. 587.º, n.º 1 consagra para a cessão de créditos. Por força dela, o cedente será responsável para com o cessionário pela existência e pela validade do contrato que lhe transmite e em relação ao momento da transmissão. Tal como no caso da cessão de créditos, a garantia da existência da posição contratual será aferida ou pelos preceitos próprios da compra e venda ou pelos da doação, consoante, respectivamente, se ceda o contrato a título oneroso ou a título predominantemente gratuito. A fim de evitar repetições escusadas, remetemos para o que então escrevemos a este propósito.

Do n.º 2 do art. 426.º resulta, porém, que o cedente não garante ao cessionário a satisfação dos créditos que lhe transmite, a não ser que a tanto se obrigue. Assim, a garantia do cumprimento das obrigações é uma garantia contratual, que pode apresentar as mesmas modalidades que referimos a propósito da cessão de créditos.

25. Relações entre o cessionário e o contraente cedido

Transmitida para o cessionário a posição contratual do cedente e tornada eficaz esta transmissão perante o outro contraente, as relações entre este e o cessionário são exactamente as mesmas que ocorriam entre os contraentes iniciais. A posição contratual conserva a sua identidade não obstante a cessão.

Daí que, naturalmente, o contraente cedido possa opor ao cessionário os mesmos meios de defesa que tinha o direito de opor ao cedente[59]. Com

---

[59] A oponibilidade de um dos mais importantes meios de defesa, característicos dos contratos com prestações recíprocas, volta a ser consagrada noutro passo do Código Civil. Referimo-nos à excepção de não cumprimento do contrato, que o art. 431.º, aliás, alarga a quem quer que venha a substituir qualquer das partes num contrato sinalagmático.

uma limitação apenas: é necessário que tais meios de defesa provenham do contrato e não de quaisquer outras relações do cedido com o cedente. Não obstante, o consentimento para a cessão poderá ser condicionado à reserva da oponibilidade ao cessionário destas mesmas relações. Tudo isto resulta do disposto no art. 427.º.

A procedência dos meios de defesa opostos ao cessionário não depende do conhecimento que este deles tenha ao tempo da cessão do contrato. O art. 427.º não o declara expressamente; sem embargo, assim se deve entender, à semelhança do que sucede com a cessão de créditos.

A lei tão pouco se refere à transmissão para o cessionário das garantias e outros acessórios dos direitos transmitidos, nem à manutenção dos deveres acessórios do cedente ou das garantias que asseguravam o cumprimento das obrigações transmitidas.

Para a solução destas questões revela-se da maior importância a determinação da verdadeira natureza da cessão da posição contratual. Segundo a opinião que adoptámos, desdobra-se ela na cessão dos créditos e na assunção das dívidas provenientes para cada uma das partes do contrato sinalagmático. Aplicar-se-ão assim, com as adaptações necessárias, os artigos 582.º e 599.º.

Como o contrato é sinalagmático, o que se diz do contraente cedido em face do cessionário, aplica-se *mutatis mutandis* às relações deste com aquele. Claro está que, como o cedido conserva a sua posição contratual, não se colocam a seu respeito quaisquer problemas de transmissão de garantias ou outros acessórios dos seus direitos e obrigações. Mas a regra inversa do art. 427.º é fundamentalmente válida para a posição do cessionário em face do outro contraente. Também a este pode opor o cessionário os meio de defesa derivados do contrato que lhe eram oponíveis pelo cedente; e nada obsta a que, sendo prestado consentimento para a cessão em tais termos, o cessionário se possa prevalecer daqueles meios que proviessem de outras relações pessoais do cedente com o cedido[60].

---

[60] Não já, porém, da compensação, dado o requisito genérico da reciprocidade dos créditos e não obstante a autorização do respectivo titular (art. 851.º, n.º 2). Cfr. F. A. Cunha de Sá, *Modos de extinção das obrigações*, cit., pp. 218 e ss.

26. Figuras próximas

Ao referirmo-nos atrás ao problema da natureza da cessão da posição contratual, tivemos a oportunidade de considerar as duas modalidades mais importantes da corrente negativista. Vimos então que, opondo-se à admissibilidade dogmática da cessão do contrato, os autores que aí enfileiram não deixam de apontar os caminhos aptos para alcançar resultado económico idêntico ao obtido por ela.

Um deles consistiria em ceder a terceiro os créditos resultantes do contrato e, simultaneamente, substituir as respectivas obrigações por outros deveres de igual conteúdo que ficariam a impender sobre o mesmo terceiro.

Outro caminho estaria na extinção pura e simples do contrato e na concomitante celebração de outro contrato entre o terceiro e quem já fora parte naquele, mas cujos direitos e obrigações seriam economicamente iguais aos do contrato extinto.

Ambas as soluções, como dissemos, são possíveis e, embora não acarretem a circulação dos direitos e das obrigações que nascem do contrato sinalagmático – nisto se distinguindo da cessão da posição contratual – andam próximas dela, porque satisfazem embora por vias diversas as mesmas fundamentais exigências do comércio jurídico-privado.

Outras figuras há, no entanto, que se aparentam pela semelhança de resultados à cessão da posição contratual e que, por isso, constituem outros tantos expedientes de que na prática se lança mão. Trata-se, porém, de institutos dogmaticamente autónomos e que não é lícito confundir com a cessão do contrato.

Ocupar-nos-emos, sucessivamente, do contrato para pessoa a nomear e do subcontrato. Deixaremos para último lugar o contrato em branco e o contrato com a cláusula " à ordem".

A) *Cessão da posição contratual e contrato para pessoa a nomear*

O contrato para pessoa a nomear é o contrato pelo qual uma das partes se reserva a faculdade de designar um terceiro para ocupar a sua posição na relação contratual (art. 452.°). Uma vez feita a nomeação, o terceiro adquire os direitos e assume as obrigações provenientes do contrato e o contraente originário desaparece da cena.

A situação é, assim, extraordinariamente próxima da cessão da posição contratual, sobretudo quando o consentimento para a cessão consta já do próprio contrato. Aqui também os direitos e as obrigações que nascem do contrato transitam de um dos contraentes para o terceiro; a relação contratual permanece entre o cessionário e a outra parte, deixando o cedente de figurar nela através do exercício de uma faculdade que lhe foi acordada antes ou no próprio momento da celebração do contrato.

Todavia, se é certo que por ambos os processos se obtém a circulação do contrato, a verdade é que tal resultado não determina a impossibilidade de os distinguir.

A cessão da posição contratual é um meio *directo* de transmissão dos direitos e obrigações provenientes de um contrato sinalagmático. O contrato para pessoa a nomear é um meio *indirecto* de circulação do contrato.

Na realidade, o cedente não deixa de ter sido contraente do cedido e continua a sê-lo mesmo após a cessão da sua posição contratual e enquanto esta não for notificada à outra parte ou por ela reconhecida, se o consentimento para a cessão for anterior à própria transmissão do contrato. Ademais, como sabemos, o cedente garante ao cessionário a existência da posição contratual no momento da cessão.

Ao passo que, feita a designação do terceiro pela forma legalmente exigida e dentro do prazo acordado ou supletivamente demarcado pela lei, todos os direitos e obrigações se encabeçam retroactivamente no nomeado, como se o contrato se celebrara logo desde o início entre ele e a outra parte (o contraente firme). Pelo lado da parte que procede à nomeação tudo se passa como se ela nunca houvera sido contraente; e nem o nomeado pode arrogar-se qualquer direito contra ela na hipótese de invalidade do contrato.

B) *Cessão da posição contratual e subcontrato*

O subcontrato é um contrato derivado de outra relação jurídica contratual e a ela subordinado, quer na sua validade, quer nas vicissitudes da sua existência, que tem como uma das partes quem é igualmente sujeito no contrato-base.

A subordinação ou acessoriedade do subcontrato resulta de ser sujeito dele quem é parte no contrato-base ou contrato principal.

Geralmente, o subcontrato tem a mesma natureza do contrato principal, pelo que o contraente que funciona como elo de ligação entre os dois contratos assume neles qualidades de sinal contrário.

Todavia, não é forçoso que ambos os contratos pertençam ao mesmo tipo: basta que para a celebração do segundo contrato o intermediário exerça as prerrogativas que lhe confere o contrato precedente, isto é, que actue no uso de uma legitimidade que lhe advém desta relação contratual.

Para ilustrar a primeira hipótese, tome-se o exemplo clássico do subarrendamento: *A* é proprietário de certo imóvel e *B* seu arrendatário; seguidamente, baseado nos direitos nascidos deste contrato, *B* celebra com *C* um outro contrato de arrendamento, pelo qual se obriga a proporcionar a este o gozo temporário de todo ou parte do mesmo imóvel, mediante determinada retribuição[61]. Tanto o contrato principal como o contrato derivado pertencem ao mesmo tipo: a locação. *B* é arrendatário no primeiro contrato e senhorio no subcontrato.

Todavia, se *B* acordar com *C* proporcionar-lhe gratuitamente o uso e a fruição do mesmo prédio, não há dúvida de que também este contrato se baseia no arrendamento precedente, mas cabe-lhe já a qualificação do comodato por lhe faltar a onerosidade que é elemento específico da locação (cfr. os arts. 1022.º e 1129.º)[62]. *B* é arrendatário no contrato principal e comodante no subcontrato.

Considerando a hipótese de *B* conceder a *C* o gozo de todo o imóvel – e pondo agora de lado o carácter gratuito ou oneroso de tal concessão – alcança-se resultado prático muito semelhante ao que se obteria se lhe cedesse, pura e simplesmente, a sua posição no contrato-base. Este é um ponto de contacto entre a figura do subcontrato, quando ele se refira a todo o objecto do contrato principal, e a cessão da posição contratual.

Acresce ainda que é o mesmo o número de pessoas em jogo nas duas figuras. A cessão do contrato implica o cedente, o cessionário e a outra parte no contrato ou contraente cedido. O subcontrato envolve duas partes, mas uma delas é intermediária entre o seu co-contraente e a outra parte do contrato principal (assim, para facilidade de expressão, poderemos, no exemplo apresentado, dizer que *A* é o primeiro contraente, *B* o segundo contraente e *C* o terceiro contraente).

Há até uma certa similitude de posições entre os diversos intervenientes em ambas as figuras: a situação do contraente cedido equivale, de algum modo, à do primeiro contraente; a do cedente à do segundo con-

---

[61] Determina o art. 1062.º que o locatário não pode cobrar do sublocatário renda ou aluguer superior ou proporcionalmente superior ao que é devido pelo contrato de locação, aumentado de 20%, salvo se outra coisa tiver sido convencionada com o locador. Não confundir a sublocação com o contrato de hospedagem (cfr. art. 1093.º, n.º 3).

[62] Sobre os elementos específicos do contrato de arrendamento v. F. A. Cunha de Sá, *Caducidade do contrato de arrendamento*, vol. I, 1968, pp. 29 e ss.

traente; enfim, a situação do cessionário estará no mesmo pé, por assim dizer, do que a do terceiro contraente[63].

Por último, deparam-se-nos igualmente em ambos os casos dois contratos: na cessão da posição contratual, o contrato sinalagmático de que se pretende transmitir uma das posições e o contrato em que se integra a cessão; na outra figura, o contrato principal e o contrato derivado.

Não obstante, a cessão de contrato distingue-se facilmente, no plano dogmático, do subcontrato.

Atente-se em que o efeito principal da cessão da posição contratual é a transmissão de todos os direitos e obrigações do cedente para o cessionário. Cedido o contrato, a relação passa a desenvolver-se apenas entre o cessionário e o contraente cedido; o cedente fica desligado do contrato, passando quando muito a garantir o cumprimento de obrigações alheias. O contrato em que a cessão se integra serve apenas para alcançar a cessão dos créditos e a assunção das dívidas provenientes do contrato sinalagmático.

Diferentemente, o intermediário permanece vinculado ao contrato--base após ter celebrado o subcontrato. Na sua esfera jurídica inscrevem--se, por um lado, os direitos e obrigações nascidos do subcontrato, mas, por outro lado, mantêm-se os direitos e as obrigações provenientes do contrato principal. A subsistência deste contrato é pressuposto indispensável à existência do contrato derivado. Assim, não se verifica a transmissão de um contrato precedente, como no caso de haver cessão da posição contratual, mas a constituição de novos créditos e débitos, derivada embora de uma relação pré-existente e com a qual se continua a manter estritamente relacionada.

---

[63] Esta similitude será ainda maior para quem entenda que o subcontrato se traduz numa adesão sucessiva de um novo contraente ao contrato originário; haveria assim um único contrato complexo de formação sucessiva, no qual o segundo contraente, mais do intermediário entre o primeiro e o terceiro contraentes, seria representante de ambos ou apenas de um deles. Tratar-se-ia de um só contrato plurilateral e não de dois (ou mais) contratos hierarquizados.

A recusa deste entendimento promana da circunstância de o subcontraente agir em nome próprio e não em nome de qualquer dos seus co-contraentes (o primeiro ou o terceiro). E nem se diga que o art. 1090.º, ao conceder ao senhorio a faculdade de se substituir ao arrendatário quando seja total o subarrendamento, vem apoiar a concepção criticada: a resolução do primitivo arrendamento e a passagem do subarrendatário a arrendatário directo configura-se como um caso de transmissão *ope legis* da posição contratual deste para o senhorio, mediante uma verdadeira expropriação por utilidade particular.

Qualquer dificuldade que surja na prática para distinguir a cessão de contrato e o subcontrato deverá ser resolvida pela adequada interpretação do negócio. Se a intenção das partes for ligar directamente o terceiro contraente ao primeiro, estaremos perante a cessão do contrato; se, pelo contrário, a intenção das partes for manter o intermediário na relação, de modo que o terceiro contraente só a ele fique directamente ligado e não ao primeiro, a hipótese será de sub-contrato.

C) *Cessão da posição contratual, contrato em branco e contrato com a cláusula "à ordem"*

De outros expedientes se pode ainda lançar mão para alcançar a circulação de um contrato, análoga à implicada pela sua cessão.

Referimo-nos em primeiro lugar aos chamados contratos em branco, que consistem em convenções nas quais se omite o nome do outro contraente mas se reconhece ao portador do título o direito de o preencher com o seu próprio nome.

Outra hipótese é a de se introduzir no contrato a cláusula "à ordem", à semelhança do que sucede com os títulos de crédito.

De acordo com o princípio da liberdade contratual, qualquer destas situações é possível[64], mas nenhuma se confunde com a cessão da posição contratual.

Em rigor, o contrato em branco só põe em relação contratual o subscritor inicial do documento e o portador que o preencha com o seu próprio nome; todas as outras pessoas por cujas mãos o contrato tenha anteriormente passado permanecem estranhas a ele e, em princípio, nem sequer assumem qualquer garantia para com os portadores mediatos.

Por seu turno, o contrato com a cláusula à ordem transmitir-se-á segundo as regras próprias do endosso e não por meio de cessão. A diferença essencial está em que cada endossado adquire uma posição autónoma da do seu endossante ou de qualquer outro portador precedente, não podendo assim o outro contraente opor-lhe os meios de defesa que prove-

---

[64] Não já, evidentemente, quando a natureza própria do contrato implique a determinação dos contraentes (assim acontece, nomeadamente, com todos os contratos *intuitu personae*) ou nos casos em que haja disposição legal em contrário. Parece até de alargar, para este efeito, o conceito de contratos efectuados *intuitu personae* a todos os negócios em que cada uma das partes fique credora da outra: caso assim suceda, não se pode entender que a pessoa de cada um dos contraentes seja indiferente para o outro.

nham das suas relações pessoais com estes. Por seu turno, sobre os endossantes do contrato recairão as obrigações próprias dos endossantes dos títulos de crédito e não as que impendem sobre o vulgar cedente. Acresce ainda que a eficácia da transmissão do contrato é independente de qualquer notificação à outra parte ou do seu reconhecimento por esta, ao contrário do que sucede com a cessão da posição contratual.

AS REPERCUSSÕES DA INSOLVÊNCIA NO CONTRATO DE TRABALHO

Luís Manuel Teles de Menezes Leitão[*]

Sumário: 1. Introdução. 2. As repercussões da insolvência do empregador no contrato de trabalho: 2.1. Generalidades; 2.2. A repercussão da insolvência do empregador nos contratos de trabalho existentes enquanto se verificar a administração da empresa insolvente; 2.3. A possibilidade de celebração de novos contratos de trabalho por parte do administrador da insolvência; 2.4. Efeitos em caso de encerramento da empresa; 2.5. Efeitos em caso de alienação da empresa; 2.6. Tutela dos créditos emergentes do contrato de trabalho em caso de insolvência do empregador. 3. As repercussões da insolvência do trabalhador no contrato de trabalho.

1. Introdução

O objecto desta conferência respeita às repercussões da insolvência no contrato de trabalho[**]. Naturalmente que neste âmbito, há que distinguir consoante a insolvência respeite ao empregador ou antes ao trabalhador. Começaremos por fazer referência à situação da insolvência do empregador, analisando qual o seu regime enquanto decorre a administração da empresa do insolvente, e nas hipóteses de encerramento e alienação da empresa. Analisar-se-á ainda a tutela conferida aos créditos emergentes

---

[*] Professor Catedrático da Faculdade de Direito de Lisboa.
[**] O presente artigo corresponde ao texto escrito da conferência proferida no Curso de Pós-Graduação em Direito do Trabalho e destina-se aos Estudos em Memória do Professor Doutor Dias Marques. Por esta via, presto a minha homenagem ao insigne Professor, de quem tive o privilégio de ser aluno.

do contrato de trabalho em caso de insolvência do empregador. Finalmente, referiremos quais os efeitos da insolvência do trabalhador.

2. As repercussões da insolvência do empregador no contrato de trabalho

2.1. *Generalidades*

Relativamente aos efeitos da insolvência do empregador sobre o contrato de trabalho, anteriormente ao actual Código da Insolvência e da Recuperação de Empresas (CIRE), estes encontravam-se previstos no art. 172.º do Código dos Processos Especiais de Recuperação de Empresa e Falência (CPEREF), que dispunha que "aos trabalhadores do falido aplica-se, quanto à manutenção dos seus contratos após a declaração de falência, o regime geral de cessação do contrato de trabalho, sem prejuízo da transmissão de contratos que acompanhe a alienação de estabelecimentos industriais e comerciais"[1]. Actualmente, o CIRE deixou de se referir especificamente aos efeitos da insolvência do trabalhador no contrato de trabalho, o que suscita a dúvida sobre qual o regime aplicável.

Para PEDRO ROMANO MARTINEZ, é aplicável ao caso o art. 111.º CIRE, que remete para o art. 108.º CIRE. Assim, a insolvência do empregador não acarreta a cessação imediata do contrato de trabalho por caducidade, o qual subsiste, continuando a ser executado, embora se admita a sua denúncia por qualquer das partes. Após a declaração de insolvência, o administrador pode proceder à sua denúncia num prazo de sessenta dias (art. 108.º, n.º 1, por força do art. 111.º, n.º 1, do CIRE). Essa denúncia antecipada do contrato pelo administrador implica o pagamento de uma compensação à outra parte (art. 111.º, n.º 2, CIRE), ainda que o autor considere a forma de cálculo dessa compensação, prevista no art. 108.º, n.º 3,

---

[1] Sobre os efeitos da insolvência do empregador no contrato de trabalho, no âmbito do CPEREF, cfr. ANTÓNIO NUNES DE CARVALHO, "Reflexos laborais do Código dos Processos Especiais de Recuperação de Empresa e de Falência", na *RDES* 37 (1995), n.ºs 1/2/3, pp. 55-88, e n.º 4, pp. 319-350. e PEDRO ROMANO MARTINEZ, "Repercussões da Falência nas Relações Laborais", na *RFDUL* 36 (1995), pp. 417-424. e LUÍS CARVALHO FERNANDES, "Repercussões da Falência na Cessação do Contrato de Trabalho", em PEDRO ROMANO MARTINEZ (org.) *Estudos do Instituto de Direito do Trabalho*, I, Coimbra, Almedina, 2001, pp. 411-440.

do CIRE, como de difícil aplicação no âmbito laboral. O autor defende, no entanto, a necessária conjugação desse regime com o art. 391.º do Código do Trabalho (CT)[2].

Já Luís CARVALHO FERNANDES contesta a aplicabilidade do art. 111.º do CIRE, e consequentemente do art. 108.º CIRE, em matéria de contrato de trabalho, por entender que não é adequado ao regime deste contrato. Para este autor, a norma reguladora dos efeitos da insolvência do empregador nas relações de trabalho encontra-se no art. 277.º CIRE, norma que não é exclusivamente aplicável em sede de Direito Internacional Privado, mas também em sede substantiva. O autor sustenta assim que é com base no art. 391.º CT, por força dessa remissão, que se podem encontrar quais os efeitos da insolvência do empregador no âmbito das relações laborais[3].

Cabe tomar posição nesta questão. Em primeiro lugar, parece-nos que é manifesto que o art. 111.º CIRE não é aplicável ao contrato de trabalho, dado que apenas se refere a contratos de prestação duradoura de serviço. Mas também não resulta do art. 277.º CIRE, qualquer indicação do regime substantivo aplicável em sede de relações laborais, uma vez que esta disposição constitui manifestamente uma norma de conflitos e não uma disposição remissiva de natureza substantiva. Tem assim que se concluir que o CIRE não contém qual disposição regulando os efeitos da insolvência do empregador no âmbito das relações laborais.

É no Código de Trabalho que é referida especificamente a situação da insolvência e recuperação de empresas (art. 391.º CT), estabelecendo-se que a declaração judicial de insolvência do empregador não faz cessar os contratos de trabalho, devendo o administrador da insolvência continuar a satisfazer integralmente as obrigações que dos referidos contratos resultem para os trabalhadores enquanto o estabelecimento não for definitivamente encerrado (art. 391.º, n.º 1). Daqui resulta que a declaração judicial de insolvência mantém em vigor os contratos de trabalho, a menos que se verifique o encerramento do estabelecimento. Há, no entanto, efeitos especiais a salientar em resultado da administração judicial da empresa insolvente.

---

[2] Cfr. PEDRO ROMANO MARTINEZ, *Da cessação do contrato*, Coimbra, Almedina, 2005, pp. 416 e ss.

[3] Cfr. LUÍS CARVALHO FERNANDES, "Efeitos da Declaração de Insolvência no Contrato de Trabalho segundo o Código da Insolvência e da Recuperação de Empresas", em *RDES* 45 (2004), n.ºs 1/3, pp. 5-40 (20-21), e CARVALHO FERNANDES/JOÃO LABAREDA, *Código da Insolvência e da Recuperação de Empresas Anotado*, I, Lisboa, Quid Juris, 2005, sub art. 111.º, n.º 4, p. 419.

2.2. A repercussão da insolvência do empregador nos contratos de trabalho existentes enquanto se verificar a administração da empresa insolvente

Se e enquanto não for determinado o encerramento ou transmissão do estabelecimento, em princípio a administração da empresa passa a ser realizada pelo administrador da insolvência (art. 81.º, n.º 1 CIRE), o qual passa a representar o devedor para todos os efeitos de carácter patrimonial que interessem à insolvência (art. 81.º, n.º 4 CIRE). O art. 55.º, n.º 1, *b*), CIRE, refere mesmo que se inclui entre as competências do administrador "prover, no entretanto, à conservação e frutificação dos direitos do insolvente e à continuação da exploração da empresa, se for o caso, evitando quando possível o agravamento da sua situação económica". Assim, o administrador da insolvência adquire os poderes do empregador relativamente aos vínculos laborais, ainda que lhe seja vedado agravar a situação económica da empresa. Parece, por isso, que o administrador da insolvência não poderá aumentar os encargos laborais existentes, designadamente celebrando novas convenções colectivas, aumentando unilateralmente os salários ou atribuindo gratificações aos trabalhadores[4].

Em certos casos, admite-se, porém, que a administração da massa insolvente seja realizada pelo próprio devedor (arts. 223.º e ss. CIRE), caso em que ao administrador da insolvência são apenas atribuídas competências de fiscalização (art. 226.º CIRE). Neste caso, a liquidação da empresa só tem lugar depois de ter sido retirada a administração ao insolvente (art. 225.º CIRE). Apesar de o art. 391.º, n.º 1, CT, apenas atribuir ao administrador da insolvência o dever de cumprir as obrigações resultantes do contrato de trabalho, é manifesto que idêntico dever recai sobre o devedor, quando a administração da insolvência lhe seja atribuída[5].

Enquanto não se verificar o encerramento definitivo, o administrador da insolvência pode fazer cessar os contratos dos trabalhadores cuja colaboração não seja indispensável ao regular funcionamento da empresa (art. 391.º, n.º 2). Resta saber, quais os trabalhadores que se podem considerar abrangidos por esta formulação. No âmbito da legislação anterior sustentou CARVALHO FERNANDES, que seriam aqueles em relação aos quais a recepção da prestação de trabalho seja possível por parte da entidade

---

[4] Neste sentido, ANTÓNIO NUNES DE CARVALHO, *RDES* 37 (1995), n.º 4, p. 322.
[5] Neste sentido, CARVALHO FERNANDES, *RDES* 45 (2004), n.ºs 1/3, p. 22.

patronal, mas menos conveniente do ponto de vista da rendibilidade da empresa. Não se estaria assim perante a hipótese de caducidade do contrato de trabalho, baseada na impossibilidade de a empresa receber a prestação, ainda que esta possa igualmente ocorrer em resultado da insolvência[6]. Esta posição foi mantida pelo autor, em face da lei actual[7]. Já ABÍLIO MORGADO, em face da legislação anterior, excluía a possibilidade de caducidade em caso de falência, considerando que a lei não a instituíra, ainda que o devesse ter feito[8]. Já perante a legislação actual, entende PEDRO ROMANO MARTINEZ, que a desnecessidade dos trabalhadores por parte do administrador da insolvência constitui igualmente uma hipótese de caducidade, semelhante à do encerramento da empresa, sendo que ambas obrigam, salvo no caso das micro-empresas, ao procedimento exigido para o despedimento colectivo (arts. 419.º e ss. CT)[9].

Parece, no entanto, que a caducidade dos contratos de trabalho apenas ocorre em caso de encerramento da empresa mas também esta faz aplicar o procedimento do despedimento colectivo (art. 390.º, n.º 3, CT). Já a cessação do contrato pelo administrador da insolvência não constitui uma hipótese de caducidade, dado que não se verificam *in casu* os pressupostos do art. 387.º, *b*), CT, constituindo antes uma hipótese particular de resolução do contrato. No entanto, também essa resolução, salvo no caso das micro-empresas obedece ao procedimento exigido para o despedimento colectivo (arts. 419.º e ss. CT).

Efectivamente, o procedimento adoptado em caso de insolvência segue em grande parte o regime do despedimento colectivo, mas com algumas adaptações. Efectivamente, começa por se salientar que não se exige que o empregador tenha posto à disposição do trabalhador despedido, até ao termo do prazo de aviso prévio, a compensação a que se refere o art. 401.º, bem como os créditos vencidos ou exigíveis em virtude da cessação do contrato de trabalho, ao contrário do que normalmente dispõe o art. 431.º n.º 1, *c*), CT (art. 431.º, n.º 2, CT). Tal não significa que os trabalhadores não tenham direito a estes créditos, mas apenas que a sua satisfação não é condição para a cessação dos respectivos contratos. Efectivamente, embora do art. 391.º CT não conste a remissão para o art. 401.º

---

[6] Assim, CARVALHO FERNANDES, em ROMANO MARTINEZ (org.), *Estudos*, p. 430.
[7] Cfr. CARVALHO FERNANDES, *RDES* 45 (2004), n.ºs 1/3, pp. 24-25.
[8] Cfr. ABÍLIO MORGADO, "Processos especiais de recuperação de empresa e da falência – Uma apreciação do novo regime", em *CTF* 370 (Abril-Junho 1993), pp. 51-113 (107).
[9] Cfr. PEDRO ROMANO MARTINEZ, *Da cessação*, pp. 419-420.

CT, ao contrário do que se prevê no art. 390.º, n.º 5, CT, não há qualquer dúvida que os trabalhadores têm direito à respectiva indemnização, naturalmente nos termos do processo de insolvência[10]. Estes créditos vêm a ser considerados dívidas da massa insolvente [art. 51.º, n.º 1, c), CIRE], cuja satisfação obedece a um regime especial privilegiado (art. 172.º CIRE)[11].

Para além disso, não parece de exigir uma fundamentação específica para o despedimento colectivo, incluída na comunicação [cfr. art. 419.º, n.º 2, a), CT], bastando os pressupostos da insolvência e da desnecessidade dos trabalhadores, sendo essa desnecessidade o critério a indicar nos termos do art. 419.º, n.º 2, c). Verificada essa desnecessidade, não parece possível o recurso à fase de informações e negociações quanto a medidas alternativas, a que se refere o art. 420.º CT, as quais até poderiam agravar a situação de insolvência[12].

Resta saber qual o procedimento exigido para fazer cessar os contratos de trabalho no caso de micro-empresas. Coerentemente, com a sua tese da aplicação do art. 108.º CIRE ao contrato de trabalho, vem PEDRO ROMANO MARTINEZ sustentar que basta o aviso prévio de sessenta dias, a que se refere esta disposição[13]. Não parece, porém, que se exija um aviso prévio tão dilatado, antes se justificando que a cessação dos contratos de trabalho nas micro-empresas em caso de insolvência se processe de forma mais expedita.

2.3. *A possibilidade de celebração de novos contratos de trabalho por parte do administrador da insolvência*

O art. 55.º, n.º 2, CIRE, dispõe que "o administrador da insolvência pode contratar a termo certo ou incerto os trabalhadores necessários à liquidação da massa insolvente ou à continuação da exploração da empresa, mas os novos contratos caducam no momento do encerramento definitivo do estabelecimento onde os trabalhadores prestam serviço, ou, salvo convenção em contrário, no da sua transmissão". Desta disposição

---

[10] Neste sentido, ROMANO MARTINEZ, *Da cessação*, p. 421.
[11] Neste sentido, CARVALHO FERNANDES, *RDES* 45 (2004), n.ºs 1/3, p. 26.
[12] Neste sentido, perante a legislação anterior, ANTÓNIO NUNES DE CARVALHO, *RDES* 37 (1995), n.º 4, p. 337, o qual considera que, no âmbito do processo de insolvência, "o pressuposto do despedimento colectivo existe *in re ipsa*".
[13] Cfr. PEDRO ROMANO MARTINEZ, *Da cessação*, p. 419.

resulta que o administrador da insolvência tem competência para celebrar novos contratos de trabalho, tomando apenas em consideração a necessidade dos trabalhadores para liquidação da massa insolvente ou para a continuação da exploração da empresa. Os contratos de trabalho apenas podem, porém, ser celebrados a termo certo ou incerto, sendo que esta hipótese de contrato a termo parece ter enquadramento nos arts. 129.º, n.º 2, *g*), e 143.º, *e*), CT[14].

Em relação ao regime dos contratos a termo, o art. 55.º, n.º 4, do CIRE, apenas determina que estes contratos caducam com o encerramento definitivo do estabelecimento ou, salvo convenção em contrário, no momento da sua transmissão. É manifesto, no entanto, que esta norma tem um âmbito mais restrito do que aquele que poderia parecer. Efectivamente, o administrador da insolvência pode contratar trabalhadores a termo, não apenas para continuação da exploração de uma empresa, mas também para a liquidação da massa insolvente. Ora, estando em causa esta última situação, o trabalhador não é afecto à exploração de qualquer empresa (a qual até pode nem existir na massa insolvente), pelo que a caducidade do contrato de trabalho neste caso não pode ser determinada pelo encerramento do estabelecimento, apenas devendo ocorrer quando se verifica o termo certo ou então quando estiver concluída a liquidação da massa. Propomos, assim, a interpretação extensiva do art. 55.º, n.º 4, CIRE, acrescentando a liquidação da massa insolvente como causa de caducidade do contrato de trabalho a termo celebrado pelo administrador da insolvência, quando o trabalhador tenha sido contratado para esse efeito específico.

Apenas se o trabalhador for afecto à continuação da exploração de uma estabelecimento é que se justifica a caducidade do contrato, com o encerramento desse estabelecimento[15]. Esta situação não difere, porém, do que genericamente se prevê no art. 391.º, n.º 1, *in fine*, CT, salvo o facto de a lei a considerar desde o início como um termo resolutivo incerto, atenta a grande probabilidade de verificação do encerramento, a partir do momento em que se inicia o processo de insolvência. O regime especial do art. 55.º, n.º 4, CIRE, admite, porém, a estipulação de termo certo e não apenas de termo incerto, pelo que poderá o administrador da insolvência

---

[14] Em sentido, contrário, CARVALHO FERNANDES, *RDES* 45 (2004), n.ºs 1/3, p. 35, considera o art. 55.º, n.º 4, CIRE, uma nova hipótese de celebração do contrato de trabalho a termo que extravasa do disposto nos arts. 129.º, n.º 2, e 143.º CT.

[15] Já não ocorrerá naturalmente essa caducidade se se verificar o encerramento de outro estabelecimento existente na massa.

acordar com os trabalhadores um termo certo para o contrato, prevendo ou não a possibilidade da sua renovação (cfr. art. 140.º CT). As eventuais renovações não afectarão, porém, que o encerramento definitivo da empresa determine a caducidade do contrato de trabalho a termo.

A lei prevê ainda, a título supletivo, que o contrato a termo (do trabalhador afecto à exploração de estabelecimento) caduque igualmente com a alienação desse estabelecimento. Podem, porém, as partes estipular o contrário, sendo que, a ocorrer essa estipulação, a posição jurídica do empregador nos contratos de trabalho celebrados pelo administrador da insolvência transmite-se para o adquirente do estabelecimento (art. 318.º, n.º 1, CT), podendo até o contrato transformar-se em contrato sem termo, nos termos dos arts. 141.º e 145.º CT.

2.4. *Efeitos em caso de encerramento da empresa*

Parece resultar do art. 391.º, n.º 1, *in fine*, CT, que o encerramento definitivo do estabelecimento faz cessar os contratos de trabalho, sendo uma hipótese de caducidade do contrato de trabalho, porque se verifica uma impossibilidade superveniente, absoluta e definitiva de o empregador receber a prestação de trabalho [art. 387.º, *b*), CT][16]. Nos termos do art. 156.º, n.º 2, CIRE, a deliberação sobre o encerramento ou manutenção em actividade do estabelecimento é tomada normalmente na assembleia de credores de apreciação do relatório do administrador da insolvência, onde deve ser dada oportunidade à comissão de trabalhadores ou aos representantes destes de se pronunciarem sobre o mesmo (art. 156.º, n.º 1, CIRE). Pode, porém, o administrador da insolvência determinar o encerramento antecipado com o parecer favorável da comissão de credores, ou com o acordo do devedor, no caso de esta não existir, o qual pode ser suprido por intervenção judicial (art. 157.º CIRE). O encerramento da empresa determina a caducidade do contrato de trabalho, mas não deixa de ter que se seguir, com as necessárias adaptações, o procedimento exigido para o despedimento colectivo, referido nos arts. 419.º e ss. CT (art. 390.º, n.º 3, CT)[17].

---

[16] Neste sentido, ROMANO MARTINEZ, *Da cessação*, p. 418.

[17] Considerou o Ac. RC 7/7/2005 (FERNANDES DA SILVA), em *CJ* 30 (2005), 4, pp. 58-61, que, caso não sejam seguidos esses trâmites já não se verifica a caducidade do contrato de trabalho, ocorrendo antes um despedimento ilícito.

O art. 390.º, n.º 4, CT, vem, porém, determinar que "o disposto no número anterior aplica-se em caso de processo de insolvência que possa determinar o encerramento do estabelecimento". Trata-se de norma que suscita especiais dúvidas de interpretação, na medida em que parece nada acrescentar ao anteriormente referido. Nas palavras de CARVALHO FERNANDES, "se por caso em que o processo de insolvência «possa determinar o encerramento» do estabelecimento se quer significar a *possibilidade* de o encerramento ocorrer ou não, então a situação já está coberta pelo n.º 1, *in fine*, do art. 391.º; se, com aquela expressão, se pretende significar que o encerramento do estabelecimento é resultado necessário do processo de insolvência, não vemos que no CIRE tal hipótese ocorra. Assim, a utilidade do preceito estará dependente de, em processos especiais de insolvência, prevenidos no próprio *Código* [art. 2.º, n.º 2, al. *b*)], tal regime vir a merecer consagração"[18].

Conforme se referiu, o encerramento definitivo da empresa em resultado da insolvência do empregador obriga à aplicação com as necessárias adaptações do procedimento exigido para o despedimento colectivo, a que se referem os arts. 419.º e ss. Há, porém, várias modificações a observar.

A primeira modificação, que se encontra especialmente prevista no art. 431.º, n.º 2, CT, é que não é condição para a obtenção do despedimento colectivo que o empregador ponha à disposição do trabalhador a compensação a que se refere o art. 401.º, bem como os créditos vencidos ou exigíveis em virtude da cessação do contrato de trabalho, ao contrário do que normalmente dispõe o art. 431.º, n.º 1, *c*), CT.

Parecem justificar-se ainda outras modificações nos procedimentos adoptados para o despedimento colectivo. Assim, não se justifica que a comunicação a que se refere o art. 419.º, n.º 2, *a*), CT, faça referência aos motivos invocados para o despedimento, bastando indicar a situação de insolvência. Também não se justificaria que fossem indicados os critérios que servem de base para a selecção dos trabalhadores a despedir, ao contrário do que dispõe o art. 419.º, n.º 2, *c*), CT, dado que o encerramento afecta, em princípio, todos os trabalhadores da empresa. Por outro lado, não parece que o administrador da insolvência possa, ao abrigo do art. 419.º, n.º 2, *f*), CT, atribuir aos trabalhadores qualquer indemnização acima da que resulte dos critérios legais, uma vez que lhe está vedado agravar a situação financeira da empresa. Finalmente, também não parece

---

[18] Cfr. CARVALHO FERNANDES, *RDES* 45 (2004), n.ºs 1/3, p. 27.

haver lugar às informações e negociações previstas no art. 420.° CT, dado que elas pressupõem uma continuação da empresa que neste caso é necessariamente excluída, não se justificando por isso a sua adopção, que só resultaria em maiores encargos para a massa insolvente[19].

2.5. *Efeitos em caso de alienação da empresa*

Uma alternativa ao encerramento da empresa é a sua alienação. Esta encontra-se prevista no art. 162.° CIRE, competindo ao administrador da insolvência, logo que inicia as suas funções efectuar diligências com vista à alienação da empresa do devedor ou dos seus estabelecimentos (art. 162.°, n.° 2, CIRE). A lei manifesta preferência pela alienação como um todo, a menos que haja proposta satisfatória ou se reconheça vantagem na alienação separada de certas partes (art. 162.°, n.° 1, CIRE). Caso seja aprovado um plano de insolvência, este pode ainda prever a transmissão da empresa a terceiro (art. 195.°, n.° 2, *b*), CIRE), podendo ainda ocorrer no caso de saneamento por transmissão a constituição de nova ou novas sociedades, para onde se transferem os estabelecimentos do insolvente (art. 199.° CIRE).

A transmissão da empresa ou estabelecimento é regulada autonomamente nos arts. 318.° e ss. CT, que parecem ser igualmente aplicáveis à transmissão da empresa, quer esta ocorra por determinação do administrador da insolvência, quer em resultado da aprovação de um plano de insolvência. Na doutrina, CARVALHO FERNANDES tem, porém, defendido alguma aplicação limitada deste regime. Assim, para o autor não se aplicaria ao processo de insolvência o art. art. 320.° CT, relativo à informação e consulta dos representantes dos trabalhadores, por tal lhe parecer pouco compatível com a transmissão forçada que ocorre em processo de insolvência[20]. E igualmente não se aplicaria o regime da responsabilidade solidária do transmitente, previsto no art. 318.°, n.° 2, CT, não apenas porque o pagamento das dívidas pelo insolvente obedece a um regime especial, mas também porque o destino da pessoa colectiva insolvente é normalmente a sua extinção, ocorrendo igualmente a liquidação dos patrimónios autónomos, sendo que tratando-se de uma pessoa singular lhe pode ser concedida a exoneração do passivo restante[21].

---

[19] Cfr. CARVALHO FERNANDES, *RDES* 45 (2004), n.°s 1/3, pp. 27-28.
[20] Cfr. CARVALHO FERNANDES, *RDES* 45 (2004), n.°s 1/3, pp. 30 e ss.
[21] Cfr. CARVALHO FERNANDES, *RDES* 45 (2004), n.°s 1/3, pp. 32 e ss.

Não vemos, porém, razões para excluir a aplicação de qualquer desses preceitos.

Relativamente ao art. 320.° CT, a informação e consulta dos representantes dos trabalhadores constitui um dever legal que incumbe tanto sobre o transmitente como sobre o adquirente devendo o administrador da insolvência cumprir os deveres que incumbem ao transmitente nos termos gerais (arts. 81.°, n.° 1 e n.° 4, CIRE).

Já quanto à responsabilidade do transmitente, esta abrange solidariamente por um ano as obrigações vencidas antes da transmissão (art. 318.°, n.° 2, CT). Se se tratar de obrigações laborais contraídas no processo da insolvência por parte do administrador da insolvência, são consideradas dívidas da massa [art. 51.°, n.° 1, *c*), CIRE] e liquidadas nos termos do art. 172.° CIRE. Se se tratar obrigações laborais contraídas antes do processo de insolvência, são considerados créditos sobre a insolvência (art. 46.° CIRE), os quais são liquidados nos termos dos arts. 173.° e ss. CIRE. Com a transmissão da empresa naturalmente que os credores preferirão reclamar esses créditos ao adquirente, que será previsivelmente mais solvente, mas não há motivo para se excluir a responsabilidade do transmitente, quando o pagamento pelo adquirente não se verificar. O facto de a insolvência poder levar à extinção do devedor pessoa colectiva, à liquidação do património autónomo, ou à exoneração do passivo restante do devedor pessoa singular, não é argumento em sentido contrário, dado que estes efeitos normalmente ocorrem apenas após o encerramento do processo (vide arts. 234.°, n.° 3, e 235.°, CIRE).

2.6. *Tutela dos créditos emergentes do contrato de trabalho em caso de insolvência do empregador*

Os créditos emergentes do contrato de trabalho e da sua violação e cessação beneficiam de garantias especiais, constantes dos arts. 377.° e ss. CT[22]. É, no entanto, de salientar que para os trabalhadores a conservação do seu vínculo laboral surge como bastante mais importante do que a tutela

---

[22] Cfr., especialmente PEDRO ROMANO MARTINEZ, *Direito do Trabalho*, 2.ª ed., Coimbra, Almedina, 2005, pp. 586 e ss. e JOANA VASCONCELOS, "Sobre a garantia dos créditos laborais no Código do Trabalho", em ANTÓNIO MONTEIRO FERNANDES (org.), *Estudos de Direito do Trabalho em Homenagem ao Prof. Manuel Alonso Olea*, Coimbra, Almedina, 2004, pp. 321-341.

dos seus créditos laborais, uma vez que esse vínculo lhes assegura a obtenção de meios de subsistência pessoal e familiar, para além da realização e valorização profissional[23].

Nos termos do art. 377.º CT aos trabalhadores são atribuídos um privilégio mobiliário geral e um privilégio imobiliário especial sobre os bens imóveis do empregador nos quais o trabalhador preste a sua actividade. Nenhum destes privilégios se extingue com a declaração de insolvência, pois não se encontram incluídos na enumeração constante do art. 97.º CIRE.

Para além disso, os trabalhadores podem ainda demandar solidariamente com o empregador as sociedades que com este se encontrem em relação de participações recíprocas, de domínio ou de grupo, nos termos previstos nos artigos 481.º e seguintes do Código das Sociedades Comerciais (art. 378.º CT), bem como os sócios controladores da sociedade empregadora desde que se verifiquem os pressupostos dos arts. 78.º, 79.º e 83.º CSC e os seus gerentes, administradores e directores, nos termos dos arts. 78.º e 79.º CSC (art. 379.º CT).

Há que referir ainda a existência de "uma garantia do pagamento dos créditos emergentes do contrato de trabalho e da sua violação ou cessação, pertencentes ao trabalhador, que não possam ser pagos pelo empregador por motivo de insolvência ou situação económica difícil [, a qual] é assumida e suportada pelo Fundo de Garantia Salarial, nos termos previstos em legislação especial" (art. 380.º CT). Efectivamente na Lei n.º 35/2004, de 29 de Julho (Lei Especial do Código do Trabalho ou LECT), os arts. 316.º e ss., regulam a situação do Fundo de Garantia Salarial, resultando dos art. 317.º LECT, que são abrangidos pela garantia os créditos emergentes do contrato de trabalho ou da sua violação e cessação, assegurando o Fundo o seu pagamento no caso de ser declarada judicialmente a insolvência do empregador (art. 318.º, n.º 1, LECT), e ainda quando tenha sido dado início ao procedimento extrajudicial de conciliação (art. 318.º, n.º 2, LECT), cabendo ao Fundo requerer a insolvência do empregador, caso o procedimento de conciliação não tenha sequência, por renúncia ou extinção (art. 318.º, n.º 3, LECT). Para esse efeito devem os tribunais e o IAPMEI dar conhecimento ao Fundo, respectivamente, do requerimento de insolvência e sua declaração e do procedimento de conciliação e sua recusa e extinção.

---

[23] Salienta este aspecto ANTÓNIO NUNES DE CARVALHO, *RDES* 37 (1995), n.º 4, pp. 319 e ss.

O pagamento pelo Fundo limita-se, porém, ao montante equivalente a seis meses de retribuição, que não podem exceder o triplo da retribuição mínima garantida (art. 320.°, n.° 1, LECT), e só sendo satisfeitos os créditos que se tiverem vencido nos seis meses anteriores à data da propositura da acção ou do procedimento de conciliação (art. 319.°, n.° 1, LECT), salvo se não existirem créditos vencidos nesse período de referência, ou o seu montante seja inferior a esse limite máximo, caso em que o Fundo assegura até esse limite os créditos vencidos após o período de referência (art. 319.°, n.° 2, LECT). Os créditos só são, no entanto, satisfeitos pelo Fundo se tiverem sido reclamados até três meses antes da respectiva prescrição (art. 319.°, n.° 3, LECT).

Deve ainda salientar-se que a lei admite a possibilidade de, por decisão do administrador da insolvência, serem atribuídos alimentos a quem seja titular de créditos sobre a insolvência emergentes de contrato de trabalho, ou da violação ou cessação deste contrato, até ao limite do respectivo montante, mas, a final, deduzir-se-ão os subsídios ao valor destes créditos (art. 84.°, n.° 3, CIRE).

3. As repercussões da insolvência do trabalhador no contrato de trabalho

Em relação à insolvência do trabalhador, esta encontra-se regulada no art. 113.° CIRE que se limita a referir que a declaração de insolvência do trabalhador não suspende o contrato de trabalho, mas que o ressarcimento de prejuízos decorrentes de uma eventual violação dos deveres contratuais apenas pode ser reclamado ao próprio insolvente. Assim, os danos resultantes de eventuais incumprimentos contratuais por parte do trabalhador insolvente não podem ser reclamados no processo de insolvência, tendo que ser reclamados directamente ao insolvente.

Relativamente aos efeitos da insolvência sobre a remuneração do trabalhador, há que tomar em consideração, em primeiro lugar, que não pode ser apreendida pela insolvência a parte da remuneração do trabalhador que seja impenhorável, o que actualmente corresponde a dois terços [art. 824.°, n.° 1, a), CPC], com o limite máximo de três salários mínimos nacionais à data da apreensão e como limite mínimo, quando o executado não tenha outro rendimento e o crédito não seja de alimentos, o correspondente a um salário mínimo nacional (art. 824.°, n.° 2, CPC). No entanto, acima desses montantes, os bens ou rendimentos que sejam adquiridos pelo devedor entram para a massa, ficando-lhe interdita a sua alienação ou cessão, mesmo que a aquisição seja posterior ao encerramento do processo (art. 81.º, n.º 2, CIRE). O administrador assume a representação do devedor para todos os efeitos que interessem à insolvência (art. 81.º, n.º 4, CIRE).

Uma vez que o trabalhador é necessariamente uma pessoa singular[24], pode ser-lhe concedida a exoneração do passivo restante, nos termos dos arts. 235.º e ss. CIRE. Nessa hipótese é efectuada a cessão do rendimento disponível do trabalhador a um fiduciário (art. 239.º, n.º 2, CIRE) ficando o insolvente apenas com o que for considerado necessário para o seu sustento minimamente digno, bem como do seu agregado familiar, que não pode em princípio ultrapassar três vezes o salário mínimo nacional, e ainda para o exercício pelo devedor da sua actividade profissional e outras despesas ressalvadas pelo juiz [art. 239.º, n.º 3, *b*), CIRE]. Tudo o resto deve ser entregue pelo insolvente ao fiduciário, logo que receba os correspondentes rendimentos [art. 239.º, n.º 4, *c*), CIRE]. Nessa hipótese de cessão do rendimento disponível, o insolvente fica obrigado a exercer uma profissão remunerada, não abandonando sem motivo legítimo, e a procurar diligentemente tal profissão quando desempregado, não recusando desrazoavelmente algum emprego para que seja apto [art. 239.º, n.º 4, *b*), CIRE]. O insolvente fica ainda com a obrigação informar o tribunal e o fiduciário de qualquer mudança de domicílio ou de condições de emprego, no prazo de 10 dias após a respectiva ocorrência, bem como quando solicitado e dentro de igual prazo, sobre as diligências realizadas para a obtenção de emprego (art. 239.º, n.º 4, *d*), CIRE].

Pode, porém, acontecer que o insolvente não possa angariar rendimentos com o seu trabalho e careça absolutamente de meios de subsistência. Nesse caso, a lei admite a possibilidade de lhe ser atribuído, a título de alimentos, um subsídio à custa dos rendimentos da massa insolvente (art. 84.º, n.º 1, CIRE), podendo essa atribuição cessar a qualquer momento, apenas com base na decisão do administrador da insolvência (art. 84.º, n.º 2, CIRE). Já relativamente à família do insolvente, o direito a alimentos apenas pode ser exercido contra a massa nas condições do art. 93.º CIRE.

---

[24] No sentido de que as pessoas colectivas não podem ser trabalhadores, cfr. ROMANO MARTINEZ, *Direito do Trabalho*, pp. 119 e ss. (123) e MONTEIRO FERNANDES, *Direito do Trabalho*, 13ª ed., Coimbra, Almedina, 2006 pp. 192-193.

ÍNDICE GERAL

Professor Doutor José Dias Marques 5

António Menezes Cordeiro, *Da caducidade no Direito português*

I.	Ideia básica e evolução...	7
	1. Sentidos amplo e restrito; casos de caducidade ampla	7
	2. Casos de caducidade estrita	9
	3. Origem e desenvolvimento	11
	4. A evolução em Portugal	16
II.	O regime geral da caducidade	20
	5. A determinação da natureza do prazo	20
	6. Tipos de caducidade	22
	7. Início, suspensão..	23
	8. Decurso do prazo e causas impeditivas..................................	25
	9. O conhecimento oficioso	26
III.	A natureza e a eficácia da caducidade...	28
	10. Caducidade e prescrição	28
	11. Efeitos e natureza	29

Armindo Saraiva Matias, *Registo predial: princípios estruturantes e efeitos*

1. Breve nota histórica	32
2. Princípios estruturantes..	34
2.1. Da instância	34
2.2. Da legalidade	34
2.3. Da tipicidade	35
2.4. Do trato sucessivo...	35
2.5. Da prioridade	36
2.6. Da legitimação	36
3. Efeitos do Registo...	37
3.1. Efeito da fé pública..	37
3.2. Efeito da compatibilização das presunções fundadas na posse e no registo	38
3.3. Efeito da eficácia "erga omnes"	39
3.4. Efeito enunciativo ou declarativo	39
3.5. Efeito consolidativo	40

3.6. Efeito constitutivo... 42
4. Registo aquisitivo ou aquisição tabular: regime do art. 291.º do Código Civil e o regime registal do art. 17º do Código do Registo Predial 43
5. Registo e "usucapio".. 46
6. Algumas notas de Direito Comparado 47
7. Nota final sobre os conceitos de "terceiro" no registo predial......... 49
Bibliografia citada... 55

CARLOS FERREIRA DE ALMEIDA, *A função económico-social na estrutura do contrato*

1. As funções como elemento do conteúdo contratual 57
2. Função e causa 60
3. Causa, função eficiente e função económico-social 62
4. Função económico-social: conceito... 64
5. Função económico-social: necessidade 67
6. Negócios causais e negócios abstractos.. 71
7. Contratos abstractos?... 76
8. Modalidades da função económico-social...................................... 77

DÁRIO MOURA VICENTE, *Insolvência internacional: Direito aplicável*

I. Posição do problema; sua actualidade e relevância social 81
II. Interesses em presença.. 83
III. Fontes 85
IV. O regime comunitário.. 87
   a) O Regulamento (CE) n.º 1346/2000: base jurídica e objectivos 87
   b) Continuação: âmbito de aplicação 88
   c) Principais soluções consagradas.. 89
      i) Universalidade e territorialidade da insolvência 89
      ii) Direito aplicável: regra geral 91
      iii) Continuação: fundamento da aplicabilidade da *lex fori concursus* e respectivo âmbito de competência... 94
      iv) Continuação: desvios 94
      v) Balanço e conclusão.. 97
V. Direito Internacional Privado português... 99
   a) Regra de conflitos geral... 99
   b) Desvios 100
   c) Questões prévias e substituição.. 101
   d) Condição jurídica dos credores estrangeiros............................... 102
   e) Âmbito de aplicação do regime legal.. 103

DAVID PINA, *As fontes de Direito europeu no sistema actual e à luz do Tratado que Estabelece uma Constituição para a Europa*

1. Premissa 105
2. O Direito primário... 106
3. O procedimento de adopção dos actos comunitários..................... 108

4. O Regulamento e a futura lei europeia	110
5. As Directivas e a futura lei quadro europeia	111
6. Os efeitos directos dos actos comunitários	112
7. Entre as novidades do Tratado	114
A) Os regulamentos europeus	114
B) Os regulamentos delegados	115
8. Os outros actos não legislativos: as decisões, as recomendações e os pareceres.	115
9. A separação entre actos legislativos e actos executivos e a introdução da hierarquia nos actos normativos	116
Em conclusão	117
Anexo – Exercício de competência da União	117

E. SANTOS JÚNIOR, *O plano de insolvência: algumas notas*

I. Introdução: o plano de insolvência e o espírito do CIRE em confronto com o anterior CPEREF	121
II. Âmbito de aplicação do plano de insolvência	126
III. Da legitimidade e oportunidade para propor o plano de insolvência e da tramitação conducente ao plano	129
1. Legitimidade para propor o plano de insolvência	129
2. Momento de apresentação da proposta de plano de insolvência	130
3. Tramitação do processo conducente ao plano de insolvência	133
IV. O conteúdo do plano de insolvência	137
V. Efeitos gerais da homologação do plano de insolvência	139
VI. Natureza jurídica do plano de insolvência	140

FAUSTO DE QUADROS, *Evocação do Professor Doutor José Dias Marques*.   143

FERNANDO J. BRONZE, *O problema da* analogia iuris *(algumas notas)*   147

J. O. CARDONA FERREIRA, *Subsídios para o estudo do Direito Processual Recursório na área judicial com especial ênfase no Processo Civil*

I. Introdução	163
II. Porquê uma reforma do Direito Recursório	165
III. As diversidades recursórias judiciais	167
IV. O dualismo e o monismo recursório	170
V. Recorribilidade	173
VI. Interposição e alegações	176
VII. Uniformização de jurisprudência	177
VIII. Concluindo	180

JOÃO ÁLVARO DIAS, *Porquê a arbitragem? – Idoneidade e eficácia*   183

JORGE DUARTE PINHEIRO, *Efeitos pessoais da declaração de insolvência*

1. Introdução	207

2. A declaração de insolvência na condição civil de uma pessoa 208
3. A declaração de insolvência e os direitos de personalidade................................ 212
4. A declaração de insolvência nas relações familiares e parafamiliares................ 216
5. Considerações finais 222

JORGE MIRANDA, *Breve nota sobre segurança social* 225

JORGE PINTO FURTADO, *Sobre a interpretação jurídica das deliberações de sociedades comerciais* 235

JOSÉ ALBERTO VIEIRA, *Insolvência de não empresários e titulares de pequenas empresas*

1. Generalidades.. 252
2. A tramitação do plano de pagamentos como incidente do processo de insolvência.. 253
3. Plano de pagamentos e iniciativa do processo de insolvência 254
4. Apresentação de plano de pagamento em processo de insolvência instaurado por terceiro. A confissão de insolvência... 254
5. Delimitação dos beneficiários da protecção de um plano de pagamentos 255
6. Inadmissibilidade de plano de insolvência e da administração pelo devedor.... 255
7. O conteúdo do plano de pagamentos... 256
8. Créditos incluídos no plano de pagamentos 258
9. Créditos não incluídos no plano de pagamentos 260
10. Intervenção de credores não constantes da relação de créditos no processo de aprovação do plano de pagamentos 261
11. Apreciação liminar do plano de pagamentos apresentado pelo devedor. Suspensão do processo de insolvência 262
12. Citação dos credores constantes da relação de créditos 263
13. A posição dos credores face ao plano de pagamentos apresentado pelo devedor. Aceitação do plano.. 264
14. Rejeição do plano de pagamentos e suprimento judicial da aprovação dos credores... 265
15. Homologação do plano de pagamentos 266
16. Tramitação subsequente ao trânsito em julgado da sentença de homologação do plano de pagamentos. Sentença de insolvência... 267
17. Efeitos da declaração de insolvência com plano de pagamentos aprovado 268
18. Incumprimento do plano de pagamentos. Efeitos... 269
19. Cumulação de processos de insolvência. Credores constantes da relação de créditos apresentada pelo devedor 270
20. Cumulação de processos de insolvência. Credores não constantes da relação de créditos apresentada pelo devedor 271
21. Possibilidade de pluralidade de declarações de insolvência............................ 272
22. Insolvência de ambos os cônjuges. Condições gerais 273
23. Coligação de cônjuges em processo de insolvência. Requisitos...................... 273

24. Apresentação de um dos cônjuges em processo de insolvência movido contra o outro. Efeitos 274
25. Coligação com posição comum e coligação com oposição de um dos cônjuges à declaração de insolvência. Tramitação e efeitos.. 275
26. Princípio da identificação do regime das dívidas dos cônjuges 276

José António Veloso, *Risco, transferência de risco, transferência de responsabilidade na linguagem dos contratos e da supervisão de seguros*

I. Risco e responsabilidade 278
   1. A responsabilidade como transformação jurídica do risco 280
   2. A gestão contratual do risco: distribuição e prevenção do risco; contratos incompletos e riscos endógenos 285
   3. Transferências de riscos e objecto do contrato: transferências absolutas e relativas; transferências unicontratuais e pluricontratuais; transferências autónomas e acessórias; *hedging* e garantia, opções e seguros 291
   4. Transferências de risco com e sem seguros; transferências de control e transferências do financiamento do risco 295
   5. Transferências de risco e transferências de responsabilidade 303
   6. O seguro além do seguro: novos seguros, prestação de serviços, outras transferências contratuais de riscos 311
II. Termos de descrição do risco na actividade seguradora 315
   1. A perspectiva do contrato 316
   2. A perspectiva da supervisão 319
   3. Classificações de riscos, tipos de contratos, ramos de seguro 321
      a) Critérios económicos e critérios de regulamentação 325
      b) Tipos de risco e ramos de seguro 327
   4. Os princípios da autorização de seguradoras: um esquema de análise 331
      a) Reserva da actividade 332
      b) O princípio da especialidade 333
      c) O princípio da nominação 334
      d) O princípio da segurabilidade 335
         i) Risco segurável 337
         ii) Interesse segurável 338
   5. A questão da taxatividade da classificação comunitária 348

José João Abrantes, *Álcool e drogas no meio laboral* 355

José Lebre de Freitas, *O conceito de interessado no artigo 286.º do Código Civil e sua legitimidade procesual*

I. Objecto do estudo 363
II. Terceiro cúmplice e nulidade negocial 364
   1. Doutrina tradicional 364
   2. Responsabilidade do terceiro cúmplice 366
   3. A nulidade como reconstituição natural 368

III. Legitimidade do terceiro para a invocação da nulidade 370
　1. Da aparência do negócio nulo 370
　2. Legitimidade substantiva e legitimidade processual 372
　3. Definição do terceiro legitimado 374
　4. Categorias de terceiros legitimados 376
　5. Justificação 378
　6. Consequências dum conceito lato de interessado 380
IV. Conclusões 384

José Miguel de Faria Alves de Brito, *Seguro-caução. Primeiras considerações sobre o seu regime e natureza jurídica*

Introdução 388
Capítulo I – Breve caracterização das figuras que influenciaram o seguro-caução.. 390
　1. Intróito 390
　　1.1. Identificação das principais figuras que influenciaram o seguro-caução.
　　　　Star del credere e seguro subsidiário 391
　　1.2. A *Suretyship* 392
Capítulo II – O regime jurídico do contrato de seguro-caução 395
　1. Aspectos gerais 395
　2. Seguro-caução e seguro de crédito 399
　3. Modalidades de seguro-caução previstas no Decreto-Lei n.º 183/88, de 24 de Maio 405
　　3.1. Caução-directa e indirecta 405
　　3.2. Seguro-fiança e seguro-aval 407
　　3.3. Seguro-fidelidade 411
　4. Formação do contrato 414
　　4.1. Os intervenientes do contrato de seguro-caução 414
　　4.2. A forma do contrato 421
　　4.3. Celebração e início de vigência 422
　5. O conteúdo do contrato 425
　　5.1. Deveres do tomador de seguro 425
　　　5.1.1. Dever de realizar o pagamento dos prémios subsequentes 425
　　　5.1.2. Outros deveres do tomador de seguro 431
　　5.2. Deveres do segurado 432
　　5.3. Deveres do segurador 433
　　　5.3.1. Dever de realizar a prestação convencionada no contrato 433
　　　5.3.2. Outros deveres do segurador 438
　6. Sub-rogação? 439
　7. Cessação do contrato 443
Capítulo III – O seguro-caução na legislação portuguesa. Principais exemplos e regime jurídico 445
　1. A caução global de desalfandegamento 445
　2. Seguro-caução prestado em empreitada de obras públicas 450
　3. Seguro-caução prestado em benefício de entidades públicas 455
Capítulo IV – A natureza jurídica do contrato de seguro-caução 460

1. O contrato de seguro-caução como contrato a favor de terceiro............	461
2. O contrato de seguro-caução como contrato misto.............................	463
3. O contrato de seguro-caução como contrato de seguro.......................	465
3.1. O prémio do seguro e os elementos que contribuem para a sua determinação............	470
3.2. O seguro-caução não é um contrato de seguro................................	473
4. O contrato de seguro-caução como fiança...	474
Legislação citada...	484
Índice de jurisprudência..	485
Bibliografia...	488

José Neves Cruz, *Economia da democracia e da escolha pública*

Introdução..	491
1. Revelação de preferências...	492
2. Abordagens explicativas da escolha pública como resposta às preferências dos eleitores............	498
2.1. Modelos de maximização sujeita a restrições................................	499
2.2. Modelos dos ciclos políticos..	499
2.3. Teoria da Organização...	500
2.4. Modelos baseados em estudos da opinião pública.......................	500
2.5. Modelos "ad-hoc"...	500
2.6. Modelos de decisão probabilística...	500
2.7. A hipótese do votante mediano...	501
2.8. A hipótese da influência dos grupos de interesse.......................	502
2.9. A hipótese do poder "monopolista" do burocrata (e também do político)	504
2.10. A hipótese do controlo da agenda..	505
2.11. A hipótese da ilusão fiscal...	506
Súmula final...	508
Bibliografia...	509

José de Oliveira Ascensão, *Onerosidade excessiva por "alteração das circunstâncias"*

1. *Rebus sic stantibus*, base do negócio, onerosidade excessiva............	515
2. O voluntarismo e os esforços de correcção dos resultados por via subjectivante	517
3. O interesse pela justiça do conteúdo no séc. XX...............................	519
4. A base do negócio. A pressuposição, a imprevisão e o erro.............	520
5. A "alteração anormal"...	522
6. Facto superveniente extraordinário...	522
7. O pseudo-critério da boa fé..	524
8. A onerosidade excessiva...	526
9. Resolução ou modificação do contrato..	528
10. A modificação...	530
11. A equidade como critério...	532
12. A mora do lesado..	533
13. Conclusões..	534

L. Miguel Pestana de Vasconcelos, *O contrato de* forfaiting *(ou de forfaitização)*

1. Introdução	537
2. O *forfaiting* no comércio internacional	540
2.1. Origem. Interesses subjacentes	540
2.2. O *iter* negocial	542
2.3. A estrutura da operação	544
2.4. O objecto	545
2.5. A qualificação do contrato	548
2.6. Distinção de figuras próximas	552
2.6.1. A cessão financeira (*factoring*) internacional	552
2.6.2. O desconto	555
2.6.3. A titularização	558
3. O *forfaiting* interno	560
3.1. O regime	561
3.2. Distinção das figuras próximas	564
3.2.1. O desconto	564
3.2.2. O contrato de cessão financeira sem recurso e com adiantamento	564
3.2.2.1. Poderão os factores estruturar o *factoring* de forma idêntica à do *forfaiting* interno?	569

Luís Carvalho Fernandes, *Da renúncia dos direitos reais*

1. Justificação do tema	571
2. A renúncia liberatória	573
3. A renúncia abdicativa	575
4. O abandono	576
5. Restrição do âmbito do estudo. Sequência	580
6. Da renunciabilidade dos direitos de propriedade e de propriedade horizontal; exposição	581
7. Da renunciabilidade dos direitos de propriedade e de propriedade horizontal; posição adoptada	583
8. Da renunciabilidade do direito de superfície	588

Luís de Lima Pinheiro, *A competência internacional exclusiva dos tribunais portugueses*

Introdução	593
I. Regime comunitário	594
A) Aspectos gerais	594
B) Direitos reais sobre imóveis e arrendamento de imóveis	599
C) Pessoas colectivas	605
D) Validade de inscrições em registos públicos	609
E) Inscrição ou validade de direitos de propriedade industrial	609
F) Execução de decisões	614

II. Regime interno 616
Bibliografia 620

MARIA HELENA BRITO, *Falências internacionais*

I. Introdução 626
   1. Considerações preliminares 626
   2. Algumas questões de terminologia 631
II. Apresentação do Regulamento (CE) n.º 1346/2000, de 29 de Maio de 2000, sobre os processos de insolvência 634
   1. Aspectos gerais 634
      1.1. Antecedentes. Referência breve à convenção de Bruxelas, de 23 de Novembro de 1995, relativa aos processos de insolvência 634
      1.2. Objectivo 637
      1.3. Base jurídica 639
      1.4. Estrutura 640
   2. Delimitação do âmbito de aplicação do Regulamento (CE) n.º 1346/2000. 641
      2.1. Âmbito material de aplicação 641
      2.2. Âmbito espacial de aplicação 643
      2.3. Âmbito temporal de aplicação 643
   3. Competência internacional 644
   4. Direito aplicável 648
      4.1. Princípio geral 648
      4.2. Regras especiais 650
   5. Reconhecimento e execução do processo de insolvência 653
   6. Processos secundários de insolvência 657
III. Análise dos Títulos XIV e XV do Código da Insolvência e da Recuperação de Empresas 660
   1. Delimitação do âmbito de aplicação do regime constante do Código 661
      1.1. Âmbito rnaterial de aplicação 661
      1.2. Âmbito espacial de aplicação 664
   2. Competência internacional 664
   3. Direito aplicável 667
      3.1. Princípio geral 667
      3.2. Regras especiais 667
   4. Processo de insolvência estrangeiro. Regras sobre reconhecimento e execução 673
   5. Processo particular de insolvência 679
IV. Observações finais 682

MARIA DO ROSÁRIO PALMA RAMALHO, *Aspectos laborais da insolvência. Notas breves sobre as implicações laborais do regime do Código da Insolvência e da Recuperação de Empresas*

1. Delimitação geral do tema 687
2. Delimitação do objecto da reflexão: a insolvência do empregador ou da empresa. Brevíssima nota sobre a insolvência do trabalhador 688
3. A participação colectiva dos trabalhadores no processo de insolvência 690

4. Reflexos da insolvência nos contratos de trabalho 693
   4.1. Efeitos da insolvência nos contratos de trabalho vigentes na empresa 694
   4.2. Contratação de novos trabalhadores durante o processo de insolvência 700
5. Insolvência e protecção dos créditos dos trabalhadores 702

NUNO PIÇARRA, *As garantias de cumprimento das obrigações dos Estados--Membros no espaço de liberdade, segurança e justiça. a avaliação mútua*

   I. Introdução 707
   II. O sistema de garantia do cumprimento das obrigações assumidas pelos Estados-Membros no Tratado da Comunidade Europeia 710
   III. A fiscalização do cumprimento das obrigações assumidas pelas Partes Contratantes no quadro dos acordos de Schengen 712
   IV. A fiscalização do cumprimento das obrigações assumidas pelos Estados--Membros no III Pilar da União Europeia 717
   V. A controvérsia em torno da integração da Comissão Permanente de Schengen no quadro institucional da Comunidade Europeia 720
   VI. As directrizes do Programa da Haia em matéria de avaliação mútua e as dificuldades da sua implementação 722
   VII. O contributo da Convenção de Laeken para o debate em torno da avaliação mútua. Sua expressão no Tratado que estabelece uma Constituição para a Europa 726
   VIII. Conclusões 728

PAULO FERNANDO MODESTO SOBRAL SOARES DO NASCIMENTO, *Redução por inoficiosidade e expurgação da hipoteca: Reflexões sobre os arts. 722.° e 2175.° do Código Civil*

Considerações prévias 731
§ 1.° – Expurgação da hipoteca – regime geral dos arts. 721.°-723.° 736
   I. Aspectos essenciais sobre a hipoteca 736
   II. A aquisição de um bem hipotecado 737
   III. A expurgação da hipoteca por parte do terceiro adquirente 740
   IV. A expurgação da hipoteca por parte do sucessor do devedor 744
   V. As modalidades de expurgação 745
   VI. A transmissão do crédito por sub-rogação 750
   VII. A tempestividade da expurgação 752
§ 2.° – A expurgação da hipoteca pelo herdeiro legitimário 754
   I. Aspectos gerais 754
   II. Valor do bem doado e cálculo da herança (art. 2162.°) 756
   III. Cont.: o perecimento fortuito do bem doado 758
   IV. Articulação entre os arts. 722.° e 2175.° 760
   V. Consequências da expurgação: a sub-rogação legal 767
   VI. Conjugação das soluções apresentadas 768

VII. A posição do herdeiro como credor quirografário	769
Conclusões	770

PEDRO DE ALBUQUERQUE, *A declaração da situação de insolvência (alguns aspectos do seu processo)*

§ 1 – Introdução	773
§ 2 – A insolvência como pressuposto objectivo único	777
§ 3 – O pedido de declaração de insolvência (a legitimidade para solicitar a declaração de insolvência, desistência, petição inicial e seus requisitos)	780
§ 4 – Apreciação liminar do pedido e medidas cautelares	784
§ 5 – Audiência de discussão e julgamento	787
§ 6 – Sentença de declaração de insolvência e sua impugnação	788
§ 7 – Sentença de indeferimento. Recurso e responsabilidade por pedido infundado	791

RUI MANUEL DE FIGUEIREDO MARCOS, Ars Notariae ... 795

FERNANDO AUGUSTO CUNHA DE SÁ, *Transmissão das obrigações*

Secção I – Princípios gerais	806
1. Modalidades de transmissão das obrigações	806
2. Razão de ordem	809
Secção II – Cessão de créditos	810
3. Noção	810
4. Forma	815
5. Admissibilidade genérica da cessão de créditos	816
6. Inadmissibilidade da cessão de crédito por determinação da lei	817
7. Inadmissibilidade da cessão de crédito por convenção entre as partes	819
8. Inadmissibilidade da cessão de crédito pela natureza do crédito	820
9. Efeitos da cessão de crédito em relação ao cedente e ao cessionário	822
10. Efeitos da cessão de crédito em relação ao devedor	825
Secção III – Sub-rogação no crédito	829
11. Noção e natureza da sub-rogação. Cumprimento por terceiro e extinção da obrigação ou sub-rogação do terceiro nos direitos do credor	829
12. Modalidades da sub-rogação	830
13. Sub-rogação pelo credor	832
14. Sub-rogação pelo devedor	832
15. Sub-rogação legal	833
16. Efeitos da sub-rogação	835
Secção IV – Assunção de dívidas	837
17. Noção	837
18. Modalidades da assunção de dívidas	839
A) Assunção de dívida por contrato entre o antigo e o novo devedor, ratificado pelo credor	840
B) Assunção de dívida por contrato entre o novo devedor e o credor	845
19. Natureza da assunção de dívida	848
20. Efeitos da assunção de dívidas	848

21. Assunção de dívida, adesão à dívida e promessa de liberação 851
Secção V – Cessão da posição contratual 853
22. O problema da cessão da posição contratual 853
23. Requisitos da cessão da posição contratual 859
24. Relações entre o cedente e o cessionário 862
25. Relações entre o cessionário e o contraente cedido 863
26. Figuras próximas 865
   A) Cessão da posição contratual e contrato para pessoa a nomear 865
   B) Cessão da posição contratual e subcontrato 866
   C) Cessão da posição contratual, contrato em branco e contrato com a cláusula "à ordem" 869

LUÍS MANUEL TELES DE MENEZES LEITÃO *As repercussões da insolvência no contrato de trabalho*
1. Introdução 871
2. As repercussões da insolvência do empregador no contrato de trabalho 872
   2.1. Generalidades 872
   2.2. A repercussão da insolvência do empregador nos contratos de trabalho existentes enquanto se verificar a administração da empresa insolvente 874
   2.3. A possibilidade de celebração de novos contratos de trabalho por parte do administrador da insolvência 876
   2.4. Efeitos em caso de encerramento da empresa 878
   2.5. Efeitos em caso de alienação da empresa 880
   2.6. Tutela dos créditos emergentes do contrato de trabalho em caso de insolvência do empregador 881
3. As repercussões da insolvência do trabalhador no contrato de trabalho 883

ÍNDICE GERAL 871